Réserve

F 784

NEGOCIATIONS

S E C R E T E S

DE MUNSTER

E T

D'OSNABRUG.

TOME PREMIER.

NEGOCIATIONS

SECRETES

TOUCHANT LA PAIX

DE MUNSTER

ET D'OSNABRUG;

OU RECUEIL GENERAL

DES PRELIMINAIRES, INSTRUCTIONS, LETTRES,
Mémoires &c. concernant ces Négociations, depuis leur commencement en 1642.
jusqu'à leur conclusion en 1648. Avec les Depêches de Mr. de VAUTORTE,
& autres Piéces au sujet du même Traité jusqu'en 1654. inclusivement.

LE TOUT TIRE' DES MANUSCRITS LES PLUS AUTHENTIQUES.

Ouvrage absolument nécessaire à tous ceux qui se pourvoiront du

CORPS DIPLOMATIQUE OU GRAND RECUEIL DES TRAITEZ DE PAIX,
& d'autant plus utile aux Politiques & Négociateurs qu'il renferme le Fondement du Droit Public.

TOME PREMIER,

*Où l'on trouve les Memoires & Instructions sur les intérêts de la France & de
ses Alliez, & les Préliminaires pour la Paix de Munster & d'Osnabrug
depuis l'année 1642. jusqu'à 1645. inclusivement.*

A LA HAYE,

CHEZ JEAN NEAULME.

MDCCXXV.

AVERTISSEMENT

DU

LIBRAIRE.

L'Ouvrage dont on voit ici le titre contiendra les Pieces suivantes.

TOME PREMIER.

I. TABLE des Pieces contenues dans ce Volume.

II. AVERTISSEMENT sur cette Edition.

III. PREFACE Historique contenant les Principaux évenemens depuis le commencement des Troubles d'Allemagne en 1612 jusqu'à l'ouverture de la Négociation en 1642. où l'on remonte aux sources des causes de la guerre. Par *l'Auteur des Memoires du Comte d'Harrach*.

IV. MEMOIRES & Instructions sur les interêts de la France & de ses Alliez, & les Eclairciſſemens des difficultez qui peuvent se rencontrer à la Negociation de la Paix generale de toute l'Europe, tenuë à Munster. Par *un très grand Politique*.

V. PRELIMINAIRES pour la Paix de Munster & d'Osnabrug, contenant une infinité de Pieces très-curieuses, comme Pleinpouvoirs, Instructions, Mémoires, Lettres, Discours, sur les intérêts des Princes & sur les manieres de traiter d'une bonne Paix & durable. &c. depuis l'année 1642. jusqu'à 1645. inclusivement.

TOME SECOND.

I. TABLE des Pieces contenues dans ce Volume.

II. LES Lettres, Memoires & Instructions secretes de la Cour de France, du Roi, de la Reine Regente, du Cardinal Mazarin & du Comte de Brienne à Mrs. les Plénipotentiaires de France à Munster en 1644.

III. REPONSES, Lettres, Memoires & autres Secrets de la Negociation des Plenipotentiaires Messieurs les Comtes d'Avaux & de Servien, à la Cour de France en 1644.

IV. LA même Négociation avec les Lettres & Réponses de part & d'autre pendant toute l'année 1645.

TOME TROISIEME.

I. TABLE des Pieces contenues dans ce Volume.

II. LETTRES, Memoires, & Instructions secretes de la Cour de France à ses Plenipotentiaires à la Paix de Munster avec les Réponses, Lettres, Mémoires de ces Plenipotentiaires à la Cour pendant l'année 1646. Ce sont les mêmes qui ont été imprimées en 4. *Volumes in Octavo & in Folio à Amsterdam en 1710. mais l'on trouvera ici les augmentations suivantes.*

III. 1. LES mêmes Lettres ci-deſſus ſpécifiées ont été confrontées exactement avec un Manuscrit plus authentique & plus complet. On a obſervé de laiſſer lesdites Lettres comme elles ſont dans l'imprimé, mais on a renfermé entre deux crochets les Additions & Corrections de maniere que le Lecteur sera juge des deux sens.

IV. 2. CETTE Edition contiendra une demie année entiere des *Négociations de la Cour de France à ses Plenipotentiaires*, savoir depuis Juillet jusqu'à Decembre 1646. qui n'avoit pas été publiée encore.

V. 3. QUANTITÉ d'autres Pieces très-curieuses de differens Ministres au sujet desdites Négociations, en 1646.

TOME QUATRIEME.

I. TABLE des Pieces contenues dans ce Volume.

II. NEGOCIATION d'Osnabrug par M. le Comte d'Avaux Plénipotentiaire de France pour la Paix générale

& Médiateur pour terminer les différends entre l'Empereur, le Roi de Suéde, les Electeurs & Princes de l'Empire depuis Janvier jusqu'en Avril 1647.

III. LES Lettres, Memoires & Négociations ſecrétes des Plénipotentiaires de France envoyées à la Cour pendant toute l'année 1647.

IV. Une infinité de Pieces fort curieuses des differens Ministres au sujet de ladite Négociation, en 1647. 1648. & 1649.

V. LES Negociations ſecrètes de la Cour de France en Allemagne au sujet du Traité de Paix de Munster & d'Osnabrug, contenant les Dépêches de Monsieur de VAUTORTE écrites à Monsieur le Cardinal Mazarin & au Comte de Brienne depuis l'An 1645. jusqu'en 1654. inclusivement.

VI. TABLE générale des matiéres contenues dans les quatre Volumes.

LA NATURE de ces piéces & leur ſtile auquel on n'a pas touché, convaincront aiſément le Public qu'elles ſont originales & authentiques, & qu'on ne lui en impoſe point.

Les 4 Volumes auront 500 feuilles & seront imprimez ſur du Papier ſemblable à celle-ci, & du même caractere. Le prix des 4. Volumes sera de 25. florins; ceux en grand Papier Royal, dont on a tiré peu d'Exemplaires, de 36. florins.

Cet Ouvrage eſt imprimé ſur un papier de la même qualité & grandeur que celui du grand Recueil des Traitez de Paix: deſorte que l'on pourra joindre ces deux Livres ensemble dans les Bibliotheques.

Pour satisfaire à l'empreſſement qu'a le Public d'avoir cet Ouvrage, le Libraire lui propoſe les deux premiers Volumes qui sont ſur le point d'être faits aux Conditions ſuivantes:

I. Qu'ils paroîtront le premier Novembre 1724. & qu'on pourra les avoir alors en payant pour le papier ordinaire   18. flo.

ce qui eſt 12. flo. & 10. ſ. pour la valeur intrinſeque des deux premiers Volumes que je livrerai, & 5. flo. 10. ſ. à compte des deux derniers Volumes; afin d'aſſurer en quelque ſorte par là le Libraire qu'on ne lui laiſſera pas les deux derniers Vol. Leſquels il s'oblige de fournir pour   7. flo.

II. La même condition eſt obſervée à l'égard du grand Pap. Royal, on payera en recevant les deux premiers Volumes.   24. flo.

ce qui eſt 18. flo. pour leur valeur & 6 fl. à compte des deux derniers qui ſeront livrez moyennant   12. flo.

                         36. flo.

III. Les Tomes III. & IV. paroîtront au commencement du mois de Novembre 1725. Alors ceux qui n'auront pas encore pris les deux premiers Volumes payeront pour l'Ouvrage complet en 4. Vol. 30. fl. & pour le grand Papier 40 fl. s'il y a encore de ce dernier à vendre alors, car, comme je l'ai deja dit, le nombre en eſt petit.

IV. En cas que, dans les 4. Volumes il y ait au delà de 500. feuilles, l'on payera un ſol par feuille du ſurplus, & s'il y en a moins, on rabatra de même un ſol par feuille ſur le dernier payement.

V. Le Libraire donnera une reconnoiſſance ſignée ſuivant la teneur desdits Articles.

On

On pourra recevoir les Exemplaires à la Haye chez JEAN NEAULME & chez les autres Libraires : on pourra aussi les recevoir dans les Païs Etrangers chez les Libraires suivans.

EN ANGLETERRE &c.

à *Londres* chez les Freres VAILLANT & N. PREVOST, RIBOTEAU, DU NOYER, les Freres INNYS, GHILD, NICKES, GROENEWEGEN & VANDER HOEK dans le Strand.
à *Edinbourg* chez STEWARD, BROWN, PATON, OGSTON M. EVEN, DAVIDSON & MONRO.
à *Dublin* chez BINAULD & PEPYAT.

EN ALLEMAGNE &c.

à *Vienne* chez ESSLINGER & CHRISTOPHORI.
à *Augsbourg* chez WALDER.
à *Nuremberg* chez LOCHNER.
à *Francfort* chez ANDRÉ', SANDE, FISSCHER & GEORGEN.
à *Cassel* chez ETIENNE.
à *Cologne* chez METTERNICH & ROMMERSKIRCHEN.
à *Strasbourg* chez DULZEKKER.
à *Bremen* chez ETIENNE & GEISLER.
à *Koningsberg* chez BOYE.
à *Lubeck* chez GROL.
à *Leipsick* chez FRITSCH, GLEDISCH, & WEIDMAN.
à *Hanover* chez FORSTER.
à *Hall* chez SELLIUS.
à *Wolfenbuttel* chez MEISNER.
à *Berlin* chez NAUDE',
à *Hambourg* chez les HERITIERS DE KONIG, FELGINER & ETIENNE.
à *Dantzick* chez VAN BEUCHEM.
à *Copenhague* chez PAULI, & ROHTE.
à *Stockholm* chez J. H. RUSSIOORM.
à *Dusseldorp* chez WEIER.

EN FRANCE.

à *Paris* chez JEAN VILLETTE. MONTALANT. C. ROBUSTEL. ETIENNE. Les Freres BARBOU. COIGNARD PERE. GANEAU, COUSTELIER. CAVELIER FILS, ANISSON & DAVID.
à *Lion* chez ANISSON, POSUEL & CERTE.
à *Rouën* chez CAILLOUE, & MACHUEL.
à *Reims* en Champagne chez DESSEIN.
à *Lille* chez DANEL.

EN ITALIE.

à *Venise* chez HERTZ & ALBRIZZI.
à *Livourne* chez MORNINI & DONATI.

EN SUISSE.

à *Bâle* chez BISCHOF.
à *Berne* chez HALLER & Compagnie.
à *Zurich* chez BODNER & GESNER.
à *Geneve* chez FABRI & BARILLOT, DE TOURNES, CRAMER, PERACHON & CRAMER Fils, & DUVILLARD.

EN HOLLANDE ET PAYS-BAS.

à *Amsterdam.* chez TOUS LES LIBRAIRES.
à *Dordrecht* chez J. VAN BRAAM & F. OUTMAN.
à *Haarlem* chez VAN KESSEL & VAN LEE.
à *Leyden* chez LUCHTMANS. P. VANDER AA. VERBEK. LANGERACK. HAAK. & autres.
à *Gouda* chez VANDER KLOES & ENDENBURG.
à *Rotterdam* chez ACHER. la Veuve BOS. HOFHOUT. & D. BEMAN.
à *Delft* chez A. BEMAN & BOITET.
à *Arnhem* chez HEGOERS & HAGEN.
à *Deventer* chez J. VAN WYCK.
à *Zwol* chez HACKVOORT & J. BLEMK
à *Utrecht* chez VANDE WATER, WAGENS, POOLSUM, & BROEDELET,
à *Kleves* chez HERMAN LOHNER.
à *Wesel* chez VAN BEUCHEM & KATTEPOOL.
à *Leeuwaarden*, chez la Veuve F. HALMA & Fils, SCHEVERSTEINS & ROOSEWINKEL.
à *Groningue* chez la Veuve BARLINKHOF, SPANDAUW, HULSEWE, J. H. KAMPHUIS & F. LUBBERS.
à *Embden* chez ERNEST DE LA PORTE. Colecteur &c.
à *Middelbourg* chez VAN HOEKEN, la Veuve RUBERT, BAKKER & J. VAN YPEREN.
à *Berg-op-Zoom.* chez OVERSTRATEN.
à *Bois-le-Duc* chez SCHEFFERS, PALLIER, VANDER HOEVE & VAN DINTER.
à *Breda* chez EVERMANS.
à *Maestricht* chez BERTUS & DE LESSARD.
à *Liege* chez DANIEL MOUMAL & BRONCART.
à *Bruxelles* chez FOPPENS, SERSTEVENS, LEONARD & DAMES.
à *Anvers* chez LA V. LUCAS, VAN LOES, VERDUSSEN, GRANGE',
à *Malines* chez VANDER SLYP & PUTSEYS.
à *Louvain* chez DENIQUE & STRYCKWANT.
à *Gand* chez VAN VEEN.
à *Bruges* chez VINCENT.

FIN.

T A B L E

DES

P I E C E S

Contenues

DANS CE TOME I.

DES PIECES.

* * *

DES PIECES.

** 2

FIN DE LA TABLE DES PIECES.

AVER-

AVERTISSEMENT

Sur l'Origine du DROIT DE LA NATURE, de celui des GENS & de celui qu'on nomme PUBLIC.

COMME la *Préface suivante fait assez connoître les principaux Evenemens, qui donnerent occasion à la Guerre, qui déchira l'Allemagne, pendant une grande partie du Siecle XVII. & qui ne finit, que par la Paix de Westfalie ; il n'est pas besoin qu'on s'y arrête davantage. Mais on a cru qu'il ne seroit pas mal, que l'on donnât ici une idée générale des principes, sur lesquels on fonde le Droit de la Paix & de la Guerre. Sans une juste connoissance de ces principes, & même sans en être bien persuadé, les mots de Droit de la Guerre & de la Paix ne sont que des sons, qui ne signifient rien & qu'on n'emploie, que pour se tromper les uns les autres. Les Etats, qui ne sont pas assez forts, pour envahir le bien d'autrui, ne parlent que de Paix & soûtiennent, avec raison, que leurs voisins les doivent laisser joüir de ce qu'ils ont. Ils ne manquent pas d'alleguer la Raison & la Religion, qui défendent d'ôter à un autre, ce qu'il possede de Droit. Mais les Etats, qui sont, ou qui se croyent superieurs en force, à ceux qui les environnent, ne manquent guère d'envahir, lorsque l'occasion s'en présente, les terres de leurs Voisins, & de les retenir, par le Droit du plus fort ; qu'ils pallient bien quelquefois, par de mauvaises raisons, mais dont la foiblesse saute aux yeux. Nous pouvons bien supposer, que, si le plus fort devenoit le plus foible, & que si ce dernier devenoit le plus puissant, on les entendroit bien-tôt changer, entre eux, de langage & de personnage. Celui, qui ne parloit que de Justice & de Religion, lors qu'il avoit besoin de la Paix, commenceroit à chercher des prétextes frivoles, pour accabler son Voisin à son tour. L'autre au contraire ramasseroit, pour ainsi dire, les armes, que son Ennemi auroit jettées, & feroit, avec raison, de grandes invectives contre la violence & l'ambition de celui, auquel il ne pourroit pas résister. C'est ainsi que le Genre Humain fait servir, tour à tour, les vertus & les vices, pour parvenir à ses fins.*

L'Asie, qui est, comme il semble, le Païs où l'on ait vû les plus anciens, & les plus grands Empires, a vû très-souvent de semblables spectacles. Les Peuples, qui habitoient au delà de l'Euphrate, ont été sujets à des révolutions de cette sorte; car il n'y a jamais eu une seule Monarchie, qui ait été maîtresse de tout cet espace de Terre. Il y eut d'abord plusieurs Rois, témoin Moïse qui dit que, du tems d'Amraphel Roi de Babylone, Chedorlahomer, Roi d'Helam, c'est à dire, de Perse, avec trois autres Rois, marcha contre les Rois de Sodome, de Gomorre, d'Adma, de Tseboïm & de Bela, qui étoient soumis à Chedorlahomer, & qu'ils les vainquirent, Gen. XIX. 1, 2. Il paroit par là que le Roi de Perse étoit le plus puissant de tous, puis qu'il avoit des sujets

** 3 *assez*

AVERTISSEMENT.

affez loin des bords occidentaux de l'Euphrate ; ce qui fait croire qu'il étoit plus puiffant que le Roi de Sennahar, ou de Babylone, & que les autres Rois, qui font nommez, comme fes Alliez, ou comme fes Ennemis. Cette fuperiorité n'étoit, comme il femble, venue que de quelque victoire ; car il n'y a guére, ou point de Rois, à qui d'autres Rois fe foumettent, finon par force, fur tout lors qu'ils font éloignez. C'eft ce qui fait croire que ni l'Empire de Babylone, ni celui de Ninive, ou des Affyriens, ne commanderent pas aux Rois voifins, par le confentement de tous les peuples de la haute Afie. Il eft parlé dans les Anciens, du Royaume de Ninive, fur le Tigre, ou d'Affyrie, qui s'étendoit fort loin ; contre lequel néanmoins fe fouleverent les Medes, qui formerent enfuite un Empire à part, qui joint au Royaume de Perfe & de Babylone fe rendit maître de l'Affyrie. Je n'entre en aucun détail de cela, fur quoi l'on pourra confulter les Annales d'Ufferius, qui a mis en ordre tous ces évenemens éloignez, avec beaucoup de vraifemblance. Tout ce qu'on en trouve, dans l'Antiquité, nous fait voir que tous ces Royaumes, ou Empires ne fe font nullement formez, par le confentement des Peuples, ou par des Traitez, par lefquels ils aient choifi des maîtres ; mais par des guerres, où les plus forts ont extorqué des plus foibles ce qu'ils ont voulu. C'eft ainfi que fe formerent l'Empire des Affyriens de Ninive, celui des Chaldéens dont la Capitale fut Babylone, & celui des Perfans, dont Cyrus fut le fondateur. Ce dernier fut renverfé, par Alexandre, par les victoires qu'il remporta fur Darius. Ce grand Empire fut enfuite partagé, entre les Succeffeurs d'Alexandre, qui eurent des guerres perpetuelles enfemble ; & dont il ne demeura enfin que trois familles, celle des Seleucides, celle des Lagides & celle des Rois de Macedoine. Les Seleucides furent enfuite accablez, & dépouillez de la plus grande partie de leurs terres, par les Parthes, & après cela par les Romains, qui envahirent ce qu'ils avoient au deça de l'Euphrate. Ces derniers ne s'aggrandirent que par des guerres perpetuelles, qu'ils firent à leurs voifins, en Italie, & enfuite aux Siciliens, aux Carthaginois, aux Rois de Macedoine, & aux Rois de l'Afie & de l'Egypte. Tout cela fe fit, par le fer & par la violence, qui foumirent les vaincus, au caprice des vainqueurs. Carneade difoit '' de tous les peuples, qui a-
,, voient fondé des Empires, & des Romains même, qui étoient les maîtres du
,, Monde, que, s'ils vouloient être juftes (dont ils fe vantoient très-mal à
,, propos) il falloit qu'ils retournaffent habiter des Cabanes ; & qu'ils fe réfolus-
,, fent à manquer de tout & à vivre dans la mifere. Omnibus populis, qui floruerant imperio & Romanis quoque ipfis, qui totius Orbis potirentur, fi jufti volent effe, hoc eft, fi aliena reftituant ad cafas effe redeundum & in neceffitate ac miferiis jacendum. C'eft ainfi que Lactance (Liv. V. c. 16.) a exprimé la penfée de ce Philofophe, qui n'étoit que trop bien fondée.

Il n'y a rien là qu'on ne puiffe dire encore des grands Royaumes, qui fe font fondez par les peuples du Nord, en Afie & en Europe. Les Empires de Genghis-Can & de Timur-Beg, dans la haute Afie ; celui des Turcs dans l'Europe, dans l'Afie, & dans l'Afrique, ne fe font formez, que par l'épée. Celui même de Mahomet, qui faifoit le Prophete, & de fes Succeffeurs, ne fut que le fruit de leurs

vic-

AVERTISSEMENT.

victoires ; & ils ne furent eux-mêmes soumis par les Turcs, que par la violence.
Les Royaumes des Gots, des Vandales & des autres Nations Septentrionales, qui envahirent l'Empire Romain, ne se piquerent point de savoir les Droits de la Guerre
& de la Paix; quoi qu'ils prétendissent être Chrétiens.

Il seroit à souhaiter que leurs Successeurs, qui se vantent de porter ce nom a-
vec plus de justice, pussent prouver ce qu'ils disent, mais les Guerres, qu'il y
a eu dans l'Empire d'Allemagne depuis Charles-Magne & dans le voisinage, jusqu'à nôtre tems, ne nous permettent guére de croire, qu'ils aient suivi les commandemens de l'Evangile & renoncé aux passions payennes d'envahir tout, s'il
est possible. De grands Princes n'ont pas même fait difficulté de dire quelquefois qu'ils faisoient la guerre pour leur gloire, sans se mettre en peine de
prouver, en aucune maniere, qu'ils croyoient cette sorte de guerre juste.

A juger des Hommes, par la pratique des plus grandes Puissances, on pourroit s'imaginer qu'ils naissent comme le croyoit Hobbes, en un état de guerre
les uns avec les autres; puisqu'il semble qu'ils n'ont respiré, de tems immé-
morial, que le sang & le carnage, sans se mettre en peine de la Justice, de
l'Equité & de la Douceur; sans lesquelles le Genre Humain ne peut être que
très-malheureux. Comment peut-on dire, sans offenser infiniment le Créateur des
Hommes, que les uns n'ont été créez, que pour tourmenter les plus foibles, &
les autres seulement pour en être mal-traitez? Je ne prétends pas ici me servir
de l'autorité de la Doctrine Chrétienne, pour réfuter une si étrange pensée, qui
lui est tout à fait contraire. Je n'employerai que les seules lumieres de la
Nature, avec lesquelles ces principes inhumains sont tout à fait incompatibles.

Il n'est pas besoin que je mette ici que l'Homme aime le Bien ou le Bonheur naturellement & qu'il ne lui est pas possible de ne le pas souhaiter. Si l'on
souffre patiemment quelque Mal, ce n'est que dans la pensée que cette fermeté,
en diminuant le sentiment du Mal, nous raproche du Bonheur; ou que du
Mal qu'on souffre il naîtra un Bien, à quoi l'on ne parviendroit pas si facilement, sans cela. On prend des Remedes très-desagreables, & que l'on ne
sauroit aimer; parce que l'on espere par là de recouvrer la Santé, qui est un
Bien. On souffre même des incisions très-douloureuses, & dont on auroit autrement horreur, dans l'esperance d'être delivré d'un Mal, qu'on regarde comme plus grand, qu'une Douleur qui passe. Ce sont des choses connues, mais
qu'il a fallu toucher, parce que l'on doit dire quelque chose qui en dépend.

I. SUPPOSONS donc un homme seul, qui seroit dans un desert, de
quelle maniere qu'il y fût allé. La premiere chose à quoi il penseroit, ce
seroit de chercher comment il y pourroit vivre pendant qu'il y seroit & comment il pourvoiroit à ses besoins. Il lui faudroit, avant toutes choses, trouver promtement à manger & à boire, & quelque endroit où il pût se mettre
à couvert des injures de l'air. Il pourroit trouver des fruits sauvages à
manger, & de l'eau à boire; pour ne pas supposer qu'il fût dans un desert
aride, où il ne crût rien du tout, comme on décrit le désert de Saara, au
Midi du Mont Atlas. Il faudroit ensuite trouver quelque caverne, pour se
mettre à couvert, ou avoir quelque moyen de se faire une Cabane, de branches

AVERTISSEMENT.

ches d'arbre, pour ſe couvrir en quelque maniere. Donnons à ce malheureux les inſtrumens néceſſaires pour cela ; accordons-lui encore des armes, ſoit pour aller à la chaſſe, & tuer quelque gibier, pour ſe nourrir, quand les fruits lui manquent ; ſoit pour ſe défendre contre les Tigres & les Lions, & autres Bêtes de cette ſorte. Il faut qu'il faſſe bouillir, ou rôtir la chair du gibier, qu'il a pris. Donnons-lui de quoi faire cela ; s'il vient à tomber malade, que fera-t-il ? Il faut avouër que s'il avoit une femme accoûtumée à ménager & à ſervir un malade ; il en pourroit être ſoulagé, & la voir faire avec amitié & avec ſoin, tout ce qui ſeroit en ſon pouvoir, pour l'aider à recouvrer ſa Santé. Sans cela, il ſeroit dans un état affreux, & pire que celui, où ſont les bêtes féroces. Voilà déja l'homme dans la néceſſité d'avoir une compagne, pour l'aider ; & obligé de bien traiter cette aide, pour en tirer les ſecours, qui lui ſont néceſſaires. Une femme eſt auſſi réciproquement dans la même néceſſité, & peut-être plus que ſon Mari. Ces deux perſonnes-là ne ſont point aſſurément portées, par la Nature, à un état de guerre ; mais au contraire à un état de Paix & d'amitié. Voilà la premiere liaiſon que la Nature enſeigne aux hommes, & qui ne ſubſiſte que par l'amitié & la tendreſſe mutuelle.

II. IL vient de cette union des Enfans, qui ont beſoin du ſoin de leurs parens, pendant long-tems, & qui étant élevez, avec amitié & avec ſoin, peuvent leur rendre dans peu d'années de très-grands ſervices, ſur tout lors que leur Pere & leur Mere ſont devenus vieux. Il eſt abſolument néceſſaire qu'il y ait de l'amitié entre ceux, qui compoſent cette famille, ſans quoi elle eſt très-malheureuſe, & qu'ils ſâchent diſtinguer le mal du bien.

III. MAIS une famille ſeule, dans un deſert, eſt expoſée à de grands dangers, & à de grands beſoins, auxquels elle ne peut pas ſubvenir, comme des habits, des inſtrumens pour couper du bois & pour cultiver la terre, & mille autres néceſſitez de la vie, qu'elle ne ſauroit ſe procurer à elle-même. Sans cela, il faut avouër qu'elle eſt bien malheureuſe. Ce qu'un ſeul homme, ou un trop petit nombre d'hommes ne peut pas faire, ſe fait facilement par un plus grand nombre ; ſoit pour trouver les néceſſitez de la vie, ſoit pour ſe garentir contre les bêtes féroces.

IV. POUR goûter quelque douceur, dans la Société de quelques Familles, il faut que ces Familles s'aident & ſe ſecourent réciproquement, dans leurs beſoins, autant qu'elles le peuvent ; & qu'elles s'abſtiennent de ſe nuire les unes aux autres volontairement. S'il arrive qu'une famille nuiſe à une autre, par inadvertence, ou autrement ; elle doit réparer le tort qu'elle lui a fait, autant qu'il lui eſt poſſible.

V. MAIS comme les hommes ne ſont nullement dans l'état d'innocence, & qu'au contraire ils ſont pleins de cupiditez & de paſſions déraiſonnables ; il peut facilement arriver qu'aveuglez, par ces mouvemens irréguliers, ils ſe refuſent les ſecours qu'ils peuvent ſe donner & ſe faſſent tort réciproquement. Pour reconnoître qu'on a tort, en ces occaſions, il ne faut que ſe demander à ſoi-même, ſi l'on voudroit bien que ceux, qu'on a traitez de cette maniere, euſſent refuſé un ſemblable ſecours, ou fait une injure de cette ſorte à celui dont ils ſe plaignent ? Il n'y a perſonne, dans ce cas, à qui ſa propre Conſcience

AVERTISSEMENT.

ne réponde que non. *Cela étant, il s'enfuit que celui, qui est coupable de négligence, ou d'injure, se condamne soi-même.*

VI. *AINSI ceux qui sentent qu'ils ont fait, à un autre, ce qu'ils ne voudroient pas que cet autre leur eût fait, sont obligez, par leurs propres lumieres, de réparer cette injure, autant qu'il est en leur pouvoir. En cas qu'ils ne le fassent pas, ils doivent s'attendre à être traitez de même, par ceux, qu'ils ont mal-traitez; sur tout si la perte, qu'ils leur ont causée, est considerable.*

VII. *SI le tort, qu'ils ont fait, n'est pas de conséquence; ceux, à qui ils l'ont fait, ne sauroient en vouloir tirer une réparation trop grande, sans faire à leur tour tort à ceux, dont ils se plaignent. Il en est de même d'une injure, par rapport à sa vengeance, ou à sa réparation, que d'une marchandise, qu'il n'est pas naturellement permis de vendre trop cher. Si l'on troque (car vendre & troquer sont la même chose) une chose facile à trouver & de petit usage, contre une autre qu'on ne puisse pas trouver si facilement, & dont l'usage soit plus étendu; l'acheteur est visiblement trompé. Le Vendeur se condamne tacitement lui-même, dès qu'il voit qu'il a fait à un autre ce qu'il ne voudroit pas que cet autre lui fît.*

VIII. *L'EXPERIENCE apprend aussi aux Hommes, que très-souvent il est plus avantageux à ceux, qui ont reçu une injure, qui n'est pas considerable, de la pardonner, que d'en tirer satisfaction; parce que par là ils se gagnent le cœur de ceux, qui l'ont faite, & qu'autrement on vivroit dans une inimitié perpetuelle, & qu'enfin on en pourroit venir à des violences, qui rendroient la vie malheureuse.*

IX. *TOUT cela pourroit arriver, parmi quelque peu de familles, que le hazard auroit rassemblées, avant même qu'elles eussent formé une Societé réguliere, ou qu'elles fussent convenues de certaines Lois, pour leur commune conservation, & de certains Chefs, qui fussent chargez de faire observer ces Lois, par des recompenses pour ceux qui les observeroient, & par des punitions pour ceux qui les violeroient. On ne voit, en tout cela, aucun Etat de guerre, qui soit naturel à l'Homme. Au contraire, tout ce que nous avons dit, & qui ne peut pas être révoqué en doute, montre clairement que les Hommes, ayant besoin d'un secours mutuel, pour être heureux, comme ils le souhaitent naturellement, sont portez, par ce besoin, à se réünir ensemble, & à vivre conformément à ces deux Lois de la Nature :* Faites aux autres tout ce que vous souhaitez qu'ils vous fassent; & : Ne faites pas aux autres ce que vous ne voudriez pas qu'ils vous fissent. *Si les hommes gardoient ces Lois avec toutes les conséquences, qui en naissent naturellement, ils seroient heureux, par cela seul, autant qu'ils le peuvent être sur la Terre. De là vient la Loi la plus avantageuse, que l'on puisse donner au Genre Humain, & qui seule peut lui procurer ce bonheur :* Aimez vôtre Prochain, comme vous-mêmes. *Vous voudriez être aimé de tous les hommes; commencez à les aimer, comme vous voudriez qu'ils vous aimassent. L'Amitié ne se produit, que par l'Amitié.*

X. *C'EST là une Loi, qui se découvre d'elle-même aux Hommes, pour peu qu'ils aient d'experience, & qu'ils sâchent réfléchir. Mais il y a dans l'Homme, comme on l'a déja dit, des cupiditez déreglées & des passions déraisonnables, qui font qu'il*

AVERTISSEMENT.

viole ſes propres lumieres, & qu'il trahit lui-même ſes plus chers intérêts. Il n'en faut pas chercher des exemples, parmi les peuples ſauvages de l'Afrique & de l'Amerique. On n'en voit que trop, parmi toutes les Nations de l'Europe, ſans en excepter aucune. C'eſt ce qui a fait que, depuis pluſieurs ſiecles, il s'eſt trouvé des gens, qui ont bien compris que dans l'état, où eſt le Genre Humain, il ne ſeroit pas poſſible que quelque peu même de Familles vécuſſent en paix enſemble, en obſervant les Loix de l'Equité & de la Charité, que la conſtitution même de la nature humaine nous apprend; ſans autre frein, que les Lumieres de la Nature. C'eſt pourquoi les peuples, qui habitoient les mêmes Païs, mais diſperſez en divers lieux, ſe ſont réünis dans des Villes, où ils ont fait enſemble des Societez & des Confédérations; auxquelles les plus ſages ont donné des Loix, pour faire enſuite que chácun y pût vivre en ſûreté, pourvu qu'il les obſervât. Ces Loix étoient compoſées de deux ſortes de choſes, dont les unes regardoient la forme de ces Républiques (on appelle ces Loix le Droit Public) & les autres regardoient la conduite des Particuliers (on les nomme le Droit Civil) & par ces Loix on prétendit rendre les hommes plus heureux, qu'ils ne le pouvoient être, en demeurant répandus en divers Hameaux.

XI. COMME la multitude des Habitans des Villes, diſtraite par les occupations néceſſaires à la vie, ſoit dans les Villes, ſoit à la Campagne, ne pouvoit pas vaquer à faire obſerver les Loix, & à juger des infractions qu'on y pouvoit faire; elle ſe choiſit une, ou pluſieurs Perſonnes pour prendre ce ſoin-là. Le devoir de ces Chefs étoit de proteger ceux, que d'autres voudroient opprimer injuſtement, & empêcher que cela ne ſe fît à l'avenir. Pour cela on leur donna le pouvoir de punir ceux, qui auroient violé les Loix, & d'employer, pour cela même, la force, s'il en étoit beſoin. Par-là on ſe propoſoit de proteger l'innocence, de prévenir l'injuſtice, & de lui faire ſentir l'indignation du Public, contre ceux qui auroient la hardieſſe de s'abandonner à l'iniquité & à la violence. Ces Loix étoient, ſans doute, fort ſimples, au commencement, & l'on ſe remettoit à la ſageſſe & à l'équité de Juges, pour y ſuppléer, s'il en étoit beſoin. Au reſte ces Loix, pour être juſtes, devoient être conformes aux Loix de la Nature, dont on a parlé, & de la juſtice deſquelles la Conſcience de chácun pouvoit être convaincue. Depuis, les mauvaiſes mœurs & l'adreſſe de mal faire en augmenterent le nombre, & firent du Droit Civil une Science épineuſe; qui ſervit ſouvent plûtôt à augmenter les querelles, qu'à les finir. Il étoit d'ailleurs très-néceſſaire qu'on punît les Voleurs, les Meurtriers & tous ceux qui avoient recours à la violence, pour opprimer les foibles; ou à la fraude, pour tromper ceux qui ne ſe tiendroient pas ſur leurs gardes; ſans quoi la Societé Civile n'auroit pû ſubſiſter. Il fallut armer ceux qui étoient chargez de quelque execution ſemblable, pour n'avoir rien à craindre de la violence de ceux, qui s'étoient ſaiſis du bien d'autrui par force, ou autrement, & pour les punir publiquement, afin de donner de la terreur à ceux, qui ſeroient tentez de faire quelque choſe de ſemblable. Autrement les gens puiſſants, ou hardis & entreprenants auroient pû accabler les foibles, ou les timides, & la Societé auroit été une Societé de Brigands, où tout ſe fait par violence.

XII. LORS que cette ſorte de Magiſtrature, ou de Puiſſance repréſentative de toute la Societé, s'eſt bien aquité de ſon devoir, pour le maintien des Lois &

de

AVERTISSEMENT.

de la Societé, selon le droit de la Nature ; on ne s'est pas avisé de la changer, mais on l'a continuée dans les mêmes personnes , & quelquefois même on l'a fait passer à leur Posterité ; en recompense de la bonne conduite des premiers de cette Famille , qui avoient exercé cette autorité. C'est de là que sont nées les Dignitez Héreditaires de certaines Familles , sans en excepter la Royauté. Cela ayant été fait , on a crû dans les Etats bien réglez , ne le devoir pas changer ; à moins que ceux qui possedoient les Dignitez ne vinsent à des excès , qui allassent à la ruine entiere de la Societé ; de peur d'exposer l'Etat à des troubles dangereux , qui pourroient empêcher les membres de la Societé , de jouïr de leurs Biens.

XIII. LES Biens sont tout ce qu'on a hérité , ou aquis conformément aux Lois Civiles , dès qu'il y en a eu ; ou que l'on a occupé dans un païs , où il n'y avoit personne. On ne peut en être privé , que pour des dettes que l'on a contractées , & qu'on ne paye pas autrement ; ou pour un crime commis , dans une Societé formée.

XIV. CE que l'on vient de dire regarde les Etats où se trouvent les Hommes, avant que d'avoir formé aucune Societé, ou depuis ; après avoir habité , avec d'autres , des Campagnes ouvertes, ou des Villes fermées. Plusieurs Villes peuvent s'unir ensemble, sous la même Puissance, à de certaines conditions. C'est ainsi que se sont formées les Républiques , & que les Royaumes se sont établis , au commencement. Plusieurs Chefs, ou un seul Chef ont été choisis ou agréez par les Peuples, pour les gouverner, selon les Lois & selon les Coûtumes, qui tiennent lieu de Lois. Il n'y a encore en tout cela rien, qui puisse faire soupçonner que l'Homme est un Animal, qui naît en état de Guerre, avec ceux qui sont de son Espece. Le Bonheur, que tous les Hommes souhaitent & cherchent naturellement, est incompatible avec la Guerre, & ne se peut trouver, que dans la Paix. Tout cela est fondé sur les lumieres de la Nature, & pourroit être facilement prouvé, par l'autorité des meilleurs Auteurs Payens. Les seuls Offices de Ciceron pouvent suffire, pour s'assurer de cette Verité.

XV. COMME les passions déréglées des Hommes ont obligé toutes les Nations, tant soit peu policées, d'établir des Lois & des Magistrats, qui les fissent exécuter, dans des Villages, dans des Bourgs, & dans des Villes : la même raison les a conduits, en certaines conjonctures, à établir un, ou plusieurs Chefs, qui gouvernassent, non seulement un Hameau, un Bourg, ou une Ville, mais encore un nombre plus ou moins grand de semblables Societez ; selon les Lois de la Nature, & celles que l'on y a ajoûtées.

XVI. LE Genre Humain auroit été heureux, si, après avoir formé ces Corps Politiques, châcun d'eux eût observé les Lois de la Nature de faire à un autre Corps Politique ce qu'il souhaitoit qu'il lui fît à lui-même, & de ne lui faire rien de ce qu'il trouveroit mauvais que cet autre Corps Politique lui fît ; en un mot si ces Corps s'étoient interessez dans le Bien des autres Corps, comme dans celui du leur propre.

XVII. MAIS il en a été de ces Corps, comme des Hommes particuliers, qui les composent. La Cupidité & l'Orgueil ont fait, que ceux, qui se sont crû être assez puissants, ont envahi ce qui apartenoit à leurs Voisins, qui ne se sont pas trou-

vez

vez d'humeur de plier fous leur joug. De-là font venues une infinité de guer-
res, fuivies de tous les malheurs qui les accompagnent, d'un carnage horrible
dans les combats, du dégât de la Campagne, foûtenu de mille inhumanitez, con-
tre ceux qui l'habitent, & qui n'ont aucune part aux fujets, qu'on prétend
avoir de faire la guerre. Ceux qui fe trouvent les plus foibles & même les
plus forts fe retirent dans les Places fortes, pour éviter le pillage & les defordres
affreux, qui fe commettent dans le plat païs, habité par des hommes fans ar-
mes, par des femmes, par des enfans, par des vieillards, qui font tous hors d'état de
fe défendre, & qui font expofez à toutes les infolences & à toutes les inhumanitez,
que peuvent faire des Soldats brutaux & affamez de pillage. Il femble alors
que les hommes foient changez en bêtes féroces, en ne retenant rien de la nature
humaine, que la figure, & l'art abominable de faire le plus de mal, qu'il eft
poffible, à ceux qui l'ont le moins mérité.

XVIII. *CELA a obligé ceux, qui fe font fentis plus foibles & qui ont*
voulu fe foûtenir contre leurs ennemis, de chercher du fecours chez les peuples,
qui avoient auffi fujet de craindre pour leurs biens, pour leurs libertez & pour
leurs vies, de la part des Conquerans; qui les faifoient perdre à leurs Voifins.
Cela a fait des Confédérations des uns avec les autres, pour foûtenir ce qu'ils a-
voient de plus cher au monde, contre la férocité & l'avarice de ceux qui s'i-
maginoient de le pouvoir faire impunément. On a vu de grands Princes, avec de
puiffantes armées, porter par tout l'effroi & le carnage, fans le moindre fcrupule,
& fans fe demander chacun à eux-mêmes: Voudrois-je bien qu'on traitât mes
Sujets, comme je traite ceux des autres, & comment peut-on concilier les
horreurs de la guerre, que je fais à mes voifins, avec l'humanité?

XIX. *QUOI qu'il n'y ait guére d'Etats, fur la Terre, qui n'aient reffenti, de*
tems en tems, ces malheurs, & qui n'aient été caufe à leur tour que leurs
Voifins les ont auffi éprouvez; il faut avouër, à la honte du Genre Humain,
qu'on eft prefque par tout difpofé, à recommencer à la première occafion, que l'on
aura de s'abandonner aux fureurs de la Guerre. Cela a fait venir la penfée à de
Grands Hommes, qui font autant d'honneur à la Nature Humaine, que les Conque-
rans lui font de honte, d'écrire du Droit de la Guerre & de la Paix; dans le
tems même où une bonne partie de l'Europe en feu reffentoit, ou voyoit chez fes
voifins les dégats de la Guerre. En effet comme pour retenir les Particuliers,
qui compofent les Societez Civiles, dans le devoir, on a fait des Lois, de la
néceffité defquelles on ne fauroit douter: on doit tomber d'accord, que dans la
Guerre même la plus violente, on doit être foumis à de certains devoirs, dont
rien ne peut exempter le Genre Humain, & que Dieu ne manquera pas de pu-
nir en ceux, qui ne réparent point le mal qu'ils ont fait.

XX. *COMME, dans un Etat bien reglé, on ne vient à punir les Parti-*
culiers, qui violent les Loix, que par force & pour la confervation de ce même
Etat; la premiere Loi de la Guerre doit être qu'il ne la faut jamais faire,
qu'après avoir tout effayé, pour l'éviter; comme de s'être relâché de fes droits,
autant qu'on pouvoit le faire, fans fe perdre, & avoir fait toutes les ins-
tances poffibles pour l'éviter. Toute guerre, qu'on peut éviter fans ruiner l'Etat,
eft injufte. Par-là toutes les conquêtes, fur des Nations qui n'ont point offen-

fe

ſé les Conquerans., doivent être regardées , comme de purs brigandages. Toute guerre entreprise, pour augmenter un Etat, aux depends des autres, eſt la même choſe, que l'on nomme Vol, quand il s'agit des Particuliers. La ſeconde Loi de la guerre eſt d'empêcher les Soldats de maltraiter ceux, qui ne ſont point armez, & qui ne peuvent faire aucune réſiſtence. La troiſiéme eſt de la finir, le plûtôt qu'il ſoit poſſible. de le faire, avec quelque ſureté. La quatriéme eſt d'uſer génereuſement & avec douceur de la victoire. Ce qu'on appelle quelquefois le Droit de la Victoire a été ſouvent porté, juſqu'à dire que les Vainqueurs ont eu droit de faire eſclaves tous les Vaincus, & de les garder ou de les vendre comme tels, ſelon qu'on trouvoit à propos. C'eſt ainſi que les Grecs en uſerent, envers les Troyens, & comme les Syriens, les Aſſyriens & les Babyloniens traiterent les Juifs. D'autres ont encore maſſacré ceux, que la Victoire leur avoit ſoumis, ou au moins une bonne partie. Les Romains même, quoique d'ailleurs génereux, en ont quelquefois uſé de la ſorte, à l'égard de ceux qui s'étoient défendus, avec trop de conſtance; comme le fit une partie des Gaulois, contre Jules-Ceſar. On peut voir ces Lois plus en détail, & appuyées de pluſieurs raiſons & de quantité d'exemples, dans ceux qui ont écrit du Droit de la Guerre & de la Paix, & ſur tout dans l'incomparable Hugues Grotius. Tout ce qu'on peut dire là-deſſus eſt fondé ſur les Lois de la Nature, que nous avons citées; ſavoir, d'aimer ſon Prochain, comme ſoi-même; ne lui faire pas ce que nous ne voudrions pas qu'il nous fît; & le traiter, comme nous voudrions qu'il nous traitât, ſi nous étions en ſa place.

XXI. IL y a des Gens qui oſent objecter à des Lois ſi néceſſaires & ſi équitables, qu'elles ne ſont pas ſi ſages, qu'elles le paroiſſent d'abord; en propoſant l'exemple des Criminels, qui ſouffrent tous, ou au moins la plûpart, malgré eux, les peines qu'on leur inflige. Ils voudroient que, quoi qu'on ne leur inflige que des peines, que les Lois ordonnent d'infliger à ceux, qui ſont coupables des crimes, dont ils ſont convaincus. Un Larron voudroit bien qu'on lui fît grace; un Meurtrier ſouhaiteroit paſſionnément la même choſe; un Rebelle, coupable de Léſe-Majeſté, ne peut pas s'empêcher de faire un ſemblable ſouhait. Mais il eſt ſûr qu'on ne leur fait ordinairement ſouffrir, que ce qu'ils feroient eux-mêmes ſouffrir à leurs Juges; s'ils tenoient leur place & ſi les Juges les avoient volez, ou aſſaſſiné leurs amis, ou s'étoient ſoulevez contre eux, ſuppoſé qu'ils euſſent été Souverains, & les Juges de leurs Sujets. Il n'y a aucun criminel, qui ne condamnât ceux, qui auroient commis les mêmes crimes que lui, & ce n'eſt que l'amour de la vie, qui lui fait ſouhaiter que les Lois ne ſoient pas executées contre lui. Ils ſont convaincus, dans leurs Conſciences, que, s'ils étoient en la place des Juges & des Souverains, ils ne ſouffriroient pas que le Vol, le Meurtre & les Soulevemens demeuraſſent, ſans être punis. Ainſi on ne les traite, que comme ils traiteroient les autres, s'ils étoient en leur place. Ceux qui compoſent les bandes des Voleurs, des Meurtriers & des Rebelles ne veulent pas que les Complices de leurs crimes les commettent, contre eux mêmes.

XXII. ON cite encore un autre exemple, contre la juſtice des Lois de

AVERTISSEMENT.

la Nature, tiré d'une autre forte de Crime, que l'Inhumanité de quelques Chrétiens a inventée. C'est le crime, que l'on nomme Hérésie. Ceux qui prétendent avoir droit de punir, non seulement de légeres peines, les Hérétiques, qu'ils nomment obstinez, mais encore des plus horribles supplices, soûtiennent qu'ils ont droit de punir ces impies & ces opiniâtres; quoi qu'ils les excluent du droit de les traiter de même, dans les lieux, où ils sont les plus forts. Mais cet exemple ne prouve rien, parce que ceux, qui puniffent des opinions contestées, ne puniffent pas des crimes, reconnus pour tels, par ceux qui en sont coupables. Ceux qui sont en des opinions differentes, de celles de la Souveraine Puiffance des lieux, où ils se trouvent, nient conftamment que leurs Opinions soient fauffes, & il y a souvent tant de raisons, pour les soûtenir; que ceux, qui les condamnent, ne les sauroient réfuter, au moins d'une maniere invincible. Ceux qui employent des supplices, pour punir des opinions, sont le plus souvent affez clairement dans l'erreur; & bien loin que les Hétérodoxes conviennent de se tromper, ils croyent que, si l'on avoit de bonnes raisons, pour les convaincre, on ne viendroit jamais à employer contre eux la violence. Ces derniers, quand ils se trouvent en païs, où les Héterodoxes ont le deffus, sont ravis qu'on les supporte, & par là ils se condamnent eux-mêmes, puis qu'ils ne veulent pas que l'on en ufe, envers eux, comme ils en ufent envers les autres.

XXIII. CES sentimens de ceux, qui ne souffrent personne, que ceux qui sont de la même Religion qu'eux, a fait naître une queftion, qui regarde le Droit de la Nature & celui des Gens, auffi bien que le Droit de la Guerre. On a traité, de part & d'autre, cette queftion; savoir, si c'eft une raison fuffifante de faire la guerre à ses Compatriotes, à ses Sujets, ou à une Nation, parce qu'ils ne sont pas de la même Religion; & si ces Compatriotes, ces Sujets, & ces Nations ont droit de se défendre par la même voie, par laquelle on les attaque. C'eft ce qu'on a vu autrefois en France, dans les Croisades contre les Vaudois & les Albigeois; en Allemagne, dans la guerre, que l'on a faite aux Bohemiens & aux Proteftans, qui ont embraffé les sentimens de Luther; & en France & aux Païs-Bas, contre ceux qui étoient en ceux de Calvin. Les guerres, qui se sont faites à l'occasion des sentimens oppofez à ceux, que le Siege de Rome & ceux qui le fuivent soûtiennent; ces guerres, dis-je, ont fait naître deux queftions. L'une eft, si un Souverain peut employer, felon le Droit de la Nature, les armes, contre ses Sujets Héterodoxes; & l'autre, si ces Sujets Héterodoxes peuvent, conformément à ce même Droit, se défendre contre leur Souverain, par la même voie. Ces mêmes queftions ont été agitées en Allemagne, dès le temps de Charles V. comme on le pourra voir par le commencement de l'Hiftoire des guerres, que les Suédois ont autrefois faites en Allemagne, publiées par Samuël Pufendorf; qui étoit, comme l'on fait, un très-habile homme, fur ces matieres, & qui y tiendroit le premier rang, si Grotius ne l'avoit précedé. On ne pourra donc pas trouver mauvais, que nous en difions ici quelque chose dans un Discours, qui doit être mis à la tête d'un Recueil des Lettres & Pieces, qui ont été écrites, à l'occasion de la Paix de Weftfalie.

XXIV.

AVERTISSEMENT.

XXIV. *Sur la Question* si l'on peut employer les armes & les suppli-ces contre ceux, que l'on croit être Héretiques ? *On ne peut répondre autre chose, sinon que cela est contraire au Droit de la Nature, qui veut que châ-cun ait droit de chercher la Verité, & de la professer, dès qu'il croit l'avoir trouvée. Naturellement châcun souhaite de n'être pas trompé, sur tout en des choses de conséquence, comme sont celles qui regardent la Religion. L'on se sent ensuite porté à communiquer à d'autres ce que l'on a trouvé ; car la Ve-rité est un bien, qu'on communique sans y rien perdre, & qui appartient à tout le monde, comme l'Air & le Soleil. D'ailleurs en communiquant ce que l'on croit vrai, & qui pourroit bien ne l'être pas, parce que les hommes sont sujets à se tromper & qu'ils se flattent trop aisément d'avoir trouvé la Verité, en des choses obscures ; il peut arriver qu'on se détrompe, & par-là on gagne beaucoup. S'il se trouve qu'on ne se trompe pas, ceux à qui on s'est ouvert, participent à une lumiere, qui leur manquoit, & se sentent d'autant plus heu-reux, que la verité, qu'ils ont apprise, est importante. Celui qui l'a décou-verte fait, de son côté, en instruisant un autre, un des actes de la Justice & de la Charité les plus importants & les plus indispensables ; s'il est vrai, com-me il l'est assurément, qu'on doit aimer son Prochain, comme soi-même, & par conséquent qu'on le doit détromper, s'il est dans l'erreur : comme on souhaiteroit de l'être, si l'on s'étoit trompé.*

XXV. *ON conçoit très-clairement que personne n'a droit d'employer la violence, pour empêcher qu'un autre ne croye ce qu'il juge veritable ; parce que la violence ne fait point changer de sentiment. Tout ce qu'elle peut faire, c'est de contraindre, par les douleurs & par la crainte, à dissimuler ce que l'on croit utile, pour desabuser ceux qui se trompent ; ou même à mentir, en di-sant que l'on croit ce qu'on ne croit point. Il est clair que le Droit de la Nature ne favorise nullement de semblables iniquitez. Le Droit Divin, ou les commandemens de l'Evangile sont aussi tout à fait contraires à toute violence. L'Evangile n'a nulle part commandé aux Puissances d'employer la force, pour desabuser ceux qui errent, & de leur faire la guerre, pour les détromper. Le Royaume de Jesus-Christ est un Royaume de charité & de douceur. Il n'a nullement autorisé ceux, qui ont l'Autorité Publique en main, de l'employer à mal-traiter ceux qui ne sont pas de leurs sentimens, pour les faire changer, ou dissimuler. Les Conducteurs de l'Eglise n'ont reçu, que le pouvoir d'instruire & de ramener, avec douceur, ceux qui tombent dans quelque erreur, & par conséquent ils ne peuvent pas porter les Chefs de la Société Civile à se servir des armes materielles & de la contrainte, contre ceux, qu'elle croit être dans l'Erreur. Ni les uns, ni les autres ne voudroient qu'une Puissance, plus gran-de que la leur, & persuadée qu'ils se trompent vînt les armes à la main, dans leur païs, pour les obliger de dissimuler, ou même de mentir, en des cho-ses de cette nature. Ainsi ils ne doivent pas faire aux autres ce qu'ils ne voudroient pas qu'on leur fît, ce qui est contre le Droit Naturel. Il s'ensuit nécessairement de là qu'il n'est pas permis d'employer la force, pour la propagation de ses sentimens.*

XXVI. *MAIS on demande ici,* s'il est permis aux Sujets d'un Prince

**** 2   de de prendre les Armes, pour se défendre, par les Armes, contre leurs Souverains qui les veulent forcer de changer de Religion. *Il faut tomber d'accord qu'il ne se trouve non plus aucune permission semblable, dans le Nouveau Testament, qui ne prêche que la Patience. On me permettra ici de me copier moi-même, pour répondre à la question proposée, afin de ne pas donner aux Lecteurs la peine d'aller chercher ailleurs ce que j'ai dit, il y a plusieurs années, sur cette matiere.*

S'il n'y a personne, qui ait droit d'imposer des Lois aux Consciences, & de tuer ceux, qui ne veulent pas se soumettre à ses Décisions, comme en effet il n'y a personne qui l'ait; peut-on trouver étrange que l'on défende sa Religion & sa vie, contre ceux qui les attaquent, sans être autorisez, par aucunes Lois, ni naturelles, ni révelées? Posons que l'un & l'autre soient défendus; ceux qui font le premier peuvent-ils se plaindre de ceux, qui s'empêchent d'être massacrez par des gens, à qui ils n'ont fait aucun mal? Ce sont des Rebelles, disent-ils, qui s'opposent à leurs légitimes Souverains. Mais ces Souverains, tant Ecclesiastiques, que Civils, ont-ils droit de maltraiter & de tuer leurs Sujets, pour des opinions? Quand ils font ce qu'ils n'ont pas droit de faire, qu'ils ne se plaignent pas de ce que les Peuples font, pour se défendre, contre une usurpation si violente. Dans l'extrémité, où se trouve un peuple, qui voit employer le fer & le feu contre lui, pour le faire changer de sentiment, & pratiquer des choses, qu'il croit défendues par la Loi Divine; peut-on trouver mauvais, parmi ceux qui l'attaquent, qu'il fasse ce qu'il peut, pour se tirer d'affaire? Est-il permis de tuer injustement, & défendu de tâcher de sauver sa vie? Voyez Bibliotheque Choisie, *Tom.* XXVII. p. 88.

XXVII. CETTE *sorte de guerre, comme toutes les autres, doit finir aussi tôt qu'il est possible; c'est-à-dire, d'abord que l'aggresseur cesse de maltraiter, ceux qu'il a attaquez, & qu'il consent à les laisser vivre en Paix. Ces derniers n'ayant pris les armes, que malgré eux, seulement pour se défendre, contre ceux qui les avoient attaquez, sont obligez, par leurs principes, de les poser, dès que les injures, qui ont causé la guerre, viennent à cesser. Ils doivent encore faire la guerre, pendant qu'elle dure, avec d'autant plus d'humanité, qu'ils se plaignent de l'inhumanité de leurs ennemis. Il est néanmoins vrai qu'ils ont souvent passé les bornes de l'Humanité; comme on le peut voir par l'Histoire des Guerres de Religion, qui se sont faites en Allemagne, en France & dans les Païs-Bas, le* XVI. *Siecle.*

XXVIII. POUR *témoigner qu'on est prêt à entrer en Négociation, afin de convenir, s'il est possible, de la Paix, il faudroit faire une Trève, qui est une suspension de toute Hostilité, en attendant qu'on puisse convenir d'un Traité. Il peut autrement facilement arriver, qu'un avantage, remporté de part ou d'autre, pendant qu'on négocie d'un accommodement, rompt toute Négociation, & irrite celui des Contractans qui a eu du dessous; pendant que l'autre, enorgueilli de la Victoire, se rend plus difficile. On le peut voir par la Négociation, qui se fit en Westfalie, vers le milieu du* XVII. *Siecle, principalement pour rendre le repos à l'Allemagne, & pendant les Conférences de Nimegue, tenues pour faire la Paix, entre la France & les Provinces-Unies.*

AVERTISSEMENT.

Unies. La Trêve prépare les Parties à la Paix, & les dispose à s'entre-souffrir réciproquement. On y doit être disposé, des deux côtez, si on ne fait pas la Guerre, pour le plaisir de la faire, ou pour y trouver son compte ; comme on en a accusé Maurice, Prince d'Orange, qui s'opposa, de toutes ses forces, à la Trêve, qui se fit en MDCIX entre l'Espagne & les Etats Généraux des Provinces-Unies.

XXIX. *SI l'on faisoit bien, après avoir conclu une Trêve, sur tout pour plusieurs années ; on ne la laisseroit pas finir, sans avoir fait, de part & d'autre, tout ce qu'on peut, pour en venir à une Paix Perpetuelle. On doit, en cela, louër les Espagnols, qui avant que la Trêve de douze ans, dont on vient de parler, fût expirée, voulurent entrer en Négociation, pour la convertir en une Paix. Mais le Prince, que l'on vient de nommer, l'empêcha, non pour l'interêt de l'Etat, mais pour le sien propre, en quoi on ne sauroit le louër. La Guerre, comment qu'elle se fasse, est un état contre la Nature, qui porte constamment à la Paix. Si l'on n'eût pas pû s'assurer alors de la Liberté, par une Paix ; on auroit pu dire, que l'on n'avoit combattu que pour cela, & qu'il ne falloit pas poser les armes, avant que d'en être assuré. Un Poëte a bien dit ,, qu'on ne chercheroit pas ,, le fer sous la Terre, qu'on n'environneroit point les Villes de murailles, qu'on ,, n'auroit pas besoin de Chevaux pour attaquer, ou pour se défendre, & qu'on ,, ne couvriroit jamais la Mer de Vaisseaux ; si l'on pouvoit sacrifier honêtement la ,, Liberté à la Paix.*

> Non chalybem gentes, penitus fugiente metallo,
> Eruerent, nulli vallarent oppida muri,
> Non sonipes in bella ferox, non iret in æquor
> Turrigeras classis pelago sparsura carinas ;
> Si bene Libertas umquam, pro Pace, daretur.
> *Lucan.* Lib. IV, 229. & seqq.

XXX. *QUAND on est assuré de la Liberté ; c'est à dire, d'un état auquel on n'est obligé qu'à obeïr aux Lois, reçues par le consentement public ; & qui est opposé à l'Esclavage, qui soumet ceux qui ont eu le malheur d'y tomber, au caprice de ceux à qui ils appartiennent ; quand on est, dis-je, assuré de la Liberté, il est tems de penser à faire la Paix. Comme un Etat est libre, celui, avec lequel il traite, ne lui peut rien imposer malgré lui, & en vertu d'une superiorité, qui n'a plus de lieu. Le Roi d'Espagne, traitant à Munster, avec les Etats Généraux des Provinces-Unies, renonça à toutes les prétentions, qu'il avoit euës sur eux & les laissa Maîtres de prendre les mesures, qu'ils trouveroient à propos. Ils purent proposer tout ce qu'ils voulurent, pour s'assurer la possession de tout ce qu'ils avoient alors, & pour établir la sûreté & la liberté de leur Commerce. Si l'on n'avoit pas fait la Paix, avec cette Couronne, comme la France le souhaitoit, on auroit sans doute très-mal fait ; parce qu'après quatre-vints ans de guerre, il étoit bien tems de penser à ne plus verser de sang humain, & que l'on ne pouvoit demander raisonnablement à l'Espagne, plus que ce qu'on lui demanda. La guerre n'avoit que trop duré & avoit obligé la République à contracter des dettes, dont*

Tom I.   *****   *elle*

elle avoit bien de la peine de payer les intérêts; qu'il fallut même diminuer, a-
près la Paix. Bien des gens ont cru que cette même République auroit bien fait de
faire la Paix, avec la France, en MDCCIX. puisqu'elle étoit encore plus engagée,
en ce tems-là; la sûreté des Frontiéres étant d'ailleurs rétablie, & la Balance
des plus grandes Puissances de l'Europe étant devenuë à peu près égale.

XXXI. *UN grand Historien Latin a introduit un Ambassadeur d'Antiochus,*
Roi d'Asie, divisant les Alliances en trois ordres. Le premier est de ces Alliances,
où le Vainqueur impose de certaines conditions aux Vaincus; car dès que l'on a tout
rendu à celui qui est le plus fort, il a droit de règler ce qu'il veut accorder aux Vain-
cus, & ce qu'il veut leur ôter. Le second est entre ceux, qui ont fait la guerre
avec un avantage égal, & qui font des conditions égales des deux côtez; pour
vivre dès lors en Paix & en amitié ensemble. Le troisiéme est, lorsque ceux, qui
n'ont jamais été ennemis les uns des autres, s'assemblent pour faire amitié entre
eux. Ces Puissances ne s'imposent aucunes conditions désavantageuses, ni ne font obli-
gées d'en accepter aucunes; pour cela, il faudroit que l'une eût vaincu l'autre. Esse
tria genera fœderum, quibus inter se pacifcerentur amicitias Civitates, Regés-
que. Unum quum bello victis dicerentur leges; ubi enim omnia ei, qui armis plus posset, dedita essent, quæ ex his habere victos, quibus mulctari eos
velit, ipsius jus atque arbitrium esse. Alterum, cùm pares bello, æquo fœdere,
in pacem atque amicitiam venirent; tunc enim repeti, reddique per conventionem res, & si quarum turbata bello possessio sit, eas aut ex formula
juris antiqui, aut ex partis utriusque commodo componi. Tertium esse fœdus, quum hostes numquam fuerint, ad amicitiam sociali fœdere inter se
jungendam coëant; eos neque dicere, neque accipere leges; id enim victoris &
victi esse. *Tite-Live Liv.* XXXIV. C. 15.

XXXII. *A l'égard de ces trois sortes d'Alliances, il y a diverses choses*
à remarquer. 1. *Celui qui a été superieur, dans la guerre, & auquel son en-*
nemi a tout rendu, doit user, avec modération & retenue, de ses avantages, &
ne se faire pas trop prier; pour ne pas faire à un autre ce qu'il n'auroit pas voulu, que
cet autre lui fît, s'il avoit le dessus, afin de rendre Paix plus durable & soli-
de; car il est difficile de tenir des promesses, que l'on n'a faites, que malgré
soi, lorsqu'elles sont trop onereuses; outre que les choses humaines étant sujettes
au changement, l'Etat le plus puissant se peut trouver dans le cas, où se trouve
alors le plus foible. 2. *Ceux qui ont été égaux, dans la guerre, doivent être faciles à*
s'accommoder; parce qu'en la continuant, l'un d'eux peut devenir inferieur à l'autre
& perdre une bonne partie de ce qu'il a, ou même le tout. 3. *On doit toûjours ê-*
tre prêt à accepter une amitié, à laquelle la Nature Humaine convie tous ceux
qui sont Hommes; & ne point vouloir faire de conquêtes sur ceux, qui recher-
chent à cultiver l'amitié naturelle, à laquelle tous les Peuples doivent aspirer. 4.
Dans toutes ces Alliances, on doit agir de bonne foi, & ne se dresser point
de pieges, les uns aux autres; par des termes équivoques que l'on explique, dans
la suite, à son propre avantage, & au détriment de la Partie, avec qui l'on con-
tracte; quoi qu'on ne s'en fût pas expliqué d'abord, de peur d'être contredit. On
pourroit donner des exemples de toutes ces sortes d'Alliances, & de la bonne, ou
de la mauvaise foi, avec laquelle elles ont été gardées, par les Parties contractan-

tes.

AVERTISSEMENT.

tes. Mais cela nous meneroit trop loin, & nous n'avons nullement deſſein
d'épuiſer la matiere ; mais ſeulement de marquer en général les devoirs de toutes
les Nations, les unes envers les autres, tirez des principes du Droit de la Nature ; qui n'eſt que trop ſouvent violé, d'une maniere ſcandaleuſe. Ceux qui cherchent
des éclairciſſemens, ſur des cas particuliers, doivent avoir recours à Grotius, à
Pufendorf & à leurs Interpretes, où l'on trouvera ces matieres traitées à
fond.

XXXIII. EN géneral, on peut dire, ſans danger de ſe tromper, que les
mêmes Loix de la Nature, qui ont été données aux Particuliers, ont été en
même tems données aux Corps Politiques. Un Etat ne doit pas faire à un autre Etat, ce qu'il ne voudroit pas qu'un autre Etat lui fît à lui-même. Tout Royaume & toute République doit faire aux autres ce que ces Etats ſouhaiteroient que
les autres leur fiſſent. Enfin toutes les Puiſſances doivent cultiver, les unes
avec les autres, l'Amitié, que la Nature apprend aux Particuliers à entretenir entre eux. C'eſt ſe tromper dangereuſement, que de s'imaginer que le même Droit
de la Nature ne lie pas les Corps Politiques, comme les Particuliers. La multitude des coupables ne diminue nullement la faute, aux yeux de l'Auteur de la
Nature.

XXXIV. IL faut de la bonne Foi dans les Traitez, qui conſiſte 1. à a-
voir d'abord deſſein d'en venir à la concluſion, à des conditions raiſonnables : 2.
à expoſer ſes prétentions, en termes clairs, pour ne pas cauſer des conteſtations &
des longueurs exceſſives : 3. à dire tout ce qu'on prétend, de peur que, dans
la ſuite, on ne ſoit obligé de rompre ; parce qu'on ne peut pas convenir, ſur des demandes, auxquelles on ne s'étoit pas attendu : 4. à ne pas demander beaucoup au
delà de ce qu'on peut demander, avec juſtice, pour ne pas choquer ceux, a-
vec qui l'on traite ; qui ſe perſuadent alors, qu'on ne cherche qu'à les amuſer,
ou qu'on imite les Marchands, qui demandent plus qu'il ne faut, de leurs marchandiſes, pour voir ſi ceux qui achetent ne ſe laiſſeront point duper ; ce qui rend la
Négociation beaucoup plus difficile & pleine de défiance réciproque : 5. à donner aux
Ambaſſadeurs, ou autres Députez, pour la Négociation, des Inſtructions & des
Pouvoirs aſſez amples, pour en venir à une concluſion ; ſans quoi il n'eſt pas
poſſible de ſe fier, en ce qu'ils peuvent promettre, au nom de leurs Souverains. Sans
obſerver cela, on voit bien que l'on viole plus, ou moins, la bonne foi, & qu'au
lieu de ſe rapprocher les uns des autres, on s'en 'éloigne ; au lieu de hâter la
Paix, on la retarde & l'on ſe diſpoſe à rallumer le feu de la guerre, au lieu de
l'éteindre, ou on la perpetue. Cela ſe peut nommer, en Latin, cauponari pacem,
non pacificare, comme un Poète Latin a dit de ceux, qui croyoient pas qu'il
fût permis de corrompre, par de l'argent, les Miniſtres de ceux, qui ſont en guerre avec nous : non cauponantes bellum, ſed belligerantes. On comprend facilement que toutes ces manieres ne ſont pas compatibles, avec le Droit de la
Nature, qui nous défend de faire aux autres, ce que nous ne voudrions pas
qu'ils nous fiſſent ; car ce qui eſt défendu à chacun en particulier, ne l'eſt pas
moins aux Souverains, ou aux Societez entieres, que l'on regarde ici, comme
des Perſonnes, dont chacune eſt repreſentée par ſes Miniſtres. Une Puiſſance
Souveraine eſt même beaucoup plus coupable qu'un Particulier, quand elle n'agit
pas

***** 2

AVERTISSEMENT.

pas de bonne foi ; parce que les infractions du Droit Naturel , ou des Gens , qu'elle commet , causent beaucoup plus de mal , à la Société , que la mauvaise conduite d'un Particulier.

XXXV. COMME on ne doit venir à la Guerre , que par force , pour repousser des injures , qui détruiroient la Société , si on ne les repoussoit ; on doit écouter les propositions de Paix , dès qu'il est possible de la faire , sans exposer la Société , qui la fait , à un danger de tomber en quelque grand malheur. Une petite perte n'approche pas du mal , que fait une longue guerre. Philippe II. Roi d'Espagne causa , par son opiniâtreté , à refuser aux Païs-Bas l'observation des Privileges , & la Liberté de Religion , infiniment plus de perte à sa Couronne & à ses Sujets , en s'opiniâtrant , comme il fit , à faire la guerre aux Peuples des Païs-Bas en géneral & aux Provinces-Unies en particulier , en leur faisant la guerre beaucoup trop long-tems ; & ses Successeurs firent la même faute , en s'obstinant à suivre ses maximes , comme on le pourra voir dans les Histoires de ces Provinces. On dit que la Religion & l'Honneur ne lui permettoient pas de se relâcher , en faveur de ses Sujets Rebelles & Héretiques , comme il parloit. Mais ce n'étoit là que des prétextes , pour satisfaire son humeur hautaine & inflexible ; qui lui attira mille maux , pendant sa vie , & même à ses Successeurs , après lui. On y pourroit bien ajoûter l'exemple de son Pere l'Empereur Charles V. dans les guerres , qu'il fit aux Protestans d'Allemagne & aux François , quoi qu'ils fussent de la même Religion que lui. Mais châcun peut trouver assez d'exemples des guerres obstinées , qui ont causé une infinité de maux , & qui ont fini au desavantage de ceux , qui les avoient entreprises & soûtenues , avec trop de dureté. Outre les sommes immenses , qu'il leur en a coûté ; ils y ont perdu une infinité de bons Sujets , propres à servir utilement leur Patrie.

XXXVI. ENFIN la bonne foi demande que l'on observe religieusement la Paix , quand elle est faite ; & la Charité , ou plûtôt la Justice , que les Souverains se doivent , par le Droit de la Nature & par celui des Gens , ne leur permet pas d'exposer leurs Sujets , aux suites fâcheuses de la Guerre , à répandre des fleuves de sang , & à perdre une bonne partie des fruits de leur industrie ; par l'honneur mal entendu du Souverain , qui n'écoute que son Ambition & qui n'a aucun égard pour les malheurs infinis , que cause une longue Guerre dont il se rend coupable devant un Tribunal , qu'on ne pourra nullement tromper , & devant lequel tous les hommes sont égaux.

XXXVII. LES Lecteurs trouveront des Exemples & des Preuves de tout ce que je viens de dire , dans ce Recueil des Négociations Secrétes , pour la Paix de Munster & d'Osnabrug , contenant les Préliminaires , Instructions , Lettres & Mémoires de ces Négociations , commencées en MDCXLII , jusqu'à la conclusion de la Paix en MDCXLVIII. & diverses Pieces spécifiées après le titre de châque Volume. Voici le contenu des principales Pieces du Premier. 1. Il y a des Instructions , sur les intérêts de la France & de ses Alliez , & des Eclaircissemens des difficultez , qui se pouvoient rencontrer à la Négociation de la Paix Génerale de toute l'Europe ; laquelle Négociation se tenoit à Munster en MDCXLIV. On prend , dans ces Instructions , les choses de fort haut , & on y montre le Droit de preséance

AVERTISSEMENT.

ſéance des Rois de France, ſur tous les Rois de l'Europe; II. Les Uſurpations faites, comme le diſoient les François, en Italie, ſur les Seigneurs particuliers des Seigneuries & des Fiefs mouvans de l'Empire; III. Les infractions des Eſpagnols & de la Maiſon d'Autriche des Traitez, faits entre eux, & entre la France & ſes Alliez; IV. Les Droits que le Roi de France prétendoit avoir ſur la Catalogne & ſur le Rouſſillon; V. Ceux du Roi de Portugal ſur cette Couronne, dont il s'étoit mis en poſſeſſion; VI. Ceux que la France prétendoit avoir ſur le Milanès, ſur d'autres Seigneuries, dont les Rois d'Eſpagne étoient en poſſeſſion, & même ſur les Etats du Duc de Savoie, ſur le Comté de Flandre, ſur l'Artois, ſur la Lorraine, malgré ſa dépendance de l'Empire, &c. Il n'y a point d'apparence que les François eſperaſſent que le Pape & les Venitiens, qui étoient les Médiateurs, euſſent de l'égard à tout ce qu'ils demandoient. Mais c'étoit un moyen ſûr d'entretenir le tapis & de tirer les affaires en longueur; puis que s'il avoit fallu examiner chaque Article, il falloit un tems infini. Auſſi ne vouloient-ils pas finir, mais faire en ſorte que la Négociation ſe rompît; parce que la Maiſon d'Autriche n'étoit pas encore aſſez humiliée, ſelon eux, pour faire la Paix, avec elle.

2. On trouve ici les Lettres des Comtes d'Avaux & de Servien, Ambaſſadeurs de France en Allemagne, qui ſe brouillerent enſemble; dans leſquelles on voit leurs differends, & ce que l'un & l'autre diſoit pour ſa défenſe, & pour accuſer ſon Collegue. Il n'y a guère d'exemple d'une ſemblable brouillerie, entre deux Ambaſſadeurs d'une même Puiſſance.

3. Il y a un Recueil de Pieces, qu'on nomme les Préliminaires de la Paix de Munſter, ramaſſées l'an MDCXLII. & les trois ſuivans. Ce ſont des Lettres, & des Pleins-pouvoirs & autres Pieces touchant la Négociation, dans laquelle on alloit entrer. Il y en a une, entre autres, où il eſt traité des differents intérêts des Princes, & des Corps engagez dans la Guerre d'Allemagne, dans laquelle on fait voir qu'ils avoient tous grand intérêt à faire la Paix, & une autre, qui traite de la maniere de la faire; en convenant d'abord d'une Trêve, pour travailler en ſuite à la Négociation de la Paix, & à regler les prétentions des Parties intereſſées. On y voit les prétentions de la Suede & du Danemarck, puiſſances qui étoient alors brouillées enſemble, & qui le furent encore depuis, malgré la Paix; divers papiers de l'Empereur, de Ragotski Prince de Tranſilvanie, de l'Electeur de Brandebourg brouillé avec la Suede, pour les prétentions, qu'elle avoit ſur la Pomeranie; des Articles arrêtez entre le Landgrave de Heſſe-Darmſtadt, & le Marquis de Caſtel Rodrigue; des Conſiderations ſur un Diſcours intitulé : les Cauſes du retardement de la Paix, entre le Roi de France d'une part & le Roi d'Eſpagne & l'Empereur d'autre part, & les remedes, qui s'y pouvoient apporter, avec les conſiderations d'un François, & quelques Mémoires où l'on montre que la France ne devoit aucunement traiter de Paix, avec l'Empereur & le Roi d'Eſpagne, que conjointement avec ſes Alliez & qu'elle a droit de retenir ſes conquêtes, par forme d'Hypotheque, ſans rien rendre, de ce qu'elle avoit conquis, ſur eux, ſous le Roi défunt & ſous Sa Majeſté à preſent regnante; des exemples de Rois & de Princes, qui ayant fait des Alliances, avec d'autres Princes, ſous condition de ne pas traiter de Paix, ou de Trêve, avec leurs

AVERTISSEMENT.

Ennemis communs, que conjointement, ont néanmoins fait le contraire, & quel en a été le succès; plusieurs autres choses qui regardent des faits & des droits, que l'on ne mettra pas ici en détail; un Avertissement aux Ambassadeurs de France à Munster, sur des Lettres qu'ils avoient écrites à la Diéte de Francfort & à tous les Princes de l'Empire, le 6. Avril MDCXLIV. avec des Copies de ces Lettres, qui avoient choqué plusieurs d'entre eux; parce qu'elles étoient contre l'Empereur, & qu'il y avoit des expressions qui ne leur plaisoient pas; divers Mémoires & Ecrits, touchant la réception des Ambassadeurs & leurs Pleins-pouvoirs; l'état de ce qui se passoit à Munster, contenant les difficultez, qui se rencontrerent, avant que d'en venir aux Conférences pour la Paix, entre la France & la Suede d'une part, & l'Empereur & l'Espagne d'une autre, aux mois d'Août, de Septembre & d'Octobre de l'an MDCXLIV. les differends entre la France & l'Espagne, touchant les Places que le Roi retenoit au Duc de Savoie, la Catalogne & Monaco; les Ennemis de l'Empereur & du Roi d'Espagne, avec leurs armées; des exemples des Conquêtes, qui avoient été gardées en vertu d'une Paix, ou d'une Trêve; des Extraits de Lettres touchant ce qui se passoit à Munster; un Narré de ce qui y étoit arrivé depuis le 17. de Mars jusqu'au 20. de Novembre MDCXLIV. les Pleins-Pouvoirs des Ambassadeurs de diverses Puissances, avec diverses Lettres; une Rélation de ce qui s'étoit passé, dans la délivrance des Propositions de Paix par les Ministres de l'Empereur, & par ceux de France & d'Espagne, avec ces Propositions & leur examen de part & d'autre, & outre cela plusieurs papiers touchant la même chose, desquels on ne mettra pas les titres; les noms & les Charges des Ambassadeurs, qui se trouverent à Munster & à Osnabrug, & autres choses touchant les terres de divers Princes.

C'est là le contenu du I. Tome, qui contient une varieté infinie de choses, concernant les interêts des Puissances, qui envoyerent leurs Ambassadeurs en Westfalie, avec ce qui s'y passa jusqu'à la fin de l'an MDCXLV. Tout cela peut beaucoup servir non seulement pour l'Histoire du tems, mais encore pour instruire ceux, qui auroient quelque chose à démêler avec elles, à l'avenir. On y voit des exemples remarquables de la maniere de disputer le terrein, dans une Négociation embarrassée; & de l'avidité, que les Puissances font paroître, pour leur aggrandissement.

LE second Volume n'est pas moins instructif, parce qu'on y voit les instructions sécretes de la Cour de France à ses Ambassadeurs à Munster, pendant l'année MDCXLIV. & la suivante. Ce sont les ressorts, qui faisoient mouvoir ces Ministres, & dont la découverte fait comprendre les raisons de tous leurs discours & de tous leurs mouvemens. On y découvre aussi plusieurs desseins secrets, qui ne furent executez, que depuis. Les Réponses des Ambassadeurs font connoître les difficultez, qu'ils rencontroient; & même les projets de la Cour de France, comme étoit celui d'envahir tous les Païs-Bas Espagnols; mais qui ne réüssirent pas, comme la France l'avoit esperé.

DANS le Tome III. on verra les ordres de la même Cour à ses Ministres & leurs réponses, pendant l'année MDCXLVI. C'est la même chose, qui parut à Amsterdam, en MDCCX. en un Volume in Folio & quatre in 8.

Mais

AVERTISSEMENT.

Mais cette seconde a été faite sur un meilleur exemplaire, & plus complet; comme on le verra par les endroits, où on a mis des Crochets, qui marquent les Corrections & les Additions. Il y a encore une demie Année de plus, des ordres & des réponses des Ministres de France, depuis le mois de Juillet, jusqu'à la fin de l'Année MDCXLVI. & quantité de Pieces curieuses, concernant les Négociations, qui se faisoient en Westfalie.

LE Tome IV. renfermera la suite des mêmes Négociations, depuis Janvier jusqu'en Avril MDCXLVII. dont on n'avoit pas encore pénétré le fonds. On y trouvera aussi des Ecritures curieuses de divers Ministres Etrangers, que ceux de France envoyerent à leur Cour, pendant l'année que l'on a marquée & les deux suivantes. Enfin il y aura les Dépêches de Monsieur de Vautorte, écrites en Allemagne au Cardinal Mazarin, depuis l'an MDCXLV. jusqu'à l'an MDCLIV. inclusivement, où l'on verra particulierement la suite des affaires, après la Paix de Westfalie.

Ceux qui acheteront le grand Recueil des Traitez, qui s'imprime en cette Ville, ne pourront guére se passer de ces Volumes, où l'on trouve les ressorts secrets, qui ont produit le fameux Traité de Westfalie & ses suites.

On y verra, comme on l'a déja dit, beaucoup d'exemples, qui pourroient servir de Commentaire aux remarques, que nous avons faites sur la Bonne Foi, qu'on doit garder dans les Traitez; pour observer les Loix du Droit de la Nature & de celui des Gens. Il n'y eut guére d'Ambassadeurs, qui y eussent égard, qu'autant que ceux des Puissances interessées les y contraignirent. Chacun chercha son avantage, autant qu'il put, sans se mettre fort en peine de la Bonne Foi & de l'Equité, qui doivent être la base de tous les Traitez; & l'on se sépara plûtôt las de contester, que satisfait de ce qu'on avoit obtenu. Mais la guerre avoit duré si long-tems, qu'on la finit plûtôt par épuisement, que par des motifs de justice. Après que l'on eut employé les armes, pendant plusieurs années, pour se défendre, ou pour attaquer, par le Fer & par le Feu; on en vint à la Négociation & aux combats, qui se font par la vive voix, ou par la plume; qui fatiguerent aussi enfin si fort les Combattans, que, lassez de tant de chicaneries, ils se retirerent chez eux, sans avoir bien achevé les affaires.

Cela fait voir qu'encore qu'Hobbes ait dit que les Hommes sont naturellement, les uns envers les autres, en état de Guerre; la Nature Humaine se lasse enfin de ce fâcheux état, qui lui est en effet contraire. Si la passion de se venger, ou de s'aggrandir engagent les Hommes dans la Guerre; lors qu'ils ont ressenti, par leur experience, que bien loin d'y trouver leur compte, ils s'étoient éloignez du Bonheur qu'il cherchoient; ils rentrent, avec plaisir, dans l'état de Paix, qui est la situation naturelle de nôtre Espece.

Pour se conserver dans cet état, il faut observer religieusement les Traitez, afin de ne pas s'attirer de nouvelles plaintes; qui n'étant point satisfaites disposent les esprits à une nouvelle rupture. Il faut même, pour prévenir ce malheur, relâcher une partie de ses Droits. C'est encore là une autre Maxime de la Prudence, qui ordonne de souffrir un moindre mal, de peur de s'en attirer un plus grand; tel que seroit une inimitié éternelle, qui disposeroit les Hommes à se

****** 2   nuire

AVERTISSEMENT.

nuire réciproquement auſſi long-tems qu'ils pourroient. Si c'eſt là une ſuite de la Nature de l'Homme, il faudroit mettre l'Homme dans le rang des Bêtes féroces, qui ſont en un état de Guerre perpetuel. Ce ſeroit là avilir étrangement la Nature Humaine, qui aſſurément a été formée pour la Paix, ſans laquelle elle eſt malheureuſe. Quand après une Guerre, on vient à avoir quelque démêlé, il faut s'en remettre à des Médiateurs desintereſſez, qui décident du differend, qui empêchent même, par leur autorité, que celui, qui fait tort à l'autre, ne continue dans cette mauvaise diſpoſition, & qui intercedent pour celui qui eſt dans la ſouffrance; en faiſant connoître, s'il le faut, qu'ils prendront ſon parti, ſi on ne le laiſſe en repos. Il n'y a rien là, qui ne ſoit conforme à la Loi de Nature, comme on le peut facilement comprendre, par ce qu'on a dit des devoirs, qu'elle a impoſez aux Particuliers. C'eſt là ſans doute le but de l'Auteur de la Nature & de la Societé Humaine; lequel ne ſauroit ne pas desapprouver ce qui tend à la deſtruction de ſes Ouvrages, & à l'infraction de ſes Lois.

JEAN LE CLERC.

A Amſterdam le 1. de Décembre
MDCCXXIV.

PRE.

PRÉFACE
HISTORIQUE.

L'EMPEREUR Rodolphe II. Fils de Maximilien II, étant 1612.
decedé sans Enfans, le Roi de Hongrie, son Frere, monta
sur le Trône Impérial du commun consentement des E-
lecteurs, & se fit appeller Mathias I. Du vivant de son Frere, il avoit été déclaré Protecteur des Païs-Bas contre son oncle Philippe II. Roi d'Espagne ; mais l'Empereur Rodolphe, voulant faire
connoître à ce Prince, qu'il n'avoit eu aucune part dans cette démarche de son Frere, n'avoit rien négligé pour le faire revenir auprès de
lui, & l'avoit déclaré son Lieutenant Général en Hongrie.

Ce fut sous son Regne que commença la Guerre touchant la Succes- 1613.
sion de Juliers, dont les principaux Interessés étoient Jean Sigismond E-
lecteur de Brandebourg, & Guillaume Duc de Neubourg.   Cette
Querelle, qui sembloit n'être au commencement que particuliere, &
même une simple Affaire de Famille, devint en peu de tems générale,
& interessa enfin toute l'Europe : & comme elle a été l'origine de la
Guerre de trente ans, qui ne se termina que par la Paix de Westphalie, il ne sera pas inutile d'en donner ici un petit Abrégé.

Guillaume, Duc de Juliers, eut un Fils nommé Jean-Guillaume, qui
mourut sans enfans en 1609; & quatre Filles, l'ainée desquelles Marie-
Eleonore épousa Albert-Frideric Marquis de Brandebourg en 1572 : &
de ce mariage sortit Anne, mariée à Jean-Sigismond Electeur de Bran-

TOME I.   a   debourg.

1613. deboutg. Anne de Cleves, cadete de Marie-Eleonor, fut mariée en
1574. à Philippe-Louis Comte Palatin, Duc de Neubourg. Je ne dis
rien des deux autres Filles, Magdelaine de Cleves, mariée au Comte
Palatin de Deux-Ponts; ni de Sibille de Cleves, mariée à Charles d'Autriche, Marquis de Burgaw : parce que le fort de la pretenfion étoit
entre l'ainée & la cadete.

L'Electeur prétendoit repréfenter Marie-Eleonor fa belle-mere & fa
belle-fœur; car elle avoit été mariée à fon Frere Albert de Brandebourg.

Le Duc de Neubourg, au contraire, alléguoit, qu'il venoit d'un
Fils d'Anne, laquelle vivoit encore au temps de la mort de fon Frere
Jean-Guillaume; & que par cette raifon il étoit fon plus proche Héritier
mafculin, repréfentant fa Mere, qui, ayant furvécu à fa Sœur, étoit
devenue l'ainée du vivant même de fon frere Jean-Guillaume.

Le Duc fe fondoit principalement fur un Privilege accordé par l'Empereur Charles V. l'an 1546. à Guillaume Duc de Juliers & de Cleves,
de donner la Succeffion de fes Etats à une de fes Filles, en cas qu'il
mourût fans Enfans mâles.

Il pretendoit, en vertu de ce Privilege, qu'Anne repréfentoit la Ligne mafculine, à l'exclufion de fon aînée, parce qu'il étoit mâle; &
que Marie-Eleonor, repréfentée par l'Electeur de Brandebourg, n'a-
voit eu qu'une Fille.

Les Efpagnols, pour empêcher que les Etats Généraux des Provinces Unies du Païs-Bas ne devinffent plus puiffans par le voifinage de l'E-
lecteur, fe déclarerent ouvertement pour le Duc de Neubourg; & cela
d'autant plus volontiers, que s'étant fait Catholique après fon mariage
avec Magdelaine de Baviere, ils efpérérent qu'il leur donneroit du fecours dans les Païs-Bas Efpagnols.

1614. Par cette même raifon, les Etats Généraux fe déclarérent pour l'Electeur de Brandebourg, & firent un Traité avec lui, pour lui procurer cette belle Succeffion.

Ce premier fujet de Troubles fut fuivi d'un autre beaucoup plus confidérable. Les Proteftans du Royaume de Boheme murmuroient hautement de ce qu'on ne leur tenoit pas ce qu'on leur avoit accordé touchant

chant le fait de la Religion. Ces murmures degenererent en fédition for- 1616.
melle, dès que l'Empereur Mathias, à la follicitation de fes Freres les Archiducs Maximilien, & Albert; & du Roi Catholique Philippe III., eut
reconnu pour fon Succeffeur l'Archiduc Ferdinand fon Coufin germain : & ce fut lors du Couronnement de ce Prince comme Roi de
Boheme, que les Seigneurs Proteftans convoquérent de leur propre autorité, malgré les defenfes de l'Empereur, les Etats Généraux du Ro- 1618.
yaume, & que dès le troifiéme jour de leur ouverture, leurs Députez
demandérent fatisfaction de leurs Griefs. S'ils les repréfentérent avec peu
de refpect, les Comtes Guillaume Schlawata, & Jaroflaw Martinitz,
& le Sécretaire Fabrice, qui étoient les principaux du Confeil pour le
Gouvernement de ce Royaume, traitérent au contraire les Deputez a-
vec beaucoup de hauteur & de mépris, : & ces Deputez en furent fi
irritez, qu'ils jettérent ces trois Seigneurs par les fenêtres.

Le Comte de la Tour fe mit alors à la tête des Soulevez. Il fit auffi-
tôt prêter ferment de fidélité aux habitans de Prague; & il y forma un
Confeil de trente Directeurs pour le Gouvernement du Royaume. Ce
nouveau Tribunal chaffa toutes les perfonnes fufpectes, particuliérement
les Jéfuites : Il ordonna à toute la Bourgeoifie de prendre les Armes : il
envoya plufieurs ordres pour faire des levées par tout le Royaume; &
enfin ces Directeurs publiérent un Manifefte, pour faire connoître à
l'Empereur, & à tout le monde, la juftice de leurs Prétenfions, & de
leur Procédé.

L'Empereur s'apliqua férieufement à les réduire par la force; &, dans
le tems qu'il ne fongeoit qu'aux moyens de les punir de leur Rebellion,
il cherchoit à les amufer, en leur oppofant un Manifefte, & en leur
envoyant plufieurs Lettres, en partie fort vives; & en partie fort mo-
dérées : mais fa maladie, & fa mort arrivée le 20 Mars 1619, le de-
livrérent de ces foins; & il laiffa fon Succeffeur Ferdinand II. dans de
furieux Embarras tant par rapport aux affaires Politiques, que par rapport à celles de la Religion.

Les Proteftans de Boheme l'avoient reconnu pour leur Roi; mais,
comme il étoit entiérement dévoué aux Jéfuites, la crainte de fe voir ex-

1617.
Troubles de
Boheme;

Soins de
l'Empereur
pour les af-
foupir,

1619.
Mort de
l'Empereur
Mathias,

Nouveaux
Troubles en
Boheme,

1619. posez à de plus grands maux encore sous son Regne, que sous celui de son Prédécesseur, fut cause, qu'aussitôt après la mort de l'Empereur Mathias, ils envoyérent offrir leur Couronne à Frideric V, Electeur Palatin.

Les Bohemes offrent la Couronne à l'Electeur Palatin.
Le Duc de Baviere lui refuse son assistance.

Ce Prince, ravi de ces offres, s'aboucha avec Maximilien Duc de Baviere, & fit tout ce qu'il put pour l'attirer dans son parti; jusques là même qu'il lui promit la plûpart des suffrages du College Electoral pour lui procurer la Couronne de l'Empire. Mais le Duc n'y voulut point consentir, & se déclara hautement pour les Intérêts de la Religion Catholique, & de l'Empire.

Le Palatin accepte les offres des Bohemes.

Frideric ne laissa pas d'accepter les offres des Bohemes; se flattant, sans doute, que tous les Potentats Protestans s'intéresseroient dans sa Querelle.

Les Protestans Hongrois offrent pareillement la Couronne de Hongrie à Bethlem-Gabor.

D'abord, les Bohemes, les Silesiens, les Moraviens, & une grande partie de l'Autriche Supérieure, se déclarérent pour lui; mais les Protestans de Hongrie offrirent leur Couronne à Betlem-Gabor, Prince de la Transylvanie.

Les Soulevez de Boheme s'avancent vers Vienne.
Victoires des Imperiaux.

Le Comte de la Tour, qui étoit le principal Chef des Mutinez, s'avança avec un Corps considérable de troupes, vers Vienne, Ville Capitale d'Autriche. Pendant sa marche, il y eut quelques Combats entre le Comte de Buquoi, qui commandoit un Corps de dix à douze mille Hommes sur la frontiére de Boheme, & le Comte de Mansfeldt qui étoit à Pilsen avec une Armée assez considerable des Soulevez. Tout l'avantage en resta au premier, qui défit entiérement le Comte de Mansfeldt; & les trente Directeurs en furent tellement allarmez, qu'ils rappellérent le Comte de la Tour, dans le tems même qu'il étoit sur le point d'éxécuter son dessein sur Vienne, & qu'ils firent échouër ainsi cette importante Entreprise.

Ferdinand contracte une Alliance très-étroite avec le Duc de Baviere.

Ferdinand, qui appréhendoit avec beaucoup de raison les suites du Soulévement des Bohemes, se rendit lui-même auprès du Duc de Baviere, afin de l'engager indissolublement dans ses Intérêts. Il n'eut pas beaucoup de peine à y réussir : Maximilien le Prince le plus zélé de la Terre pour la Religion Catholique, y consentit d'abord; parce qu'il étoit très-fortement persuadé, que les Intérêts de la Religion Catholi-

que

que fur tout en Allemagne ; étoient inféparables de ceux de la Maifon 1619,
d'Aûtriche.

Le téms de l'Election d'un Empereur aprochoit ; Les Etats de Bo- ^{Ferdinand eſt-élû Emt-pereur.}
heme firent les derniers efforts, pour empêcher que Ferdinand ne fe
trouvât à Francfort en qualité de Roi de Boheme, en quoi l'Electeur
Palatin les feconda de tout fon pouvoir. Malgré tous ces obftacles, Ferdinand s'y trouva en perfonne, avec les Electeurs de Mayence, de
Treves, & de Cologne, & avec les Ambaffadeurs des Electeurs Palatin, de Saxe, & de Brandebourg. Il y fut élû Empereur, le 27 Août
1619, & fon Couronnement fe fit le 8 Septembre fuivant. Peu de jours
après, les Etats de Boheme irritez de ce Choix élurent pour leur Roi ^{Frideric, Electeur Palatin, eſt particillement élû Roi de Boheme.}
l'Electeur Palatin , felon les Reglemens faits par les trente Directeurs.
Ce Prince fe rendit d'abord à Prague, & il y fut couronné le 4. Novembre, deux mois moins quatre jours après le Couronnement de Ferdinand II. Maximilien , voulant prévenir les malheurs qui menaçoient l'Empire , fit tous les efforts imaginables pour rappeller Frideric à fon devoir ; mais ce fut inutilement. Il en fut fi vivement piqué, qu'il fe déclara ouvertement contre lui & fes Adhérens, & qu'il conclut avec
l'Empereur un Traité dans lequel on ſtipula les Articles fuivans.

,, I. Que Maximilien Duc de Baviere feroit confirmé dans la Qua- ^{Traité de l'Empereur avec le Duc de Baviere. 1620.}
,, lité de Chef de la Ligue Catholique.

,, II. Que ni l'Empereur , ni lui ne pourroient faire , ni Paix , ni
,, Tréve , fans le fçu & le confentement des Parties contractantes.

,, III. Que le Duc contribueroit aux frais de la Guerre , à propor-
,, tion des autres qui entreroient dans la Confédération ; mais, qu'en
,, cas que la néceffité des Affaires l'obligeât à fournir davantage d'ar-
,, gent , & à faire des dépenfes plus confidérables, l'Empereur & tou-
,, te fa Maifon feroient tenus de le rembourfer fous l'hypotheque de tous
,, leurs biens.

,, IV. Que fi le Duc venoit à perdre , durant la Guerre, quelque
,, partie de fes Etats , l'Empereur & fa Maifon l'en dédommageroient.

,, V. Que les Villes & les Terres dépendantes ou appartenantes à la
,, Maifon d'Autriche, lefquelles Maximilien & fes Succeffeurs pour-

,, roient reprendre fur les Ennemis , demeureroient pour gage à Ma-
,, ximilien, avec tous Droits utiles & directs, jufqu'à la réparation des
,, dommages qu'il auroit foufferts pendant la Guerre, & jufques à l'ac-
,, tuel rembourfement de tous les frais extraordinaires qu'il auroit faits.

Les Confé-
derez Ca-
tholiques.
    Le Traité ainfi conclu, Maximilien accepta le Commandement de
l'Armée de la Ligue Catholique. Cette Ligue s'étoit formée dès l'an 1609 ;
& elle étoit compofée des Electeurs de Mayence, de Cologne, de Treves , de l'Archevêque de Saltzbourg, des Evêques de Bamberg, de
Wurtzbourg , & d'Aichftedt ; du Duc de Baviere & de tous les Princes de fa Maifon ; des Archiducs d'Autriche ; & de plufieurs autres Princes, & de quelques Villes en très-petit nombre. Son But étoit de s'op-

Union &
Confédéra-
tion des
Proteftans.
pofer aux Deffeins de la nouvelle Alliance des Proteftans, dont les principaux Conféderez étoient pour lors Frideric V. Electeur Palatin , le
Duc de Wirtemberg , Maurice Landgrave de Heffe , Erneft Marquis
d'Onosbach, Frideric Marquis de Baden-Dourlach , Chriftian Prince

Chefs des
deux Partis.
d'Anhalt, & prefque toutes les Villes Impériales. Les Chefs de ces deux
Partis étoient, Maximilien, Duc de Baviere, pour la Ligue; & Frideric, Electeur Palatin, pour l'Union.

Bataille de
Weyfem-
berg.
    Lorfque l'Empereur eut conclu fon Traité avec le Duc de Baviere,
celui-ci fit avancer l'Armée de la Ligue, commandée par le Comte de
Tilly fon Lieutenant Général, vers la Boheme ; pour fe joindre au Comte de Buquoi , qui y commandoit les Troupes de Ferdinand.

    Tilly éxécuta heureufement la Jonction,& ces deux braves Généraux
fe mirent en marche vers l'armée des Revoltez. Ils livrérent la Bataille à
Frideric, le 8 Novembre 1620. & après un Combat très-opiniâtré
de part & d'autre, les Imperiaux remportérent une Victoire complete.
Ils ne perdirent que deux mille hommes ; mais, les Bohémiens en perdirent neuf mille de leurs plus braves, & outre cela cent Drapeaux,
dix groffes pieces de Canon, & leur Liberté. Frideric perdit huit mille hommes de fes Troupes ; & aprehendant d'être renfermé dans Prague, il fe retira à Breflau en Silefie, avec fa Femme , fes Enfans, &
ce qu'il avoit de plus precieux. Plufieurs des principaux Seigneurs Bohemiens fe virent reduits à prendre le même parti.

                                              Fri-

Frideric ne se seroit pas si fort engagé, s'il n'avoit compté, que Betlem-Gabor, Prince de Transylvanie, qui avoit été élû Roi de Hongrie
à Neuhausel, feroit une puissante Diversion du côté de Presbourg ; &
des frontieres de l'Autriche, de la Styrie, de la Carniole ; & de la
Carinthie.

Bethlem-Gabor fit de sa part, à la verité, tout ce qu'il pouvoit faire. Il en- tra en Hongrie à la tête d'une Armée de soixante mille hommes, composée de Turcs, de Tartares, de Polonois, de Hongrois mécontens, & pour le dire en un mot de toute sorte de Nations ; & il eut au commencement quel- ques Avantages : mais, la Valeur & la bonne Conduite du Comte
de Schwartzemberg, qui soûtint le siege de Gottingen, firent échoüer
tous les Desseins de ce Prince, & des Seigneurs Hongrois qui l'avoient élevé sur le Trône.

Ce ne fut plus qu'un enchaînement de Victoires, après la
Bataille de Weissemberg. Le Duc de Baviere ne trouvoit aucu- ne résistance dans la Boheme : le Comte de Buquoi s'étoit rendu Maî- tre de la Moravie ; & l'Electeur de Saxe, qui, quoique Protestant, s'é- toit déclaré pour l'Empereur, étoit le Maître absolu de la Lusace.

Ce fut alors, que le nouveau Roi de Boheme se vit obligé de se re- tirer dans le Marquisat de Brandebourg. Il se voyoit par tout entouré des Troupes de la Ligue ; & il avoit juste sujet de craindre, s'il res-
toit à Breslaw, la perte de sa Liberté, & de sa Vie.

Ces heureux Succès encouragérent le Parti Catholique, & mirent une Epouvante extraordinaire parmi les Princes & Etats Protestans. La Ligue en profita, & l'Empereur obligea la Diete à mettre au Ban de l'Empire, & déclarer proscrits, Frideric Palatin, Jean-George Mar- quis de Brandebourg, Jagernsdorff, Christian d'Anhalt, George-
Frideric Comte de Hohenloe, & les autres Princes & Seigneurs de
l'Union.

Immédiatement après la publication du Ban, l'Empereur donna la
Lusace à l'Electeur de Saxe, comme une juste Récompense des Servi-
ces qu'il lui avoit rendus, & de tous les Avantages qu'il lui avoit pro- curez en Silésie.

1 6 2 0.
Sa modéra-
tion envers
les Rebelles.

Il témoigna aussi sa modération & sa Clémence envers les Séditieux de Boheme. Il se contenta de punir seulement les principaux Auteurs de la Révolte, du nombre desquels neuf de ces prétendus Directeurs eurent la tête tranchée, trente-trois autres personnes furent pendues.

Le Comte
de Mans-
feldt se sau-
ve en Fran-
conie.

Pendant toutes ces Executions, le Comte de Mansfeldt se tenoit à Pilsen, avec quelques Troupes, qui tenoient encore le Parti de Frideric; mais, craignant les aproches des Imperiaux, & d'être enveloppé dans le malheur commun des Protestans, il fit quelques Propositions d'Accommodement; & il en sût si bien profiter, que s'étant retiré adroitement de la Boheme, il se sauva dans la Franconie : Ce qui releva les esperances des Protestans, & de leur Parti.

L'Evêque
d'Halberf-
tadt se dé-
clare pour
Frideric.

La belle Retraite de Mansfeldt encouragea plusieurs Princes Protestans à embrasser le Parti de Frideric, malgré tous les Avantages de la Ligue Catholique : & Christian de Brunswich, Evêque d'Halberstadt, se déclara pour lui d'une maniere si éclatante, qu'ayant arraché un Gand à l'Electrice, qui étoit Fille de Jacques I. Roi de la Grande-Bretagne, il l'attacha par galanterie sur son Chapeau avec Serment de l'y laisser jusqu'à sa Mort, ou au Rétablissement de l'Electeur sur le Trône de Boheme.

Afin de mieux réüssir dans une si grande Entreprise, il mit sur pié une Armée assez considérable, à laquelle il permettoit de vivre à discrétion; & il se donna le Titre singulier d'*Ami de Dieu*, *& d'Ennemi des Prêtres*. Mais l'Empereur, ayant reçu un secours assez considérable des Espagnols, le lui opposa sous la conduite du Prince d'Anhalt; & cela fit échoüer tous ses vastes Desseins.

1 6 2 2.
Defaite du
Prince de
Baden-
Dourlach.

Après la Bataille de Weissemberg, il n'y avoit que le Marquis de Baden Dourlach, George-Frideric, qui osât tenir tête aux Impériaux. Il vouloit se joindre à Mansfeldt, sur les avis que l'Electeur Frideric lui envoyoit du Palatinat où il étoit de retour; mais, voulant absolument faire un coup d'éclat pour le Parti, il changea de dessein, & se mit en marche pour aller attaquer le Comte de Tilly.

Les Espa-
gnols ren-
forcent
Tilly.

Ce Général s'étoit posté très-avantageusement aux environs de Heilbron.

bron. Le Marquis fit tout fon poſſible pour l'engager à combattre, 1622. ne doutant aucunement de la Victoire ; mais le Comte ſe tint toujours dans ſon camp, juſques à ce que Dom Gonzalo de Cordoüe y arriva, avec un ſecours aſſez conſidérable de Troupes Eſpagnoles. Alors, il attaqua les Troupes du Marquis, & les défit entierement : le Marquis, avec un petit nombre de Cavalerie, ſe ſauva, & ſe retira vers Mansfeldt, laiſſant aux Vainqueurs tout ſon Canon, ſes Bagages, 120. Drapeaux, plus de 2000. Soldats, & la plûpart de ſes Officiers priſonniers. Ce Combat ſe donna le 7. jour de Mai.

Mansfeld, de ſon côté, mettoit tout en œuvre pour ſoutenir le Parti. L'Archiduc Leopold s'étoit mis devant Haguenau, & ne doutoit point de s'en rendre Maître en peu de jours ; Mais Mansfeldt, qui craignoit la perte de cette Place, marcha en toute diligence à ſon ſecours, & obligea l'Archiduc à en lever le Siege. *Avantages du Comte de Mansfeldt.*

La Retraite de l'Archiduc encouragea Mansfeldt. Il ravagea l'Evêché de Spire : il battit un Corps d'Armée commandé par le Landgrave de Darmſtadt, qui reſta priſonnier ; & il ſembloit que les affaires alloient changer tout-à-fait, ſi Tilly ne ſe fût hâté de venir ſur les Terres de Heſſe, d'où il repouſſa ſi rudement Mansfeldt, que ce Général ne s'en retira qu'avec la perte de la meilleure partie de ſon Bagage. *Il eſt pouſſé par Tilly.*

Les Progrès de Chriſtian de Brunſwic étoient aſſez conſidérables : il s'étoit rendu Maître de Paderborn, de Lipſtadt, & de pluſieurs autres Places de Weſtphalie ; & il s'étoit emparé des Tréſors de diverſes Egliſes, qu'il ravageoit ſans aucun ménagement. De là il paſſa dans la Weteravie, qu'il ſaccagea pareillement ; & il entra enſuite dans le Diocéſe de Mayence, laiſſant par tout les marques d'une Inhumanité ſans exemple. Il s'avançoit avec toutes ſes Troupes, pour joindre Mansfeldt ; mais Tilly s'y oppoſa ; &, le 22. jour de Juin, il l'attaqua à Hoëchſt ſur le Mein, & le mit en déroute. Halberſtadt y perdit toute ſon Infanterie, dont la plûpart ſe noya en voulant paſſer un Pont dont il s'étoit ſaiſi. Il échapa du Combat, avec quelques Eſcadrons ; & alla ſe joindre à l'Electeur & à Mansfeldt qui ſe trouvoient à Darmſtadt. *Tilly bat pareillement Halberſtadt.*

1622.
L'Electeur en fut si consterné , qu'il consentit enfin à se rendre aux

L'Electeur Frideric congedie son Armée.
persuasions du Roi d'Angleterre son Beau-Pere , & des autres qui travailloient à Bruxelles pour porter les affaires à un Accommodement. Il licentia son Armée, remercia Messrs. d'Halberstadt & de Mansfeldt, & se retira en Hollande, pour y attendre le Résultat des Négociations du Chevalier Digby Ministre d'Angleterre qui traitoit à Bruxelles.

Le Duc Christian, & Mansfeldt, prennent parti avec les Hollandois.
Brunswick & Mansfeldt , étant convenus avec les Etats Généraux des Provinces Unies , se mirent en marche pour aller secourir Berg-op-zoom que le fameux Ambroise Spinola assiégeoit. Ils étoient déjà dans le Luxembourgeois ; mais le Corps d'Armée, que commandoit

Levée du Siège de Berg-op-zoom.
Gonzalo de Cordoüe, les ayant vivement attaquez, les mit en déroute près de Floriac. Mr. de Brunswick y eut le bras gauche emporté : & Mansfeldt, après y avoir perdu trois mille hommes, ne laissa pas d'aller en diligence faire lever le Siége de Berg-op-zoom; après quoi, il se retira en Westphalie, où il trouva le Duc Christian.

Progrès du Général Tilly.
Cependant, le Général Tilly prit par force le Château d'Heydelberg, d'où il envoya au Vatican cette fameuse Bibliotheque, qui en fait aujourd'hui le plus précieux Ornement. Il se rendit Maître de tous les Etats de l'Electeur Frideric ; & Franckendal, qui étoit la seule Place qui lui restoit, auroit eu assûrément la même destinée, si l'Archiduchesse Isabelle-Claire-Eugenie n'eût empêché Tilly de l'attaquer.

Etat misérable de l'Allemagne.
Par la Licence effrénée du Soldat , & par la Connivence odieuse des Généraux , les Violences , les Extorsions , & les Cruautez des Troupes de part & d'autre régnoient par toute l'Allemagne, & l'abimoient absolument. Les Cosaques, que l'Empereur avoit congédiés, ravageoient toute la Silesie, & les Provinces voisines ; & les Troupes de Mansfeldt faisoient des excès incroyables dans la Westphalie & dans

Le Cercle de la Basse Saxe se met en état de défense.
l'Oost-Frise. Ce grand desordre obligea l'Empereur à consentir que le Cercle de la Basse Saxe levât des Troupes, pour se mettre à couvert de ces Ravages ; & pour encourager davantage le zéle du Duc de Ba-

Liberalitez de l'Empereur.
viere , il le déclara Electeur, malgré les oppositions de ceux de Mayence, de Saxe , & de Brandebourg. Il lui donna aussi l'Investiture du Haut Palatinat , à la réserve de quelques Bailliages qu'on donna au

Duc

Duc de Neubourg. L'Empereur donna encore au nouvel Electeur le 1621.
côté du Bas Palatinat, au delà du Rhin, à titre onereux. Le reste fut
donné à l'Espagne, à la réserve de Gemersheim, qu'il donna à son
Fils l'Archiduc Leopold, Evêque de Strasbourg. Le Landgrave de
Darmstadt, l'Electeur de Mayence, l'Evêque de Worms, & le Grand-
Maître de l'Ordre Teutonique, eurent aussi leur part des Dépouilles de
l'infortuné Frideric.

Ce fut alors, que le Roi d'Angleterre se repentit tout de bon *Ressenti-*
du Conseil qu'il avoit donné à son Gendre de desarmer; & ce *ment du Roi d'An-*
fut pour lors aussi, que ce Prince infortuné regretta de n'avoir pas *gleterre.*
suivi l'Avis du Comte de Mansfeldt, qui soutenoit que tous les
Avantages, qu'il pouvoit espérer par la voye de la Négociation dépendoient uniquement de la jalousie que ses Troupes étoient encore en état de donner à la Ligue. En effet, c'est une Maxime
très-certaine, Qu'il faut faire les derniers efforts dont on est capable, au tems même où l'on aspire le plus à la Paix; car, sans
cela, elle ne peut pas être sûre, ni avantageuse, au Parti desarmé.

Le Prince Christian de Brunswik, malgré toutes ses Disgraces, *1623.*
rentra en Allemagne à la tête d'un Corps assez considerable de Trou- *Halberstadt rentre en*
pes, qui ravageoit à son ordinaire tous les Lieux qu'il rencontroit sur *Allemagne.*
son Passage. Mais, le Général Tilly, l'ayant atteint près de Statlo, *Il est défait.*
dans le Païs de Munster le 16. Août, l'attaqua si rudement, que
ce Prince se sauva presque seul en Hollande; après avoir perdu tout
son Canon & son Bagage, presque toute son Infanterie, ses Officiers,
& tous les Amis qui l'accompagnoient, & qui restèrent prisonniers.

Tilly, après cette Victoire, alla chercher le Comte de Mansfeldt *Défaite de Mansfeldt.*
qui ravageoit l'Oost-Frise. Il l'attaqua, lui tua deux mille hommes
de ses meilleures Troupes & l'obligea à chercher son Azyle en Hollande, où il fut trouver le Prince Christian.

Un enchaînement si extraordinaire de succès sembloit être l'Avant- *Nouvelles Brouille-*
coureur de la Paix publique en Allemagne. L'Infortuné Frideric n'y *ries.*
possédoit plus que l'unique Place de Frankendal; &, si nous devons

TOME I.   b 2   ajouter

1623. ajouter foi à Jean Cluvier , elle avoit été dépofée entre les mains de l'Infante Ifabelle. Chriftian de Brunſwick , & Mansfeldt, n'étoient pas en état de s'oppoſer aux Troupes de la Ligue. Tout le Parti de l'Union étoit dans la derniére conſternation. La Fortune rioit à l'Empereur, & il ſembloit , ſelon toutes les apparences, qu'elle ne préparoit que des ſupplices pour les Princes d'Allemagne qui s'étoient déclarez contre la Maiſon d'Autriche ; Lorſque le Roi d'Angleterre, ayant écouté & approuvé les Projets du Duc Chriſtian & de Mansfeldt qui s'étoient rendus à Londres , & voulant ſe vanger ſur la Maiſon d'Autriche des affronts que ſon Gendre avoit reçus, fit en ſorte que le Parlement ſe déclara contre la Maiſon d'Autriche , ne ſongea plus au Mariage du Prince de Galles avec l'Infante d'Eſpagne , & penſa ſerieument à lui faire épouſer Henriette Sœur du Roi de France.

Plufieurs Auteurs , qui ignoroient les véritables cauſes qui empêchérent le Mariage du Prince de Galles avec Marie Infante d'Eſpagne & depuis Femme de l'Empereur Ferdinand III. ont cru que c'étoient les Anglois qui s'y étoient oppoſez. Mais voici le véritable état de la choſe , ſelon les Mémoires du Comte-Duc d'Olivarez , Prémier Miniſtre du Roi Catholique , qui ſont en manuſcrit, & corrigez de ſa propre main, dans le Cabinet du Marquis del Carpio.

Véritable
cauſe de la
Rupture du
Mariage du
Prince de
Galles avec
l'Infante.

Le Duc de Buckingham , & le Comte-Duc en avoient arrêté le Projet, & même ils en avoient réglé la plûpart des Articles. Les choſes furent ſi avancées, que le Prince ſe rendit à Madrid, où il fut reçû avec la derniere magnificence. On regla même avec lui pluſieurs Articles concernant le Traitement de l'Infante & de ſa Maiſon ; le tout par l'entremiſe du Duc de Buckingham, qui y apportoit toutes les facilitez imaginables. Le Prince , qui ne trouvoit aucun obſtacle à ſes vœux , ſoit par un ſentiment de ſon Cœur, ſoit pour ſe rendre plus favorable le Roi Catholique, écrivit au Pape Gregoire XV. la Lettre ſuivante.

LIT-

LITTERÆ CAROLI

Principis Walliæ ad Summum Pontificem

GREGORIUM XV.

BEatitudinis *Veſtræ Litteras non minori gratitudine , & obſervantiâ accepimus ; quam exigat ea, qua novimus exaratas inſignis benevolentia , & pietatis affeſtus. Atque in primis gratum fuit ; nunquam ſatis laudata Majorum exempla inſpicienda nobis à V. Sanſtitate , atque imitanda fuiſſe propoſita , qui licet multoties omnium fortunarum ; & vitæ ipſius diſcrimina adiverint , quo fidem Chriſtianam latius propagarent , haud tamen alacriori animo in infenſiſſimos Chriſti Hoſtes , Crucis Chriſti Vexilla intulerunt ; quam nos omnem opem , & operam adhibebimus ; ut quæ tam diu exaltavit pax & unitas in Chriſtianam Rempublicam poſtliminio redeantur. Cum enim diſcordiarum Patris malitia inter illos ipſos, qui Chriſtianam profitentur Religionem tam infælicia ſeminaverit diſſidia , hoc vel maxime neceſſarium ducimus ad Sacroſanſtam Dei , & Salvatoris Chriſti gloriam felicius promovendam. Et minori nobis honori futurum exiſtimabimus , tritam Majorum noſtrorum veſtigiis inſiſtentes viam , in piis ac religioſis ſuſceptis illorum æmulos , atque imitatores ex-*

LETTRE DE CHARLES 1623.

Prince de Galles au S. Pontife

GREGOIRE XV.

NOus avons reçu les Lettres de Vôtre Béatitude ; avec une Reconnoiſſance & Révérence ; qui correſpondent à la grande bienveillance & amitié que vous nous y temoignez. Nous ſommes principalement charmez de ce que V. Sainteté nous y met devant les yeux l'Exemple de nos Ancêtres , & qu'Elle nous perſuade de les imiter ; parce qu'on y trouve des preuves, qu'ils n'ont pas fait difficulté d'expoſer leurs Etats , & même leurs vies, pour la Propagation du Chriſtianiſme, & qu'ils ſe ſont armez avec joye contre les irreconciliables Ennemis de J. Chriſt. Nous ſuivrons avec toute l'ardeur poſſible leur Exemple, afin d'unir & de pacifier la République Chrétienne ; conſiderant que c'eſt la choſe la plus néceſſaire, pour l'exaltation de la Religion & de la Gloire de nôtre Sauveur J. Chriſt, d'éteindre la malheureuſe deſunion & animoſité, que la malice du Pere de Diſcorde a ſemé parmi les Princes Chrétiens. Nous ſommes très-perſuadez, que c'eſt un beaucoup plus grand Honneur pour nous de ſuivre les traces de nos Ancêtres dans la Piété , que de tirer

b 3 *titiſſe,*

titiſſe, quam genus noſtrum ab il-
lis, atque originem duxiſſe; at-
que ad idem nos illud plurimum in-
flammat perſpecta nobis Domini Re-
gis, ac Patris noſtri, voluntas,
& quo flagrat deſiderium ad tam
ſanctum opus porrigendi manum auxi-
liatricem, tum qui Regium pectus
exedit dolor, cum perpendit quam
ſævæ exoriantur ſtrages, quam de-
plorandæ calamitates ex Principum
Chriſtianorum diſſenſionibus.

Judicium vero quod Sanctitas
Veſtra de noſtro cum Domo, &
Principe Catholico affinitatem, &
nuptias contrahendi deſiderio, &
Charitati Veſtræ eſt conſentaneum,
nec a ſapientia invenietur alienum.
Nunquam tanto quo ferimur ſtudio,
nunquam tam arcto & indiſſolubili
vinculo, Ulli mortalium conjungi
cuperemus, cujus odio Religionem
proſequeremur. Quare Sanctitas Ves-
tra illud in animum inducat, ea mo-
do nos eſſe, ſemperque futuros mo-
deratione, ut quam longiſſime abfu-
turi ſimus ab omni opere, quod odium
teſtari poſſit ullum adverſus Reli-
gionem Catholicam Romanam: Omnes
potius captabimus occaſiones, quo le-
ni benignoque rerum curſu, ſiniſtræ
omnes ſuſpiciones è medio penitus tol-
lantur; ut ſicut omnes unam in-

d'eux une Origine & une Naiſſance illuſtre. Nous en ſommes d'autant plus perſuadez, que nous ne
faiſons en cela que nous conformer
à la volonté de mon Seigneur, Roi,
& Pere, & au deſir très-ardent qu'il
a de concourir à une œuvre ſi ſalu-
taire. Son cœur eſt abſolument aby-
mé dans la Douleur, lorſqu'il fait
réflexion ſur les Accidens funeſtes,
& ſur les deplorables Calamitez, que
cauſent la Déſunion & les Guerres
entre les Princes Chrétiens.

Les ſentimens de V. S. à mon
égard, par rapport à notre déſir de
contracter des Alliances, & de chercher les Liens du Mariage dans une
Maiſon, & avec une Princeſſe Catholique, ſont très-convenables à vôtre Charité, & très-conformes à la
Sageſſe. Nous ne chercherions pas, a-
vec tant de ſoin, à nous unir, par des
Liens ſi étroits & indiſſolubles, à qui
que ce ſoit, ſi nous avions quelque
haine contre ſa Religion. C'eſt pourquoi, V. S. doit être perſuadée, que
nous agiſſons, & que nous agirons,
avec une telle modération, que nous
nous éloignerons, autant qu'il nous
ſera poſſible, de faire quelque choſe
qui puiſſe marquer quelque animoſité contre la Religion C. R. Nous
profiterons, au contraire, de toutes les

occa-

dividuam Trinitatem , & unum occasions d'éloigner absolument tou- 1623.
Christum crucifixum confitemur , in tes sortes de soupçons & de défiances;
unam fidem unanimiter coalesca- afin que croyant unanimement en
mus : Quod ut assequamur labores une Trinité indivisible, & en un mê-
omnes , atque vigilias , Regno- me J. Christ crucifié; nous vivions de
rum etiam , atque vitæ pericula même comme unis dans une même
parvipendimus. Reliquum est , ut Foi. Pour parvenir à cette fin, nous
quas possumus , maximas , pro Lit- n'épargnerons ni soins ni travaux ,
teris , quas insignis muneris loco & ne considererons aucune sorte de
ducimus gratias agentes Sanctitati dangers , même ceux de perdre la
Vestræ omnia prospera , & felici- Couronne & la Vie. Au reste, nous
tatem æternam comprecemur. vous remercions, très-particuliere-
ment, de vos Lettres, qui nous ont
Datum Matriti die 20. Junii été extremement agréables ; & nous
1623. souhaitons à Vôtre Sainteté toute
sorte de Bonheurs temporels, & une
CAROLUS, Félicité éternelle.
PRINCEPS WALLIÆ. *A Madrid, ce 20. Juin 1623.*
CHARLES,
PRINCE DE GALLES.

Tout le Monde croyoit fermement que ce Prince étoit déjà au comble de ses souhaits , & même il ne s'excusoit en aucune façon d'en
recevoir les Complimens ; lorsque l'Infante , à qui cette Alliance ne
plaisoit point, quoique la Personne du Prince ne lui fût pas desagréable, eut son recours au Comte-Duc, pour en empêcher la Conclusion. Vers les dix heures du Soir , Elle passa de son Appartement,
dans celui du Comte-Duc, qui étoit à la Cour ; ayant le visage
couvert d'une Cappe de Gaze , que les Espagnols appellent *Islan.*
Elle l'attendit dans une petite Gallerie , qu'on y appelloit la
Chambre obscure, qui séparoit l'Apartement du Roi de celui du Favori.
Il se retiroit du premier , pour passer au sien , lorsqu'elle l'aborda,
& lui dit : „ Je vous attends ici, quoique ce soit à une heure indue,
„ pour

1623. ,, pour vous parler, foit en Sœur de vôtre Maitre, le Roi mon Sei-
,, gneur & mon Frere, foit en Fille de condition, qui cherche la
,, Protection d'un Cavalier. Je vous prie, je vous conjure, que la
,, Négociation de mon Mariage avec un Prince Hérétique foit rom-
,, puë; car autrement, je fuis entiérement réfoluë de me mettre dans

* C'eſt un ,, le Cloître *de las Defcalzas Reales* *, ou dans l'*Incarnation* §. C'eſt à vous,
Cloître,
que la Rei- ,, Comte, de confidérer préfentement ce que vous me devez, ou
ne Jeanne
fonda à Ma- ,, en qualité de Sœur de vôtre Roi, qui vous fait une Déclaration de
drid.
§ Cloître ,, cette nature ; ou en qualité de Perfonne de mon Sexe, qui implore
fondé par la
Reine Mar- ,, vôtre affiftance".
guerite
d'Autriche.

Le Comte-Duc, étonné de cette Réfolution, n'en pouvoit prendre
lui-même aucune fur le champ. Il fe contenta de lui dire : ,, Ma-
,, dame, je vous confidere comme Sœur de mon Roi, & comme
,, Perfonne de votre fexe. Je fais bien que la Réfolution, que nous
,, pouvons prendre, pour témoigner à Vôtre Alteffe mon refpect, fera
,, la caufe de ma Ruine, & qu'elle apportera peut-être plufieurs
,, maux à nôtre commune Patrie: mais, le dé en eſt jetté ; je ferai
,, mon poffible, pour témoigner à Vôtre Alteffe, que je ne fuis pas
,, indigne du nom de fon Sujet, ni du nom de Cavalier".

D'abord que l'Infante fut retirée, il fit appeller Dom Jofeph Gon-
zalez, fon Confident, Perfonne d'un mérite extraordinaire, & qui
dans la fuite fut déclaré Gouverneur du Confeil Souverain de Caſtille.

Le réfultat de leur Entretien ne fut autre que de propofer le lendemain au Duc de Buckingham des conditions fi avantageufes pour la
Religion, que ni lui ni le Prince, ne puffent les accorder, fans s'attirer
la haine de toute l'Angleterre.

La chofe réüffit felon leurs vœux, Philippe IV. y donna les mains.
Le Prince y auroit confenti avec plaifir, fi le Duc de Buckingham, qui
prévoyoit les fuites qu'un pareil confentement pouvoit avoir, ne
lui eût rémontré, que les affaires de cette nature ne pouvoient pas
être traitées fans un plein-pouvoir plus étendu que celui que le

Roi

Roi fon Pere lui avoit donné , & fans l'Aveu du Parlement d'Angle- 1623.
terre, ou au moins celui du Confeil Privé.

On en donna connoiffance au Roi Jacques, qui envoya immediatement fes ordres au Prince de retourner à Londres; & à fon retour, on
commença à traiter de fon Mariage avec Henriette de France.

Je me flatte que le Lecteur me faura bon gré de cette petite digref-
fion. Il eft tems de reprendre le fil de nôtre Préface.

La bonne difpofition , que le Roi de la Grande-Bretagne trouva Le Roi
d'Angleter-
dans fon Parlement, lui donna le moyen de faire des Alliances avec re fait des
Alliances.
tous les Ennemis de la Maifon d'Autriche. L'Empereur , en étant
informé , tâcha de gagner plufieurs Princes de l'Union, & d'intéreffer de plus en plus les Electeurs, & les Princes de la Ligue pour la
fureté de l'Empire, & pour refifter aux deffeins que l'on formoit contre lui. Il fit agréer dans le College des Electeurs, qu'il convoqua à
Schleuffingen, la Ceffion, qu'il avoit faite de l'Electorat au Duc de 1624.
Baviere.

Un autre foin de l'Empereur fut de terminer de maniere ou d'au- Combat de
Neitra.
tre la Guerre avec le Tranfylvain , qui continuoit fes Progrès en
Hongrie. Il envoya à fes Généraux un puiffant Renfort, : Et ceux-
ci, ayant livré Combat aux Tranfylvains près de Neitra, les défirent
entiérement. Cet Echec fut caufe que Bethlem-Gabor fe rendit aux
perfuafions des Comtes de Fogaras , d'Onod, & des autres Seigneurs
Hongrois & Tranfylvains : il donna les mains à un Accommodement, & il conclut la Paix à des Conditions très-avantageufes pour
l'Empereur.

Cette Guerre ne fut pas fi tôt finie, qu'il s'en fufcita une autre con- Le Roi de
Danemark
tre la Maifon d'Autriche. Les Intelligences du Roi d'Angleterre attiré- fe déclare
contre
rent, dans le Parti de l'Union, le Roi de Dannemarc, qui s'étoit fait l'Empereur.
déclarer Directeur du Cercle de la Baffe-Saxe. Il fit une Ligue avec les
Suedois, les Hollandois, les Mécontens de Hongrie; & s'étant avancé
vers le Wefer, il prit les Villes de Minden, & d'Hamelen, : mais, à
l'aproche du Général Tilly, il les abandonna, & fe retira vers Ferden,
toujours harcelé par Tilly. Dans cette Retraite, il perdit quelques

TOME I. c Trou-

Troupes, le Duc de Saxe-Altembourg, & le Général Obertrant.

Les Hollandois envoyent du secours aux Danois.

Peu après, Tilly fut joint par le fameux Walſtein, qui lui amena un grand Renfort de Troupes : &, d'autre côté, Mansfeldt arriva au secours des Danois, avec douze mille hommes que les Etats Généraux lui envoyoient. Le Duc Chriſtian de Brunswick lui amena auſſi un bon Corps de Troupes ; & tous les Princes Alliez en firent autant. Ainſi, le Roi de Dannemark ſe trouva fort de ſoixante mille hommes.

1625.
Le Tranſylvain rentre en Hongrie.

Sa plus grande Eſpérance ſe fondoit ſur la Diverſion de Bethlem-Gabor, qui, ſans ſe ſoucier de la Paix qu'il avoit conclue depuis un an avec l'Empereur, ſe laiſſa leurrer par les Promeſſes du Roi de Dannemark, & par l'eſpérance de parvenir à la Couronne de Hongrie, que la Diete d'Edembourg venoit de donner à l'Archiduc Ferdinand.

Deſſein de Mansfeld.

Il faut faire juſtice au Comte de Mansfeldt. Il fit tout ce qu'un Général pouvoit faire, pour ſoutenir ſon Parti. Son premier Deſſein fut de porter la Guerre en Sileſie, afin de ſeconder les mouvemens du Tranſylvain ; &, pour parvenir à ce but, il ſe rendit preſque ſans réſiſtance Maître de la Province de Magdebourg, après quoi il ſe mit en pleine marche vers l'Elbe.

Soins du Général Walſtein pour l'empêcher.

Walſtein, qui connoiſſoit à fond à quel homme il avoit à faire, prit toutes les précautions imaginables pour empêcher que Mansfeldt n'entrât en Sileſie. Il envoya le Général Altringer, avec quelques Regimens, pour défendre Deſſau, & le Pont qui y eſt ſur l'Elbe.

1626.
Défaite de Mansfeldt.

Mansfeld les attaqua ſouvent, mais ſans aucun ſuccès : ce qui donna le tems à Walſtein d'y arriver, & de charger ſi rudement l'Armée de Mansfeld qu'il fut obligé de ſe ſauver avec une partie de ſa Cavalerie ; laiſſant en proye aux Victorieux, ſon Infanterie, ſon Bagage, & ſon Canon, avec l'importante Place de Zebſt.

Il remet une Armée ſur pié, & il marche vers la Hongrie.

Mansfeldt, qui, après cette Défaite, s'étoit retiré dans la Marche de Brandebourg, y refit un Corps d'Armée de vingt-quatre mille hommes, avec lequel il marcha pour ſe joindre à Bethlem-Gabor : mais celui-ci, s'étant accordé de nouveau avec l'Empereur, ne fit aucune

dé-

démarche pour le joindre; ce qui fut caufe que prefque tout ce Corps d'Armée périt miférablement dans les Montagnes, de faim, de froid, & de diſſenterie.

Mais elle périt preſque toute entiere.

1628

Ce fut alors, que le Courage invincible d'Erneſt Comte de Mans- feld l'abandonna. Il donna au Duc Erneſt de Saxe-Weymar le Com- mandement abſolu des Troupes qui lui reſtoient; &, ayant pris quel- ques Braves avec lui, il ſe mit en chemin, déjà attaqué de quelque commencement de Diſſenterie. Cette maladie s'étant entierement dé- clarée dans la Bosnie, il ne laiſſa pas de continuer ſon voyage vers Ve- niſe; mais ſon mal ſe rengrégea ſi fortement dans la Dalmatie, qu'il fut obligé de reſter à Sebenic, Ville ſituée entre Zara & Spalatro, & qu'il y mourut accablé de chagrin, & non ſans quelques ſoupçons de poiſon. Sa mort fut ſuivie de celle du Duc Erneſt de Saxe-Weymar au milieu de ſes Préparatifs pour rétablir l'Armée que lui avoit laiſſé le Comte de Mansfeldt; & de celle du Duc Chriſtian de Brunswick. Les Princes de l'Union Proteſtante perdirent ainſi en très-peu de tems trois grands & habiles Généraux; & ceux de la Ligue Catholique trois puiſ- fans & dangereux Ennemis.

Mort d'Er- neſt Comte de Mans- feldt.

Morts du Duc de Sa- xe-Weymar & du Duc Chriſtian de Brunswic.

Le Comte de Tilly, qui avoit en tête le Roi de Dannemark, jugea à propos, après la ſéparation des Troupes du Comte de Mansfeld, d'en- trer dans le Païs de Heſſe. Il y prit les Villes de Minden & de Göt- tingen, & mit le ſiege devant Northeim; mais il le leva, parce que le Roi de Dannemark venoit à ſon ſecours. Il ſe retira néanmoins en grand Capitaine, pour attendre un Renfort conſidérable de Troupes tirées des Places vóiſines: après quoi il vint chercher les Danois, qui n'oſérent l'attendre. Mais, les ayant joint auprès du Château de Lut- ter, il les attaqua, les défit entiérement, & ſe rendit Maître de leur Canon, & de leur Bagage; ce qui obligea le Roi de Dannemark de ſe retirer vers le Holſtein, & donna occaſion au Prince Maurice de Hef- ſe, & aux Princes de Brunſwik-Lunebourg, de ſe déclarer ouverte- ment pour la Maiſon d'Autriche & la Ligue.

Exploits du Comte de Tilly.

Bataille de Lutter.

Ce ne fut pas le ſeul fruit de cette Victoire. Les Païſans de la hau- te Autriche, Province que l'Empereur avoit cédé au Duc de Baviere

On aſſoupit la Révolte des Païſans d'Autriche.

TOME I.   e 2   pour

1626. pour gage des avances qu'il devoit faire selon son Traité en faveur de la Ligue, se révoltérent : mais les soins du Général Papenheim, que l'Empereur y avoit envoyé avec de bonnes Troupes, & la Valeur, & le Courage de celles-ci, obligérent les Païsans, après quelques Combats, à rentrer dans leur devoir, & à se retirer chez eux ; abandonnant entiérement l'intérêt des Princes & des Puissances étrangeres, qui les avoient engagez à se soulever.

Progrès de Gustave-Adolphe Roi de Suede.

Les grands Progrès de Gustave-Adolphe, Roi de Suede, dans la Livonie, la Prusse Ducale, & la Prusse Royale, & la marche de son Armée Victorieuse vers Dantzig, & les Frontieres de la Siléfie, faisoient alors beaucoup de bruit dans le Monde. Les Princes de l'Union, voyant que leur Parti étoit le plus foible, firent réprefenter à ce Héros par les Protestans de Silefie, de Moravie, de Boheme, & de la haute Autriche, les Perfécutions, auxquelles ils étoient expofez ; & le firent prier d'entrer en Allemagne ; pour assurer, disoient-ils, la Liberté du Corps Germanique. Il écouta favorablement leurs Plaintes, & s'attendrit au récit de leurs maux : il leur promit, de vive-voix, & par

Le Roi de Suede se déclare pour les Protestans.

écrit, une Retraite dans son Royaume, & leur accorda toute Liberté de Religion.

Les apréhensions que cette Déclaration donna à l'Empereur furent si grandes, que ce Prince chercha à se délivrer de quelque reste des Troupes, qui avoient servi sous le Comte de Mansfeld & sous le Duc

1627.
Avantages du Général Walstein.

de Weymar, & qui se maintenoient encore dans la Siléfie. Le Général Walstein, qui y étoit accouru de Hongrie, les dissipa entiérement, & soûmit toute la Province. Après cela il alla se joindre au Comte de Tilly ; & l'un & l'autre obligérent le Roi de Dannemark à quitter le Holstein, de se retirer en Jutland, & d'abandonner à leur discretion le Marquis de Bade-Dourlach & les Troupes qu'il commandoit. Alors, l'Electeur de Brandebourg, & le Duc de Poméranie, quittérent le Parti de l'Union, en se déclarant pour la Ligue ; & l'on forma un Pro-

Sujets de nouveaux Troubles dans l'Empire.

jet d'Accommodement entre l'Empereur, & l'Electeur Palatin, dans l'espérance que cela calmeroit entiérement les Mouvemens de l'Empire. Mais ils augmentérent encore plus, parce que l'Empereur donna à son Fils,

l'Arl'Archiduc Leopold, l'Evêché d'Halberstadt vacant par le decès du Duc 1627. Christian de Brunswic, & l'Abbaye de Hirschfeld. Comme ces Bénéfices étoient depuis très-long-tems possedez par les Protestans, cette Promotion ne manqua pas d'augmenter leurs Mécontentemens, & de les faire murmurer tout de nouveau.

Dans le même tems, l'Empereur fit couronner l'Impératrice comme Reine de Boheme, & son Fils aîné Ferdinand comme son successeur en ce Royaume. Un autre sujet donna lieu à diverses intrigues de la part de ce Prince. Il s'agissoit de mettre en sequestre l'Etat de Mantoüe, vacant par la mort du Duc Vincent, jusques à ce que la Succession de ce Duché fut adjugée, ou à Charles Duc de Nevers, ou au Duc de Savoye, qui y prétendoient l'un & l'autre, & qui vouloient décider cette querelle par les armes.

Les avantages confidérables, que la Maison d'Autriche tiroit de jour à autre des Progrès des Generaux Tilly & Walstein, excitérent la jalousie de la plûpart des Princes de l'Europe, & augmentérent les Allarmes des Protestans. Le premier s'étoit rendu Maître de Bremen, & de toutes les Places de cet Archevêché, & du Holstein; & le second, après s'être emparé de Wismar, & de Rostok, avoit mis le Siege devant Stralsond.

Les Bourgeois de cette Ville, prévoyant leur ruïne, traitérent avec le Roi Gustave, promettant de se remettre entiérement sous la Protection de la Suede. Tout le Parti Protestant joignit ses prieres aux leurs, & follicita ce Prince de venir à leur secours; lui mettant devant les yeux, que le dessein de l'Empereur n'étoit que de se rendre absolu dans l'Empire, d'abbatre le Parti Protestant, & de se rendre Maître de toutes les Côtes de la Mer Baltique, pour resserrer de plus en plus les deux Couronnes du Nord.

Les Assiégez de Stralsond demandent secours aux Suedois.

Au milieu de tous ces mouvemens, l'Empereur continuoit ses soins pour abattre le Parti Protestant. Il se trouvoit néanmoins fort embarassé; car il n'ignoroit pas les grandes Pratiques de la France, de la Suede, de l'Angleterre, des Etats Generaux des Païs-Bas, & de tous

1628. Mouvemens de la plus grande partie de l'Europe.

les

1628. les Princes Proteftans, pour obliger le Roi de Dannemarc à tenir ferme; & à continuer la Guerre. L'Empereur en connoiſſoit bien les
conſéquences; : c'eſt pourquoi il fit ſi bien , qu'il gagna Ulefeld,
Grand Chancelier de Dannemarc. Ce Miniſtre, qui poſſedoit l'entiere confiance de ſon Maître, le diſpoſa à conclurre un Traité de Paix

1629.
Aſſemblée
de Lubec.
avec l'Empereur; & l'un & l'autre envoyérent leurs Miniſtres à Lubec,
lieu dont ils étoient convenus pour le Congrès.

     Au commencement de la Négociation, le Roi de Suede, extrême-
ment chagrin de ce que le Danois-quittoit le Parti, voulut brouiller
les Affaires. Quoiqu'il n'eut rien à y démêler avec l'Empereur, il fit

Demande
du Roi de
Suede.
demander des Paſſeports pour y envoyer ſes Miniſtres; prétextant cette
demande ſur ce qu'on y devoit traiter des Interêts de Princes dont il
étoit proche Parent. On les lui refuſa; & cela lui donna une aſſez
grande confuſion : mais il eut bientôt l'occaſion de s'en vanger.

Edit de
Reſtitution
des Biens
Eccleſiaſti-
ques.
     L'Empereur, ſe voyant avec une Armée très-nombreuſe, fit publier,
dans le mois d'Avril, un Edit pour la Reſtitution des Biens Eccleſiaſtiques. L'Armée, commandée par Walſtein, obligea preſque tous les
Princes & Etats Proteſtans à y conſentir; quoiqu'ils en fuſſent en poſſeſſion depuis l'eſpace de ſoixante quatre ans, c'eſt à dire depuis la
Tranſaction de Paſſaw, il fallut qu'ils ſe ſoumiſſent à cette Loi, pour
éviter les deſordres des Troupes, qui ruinoient tous les Païs tant Catholiques que Proteſtans.

     Ce fut en ce tems-là que Walſtein, enflé de ſa bonne fortune, &
voulant être le Maître abſolu des Affaires Militaires, commença à mépriſer l'Autorité de Ferdinand, & à lui cauſer de grandes jalouſies,
que les Troupes Confédérées rendirent encore plus conſidérables. Par

Paix entre
l'Empereur
& le Roi de
Danne-
marc.
ces raiſons, ce Prince donna les mains à un Traité de Paix; & il
s'accommoda enfin avec le Roi de Dannemarc, ,,en lui cédant les Pro-
,, vinces de Schleswic, du Holſtein, du Jutland, & tout ce qui avoit
,, été poſſédé par la Maiſon de Holſtein. Le Roi, de ſon côté, a-
,, bandonna entiérement les Places, & le Païs qu'il avoit occupez ſur
,, les Saxons. " Ce Traité fut conclu le 16. Juin. Les Plenipotentiaires étoient, de la part de l'Empereur, le Baron Altringer, le Comte

de

de Gronsfeldt, le Baron de Rupa, & M. Walmerod: de celle du Roi de Dannemarc, Jacques Baron d'Ulefeld Grand Chancelier du Royaume, Chrétien Frisius Ministre d'Etat, & Albert Schelius qui avoit possédé plusieurs années la Charge d'Amiral de Dannemarc; & pour celle de Holstein, qui étoit le principal sujet de la Querelle, Mrs. Dethleu de Rantzau, & Henri de Rantzau, Frideric Guntherus, & Levinus.

Les Progrès de Gustave Adolphe donnoient tant de jalousie à l'Empereur, qu'il avoit envoyé au Général Polonois Koniecpolsky, un puissant secours commandé par M. Arnheim : & cela, par la juste apréhension que si les Polonois avoient du dessous, ils ne fussent obligez de se soumettre aux conditions que ce jeune Conquérant voudroit leur donner; & qu'ensuite il ne portât ses Armes dans l'Empire. Les Polonois, se voyant si fortifiés par ce Corps de vieilles Troupes, attaquérent Gustave dans la Prusse ; & malgré la conduite pleine de sagesse, de ce Prince, qui s'y trouva en personne, & la valeur de ses Troupes, il fut obligé d'abandonner aux Polonois le Champ de Bataille, & de se retirer avec peu de suite à Mariembourg, pour y refaire son Armée.

La France, dont les Avantages de l'Empereur irritoient la jalousie, & qui vouloit aussi trouver les siens, en fomentant les Troubles d'Allemagne, s'apliqua sérieusement à accommoder les Différens entre la Suede & la Pologne; dans l'espérance que Gustave, après cet Accommodement, prendroit le Parti des Protestans de l'Empire. Le Roi Très-Chrétien, ayant encore été sollicité par le Roi d'Angleterre à offrir leur Médiation commune, fit proposer la chose aux deux Parties. L'une & l'autre étoient déja bien disposées : Ainsi, les deux Rois envoyérent leurs Ambassadeurs en Prusse, au lieu du Congrès, où le Roi de Pologne se rendit aussi; & on y conclut une Trêve de cinq ans. ,, La Suede remit toutes ses Conquêtes à la Pologne, à ,, la réserve de Memel, d'Elbing, de Brunsberg, du Pilau, & de ce ,, qu'elle avoit occupé en Livonie. Le Roi de Pologne eut le reste ; ,, & l'on donna, comme en séquestre, à l'Electeur de Brandebourg, ,, Mariembourg, & diverses autres Places.

Aussi-

(marginal notes:) 1629.

Le Roi de Suede, ayant perdu une Bataille contre les Polonois, songe à porter ses armes en Allemagne.

Il fait la Paix avec la Pologne.

1629.
Le Roi de
Suede se
dispose à
entrer en
Allemagne.

Aussi-tôt que cette Trêve fut conclue , Gustave retourna à Stokholm, afin d'y préparer toutes choses pour entrer en Allemagne. Les Etats du Royaume aprouvérent son dessein. Il contracta des Alliances très-étroites avec les Puissances Etrangeres , sur-tout avec les Princes Protestans , & avec ses Voisins. Il fit remettre en bon état ses vieux Régimens , & en forma de nouveaux. Enfin, il disposa toutes choses, afin de passer la mer avec son Armée.

Il publie un
Manifeste.

Tout étant ainsi disposé, il publia un Manifeste, ,, où il exposoit ,, les Violations de la Cour de l'Empereur contre la Transaction de ,, Passaw , les Attentats de cette même Cour contre les Droits de ,, l'Empire , le Secours que l'Empereur avoit envoyé aux Polonois ,, pour agir conjointement contre la Suede : Qu'on avoit fait solliciter ,, la Pologne , & qu'on s'étoit offert de lui envoyer de puissans secours, ,, pour continuer la Guerre contre la Suede : Que la Cour de ,, l'Empereur, de sa seule Autorité , dépouilloit les Princes de leurs ,, Etats , & en donnoit l'Investiture à d'autres : Qu'on lui avoit ,, arrêté ses Courriers , & qu'on avoit refusé des Passeports à un ,, Ministre qu'il avoit nommé pour assister à l'Assemblée de Lubek, ce ,, qu'il avoit eu tout sujet de demander, comme étant proche Parent ,, des Princes contractans : Que le Général Walstein avoit attaqué une

* Stralsond.

,, Place *, qui étoit sous la Protection de la Suede , que le même ,, Général s'étoit moqué de ses Lettres; & enfin, que de son propre ,, mouvement, ou par les ordres de l'Empereur son Maître , il avoit ,, déclaré de bonne prise des Navires qu'il avoit surpris, chargés de ,, Marchandises de Suede , & qu'il avoit défendu aux Suedois toute ,, sorte de commerce dans les Ports, & les Villes de l'Empire. Il finissoit ,, son Manifeste, par demander une promte & convenable satisfaction ,, sur ces Griefs ; & par menacer, en cas de refus, de porter ,, ses Armes dans l'Empire.

Grandes es-
pérances du
Parti Pro-
testant.

Il écrivit aussi des Lettres Circulaires aux Princes du Parti Protestant, pour les intéresser dans la Querelle ; & il leur promettoit de ne les point abandonner, qu'il n'eût remis les Affaires de la Religion, & les Droits de l'Empire, sur le même pied que les unes & les autres étoient

en

en l'année 1 6 1 7. Ces Princes ne témoignérent pas alors s'intéreſſer beaucoup à cette entrepriſe, ſoit par politique, ſoit par crainte des armes
de l'Empereur; & ils ſe contenterent de répondre, avec beaucoup de civilité, aux Lettres du Roi de Suede. Mais, lorſqu'ils virent que tou- 1630.
tes choſes étoient prêtes pour ſon paſſage en Allemagne, ils commencérent à demander avec hauteur l'Abolition de l'Edit ſur la Reſtitution
des biens Eccleſiaſtiques; ce qui étoit la pierre d'achoppement, & le
principal ſujet de leur mécontentement.

Les Electeurs de Saxe & de Brandebourg chargérent leurs Miniſtres *Leurs De-mandes à la Diete.*
à la Diete de Ratisbonne de protéger ces Demandes, & de faire leurs
Plaintes contre Walſtein. Leurs inſtances furent ſi vives, que l'Empereur, qui vouloit gagner à quelque prix que ce fût ces deux Electeurs,
& qui ſouhaitoit avec une extrême ardeur l'exécution de ſon Edit, prit
la réſolution de faire retirer Walſtein que nous reverrons néanmoins
bientôt, & de mettre le Comte Tilly à la tête de l'Armée de la Ligue.

Cette complaiſance de l'Empereur fut cauſe que la Diete, après avoir *Declaration de l'Empire contre la Suede.*
examiné avec ſoin une Lettre de l'Electeur de Saxe touchant les grands
Préparatifs des Suedois, & l'arrivée de leur Armée ſur les côtes de Pomeranie, déclara Guſtave Ennemi de l'Empire, & ordonna de régler
les Taxes ſur les Membres qui compoſoient cet Auguſte Corps; & pour
les autres affaires qui devoient y être traitées, on les remit à une autre
Diete. Celle-ci ſe termina par le Couronnement de l'Impératrice.

Le Roi de Suede fit ſa Deſcente au Port de Ruden le 24 Juin, après *Le Roi de Suede entre en Allema-gne.*
que Leſlé, Commandant de Stralſond, eût chaſſé les Imperiaux de
l'Ile de Rugen. Il y débarqua avec ſeize Compagnies de Cavalerie, &
quatre-vingt douze d'Infanterie.

Cette heureuſe Deſcente fut ſuivie d'un torrent de Victoires & de *Progrès de Guſtave.*
Conquêtes. Guſtave, ayant gagné par ſa modération, & par ſes ma-
nieres inſinuantes, Bogiſlas Duc de Pomeranie, ce Prince reçut Garniſon Suedoiſe dans Stetin ſa Ville Capitale, dans Damin, Starhard,
Wolgaſt, & dans les autres Lieux forts de ſon Etat.

Après la concluſion de ce Traité, le Roi de Suede reçût un Ren- *Il n'accorde pas la Neu-tralité, que l'Electeur de Bran-*
fort conſidérable de Troupes ſous la Conduite du Colonel Horn. Il
mar-

1630.

debourg lui deman-de.

marcha d'abord dans le Duché de Meklembourg, & s'y rendit Maître de Roftok, fa Ville Capitale. Il y rejetta les offres d'une Neutralité, de la part de l'Electeur de Brandebourg; parce qu'il ne vouloit l'accepter, qu'à condition que cet Electeur chafferoit les Impériaux de fes Etats, ou lui remettroit entre les mains quelques Places de fûreté. Il

Il prend la Protection des Land-graves de Heffe.

repaffa enfuite en Poméranie où il attaqua Colberg; &, pendant le Siege, qui dura jufqu'à l'année fuivante, il fit un Traité d'Alliance offenfive & defenfive avec les Landgraves, qui ne fut confirmé que

Il éludes les Propoſi-tions de l'Empereur & des Elec-teurs.

l'année fuivante. Il y reçut pareillement des Lettres de l'Empereur, des Electeurs, & des autres Princes de l'Empire, qui l'exhortoient à la Paix; mais il les éluda, & continua de poufler fa pointe.

Ayant emporté Graifenhagen l'épée à la main, il attaqua Garts; mais, la Garnifon Impériale, qui étoit affez nombreufe, y mit le feu

Il pourfuit fes Avanta-ges.

avant de l'abandonner. Il pourfuivit les Imperiaux jufques à l'Oder, & vers Lansberg, tout étonnez de la rapidité de fes Progrès.

Il donne fe-cours à l'Adminis-trateur de Magde-bourg.

Ce fut alors, que les Etats Proteftans levérent le masque. Chriftian, Adminiftrateur de Magdebourg, fut le prémier. Le Roi de Suede lui donna quelques Troupes, pour rentrer dans la Capitale; mais, il y fut affiégé par le Maréchal Papenheim.

1631.

Alliance de France avec la Suede.

Le Siege duroit encore, lorfque le Roi de Suede conclut un Traité d'Alliance avec le Roi Très-Chrétien. Le Cardinal de Richelieu, prémier Miniftre de France, employa pour cet effet Mr. de Charnacé, qui avoit fait la Trêve entre la Pologne & la Suede;& ce fut le 16 Janvier qu'il conclut à Berwalde le Traité d'Alliance entre la France & la Suede. En voici les Conditions les plus remarquables.

„ Les deux Rois s'obligent de s'entr'aider pour la fûreté de la Na-
„ vigation & du Commerce, dans l'Océan, & dans la Mer Baltique.

„ De maintenir la fûreté & la Liberté des Etats de l'Empire oppri-
„ mez par les Autrichiens, comme auffi des Grifons.

„ De faire démolir toutes les Places & Citadelles, qu'on avoit bâ-
„ ties pour opprimer la Liberté des uns & des autres.

„ Que pour cet effet, la Suede fournira trente mille Fantaffins, &
„ fix mille Chevaux.

„ Que

„ Que pour leur Entretien le Roi T. C. s'engageoit de lui faire tou- 1631.
„ cher pendant la guerre un subside annuel de quarante mille Risdal-
„ lers.

„ Qu'on ne fera point la Paix, jusques à ce que la Religion soit ré-
„ tablie dans l'Empire selon la Transaction de Passaw.

En même tems, les Etats Protestans s'assemblérent à Leipsic, malgré Nouvelle Ligue des Protestans.
les Défenses de l'Empereur, & y renouvellerent & signérent leur Li-
gue.

Cependant, le General Tilly se rendit Maître de Newbrandebourg Progrès du Général Tilly.
le 11ᵐᵉ. Mars. Presque toute la Garnison périt par l'epée, à la reserve de
Mr. Kniphuysen qui y commandoit, de sa femme, de ses filles, & de
quelques autres qui furent faits prisonniers; après quoi on rasa entiérement la Ville. Le Général Papenheim continuoit le siege de Magdebourg pendant l'absence de Tilly; mais, celui-ci étant de retour de son
Expedition, cette Ville fut si serrée, & si rudement attaquée par Papenheim, que le 20. de Mai elle fut enfin prise l'épée à la main, pil-
lée, saccagée, & presque entierement brûlée.

Gustave de son côté, ne restoit pas dans l'inaction. Dans le mois Progrès des Suedois.
précedent il avoit pris d'assaut la Ville de Francfort sur l'Oder; & les
rigueurs qu'on y avoit exercées envers la Garnison, furent la cause de
la ruine de Magdebourg.

La Prise de Francfort donna à ce Prince les moyens de rétablir les
Ducs de Meklenbourg dans leurs Etats : après quoi il défit plusieurs
Partis des Impériaux, & passa l'Elbe, pour aller chercher le Général
Tilly, qui s'étoit aussi rendu Maître de Hall, de Mersbourg, & de
Leipsic.

Ce fut aux environs de cette Place, que le Roi de Suede attaqua les Bataille de Leipsic.
Impériaux & les défit le 18. Août. Tilly y fut blessé dangereuse- Suites de la Victoire.
ment & y laissa tout le Canon, le Bagage, & plus de neuf mille hom-
mes, tant morts que prisonniers. Après cette Bataille, Gustave se
rendit maître d'Erford, de Konigshoven, de Wirtzbourg, de Hoechst,
de Mayence, d'Oppenheim, & de plusieurs autres Lieux : & ayant
défait quelques Corps de Troupes Impériales, il jetta la terreur par tout.

1631.   L'Electeur de Saxe, de son côté, après avoir repris sa Ville de Leip-
fic, s'empara de celle de Prague Capitale de la Boheme, d'Egre, & enfin de tout ce Royaume; Bannier, Général Suedois, se saisit de la Ville de Magdebourg.

1632.   L'Année suivante, les Troupes Suedoises occupérent Rostock, Wis-
mar, Port considérable sur la Mer Baltique, & la Ville de Bamberg dans la
Franconie, d'où ils se retirerent bientôt à cause de l'arrivée du Général
Tilly.

La France   Le Roi de Suede connoissoit fort bien qu'il ne pourroit point mettre des
& la Suede
renouvel-   Garnisons suffisantes dans tant de Conquêtes, & tenir la Campagne. Ainsi, il
lent leur Al-
liance.   donna avec plaisir les mains aux instances qu'on lui faisoit de renouveller, & de resserrer plus fort que jamais, l'Alliance offensive & défensive avec la France.   Ce Traité se conclut à Mayence, non seulement
entre ces deux Puissances, mais encore avec plusieurs autres Potentats,
savoir le Roi de la Grande-Bretagne, le nouveau Prince de Transylvanie George Ragotzki, Jean George Electeur de Saxe, les Princes
Palatins Frideric & Louïs, le Duc d'Holstein, les Princes de Sulzbach,
August. de Baden, & Christophle & Bernard de Weymar.

Walstein est   Si l'Empereur fut fort allarmé de tant de changemens dans l'Alle-
rapelle.   magne, de ce que Gustave s'étoit rendu le Maître de la plus considérable partie de l'Allemagne & de ce qu'en si peu de tems ses Conquêtes
s'étendoient depuis la Mer Baltique jusqu'au delà du Rhyn; il fut fort
étonné de ce que plusieurs Princes, soit par inclination, soit par crainte, se declaroient ouvertement pour lui contre la Maison d'Autriche,
comme le Landgrave de Hesse; ou mettoient leurs Etats sous la Protection de quelqu'un des Alliez de la Suede, comme l'Electeur de Tréves, qui en avoit donné l'exemple.   Pour opposer à cette rapidité
d'heureux succès, une digue qui fût capable de les arrêter, il eut recours
à l'unique moyen qui lui restoit.

Malgré toutes les oppositions des Espagnols & des Bavarois, il rappella le Général Walstein, & il voulut lui donner quelque satisfaction
sur ses plaintes, en le déclarant Généralissime de ses Armées, & en lui
donnant un Pouvoir absolu & indépendant.

Cette

Cette réfolution fut aprouvée de toutes les perfonnes défintéreffées. **1632.**
Walftein en fut fort fatisfait : il fortit de fa Retraite; & il remit d'a-
bord fur pié une Armée affez nombreufe, plus par fon crédit, que par
quelques grandes affiftances qu'il pouvoit efpérer de la Cour Impériale, ou des Princes Alliez de la Maifon d'Aûtriche.

Mais avant qu'il fût en état d'agir, Guftave prit Donawert, & bâ- *Progrès du Roi de Suede.*
tit le Comte de Tilly au paffage du Lech. Ce Général y fut fi dan- *Mort du Général Tilly.*
gereufement bleffé, qu'il en mourut peu de tems après à Ingolftadt.
Le Roi continua fa marche; &, en chemin faifant, il fe rendit Maître d'Augsbourg, de Landshut, de Memminguen, de Nortlingue, de
Campen, & de toutes les Places qu'il y avoit jusques à Ingolftadt, devant laquelle il mit le fiege le cinquiéme d'Avril, avant même que la
grande Armée de Walftein fut affemblée.

La vigoureufe défenfe qu'il y trouva, le grand danger qu'il y cou- *Siege d'Ingolftadt.*
rut, la mort du Marckgrave Chriftophle de Durlach tué à fon côté, les
bleffures du Général Vrangel & de fes plus braves Officiers, l'oblige-
rent à lever le fiege, & à avoüer par là que la fortune des Armes eft *Guftave en leve le Siége.*
journaliere.

Sa Retraite lui procura néanmoins un nouveau Laurier. Il fe rendit *Il occupe Munich.*
maître de Munich, Cour de l'Electeur de Baviere, d'où il retira un
très grand butin. Cet Electeur, de fon côté, força la Ville de Ratis- *L'Electeur de Baviere foûmet Ratisbonne, & presque tout le Palatinat.*
bonne; enfuite de quoi il occupa presque tout le haut Palatinat.

Le Général Walftein, pour ne pas décheoir de la bonne opinion *Progrès du Général Walftein.*
qu'on avoit conçû de lui, reprit en peu de jours Prague, Egre, & tout
le Royaume de Boheme, d'où il chaffa toutes les Troupes du Saxon; &
il marcha en diligence vers Amberg, dans le haut Palatinat, pour fe
joindre aux Bavarois.

La jonction s'étant faite très-heureufement, le Roi de Suede fit tou- *Jonction de l'Armée de l'Electeur & de celle de Walftein.*
tes fes difpofitions pour les attaquer. Il marcha à leur rencontre, quoi-
qu'il fût dépourvû de vivres; mais, il fe repofoit entiérement fur l'affection de la très-riche Ville de Nuremberg, qu'on appelle avec raifon
l'Oeil de l'Allemagne. Il ne fe trompa pas; car le Magiftrat, qui
l'avoit reçû très-magnifiquement, lui ouvrit d'abord tous fes Magafins,

&

1 6 3 2.

Guſtave marche à leur rencontre.

& lui fournit très-abondamment toutes les choſes néceſſaires pour l'entretien de ſes Troupes. Mais, ce n'étoit pas aſſez : il connoiſſoit bien qu'à la fin ſon Armée ſeroit affamée. Ainſi, il prit la réſolution d'attaquer les Impériaux, qui abondoient entiérement de toutes choſes.

Conduite de l'Electeur & de Walſtein.

L'Electeur & Walſtein, quoique plus forts que les Suedois, conſiderant les ſuites que pouvoit attirer une Bataille perduë, ſe contentérent de ſuivre l'exemple de Fabius Maximus; c'eſt-à-dire, de harceler leurs Ennemis, de les affamer, de leur ôter les moyens de venir à une Bataille déciſive, & de ſe tenir ſi bien ſur leurs gardes que les Suedois ne puſſent trouver leur compte en les attaquant. En effet, il y eut diverſes Eſcarmouches, dans leſquelles les Impériaux eurent le plus d'avantage.

Le Roi de Suede marche en Saxe.

L'Electeur s'étoit ſéparé de Walſtein, pour repaſſer en ſon Païs; & le Roi de Suéde ayant appris, par pluſieurs Exprès du Duc de Saxe, les Progrès des Généraux Impériaux, Pappenheim & Gallas, dans la Miſnie, il accourut d'abord à ſon ſecours, après avoir laiſſé à Nuremberg une forte Garniſon de ſes Troupes, comme auſſi dans les autres Places fortes de la Franconie.

Bataille de Lutzen.

Il s'aprocha de Walſtein; & ce Général, ayant ramaſſé tous les Corps de ſes Troupes qui étoient répandus en divers Endroits, l'attendit de pié ferme à Lutzen, Village aſſez conſidérable à quelques lieuës de Leipſic.

Mort du Roi de Suede.

Le quinziéme de Novembre, jour fatal pour la vie du grand Guſtave, on commença à s'eſcarmoucher de part & d'autre. Ce Prince, qui étoit réſolu de vaincre, ne prit pas aſſez de ſoin de ne pas périr. Comme il alloit, accompagné de peu de monde, pour reconnoître un Poſte qu'il croyoit être fort avantageux, un Parti des Impériaux l'attaqua, ſans le connoître; & ce fut, dans une ſi petite Occaſion, qu'un ſi grand Héros perdit la vie d'un coup de Piſtolet dans la tête.

Sa Mort affligea ſi vivement toute ſon Armée, qu'elle jura de la vanger. Tous ſes Chefs reconnurent pour le leur Bernard Duc de Weymar, qui, ſuivant les ordres du feu Roi donnez la veille de ſa mort, attaqua les Impériaux, & les battit ſi abſolument, que toute
leur

leur Armée y eût péri, si l'arrivée du Général Papenheim n'en eût sau- 1632.
vé une partie. Mais une si glorieuse Action ne laissa pas de lui être
extrémement funeste; car il fut tué lui-même, & l'on trouva son
Corps uni à celui de l'Abbé de Fulde, qui s'étoit extrémement signalé
durant toute cette Guerre. Presque tous les Chefs, les Généraux, &
les Officiers, y furent blessez; &, si les Suedois demeurérent Maîtres
du Champ de Bataille, les Impériaux eurent de leur côté plusieurs Prisonniers de distinction, & plusieurs Enseignes & Etendars de leurs Ennemis.

On fit de part & d'autre plusieurs Réjouïssances pour cette Journée :
les Suedois, & leurs Adhérans, parce que le Champ de Bataille leur
étoit resté; & les Impériaux & leurs Alliés, parce que la mort de Gustave les délivroit d'un heureux Conquérant, & d'un grand & très-puissant Ennemi.

La Victoire se seroit peut-être déclarée pour Walstein, si quelques-uns
des Chefs de son Armée ne s'étoient plus attachez au Butin qu'au Combat.
Quoiqu'il en soit, le lendemain il abandonna Leipsic; & il se retira à
Prague, où il fit éxaminer ces Chefs, qui y eurent la tête tranchée,
pour prix de leur Avarice.

Après la mort de Gustave, l'Armée se divisa. La principale partie, Suites de la
commandée par le Duc de Weymar, occupa Ratisbonne, & Bam- Lutzen.
berg; & une autre resta sous la conduite du Duc George de Lunebourg. Un troisieme Corps, assez considérable, qui étoit resté dans
l'Alsace sous la conduite du Maréchal Horn, s'y étoit rendu Maître de
Benfeld.

Après la Retraite des Impériaux, l'Electeur de Saxe reprit Leipsic, L'Electeur
& diverses autres Places, que tenoient encore des Garnisons Impéria- prend Leip-
les; & par les persuasions d'Oxenstiern, grand Chancelier de Suede, de son Etat.
qui étoit l'Arbitre absolu de toutes les affaires depuis la mort de Gustave, il s'engagea plus fortement encore dans le Parti des Suedois.

Leurs Progrès sembloient remettre les affaires de l'infortuné Palatin : Mort de
il avoit repris quelques Places dans le voisinage du Palatinat Inférieur; Palatin.
& il avoit tout lieu d'espérer qu'il pourroit s'y rétablir : mais il
mou-

1632. mourut au milieu de ces flateufes efpérances, à Mayence, le 29. de
Novembre.

Mouve-
mens de la
France.

L'Etat de l'Allemagne étoit tout-à-fait déplorable ; & cela encouragea la France à y envoyer des Troupes, pour foûtenir les Suedois &
leurs Alliez. Le Pape fit tout ce qu'il put pour détourner ce coup;
mais le Cardinal de Richelieu, qui gouvernoit abfolument ce Roy-

La Reine
Chriftine
fille de Guf-
tave veut
continuer la
guerre.

aume, ne voulut nullement écouter fes preffantes Remontrances. Il
renouvella avec Chriftine,qui avoit fuccedé à fon Pere le grand Guftave, & aux mêmes Conditions qu'avec ce Prince, un Traité d'Allian-

1633.

ce offenfive & défenfive, qui fut conclu à Heilbron le neuviéme d'A-
vril.

Difpofi-
tions des
Impériaux.

Les Impériaux, voulant donner de l'occupation à leurs Ennemis,
partagérent leurs forces. Le Général Walftein agiffoit en Boheme, &
en Silefie; & le Général Altringer en Baviere, & dans le haut Palatinat. Ils formérent un autre Corps d'Armée affez confidérable en Weftphalie, fous la conduite des Généraux Mérode & Buning-haufen; &
un autre au Païs de Juliers, fous celle du Général Gronsfelt.

Progrès des
Suedois.

Les Troupes Suedoifes, commandées par le Duc de Lunebourg, &
par le Général Kniphaufen, batirent à plâte couture le Comte de Mérode, qui y fût tué, & qui y perdit tout fon Canon & tout fon Bagage. Elles s'emparérent enfuite d'Hamelen, d'Osnabrug, & de toutes les Places & Lieux de cet Evêché.

Mort tragi-
que de Wal-
ftein.

Ces heureux fuccès ne furent point auffi avantageux aux Confédérez,
que la mort du fameux Albert Wenceflas, Comte de Walftein, le feul
Général qui eût arrêté durant fon Commandement les Progrès du Grand
Guftave & ceux de fes Généraux. Ce fut cette Valeur, cette Bra-
voure, fa Conduite, ou, fi vous voulez, fa fortune, qui, de l'état de
fimple Chevalier ou Gentilhomme, le firent monter au plus haut Dégré de la Gloire & des Honneurs. Il fut Comte de Walftein, Duc de
Fridland, de Segan, de Glogaw, & de Mecklembourg, Généraliffime des
Armées de l'Empire.Heureux! s'il eut fû s'en contenter. Mais fon Ambition
déméfurée ne pouvant fe fatisfaire que par la poffeffion d'une Couronne,
il forma le dangereux deffein de s'emparer de celle de Boheme, & la

Mar-

Marquiſat de Moravie. Pour cet effet, il entama des Intelligences ſe- 1634.
cretes avec le Parti Proteſtant, par le moyen d'un Prince Danois. Il
s'apliqua ſoigneuſement à gagner l'amitié & l'eſtime de tous les Chefs
& Officiers de l'Armée, dont la plûpart étoient ſes Créatures. Pour
mieux s'aſſûrer des Troupes, il trouva moyen de faire ſouſcrire aux
Colonels, & autres Officiers ſubalternes, un nouveau Serment de
Fidélité en ſon Nom, ſans y faire aucune mention de l'Empereur.
Enfin, il forma un Conſeil de ſes Amis, dont les Comtes de Terzkey
& de Kinsky étoient les principaux, afin de convenir avec eux
des moyens les plus propres à faire réüſſir une ſi périlleuſe Entrepriſe.

Le prémier fruit de ces Conſeils fut d'aſſûrer les Princes Proteſtans,
que s'ils vouloient l'aider à reſter Maître de la Boheme & de la Moravie, il obligeroit l'Empereur, & tous ſes Alliez, à faire la Paix avec
eux, à des Conditions telles qu'ils pouvoient le deſirer.

L'Empereur, le Roi d'Eſpagne & le Duc de Baviére, en furent
auſſitôt informez, non ſeulement par les Généraux Mérode & Altringer, mais auſſi par divers autres Chefs. Ils donnérent avis, que
Walſtein, qui avoit mis à Egre une forte Garniſon d'Irlandois, ſur leſquels il ſe repoſoit entiérement, devoit s'y rendre à la mi-Fevrier,
pour s'y aboucher avec le Duc François-Albert de Saxe-Lawembourg
& le Duc Bernard de Weymar, & y terminer ſon Traité avec le Parti Proteſtant.

L'Empereur donna auſſitôt ordre de s'aſſûrer de ſa Perſonne; mais le
Général Leslé, qui avoit gagné les principaux Officiers de la Garniſon,
craignant qu'un Courier, qui venoit d'arriver de la part du Duc de Saxe, ne fît éventer l'Entrepriſe, conclut avec les Colonels Gourdon &
Butler, que ne pouvant pas s'aſſûrer de Walſtein ſans courir trop de
riſque, il étoit abſolument néceſſaire de le faire périr auſſi bien que
les principaux de ſes Amis.

On paſſa promtement à l'éxécution. Les Comtes de Kinsky
& de Tertzkey furent tuez par deux Capitaines & trente
Soldats du Regiment de Butler; & trois autres Officiers périrent

de la même maniere ,   dans l'Apartement du Colonel Gourdon ,
qui les avoit invitez à souper. Sur le champ , le Capitaine De-
verox se rendit avec la même Troupe à l'Apartement de Walstein.
Il en enfonça la Porte ; & ayant trouvé cet infortuné Général sorti
de son Lit pour apprendre la cause du bruit qu'il entendoit dans
le Château , il le perça brusquement de sa démi-pique.

Le Duc de Saxe-La-wembourg est arrêté prisonnier. Le Duc de Saxe-Lawembourg étant arrivé le lendemain, fut arrêté,
& mené prisonnier à Vienne sous une bonne escorte. Le même
sort étoit destiné au Duc de Weymar ; mais, ayant été averti à tems
il se retira avant que de tomber dans le filet.

Les Colonels Spar & Ulefeld n'eurent pas le même bonheur : ils
furent arrêtez , de même que plusieurs autres Officiers des plus considérables du Complot. Ils eurent tous la tête tranchée ; & cela causa
tant d'épouvante parmi les autres complices de la Conspiration, qu'elle se dissipa entierement. Elle allarma si fort l'Electeur de Saxe , qu'il
prêta l'oreille aux sollicitations de l'Archiduc Leopold-Guillaume ,
& du Duc Albert de Baviere, pour le détâcher du Parti des Suedois.

L'Electeur de Saxe prête l'o-reille à un Accommo-dement. Ils lui remontrerent que la Reine Christine, qui avoit succédé à son
Pere à la Couronne de Suede, cherchoit , non pas le bonheur des
Protestans ni leur sûreté , en entretenant les Troubles de l'Empire ;
mais, qu'elle vouloit en tirer le plus d'Avantages qu'elle pourroit , en
se servant de leurs Armes & de leurs Divisions. L'Electeur, touché
de ces Raisons , députa quelques-uns de ses Ministres les plus zélez
Il attire plusieurs Princes dans le mê-me senti-ment. pour la Paix, à Prague, pour y convenir des Conditions. Il fit encore plus ; il engagea l'Electeur de Brandebourg, le Duc Guillaume de
Saxe Weymar, George Duc de Lunebourg , & plusieurs autres Princes, Etats , & Villes de l'Empire , à suivre plûtôt la voie d'un Accommodement avec l'Empereur, que celle des Armes , qui ne tendoit
à autre chose qu'à la ruine de l'Allemagne, & à l'Agrandissement des
Etrangers.

Défaite du Duc Ber-nard de Weymar. Il est plus que probable , que ce qui encouragea tous ces Princes,
à s'attacher à l'Empereur, fut la Défaite des Suédois arrivée le 17. Août.
Le Roi Ferdinand III, qui avoit pris le Commandement de l'Armée

après

après la mort de Walſtein, chercha celle de Suede commandée par 1634. le Duc Bernard & par le Maréchal Horn. Il l'attaqua d'abord avec quelque deſavantage ; mais il remit le tout en ſi bon ordre, que les Suedois perdirent plus de douze mille hommes ; lui laiſſant, quantité de Priſonniers, parmi leſquels ſe trouvérent le Maréchal Horn, les Généraux Cratz, Roſtein, Schafelitzki, & quantité d'autres Officiers de diſtinction. Tous les Drapeaux, les Etendarts, le Canon, le Bagage, enfin le Champ de Bataille lui reſterent ; Weymar, & le Général Suedois Bannier, ſe virent réduits à ſoûtenir les Affaires du Parti par la Retraite.

Si cet Avantage des Impériaux ſoulagea le Parti Catholique, il allarma la France. Le Cardinal Richelieu, qui ſouhaitoit extremement d'illuſtrer ſon Miniſtere par l'abaiſſement de la Puiſſance de la Maiſon d'Autriche, prit le prétexte de la Détention de l'Electeur de Tréves, que les Eſpagnols avoient enlevé, & qui, après avoir ſouvent changé de Priſon, avoit été envoyé à Vienne ; pour renouveller ſon Alliance offenſive, & défenſive avec la Suede, les Hollandois, & le Landgrave de Heſſe-Caſſel. Et, pour témoigner que les Engagemens de la France étoient ſinceres, il déclara la Guerre à l'Eſpagne, & à tous ſes Adhérans, auſſi bien qu'à la Branche Allemande de la Maiſon d'Autriche.

1635. La France renouvelle ſon Alliance avec la Suede. Prétexté dont elle ſe ſervit.

L'Electeur de Saxe, au contraire, conclut ſon Traité de Paix avec l'Empereur, le 10. Mai : & il fut ſuivi du Renouvellement d'Alliance avec l'Electeur de Baviere, auquel l'Empereur donna en mariage l'Archiducheſſe Marie-Anne, ſa Fille ainée.

L'Electeur de Saxe fait ſa Paix avec l'Empereur.

On ne ſait ſi les Electeurs de Saxe, de Brandebourg, & les autres Princes qui conclurent ce Traité, agirent ſincérement dans leur Réconciliation. A en juger par ſes ſuites, il y auroit tout lieu d'en douter ; puiſque toutes leurs meilleures Troupes, après la ſignature de la Paix allérent prendre parti avec celles de Suede. Quoiqu'il en ſoit, ces Princes Confédérez ne laiſſérent pas de ſolliciter la Reine de Suede à donner ſon conſentement à un Traité de Paix avec la Pologne. La France, l'Angleterre, l'Electeur de Brandebourg, & les Etats Généraux,

Tréve entre la Suede la & Pologne.

l'y

1635. l'y follicitoient fortement par le moyen de leurs Miniftres. Elle y confentit, enfin; laiffant aux Polonois toutes les Places que la Suede avoit conquifes fur eux dans la Pruffe.

Ce fut un coup de Maître; car toutes les Troupes, qui y étoient, furent envoyées au Général Bannier, qui, par ce Renfort, fe trou-

1636.
Progrès
du Général
Bannier.
vant fort de vingt-quatre mille hommes, défit un Corps de Troupes Saxonnes, prit la Ville de Havelberg, battit bien les Impériaux & les Saxons près de Wiftock, où ils perdirent leur Artillerie & leur Bagage avec fept mille hommes. Il ravagea la Poméranie, & raffûra la Ville d'Erfort, qu'il empêcha de traiter avec l'Electeur de Saxe : après quoi, il envoya un Renfort confiderable de fes Troupes au Landgrave Guillaume de Heffe, pour obliger les Impériaux à lever le Siege qu'ils avoient mis devant la Ville de Hanau.

Mauvais
état des Im-
périaux.
D'un autre côté, le Duc de Weymar harceloit l'Armée Impériale commandée par le Général Galas, & qui étoit compofée de cinquante-huit mille hommes. Il la fuivit toujours, lui enleva plufieurs Quartiers, & la fatigua fi fort par de continuelles Efcarmouches, qu'elle fût enfin prefqu'entierement diffipée.

Ferdinand
III elû Roi
des Ro-
mains.
L'Empereur, voulant néanmoins affûrer l'Empire dans fa Maifon, fit en forte que la Diete, qu'il avoit convoquée à Ratisbonne pour cet effet, élût fon fils Ferdinand III, déjà Roi de Hongrie, & de Boheme, pour fon Succeffeur à l'Empire. Les Electeurs de Mayence, de Cologne & de Baviere, qui y étoient préfens, & les Ambaffadeurs de Saxe, & de Brandebourg, lui donnerent leurs voix, & il fut proclamé Roi des Romains le 22. Decembre. Vers le commencement de

1637.
Mort de
Ferdinand
II.
l'Année fuivante, il fut couronné par l'Electeur de Mayence, de même que l'Infante Marie fa Femme : & peu après cette folemnité, l'Empereur mourut le 25. Fevrier, âgé de 59. ans, & dans la 17. année de fon Regne.

Progrès
des Suedois.
Les prémiers foins du nouvel Empereur furent de continuer vigoureufement la Guerre. Les Progrès des Suedois augmentoient de jour à autre, & leur Général Bannier fe rendit fi formidable au Parti Catholique, que Ferdinand s'apliqua avec un attachement incroyable à pré-

parer

parer une puissante Armée pour lui opposer.

Ce Général s'étoit déjà rendu Maître de Torgaw, Place très-forte dans la Saxe. Il mit ensuite le siege devant Leipsic : mais il le leva bientôt; Galas, qui commandoit l'Armée Impériale, s'étant mis en pleine marche pour la secourir. La Retraite de Bannier ne fut pas un effet de sa crainte; mais il prit ce parti, pour aller joindre le Général Wrangel, & un autre Renfort très-considerable de Troupes, que Christine lui envoyoit.

Se croyant déjà assez fort pour tenir tête aux Impériaux, il voulut les attirer dans un Païs entierement ruiné, afin que leur Armée y périt de froid & de faim; ne doutant pas, comme il arriva en effet, que la plûpart des Troupes ne se joignissent aux Suedois, pour avoir de quoi subsister.

Galas, voyant son armée si considérablement affoiblie, marcha vers la Boheme; & Bannier, tout glorieux d'avoir triomphé sans combattre, retourna sur ses pas, & reprit non seulement les Places qu'il avoit abandonnées en se retirant, mais encore plusieurs autres Places de la Saxe & de la Misnie. 1638.

Au milieu de ses Victoires, & de ses nouvelles Conquêtes, il eut néanmoins le chagrin d'apprendre que les Affaires du Parti n'alloient pas bien en d'autres endroits. L'Armée de Charles-Loüis Palatin fut batuë par le Général Hatzfeld, qui fit prisonniers le Prince Robert Frére du Palatin, & le Général King qui la commandoit en Chef. Cet Echec fut suivi de la Réduction de plusieurs Villes, qui tenoient le parti des Confédérez; & de la Prise d'Ehrenbreistein, qui fut obligée à capituler avec Jean de Wert. *Progrès des Impériaux.*

Ces Evenemens auroient assûrement fait perdre courage aux Suedois, & à leurs Confédérez, si la France ne leur eût promis, par un Renouvellement d'Alliance offensive & défensive conclu à Hambourg, de faire une très-puissante Diversion du côté de l'Alsace aux Forces de l'Empereur & de ses Alliés. C'est pourquoi le Général Bannier, après avoir obligé les Princes de Lunebourg à lui demander la Neutralité, avec instances, retourna dans la Misnie, dont la plûpart des Habitans *La France renouvelle l'Alliance avec les Suedois.*

se

1638. fe rangerent de fon côté, malgré toutes les défenfes de l'Empereur.

Progrès des François dans l'Alface.

Les François, fous la Conduite du Duc de Weymar, & du Duc de Rohan, prirent Sickingen, Lauffembourg, & mirent le Siege devant Rhinfelt; mais ils s'en retirerent à l'aproche de Jean de Wert, l'un des Généraux de l'Empereur. Il en renforça la Garnifon; mais le Duc de Weymar l'attaqua & le battit le lendemain. Il le furprit à la pointe du jour, le fit prifonnier avec plufieurs autres Généraux & Officiers de diftinction, & refta Maître de tout le Canon, du Bagage & du Champ de Bataille. Au bout de quinze jours, il prit par force ou par compofition Rhinfelt, Fribourg, Tubinguen, Stutgard, & plufieurs autres Places. A la vérité, la Prife de Rhinfelt coûta beau-

Mort du Duc de Rohan Commandant des François.

coup aux François; car le Duc de Rohan, qui les commandoit, y fut fi dangereufement bleffé, que, s'étant fait porter à Kunisfeld, il y mourut peu de jours après, fans avoir eu la confolation de favoir que la Place avoit été prife.

Prife de Brifac.

Le Duc de Weymar, non content de ces Conquêtes, prit la réfolution d'attaquer Brifac, qui étoit avec raifon reputée la principale Place de l'Allemagne. Il y mit le Siege, durant lequel il défit non feulement le General Goetz, & le Duc de Lorraine, qui voulurent y introduire du Secours; mais même il repouffa vigoureufement les Imperiaux, qui avoient forcé fes Lignes fous le Commandement du Général Goetz. Le Baron de Reynach, Commandant de la Place, fe vit alors obligé à la lui rendre de même que Landscron, à des Conditions affez honorables; & cela arriva le 19. Novembre. Il faut néanmoins rendre cette juftice au Gouverneur, à la Garnifon & aux Habitans, qu'ils ne fe rendirent qu'à la derniere extremité. Avant de vouloir entendre parler de Capitulation, ils effuyérent toutes les miferes imaginables. Ils mangerent des Chats, des Rats, des Souris, & même jusques à de la Chair humaine; & la plûpart d'entre eux périrent faute de nourriture.

1639.
Mort du Duc de Weymar.

La Prife de cette Place fut le dernier Exploit du Duc Bernard de Saxe-Weymar: il mourut à Neubourg, en ramenant fon Armée en Allemagne, le 18 Juillet fuivant. Il difpofa toutes chofes avant fon tré-

pas.

pas. Il laiſſa le Commandement de ſes Troupes, & de toutes ſes 1639.
Affaires, aux principaux Colonels de ſon Armée, ſur tout au
Comte de Naſſau ; & le Gouvernement de Briſac, ſa derniére
Conqnête, au Général Major Erlak, à qui ce Gouvernement reſta,
même après que lés Executeurs du Teſtament du Duc de Weymar *La France achete Briſac.*
eurent vendu cette Place au Roi de France, moyennant la ſomme de
cent mille Piſtoles. La France ſut ſi bien prendre ſes meſures à cet
égard, que Charles-Loüis Palatin, Succeſſeur de Frideric V, ni ſon
Oncle le Roi d'Angleterre, ne purent réüſſir dans leurs Négociations
avec les Chefs des Troupes Weymariennes, pour les obliger à lui faire
remettre cette Ville entre ſes mains.

Le Siege, que le Général Bannier avoit mis devant Prague, Ville *Bannier aſſiege Prague, mais inutilement.*
Capitale de la Boheme, allarma fort l'Empereur. Il tint pluſieurs
Conſeils de Guerre ſur les moyens d'en empêcher la priſe; & il mit ſur
pied une Armée très-conſidérable, pour être employée à ſon ſecours
ſous la Conduite du Général Picolomini, qui s'étoit fort diſtingué
ſous Walſtein. L'Archiduc Leopold ſon Frere, qui commandoit en
Chef l'Armée de la Ligue, ſe voyant ſi bien fortifié par ce Renfort,
marcha vers Prague en toute diligence pour tâcher de reſſerrer Bannier entre l'Armée Impériale & la Ville ; mais ce Général, qui ne ſe
voyoit pas en état de pourſuivre ſon deſſein, leva le Siege, & ſe retira
en Thuringe, toujours harcelé par les Impériaux. Il alla enſuite à
Brunswick, pour y joindre les Troupes de France commandées par
le Duc de Longueville, & celles de Lunebourg & de Heſſe. Il tenta
le Siege de Wolffembutel, mais avec un ſuccès égal à celui de Prague :
l'aproche de l'Archiduc & de Picolomini, & la Valeur des Troupes 1640.
Impériales qui y étoient en Garniſon, rendirent tous ſes efforts inutiles.

Il y avoit déjà plus de vingt ans, que cette fatale Guerre duroit dans *On commence à ſonger à la Paix.*
l'Empire ; & les divers ſuccès, dont elle avoit été accompagnée, en a-
voient enfin rebutté les deux Partis ; lorſque, par les Remontrances
de l'Electeur de Mayence & du Duc de Baviere, l'Empereur ſe rendit
à Ratisbonne, où il avoit convoqué la Diete de l'Empire, pour y
déli-

1640. délibérer sur les moyens les plus propres à la terminer : mais ce ne fut qu'après les Couches de l'Impératrice, qui mit alors au monde l'Archiduc Léopold, qui a depuis succedé à son Pere.

Resultat de la Diete de Ratisbonne.

On y résolut, que le Corps de l'Empire en général, & chaque Electeur & Etat en leur particulier, écriroient au Rói Très-Chrétien, & à la Reine & au Royaume de Suede, pour les exhorter à songer à la Paix, & à consentir à une Assemblée dans laquelle on pût préparer & disposer les Préliminaires qui devoient servir de Regle à l'avancement d'un dessein si salutaire.

Ces Démarches ne plaisoient point aux Commandans des Troupes Suedoises. Bannier, plus allarmé que les autres, chercha à rompre la

1641.

Bannier entre dans le haut Palatinat, & envoye ses Troupes devant Ratisbonne.

Diete, & à surprendre tous ceux qui y étoient. Pour cet effet, il quitta Brunswic, traversa la Misnie & la Thuringe, & s'alla poster avec le fort de son Armée dans le haut Palatinat, d'où il en envoya le reste vers Ratisbonne.

L'Empereur, qui avoit été averti de bonne heure de son Dessein, y fit venir le Général Picolomini avec un Corps assez considérable de Troupes ramassé des Garnisons de la haute Aûtriche & de quelques Places de la Baviere.

Combat de Neubourg.

Dès que Picolomini se vit assez fort pour tenir tête aux Suedois, il attaqua, près de Neubourg, le Général Suedois Schlang, qui commandoit l'élite de la Cavalerie de Bannier ; & il prit si bien ses mesures, que le Général Suedois fut obligé de se rendre avec quatre mille Chevaux : ce qui obligea le Général Bannier d'abandonner son Entreprise sur Ratisbonne, & de se retirer dans la Misnie.

Mort du Général Bannier.

Ce malheur augmenta le chagrin, qu'une fievre qui lui étoit survenue lui causoit ; & sa Maladie devint si violente, qu'elle l'emporta dans la Ville d'Halberstad, le 30 de Mai ; laissant au Général Torstenson le Commandement général de l'Armée, &, durant son absence, aux Généraux Wrangel, Wirtemberg, & Pful. Après sa mort, ces Généraux restérent en Saxe dans leurs quartiers d'hiver, sans que les Impériaux pussent les en chasser.

Un autre Résultat de la Diete de Ratisbonne.

La Diete de Ratisbonne continuoit toujours ses Sessions sur le fait de la Paix. On y convint, „ qu'on accorderoit une Amnistie générale

„ de

„ de tout ce qui pouvoit avoir été commis de part & d'autre ; Qu'on 1641.
„ affigneroit des Lieux feparés pour les Affemblées qui traiteroient les
„ Affaires avec la France & avec la Suede ; Qu'on nommeroit des
„ Commiffaires de chaque côté, pour éxaminer les Griefs touchant la
„ Religion, & pour les régler à l'amiable ; Que le Traité de Paffau,
„ fait en 1555. avec ceux de la Confeffion d'Augsbourg, feroit reli-
„ gieufement obfervé ; Que la caufe Palatine feroit, nonobftant le
„ Ban Impérial, éxaminée & réglée par un Traité féparé, qui feroit
„ enfuite mis & inféré dans les Actes publics de l'Empire ; Que fi on
„ ne trouvoit aucune difpofition à la Paix il falloit fonger férieufe-
„ ment à continuer la Guerre ; Que, pour parvenir aux Moyens les
„ plus propres à forcer les Confedérez à confentir à la Paix, on af-
„ figneroit aux Troupes Impériales de bons quartiers d'hyver, en
„ quotizant chaque Etat à proportion, en forte que l'un ne fouffrît
„ pas plus que l'autre ; Que les Généraux, les Colonels, & les autres
„ Officiers fubalternes, éxécuteroient avec toute la rigueur les Régle-
„ mens pour faire vivre les Troupes dans une Difcipline très-réguliere.
Ce furent-là les principaux Articles de la Diete. Elle fe fépara, après
avoir arrêté qu'on en affembleroit une autre, pour y travailler férieufement & efficacement à la Réformation de la Juftice.

L'Electeur de Saxe, Sigismond Electeur de Brandebourg, & di- *Zele des Electeurs de Saxe & de Brandebourg pour la Paix.*
vers autres Princes, furent ceux qui infpirérent ces bonnes difpofi-
tions à la Diete. Ils fe chargérent de les propofer aux Confedérez ; &
ils amenérent les Rois d'Angleterre & de Dannemarc jufques à offrir
leur Médiation. Le Pape Urbain VIII. offrit la même chofe aux Prin-
ces Catholiques : il preffoit continuellement l'Empereur, & les Rois *Vues de la Cour de Rome.*
Très-Chrétien & Catholique, de mettre fin une bonne fois à tant de
maux dont la Chrétienté étoit prefqu' accablée. Sa Sainteté avoit fes
Vues particulieres : elle auroit fort fouhaité que ces trois Monarques
confentiffent à un Traité particulier à l'exclufion des Proteftans.

La France ayant enfin confenti à traiter de la Paix, on difputa *Diverfes Prétenfions touchant le Lieu des Affemblées.*
long-tems touchant les Lieux des deux Affemblées dont on avoit parlé
dans la Diete de Ratisbonne. L'Empereur, qui fouhaitoit procurer

TOME I.   f   cet

1641. cet Avantage à fon Païs, fit tout fon poſſible pour établir le Congrès à Trente, ou à Conſtance; mais les Electeurs de Saxe & de Brandebourg, lui aiant vivement remontré par leurs Miniſtres, qu'il n'y avoit que la condeſcendance qui pût remedier à l'état déplorable de l'Allemagne, il propoſa, outre les deux Villes ci-deſſus mentionnées, Augsbourg, Spire, & Cologne.

On choiſit Cologne pour les Aſſemblées des Catholiques.
Ce fut pour ſatisfaire au deſir de ſa Sainteté, & du Roi Catholique, qui demandoient Cologne, que l'Empereur nomma cette Ville. La France y conſentit.

Miniſtres qui y interviennent.
Le Cardinal Martio Ginetti y intervint, de la part du Pape, en qualité de Médiateur; le Baron de Queſtemberg, & le Conſeiller Aulique Crane, de celle de l'Empereur; & le Grand Chancellier de Milan, Dom Antoine Ronquillo, & le Comte Olivier Schinquinelli, de celle du Roi Catholique: mais aucun Miniſtre de France n'y intervenant, la choſe commença à prendre un autre biais; & il n'y eut que la fin des Aſſemblées, qu'on tenoit depuis long-tems à Hambourg, qui remit l'eſperance de terminer enfin la guerre par une Paix générale.

Aſſemblées de Hambourg.
Il y avoit long-tems qu'elles avoient été entamées à Lubec, & qu'elles s'étoient transferées à Hambourg. Par les ſoins du Roi de Dannemark, qui en étoit le Médiateur, on y étoit enfin convenu des Préliminaires pour parvenir à une Paix générale. La ſeule Affaire des Paſſeports y avoit duré ſeptans, & étoit devenuë ſi ſérieuſe, qu'on avoit penſé vingt fois rompre le Traité. Une autre Difficulté, qui paroiſſoit également inſurmontable, étoit de déterminer les Lieux pour les Congrès; & ce ne fut qu'à la derniere extrémité, qu'on en convint enfin & qu'on arrêta les Articles ſuivans.

Préliminaires pour la Paix de Weſtphalie.
,, I. Les Villes de Munſter & d'Osnabrug en Weſtphalie ſeront les ,, Lieux où les Négociations ſe feront.

,, II. Les Aſſemblées, qui ſe tiendront en l'une & l'autre, ne ,, ſeront réputées, que pour une ſeule & même Aſſemblée; en ſor- ,, te que ce qui ſera arrêté par l'une ſera pareillement arrêté par l'au- ,, tre.

,, III.

,, III. Les Ambaſſadeurs & Députez des Princes, qui ſont en Guer- 1641.
,, re, pourront s'y rendre, & y ſéjourner durant la Négociation en
,, toute ſureté.

,, IV. On leur expédiera les Paſſeports néceſſaires pour cet effet.

,, V. L'Empereur, & le Roi Catholique, les accorderont aux
,, Plenjpotentiaires, aux Ambaſſadeurs, & aux Miniſtres de France,
,, de Suede, de la Ducheſſe de Savoye comme Tutrice de ſon Fils le Duc
,, de Savoye, pour ceux des Provinces-Unies, de l'Electeur de Trêves,
,, du Comte Palatin Charles-Loüis & de ſes Fréres, des Ducs de Bruns-
,, wick & de Lunebourg, de la Landgrave de Heſſe, en un mot de
,, tous les Alliez de la France, & de la Suede.

,, VI. La France accordera pareillement des Paſſeports en la meil-
,, leure forme pour les Plenipotentiaires, Ambaſſadeurs, & Miniſtres
,, de leurs Majeſtez Impériale & Catholique, & de tous leurs Alliez;
,, exemple qui ſera ſuivi par la Couronne de Suede. ,,

Ce Traité, conclu à Hambourg, le 25. Décembre 1641, fut ſigné, au nom de l'Empereur, & du Roi Catholique, par Conrad Lut-
zauw; de la part de la France, par Claude de Mesmes Comte d'Avaux;
de celle de la Couronne de Suede, par Jean Adler Salvius.

Toute l'Europe commença à ſe féliciter d'une prochaine Paix, à la *Retarde-mens ſur-venus à l'exécution de ce Trai-té.* vuë de ces Préliminaires, d'autant plus qu'on y avoit établi que l'Ouverture des Conférences à Munſter, & à Osnabrug, ſe feroit le 25. Mars de l'année ſuivante; mais la France y mit tant d'obſtacles, que 1642. ce terme ſe paſſa, ſans qu'on pût former aucune ſolide eſpérance de voir
commencer les Négociations pour une Paix ſi ardemment ſouhaitée de
tout le monde.

Les Impériaux imputoient aux François la cauſe de ce retardement;
& les François reprochoient la même choſe aux Impériaux. Le tout
rouloit ſur l'Affaire des Paſſeports. La France prétendoit, avant toutes choſes, que l'Empereur & ſes Alliez les accordaſſent pour

Les Miniſtres de la Reine & du Royaume de Suede,
De la Landgrave de Heſſe-Caſſel,

1642.

Du Duc Bernard de Saxe-Weymar, &

De tous les Princes, Etats, & Villes Libres de l'Empire;

Particuliérement

Du Palatin de Simmeren,

Du Palatin de Deux-Ponts,

Du Marcgrave de Baden-Durlach,

De la Ville de Strasbourg,

De la Ville & du Comté d'Hanau,

& des Grisons.

Le Comte d'Avaux déclara hautement à Hambourg, que tout ce qui s'y étoit fait ne serviroit de rien, à moins que les Impériaux ne consentissent à accorder ces Passeports, & tous ceux qu'on demanderoit pour les Alliez de la France.

Le Cardinal Ginetti ne voulant point faire une semblable Proposition, le Grand Duc de Toscane, & la République de Venise, en prirent le soin; mais ce fut inutilement. L'Empereur, qui connoissoit l'intention de la France en cette prétention, la rejetta hautement; disant que c'étoit vouloir anéantir la Majesté de l'Empire, & compromettre le Chef avec les Membres; Que la Capitulation même, qu'il avoit conclu avec les Electeurs en 1630, lui ôtoit le pouvoir de consentir à ces Demandes; Qu'il y avoit promis solemnellement, & qu'on y avoit arrêté,

Quod Imperatorem, Sacrum Roma-   „ Qu'il ne seroit jamais permis
num Imperium ejusve Status & Or-   „ médiatement, ou immédiate-
dines, aut Regna, Ditiones, atque   „ ment, à qui que ce fût, d'offen-
Provincias hæreditarias, neque per se,   „ ser l'Empereur, le Saint Empire
neque per alios directè, aut indirectè,   „ Romain, leurs Etats, leurs Pro-
vel alio quocumque modo offendere;   „ vinces Héréditaires, les Royau-
neque rebellibus vel inimicis Majesta-   „ mes, & les Ordres qui en dé-
tis suæ sacrique Romani Imperii, qui   „ pendent : qu'il n'y seroit aucu-
tunc erant, aut tunc aliquando decla-   „ nement permis d'assister en au-
rarentur, ope, consilio, pecunia, vel   „ cune maniere les Ennemis ni les

                                               „ Re-

,, Rebelles à sa Majesté, ni au Saint *alia quavis ratione assistere vellet,* 1642.
,, Empire Romain; mais, qu'on *quin potius illos ad æquitatem, re-*
,, étoit obligé, au contraire, de *spectum & obedientiam debitè horten-*
,, les exhorter, en toute maniere à *tur.*
,, la Justice, au Respect, & à
,, l'Obeïssance. ,,

L'Empereur donnoit plusieurs autres raisons de son refus; mais il consentit enfin à ce que l'on demandoit de lui; porté à cela, par les Remontrances des Electeurs de Saxe, & de Brandebourg, qui s'y trouvoient fortement intéressés & qui étoient avoués de toute la Diete de Ratisbonne. On y reçut en même tems la Réponse de la Reine Christine.

Cette Réponse portoit, ,, que son intention, & son plus ardent désir,   La Reine
,, avoit été d'épargner le sang humain; qu'elle remercioit Dieu de tout   Christine répond aux
,, son cœur, voyant que la Cour Impériale s'étoit enfin résolue à pren-   Lettres de la Diete de Ratisbon-
,, dre l'avis d'une si Auguste Assemblée; qu'elle consentoit avec plaisir   ne.
,, à envoyer ses Ministres au Lieu du Congrès; mais que, voulant
,, faire toutes choses par l'avis de ses Alliez, elle ne vouloit pas suivre les
,, Reglemens de leurs Parties touchant le Lieu du Congrès; qu'ayant
,, donc pris conseil de son très-cher Ami & Allié le Roi Très-Chré-
,, tien, elle consentoit que le Lieu de l'Assemblée, qui étoit à Colo-
,, gne, se transférât à Munster, & celui de Lubec, ou d'Hambourg,
,, à Osnabrug. *Cum nollem consilio & hortatui amicissimi Regis vel pro-*
,, *movendo pacificationis Orbis Christiani negotio deesse, quin facile consen-*
,, *tior, ut Coloniensis Tractatus, Monasterium; Lubecensis, aut Hambur-*
,, *gensis, Osnabrugam transferantur.* Cette Reponse de la Reine de
Suede étoit accompagnée de sa Ratification du Traité, que son Ministre Jean Adler Salvius avoit signé le 25. Decembre dernier touchant
les Préliminaires, & qui contenoit les Articles suivans.

,, I. On nomme les Villes de   *Loca Universalis Tractatus sunto*   Traité pour les Prélimi-
,, Munster & d'Osnabrug en West-   *Monasterium, & Osnabruga West-*   naires signé séparément
,, phalie, pour y régler la Paix   *phalorum, a quibus mox a commutatis*   par le Minis-
,, Générale. Lorsque les Plein-   *salvis conductibus educantur militaria*   de Sue-de.

f 3   *par-*

1642. *partium præsidia, obligenturque Civi-*
tates ad Neutralitatem durantibus Con-
gressibus, sacramento erga utramque
partem soluto. Magistratui interim
proprio cum Milite & Civibus sua
cujusque Urbis custodia relinquatur,
cum ipse vicissim obstringatur ad fide-
litatem, & securitatem toti Conven-
tui præstandam, & tractantium res
& personas, comitatumque sanctè ha-
bendum, & custodiendum.

,, pouvoirs de part & d'autre fe-
,, ront communiqués, on en reti-
,, rera toutes les Troupes qui y fe-
,, ront. Les deux Villes feront
,, obligées par ferment à maintenir
,, une exacte Neutralité, tant que
,, les Affemblées s'y tiendront; &
,, ce fera au Magiftrat de l'une &
,, de l'autre à y tenir la Garde,
,, après qu'il aura promis de don-
,, ner toute fureté aux Miniftres
,, qui s'y rendroient, à leurs Do-
,, meftiques, & à leurs Biens.

Jura & privilegia Civitatis Os-
nabrugensis interim salva maneant,
& Templa, Scholæ, Curia penes Se-
natum. In cognominem verò Diæce-
sim neutra belligerantium Pars plus ju-
ris, factive sibi sumat, quam tempo-
re hujus Contractus habet. Uterque
Congressus pro uno habeatur: atque
ideo non solùm itinera inter Monaste-
rium & Osnabrugam omnibus, quo-
rum interest, quo ultrò citròque liberè,
& securè commeari possit, tutò sinto;
sed & quicumque interjectus locus par-
ticulari tractantium Conventui pro mu-
tua communicatione commodus visus
fuerit, eadem, qua dictæ Urbes secu-
ritate fruuntor.

,, II. On laiffera en fon entier,
,, à la Ville d'Osnabrug, la jouïf-
,, fance de fes Droits & de fes Pri-
,, vileges. Les Eglifes, les Ecô-
,, les, & la Cour, feront fous la
,, Conduite du Magiftrat. Pour
,, le refte du Diocefe, les chofes y
,, refteront dans le même état qu'el-
,, les feront à l'Ouverture du Con-
,, grès, fans qu'aucune des Parties
,, qui font en Guerre y agiffe par
,, voie de droit ou par voye de
,, fait. Ces deux Congrès feront
,, confiderez comme un feul: c'eft
,, pourquoi chacun pourra libre-
,, ment aller de Munfter à Os-
,, nabrug, & d'Osnabrug à Muns-
,, ter; & tout autre Lieu, entre
,, ces deux Villes, qui fera choifi
                                    pour

„ pour la plus grande commodité
„ des Entrevues, joüira de la mê-
„ me sureté que les Villes sus-
„ mentionnées.

„ III. Le Commerce des Let-
„ tres sera libre dans les Lieux sus-
„ mentionnez , comme aussi le
„ Transport de toutes les choses
„ necessaires; sans qu'aucune des
„ Parties puisse l'empêcher sous au-
„ cun prétexte, mais au contraire
„ le favoriser.

Liber quoque sit in omnia dicta lo-
ca Litterarum commeatus , & rerum
omnium tanto Conventui necessariarum
importatio, nec ab ulla parte, ulloque
modo, aut prætextu, usquàm turbe-
tur; sed potiùs omni meliori modo pro-
moveatur.

„ IV. S'il arrive que les Con-
„ férences soient rompuës, & que
„ les Assemblées soient séparées,
„ les Villes de Munster, & d'Os-
„ nabrug, resteront dans le même
„ état qu'elles sont à présent; &
„ on y observera éxactement, &
„ religieusement, de part & d'au-
„ tre, la Neutralité durant six Se-
„ maines après la dissolution des
„ Congrès.

Si Tractatus Universalis re infecta
dissolvatur, recipiant Monasterium,
& Osnabruga statum, & præsidia quæ
nunc habent, omni ex parte, & sanc-
tè religiosèque servetur Neutralitas
ad sex Hebdomadas post abruptum Trac-
tatum.

„ V. Il faut que l'Echange des
„ Saufconduits de part & d'autre,
„ pour l'une & pour l'autre As-
„ semblée, soit fait dans deux mois,
„ à compter du jour de cette Con-
„ vention; &, pour éviter les Dé-
„ lais à cause de la distance des

Salvi conductus pro utroque commu-
tentur utrimque omnes intra duos men-
ses a die hujus Conventionis; & ne
diversis, dissitisque locis facienda com-
mutatio implicet, impediatve nego-
tium, morasque novas adferat, fiat illa
Hamburgi per Regios Danios Ministros.

Et

1642.

,, Lieux, les Miniftres du Roi de
,, Dannemarck en repondront.

Et quidem ad Congreffum Monafte-
rienfem ex una parte tam Imperator,
quam Rex Hifpaniæ tradant fequentes
Salvos-conductus quisque fuos

,, VI. L'Empereur, & le Roi
,, d'Efpagne, chacun en fon par-
,, ticulier, accorderont les Paffe-
,, ports fuivans, pour ceux qui doi-
,, vent fe rendre à Munfter ; favoir,

Pro Plenipotentiariis Regis Chrif-
tianiffimi.

,, Pour les Plenipotentiaires du
,, Roi Très-Chrétien.

Pro Refidente Suecico.

,, Pour le Réfident de Suede.

Pro Plenipotentiariis Sereniffmæ
Duciffæ Sabaudiæ.

,, Pour les Plénipotentiaires de la
,, Séréniffime Ducheffe de Savoye.

Pro Plenipotentiariis Ordinum Ge-
neralium fœderati Belgii.

,, Pour les Plénipotentiaires des
,, Etats Généraux des Provinces U-
,, nies des Païs-Bas.

Pro Deputatis Electoris Trevirenfis.

,, Pour les Deputez de l'Elec-
,, teur de Trêves.

Pro Principe Carolo Ludovico, Co-
mite Palatino ejusque fratribus, aut
eorum Deputatis.

,, Pour le Prince Charles-Loüis
,, Comte Palatin, pour fes Fréres,
,, ou pour leurs Députez.

Pro Univerfis Imperii Ordinibus,
Galliæ Fœderatis, & adhærentibus
in genere, aut eorum Deputatis.

,, Pour tous les Etats de l'Empi-
,, re, Alliés ou attachés à la Fran-
,, ce, ou pour leurs Députez.

Ex altera parte Rex Chriftianiffimus
ad eundem Congreffum Monafterien-
fem, dicto loco, & tempore tradat
falvos-conductus pro

,, D'autre part, le Roi Très-
,, Chrétien accordera à Munfter,
,, dans le tems préfix, les Paffe-
,, ports fuivans pour ceux qui fe
,, rendront au Congrès qui s'affem-
,, blera en ladite Ville, favoir,

Plenipotentiariis Imperatoris.

,, Pour les Plénipotentiaires de
,, l'Empereur.

,, Pour

,, Pour les Plénipotentiaires du „ Roi d'Espagne.

Pro Plenipotentiariis Regis Hispa- 1642. *niæ.*

,, Pour les Alliés & Adhérens à „ ces deux Princes en général, ou „ pour leurs Députez.

Pro utriufque Fœderatis & Adhæ-rentibus in genere, aut eorundem De-putatis.

,, Pour les Députez de l'Elec-„ teur de Cologne.

Pro Deputatis Electoris Colonienfis.

,, Pour les Députez de l'Elec-„ teur de Baviere.

Pro Deputatis Electoris Bavariæ.

,, VII. On accordera de mê-„ me, pour le Congrès d'Osna-„ brug, de la part ds l'Empereur, „ les Paffeports fuivans,

Similiter ad Congreffum Osnabru-genfem ex parte Imperatoris tradan-tur fequentes Salvi-conductus.

,, Pour les Plénipotentiaires de „ la Reine, & du Royaume de „ Suede,

Pro Reginæ, Regnique Sueciæ Ple-nipotentiariis,

,, Pour le Réfident de France,

Pro Refidente Gallico,

,, Pour la Maifon Palatine,

Pro Domo Palatina,

,, Pour la Maifon de Brunswic „ & Lunebourg,

Pro Domo Brunfvicenfi & Lune-burgica.

,, Pour la Maifon de Heffe-„ Caffel.

Pro Domo Haffo-Caffellana.

,, Et généralement pour tous les „ Etats de l'Empire Alliez & Ad-„ hérans de la Suede.

Pro Univerfis Imperii Statibus Sue-ciæ Fœderatis & Adhærentibus in ge-nere.

,, On accordera de la part de la „ Reine de Suede des Paffeports,

Ex parte Reginæ Sueciæ tradantur Salvi-conductus,

,, Pour les Plénipotentiaires de „ l'Empereur,

Pro Imperatoris Plenipotentiariis,

,, Pour les Députez de l'Electeur „ de Mayence,

Pro Deputatis Electoris Moguntini,

1642.   *Pro Deputatis Electoris Branden-*   „ Pour les Députez de l'Electeur
          burgici.   „ de Brandebourg.

Supradicti Salvi-conductus omnes „ VIII. Tous les Passeports
& singuli tam ex parte Romani Impe- „ susmentionnez tant en général
rii, quam Regis Christianissimi & Re- „ qu'en particulier, tant de la part
ginæ Sueciæ sub ea formula, quæ no- „ de l'Empire Romain, que de
vissimè per Mediatorum Legatos com- „ celle du Roi Très-Chrétien &
municata partibus, & ab aliis appro- „ de la Reine de Suede, seront ex-
bata fuit, concepti extradantur. Et quo „ pédiez suivant le stile & la forme
facilius ex parte Regis Hispaniæ Sal- „ qui par les Médiateurs a été nou-
vorum-conductuum commutatio proce- „ vellement communiquée aux
dat, valeant, qui antehac à vivente „ Parties, & que les Ministres de
Cardinale in forma supradicta expediti „ celles-ci ont aprouvez. Et, afin
fuère : Si a Rege Catholico confirmen- „ que l'Echange des Passeports se
tur & ratihabeantur. Qui verò pro „ fasse de la part du Roi d'Espa-
Ducissa Sabaudiæ dandi erunt, sub ea „ gne, ceux qui avoient été ac-
forma concepti tradantur ut inseratur „ cordez par le Cardinal Infant a-
titulus Tutricis filii sui Sabaudiæ Du- „ vant son décès, seront valables,
cis, & Statuum ejusdem Regentis. „ pourvû qu'ils soient confirmez
                                    „ & ratifiés par le Roi Catholique.
                                    „ Ceux qui doivent être accordez
                                    „ pour la Duchesse de Savoye, lui
                                    „ donneront le Titre de Tutrice du
                                    „ Duc de Savoye son Fils, & de
                                    „ Régente de ses Etats.

Singulis quoque Salvis-conductibus „ IX. Chaque Passeport en par-
supra scripta universalis Tractatus loca „ ticulier contiendra les Lieux sus-
respectivè inserantur : Et præsentis „ mentionés pour le Congrès Gé-
Tractatus Autographum, data singulis „ néral respectivement; & on don-
Legatis copia authentica apud Serenis- „ nera, à chaque Ministre de ceux
simum Daniæ Regem deponatur. „ qui y seront envoiez, une Co-
                                   pie

„ pie authentique du prefent Trai-
„ té, qui fera dépofé au Séreniffi-
„ me Roi de Dannemarc.

„ X. Quant au jour où l'on „ doit commencer les Conférences „ à Munfter & à Osnabrug, il eft „ déterminé au 25 de Mars pro- „ chain, que le Souverain Seigneur „ daigne rendre heureux au Mon- „ de Chrétien! Mais, ce Traité „ n'aura aucune valeur, que ces „ Conditions ne foient auparavant „ accomplies de part & d'autre, „ tant en général qu'en particu- „ lier.

Dies autem aufpicando Congreffui utrique Monafterienfi, & Osnabru- genfi dicta, conftitutaque efto Vigefi- ma Quinta Menfis Martii proximè venturi, quod felix, fauftumque Orbi Chriftiano det Deus! Porrò priusquam uni, feu alteri Fœderatarum Corona- rum adimpletæ fuerint hæ conditiones, Tractatus univerfus pro impleto non habeatur.

„ Enfin, tout ce que deffus, „ touchant les Lieux des Affem- „ blées, & le jour de leur com- „ mencement, fera ratifié par un „ Traité particulier; & cette Ra- „ tification fera échangée en même „ temps que les Paffeports de part „ & d'autre, dans le tems & dans les „ lieux déterminez. „

Denique quæ fuperius de die, & locis Tractatuum difpofita funt, pecu- liari inftrumento rata habeantur a Prin- cipalibus, eaque ratihabitio unà cum enumeratis Salvis-conductibus præftitu- to tempore, ac loco reciprocè commu- tentur.

On attendoit avec une extrême impatience le 25. de Mars; mais ce fut inutilement : divers obftacles s'oppoferent à l'Ouverture du Con- grès.

Obftacles, qui furvien- nent à l'Ex- ecution de ce Traité.

Le prémier fut caufé par le retardement de l'arrivée des Députez. C'eft pourquoi on remit l'Ouverture de l'Affemblée au 10. Juillet de l'année fuivante.

1642.

Un autre, qui allarma fort la Cour de l'Empereur, étoit fondé 1. sur ce que M. Lutsow, Plénipotentiaire de leurs Majestés Impériale & Catholique, avoit accordé des Avantages inusitez aux deux Couronnes de France & de Suede; sur-tout à la Reine de Suede, à laquelle il donna le Titre de *Majesté*, dans le Traité, au lieu de lui donner simplement celui de *Séréniffime* : 2. sur ce qu'il y avoit consenti à la Neutralité des Lieux entre Munster & Osnabrug, & à une Condition impossible, savoir que dans le terme de deux mois viendroit de Madrid la Confirmation des Passeports que le Cardinal Infant avoit accordez : 3. sur ce qu'il avoit outrepassé ses Instructions, en consentant que l'Empereur donnât à la Duchesse de Savoye le Titre de Tutrice & de Régente de son fils, dans les Passeports qu'on expédieroit pour ses Ministres.

L'Empereur est mécontent de M. Lutzow.

La Cour de Vienne rappella donc ce Ministre, & elle envoya à sa place le Comte d'Aversperg à Hambourg, avec Pleinpouvoir de consentir aux Conditions du Traité des Préliminaires pour ce qui regardoit leur substance, par rapport aux lieux & jour du Congrès, à l'Echange des Passeports, à la Neutralité des deux Villes de Munster & d'Osnabrug; mais de ne rien accorder aux Pretentions de la Duchesse de Savoye, à moins qu'on n'insérât dans le Traité, *Avec réservation des Droits des Parens les plus proches du Duc de Savoye.*

On chargea le Comte d'Aversberg de procurer, & même de tenir ferme, pour obtenir de la France les Passeports nécessaires pour le Duc de Lorraine, ou pour ses Plénipotentiaires.

Obstacles du côté de la France.

Mais la Cour de France ne vouloit point consentir, que le Duc de Lorraine envoyât ses Ministres à Munster, sous prétexte qu'il avoit déjà consenti à un Traité avec le Roi touchant la Restitution de ses Etats. Cette même Cour rejettoit les Passeports de Don François de Melo, Gouverneur du Pais-Bas Espagnol, sous prétexte que c'étoit le Roi Catholique qui devoit les signer de sa propre main, & les munir de son Cachet Royal. Elle faisoit la même difficulté touchant ceux de l'Empereur; disant que la forme de leur Ratification étoit inusitée.

Cependant les Expeditions Militaires continuoient toujours; & deux grands échecs, que les Impériaux souffrirent presque en même tems, leur ab-

ba-

batirent le courage, tandis qu'ils relevérent celui des François, & les porterent à prétendre de nouveaux Avantages.

Le Comte de Guébriant, Commandant de l'Armée de France, s'étant joint aux Troupes de la Landgrave, attaqua si vivement le Général Lamboi, avant qu'il pût se joindre au Général Hatzfeldt, que deux mille Impériaux demeurérent sur la place, & plus de trois mille furent faits prisonniers. Le Général Lamboi fut pris lui-même, avec presque tous ses Officiers, & avec tout son Canon & son Bagage.

Mais le Coup fatal pour les Impériaux furent les Progrès du Général Suedois Torstenson, qui remplissoit la place du Général Bannier. Dès qu'il eut joint l'Armée Suedoise, il marcha vers la Lusace, où il se rendit Maître des Places les plus importantes, & où il fit un très-riche Butin. Le Général Koningsmark, suivant ses ordres, défit un Corps de Troupes près de Loppen, commandé par le Duc François-Albert de Saxe-Lawenbourg, qui mourut des blessures qu'il avoit reçues dans le Combat. Cette perte fut suivie de celle d'Olmutz, Capitale de la Moravie, & de la Défaite presqu'entiere de l'Armée Impériale, commandée par l'Archiduc Leopold, & par le Duc Octave Picolomini. La Bataille se donna le 13. Octobre près Britenfels; & les Impériaux y perdirent presque dix mille hommes, tant morts que prisonniers, & tout leur Bagage & leur Artillerie. Cette Victoire fut suivie de la Prise de Leipsic par accord, & de celles de Wildenfels, Kemnits, & autres de moindre importance.

Ces Avantages étoient assez considérables; mais Torstenson, qui vouloit porter la terreur de son nom par toutes les Provinces circonvoisines, ne s'en contenta pas. Il mit le Siege devant l'importante Place de Fridberg : mais il le leva bientôt, parce que le Duc Picolomini marcha au secours de la Place, avec tout ce qu'il avoit pû ramasser de Troupes, & le Général Torstenson, qui voyoit ses Troupes fort affoiblies, prit le parti de se retirer.

Picolomini crut que cet Exploit étoit assez considérable pour réparer son honneur; &, n'étant pas content de l'Archiduc, il quitta le service de l'Empereur, malgré les efforts de ce Monarque, & de l'Electeur de

(marginal notes)
1642.
Victoire du Comte de Guebriant.

Progrès du Général Suedois Torstenson.

1643.
Picolomini oblige Torstenson à lever le Siege de Fridberg.

Picolomini quitte le service de l'Empereur.

Saxe,

1643. Saxe, & il paſſa en Flandres, où il s'engagea au ſervice du Roi Catholique.

Gallas
eſt dé-
chré Com-
mandant
des Impe-
riaux.

On remit le Commandement de l'Armée Impériale au Comte de
Gallas; mais les Suedois, malgré ſes ſoins, ſe rendirent maîtres des
principales Places de la Moravie, & de la Siléſie.

Tout rioit aux Suedois & à leurs Alliez depuis le départ de Picolomini. Divers Corps de Troupes, que Gallas avoit envoyés de part
& d'autre pour oppoſer aux Lieutenans de Torſtenſon furent tous bat-
tus, & presqu' entiérement défaits. Tel fut le ſort du Général Comte de Bouchaimb près de Preraw, où il eut affaire au Général Torſtenſon lui-même : tel fut celui du Général Cracow dans la Pomeranie, d'où il fut chaſſé par le Général Koningsmarck, qui recouvra toutes les Places que l'Empereur conſervoit encore dans la Province.

Bataille de
Rocroy.

Pendant toutes ces disgraces des Imperiaux, le Duc d'Anguien, auſſi connu par les Batailles qu'il a gagnées ſous ce Nom, que
par les Victoires éclatantes qu'il a remportées depuis ſous le Nom de
Prince de Condé, & qui l'ont fait juſtement conſidérer de toute l'Europe comme un Héros comparable aux plus illuſtres de l'Antiquité; le
Duc d'Anguien, dis-je, defit glorieuſement les Eſpagnols à Rocroy :
& cette fameuſe Bataille ne ſe donna que cinq jours après la mort de
Louïs XIII. Roi de France.

Mort de
LouïsXIII.

Ce Monarque mourut le quatorzieme de Mai, jour de l'Aſcenſion
du Seigneur, & l'Anniverſaire de la mort violente de ſon Pere Henri
IV, qu'on nomme avec juſte raiſon le Grand. Il expira, entre les
bras de l'Evêque de Lizieux qu'il appelloit ſon Pere, ſur les deux heures après midi, la quarante-troiſieme année de ſon Age, & la trente-
troiſieme de ſon Regne. Il laiſſa la Régence de ſon Royaume, & la
Tutele de Louïs XIV. ſon fils, à Anne-Mauricette ſon Epouſe, Infante d'Eſpagne. Voici l'Extrait de la Déclaration qu'il en avoit donnée.

Abregé de
ſa Diſpoſi-
tion pour la
Régence.

,, Que la Reine ſon Epouſe ſoit Régente du Royaume; qu'elle ait
,, le ſoin de l'Education de leurs Enfans, & l'Adminiſtration des
,, Af-

HISTORIQUE.

„ Affaires : Que le Duc d'Orleans foit Lieutenant Général du Roi 1643.
„ mineur dans tout le Royaume & dans toutes les Provinces qui en
„ dépendent; toûjours néanmoins fous l'Autorité de la Reine :
„ Qu'elle, & le Duc d'Orleans, ne pourront rien faire que de l'avis
„ du Confeil Souverain de la Regence : Qu'il nommoit, pour le
„ compofer, le Prince de Condé, le Cardinal Jules Mazarin, &
„ Meffieurs Seguier Garde des Sceaux, Bouthillier Sur-Intendant des
„ Finances, & de Chavigni Miniftre d'Frar · Que ces deux derniers
„ feroient les Chefs du Confeil, felon l'ordre que l'un & l'autre font
„ ici nommez, en l'abfence du Duc d'Orleans, du Prince de Condé,
„ & du Cardinal Mazarin : Que toutes les affaires feront déterminées,
„ dans le Confeil, à la pluralité des fuffrages : Qu'on y pourvoira de
„ même, tant aux Emplois importans & aux Charges de la Couron-
„ ne, qu' à celles de Surintendant des Finances, de Prémier Prefi-
„ dent, de Procureur Général au Parlement de Paris, & de Sécrétaire
„ d'Etat. La Régente pourra régler les affaires, & difpofer des Di-
„ gnitez Ecclefiaftiques, de l'avis du Cardinal Mazarin. „

La Mort de ce grand Monarque avoit été devancée par celle d'Ar- Mort du Cardinal de Richelieu en 1642. mand Jean du Pleffis de Richelieu, Cardinal, Duc, Pair, Grand-Maître, & Intendant de la Navigation & Commerce de France, Commandeur des Ordres du Roi, Chef du Confeil, & Prémier Mi-niftre d'Etat de Loüis XIII. Ce grand Homme, qui avoit, pour ainfi dire, été l'Ame de fon Regne, étoit forti de ce monde le 4 Dé-cembre de l'année précédente. Il avoit toujours fuscité des ennemis puiffans à la Maifon d'Autriche; & cela fous prétexte de l'empêcher de parvenir à la Monarchie Univerfelle, à laquelle il prétendoit qu'elle afpiroit.

Ces deux grands Evénemens, qui fembloient être les Avantcoureurs Le Cardinal Mazarin lui fuccéde & fuit fes Maximes. de la Pacification de l'Europe, ne fervirent qu'à mettre de nouveaux obftacles à la Paix, & à la retarder. Le Cardinal de Richelieu, étant fur le point de mourir, & parlant à Louïs XIII. deux jours avant fa mort, lui avoit particuliérement recommandé la Perfonne de Mazarin. *Vôtre Majefté,* lui avoit-il dit, *a dans fon Confeil plufieurs Perfonnes ca-*

pa-

1643. *pables de la fervir utilement. Je lui confeille de les retenir auprès d'elle;*
mais, il n'y en a aucune fi propre pour gouverner l'Etat, que le Cardinal
Mazarin, que je recommande particuliérement à vôtre Majefté.

Cette Recommandation produifit fon effet. Louïs XIII. le mit du
Confeil de la Régence; & dès que ce Prince fut mort, la Régente fe
déclara particuliérement en faveur de Mazarin, & lui laiffa la meilleure part de l'Adminiftration. Deux motifs l'y déterminérent : l'un fut
l'Imprudence du Duc de Beaufort, & de l'Evêque de Beauvais, &
l'autre le Refus que fit de revenir à la Cour Philippe-Emanuel de Gon-
di, Comte de Joigni, qui mourut Prêtre de l'Oratoire en 1662. âgé de
81 ans. Ce nouveau Miniftre, voulant faire connoître qu'il n'é-
toit pas indigne de la confiance dont la Reine l'honoroit, ne fongea
rien moins qu'à faire la Paix. Quoiqu'il fût bien que toute la France
étoit mécontente de voir un Etranger à la tête des Affaires, il ne voulut pas néanmoins quitter la partie : A la vérité il fit mine de vouloir
fe retirer, non feulement du maniment des Affaires, mais même du
Royaume : mais il ne vouloit pas prendre fon congé de lui-même de
peur qu'on ne l'accufât d'avoir abandonné la Caufe & les Intérêts du
nouveau Monarque; ou qu'on ne lui reprochât que fon Efprit n'avoit
pas été affez fort, pour furmonter quelque chagrin que le Parlement
lui avoit donné en s'oppofant par fes Arrêts à fa trop grande Autorité
dans le Confeil de la Régence.

La Reine, qui connoiffoit à fond l'adreffe & la capacité de Mazarin, diffimula pour lors fon reffentiment contre le Parlement;
mais elle empêcha le Départ du Cardinal, en le déclarant Chef du
Confeil de Confcience. Par fes Avis, elle rapella tous les Exilez, &
les remit dans la poffeffion de leurs Charges; tant afin de les oppofer
aux Factions du Duc d'Orleans, du Prince de Condé, & du Parlement; qu'afin de diminuer l'Averfion du Public contre une Créature
de Richelieu.

Malgré les Oppofitions de la Ducheffe de Chevreufe, qui étoit de
retour à la Cour contre les Ordres du Teftament de Louïs XIII; &
malgré fes Intrigues en faveur de l'Evêque de Beauvais, & de Mr. de

Cha-

Mazarin eft déclaré Pre-mier Minis-tre.

Châteauneuf qui étoit revenu de son exil; le Cardinal Mazarin fut dé- 1643. claré Premier Ministre : Charge, dans laquelle il fit éclater beaucoup plus de souplesse d'esprit, que de grandeur d'Ame; puis qu'il sut ex- ercer, avec une adresse & une habileté incomparables, au milieu de toutes les traverses & de tous les contretems que ne cessérent presque jamais de lui susciter ses Ennemis, & particuliérement le Cardinal de Retz, l'un des plus séditieux Esprits dont on ait jamais ouï parler. Il en triompha toûjours en calmant, & cedant à l'orage; & jamais il n'eut recours à cette hauteur qui a rendu la Mémoire du Cardinal de Richelieu si odieuse à tant de gens.

Si les heureuses suites de la Bataille de Rocroi, savoir les prises de _Continuation de la Guerre._ Maubeuge, de Barlemont, de Thionville, de Sirk, & d'autres Pla- ces, couronnérent le Duc d'Anguien d'autant de nouveaux lauriers, elles procurérent d'ailleurs autant de nouveaux motifs au Cardinal, pour ne point songer à la Paix; & la Victoire, que remporta peu après le Maréchal de Guébriant, ne contribua pas peu à le confirmer dans cette opinion. Ce Maréchal, qui avoit porté la terreur dans les Païs de Cologne, de la Franconie, de Wirtemberg, & de Baden, se trouvant fort pressé par l'Armée Impériale, avoit demandé du secours, & le Duc d'Anguien lui en avoit envoyé. Dès qu'il l'eut reçu, il avoit at- taqué & battu les Bavarois à Rotweil, & assiégé cette Place : mais malheureusement il y fut blessé; & deux jours après y être entré en _Mort du Maréchal de Gué- briant._ triomphe, il y mourut de sa blessure. Les Généraux Impériaux & _Avantages des Alliez Impériaux._ Bavarois, de Werdt, & de Merci, profitérent diligemment & habile- ment de sa mort. Ils attaquerent & battirent le principal Corps de ses Troupes à Dutlingen qu'ils reprirent; ils en defirent un autre comman- dé par le General Rosen; ils reprirent Rotweil, & toutes les autres Pla- ces dont il étoit maitre; &, par ce moyen, ils mirent la Baviere à convert de toute insulte.

Pour lors, les deux Couronnes de France & de Suede songérent à _Congrès de Munster & d'Osna- brug._ la Paix; & les Ministres des Princes qui étoient en Guerre commencé- rent à se rendre aux lieux designez pour le Congrès.

Le Cardinal Mazarin, ne doutant pas que la Négociation ne durât

1643. long-tems avant qu'on en vînt à la conclusion d'un Traité; conseilla
à la Reine d'accorder aux Alliez les Passeports qu'on avoit demandez
au feu Roi par le Traité de Hambourg. Il prit d'autant plus volontiers cette résolution, que cela se pouvoit faire alors sans
mettre aucunement l'honneur de la France en compromis. L'Empereur avoit confirmé & ratifié tout ce qui avoit été réglé par le
Traité de Hambourg; & le Roi Catholique y envoyoit les Préliminaires, & les Passeports accordez par le Gouverneur des Païs-Bas, signez
& confirmez en toute bonne forme. D'ailleurs, il ôtoit par là au
Roi de Dannemarc tout sujet de se plaindre à la France de l'inexécu-
tion d'un Traité dont il avoit été le Médiateur.

Le Comte d'Aversberg arriva à Osnabrug, en même tems que Mr.
Crane arriva à Munster, savoir le 27. Mai de l'année courante. L'un
& l'autre étoient Plenipotentiaires de l'Empereur. Le Comte Jean de
Nassau, aussi Plénipotentiaire de sa Majesté Impériale, arriva à
Munster le 30. Juillet suivant : les Ministres d'Espagne, Saavedra, &
Zapata, le 28. Octobre; & le Médiateur Vénitien, Louïs Contari-
ni, le 16. Novembre. Mr. Lippius, Ministre de Dannemarc, Mé-
diateur à Osnabrug, & celui de Suede, Jean Adler Salvius, y arri-
vérent le 24. Novembre, de même que plusieurs autres Ministres des
Princes de ce Parti.

1644. Le Cardinal Mazarin, voyant qu'il n'y avoit plus de prétexte pour
empêcher l'ouverture des Conférences, disposa la Reine à envoyer ses
Ministres à Munster, savoir les Comtes d'Avaux, & de Servien.
Celui-ci étoit entiérement dans la confidence du Cardinal, qui lui
donna des instructions secretes touchant la maniere dont il devoit se
servir des occasions durant les Conférences. Ce fut la cause des
animositez, entre lui & son Collegue, qu'on trouvera dans tout le
cours de ces Negociations. Le Comte d'Avaux arriva à Munster le
17. de Mars, deux jours auparavant Fabio Chigi, Nonce du Pape,
qui avoit été choisi pour cette Négociation à la place de Mr. Rosetti,
qui, étant Créature du Cardinal Ginetti, n'étoit pas agréé des
Fran-

François : & Mr. Servien n'y arriva que le 5. d'Avril sui-1644.
vant.

Toutes les particularitez qui arriverent ensuite durant le cours de cette fameuse Négociation jusques au mois d'Octobre 1648. qu'elle fut terminée à Munster; les tours & les détours de toutes les Parties intéressées, pour faire valoir leurs prétentions, & soutenir leurs intérêts; sont si bien expliquez & détaillez dans l'Ouvrage suivant, que je ne m'étendrai pas là dessus dans cette Préface : me contentant de ranger & disposer selon leurs dates ces Mémoires qui le composent; & de dire en deux mots, qu'outre qu'ils intéressent toute l'Europe en général, ils constituent encore jusques à aujourd'hui la partie la plus essentielle du Droit Public d'Allemagne.

NEGOCIATIONS

MEMOIRES

ET INSTRUCTIONS

SUR LES INTERETS

DE LA FRANCE,

ET DE SES ALLIEZ,

ET LES ECLAIRCISSEMENS DES DIFFICULTEZ
QUI PEUVENT SE RENCONTRER

A LA NEGOCIATION

DE LA PAIX GENERALE

DE TOUTE L'EUROPE,

TENUE A MUNSTER,

EN MDC. XLIV.

Le tout Recueilli par Mr. *. **.

M E M O I R E S

ET INSTRUCTIONS

SUR LES INTERETS

DE LA FRANCE,

ET DE SES ALLIEZ;

ET LES ECLAIRCISSEMENS DES DIFFICULTEZ
QUI PEUVENT SE RENCONTRER

A LA NEGOCIATION

DE LA PAIX GENERALE

DE TOUTE L'EUROPE,

TENUE A MUNSTER,

EN MDCXLIV.

Du rang des Ambaſſadeurs du Roi aux Traitez de Paix.

LES grands merites des Rois de France, tant en-vers l'Egliſe Chrétienne en general, qu'envers cel-le de Rome en particu-lier, l'antiquité, & la grandeur de la Monarchie Françoiſe, leur ont ac-quis, outre beaucoup d'autres grandes preroga-tives, la préſſeance pardeſſus tous les Rois Chré-tiens.

Il n'y a point de memoire, qu'avant les deſ-ordres de ce dernier ſiecle, & la confuſion que l'ambition a miſe entre les choſes les plus ſaintes & plus aſſurées, cette préſſeance ait été revo-quée en doute.

Les preuves de cette prerogative, non jamais debatuë à nos Rois, ſont anciennes, non con-teſtées, & en ſi grand nombre, qu'il eſt ſuper-flu de les déduire particulierement.

En un mot les Rois d'Eſpagne ont deferé ſans aucune conteſtation ce premier rang à nos Rois Philippe III, en l'année 1259; Philippe le Bel, en l'année 1290; Charles VI, l'an 1416; Char-les VII, l'an 1434; à Louis XI, l'an 1463; à Charles VIII, l'an 1495; & à Louis XII, l'an 1514.

Depuis ce temps, les Rois d'Eſpagne, enflez par quelques bons ſuccès en leurs affaires, ont tenté de traverſer cette ancienne & non inter-rompuë poſſeſſion, mais avec peu de ſuccés. Car à Veniſe en l'année 1558, au Conci-le de Trente en l'année 1562; à Rome en l'année 1564, & en Pologne l'an 1573, nos Rois Henri II, Charles IX, & Henri III, fu-

rent maintenus en leur rang, & le Roi d'Eſpa-gne Philippe II, qui le vouloit entreprendre, fut debouté par des Jugemens ſi ſolemnels, qu'il n'y peut reſter aucune difficulté.

Voici le particulier, de ce qui ſe paſſa à la Conference tenuë à Vervins en l'année 1598.

Alexandre de Medicis, Legat à Latere du Pape Clement VIII, fut aſſis au haut, & en une chai-re qui étoit élevée ſur une marche d'un pied, & ſous un dais au deſſus.

Et à la main droite François de Gonzague Evêque de Mantoüe Nonce du Pape.

Au deſſous duquel furent aſſis de ſuite les Sei-gneurs Richardot, de Taxis, & de Verreiken, Députez de Philippe II, Roi d'Eſpagne.

Et de l'autre côté vis à vis du Nonce le Sieur de Bellievre premier Deputé du Roi Henri le Grand.

Et de ſuite le Seigneur de Sillery, ſecond De-puté dudit Roi Henri, vis à vis dudit Richardot premier Deputé d'Eſpagne.

Et le General des Cordeliers au bout regar-dant le Legat en face, & les Députez en profil, ayant auprès de lui en même rang le Marquis de Lulins Ambaſſadeur du Duc de Savoye.

Tellement que le Sieur de Bellievre eut la pref-ſeance ſur le Sieur Richardot, puiſqu'il ſeoit le plus proche du Legat & au premier lieu à main gauche, qui eſt plus honorable que n'eſt le ſe-cond à main droite, ainſi qu'il s'obſerve non ſeulement en France, mais en Eſpagne, Italie, Allemagne, & en Angleterre.

Et ne ſert de rien, de vouloir dire, que ledit Richardot auroit été nommé pour Deputé à la Conference, par l'Archiduc Albert Gouverneur des Pais-Bas, ſelon le pouvoir qu'il en avoit, & non immediatement par le Roi Philippe. Car il n'agiſſoit point en cette Conference pour les interêts de l'Archiduc Albert, du nom duquel il se couvroit, ainsi avec ses Collegues, c'étoit seulement pour & au nom du Roi Philippe, & comme tel il fut qualifié sans contredit, avec ses Collegues, par les Sieurs de Bellievre, & de Sillery : De sorte que ce fut un expedient qui fut trouvé, à ce qu'il parût moins que le Sieur Richardot cedoit au Sieur de Bellievre, qui en effet conserva l'ancienne possession de preceder, qui appartenoit au Roi Henri le Grand, vû qu'il demeura au rang & seance que desiroit avoir ledit Richardot pour le Roi Philippe.

Tout ainsi qu'en l'an 1563, au Concile de Trente, les Sieurs de Lansac, du Ferrier, & de Pybrac, Ambassadeurs du Roi Charles IX, furent assis au rang des Ambassadeurs, les premiers après l'Ambassadeur de l'Empereur; & le Comte de Luna Ambassadeur dudit Roi Philippe, qui avoit poursuivi d'avoir le même lieu & place, en fut refusé, n'ayant eu seance qu'auprès du Secretaire du Concile hors le rang des Ambassadeurs, selon qu'il fut avisé par les Legats du Concile.

Forme de la seance des Deputez de France & d'Espagne, à Vervins l'an 1598.

LE LEGAT A LATERE.

1. Le Nonce du Pape.	1. Le Sieur de Bellievre premier Deputé du Roi Henri le Grand.
2. Le President Richardot premier Deputé de Philippe II, Roi d'Espagne.	2. Le Sieur de Sillery second Deputé dudit Roi Henri.
	3. Le Sieur Taxis second Deputé dudit Roi Philippe.
	4. Le Sieur de Verreiken troisiéme Deputé du même Roi Philippe.

Le General des Cordeliers.

Le Marquis de Lulins Deputé du Duc de Savoye.

LA LETTRE

Des Sieurs

DE BELLIEVRE,

ET DE

S I L L E R Y,

AU ROI

HENRI LE GRAND,

Du 11 Fevrier 1598.

Nous arrivâmes Mardi dernier 7 de ce mois en cette ville de Vervins avec Monsieur le Legat.

Le lendemain les Sieurs President Richardot, & Commandeur Taxis, avec le Pere General.

Le jour suivant étant assemblez chez Monsieur le Legat, le lieu le plus honorable pour la seance, après Monsieur le Nonce, qui se trouva en cette Compagnie, nous fut accordé; le Pere General s'y trouva aussi.

RELATION

DE LA CONFERENCE

POUR LA PAIX DE VERVINS

L'AN 1598.

PAR LE SECRETAIRE

DU LEGAT A LATERE.

Si partirono questi, & subito vennero i Francesi. Quali dissero essere pronti à fare tutto quello, che sua Signoria illustrissima ordinasse, haver preposto dal Rè loro di congregarsi, quando egli volesse. Et che tutto si facesse con l'authorità del Papa, per mezzo loro.

Ricordano la precedenza, che al Legato non fù cosa nuova, havendone sino à Parigi ragionato col Generale & poi in San-quintino, & tutti due restavano col animo sospeso, & si erano rimessi al beneficio del tempo. Pensando in tanto à qualche partito, del quale il Legato no era scarso essendo stato tanti anni Ambasciatore.

CEux ci partirent & les François vinrent aussi-tôt, qui dirent qu'ils étoient tous prêts à faire tout ce que le Legat voudroit, qu'ils avoient ordre de leur Roi de s'assembler lorsqu'il le trouveroit à propos, & que tout se fît par l'autorité du Pape par sa Mediation.

Ils firent souvenir le Legat que la precedence leur appartenoit, ce qu'il ne trouva pas nouveau puis qu'il en avoit deja parlé à Paris avec le General, & ensuite à St. Quintin, qu'ils avoient laissé la chose indécise, en attendant le benefice du temps, que cependant ils penseroient à quelque expedient qui ne manqueroit pas au Legat qui avoit

Me

Ma il parlare risoluto, che fece Monsignore di Bellievre, turbò assai l'animo del Legato. Havendo detto che non voleva mezzo alla sua Precedenza, come si era fatto al Concilio di Trento, che all'hora il Cardinale di Lorena haveva assonnato i Francesi, che altrimente li partirebbero, ne ci vedere esso mettere la testa.

Ricordo al Legato la Dichiaratione fatta à Roma da Pio quarto in favore del possesso di Francia nel precedere, & aggiunsse essere obligato à difendere quello, che haveva fatto il Papa.

Il Legato diede buone parole, & desse che non intendeva far perdere loro cosa alcuna, che forse si accommodarebbero gli altri à cedere, come Deputati del Rè Catholico, & non del Cardinale d'Austria.

Il Legato replicò, che se il Cardinale era Procuratore del Catholico, poteva ancora deputare altri: Et che questi non trattarebbero per il Rè Catholico, ma come huomini subdelegati dal Cardinale.

Si mitigò alquanto Bellievre, & disse che bisogna vedere le scritture, & participò con Sillery.

Si ristrinse il Legato col Generale, & trattò sopra questa difficultà, laquale li pareva, come era, di molta importanza, li disse il Cardinale che i Fiamenghi non cederebbero mai assolutamente.

Et stando così sospesi, sovvenne loro di proporre un partito in questo modo, che il Vescovo de Mantua, come Nuntio di nostro Signore, intervenisse nelle Congregationi, che si dovevano fare, & sedendo il Legato in testa, esso Nuntio sedesse alla mano dritta, dabonda dalla sinistra, à rincontro di esso, i primi Francesi, sotto à Mantua immediate i Fiamenghi che sono tre, perche l'Audienziero è numerato nella facoltà. Da piedi à rincontro al Legato sedesse il Generale.

Il quale per commissione del Legato propose il partito alle parti, & senza alcuna oppositione fù accettato, facendo ambiduo i loro conti.

Et il giorno seguente, che fu à 9 di Feb. dal Legato adunata la prima Congregatione, non si parlò se erano i Deputati di Spagna, o del Cattolico, o del Cardinale d'Austria.

E ben vero che i Francesi nel nominargli, li chiamavano Ambasciatori del Rè Cattolico, e furono i primi à parlare i Francesi, & vollero che il Legato nel primo Congresso dicesse dove dovevano sedere, il che fù fatto, non senza haver prima conferito con le parti, procedendosi dal Legato con molta cautela. Matthieu en l'Histoire du regne du Roi Henri IV, depuis l'an 1598, jusques à 1604. livre premier p. 41, 42.

Mais cette préséance ne fut jamais soûtenuë plus genereusement, que par ceux même qui l'emporterent en cette Conference de Vervins.

Enfin après plusieurs remonstrances & protestations des Deputez du Roi d'Espagne, ceux du Roi eurent le choix de prendre telle place qu'ils voudroient après le Legat & le Nonce.

La chaire du Legat étoit élevée sur une marche d'un pied & sous un dais au dessus.

L'Evêque de Mantoüe prend la premiere chaire au devant du Legat, & devers la main droite.

Les Deputez du Roi prennent les deux chaires de l'autre côté, de sorte que le premier étoit vis à vis du Nonce, & le second vis à vis du premier Deputé d'Espagne qui étoit joignant le

été Ambassadeur plusieurs années.

Cependant le Legat fut fort étonné de la maniere resolue dont lui parla Mr. de Bellievre, qui lui avoit dit positivement qu'il vouloit absolument la precedence, qu'il ne souffriroit point de milieu, comme on avoit fait au Concile de Trente où le Cardinal de Lorraine avoit engagé les François, qu'autrement ils partiroient, & que pour lui il ne vouloit pas hazarder sa tête.

Outre cela il fit ressouvenir le Legat de la Declaration que le Pape Pie quatre avoit faite à Rome en faveur de la France pour la possession de la precedence, & il ajoûta que le Legat étoit obligé de soutenir ce que le Pape avoit fait.

Le Legat lui repondit fort honêtement qu'il ne prétendoit point leur rien faire perdre, que peut-être les autres voudroient bien ceder comme Envoyez du Roi Catholique & non du Cardinal d'Austriche.

Le Legat ajouta que si le Cardinal étoit Procureur du Roi Cathol. il avoit le pouvoir de communiquer son droit à d'autres, & que ceux-là ne traiteroient point au nom du Roi Catholique, mais comme Subdeleguez du Cardinal.

Bellievre s'adoucit un peu & dit qu'il falloit voir les écritures & s'en entretint avec Silleri.

Le Legat s'attacha au General, pour conferer sur cette difficulté qui lui paroissoit très-importante comme elle l'étoit, le Cardinal lui ayant dit que les Flamans ne cederoient jamais absolument.

Dans cet embarras il leur vint dans l'esprit de proposer ce parti, que l'Eveque de Mantoue comme Nonce du Pape se trouvât dans les Assemblées qui se devoient faire, & que le Legat s'asseyant au haut bout, le Nonce se placeroit à sa droite, qu'à la gauche du General il se trouvât à vis du Nonce les François prendroient leur place, & que les Flamans, qui étoient trois, se metroient immediatement au dessous du Nonce, l'Audiencier étant compté parmi eux, que pour le General il se placeroit aux pieds du Legat vis à vis de lui.

Le General de la part du Legat proposa ce parti aux Interessez qui l'accepterent sans aucune opposition, y trouvant tous leur compte.

Le jour suivant neuvieme de Fevrier le Legat les assembla pour la premiere fois. On ne parla point si ces Envoyez d'Espagne étoient Envoyez du Roi Catholique ou du Cardinal d'Austriche.

Il est bien vrai que les François en les nommant les appellerent Ambassadeurs du Roi Catholique, les François furent les premiers qui parlerent, & qui voulurent que le Legat dans ce premier Congrès dit où ils devoient s'asseoir; ce qui fut fait, le Legat en ayant auparavant conferé avec les Parties, usant d'une grande precaution dans cette affaire.

Nonce en la seconde chaire; Taxis prit la troisiéme, Verreiken la quatriéme.

Le General des Cordeliers regardoit le Legat en face, & les Deputez en profil.

Quand le Marquis de Lulins étoit mandé en la Conference, il se mettoit auprès de lui en même rang.

L'avantage que les Deputez du Roi emporterent pour leur seance leur demeura par tout le Traité.

Que les Legats à Latere & Nonces du Pape, ne doivent faire diffi-culté de s'entremettre de la Paix qui eſt à traiter entre les Princes Catholiques, Calviniſtes & Lu-thériens.

LEs Miniſtres du Pape font difficulté de ſe trouver en Conference avec les Deputez & Ambaſſadeurs des Princes Calviniſtes & Pro-teſtans.

Ils ont l'exemple du Legat du Pape Clement VIII, lequel en l'année 1598, lors du Traité de Vervins, declara qu'il ſe retireroit à Reims, ſi les Deputez de la Reine d'Angleterre venoient à Vervins, ne pouvant, dit-il, demeurer en même lieu avec leſdits Anglois.

Le même Legat ne voulut ſouffrir, que ceux de Geneve fuſſent nommez au Traité de Ver-vins, & au cas que l'on les y eût voulu com-prendre nommément, refuſa d'être depoſitaire du Traité.

Neanmoins le même Traité dont ledit Le-gat fut depoſitaire, porte ces mots : " De la part ,, du Roi Très-Chrétien, ſont compris les E-,, lecteurs, Princes Eccleſiaſtiques & Seculiers, ,, Villes, Communautez & Etats du Saint Em-,, pire, & par ſpecial Meſſieurs les Comte Pa-,, latin Electeur, Marquis de Brandebourg, Duc ,, de Wirtenberg, Landgrave de Heſſe, le Mar-,, quis d'Anſpach, le Roi & Royaume d'Ecoſſe, ,, les Rois de Pologne, Dannemarck & Suede, ,, les treize Cantons des Ligues des Suiſſes, & ,, Seigneurs des trois Ligues Griſes.

Tous ces Princes ſont ou Calviniſtes ou Lu-theriens, excepté le Roi de Pologne ; & l'on ne voit pas quelle difference pouvoit être en-tre eux & ceux de Geneve, pour le regard de la Religion & de la difficulté que fit lors ledit Legat : ce qui fait juger, que c'eſt plûtôt une imagination ſans fondement, qu'une bonne & ſolide conſideration.

Le Pape Alexandre VI. craignant la venüe du Roi Charles VIII en Italie, & ne voulant pas remettre entre les mains dudit Roi Gen Sul-tan, frere du Grand Seigneur Sultan Bajazet, envoya audit Bajazet un Nonce, avec une ample Inſtruction & des Lettres, ne faiſant point de difficulté de traiter avec un Prince infidele. L'on a copié des Inſtructions, & des Lettres du Pape : le Grand Seigneur fit réponſe au Pape, le priant de faire mourir ſon frere avant qu'il pût tomber entre le mains du Roi de France. Ce qui fut executé.

Il y a un Traité fait le 23. Septembre 1576, pour la Paix du Comté de Veniſſe, en faveur de ceux de la Religion pretenduë Reformée demeu-rans dans ledit Comté, terre du Pape : ledit Trai-té fut fait dans le Palais Apoſtolique d'Avignon, & ſigné par George Cardinal d'Armagnac Collegat, & puis par pluſieurs Deputez Catho-liques, & par neuf autres Deputez de la Reli-gion Calviniſte, qui prirent tous qualité dans ledit Traité de Deputez de la Religion Refor-mée. Ce ſont les mots dudit Traité : L'on a le Traité entier.

Le Pape au fait qui ſe preſente aujourd'hui eſt ſeulement Mediateur. Les Suedois & les Hollandois font part de la Negociation, ſont in-tereſſez avec le Roi, non ſeulement pour l'in-terêt de la France, mais pour le leur propre. Il ſemble donc que le Pape ſe doit accommo-der aux uns & aux autres, & travailler ſuivant les qualitez des perſonnes qui ſont intereſſées, Quand ſa Sainteté s'eſt entremiſe de cet accom-modement, elle n'a pas ignoré la condition des Parties intereſſées, & la Religion dont ils ſont profeſſion. Son entremiſe ſera vaine & inuti-le, ſi les Miniſtres ne veulent paſſer ſur cette difficulté, n'étant queſtion que d'une choſe pu-re temporelle, c'eſt à dire, de la Paix genera-le. Et ſa Sainteté conſiderée par tous les Prin-ces intereſſez, non point comme Chef de la Religion, mais comme grand Prince temporel, non intereſſé avec aucun des Princes qui ſe font la guerre.

Le Pape Boniface VIII en l'année 1297. envoya en France deux Cardinaux, declarer au Roi Philippe le Bel comme il avoit prorogé la trêve entre ledit Roi & les Rois des Romains & d'Angleterre ſes, ennemis, & ce ſur peine d'excommunication, contre celui qui y contre-viendroit.

Le Roi avant que de vouloir ouïr la lecture de ladite prorogation, voulut avoir un acte de ces Cardinaux de la proteſtation qu'il faiſoit, qu'il n'entendoit ſe ſoumettre à homme vivant pour choſe concernant le temporel de ſon Ro-yaume, que le gouvernement en appartenoit à lui ſeul, & qu'il ne reconnoiſſoit autre Su-perieur en cela.

Les Cardinaux lui delivrerent cet acte, dont l'on a copie.

Le même Roi faiſant la Paix avec l'élû Em-pereur & le Roi d'Angleterre, compromit en la perſonne du Pape Boniface VIII; & l'acte du compromis porte, ,, Que le Pape eſt nom-,, mé arbitre comme perſonne privée, & eſt ,, nommé Benoît Cajetan de ſon nom de fa-,, mille, non de celui de Pape, afin qu'il ne ,, pût rien entreprendre ſur le temporel & l'au-,, torité de ces Rois.

Par cette obſervation l'on peut dire, que le Pape ne doit être conſideré au fait de la Paix qui ſe preſente à traiter comme Chef de l'Egli-ſe, qui a une puiſſance dont il veut tirer de l'a-vantage au préjudice des Rois Catholiques : Mais comme un Prince grand & puiſſant au temporel & perſonne privée, & par conſequent qui ne doit faire difficulté de s'entremettre avec des Princes d'autre creance que de la Catholi-que, s'il veut la Paix de la Chretienté, & éta-blir la Paix entre les Princes Chrétiens.

Des Cardinaux qui ſe ſont trouvez de la part des Rois aux Traitez de Paix & de Confederation.

I.

AU Traité de Paix & de Confederation & *1501.*
Alliance entre Louis XII. Roi de France,   *Traité la*
& Maximilian I, Roi des Romains, à Trente   *Cardinal*
l'an 1501, le 13. d'Octobre, le Cardinal d'Am- *d'Amboiſe*
boiſe, Legat à Latere en France, intervint audit Traité pour & au nom dudit Roi Louis.

Hæc omnia & ſingula prædicti Sereniſſimus Romanorum Rex in fido & verbo ſuo Regio; & Reverendiſſimus Dominus Cardinalis Rotomagenſis vigore Mandati & Procuratorii ſufficientis quod à Chriſtianiſſimo Francorum Rege habuit, ejuſdem nomine promiſerunt.

II.

Au Traité de Paix entre l'Empereur Maxi-   *1508.*
milian I, & ſon petit-fils Charles Prince d'Eſpagne, d'une part : Et le Roi Louis XII, d'autre,

Cambray. La tre, à Cambray l'an 1508, le 10. Decembre,
Cardinal ledit Cardinal d'Amboise Legat *à Latere*
d'Amboise. s'y trouva comme Procureur dudit Roi Louis.

Les Lettres de pouvoir données
audit Cardinal.

Deputons , Constituons , Establissons notre
Lieutenant Général & Procureur spécial quant
à ce.

III.

1508. Ce qui fut pareillement observé au Traité de
Cambray. Le Confederation fait contre les Venitiens, entre
Cardinal le Pape Jules II, l'Empereur Maximilian , le
d'Amboise. Roi Louis XII, & Ferdinand II, Roi d'Arragon, aussi à Cambray au même an & jour.

IV.

1527. Au Traité de Confederation entre le Roi
Amiens. Le François I, & Henri VIII, Roi d'Angleterre,
Cardinal à Amiens l'an 1527, le 18. d'Août, Thomas
d'Yorc. Cardinal d'Yorc fut Ambassadeur & Député dudit Roi Henri.

Les Lettres de Commission pour ledit
Cardinal.

Ipsum nostrum nostrum Locumtenentem ac ve-
rum & indubitatum Oratorem , Ambassiatorem ,
Commissarium , Procuratorem , Deputatum , Nun-
cium specialem atque generalem facimus , constitui-
mus & ordinamus per præsentes.

V.

Au Traité de Paix de Henri II, Roi de **1559.**
France, avec Elizabeth Reine d'Angleterre, au *Château en*
Château de Cambresis l'an 1559, le 2. Avril, *Cambresis. Le*
Charles, Cardinal de Lorraine, fut l'un des Com- *Cardinal de*
mis & Deputez de la part dudit Roi Henri. *Lorraine.*

VI.

Au Traité de Paix dudit Roi Henri avec Phi-
lippe II, Roi d'Espagne , au Château en
Cambresis l'an 1559, les 3. Avril, le mê-
me Cardinal de Lorraine fut aussi l'un des
Commis & Deputez de la part dudit Roi
Henri.

Comme en l'an 1632, au mois d'Avril, *Des Cardi-*
le Pape Urbain VIII, à present regnant , ne *naux en*
voulut donner audience au Cardinal de Strigo- *Ambassa-*
nie, envoyé par devers lui de la part de l'Em- *de, Le Cardi-*
pereur , lui disant que c'étoit au dessous de la *nal de Strigo-*
dignité de Cardinal qu'il fut Ambassadeur d'un *nie.*
Prince seculier , & que ceux qui avoient fait
autrement étoient des ignorans.
A quoi repliqua ledit Cardinal, qu'il y avoit
des exemples sans nombre , des Cardinaux envoyez devers les Papes , de la part des Empereurs, & des Rois, ou qui avoient été Vice-
Rois, Gouverneurs des Provinces & Confeillers des Empereurs & des Rois , ou Commiffaires & Deputez en leurs noms pour la Paix ,
voire Lieutenans Generaux des Rois en leurs
Armées.

ECRIT

envoyé par le

CARDINAL DE STRIGONIE,

à tous les Cardinaux, sur ce que le Pape ne l'auroit pas voulu ouïr
comme Ambassadeur de l'Empereur.

Eminentissime & Reverendissime Domine, Pa-
trone observantissime , intermittere non possum.
quin molestum animi mei sensum Eminentiæ vestræ
detegam : nunquam venit mihi in mentem venit ,
ut hic meus ad urbem adventus , vel Sanctitati
Domini nostri Papæ , vel Cæsareæ Majestati mo-
lestiam aliquam fit creaturus : sed nescio quo
meo infortunio , certe non errore, vel studio , con-
trarium accidisse vehementer doleo.
Res ita se habet, Cum Sanctitati suæ Litteras
Cæsareæ Majestatis redderem : Sanctitas sua
dixit, se acceptare & aperire Litteras Cæsaris non
posse si in iis Legatus appellor : si quidem infra
dignitatem Cardinalitiam fit ut Legatione fungar;
sed uti ex meo scripto quod ut summarium Lega-
tionis nomen me spectante calamo delevit Sanctitas
sua , ego ob hoc nihil aliud dixi , quàm antea quoque
usitatum fuisse , ut à magnis Principibus Cardina-
les mitterentur ad Sedem Apostolicam. Cùm ve-
rò Sanctitas sua subjunxisset ignorantes fuisse qui
id fecerunt, ego nihil aliud respondi, quàm me non
esse missum à sua Cæsarea Majestate, ut hoc de re
disceptarem ; sed ut pericula Germaniæ exponerem,
& opem Sanctitatis suæ implorarem. Horum om-
nium nihil ego ulli mortalium significavi : imò ne

Je ne saurois m'empêcher de decouvrir mes
chagrins à V. E. Il ne me seroit jamais venu
dans la pensée que mon arrivée à Rome eût dû
causer quelque peine ni à la Sainteté ou à la Majesté Imp. Mais je ne sai par quel malheur qui
m'accompagne , quoi que je n'y aye en rien
contribué par ma faute ou à dessein ; cela est
pourtant arrivé dont je suis très-sensiblement affligé.
Voici le fait , lors que je présentai à Sa Sain-
té les Lettres de S. M. I. Sa Sainteté me
dit que , si j'y étois nommé Ambassadeur ,
Elle ne pouvoit pas les accepter , parce
que ce titre étoit au dessous de la qualité
de Cardinal : pour cet effet il effaça de la Lettre avec une plume ce titre en ma présence. Je ne
lui dis autre chose , sinon que c'étoit une chose
usitée auparavant que ceux qui l'avoient
fait étoient des ignorans ; à quoi je ne repondis
autre chote , sinon que je n'avois pas été envoyé de S. M. I. pour disputer de cela , mais
pour representer à S. Sainteté le danger dans
lequel se trouvoit l'Allemagne , & pour implorer
son

5

aliqui disgustus orirentur, constitutum habui tantisper silentio rem tegere donec relatio Legationis meæ facienda foret. Cæterum ubi hac ipsa de re passim sermones cui vult Pontifex fieri audivi, imò per Secretarium Consistorialem denunciatum intellexi Eminentissimis Dominis Cardinalibus, me pro Legato Cæsareo agnoscerent, vehementer fui perplexus. Ex una enim parte singularis mea in Sanctitatem suam veneratio, altum silentium dissuadebat: altera ex parte verebar ne honori meo (quem vitæ præpono) jacturam faciam, Cæsarisque indignationem incurram, si præpostero silentio rem transigam.

Quocirca ad Eminentiam vestram recurro, eamdemque impensè rogo, non tantùm ut ego tanto decore non afficiar; verùm ne Cæsaris auctoritas circumscribatur: Innumera extant exempla non solùm quod Cæsares, sed & quod Reges alii, Legatos sive Oratores, sive Ambassatores (neque enim de nomine hic laboramus) ad Sedem Apostolicam Cardinales destinarint: atque etiam nunc de facto in Curia Romana videtur Regis Catholici Legatus sive Ambassator Cardinalis. Et neque vel à Cæsare mitti, vel ad Sanctitatem suam expediri quidquam habet indecorum & dignitate Cardinalitia indignum. Vidimus Cardinales Vice-Reges; vidimus Regum nomine Gubernatores Provinciarum; vidimus Consiliarios, vidimus Pacis conficiendæ Commissarios: Et quod mirabilius est, Cardinales Regum nomine generales belli Duces, & quidem contra Principes Catholicos, & in bello de cujus justitia quæri posset. Quod si hisce functionibus læsa non putatur Dignitas Cardinalitia, cur lædetur si Cardinalium operà utantur Cæsar & Reges, ut suo nomine Apostolicam Sedem conveniant, informent & orent?

Consideret quæso Eminentia vestra eo fine Cardinales Nationales ex Vassallis suis à Cæsare & Regibus nominari, ut operà eorum uti possint in gravissimis & maximis functionibus: Consideret quàm delicata res sit magnorum Principum auctoritatem circumscribere velle in iis rebus, quarum usum exempla majorum ipsis concedunt: Consideret quàm importuno tempore odiosa hæc & nunquam mota quæstio excitetur, efficiatque ut alio tempore hæc discutienda reponantur. Certè variis & quidem odiosis Mundi interpretatoribus compertum erit, cur hoc tempore, hac occasione, hæc sic excitetur; de qua præmoniti Principes Christiani antea nunquam fuerunt: cur ab hac executione cum dedecore Cardinalis & Primatis Hungariæ inchoetur.

Ego quidem jam ad suam Majestatem hac de re scripsi statim ac publicationem ex Aula Sanctitatis suæ factam intellexi. Quidquid sua Majestas hac in re mihi injunxerit punctualiter exequar. Interim tamen Eminentia vestra consideret me nihil admisisse, ob quod Legatione à Cæsare mihi commissa exui merear; sed neque consentire me posse aut debere, ut auctoritas suæ Majestatis in eo imminuatur quod usus & exempla Cæsareum & Regium roborarunt. Atque idcirco me tantisper pro Cæsareo Legato vel Oratore, vel Ambassatore (hæc enim omnia idem significare usus probat) gerere velle, donec à sua Majestate contrarium fuerit ordinatum: neque existimo Sanctitati suæ ingratum fore si seorsim coram singulis Eminentissimis Dominis Cardinalibus hæc eadem repetiero: cùm aliter nec honori meo consulere, nec Cæsaris indignationem evadere possim. De cætero maneo Eminentissimæ & Reverendissimæ Dominationis vestræ, &c.

Cardinalis devotus, STRIGONENSIS.

son secours. Je n'ai parlé de ces choses à ame qui vive, depeur de causer quelque mesintelligence, resolu de garder le silence jusques au tems que je ferois le rapport de mon Ambassade. Mais apprenant que le Pape le dit hautement à qui veut l'entendre, & que le Secretaire du Consistoire a déclaré à tous les Cardinaux, qu'ils n'ayent point à me reconoître pour Ambassadeur, je me suis trouvé extremement embarrassé. D'un côté la veneration que j'ai pour sa Sainteté me persuadoit de garder le silence, d'un autre côté j'apprehendois de faire tort à mon honneur qui m'est plus precieux que la vie, & de m'attirer l'indignation de l'Empereur, si je laissois passer cette affaire sans rien dire.

C'est ce qui fait que j'ai recours à V. Em. pour la prier avec toute l'ardeur dont je suis capable, afin d'empêcher qu'on ne me couvre de honte, & que l'autorité de l'Empereur ne soit blessée. Il y a une infinité d'exemples que les Empereurs & les Rois même ont envoyé des Cardinaux pour Legats ou pour Ambassadeurs, il ne s'agit pas ici du nom, au Siege Apostolique, il y a même ici actuellement à la Cour du Pape un Cardinal Ambassadeur d'Espagne. Il n'est point indigne d'un Cardinal d'être Envoyé par l'Empereur, principalement auprès du Pape. Nous avons vu des Cardinaux Viceroïs, Gouverneurs des Provinces, nous en avons vu des Conseillers, & des Commissaires pour faire la paix, & ce qui est de plus merveilleux nous en avons vu Generaux d'Armée des Rois contre des Princes Catholiques, & faire la Guerre dont on auroit droit de se plaindre. Si la Dignité de Cardinal n'est point blessée de toutes ces fonctions, pourquoi le seroit-elle, si l'Empereur ou les Rois se servent des Cardinaux pour les envoyer au St. Siege, pour informer le Pape de leurs besoins & pour implorer son secours?

Je prie V. E. de considerer que les Cardinaux Nationaux sont nommez pour cela d'entre les Vassaux de l'Empereur & des Rois, afin de s'en pouvoir servir dans les affaires les plus grandes & les plus importantes, que c'est une chose très-delicate que de vouloir borner la puissance des grans Princes dans les choses, que l'usage & l'exemple de leurs Ancêtres les ont autorisez. Jugez si c'est à cette heure un temps propre pour agiter une question odieuse, & dont on n'a point ouï parler & faites vos efforts qu'elle soit envoyée à un autre temps. Le monde connoîtra sans doute avec chagrin pourquoi ce procès est remué en ce temps-ci & dans cette occasion, dont les Princes Chrétiens n'avoient jamais été avertis, & l'on ne verra pas sans peine qu'on en commence l'éxecution aux depens de l'honneur d'un Cardinal Primat de la Hongrie.

J'en ai écrit à S. M. Imp. aussi tôt que j'ai appris la publication qui en avoit été faite à la Cour de sa Sainteté, je suivrai exactement les ordres que l'Empereur me donnera là-dessus. Si cependant V. E. considere que je n'ai rien fait qui merite que je sois dépouillé de l'Ambassade que S. M. Imp. m'a confiée, & que je ne puis ni ne dois consentir que le pouvoir de l'Empereur soit diminué dans une chose que l'usage & l'Exemple des Empereurs & des Rois a confirmée. Pour toutes ces raisons je soutiendrai ma qualité de Legat ou d'Ambassadeur, ce qui est la même chose, jusques à ce que sa M. Imp. en ordonne autrement. Je ne crois pas deplaire à la Sainteté si je repete la même protestation devant tous les Cardinaux, ne pouvant autrement conserver mon honneur ni éviter l'indignation de l'Empereur. Je suis &c.

Dø

Du rang des Cardinaux selon la dignité des Rois qui les deputent.

COmme aux deux Traitez de Cambray en l'an 1508, entre l'Empereur Maximilian I, & le Roi Louis XII, Marguerite fille dudit Empereur Duchesse Douairiere de Savoye, ayant pouvoir de son pere d'intervenir audit Traité, fut nommée & préferée au Cardinal d'Amboise, Legat à Latere en France, Commis dudit Roi Louis.

De sorte que l'on eut égard à la dignité de ceux qui deputoient, & non à celle des Deputez.

Le premier des Traitez, qui est le Traité de Paix.

In primis quidem actum & conclusum est inter Procuratricem & Procuratorem prænominatos, &c.

Et l'autre Traité, qui est une Confederation contre les Venitiens.

Margareta Dei gratia Archidux Austriæ, Dux Burgundiæ, vidua relicta Sabaudiæ, &c. hodie cum Reverendissimo in Christo Patre Domino Georgio de Ambasia, Tituli Sancti Sixti Sanctæ Romanæ Ecclesiæ Presbytero Cardinali & Archiepiscopo Rothomagensi, & per Franctam ac alia Domina Christianissimo Franciæ Regi submissa Apostolico de Latere Legato, tanquam locum & vicem gerente negotiorum Procuratore, & in hac parte Procuratorio nomine supra scripti Serenissimi & Christianissimi Principis Domini Ludovici Francorum Regis, &c.

Inprimis quod hodie nos cum præfato Reverendissimo Domino Cardinali Rothomagensi, &c. prædictorum sacratissimi Domnii Imperatoris, & Christianissimi Francorum Regis monitibus inivimus, conclusimus, &c.

Que les Princes Catholiques peuvent s'allier & faire des Traitez avec des Princes Infideles & Heretiques.

IL semble que les Rois Catholiques sont plus obligez que les autres Souverains qui ne sont dans l'Eglise, de regler l'administration de leurs Etats ; en sorte que les moyens dont ils se servent pour les maintenir, soient conformes en tout à la qualité qu'ils ont de Princes & enfans de l'Eglise, & qu'ils ne blessent en rien les interêts de la Religion.

Cette pensée a donné sujet à plusieurs de mettre en doute si les Princes Catholiques pouvoient legitimement avoir alliance & confederation, avec ceux qui sont Infideles & Heretiques? Sur ce fondement, que l'alliance que l'on contracte avec eux fortifie davantage leur domination, & en assure la puissance, dont ils se peuvent servir à la ruine des Princes Catholiques ; en sorte que l'on pourroit conclure, que c'est indirectement fomenter leur mauvaise Religion. Et y ajoûtent, si l'Eglise defend la communication avec un excommunié ; à plus forte raison, avec un Prince, qui est hors de l'Eglise.

Ce sont des maximes que l'Espagne fait proposer, qu'elle ne reconnoît pas. Au contraire, elle n'a pas fait difficulté de fournir de l'argent aux Protestans de France, afin que, sans l'embrasement des guerres Civiles, elle eût moyen d'opprimer les autres Souverains.

Que si les Traitez d'Alliance étoient sous des

Tom. I.

conditions qui portassent prejudice à la Religion, les Princes Catholiques seroient avec raison blâmez de les faire. Mais si au contraire ils n'ont leur fondement, que pour la conservation de leurs Etats ; il semble qu'ils ont droit de s'allier avec les Princes Infideles & Heretiques.

L'on sait que le Pape Sixte V, s'étant éclairci du dessein des Espagnols, qui sous couleur de se rendre Protecteurs de la Religion Catholique, contre les Heretiques, aspiroient à l'invasion de tous autres Etats, excita puissamment la Couronne de France à la défense des Etats de Hollande.

On pourroit sur ce faire une déduction de toutes les Histoires sacrées & profanes de temps en temps : mais il suffira d'en rapporter quelques exemples des plus signalez.

Le premier d'autant plus singulier & remarquable, qu'il est mis diversement dans la Sainte Ecriture, est d'Abraham, que S. Paul appelle par honneur, Pere des croyans ; & duquel les actions sont telles, qu'étant exemptes de tout blâme, elles doivent être proposées à imiter à tous. Ce grand Patriarche donc, sachant que son neveu Loth avoit été pris par quelques Rois de Syrie qui lui avoient fait guerre, & ne se voyant avoir assez de force de soi-même, il fit alliance avec Ascol & Aner Princes Idolâtres ; & avec eux arrêta les conditions de la confederation, si bien qu'avec toutes ces forces unies, il eut moyen de délivrer son neveu, & en rapporter une glorieuse victoire. Voila une alliance d'un Saint Patriarche avec des Princes, non seulement de diverse Religion mais qui plus est Infideles, & Idolâtres.

Le second exemple sera de David, Prince selon le cœur de Dieu, & Prophete. Icelui donc se voyant persecuté par le Roi Saül, avec sa compagnie de six cens hommes de guerre s'en alla à la solde d'Achis, Roi de Geth, fit alliance avec lui, & reçut de lui en don une Ville pour habiter. Or il est certain, qu'il le voulut servir en guerre contre les fideles mêmes ; d'autant que la guerre s'étant émûe entre ce Roi Idolâtre & Saül Roi du Peuple de Dieu, David ne voulut faillir de se trouver à cette guerre : Mais Achis ne lui voulut permettre, à cause que lui & les siens entrerent en quelque difficulté de la foi de David, dont David se plaignit grandement, comme lui étant fait tort en son honneur de se défier ainsi de lui ; ce qui montre clairement qu'il étoit preparé & resolu à combatre pour les Infideles, contre ceux qui professoient la vraye Religion. Qui considerera bien la personne de David, si grand Roi, si grand Prophete, & si grand Saint, il verra manifestement, qu'il étoit loisible, & est encore aux autres Princes, de faire le même, puisqu'il se void un si illustre exemple de l'Ecriture Sainte, d'un Capitaine avec ses gens, qui veut faire service à un Roi Infidele, contre ceux de sa propre Religion.

Il est aussi certain que le même David étant parvenu à la Couronne, fit alliance avec Naas, Roi des Ammonites, & Hiron Roi de Tyr, & ne peut-on dire que la necessité l'y contraignit, pource que cela se fit au temps qu'il possedoit pacifiquement le Royaume d'Israël.

Et Salomon son fils & successeur contracta alliance avec le Roi d'Egypte, épousant une sienne fille ; & Asa Roi de Juda, de qui l'Ecriture témoigne qu'il avoit un cœur droit & parfait envers Dieu : Comme David appella à son secours Benadad Roi de Damas, contre Basa Roi d'Israël, qui s'étoit allié & confederé avec

B

un Roi Infidele, contre un de même Religion que foi.

Depuis és temps approchans la venüe du Fils de Dieu, nous avons les exemples des Machabées, qui entrerent en ligue deffensive avec les Romains, & l'on voit les conventions établies entre eux; Que à quiconque d'eux on feroit la guerre, ils fe fecoureroient mutuellement l'un l'autre de vivres, armes, vaiffeaux, argent & Soldats, autant que leurs forces & la condition de l'Etat du temps le permettroient. Les mêmes Machabées firent encore ligue avec la Republique de Sparte qui commanda en la Morée, & la renouvelerent plufieurs fois, la confirmant de temps en temps.

Par ces exemples on voit, comme il eft permis aux Princes Fideles, de s'allier, aider, & recevoir fecours des Princes Infideles, & pour fa propre défenfe; & l'exemple du plus au moins peut fervir pour le fait prefent. Car bien que les Etats de Hollande ne foient fous l'obeïffance de l'Eglife Romaine, ils ne font toutefois Idolâtres, ni Infideles. Et la Maxime que les Miffionnaires vont femant par tout, que les Heretiques font pires que les Idolâtres, eft plus accommodée à l'interêt temporel, qu'elle n'eft conforme aux faintes Ecritures, & à la doctrine des anciens Peres. Et eft chofe horrible à penfer feulement, de vouloir faire croire que celui qui apelle NOTRE SEIGNEUR JESUS-CHRIST feducteur & faux Prophete, foit plus tolerable & moins abominable, que celui qui l'invoque comme DIEU, eft baptifé en fon faint Nom, & confeffe que c'eft le feul nom fous le Ciel, auquel, & par lequel les hommes font fauvez. Que fi dans les Anciens Peres, fe trouve quelque trait qui femble favorifer cette opinion: c'eft que les Heretiques de ce temps-là, comme Ariens & autres, nioient la Divinité du Fils de Dieu, & détruifoient tout le fondement du Chriftianifme. Bref, étoient plûtôt une forte d'Infideles, que d'Heretiques: Mais ceux que l'on apelle aujourd'hui Heretiques, le tiennent & confeffent être JESUS-CHRIST, & en cette confeffion, reconnoiffent tout le fondement de leur falut. Il y a plus, c'eft que pour ôter cette cavillation, voici des exemples en particulier d'Heretiques & d'Infideles enfemble.

Du temps de l'Empire Romain, & que les Empereurs faifoient profeffion de la Foi Catholique & Orthodoxe. Les Hiftoires font pleines d'exemples, des Princes les plus grands & les plus pieux, qui ont eu alliance & amitié avec les autres Princes, tant Infideles que Heretiques: Entre autres l'on fait que le Grand Conftantin, qui a fi bien merité de la Foi Chrétienne & Catholique, fit pour la defenfe de l'Empire, accord & alliance avec les Tartares & Vandales, (avec l'Heretique il ne pouvoir, car lors il ne s'en trouvoit point encore qui euffent Seigneuries) & leur donna lieux pour habiter dans les Provinces de l'Empire. Or en ce temps-là, l'Eglife étoit merveilleufement feconde, & floriffante en hommes de fainte vie, & très-zelez à la pureté de la Religion, & cependant il ne fe trouve point que jamais aucun d'eux ait repris cela, ou enfeigné qu'il ne fût pas permis de faire telles alliances & confederations, ce qui témoigne, par une raifon invincible, que toute la fainte Eglife Catholique l'a ainfi approuvé. \

Depuis, Valentinian ayant été élû Empereur, il ne fut pas feulement Catholique, mais très-grand Zelateur de l'Eglife, & de fes Prelats. En même temps étoit Empereur en Orient,

fon frere Valens Heretique Arien, qui perfecutoit à outrance les Catholiques: Et neanmoins entre ces deux Empereurs, l'un Catholique & l'autre Heretique, il ne laiffa pas d'y avoir bonne paix, confidence & union pour la défenfe commune de l'Empire contre les ennemis d'icelui.

Enfuite Theodofe, Arcadius, Honorius & Valentinian Empereurs, firent plufieurs accords, & conventions avec les Gots, Alains, Gepides, Vandales, & François, dont les uns étoient Idolâtres, les autres Heretiques. Et pourtant ne fe trouva jamais perfonne qui l'ofât reprendre, comme chofe mauvaife & illicite. Ce même temps toutefois porta ces grandes lumieres de l'Eglife, qui par leur zele ardent de verité, ne craignoient point de mettre en face des Empereurs & Imperatrices leurs pechez avec fevere reprimande. Tels furent les Ambroife, Hierôme, Auguftin, Chryfoftome, Leon, & autres Saints Prelats: defquels nous avons encore les Oeuvres, aufquelles il ne fe lit point, qu'ils ayent trouvé à redire en ces alliances, & confederations. Et faut avouer neceffairement, qu'étans fi zelez en toutes autres chofes, à reprendre librement les fautes des Empereurs, leur filence en cette-ci montre une commune approbation de toute l'Eglife Catholique.

Après la mort des Empereurs, s'établit en Italie ce Royaume des Gots, qui a duré affez long-temps. Ces Peuples étoient Chrétiens, mais entachez de l'herefie d'Arius, qui a été la pire de toutes celles qui ont troublé l'Eglife, d'autant que, comme nous avons déja dit, ils combattoient la perfonne de JESUS-CHRIST même en niant la Divinité, qui eft faper tout le fondement de la Religion Chrétienne: Et neanmoins quelques pervers & dangereux qu'ayent été ces Heretiques; les Empereurs de Conftantinople, qui étoient Catholiques, n'ont laiffé de demeurer en paix & alliance avec eux durant qu'ils ont régné en Italie. Et les Papes mêmes leur étoient fujets, & leur rendoient toute obeïffance; & fe trouve qu'ils envoyerent quelques-uns d'eux en Ambaffade pour affaires d'Etat. Si bien qu'on ne voit point qu'aucun de ce temps-là ait blâmé les Princes Catholiques, de tenir alliance & confederation avec ces Rois infectez d'herefie. Ce ne feroit jamais fait qui voudroit rapporter tous les exemples qui fe trouvent en cette matiere.

Depuis même que l'on a commencé à joindre la puiffance temporelle en Italie, à la dignité fpirituelle, qui eft le temps auquel ont été faites toutes les Conftitutions comprifes dans les Decretales, Sexte, Ciementine, & Extravagantes, n'y ayant matiere, ni queftion fur laquelle la Cour de Rome n'ait étendu fon autorité, & fes Decrets: On ne laiffe pas toutefois d'y trouver nombre d'exemples de femblables alliances, & confederations, que l'on peut voir dans les Hiftoriens du temps.

George de Progrebracq a été Roi de Boheme & Heretique Huffite, & pour tel perfecuté par le Pape Pie II. L'exemple en eft notable: Car il femble que dès ce temps-là 1463, il étoit queftion de la Religion, comme aujourd'hui. Et toutefois l'Empereur Frideric III, fe trouvant étroitement affiegé dans Vienne, l'appella à fon fecours, & fit alliance, & convention avec lui de mutuel fecours. Ce qui fut approuvé par le même Pape, lequel ceffa pour ce de le pourfuivre par cenfures.

Et Jules II, étant en l'an 1510 dans Boulogne en grand danger de l'armée Françoife, qui en étoit proche; le Capitaine Chiapin Vitelli vint

vint à son secours, entra dans la Ville avec sa troupe de six cens chevaux legers, & une Compagnie de Turcs, auxquels il confia sa personne.

En l'an 1558, Paul IV. prit à sa solde plusieurs Grisons Protestans, & disoit tout haut, qu'il étoit licite de se servir de toutes sortes de personnes. Il se trouve aussi une réponse authentique, qu'il fit en l'an 1557, à ceux qui le reprenoient, leur disant, qu'il étoit non seulement loisible, mais même louable d'appeller à son secours les Turcs, les Mores, & les Juifs : aussi est-il bien certain qu'il envoya encore après traiter avec les Turcs.

Moyens que tiennent les Espagnols pour parvenir à la Monarchie de l'Europe.

ENcore que les desseins de la Monarchie universelle que meditent les Espagnols depuis cent ans en çà, soient assez connus, & trop sensibles par leurs pratiques & conquêtes. Si est-ce que pour en mieux juger, il semble être à propos d'en representer les commencemens, & progrès, & les moyens qu'ils tiennent pour y parvenir.

L'on sait que l'Empereur Charles V est celui qui a jetté les premiers fondemens pour la conjonction de la Couronne Imperiale avec celle de Castille, qui en donna les instructions, qui se voyent encore.és mains des curieux, au Roi Philippe son fils, qu'il suivit en partie, y ajoûtant ce qu'il jugea necessaire selon les occurrences.

Premierement, s'étant servi accortement de ceux qui avoient part aux Conseils de conscience, & d'Etat du Roi Don Sebastien de Portugal, pour le pousser à la guerre d'Afrique,qu'il entreprit peu considerément, & où il perdit la bataille, & la vie, ainsi que l'on a crû, ce qui fit l'ouverture de la réunion de Portugal aux Couronnes d'Espagne, & ensuite de tout ce qui étoit des conquêtes des Portugais és Indes Orientales,dont est ensuivi que l'Espagne n'ayant plus en soi de puissance qui les pût occuper en guerre, & servir à faire diversion de ses forces; Et s'étant aussi par même moyen ôté les sujets de nourrir l'emulation ambitieuse qu'avoient les Castillans & les Portugais, par les découvertes & conquêtes du nouveau Monde, au lieu qu'ils entroient souvent en discordes; Et jusques-là qu'il falut que le Pape s'en rendit arbitre, & fît leur separation par le Meridien qu'il leur donna pour borne : Elle s'est servie conjointement de leurs conquêtes, richesses, & forces pour travailler par guerre, & divisions intestines tous les Etats de l'Europe.

En quoi la fortune ayant favorisé ses Rois, ils ont trouvé, outre leurs Sujets naturels, des Etrangers, qui se sont rendus partisans de leur grandeur, dont aucuns qui etoient Chefs d'armée, l'ont par armes avancée; d'autres, comme les hommes savans, & gens de conscience, par écrits, & conseils, y ont contribué leur zele, & leurs études,

De là sont venües les Genealogies falsifiées, pour leur donner des titres specieux d'envahir des Etats, & entre autres la France. De là les interpretations subtiles de quelques passages des Propheties de la Bible, qu'ils expliquent en ce sens, & les horoscopes, & observations celestes, pour montrer que la Monarchie du Monde ayant fait son cours d'Orient en Occident, & passé par les mains des Assyriens, Medes, Perses, Grecs & Romains, doit enfin tomber en

Tom. I.

celles des Espagnols, pour attirer par la Sainte Ecriture les Theologiens, & autres personnes de pieté & devotion, & par les horoscopes étonner les esprits credules, & curieux, pour les disposer suivant les occurrences de servir à leurs fins. L'on fait outre ces choses les desseins d'Etat & de conscience qui ont été composez, pour montrer qu'il seroit aussi expedient que la Monarchie de l'Europe fût és mains d'un seul pour le bien de la Religion, & de l'Etat, afin d'exterminer les Heretiques, & de ruiner l'Empire du Turc, dont mêmes quelques Ecclesiastiques se font fait Chefs, & Mediateurs de cette doctrine, qu'ils soûtiennent, & avancent par des expediens un peu étranges.

C'est ce qui servit de pretexte contre le feu Roi pour entretenir les guerres civiles en son Etat, & de sujet aux Discours qui sont dans le Thresor Politique, pour montrer au Roi Philippe II, que pour y parvenir il étoit necessaire de conquerir premierement la France : D'autres ont dit qu'il devoit commencer par l'Angleterre, comme il en fit l'entreprise, parce, disoient-ils, que cela étant il se rendroit maître de la Mer, qu'il feroit les choses plus faciles : Et il y en a eu qui ont passé jusques à lui conseiller d'envahir l'Italie pour la commodité de son assiette, alleguant sur ce sujet l'exemple des Romains, qui après l'avoir conquise s'assujettirent facilement l'Europe, l'Afrique & l'Asie; qu'ainsi après cela tout lui seroit bien plus aisé, parce qu'il pourroit disposer de ses puissances temporelles, & spirituelles.

Mais outre toutes ces choses,ce qui peut faire voir qu'il y a un dessein formel & continu, est, qu'encore que le Roi d'Espagne soit en âge,qui le rende plus adonné aux plaisirs qu'aux soins des affaires, & que le Comte d'Olivarés qui en a la direction soit aussi d'âge, & d'experience mediocre, que les plus vieux & experimentez Ministres d'Etat soient morts, si est-ce que par les conseils & entreprises qu'il execute chaque jour, l'on peut inferer, qu'il agit par un ordre reglé, & par une suite d'instructions.

USURPATIONS

faites par les Espagnols en Italie,

Sur les Seigneurs particuliers des Seigneuries & Fiefs mouvans de l'Empire.

I. Du Duché de Milan sur l'Empire, par l'Empereur Charles V, & Philippe II, Roi d'Espagne.

FRançois Sforce Duc de Milan étant decedé l'an 1535, sans laisser de soi aucuns descendans : L'Empereur Charles V, Roi d'Espagne, se saisit aussi-tôt du Duché, & en prit possession comme Empereur & Souverain. Seigneur d'icelui; Et aussi que ledit François Sforce l'avoir par son Testament institué son heritier & successeur audit Duché. Il entretint neanmoins toûjours d'esperance le Roi François I, d'en investir l'un de ses fils.

Et depuis en l'an 1546 il en investit son fils Philippe II du nom Roi d'Espagne, auquel il le donna sous prétexte que la defense & conser-

MILAN.

1535.
Comme l'Empereur Charles V se saisit du Duché de Milan.

1546.
Investiture du Duché de Milan

B 2 va-

vation dudit Duché avoit beaucoup coûté en argent & en hommes aux Royaumes de Castille & d'Arragon : Et que pour le repos d'Italie & de toute la Chrétienté, il faloit qu'il demeurât entre les mains d'un Prince qui fût assez puissant pour s'y maintenir ; Comme il est porté par son Testament fait à Bruxelles l'an 1554.

Ce qui lui fut d'autant plus facile d'executer, que l'Allemagne étoit lors en troubles, & l'avoit comme subjuguée. Et le Roi François I. étoit en guerre avec Henri VIII, Roi d'Angleterre.

Il reçut à cet effet de Philippe le serment de fidelité, tel qu'il lui étoit dû & aux Empereurs ses successeurs pour raison dudit Duché, en se reservant toutefois le gouvernement & l'administration d'icelui : Qu'il ceda enfin audit Philippe avec le Royaume de Naples, en faveur de son mariage avec Marie Reine d'Angleterre ; En telle maniere que dès lors il en prit le titre, & en jouit comme proprietaire sa vie durant.

1594.
Union du Duché de Milan aux Royaumes de Castille & d'Arragon.

Et le même Philippe par son Testament fait à Madrid l'an 1594, institua son fils le Roi Philippe III, son heritier audit Duché, tout ainsi qu'en ses autres Terres & Seigneuries ; ordonnant qu'à perpetuité il seroit uni aux Royaumes de Castille & d'Arragon, & autres ses Etats, sans en pouvoir jamais être aliené, ni divisé en tout, ou en partie.

1519.
Investiture du Duché de Milan par l'Empereur Charles V, contre sa parole donnée aux Electeurs de l'Empire.

Or ladite investiture de l'Empereur Charles V fut faite contre sa foi & parole donnée par écrit en l'an 1519 aux Electeurs après son élection, sous le nom de Capitulation Imperiale, par laquelle il leur promit, & fit le serment ensuite à son Couronnement, de ne point conferer à qui que ce fût les Duchez, & autres Seigneuries de l'Empire qui seroient vacans, fût par forfaiture ou faute d'hoirs, ains de les réunir au Domaine dudit Empire, ainsi qu'il le declara à Rome en presence du Pape l'an 1536, lors que pour s'excuser d'investir dudit Duché Charles Duc d'Orleans (l'un des fils du Roi François I.) il remontra qu'il ne le pouvoit démembrer du Domaine de l'Empire.

SIENE.

II De l'usurpation de la Seigneurie de Siene, par l'Empereur Charles V, & Philippe II, Roi d'Espagne.

1554.
Par quels moyens l'Empereur Charles V se rendit maître de la Seigneurie de Siene.

L'An 1554, l'Empereur Charles V, ayant dessein de se rendre Maître & Seigneur absolu de la Seigneurie de Siene, comme lui étant une acquisition très-avantageuse pour la conservation de ses autres Etats d'Italie, & pour tenir en bride & à sa devotion les Papes,
Il declara la Ville déchuë de tous ses droits & privileges, & la Seigneurie acquise & confisquée à l'Empire, comme à lui rebelle, & s'étant rangée du parti de France.

Et mit en avant pour colorer cette confiscation, qu'il y avoit un titre de l'Empereur Charles IV, qui portoit, que ladite Ville avoit obtenu le gouvernement & seigneurie d'elle-même & de tout ce qui en dépendoit, à la charge & condition qu'en se montrant contraire à l'Empire ou aux Empereurs, elle seroit déchuë de tous ses droits, & deviendroit sujete à l'Empereur comme auparavant.

Investiture de la Seigneurie de Siene à Philippe II, Roi d'Espagne, par son pere l'Empereur Charles V.

D'où il prit occasion d'en investir son fils Philippe, lors Roi d'Angleterre, depuis Roi d'Espagne Philippe II, avec pouvoir d'en sous-infeoder un autre. Ce qu'il fit si secretement, que très-peu de personnes en eurent connoissance.

1555.

L'an 1555, la Ville & l'Etat de Siene persuadez ou plûtôt contraints & forcez à ce faire, se soumirent, comme si c'eût été d'eux-mêmes, & de leur libre volonté, du tout à la seigneurie & souveraineté dudit Empereur, & de son fils Philippe, qu'il en investit de nouveau en meilleure & plus ample forme qu'auparavant, conformément à ladite soumission.

1557.
Investiture de la Seigneurie de Siene à Cosme I, Duc de Florence, par Philippe II, Roi d'Espagne, Conditions sous lesquelles il fut investi de la Seigneurie de Siene par Philippe II, Roi d'Espagne.

Et l'an 1557, ledit Philippe II. investit Cosme I, Duc de Florence, depuis Grand Duc de Toscane & ses descendans mâles legitimes Ducs de Florence, de la Ville, Etat & Seigneurie de Siene, & de Porto Ferrato : Ainsi qu'il en avoit été investi par ledit Empereur son pere.

En se reservant les places maritimes de Porto Ercole, Telamone, Monteargentaro, & Orbitello. Cosme lui en fit la foi & hommage lige, comme à Roi d'Espagne. Et en furent les Lettres de reprise expediées à Bruxelles l'an 1558, & s'obligea pour lui, & les Ducs ses successeurs, d'assister le Roi d'Espagne à leurs frais & depens de quatre cens chevaux, & quatre mil hommes de pied tout le tems qu'il faudra pour la défense du Royaume de Naples, & du Duché de Milan, au cas qu'aucuns Princes & Potentats d'Italie ou de dehors, veulent attaquer ces deux Etats.

Il fut outre cela convenu qu'à faute d'hoirs mâles, ladite Seigneurie de Siene reviendra au Roi d'Espagne.

Qu'il y aura à perpetuité confederation & ligue offensive entre les Rois d'Espagne, les Ducs de Florence & de Siene, & auront les uns & les autres, mêmes amis & ennemis.

Et de plus, que lesdits Ducs bailleront & prêteront à leurs dépens leurs Galeres au Roi d'Espagne, toutes fois & quantes qu'ils en seront requis de sa part.

III. De l'usurpation de la Seigneurie de Plombin par l'Empereur Charles V, Philippe II, & Philippe III, Rois d'Espagne.

PLOMBIN.
1603.

1545.
Comme l'Empereur Charles V mit garnison d'Espagnols à Plombin.

L'An 1545, l'Empereur Charles V se servit de Hicrôme Salviati Cardinal, pour persuader à sa sœur, veuve de Jacques Appian V du nom Seigneur de Plombin, & mere & tutrice de son fils Jacques VI, Seigneur dudit Plombin, lors en bas âge, de recevoir garnison Espagnole dans la place pour & au nom dudit Empereur ; A quoi elle consentit d'autant plus volontiers, que les parens de son mari lui debatoient sa tutelle. Et Diego de Luna eut le gouvernement de la place de la part de l'Empereur.

1547.
La Place de Plombin baillée en garde à Cosme I, Duc de Florence.

L'An 1547 le même Empereur la bailla en garde à Cosme I, Duc de Florence, qui en prit la possession, après avoir fait promesse audit Empereur de la lui rendre lors qu'il le trouveroit à propos. Et fut permis audit Jacques VI de jouir du revenu de la Seigneurie.

1557.
La place de Plombin remise entre les mains du Duc de Florence.

L'An 1557, ledit Cosme étant investi de l'Etat de Siene par Philippe II, Roi d'Espagne, il lui remit la place & le gouvernement entre ses mains : & le revenu de la Seigneurie fut laissé comme auparavant audit Jaques.

1603.
Le Comte de Fuentes se saisit de Plombin pour & au nom de Philippe II, Roi d'Espagne.

Mais depuis en l'an 1603, le dernier Seigneur de Plombin étant decedé à Genes ; non sans soupçon de poison, le Comte de Fuentes, Gouverneur de Milan, envoya quatre cens hommes audit Plombin, qui s'assurerent de la place : Et s'en appropria au nom du Roi d'Espagne, au prejudice de la sœur du defunt, & de

tous ae.

tous ceux de la Maison qui restoient encore en bon nombre.

A quoi il lui fut d'autant plus facile de parvenir, que déja dix ou douze ans auparavant il y avoit quelques mortes-payes Espagnoles qui furent introduites audit Plombin, après le meurtre d'Alexandre Seigneur de Plombin (pere dudit dernier Seigneur de Plombin) par la veuve qui étoit Espagnole de la Maison de Mendoze, sous prétexte de la sureté des mineurs; mais en effet pour étourdir la recherche du meurtre de son mari, dont Philippe II, Roi d'Espagne, la faisoit menacer, ayant déja fait constituer prisonnier son amoureux.

FINAL. 1602.

IV. De l'usurpation du Marquisat de Final, par Philippe II & Philippe III, Rois d'Espagne.

1562. Rebellion de ceux de Final contre leur Seigneur.

L'An 1562. les habitans de Final se rebellerent contre Alexandre Marquis de Final leur Seigneur de la Maison de Carretti, & recurent garnison de la Republique de Gennes, qui fut contrainte néanmoins quelque temps après de l'en retirer, à cause du commandement qui leur en fut fait de la part de l'Empereur, persuadé à ce faire par Philippe II, Roi d'Espagne.

1571. Comme Philippe II, Roi d'Espagne, se rendit maître de la Ville & Château de Final.

L'an 1571 le Duc d'Albuquerque Gouverneur du Duché de Milan fit assieger & prendre par son neveu Bertrand de la Cueva la Ville & Château de Final, avec une armée de douze mil hommes & dix-sept pieces de Canon, pour & au nom dudit Roi Philippe.

Il y mit deux cens Espagnols en garnison, & fut laissé le revenu de l'Etat libre au Marquis, avec offre de la part dudit Roi d'Espagne de lui faire recompense en ses autres Royaumes & Seigneuries s'il lui vouloit ceder ses droits audit Marquisat, à quoi il ne voulut entendre.

Cette occupation se fit au même temps que le Roi d'Espagne feignoit de lever une armée en Italie, pour faire la guerre aux Turcs, & sous prétexte que les François se vouloient saisir dudit Marquisat, & qu'ils en traitoient avec le Marquis, dont le Duché de Milan, & autres Etats d'Italie tenus par les Espagnols eussent pû être troublez.

L'Empereur Maximilian II se sentit fort offensé d'une telle usurpation, combien qu'il fût beau-frere, & cousin germain du Roi d'Espagne, comme étant le Marquisat tenu de lui à foi & hommage, & sous la souveraineté de l'Empire.

1573. Garnison d'Allemans au lieu d'Espagnols à Final.

Tellement que l'an 1573. le Roi Philippe, pour le contenter s'accorda, que les Espagnols sortiroient de Final, & qu'au lieu d'eux il y auroit des Allemans en garnison sous le commandement de Jean Manrique de Lara, confident du Roi Philippe, qui seroient payez à ses dépens, & que le Marquisat se gouverneroit sous le bon plaisir de l'Empereur qui y mettroit un Gouverneur pour l'administration de l'Etat & de la Justice.

Le Marquis de Final exclus de ladite Seigneurie, sous prétexte qu'il favorisoit les François. Philippe II, Roi d'Espagne, fait sous couleur de conscience de retenir le Marquisat de Final sous le Sei-

Ledit Marquis Alexandre étant decedé, lui succeda son frere Scipion Carretti: Mais ledit Roi Philippe ne lui en voulut laisser la jouissance pour la desiance qu'il avoit de lui, de ce que presque toute sa vie il avoit fait sa demeure en France.

Et lui ayant fait offre par plusieurs fois de l'en recompenser, & icelui n'y ayant voulu entendre non plus que ledit Alexandre, il chargea son fils Philippe III, Roi d'Espagne, par son testament fait à Madrid l'an 1594, le 7

gneur proprietaire.

Mars, au cas que de son vivant il ne pût parvenir à un accommodement pour raison dudit Marquisat, de faire informer de ce qu'en Justice il conviendroit faire en cette affaire, soit par voye de recompense, ou en quelque autre forme qu'il se pourroit, & qu'il le fît, & executât en telle maniere que sa conscience & la sienne en fussent entierement & avec effet déchargées.

Philippe III, Roi d'Espagne, met en garnison des Espagnols au Final au lieu des Allemans qui y étoient.

Mais ledit Philippe III y eut peu d'égard, non plus qu'à la restitution du Royaume de Navarre, & de la Jurisdiction temporelle des Eglises d'Espagne vendue par ledit Roi Philippe son pere, qui lui étoit enchargée par le même Testament. Car en l'an 1602, le Comte de Fuentes, Gouverneur de Milan, fit en sorte que la garnison Allemande qui n'étoit que de soixante hommes en forth, à laquelle il fit payer quelques mois de leur solde. Et au lieu desdits Allemans y envoya trois mil hommes pour se saisir de la Place, & y laissa en garnison trois cens Espagnols, avec six pieces de Canon, en permettant le revenu au Marquis, à qui il bailla garde dans un sien Château. Et puis après se saisit de tous les titres & papiers concernans les droits de l'Empereur, audit Marquisat, sauf audit Marquis, & à ceux de la Maison de Carretti, de poursuivre leurs droits en la Cour de l'Empereur Rudolphe II, ainsi qu'ils aviseroient. Ce qu'il fit (à ce qu'il mit en avant) de peur que les François ne s'en rendissent les Maîtres.

MONACO.

V. De l'usurpation de la Ville & Château de Monaco, par Philippe III, Roi d'Espagne.

1604. Comme Philippe III, Roi d'Espagne, s'est rendu maître de la Ville & Château de Monaco.

L'An 1604, Philippe III, Roi d'Espagne, se saisit de la Ville & Château de Monaco (autrement appellé Mourgues par les Provençaux) après que l'on eut fait assassiner le Seigneur du lieu, de la Maison de Grimaldi.

Et le Comte de Fuentes, Gouverneur de Milan, mit en galere un Secretaire dudit Seigneur, qui avoit conservé cette Place contre les conjurez & homicides de son Maître, pour avoir dit aux habitans que s'ils vouloient se maintenir en leur liberté, ils ne devoient laisser entrer le Prince de Valdetaro, qu'avec un ou deux des siens.

CAMBRAY.

VI. De l'usurpation de la Ville Imperiale de Cambray par l'Empereur Charles V, & Philippe II, Roi d'Espagne.

L'An 1543. l'Empereur Charles V étant en guerre avec le Roi François I, persuada à ceux de Cambray par le moyen de leur Evêque (de la Maison de Crouy) qui les vendoit, qu'il étoit averti que ledit Roi François étoit deliberé de se saisir de leur Ville, leur ôter la liberté de neutralité, que de toute ancienneté ils avoient, & l'attribuer à sa Couronne: Et pour empêcher cela, il étoit de necessité de faire édifier une Citadelle, de laquelle ils auroient la garde, pour leur protection. Lesdits Cambresiens ainsi seduits par l'intercession de leurdit Evêque l'accorderent. A cette occasion l'Empereur leur fit diligenter à leurs dépens la construction d'icelle Citadelle, sur une montagne qui commande à la Ville: Et encore qu'elle fût gardée à leurs dépens, les Soldats avoient

avoient néanmoins le ferment à l'Empereur, & commandement à la Ville : de forte, que de liberté il les mit en fervitude.

L'an 1580 cette Citadelle avec la Ville fut délivrée par le Gouverneur au Duc d'Alençon frere du Roi Henri III. qui en donna le gouvernement au Sieur de Balagny, depuis Maréchal de France.

Sur lequel elle fut reprife en l'an 1595, par le Comte de Fuentes, Gouverneur des Païs-Bas, avec l'intelligence des habitans, malcontens du mauvais gouvernement.

Et les Ecclefiaftiques, les Nobles, & le Magistrat de la Ville reconnurent lors Philippe II, Roi d'Espagne, & fes Succeffeurs Rois d'Espagne, pour leurs Seigneurs fouverains, avec pouvoir d'inftituer les Magistrats; A quoi ledit Comte de Fuentes les reçut pour & au nom dudit Roi Philippe, par acte mis par écrit le 22 d'Octobre audit an.

Le Comté de Bourgogne, Brabant, Limbourg, Luxembourg, Gueldres, &c. VII. De l'ufurpation de la Souveraineté du Comté de Bourgogne, & des Duchez de Brabant, Limbourg, Luxembourg, de Gueldres, & autres Seigneuries des Païs-Bas, par l'Empereur Charles V, & fon fils Philippe II, Roi d'Espagne.

LE Comté de Bourgogne, comme auffi les Duchez de Brabant, Limbourg, Luxembourg & Gueldres, & les Comtez de Hainaut, Namur, & autres Seigneuries des Païs-Bas, (qui font part du Royaume de Bourgogne, & du Royaume de Lorraine, tels qu'ils étoient du regne de la Maifon de Charlemagne) font depuis plufieurs centaines d'années de la Souveraineté & Jurifdiction de l'Empire, & tenuës à foi & hommage d'icelui, felon qu'il apparoit des anciens Titres & Hiftoires.

1568. L'Empereur Maximilian II. maintient que les Duchez de Brabant, & Limbourg, Luxembourg, & de Gueldres, & les Comtez de Hainaut & de Namur, & autres Seigneuries des Païs-Bas, font de la Souveraineté & jurifdiction de l'Empire. Et l'Empereur Maximilian II le donna affez à entendre à Philippe II, Roi d'Espagne, par l'Inftruction qu'il bailla à Vienne en Auftriche l'an 1568, le 21 d'Octobre, à fon frere l'Archiduc Charles, pour perfuader audit Roi Philippe d'entendre à la Paix des Païs-bas, parce que par ladite Inftruction il eft expofé que l'Empereur eft Seigneur Souverain defdits Païs, qui relevent tous, ou pour la plûpart, à foi & hommage de l'Empire, & eft obligé de les garder de tous dommages, & les conferver en leurs anciens privileges : Le Roi d'Espagne étant tenu d'y entretenir les Edits & Ordonnances de l'Empire pour la Paix publique, foit touchant la Religion, ou pour le regard des chofes feculieres.

Par quels moyens l'Empereur Charles V a exempté les Provinces des Païs-Bas de la Souveraineté & Jurifdiction de l'Empire. Et neanmoins l'Empereur Charles V, par la Transaction qu'il fit avec les Etats de l'Empire, à Augsbourg, l'an 1548, le 26 de Juin, pour les contributions dudit Empire avec les autres Etats à caufe defdites Seigneuries, mit en avant & fit glifler dans ladite Transaction, qu'il étoit Souverain defdites Seigneuries, & qu'elles n'étoient de la Jurifdiction de l'Empire, ni fujetes aux contributions non plus qu'aux Edits & Mandemens de l'Empereur.

Ce qui fut pareillement foûtenu par ledit Roi Philippe, en la réponfe qu'il fit audit Empereur Maximilian fur ladite Inftruction, par Louis Venegas de Figueroa fon Ambaffadeur extraordinaire, qu'il étoit Souverain entierement defdits Païs-Bas, fans être obligé aux

Loix Imperiales, ou aux Decrets des Dietes, ni que fes Sujets puffent avoir recours à l'Empire, pour le fait de la Religion, ou autrement. Voire il paffa plus outre vingt-fix ans apres; Car par fon teftament fait à Madrid en l'an 1594, & derechef par fon codicile à Saint Laurent en l'an 1597. 1594. 1597.

Union à perpetuité des Provinces des Païs-Bas à la Couronne d'Espagne. Il ordonna que lefdits Païs feroient à perpetuité unis aux Royaumes d'Espagne, fans en pouvoir être alienez, ni divifez en tout, ou partie, fous quelque titre ou pour quelconque caufe que ce fût, excepté s'ils étoient donnez en dot à fa fille Ifabelle-Claire-Eugenie, en faveur de fon mariage avec l'Archiduc Albert fon coufin.

Auquel cas il veut que ce foit fous conditions, entre autres,

Que lefdits Païs feront reconnus à foi & hommage de la Couronne de Caftille.

Que les fils ou filles heritiers defdits Païs ne pourront fe marier, fans le confentement du Roi d'Espagne.

Que celle qui fera Princeffe & Dame defdits Païs, fe mariera avec le Roi d'Espagne, ou avec fon fils aîné, finon avec telle perfonne qui fera agreable au Roi d'Espagne.

Que les Royaumes d'Espagne, & lefdits Païs, feront alliez & confederez perpetuellement, & feront amis d'amis, & ennemis d'ennemis.

Et que és Citadelles d'Anvers, de Gand, & de Cambray, & autres Villes, & Places fortes du païs, le Roi d'Espagne y mettra telles garnifons qu'il lui plaira, qui feront payées des deniers d'Espagne. Et que les Gouverneurs, lors qu'ils prendront poffeffion de leurs charges, feront le ferment de fidelité autant au Roi d'Espagne, qu'aux Princes & Princeffes defdits Païs.

1598. Ceffion & transport des Païs-Bas à Ifabelle-Claire-Eugenie Infante d'Espagne. Ce qui fut reiteré en la ceffion & transport de ce païs faite à ladite Ifabelle, à Madrid l'an 1598, le 6 Mai. A laquelle plufieurs autres articles, & conditions furent ajoûtées.

Constance. VIII. De l'ufurpation de la Ville Imperiale de Conftance.

L'An 1548, l'Empereur Charles-Quint ayant fait un Edit, par lequel il voulut obliger ceux de la Confeffion d'Augsbourg à un accommodement pour la Religion : fur le refus que firent ceux de Conftance, Ville Imperiale, d'y obeïr, il fit une entreprife pour la furprendre. 1548. Cette entreprife ne lui ayant pas réuffi, il les mit au ban de l'Empire; ce qui les fit enfin refoudre de recevoir l'Edit, & de reconnoître à perpetuité les Princes de la Maifon d'Autriche, pour leurs Seigneurs, ce qu'ils ont toûjours fait depuis.

IX. De l'ufurpation du Duché de Wirtemberg par l'Empereur Ferdinand I. Wirtemberg.

L'An 1519, Ulric Duc de Wirtemberg fut chaffé de fon Duché par ceux de la Ligue & Confederation de Suève, à caufe qu'il avoit occupé la Ville Imperiale de Reufflinguen, qui étoit de cette Ligue. 1519.

Ledit Duc fut depuis mis entre les mains de l'Empereur Charles V, par ceux de ladite Ligue, moyennant qu'il fe chargeât d'acquitter les dettes du païs. Il en invefit fon frere Ferdinand Roi des Romains, qui en eut la joüiffance jusques en l'an 1534, que Philippe Landgrave de Heffe reprit ledit Duché par armes, aidé de la fomme de fix-vingts-mil écus 1534.

pour

pour ce faire par le Roi François I, auquel ledit Ulric engagea pour fureté le Comté de Montbeliart.

Mais la même année Jean Frideric Electeur de Saxe (celui qui fut depuis privé de la dignité Electorale) perfuadé par l'Archevêque de Mayence, & George Duc de Saxe, & ayant obtenu à Cadan Ville de Boheme, ce qu'il defiroit dudit Roi Ferdinand, foit pour la poffeffion des biens Ecclefiaftiques, ou pour la fucceffion des Etats de Juliers & autrement, fit un accord avec ledit Ferdinand, comme en ayant pouvoir dudit Ulric.

Que Ulric & fes hoirs mâles, reconnoitroient ledit Duché à foi & hommage dudit Ferdinand, comme Archiduc d'Autriche.

Et qu'avenant que la famille de Wirtemberg vint à faillir, & qu'il n'y reftât plus aucuns hoirs mâles, qu'alors ledit Duché appartiendroit à celui qui feroit Archiduc d'Autriche.

Ce que ledit Ulric ratifia depuis en l'an 1535, encore qu'il lui fût bien à contre-cœur, de Vaffal immediat qu'il étoit de l'Empire, d'être contraint dorefnavant d'en relever mediatement, & en arriere-fief.

1547; Quelques années après, le même Ulric entra en la Ligue de Smalcalde contre ledit Empereur : mais il le contraignit par armes de lui demander pardon en l'an 1547. Et fut derechef ratifié l'accord que deffus de l'an 1534, touchant la mouvance & reverfion du Duché de Wirtemberg, avec promeffe de n'entrer en aucune alliance contre les Princes de la Maifon d'Autriche

Ce qui a donné fujet aux Archiducs d'Autriche defcendus dudit Ferdinand, de s'intituler depuis ce temps Ducs de Wirtemberg, pour l'efperance qu'ils ont de fucceder quelque jour audit Duché.

1528. L'Empereur Charles V fe faifit en l'an 1538, 1536. après le decès du Duc Charles, de la Maifon d'Egmont, qu'il contraignit par le Traité de Gorichom en l'an 1528, & celui de Grave en l'an 1536, de reconnoître fon Duché à foi & hommage du Duché de Brabant, & du Comté de Hollande. Et encore avec promeffe de confentir, que s'il decedoit fans defcendans mâles legitimes, ledit Duché reviendroit audit Empereur, & à fes fucceffeurs Ducs de Brabant, & Comtes de Hollande.

Le Comté de Wirtemberg érigé en Du- ché. Ladite inveftiture du Duché de Wirtemberg, fut faite par ledit Empereur Charles, contre la teneur des Lettres d'érection du Duché de Wirtemberg, par fon ayeul l'Empereur Maximilian I, données à Vormes l'an 1495. 1495, par lesquelles il eft ordonné, que s'il n'y a plus aucuns mâles de la Maifon de Wirtemberg, ledit Duché fera réüni au Domaine de l'Empire.

1519. Et encore contre la promeffe qu'il fit en l'an 1519, (ainfi qu'il a déja été remarqué ci-deffus) de n'infeoder à aucuns les Duchez & grandes Seigneuries de l'Empire qui feroient vacans, ains de les reünir au Domaine de l'Empire.

X. Que l'Empereur Ferdinand II a privé le Duc de Wirtemberg d'une grande partie de fes Terres & Seigneuries, principalement en haine du Roi.

Le Duc de Wirtemberg privé de fes Etats par l'Empereur. L'An 1636, l'Empereur Ferdinand II, ayant demandé avis à l'Electeur de Baviere, & aufli aux Electeurs de Mayence & de Cologne, comme il en devoit ufer envers les Princes, & Etats de l'Empire, qu'il auroit exclus de fa grace & pardon, par le Traité de Prague avec l'Electeur de Saxe : Ils lui ont fait réponfe, que d'autant nommément que le Duc de Wirtemberg s'eft confaderé & allié avec le Roi, & a été caufe de lui délivrer & mettre en main la Fortereffe de Philipsbourg, & Montbelliart, il le devoit priver de tous fes Etats & Seigneuries.

Conditions fous lesquelles le Duc de Wirtemberg a été rétabli en fes Etats par l'Empereur. Et fut cela le même Empereur, par fa refolution à Ratisbonne audit an le 9 Decembre, feignant d'ufer d'une grande clemence & miféricorde envers ce pauvre Duc, a déclaré vouloir le rétablir fous ces conditions.

I.

Que les Ecclefiaftiques feront confervez en la poffeffion des Monafteres, & autres biens Ecclefiaftiques, qu'il a ôtez audit Duc, & dont ce Duc & predeceffeurs jouiffoient auparavant depuis plufieurs années; laquelle rigueur neanmoins il n'a exercé envers l'Electeur de Saxe, & autres Princes Proteftans, pour le regard des biens Ecclefiaftiques, qu'ils ont ufurpez en leurs territoires, depuis le Traité de Paffaw en l'an 1552, efquels ils font néanmoins encore maintenus quarante ans durant, pour ne s'être liez avec la France, ainfi que ledit Duc.

II.

Que la Fortereffe de Hoentwillier demeurera audit Empereur, & à la Maifon d'Autriche.

III.

Et pareillement aux maifons Hoenftauffen, Achlen, Gueppinguen avec leurs appartenances.

IV.

Qu'il fera à la libre difpofition dudit Empereur d'ordonner de la Seigneurie de Heidenheim, que depuis il a donnée audit Electeur de Baviere.

V.

Que le Bailliage de Oberkirch retournera à l'Evêché de Strasbourg, tenu par l'Archiduc Leopold fecond fils dudit Empereur.

VI.

Que les inveftitures faites par ledit Empereur de plufieurs Fiefs dudit Duché à des particuliers, & confifquez fur d'autres, auront leur plein & entier effet.

VII.

VII.

Et que les Offices & Charges données par le même Empereur à diverses personnes leur demeureront.

Qui est en effet affoiblir ledit Duc du tiers de son Duché, & en ce qui lui reste, lui laisser un grand nombre de Vassaux & Officiers qui ne seront plus ses Sujets, ains ses ennemis, & dépendans & obligez de leur fortune à la Maison d'Autriche.

Infractions faites par les Espagnols & Maison d'Autriche; des Traitez faits entre eux, la France, & ses Alliez.

I.

Exemples François. 1482. FRANCE.

EN l'an 1482, sur le different de la tutelle ou gardenoble de l'Archiduc Philippe, fils unique & heritier de Marie Duchesse de Bourgogne, fut fait un Traité de Paix entre l'Empereur Maximilian, & le Roi Louis XI, où fut arrêté que l'enfant demeureroit en la garde de quelques Princes & Etats des Païs-Bas, sans que ni ledit Maximilian, ni ledit Roi Louis s'en mêlassent aucunement : Mais tôt après Maximilian entra dans le païs à main armée, & usurpa ladite tutelle contre sa parole, foi & signature.

II.

1493. ROUSSILLON.

L'an 1493, Charles VIII, resolu de recouvrer le Royaume de Naples qui lui appartenoit, usurpé par la Maison d'Arragon sur celle d'Anjou, estima bon de faire, que Ferdinand Roi d'Espagne ne lui fût contraire, le pouvant traverser du côté d'Arragon, de Castille & Sicile : pour cet effet il lui rendit les Comtez de Roussillon & de Cerdagne sans aucune recompense, encore qu'ils lui fussent engagez pour trois cens mil écus, & qu'ils servissent de rempart à la France du côté d'Espagne; moyennant ce, Ferdinand s'obligea par serment par le Traité fait à Barcelone en Janvier de ladite année 1493, d'être ennemi des ennemis du Roi Charles, & par consequent de ne l'empêcher au recouvrement de Naples, & de ne marier ses enfans avec ceux du Roi des Romains, ou du Roi d'Angleterre. Mais il n'eut pas si tôt pris possession de ces Comtez qu'il contrevint à sa promesse, sollicita le Pape contre le Roi, donna secours aux Arragonnois qui tenoient le Royaume de Naples, traita une Ligue entre le Pape, le Roi des Romains, lui, la Seigneurie de Venise, & le Duc de Milan, dont étoit composée l'armée, qui combattit à la bataille de Fornoüe pour chasser les François d'Italie, & ensuite maria ses filles aux fils du Roi des Romains, & d'Angleterre, ennemis du Roi : & ajoûte Philippe de Commines ces mots, *Grand tort eurent Rois & Reines d'Espagne, de s'être ainsi parjurez envers le Roi après cette grande bonté qu'il leur avoit faite de leur rendre les païs de Roussillon.*

III.

1496.

Le troisiéme exemple de Traitez rompus, & foi violée, est d'environ l'an 1496, quand le Roi d'Espagne envoya traiter de paix & d'alliance avec la France, par l'entremise de son gendre le Prince Philippe d'Autriche, lequel il desavoüa aussi-tôt après, sous couleur que sondit gendre avoit excedé sa commission, bien qu'accompagnée de la clause ordinaire & promesse de ratifier & avoir agreable tout ce qu'il feroit & concluroit en ce Traité.

FRANCE.

IV.

Le Traité de Cambresis de l'an 1559, & autres subsequens, même celui du mariage du Roi Philippe II avec Madame Elizabeth de France, & l'entrevuë amiable de Bayonne, ensemble la conformité de Religion, n'ont point empêché les Espagnols de débaucher les Suisses & les Grisons de l'amitié de la France, & pendant la Ligue pratiqué des levées audit païs, envoyé en France des armées entieres, & fait tous leurs efforts pour en dépposseder les vrais & legitimes heritiers, & faire élire l'Infante des Païs-Bas; outre leurs prétentions & entreprises sur la Bretagne, voire sur le Royaume entier.

1559. FRANCE.

V.

Quant à celui de Vervins de l'an 1598, chacun sait que peu après Don Balthazar de Zuniga Ambassadeur d'Espagne résidant en France, prit intelligence avec Merargues par un sien Secretaire Flamand nommé Bruneau, pour faire mettre entre les mains du Roi d'Espagne la Ville de Marseille; à l'occasion dequoi ledit Merargues fut par Arrêt de la Cour condamné & executé à Paris. Depuis la mort du Roi Henri IV, voire depuis le double mariage avec l'Espagne, les Espagnols ont entrepris diverses fois sur les frontieres de Navarre, & de fois à autre recommencé la construction d'un Fort sur les terres de France, non loin de Gravelines, lequel ils ont fait depuis la guerre; ce qui oblige de demander au Traité de la Paix qu'il soit ruiné.

1598. FRANCE.

VI.

Le Roi & la Reine Regente s'etans entremis d'accommoder le different survenu à Aix la Chapelle en l'an 1611, conjointement avec les Ambassadeurs des Archiducs de Brabant; le feu Sieur de la Vieuville n'en fut pas plûtôt parti, que par l'industrie des Espagnols le Traité fut rompu, les habitans mal-traitez & la Ville surprise par le Marquis Spinola, & celle de Wezel six jours après.

1611. FRANCE & AIX LA CHAPELLE.

VII.

On se peut aussi souvenir comme en 1614, les Espagnols ayant conjuré le Roi d'envoyer ses Ambassadeurs à Xanten, païs de Cleves, pour conjointement avec leurs Députez, terminer les differens entre les Princes possedans, Brandebourg & Neubourg, ils convinrent d'un Traité d'accommodement qui fut signé des deux Parties, mais aussi-tôt rompu, sur & à l'occasion d'un des articles par pure chicanerie, afin qu'à la faveur de ce discord, ils pussent & garder & fortifier Wezel, & empieter le surplus de ces Provinces-là comme ils ont fait, & tiennent les Places principales au grand prejudice desdits Princes, & autres amis, & alliez de cette Couronne.

1614. FRANCE & BRANDEBOURG & NEUBOURG.

VIII.

VIII.

1617.
FRANCE &
VENISE.

En l'an 1617, après une longue guerre entre l'Archiduc Ferdinand depuis Empereur, & la Seigneurie de Venise, fut projetté un Traité d'accord en Espagne, & conclu à Paris audit an 1617, au prejudice duquel les Uscoques, ennemis jurez des Venitiens, ont été cheris & favorisés tant à Gratz qu'à Vienne, pour continuer à molester & inquieter les Navires & Sujets de la Republique, dequoi ils ont fait assez de plaintes sans aucun fruit.

IX.

1620.
FRANCE &
ALLEMA-
GNE.

Le Traité d'Ulme fut fait & signé en presence & par l'entremise de Messieurs d'Angoulême, de Bethune, & de Château-Neuf, Ambassadeurs extraordinaires du Roi en l'an 1620, entre les Chefs de la Ligue Catholique, & de l'Union Protestante d'Allemagne. Par l'un des articles il étoit dit, que de part & d'autre les armées seroient licenciées, & que les uns n'entreprendroient rien sur les autres dans l'Empire, même dans le Palatinat & autres païs patrimoniaux de l'Electeur Palatin, gendre du Roi d'Angleterre. Aussi-tôt après l'Electeur de Mayence, à la priere des Espagnols, donna passage libre à l'armée de Spinola, pour occuper le bas Palatinat; Et en même temps le Duc de Baviere, qui avoit signé & juré ledit Traité, se rendit maître du haut Palatinat, qu'il tient encore avec quelques Places principales dudit bas Palatinat, que ledit Spinola, contraint de ramener ses troupes au Pais-Bas, n'avoit eu loisir de prendre; ayant au reste pillé & volé tous les riches meubles dudit Electeur Palatin son cousin, de mêmes nom & armes.

X.

1621.
FRANCE &
GRISONS.

La memoire est fraîche du Traité de Madrid fait en Avril 1621, par l'entremise de Monsieur de Bassompierre, signé & ratifié par les deux Rois de France & d'Espagne, pour la restitution de la Valteline en son premier état : remis quand ce vint à l'execution, le Gouverneur de Milan y apporta tant de difficultez, & tergiversations, y ayant fait à main armée construire cinq ou six Forts, que le Roi s'est vû moqué, & enfin contraint d'y employer la force ouverte sous la conduite de Monsieur le Marquis de Cœuvres.

XI.

1626.
FRANCE &
GRISONS.

1629.

1633
1634.

Par le Traité de Mouçon, fait l'an 1626, entre la France & l'Espagne, il fut convenu que les affaires des Grisons & de la Valteline seroient remises comme elles étoient auparavant l'année 1617, & que tous Traitez faits du depuis, par lesquels la Maison d'Autriche & l'Espagne se reservoient les passages, seroient revoquez & nuls, & que lesdits Grisons jouïroient de tous droits de Souveraineté sur la Valteline, & Comtez de Chiavenne, & Bormio : & neanmoins au prejudice dudit Traité de Mouçon, les armes de l'Empereur, appellées par l' spagnol en 1629, ont passé par force, & saisi lesdits passages des Grisons & Valtelins pour aller opprimer le Duc de Mantouë, & autres Princes d'Italie alliez de la France. Et les années 1633 & 1634, le Duc de Feria & le Cardinal Infant ont encore passé par force dans ledit païs de la Valteline & de Bormio pour aller en Allemagne contre les Al-

TOM I.

liez du Roi, sous pretexte de secourir l'Empereur; & jusques à present lesdits Grisons ne jouïssent de leurs droits anciens sur leurs Sujets Valtelins, qui ont été détournez par l'Espagnol de l'obeïssance qu'ils doivent à leurs Souverains, & ne payent pas les cens de vingt-cinq mil écus qu'ils devoient payer par ledit Traité, en recompense de la Jurisdiction civile & criminelle qui leur est demeurée.

En quoi est à noter que les Grisons protegez par le Roi, satisfont de leur part à tout ce à quoi ils sont obligez par ledit Traité; & que les Valtelins, portez & soûtenus par le Roi d'Espagne, n'accomplissent aucune chose de ce à quoi ils sont tenus.

XII.

1628,
FRANCE.

Par le Traité fait au Camp devant la Rochelle en 1628, entre Monsieur le Cardinal & Monsieur le Maréchal de Schomberg pour le Roi; Et entre le Marquis de Mirabel & Don Ramirez de Prado pour le Roi d'Espagne : Il fut arrêté que les differens entre Savoye & Gennes seroient terminez à l'amiable par l'avis & entremise des deux Couronnes : & neanmoins contre ledit Traité, le Roi d'Espagne a induit le Duc de Savoye & la Republique de Gennes à mettre entierement leurs differens à son seul jugement; ce qu'il a executé du depuis, pour frustrer le Roi du gré & obligation que les deux Parties lui eussent pû avoir.

XIII.

1629.
FRANCE &
MANTOUE.

Après le Traité de Suze fait en 1629, entre la France d'une part, & le Duc de Savoye se faisant fort pour le Gouverneur de Milan, & le Roi d'Espagne d'autre, pour l'entretien de la Paix d'Italie, & conservation des Etats du Duc de Mantouë : lequel Traité fut après ratifié par le Roi Catholique, au même jour qu'il signa celui qu'il fit avec Monsieur de Rohan, pour former un parti des Huguenots en France, semblable à celui des Hollandois & Provinces unies. Les armées de l'Empereur & celles d'Espagne, attaquerent derechef, & envahirent les Etats dudit Duc de Mantouë & de Venise, sans épargner mêmes les terres de l'Eglise, de Parme, & autres Princes.

Infractions faites par les Espagnols & Maison d'Autriche des Traitez faits entre eux, & plusieurs Princes d'Italie, Allemagne, & autres.

I.

Exemples
Etrangers.
1547.
HESSE &
SAXE.

LA fourbe des Ministres de l'Empereur Charles Quint fut signalée en l'équivoque de ces deux mots Allemands de *Enig*, & *Evig*, quand ils tromperent le pauvre Landgrave Philippe de Hesse, qui étoit venu sous bonne foi, faire la reverence & sa soumission audit Empereur après sa capitulation, laquelle portoit qu'il ne seroit nullement detenu prisonnier; au lieu dequoi faisant changer la lettre N en celle de V, ils lui firent croire qu'il étoit dit, que sa prison seroit non perpetuelle, ainsi au plaisir de l'Empereur, & de fait le garderent jusques à ce que l'Electeur Maurice son gendre le fit mettre en liberté par la force, puisque la priere & l'intercession n'y avoient de rien servi.

C   II. L'His-

II.

1574.
1576.
1579.
HOLLAN-
DOIS &
FLAMANS.

L'Histoire du Païs-Bas marque un grand nombre de Traitez, Capitulations & Accords, tant generaux que particuliers, des Espagnols avec ceux des Provinces Unies, qui n'ont été qu'autant de pieges pour les surprendre : comme celui de l'an 1574, en la Ville de Breda, celui de 1576, en celle de Gand; & la notable Conference de l'an 1579, à Cologne, & autres devant & après; ayant au reste trompé, non seulement ceux qu'ils tiennent pour ennemis & rebelles, mais aussi les Provinces entieres, qui se reconcilioient avec eux. Car bien qu'en la Pacification de Gand, ils eussent promis & juré solemnellement à ceux d'Artois & de Hainaut, de ne plus leur donner de Gouverneurs ni Garnisons Espagnoles ; Ils y contrevinrent bientôt après par la doctrine de leurs Theologiens & Jurisconsultes, & entre autres de Baltazar Ayala, soûtenant que les pactions entre un Prince & ses Sujets, tels qu'ils pretendent être les Flamans, ne sont obligatoires, ains peuvent être revoquées à son plaisir, & ainsi se joüer de son serment, de son seau & de sa signature. Ceux

1590.
ARAGON-
NOIS, GRE-
NADINS,
AMERI-
CAINS, IN-
DIENS.

d'Arragon en l'an 1590, & les Grenadins vingt ans auparavant, ont aussi éprouvé la bonne foi des Castillans, & encore davantage les habitans de l'Amerique & des Indes Orientales, & par tout où ils ont pû mettre le pied, ainsi que leurs propres Evêques & Historiens l'ont publié, par leurs Ecrits.

III.

SAVOYE.

Le feu Duc de Savoye Charles Emanuel se plaignoit continuellement, non seulement de l'inobservation des articles de son Traité de mariage avec la feuë Infante sa femme, fait en l'an

1579.

1579. Mais aussi de celui d'Ast, par l'intervention du nom, faveur & autorité du Roi en

1615.

l'an 1615, & depuis confirmé en 1617, lors

1617.

de l'accord de l'Archiduc Ferdinand avec la Republique de Venise. Il se plaignoit aussi de mille traverses que lui donnoient les Espagnols, bien qu'il fût beau-pere du feu Roi Philippe III, & oncle de Philippe IV, à present regnant.

IV.

1583.
ANGLE-
TERRE.

En pleine paix, entre l'Espagne & l'Angleterre, Bernardin de Mendoza Ambassadeur du Roi d'Espagne residant en Angleterre, après avoir conspiré avec quelques Grands malcontens contre la personne & l'Etat de la feuë Reine Elizabeth, elle sans s'en prendre à lui en fit plainte par un Gentil-homme envoyé exprès en Espagne, lequel en six semaines entieres n'eut ni audience ni justice aucune, laquelle elle-même disoit pouvoir prendre, si elle eût voulu, dudit Ambassadeur, pour avoir fait chose qui le rendoit son justiciable, selon le droit d'Angleterre & celui des Gens.

V.

ANGLE-
TERRE.

Philippe II, Roi d'Espagne, fit équiper cette grande Flotte, que les Espagnols appelloient l'Invincible, pour conquerir le Royaume d'An-

1588.

gleterre en l'an 1588, au prejudice des Traitez de Paix avec ledit Royaume, & sans apparence d'aucun droit. Et si cette Armée Navale n'eût été défaite par les vents & par la tempête, le bon Roi Catholique eût apparemment conquis l'Angleterre, sans avoir égard aux Traitez de Paix, ni avoir premierement denoncé la guerre. Ce même Roi a fait diverses entreprises sur le Royaume d'Irlande, où de tout temps l'Espagne a fomenté la rebellion.

VI.

ANGLE-
TERRE.
1604.

Les Anglois font diverses plaintes des contraventions faites par les Espagnols au prejudice du grand Traité de Paix de l'an 1604, pour avoir été befflez par eux & par ceux d'Autriche en plusieurs Traitez, Legations, & Conferences pour le fait du Palatinat, & sur tout en la promesse solemnelle faite par l'Empereur au Chevalier Woton l'an 1620, au Comte de Carlisle

1620.
1621.

1621, que l'affaire s'accommoderoit à l'amiable, & au contentement du Roi de la Grand' Bretagne, & depuis encore au Baron d'Igby par une trêve ou cessation d'armes au Palatinat, faite & signée à Bruxelles, en vertu de laquelle ledit Roi fit retirer ses gens de guerre dudit Palatinat. Cependant, après que les Espagnols eurent obtenu leurs fins, qui n'aboutissoient qu'à gagner temps, bien qu'il fût dit par le Traité

1622.

fait à Bruxelles 1622, que la Ville de Frankendal seroit mise entre les mains de l'Infante en dépôt, pour la rendre en même état aux Anglois deux ans après, à savoir en Octobre

1624.

1624, quelques sollicitations & sommations qu'on ait pû faire de la part dudit Roi de la Grand' Bretagne, pour obtenir ladite restitution, elles ont été sans effet, l'affaire ayant été remise à l'Empereur, & de lui au Roi d'Espagne.

On peut encore mettre au nombre des Infractions, les artifices par lesquels le Comte d'Olivarés annusa & abusa le feu Roi, & le Prince de Galles, maintenant Roi regnant, en la negociation du mariage dudit Prince avec l'Infante d'Espagne, seulement à dessein pour avoir temps de subjuguer l'Allemagne, ainsi qu'il paroit par la Lettre du Roi d'Espagne au Comte d'Olivarés son favori, presentée au dernier Parlement d'Angleterre par le Duc de Buckingham, de laquelle voici les propres mots : ,, Le ,, Roi mon pere declara à sa mort que ce n'é- ,, toit son intention de marier ma sœur l'Infan- ,, te Donna Maria avec le Prince de Galles, ,, comme vôtre oncle Don Balthazar qui y assis- ,, ta l'ouït fort bien, même il traitoit ce ma- ,, riage en Angleterre toûjours à dessein de di- ,, layer : neanmoins on en est venu assez avant. ,, Mais considerant le peu d'inclination, voire ,, l'aversion de madite sœur à ce mariage, il est ,, temps de chercher quelques moyens d'en di- ,, vertir le Traité, dequoi je me remets à vô- ,, tre industrie, vous promettant d'approuver ,, ce que vous en ferez : Mais sur tout tâchez ,, de donner autre satisfaction au Roi de la ,, Grand' Bretagne, qui a bien merité de moi, ,, & cela me contentera, pourvû que ce ne ,, soit pas au fait dudit mariage.

VII.

HOLLAN-
DOIS.
1609.

Quant aux Etats des Provinces Unies, outre les raisons qui les ont muës à secoüer le joug du Roi d'Espagne, dont le principal est la contravention au serment de la joyeuse entrée, comme ils appellent, par lequel en ce cas il se declare lui-même déchcû de son droit & titre de Prince Souverain des Païs-Bas, ils firent & jurerent par l'intervention du nom & autorité des deux Rois, de France & d'Angleterre, une trêve pour douze ans en l'année 1609, au bout desquels ils firent voir à sa Majesté par leurs De-

pu-

putez, un gros cahier, contenant plus de cent contraventions à ladite Treve par les Espagnols, tant par mer, que par terre, qui montoient à quelques millions, dont ils disoient avoir demandé plusieurs fois en Espagne & à Bruxelles, raison & remboursement, sans pouvoir en tirer aucune satisfaction, ce qui causa la reprise des armes.

VIII.

SAVOYE. 1617.

Au Traité de Verceil en 1617, les Espagnols avoient promis qu'à la première semonce, Verceil seroit remis entre les mains du Duc de Savoye : Mais ce ne furent que delais, remises, & tergiversations l'espace d'un an entier, & jusques à ce qu'ils furent menacez qu'on y renvoyeroit Monsieur de Lesdiguières.

IX.

URSINS. 1618.

L'an 1618 les Espagnols voulans debaucher la Maison des Ursins de l'ancienne amitié & de l'attachement qu'ils avoient eu avec la France, firent épouser au Duc de Bracciano, aîné de cette famille, l'heritiere de Piombino, avec promesse de lui laisser la libre possession, & jouïssance de ladite Ville & de tous ses droits : Mais le Cardinal des Ursins n'eut pas plûtôt quité la comprotection de la France, qu'ils se moquerent de lui, & de son frere, conservans comme ils font encore garnison Espagnole dans Piombino, quelque instance qu'on ait pû faire pour obtenir l'execution de leur parole.

X.

TURCS. 1615.

La Trève de vingt ans fut faite & jurée entre l'Empereur & le Grand Seigneur en 1615, nonobstant laquelle les Imperialistes ont plusieurs fois contrevenu, jusques-là qu'ayant ainsi surpris une place en Hongrie, le Bacha de Bude retint en cette consideration le Sieur Curts Ambassadeur de l'Empereur revenant de Constantinople, & fit plusieurs courses sur les païs de l'Empereur.

XI.

BETLEEM GABOR.

1620.
1622.

Les Etats de Hongrie étant disposez à donner la Couronne de Hongrie à Betleem-Gabor : pour empêcher qu'il ne l'acceptât, l'Empereur fit un Traité de trêve avec lui en 1620, & depuis, un Traité de Paix en 1622, par lequel l'Empereur lui accorde une pension de cinquante mille florins par an, avec deux Principautez en Silesie; cependant il n'a jamais sû obtenir l'accomplissement dudit Traité.

XII.

BOHEMIENS & HON-GROIS. 1622.

On ne doit pas omettre ce qui s'est passé en 1622, és affaires de la Hongrie, & de la Boheme, où ceux de la Maison d'Autriche firent jetter au feu tous les Traitez anciens, & modernes, trouvez au Tresor des Chartes à Prague, concernans la liberté, & les privileges de la Couronne de Boheme, fur tout au fait d'une élection libre, afin de rendre ledit Royaume hereditaire à leur Maison. Ce dont il y a de grandes plaintes publiées en diverses Langues par plusieurs Ecrivains.

Il y a encore d'autres exemples d'infractions & contraventions de la Maison d'Autriche, & des Espagnols, tant contre la France, qu'autres Princes Étrangers, que l'on peut recueillir par les Histoires anciennes, & modernes.

TOM. I.

Exemples par Histoires & par Traitez, que divers Princes, & les Espagnols entre autres, ont retenu quelquefois partie de leurs conquêtes en faisant la Paix : Et d'autrefois n'ont pas même voulu qu'on parlât aux Traitez qu'ils faisoient, de ce qu'ils s'étoient reservez par les precedens.

SAint Louis, par le Traité qu'il fit à Paris l'an 1258, avec le Roi Henri III d'Angleterre, retint le Duché de Normandie, les Comtez d'Anjou, de Touraine, du Maine, & le Poitou qui avoient été conquis par le Roi Philippe Auguste son ayeul, sur le Roi Jean, sans terre, pere dudit Henri, & lui laissa le Limosin, le Perigord, le Quercy, l'Agenois, Bordeaux, & Bayonne, sauf le droit de feodalité sur ces païs.

Ferdinand Roi d'Arragon, l'Empereur Charles V, & Philippe II, Roi d'Espagne, par les Traitez faits avec les Rois Louis XII, François I, Henri II, & Henri le Grand, se sont conservez en la possession des Royaumes de Naples, d'Arragon, & Navarre, du Duché de Milan, & autres Seigneuries d'Italie, & des Païs-Bas, sans aucune restitution, ni recompense.

Par le Traité de Château en Cambresis l'an 1559, il fut stipulé que les Villes de Turin, Quiers, Pignerol, Chivas, & Villeneuve d'Ast avec leurs dependances, demeureroient au Roi Henri II, jusques à ce que les differens sur les droits par lui pretendus sur le Comté de Nice, de Cosny, Savillan, Fossan, & autres Seigneuries, fussent decidez par Deputez de part & d'autre, ou par Arbitres choisis d'un commun accord & consentement.

Le Roi Henri II, ayant conquis Calais sur Marie Reine d'Angleterre, qui s'étoit declarée son ennemie. Depuis ledit Roi Henri fit un Traité de Paix avec la Reine Elizabeth au Château en Cambresis l'an 1559, par lequel il fut convenu que Calais demeureroit durant le terme de huit ans en la possession dudit Roi Henri, & des Rois ses successeurs, pour le rendre ledit temps fini & expiré, à la charge qu'elle n'entreprendroit par armes contre le Royaume de France : Et comme elle y eut contrevenu, ayant assisté d'hommes & d'argent les Huguenots, rebelles à leur Roi, qui lui livrerent le Havre de Grace, qu'elle ne voulut rendre après la sommation qui lui en fut faite de la part du Roi Charles IX; cela fut cause qu'ayant redemandé cette place en l'an 1567, on lui refusa de ce faire : De sorte qu'elle est demeurée à la France, sans que les Rois d'Angleterre en ayent plus fait aucune instance.

Gustave I, Roi de Suede, s'est reservé la possession de la Livonie, & d'une partie de la Prusse, par deux Traitez de trêves faits par l'entremise du Roi avec Sigismond III, Roi de Pologne.

Et auparavant l'Ingrie, & la Carélie, par le Traité de Paix avec Michel Federowits Grand Duc de Moscovie.

Etienne Battory Roi de Pologne, & ledit Sigismond III, se sont maintenus en une bonne partie des Provinces des Grands Ducs de Moscovie, par plusieurs Traitez de Paix.

POLOGNE.

L'Empereur Charles Quint par les Traitez de Madrid, Cambray, & Crespy, és années 1526, 1529, & 1544, contraignit le Roi François I de renoncer à plusieurs Royaumes, Seigneuries

C 2 &

& droits que ledit Empereur & Ferdinand Roi d'Arragon (son ayeul maternel) avoient usurpez sur le Roi Louïs XII, & ledit Roi François.

Pour conserver ces usurpations, par son instruction à son fils Philippe II, Roi d'Espagne, à Augsbourg l'an 1548, touchant le gouvernement de ses Royaumes, & Etats après son decès : il lui conseille qu'il persiste à ce que les renonciations par lesdits Traitez aux Royaumes de Naples & de Sicile, aux Etats de Flandres, d'Artois, & de Tournay, & autres, demeurent à toûjours, & expressément en leur force & vigueur, & qu'en nulle maniere il n'aille à l'encontre; pource, dit-il, que le tout a été acquis par lui à bon droit & juste raison : & que si autrement il en quitte quelque chose, c'est prendre le chemin de revoquer le tout en doute, & se mettre au hazard de perdre le reste.

1554. Et par son Testament à Bruxelles l'an 1554, il le charge de n'aliener aucun de ses Royaumes, Etats & Seigneuries.

Ce que ce fils a ponctuellement executé : car par le Traité de Paix au Château en Cambresis l'an 1559, il obligea le Roi Henri II, d'approuver lesdits Traitez, pour demeurer en telle force & vigueur qu'ils étoient auparavant les guerres commencées l'an 1551.

1559.

1598. Et à la Conference pour la Paix à Vervins l'an 1598, le Président Richardot proposa de
La Relation de la Conference pour la Paix à Vervins, par les Sieurs de Belliévre & de Sillery.
la part du même Roi Philippe, qu'il ne consentiroit à la restitution de Calais & autres Places qu'il avoit occupées en France, si premierement le Roi Henri le Grand ne declaroit vouloir renouveller ledit Traité de Château en Cambresis, aux mêmes conditions qui y sont contenuës.

De fait le Traité de Paix audit Vervins porte, qu'il est conclu & resolu conformément, & en approbation des articles contenus au Traité de Château en Cambresis, lequel Traité les Deputez desdits Rois suivant leurs pouvoirs confirment de nouveau & approuvent en tous ses points, & sans innover aucune chose en icelui, ni és autres precedens qui tous demeurent en leur entier.

Eclaircissement des Droits que Charles Quint pretendit ceder au Roi François I, & ses successeurs, par les Traitez de Madrid, Cambray, & Crespy, sur les Villes & Forteresses qui sont sur la riviere de Somme, d'un côté & d'autre, sur le Comté de Ponthieu, sur les Châtellenies de Peronne, Roye, & Mondidier, & sur le Comté de Boulogne, & de Guines.

PAr le Traité d'Arras de l'an 1435, le Roi Charles VII transporta au Duc de Bourgogne pour lui, ses hoirs & ayans cause à toûjours, toutes les Villes, Forteresses, Terres & Seigneuries appartenant à la Couronne de France, sur la riviere de Somme d'un côté & d'autre, comme Saint Quentin, Corbie, Amiens, Abbeville & autres, lequel transport se fait par le Roi au rachat de quatre cens mil écus d'or.

Cette somme de quatre cens mil écus a été payée effectivement, comme il se voit par les quitances qui sont au Tresor des Chartes du

Roi de l'an 1463, & ainsi la Maison de Bourgogne n'y avoit plus rien.

Depuis en l'année 1463, par le Traité de Conflans Louïs XI ceda lesdites Villes au Comte de Charolois, au rachat neanmoins de deux cens mil écus, qui se feroit après la mort dudit Comte, qui arriva l'an 1477, & il y en a qui ont écrit qu'après le decès dudit Charles, toutes les Villes furent reünies au Domaine par Lettres solemnelles ; ce qui fait juger que lesdits deux cens mil écus avoient été acquitez.

COMTÉ DE PONTHIEU.

LEs droits cedez au Roi par l'Empereur par le Traité de Crespy sur le Comté de Ponthieu, sont fondez sur le Traité de mariage fait l'an 1438 entre Charles Duc de Bourgogne, lors Comte de Charolois, & Madame Catherine de France, fille de Charles VII. Ledit Roi promit payer à sadite fille, la somme de six vingts mil écus d'or, pour une fois ; cette somme fut assignée sur le Comté de Ponthieu, outre plusieurs sommes qui étoient duës audit Duc, tant par le Traité d'Arras de l'an 1435, qu'autrement.

Les sommes duës par le Traité d'Arras ont été payées l'an 1463, par les quitances qui sont au Tresor des Chartes.

Pour le fait de ce mariage, il est vrai qu'il fut consommé, mais Catherine mourut sans enfans. Par le contract la moitié de la somme de cent vingt mil écus, devoit être employée en achat d'heritages, pour être heritage à ladite Dame, & à ses hoirs, l'autre moitié demeureroit au Duc Charles ; mais parce qu'il avoit joüi dudit Comté, il retourna sans charge au Roi; Et de fait Louïs XI, au Traité de Conflans 1465, ceda audit Duc de Bourgogne ledit Comté de Ponthieu, & autres Seigneuries, avec faculté de les retirer pour deux cens mil écus d'or après la mort dudit Duc, qui arriva l'an 1477, ainsi ledit Comté moyennant le payement des deux cens mil écus retourna au Roi.

Depuis par le Traité de Paris du 24 Mai 1514, entre François I, & Charles Prince d'Espagne, depuis Empereur, fut conclu le mariage dudit Charles, avec Madame Renée de France fille de Louïs XII, qui porte entre autres clauses, que si par defaut du Roi, de la Reine, ou de ladite Renée ledit mariage ne se faisoit, le Roi de France, & la Reine consentirent que ledit Comté de Ponthieu, Douriens, & les Villes situées sur la Somme appartiendroient audit Charles, & ce sur des sermens solemnels & reciproques.

Ce mariage ne fut consommé : les Imperiaux ont souvent écrit qu'il avoit tenu au Roi qu'il n'eût été executé. Le Roi & la Reine eurent pour ce recours au Pape Leon X, qui les déchargea de leur serment par sa Bulle du mois de Septembre 1516.

Ces droits, quoi que foibles, donnerent lieu aux articles des Traitez de Madrid 1526, de Cambray 1529, & de Crespy 1544, qui portent expressément que l'Empereur renonce au profit du Roi & de ses successeurs, à tout ce qu'il pretendoit aux Villes assises sur la riviere de Somme, & au Comté de Ponthieu, en quelque sorte & maniere que ses pretensions soient fondées, soit par les Traitez d'Arras, Conflans, Peronne & autres.

PERONNE, MONDIDIER ET ROYE.

Bien que par les Traitez de Madrid, de Cambray, & de Crespy, l'Empereur Charles V renonçât au profit du Roi François I, & de ses successeurs, au droit par lui pretendu aux Châtellenies de Peronne, Mondidier, & Roye, il n'y en avoit aucun qui fût considerable. Car il n'avoit point d'autre pretension qu'en vertu du Traité d'Arras de l'an 1435, par lequel le Roi Charles VII transporta au Duc de Bourgogne & à ses descendans mâles legitimes lesdites Châtellenies; ce qui fut aussi confirmé par le Traité de Conflans fait entre le Roi Louis XI & Charles Duc de Bourgogne, lequel n'ayant eu qu'une fille dont étoit issu l'Empereur Charles Quint, lesdites Châtellenies retournoient de plein droit au Roi, & au Domaine de la Couronne. Et ainsi la cession de ces droits est imaginaire.

BOULOGNE.

LE Comté de Boulogne & païs Boulenois tenu par les Seigneurs de la Tour, trop foibles, fut envahi de force par Philippe de Bourgogne qui s'étoit allié avec les Anglois dès l'an 1419, sur Marie Comtesse de Boulogne, & Bertrand de la Tour son mari, & en retint la possession jusques à son decès. Voici les termes du Traité fait à Arras l'an 1435, parlant du Comté de Boulogne. ,, Et pource que Monsieur le ,, Duc de Bourgogne pretend avoir droit en la ,, Comté de Boulogne, icelle Comté de Bou- ,, logne sera & demeurera à Monsieur le Duc ,, de Bourgogne, & en jouira & la possedera ,, en tous profits, pour lui, ses enfans & hoirs ,, mâles, procreez de son corps seulement; & ,, en après demeurera icelle Comté à ceux qui ,, droit y ont ou auront.

Depuis par le Traité de Conflans de l'an 1465, fait par le Roi Louis XI, & Charles Comte de Charolois, depuis Duc de Bourgogne; Il fut convenu que sans déroger au precedent Traité d'Arras, ledit Roi Louis XI accorderoit que ledit Duc, ses enfans mâles ou femelles, procréez de son corps propre, durant leur vie, pourroient tenir ledit Comté de Boulogne, par la forme & maniere que ledit Duc le pouvoit tenir; & le Roi promit de recompenser ceux qui pretendoient droit audit Comté.

Depuis ce temps Louïs XI, qui ne pouvoit souffrir l'injuste usurpateur de ce Comté, si important à son Etat, remit l'an 1477 par armes en son obeïssance ladite Ville de Boulogne, & le païs Boulenois: neanmoins Marie de Bourgogne fille dudit Duc Charles, & Maximilian d'Autriche son mari, ne laisserent pas de retenir le Comté de Boulogne.

Au même temps de cette conquête, Louïs XI, qui voyoit le peu d'assurance qu'il y avoit au legitime Seigneur dudit Comté, qui étoit Bertrand de la Tour II, Comte de Boulogne & d'Auvergne, resolut de réünir ledit Comté à son Domaine: de sorte que par contract du 24 Janvier 1477, ce Bertrand de la Tour lui transporta ce Comté de Boulogne, appartenances & dependances, & en échange le Roi lui bailla la Jugerie de Lauragais en Languedoc qu'il erigea en Comté, avec quelques revenus à Carcassonne, Beziers, & en la Senéchaussée de Toulouze; Ledit Comté de Boulogne fut évalué à cinq mil quatre cens cinquante-sept livres dix-

neuf sols de rente; Comme aussi ladite Jugerie & rentes ci-dessus, selon les appreciations qui en furent faites lors.

En Avril de l'année suivante, le Roi fit don & transport du fief & hommage dudit Comté de Boulogne, qui lui appartenoit à cause du Comté d'Artois, duquel il étoit lors en possession, à la Vierge Marie Mere de Dieu, reverée en l'Eglise fondée sous son nom en ladite Ville de Boulogne, pour en faire l'hommage entre les mains de l'Abbé de ladite Eglise. Les Lettres de ce don furent registrées au Parlement le 18 Août ensuivant.

Depuis ce temps, ledit Comté est demeuré dans le Domaine: la possession toutefois fut interrompue par Henri VIII, Roi d'Angleterre, qui prit Boulogne l'an 1544, sur le Roi François I, mais par le Traité fait l'an 1546, il fut dit que ladite Ville demeureroit à l'Anglois jusqu'à ce que le Roi d'Angleterre fût payé par le Roi de certaines grandes sommes. Le Roi d'Angleterre pour retenir toûjours Boulogne, refusa de recevoir l'argent du Roi avant la saint Michel 1554. Toutefois ladite Ville fut restituée au Roi Henri II, par Traité, & le Roi y fit son entrée en l'année 1551, depuis lequel temps elle est toûjours demeurée dans le Domaine du Roi.

Le droit que l'Empereur prétendoit au Comté de Boulogne, & qu'il a cedé au Roi par les Traitez de Madrid, Cambray & Crespy, est fondé sur une fausse Genealogie, déduite dans les Conferences de ses Ministres, & dans leurs Memoires, qui ne peut être mieux refutée & rendüe ridicule, que par la Genealogie veritable ci-jointe, par laquelle l'on voit que le Roi est entré au droit legitime de ceux de la Maison de la Tour.

Davantage, les articles des Traitez d'Arras **Elle est à la** & de Conflans, ci-dessus alleguez, témoignent **page suivante.** assez cette verité: car l'on y voit apertement que nos Rois & l'Empereur reconnoissoient, qu'il y avoit d'autres personnes à qui appartenoit ledit Comté, avec l'Empereur stipulé être recompensées pour en avoir la legitime possession, étant certain que la joüissance qu'on voit que les Ducs de Bourgogne ont eüe dudit Comté, a été par violence & à cause de la foiblesse de ceux de la Tour. Ainsi cette cession des droits est fort frivole.

COMTÉ DE GUINES.

L'Empereur Charles n'avoit point d'autre droit sur le Comté de Guines, qu'en vertu du Traité de Conflans de l'an 1465, par lequel le Roi Louïs XI ceda & transporta en heritage perpetuel au Comte de Charolois le Comté de Guines, pour lui, ses hoirs & successeurs, à la reserve de la foi & hommage, ressort & souveraineté; & du droit que ceux de Croy avoient audit Comté: ledit Roi promit de les recompenser.

Par le Traité de Paris de l'an 1514, il fut convenu que les deux Rois assembleroient leurs Deputez pour décider les droits & prétentions de l'Empereur sur les Comtez de Boulogne & de Guines.

Depuis par les Traitez de Madrid, Cambray & Crespy, l'Empereur ceda au Roi François ses droits sur ledit Comté de Guines.

Monsieur le Chancelier Ollivier, au memoire qu'il fit contre les Traitez de Madrid, Cambray, & Crespy, dit ces mots:

C 3   G E-

GÉNÉALOGIE

EUSTACHE I, Comte de Boulogne du temps du Roi Robert.

MANAUT DE LOUVAIN, fille de Henry le Vieil Comte de Louvain.

EUSTACHE II, Comte de Boulogne, épousa GODEFROI de la basse Lorraine, qui est Brabant.

BAUDOIN Roi de Jerusalem, mourut sans enfans après son frere.

EUSTACHE III, Comte de Boulogne, épousa GODEFROI Duc de la basse Lorraine, Roi de Jerusalem, mourut sans enfans.

MARIE, heritiere du Comté de Boulogne, épousa Etienne de Blois Comte de Mortain, Roi d'Angleterre, 1136.

EUSTACHE IV, Comte de Boulogne, épousa MARIE DE BOULOGNE, Abbesse de Rumesey, épousa Thierry d'Alsace Comte de Flandre, puis Mathieu d'Alsace, fils de Marie de Blois, Comte de Boulogne.
Marie d'Escosse. Marie, heritiere du Comté de Boulogne, épousa Etienne de Blois Comte de Mortain, Roi d'Angleterre, 1136.

IDE, Comtesse de Boulogne & de Mortain, épousa Renaut de Dammartin, puis in 1224 avec Renaud de Dammartin.
de Boulogne, & quitta ses droits pour fix cens livres parisis & ne rentre sur Calais.

MAHAUT DE BOULOGNE, épousa Henri Duc de la basse Lorraine, lequel à ce titre transigea l'an 1224 avec Renaud de Dammartin, pour la succession de Boulogne.

GUILLAUME Comte de Mortain, puisné de MATHILDE DE BRABANT épousa MARGUERITE DE BRABANT épousa Guillaume de Boulogne; mourut sans enfans.
Boulogne; mourut sans enfans. Othon IV Empereur; il prétendit par le moyen & Comtesse de Boulogne, fut Comtesse de Boulogne par la mort de Mahaut sa sœur aînée, & par acquisition des droits de ses coheritiers.

ROBERT V, Comte de Clermont, Dauphin d'Auvergne.

JEANNE DE BOULOGNE, MAHAUT épousa Robert Comte de Boulogne & de Boulogne, mourut sans enfans.
premièrement Robert de France Comte d'Artois, puis Gui Comte de Clermont, Dauphin d'Auvergne.

HENRI III, Duc de Brabant.

HENRI IV, Othon IV Comte le Comte de Brabant, Duc de d'Elle.

GUILLAUME, Comte d'Auvergne & de Boulogne, mourut sans enfans.

ROBERT VI, Comte de Boulogne & d'Auvergne, Beatrix de Montgascon.

ROBERT VII, Comte d'Auvergne & de Boulogne, épousa premièrement Blanche de Clermont, fille de Robert de France, secondement, Marie de Flandre.

Premier Lit.

GUILLAUME, Comte de Boulogne & d'Auvergne, Marguerite d'Evreux.

JEANNE, Comtesse de Boulogne & d'Auvergne, épousa Philippe de Bourgogne Comte d'Artois, mourut 1360.

JEANNE DE BOULOGNE, Dame de Montgascon, puis Comtesse de Boulogne & d'Auvergne, après la mort de Philippe son petit-neveu.

JEAN I, Comte de Boulogne & d'Auvergne.

JEAN II, Comte de Boulogne & d'Auvergne.

JEANNE II, Comtesse de Boulogne & d'Auvergne, épousa Jean de Berry, mourut sans enfans.

PHILIPPE dernier de la branche, Duc de Bourgogne, Comte de Boulogne, mourut 1361, sans enfans.

Second Lit.

GODEFROI DE BOULOGNE, sieur de Montgascon, Jeanne de Ventadour.

GODEFROI DE BOULOGNE, sieur de Montgascon.

MARIE, Comtesse de Boulogne & d'Auvergne, ayant succedé à Jeanne II sa cousine, épousa Bertrand de la Tour.

BERTRAND DE LA TOUR du nom, Comte de Boulogne & d'Auvergne, épousa Jaquette du Péchin.

BERTRAND DE LA TOUR II, Comte de Boulogne & d'Auvergne, & Baron de la Tour.

,, Et au regard de la renonciation faite par ,, ces Traitez, de tout ce que l'Empereur pre- ,, tend és villes de Peronne, Mondidier & ,, Roye, & Comté de Boulogne, Guines & ,, Ponthieu, elle lui a été aifée à faire, d'au- ,, tant qu'il n'y avoit aucun droit, comme il a ,, été fouvent montré à fes Deputez. Et quant ,, aux villes affizes fur la Somme qu'il dit avoir ,, quittées, lesdites villes avoient été baillées ,, par le Roi Charles VII au Duc de Bour- ,, gogne par engagement; la fomme payée, ,, lesdites villes ont été reftituées comme il é- ,, toit tenu.

,, Davantage il faut confiderer, qu'il y a ,, grande difference entre ceder une querelle, ,, & un droit pretendu &debattu dont on ne ,, jouït point, & ceder des chofes dont on ,, jouït, qui font claires & indubitables, ni ,, oncques difputées.

Ce font les propres termes du memoire de Monfieur le Chancelier Olivier.

❦❦❦❦❦❦❦❦❦❦❦

ARTICLES

*Qui font dans les Traitez faits en-
tre la Couronne de France &
d'Efpagne, concernans le commerce entre les Sujets des deux
Couronnes.*

LE Commerce fera libre de part & d'autre, fans qu'il foit befoin de prendre aucun faufconduit. Le Traité de Senlis l'an 1493.

Idem, au Traité de Barcelonne 1493.

Idem, au Traité de Marcouffis l'an 1498, finon qu'il eft ajoûté que les Sujets des deux Couronnes ne feront arrêtez pour les dettes & crimes les uns des autres, & que les Rois nommeront des Confervateurs du Commerce de part & d'autre.

Idem, par le Traité de Blois l'an 1505.

Autre Traité à Blois l'an 1513.

Idem, par le Traité de Bruxelles l'an 1516.

Idem, par le Traité de Madrid 1526.

De Crespi 1544.

De Vervins 1598.

*Quelles font les Prétentions du Roi
d'Efpagne fur la Bretagne.*

LE Roi d'Efpagne prétend que la Bretagne lui appartient comme heritier d'Ifabelle fa tante, Gouvernante des Pais-Bas, fille d'Elizabeth de France, qui étoit fœur de Henri, III.

Il reprefente qu'Anne de Bretagne fille de François II. dernier Duc de Bretagne, fut mariée à Charles VIII. & depuis à Louis XII; que de ce mariage font iffus deux filles, Claude, & Renée. Claude l'aînée fut mariée à François I, & eut en dot le Duché de Bretagne: Dé ce dernier mariage font iffus François II, qui fut couronné Duc de Bretagne, & mourut du vivant de François I; Henri II, qui fucceda à la Couronne & au Duché, fut marié à Catherine de Medicis, & eut François II, Charles IX, Henri III, qui moururent fans enfans; Elizabeth, Claude, & Marguerite de France. Elizabeth fut mariée à Philippe II, Roi d'Efpagne; de ce mariage eft venu Elizabeth Infante Gouvernante des Païs-Bas. Cela pofé,

ceux qui foûtiennent les droits d'Efpagne difent, Qu'à Elizabeth appartenoit le Duché de Bretagne comme heritiere de Henri III, par reprefentation d'Elizabeth fa mere, étant hors de doute que la reprefentation a lieu en la Coûtume de Bretagne: Que cette fucceffion ne lui peut être contestée, d'autant que par le contract de mariage d'Elizabeth avec Philippe II, il y a claufe de renonciation feulement aux fucceffions directes, mais non pas aux collaterales : Ainfi que le Duché de Bretagne aiant appartenu à Henri II, non point comme un Domaine de la Couronne, mais comme venant en ligne directe de fa bifayeule Anne, qui avoit été mariée à Louis XII, Elizabeth a eu un titre bien legitime pour prétendre que ledit Duché lui appartenoit, & en fuite le Roi d'Efpagne à prefent fon neveu & fucceffeur.

L'on demeure d'accord qu'Anne de Bretagne Ducheffe a été mariée à Charles VIII, & depuis à Louis XII, Qu'elle avoit en dot le Duché de Bretagne : Qu'Elizabeth vient d'elle en ligne directe : mais il ne s'enfuit pas qu'elle ait pû fucceder au Duché par le decès de Henri III, lequel n'a jamais poffedé le Duché de Bretagne à titre particulier, mais comme Roi de France, d'autant que François I, en qualité de Tuteur de Henri II, en avoit fait la reünion à la Couronne, du confentement & à la requifition de tous les Etats de cette Province. Et depuis Henri II étant venu à la Couronne a confirmé cette reünion par plufieurs actes, en érigeant un Parlement, & fupprimant tous les Officiers Ducaux : tellement que depuis cette union folemnellement faite, Henri II & ceux qui lui ont fuccedé au Roiaume n'ont jamais pris le titre de Ducs de Bretagne, mêmes dans les Lettres expediées pour la Province. Cette union fut faite avant la naiffance d'Elizabeth : En forte qu'il n'y a apparence qu'elle pût avoir aucun droit au Duché faifant partie de la Couronne. Et quand bien il n'y auroit point eu de reünion expreffe, ce Duché aiant appartenu à Henri II, fils de Claude; Lors qu'il eft venu à la Couronne, il s'eft fait comme une union tacite de cette Province, qui étoit mouvante de la Couronne, étant une maxime qui a de tout temps été obfervée, & qui a paffé pour une Loi de l'Etat : Que les biens que les Rois ont lors qu'ils viennent à la Couronne, particulierement ceux qui en font mouvans y font reünis, fans qu'ils en puiffent jamais être feparez, étans comme le dot que le Roi apporte à la Couronne, avec laquelle il contracte un mariage politique. Et partant Elizabeth n'auroit eu aucun droit en la Bretagne comme heritiere de Henri III, la Bretagne n'étant point fon Domaine particulier, mais Domaine de la Couronne, & qu'il avoit poffedé comme Roi de France.

L'on pourroit dire qu'Ifabelle Archiducheffe étant étrangere, ne pourroit par la loi du Roiaume fucceder au Roi Henri III, bien qu'il y eût referve de la fucceffion Collaterale; d'autant que cela fe doit entendre avec toutes les conditions legitimes, fi ce n'eft qu'il y eût une derogation particuliere à la loi du Roiaume qui exclud les Étrangers : tellement que s'il y avoit lieu à la fucceffion pour la Bretagne, elle auroit appartenu à Marguerite de France, qui étoit regnicole, & qui a inftitué le Roi à prefent regnant, fon heritier en tous fes biens.

Mais quand bien tous les moyens ci-deffus cefferoient, & que l'on admettroit le Roi d'Efpagne à demander le Duché de Bretagne, comme heritier de Henri III, le Roi a un autre

moyen

moyen bien puiſſant, pour reduire toutes les prétenſions d'Eſpagne à peu de choſe; d'autant que Louïs XI, craignant qu'Anne Ducheſſe de Bretagne ne ſe mariât avec un Prince Etranger, il prit ceſſion de tous les droits & prétenſions des heritiers de la Maiſon de Penthievre, qui pretendoient que de droit le Duché de Bretagne leur appartenoit, & que la Maiſon de Montfort l'avoit uſurpé ſur eux par force & violence : Et de fait Louïs XI, lors qu'il fit le mariage de ſon fils Charles VIII avec Anne de Bretagne, le Contract eſt en forme de Tranſaction ſur les differens qui étoient entre le Roi & Madame Anne de Bretagne, pour les droits qu'il prétendoit avoir au Duché, leſquels droits l'on pourroit reprendre s'il en étoit beſoin.

Pour entendre quels étoient ces droits : Il faut remarquer que du regne de Philippe de Valois, le Duché de Bretagne étant conteſté entre le Comte de Montfort, & Charles de Blois, qui avoit épouſé Jeanne de Bretagne, Philippe de Valois, Juge ſouverain des Parties, adjugea par Arrêt, donné à Conflans l'an 1341, le Duché de Bretagne à Jeanne.

Le Comte de Montfort irrité de ce jugement, rendit la foi & hommage du Duché de Bretagne au Roi d'Angleterre pour être aſſiſté de lui, & vint en Bretagne, met une armée ſur pied. Charles de Blois arme de ſon côté. Enfin ce Prince malheureux perdit la bataille & la vie. Et depuis Jeanne ſa femme tranſigea & renonça à toutes ſes prétenſions, moyennant le Comté de Penthievre & autres biens qui lui furent donnez. Cette Tranſaction a été ſuivie de pluſieurs actes qui l'ont approuvée ; Entre autres des foi & hommage rendus par ceux de Montfort aux Rois de France, qui les ont toûjours reconnus pour Ducs : Neanmoins ſous le regne de Louïs XI, Jean Broſſe, Seigneur de Bouſſacq, & Nicole de Bretagne, iſſus par moyens de Charles de Blois & de Jeanne de Bretagne, obtinrent Lettres pour être relevez du Traité fait à Nantes, fondez ſur la force & violence. Les Lettres furent preſentées au Parlement, ſur leſquelles il fut ordonné que François II, ſe diſant Duc de Bretagne, ſeroit appellé, & viendroit ſe défendre.

En ſuite de ce fut paſſé contract en 1479, entre Louïs XI, & ledit de Broſſe, tant en ſon nom que comme Procureur de ſa femme, par lequel ledit de Broſſe cede & tranſporte audit Seigneur Roi & à ſes ſucceſſeurs, tous les droits, noms, raiſons & actions qui pourroient appartenir à ſa femme audit Duché de Bretagne; ſur leſquels droits fut tranſigé par le contract de mariage de Charles VIII, & Anne de Bretagne. Il eſt vrai que par ce contract, il eſt dit que ladite Dame Anne Ducheſſe fortifiant le droit du Roi, lui cede & quitte, & à ſes ſucceſſeurs Rois de France, ſes droits au Duché, en cas qu'elle predecede ſans enfans. Comme auſſi ledit Seigneur Roi cede à ladite Dame, en cas qu'il predecede ſans hoirs, ſes droits audit Duché. Ce cas dernier eſt arrivé: Car Charles VIII eſt decedé ſans enfans; Tellement que l'on pourroit dire qu'en la perſonne d'Anne ſa femme, tous les droits qu'il pouvoit avoir au Duché ont été réünis. Mais il y a lieu, en cas que l'on voulût prétendre le Duché par ſucceſſion, de reprendre toutes ces anciennes prétenſions, qui ſeroient bien fortes, étant ſoûtenues par un Roi de France étant en poſſeſſion. Il n'eſt pas neceſſaire d'en venir à ce dernier moyen : Il ſe faut tenir aux premieres defenſes, qui ſont indubitables & ſans replique, ou bien il faudroit changer toutes les Loix & les maximes de la France.

Le ſujet de ce Memoire eſt de repreſenter la prétenſion qu'ont les Eſpagnols ſur le Duché de Bretagne à cauſe de Madame Elizabeth de France, fille du Roi Henri II, & les réponſes qu'on y fait pour le Roi. Pour mieux comprendre cette affaire, il faut voir cette Genealogie.

FRANÇOIS II, Duc de Bretagne mort 1487.

ANNE Ducheſſe de Bretagne, qui épouſa le Roi Louïs XII.

CLAUDE de France épouſe du Roi François I, qui unit la Bretagne à la Couronne l'an 1532.	RENE'E de France femme du Duc de Ferrare : de ce mariage ſont iſſus Meſſieurs de Nemours.	

FRANÇOIS Dauphin mort 1536.	HENRI II, Roi de France épouſa Catherine de Medicis.	MARGUERITE de France épouſa Emanuel Philbert Duc de Savoye.

FRANÇOIS II, Roi de France.	CHARLES IX, Roi de France.	HENRI III, Roi de France.	ELIZABETH épouſa Philippe II, Roi d'Eſpagne.	CLAUDE épouſa Charles II, Duc de Lorraine : de ce mariage ſont ſortis les Ducs de Lorraine.	LA Reine MARGUERITE.	CHARLES EMANUEL Duc de Savoye, épouſa Catherine fille de Philippe II, Roi d'Eſpagne.
			ISABELLE ou ELIZABETH Infante, qui a été Gouvernante des Païs-Bas, morte ſans enfans 1633.	CATHERINE épouſe de Charles Emanuël Duc de Savoye.		VICTOR AMEDE'E Duc de Savoye épouſa Chriſtine de France.
						Le Duc de Savoye qui eſt à preſent.

Droits du Roi aux Comtez de Rouſſillon & de Cerdagne.

CEs Comtez furent engagez en l'an 1462, au Roi Louïs XI, par Jean II, Roi d'Aragon, pour la ſomme de trois cens mil écus. Et par le Traité de Confederation entre le Roi Charles VIII, & Ferdinand & Iſabelle, Rois de Caſtille & d'Arragon, à Barcelone l'an 1493, il fut convenu que le Roi Charles de-

delaisseroit au Roi Ferdinand la possession desdits Comtez, à la charge que lesdits Ferdinand
& Isabelle ne s'allieroient avec les ennemis du
Roi Charles, & observeroient les anciennes
Confederations, entre les Rois de France &
d'Espagne ; Qu'ils ne marieroient leurs filles
avec les Rois des Romains & d'Angleterre, ou
bien avec leurs fils, & autres ennemis declarez
du Roi de France; Qu'ils n'auroient intelligence avec quelque Prince que ce fût, au préjudice les uns des autres ; Et que tant le Roi
Charles, que les Rois ses successeurs, pourroient faire voir & examiner leur droit sur ces
Comtez à cause d'engagement ou autrement,
dont les deux Rois se soûmettroient à arbitres
de part & d'autre : Et au cas que le Roi Ferdinand n'accomplît le contenu au Traité, il re-
nonçoit à tout droit de proprieté de Seigneurie
& de possession qu'il pouvoit pretendre esdits
Comtez.

Or lesdits Ferdinand & Isabelle contrevinrent
à ce Traité, ayant marié leurs filles à des Princes des Maisons d'Austriche & d'Angleterre, &
de plus assisté le Roi de Naples contre le Roi
Charles.

Et neanmoins par le Traité de Paix entre le
Roi Louis XII, & lesdits Roi Ferdinand &
Isabelle, qu'ils ratifierent à Grenade l'an 1500,
le Roi Louis ceda à Ferdinand, & aux Rois
d'Arragon ses successeurs, le droit qui lui appartenoit esdites Comtez : Et en contréchan-
ge lesdits Ferdinand & Isabelle cederent au Roi
Louis & à ses successeurs Rois de France, le
droit qu'ils pretendoient leur appartenir au Comté de Montpellier, & autres Terres & Seigneuries du Royaume de France.

Le Roi Louis XI assiegea Perpignan & le
prit.

Charles VIII, son fils, qui l'avoit rendu par
trop de facilité, envoya une puissante armée
pour le ravoir, qui étoit commandée par Charles d'Alençon, Lieutenant du Duc de Bourbon.

Le Roi François I y alla mettre le siege lui-
même, avec une armée de quarante mil hommes.

Henri le Grand y envoya aussi le Maréchal
d'Ornano avec une armée.

Droits du Roi sur la Catalogne, & sur le Roussillon.

LA Catalogne a été sous la Souveraineté des
Rois de France, depuis l'Empereur Charlemagne, jusques au Roi Saint Louis, lequel y
renonça l'an 1258.

Les principales Villes de Catalogne, sont
Tarragone, qui est Archiepiscopale, Barcelonne, Gironne, ou Gironde, Leride ou Lyerde,
Elne, Vien d'Osone, Solsone, Urgel, & Tortose, Villes Episcopales.

Au même Païs est aussi le Comté de Roussillon, où sont les Villes & Places de Perpignan,
Salses, & Elne ; & encore le Comté de Cerdagne, ainsi appellé à cause de la Ville de Puy-
cerdan.

Les Mores & les Arabes l'usurperent depuis
leur irruption en Espagne, l'an 714. Et les
Empereurs Charlemagne, & Louis le Debonnaire, en recouvrerent la plûpart, depuis l'an
797, y établissant des Gouverneurs, sous les
titres de Comtes. De sorte que les Rois de
France en ont été reconnus pour Souverains &
Seigneurs feodaux, selon qu'il appert plus particulierement, & de ce qu'en l'an 820 l'Empereur

Tom I.

Louis le Debonnaire condamna Bera, premier
Comte de Barcelone, comme criminel de leze
Majesté : Qu'en l'an 874, le Roi Charles le
Chauve donna en propre, à foi & hommage,
le Comté de Barcelone au Comte Wifridn,
& à ses successeurs, au lieu que ledit Wifridn
ne l'avoit auparavant qu'en gouvernement :
Qu'és années 860, 876 & 878, les Evêques
de Barcelonne, d'Urgel, de Gironne & de
Roussillon, Ville à present ruinée, ont assisté
aux Etats Generaux de France, & és Conciles
& Synodes tenus à Troyes, & autre part, comme étans Vassaux & Sujets du Royaume : Des
fondations d'aucuns Monasteres, & des privileges octroyez aux Villes & Eglises par les Rois
de France, qui bailloient permission de fortifier
les villes & bourgs, & confirmoient les dona-
faits aux Eglises par les Comtes de Barcelonne :
De ce qu'en l'an 816, ledit Empereur Louis,
par sa Declaration à Aix la Chappelle, en faveur
des Espagnols qui s'étoient venus habituer en
France, & y cultiver des terres desertes, commanda que pour memoire il seroit gardé de ces
originaux de ladite Declaration à Barcelone, Gironne, Roussillon, & aux Empuries : Que
l'an 874, le Roi Charles le Chauve ordonna à
Artigni, sur les plaintes de l'Evêque de Barcelone, qu'il seroit remedié aux entreprises sur la
jurisdiction spirituelle, & sur les decimes qui
lui étoient dûes : Et finalement, de ce que
l'on mettoit les années du regne des Rois de
France, de la Maison de Charlemagne, & de
celle de Hugues Capet, en tous les Traitez de
Paix, Contracts, Sentences, Fondations d'E-
glises, & autres Actes publics qui se passoient en
Catalogne, ainsi qu'il se voit par plusieurs titres,
jusques en l'an 1160, du regne de Louis le
Jeune. Cet usage n'ayant été aboli qu'en l'an
1180. Au temps que les Comtes de Barcelone étoient devenus Rois d'Arragon, & que
nos Rois ne tenoient en propre le Languedoc,
& la Guyenne.

Mais le Roi Saint Louis, par le Traité de
l'an 1258, fait avec Jacques premier Roi d'Arragon, lui ceda & transporta, & à ses successeurs Rois d'Arragon, les droits de Souveraineté, de jurisdiction, de feodalité, & d'autres
qui lui appartenoient és Comtez de Barcelonne,
d'Urgel, Bezalu, Roussillon, des Empuries,
de Cerdagne, Conflans, Girone, & d'Osone
où est la ville de Vich : & ledit Roi Jacques
quitta au reciproque, audit Roi Saint Louis,
& à ses successeurs Rois de France, les droits
qui lui pouvoient appartenir sur plusieurs Comtez & Seigneuries de Languedoc, Guyenne,
& de Provence.

Sujet de l'Affranchissement des Catalans de la domination d'Espagne.

LA principale & l'unique raison pourquoi les
Catalans se sont soustraits de l'obeissance du
Roi d'Espagne, est qu'ils disent qu'il a souffert
par divers desordres de gens de guerre, du tout
extraordinaires, que leurs privileges ayant été
violez ; & qu'en d'autres chefs il les a lui-même violez par son autorité. Ce qui les rend de
droit exempts de son obeissance, entant qu'ils
ne se sont jamais donnez, qu'à condition que
lesdits privileges seroient religieusement observez.

La plus apparente preuve qu'ils rendent de
leur dire en ce sujet est, qu'ils sont en possession du consentement même du Roi d'Espagne,

D   de

de ne recevoir, ni executer aucune Ordonnance émanée de lui, qu'il n'ait premierement juré leurs privileges : D'où ils inferent, que lors qu'il vient à les violer, ils reviennent au même état qu'ils étoient auparavant qu'il les avoit jurez; c'est-à-dire, libres, & non sujets à son obeïssance.

Pour confirmation de cette preuve, ils mettent en avant, qu'au lieu que toutes les Provinces sujettes au Roi d'Espagne sont obligées d'executer ses ordres après une seconde jussion, sur peine d'être criminelles : la Catalogne n'est point obligée à cette rigueur, ains a la liberté de les rejetter quand ils choquent leurs privileges.

La liberté des Catalans est encore fondée au Testament de Jacques I, dit le Conquerant, Roi d'Arragon, par lequel il ordonne que les Royaumes d'Arragon, de Valence, & de Majorque, & la Principauté de Catalogne, ne seront jamais de la jurisdiction du Royaume de Castille, ni unis & incorporez à cette Couronne; & ne reconnoîtront en rien le Roi de Castille pour leur Souverain.

Zurita, ès Annales d'Arragon, livre 3, chap. 43. Et ce qui est à noter, ce Roi, pour ne rien oublier qui pût empêcher qu'on ne contrevînt à sa disposition, a ordonné qu'elle fût publique. Ensuite dequoi elle fut publiée en la ville de Valence, l'an 1248, le 19 Janvier.

Quels sont les droits cedez sur le Comté de Montpellier, en échange du Roussillon.

MONTPEL-LIER.

LE siege Episcopal de Montpellier étoit anciennement dans l'Isle de Maguelonne : Charlemagne, à cause des courses des Sarrasins qui infestoient cette Isle, fit abattre l'Eglise de Maguelonne, & tous les édifices; & dès lors l'Evêché fut transferé dans la ville de Sustantion, qui étoit en terre ferme, où le siege Episcopal a été environ trois cens ans, jusqu'à ce que l'Evêque Arnaud, mort l'an 1078, rebâtit l'Eglise de Maguelonne, & y rétablit son Chapitre. Durant ces trois cens ans, ceux de Maguelonne commencerent à bâtir une nouvelle Ville en terre ferme, nommée depuis Montpellier, où fort long-temps après, savoir sous le regne de François I, l'Evêque de Maguelonne se retira & son Clergé, & l'Evêque depuis ce temps s'est appellé Evêque de Montpellier.

Pour la Ville de Montpellier & ses appartenances, elle a été un fief de la Couronne de France, depuis un long-temps : il y en a des Declarations anciennes des Evêques de Maguelonne, qui ont reconnu de plus, que la partie de ladite Ville, qui s'appelle Montpellier, 1255. 1256. 1271. 1283. étoit tenuë en fief par ceux du Roi. Que pour le reste de ladite Ville, & le Château de Lattes, appellé anciennement de Palude, le Roi d'Arragon, Sieur de Montpellier, le tenoit en fief de l'Evêque, & de l'Eglise de Maguelonne, & étoit un arriere-fief de la Couronne. L'on a les preuves de ce que dessus par de bons actes.

En l'an 1155, le Roi Loüis le Jeune confirma l'Eglise & l'Evêque de Maguelonne, en la possession de tous ses biens, & particulierement de toute l'Isle où l'Eglise étoit située; ce que fit aussi depuis Philippe Auguste, l'an 1208.

Les Evêques de Maguelonne ont reçu les hommages liges, tant des anciens Seigneurs de Montpellier, que des Rois d'Arragon & de Majorque, par plusieurs actes qui restent encore

des années 1184, 1193, 1199, 1204, 1208, 1236, 1260, 1276, 1283, 1301, 1311.

Le Roi de Majorque Sieur de Montpellier reconnut en l'an 1307 tenir du Roi de France tout ce qu'il tenoit de l'Evêché de Maguelonne.

L'an 1292, échange entre Philippe le Bel, l'Evêque & l'Eglise de Maguelonne, par lequel ils cedent au Roi, ce qu'ils avoient à Montpellier, & les droits qu'ils y percevoient: & le Roi leur baille 500 livres de rente, qu'il assigne en la part qu'il avoit en la ville d'Alet, à la charge de tenir le tout en fief du Roi. Cet échange fut executé, & l'Evêque mis en possession de ce que le Roi lui avoit cedé.

Le Roi est Seigneur direct & utile de la partie de la Ville de Montpellier, qui appartenoit à l'Evêque : restoit celle qui avoit appartenu aux anciens Seigneurs de Montpellier, nommez Guillaume, & ensuite aux Rois d'Arragon & de Majorque.

L'an 1349 Jacques Roi de Majorque Sieur de Montpellier vendit au Roi Philippe de Valois la Ville & Château de Montpellier, & le Château de Lattes, & dependances, pour la somme de six-vingts mil écus d'or. Ce contract ratifié la même année par Jacques fils dudit Roi, âgé seulement d'onze ans, & par sa sœur Isabelle, âgée de douze ans : car ainsi avoit-il été stipulé.

Ce Roi vendeur reçut du Roi Philippe, pour premier payement, la somme de 40000 écus d'or; aussi-tôt après le Roi de Majorque mourut en mauvaise fortune, chassé de ses Etats par le Roi d'Arragon.

c. 37. lib. l. Zurita en ses Annales d'Arragon, a écrit qu'en l'année 1350, Pierre IV, Roi d'Arragon, envoya vers le Roi Philippe de Valois, pour le fait de la Baronnie de Montpellier, & des Vicomtez d'Omeladez, & de Cartadez, pretendant que la vente qu'en avoit faite le Roi de Majorque étoit nulle, faite à son prejudice, & de l'Infant Jacques fils dudit Roi de Majorque, demanda au Roi la restitution desdites terres, au nom dudit Infant.

Que le Roi envoya en Arragon, où, après plusieurs Conferences, ladite vente fut confirmée; & convenu que le Roi payeroit au Roi d'Arragon, ce qui restoit à payer du prix desdites terres : Et que pour ce, il auroit pouvoir dudit Infant de Majorque. Le même Auteur, chap. 42, du même Livre, & en l'an 1351 dit : Que le Roi Jean continuant le Traité, envoya des Ambassadeurs en Arragon : Qu'au mois de Fevrier, ils demeurerent d'accord du mariage entre Loüis de France Duc d'Anjou, avec l'Infante Constance, ou avec Jeanne, seconde fille dudit Roi d'Arragon : Que le Roi de France donneroit pour dot à la Ville de Montpellier, le Château de Lattes, avec tout ce qu'il avoit acquis du Roi de Majorque : Que le Roi d'Arragon renonceroit en faveur du Roi, aux Villes de Montpellier, & de Lattes, à la Baronnie de Montpellier, aux Vicomtez d'Omeladez, & de Frontignan, & au fief de Cartadez : Que pour plus grande assurance, le Roi devoit donner au Roi d'Arragon 50000 florins, qui appartiendroient aux enfans issus de ce mariage : mais en defaut d'enfans, ou que ledit mariage ne se fît pas, le Roi s'obligea de donner au Roi d'Arragon 150000 florins en trois ans. Cet Historien dit, que ces deux Rois jurerent ce Traité, qui demeura neantmoins sans execution, ce mariage ne s'étant point fait, qui en étoit le fondement.

Mais ce qui termine cette affaire, est la
Transac-

Transaction que fit le Roi Charles VI, l'an 1393, avec Isabelle Reine de Majorque, & Marquise de Montferrat, fille du Roi vendeur, & unique heritiere de Jacques son frere : Elle disoit qu'à la verité le Roi de Majorque son pere avoit vendu en Avril 1349, au Roi de France, la Ville & Baillie de Montpellier, & la Ville de Lattes, sans y comprendre la Baronnie de Montpellier, moyennant la somme de cent vingt mille écus du coin de France : Que le Roi de France prit en sa main ladite Baronnie, pour la restituer à ceux à qui elle appartenoit, à cause que son frere & elle étoient prisonniers en Arragon. Que depuis ladite Baronnie fut delivrée à son frere, comme Roi de Majorque : lui mort sans hoirs, qu'elle étoit sa seule heritiere, & que ladite Baronnie lui appartenoit, ensemble la somme de quatre-vingts mille écus, qui restoient à payer de la vente desdites Villes & Baillies de Montpellier, & de Lattes. Le Roi ne demeuroit pas d'accord de ce que dessus: car il pretendoit que le Roi de Majorque lui avoit vendu ladite Baronnie, & lesdites Baillies; mais que les choses avoient été fort mal estimées. Enfin le Roi bailla à ladite Isabelle Reine de Majorque, sa vie durant seulement, le Châtelet, Châtellenie de Hallargues, & 1200 livres de rente sur la Senêchaussée de Beaucaire. Et de plus, ladite Dame reçut 5000 francs d'or, pour payer ses dettes ; moyennant quoi, elle ceda au Roi tout le droit & action qu'elle avoit, tant comme unique heritiere de son frere, qu'autrement, en la Baronnie de Montpellier, & en toutes les autres terres & choses que ses pere & mere avoient & pouvoient demander en la Senêchaussée de Beaucaire, & pais de Languedoc. Cette Transaction fut passée à Paris le 13 Septembre 1395, ratifiée par ladite Dame, & executée par le Roi par le payement desdits cinq mille francs d'or, le 8 Novembre suivant.

Par le Traité de paix entre Louis XII, & Ferdinand & Isabelle Rois de Castille & d'Arragon, de l'an 1500, il est porté en ces termes : Les Roi & Reine d'Espagne ont cedé & transporté au Roi Louis XII, & à ses successeurs, le droit qu'ils pretendoient au Comté de Montpellier, & aux Terres, & Seigneuries du Royaume de France : & en échange ledit Roi Louis a cedé aux mêmes Roi & Reine de Castille, le droit qu'il avoit aux Comtez de Roussillon, & de Cerdagne, tant à cause d'engagement, qu'autrement.

Et par les Traitez de Paix, entre l'Empereur Charles V, & François I, à Madrid 1526, & à Cambrai 1529, confirmez par ceux de Crespi 1544, & Château en Cambresis 1559, & Vervins 1598, ledit Empereur, & Philippe II, Roi d'Espagne, ont renoncé au profit dudit Roi François I, & de ses successeurs Rois, au droit pretendu par ledit Empereur, & Roi d'Espagne, à cause de leur Couronne d'Espagne, & Terres & Seigneuries possedées par ledit Roi François : & en recompense les Rois de France ont renoncé au droit par eux pretendu au Royaume de Naples, & aux Royaumes de la Couronne d'Arragon, au profit desdits Rois d'Espagne.

Par là l'on voit le peu de raison qu'avoit Mercurin Gatinara, Chancelier dudit Empereur, suivi par Zurita, & autres Historiens d'Espagne, aux Conferences de Calais 1521, & de Tolede 1525, lors qu'ils ont mis en avant, que le Comté de Toulouse, Narbonne, Montpellier, & tout le pais de Languedoc appartenoient audit Empereur, pour avoir été injustement usur-

Tom. I.

pez sur la Couronne d'Arragon. Et quels pouvoient être les droits cedez par Ferdinand & Isabelle, au Roi Louis XII, puisque ceux d'Arragon, & leurs successeurs avoient vendu long-temps auparavant leurs droits à nos Rois, & en avoient reçû les sommes promises par leurs Traitez?

GENEALOGIE.

GUILLAUME fils d'Ermengarde, Seigneur de Montpellier. 6. 1121.

GUILLAUME fils d'Ermesinde, Seigneur de Montpellier. 6. 1146.

GUILLAUME fils de Hibille, Seigneur de Montpellier. 6. 1146.

GUILLAUME fils de Matilde, Seigneur de Montpellier. 6. 1204.

MARIE de Montpellier. 1219. Ep. Pierre Roi d'Arragon. 6. 1213.

JACQUES Roi d'Arragon, Seigneur de Montpellier. 6. 1272.

PIERRE ROI d'Arragon.	JACQUES fut Roi de Majorque, Seigneur de Montpellier, par Testament de son pere : Ep. Esclarcide fille du Comte de Foix. 6. 1331.

SANCHE ROI de Majorque, Seigneur de Montpellier. 6. 1331.

JACQUES III, Roi de Majorque, Seigneur de Montpellier. 6. 1343. Marie sa femme.

ISABEL Reine de Majorque, Ep. Jean Marquis de Montferrat, unique heritiere de Jacques son frere.	JACQUES mort en Castille 1362.

Quels étoient les droits cedez par le Roi d'Arragon au Roi S. Louis, sur le Comté de Toulouse, & sur plusieurs Seigneuries du Languedoc, en échange de la Catalogne, par le Contract de l'an 1258.

A quel Titre le Roi est Comte de Toulouse, & Seigneur de Languedoc.

RAimond sixiéme Comte de Toulouse, s'étant rendu Chef des Heretiques Albigeois en Languedoc, le Pape excita les Princes contre lui : Simon Comte de Montfort se croisa, & sa conduite fut si heureuse, qu'il conquit le Languedoc, en sorte que le Comte de Toulouse fut spolié.

L'an 1215 le Concile de Latran fut tenu à Rome, le Comte de Toulouse s'y trouva, & le frere de Simon Comte de Montfort : Là le

D 2

Comte

Comte de Touloufe fut privé de fon Comté, qui fut adjugé par le Concile audit Comte de Montfort, avec ce qu'il avoit conquis fur les Heretiques.

L'an 1216 Simon conquit la ville de Touloufe, & puis vint trouver le Roi Philippe Augufte, qui lui donna l'inveftiture du Comté de Touloufe, du Duché de Narbonne, du Vicomté de Beziers, de Carcaffonne, & autres lieux.

Simon Comte de Montfort ayant été tué dans fon établiffement, fon fils Amaulri lui fucceda, qui eut de grandes guerres contre le Comte de Touloufe, qui avoit été fpolié, & contre Raimond fon fils, feptiéme du nom, qui trouva peu de refiftance, n'ayant plus en tête que le Comte Amaulri, qui fe defendit **1222.** fort mal; & en forte, qu'il fut obligé de fe retirer en France, vers le Roi Louïs VIII, auquel il ceda tous fes droits fur le Comté de Touloufe, au Vicomté de Beziers, & en toute la conquête d'Albigeois. Voilà donc le Roi au droit du Comte de Montfort.

En fuite de ce, Louïs VIII prit la Croix, **1226.** vint en Languedoc, où plufieurs Villes lui ouvrirent les portes, & une bonne partie du païs le reconnut.

Le Comte Raimond cependant faifoit ce qui étoit en lui, pour fe conferver une partie de fon païs; & lors il fut excommunié en un Concile tenu à Narbonne, par les Legats du Pape.

Louïs VIII mourut cette année, retournant de fon expedition, & le Roi Saint Louïs fon fils commença à regner, qui continua la guerre en Languedoc, jufques en 1228, que le Legat du Pape fit parler de paix : ce qui fut reçu de tous, & fut traitée à Paris, en préfence du Roi S. Louïs; qui y eut un grand avantage.

Le Comte de Touloufe par le Traité, promit de bailler fa fille au Roi S. Louïs, pour la marier à un de fes freres : à condition que ledit Comte jouïroit fa vie durant, de Touloufe, & des terres qu'il avoit dans l'étenduë de l'Evêché de Touloufe : Qu'après fa mort le tout appartiendra au frere du Roi, qui époufera la fille dudit Comte, & aux enfans iffus de ce mariage; & en cas qu'il n'y ait enfans dudit mariage, le tout appartiendra au Roi, & à fes heritiers, à l'exclufion de la fille, & autres heritiers dudit Comte : en telle forte qu'en tout cas la Ville de Touloufe, & les lieux qui font dans l'étenduë de l'Evêché de Touloufe, retourneront au Roi, & aux fiens. Que fi ledit Comte decede fans enfans, fes autres terres appartiendront à fa fille, qui époufera le fils du Roi, & aux enfans feulement qui viendront de ce mariage.

Le Comte de Touloufe quitte au Roi, & à fes heritiers à perpetuité, toutes les autres terres qu'il avoit de deçà le Rhône, & tous les droits qu'il y avoit. Ce Traité fut fait en Avril, 1228.

En fuite de ce Traité, le Comte fut abfous par le Legat; mais neanmoins il fe repentit de ce qu'il avoit fait, à diverfes fois : mais principalement en l'année 1241, qu'il fe ligua avec le Roi d'Angleterre, & les Comtes de la Marche & de Foix, & fit la guerre au Roi Saint Louïs. Le Comte de Foix traita à part avec le Roi, l'an 1242, & lui fit hommage pour fon Comté, & en la même année le Comte de Touloufe fit fa paix avec le Roi, confirmant le Traité de Paris, de l'an 1228, pour l'execution duquel, Jeanne fa fille unique époufa Alfonfe frere du Roi Saint Louïs.

Le Comte de Touloufe mourut le 27 Septembre 1249, & par fon teftament, il inftitua en tous fes biens fon heritiere Jeanne fa fille, femme dudit Alfonfe Comte de Poïctiers.

Alfonfe & Jeanne poffederent paifiblement le Comté de Touloufe, & furent reconnus de tous les Seigneurs du païs : leur decès arriva à l'un & à l'autre en l'année 1270, au retour de leur voyage d'outre-mer. Ils n'eurent point d'enfans, en forte que le Comté de Touloufe, fuivant le Traité de Paris 1228, demeura au Roi, qui en prit auffi-tôt la poffeffion par fes Officiers, qui declarerent par acte, que le Languedoc appartenoit au Roi, en vertu dudit Traité.

En l'année 1247, en Octobre, Trincavel Vicomte de Beziers & de Carcaffonne ceda & donna au Roi Saint Louïs tout le droit qu'il pouvoit avoir aux Villes de Beziers, Carcaffonne, Touloufe, Narbonne, Agde, Nifmes, Maguelonne, Albi & Lodéve.

Mais pour venir au fait des Rois d'Arragon, le Roi Saint Louïs n'oubliant rien pour s'affurer le Comté de Touloufe, fit un échange avec Jacques Roi d'Arragon, au mois d'Août 1258, par lequel le Roi cede au Roi d'Arragon tous les droits de fendalité, de jurisdiction, & autres qui lui pouvoient appartenir des les regnes des Rois Pepin, Charlemagne, & Louïs le Debonnaire, aux Comtez de Barcelonne, Urgel, Brefals, Rouffillon, aux Empuries, à Cerdagne, Conflans, Gironne, & à Offonne en Catalogne. Et le Roi d'Arragon cede au Roi S. Louïs les droits qu'il pretendoit à Carcaffonne & au Comté; à Laurac, & au Comté de Lauragais; à Beziers, & au Vicomté; à Agde, à Albi & Albigeois; à Rhodez, au Comté de Foix, à Cahors, & au Cahorfin; à Narbonne, & au Duché de Narbonne, à Puylaurens, à Sainte Foi, à Millaud, au Vicomté de Credon, au païs de Fezanfaguel, à Nifmes & au Nemaufois, à Touloufe & au Comté de Touloufe, & à Saint Gilles : Bref tout ce qu'il pretendoit en toute la terre & jurisdiction de feu Raimond Comte de Touloufe. Zurita a écrit le contenu en ce Traité; mais il ajoûte ce qui n'eft pas aux originaux, & tout fuivant les Thresor des Chartres du Roi : '' Que le Roi d'Arragon '' ceda par le même Contract, ce qu'il preten- '' doit à Leucate.

Voilà à quel titre le Roi eft Seigneur utile du Languedoc.

Le Roi Jean, par fes Lettres patentes du mois de Decembre 1361, réunit à la Couronne le Comté de Touloufe.

Cet échange de l'an 1258, entre le Roi S. Louïs, & le Roi d'Arragon, a donné fujet de demander quels droits avoit le Roi d'Arragon fur le Comté de Touloufe, & fur toutes les grandes Seigneuries, dont il cede les droits au Roi Saint Louïs.

Il y en a qui ont crû qu'ils prenoient leur origine de ce que Bertrand Comte de Touloufe, en l'année 1116, alla trouver Alfonfe VI, Roi d'Arragon fon ayeul, & lui demanda fecours, pour recouvrer fon Comté de Touloufe, qu'avoit envahi le Comte de Poïctiers, pendant fon voyage de la Terre Sainte. Pour l'induire à prendre fa protection, il lui fit une declaration qu'il étoit fon Vaffal. Zurita au livre premier de fes Annales d'Arragon, chap. 43 parlant de ce fait, ajoûte : '' Que ce Comte '' fournit au Roi d'Arragon, non feulement fon '' Comté de Touloufe, mais auffi fon Comté de '' Rhodez, Beziers, Agde, Narbonne, Cahors, '' Carcaffonne, Albi, & ce qu'il tenoit en Foix.

II

Il n'y a perfonne qui ne juge que cette reconnoiffance de Seigneur de fief eft nulle, n'étant pas permis à un Vaffal de choifir tel Seigneur que bon lui femble, au prejudice de fon ancien & naturel Seigneur.

Pour être feudataire, il faut avoir reçû la terre de celui de qui l'on la reconnoît. Or le Comté de Touloufe avoit été baillé aux Comtes de Touloufe par le Roi de France, & ledit Comté de tout temps a été un fief mouvant de la Couronne de France.

Le Comte de Touloufe n'a pû faire cette foumiffion au Roi d'Arragon, fans le confentement du Roi fon Seigneur fouverain; n'a pû obliger fes fucceffeurs à être hommagers, & ainfi il n'a donné aucun droit à ceux d'Arragon: & quand il l'auroit pû, les Rois d'Arragon n'auroient feulement que la directe fur les chofes cedées, & reconnuës mouvantes d'eux.

Il ne faut donc point penfer que le Roi d'Arragon ait fait aucun fondement fur ce droit, en traitant avec Saint Louïs. Il eft donc queftion d'examiner quels pouvoient être les droits cedez au Roi S. Louïs, par cet échange de l'an 1258. Mais avant que d'en venir là, il faut confiderer que nos Hiftoires font fort défectueufes pour ces particularitez : Que ces droits & prétenfions, pour être avant l'année 1258, ne fe peuvent que très-difficilement découvrir; ce qui ne fe peut tirer que des Hiftoriens de la Maifon d'Arragon, qui ont en cela montré peu de curiofité.

Neanmoins l'on voit, que ceux d'Arragon ont prétendu fur le Comté de Carcaffonne, à caufe d'Almodie, femme de Raimond Berenger Comte de Barcelonne : Que depuis ce temps les Comtes de Barcelonne, & après eux les Rois d'Arragon, fe font dits Comtes de Carcaffonne. Il eft vrai que ce Raimond Berenger eut de grandes guerres avec Raimond Trincavel Vicomte de Beziers, qui avoit époufé Ermengarde, fille & heritiere de Raimond, legitime Comte de Carcaffonne : mais les Hiftoriens d'Arragon ont écrit, qu'ils tranfigerent en l'année 1068, & que Trincavel & fa femme cederent au Comte de Barcelonne leurs droits au Comté de Rafez, à Couferans, Comminge & Carcaffonne. De-là, fans doute, eft le fondement du Roi d'Arragon. Mais l'on voit par nôtre Hiftoire, & très-certainement, que la pofterité de ce Trincavel Comte de Beziers & de fa femme Ermengarde Comteffe de Carcaffonne,a joüi & poffedé les Comtez de Carcaffonne & de Beziers: & que Raimond Roger Comte de Carcaffonne & de Beziers, iffu d'eux en ligne directe, ayant fuivi le parti des Heretiques Albigeois, y fut tué, fes Etats conquis, & donnez à Simon Comte de Montfort, Chef de la Croifade : ce qui fut confirmé par le Pape Innocent III. Tellement que le fils de ce Roger, nommé Raimond Trincavel, ceda l'an 1211 audit Simon fes droits aux Comtez de Carcaffonne, au Vicomté de Beziers, à Albi, Rafez, & à Agde : fans que ceux d'Arragon fe foient oppofez, foit lors que l'on extermina les Albigeois, foit lors que le Pape confirma le don qui en fut fait au Comte de Monfort, foit auffi lors de la ceffion qu'en fit le fils de celui qui avoit été fpolié, foit auffi lors qu'Amaulri fils de Simon Comte de Montfort ceda l'an 1223 au Roi Saint Louïs le droit qu'il avoit au Comté de Touloufe, au Vicomté de Beziers, & en toute la conquête fur les Albigeois ; bref quand Raimond Trincavel, fils de Roger, par acte de l'an 1247, declara

qu'il n'avoit plus de droit au Vicomté de Beziers, & au Comté de Carcaffonne, les ayant cedez au Roi S. Louïs: & tout cela avant l'échange dont eft queftion, qui eft de l'an 1258.

Pour le Lauragais, l'on voit un Traité de l'an 1179, entre Ildefonfe Roi d'Arragon Comte de Barcelonne, & Roger Vicomte de Beziers & de Carcaffonne, par lequel ledit Roi donne à ce Roger la Ville de Carcaffonne, le Château de Laurac, & tout le Lauragais, à la charge de lui en faire la foi. Par l'échange donc, le Roi d'Arragon ne ceda que la directe fur le Lauragais, puifqu'il avoit quitté l'utile par ce Traité, à celui duquel nous avons les droits.

Pour les Comtez de Rhodez, & de Foix, l'on ne voit pas quel droit ceux d'Arragon y avoient avant l'an 1258, non plus qu'au pays de Fezanguel, ayant toujours été poffedez par des Seigneurs particuliers; poffible y avoient-ils quelques droits, en fuite des mariages, & autres caufes.

Pour le Querci, étant furvenu different entre le Roi, & le Comte de Touloufe, fur l'execution du Traité de Paix de l'an 1228, intervint Sentence arbitrale, donnée par le Legat du Pape, & le Comte de Champagne, Executeurs du Traité, par laquelle la Ville de Cahors, & les Fiefs qui en dépendent, font adjugez au Roi. Depuis ce temps nos Rois ont été reconnus Seigneurs de Cahors; à cela les Rois d'Arragon ne s'y oppoferent jamais.

Pour le Vicomté de Narbonne, il eft vrai qu'il eft tenu du Comté de Touloufe, & l'on en a des actes de foi des années 1240, 1242, 1247. Ce font des actes comme nos Rois étoient Seigneurs directs de Narbonne, non pas les Rois d'Arragon.

Refte le Comté de Touloufe, cedé par cet échange : l'on n'a jamais vû que les Comtes de Barcelonne, & les Rois d'Arragon ayent pris qualité de Comtes de Touloufe. Les Rois d'Arragon ont vû la guerre furieufe dans le Languedoc, faite par les Croifez, contre les vrais & legitimes Comtes de Touloufe : Ils ont vû ces Comtes dépouillez, par l'armée des Croifez ; ont vû le Comté transporté en autre main, à favoir aux Comtes de Montfort, par des Declarations publiques, par des Conciles generaux connus de tout le monde : Ils ont vû que ceux de Montfort en ont difpofé comme bon leur a femblé, fans alleguer leurs droits, ni leurs pretenfions, fur le tout, ni fur les moindres parties.

Il faut donc conclure, que ces droits d'Arragon n'étoient que fimples prétentions, la plûpart vaines, & fans fondement, puifque les Rois d'Arragon n'étoient pas en poffeffion d'aucunes de ces Terres, & grandes Seigneuries qu'ils cedoient.

A toutes ces confiderations il eft bon d'ajoûter une marque indubitable, que le Roi d'Arragon,lors de cette ceffion,n'étoit en poffefion réelle ni actuelle d'aucune chofe qu'il cedoit au Roi S. Louïs, parce que toutes ces Comtez & Seigneuries avoient été conquifes fur les Comtes de Touloufe, & leurs adherans Heretiques Albigeois poffeffeurs d'icelles. Or eft-il qu'une les Rois d'Arragon ne furent ni Heretiques, ni fauteurs des Albigeois : ne s'oppoferent jamais à la ceffion qui fut faite de ces lieux, comme les leur appartenant pas : ne fe préfentérent point lors qu'il en fut difpofé : Par confequent il ne fut rien conquis fur eux; par confequent ils n'étoient pas en poffeffion des lieux, puifqu'ils avoient été conquis fur les

D 3   He-

Heretiques , & confisquez fur des Heretiques.

Droits du Roi fur le Royaume de Navarre.

LE droit du Royaume de Navarre eft fi clair & fi legitime, qu'il n'eft befoin d'autres preuves que la Genealogie, qui ne peut être contestée.

L'ufurpation en fut faite en 1512, par Ferdinand & Ifabelle, fur Catherine de Foix, & Jean d'Albret fon mari.

Le premier & l'unique moyen qui fut mis en avant lors de l'ufurpation, fut la feule excommunication fulminée par le Pape Jules II, contre les Roi & Reine de Navarre, portant privation de leur Royaume, pour n'avoir affifté le Roi Louïs XII, & avoir refufé le paffage à l'armée, que Ferdinand Roi d'Arragon difoit vouloir faire entrer en France, pour affifter le Roi d'Angleterre à la conquête de la Guyenne.

A ce moyen il fuffit de dire, ce que le Chancelier du Prat dit de la part du Roi François I, en la Conference de Calais, de l'an 1521, ,, Que la privation du Pape ne pouvoit être va,, lable, n'ayant puiffance par telles voyes, d'ô,, ter & tranfporter les Royaumes non mouvans ,, de l'Eglife.

Le Sieur de Roiffy en dit autant en l'Affemblée de Cercamp, de l'an 1585. Et le Roi Charles IX, fit la même réponfe au Pape Pie IV, l'an 1558, lors qu'il voulut declarer Jeanne Reine de Navarre, déchuë de fon Royaume & de fes Etats, à caufe d'herefie.

Auffi en l'Affemblée de Montpellier, de l'an 1519, le Chancelier d'Efpagne ne trouva pas bon, qu'aucun des Miniftres de fon Maître fe fervît de ce moyen, le tenant peu confiderable & inutile.

Depuis cette ufurpation, les Rois Louïs XII, François I, & Henri II, ont envoyé des armées dans la Navarre, pour rétablir les Rois de Navarre dans leurs Etats, ce qui n'a pas fuccedé.

Sous le regne de François I, en 1514, fut fait un Traité à Paris, avec Charles Prince d'Efpagne, qui a été depuis Charles V, Empereur, qu'il feroit envoyé vers Ferdinand Roi d'Arragon qui avoit envahi le Royaume de Navarre, pour le perfuader de prendre jour, pour terminer ce differend, & qu'Arbitres feroient à cet effet nommez de part & d'autre; autrement que le Roi François I pourroit affifter le Roi de Navarre.

En l'an 1516, au Traité de Noyon, le même Charles promit, que fi-tôt qu'il feroit en Efpagne, & que la Reine de Navarre lui auroit fait voir fon droit, il lui donneroit contentement.

La Reine de Navarre fit voir fon droit par fes Ambaffadeurs; mais inutilement. L'on leur fit réponfe, que l'union de la Navarre à la Couronne de Caftille n'avoit pas été faite fans grande juftice.

Par le Traité de Madrid Charles V ne put tirer autre chofe du Roi François I, quoi qu'en captivité, finon qu'il promit de faire ce qui feroit en lui, pour perfuader le Roi de Navarre à renoncer à tout ce qu'il pouvoit pretendre, au profit de l'Empereur Charles.

L'Empereur demanda les mêmes claufes par les Traitez de Cambray, en 1529, & de Crespy, en 1544, qui font des marques affurées du doute qu'il avoit de fon droit.

En 1548, l'Empereur Charles V fit un Ecrit en forme de Codicille, par lequel il commande à fon fils, de commettre l'affaire du Royaume de Navarre à des perfonnes de favoir & de confcience, pour rechercher à quel titre le Roi Ferdinand l'avoit poffedé, le tout pour décharger fa confcience.

Le même Empereur, par l'inftruction qu'il donne à fon fils, article 58, il lui confeille de faire en forte qu'il époufe la Princeffe Jeanne d'Albret, ou de l'enlever, & qu'elle lui quitte fes droits au Royaume de Navarre.

Antoine Roi de Navarre envoye fes Ambaffadeurs en Efpagne, pour demander la reftitution de fes Etats : l'on lui propofa de lui donner recompenfe; ce qui ne fut exécuté.

Henri le Grand rejetta la propofition qui lui fut faite de la part du Roi d'Efpagne, par le General des Cordeliers, de rendre la Ville d'Amiens, & quelques autres Villes, s'il lui vouloit ceder fes droits au Royaume de Navarre.

Philippe II, en 1598, ordonna par fon Teftament à fon fils, pour fûreté de fa confcience, de faire fincerement examiner, s'il étoit obligé à la reftitution du Royaume de Navarre, & de le faire, ou d'en donner recompenfe; & s'excufe de n'avoir pû executer le Teftament de fon pere.

Par le Traité de Vervins, en 1598, les actions font refervées à Henri le Grand, & à fes fucceffeurs, à caufe du Royaume de Navarre, qu'il pretend lui appartenir, pour en faire pourfuite par voye amiable, ou de Juftice, & non par les armes. Tellement que le droit eft tout entier.

Droits du Roi Jean quatriéme élû Roi de Portugal, fur cette Couronne.

POur éclaircir le droit du Roi Jean IV de Portugal, il faut favoir qu'Emanuel qui mourut en l'an 1521, & qui a été le dernier Roi de Portugal qui a laiffé des enfans, en laiffa fix : favoir eft,

Jean III, Roi de Portugal, qui mourut en 1557.

Ifabelle mariée à Charles V.

Beatrix de Portugal, mariée au Duc de Savoye, grand-pere du Boffu.

Pierre qui mourut fans enfans, & fans être Roi.

Henri premierement Cardinal, reconnu Roi en la LXXV année de fon âge, qui ne fut point marié.

Duarte qui mourut avant Henri, & confequemment fans être Roi.

Jean III, qui fut Roi de Portugal après Emanuel fon pere, eut un fils nommé Jean comme lui, qui mourut fans être Roi.

Ce Prince, nommé Jean, laiffa un fils, qui fut le Roi Sebaftien, qui fe perdit en Afrique en l'an 1578.

Duarte dérnier fils d'Emanuel laiffa deux filles; une nommée Marie, mariée à Alexandre Duc de Parme, laquelle mourut en l'an 1577, un an devant le Roi Sebaftien.

Et une autre nommée Catherine, mariée au Duc de Bragance, laquelle vivoit en l'an 1580, lors que le Roi Philippe II ufurpa le Royaume.

On demande qui doit fucceder, ou de Philippe II, à raifon d'Ifabelle fa mére ou des descencendans de Beatrix, mariée en Savoye, puînée d'Ifabelle.

Ou de la fille aînée du Prince Duarte mariée à Parme, ou de la cadette mariée à Bragance, qui toutes deux étoient en pareil degré que Philippe II, quand le Royaume vint à vaquer.

On dit que Philippe II ne put fucceder, parce qu'il étoit Prince Etranger, portant autre nom, & autres armes que celles de Portugal, & autre titre de Royauté, dans lequel celui de Portugal eût été confondu.

On dit que la fille mariée en Savoye n'a pû donner droit de fucceffion à fes enfans, parce qu'ils étoient Etrangers comme Philippe.

On dit que celle qui a été mariée à Parme, n'a pû auffi donner droit à fes enfans, pour la même raifon, & parce qu'elle étoit morte, & qu'en ce fait, reprefentation n'a lieu qu'ès perfonnes vivantes.

On conclud de-là, que la fucceffion appartient legitimement à la feconde fille, mariée à Bragance, nommée Catherine ; parce qu'elle étoit vivante, lors que le Royaume a manqué de mâles, qu'elle eft du nom & des armes de Portugal, qu'elle portoit l'un & l'autre, & qu'elle étoit actuellement refidente dans le Royaume.

Ceux qui foûtenoient le droit de ladite Catherine, difoient, qu'elle reprefentoit ledit Duarte fon pere, qui eût été preferé à ladite Ifabelle fa fœur, fi tous euffent lors vécu. Et qu'aux Royaumes où les filles font reçuës à la fucceffion, tandis qu'il y a des descendans des fils des Rois, foit femelles ou mâles, en quelque degré éloigné qu'ils foient, ils doivent être preferez aux filles, & à leurs descendans.

Pour exclure demonftrativement tous les autres pretendans, que Jean IV, élû en l'an 1640, il faudroit faire voir un titre qui exclût les Princes Etrangers qui ne portent pas le nom & les armes de Portugal, de la fucceffion de ce Royaume.

Les Portugais difent, que c'eft une loi reçuë & notoire en leur païs, de pareille nature que la Loi Salique en France, qu'on ne peut revoquer en doute, quoi qu'il n'y en ait point de Conftitutions écrites.

Ils fortifient ce droit en difant, que c'eft chofe fi ordinaire en toute l'étenduë des Royaumes qui font compris fous le nom d'Efpagne, d'établir pour heritiers des Couronnes les descendans des derniers mâles, foit qu'ils foient mâles, ou femelles : Que Henri III, Roi de Caftille, par fon Teftament fait à Toiede l'an 1406, le 24 Decembre, ordonna que fon fils Jean, depuis Jean II Roi de Caftille, & fes enfans mâles, &

femelles, lui fuccederoient en fes Royaumes & Seigneuries par preference à fes filles Marie, & Catherine, & que leurs enfans mâles & femelles fuccederoient comme eux. Charles Quint en a ufé ainfi par fon Teftament fait à Bruxelles, en l'an 1554, preferant à la fucceffion de tous fes Royaumes & Seigneuries, les descendans mâles & femelles à l'infini de fon fils Philippe II, Roi d'Efpagne, à fa fille aînée Marie, femme de l'Empereur Maximilian II, & à fon autre fille Jeanne, mariée à Jean Prince de Portugal, mere du Roi Sebaftien, & à leurs descendans mâles & femelles, encore qu'ils fuffent plus proches en degré. D'où il s'enfuit par une raifon particuliere au fait dont il s'agit, qu'il eft bien jufte que Philippe II foit Prince de Portugal, par la même Loi que fon pere fait pour lui conferver le Royaume d'Efpagne.

Le même Philippe s'eft condamné en cette caufe par lui-même, en ce que par fon Teftament fait à Madrid en l'an 1594, il prefere à la fucceffion de tous fes Royaumes, & nommément en celle de Portugal, les descendans mâles & femelles à l'infini de fon fils Philippe III, Roi d'Efpagne, à fa fille Ifabelle Claire Eugenie, Princeffe des Païs-Bas, femme de l'Archiduc Albert; & à fa feconde fille Catherine, mariée avec Charles Emanuel Duc de Savoye. De forte que les fils & les filles de la Reine de Hongrie, fille dudit Roi Philippe III, qu'on a mariée fans renoncer, feroient preferez en la fucceffion d'Efpagne au Cardinal de Savoye, & au Prince Thomas, qui font plus proches d'un degré de Philippe II.

Ceux qui foûtiennent les droits du Roi * Jean IV, nouvellement élû, difent encore, que Philippe II s'eft non feulement exclu du Royaume de Portugal par les raifons fufdites ; mais en outre, parce qu'il eft entré comme ufurpateur dans le Royaume qu'il a occupé par force d'armes, fans avoir fait juger fon droit, qui devoit être, decidé par les Etats du Royaume, & au jugement defquels il s'étoit foûmis, en le pourfuivant comme il faifoit contre Catherine fa coufine.

Si cette raifon étoit feule, je l'eftimerois de peu de force, à l'égard des Rois, qui, à mon avis, ne peuvent être eftimez ufurpateurs, pour prendre ce qui leur appartient. Mais quand même cette raifon n'auroit pas de lieu, & quand la Couronne de Portugal n'appartiendroit pas à Jean IV, en vertu des Loix municipales du Royaume, qui ne fe trouvent point par écrit : Toûjours demeurera-t-il vrai, que les Ducs de Savoye auroient autant de droit que Philippe II.

* Nota, Que quand même le droit du Roi de Portugal feroit douteux, étant en poffeffion comme il eft, par l'élection & le confentement du Royaume, on peut le traiter comme Roi, & faire rendre à fes Ambaffadeurs les honneurs, qui font dus à ceux des Rois légitimes d'autant que le rang fa donne à ceux qui poffedent les Royaumes &, non à ceux qui prefendent : Ainfi que le Pape Pie II l'obferva envers les Ambaffadeurs de Mathias Roi de Hongrie, fans avoir égard aux pretentions que l'Empereur Frideric III avoit audit Royaume, Gobellinus lib. 2 de gefis Pii II, Pontifici.

GENEALOGIE.

Jean III, Roi de Portugal.

Ifabelle, mariée à Charles Quint.

Bea- trix, ma- riée au Duc de Sa- vo- ye.

Pier- re, qui mou- rut Cardi- nal, re- connu Roi au- fans & fans âge.

Henri premie- rement Cardi- nal, re- connu Roi au 75 an de son âge.

Duarte, qui mou- rut avant Henri, & confe- quem- ment fans être Roi.

Jean Prince de Por- tugal decedé l'an 1554.

Philippe II, Roi d'Es- pagne, qui fe faifir du Royaume de Portu- gal l'an 1580.

Catherine, femme de Jean, Duc de Bragan- ce, laquel- le vivoit quand Phi- lippe II conquit le Portugal.

Sebas- tien Roi de Portu- gal l'an 1557, perdu en Affri- que, l'an 1578.

Philippe III, Roi d'Efpa- gne & de Portugal.

Philippe à prefent Roi d'Es- pagne.

Theodofe fecond, Duc de Bragan- ce.

Jean IV, Duc de Bragance, élû Roi de Portugal en 1640.

Abregé des droits de la France fur l'État de Milan.

JEan Galeas Duc de Milan laiffa deux fils, Jean, & Philippe, avec une fille nommée Valenti- ne, que Louis Duc d'Orleans, fils du Roi Charles V époufa, ayant apporté pour dot le pais d'Aft.

Jean & Philippe étant morts fans enfans, la fucceffion regardoit les enfans de Valentine, d'autant que par fon contract de mariage avec Louis il étoit ftipulé, que la ligne mafculine de Galeas defaillant, le Duché de Milan feroit ac- quis à Valentine & à fes descendans.

Mais François Sforce, qui avoit époufé Blan- che, fille naturelle de Philippe, s'empara du Duché, pendant que les armes des Anglois étoient dans la France, & par les divifions des Maifons d'Orleans, & de Bourgogne.

Louis XII, auparavant Duc d'Orleans, em- ploya fes armes pour le recouvrement de ce Pa- trimoine de fes ayeuls ; ce qui lui fucceda heureufement, s'étant rendu Maître du Mila- nois.

Il en demanda l'inveftiture à l'Empereur Maxi- milian, & l'obtint, moyennant cent mil écus pour le droit de relief.

Après la bataille de Ravenne, les François furent contraints d'abandonner le Milanois, hors- mis les Châteaux de Breffe & de Milan, où ils laifferent garnifon.

Louis pour reparer cette perte traita avec les Rois d'Arragon & d'Angleterre, & ayant fait de grand preparatifs, il mourut au milieu de fes

deffeins, laiffant François Comte d'Angoulême heritier de fa Couronne.

Ce jeune Roi prit la qualité de Duc de Milan, comme hereditaire à la Maifon d'Orleans, dont il étoit defcendu, & ayant paffé les Monts, dé- fit les Suiffes, prit Milan, & contraignit Maxi- milian Sforce d'abandonner fes pretenfions.

François Sforce fon frere fe retira vers Maxi- milian, qui prit les armes en fa faveur, encore qu'il eût invefti Louis, & reçû de lui cent mille écus.

Ainfi l'armée Imperiale vint affieger Milan, mais fa refiftance des François fit qu'il y perdit fon armée, & fa reputation.

Après la mort de Maximilian, Charles d'Aû- triche fon fucceffeur renouvella cette querelle, fous couleur du rétabliffement de François Sfor- ce, qu'il difoit être injuftement dépouillé.

Dans cette guerre le Sieur de Lautrec ayant perdu la bataille de la Bicoque, il perdit enfui- te toutes les Places que le Roi tenoit dans le Milanois.

Cette perte obligea François I de repaffer les Monts, & de reconquerir Milan, où il entra victorieux : mais ayant affiegé Pavie, il fut fait prifonnier & conduit en Efpagne.

Pour fortir de prifon, il quitta par le Traité de Madrid, le Duché de Milan, avec le Roy- aume de Naples, la Souveraineté de Flandres, & la Bourgogne.

Depuis l'Empereur donna Chrétienne fa nie- ce, fille du Roi de Dannemark, avec le Duché de Milan, à François Sforce, qui étant mort fans enfans, le Roi en demanda l'inveftiture à l'Empereur, qui la lui refufa, & la donna en 1546, à Philippe II. fon fils.

Le Roi irrité de ce refus fait un troifiéme voyage en Italie, conquête le Piémont, & fait quelque progrès au Milanois : mais fon entre- vûe avec le Pape, & l'Empereur, moyenna une fufpenfion d'armes pour dix ans ; pendant lef- quels l'Empereur paffant par la France, promit au Roi de lui faire raifon du Duché de Milan. Mais après avoir mis ordre aux affaires des Païs- Bas il ne tint compte de fa promeffe.

Ce font les moyens par lefquels la Maifon d'Aûtriche a ravi injuftement l'Etat de Milan aux Rois de France.

On colore cette ufurpation par la renoncia- tion faite au Traité de Madrid, par le Tefta- ment de Philippe Duc de Milan, qui inftitua fon heritier Alphonfe d'Arragon, & par la nul- lité de la claufe inferée dans le contract de ma- riage de Valentine, pour n'avoir été autorifée par l'Empereur.

Au premier on répond, que le Traité de Madrid étant forcé n'obligeoit point le Roi, qui mêmes ne pouvoit difpofer des biens de fa Couronne.

Au fecond, que Philippe ne pouvoit faire cette inftitution au prejudice du droit acquis à Valentine.

Au troifiéme, que lors du mariage, l'Empi- re étoit vaquant, que les Papes pendant la va- cance en ont l'adminiftration, & que le Pape a ratifié la claufe du mariage.

Abre-

Abregé des Droits de France sur l'Etat de Naples.

LE Royaume de Naples a été possedé par les Princes de la Maison d'Anjou, dès l'année 1265, que Clement IV en donna l'investiture à Charles I, Comte d'Anjou, frere du Roi faint Louïs, tant pour lui que ses heritiers en droite ligne, mâle ou femelle : Et en defaut des descendans dudit Charles, Alphonse Comte de Poitou est appellé, & ensuite le puisné mâle de S. Louïs.

Les successeurs de Charles en ont joüi paisiblement, jusques en l'an 1380, que Jeanne premiere Reine de Naples fut inquietée en la possession de ce Royaume, par ses cousins, qui étoient de la Maison de Durazzo. Jeanne premiere se voyant sans enfans, bien qu'elle eût eu quatre maris, adopta en l'année 1380 Louïs Duc d'Anjou son cousin, frere de Charles V, pour lui succeder en tous ses Etats.

Cette adoption fut confirmée par le Pape Clement VII.

Depuis les successeurs de Louïs furent troublez en la possession du Royaume, par Lancelot, qui étoit de la Maison de Durazzo, & Lancelot étant mort, sa sœur Jeanne lui succeda.

Jeanne Deuxiéme se gouverna si mal, que les Barons du Royaume appellerent Louïs III, & en consequence du Testament de Louïs II, son pere, qui l'avoit institué son heritier en tous ses Etats, lui substituerent son second fils René, & audit René Charles son troisiéme fils.

Cette Princesse voyant qu'elle étoit en terme de perdre tous ses Etats, demanda secours à Alphonse Roi d'Arragon, qui possedoit la Sicile. Alphonse fit la guerre à Louïs II, & Jeanne en reconnoissance de ses services, l'adopta pour lui succeder au Royaume de Naples.

Depuis la Reine Jeanne étant maltraitée d'Alphonse, eut recours à Louïs III, successeur de Louïs II, elle l'appella près d'elle, & l'adopta; & porte l'acte : Qu'il est son proche parent, & de la race Royale. Elle revoque l'adoption faite en faveur d'Alphonse, & institué Louïs III, heritier en tous ses Etats. Cette adoption fut confirmée par le Pape Martin, par Bulles expresses en 1423.

Louïs Troisiéme mourut avant sa mere adoptive, en 1435. Jeanne voulant reconnoître les services qui lui avoient été rendus par Louïs III, institua par son Testament René d'Anjou, frere de Louïs III, son heritier en tous ses Etats. Cette institution fut confirmée par consentement de la Noblesse, & du Peuple.

Le Pape Eugene, nonobstant les pretentions d'Alphonse, confirma l'institution de René d'Anjou, par l'investiture qu'il lui donna du Royaume de Naples, en 1436.

Alphonse fit la guerre à René, le chassa de ses Etats, fit reconnoître son bâtard Ferdinand pour Duc de Calabre, & obtint du même Eugene, l'investiture du Royaume de Naples, en 1448.

René fit en suite une disposition, par laquelle il institua son heritier Charles d'Anjou Duc de Calabre son neveu, fils du Comte du Maine.

René mort, Charles prit le titre de Roi de Naples, non tant par la disposition testamentaire de son oncle René, qu'en consequence des investitures de ses prédecesseurs de la Maison

Tom. I.

d'Anjou; & particulierement de celle de Martin cinquiéme, en laquelle Charles, & ses heritiers nommément étoient appellez à la succession, après le decès de René sans enfans.

Charles mourut la même année, en 1451, fit son Testament, & institua son heritier universel en tous ses Etats Louïs XI, Roi de France, & ensuite tous ses successeurs descendans de la Couronne de France, c'est à dire les Rois de France.

Louïs XI, qui avoit succedé à Charles, mourut en 1483. Charles VIII son fils entreprit la conquête du Royaume de Naples, ce qui lui succeda. Le Pape Alexandre VI lui fit un Traité avec lui; le principal article fut, qu'il le couronneroit Roi de Naples, & lui en bailleroit l'investiture, sans prejudice du droit d'autrui.

Le progrès de Charles VIII fut traversé par Ferdinand Roi de Castille, qui suscita le Pape & les autres Puissances d'Italie contre lui, lui debatit son droit auprès du Pape; & jaloux de la bonne fortune des François, il assista Ferdinand bâtard d'Alphonse, par Gonsalve General de son armée, & le rétablit dans le Royaume de Naples.

Depuis Ferdinand Roi de Castille traita avec Charles VIII, pour chasser ce Ferdinand qu'il avoit maintenu au Royaume de Naples.

La negociation fut longue, & ne fut terminée qu'après la mort de Charles VIII, sous le regne de Louïs XII, & fut convenu entre Louïs XII, Roi de France, & Ferdinand Roi de Castille, que Louïs XII auroit pour sa part la ville de Naples, Gayete, la Terre de Labour, l'Abruzzo, la moitié de la Doüane de la Pouille, & qu'il s'intituleroit Duc de Milan, Roi de Naples & de Hierusalem; & que Ferdinand & Isabelle auroient le Duché de Calabre, la Pouille, & l'autre moitié de la Doüane, & s'intituleroit Roi de Sicile, Duc de Calabre & de la Pouille, & que l'un & l'autre des Rois joüiroit de sa part, & leurs successeurs à perpetuité.

Cette reconnoissance du droit du Roi faite en ce Traité, est fort confiderable; mais bien davantage la confirmation du Traité, faite par Alexandre VI, qui en donna l'investiture aux deux Rois, suivant leurs partages, pour eux, leurs enfans légitimes, & leurs successeurs; ce qui comprend tous les Rois de France.

Ensuite de ce Traité, Louïs XII, & Ferdinand Roi de Castille, entrerent en armes à communs frais dans le Royaume de Naples. Frederic, qui étoit frere de Ferdinand, fils bâtard d'Alphonse, fut chassé, & vint en France, où par Traité de 1501, il cela au Roi le droit qu'il pouvoit avoir en la portion qui lui étoit échüe par le partage.

Le Traité fait avec Ferdinand Roi de Castille, dura peu : Gonsalve demeura le Maître de tout le Royaume, en 1504.

L'année suivante 1505, se traita le Mariage de Madame Germaine de Foix, niece du Roi Louïs XII, avec Ferdinand Roi de Castille: & par le Traité, le Roi Louïs XII donna en dot à ladite Dame sa niece, toute la part & portion qu'il avoit au Royaume de Naples deçà le Fare, selon la division qui en avoit été faite avec Ferdinand, ensemble le Royaume de Hierusalem; & après sa mort aux enfans descendans de ladite Germaine de Foix : & au defaut d'enfans, la part du Royaume de Naples ainsi cedée, & le titre de Roi de Hierusalem, retourneront de plein droit au Roi Louïs Douziéme, ses heritiers, successeurs, & ayans cause.

Depuis 1512, Ferdinand qui ne desiroit pas

E   tenir

tenir sa parole, & executer les clauses de retour, en cas qu'il n'y eût point d'enfans, prit son temps sur la mauvaise intelligence qui fut entre le Roi Louis XII, & le Pape Jules Second, qui lui donna une ample investiture de tout l'Etat de Naples, à autre titre neantmoins que celui porté par le Contract, & le dispensa de tout ce qu'il pouvoit avoir promis pour ce regard.

Depuis Ferdinand étant mort sans enfans, Charles V, reconnoissant bien que cette investiture étoit injuste, & qu'elle ne pouvoit ôter aux Rois de France une Couronne qui leur appartenoit par tant de titres, & dont le droit avoit été même reconnu & confirmé par Ferdinand son pere, par deux actes si solennels, du partage fait avec Louis XII, & du Contract de mariage de Madame Germaine de Foix. Ledit Charles V, par le Traité de Noyon, en l'année 1526, fait avec François I, convint qu'il se feroit un Mariage, entre Madame Louise fille du Roi François I, lors qu'elle auroit atteint le septiéme an de son âge, avec lui Charles, & que le Roi François I lui constitueroit en dot, ses droits & actions au Royaume de Naples : Et au cas que le Mariage ne sortit effet (comme il est avenu par le décès de ladite Louise) les Parties demeureroient en leurs droits au Royaume de Naples.

Par ce Traité l'on voit que Charles V doutoit de son droit, & reconnoissoit que les droits des Rois de France étoient bien fondez.

Jusques-là les droits de la Couronne sur le Royaume de Naples avoient été conservez en leur entier : mais le Roi François I, par les Traitez de Madrid, Cambrai & Crespi, y a renoncé, & depuis, ces renonciations ont été confirmées par le Traité de Vervins par Henri IV.

Moyens de nullité contre les Traitez de Madrid, Cambrai, & Crespi.

L'On dit, que le Traité de Madrid a été fait pendant l'étroite prison de François I, qui fit un acte fort considerable, avant que de faire signer le Traité par ses Ambassadeurs, qu'il n'entendoit, ni ne pouvoit faire aucune chose au prejudice de son honneur, ni de son Royaume, & que le Traité qu'il devoit faire signer par force, & par la longueur de sa prison, pour éviter les grands maux qui pourroient arriver à son Royaume : & que tout ce qui étoit contenu en icelui, seroit & demeureroit nul, & de nul effet ; protestant de nullité de toutes conventions, renonciations, & promesses qu'il pourroit faire au profit de l'Empereur Charles V, au prejudice des droits de son Royaume.

Ensuite de ces protestations, le Traité fut signé, le Roi mis hors de prison : l'Empereur Charles Cinquiéme, qui doutoit de la validité du Traité fait pendant la prison de François Premier, le sollicita étant à Bayonne, & depuis à Paris, de ratifier le nouveau Traité ; ce qu'il refusa.

François I renouvella la guerre en Italie, qui lui fut peu heureuse ; le Pape fut pris prisonnier : Enfin ces deux Princes lassez de voir leurs Royaumes en si grands troubles, firent le Traité de Cambrai, par lequel on retrancha des renonciations, & cessions faites par le Traité de Madrid, le Duché de Bourgogne ; toutes les autres clauses du Traité furent confirmées.

Ce Traité dernier fut verifié dans tous les Parlemens du Royaume, & le Roi François I

donna pouvoir par Lettres patentes à tous les Procureurs Generaux de se presenter pour en demander la verification : Ils obeïrent tous, mais avec des protestations pour la conservation des droits du Roi, & que la requisition qu'ils faisoient, étoit par commandement exprès, & pour obeïr.

Depuis en l'année 1536, le Roi François Premier entra en son Parlement, donna audience à son Procureur General, demandeur en matiere de declaration de felonie commise, & reversion de Fiefs, contre Charles d'Autriche, detenteur des Comtez de Flandres, Artois, & autres Seigneuries de la Couronne de France, ayant contraint le Roi de lui transporter pendant sa prison, plusieurs grandes Principautez, & Seigneuries, comme Naples, Sicile, Milan, & autres ; Que tous ces Traitez étoient iniques & injustes ; Qu'un Roi ou autre étant entre les mains de ses ennemis, n'a point de volonté. Ledit Procureur General conclut ses remontrances par une demande, que s'il ne plaisoit au Roi adjuger la commise des Fiefs, qu'il lui plût lui donner commission pour faire assigner ledit Charles V, pour prendre telles conclusions qu'il verroit être à faire. L'Arrêt fut donné ensuite en presence du Roi, & ordonna que Charles V seroit assigné, pour voir adjuger la commise des Fiefs, & terres possedées par lui, mouvans de la Couronne.

Ensuite des Traitez de Madrid, & Cambrai, le Traité de Crespi fut fait l'an 1544, par lequel le Roi confirma tous les precedens Traitez: mais ce Traité fut fait lors que l'Empereur étoit en France d'un côté, & le Roi d'Angleterre d'autre, avec de puissantes armées. Ce Traité fut suivi d'une protestation faite par Monsieur le Dauphin fils aîné, qui porte, qu'ayant sû le Traité de Crespi, fait entre le Roi son Seigneur & pere, & l'Empereur, qui contient plusieurs articles grandement prejudiciables, non seulement à lui, mais au general du Royaume, à cause des renonciations faites à la Souveraineté du Comté de Flandres, & droits au Royaume de Naples, Duché de Milan, Comté d'Ast, & autres Terres & Seigneuries, il declare, qu'en cas qu'il soit obligé de le signer, pour crainte & reverence paternelle, qu'il entend que tout ce qu'il fera, ne lui puisse prejudicier, ni au Royaume, & qu'il soit en son entier de pouvoir poursuivre ses droits. Cet Acte est de 1544, passé pardevant deux Notaires, en presence du Duc de Vendôme, François de Bourbon Duc d'Anguien, & François d'Anguien Comte d'Aumale.

Ce sont les mêmes moyens que l'on peut proposer contre les Traitez de Madrid, Cambrai & Crespi.

Depuis, ces Traitez ont été confirmez par le Traité de Vervins.

Anciens Droits de la France sur la Sicile.

LA Sicile étant possedée par les Sarrasins, les Normans, sous la conduite de Roger & Robert Guiscard freres, descendirent en Italie, & peu d'années après conquirent toute la Sicile, sous le titre de Comté, Robert eut la Pouille & la Calabre.

Robert meurt, laisse deux enfans qui partagerent ses Terres.

Roger meurt ensuite, & laissa son Royaume de Sicile à Roger II, son fils, qui usurpa depuis sur ses neveux la Pouille, & la Calabre ; & en-

enfin après leur mort, il fut Seigneur paisible de la Sicile, de toute la Pouille, & la Calabre.

Roger II ne se contenta pas de posseder toutes ces grandes Seigneuries sous le titre de Comte, il se fit saluer Roi d'Italie par ses Sujets : & depuis en l'année 1129 il se fit couronner dans Panorme Roi de Sicile & de Naples, où assisterent les plus grands de ses Etats.

Calixte Pape en ayant eu avis, fait resolution de lui faire la guerre; mais il fut prevenu de la mort, le cinquiéme an de son Pontificat.

Honoré II, qui lui succeda, reprit le même dessein, qu'il ne put executer, étant mort en l'an 1130.

Innocent II lui succeda, mit une armée sur pied, qu'il commandoit en personne, & s'avança avec tant de diligence au lieu où étoit Roger, qu'il fut surpris, & contraint de se retirer. Le Pape le suit, l'assiege dans un lieu appellé Gallice. Pendant ce Siege, Guillaume fils de Roger, Prince de Tarente, met une armée sur pied, pour secourir son pere, donne la bataille à Innocent II, défait toutes ses troupes, le prend prisonnier avec tout le College des Cardinaux, & le met dans les fers.

Roger étant délivré du Siege, retira Innocent II de prison, avec tous les Cardinaux, & lui rendit de grands honneurs. Innocent touché de la generosité de cette action, & voulant reconnoître la grace qu'il avoit reçuë, donna à Roger non seulement le titre de Roi de Sicile, qu'il desiroit; mais il ajoûta à ses Etats la Terre de Labour, la Pouille & la Calabre, jusques à la mer Sicilienne, avec la Ville de Naples, qui avoit jusques-là été possedée par les Empereurs Grecs, & lui donna l'investiture de tous ses Etats, sous le titre de Roi de Sicile.

En suite Roger entre dans Naples avec le Pape Innocent, & tout le College des Cardinaux.

Cependant le bruit étant venu à Rome, qu'Innocent étoit prisonnier avec sa suite, l'on élut Pape, sous le nom d'Anaclet, Pierre fils de Leon Chevalier Romain.

Innocent ayant eu cet avis, passa en France, & se mit sous la protection du Roi Philippe.

Roger voyant Innocent éloigné, reconnut pour Pape Anaclet, qui lui donna de grandes Terres, outre celles qu'il avoit euës d'Innocent.

Innocent étant en France, tint un Concile à Clermont, condamne Anaclet avec tous ses sectateurs, entre dans l'Italie avec les forces de Lothaire Empereur de Germanie, reprend toutes les Terres qu'il avoit données à Roger, qui s'étoit retiré en Sicile.

Innocent meurt l'année 1145. Celestin, & Lucie II, & Eugene III, succedent au Pontificat l'un après l'autre. Roger voyant qu'ils prenoient peu de soin de conserver les Etats qu'Innocent avoit repris sur lui, rentre dans la Sicile, prend Naples, & se rend maître de tout ce que lui avoit ôté Innocent. Et depuis Eugene lui confirme le titre de Roi de Sicile.

Roger meurt l'an 1154, laisse heritier de sa Couronne Guillaume son fils, qu'il avoit fait couronner de son vivant.

Guillaume Premier demande à Adrian IV l'investiture de ses Etats, Adrian lui refuse : En suite de ce refus Guillaume met une puissante armée sur pied, entre dans les terres de l'Eglise, sollicite le Pape d'un Traité de paix, en lui donnant la continuation de ses Etats : à la

charge qu'il rendroit non seulement ce qu'il avoit usurpé sur l'Etat de l'Eglise; mais qu'il donneroit une partie de ses Terres. Le Pape Adrian accepte les conditions, reçoit Guillaume en son amitié, lui donne l'investiture de tous ses Etats, sous le titre de Roi de Sicile, en faisant le serment d'honorer & reverer l'Eglise, & de la proteger par ses armes.

Guillaume Premier, dit le Mauvais, meurt l'an 1166, laisse son Royaume à Guillaume II, son fils, dit le Bon, qui, après avoir regné vingtcinq ans, deceda sans enfans, l'an 1189.

Après la mort de Guillaume le Bon sans enfans, le Royaume de Sicile devoit retourner de droit au saint Siege; néanmoins les Siciliens étant pressez par les guerres que les Sarrasins qui étoient demeurez en la Sicile leur faisoient, éleurent pour Roi Tancrede, fils bâtard de Roger II, qui fut ensuite couronné à Panorme.

Clement III met une armée sur pied, qu'il envoye en Sicile, pour recouvrer le Royaume; Tancrede s'oppose avec grandes forces : Enfin Clement III retire son armée pour l'envoyer en Syrie, secourir Ptolemaide, assiegée par les Sarrasins. En sorte que pour un temps Tancrede demeura en possession du Royaume de Sicile.

Clement III étant mort, Celestin III lui succede, qui ne pouvant souffrir l'usurpation faite sur l'Eglise par Tancrede, du Royaume de Sicile, confirme l'élection faite pour Empereur de Henri fils de Frederic Barberousse, à la charge qu'il recouvreroit à ses dépens le Royaume de Sicile, des mains de Tancrede. Et pour donner plus de prétexte à son dessein, il retire du Monastere Constance, fille du Roi Roger, qui étoit âgée de cinquante-deux ans, la dispense de ses vœux, & la fait épouser à Henri l'Empereur, comme heritiere legitime de la Sicile.

Henri entre avec de grandes forces en Italie, assiege Naples, qui est secouruë par Tancrede, en sorte que l'Empereur est contraint de sortir de l'Italie, & s'en retourner en Allemagne avec sa femme.

Tancrede après avoir regné cinq ans, decede l'an 1195, laisse le Royaume de Sicile à Roger son fils.

Roger III étant couronné Roi, Henri Empereur, sur l'avis qu'il eut de la mort de Tancrede, vint pour une seconde fois en Italie, avec une puissante armée, assiege Naples : mais voyant qu'il ne pouvoit l'emporter par la force, il propose un Traité de paix à Roger, & de partager les Etats. Roger accepte les conditions, consent que Henri VI ait la Sicile, & que les Etats qui étoient dans l'Italie lui demeurent pour son partage : Et sous l'assurance de ce Traité, étant venu à Panorme trouver l'Empereur, il est arrêté, & envoyé en Allemagne. Henri lui fait crever les yeux, ainsi le dit l'Histoire. Le Royaume de Sicile passa en la Maison de Suave, après avoir demeuré en celle des Normans pendant cent trente-cinq ans.

Henri meurt l'an 1199, après avoir regné cinq ans en Sicile, & laisse Frederic son fils successeur en son Royaume. Frederic est couronné Roi de Sicile, & depuis Empereur de Germanie, & Roi de Hierusalem. Il fut grand ennemi & persecuteur de l'Eglise; ce qui donna sujet à Innocent IV de tenir un Concile à Lyon, où il cita Frederic; & à faute de comparoir, par une resolution de tout le Concile, il fut déclaré ennemi de l'Eglise, excommunié, & ensuite privé de l'Empire & de tous ses Etats, en l'an 1245.

Tom. I.   E 2   Fre-

Frederic meurt cinq ans après, en l'an 1250, sans être reconcilié à l'Eglise, laisse deux enfans legitimes, Conrad, de sa premiere femme Constance, & Henri, d'Ioland sa derniere, & deux enfans naturels, Manfred & Frederic.

Conrad succede à Frederic, & meurt l'année seiziéme de son élection, laisse un fils nommé Corradin.

Manfred usurpe le Royaume sur Corradin son neveu; le Pape Urbain l'excommunie, envoye vers Saint Louïs, lui fait reconnoître les desseins qu'il avoit de donner l'investiture du Royaume de Sicile & de Naples à Charles d'Anjou son frere.

Urbain meurt, Clement Quatriéme lui succede au Pontificat.

Charles d'Anjou passe en Italie avec le Comte de Montfort, il est receû à Rome par le Pape Clement IV, qui lui donna en l'an 1265 la dignité de Senateur Romain, avec l'investiture du Royaume de Sicile, de Naples &. de Hierusalem, à la charge de payer au saint Siege quarante mil écus d'or tous les ans le jour de saint Pierre, & tous les trois ans, un cheval blanc, à condition qu'il n'accepteroit jamais la dignité d'Empereur.

Charles donne la bataille à Manfred, qui mourut au combat. Depuis Corradin ayant sû la mort de Manfred, entre dans l'Italie avec de grandes forces; Charles va au devant de lui, le combat, & Corradin fut défait & pris prisonnier, & ensuite eut la tête tranchée dans Naples, par le jugement de Charles. Ainsi finit la Maison de Suave, après avoir possedé le Royaume de Sicile soixante & seize ans.

Charles d'Anjou entre en possession du Royaume de Sicile, en consequence de l'investiture qui lui avoit été donnée par le saint Siege, auquel il étoit retourné de plein droit, n'y ayant plus aucun heritier legitime de la. Maison de Suave. Il est vrai que Manfred bâtard avoit eu deux filles, Beatrix & Constance : il maria de son vivant la derniere à Pierre d'Arragon, l'autre étoit demeurée prisonniere en Sicile.

Charles possede son Royaume paisiblement pendant douze ans; son regne néanmoins fut rude, & ses Officiers faisoient de grandes exactions, & exerçoient de grandes violences ; les François qui étoient dans la Sicile traitoient injurieusement les Dames Siciliennes. Cette mauvaise conduite irrita les Siciliens, leur donna sujet de faire des plaintes à Charles par les Deputez qu'ils lui envoyerent à Rome. Le mépris que Charles en fit, augmenta leur mécontentement, & leur donna sujet de penser à se retirer de son obeïssance. Les Grands font une faction, deputent vers Pierre d'Arragon, traitent avec lui, pour venir en Sicile posseder le Royaume, qu'ils disoient lui appartenir comme heritier de Manfred, à cause de Constance sa femme. Pierre reçoit les propositions, & engage les Siciliens à faire ce grand meurtre des François, qui a eu le nom de Vêpres Siciliennes. Charles ayant eu avis de la revolte des Siciliens, & de la cruauté qu'ils avoient exercée envers les François, vint en Sicile, & assiege Messine. Pendant ce temps, Pierre d'Arragon descend en Sicile, se fait reconnoître Roi dans Panorme par ses Ambassadeurs. Charles en ayant eu avis, se retire dans son Etat de Naples, & abandonne la Sicile à Pierre d'Arragon. Depuis Charles passe en Provence, laisse Charles son fils à Naples, qui fut pris prisonnier dans un combat naval, & mené en Arragon. Charles Premier meurt, son fils étant encore en prison : Il nomme Robert Comte d'Artois son frere, pour gouverner ses Etats, pendant la prison de son fils.

Pierre d'Arragon, en l'an 1286, meurt d'une blessure qu'il eut en la bataille qu'il donna à Philippe Roi de France, fils de Saint Louis, qui étoit entré dans ses Etats avec une puissante armée. Pierre d'Arragon laissa quatre enfans mâles, Alphonse, Jacques, Frederic, & Pierre : Alphonse lui succede au Royaume d'Arragon, Jacques au Royaume de Sicile, à la charge qu'Alphonse mourant sans enfans, Jacques auroit le Royaume d'Arragon, & Frederic celui de Sicile.

Jacques d'Arragon mét en liberté Charles II, & ensuite le Pape Nicolas lui donne l'investiture du Royaume de Sicile.

Jacques ayant eu avis de la mort d'Alphonse Roi d'Arragon son frere, passe en Arragon, laisse son frere Frederic son Lieutenant General en Sicile, en l'an 1290.

Le Pape Nicolas meurt, Boniface lui succede, qui negocie par ses Legats un Traité de paix, entre Jacques Roi d'Arragon, & Charles II. Les conditions furent, que Jacques cederoit à Charles toutes les pretentions qu'il avoit sur le Royaume de Sicile, qu'il épouseroit Blanche fille de Charles, & que Charles fils du Roi de France renonceroit au droit qu'il pouvoit pretendre au Royaume d'Arragon, & que Jacques seroit absous des censures Ecclesiastiques.

Les Siciliens, ayans eu avis de ce Traité, font une grande assemblée, en laquelle ils se declarent Frederic Roi de Sicile, suivant le Testament de son pere Alphonse.

Frederic & Charles eurent de grandes guerres pour le Royaume de Sicile : Enfin ils firent la paix, à condition que Frederic épouseroit Aleonor, fille de Charles, que la Sicile lui demeureroit pendant son vivant. Le Traité de paix est confirmé par Boniface VIII.

Frederic, après avoir regné quarante ans, meurt l'an 1336, laisse son successeur au Royaume de Sicile Pierre II son fils.

Pierre eut deux enfans, Louïs qui fut Roi de Sicile, & Frederic.

Louïs après de longues guerres fit la Paix avec Jeanne Premiere Reine de Naples, fille de Robert. Les conditions du Traité furent; Que le Royaume de Sicile demeureroit à perpetuité à Louïs, à la charge de payer tous les ans au saint Siege, au nom de la Reine Jeanne, trois mil onces d'or.

Louïs meurt sans enfans, Frederic IV lui succede, qui meurt l'an 1377.

Marie sa fille lui succede, épouse Martin d'Arragon. Après la mort de Marie, & Martin d'Arragon, il y eut de grandes guerres pour le Royaume de Sicile : enfin les Siciliens élurent Ferdinand I Roi d'Arragon, fils de Jean Roi de Castille.

L'on peut donc remarquer de ce qui a été dit ci-dessus, que la Sicile appartenoit à Charles d'Anjou, & à ses descendans, par l'investiture qui lui en avoit été donnée par Clement IV.

Que Pierre d'Arragon étoit usurpateur, qu'il n'avoit aucun droit en l'Etat de Sicile, sa pretension étant fondée sur le mariage de Constance, fille de Manfred, lequel Manfred étoit bâtard de la Maison de Suave, & qui avoit usurpé le Royaume sur son neveu Corradin. L'on peut ajoûter, que ces Terres étant de l'Eglise, Charles d'Anjou en étoit le vrai Seigneur, puisqu'il en avoit eu l'investiture du saint Siege.

Si donc Pierre d'Arragon n'avoit aucun droit,

les

fes enfans ne pouvoient avec titre legitime contester le Royaume à Charles d'Anjou : joint que Jacques II fils de Pierre d'Arragon, ainsi que nous avons remarqué ci-deffus, avoit cedé tout le droit qu'il avoit au Royaume de Sicile, à Charles d'Anjou.

Après cette ceffion, Frederic, frere de Jacques, ne pouvoit pas legitimement contester la Sicile à la Maifon d'Anjou, neanmoins ce Frederic ayant été éleû par les Siciliens, fit la guerre à Charles II d'Anjou; & par un Traité la Sicile lui demeura, les uns difent à vie, les autres à perpetuité; c'eft le premier titre legitime de la Maifon d'Arragon, pour la Sicile.

En confequence de ce Traité, Frederic poffeda la Sicile du vivant de Charles II d'Anjou, & de fon fils Robert pendant quarante ans, en forte que ceux de la Maifon d'Arragon avoient pour partage la Sicile, & la Maifon d'Anjou le Royaume de Naples. Ces deux Etats furent ainfi poffedez feparément fans conteftation par ces deux Maifons, jufques au regne de Jeanne Premiere, Reine de Naples, qui étoit fille de Robert d'Anjou, durant lequel regne Louis d'Arragon, petit-fils de Frederic, lui fit la guerre. Et enfin par un Traité de Paix, Jeanne accorda à Louis la Sicile à perpetuité, à la charge de payer au faint Siege, à la décharge de Jeanne, trois mil onces d'or tous les ans. Cette divifion du Royaume de Sicile, fous le nom de *Trinacrie*, fut approuvée par le faint Siege, & par les Cardinaux, nonobftant l'inveftiture faite en faveur de Charles I.

En confequence de ce Traité, la Sicile a été poffedée par les defcendans des Rois d'Arragon, jufques à la mort de Marie d'Arragon Reine de Sicile, après la mort de laquelle les Siciliens élurent Roi de Sicile Ferdinand V, Roi d'Arragon, fils de Jean de Caftille. C'eft de ce Ferdinand que la Maifon d'Autriche pretend avoir droit au Royaume de Sicile, d'autant que les fucceffeurs de Ferdinand en l'an 1460 firent une union du Royaume de Sicile à la Couronne d'Arragon.

L'on voit donc par ce que deffus, que la divifion du Royaume de Sicile ayant été faite d'avec le Royaume de Naples : (divifion qui a été autorifée par le faint Siege, par le confentement de Jeanne Reine de Naples) il eft difficile de fonder un droit pour la France, puifque nos Rois n'ont aucun titre pour pretendre le Royaume de Sicile, que l'adoption qui a été faite par Jeanne Deuxiéme Reine de Naples, & Louis d'Anjou. Et lors de cette adoption Jeanne II n'avoit rien au Royaume de Sicile, qui étoit poffedé par Alphonfe d'Arragon, en confequence de la fufdite divifion.

Ajoûtez à cela le Traité fait entre Louis XII, & Ferdinand Roi de Caftille, par lequel la Sicile fut laiffée à Ferdinand, & jamais depuis en tous les Traitez elle n'a été conteftée : Tellement que je ne vois pas que l'on puiffe fonder une conteftation pour le Royaume de Sicile.

CHARLES D'AN-
JOU frere de Saint
Louis, eut l'invefti-
ture du Royaume de
Sicile en l'an 1265.

CHARLES II fon
fils lui fucceda.

ROBERT D'AN-
jou fucceda à Char-
les Deuxième.

JEANNE petite-fille
de Robert lui fucce-
da, cette Jeanne a
été la derniere qui a
prétendu la Sicile.

Pierre d'Arragon qui avoit époufé Conftance, fille de Manfred, bâtard de la Maifon
de Suave, contefta le Royaume de Sicile à Charles d'Anjou, & l'ufurpa.
Jacques fils de Pierre d'Arragon, qui avoit fuccedé à fon pere au Royaume de Sicile,
ceda fes droits à Charles d'Anjou, fils de Charles Premier : Tellement que pour une fuc-
cefsion faite par fon frere Jacques, & frere de Jacques, ne voulut point approuver la
ceffion faite par fon frere Jacques, & s'empara de la Sicile, après que les Siciliens l'eurent élû Roi, prétendant que la Couronne lui appartenoit, à caufe du Teftament de
Pierre d'Arragon.

Enfin Frederic traite avec Charles II, & la Sicile demeure à Frederic, les uns difent
pour fa vie, les autres ajoûtent pour fes Succeffeurs. En confequence de cette ceffion,
le Royaume de Sicile eft poffedé pendant quarante ans par Frederic,enfuite par Pierre fon
fils, & Louis fils de Pierre.

Louis eut de grandes guerres avec Jeanne petite-fille de Robert, & par un Traité de
paix, à la charge de payer, en l'acquit de Jeanne premiere Reine de Naples, trois
Threarie, à la charge de payer, en l'acquit de Jeanne premiere Reine de Naples, trois
mille onces d'or tous les ans au S. Siège : cette divifion fut confirmée par le faint Siège,
& l'invefliture de la Sicile donnée à Louis, fous ces conditions.

C'eft le vrai titre de la Maifon d'Arragon pour le Royaume de Sicile; car la prétention de Pierre d'Arragon étoit injufte, fondée fur les droits de Manfred, bâtard de la
Maifon de Suave, qui n'avoit aucun droit en la Couronne, au préjudice de l'invefliture
donnée par Clement IV, à Charles d'Anjou.

En confequence de cette invefliture donnée à Louis, le Royaume de Sicile a paffé en
la Maifon d'Arragon, & enfuite à Charles-Quint, ainfi que l'on peut voir par la Genealogie de la Maifon d'Arragon.

Ferdinand traite avec Louis XII, par le Traité la Sicile demeure à
Ferdinand; le Royaume de Naples à Louis XII. Et depuis par tous
les Traitez nous n'avons jamais prétendu ni contefté la Sicile, ni
même Charles VIII, qui conquit tout le Royaume de Naples, ne
prétendit jamais la Sicile.

Maifon d'Arragon.

PIERRE D'ARRAGON, qui avoit époufé Conftance fille, de Manfred, bâtard de la Maifon
de Suave.

JACQUES D'ARRAGON fucceda au Royaume de
Sicile à Pierre d'Arragon.

FREDERIC fucceda à Jacques fon frere.

PIERRE fucceda à Frederic.

FREDERIC IV fucceda à fon frere Louis

LOUIS fucceda à Pierre.

MARIE fucceda à Frederic fon pere.

Apres la mort de Marie, les Siciliens élurent
FERDINAND V, Roi d'Arragon.

A Ferdinand fucceda ALPHONSE.

JEAN D'ARRAGON fucceda à fon frere au Royaume.

FERDINAND, dit le CATHOLIQUE, fucceda
à Jean d'Arragon fon pere.

JEANNE fucceda à Ferdinand.

CHARLES Cinquieme Empereur.

Abregé des droits de la Couronne de France sur les Etats du Duc de Savoye.

LEs prétensions de la France sur les Etats du Duc de Savoye ne sont pas de peu de consideration. Nos Rois en ont fait tant d'état, qu'encore qu'ils ayent rendu plusieurs Places qu'ils avoient conquises sur les Ducs de Savoye, neantmoins tous ces Traitez ont été faits avec cette reserve, & condition, que les differens qui étoient entre les deux Princes, seroient terminez par Commissaires, & Arbitres, qui seroient nommez de part & d'autre. L'on peut voir cette condition par un des articles du Traité de Cambresis inseré ci-après; & depuis ce Traité, tous les autres qui ont été faits, ont contenu cette reserve.

Ces prétensions sont fondées sur deux moyens: le premier, sur l'adoption faite par Jeanne II, de Louis III, Duc d'Anjou, & après sa mort, de René d'Anjou, qui institua par son Testament Charles d'Anjou, & Charles ensuite appella à sa succession universelle Louis XI, & Charles VIII. A ces deux Rois ont succedé Louïs XII, & consecutivement nos Princes, qui ont soûtenu qu'en la succession des Rois de Naples, les Comtez de Provence, le Comté de Piemont, qui avoit été annexé à la Provence, & le Comté de Nice étoient compris.

Sur ce fondement les Commissaires du Roi de France qui furent deputez pour terminer avec les Commissaires de Savoye les differens reservez par le Traité de Cambresis, adjugerent le Comté de Nice à la Couronne de France.

Il est vrai que pendant les troubles du Royaume de Naples, qui furent excitez par la Maison de Duras, à l'encontre de Jeanne Reine, Amedée Septiéme Comte de Savoye, s'empara du Piemont, que ces Comtes ont toûjours depuis possedé par usurpation.

La Reine Jeanne ses lors assembla ses Etats à Casa-nauve, l'an 1325, commanda de lever des gens de guerre pour rentrer dans son Etat; mais la division, & la guerre qu'elle avoit dans l'Etat de Naples, l'empêcherent d'executer son dessein.

Les Princes de la Maison d'Anjou, & Rois de Naples, qui ont succedé à cette Princesse, ont disposé par leurs Testamens, & du Comté de Provence, & du Piemont: quant au Comté de Nice, René Roi de Sicile envoya sommer le Duc de Savoye de lui rendre cet Etat, qui s'étendoit jusques à Genes, ensemble Ville-franche, & le reste du Piemont.

Les droits des Ducs de Savoye sur le Comté de Nice sont fondez sur une cession qu'ils prétendent leur avoir été faite en l'an 1418, par Ioland, mere & tutrice de Louis III, Comte de Provence, & Roi de Naples, qui laissa la Ville de Nice, pour composer une prétension de cent soixante mille livres, qu'Amedée Duc de Savoye disoit lui être duë.

A cela l'on répond deux choses: la premiere que cette cession est nulle, étant faite par une tutrice, qui n'avoit aucun pouvoir de disposer du bien de son mineur: La seconde, que ce n'est qu'un engagement, & qu'en payant la somme de cent soixante mille livres, l'on peut rentrer dans cet Etat: Et de plus, que les Ducs de Savoye possedent plusieurs autres Villes, qui ne sont point comprises dans l'engagement; comme Ville-franche, le Pont-joye, Sainte Agnette, & toute la Côte de la mer.

Enfin ce droit du Comté de Nice a été trouvé si legitime, que les Commis deputez par la France, ne pouvans s'accorder avec ceux de Savoye, adjugerent à la Couronne de France ce Comté.

Les prétensions de la France sur les Etats de Savoye, sont encore fondez sur un autre moyen, qui n'est pas si éloigné.

Il est constant que Philippe Septiéme Duc de Savoye épousa Marguerite de Bourbon, & par le contract de mariage il est porté, que les enfans qui en viendroient, devoient succeder les uns aux autres en tous les Etats. Cette condition fut approuvée par les Etats de Savoye. De ce mariage il y eut deux enfans, Philbert, & Louïse, mere du Roi François Premier.

Philbert succeda en tous les Etats de son pere, & mourut sans enfans, laissant par consequent son heritiere universelle, tant par la disposition de droit commun, que par la clause du mariage, Louïse sa sœur, & mere du Roi François Premier.

François premier pour avoir raison de ses droits, envoya ses Deputez vers Charles IX, Duc de Savoye; & cette voye n'ayant pas reüssi, il envoya une puissante armée dans les Etats du Duc, commandée par Monsieur le Dauphin, & par François de Bourbon Comte de saint Pol. La Savoye, le Piemont, la Bresse furent conquises en peu de temps: le Marquisat de Saluces fut confisqué par la felonnie commise par François Marquis de Saluces: le Roi en investit Gabriel d'Aire, après la mort duquel, l'Etat retourna à la Couronne de France.

Depuis en l'an 1559, tous ces Etats furent rendus au Duc de Savoye, par le Traité de Paix de Cambresis, fait l'an 1559, à la reserve des Places de Turin, de Quiers, de Ville-neuve d'Ast, de Chivas, de Pignerol, & du Château de Saluces, qui devoient être retenües par le Roi Henri Second, jusques à ce que les droits qu'il prétendoit en la succession de son ayeule fussent terminez par les Arbitres.

En execution du Traité de Cambresis, Marguerite de France fut mariée avec le Duc de Savoye, & par le Contract de mariage Henri Second delaissa au Duc de Savoye, pour lui, ses hoirs & ayans cause, l'entiere & pleine possession des Duchez de Savoye, païs de Bresse, Principauté de Piemont; ensemble des autres Terres, & Seigneuries mentionnées au Traité de Cambresis, fors & excepté les Places de Turin, Quiers, Pignerol, Chivas, & Ville-neuve d'Ast, que le Roi devoit retenir, jusques à ce que les droits par lui prétendus fussent terminez; ce qui devoit être fait dans trois ans sans autre prolongation.

Henri Second meurt, ces differens étans encore indecis. Depuis sous le regne de Charles IX l'on deputa des Commissaires de la part du Roi, & du Duc de Savoye, pour, en execution du Traité de Cambresis, examiner les prétensions de la Couronne de France. Cette Assemblée fut inutile, les Commissaires ne s'étans pû accorder, ni convenir sur les differens des deux Princes. Enfin ils se separerent, & rendirent en particulier leur jugement, chacun en faveur de leur Maître.

En suite de cette Assemblée, le Duc de Savoye réprefenta par ses Deputez à Charles IX, que les trois ans portez par le Traité de Cambresis étoient expirez, & néanmoins que leurs differens n'étoient point terminez; demandoit la reftitution de fes Places. Sur quoi le Roi Charles, mal confeillé, lui remit toutes fes Places, à la referve de Pignerol. Le Duc de Savoye donna de plus Savillan. Ainfi la France fut dépouillée des Places qu'elle avoit conquifes dans le Piemont, & qu'elle avoit poffedées pendant vingt-trois ans, fous le regne de quatre Rois.

Henri III. étant venu à la Couronne, le Duc de Savoye lui fit grande inftance pour la reftitution de Pignerol & de Savillan. Enfin par Lettres patentes données à Lyon, le 7 Octobre 1574, le Roi donna pouvoir au Grand Prieur de France, & à Charles de Birague fon Lieutenant General delà les monts, en l'abfence de Monfieur de Nevers, & à Monfieur de Sauve Secretaire d'Etat, de rendre audit Duc de Savoye les Places de Pignerol, Savillan, la Peroufe, l'Abbaye de Genelles; leurs appartenances & dépendances, fans préjudice toutefois des droits prétendus par le Roi contre le Duc de Savoye, felon ce qui en pourroit être adjugé par les Deputez & Arbitres qui feroient choifis de part & d'autre.

Le Duc de Nevers qui étoit lors Gouverneur & Lieutenant General pour le Roi delà les monts, ayant eu avis de cette reftitution, envoya une remontrance au Roi, qu'il fit lire en plein Confeil, & déclara qu'il lui remettoit fa charge, & qu'il ne vouloit être préfent à la reftitution de ces Places, qui portoient un fi grand prejudice à la Couronne.

Le Roi Henri III. fit expedier des Lettres en forme de Declaration, qu'il avoit mis ces remontrances en deliberation, & que pour plufieurs confiderations à ce le mouvant, il veut que la reftitution foit executée, qu'il reprend en fes mains la charge de Gouverneur & Lieutenant General delà les monts, que ledit Duc de Nevers lui avoit remife, pour en difpofer ainfi qu'il adviferoit, fans que pour raifon de la reftitution des Places il en puiffe rien être imputé audit Duc de Nevers. Ces Lettres font du 19 Octobre 1574.

Le Duc de Savoye après tant de graces reçuës, voyant le Roi Henri III. occupé aux Etats de Blois, s'empara du Marquifat de Saluces.

Depuis de l'an 1600 Henri IV. ne pouvant avoir raifon fur la reftitution du Marquifat de Saluces, entra dans la Savoye qu'il conquit en peu de temps. Le Pape Clement VIII. s'entremit pour terminer ces differens, en confequence d'un article du Traité de Vervins, qui porte, que les differens qui demeureroient à terminer par ce Traité, entre Henri IV & le Duc de Savoye, feroient remis pour le bien d'une paix au jugement du faint Pere le Pape Clement VIII.

Le Roi Henri IV. deputa Meffieurs de Silleri, & le Préfident Jannin, pour traiter en prefence du Cardinal Aldobrandin, de la reftitution du Marquifat de Saluces, & autres droits & prétenfions de la Couronne de France, fur les pais poffedez par le Duc de Savoye.

Le Traité eft conclu à Lion, l'échange eft fait du Marquifat de Saluces avec la Breffe; & par ce Traité le Roi fe referve tous les droits par lui prétendus contre le Duc de Savoye, fuivant ce qui eft porté par les Traitez de Cambrefis, en 1559, & de Turin en 1574.

Ces droits refervez font les prétenfions en la fucceffion de Louïfe de Savoye, mere de François Premier, & les droits de la fucceffion des Rois de Naples, Comtes de Provence, de Piemont & de Nice, ainfi que j'ai dit ci-de-

vant. L'on peut ajoûter à ces droits, ceux que le Roi peut pretendre, à caufe du Dauphiné, fur la Baronnie de Foffigni, & autres terres poffedées par le Duc de Savoye, qui étoient des dépendances du Dauphiné.

Quant aux prétenfions du Roi fur les Etats du Duc de Savoye, à caufe de Madame Louïfe de Savoye, mere du Roi François I. fur les biens alodiaux du Piemont.

Il faut remarquer que Philippe Comte de Breffe, depuis Duc de Savoye, pere de ladite Louïfe, époufa Marguerite de Bourbon. Il fut dit par le Contract, que les enfans qui fortiroient de ce Mariage, reprefenteroient leur pere au droit d'aîneffe, felon l'ordre de primogeniture. De ce Mariage fortit le Duc Philbert & ladite Louïfe: ledit Duc Philbert mourut fans enfans, & ainfi ladite Louïfe venoit, tant à la fucceffion de fon pere Philippe, que de fa mere Marguerite de Bourbon; mais parce que la Principauté ne tomboit en quenouille en Savoye, il n'y avoit que les biens alodiaux qui pouvoient écheoir aux filles, par confequent à ladite Louïfe.

Mais ceux qui ont voulu examiner de plus près cette affaire, ont trouvé que ce droit du Roi eft foible, & qu'il feroit plus à propos de ne s'en pas fervir.

Ils ont dit, que ce Philippe Comte de Breffe avoit deux freres fes aînez, tous deux mariez, & le Duc avoit plufieurs enfans; Que ledit Philippe avoit eu pour fon appanage le Comté de Breffe & Baugé; de forte que Madame Louïfe fa fille du premier lit, ayant été dotée, ne pouvoit rien pretendre audit appanage, y ayant des fucceffeurs legitimes du nom & des armes de la Maifon de Savoye.

Que ladite Louïfe, qui furvêquit fon frere Philbert près de trente ans, ne difputa jamais la fucceffion, ni de tout l'Etat, ni de l'appanage de fon pere, audit Charles: Que les differens furent feulement pour la dot de fa mere Marguerite de Bourbon; qui n'étoit pas de grande confideration.

Que quand ainfi feroit, que le Roi François I. eût pû pretendre quelques alodiaux, comme reprefentant fa mere, ou toutes fes prétenfions font éteintes avec fa pofterité, ou elles font devoluës aux trois fœurs filles du Roi Henri II, & leurs heritiers, comme les plus proches de la Maifon de Valois.

Que ces filles font ces trois fœurs filles dudit Roi Henri II, ou leurs enfans qui ont furvécu à tous les mâles dudit Roi; favoir Elizabeth, mariée au Roi d'Efpagne; Claude, qui époufa le Duc de Lorraine; & Marguerite Ducheffe de Valois: celle-ci decedée fans enfans, inftitua fon heritier le Roi à prefent regnant; Que ladite Reine d'Efpagne n'avoit laiffé autres enfans que l'Infante des Païs-Bas Ifabelle, & Catherine mere du Duc de Savoye qui eft à prefent: Que de-là s'enfuivoit, que tous les droits de la Maifon de Valois, auxquels les femmes peuvent fucceder, doivent être partagez entre ces trois fœurs, ou leurs heritiers, qui font le Roi, le Duc de Savoye, & le Duc de Lorraine.

Mais comme ceux qui ont écrit pour le Duc de Savoye, demeurent d'accord de ce que deffus, & qu'il appartient au Roi une partie de ces biens alodiaux, comme inftitué heritier par la Reine Marguerite; ils ajoûtent auffi que les prétenfions dudit Duc vont plus avant, & en des chofes de bien autre confequence, voulans defigner ces prétenfions fur le Duché de Bretagne, du chef de fa mere, contre

contre lesquelles le Roi a de bonnes defenses.

FOSSIGNY.

DAUPHINÉ. LA Baronnie de Fossigni échut aux Dauphins de Viennois, par le mariage de Beatrix de Savoye, avec Gui Cinquiéme Dauphin, qui mourut l'an 1270, & cette Beatrix étoit fille de Pierre Comte de Savoye & d'Agnes de Fossigni.

(marginal note: DAUPHINÉ. La Baronnie de Fossigni consiste és Villes, Places, Châteaux de Fossigni, Bonne & Bonne-Ville fur Arve, Hermanse fur le Lac de Geneve, Lullins, Afinges, Montfoucher, Leorisi Chastellet, Chastillon, Semaigni, Monjú, Salanche, Flumet, Beaufort, Pont-Romain, & Buringe.)

Les Dauphins ont possedé cette Baronnie jusques és années 1343, & 1349, que le Dauphin Humbert en fit don avec le Dauphiné aux Rois de France.

En l'année 1354 il y eut un Traité fait à Paris, entre le Roi Jean, & son fils Charles d'une part, & Amé VI, Comte de Savoye d'autre, où il fut accordé que ledit Comte de Savoye & ses successeurs auroient ladite Baronnie de Fossigni, & autres terres y specifiées, à la charge de tenir par lesdits Comtes de Savoye à perpetuité, à foi & hommage lige, & sous la Souveraineté des Dauphins de Viennois, ou en leur defaut des Rôis de France, ladite Baronnie de Fossigni, & autres Terres. Ce Traité confirmé és années 1376, & 1410.

Ensuite de ce Traité, il y a deux actes d'hommage lige pour ce regard, des années 1355, & 1410.

En l'année 1455, Louis Dauphin, depuis Roi de France Onziéme du nom, renonça audit droit de foi & hommage, & de Souveraineté, moiennant une somme de deniers. Ce qui fut ratifié par le Roi Charles VII, audit nom.

Il y a plusieurs moyens contre cette renonciation, qui ont été déduits dans un Memoire separé.

Cosni, Savillan, Fossan, Mondevis, & Cherase en Piemont.

IL est certain que le Piemont a été tenu & possedé par les Comtes de Provence, Charles Premier & Second, ausquels ont succedé Robert, fils dudit Charles Second, Jeanne Premiere, & après elle Louis, fils adoptif de ladite Jeanne, & ensuite tous les Comtes de Provence, jusques au Roi Louis XI, & ses successeurs Rois de France.

Le Piemont a été uni au Comté de Provence dès l'an 1306, & les marques de la possession desdites deux Seigneuries, par les Comtes de Provence, sont certaines & indubitables.

Du Comté de Piemont dépendoient anciennement les villes de Cosni, Fossan, Savillan, Mondevis, Cherase, Albe, Montsental, Busque, & Roque-parviere; les cinq dernieres Villes ont été distraites du Piemont, en sorte qu'il ne reste plus que Cosni, Fossan, Savillan, Mondevis, & Cherase, que le Roi peut justement prétendre.

Il est vrai qu'Amedée VI, Comte de Savoye, és années 1346, & 1347, envahit le Comté de Piemont sur Jeanne Premiere, & que les Ducs de Savoye ensuite de ce en ont joui; mais l'origine de cette possession étant vicieuse & violente, ils n'ont pû acquerir de titre legitime.

Les Ducs de Savoye apportent une renonciation du Piemont à leur profit, de Louis Premier, en l'année 1381. A quoi l'on répond, que ledit Louis n'a pû faire cette renonciation par l'institution d'heritier audit Comté de Piemont, faite de lui par Jeanne Premiere, le fils dudit Louis étant appellé après lui, & leurs descendans mâles, qui étoient heritiers & successeurs necessaires dudit Louis, qu'ils ne pouvoient priver de ladite succession.

Pour le droit pretendu du chef de Madame Louïse de Savoye, mere du Roi François I, il a été representé en un Memoire separé, & consiste en si peu de chose, qu'il est comme inutile de s'y arrêter.

Que le Duc de Savoye a pu aliener Pignerol, que l'alienation est bonne; que le consentement de l'Empereur n'y étoit point requis, cette Place ne dependant point de l'Empire.

LE Roi au mois de Mars de l'année 1630, par la bonne conduite de celui qui commandoit son armée, conquit sur le Duc de Savoye, entre autres Places du Piemont, la Ville & le Château de Pignerol.

Au mois d'Octobre ensuivant se fit le Traité de Ratisbonne, par lequel, entre autres choses, il fut convenu que cette Place & autres seroient rendues par sa Majesté audit Duc.

En l'année 1631, fut fait un Traité à Querase, par lequel le Roi s'obligea de faire retirer ses garnisons de Pignerol; & de fait le vingtiéme Septembre ensuivant elles sortirent.

Au mois d'Octobre de la même année, par un Traité particulier, le Duc de Savoye, pour le bien general de l'Italie, laissa Pignerol au Roi, pour le tenir six mois.

Enfin sa Majesté, par un Traité du cinquiéme Mai 1632, acquit dudit Duc la Souveraineté de Pignerol, & autres Terres & Seigneuries (ce sont les termes du Traité), pour être unies à perpetuité à la Couronne de France.

Cette vente faite par Monsieur de Savoye au Roi d'une Terre souveraine, ainsi qualifiée par le Traité, qui lui appartenoit, & dont il étoit en possession depuis longues années, excita beaucoup de bruit dans l'Italie: Et parce que les Espagnols de leur chef n'y pouvoient trouver à redire, & n'avoient aucun moyen de troubler la France, en sa nouvelle acquisition, ils ont recherché l'Empereur, qu'on ne doute pas être du tout à leur devotion, auquel ils ont suggeré des moyens, qui ne manquent jamais à ceux qui se peuvent servir de l'autorité de l'Empire.

L'Empereur donc voulant servir le Roi d'Espagne, & les Princes d'Italie, qui sont sous le joug des Espagnols, proposa quelques moyens peu de temps après cette acquisition, & les fera possible proposer en la Conference de Cologne, qui sont:

Que le Duc de Savoye, Vassal de l'Empire, n'a pû vendre ni aliener Pignerol Fief de l'Empire, sans le sû & consentement de lui, qui est son Seigneur Souverain, & que cette alienation est nulle de ce chef.

Que cette acquisition n'a pour fondement que les troubles d'Italie, que les François entretiendront perpetuellement, tant qu'ils tiendront ces Places.

Qu'ils ont usé de mauvaise foi pour parvenir à cette acquisition, & au prejudice du Traité de Ratisbonne.

A ces oppositions, il semble que les réponses

ses, que l'on peut faire de la part du Roi, sont très-considerables, & que ce sera un bon conseil, quand l'on donnera ordre aux Deputez de sa Majesté à Cologne, de declarer absolument, que le Roi ne peut donner satisfaction sur cette proposition, pour beaucoup de raisons.

Que cette acquisition étant traverssée par les ennemis de cette Couronne, qui ont excité pour cela toutes sortes de Puissances, tant dedans que dehors l'Italie, pour la faire revoquer, fait voir combien elle est utile à la France.

Que l'honneur du Roi y est trop engagé, le contract de l'acquisition parfait & accompli, & les Terres acquises & unies à la Couronne de France.

Que les Amis & Alliez de sa Majesté sont trop interessez à l'entretenement de ce contract, pour ne se voir frustrez d'une défense qui leur est si necessaire & utile.

Que ce seroit condamner l'action du Roi, & du Duc de Savoye, d'avoir ignoré l'un & l'autre ce qu'ils faisoient en cette occasion, pour rendre leur contract bon & valable.

Ce seroit avoüer ce que les ennemis de la France ont écrit contre cette acquisition, touchant seulement la forme, non pas le fonds; mais il importe peu dans en telles affaires de quelle sorte elles soient executées, pourvu que les contractans soient respectivement satisfaits.

Il est neantmoins à propos de faire voir, que le Duc de Savoye a pû vendre Pignerol, & ses dépendances, sans en demander la permission à l'Empereur, & que le Roi l'a pû acquerir.

Les Historiens de Savoye, les mieux informez, ont écrit, que la Terre & Seigneurie de Pignerol, & la vallée de la Perouse, sont échus à la Maison de Savoye, par le mariage d'Adelaïde, ou Alix fille de Manfroy, Marquis de Suze, avec Amedée Premier du nom, Comte de Morienne, l'an 1025. Que de ce mariage naquit Amedée II, aussi Comte de Morienne, pere de Humbert II, Comte de Morienne, l'an 1077, qui succeda en ces Seigneuries à ladite Alix son ayeule paternelle.

En suite de ce, & à ce titre, les Comtes & Ducs de Savoye, ont joüi de ces terres, jusques au jour de l'acquisition, dont est question.

Les mêmes Historiens ont écrit, que lesdites Seigneuries ont été possedées en Souveraineté par les Ducs de Savoye, n'en ayant jamais reconnu personne, non pas même l'Empire.

Le contract fait avec le Roi témoigne bien cette verité; car il porte expressément, que ledit Duc transporte au Roi, à toujours, la proprieté, possession & Souveraineté de la Ville & Château de Pignerol. Et en un autre lieu, pour montrer qu'il tenoit ladite Terre souveraine, il est dit, que ledit Duc ayant l'intention d'employer l'argent qu'il recevroit du Roi, il avoit pensé d'acquerir la Souveraineté de Neuf-châtel, & Valengin, ou autres Terres Souveraines, c'est à dire, employer son argent en terres de pareille nature, que celles qu'il avoit vendues.

Si Pignerol & les autres terres alienées au Roi n'eussent été Souveraines, & tenues de cette qualité par ledit Seigneur vendeur, il eust été necessaire d'exprimer par le contract, de qui elles étoient tenues, & qui en étoit le Seigneur direct : le prix en eût été beaucoup moindre, & l'acquisition peu confiderable pour le Roi : ledit Duc & son Conseil connoissoient bien la condition des Terres dont est question.

S'il étoit besoin, l'on pourroit faire une énumeration de plusieurs Souverainetez situées sur les limites de l'Empire, & du Royaume de France, telles que celles-ci, qui ont été alienées, soit par donation, échange, vente pure & simple, ou autrement, sans que les Empereurs y ayent jamais apporté leur consentement, sans qu'ils s'y soient opposez, quoi que ces Seigneuries ayent été autrefois de l'Empire.

Mais quand bien Pignerol & les terres venduës par ledit Traité, n'auroient été tenues en Souveraineté par ladite Alix & ses successeurs; ce qui est neantmoins indubitable : l'on pourroit dire qu'elle tenoit ces Seigneuries en francalleu, & comme biens alodiaux. Et cette conjecture est tirée de la fondation de l'Abbaye de Pignerol, faite par ladite Dame Alix, d'une partie du Domaine de Pignerol; ce qu'elle n'eût pû faire, si Pignerol eût été un fief, d'autant que les fiefs ne se peuvent alienier par les Vassaux pour cause pieuse; mais seulement les biens alodiaux, pour raison desquels il n'est dû ni foi & hommage, ni service militaire : & cela s'observoit plus religieusement au temps de cette fondation, que depuis, les Loix étans plus proches de leur origine.

Or personne ne doute que les Terres Souveraines & alodiales ne se puissent donner, vendre, échanger, & alienier en quelque sorte que ce soit; les exemples en sont fort ordinaires.

Quand ces qualitez ne seroient point à ces Terres, c'est à dire, qu'elles ne seroient ni souveraines, ni alodiales, mais fiefs d'Empire, l'on peut avec raison soûtenir, qu'elles peuvent être alienées, sans requerir le consentement de l'Empereur : les Docteurs Allemands l'ont ainsi resolu, & l'on l'observe ainsi.

Thomas de Savoye Comte de Piemont, l'an 1280, ne fit point de difficulté d'offrir au Roi Philippe Auguste de lui obliger ses Terres & Seigneuries de Piemont, & les lui mettre en main, pour sûreté d'accomplir ce que le Roi ordonneroit sur le differend qu'avoit ledit Thomas avec Guillaume Marquis de Montferrat.

Le Roi François Premier, en l'année 1536, se rendit maître par la force de ses armes de tout le Piemont, & de Pignerol même, qu'il fit fortifier. Après la bataille de Saint-Quentin, les deux Rois de France & d'Espagne, traiterent la paix : & par le Traité fait à Château en Cambresis, l'an 1559, le Duc de Savoye, fut restitué en toutes ses Terres & Seigneuries, fors & excepté aux Villes de Turin, Quiers, Pignerol, Chivas, & Villeneuve d'Ast, dont la joüissance fut laissée au Roi, jusques à ce que les differens, pour raison des droits pretendus par le Roi contre le Duc de Savoye, & ceux dudit Duc contre sa Majesté, fussent terminez; & fut convenu que ce seroit dans trois ans, lesquels expirez, le Roi promit laisser audit Duc la possession desdites Villes.

Le Roi Charles IX, en l'année 1561, fut pressé par le Duc de Savoye d'executer le Traité; & le Roi envoya ses Commissaires à Lyon; le Duc les siens; les droits furent fort agitez de part & d'autre. Nous pretendions Nice & Ville-franche, comme dépendance du Comté de Provence.

Pour le Piemont, nous le pretendions aussi par le même droit. Le Duc de Savoye avoit d'autres pretensions. Ces Commissaires se départirent sans rien faire; car ceux du Roi lui adjugerent ce qu'il demandoit; ceux de Savoye jugerent en faveur de leur Maître.

Il ne fut parlé un seul mot dans toute cette negociation, ni de Pignerol, ni de la Perouse, ni par la Sentence, qui designe particulierement les lieux, dont ces Princes étoient en different, qui

qui eft un argument que Pignerol eft une terre fouveraine & indépendante.

Monfieur de Bourdillon Lieutenant General du Roi en Piemont, ayant eu ordre du Roi en l'année 1562, de delivrer au Duc de Savoye une partie de ces Places, s'y oppofa formellement; neanmoins obeïffant aux commandemens precis du Roi, le Duc de Savoye rentra en poffeffion des Villes de Turin, Quiers, Chivas, & Ville-neuve d'Aft; & le Roi demeura en poffeffion de Pignerol, & reçut dudit Duc Savillan, la Peroufe, & l'Abbaye des Genelles, qui furent confervées à la France jufqu'en l'année 1574, que le Roi Henri III, retournant de Pologne, perfuadé par aucuns de fon Confeil, qui avoient été corrompus, & ayant été bien traité par le Duc de Savoye, lui rendit ces quatre Villes qui lui reftoient en Piemont; quoi que Monfieur le Duc de Nevers lui eût fait de fort ferieufes remontrances pour les conferver à la France, & qu'il eût defiré du Roi une décharge expreffe, fe fentant coupable d'obeïr en cette occafion, & d'y apporter fon confentement. Le Chancelier de Birague ne voulut jamais feeller les expeditions neceffaires pour faire cette inftitution: le Roi lui-même les fit feeller en fa prefence, & fit expedier un brevet de décharge audit Chancelier, comme il n'avoit point feellé lefdites expeditions.

Ces oppofitions font voir combien il importe au Roi de ne point fe relâcher en cette occafion, ayant, outre l'interêt public, un fondement bon & légitime de fa poffeffion, qui eft un contract en bonne forme.

Pendant cette longue & paifible poffeffion de quarante années, les Empereurs Ferdinand I. & Maximilian II, Princes puiffans & tres-jaloux de la confervation de leurs droïcts, ne fe font jamais entremis du fait de Pignerol, & de la Peroufe, ni lors de la conquête, ni lors du Traité de Château en Cambrefis, ni en l'année 1561, ni lors de la Conference de Lyon, ni au paffage que fit le Roi Henri III par l'Allemagne: ils euffent eu lors plus de raifon de ce faire, ces Places n'étans qu'en depôt entre les mains de nos Rois, au lieu qu'aujourd'hui le Roi les poffede par le droit de la guerre, droit légitime; & en fecond lieu, en vertu d'un Traité fait avec un Prince majeur, & connoiffant fes droits, & qui ne peut être dit avoir été circonvenu, puifque le contract lui eft tres-avantageux; & le Roi au contraire chargé d'une groffe garnifon, qui ne peut être entretenue du revenu qui fe tire fur les lieux.

La demande que fait l'Empereur, n'eft point tant pour le bien de l'Empire, que pour fervir à l'ambition d'Efpagne, qui voit de mauvais œil les François dans l'Italie, prêts à s'oppofer à l'oppreffion des plus foibles, gemiffans fous le joug des plus puiffans.

Si l'Empereur perfifte en cette demande, qui n'a pour prétexte que le bien de l'Empire, l'on lui pourra juftement reprocher, & avec beaucoup de raifon, que toute l'Europe a vû, & fes predeceffeurs Empereurs l'ont fouffert, & eux-mêmes ont fait le mal en partie: Que les Rois d'Efpagne ont ufurpé fur l'Empire le Duché de Milan, en l'année 1546; la Seigneurie de Siene, l'an 1554; le Marquifat de Final, l'an 1562; la Seigneurie de Piombin, en l'an 1557; le Château de Monaco, en 1605; la Souveraineté du Comté de Bourgogne, des Duchez de Brabant & de Gueldres, en l'année 1548; la Ville Imperiale de Cambray, en l'an 1595, & autres grandes Seigneuries.

L'Empereur ne fe plaint point de ces ufurpations fi importantes, il n'en demande point la reftitution, combien que ce foient de grandes Seigneuries, & des Places fort confiderables pour leur fituation, non pas une petite Place comme celle-ci aux confins de l'Italie, qui ne fut jamais Fief d'Empire, & qui n'en fait partie.

Quel interêt peut avoir l'Empereur à cette acquifition? nul: Au contraire le Roi a eu grand fujet de fe plaindre, de ce que l'Empire a fouffert, & poffible a procuré, que le Roi d'Efpagne fe foit faifi de Monaco, de Final, de Piombin, Ports de mer importans à la France, & qui fervent de retraite aux armées de mer du Roi d'Efpagne, qui font toujours au guet, pour furprendre quelques Places de la Côte de Provence, voifine de ces Ports ufurpez par force, ou contre le gré des Seigneurs, qui vivent miferables fous la tyrannie d'une forte garnifon.

La France, en la guerre de mer qui fe fait prefentement, voit quel avantage tire le Roi d'Efpagne de ces Ports voifins de nos Côtes, qui font Fiefs de l'Empire, & neanmoins l'Empereur n'en demande pas la reftitution.

Mais quand les Efpagnols ont reconnû qu'il n'y avoit rien à redire à cette acquifition, que ces Terres vendues ne relevoient point de l'Empire, & quand ainfi feroit, que l'alienation étoit bonne, ont voulu accufer la forme, dont ils difent qu'on s'eft fervi en cette occafion: ils ont dit, que puifque le Traité de Ratisbonne portoit, que le Roi reftitueroit Pignerol au Duc de Savoye, qu'il la faifoit rendre, & que ce qui avoit été promis de leur part par ce Traité, avoit été exécuté de bonne foi.

Par le Traité de Ratisbonne il n'eft pas dit, que le Roi n'acquerroit pas la Souveraineté de Pignerol; au moment de la reftitution il l'a acquife, qu'y a-t-il à dire; & l'a acquife de celui qui la pouvoit vendre, & qui en avoit la faculté, & qui en a reçu un tres-grand avantage. Le Traité a été exécuté de bonne foi de part & d'autre. Ceux qui s'en plaignent, n'ont pas droit légitime de le faire: ce font des interêts injuftes, qui les font agir contre leur propre confcience.

Pour ce qui eft de l'execution du Traité de Ratisbonne, l'on leur peut juftement reprocher, & à leur confufion, qu'étant porté expreffément, que l'Empereur bailleroit l'inveftiture de Mantoue pure & fimple, comme les precedentes, elle fut baillée; mais ils firent publier clandeftinement un acte en la Chancelerie de l'Empereur, par lequel l'invefture étoit declarée nulle, en cas qu'il fût contrevenu au Traité de Ratisbonne; c'eft à dire, au cas que Monfieur le Duc de Mantoue ne fe conduifit pas à leur volonté. A-t-on jamais ouï parler d'une femblable action, de vouloir tenir la qualité dudit Duc en incertitude, & faire dépendre d'eux la condition d'un Prince Souverain? L'Etat de Milan eft trop voifin de Mantoue, pour ne pas craindre les effets d'un tel acte.

Donc par le contenu en ce Memoire, l'on voit que le Roi a pû acquerir valablement Pignerol, & les lieux compris au Traité d'acquifition, foit que ces lieux foient fouverains, comme ils le font, foit qu'ils foient alodiaux, foit auffi qu'ils dépendent de l'Empire: fa Majefté en cela n'a rien fait que de légitime, & fon action eft trop glorieufe, pour n'avoir autre but que la feule confervation de fes Amis & Alliez, & pour maintenir le repos du faint Siege, & de l'Italie: & ainfi fa Majefté eft obligée pour ces refpects de fe conferver en fa poffeffion, fuivant les termes du Traité, fans fe re-

Tom. I.   F 2   làlâcher pour quelque cause & occasion que ce soit.

Raisons pour lesquelles Monsieur de Savoye ne peut prétendre que le Traité de l'échange de Pignerol soit nul, parce que le Roi n'est pas entré en guerre avec la République de Genes, ainsi que ledit Sieur Duc l'avoit desiré.

MOnsieur de Savoye d'à present ne peut prétendre, que le Roi demeure obligé d'entreprendre une guerre contre Genes, en vertu du Traité de l'échange de Pignerol, pour plusieurs raisons?

La premiere est, Que le temps de trois ans, dans lequel ladite Guerre devoit être entreprise s'étant passé, sans qu'il ait été possible de la faire, & ce pour des raisons, où les Ducs de Savoye ont plus d'interêt que la France; l'obligation d'entreprendre ladite Guerre doit être tenuë pour passée avec le temps, auquel elle devoit être entreprise.

La seconde est, Que le Roi ayant eu lieu depuis d'employer ses armes à la défense de la Maison de Savoye avec beaucoup plus de dépense, qu'il n'en eût falu faire à la Guerre de Genes, quand même cette entreprise eût été une condition essentielle du Traité de Pignerol, sa Majesté en seroit valablement déchargée, pour y avoir plus que satisfait par autre voye.

La troisiéme est, Que se reserver le pouvoir de faire une telle entreprise contre la République de Genes, est chose incompatible avec l'établissement qu'il faut faire de la Paix generale, par laquelle le repos de tous les Potentats d'Italie doit être également assuré.

Si l'on dit que cette entreprise de Genes ne se faisant pas, le Roi est obligé de rendre Pignerol : Quiconque lira le Traité, verra qu'il ne porte pas que le Roi rendra Pignerol, au cas que l'entreprise de Genes ne se fasse pas: mais bien au cas que le Roi ne la veuille pas faire; ce qui fait que le defaut de cette entreprise ne peut obliger à la restitution de Pignerol, parce qu'il procede de l'impossibilité de la chose , & non du manque de la volonté du Roi.

Il est à considerer ensuite , que Monsieur de Savoye étant obligé par le Traité de l'échange de Pignerol, de restituer le partage qu'il a eu du Mont-Ferrat, à Monsieur de Mantouë, au cas qu'on lui rende Pignerol, l'investiture qu'il a prise de l'Empereur dudit partage, justifie bien qu'il n'a pas eu intention de le rendre , & qu'il ne le peut quasi plus faire, ayant fait excepter par l'Empereur les Terres qu'il a euës, de celles qui devoient demeurer à Monsieur de Mantouë.

Il y a plus, l'obligation à la guerre de Genes suppose une Ligue des Princes d'Italie à cette fin; & outre qu'elle est maintenant du tout impossible, Monsieur de Savoye s'étant brouillé sans sujet apparent avec la République de Venise, presque aussi-tôt que le Traité de Pignerol fut fait. C'est chose claire qu'il a plûtôt mis l'obligation à la guerre de Genes dans son Traité, pour embarrasser, qu'à dessein de l'effectuer.

Au reste ledit Sieur Duc étant obligé de procurer que le Roi d'Angleterre fît une puissante diversion sur la mer, par le moyen de laquelle

ceux de Genes ne pussent être secourus par mer : Outre que ledit Duc ne l'a point fait, bien que le Roi travaillât aussi-tôt avec succès aux diversions qui pouvoient être requises en Hollande & en Allemagne; le Roi d'Angleterre n'étant plus en état de faire lesdites diversions, quand même il le voudroit : il est évident que Monsieur le Duc de Savoye n'est point en celui de demander l'execution de l'entreprise de Genes.

Enfin ledit Sieur Duc étant obligé de fournir douze mille hommes de pied, & deux mille chevaux, dont la moitié doit être payée par le Roi & la République de Venise, il est clair que si ladite République ne veut entrer en cette obligation, le Roi ne peut être obligé; & de plus que le Traité ne fut pas plûtôt fait, que Monsieur de Savoye ôta le moyen de l'accomplir par les contestations avec lesquelles il entra de gayeté de cœur avec la République.

Article du Traité de Cambresis touchant les differents de la Couronne de France, & des Ducs de Savoye.

D'Autant que la plus grande partie des guerres, qui ont eu cours depuis plusieurs années en çà, sont procedées à cause des droits & pretensions que sa Majesté Très-Chrétienne maintient avoir sur le Pays de Savoye, Bresse, Piemont, & autres, que tenoient les Ducs de Savoye. Et que tres-excellent Prince Emmanuel Philibert de Savoye lui a fait entendre & remontrer la bonne intention qu'il a de lui en faire raison , & comme son tres-humble parent, le reconnoître de tout l'honneur, service, & observance d'amitié qu'il lui sera possible, pour le rendre à l'avenir plus content de lui, & de ses actions, que le temps, & les occasions passées ne lui ont donné le moyen. Le suppliant qu'il veuille pour plus fermement établir cettedite reconciliation, affinité, & amitié, qu'il cherche, & desire de sadite Majesté, trouver bon & avoir agreable, que le mariage de tres-excellente Princesse Madame Marguerite de France sa sœur unique, Duchesse de Berry, & de lui, se puisse faire, & l'honorer d'une telle Princesse, qu'il desire singulierement, tant pour la proximité de sang dont elle attouche à sadite Majesté, que pour les dignes, excellentes & rares vertus qui sont en elle. Ce que sa Majesté (comme Prince d'honneur, & aimant le bien, & le repos de la Chrétienté, ainsi qu'il a démontré en toutes choses) a reçu à grand plaisir, & de voir le bon devoir, en quoi ledit Seigneur de Savoye offre se mettre, desirant de sa part le gratifier dudit Mariage, & de toutes autres choses qui pourront servir à fortifier cette reconciliation, pour l'assurance qu'il a aussi de l'honneur, & bon traitement que madite Dame sa sœur (qu'il aime & tient chere comme sa propre fille) en recevra; a sadite Majesté toute satisfaction, contentement, & parfaite amitié. Pour ces causes le voulant reconnoître comme parent, & de son sang, & pour de plus en plus corroborer & confirmer cette Paix, ont lesdits Seigneurs Deputez, en vertu de leursdits pouvoirs, convenu & accordé que ledit Seigneur de Savoye aura à femme madite Dame Marguerite, à laquelle sadite Majesté Tres-Chrétienne laissera, pour son entretenement, la jouïssance, sa vie durant, dudit Duché de Berry, & autres terres & revenus dont elle jouït à present:

sent : Et davantage lui baillera en dot, pour tous ses droits paternels, maternels & autres qui lui peuvent appartenir, & sont échus (auxquels moyennant ce elle renoncera) la somme de trois cens mille écus payables, c'est à savoir, cent mille écus comptant le jour de la consommation dudit mariage, autres cent mille écus, un an après ladite consommation, & les autres cent mille écus, six mois après ledit temps revolu. Recevant laquelle somme ou partie d'icelle, par ledit Sieur de Savoye, il sera tenu l'assigner bien & convenablement sur le Duché de Savoye, Peage, Dace de Suze, & Gabelle de Nice de proche en proche, dont ladite Dame, ses hoirs, successeurs, & ayans cause seront & demeureront saisis, jouissans & possesseurs jusques à l'entiere restitution de ladite somme, ou de ce que reçu aura été. Et avenant que ledit Sieur Duc de Savoye aille de vie à trépas avant ladite Dame, elle aura pour son douaire la somme de trente mille livres par an, qui lui est & sera assignée sur les pays de Bresse, Bugey & Veromey, & autres pays dudit Sieur de Savoye, aussi de proche en proche : dont elle jouira par ses mains, sa vie durant seulement, avec la provision, & disposition des offices, & benefices desdits lieux. Et si aura pour sa demeure & habitation, la maison de Bourg en Bresse, ou de Pontclain, à son choix & option, le tout avec les clauses, & conditions qui seront apposées au contract de mariage, qui en sera dressé.

Sera ledit Mariage solennisé en face de sainte Eglise, & consommé entre eux, dans deux mois seulement prochains venans. Et à cette fin s'obtiendra la dispense de nôtre saint Pere le Pape. Et dès-lors sera baillé & delaissé audit Sieur de Savoye, pour lui, ses hoirs, successeurs & ayans cause, l'entiere & pleine possession paisible, tant du Duché de Savoye, Pays de Bresse, Bugey, Veromey, Morienne, Tarantaise, & Vicairie de Barcelonnette, comme de la Principauté de Piemont, Comté d'Ast, Marquisat de Seve, Comté de Cocoval, & des terres des Larmes, des Gatteries, & terres de la Comté de Nice, de la du Var, que ledit Seigneur Roi Tres-Chrétien, ou autre quel qu'il soit de ses serviteurs & Sujets possedent : Que de tout ce que le feu Duc Charles son pere tenoit quand il fut mis hors de ses pays du vivant du feu Roi François, fors & excepté les Villes & Places de Turin, Quiers, Pignerol, Chivas, & Villeneuve d'Ast, avec les finages, territoires, mandemens, Jurisdictions, & autres appartenances desdites Places de Turin, Chivas, & Villeneuve d'Ast, ainsi qu'ils s'étendent & comportent, & de celles dudit Pignerol, & Quiers, des finages, territoires, mandemens & Jurisdictions, tant & si avant que ledit Seigneur Roi Tres-Chrétien connoîtra être necessaire, pour la nourriture & munition de toutes lesdites Places, & compris les vivres qui se tireront desdites trois Places, & leursdits territoires, le tout de bonne foi, ce qui demeure à son arbitre & bon-plaisir. Pour icelles Places, finages, territoires, mandemens, Jurisdictions & leursdites appartenances, tenir par ledit Seigneur Roi Tres-Chrétien, ainsi que dessus est dit, jusques à ce que les differens sur les droits par sa Majesté pretendus contre ledit Sieur de Savoye, soient vuidez & terminez. Ce que lesdits Seigneurs s'obligent de faire dedans trois ans pour le plus tard, sans autre prolongation, ne retardement, & iceux differends vuidez, & ledit temps de trois ans échû, en laissera sadite Majesté Tres-Chrétienne sa possession libre audit

Sieur de Savoye, pour en jouir ainsi que de ses autres terres, pourvu toutefois qu'il n'y ait aucun retardement ou refus procedant dudit Sieur de Savoye. Comme aussi le Roi Tres-Chrétien promet n'en faire aucun de sa part, à peine de décheoir de ses pretensions, & possessions. N'entendent toutefois par ce present article, aucunement préjudicier aux droits, & raisons dudit Sieur de Savoye. Lesquels differends se vuideront selon les Concordats, & ainsi qu'il a été accoûtumé quand aucuns differends se font offerts entre ceux de la Maison de France, & celle de Savoye. Et là où ils ne pourroient être determinez par ledit moyen, seront dedans six mois après la consommation dudit Mariage, choisis, & deputez Arbitres de commun accord, & consentement, pour proceder le plûtôt que faire se pourra, à la détermination d'iceux differends.

Droits du Roi sur le Comté de Flandre.

LE Comté de Flandre, sous lequel est compris le Brabant & l'Artois, faisoit partie de l'ancien Royaume de Lorraine, & échut à Charles le Chauve, par le partage fait avec Louis de Germanie son frere.

Ce fut lui qui l'érigea en Comté, & en investit Godefroy, surnommé Bras de fer, pour la dot de sa fille Judith.

Depuis ce temps les Rois de France ont joui plus de sept cens ans durant de la Souveraineté de Flandre. Et les Comtes leur en ont rendu la foi & hommage lige.

Ils ont été leurs Juges souverains, lors que la succession du Comté a été disputée, ou lors que les partages ont fait naître des contentions entre les heritiers.

Quand les Comtes, ou leurs Sujets se sont voulus soustraire de leur obeissance, ils ont pris les armes en main pour les châtier, & seans avec leurs Pairs, ont confisqué leurs biens & les ont declarez criminels de leze-Majesté.

Enfin ils ont exercé tous les actes de Souveraineté dans la Flandre, qui reconnoissoit leur Parlement de Paris, par le droit de ressort.

Ainsi les Archiducs d'Autriche n'ont point refusé de se soumettre aux anciennes Loix de ce Fief, dépendant de la Couronne de France, & en ont fait & continué leurs hommages, jusques à ce que le Roi François Premier ayant été pris à la journée de Pavie, fut contraint par le Traité de Madrid de quiter la Souveraineté des Païs-Bas.

Outre ces droits, le Roi en a d'autres bien certains sur les Villes de l'Isle, Doüay, & Orchies, car après que le Roi Philippe le Bel eut gagné cette memorable bataille contre les Flamans, en l'an mil trois cens quatre, ils lui assignerent vingt mil livres de rente sur l'Isle, Doüay, & autres Places.

En l'année mil trois cens neuf, il fit un autre Traité, entre Philippe le Bel, & Robert Comte de Flandre, par lequel ce Comte transporta purement & simplement au Roi les Villes de l'Isle, Doüay, & Bethune, pour la moitié de la susdite rente.

Louis Comte de Nevers son fils, confirma & ratifia ce transport en l'an mil trois cens quinze, & depuis les Flamans traitans de leurs differens avec le Comte de Poitiers, alors Regent en France, il fut convenu que ces trois Villes demeureroient au Roi à perpetuité : ce qui fut encore confirmé en l'an mil trois cens vingt,

F 3   avec

avec les Deputez des Communautez de Flandre, en préfence du Nonce du Pape.

Cela même fut ratifié par Louis Comte de Nevers, qui époufa Marguerite de France, fille de Philippe le Long.

Enfin par deux Tranfactions, dont l'une fut paffée à Gand, en l'an mil trois cens foixantehuit, & l'autre à Paris, eu l'an mil trois cens quatrevingts fix, il eft porté que le Roi pourra retirer les Villes de l'Ifle, de Doüay, & d'Orchies, au cas que la lignée des mâles de la Ducheffe de Bourgogne, & de fon mari, vînt à defaillir, comme il eft arrivé par le decès de Charles Duc de Bourgogne.

Auffi le Confeil de l'Empereur Charles Cinquiéme, qui favoit le droit de la Couronne de France, ftipula par les Traitez de Madrid, & de Cambrai, une expreffe renonciation à tous ces droits, qui étoient acquis au Roi François.

Et pour donner quelque couleur à ladite renonciation, lesdits Traitez portent, que l'Empereur cede audit Roi François, & à fes fucceffeurs, en échange d'iceux, fes droits fur les Places & Forterefles de la riviere de Somme, fur le Comté de Ponthieu, fur les Châtellenies de Peronne, Roye, & Mondidier, & fur les Comtez de Boulogne, & de Guines. Mais comme ces droits cedez par l'Empereur étoient de fimples prétenfions non enclavées, & la plûpart notoirement deftituées de tout fondement, une telle ceffion ne peut valider pour celle qui fut faite par François Premier.

Les Efpagnols tâchent encore de donner, couleur à leur droit, en difant, que les Traitez faits entre les Rois de France, & les Comtes de Flandre, ont été forcez, les Comtes étans prifonniers. Et venant au particulier des trois Villes de l'Ifle, de Doüay, & d'Orchies, ils foûtiennent, que par la Tranfaction de Gand, lesdites trois Villes furent reftituées à la charge de l'hommage.

On replique, que dans la Tranfaction il fut ftipulé une reverfion à la Couronne, au cas que la ligne des mâles defcendans des Comtes de Flandre vînt à faillir : & que les Traitez ont été ratifiez par ces Comtes, lors qu'ils étoient en pleine liberté.

Droits de la France fur le Comté d'Artois.

PHilippe d'Alface, Comte de Flandre, donna en faveur de mariage à Ifabelle de Hainaut fa niece, & femme de Philippe Auguſte, le Comté d'Artois.

A Philippe Auguſte fucceda Louïs VIII, Roi de France, & Comte d'Artois par fa mere.

Louïs VIII fit partage par fon teftament à fes enfans, & donna à Robert fon fecond fils frere de S. Louïs le Comté d'Artois, à la charge que Robert venant à mourir fans heritiers, le Comté d'Artois retourneroit franchement & entierement à fon fils, fucceffeur au Royaume de France.

Après la mort de Louïs VIII, le Roi faint Louïs donne fuivant le teftament le Comté d'Artois à Robert fon frere, & le décharge de l'affignation du doüaire de la Reine Blanche, & moyennant ce Comté Robert declare qu'il étoit fatisfait de la part hereditaire qu'il pouvoit pretendre au Royaume.

Robert I, Comte d'Artois, eut Robert II, qui lui fucceda au Comté.

Robert II eut deux enfans, Mahaut fa fille ainée, & Philippe d'Artois.

Mahaut fut mariée à Othon Comte de Bourgogne, elle eut une fille nommée Jeanne, qui fut mariée à Philippe le Long Roi de France, fils de Philippe le Bel.

Philippe d'Artois meurt avant fon pere, qui étoit Robert II, d'Artois, & laiffe un fils nommé Robert III.

Robert III, après la mort de Robert II, fon ayeul Comte d'Artois prétendit que le Comté d'Artois lui appartenoit à l'exclufion de Mahaut fa tante. Son moyen étoit que le Comté avoit été donné à fon bifayeul Robert I, pour fon appanage, que la Loi des appanages eft, que les mâles fuccedent à l'exclufion des femelles. Mahaut au contraire foûtenoit, qu'il ne pouvoit venir à la fucceffion du Comté d'Artois, comme reprefentant fon pere, attendu qu'en l'Artois reprefentation n'a point de lieu en aucun cas.

Ce different fut jugé par le Parlement, le Roi Philippe le Bel y féant, & le Comté d'Artois fut adjugé par Arrêt à Mahaut : L'on pretend que le Roi Philippe le Bel voulut favorifer Mahaut, à caufe que Jeanne fa fille étoit mariée à Philippe le Long, fon fils.

Depuis Robert fe pourvut contre l'Arrêt du Parlement, & par Arrêt qui fut donné en Parlement fous le regne de Philippe le Long, il fut encore debouté de fa demande.

L'on dit que cet Arrêt fut donné en faveur de Jeanne fille de Mahaut, & femme de Philippe le Long Roi de France, & que fans cette confideration le Parlement eût jugé fuivant la Loi de l'appanage, que le Comté devoit appartenir à Robert III. Et de fait, Que les Comtez de Poitou, Anjou, & le Maine, que Louïs VIII avoit laiffez par fon teftament à fon troifiéme fils, ont été reünis par Arrêt du Parlement faute d'hoirs mâles à la Couronne de France, fous le regne de Philippe III, en l'an 1281. Que le Comté d'Artois ayant été donné par le même teftament, la Loi devoit être égale.

Robert ne fe contenta pas de ces deux Arrêts, il renouvella fa demande fous le regne de Philippe de Valois, & fe fervit d'actes faux. Arrêt fut donné contre lui, & fut debouté de fa demande, & banni du Royaume. L'on dit que Philippe de Valois s'irrita contre lui à caufe de quelques reproches injurieux qu'il lui avoit faits.

Depuis cet Arrêt les heritiers de Mahaut ont poffedé paifiblement le Comté d'Artois, jufques au decès de Charles Duc de Bourgogne, qui mourut à la bataille de Nanci.

Après fon decès Louïs XI prit la Ville d'Arras, & declara qu'il faififfoit le Comté d'Artois, comme mouvant de la Couronne.

Enfuite Louïs XI fit un Traité avec Maximilian Roi des Romains qui avoit époufé Marie de Bourgogne fille de Charles de Bourgogne; & par le Traité Marguerite de Bourgogne fille de Maximilian, & de Marie de Bourgogne, fut promife en mariage au fils du Roi Louïs XI, fa dot fut le Comté d'Artois, que Louïs XI remit en cette confideration avec la Ville d'Arras.

Louïs XI meurt; Charles VIII fon fils ne fe maria point avec Marguerite de Bourgogne; Maximilian indigné de ce refus lui fit la guerre. Enfuite ils firent un Traité à Senlis, par lequel, entre autres conditions, Maximilian promet que

que son fils Philippe étant en l'âge de vingt ans il remettra entre les mains de Charles VIII, la Ville d'Arras pour en disposer, & y mettre Capitaines & Gardes tels que bon lui sembleroit.

Cette clause n'a été exécutée, au contraire François I étant prisonnier à Madrid renonça à la Souveraineté de Flandres, & d'Artois, &, depuis par le Traité de Cambrai, de Crespi, de Château en Cambresis, & de Vervins, le Traité de Madrid a été confirmé.

L'on prétend que les Arrêts ci-dessus mentionnez sont nuls, donnez contre la Loi du Royaume*, par la puissance des Rois qui étoient lors interessez; & quand ils auroient été bons, les Traitez faits entre Maximilian & Louis XI rétablissent clairement les droits de la France sur le Comté d'Artois.

Quant au Traité de Madrid, on n'en peut rien inferer contre nous, puisqu'il a été fait par violence, & que le Roi François I avoit fait protestation devant & après le Traité.

Tout ce que dessus presupposé, comme c'est chose très-véritable, le Roi Louis XIII peut avec justice prétendre la proprieté du Comté d'Artois, comme un Membre de la Couronne de France.

Droits du Roi sur Hesdin.

Le Roi François y renonce par le Traité de Madrid comme à une dependance de l'Artois.

HEsdin est une ancienne Seigneurie, distincte & separée de l'Artois, & qui a porté le titre de Comté auparavant que cette qualité eût été donnée à l'Artois par saint Louis, lors qu'il en fit donation à Robert son frere.

Et quoi qu'en ladite donation Hesdin soit compris avec les Villes d'Arras, Saint Omer, Aire, Bethune, Bapaume, Lens, & Lillers: neanmoins saint Louis tira declaration & reconnoissance dudit Robert, comme Hesdin étoit du tout distinct, & independant de l'Artois.

Philippe de Bourgogne, qui épousa Marguerite Comtesse de Flandre & d'Artois, bailla pareillement declaration au profit du Duc Charles V, son frere, que Hesdin n'étoit des dependances d'Artois, ains Seigneurie, ayant Bailliage & Jurisdiction separée.

Aussi Louis XI, après la mort du dernier Duc de Bourgogne, ayant reduit sous son obeïssance, non seulement Hesdin, mais aussi Arras, & autres Villes voisines; voulut encore laisser ces Jurisdictions separées, & par une Declaration particuliere, ordonna que Hesdin & Saint-Pol seroient du ressort de Montreuil comme auparavant.

Depuis font ensuivis les Traitez de Madrid, & Cambrai, par lesquels François I quita la Souveraineté de Flandre, & l'Artois: toutefois le Roi d'Espagne reconnoissant que cette renonciation ne se pouvoit étendre au Comté de Hesdin, par le Traité de Château en Cambresis, obtint d'Henri II une renonciation particuliere aux droits qui pouvoient appartenir à cette Couronne en la Ville & Bailliage de Hesdin.

Aussi par le Traité fait à Crespi auparavant le dernier en l'an 1544, quoi que Ivoi, Montmedi, Landreci & autres Places prises sur les Espagnols leur ayent été restituées, neantmoins Hesdin demeura à la France jusques aux années 1552, & 1553, qu'elle fut prise & reprise par les Espagnols & par eux entierement ruinée, au lieu de laquelle Ville fut bâti le nouveau

Hesdin, Fort demeuré à l'Espagnol par ledit Traité de Château en Cambresis, jusques en l'an 1639, que sa Majesté le remit sous son obeïssance:

Droits du Roi sur le Comté de Saint-Pol.

QUant au Comté de Saint Pol, c'est une piece qui a été litigieuse depuis le siecle dernier entre les deux Couronnes : de sorte que pour en decider le different par ledit Traité de Château en Cambresis, comme depuis par celui de Vervins, il fut arrêté que l'on conviendroit d'arbitres.

Les Espagnols & Flamans prétendent que ledit Comté est mouvant de celui d'Artois. Et nous au contraire, qu'il releve immediatement de celui de Boulogne.

La meilleure partie des Historiens & Chroniqueurs de part & d'autre, demeurent d'accord qu'anciennement lors que la Flandre fut érigée en Comté par le Roi Charles le Chauve, en faveur de Baudouin, surnommé Bras de Fer, qui avoit épousé Madame Judith de France sa fille, Artois, Boulenois, Saint Pol & Guines étoient du païs de Flandres, dont Arras étoit la Ville Capitale.

Adolphe II, fils dudit Baudouin, eut en partage Boulonnois & Saint Pol, érigez par lui en Comtez, après la mort duquel sans enfans; le tout retourna à Arnoul son frere Comte de Flandres.

Depuis Lothaire Roi ayant guerre contre Arnoul II, s'empara desdits Comtez, & les donna aux deux enfans de Guillaume Comte de Ponthieu.

Cette donation fut confirmée par le Traité qui s'ensuit avec ledit Arnoul II, à la charge de les tenir du Comté de Flandres; Savoir Boulogne en fief, & Saint Pol en arriere-fief, parce que celui qui eut Saint Pol, étoit fils puiné du Comte de Ponthieu.

L'an 1180, Philippe d'Alsace, Comte de Flandres, n'ayant pas d'enfans, en faveur du mariage d'Isabelle de Hainaut sa niece avec le Roi Philippe Auguste, lui donna Arras, Saint Omer, Aire, Bethune, Lens, Lillers, Bapaume, le Comté de Hesdin, ainsi l'appelle la Chronique manuscrite d'Anchin, avec les hommages de Guines, Boulogne & Saint Pol.

Mais voici d'où procede la plus grande contestation qui est entre les deux Couronnes.

Saint Louis ayant donné à son frere Robert lesdites Villes, les Flamans & les Espagnols pretendent qu'il lui a aussi cedé lesdits hommages de Guines, Boulogne, & Saint Pol; & consequemment que depuis ce temps Guines, Boulogne, & Saint Pol ont été mouvans d'Artois.

Mais il ne se voit pas dans la teneur de ladite Donation, qui est de l'an 1237, que lesdits hommages y soient compris.

Au contraire il se reconnoît, que lesdits hommages furent reünis à la Couronne par Philippe Auguste, puisqu'en cette qualité Renaut Comte de Boulogne lui fit la foi & hommage dudit Comté l'an 1196. Et depuis Philippe Comte de Boulogne l'an 1226 en fit de même au Roi Saint Louis son oncle, & pareillement Marie l'an 1233.

Meyer, Annaliste Flamand, passionné contre la France, est contraint de reconnoître que Jean Duc de Berri, qui possedoit à cause de sa femme

femme le Comté de Boulonnois, n'en voulut faire l'hommage à Louïs Comte de Flandres & d'Artois, protestant qu'il ne la relevoit que du Roi, & non du Comte d'Artois. Mais cet Annaliste ajoûte, que la haute naissance du Duc de Berri lui faisoit refuser l'hommage au Comte d'Artois, qui causa une querelle entre eux, en laquelle ledit Comte fut blessé d'un coup de poignard, dont il mourut trois jours après, l'an 1383.

Mais ce prétexte est une couleur recherchée par Meyer, vû qu'il ne se trouve pas que devant, ni depuis, les hommages desdits Comtez ayent été faits aux Comtes d'Artois. Mêmes à présent, & auparavant l'ouverture de la guerre, ils n'en demandent pas pour lesdits Comtez de Guines, & de Boulogne : & par conséquent ne peuvent aussi prétendre les foi & hommage du Comté de S. Pol, puisqu'il est mouvant immediatement du Boulonnois.

Néanmoins pour faire perdre peu à peu la memoire des droits de cette Couronne sur lesdits Comtez de Hesdin, & Saint Pol, & autoriser avec le temps la possession dudit Comté de Saint Pol, dont ils se sont emparez au préjudice desdits Traitez de Château en Cambresis, & Vervins: ils ont soûmis les Jurisdictions desdits lieux au ressort du Conseil Provincial d'Artois; mêmes ont voulu que le Comté de Saint Pol fût du ressort immediatement de la gouvernance d'Arras.

Droits du Roi sur la Châtellenie de Beaurains.

AYant ainsi annexé ces Jurisdictions à celles d'Artois, ils ont ensuite fait ressortir celle de la Châtellenie de Beaurains à Saint Pol, pretendans que ladite Châtelenie est mouvante dudit Comté de Saint Pol, au lieu qu'elle est tenuë immediatement du Roi à cause de son Château de Montreuil.

Pour quoi reconnoître, il faut prendre l'affaire dès le regne de Charles V, qui par une Declaration expresse reünit ladite Châtelenie à la Couronne le 27 Juin 1368.

Néanmoins Charles VI, pour recompenser Jean Sieur de Croi, &c de Ranti, de quelque somme de deniers dont il lui avoit un peu auparavant fait don, donna audit Sieur de Croi, ladite Châtellenie qui est située entre Montreuil, & Hesdin, & dont dépendent dix-huit ou dix-neuf villages, à la charge des foi & hommage, & de la tenir de lui à cause du Château Royal de Montreuil. Et encore à condition, de la pouvoir rachetter toutefois & quantes : Laquelle concession fut faite en la présence des Ducs de Bourgogne, Comtes d'Artois, & Saint Pol, qui ne reclamerent pas, & ne soûtinrent point que ladite Châtellenie devoit relever d'aucun d'eux.

Antoine de Croi successeur dudit Jean, fit les foi & hommage au Roi à cause de ladite terre de Beaurains : l'an 1450.

Mais depuis les guerres frequentes étant arrivées entre nos Rois, & les Maisons de Bourgogne, & d'Austriche, qui furent depuis suivies de nos guerres civiles: Lesdits Sieurs de Croi, grands partisans desdites Maisons, & souvent Generaux de leurs armées, par succession de temps ont tâché d'intervertir ladite mouvance; Et voyans que les Rois d'Espagne & Comtes d'Artois avoient usurpé la Comté de Saint Pol, pour ce qui regarde les droits de

Souveraineté, & de mouvance : Ils ont relevé ladite Châtellenie de ladite Comté de Saint Pol pendant la confusion qui regnoit pour lors.

Néanmoins cette entreprise n'a pas laissé d'être interrompuë, d'autant que Charles IX, & depuis Henri III, adresserent commission au Lieutenant General de Montreuil pour saisir ladite Châtellenie, & la retirer moyennant le remboursement qui fut offert par le Sieur de Saint Luc qui en avoit les droits du Roi. En cette instance les Officiers du Comté d'Artois se voulurent remuer, & demanderent le renvoi pardevant eux; Mais sans y avoir égard, les Sieurs de Croy furent condamnez à quiter ladite Terre, en les remboursant suivant les offres qui en avoient été faites.

En execution de cette Sentence on envoya quelques Soldats prendre possession du Château: mais l'Ambassadeur d'Espagne étant sur ce intervenu, il fut arrêté que les deux Rois deputeroient des personnes qui se transporteroient sur les lieux, avec pouvoir de terminer cette affaire; Et cependant que l'on retireroit la garnison dudit Château. Ce qu'ayant été executé, comme les Deputez Espagnols reconnurent leur peu de droit, ils rompirent la partie, alleguans qu'ils n'avoient pas pouvoir de rien accorder, mais seulement de connoître ce qui étoit de l'affaire.

Depuis, & pendant les guerres de la Ligue, les Espagnols se remirent en possession de ladite Châtellenie, & la firent ressortir, comme devant, à Saint Pol, & de là au Conseil d'Artois; au lieu qu'anciennement elle ressortissoit, comme aussi les Comtez de Hesdin, & Saint Pol, au Siege de Montreuil.

Droits du Roi sur Cambrai.

LA Ville & Principauté de Cambrai a été de tout temps un Fief de l'Empire.

En l'an 1542 le Roi François Premier accorda Lettres de neutralité à ceux de Cambrai, pourvu qu'ils demeurassent neutres, entre lesdits Rois & l'Empereur Charles Quint, sans donner assistance aux uns ou aux autres.

Charles V, en 1545 se rendit le maître de Cambrai, & y fit faire une Citadelle, laissant la Ville sous le gouvernement de l'Evêque, qui en est Seigneur temporel.

En 1580 la Ville de Cambrai vint au pouvoir des François, lors que le Duc d'Alençon fut reconnu pour Seigneur des Païs-Bas.

Le Sieur de Balagni depuis Maréchal de France fut fait Gouverneur, & quelque temps après s'en fit Prince Souverain.

En 1595 la Ville de Cambrai fut reprise sur le Sieur de Balagni par le Comte de Fuentes, au nom du Roi d'Espagne. Et les Ecclesiastiques, les Nobles, & le Magistrat de la Ville de Cambrai, reconnurent Philippe II, Roi d'Espagne, & ses successeurs Rois pour leurs Seigneurs Souverains, avec pouvoir d'instituer ou destituer les Magistrats; & le Comte de Fuentes reçut cette soûmission au nom du Roi d'Espagne.

Depuis, l'Archevêque de Cambrai s'étant plaint au Roi d'Espagne Philippe II, & ayant fait connoître qu'il étoit Souverain Seigneur de Cambrai, il obtint qu'il auroit la Justice de la Seigneurie en la Ville, & en tout le Pays de Cambresis, à la charge que la protection demeureroit au Roi d'Espagne avec la Citadelle.

L'Isle,

L'Isle, Doüai, & Orchies.

LEs prétensions du Roi sur la Ville & Domaine de l'Isle ont diverses causes.

La premiere & plus ancienne est le Traité fait en l'an 1304, apres de longues guerres entre Philippe Roi de France, & les Flamans.

L'autre & la derniere vient de la Maison de Bourbon.

Quant à Doüai, & Orchies, elles viennent aussi du premier droit.

Le Roi a joui du revenu de l'Isle, Bourbourg, Dunkerque, & Gravelines, jusques à la rupture de la Paix, en l'état que ces Domaines étoient apres de grandes alienations qui en ont été faites.

Quant à Doüai, & Orchies, les Rois de France n'en ont joui depuis Charles V, qui les laissa avec l'Isle au Comte de Flandres, en consideration du mariage qui se faisoit entre Philippe Duc de Bourgogne, & l'heritiere de Flandres.

1304.

Et pour entendre ces differentes prétensions, il faut remarquer qu'en l'année 1304, le Roi Philippe, apres de longues guerres contre les Flamans, traita avec eux. Il fut convenu que jusques à ce qu'ils eussent assigné au Roi vingt mil livres de rente, ils mettroient entre les mains de sa Majesté, l'Isle, Doüai, Cassel, & Courtrai, & outre ce payeroient trois cens mil livres.

1305.

En 1305 autre Traité, par lequel il fut dit, qu'on assigneroit au Roi ces vingt mil livres de rente sur le Comté de Rhetel, & que l'on lui payeroit quatre cens mil francs en deniers; & fut dit que jusques à ce que l'assiette fût faite sur ledit Comté de Rhetel, que l'Isle, Doüai, Bethune, Cassel, & Courtrai demeureroient en la main du Roi.

1309.

En 1309 autre Traité, par lequel est accordé que desdits vingt mil livres de rente, le Comte de Flandres en racheteroit la moitié pour six cens mil livres; pour l'autre moitié le Comte ceda & transporta au Roi purement & simplement l'Isle, Doüai, & Bethune.

1316.

En l'année 1316 par Traité il fut convenu, que l'Isle, Doüai, & Bethune demeureroient à perpetuité au Roi, & que les Flamans payeroient à sa Majesté deux cens mil livres.

1320.

En 1320, par un acte il fut dit, que le mariage entre Marguerite fille du Roi Philippe le Long, avec Loüis Comte de Nevers ne s'executant, que ledit Comte n'étoit obligé au Traité ci-dessus.

Ensuite il fut fait un autre acte à Paris, le Roi present, le Comte de Flandres, & les Communes du Païs, où fut absolument ratifié le transport fait au Roi desdites Villes, en l'an 1316. Ce qui fut ratifié par le Comte de Flandres, par ses freres, & par toutes les Villes, par actes separez.

Le mariage fut executé, & en sortit Loüis Comte de Flandres, dit de Marle; sa posterité dure encore à present: si bien que ce qui avoit été promis à condition de l'accomplissement de ce mariage devint pur & simple. Ensuite dequoi les trois Villes, Doüai, l'Isle, & Bethune, furent délivrées au Roi, & les bornages & leurs dependances faits & arrêtez.

1322.

Loüis Comte de Flandres en l'année 1322 ratifia les Traitez de l'an 1305, 1309, 1316, 1320.

Tom. I.

Philippe Duc de Bourgogne frere du Roi Charles V, mari de Marguerite de Flandres, heritiere du Comte de Flandres, promit le 12 Septembre 1368, au Roi son frere, de lui restituer les deux Villes de l'Isle & Doüai. La Ville d'Orchies fut baillée au Roi Jean au lieu de Bethune.

1368.

Apres cela vint la Transaction de Gand du 12 Avril 1369, entre le Roi, & Loüis Comte de Flandres. Le Roi pour demeurer quite envers ledit Comte, de plusieurs sommes & autres demandes qu'il lui faisoit; il lui bailla & pour ses successeurs, les Villes de l'Isle, Doüai & Orchies, à la charge que si le Comte de Flandres n'a hoirs mâles, lesdites Villes appartiendront à la Duchesse de Bourgogne fille dudit Comte, & aux hoirs mâles procréez de leurs hoirs mâles descendans en ligne directe. Et au cas que ladite Duchesse n'ait hoirs mâles du Duc son mari, & que la lignée dudit Comte de Flandres, & de ladite Madame de Bourgogne vienne à faillir; Le Roi & ses successeurs Rois de France, pourront retirer lesdites Villes en baillant dix mil livres de terre à l'heritage: Le Roi se reservant la foi & hommage, ressort & souveraineté sur lesdites Villes.

1369.

Cette Transaction fut ratifiée par le Comte de Flandres, qui entra en possession de ces trois Villes. La Duchesse de Bourgogne ratifia aussi, & lesdites Villes.

En Janvier 1386, Charles VI transigea avec Philippe Duc de Bourgogne & sa femme, & leur fils aîné Jean, où apres avoir parlé du Traité de 12 Septembre 1368, de la Transaction de Gand 1369, il est accordé, que si ledit Philippe Duc de Bourgogne & sa femme decedent sans mâles, ou leurs enfans aussi, les Villes de l'Isle, Doüai & Orchies retourneront à la Couronne de France suivant le Traité de Gand 1369. Que s'ils ont un mâle, le Roi ne pourra retirer lesdites Villes du vivant dudit Duc, & de son fils Comte de Flandres: Mais eux decedez, le Roi & ses successeurs pourront retirer, en baillant dix mil livres de rente au Comte de Ponthieu, y compris la Ville d'Abbeville. En un mot, le retour à la Couronne de ces trois Villes ne se pouvoit faire qu'en defaut de mâles descendans en ligne directe dudit Philippe le Hardi Duc de Bourgogne suivant ledit Traité de Gand, & il étoit au pouvoir du Roi d'en faire le rachat, apres la mort de Jean Duc de Bourgogne.

1386.

Cette Transaction ratifiée par le Duc, sa femme & son fils; & le Roi ensuite jetta au feu l'Original de l'acte du 12 Septembre 1368.

Depuis cette Transaction Jean Philippe, & Charles Duc de Bourgogne, ont joui de ces trois Villes. Ce Duc Charles mourut l'an 1477, & ne laissa qu'une fille.

1477.

Le Roi Loüis XI prétendit justement, que ces trois Villes lui devoient revenir. Le Conseil de ladite fille au contraire: fur ce Conference qui n'eut aucun effet.

L'an 1482 ce fait fut agité de nouveau au Traité d'Arras, par lequel le droit du Roi sur lesdites Villes fut conservé, pour être decidé en un autre temps.

1482.

Et par le Traité de Paris 1498 il fut stipulé, que du vivant du Roi Loüis XIII, & de l'Archiduc Philippe, il ne seroit fait aucune poursuite pour raison de ces trois Villes, que par voye amiable.

1498.

Jusques alors les droits du Roi étoient entiers, mais ils ont été blessez par les Traitez

G

de

de Madrid , Cambrai & Crespi , qui portent que le Roi renonce à tout tel droit de rachat qu'il avoit, pour le regard de l'Isle , Doüai, & Orchies , quel qu'il pût être , confentant fa Majefté qu'elles foient à perpetuité unies au Comté de Flandres , comme elles étoient a-vant qu'elles fuffent tranfportées au Roi par le Comte de Flandres , nonobftant le Traité de Paris 1498 , & autres Traitez faifans mention dudit rachat.

Donc la feule oppofition qui fe peut faire à prefent en cette affaire , fe tire de ces trois derniers Traitez : çar le droit du Roi étoit avant cela fans aucune difficulté.

C'eft ce qui fe peut dire pour l'éclairciffement des droits & prétenfions que le Roi peut avoir fur l'Isle , Doüai , & Orchies , comme Roi de France.

L'Ifle , Dunkerque , Gravelines , Bourbourg.

QUant aux autres droits que le Roi a fur l'Isle , Dunkerque , Gravelines , Bourbourg , qui lui appartiennent , à caufe de la Maifon de Bourbon : Il eft certain que les Seigneuries de Dunkerque & Gravelines au Comté de Flandres , la Châtellenie de l'Isle , & quelques autres Terres fizes au Païs-Bas , lui appartiennent encore prefentement , & qu'on ne le peut revoquer en doute , puifque Charles de Bourbon , pere d'Antoine Roi de Navarre , duquel naquit le feu Roi Henri le Grand , pere de fa Majefté à prefent regnante , étoit fils de François de Bourbon Comte de Vandôme , qui époufa en l'an 1488 Marie de Luxembourg , heritiere & paifible Dame defdites Seigneuries.

Cette verité eft fi évidente , que jufques à prefent le Roi a toûjours joüi defdites Seigneuries , & des Domaines y appartenans , qui ont été autant difipez & gâtez par ceux à qui on en a commis l'adminiftration , comme par les rigueurs des Miniftres , qui peuvent avoir été tenuës en Flandres , lors qu'on a recours aux Officiers de la Juftice , pour maintenir le Roi dans fes droits.

Lefdites dépendances du Domaine de Navarre, font mouvantes du Comté de Flandres , ainfi qu'aujourd'hui le Comté de Charolois , qui eft poffedé par l'Efpagne dans la France, releve de la France.

Droits du Roi fur le Duché de Bourgogne.

LE Duché de Bourgogne eft la premiere Pairie de France, qui a toûjours été mouvante de la Couronne. Les ancêtres de Hué Capet l'ont tenuë en titre de Duché : Elle fut reünie à la Couronne fous le regne du Roi Robert , fils de Hué Capet. Henri fils de Robert fucceda à fon pere à la Couronne de France , & au Duché de Bourgogne. Le même Henri donna à fon frere Robert le Duché de Bourgogne , par forme de provifion , (ainfi que l'on parloit en ce temps) ou bien d'appanage , fuivant les termes d'aujourd'hui. Depuis ce Robert , le Duché de Bourgogne a été poffedé , tant par lui , que fes defcendans mâles , pendant trois cens trente ans , jufques à Philippe dernier Duc de cette Race , qui deceda fans enfans fous le regne du Roi Jean. Il importe de remarquer , que pendant ces trois cens trea-

te ans , il n'y eut qu'une feule prétenfion desfilles , pour la fucceffion du Duché.

Ce fut en l'an 1272 , après la mort de Hugues IV , Duc de Bourgogne. Ce Duc eut trois fils , Eudes l'aîné , qui mourut avant fon pere , & ne laiffa qu'une fille , Iolande , qui fut mariée à Robert Comte de Flandres. Le fecond fut Jean , Sieur de Charolois , qui ne laiffa qu'une fille , Beatrix de Bourgogne , qui fut mariée à Robert de France , Comte de Clermont , cinquiéme fils du Roi faint Louis. Le troifiéme fils de Hugues , fut Robert , qui furvéquit à fon pere Hugues. Hugues donc étant mort , Robert Comte de Flandres prétendit devoir fucceder au Duché de Bourgogne , à caufe d'Iolande fa femme , fille d'Eudes , qui étoit le fils aîné d'Hugues. Ce differend fut decidé à l'avantage de Robert troifiéme fils , par le teftament de Hugues fon pere , & par le jugement de Philippe III , Roi de France , nommé arbitre : tellement qu'il démeure conftant par ce jugement , que les feuls mâles font capables de fucceder au Duché de Bourgogne , qui eft un des moyens pour exclure l'Efpagne , qui veut venir par une fille. Pour l'intelligence de ce fait,

Hugues IV Duc de Bourgogne eut trois enfans,

| Robert de Bourgogne : le Duché lui fut adjugé contre la pretenfion de fa Niece Iolande fille d'Eudes fon aîné. | Eudes, Comte de Charolois, qui mourut avant fon pere, laiffa une fille, Iolande, mariée à Robert Comte de Flandres; ce fut ce Robert, qui après la mort d'Hugues Duc de Bourgogne grand pere de fa femme, pretendoit le Duché. | Jean Sieur de Charolois laiffa une fille, Beatrix de Bourgogne. |

Depuis ce Robert , qui mourut en 1308 , ce Duché a été poffedé par fes defcendans , de mâle en mâle , jufques à Philippe Duc de Bourgogne , qui mourut fans enfans. Après fa mort le Duché de Bourgogne fut pretendu par Charles II , Roi de Navarre , à caufe de Marguerite de Bourgogne fon ayeule , fille de Robert II. En fecond lieu par Robert Premier Duc de Bar , à caufe de Marie de Bourgogne fon ayeule , fille du même Robert. Le troifiéme pretendant fut Jean Roi de France , à caufe de Jeanne de Bourgogne fa mere , fille du même Robert. Ce Duché fut lors adjugé au Roi Jean , comme plus prochain heritier de Philippe dernier Duc : Mais les Officiers du Roi Jean firent lors une grande faute , d'avoir mis en avant pour moyens de leur Maître , qu'il étoit le plus prochain heritier , d'autant qu'ils devoient foutenir que le Duché de Bourgogne étant un fief de la Couronne , & qui avoit autrefois été donné par Henri Roi de France à Robert fon frere , par forme d'appanage , que le dernier Duc étant mort fans enfans , le Duché étoit reüni à la Couronne , par la loi du Royaume ; neanmoins le Roi Jean fuivant l'erreur & l'ignorance de fes Miniftres , fit une Declaration de reünion du Duché de Bourgogne à la Couronne , contenant que le Duché lui appartenoit , par la fucceffion de Jeanne fa mere , fille de Robert Deuxiéme de Bourgogne. Ces Lettres Patentes furent verifiées en

la

la Cour de Parlement de Paris. Depuis, le même Roi Jean étant de retour de sa prison d'Angleterre, il voulut reconnoître le service que Philippe le Hardi son fils lui avoit rendu en la bataille de Poitiers. Et pour cet effet, il lui donna le Duché de Bourgogne, qu'il a eu de la succession de Philippe dernier, comme en étant le plus prochain heritier, avec tout le droit de proprieté qu'il pouvoit avoir, même au Comté de Bourgogne, pour en jouir par lui, & les heritiers qui viendroient de son corps en loyal mariage, perpetuellement hereditairement, avec tels droits, privileges & prerogatives qu'en jouïssoient les precedens Ducs de Bourgogne, & qu'en jouïssent les autres Pairs de France, à la reserve du ressort, & de l'hommage, tel que les Ducs de Bourgogne l'avoient rendu aux Rois de France. Ses Lettres sont verifiées au Parlement. Du depuis, Charles V confirme & ratifie la même donation; il ajoûte seulement, pour les heritiers qui viendront en droite ligne.

Philippe rendit la foi & hommage de ce Duché au Roi Jean son pere, & depuis, lui & ses heritiers mâles l'ont possedé jusques au regne de Loüis XI, que Charles Duc de Bourgogne fut tué en la bataille de Nanci.

Après la mort de Charles Duc de Bourgogne, Loüis XI se mit en possession du Duché de Bourgogne, & du Comté.

Maximilian Archiduc d'Autriche, qui avoit épousé Marie de Bourgogne, fille & heritiere du Duc Charles, pretendoit le Duché; neanmoins les Rois de France en sont toûjours demeurez en possession. François I, par le Traité de Madrid, s'étoit obligé de rendre le Duché à Charles Quint. Depuis, par le Traité de Cambrai, le Traité de Madrid est confirmé, fors pour la restitution du Duché de Bourgogne, dont l'Empereur Charles Quint se départ. Mais en tous les Traitez qui ont été faits, entre les Rois de France; la Maison d'Autriche, & les Rois d'Espagne, depuis l'ouverture à la succession du Duché de Bourgogne par le decès de Charles, il y a une clause qui reserve les droits de la Couronne de France, & de celle d'Espagne. Tellement que l'Espagne dans un Traité, dès lors que l'on mettra en avant les anciennes prétentions que nous avons sur Naples, Milan, Flandres, l'Artois, & Comté de Bourgogne, ne manquera pas de mettre en avant ses droits sur le Duché de Bourgogne.

Raisons de l'Espagne, sur lesquelles elle fonde sa pretension sur le Duché de Bourgogne.

LE Roi d'Espagne represente qu'il est descendu de Marie de Bourgogne, fille & seule heritiere de Charles Duc de Bourgogne, qui étoit descendu en droite ligne de Philippe le Hardi, auquel le Roi Jean avoit donné le Duché de Bourgogne en toute proprieté pour lui & ses heritiers, qui viendroient de son corps en loyal mariage, & en ligne directe: & par consequent que Marie de Bourgogne étant de cette qualité, le Duché de Bourgogne lui appartenoit, & non point aux Rois de France.

Qu'il n'est pas nouveau qu'une fille succede au Duché de Bourgogne, puisqu'il est venu deux fois à la Couronne de France par les filles, l'une au pere de Hugues Capet, l'autre au Roi Jean, à cause de Jeanne de Bourgogne sa mere.

Que cela n'est pas sans exemple à la France,

que les filles ayent succedé aux grandes Terres dependantes de la Couronne, comme en la Duché de Normandie, Guyenne, Bretagne; Comté de Champagne, Poitou, Thoulouse, de Flandres, & Artois. Que le Duché de Bourgogne n'est point un appanage de Fils de France: d'autant que le Roi Jean par ses Lettres Patentes declare qu'il donne en proprieté ce Duché, qu'il avoit eu de la succession de sa mere, pour en jouïr par son fils Philippe le Hardi, & ses heritiers en ligne directe, comme avoient fait les derniers Ducs. Or est-il que les derniers Ducs en jouïssoient en toute proprieté: & par consequent il avoit le même droit qu'eux. Ils ajoûtent que la loi des appanages de France, qui porte que les Terres données aux Enfans de France retourneront à la Couronne, à faute d'hoirs mâles, n'a été faite que du temps de Charles Cinquiéme, frere de Philippe le Hardi, & depuis la donation qui lui avoit été faite du Duché. Tellement qu'elle ne pouvoit changer la condition de la donation, qui avoit été verifiée dans les Cours de Parlemens, sans aucune restriction.

Que le Roi Jean a bien fait connoître, qué son intention étoit, lors qu'il a donné le Duché à Philippe le Hardi, qu'il lui demeurât en pure proprieté, non point à condition d'apanage: d'autant qu'au même temps le Roi Jean donnant le Duché d'Anjou à Loüis son second fils, il ajoûte, pour lui & ses enfans mâles seulement. Il en fit de même en la donation qui fut faite à Jean Duc de Berri. Que c'étoit la forme des anciens appanages qui passoient aux filles, si la clause des mâles n'étoit ajoûtée. Que cette clause n'est point en la donation faite à Philippe le Hardi: & partant il n'est point sujet à reversion à la Couronne faute d'hoirs mâles.

La réponse à ces moyens est fondée sur la maxime generale de France, Que les Rois ne peuvent aliener le Domaine de la Couronne à perpetuité; Que si le Roi Jean par ses Lettres Patentes a fait mettre des clauses qui semblent aliener la proprieté du Duché de Bourgogne contre la nature des apanages, neanmoins qu'elles doivent être expliquées, & reglées selon la Loi du Royaume, laquelle il n'a pû changer: Que le Duché de Bourgogne a été réüni à la Couronne en la personne de Robert Roi de France fils de Hugues Capet: Que Robert eut deux enfans, Henri Roi de France, & Robert, auquel ledit Henri donna le Duché de Bourgogne par forme de provision ou apanage.

Qu'en l'an 1272, le Duché de Bourgogne fut adjugé à Robert II, à l'exclusion d'Iolande de Bourgogne sa niece, & fille de son aîné, qui est une marque que les filles n'y pouvoient succeder, étant un partage de Fils de France.

Qu'il est vrai que le Roi Jean mal informé de ses droits, & par l'ignorance de ses Officiers, se fit adjuger le Duché de Bourgogne, comme fils de Jeanne de Bourgogne: mais que cela ne change pas le droit de la Couronne, qui ne peut être blessé, ni prejudicié par des actes particuliers, ou des Declarations des Rois, qui ne sont qu'administrateurs du patrimoine de leur Couronne, dont ils ne peuvent alterer les conditions, ni la nature.

Quant à la Loi de Charles Cinquiéme, qu'il fit pour les apanages, que c'est plûtôt une interpretation de la Loi ancienne qu'une nouvelle Loi; Qu'il avoit reconnu la faute faite par les Officiers de son pere, qui n'avoient pas relevé son droit: Enfin que cette Loi étant faite avant l'ouverture de la succession du Duché de Bour-

gogne, & n'y ayant point eu d'exception particuliere pour ce Duché, ni d'opposition de la
part de Philippe le Hardi, sans doute que la
donation qui lui avoit été faite, étoit sujette à
la Loi.

Qu'il est vrai que les filles ont succedé aux
Duchez de Normandie, Bretagne, Guyenne,
aux Comtez de Poitou, & Languedoc : mais
qu'il faut considerer que ce n'étoit pas des partages des Enfans de France; mais des anciennes
Seigneuries, qui étoient possedées par leurs Seigneurs particuliers, & qui n'avoient point encore été reünies à la Couronne, lors que les filles ont succedé.

Quant au Comté d'Artois, qu'il est vrai que
c'étoit un partage d'un Fils de France, que le
Roi Louis VIII le donna à Robert son fils, &
neanmoins que Mahaut fut préferée à son neveu Robert : mais il ne s'agissoit pas lors, si le
fief devoit être reüni à la Couronne faute d'hoirs
mâles : mais c'étoit une contestation particuliere entre deux heritiers; savoir Robert qui
vouloit venir à la succession de son ayeul, par
representation de son pere, qui étoit decedé.
Mahaut lui soûtenoit, que par la Coûtume de
l'Artois, representation n'avoit point de lieu:
& ainsi fut jugé par le Parlement de Paris. Ce
n'étoit pas faute d'hoirs mâles que Mahaut venoit à la succession, car il y en avoit; ce n'étoit
point un heritier de la Couronne qui en demandoit la reünion; & partant cet exemple ne fait
rien pour dire, que les Terres données en apanage avant Charles Quint, n'étoient pas reünies
à la Couronne, faute d'hoirs mâles.

Au contraire, l'on voit en l'Histoire de France, qu'avant Charles Quint, les Terres qui
avoient été données en apanage aux Enfans de
France, sont retournées à la Couronne faute
d'hoirs mâles, & que les fillesn'y ont point succedé. Les filles de Philippe le Long pretendirent
après sa mort, que les Terres qui lui avoient
été données avant qu'il vînt à la Couronne,
leur appartenoient; mais elles en furent exclu-
ses.

Le Duché d'Alençon, qui avoit été donné
par saint Louis à Pierre son fils, fut reüni à la
Couronne après sa mort, faute d'hoirs mâles;
le Duché de Valois de même.

Enfin, c'est une Loi très-utile, & necessaire pour la conservation de l'Etat. Que si les
Rois pouvoient aliener leur Domaine, & que
les apanages fussent sans retour, il se trouveroit
enfin, que le Domaine de la Couronne pourroit passer la plus grande partie en main étrangere, par des alliances.

L'on fait une difference des Terres qui sont
venües à la Couronne par donation, & succession, & qui ne sont point néanmoins de la
Couronne, d'avec celles qui en sont mouvantes : les premieres peuvent être facilement alienées, d'autant qu'elles ne sont pas du corps du
Domaine, mais choses accessoires, & étrangeres : & non pas les autres, qui étant mouvantes de la Couronne, si-tôt qu'elles y sont retournées, elles sont tellement unies, qu'elles
n'en peuvent être separées.

DU COMTE' DE MACONNOIS.

LE Comté de Mâconnois a été possedé par
des Seigneurs particuliers, jusques au regne
de Philippe fils de saint Louis. En ce temps le
Comte de Mâconnois ayant été visiblement
emporté par le Demon, le fils dudit Comte
touché d'une si funeste fin de son pere, quitta le
monde, & se fit Religieux; & donna le Comté audit Roi Philippe, avec toutes ses appartenances, pour être uni à la Couronne de France.

Ce Comté depuis cette donation, n'a point
été separé du Domaine de la Couronne, jusques au regne de Philippe le Bel, qui donna à
Philippe Comte de Poitiers, son second fils,
ledit Comté, pour partie de son apanage. Et
après le decès dudit Philippe sans hoirs mâles,
ledit Comté, avec toutes les autres Terres qui
lui avoient été données en apanage; retourne-
rent à la Couronne, ainsi qu'il fut jugé par Arrêt du Parlement contre le Duc de Bourgogne, Eudes, pretendant ledit Comté, à cause
de sa femme, qui étoit fille aînée du Comte de
Poitiers.

Depuis ce temps le Comté de Mâconnois a
été possedé par nos Rois, comme Domaine de
leur Couronne, jusques au regne de Charles
VII qui fut obligé, pour donner la Paix à son
Etat, de faire le Traité d'Arras avec Philippe
Duc de Bourgogne, par lequel ledit Roi Charles VII transporte audit Duc Philippe, pour lui
& ses hoirs procréez de son corps, & des hoirs
de ses hoirs, descendans en droite ligne mâles
ou femelles, la Cité & Comté de Mâcon, &
toutes les Villes, terres, cens, rentes, revenus qui doivent appartenir audit Roi Charles, &
à la Couronne, par tout le Bailliage de Mâcon,
& S. Gengon, sans en rien retenir, sauf le
droit de Souveraineté, Gardes des Eglises de
fondation Royale, & le droit de Regale.

C'est le Titre en vertu duquel la Maison
d'Autriche, qui a succedé à la Maison de Bourgogne, pretend le Comté de Mâconnois : ses
pretensions furent examinées lors du regne
de Louis XI, & fut soûtenu lors, que le Comté de Mâconnois n'avoit pû être aliené par le
Roi Charles VII, comme étant le Domaine de
la Couronne; joint que ce Traité d'Arras a été
fait comme par force & violence, le Roi Charles VII ne pouvant terminer par autre voye les
grands troubles qui étoient dans son Etat. Enfin ce Comté a été aliené sans cause, le Duc
Philippe de Bourgogne n'ayant aucun moyen
pour le pretendre, si ce n'est qu'il voulût renouveller la demande qui avoit été faite autrefois par le Duc Eudes de Bourgogne, comme
étant venu de Marguerite de France, qui étoit
Fille de Philippe Comte de Poitiers, auquel le
Comté de Mâcon avoit été donné en apanage:
mais toutes ces pretensions ont été jugées après
la mort de Philippe Comte de Poitiers. Et par
Arrêt, comme il a été dit ci-dessus, le Comté
fut reüni à la Couronne, & fut jugé qu'il y devoit retourner comme Terre d'apanage. Ainsi
Philippe Duc de Bourgogne n'avoit aucun droit
audit Comté, & par consequent le transport qui
lui en a été fait est nul : Les Rois n'ayans aucun pouvoir d'aliener le Domaine de leur Couronne.

Droits du Roi sur le COMTÉ DE BOURGOGNE.

LE Comté de Bourgogne eſt une Seigneurie ſeparée du Duché, qui depuis longtemps a été poſſedée par des Seigneurs particuliers.

Othon en étoit Comte en l'an 1265, Il maria ſa fille Jeanne de Bourgogne à Philippe le Long, qui depuis fut Roi de France.

Par le Contract de mariage il eſt porté, que l'on donne en doüaire, & pour raiſon du mariage, le Comté de Bourgogne, & la Seigneurie de Salins, avec leurs appartenances & dépendances, à la charge que les enfans qui viendroient dudit mariage, ſuccederoient auſdites Seigneuries. Et en cas qu'il n'y eût point d'enfans dudit mariage, le Comté devoit retourner à Philippe le Bel Roi de France, & à ſes hoirs.

De ce mariage de Philippe le Long, & de Jeanne de Bourgogne, il y eut deux filles, Jeanne de France, & Marguerite de France.

Jeanne de France fut mariée à Eudes Duc de Bourgogne, & lui porta le Comté, avec la Seigneurie de Salins.

Marguerite de France fut mariée à Louis Comte de Flandres.

Du mariage d'Eudes Duc de Bourgogne, & de Jeanne de France, il y eut Philippe qui mourut avant ſon pere Eudes, & laiſſa un fils nommé Philippe.

Philippe ſucceda, après la mort de ſon grand pere Eudes, à la Duché & Comté de Bourgogne : il fut marié à Marguerite de Flandres.

Du mariage de ce Philippe Duc de Bourgogne, & de Marguerite de Flandres, il n'y eut aucun enfant.

Ce Philippe deceda ſous le regne du Roi Jean : après ſa mort, le Roi Jean pretendit le Duché, comme plus prochain heritier, & en cette qualité il lui fut adjugé.

Le Comté fut pretendu par Marguerite de France, fille puiſnée de Philippe le Long.

Elle diſoit pour ſon moyen, qu'Othon, Comte de Bourgogne, mariant ſa fille Jeanne de Bourgogne à Philippe le Long, il avoit donné le Comté pour lui, & ſes hoirs, qui naîtroient du mariage.

Que de ce mariage, il y avoit eu deux filles; Savoir elle, Marguerite de France, & Jeanne de France, qui fut mariée à Eudes, dont étoit venu Philippe dernier, Duc & Comte de Bourgogne. Tellement que la lignée de Jeanne de France étant finie, elle Marguerite, comme ſa ſœur, lui devoit ſucceder au Comté; ce qui fut ſuivi.

Marguerite de France fut donc Comteſſe de Bourgogne : Elle avoit épouſé le Comte de Flandres, & de ſon mariage vint Louis de Maſlé Comte de Flandres.

Louis de Maſlé eut pour fille Marguerite de Flandres, qui étoit Comteſſe de Flandres de par ſon pere, & Comteſſe de Bourgogne de par ſon ayeule Marguerite de France.

Marguerite de Flandres auſſi Comteſſe de Flandres, & de Bourgogne, fut mariée à Philippe le Hardi, Duc de Bourgogne, & fils du Roi Jean.

De ce mariage vint Jean Duc & Comte de Bourgogne.

Jean eut pour ſon fils Philippe le bon Duc, Philippe eut pour ſon fils Charles.

Charles n'eut qu'une fille, qui fut Marie de Bourgogne, qui fut mariée à Maximilian d'Autriche.

Après la mort de Charles Duc & Comte de Bourgogne, qui arriva ſous le regne de Louis XI, le Roi Louis XI ſe mit en poſſeſſion du Duché & Comté de Bourgogne, comme étant de la Couronne.

Quant au Comté, ſes Officiers qui lors repreſentoient ſes droits, n'en demandoient pas la propriété : mais ils ſoûtenoient ſeulement que le Comté de Bourgogne étoit un arriere-fief de la Couronne, & qu'il étoit mouvant du Duché.

Pour preuve de leurs moyens, ils diſoient que Othon, Comte de Bourgogne, ne voulant pas reconnoître à Seigneur Robert Duc de Bourgogne, & lui rendre la foi & hommage, Robert fit ſaiſir ſon Fief, & prétendit qu'il lui appartenoit par commiſe.

Othon ſe trouvant preſſé vint trouver Philippe le Bel, lors Roi de France, & ſe mit avec ſes Terres en ſa protection; Philippe le Bel l'accepta, & mit en ſa main le Comté.

Robert preſenta une requête à Philippe le Bel, demanda que le Comté lui fût remis, comme étant un Fief mouvant de lui. La requête fut deliberée au Conſeil du Roi, & fut trouvé juſte de rendre le Comté de Bourgogne à Robert Duc, & lui payer même toutes les levées du revenu, qui avoient été faites par les Officiers du Roi; ce qui fut executé, à condition que ſi le mariage de la Fille d'Othon ſe faiſoit avec Philippe le Long, le Duc Robert recevroit Philippe le Long à l'hommage du Comté.

Le mariage fut ainſi qu'il a été dit ci-deſſus; & enſuite Philippe le Long fut reçû à foi & hommage du Comté. Par ces moyens les Officiers du Roi diſoient, que le Comté étoit un arriere-fief de la Couronne, comme étant mouvant du Duché, & mettoient en fait dans leurs écritures, que l'on voit encore aujourd'hui, que les actes de ce qui eſt repreſenté ci-deſſus, étoient en la Chambre des Comptes; & néanmoins, il eſt certain qu'ils n'y ſont plus.

A ces moyens, les Officiers de Marie de Bourgogne diſoient, que le Comté ne pouvoit être mouvant du Duché, que c'étoit une Terre franche, un Comté Palatin, & qu'il y avoit même un Parlement qui jugeoit ſouverainement des differens des Sujets du Comté.

Les Officiers du Roi Louis repliquoient, que ce mot de Franche-Comté n'induiſoit pas une indépendance, que la franchiſe étoit ſeulement de battre monnoye, de payer des ſubſides, & autres droits, qu'encore que ce fût un Comté Palatin, il n'étoit pas exempt de mouvance; que les Palatinats d'Allemagne reconnoiſſoient l'Empereur : que le Comte de Champagne ſe diſoit Palatin; & neanmoins il étoit vaſſal de la Couronne de France. Quant à ce que l'on diſoit qu'il y avoit un Parlement, cela ne concluoit pas que ce fût une Souveraineté ſans Seigneur ſouverain : que les Duchez de Normandie, & Alençon, avoient leurs Echiquiers, & le Duché de Bretagne un Parlement où l'on jugeoit ſouverainement; & néanmoins ces Duchez étoient mouvans de la Couronne de France.

L'on voit donc par ce diſcours, que Louis XI n'avoit jamais pretendu la proprieté du Comté, mais ſeulement la mouvance comme un arrierefief de la Couronne de France, & que Maximilian d'Autriche comme mari de

G 3   de

de Bourgogne, soûtenoit que le Comté n'étoit point mouvant du Duché : mais il ne difoit pas auffi, qu'il fût mouvant de l'Empire.

Neanmoins il fe trouve dans le Threfor des Chartres du Roi, un acte d'inveftiture du Comté de Bourgogne, en datte de 1362, par lequel l'Empereur Charles IV donne à Philippe le Hardi, fils du Roi Jean, & à fes hoirs, & fucceffeurs legitimes, le Comté de Bourgogne, pour tenir ledit Comté à foi & hommage de l'Empire. Ladite inveftiture fuite, tant à caufe que le Comté étoit lors vacant audit Empire, que pour le defaut d'hoirs mâles, & autres caufes. L'acte porte auffi que l'inveftiture a été donnée par l'Empereur à la priere du Roi Jean, pere de Philippe le Hardi.

Cet acte juftifie, que le Comté eft mouvant de l'Empire : les Officiers de Marie de Bourgôgne ne s'en fervirent point lors qu'ils contesterent du temps de Louis XI, pour montrer que le Comté n'étoit pas mouvant de la France ; & neanmoins l'acte eft dans le Threfor des Chartres du Roi.

Depuis en 1492, le 23 Decembre il y eut un Traité fait à Arras, entre Louis XI d'une part, & Maximilian Duc d'Autriche. Par ce Traité, il eft porté, que pour plus grande fûreté de la Paix, Traité & Alliance de mariage eft promis, & accordé entre le Dauphin feul fils du Roi, & Mademoifelle d'Autriche, feule fille dudit Seigneur Duc, & de feuë Dame Marie de Bourgogne.

En faveur dudit mariage, l'on lui donne entre autres Terres le Comté de Bourgogne ; & eft dit, qu'à faute d'hoirs, le Comté de Bourgogne retournera à Philippe fils de Maximilian, frere de Mademoifelle d'Autriche.

Et en cas que le mariage ne s'accompliffe, eft ftipulé que ledit Comté & autres y mentionnez, retourneront audit Philippe, fauf, & refervé feulement au Roi, le reffort & fouveraineté, & droits qui en dépendent.

Par autre Traité fait à Senlis le 23 Mai 1493, entre le Roi Charles VIII, & Maximilian Roi des Romains, il eft porté que les Comtez de Bourgogne, & d'Artois, Charolois, & Seigneurie de Noyers feront rendües par le Roi & tous autres qu'il appartiendra au Roi des Romains, comme pere & tuteur de Philippe fon fils, pour en jouir en tous droits & profits ; ainfi & par la maniere que d'anciennete en ont joui les predeceffeurs dudit Seigneur Archiduc, fauf efdits Comtez d'Artois, Charolois & Seigneurie de Noyers, les droits Royaux de reffort, & de Souveraineté, & autres droits appartenans au Roi.

Ce qui eft à remarquer, eft que par le premier Traité, lors que l'on ftipule le retour des Comtez de Bourgogne, Artois & Charolois, il eft dit, fauf les droits de Souveraineté aux Rois de France, d'où l'on pourroit induire, que l'on a reconnu que le Comté de Bourgogne étoit de la mouvance de la Couronne.

Neanmoins par le dernier Traité fait avec Charles VIII, lors que l'on parle de la Souveraineté, il n'eft point fait mention du Comté de Bourgogne, mais feulement des Comtez d'Artois, Charolois, & Seigneurie de Noyers.

DU COMTE' DE CHAROLOIS.

LE Comté de Charolois, appartenances & dépendances, font tenus & mouvans, tant en fief, comme en reffort, du Duché de Bourgogne.

Il appartenoit à Jean Comte de Chalons, qui le bailla en échange à Hugues IV, Duc de Bourgogne, & ce par la permiffion du Roi S. Louis.

Ce Hugues IV, l'an 1239, en Juin fit la foi & hommage lige audit Roi faint Louis, dudit Charolois, lors fimple Châtellenie, & fes dépendances.

Ledit Duc Hugues époufa en premieres nôces Iolande de Dreux, dont il eut trois fils, le fecond nommé Jean de Bourgogne, Seigneur de Charolois & de Bourbon, qui mourut avant fon pere.

Ce Jean époufa l'an 1237 Agnès de Bourbon, fille puisnée d'Archambauld le jeune, Sire de Bourbon, & eut ladite Agnès pour partage la Seigneurie de Bourbon. De ce mariage vint Beatrix de Bourgogne, Dame de Bourbon & de Charolois.

Ledit Hugues Duc de Bourgogne, par fon Teftament de l'an 1272, laiffa à ladite Beatrix fa petite-fille, ladite Châtellenie de Charolois,& autres biens.

Cette Beatrix Dame de Bourbon & de Charolois, fut mariée à Robert de France, Comte de Clermont en Beauvoifis, cinquième fils du Roi faint Louis.

Le fecond fils iffu de ce mariage eut nom Jean de Clermont, qui fut Baron de Charolois, & époufa Jeanne d'Argies. Par Arrêt de l'an 1314 il fut dit que la Baronnie de Charolois lui appartenoit : il mourut l'an 1316.

Il eut de fon mariage une fille nommée Beatrix de Clermont, Comteffe de Charolois, qui fut feconde femme de Jean I, Comte d'Armagnac. De lui vint Jean II, Comte d'Armagnac, & de ce Jean II vint Jean III, & fon frere Bernard d'Armagnac, Comte de Charolois.

Lesdits Jean & Bernard d'Armagnac l'an 1390, le 11 Mai, vendirent à Philippe le Hardi Duc de Bourgogne, ledit Comté de Charolois, appartenances & dépendances, pour la fomme de foixante mil francs.

La pofterité mafculine dudit Duc acquereur, étant finie, le Roi Louis XI prétendit que les filles étoient incapables de poffeder ledit Comté.

Néanmoins par le Traité fait à Senlis l'an 1493, entre le Roi Charles VIII, & Maximilian I, Roi des Romains, & fon fils Philippe Archiduc d'Autriche, il fut dit, que les Comtez de Bourgogne, Artois & Charolois, feroient rendus par le Roi audit Roi des Romains, comme pere, & Mainbour dudit Archiduc Philippe, pour en jouir en tous droits, ainfi que d'anciennete en avoient joui les decefleurs dudit Archiduc, fauf audit Comte d'Artois & Charolois, les droits Royaux, reffort, & Souveraineté, & autres droits appartenans au Roi.

Enfuite de ce, au mois d'Août de l'année 1499, ledit Philippe Archiduc d'Autriche, fit l'hommage en perfonne au Roi Louis XII, pour les Comtez de Flandre, d'Artois & de Charolois.

Charles lors feulement Archiduc d'Autriche, en-

Les anciens Titres Latins appellent les Comtes de Charolois, Dominii de Quadrigesiis. Bourgogne I, n. 28 Bourgogne I, n 32.

Bourgogne V, n. 7.

Sainte Mary the p. 12. II Vol.

Bourgognes I, n. 28.

Guichardi.

envoya au Roi François I, Henri Comte de Navarre, & autres, qui lui firent de grandes soûmissions, pour le regard des Comtez de Flandres, Artois, & Charolois, en reconnoissance de la Souveraineté qu'y avoit le Roi.

Au Traité de Cambrai de l'an 1529, il y a un article qui porte que l'Archiduchesse d'Autriche Douairiere de Savoye, Tante de l'Empereur Charles V, joüira sa vie durant dudit Comté de Charolois en toute Souveraineté, comme a fait le Roi Tres-Chrétien : Et après le decès de ladite Dame, ledit Empereur en joüira aussi; & lui decedé, ladite Souveraineté retournera au Roi.

En l'année 1536, les guerres étant fort grandes entre l'Empereur & le Roi François I, le Roi joignit au moyen legitime de la Justice à la force ouverte ; l'Empereur fut adjourné en la Cour des Pairs de France, & n'ayant comparu, Arrêt intervint, par lequel, vû les felonnies de l'Empereur contre son souverain Seigneur, à cause des Comtez de Flandre, d'Artois & Charolois, ils furent declarez, commis & confisquez à la Couronne, cela se voit aux Registres de la Cour. Depuis par le Traité de Château en Cambresis 1559, & par celui de Vervins, il est accordé que le Roi d'Espagne rentrera en joüissance & possession du Comté de Charolois, pour en joüir & ses successeurs pleinement & paisiblement, & le tenir sous la Souveraineté dudit Roi de France.

CHOPPIN Livre III DU Domaine, Tit. XII. §. 4.

A ce qui dessus se peut rapporter l'ancien procès, touchant le Comté de Charolois. Le Duc de Bourgogne l'acquit de Jacques d'Armagnac, pour le tirer de la prison d'Angleterre. Robert Duc de Bourgogne donna ledit Comté de Charolois à Robert Comte de Clermont, pour lui fournir une partie du bien de sa femme, d'autant qu'ils avoient épousé tous deux les deux Princesses de Bourbon. Depuis Louis Duc de Bourbon donna à Jean son frere puiné ledit Comté de Charolois, en partageant la succession tenue à titre d'apanage, en l'an 1314. Avec le temps il vint à Bernard d'Armagnac pere de Jacques, par le moyen du mariage de Eleonore, fille & heritiere de Jacques de Bourbon. Mais les Ducs de Bourbon étant defaillis, ensemble tous les mâles de la Maison de Bourgogne premier acheteur, le Roi commença de remuer son droit, & contester sur l'ancien apanage de la Bourgogne, de laquelle la Comté de Charolois faisoit part, contre les successeurs du Duc de Bourgogne, venus du côté des femmes, qui étoient les Princes d'Autriche. Par le Traité de Cambrai 1529, fut accordé qu'après le decès de l'Empereur Charles V, le Comté retourneroit au Roi; mais par le Traité de Château en Cambresis 1559, il fut delaissé à perpetuité aux Princes d'Autriche, le Roi s'étant reservé la Souveraineté, comme étant un fief dépendant de la Couronne de France.

Bien que ce passage de Choppin contienne quelques points differens, à ce qui a été dit ci-dessus, tiré des pièces originales; il sert néanmoins pour faire voir le droit que nos Rois ont pretendu sur ce Comté.

En une Conference tenüe à Marc près Ardres, en l'année 1555, entre les Deputez de l'Empereur Charles V, & du Roi Henri II, par l'entremise du Roi d'Angleterre : Les Deputez de l'Empereur pour donner quelque recompense demandée par les Ministres du Roi,

offrirent de bailler le Comté de Charolois, dont les Ministres du Roi se moquerent, exposant à l'Assemblée en quoi consistoit le Comté de Charolois, & le peu de revenu qu'il avoit, comme de deux mil cinq cens livres de rente.

JUSTIFICATION

Du Procedé de l'Electeur de Tréves : Et quelle est la liberté des Electeurs de l'Empire, & autres Princes d'Allemagne, de faire des Traitoss & alliances avec tous les Princes de la Chrétienté.

LE Roi de Suede entra en armes dans l'Allemagne au mois de Juin de l'année 1630, les progrès qu'il y fit furent si grands, & si heureux, qu'après avoir defait le General Tilli, à Leipsic, il prit Francfort & toute la Franconie, passa le Rhin, & prit Mayence sur la fin de l'an 1631.

Les Espagnols, au bruit de ses armes, abandonnerent plusieurs Places du Palatinat.

Le Roi, qui voyoit ses voisins effrayez d'un progrès si prodigieux, partit pendant l'Hyver de la même année, pour se rendre en sa Ville de Mets.

Le Duc de Lorraine, proche de l'orage, y vint trouver sa Majesté qui le prit en sa protection.

L'Empereur, quoi que le plus puissant dans l'Allemagne, & obligé à la défense des Princes de l'Empire, & principalement des Ecclesiastiques, & bien plus des Electeurs, s'opposa lors si foiblement pour leur défense, que les Electeurs, & Princes de la Ligue Catholique d'Allemagne rechercherent en ce commun peril l'assistance de la France : l'Evêque de Wirtzbourg, qui avoit été dépouillé de son Etat, fut trouver le Roi à Mets en qualité d'Ambassadeur de la Ligue Catholique, le Duc de Baviere y envoya les Ambassadeurs separément.

Le Roi, qui n'a jamais refusé d'assister ses Amis & Alliez, principalement pour le bien de la Religion, fit negocier par les Ambassadeurs près le Roi de Suede une suspension d'armes, & puis une neutralité : mais comme les interêts sont differens, aucuns de ces Princes de la Ligue, ne firent pas ce qui étoit lors necessaire pour recueillir les fruits d'une negotiation si utile à l'Allemagne, & à eux en particulier.

Le seul Electeur de Tréves, qui se voyoit à la veille de sa ruine, abandonné de tous, & par consequent trop foible pour conserver son pays contre une si grande Puissance, traita avec le Roi pour la protection de son Archevêché, & de ses autres Etats, & pour assurance de sa foi, deposa entre les mains des Ministres de sa Majesté le Fort de Hermenstein, & autres Places jusques à la Paix generale.

Ce Traité de protection ainsi fait, par une pure necessité par l'Electeur de Tréves, trois ans avant que le Roi eût déclaré la guerre au Roi d'Espagne, a été fort blâmé par l'Empereur, & par ceux qui suivent son parti ; jusques-là qu'il lui a été imputé à crime de leze Majesté de s'être allié avec un Prince étranger, & d'avoir mis son pays en sa protection.

ii

Il est mal-aisé de se figurer les raisons, pour lesquelles l'on peut fonder le crime, que l'on impute à l'Electeur de Trêves : car Dieu, la Nature, & les Loix, non seulement autorisent un chacun en sa juste défense, & veulent qu'on la recherche où elle peut être : mais obligent toutes personnes, particulierement les Princes, à prendre la cause des plus foibles, & de ceux qui sont opprimez. La necessité absoluë & forcée, telle qu'étoit celle de l'Electeur de Trêves, a les yeux fermez, à toutes sortes de Coûtumes & de Loix.

Cette oppression a été si grande, qu'elle a été connuë de tout le monde : l'Allemagne en general l'a ressentie. Plusieurs Princes ont été absolument ruinez : l'Electeur de Mayence, & l'Evêque de Wirtzbourg voisins de l'Etat de Trêves, ont été dépouillez de leurs Etats.

Le Roi n'est point étranger à l'Allemagne, mais ancien allié de l'Empire; & en cette qualité, la Ligue Catholique, en corps, a eu recours à sa protection en cette occasion.

Le Roi est moins étranger à l'Electeur de Trêves qu'aux autres Princes : Trêves ayant autrefois été toute Françoise, & faisant partie de la Gaule.

L'Empereur, tout puissant qu'il est, abandonna lors ceux qu'il devoit proteger, retira ses troupes pour sa défense propre. Les troupes Espagnoles en cette conjoncture quitterent les Places qu'ils tenoient dans le Palatinat & autres lieux.

Le Roi seul garentit lors la Lorraine, à la priere du Duc.

Cette necessité ainsi pressante pouvoit seule sauver l'action de l'Electeur de Trêves, quand il manqueroit d'autres raisons & d'autres moyens.

De verité, si un Prince né François, Espagnol ou Anglois, avoit fait cette action, c'est-à-dire recherché une autre protection que celle de son Roi, son crime seroit irremissible : car leur dépendance est toute autre : il est sujet d'un Roi qui vient au Royaume par succession, au contraire de l'Empereur qui vient à l'Empire par élection, & la premiere chose qu'il fait, est de promettre de maintenir les Princes qui l'ont élevé à cette dignité, en leurs libertez & privileges : & c'est la vraye raison de la difference de ces devoirs, & le fondement de la succession des uns, & des grandes libertez & autoritez des autres.

L'on sçait que la puissance de l'Empereur est grande; mais il est certain, que toutes les nations ne la connoissent pas. Les Allemans mêmes, qui y sont obligez, la reconnoissent; mais en telle sorte, qu'il semble, qu'ils luy commandent plus qu'ils n'obeïssent, ou du moins qu'ils sont égaux.

Ceci est si vrai que l'Empereur Maximilian I, bon & sage Prince, disoit ordinairement, que des Rois de la Chrétienté, l'un étoit Roi des ames; l'autre Roi des hommes; mais que l'Empereur étoit Roi des Rois, qualifiant Rois, les Princes de l'Empire : & de verité ils sont Rois de leur établissement, & de leur autorité sur leurs Sujets, & sur l'Empereur même, lequel est Empereur par eux.

Les marques de cette puissance & autorité paroissent non pas en des privileges, mais aux grands pouvoirs, & aux libertez qu'ils ont dans l'Empire ; libertez d'autant plus grandes & assurées, qu'elles ne sont point écrites, que dans l'usage ordinaire, & tres-ancien, & ne sont point accusez de crime quand ils les observent, & quand ils en usent, comme veut

faire aujourd'hui l'Empereur, contre l'Electeur de Trêves, pour le Traité qu'il a fait avec le Roi.

Les Princes de l'Empire ont autant de pouvoir dans leurs Etats, que l'Empereur dans l'Empire.

Ils ont pouvoir sur la vie, biens & honneurs de leurs Sujets.

Ils peuvent contracter librement des mariages avec les Princes étrangers sans le sû de l'Empereur, quand bien il ne l'auroit pas agréable; ne sont pas mêmes obligez de lui obeir.

Ils prennent dans leurs Lettres le titre : Par la grace de Dieu.

Ils envoyent des Ambassadeurs vers les Rois & Princes étrangers.

Ils peuvent lever des gens de guerre, non seulement pour leur propre défense & conservation, mais pour assuter leurs amis.

Ils peuvent fortifier leurs Villes, & construire des Places fortes aux limites de leurs Etats.

Il leur est permis de faire des Traitez entre eux, & avec les Princes étrangers, non seulement pour mettre ordre à la Paix publique, & pour leurs affaires communes ; mais pour rechercher leur protection, pourvû qu'il ne s'y fasse rien au prejudice de la Republique.

Pour l'execution de cette liberté & prerogative, ils ont droit de faire des Assemblées, sans être obligez d'en demander permission à l'Empereur.

Les prerogatives, & libertez ci-dessus, sont communes aux Villes Imperiales, qui sont autant de petites Republiques, qui ont leur rapport au corps general de l'Empire.

Et pour faire voir, que ces articles sont pratiquez ordinairement dans l'Empire, & sans crime, il semble être à propos d'en remarquer quelques exemples, entre une infinité qui se trouvent dans les Histoires.

Nous avons un Traité fait l'an 1324, par le Duc d'Autriche Leopold, avec le Roi Charles le Bel, par lequel il lui promet de le faire élire Roi des Romains, pour puis après être promu à l'Empire.

En l'année 1338, Albert & Othon freres, Ducs d'Autriche, tant pour eux que pour leurs descendans, firent un Traité avec le Roi Philippe de Valois, par lequel ils lui promirent de lui être bons & fideles amis, & de l'aidêr envers & contre tous, fors contre le saint Empire.

En l'année 1430, Frederic Duc d'Autriche, de Stirie, & autres Seigneuries, promit mariage pour son fils Sigismond avec Radegonde fille du Roi Charles VII, & ensuite, il promit de faire la guerre contre les Bourguignons & le Roi d'Angleterre, en faveur du Roi de France.

Ces exemples sont d'autant plus notables qu'ils sont de divers Princes de la Maison d'Autriche, qui ne crûrent pas lors avoir besoin de l'autorité de l'Empereur.

Aubert Duc de Baviere, Comte de Hainaut & de Hollande, ne rechercha point le consentement de l'Empereur, lors qu'il traita le mariage de Guillaume d'Ostrevant son fils, avec Marie de France, fille de Charles V, l'an 1373, & ensuite du mariage, il fit un Traité pour la défense du Roi & du Royaume de France, tant pour lui que pour ses enfans.

En l'année 1379, Robert Comte Palatin, Duc de Baviere, fit le mariage de Robert son fils, avec Catherine fille de Charles V, où il fut stipulé que ledit Robert succederoit au Palatinat

&

& au Duché de Baviere. En tout cela nul confentement de l'Empereur.

Nous avons un grand nombre de Titres anciens, comme les Evêques de Verdun, leur Chapitre, & la Ville même de Verdun, fe font mis par plufieurs fois par actes feparez en la protection de nos Rois; il en eft de même de la Ville de Toul.

Ces Villes Imperiales, pour être aux extremitez de l'Empire, ont fouvent recherché la protection des Princes voifins, pour la confervation de leur liberté & de leurs biens.

La Ville de Mets a fait plufieurs Traitez fans l'autorité de l'Empire avec les Ducs de Lorraine, les Comtes de Luxembourg, les Comtes de Bar, de Naffau, & autres Princes étrangers, mêmes avec les Rois de France, pour terminer des guerres furvenuës entr'eux, ou pour autres fujets importans.

En l'année 1532, l'Electeur de Saxe & fon fils, les Ducs de Baviere, le Landgrave de Hesfe & autres Princes Allemans, après plufieurs Affemblées, firent un Traité de Ligue pour la confervation des droits & libertez du Saint Empire; ils envoyerent plufieurs fois en France requerir le Roi François I, de vouloir entrer avec eux en cette Ligue, qui n'alloit que pour empêcher que Ferdinand Roi de Boheme fût élu Roi des Romains pendant la vie de l'Empereur Charles V, fon frere; ce qui étoit contre les privileges de la Bulle d'Or, les Coutumes anciennes & la dignité de la Nation Germanique; néanmoins l'Election fe fit, enfuite de laquelle Guillaume Duc de Baviere, bifayeul du Duc de Baviere qui eft à prefent, donna pouvoir, tant pour lui que pour les autres Princes liguez avec lui, de traiter une Ligue avec ledit Roi François I, au cas qu'ils fuffent moleftez pour s'être oppofez à cette élection. On ne peut pas s'imaginer que l'Empereur eût donné fon confentement à ce Traité de Ligue, & à ces oppofitions.

Guillaume Duc de Juliers & de Cleves en l'année 1540 envoya fes Ambaffadeurs vers le Roi François I, qui traiterent une Ligue defenfive perpetuelle pour leur fecours. Le Cardinal de Tournon & le Chancelier Poyet furent commis de la part du Roi pour faire ce Traité.

Maurice Duc de Saxe Electeur, & les principaux Princes de l'Empire, traiterent avec le Roi Henri II, à Chambor l'an 1551. Enfuite dequoi le Roi entra dans l'Allemagne, & depuis ce temps nos Rois rentrerent en la poffeffion des Villes de Mets, Toul, & Verdun. Il ne faut pas penfer que l'Empereur eût permis ce Traité, s'il eût eu droit de l'empêcher.

Les Princes Proteftans d'Allemagne envoyerent en France un fecours notable en faveur de ceux de la Religion prétendüe Reformée, en l'année 1571. Les mêmes Princes favorifans le feu Roi, lors Roi de Navarre, firent entrer en ce Royaume un notable fecours, qui perit en partie à Auneau.

L'Empereur ne donna jamais fon confentement à ce fecours, fi l'on ne veut croire qu'il ait favorifé ceux de ladite Religion au prejudice de la Ligue, dont le Roi d'Efpagne efperoit tirer feul de l'avantage.

En l'année 1586, les Electeurs & Princes Proteftans d'Allemagne, & les Villes Imperiales, comme Strasbourg & Ulm, envoyerent une grande Ambaffade vers le Roi Henri III, pour fe plaindre de ce qu'il avoit revoqué fon Edit fait en faveur des Huguenots, & pour le fupplier de rétablir ce qui avoit été revoqué.

Tom. I.

Ces Ambaffadeurs furent fort mal reçus par le Roi : non pas parce que l'Empereur ne les avoit pas autorifez, mais parce qu'il avoit fait dans fon Etat ce que tout Prince Souverain fait abfolument, & ordonne ce qu'il lui plaît, & connoît être utile pour le bien de fes Peuples.

Au Traité de Hall fait en Fevrier 1610, entre le feu Roi Henri le Grand, & les Electeurs Palatin & de Brandebourg, & autres Princes & Etats de l'Empire unis, ces Princes furent fommez de déclarer s'ils entendoient deferer aux mandemens qui pourroient venir de la part de l'Empereur, & de fe départir pour cela de la défenfe de la caufe qu'ils avoient entreprife; ils déclarerent qu'ils demeureroient fermes en leur union fans avoir égard à aucun Mandement, ou Ban qui puiffe venir de la part de l'Empereur.

Quelques Electeurs & Princes Allemans en l'année 1612, firent un Traité avec le Roi d'Angleterre pour la confervation des Duchez de Juliers, Cleves, Berg, & autres. Ces Princes, après avoir déclaré que ce qu'ils faifoient, étoit pour le bien de l'Empire, & pour la confervation de l'autorité de l'Empereur, traiterent une Alliance défenfive & réciproque avec le Roi, qui promit à ces Princes un fecours fpecifié au Traité, & ces Princes reciproquement.

En la même année le Prince Palatin, Electeur de l'Empire, époufa la Princeffe Elizabeth, fille du Roi d'Angleterre, fans que par le contract il paroiffe que l'Empereur y ait apporté fon confentement.

Au mois de Mai 1631, l'Electeur de Baviere feul contracta avec le Roi une Ligue défenfive. Le Roi promettoit le défendre lui & fon païs, avec les troupes y fpecifiées, & lui au reciproque : Et par un article, il eft dit que ce Traité eft licite, & permis par le droit de nature, & convenable au Roi & audit Electeur, lequel referve le ferment par lui fait à l'Empereur, & à l'Empire.

Les Princes Proteftans en 1613 firent un Traité de Ligue défenfive avec les Etats Generaux des Provinces Unies des Païs-Bas, avec beaucoup d'articles qui contiennent particulierement les fecours mutuels que les traitans fe doivent rendre. En ce Traité il eft parlé de l'Empire, comme de la France, de l'Angleterre, & du College Electoral : mais il n'eft point fait mention de l'Empire, en forte que ces Princes cruffent avoir befoin de l'autorité de l'Empereur pour rendre leur Traité valable.

En la même année, les mêmes Etats Generaux traiterent avec le Senat de Lubec, Ville Imperiale, & autres Villes fituées aux Côtes de la Mer Septentrionale & Orientale, pour le fait du commerce; l'Empereur & l'Empire y font nommez, comme au Traité precedent.

Lors que le Marquis de Brandebourg Electeur, & le Duc de Neubourg, firent à Hunten l'an 1614, leur partage provifional des Etats de la fucceffion de Juliers, ce fut par l'entremife du Roi d'Angleterre, & des Etats de Hollande; par leurs Ambaffadeurs, fans que l'Empereur y eût été appellé, ni qu'il foit fait aucune mention de lui, ni de fon autorité, ni de l'Empire.

Ce n'eft pas néanmoins qu'en un autre Traité provifionel fait à Duffeldorp l'an 1629, entre les mêmes Princes, l'Empereur ne foit reconnu par eux, pour leur Souverain Seigneur.

H   Ce

Ce qui fait voir que ces Princes font libres en leurs Traitez, & en leurs partages, & qu'ils ont quelquefois recours aux Princes étrangers, pour y apporter la paix par leur autorité.

En l'année 1626 en Juillet, le Duc de Baviere, tant pour lui, que pour les autres Electeurs, Princes, & Etats Catholiques, unis d'une part, & l'Electeur de Brandebourg, tant pour lui, que pour les Electeurs, Princes & Etats Evangeliques unis, furent affemblez à Ulm : ils firent un Traité pour maintenir la paix publique en l'Allemagne, & pour fe donner un fecours mutuel, entre les Princes desdites deux unions, à l'excluffion du Royaume de Boheme, & Provinces incorporées, & autres païs hereditaires de la Maifon d'Autriche. En ce Traité, il n'eft point parlé de l'Empereur, ni de fon autorité.

Ceux de la Ville Imperiale de Strasbourg, en l'année 1631, envoyerent vers le Roi, pour le fuplier de les vouloir affifter, par forme de prêt, d'une fomme de deniers, pour fubvenir à la neceffité des affaires de leur Ville. Cette façon de traiter feroit criminelle en France : en Allemagne les Villes ont cette liberté, & ne commettent aucun crime, quoi qu'elles traitent fans la permiffion de l'Empereur.

Après tant d'exemples, l'on ne peut pas avec raifon demander où a été pendant tant d'années cette autorité Imperiale, que l'on réveille à prefent avec tant de violence : l'on n'a jamais rien vû de femblable à ce que l'on voit aujourd'hui en Allemagne : Où étoit cette autorité, lors que les armées d'Allemans entroient en France, pour affifter ceux de la Religion pretendüe reformée, pour avancer la ruine de l'Etat ? Où étoit cette autorité, lors que le Duc d'Albe entra aux Païs-Bas, où il fit les carnages qui ont alfiené tant de belles & riches pieces de l'Empire, qui ont forcé les Etats à une jufte défenfe, & par une jufte défenfe les ont portez à une heureufe liberté dont ils jouiffent à prefent ? Où enfin étoit cette autorité Imperiale, lors que l'on a dépouillé l'Empire de fes plus riches dépendances, tant en Italie qu'autre part ? Où étoient ceux qui aujourd'hui en font tant de bruit ? Ils étoient lors traîtres, parce qu'ils en profitoient; où bien ils font aujourd'hui Tyrans, parce qu'ils veulent envahir la liberté publique; & en toutes façons font méchans.

Quel crime a commis l'Electeur de Trêves, il a vû les armes victorieufes du Roi de Suede, depuis les extremitez de l'Allemagne, jufques à lui; il a vû la ruine de fes voifins, l'Electeur reduit à d'extrêmes neceffitez, la Ligue Catholique batuë en diverfes journées; il a ufé de fon droit pour fauver fon Etat, & s'eft jetté en la protection de la France, liée d'amitié avec les Princes Allemans, & qui n'étoit lors en guerre avec l'Empereur, & cela feulement pendant cette furieufe tempête jufques à la Paix generale.

Le Sujet le plus obligé & le plus efclave, qui auroit fait cette action, trouveroit cette grace auprès de fon Seigneur; bien loin de trouver rien à redire en la perfonne d'un Prince de l'Empire, & d'un Electeur voifin d'un grand & puiffant Roi, qui avoit moyen de le garentir fans violer les droits de l'Empire, & qui n'a eu d'autre but que de conferver la Religion Catholique, & l'Etat de ce pauvre Prince qui lui tendoit les bras en cette extremité.

Ces exemples donc femblent affez fuffifans, pour juftifier ce que peuvent les Princes de l'Empire, & jufques où s'étendent leurs libertez & prerogatives.

Ce n'eft pas à dire que quand ces Princes & Electeurs fe mettent ainfi en la protection des Princes étrangers, s'allient avec eux & font Ligue, que ce foit pour ne connoître jamais, ni l'Empereur, ni l'Empire; rien moins, ils l'exceptent le plus fouvent, & n'en parlent pas dans leurs Traitez; cette obligation qu'ils ont à l'Empire, qui leur eft comme naturelle, eft toûjours refervée, & de fait ils ne laiffent pas de deferer à l'Empereur, les honneurs qu'ils lui doivent, à l'Empire tous les droits aufquels ils font obligez par leur établiffement.

Donc l'Electeur de Trêves ufant de fon droit, a pû fe mettre en la protection du Roi, fuivant les privileges & libertez des Princes de fa qualité; & par les exemples de fes Prédeceffeurs, il l'a dû faire, preffé par neceffité, voyant l'Ennemi à fes portes, & fes voifins ruinez.

Deduction des raifons du Roi, fur tout ce qui s'eft paffé entre lui, & le Duc Charles de Lorraine.

LA legereté de l'Efprit du Duc Charles de Lorraine a paru dans toutes les actions de fa vie, & l'averfion qu'il a euë contre ce Royaume, depuis qu'il eft entré dans la poffeffion de fes Etats, fait connoître fon imprudence; en ce qu'étans voifins comme ils font de la France, il ne les peut maintenir fans elle, & qu'il les peut défendre contre toutes les autres Puiffances avec fon affiftance.

Cette connoiffance qu'il devoit avoir par fon propre jugement, & les bons exemples que les plus fages de fes Prédeceffeurs lui avoient donnez, ne l'ont pas empêché de tenir une conduite toute contraire à la leur.

Il commença à en donner une marque, lors qu'il porta le défunt Empereur, à conftruire un Fort à Moyenvic, fur les terres de l'Evêché de Mets, à la dépenfe duquel on croit qu'il contribua apparemment, pour mettre ledit Empereur en état de le mieux affifter, quand il voudroit entreprendre quelque chofe contre la France.

Enfuite il fit des pratiques, & forma des caballes avec plufieurs perfonnes de la Cour : l'Arrêt du Sieur de Montagu fit voir qu'il cherchoit à faire des unions, entre lui, les malcontens de France, & quelques Princes étrangers.

On a fû qu'en 1630, entre la Reine Mere, Monfieur, ledit Duc Charles, & le Prince d'Anhalt, General de l'armée de l'Empereur, il y avoit une intelligence formée contre le Roi, & que l'accident de la maladie de fa Majefté à Lyon, en empêcha les mauvais effets, parce que Monfieur, qui croyoit devoir bien-tôt poffeder le Royaume, ne voulut pas que les armes de l'Empereur y entrepriffent rien.

Ledit Duc depuis fomenta la mauvaife humeur de Monfieur, l'attira à Nanci, pour fe fortifier d'une perfonne fi confiderable, & s'en prevaloir contre cet Etat : tout cela fe paffa en l'année 1631.

En ce même temps, il avoit une armée qu'il avoit levée fous pretexte de l'approche du Roi de Suede; ce qui faifoit bien voir le peu d'envie qu'il avoit de bien vivre avec la France; parce qu'en ce cas, il n'eût eu rien à craindre de ce Prince qui en étoit Allié, & qui n'eût jamais penfé à attaquer ledit Duc, s'il eût voulu demeurer fous la protection de fa Majefté.

Néanmoins il diffimula, fit excufe au Roi fur

fur la retraite de Monfieur dans fon Etat, comme ayant crû ne la lui pouvoir denier, & affura fa Majefté qu'il ne s'y pafferoit rien contre fon fervice. Cependant par un attentat infigne, il marie fa fœur, la Princeffe Marguerite, avec fon Alteffe, non feulement fans avoir le confentement de fa Majefté, neceffaire abfolument, felon la Loi & l'ufage de ce Royaume, pour la validité du Mariage d'une perfonne qui lui eft fi proche; mais après avoir fait fonder fa volonté, qu'il trouva contraire, & après enfuite lui avoir fait donner parole precife qu'il ne penferoit jamais à ce mariage; qui eft une circonftance laquelle marque une infidelité extraordinaire.

Le Roi n'a fû ce Mariage que long-temps après qu'il a été fait : mais voyant ledit Duc armé, & Monfieur retiré dans Nanci, qui avoit lors creance à des perfonnes mal affectionnées au bien de ce Royaume; fa Majefté jugea à propos de fe transporter à Mets avec une armée, & de-là à Vic, d'où elle envoya fes forces devant le Fort de Moyenvic, qui fe rendit après quelques jours de fiege.

Le Duc Charles voyant cette Place emportée en moins de temps qu'il ne penfoit, eut recours à la bonté du Roi, fit tout ce que fa Majefté lui ordonna, & reçut toutes les conditions qu'elle lui voulut prefcrire : fur quoi il fut paffé un Traité audit lieu de Vic, le 26 Janvier 1632.

Par icelui, il renonce à toutes ligues, affociations, intelligences & pratiques qu'il pouvoit avoir avec quelques Princes que ce fût, au prejudice du Traité fait entre fa Majefté & le Roi de Suede : comme auffi entre elle & le Duc de Baviere, pour la confervation de la liberté de l'Allemagne : pour laquelle fi fa Majefté vouloit enfuite employer fes armes, il promet d'y joindre quatre mil hommes de pied, & deux mil chevaux.

Qu'il ne traitera ou fera alliance avec quelque Prince & Etat que ce foit, fans le fû & confentement du Roi.

Qu'il fera retirer de fon Etat tous les ennemis de fa Majefté, & fes Sujets qui étoient fortis de fon Royaume.

Et par un article fecret, il eft dit, que les Princes mentionnez dans le premier article, font l'Empereur, & le Roi d'Efpagne, & que par les Sujets de fa Majefté qui étoient fortis de fon Royaume, on entendoit la Reine Mere, Monfieur, & tous ceux qui l'accompagnoient, aufquels ledit Duc s'oblige de ne plus donner de retraite.

Pour fûreté de l'accompliffement de ce Traité, il mit Marfal en dépôt entre les mains du Roi, & fa Majefté lui promet fa protection envers & contre tous.

Monfieur, incontinent après ce Traité paffé, fe retire dans les Païs-Bas, mais de concert avec ledit Duc, & pour revenir bien-tôt, afin que conjointement ils puffent faire la guerre contre la France.

Pendant le refte de l'hyver, & lors que fa Majefté fe repofoit fur la foi du Traité de Vic: ce Prince fait fes projets pour le Printemps, & auffi-tôt que la faifon lui peut permettre, il fait des levées de gens de guerre, fortifie fes Places en diligence, & comme il favoit que le Roi le trouveroit mauvais, il envoya le Sieur de Ville, pour perfuader à fa Majefté que cela ne lui devoit point être fufpect.

En ce temps Dom Gonçales de Cordoüa commandoit une armée du Roi d'Efpagne vers l'Archevêché de Trêves & le Palatinat : &

Meffieurs les Maréchaux de la Force & Deffiat, qui commandoient auffi les forces de fa Majefté, les firent avancer pour favorifer le paffage de quelques gens de guerre, qu'elle envoyoit en garnifon dans Hermftein.

Ce voifinage de l'armée de Gonçales, & les levées du Duc Charles, donnerent grand ombrage, & obligerent le Roi de s'avancer vers la Lorraine. Pendant que fa Majefté étoit en chemin, une Compagnie de Carabins de Monfieur le Maréchal Deffiat fut défaite par les Lorrains, qui fut leur premier acte d'hoftilité.

On furprit cependant des Lettres du Sieur de Puilaurens à la Princeffe de Phalfebourg, qui faifoient voir l'intelligence du Duc avec Monfieur & fes Miniftres, leurs deffeins, & ce qui fe traitoit entre eux, l'Empereur, & les Efpagnols : ce que ledit Duc faifoit fans avoir aucun fujet legitime de fe plaindre depuis le dernier accord.

Enfuite dequoi Monfieur, fuivant ce qui avoit été concerté entre lui & ledit Duc, vint des Païs-Bas, à deffein de fe joindre enfemble contre la France ; mais la diligence du Roi, qui s'étoit approché de la Lorraine, ayant découvert leurs menées, rompit leurs mefures: Monfieur fut contraint de fe feparer dudit Duc, & entra dans la France fur la parole qu'il lui avoit donnée, de ne fe point accommoder avec le Roi, & de l'occuper avec toutes fes forces; pendant que S. A. feroit revolter le Languedoc; ce qu'il n'eût ofé entreprendre, fans la confiance qu'il prenoit dans les promeffes dudit Duc.

Le Roi, voyant Monfieur fon Frere entré à main armée dans fon Royaume, preffe ledit Duc, s'avance jufques à Liverdun, où il fut fait un Traité le 26 Juin 1632, par lequel le Roi rend audit Duc, les lieux de Bar, S. Michel, & le Pont à Mouçon, occupez par fes armes; & lui de fa part, reconnoiffant fes fautes paffées, depofe entre les mains de fa Majefté, Srenai & Jametz, pour quatre ans, & lui cede la Place & Comté de Clermont en proprieté, dont il y avoit procès entre le Procureur General de fa Majefté, & ledit Duc au Parlement de Paris, en payant le prix dudit Comté par fa Majefté, dans quatre ans, fuivant l'evaluation qui en feroit faite.

Ledit Duc promet dans un an, faire hommage du Duché de Bar.

L'obfervation des cinq premiers articles du Traité de Vic, par lefquels il renonce nommément à toutes intelligences fufpectes au Roi.

Qu'il demeurera inviolablement attaché aux interêts de fa Majefté, joindra fes armes aux fiennes, l'affiftera de toutes fes forces en quelque guerre qu'elle veuille entreprendre, &c.

Six mois après que ce Traité eft figné, au commencement de l'année 1633, le Duc Charles arme de nouveau plus puiffamment que jamais, achève de fortifier Nanci, continue dans fes intelligences avec l'Empereur, les Efpagnols, & Monfieur, pour effayer de r'avoir les Places qu'il avoit mifes entre les mains de fa Majefté, & pour appuyer le mariage de la Princeffe Marguerite, avec fon Alteffe.

Le Roi envoye le Sieur de Ouron vers lui, pour l'avertir de fon devoir, & de ce qu'il avoit promis par les fufdits Traitez, & lui dire comme fa Majefté avoit fait favoir aux Suedois qu'elle l'avoit mis en fa protection, pour lui ôter tout pretexte de fe tenir armé. Mais il s'éloigna pour ne point voir ledit Sieur de Guron, qui fut obligé de s'en revenir après avoir expliqué bien au long les sentimens du Roi, à ceux en qui ledit Duc avoit le plus de creance, afin qu'ils l'en informassent.

On demanda peu après audit Duc l'hommage du Duché de Bar, conformément au Traité de Liverdun, lequel non seulement il refusa de rendre pour lors, mais dit qu'il ne le devoit point, & que ses prédecesseurs ne l'avoient jamais fait, si ce n'étoit que l'on appellât hommage, une simple visite qu'ils rendoient aux Rois de France : Surquoi il fut donné un Arrêt du Parlement du 30 Juillet 1633, par lequel le Duché de Bar fut saisi en la main du Roi jusques à ce que l'hommage en eût été rendu.

Ledit Duc étant vers le mois d'Août de cette année avec son armée dans les retranchemens près de Saverne, & feignant d'être piqué de ce que le Rhingrave Otto, l'un des Chefs Suedois, n'avoit pas voulu consentir que Haguenau fût mis entre ses mains par les Imperiaux, comme ils avoient fait auparavant Saverne, & Bachstein ; qu'ils ne pouvoient garder, parce qu'il avoit la mauvaise intention qu'il avoit contre la France & ses Alliez,

Manquant à l'observation de ce qu'il avoit promis par les Traitez précedens, de ne rien entreprendre contre les Suedois, il se met en campagne avec son armée, s'achemine vers Pasenhoven, entre Saverne & Haguenau, donne la bataille aux Suedois commandez par le Palatin de Birkenfeld, dont l'issuë ne fut pas aussi avantageuse qu'il l'esperoit.

Cette conduite du Duc, & l'avis assuré que le Roi avoit eu, que le prétendu mariage de Monsieur & de la Princesse Marguerite étoit fait, obligea sa Majesté de faire approcher ses forces de Nanci, où ladite Princesse étoit encore, sous la conduite de Monsieur de Saint Chamont.

Le Roi se mit incontinent après en chemin pour aller en Lorraine ; le Cardinal de Lorraine le vint trouver à Saint Dizier, lui avoüa franchement ce mariage, lui dit que si sa sœur étoit au pouvoir dudit Duc & au sien, ils la mettroient entre les mains de sa Majesté ; qu'en son particulier, si son frere se conduisoit mal, il ne voudroit rien faire qui pût déplaire à sa Majesté, à laquelle (voyant que les affaires du Duc ne prenoient pas le chemin de s'accommoder) il demanda un passeport pour faire sortir ses hardes, son carrosse, & ses chevaux de Nanci, promettant expressément de ne point contribuer à l'évasion de la Princesse Marguerite, si elle y étoit : nonobstant quoi, il ne laissa pas de la faire sauver déguisée dans sondit carrosse.

Sa Majesté, ayant tant de marques des mauvaises intentions de ces Princes, & de leur peu de sincerité, mit le siege devant Nanci ; & eux ne se voyant point en état de pouvoir resister, le Cardinal de Lorraine, ayant pouvoir de son frere, conclud un Traité avec Monseigneur le Cardinal à la Neufville, le 6 Septembre 1633, par lequel il promet entre autres conditions le dépôt de cette Place : ce que n'ayant esté fait sans la participation dudit Duc, il ne laisse pas de desavoüer son frere, remet une autre negociation sur le tapis, se trouve avec mondit Seigneur le Cardinal à Charmes, où après plusieurs contestations, il confirme le 20 Septembre le Traité fait par ledit Cardinal de Lorraine, par lequel il promet positivement :

De ne faire aucun armement pendant les troubles d'Allemagne, sans l'exprès commandement du Roi.

De deposer presentement Nanci entre les mains de sa Majesté, pour y demeurer jusques à la pacification des troubles d'Allemagne, ou jusques à ce que sa bonne conduite ne donne plus sujet à sa Majesté, d'apprehender qu'il fasse pareilles menées & entreprises, à celles qu'il a faites contre Elle & ses Alliez, comme aussi jusques à ce que le pretendu mariage de la Princesse Marguerite avec Monsieur soit declaré nul, par voyes legitimes & valables.

Que ladite Princesse seroit mise dans quinze jours entre les mains du Roi.

Et ledit Duc ajoûte, que s'il faisoit mettre la Princesse Marguerite entre les mains du Roi, dans trois mois, pour proceder à la dissolution du pretendu mariage, à laquelle ledit Duc consentoit dès lors, & qu'au surplus le Traité du 6 Septembre fût accompli, Nanci seroit rendu audit Duc aussi-tôt, en rasant par sa Majesté les fortifications de la Place, s'il lui plaisoit.

Il est à remarquer, pour faire voir le peu de solidité de l'esprit dudit Duc, qu'après s'être plaint que le Cardinal son frere avoit fait un Traité qui lui étoit très-prejudiciable ; il ne laisse pas néanmoins de le confirmer, & y ajoute un article qui le rend beaucoup plus desavantageux pour lui, en ce qu'il remet entre les mains du Roi, la Porte notre Dame, qui est comme une Citadelle à la vieille Ville de Nanci, où il devoit faire sa demeure, laquelle sondit frere s'étoit reservée, pour être gardée par les Lorrains : mais si quelque chose est capable d'excuser la faute qu'il fit en ce rencontre, c'est qu'il avoit traité avec Monseigneur le Cardinal.

Ensuite de ce qui s'étoit passé à Charmes, le Duc vint trouver le Roi à la Neufville, où il fut reçu de sa Majesté avec toutes les démonstrations de joye, & de bonne chere qu'il pouvoit attendre.

Il n'y fut pas si-tôt arrivé, qu'on eut avis qu'il avoit dessein de s'évader, & de manquer à ce qu'il avoit promis : de sorte qu'on fut contraint de l'observer.

Il cherche pendant deux jours les moyens de differer l'execution du dépôt de Nanci.

Enfin voyant qu'il ne pouvoit échaper, & qu'il n'avoit point de raison, pour s'empêcher de remettre cette Place entre les mains de sa Majesté : il s'y porte, mais d'une façon qui faisoit bien voir qu'il n'accomplissoit son Traité, que pour ne pouvoir faire autrement.

Ledit Duc n'a pas été plus exact à l'observation de celui-ci que des precedens. Après le partement du Roi de la Lorraine, il demeura quelque temps dans Nanci : où quoi que M. de Brassac, que le Roi y avoit laissé pour Gouverneur, lui rendît tous les respects dûs à sa qualité, il ne laissa pas de lui donner divers ombrages, de faire diverses pratiques avec les Bourgeois, pour tailler en pieces la garnison de sa Majesté, de renoüer les intelligences qu'il avoit avec les Etrangers contre la France. Et enfin, il s'enfuit de cette Ville, sous un faux pretexte qu'on se vouloit saisir de sa personne ; mais en effet, parce qu'il savoit qu'on avoit connoissance de ses mauvaises intentions, & qu'au lieu d'en demander pardon au Roi, il vouloit y persister. Il se joignit depuis tout-à-fait à la Maison d'Austriche, & s'est employé en toutes occasions, tantôt contre sa Majesté, tantôt contre ses Alliez ; ce qu'il a continué depuis le commencement de l'année 1634.

1634, jufques au commencement de celle-ci.

Le Roi voyant qu'abandonnant fes Etats, il s'étoit abandonné lui-même, fes interêts & fon honneur, en violant la foi de tant de Traitez, il fe faifit de toutes les Places de Lorraine, & les reduifit en fon obeïffance, declara le Duché de Bar à elle acquis & confifqué par la felonnie du Duc, conformément à l'Arrêt du Parlement du & fit adminiftrer la Juftice en fon nom dans la Lorraine.

L'an 1637, ledit Duc, dont la legereté ne le pouvoit pas laiffer long-temps attaché à même parti, a fait fouvent témoigner au Roi, & à Monfeigneur le Cardinal, qu'il defiroit fe ra---------- avec la France, & s'eft fervi pour cet effet du Pere Rollet, Benedictin, du Sieur de Ville, lors qu'il étoit prifonnier au Bois de Vincennes, & du Sieur de la Grange aux Ormes.

En 1639, ledit Duc ayant fait favoir par ce dernier, qu'il avoit confideré un projet d'accommodement, que de Ville avoit eu ordre de lui faire voir enfuite des inftances qu'il en avoit faites de fa part; & qu'il fupplioit le Roi de lui accorder un faufconduit pour fe rendre auprès de fa Majefté, afin de le pouvoir conclure en perfonne : après que ledit de la Grange aux Ormes lui eut porté toute affurance, il fit attendre huit jours fa Majefté à Langres, & fans donner de fes nouvelles, il s'en retourna avec les ennemis.

Au commencement de cette année 1641, ledit Duc ayant fait de nouveau témoigner au Roi par M. du Hallier, qu'il reconnoiffoit le mauvais chemin qu'il avoit pris, & qu'il defiroit fe remettre fincerement aux bonnes graces de fa Majefté, il y avoit fujet de croire que l'adverfité lui avoit fait fentir la faute qu'il avoit commife, & enfin voir par experience, que fon bien, fureté & avantage dependoient de la France; cela fit refoudre fa Majefté à écouter les propofitions qu'il auroit à lui faire.

Ledit Duc envoya enfuite à la Cour le Comte de Ligneville, avec une Lettre au Roi, par laquelle il reconnoiffoit fes fautes paffées, le prioit de les oublier, & de lui vouloir accorder un fauf-conduit pour venir trouver fa Majefté; ce qui lui fut accordé.

Il eft à remarquer, qu'on a fu qu'en même temps Ligneville retourna auprès de lui, pour lui porter toute la fatisfaction qu'il pouvoit defirer, il avoit été fur le point de s'aller rejoindre aux ennemis; neanmoins il vint à Paris, vit fa Majefté à S. Germain en Laye, fit toutes les demonftrations d'un extrême regret de l'avoir offenfée, mit trois fois le genou en terre, lui demanda pardon, & protefta qu'il ne fe releveroit point, s'il ne l'obtenoit.

Il dit diverfes fois à fa Majefté, qu'il étoit étonné de l'honneur qu'il recevoit d'elle, & que pendant le temps qu'il avoit été avec fes ennemis il n'en avoit été traité que comme un coquin, & qu'encore qu'il fe leur eût rendu des fervices très-fignalez, il n'avoit pas touché cinquante mil écus de leur argent, pour lui & pour fes troupes.

Trois jours après, ledit Duc commença à traiter avec Monfeigneur le Cardinal de fon accommodement, dont la negociation dura plus de quinze jours; parce qu'encore que ledit Duc eût déclaré d'abord qu'il ne venoit que pour accepter toutes les conditions qui lui feroient données par le Roi, fans en vouloir propofer aucune de fa part, il eût neanmoins bien voulu les avoir auffi avantageufes, que s'il eût eu à

traiter avec un Prince fon égal, & qu'il n'eût point offenfé en tant de rencontres.

Un jour il demeuroit d'accord d'une chofe, & le lendemain il ne la vouloit plus.

Il témoigna fouvent qu'il feroit bien-aife de ne point faire de Traité; que le Roi l'employât dans fon fervice, & que felon qu'il le meriteroit, il feroit confideré de fa Majefté, à laquelle il proteftoit vouloir inviolablement s'attacher en quelque façon que ce pût être. Neanmoins toutes les difficultez étant prefque refoluës, & n'y ayant plus que le feul point de la place de la Motte à ajufter, que ledit Duc defiroit paffionnément qu'on lui remît entre les mains;

Quoi que Monfeigneur le Cardinal connût clairement les mauvaifes qualitez de fon efprit; qu'il étoit capable de retomber dans les mêmes infidelitez que celles qu'il avoit faites au paffé, & qu'un jour il fe pourroit fervir du bien qu'il auroit reçu du Roi, pour en faire du mal à la France; neanmoins fon Eminence, confiderant l'avantage que recevroit la reputation du Roi, en remettant un Prince dans fes Etats, & dans une Place confiderable comme celle-là, & pour faire voir que fa Majefté favoit auffi-bien pardonner que châtier les mauvaifes actions, & qu'elle ne faifoit point la guerre, pour retenir injuftement le bien d'autrui, il lui dit que le Roi la lui accordoit. Ce qu'entendant ledit Duc, & étant tout tranfporté de joye, il fe jetta à genoux & embraffa ceux de Monfeigneur le Cardinal, lui dit qu'après avoir connu fa bonne volonté, il ne fe foucioit plus d'avoir la Motte, fi c'étoit chofe qui donnât tant foit peu de peine au Roi, & qu'il étoit trop affuré s'il avoit part dans l'amitié de fon Eminence; & fit tant d'autres proteftations, & fi expreffes, qu'il n'y pouvoit avoir que lui qui les eût voulu faire pour y manquer.

Incontinent après il fut fait un Traité entre Monfeigneur le Cardinal & lui, le 29 Mars dernier, par lequel le Roi le remettroit prefentement dans les poffeffions des Duchez de Lorraine, & de Bar, & de toutes les Places, à la referve de celles de Stenay, Jamets, Dun & Clermont, qui devoient demeurer infeparablement unies à la France; comme auffi de celle de Nancy, que fa Majefté retenoit jufques à la Paix, pour la rendre audit Duc, après qu'elle feroit faite, les fortifications prealablement razées, fi fa Majefté eftimoit le devoir faire; ce dont elle s'étoit déja refervé le pouvoir par le Traité de la Neufville.

Ledit Duc, par l'onziéme article du dernier fait à Paris, promet de joindre à telle armée qu'il plairoit à fa Majefté, les troupes qu'il avoit lors, & qu'il pourroit avoir ci-après, lefquelles feroient ferment de bien & fidellement fervir la France, envers & contre tous, & d'aller lui-même en perfonne pour entreprendre tout ce que fa Majefté ordonneroit contre les ennemis de cet Etat.

Il promet en outre expreffément, de ne vouloir aucun mal à ceux de fes Sujets qui auroient fervi le Roi, & de ne leur faire en cette confideration aucun mauvais traitement; comme auffi de rendre la foi & hommage pour le Duché de Bar, avant que de partir de Paris.

Le 2 jour d'Avril, ledit Traité du 29 Mars fut juré folemnellement par le Roi, & par ledit Duc, fur les faintes Evangiles dans la Chapelle de S. Germain en Laye, en prefence de la Reine, de Monfeigneur le Cardinal, de Meffieurs les Ducs de Longueville, & de Chevreufe, & Meffieurs les Chanceliers, & Sur-Intendant des

H 3 F---

Finances, & de plusieurs autres personnes de condition.

Le même jour le Roi donna ordre au Sieur de Chavigny, Secretaire d'Etat, de proposer audit Duc, de rendre lesdits foi & hommage; ce qu'il répondit être prêt de faire, pourvu que l'on ajoûtât à la forme de l'acte que l'on lui avoit fait voir, qu'il feroit cette action ainsi que ses predecesseurs l'avoient fait; ce que sa Majesté trouva bon. Neanmoins ladite Majesté étant en son cabinet, attendant que ledit Duc fût venu pour rendre la foi & hommage, ainsi qu'il étoit demeuré d'accord; il voulut parler auparavant à Monsieur le Chancelier, pour lui dire, qu'il ne savoit ce que l'on desiroit de lui; qu'il n'avoit aucune connoissance de la forme de foi & hommage que ses prédecesseurs avoient renduë pour le Duché de Bar, & qu'il doutoit même s'il étoit obligé de la faire, comme on le proposoit; qui étoit à peu près le même discours qu'il tint lors qu'on lui demanda ladite foi & hommage, après le Traité de Liverdun.

Monsieur le Chancelier lui ayant representé le peu de raison qu'il avoit de persister dans de telles difficultez; il dit que s'il les avoit mises en avant, ce n'étoit pas à dessein de differer de faire ladite foi & hommage; au contraire qu'il étoit prêt de rendre toute obeïssance aux commandemens du Roi, & de se jetter à ses pieds, & qu'il prioit sa Majesté de lui accorder cette grace : elle ne jugea pas à propos de le faire ce jour-là, & lui fit réponse qu'elle avoit resolu de lui donner du temps pour connoître ses droits, & que dans huit jours, il pourroit, en étant bien informé, faire la foi & hommage; & que cependant on lui feroit voir les actes qui justifioient les justes prétensions de sa Majesté : ce qui fut fait ; & ayant pris tout le loisir qu'il faloit pour les examiner, il rendit, le 8 ou 9 Avril, la foi & hommage lige au Roi, telle qu'elle a accoûtumé d'être faite; c'est-à-dire sans éperons, sans épée, nud tête & à genoux.

Il partit quelques jours après pour aller en Lorraine, prendre possession des graces que le Roi lui avoit faites, témoignant une satisfaction extraordinaire, & une passion extrême de meriter par ses services les graces qu'il avoit reçues de sa Majesté.

Etant à Bar, il envoye au Roi la ratification dudit Traité du 29 Mars, signée de lui, & seellée de son grand seau, & un acte du serment qu'il avoit fait dans la Chapelle de S. Germain, signé & seellé en la même forme.

Il dépêche les Sieurs des Coutures & Morimont, à la Diette de Ratisbonne, avec une ample Instruction signée de lui, par laquelle il se loüe de l'extraordinaire bonté & generosité du Roi, exagere la malice de ceux qui accusent sa Majesté de ne point vouloir la Paix; & donne ordre ausdits Sieurs des Coutures & Morimont, de le faire entendre particulierement à tous les Princes d'Allemagne; ce qu'on verra plus distinctement par la copie de ladite Instruction.

Un peu après qu'il fut arrivé audit Bar, il commença à faire des exactions sur ses Sujets insupportables, vu l'état auquel les avoit reduit la guerre, & à maltraiter particulierement ceux qui avoient été dans le service du Roi; qui étoit formellement contre ce qu'il avoit promis par le dernier Traité.

Cependant sa Majesté, qui avoit fait quelque fondement sur la personne dudit Duc, & sur ses troupes, pour les joindre à l'armée que commandoit Monsieur le Maréchal de Châtil-

lon, afin de s'opposer aux mauvais desseins que les Princes assemblez à Sedan témoignoient avoir; elle envoya prier ledit Duc de venir en Champagne pour cet effet : ce qu'il feignit de vouloir faire d'abord, mais en se plaignant qu'on lui manquoit de parole, & qu'on lui avoit promis à Paris, de lui donner des troupes pour pouvoir agir de son côté avec les siennes (à quoi pourtant on n'avoit jamais pensé), & ce même en ce rencontre on ne lui envoyoit point la Patente de General de toute l'armée de sa Majesté; ce qui étoit bien contraire à ce qu'il avoit souvent dit à Paris, qu'il se joindroit toûjours avec tel General qu'il plairoit au Roi, qu'il ne desiroit autre qualité que de commander ses troupes, pour les employer au service de sa Majesté, & qu'il ne feroit jamais aucune difficulté sur rien.

On lui envoye pourtant (pour lui ôter tout sujet de se plaindre) le Sieur de Sainctou, qui lui porta ladite Patente de General. Après l'avoir vuë, il trouve à redire de nouveau, qu'on y avoit mis que le Roi lui donnoit le commandement de son armée sans y être obligé; ce qui faisoit voir clairement, qu'il ne cherchoit que de faux prétextes pour s'excuser de venir servir le Roi, & quoi qu'ensuite cette difficulté eût été levée, il ne laissa pas d'en faire d'autres.

Pendant les irresolutions du Duc, Monsieur de Châtillon perd la bataille de Sedan, & lui croyant les affaires du Roi en mauvais état, par ce fâcheux succès, commence à faire entendre à sa Majesté, qui le pressoit toujours de venir en Champagne, que ses pais avoient besoin de sa présence, pour le remettre, & qu'il eût bien desiré qu'elle eût trouvé bon qu'il fût demeuré en neutralité. Il envoye Rolin l'un de ses Secretaires, pour en faire la proposition; à laquelle on fit la plus favorable réponse qu'il se pût, & telle que la conjoncture des affaires le requeroit, par laquelle on le dispensoit de venir servir avec ses troupes en Champagne, sans toutefois lui dire qu'on lui accordât la neutralité.

Le Sieur de Sainctou partit avec ledit Rolin, pour lui porter ladite réponse, & allerent droit à Cirque, pensans y rencontrer ledit Duc; mais ils trouverent qu'il s'étoit retiré à Clerfontaine, Abbaye dans le Luxembourg, afin de les éviter. Aussi-tôt après qu'il sut qu'ils étoient arrivez, sans les vouloir voir, il s'en alla à Arlon, passa la Meuze à Guies, & de-là dans le Pais-Bas, pour apparemment se joindre aux Espagnols, avec lesquels il étoit entré en traité, pour leur aider à secourir la place d'Aire, attaquée par les armes du Roi. Ainsi voilà ce dernier Traité violé comme les autres, nonobstant toutes les solemnitez qui y avoient été observées, comme il est remarqué ci-dessus.

Depuis ledit Duc s'étant retiré de Flandre dans la Lorraine, sans avoir été au siege d'Aire, parce qu'il crut la prise de cette Place inévitable, & après avoir ruiné & brûlé le pais où il avoit passé avec ses troupes, envoye vers le Roi le Sieur Gervais l'un de ses Secretaires, & le Sieur la Martiniere, François, par deux fois : la première, pour demander à sa Majesté qu'elle trouvât bon qu'il demeurât en neutralité; ce qui lui fut refusé, comme étant directement contre le dernier Traité : la seconde, pour faire entendre à sa Majesté, que s'il n'étoit pas venu le servir en personne, comme il étoit obligé, & s'il étoit allé en pais ennemi, il avoit été contraint de le faire par des ombtages qui lui avoient été donnez, faisant connoître que Monsieur & Madame du Hallier en avoient été

les

les auteurs par l'entremise du Chevalier de Lorraine.

Ledit la Martiniere est venu seul une troisiéme fois, pour porter de la part dudit Duc, au Roi, & à Monseigneur le Cardinal, des Memoires signez de lui, par lesquels il exposoit comme le Chevalier de Lorraine lui avoit dit diverses choses de la part de Monsieur & Madame du Hallier, pour le mettre en allarme, & pour demander à sa Majesté, qu'il lui plût le remettre dans le dernier Traité, & lui offrir de le servir en Allemagne, dans la Franche-Comté, & par tout où elle auroit agreable.

On a renvoyé ledit la Martiniere avec des réponses les plus favorables qu'il se pouvoit, vu lor dernieres infidelitez dudit Duc; mais on a

Par Lettre du Marquis de Saint Martin, à M. de Lorraine, du 10 Octobre, & à Cliquot.

Et par autre Lettre écrite par un nommé Lion de Grey, à M. de Lorraine, du 2 Octobre.

Par Lettre de M. d'Etlac, écrite à Monsieur d'Oysonville, du 25 Octobre 1641.

Par une Lettre de M. de Perigal, Gouverneur de Bar, du 14 Octobre 1641.

Par Lettre de M. de Rozieres à M. Viguier, du 14 Octobre 1641.

La Lettre de M. de Sus confirme la même chose.

Par Lettre du Gouverneur de Chiteau-Salins, écrite à M. du Hallier.

vû par des Lettres qui ont été interceptées, qu'en même temps qu'il faisoit ces offres au Roi, il negocioit avec le Roi de Hongrie, & l'asseuroit qu'il porteroit sa personne & ses troupes en Allemagne, pour le servir quand il lui plairoit; & qu'il entretenoit d'autre côté des intelligences avec le Marquis de Saint Martin, Gouverneur de la Franche-Comté, auquel il offroit de l'aller secourir contre les François qui l'attaquoient.

Enfin tant d'experiences font connoître, qu'il ne faut faire aucun fondement sur l'instabilité de l'esprit dudit Duc, & que contre la nature de tous les autres hommes, il n'est jamais plus ennemi que lors qu'il est ami, & que sa Majesté ne peut prendre autre resolution pour ce qui le regarde, que de demeurer dans le droit qu'il lui a donné par le dernier Traité, en consentant s'il venoit à y manquer, que tous les droits qu'il a sur ses Etats, fussent devolus à sadite Majesté.

Au même temps que le Duc Charles renvoya le Sieur de Martiniere vers le Roi, sa Majesté fut avertie qu'il avoit envoyé le Colonel Flekenstein à Ratisbonne, pour asseurer le Roi de Hongrie, qu'il ne prendra jamais autre parti que le sien, & lui demander secours : ce qui lui ayant été accordé, ledit Colonel Flekenstein à son retour d'auprès du Roi de Hongrie fit prendre la route du Rhein audit Duc Charles.

Sa Majesté fut aussi avertie que ledit Duc Charles avoit envoyé un nommé Simon, son Secretaire, aux Païs-Bas à même fin.

LORRAINE. ## I. Du droit de Souveraineté & Jurisdiction qui appartient à l'Empereur sur le Duché de Lorraine en certains cas.

LE Duc de Lorraine est sujet aux Ordonnances & Loix de l'Empire, pour l'entretenement de la Paix publique; & s'il y contrevient, & qu'il se rebelle contre l'Empereur, ou use de force & violence contre les Princes, & autres Etats dudit Empire, l'Empereur le peut mettre au Ban, le condamner à mort, & réünir son Duché au domaine de l'Empire, ou bien le transferer à quelque autre Prince.

II. Outre ce il est obligé à toutes les taxes, & impositions pour les necessitez de l'Empire, selon les resolutions qui s'en font aux Dietes & Assemblées des Etats Generaux, pour un tiers moins que les Electeurs : de sorte que si l'un d'eux doit contribuer à l'entretenement de trois cens hommes de guerre, le Duc de Lorraine

l'est pour deux cens, & ainsi à proportion de plus ou moins.

III. Et l'Empereur donnant des Sauvegardes & sauf-conduits sur les grands chemins dudit Duché, le Duc doit tenir la main à ce qu'il n'y soit contrevenu.

Et s'il manque ausdites impositions & Sauvegardes, l'Empereur le peut contraindre d'y satisfaire, par saisies & amendes.

IV. Davantage le même Duché est pour toujours sous la garde & protection de l'Empire qui est obligé de le défendre.

Selon que sur ces quatre articles, le Duc Antoine en demeura d'accord, avec l'Empereur Charles V, & les Electeurs, & autres Etats de l'Empire, par la Transaction faite à Nuremberg, l'an 1542.

V. Et quand il arrive different pour la succession de ce Duché, l'Empereur en doit prendre connoissance, & les Parties s'y adresser & à nul autre Prince, comme il fut observé par René d'Anjou Duc de Lorraine de par sa femme, & par Antoine Comte de Vaudemont, qui implorerent le jugement de l'Empereur Sigismond, sur le debat qui étoit entre eux, pour raison dudit Duché; ledit René remontrant que sa femme étoit fille du dernier Duc decedé; & ledit Antoine, que tandis qu'il y avoit des mâles de la Maison de Lorraine, les femelles, encore que plus proches en degré, ne pouvoient succeder audit Duché.

II. Droits annexez au Duché de Lorraine, que les Ducs tiennent à foi & hommage de l'Empereur.

LE Duché de Lorraine est une Principauté libre, dont les Ducs ne sont obligez de faire la foi & hommage à l'Empereur, & s'en sont exemptez depuis l'an 1258. Il n'y a que quelques droits qui en dépendent; pour raison desquels, ils se reconnoissent ses vassaux.

I. A sçavoir pour le droit de Garde & Protection de la Ville de Toul.

II. Et de l'Abbaye de Remiremont.

III. Pour le droit de sauf-conduit sur les grands chemins par terre & par eau, qui est à dire de donner sûreté à ceux qui y passent, de punir les meurtriers, voleurs & autres malfaiteurs, & d'y lever des peages & impôts sur les marchandises.

IV. Pour le droit de fabriquer monnoye au village de Yve, autrement dit Deiveline, près du Saint Dié, d'où les mines d'argent devers l'Alsace ne sont gueres éloignées.

V. Pour le droit de connoître des duels qui se font entre les rivieres du Rhin, & de la Meuse.

VI. Et pour le droit qu'a le Duc, que les fils des Prêtres qui naissent en ces terres lui appartiennent, comme étans de serve-condition, & obligez pour s'affranchir de se racheter, & l'appaiser par argent ou en autre maniere.

III. Droits

III. Droits Royaux, desquels les Ducs de Lorraine jouissent dans leur Duché, dont ils ne font la foi & hommage à l'Empereur.

I. LE droit de denoncer la guerre.
II. Comme aussi de traiter de Paix & de Confederation & Alliance avec les Rois & Princes étrangers.
III. Accorder des levées de gens de guerre tant pour eux que pour autrui.
IV. Et de construire de nouvelles Forteresses.
V. Faire des Ordonnances & Loix, & d'établir des coûtumes qui obligent leurs Sujets de s'y conformer.
VI. Mettre des Tailles & impôts mêmes sur les Ecclesiastiques.
VII. Juger souverainement au Criminel, & sans appel.
VIII. Comme aussi en ce qui est des matieres Civiles & de Police.
IX. Octroyer des Privileges.
X. Remissions & pardons.
XI. Bailler Lettres d'amortissement, & permission d'acquerir aux Ecclesiastiques.
XII. Legitimer.
XIII. Et annoblir.
Et ainsi user de tous droits Royaux, & de Souveraineté.

IV. Denombrement des Seigneuries tenuës en Fief, ou Arriere-fief, & sous la Souveraineté & Jurisdiction de l'Empire, qui ne font d'ancienneté des appartenances du Duché de Lorraine, ains ont été acquises par les Ducs, soit par succession & donation, ou par Contracts d'achat, d'échange & autrement.

I. LE Marquisat de Pontamousson.
II. Le Comté de Blamont.
III. La Seigneurie de Clermont-en Argonne.
IV. La Seigneurie de Hattonchastel.
V. La Seigneurie de Falkenstein devers Bitiche.
VI. Le Comté de Salme.
VII. La Seigneurie de Phaltzbourg.
VIII. La Seigneurie de Lixhein.
IX. Partie du Comté de Saruverden.
X. Hombourg.
XI. Saint Avaut.
XII. Saralben.
XIII. Sarbourg.
XIV. Les Salines de Moyenvic, & de Marsal.
XV. Et le Marquisat de Homeny.

V. Seigneuries du Ressort de la Chambre Imperiale de Spire.

I. LE Marquisat de Homeny.
II. Lixhein.
III. Falkenstein.
IV. Bilstein.
V. Turquestein.
VI. Hombourg.
VII. Saint Avaut.

Qu'une juste Guerre est un moyen legitime d'acquerir.

C'Est une maxime reçuë de toutes les Nations, dont l'experience a établi la verité en tous les siecles, que les Jurisconsultes ont approuvée par leurs réponses, & qui est autorisée par les exemples rapportez dans toutes les Histoires, qu'une juste guerre est un moyen legitime d'acquerir.

Il est vrai qu'il n'y a rien en apparence de plus injuste que la guerre, qui est souvent la subversion des Empires : Toutefois lors qu'elle est reglée par ses conditions necessaires, & qu'elle ne sort point de ses bornes legitimes, l'on peut dire qu'elle est la vraye Justice des Empires, & des Souverains qui les commandent.

Dieu établissant les Rois, leur donne en même temps la puissance armée, pour maintenir & conserver leurs Etats en leur grandeur & dignité, & les rend juges de tous ceux qui les voudroient détruire; & l'exercice de cette puissance qui est reputée une violence & un crime en la personne des particuliers, est une Justice en la personne des Souverains; ils sont arbitres en leur propre cause, & lors qu'ils entreprennent une juste guerre, ils exercent un jugement public sur ceux qui ne sont pas leurs Sujets, & dont ils ne peuvent avoir raison par la voye de la Justice ordinaire, puisqu'il n'y a point de Juges des Souverains, ni de Tribunal où ils puissent être appellez pour rendre compte de leurs actions.

Le droit de la guerre n'est pas seulement autorisé par les Loix civiles, mais encore par les Loix divines; Dieu en a montré l'usage legitime, lors qu'il s'est fait nommer le Dieu des batailles & des vengeances, & qu'il a commandé à son Prophete de mettre les armes entre les mains du Chef de son Peuple, quand il lui a prescrit les Loix de faire la guerre, & que pour tout titre des terres promises, il ne lui a donné que le droit de la conquête.

L'Eglise suivant cet exemple lors que les Rois prennent leur épée de sa main, elle leur dit par la bouche des Evêques, qu'avec ces armes ils se rendront redoutables à leurs ennemis, & qu'ils leur feront éprouver leur force & leur puissance.

Que si l'on vouloit priver les Princes du droit de la guerre, qui est comme une Justice vindicative des injures qui leur sont faites, ils demeureroient exposez à l'injure de leurs Sujets, & aux entreprises de leurs égaux.

Or comme en la Justice particuliere l'on adjuge une reparation à celui qui est offensé, ainsi les Rois peuvent legitimement priver ceux qui
leur

leur ont fait injure de leurs Etats, les conquerir fur eux, & les retenir avec raifon comme une fatisfaction de l'offenfe qu'ils ont reçuë, & une recompenfe des pertes qu'ils ont fouffertes en faifant la guerre.

Autrement il arriveroit qu'un Prince qui auroit reçu une injure, ajoûteroit à l'offenfe la ruine de fes Etats, la perte de fes peuples, & l'affoibliffement de fa puiffance.

Enfin l'on peut dire que le droit divin & humain obfervé d'un commun confentement des peuples, rend les victorieux, Maîtres & Seigneurs legitimes de leurs Conquêtes fur leurs ennemis.

Que la Lorraine ne doit être reftituée, nonobftant la dépendance de l'Empire.

SI la Guerre eft un moyen légitime pour acquerir, & que les Princes puiffent retenir les conquêtes, lors que la caufe en eft jufte, l'on peut conclure que le Roi a droit de ne point rendre la Lorraine, puifque perfonne ne peut douter que fa Majefté n'ait eu un trés-grand & jufte fujet de faire la guerre au Duc, & de le dépouiller de fes Etats.

La qualité de Vaffal & homme lige du Roi, l'obligeoit à lui rendre tous les devoirs & fervices que les Loix des Fiefs prefcrivent à ceux de fa condition; & au contraire il a commis tous les actes d'hoftilité & de felonnie, qui font tomber les Fiefs du Vaffal en commife.

Par le Traité de Vic, Liverdun & Charmes, il avoit renoncé à toutes ligues, affociation & intelligence avec l'Empereur & la Maifon d'Autriche, fans le confentement du Roi; & neanmoins il n'a pas laiffé paffer aucune occafion de traiter avec les ennemis, & de s'affocier avec eux pour faire la guerre à fon Seigneur.

Il y a plus, par le Traité dernier le Roi lui remet toutes les Terres & Seigneuries qu'il avoit juftement acquifes par la guerre, à la referve de celles portées par le Traité; mais fous ces conditions, qu'il n'auroit aucune intelligence avec les ennemis du Roi, & lors que cela arriveroit, il confent que toutes fes Terres & Seigneuries, mouvantes & non mouvantes de la Couronne, y foient unies de plein droit.

C'eft un Traité qu'il a volontairement fait, qu'il a ratifié étant en pleine liberté dans fes terres; le Roi a donc jufte occafion en executant les conditions de ce Traité, de retenir toutes les Terres & Seigneuries du Duc qui lui font acquifes par le manquement de fa foi.

Mais l'on dira que toutes les Terres & Seigneuries du Duc, ne font pas mouvantes de la France, que la plus grande partie, & particulierement le Duché de Lorraine, releve de l'Empire, & par confequent que le Roi ne peut pas au prejudice de l'Empereur Seigneur fuzerain, s'emparer de la Duché de Lorraine mouvante de l'Empire.

Il eft vrai, que le Duc de Lorraine eft Vaffal de l'Empire, & l'inveftiture de ce Duché a été autrefois donnée à fes Prédeceffeurs, dont ils ont rendu long-temps la foi &, hommage; depuis ils en ont été exempts. Il n'y a point d'appel de reformation à la Chambre Imperiale, ni au Confeil Privé de l'Empereur, des Jugemens qu'ils rendent entre leurs Sujets; l'Empereur même ne peut pas proceder contre eux

TOM. I.

par mandement, ajournement ou appellation; dont l'on peut conclure qu'encore que la Lorraine foit un Fief de l'Empire; neanmoins ce n'eft pas avec des conditions qui marquent une fi grande dépendance que les autres Fiefs.

Mais fuppofé que le Duc foit fujet de l'Empire, il a neanmoins, en qualité de Duc de Lorraine, le privilege de denoncer la guerre aux Princes étrangers, & de traiter de Paix, Confederation & Alliance avec eux, fans le confentement de l'Empereur; & par confequent il eft fujet à tous les évenemens de la guerre.

Ce feroit une dure condition pour les Princes voifins des Vaffaux de l'Empire, qu'ils euffent droit d'entrer en armes dans leurs terres, exercer tous actes d'hoftilité contre eux; & neanmoins que l'on ne pût en tirer la raifon par la voye des armes, qui eft le droit des gens, auquel les Conftitutions des Empereurs ne pevent avoir derogé. Le droit des gens eft une Loi generale & univerfelle, qui regle tous les Souverains, de laquelle les Empereurs mêmes ne font point exempts. Ils peuvent, en l'étenduë de leur domination, donner telles Loix que bon leur femble; mais ces Loix n'affujettiffent point les autres Souverains qui ne reconnoiffent point leur puiffance.

Si l'Empereur a donné pouvoir à fon Vaffal, de faire la guerre aux Princes Souverains, il l'a fans doute foûmis à toutes les conditions, & à tous les évenemens, qui fuivent ordinairement la guerre.

Que fi les Empereurs jugent que leurs Vaffaux ne doivent pas commettre leurs Etats au fort de la guerre, ils doivent les empêcher de l'entreprendre. Mais fi non feulement ils ne l'empêchent pas, au contraire qu'ils le tolerent & l'approuvent : C'eft fans raifon qu'ils fe plaignent fi les Princes oppofent leurs armes à leurs ennemis, & fe fervent du droit de la conquête, qui eft fi légitime, & le feul moyen pour tirer la raifon de l'injure qui leur eft faite.

L'on peut ajoûter à ces confiderations generales, des raifons qui naiffent du fait particulier. Le Duc de Lorraine n'a point pris les armes contre la France, que par l'induction & la perfuafion de l'Empereur; l'on fait les Traitez qu'il a faits avec la Maifon d'Autriche, en forte que l'on peut dire qu'il a été comme l'inftrument de leur paffion & de leur haine contre la France. Que s'il eft ainfi, comme l'on n'en peut douter, peut-on pas dire avec verité que l'Empereur eft auteur de toutes les entreprifes faites fur cette Couronne par le Duc Charles, & par confequent que c'eft autant contre lui que l'on a fait la guerre, que contre le Duc? D'où l'on peut conclure que l'on a conquis non feulement les Seigneuries du Duché, mais encore la mouvance de l'Empire.

Ne fert de dire qu'un Vaffal ne peut confifquer fon Fief, ni en changer la condition fans permiffion de fon Seigneur fouverain : cette maxime n'a pas lieu entre les Souverains, ce font Loix qui font fubordonnées aux droits des gens, qui font muettes, & n'ont aucune vigueur tant que cette Loi generale eft reconnuë, & laquelle ne peut être changée par une Loi particuliere.

Je demeure d'accord, que fi l'Empereur n'eût pas participé aux deffeins du Duc Charles, il auroit raifon de demander la confervation de la mouvance; auffi feroit-il obligé de la donner lors que le Roi la demanderoit, & ne

I

pour-

pourroit pas avec juſtice la lui denier , puiſque c'eſt avec un juſte titre , qu'il a acquis les terres du Duc de Lorraine. Il n'a pas refuſé à la Maiſon d'Eſpagne l'inveſtiture de pluſieurs Fiefs de l'Empire même : il n'eſt pas neceſſaire de repreſenter en ce lieu , tous les Etats que la Maiſon d'Eſpagne poſſede , dont la poſſeſſion & le titre aſſez injuſte , ont été autoriſez par les inveſtitures données par les Empereurs.

Le Roi auroit très-grand ſujet de ſe plaindre , ſi on lui refuſoit ce qui a été accordé aux autres Princes , qui n'ont pas tant de droit de le pretendre que lui ; ſi ce n'eſt que les intérêts de la grandeur de la Maiſon d'Eſpagne , qui ſont communs avec la Maiſon d'Autriche , ſervent de raiſon aux Empereurs pour faire difference , d'obliger le Roi de rendre les terres qu'il a ſi juſtement conquiſes , & de laiſſer en poſſeſſion la Maiſon d'Eſpagne de celles qu'elle a uſurpées.

L'on peut oppoſer une derniere difficulté , que le Duché de Lorraine eſt ſubſtitué , & par conſequent que les heritiers qui ont eſperance à la ſucceſſion , n'en peuvent être privez. La réponſe à cette objection eſt facile : premierement pour ce qui regarde le Duché de Bar & autres Terres qui ſont de la mouvance de la Couronne ; la conceſſion de Fief emporte une convention tacite de commiſe de Fief, même ſur ceux qui ſont ſubſtituez : & quant aux autres terres non mouvantes de la Couronne, le Conquerant ne connoît point d'autre Seigneur des terres de ſon ennemi , que celui qui en eſt en poſſeſſion , & qui s'en ſert pour lui faire la guerre : ce ſont des conditions qui ſe donnent aux Fiefs par des diſpoſitions particulieres, qui ne peuvent changer la Loi generale reçuë par tous les Princes.

De toutes ces raiſons , il ſemble que l'on peut conclure que la retention de la Lorraine n'eſt pas fondée ſur des moyens imaginaires , mais ſur les maximes & les regles les plus aſſurées de la Juſtice.

Stenay , Sathenay ou Aſtenay , Septiniacum.

LA Princeſſe Matilde , ſi celebre pour avoir donné tant de grands biens à l'Egliſe de Rome , qu'elle en a été appellée fille de S. Pierre, donna en l'année 1107, à l'Egliſe dediée à la Vierge édifiée au fonds & au lieu appelié Verdun, les Lieux & Villes appellées *Septiniacum* & *Meſaguum*, (qui ſont Stenay & Meſay) appartenances & dépendances : le Pape Paſcal II approuva ce don par ſa Bulle ; les originaux de cette Donation , & de la Bulle de confirmation ont été rendus au Roi depuis peu de jours.

La verité de cet acte montre évidemment la fauſſeté de ce qu'écrit Waſſebourg , en l'Hiſtoire des Evêques de Verdun , que Godefroy de Bouillon , pour faire ſon voyage de la Terre Sainte , avoit vendu Stenay & Meſay à l'Egliſe de Verdun ; ce qu'il a avancé d'autant plus groſſierement qu'il avoit vû le don de la Princeſſe Matilde , & la Bulle du Pape , dont il fait mention. Par ce que deſſus , il eſt clair que Stenay a appartenu à l'Egliſe de Verdun.

Ce Waſſebourg , & Jean Bertels , qui a écrit l'Hiſtoire du Luxembourg. (Auteurs qui n'ont pas aſſez conſideré ce qu'ils ont écrit) ont dit que Richard , Evêque de Verdun , avoit engagé à Guillaume , Comte de Luxembourg , Stenay & Meſay , mais qu'il les retira peu après , &

les engagea , & vendit à Renaud Comte de Bar.

Ces Auteurs donnent peu , ou du tout point de droit , au Comte de Luxembourg ſur Stenay , puiſqu'ils ont écrit qu'il ne l'a poſſedé que par engagement , & peu de temps ; & qu'il fur vendu au Comte de Bar , qui l'unit deſlors à ſon Domaine , où toûjours il eſt demeuré , & encore à preſent en eſt. Ce ſont les propres termes de Waſſebourg , qui a été ſuivi par Bertels ; qui a écrit en faveur du Duc de Luxembourg , & qui étoit ſon Sujet.

La poſſeſſion des Comtes ou Ducs de Bar , de la Place de Stenay , a continué juſques en l'année 1541, que Antoine Duc de Lorraine , & de Bar , & ſon fils François , par un acte authentique, cederent & tranſporterent au Roi François I, & à ſa Coûronne , pour lui & ſes Succeſſeurs , les Villes , Terres , & Seigneuries , & Prevôté de Stenay , appartenances & dépendances , moyennant recompenſe qui leur en ſeroit baillée en autres Terres. Cet acte a été regiſtré au Parlement de Paris , à la requête du Procureur General , en l'année 1563.

L'Empereur Charles V , qui conſidera poſſible l'importance de cette Place , prit l'occaſion par le Traité de Creſpy de l'an 1544, de la tirer des mains du Roi François I. Voici ce que porte le Traité : ,, Et pour ce que l'Empereur ,, maintient , que la Ville , Châtellenie & Sei- ,, gneurie de Stenay eſt de ſon Fief , à cauſe du ,, Duché de Luxembourg , & n'en a pû le feu ,, Duc de Lorraine faire valable tranſport, ſoit ,, par échange , ou autrement , audit Sieur ,, Roi , ſans ſon conſentement , a été accordé , ,, que ledit Stenay ſe rendra au Duc de Lorraine , pour le tenir ſous la même charge de ,, Fief , que fondit feu Pere l'avoit , ſans que ,, ci-après icelui Sieur Roi y puiſſe rien à ja- ,, mais prétendre ; demeurant au ſurplus à ſa- ,, dite Majeſté Imperiale , le droit & action de ,, commiſe , pour en faire à l'endroit dudit ,, Duc , comme avec raiſon bon lui ſemblera : ,, & pourra ledit Sieur Roi , avant faire ladite ,, reſtitution , démolir les fortifications qu'il a ,, faites audit Stenay , en le reduiſant en l'état ,, qu'il étoit avant le Traité fait avec ledit feu ,, Duc de Lorraine.

Il y eut de grandes oppoſitions publiques à l'execution de ce Traité, non pas à cauſe de Stenay , jugé lors de peu d'importance ; mais pour raiſon des droits très-grands , & ſans conteſtation , ſur pluſieurs grandes Seigneuries , que le Roi ceda à l'Empereur pour des droits imaginaires : Néanmoins il fut en partie executé , & principalement pour le regard de Stenay , qui fut rendu au Duc de Lorraine , duquel l'Empereur a reçû toutes ſortes de reconnoiſſances , ainſi que bon lui a ſemblé.

MOYENVIC.

LA Ville de Moyenvic (en Latin *Medius Vicus*) ſituée entre Vic , & Marſal , eſt d'ancienneté du Temporel de l'Evêché de Mets , & de la Châtellenie de Vic.

Thierry , Evêque de Mets , l'an 1365 , la fit fortifier , & enclore de murailles.

Et l'an 1375 il s'y maintint en perſonne , avec nombre de Nobleſſe , contre une puiſſante armée , que le Seigneur de Coucy conduiſoit lors en Allemagne , lequel voulut forcer cette Ville pour en tirer quelque argent.

De-

I. MOYENVIC eſt de l'Evêché de Mets.

II.
L'Empereur Ferdinand II, fait faire une nouvelle Forteresse à Moyenvic.

Depuis l'Empereur dernier mort, prêtant son nom au Duc de Lorraine, s'en faisit contre le consentement de l'Evêque, & aux dépens, & conduite dudit Duc y fit construire une Forteresse, où il mit garnison, qui s'y est conservée, jusques à ce que le Roi a repris la Place, & changé la garnison Allemande, en une garnison Françoise.

III.
Traité de Ratisbonne, en l'an 1630.

L'on voit par le Traité de Ratisbonne, de l'an 1630, que les Deputez du Roi insisterent fort à ce que cette Place fût démolie, & que la garnison Imperiale en sortît; mais ils ne purent rien obtenir.

L'Empereur allegant qu'il avoit droit comme Souverain, d'y faire une Forteresse, & y mettre telle garnison qu'il lui plairoit, d'autant que le lieu dépend de l'Empire;

Et que le Roi, & les Rois ses Predecesseurs, depuis le Roi Henri II, en l'an 1552, avoient fait construire des Citadelles à Mets, & Verdun, qui sont Villes Imperiales, lesquelles devoient être plûtôt razées, que ladite Forteresse de Moyenvic;

Néanmoins qu'il s'en remettroit à la Conference qui pour ce sujet se tiendroit.

L'Empereur avoit pris, avec les armes du Duc de Lorraine, la Ville de Moyenvic, sur l'Evêque de Mets, auquel elle appartient, sans qu'il eût commis aucun acte d'hostilité, ni entrepris la guerre contre lui; tellement qu'il le dépouilloit injustement de son Domaine : & le Roi avec raison a repris la Place sur le Duc de Lorraine, & l'a fortifiée pour la conserver, avec le même droit que la Ville & Citadelle de Mets, dont il a la protection. L'Evêque de Mets ne se plaint pas, au contraire il consent que le Roi en demeure en possession : il peut aussi légitimement consentir, que la Ville de Moyenvic demeure en la main du Roi, comme les autres Evêques, qui étoient de la Maison de Lorraine, ont aliené, en faveur des Ducs, plusieurs Places avec leur Domaine dépendant de l'Evêché, sans que l'Empereur s'y soit opposé.

Ajoûtez que l'Evêque de Mets (qui est sous la protection du Roi) a, comme Prince Regalien de l'Empire, droit de fortifier ses Villes, & y mettre telle garnison qu'il lui plaît, ainsi que les autres Princes dudit Empire.

Il ne se trouvera point, que lors que les Suedois ont attaqué à diverses fois, les Electeurs de Baviere, & de Saxe, jusques au cœur de leurs Etats; l'Empereur ait entrepris, sous prétexte de leur conservation, d'y construire aucune Forteresse; au contraire, il s'en est remis à eux entierement, selon qu'ils aviseroient pour le mieux.

Et quant aux Citadelles de Mets, & de Verdun, ce n'est pas en haine de l'Empereur, & de l'Empire, qu'elles ont été construites; mais plûtôt à cause que les deux Villes sont enclavées de toutes parts, des Seigneuries du Duc de Lorraine, & aussi que le Roi d'Espagne tient le Duché de Luxembourg, qui en est bien proche, dont il lui seroit facile de les surprendre, s'il n'étoit soigneusement donné ordre à leur garde.

V.
Salines de Moyenvic, & de Marsal.

Il y a une Saline audit lieu de Moyenvic, comme aussi à Marsal, desquelles Charles Cardinal de Lorraine, Administrateur perpetuel de l'Evêché de Mets, & Louis Cardinal de Guise, Evêque dudit Mets, firent cession & transport, l'an 1571, à Charles Duc de Lorraine, & à ses Successeurs Ducs de Lorraine, à la charge de les tenir à foi & hommage lige de l'Evêque de Mets, sous l'Empire;

Tom. I.

D'un cens annuel, de quarante-cinq mille francs de Lorraine, qui reviennent à trente mille livres tournois, & de quatre cens muids de sel, par chacun an.

Droits du Roi sur les Villes, & Evêchez de Mets, Toul & Verdun, leurs appartenances & dependances; avec quelques considerations pour maintenir l'établissement du Parlement de Mets.

SI l'Empereur en la Conference de Cologne fait instance que le Roi restitue à l'Empire, les Villes de Mets, Toul, & Verdun, leurs appartenances & dépendances, en l'état qu'elles étoient, lors que le Roi Henri Second s'en rendit Protecteur, il fera bien paroître qu'il n'a nulle intention de parvenir à une bonne Paix.

Car bien que ses Predecesseurs en ayent fait demande du temps dudit Roi Henri II, & de Charles IX, ç'a plûtôt été pour se délivrer de l'importunité des Espagnols, & des Ducs de Lorraine, que de penser obtenir ce qu'ils demandoient; aussi les instances qu'ils en ont fait, ont toûjours été si foibles & si peu pressantes, qu'après les réponses de nos Rois qui ne portoient aucune satisfaction, l'état de ces trois Villes est toûjours demeuré tel qu'on l'a vû jusques au jour de l'établissement du Parlement de Mets.

Cette demande semble fort deraisonnable. Lors que l'Empereur Ferdinand, l'an 1560, envoya l'Evêque de Trente, pour demander au Roi ces trois Villes; le Chancelier Olivier, prévenant très-sagement le Conseil du Roi, dit qu'il étoit d'avis de faire trencher la tête au premier qui ouvriroit la bouche, pour donner conseil à sa Majesté, d'accorder cette demande à l'Empereur.

Le Roi Henri II, l'an 1552, reconquit par la valeur de ses armes les Villes de Mets, Toul, & Verdun, qui étoient d'ancienneté du Royaume de Lorraine, qui comprenoit tout le païs entre les rivieres de Meuze, l'Escaut, la Mer Oceane, la riviere du Rhin, & le mont de Vosge.

Ce Royaume de Lorraine avoit été usurpé par les Empereurs d'Allemagne, sur nos Rois de la seconde race, quoi que Charles le Simple, & le Roi Lothaire, fils de Louis d'Outremer, forcez & contraints par les armes, y eussent renoncé, és années 923 & 980, en faveur des Empereurs Henri I, & Othon I, pendant que le Royaume de France étoit plein de troubles, & affoibli par les Guerres civiles & étrangeres, & par la mauvaise conduite de ces deux Rois.

Cette renonciation, quoi que réiterée, forcée ou non, n'a pû être valablement faire par lesdits Rois Lothaire, & Louis, au préjudice de leurs Successeurs au Royaume, étant une Loi generale & indubitable, tenue par toutes les Monarchies, que le Domaine public est sacré & inalienable, soit par Contracts & autres sortes d'acquisitions, & en cela la prescription n'a point de lieu; & que les Rois ne sont tant nommez Seigneurs & Proprietaires, que Gardiens & Conservateurs de leurs Royaumes.

I 2   Cette

Cette Loi étoit lors tenuë pour certaine : car à cette renonciation si grande & si extraordinaire d'un Royaume entier , les Grands du Royaume s'y opposerent , & sans leur consentement , cette renonciation ne se pouvoit faire; les Historiens en parlent ainsi affirmativement.

L'on peut aussi justifier par bons Auteurs de nôtre Histoire , que le Roi Robert , ensuite de ces justes pretensions , poursuivit les mêmes droits en ce Royaume de Lorraine. Tellement que quand le Roi Henri II, en l'année 1552, se rendit maître de ces trois Villes, ce ne fut point une usurpation violente , comme par ignorance aucuns l'ont écrit , mais plûtôt un rétablissement dans les Etats de ses Ancêtres, qui avoient été injustement usurpez sur eux, pendant leur foiblesse , & mauvais gouvernement.

Cette possession du Roi n'a point été interrompuë depuis sa conquête; les Empereurs ont traité plusieurs fois avec nos Rois, des mariages & autres traitez , sans qu'il en ait été rien écrit : mêmes au Traité de Ratisbonne de l'an 1630, auquel temps il y avoit quelque alteration entre ces Princes, cette demande si extraordinaire ne fut point faite; les Ambassadeurs de l'Empereur se contenterent d'en parler superficiellement, sans faire instance pressante pour en avoir satisfaction.

Aussi il est à croire, que ce que l'Empereur en fait à present, est seulement pour faire paroître à tout l'Empire, combien il est jaloux de ses droits, & qu'il lui sont en singuliere recommandation.

Ses Commissaires pourront dire , que l'Empereur a grand sujet de plainte p de ce que le Roi, qui avoit été jusques ici simple Protecteur de ces trois Villes , & de leurs territoires , a passé plus oûtre : car il a voulu que ces Peuples l'ayent reconnu pour Souverain; a aboli toutes les Justices ordinaires , & le droit qu'avoient ces Peuples d'appeller à la Chambre Imperiale; y a établi un Parlement , le ressort duquel il a non seulement étendu sur ces trois Villes & leurs dépendances ; mais jusques dans le territoire de l'Evêché de Mets, qui ne reconnoissoit point sa protection , mais l'Empire seul, l'Evêque de Mets, frere naturel du Roi, ayant reconnu l'Empereur pour son souverain Seigneur, auquel il a baillé son aveu, & dénombrement en l'année 1625, & cela du consentement du Roi de France.

Ils demanderont donc en premier lieu, que puisque l'Empereur se contente d'une simple protestation contre la possession réelle de ces trois Villes , en laquelle est le Roi, qu'il est aussi raisonnable , qu'il remette les choses ausdits Pais, comme elles étoient lors du Traité fait à Ratisbonne : c'est à dire que le Parlement, établi à Mets, soit aboli, & les choses établies comme elles étoient auparavant; & ensuite, que l'Evêque de Mets son Vassal lui soit rendu, & que lui & ses Sujets soient remis en tous les droits & autoritez, comme ils étoient avant l'établissement dudit Parlement.

Comme cette demande semble avoir plus d'apparence que la premiere, l'on peut néanmoins dire, qu'il n'importe pas à l'Empereur , de quelle façon la Justice s'exerce en ces Pais, puisqu'il n'y est plus reconnu, & qu'il a souffert depuis tant d'années , que ces Peuples soient gouvernez sous la protection de la France.

Que l'on ne peut mieux reconnoître , de quelle sorte la Justice étoit exercée en ces Pais, que par la joye que ces Peuples ont témoigné à l'établissement du Parlement. L'on a vû comme ils étoient opprimez, soit par la longueur, soit par la dépense, & par l'ignorance des Juges.

Ces Peuples ont reconnu l'avantage qu'il y a d'être traitez en cette partie de la Justice, comme les autres Peuples de la France , d'être reglez par mêmes Loix, & jugez par mêmes Juges.

L'interêt de la Chambre Imperiale de Spire est si peu considerable, que depuis soixante ou quatre-vingts ans elle n'a connu d'aucun fait de la Ville de Mets, peu de la Ville de Toul, & un peu plus de la Ville de Verdun.

Une bonne partie de ces Pais consistoit en plusieurs petites Justices Souveraines, appellées Francs Alleuz , des Jugemens desquelles la Chambre Imperiale n'avoit nulle connoissance. La Loi, pour un grand bien du Pays, en établissant le Parlement à Mets, a aboli ces Francs Alleuz, qui étoient la ruine & l'oppression de ces Peuples, abandonnez à une infinité de ces petits Seigneurs, qui les tyrannisoient suivant leurs passions.

Les Doyen , Chanoines , & Chapitre de Toul, qui ont un grand Domaine , & par consequent plusieurs Juges , pour beaucoup de Vassaux , & de tenanciers , remontrerent au Roi, en l'an 1612, combien leurs Sujets étoient vexez en la poursuite des Appellations, qu'ils interjettoient des Jugemens de ces petits Juges, & le plus souvent mal-jugées. Le Roi qui n'a jamais refusé aucun soulagement à ses peuples, par sa Declaration poursuivie par ceux dudit Chapitre , ordonna, de leur consentement, que les Appellations desdits Juges seroient jugées souverainement , en la quatrième Chambre des Enquêtes de son Parlement de Paris. Cette Chambre, en conséquence de cette Declaration, les a jugez en une infinité de differens, & les Jugemens executez, avec une satisfaction publique. A quoi il n'y a jamais eu d'opposition ; ni de la part de l'Empereur , ni de la Chambre Imperiale.

Ce Parlement établi à Mets , represente le Roi dans les Provinces de son ressort : pour cette consideration, il doit être maintenu , & semble que l'on doive insister, pour qu'il subsiste suivant son établissement , n'y ayant rien qui imprime plus l'amour & l'affection des peuples, que la Justice à laquelle ils ont recours à tous momens, pour la conservation de leurs biens, de leur honneur, & de leurs vies.

Il faut noter que quand l'on parle du Pays de l'Evêché de Mets, la Ville & le territoire d'icelle, appellé le Pays Messin, n'y sont pas compris, mais seulement la Ville de Vic, lieu de la résidence de l'Evêque, & de ses Officiers, & le Pays de l'Evêché qui reconnoît l'Evêque pour Seigneur : car ledit Evêque pour le regard du temporel, n'est point reconnu, ni dans la Ville de Mets, ni dans le Pays Messin.

En l'année 1552, le Pays de l'Evêché fut conquis par le Roi, comme le reste du Pays, & a été sous la protection de nos Rois jusques au temps de la Ligue, auquel non seulement ledit Pays, mais toute la France, furent en une confusion generale; & lors celui qui commandoit pour le Roi dans Marsal , Place de l'Evêché de Mets, en fut chassé par la faction de la Ligue, & le Duc de Lorraine se servit de cette occasion pour y mettre garnison.

Mais ce qui s'est passé depuis, & la reconnoissance faite à l'Empereur ci-dessus, & la separation des terres de l'Evêché, d'avec celles de la Ville de Mets, rendent cette possession

peu

peu confiderable; & par confequent l'expedient ci-deſſus propoſé, moins prejudiciable au bien des affaires du Roi, pourvû que l'on obtienne la ſubſiſtance dudit Parlement, & par conſequent, le Roi reconnu Souverain de ces trois Villes, & de leur Territoire.

On propoſe qu'un François, qui s'é-
toit retiré en Italie, avec cette
reſolution de ne retourner plus en
France, ſoit decedé en ce Païs é-
tranger, laiſſant des Enfans nez
en France, où ils font leur demeu-
re, & des petits Enfans deſcen-
dus de ſon fils aîné marié en Ita-
lie, avec une femme etrangere:
ſur ce fait on forme la queſtion,
en laquelle on demande, ſi en con-
ſequence de la Loi d'Aubaine, le
Roi eſt bien fondé à prétendre u-
ne partie de la ſucceſſion des biens
qui font ſituez en ſon Royaume,
& dont ce François eſt mort poſ-
ſeſſeur, ou au contraire ſi les En-
fans qui font nez, & demeurans
en France, lui doivent être pré-
ferez en cette ſucceſſion.

POur éclaircir ce doute, il eſt neceſſaire de poſer les maximes & les Regles qui ſont univerſellement reçuës en cette matiere, que l'uſage a établies, & que les Jugemens ont confirmé.

Premierement il eſt conſtant que comme l'Etranger eſt capable des effets du droit des gens, il peut auſſi acquerir & poſſeder des biens, les échanger, les donner, & en diſpoſer par des actes entre vifs; mais il n'en peut pas teſter, ni les tranſmettre par aucune diſpoſition, à cauſe de mort : parce que les Teſtamens ſont de droit Civil, dont l'Etranger n'eſt pas capable ; il vit en pleine liberté, mais il meurt comme ſerf ; Et comme il ne prend point de part en la ſucceſſion des autres, il n'en donne point en la ſienne.

C'eſt par ce principe de droit commun, que la Loi d'Aubaine defere au Roi la ſucceſſion des Etrangers : il eſt le Chef de ſon Etat, & en cette qualité, il lui appartient de les recevoir dans ſon Royaume, & de leur communiquer les droits, les privileges, & les prerogatives dont joüiſſent ſes Sujets naturels : ſoit qu'il leur octroye le bienfait de Naturalité, ou qu'il ſouffre qu'ils s'établiſſent, & qu'ils s'habituent dans ſon Royaume, auquel cas leurs Enfans ſont reputez François, & ſont capables de tous les droits qui appartiennent aux François : Car encore que leurs parens non naturaliſez n'ayent pas cette capacité, & qu'ils ne puiſſent laiſſer d'héritiers legitimes, ni teſtamentaires ; toutefois la raiſon naturelle, qui deſtine aux Enfans les biens de leurs parens, ſe trouvant fortifiée par le lieu de la naiſſance, a fait fléchir l'ancienne rigueur de la Loi d'Aubaine qui traitoit les Etrangers comme des Eſclaves. C'eſt la gloire de la France, que comme on diſoit de Rome, elle eſt faite le pays commun de toutes les Nations.

C'eſt par cette même raiſon que les Enfans du Bâtard nez en loyal mariage ſont preferez au Fiſque en la ſucceſſion de leurs peres & meres, bien que le Roi par le droit de ſa Couronne ſoit appellé à la ſucceſſion des Bâtards.

A ces maximes il en faut ajoûter une autre, qui prive & qui dépouille l'Etranger de tous les privileges de naturalité qu'il avoit obtenus, dès le moment qu'il ſort de la France avec intention de s'établir en autre Païs. Et cela eſt ſi vrai, que quand bien il ſeroit devenu Prince ſouverain d'un autre Etat, il ne conſerveroit pas les droits qu'il s'étoit acquis pendant qu'il demeuroit dans le Royaume.

De-là vient que Monſieur le Duc d'Anjou, après avoir été ſalué Roi de Pologne, ne voulut point ſortir de la France, juſques à ce que par Lettres publiées en Parlement, le Roi y ſeant, il ſe fût reſervé tous les droits de naturalité, tant pour lui que pour ſes Enfans, Monſieur le Duc d'Alençon ſon frere en uſa de la ſorte ; Et quand Madame Renée de France fut mariée avec le Duc de Ferrare, elle n'oublia pas à faire mettre dans ſon Contract de mariage, que les Enfans qui en naîtroient, ne ſeroient point tenus pour Etrangers.

Quant aux particuliers, qui changent de domicile, & qui tranſportent ailleurs leur fortune: Ils ſe privent tellement de tous les droits civils, dont ils joüiſſoient dans le Royaume, que non ſeulement ils ſont exclus des ſucceſſions, qui leur y étoient échuës ; mais encore il y a ouverture de ſubſtitution, pendant leur vie même, en faveur de ceux qui n'étoient appelliez qu'après leur mort: il eſt vrai que changeans de volonté, & venans à rétablir en France leur démeure, ils ſont admis aux ſucceſſions; pourvû que la demande n'en ſoit pas preſcrite, par le laps de trente ans, qui eſt une grace fondée ſur les droits de la Nature, qui ne s'effacent pas aiſément par le fait & par la volonté des hommes.

Or de ces Regles generales, on peut tirer la déciſion du doute propoſé, & faire jugement, ſi le Roi eſt bien fondé à prétendre que par la Loi d'Aubaine il ait un droit acquis en la ſucceſſion de ce François, qui s'étoit retiré en Italie, & qui eſt mort poſſeſſeur de grands biens en France.

On pourroit dire en ſa faveur, que par la Loi Royale, & par la Loi de la Couronne, les biens des Etrangers, ſituez en ſon Royaume, lui appartiennent, ſinon comme leur heritier, au moins comme leur ſucceſſeur.

Que c'eſt un droit domanial, & tout Royal, reſervé à lui ſeul, introduit en ſa faveur, qu'il peut oppoſer aux parens de l'Etranger, & dont eux-mêmes ne ſe peuvent ſervir ; Car comme c'eſt le Roi ſeul qui peut effacer les taches de la peregrinité ; c'eſt auſſi lui ſeul, qui peut alleguer l'empêchement qui en deſcend.

Qu'en toutes Lettres de naturalité, les impetrans requierent que leurs parens leur puiſſent ſucceder, ſans diſtinguer s'ils ſont nez, & demeurans en France, ou s'ils ſont Etrangers : & ſi cette clauſe étoit omiſe, le Roi auroit droit de prétendre leur ſucceſſion ; par preference à leurs parens, qui pour être nez & demeurans en France, ne ſont pas capables de ſucceder à un Etranger, s'ils n'ont plûtôt obtenu des Lettres de naturalité.

Qu'il ſeroit inutile d'alleguer au contraire, qu'il a été ſouvent jugé, qu'à defaut des plus proches parens Etrangers, ou des Fran-

I 3   çois

Sois, qui se sont retirez du Royaume, les autres parens, nez & demeurans en France, entrent en leur place, à l'exclusion du Roi: pource qu'en toutes les hypotheses des Arrêts qu'on allegue sur ce sujet, il s'agissoit de la succession des François originaires, ou de ceux à qui le benefice de naturalité avoit été donné. Or il y a grande difference, d'admettre à la succession d'un François, ou d'un Etranger naturalisé, le plus éloigné parent, en cas d'incapacité du plus proche, & de le preferer au Roi, ou de recevoir le plus éloigné parent, à l'heredité d'un Etranger, à defaut du plus proche aussi Etranger : d'autant que les François originaires, & ceux qui sont naturalisez, ont également le pouvoir de disposer par testament de leurs biens, & leurs parens leur succeder *ab intestat*, s'ils sont régnicoles; ce qui n'est pas permis à l'Etranger, non naturalisé.

A quoi l'on peut ajoûter, que la Coûtume de Sens, qui parle de la succession des plus éloignez parens nez en France, ne les admet, qu'au cas qu'il soit question, des biens de leur parent, natif du Royaume, où il est decedé, & nullement de leur parent Etranger.

Et quant à ce qu'on dit, que lors que les Etrangers ont des Enfans nez dans le Royaume, & qu'ils y sont leur demeure, ils sont capables de succeder à leurs parens Etrangers, ce qui mêmes a lieu pour tels Enfans nez hors le Royaume, au cas qu'ils y viennent établir leur demeure. On peut répondre à cette instance, que les Enfans succedent seulement, pour la part qui leur appartient, en consequence du Testament de leur pere, ou *ab intestat*, mais ils ne succedent pas en la portion de leurs Collateraux.

Vient encore à considerer, qu'au fait qui se presente, les Enfans de l'aîné sont incapables de succeder aux biens qui sont en France, & que leur incapacité donne droit au Roi, d'entrer en leur place, pour prendre dans les biens la même part, qu'ils eussent prise, si leur incapacité ne leur eût point servi d'empêchement; & ce d'autant plus, qu'il n'importe point aux autres Enfans, qui sont nez en France, de partager la succession avec le Roi, ou avec leurs Neveux, qui sont en Italie.

Mais nonobstant toutes ces raisons, il faut confesser par la force de la verité, que la pretension du Roi, n'est aucunement fondée sur les vrais Principes du droit, & de l'usage.

Et pour le justifier, il faut considerer, qu'il ne s'agit pas ici des biens d'un Etranger, mais d'un François, qui pour s'être simplement retiré en Italie, n'est point devenu ennemi du Roi, ni de son Etat, & ne peut être appellé fugitif, ni deserteur de sa Patrie : d'où s'ensuit, qu'il est toûjours demeuré maître, & possesseur legitime des biens, qu'il possedoit en France, avant sa retraite : auquel cas il est sans doute, que ses Enfans nez & demeurans dans le Royaume, lui doivent succeder, à l'exclusion du Roi, qui en cette rencontre ne se peut servir de la Loi des Aubains, contre des Enfans qui sont nez dans son Royaume, & qui y sont leur actuelle demeure.

Et ne faut point dire, qu'il entre au lieu des Enfans, qui sont nez en Italie, & qui sont reputez pour Etrangers : d'autant que

leur portion est devoluë aux Enfans regnicoles, par la Regle de droit, qui veut que celui qui est incapable de succeder, soit consideré, comme s'il n'étoit jamais venu au monde : & comme il ne fait aucun nombre entre les Enfans capables de succeder, il ne lui faut point aussi de part en la succession, qui est acquise toute entiere à ses freres, non point par un droit d'accroissement, mais de plein droit, & de leur propre chef.

C'est la raison de la difference, qui se remarque dans les Loix Romaines, entre les cas d'incapacité & d'indignité, en matiere de successions. L'incapable est celui, à qui la Loi défend de succeder, à cause du vice de sa personne : Elle ne le reconnoît jamais pour heritier, & lui denie toutes ses faveurs.

Au contraire, elle reçoit l'indigne à l'heredité, au point qu'elle est échuë; mais parce qu'il a offensé la memoire du Testateur, & qu'il s'est souillé de crimes, cette même Loi lui ôte la succession, l'applique au fisque, sans la donner à celui qui suit en degré de parenté, afin que la peine de l'un ne soit pas la recompense de l'autre.

Il n'en est pas ainsi de l'incapable, à qui on ne peut ôter l'heredité, parce qu'elle ne lui a jamais été deferée; il est consideré, comme n'ayant jamais rien eu en la succession, & les autres heritiers, légitimes ou Testamentaires, prennent le tout, sans le compter; mais en France, on ne reçoit pas toutes les distinctions, que le Droit Romain met entre l'indigne & l'incapable; vu que nôtre usage n'appelle point le fisque au cas de l'indignité, mais les plus proches parens recueillent toute la succession, à l'exclusion du Roi.

Or l'Etranger n'est pas indigne, mais seulement incapable de succeder : c'est pourquoi la Loi lui refuse l'heredité, pour la deferer à son plus proche parent, demeurant en France, & capable de succeder; Car ce qui est dénié à son parent incapable, n'est pas fait caduque, ni n'est pas appliqué au fisque, mais est deferé à celui de la parenté qui se trouve capable : ainsi par la Jurisprudence Romaine, ce qui étoit laissé à un Legataire incapable, ne tomboit point en caducité, pour appeller le fisque, mais cette part vacante accroissoit au Collegataire.

Puis donc que les incapables ne sont pas comptez entre les heritiers, on ne peut dire que le Roi entre en leur lieu, & en leur droit, vu qu'ils n'en ont jamais eu aucun en l'heredité; il n'y a que les seuls parens capables, qui leur puissent succeder, & entrer au lieu qu'ils trouvent vuide, & qu'ils ont droit d'occuper de leur chef.

Ainsi le Bâtard, le condamné, le Religieux profés, & autres semblables qui sont reputez morts civilement, sont également incapables de toutes successions en France, & ceux qui suivent en ordre, & qui sont appellez après eux, n'entrent point en leur place, mais y viennent par leur droit, comme si les autres n'avoient jamais été en la nature : il en est tout de même, en matiere de substitutions, où celui qui est incapable par sa naissance, ou par sa qualité, ne fait ni nombre ni degré, mais il donne seulement ouverture à ceux, qui sont appellez avec lui.

Car la Coûtume generale du Royaume, qui dit que le mort saisit le vif son plus prochain habi-

bile

bile à lui fucceder, fait paffer au moment du dernier foupir de l'homme mourant, le droit de poffeder fes biens, à ceux qui alors fe trouvent avoir les deux qualitez, concurrentes & neceffaires, l'une d'être plus proche parent, & l'autre d'être habile à fucceder. D'où s'enfuit que celui qui n'a pas cette derniere qualité, n'eft pas faifi par nos Loix, mais feulement celui qui eft capable, quoi qu'il fe trouve en un degré plus éloigné; & par cette raifon le fifque ne fauroit rien pretendre du chef d'une perfonne inhabile à fucceder, puifqu'il n'eft pas faifi, par la Loi qui apelle les parens à la fucceffion, & rejette tous ceux qui n'en font pas capables.

Cette verité peut être confirmée par un exemple memorable, tiré des Regiftres du Parlement, de l'an 1503, fur le fujet du procès intenté par Jean d'Albret, mari de Charlotte de Bourgogne, contre Engilbert de Cleves fils d'Ifabeau de Bourgogne. On difputoit la fucceffion du pere de ces deux Princes, & on foûtenoit, que le Duc de Cleves n'étoit pas capable de la recueillir, quoi que ce fût l'heredité de fon ayeul, d'autant qu'il étoit Etranger, & né d'une Princeffe d'Allemagne. En laquelle conteftation le Roi Louis XII ne prétendit jamais aucun droit; mais au contraire il termina tout le differend du procès, par le moyen du mariage de Marie d'Albret, avec le Duc Engilbert. Cela fait voir que nos Rois ont toûjours ufé, avec grande modeftie & retenuë, de leur droit d'Aubaine, en ce qu'ils n'ont jamais fait d'empêchement aux Enfans, ni aux heritiers legitimes qui ont été appellez à la fucceffion de leurs parens.

Ne fert de dire que le droit d'Aubaine eft domanial, & introduit dans la feule faveur du fifque, qu'il ne doit profiter qu'à lui-même, ni être allegué par un particulier; parce que le profit qui en peut revenir, n'eft qu'en confequence du droit qui eût appartenu à celui, au lieu duquel le fifque pretend fucceder. Or eft-il que le droit de fucceder aux biens de France, n'a jamais appartenu aux petits-fils de ce François, qui s'étoit retiré en Italie, & par confequent le fifque, qui veut entrer en leur place, ne peut fucceder à un droit qui n'a jamais été acquis à ceux dont il veut occuper le lieu.

Il en étoit autrement par le Droit Romain, quand il étoit queftion d'ôter le droit à celui qui s'en étoit rendu indigne, parce que la Loi le tenoit pour vrai heritier, jufques à ce qu'elle lui eût arraché la fucceffion; à caufe de fon indignité, que le feul fifque lui pouvoit objecter: mais comme il a été déja dit; nos mœurs de France ne reçoivent pas cette Jurifprudence, & l'indignité auffi-bien que l'incapacité donne droit aux plus proches de l'indigne pour obtenir la fucceffion, fans que le fifque y prenne aucune part; outre que l'Etranger n'eft pas indigne, mais feulement incapable.

Et comme il eft vrai qu'un Enfant Bâtard ne peut fucceder à fon pere, ni à fes autres parens, & qu'il eft exclus par ceux qui fe trouvent plus proches en degré, & qui font capables de recueillir une fucceffion; il en eft tout de même de l'Etranger qui n'a pas plus d'incapacité que le Bâtard, fi d'avanture il n'en a moins.

Et ne faut point faire force fur ce que le droit d'Aubaine eft tout particulier au fifque, en ce qui eft du pouvoir & de la faculté de fucceder aux Etrangers; Car il eft vrai que ce droit eft general pour exclure les Aubains, & les empêcher de prendre aucune part dans les fucceffions du Royaume; de forte que cette exception d'incapacité appartient à tous ceux qui par ce moyen peuvent avoir les biens aufquels l'Etranger auroit droit, fi fon incapacité ne lui fervoit d'obftacle.

Et de fait comme par le même droit d'Aubaine, l'on ne peut faire donation ni legs teftamentaire à un Etranger, auffi en cas que l'on en eût fait quelqu'un, le legs eft fait caduque, & retourne à l'heritier teftamentaire ou legitime, & le fifque n'a jamais rien pretendu en telles rencontres.

Auffi quand on a demandé aux Jurifconfultes, quel étoit l'effet d'un Statut particulier d'une Ville ou d'une Province, qui établiffoit, contre le droit commun, une incapacité de fucceder, ils ont toûjours répondu que cette Loi municipale n'attribuoit aucun droit au fifque, qui ne laiffoit pas d'être exclus par les parens capables de fucceder à l'incapable.

Il s'enfuit doncques au fait propofé, que le fils aîné decedant en Italie, fans avoir pû laiffer à fes Enfans le droit entier de lui fucceder pour les biens fituez en France, fes autres heritiers qui font regnicoles font capables de les recueillir; ainfi qu'il fut jugé pour Madame de Nemours, qui emporta la fucceffion de fon frere Hercule Duc de Ferrare, pour les biens qui étoient en France, au préjudice de Cefar d'Eft Duc de Modene, qui étoit heritier teftamentaire.

Cela eft d'autant plus veritable en l'hypothefe propofée, que le François non criminel ni rebelle, qui transferre fon domicile, ne laiffe pas de retenir les biens qu'il avoit dans le Royaume, & fi au point de fon decès on le confidere comme Etranger, il eft fans doute que les biens qu'il avoit en France, appartiennent à fes Enfans regnicoles; & ce par le même droit que les fucceffions font acquifes aux Enfans nez dans le Royaume, lors qu'elles leur font delaiffées par leurs peres mourans qui étoient Etrangers.

Et en cela les Arrêts qui ont été donnez fur femblables differends, n'ont point diftingué les heritiers collateraux, d'avec les defcendans; comme l'on peut recueillir des Ecrits de Bacquet, de Choppin, & des autres Collecteurs d'Arrêts.

Il eft vrai que dans les Parlemens, les Gens du Roi ont quelquefois pretendu, que quand il s'agiffoit des biens des François, qui s'étoient habituez en des Païs Etrangers, le Roi devoit être preferé aux heritiers collateraux; mais il a toûjours été jugé contre leurs Conclufions: & à l'égard des Enfans nez en France, & y demeurans, ils ne l'ont jamais difputé: Encore moins ont-ils voulu foutenir que le fifque repréfentât les Etrangers incapables, & qu'au lieu d'eux, il dût, pretendre part dans les fucceffions des Etrangers, avec les Enfans natifs du Royaume & regnicoles.

L'argument qui a été tiré du formulaire des Lettres de naturalité, ne conclud rien en cette Caufe: car on ne doute pas que le fifque ne fucceder aux Etrangers: mais c'eft quand ils n'ont point laiffé d'Enfans nez & domiciliez en France: outre qu'il s'agit ici d'un François qui s'étoit retiré en Italie, & qui a laiffé des Enfans nez dans le Royaume: de forte que toute la queftion eft reduite à ce point, de favoir fi les Enfans de fon fils qui font Etrangers, peuvent faire part & concurrence en la fucceffion, pour de leur chef y introduire le fifque.

Ce qu'on met en avant de la Coûtume de Sens,

Sens, n'eft pas auffi confiderable, pource que fes paroles font mal entendues & détournées de l'intention des Legiflateurs; & il eft certain d'ailleurs, que l'argument, tiré d'une Coûtume particuliere, ne fait aucune confequience. Chaque Peuple a fes Loix, & fon Genie particulier; & il fe trouve des Coûtumes fi inhumaines, qu'elles partagent les biens des Etrangers, entre le fisque & le Seigneur, au prejudice des Enfans.

Enfin c'eft tromper l'intention des Loix- & des maximes, de vouloir dire qu'en ce qu'elles deferent la fucceffion des Etrangers à leurs Enfans nez dans le Royaume, elles doivent être reftraintes à leur part & portion, fans y comprendre celle de leurs Coheritiers incapables, qui doivent avoir le fisque pour fucceffeur. Car cela même eft une petition de principe, puisque c'eft ce qu'il faut prouver; joint que cette objection a été déja levée par l'explication de l'incapacité, & de fes effets.

FIN DES MEMOIRES & INSTRUCTIONS POUR LES NEGOCIATIONS DE MUNSTER.

L E T-

L E T T R E S

DE MESSIEURS LES COMTES

D'AVAUX ET SERVIEN

AMBASSADEURS POUR LE ROI DE FRANCE

EN ALLEMAGNE,

EN L'ASSEMBLEE DE MUNSTER,

POUR LA PAIX GENERALE.

*Contenant leurs Differens & les Réponses de part &
d'autre, chacun pour sa justification.*

LETTRES

DE MESSIEURS LES COMTES

D'AVAUX ET SERVIEN

AMBASSADEURS POUR LE ROI DE FRANCE

EN ALLEMAGNE,

EN L'ASSEMBLÉE DE MUNSTER,

POUR LA PAIX GENERALE.

*Contenant leurs differens & les Réponses de part &
d'autre, chacun pour sa justification.*

LETTRE

De Monsieur

SERVIEN,

à Monsieur

D'AVAUX.

Ecrite à Munster le 27. Juin 1644.

MONSIEUR,

JE vous supplie de ne trouver pas mauvais, si pour ma décharge je vous fais souvenir par cette Lettre de quelques affaires qui demeurent en arriere, faute d'y vouloir prendre resolution. Je vous assûre, Monsieur, que ce n'est point pour venir à aucune pointille, mais afin que nous ne tombions pas à l'avenir en contestation sur une question de fait, & que je puisse au moins justifier que je n'ai rien ômis de ce qui dependoit de moi pour faire mon devoir.

II.

Il vous souviendra, s'il vous plaît, qu'il y a près d'un mois que j'ai proposé de renvoier Monsieur de Rorte à sa résidence ; cela a été differé jusques ici, sans que j'en sache la raison, & vous voyez par la Lettre de Monsieur le Baron Oxenstiern que je n'avois pas tort de croire que Messieurs les Ambassadeurs de Suede se plaindroient enfin & feroient quelque mauvais jugement de ton séjour auprès de nous.

III.

Je ne puis aussi m'empêcher de remettre dans vôtre memoire que dès le jour que nous aprî-
TOM. I.

mes à la Haye la guerre de Dannemark, je proposai d'agir diligemment en cette affaire pour tâcher de l'assoupir, jugeant assez, comme je vous l'ai témoigné en présence de Monsieur de la Thuillerie, qu'elle retardoit la Negociation générale. Quoi que j'aie reparlé plusieurs fois de la même proposition pour faire écrire au Roi de Dannemark par son Resident qui est à la Haye, & pour diverses autres diligences, qui étoient à faire, elle a été éludée, sans que j'en aie pû découvrir les mouvemens, & nous avons perdu deux mois de temps en cet accommodement, qui eussent pû être beaucoup mieux cinploiez qu'à ne rien faire, au moins selon mon foible avis.

IV.

Je ne veux plus parler de la Harangue en faveur des Catholiques, puisque j'en ai écrit à la Cour la pure verité, dont je ne veux autre temoin que vous Monsieur, & Monsieur de la Thuillerie.

V.

Je ne veux point non plus parler de nôtre Lettre circulaire, sur l'assurance que j'ai que, faisant profession d'honneur au point que vous faites, vous ne desavoüerez pas, quand il sera
K 2   temps,

temps, ce que je vous en fis dire par Monsieur de Saint Romain, lors qu'il me la communiqua de vôtre part. L'experience vous aura pû faire connoître de plus, que s'il vous eût plû la changer ou la retrancher, comme je l'avois proposé, elle eût fait sans contredit un meilleur effet, parce que premierement nous eussions ôté le prétexte que prennent les Imperiaux de s'attacher aux paroles, & d'empêcher par ce moien que plusieurs Princes n'y repondent comme ils eussent fait, & que nous nous fussions mis à couvert des déliberations injurieuses qui se font contre nous sur ce sujet, qui toutefois seroient à mépriser, si nous avions autant avancé les affaires du Roi, comme quelques termes piquants, que je croiois un peu hors de saison pour des Negociations de Paix, y ont apporté du retardement.

VI.

Mais pour quelques points qui sont encore indecis entre nous, vous me permettrez, s'il vous plaît, de vous dire, que l'ouverture que j'avois faite sur le voiage de Monsieur le Duc de Wirtemberg a été éludée par les delais qu'on a apportez à y prendre résolution.

VII.

Il y a tantôt trois semaines, que la minute du Pouvoir que nous avons estimé à propos d'envoier à la Cour, a été dressée, suivant même vôtre avis, sans que j'aie pû savoir le sujet qui en retarde l'envoi.

VIII.

La déclaration que nous avions ordonné de faire à Messieurs les Mediateurs de la reformation de nos Pouvoirs, n'a pû être resolue qu'après diverses instances que j'en ai faites, & lors que j'ai ajoûté des protestations.

IX.

J'ai parlé plus de six fois de la negociation que nous avions ordre de faire en Hollande touchant le rang des Ambassadeurs de Messieurs les Etats, sans pouvoir obtenir qu'il y ait été pris résolution, quoi qu'il importe d'y user de diligence, afin de profiter de l'ordre que l'on doit envoier à Monsieur de la Thuillerie, avant que Messieurs les Etats en aient connoissance.

X.

J'ai demandé souvent que l'on fît instance auprès de Messieurs les Ambassadeurs de Suede pour le retour de Monsieur Torstenson dans l'Allemagne, & qu'on leur fît connoître que la somme qu'on leur devoit fournir par le Traité d'alliance, ne peut pas être emploiée à la guerre de Dannemark. Je n'ai pû deviner pourquoi il n'y a rien encore de fait, voiant combien la chose presse, & de quelle importance elle est aux interêts du Roi & de ses Alliez en Allemagne.

XI.

L'experience nous faisant voir tous les jours plus clairement que les divers delais, que l'on apporte à la resolution des affaires, peuvent causer de très-grands préjudices au service du Roi, vous me permettrez de vous proposer, comme j'ai déja fait ci-devant, d'y vouloir prendre une regle certaine pour l'avenir, & de trouver bon que lors que l'un de nous fera quelque proposition, elle soit resolue sur le champ, ou du moins renvoiée seulement au lendemain en cas que l'affaire soit assez importante, pour mériter qu'on prenne jour pour y penser.

XII.

Lors qu'il y aura diversité d'avis entre nous, la complaisance étant un vice en semblables rencontres, & celle que j'ai euë ci-devant en quelques occasions pour vos sentimens contre les miens propres, ne m'aiant pas bien réüssi, j'estime que le meilleur moien sera d'envoier civilement sans chaleur & sans contestation nos opinions à la Cour, pour recevoir les ordres de la Reine & de Messieurs ses Ministres, ce que je vous prie d'agréer.

XIII.

Comme aussi que nos opinions sur des matieres importantes, & nos raisons pour les soutenir, soient toûjours mises par écrit, afin que le défaut de memoire ou de quelque autre interêt ne puisse jamais alterer ou déguiser la verité. Je vous proteste que tout cela ne tend qu'à éviter tous sujets de dispute, & à conserver la bonne intelligence, qui est absolument necessaire, pour le service du Roi, entre des personnes constituées en une qualité égale, & chargées d'un emploi important, à quoi je contribuerai toûjours de mon côté tout ce qui dépendra de moi : mais quand des personnes de nôtre condition se trouvent appointées contraires sur une question de fait, outre qu'une contestation de cette nature n'est pas bien-séante, elle peut difficilement se terminer sans aigreur. C'est pourquoi il sera plus séant pour l'un & pour l'autre de traiter par écrit : Aussi bien vous savez que c'est l'ordinaire dans les Ambassades importantes de dresser un Journal pour en rendre compte plus fidellement aux Superieurs. Je commence à mettre en pratique ma proposition, en vous écrivant ce que j'eusse pû vous dire de bouche. Je le fais pour éviter la chaleur qui accompagne quelquefois le discours, aiant même apris que mon humeur libre & ouverte ne vous a pas toûjours plû; que vous l'avez par fois trouvée trop pressante, & que vous avez imputé à un naturel imperieux, ce que je croiois que vous recevriez comme un effet de ma franchise naturelle. Je vous croi trop raisonnable pour vouloir que la déference que je vous ai toûjours renduë, continuât à me faire du préjudice. Je ne vous puis celer que l'affaire des Catholiques de Hollande, celle de Dannemark, & nôtre Lettre circulaire me reprochent secretement que je n'en devois pas tant avoir. Je ne perdrai pourtant en aucune façon le desir de vous honorer & de me dire toûjours,

MONSIEUR,

Vôtre très-humble & très-affectionné serviteur,

SERVIEN.

R E-

RÉPONSE

De Monfieur

D'AVAUX

à la Lettre de Monfieur

SERVIEN,

Ecrite à Munfter **** 1644.

MONSIEUR,

J'Ai été quelques jours en deffein de ne point répondre à vôtre Lettre, ou plûtôt à vos accufations. Il me fembloit qu'il n'étoit point à propos pour le fervice du Roi de verbalifer ainfi entre nous, & faire un procès immortel, qui à la longue occuperoit la meilleure partie du temps que nous devons tout entier au fervice de Sa Majefté. Il vaut mieux, Monfieur, tourner tous nos foins & toutes nos forces contre les Plenipotentiaires de l'Empereur & du Roi d'Efpagne, que de nous attaquer l'un l'autre, & nourrir par là une mes-intelligence qui n'eft déja que trop grande. Que fi vous cherchez à juftifier vôtre conduite & à blâmer la mienne, je vous déclare, Monfieur, que s'il ne tient qu'à mon aveu & à ma confeffion, vous êtes trop prudent en toutes chofes, & moi très-mal avifé; vôtre prévoiance eft telle qu'il ne s'y peut rien ajoûter, & cette qualité me manque extrémement; vous êtes trop prompt & vigilant, je condamne de bon cœur mon Efprit pefant & tardif qui ne fe remue qu'à grand' peine. Vôtre Lettre eft toute emploiée à decrire ces avantages que vous avez fur moi, & j'en demeure d'accord très-volontiers. Vous prétendez auffi de montrer par la même Lettre que tout ce qui a mal réuffi en nôtre Negociation, & que tout ce que nous avons laiffé de bien faire, me doit être imputé : mais pour cela vous m'excuferez fi je n'en demeure point d'accord; vous pouvez vous contenter d'avoir marqué les défauts de mon jugement fans en vouloir encore trouver à ma volonté. Je ne me défends point de la premiere accufation, je m'en fens coupable, & m'étonne de la patience de ceux qui m'ont employé jusques-ici; mais de m'objecter que je retarde les affaires du Roi, que j'ai éludé en beaucoup d'occafions les diligences dont vous vouliez ufer très-à-propos; que fi quelque chofe a été avancée, c'eft après avoir protefté contre moi; la paffion vous a merveilleufement emporté en cet endroit, & vous a dicté des termes trop injurieux à un homme de bien. Un Miniftre fi fage, fi judicieux & fi agiffant, tel que vous vous repréfentez, devoit un peu épargner fon Collegue en ce qui touche la fidelité: cependant vous prononcez hardiment que j'ai éludé tout ce qui alloit au fervice de Sa Majefté; & ce mot vous femble fi ajufté à l'opinion que vous voulez donner de moi, que vous le repetez en plufieurs endroits : mais de crainte qu'il ne fût pas encore fuffifant pour bien ex-

primer mon crime, vous ajoûtez que telles & telles affaires ont été éludées fans que vous en aiez pû découvrir les mouvemens. Vous dites en un autre Article qu'après m'avoir fouvent propofé une chofe qui preffoit & qui étoit de grande importance aux interêts du Roi, vous ne pouviez encore deviner pourquoi il n'y a rien de fait. Tout cela me charge de trop grands foupçons. Quand vous avez écrit en cette forte, vous vous perfuadez que me voilà tout noir; néanmoins fi vous confiderez la réponfe que je fais à chaque Article de la Lettre, c'eft-à-dire à tous les chefs d'accufation dont il vous a plû m'honorer, vous trouverez que je ne fuis pas fi criminel, ni vous fi innocent que vous voulez faire croire, & puis que c'eft pour une jufte défenfe de mon honneur à laquelle vous m'avez forcé, j'efpere que vous ne m'en voudrez point de mal.

I.

Vous dites qu'il y a des affaires qui demeurent en arriere faute d'y vouloir prendre refolution. Me voila d'abord en faute de volonté où il s'agit du fervice du Roi; fi vous dites vrai, je fuis un mauvais homme.

II.

Il vous fouviendra auffi, s'il vous plait, que je confentis dès lors à vôtre propofition, je la fis auffi à Monfieur le Baron de Rorte, quoi qu'elle eût été plus féante en vôtre bouche qu'en celle de fon hôte. Vous avez grand tort de dire que vous ne favez pas la raifon qui le retarde ici; il vous l'a témoigné beaucoup de fois, & vous l'avez approuvé & nous en avons écrit à la Cour. Cela eft fi veritable qu'il y a près de trois femaines que vous m'envoiâtes dire par le Sieur Préfontaine que pour lui donner moien de s'en aller, il feroit à propos de lui avancer douze cens Risdalles de nôtre bourfe en attendant les ordres de la Cour pour le payement des appointemens qui lui font dûs. Je vous renvoiai fur le champ le Sieur Préfontaine avec confentement à vôtre propofition; alors vous changeâtes d'avis & me fîtes connoître par cette variation fi foudaine que vous n'aviez fait cette offre que pour fonder mon intention, afin que fi par fortune j'euffe fait difficulté de prêter moitié de la fomme, vous en euffiez auffi-tôt chargé vôtre Regiftre, & ce feroit aujourd'hui un bon chef d'accufation qui vous manque; car il paroît par toute vôtre Lettre qu'il y a longtemps que vous m'inftruifez mon procès; mais vous avez beau écrire & verbalifer, je n'étois pas plus tenu que vous à paier de ma bourfe Monfieur de Rorte d'une partie de fes appointemens; néanmoins quand vous m'avez écrit, il y avoit déja dix jours que je m'étois obligé pour lui envers un Marchand pour la fomme de douze cens Risdalles comme vous aviez vous même offert. Mais je ne vois pas que les Ambaffadeurs de Suede fe foient plaints du féjour dudit Sieur de Rorte en cette Ville, bien moins qu'ils en aient fait quelque mauvais jugement comme vous le fuppofez; outre que le Refident ne vous a fait aucune inftance de le renvoier à Osnabrug. Monfieur Salvius,en quatre ou cinq Conferences que nous avons eües avec lui, n'en a pas touché un feul mot, & la Lettre de Monfieur Oxenftiern ne dit autre chofe finon que fa préfence y fera deformais neceffaire. Appellez-vous cela faire un mauvais jugement de fon féjour auprès de nous? Par là on peut connoître vôtre

K 3

naturel, & comme vous amplifiez les chofes où vous ne m'appellez pas à témoin, puifque même en vous adreffant à moi, vous parlez d'une Lettre qui m'a été écrite tout autrement qu'elle a été. Au refte la préfence de Monfieur de Rorte ne pouvoit être néceffaire en un lieu où il n'y avoit aucune negociation. Je paffe outre, & vous dis que fon abfence a été caufe que Monfieur Salvius eft venu ici nous trouver, & que les Ambaffadeurs de Suede ont rendu au Roi la déference toute entiere; eux qui auparavant ne vouloient quafi pas faire la moitié du chemin, & qui ont contefté long-temps fur les moindres ceremonies : mais ils étoient preffez d'avoir l'affiftance d'argent que la France leur donne, & c'eft pour cela que Monfieur Oxenftiern demandoit un homme auquel il en pût parler & témoigner le reffentiment qu'il a des difficultez qu'on y apporte : car il y a déja du temps qu'ils en font avertis par Lettres de Paris & de Hambourg. Je dis ces chofes comme elles font pour la juftification du Sieur de Rorte, lequel vous taxez, de même que moi, & qui eft pourtant un très-honnête homme qui a toûjours dignement fervi le Roi, finon peut-être depuis qu'il eft en partie fous vôtre charge; car il n'y a plus que vous en Allemagne qui ferve bien, & ceux qui en favent la langue & les affaires, & qui y travaillent depuis dix ou douze ans ne font plus que des Ecoliers devant vous. Monfieur de Beauregard ne vous plaît point; vous en parlez avec un gefte dédaigneux que je ne voudrois pas qu'il eût vû. Vous ne fauriez bien dire de Monfieur d'Avaugour ni de Monfieur de Meulles, & vous favez jufques où vous vous êtes emporté contr'eux. Vous m'avez plufieurs fois tâté le poulx fur la Refidence d'Ofnabrug pour le donner à un autre : enfin vous en voulez aux vieux ferviteurs du Roi & à ceux qui ont acquis quelque créance en ce Païs-ci. Il n'y a que le feul Monfieur de Saint Romain qui ait échapé à vôtre cenfure; j'avoûe qu'il vous a contraint de dire du bien de lui, mais vous m'avoûerez auffi que vous m'avez voulu perfuader qu'il faudroit l'envoier en Portugal, & que c'étoit une honte d'y employer Monfieur Lanier; que Monfieur de Saint Romain feroit comme Ambaffadeur, qu'il feroit ceci & cela; vous m'avoûerez que vous êtes venu à la charge plufieurs fois; car je n'ofois vous dire alors l'abfurdité de cette propofition, & encore à préfent ne veux-je pas croire que vous la faffiez pour vôtre interêt particulier contre l'interêt de la France.

III.

Il eft vrai que je me fouviens que vous propofâtes de fort bonnes chofes comme un homme très-entendu aux Interêts de Suede & de Dannemark, & que je ne pûs rien dire qui vaille. Je ne m'oppofe point à cette créance, vous la pouvez établir de mon confentement; faffez-vous feulement de dire que j'ai éludé vos propofitions fans que vous en aiez pû découvrir les mouvemens. Je vous promets que je n'ai point d'intelligence avec les ennemis de l'Etat : mais ce n'eft pas merveille fi vous ignorez les mouvemens d'une chofe qui ne fut jamais. J'ai bien plus vifité & folicité que vous n'avez fait; le Refident de Dannemark peut témoigner fi je l'ai preffé d'agir & d'écrire; je me fouviens même qu'il demeura pour une fois deux bonnes heures avec moi, en vôtre préfence & celle de Monfieur de la Thuillerie, fans que jamais vous ouvriffiez la bouche pour lui faire voir l'avan-

tage qu'avoit le Roi fon Maître de terminer promptement ce different; je fuis pourtant obligé de reconnoître que vous m'avez toûjours fort bien fecondé avec les Députez de Meffieurs les Etats. Vous m'imputez en cet endroit le long fejour que nous avons fait en Hollande, & d'être caufe que nous y avons perdu deux mois de temps. Voilà qui eft bien, vous avez pourtant écrit à la Cour, que fur le fujet des Traitez que nous avons conclu en Hollande, Monfieur l'Ambaffadeur de Venife vous a dit que c'eft un coup de Maître & qui eft de grande conféquence pour la negociation de la Paix. Voilà qui eft encore plus excellent; vous rendez une même action bonne & mauvaife : en ce qu'il y a du bien, vous y prenez part, & ne manquez pas de l'étaler, mais en ce qu'il y a de mal, je l'ai fait tout feul. Enfin ces gens fi actifs & fi diligens font arrivez ici trois femaines après les autres.

IV.

Qu'eft-il befoin d'alleguer ni vos Lettres écrites à la Cour, ni Monfieur de la Thuillerie, au témoignage duquel je me foûmets très-volontiers, puis que la principale queftion, qui eft entre vous & moi fur ce fujet, fe trouve ici décidée par vôtre propre bouche? Si la harangue en faveur des Catholiques a été faite fans que vous y aiez confenti, pourquoi vous reproche-t-elle fecretement qu'en cette occafion vous m'avez rendu trop de déference, comme vous dites à la fin de vôtre Lettre? Or fi c'eft par déference que vous avez été de l'avis de la Thuillerie, je n'ai pû le deviner, & je vous eftime trop pour vous croire capable d'une telle foibleffe. D'ailleurs, il me femble que vous n'aviez pas tant de bonne volonté pour moi que de manquer au fervice de la Reine, & de trahir vôtre propre fentiment pour me complaire; cela ne fera pas vrai-femblable à ceux qui fauront comme nous vivons enfemble; vous auriez quafi auffi bien fait de perfifter à vôtre precedent defaveu & de maintenir conftamment que vous n'aviez point eu de part en ce Confeil; quand même il n'auroit tenu qu'à dédire Monfieur de la Thuillerie avec moi. Car cette contrarieté qui paroît en vos depofitions les affoiblit extrêmement : mais il n'y a pas tant dequoi s'étonner, puifque vous avez eu même l'affûrance d'y defavouer une Dépêche que vous avez fignée avec nous deux : vous favez toutefois que je ne la fis pas, ce fut Monfieur de la Thuillerie, & que vous la corrigeâtes en deux diverfes fois; la minute fera voir cette verité. Monfieur de la Thuillerie avoit mis trois ou quatre lignes, pour témoigner à la Reine que fi Sa Majefté avoit agréable de fe plaindre de la réponfe de Meffieurs les Etats, les Catholiques en recevroient quelque meilleur traitement; vous fîtes raier cet Article; Monfieur de la Thuillerie le remit à la marge en d'autres termes plus convenables à vôtre volonté & avec un peut-être; vous répondîtes que vous ne le pouviez encore approuver de cette forte, fi ce n'eft que ces mots fuffent ajoûtez, *Ainfi que deux d'entre nous eftiment.* Nous jugeâmes plus à propos de vous ceder que d'ufer de ces termes qui auroient marqué la divifion : l'Article fut raié tout à fait, & la Dépêche étant alors felon vôtre gré, nous la fignâmes tous trois. Etes-vous recevable après cela à mander fous main que vous l'avez fignée par civilité ? Ces Contre-lettres-là font-elles dignes de vous & de la profeffion d'honneur que vous faites?

V. La

V.

La Lettre circulaire vous a été communiquée ; j'y ai changé & rechangé plufieurs chofes felon vôtre avis ; fi je ne l'ai pas obfervé
ponctuellement en tout, j'ai crû avoir droit d'y
opiner auffi bien que vous. Les Imperiaux ne
s'attachent point aux paroles comme vous m'ob-
jectez ; vous n'avez pas vû la plainte qu'ils en
ont faite à la Diete de Francfort, & je fuis travailler à la traduction pour vous l'envoier. Auffi
eft-il vrai que les termes de nôtre Lettre font
affez mefurez , & que le mot de *tyrannie*,
d'ambition , ni même *d'ufurpation* n'y font pas
emploiez : mais quel meilleur effet en pourroit
on attendre, finon qu'elle plût aux Alliez de la
France, & à tous les Princes d'Allemagne qui
font neutres, & qu'elle déplût à nos Ennemis ?
Les Ambaffadeurs de Suede en ont parlé avec
aplaudiffement , & en ont eux-mêmes envoié
des copies en plufieurs endroits : Madame la
Landgrave l'a approuvée & certifiée par une
grande Dépêche qu'elle a faite à l'Affemblée de
Francfort. Si ce que j'ai écrit a préjudicié aux
affaires du Roi, comme vous me faites l'honneur de me mander, cette fidelle Alliée de la
France, & à tous les Princes d'Allemagne qui
Majefté, avec tout fon Confeil, qui entend un
peu les affaires d'Allemagne, a notablement
augmenté ce préjudice. Vous favez qu'hier
Monfieur Contarini vous dit que les Imperiaux
en étoient plus irritez contr'eux que contre nous.
Il ne nous refte donc plus que de corriger la
Lettre de Madame la Landgrave & de la blâmer comme vous faites la mienne. Quant aux
Princes & Villes qui ne font pas en guerre ouverte avec la France, nous en avons eu de réponfes très-civiles, & qui marquent une grande fatisfaction de nôtredite Lettre. Le Duc
Frideric de Brunfwic, le Duc Chriftian Loüis
de Lunebourg, le Duc de Meckelbourg, l'Archevêque de Breme, les Villes de Lubec, Hambourg, Breme, Strasbourg, (& ce n'eft pas
tout, il en viendra d'autres) deux Princes Ecclefiaftiques, qui font l'Archevêque de Salt-
bourg & l'Evêque de Lemberg, ont tellement
agréé ladite Lettre, qu'ils en font en difgrace
à Vienne. Vous pourriez maintenant examiner
avec plus de juftice, fi ceux qui font Vaffaux de
l'Empereur n'ont point plus failli en approuvant
ce que j'ai écrit, que moi en l'écrivant. Mais
que direz-vous du Duc de Meckelbourg, qui
après de grands remercimens au Roi, protefte
*vix lætius quidquam de univerfa Germania dici aut
fcribi poffe?* Si un Prince neutre bien éloigné de
la France, qui eft en poffeffion d'un grand E-
tat, nous écrit de la forte, un Ambaffadeur du
Roi fi zelé & intelligent que vous êtes, peut-il
blâmer fon Colegue d'avoir écrit la même chofe, & d'avoir concilié à Sa Majefté l'amitié de
tant de Princes & de grandes Villes ? Et pouvions-nous donner un plus glorieux commencement au Traité de Paix, que par une telle déclaration des faintes & genereufes intentions de
la Reine ? Vous manquez bien de matiere pour
me répondre, puis que vous vous offenfez du
meilleur fervice que j'aie rendu à la France depuis long-temps ; vous me contraignez, de dire
cela pour ma défenfe, & je voudrois bien voir
que vous-euffiez entrepris de mieux faire. Enfin cette Lettre ne vous a pas fatisfait non plus
que l'Empereur ; mais elle a fatisfait la Reine,
Monfieur le Cardinal & tous Meffieurs les Miniftres : s'il vous eft permis de contredire vôtre Compagnon, il ne vous appartient pas de
cenfurer vos Maîtres.

VI.

Vous avez voulu envoier ci-devant Monfieur
le Duc Rodric de Wirtemberg à Stockholm
pour éviter une jaloufie que vous avez toûjours
imaginé tout feul : car Monfieur de la Thuillerie & moi avons cru que fon paffage à Ofnabrug, & de là vers Monfieur Torftenfon, rend
le premier honneur de cette Ambaffade à la
Couronne de Suede, & la met hors d'interêt
de ce côté-là. Vous n'avez pas laiffé de revenir
toûjours à vôtre fentiment, & de dire que fi
le Sieur Duc alloit en Suede avec une Lettre du
Roi pendant que Monfieur de la Thuillerie eft
en Dannemarck, ce feroit un bon moien de
faire ceffer cette plainte que vous apprehendez,
& que la dignité d'un Prince honoroit autant
la Suede que celle d'un Ambaffadeur honore
le Dannemarck. Je fuis marri de vous voir raifonner de la façon, car c'eft ainfi que vous en
avez écrit à Monfieur de la Thuillerie. Pour
moi, vous favez, & nos Lettres en font foi,
que j'ai douté s'il eft plus utile que le nom de
Sa Majefté paroiffe en autre main qu'en celle
de Monfieur de la Thuillerie, & s'il ne vaut
pas mieux que le Duc Rodric agiffe par la
feule créance qu'il dit avoir dans la Cour de
Dannemarck, & qu'il donne avis à Monfieur
de la Thuillerie de ce qu'il y pourra pénétrer :
car autrement s'il y paroît avec charge de Sa
Majefté, l'on fera en garde avec lui, & il n'y
pourra plus fervir que d'un adjoint peu utile,
& peut-être bien incommode audit Sieur de la
Thuillerie. Vous favez auffi que vous ai remontré comme, par un Memoire qu'il vous
donna en arrivant, il dit avoir reçû des Lettres du Prince de Dannemarck, par lefquelles
il témoigne que le Roi fon Pere defiroit l'entremife dudit Sieur Duc Rodric dans les differens
furvenus entre lui & la Couronne de Suede, ne
pouvant être fufpect ni aux uns ni aux autres.
Ce font les termes de ce Memoire qui ont augmenté le peu d'opinion que j'avois eû de fon
experience au maniment des affaires. Je vous
ai dit furquoi elle étoit fondée, & que j'avois
vû fouvent ce jeune Prince en Allemagne fans
avoir remarqué qu'il y fût en quelque confideration finon par fa valeur & fon courage. Mais
comme vous demeurez attaché à vôtre fens,
après avoir agréé & même loüé l'ouverture que
je vous fis de remettre cette affaire à Monfieur
de la Thuillerie, après lui avoir mandé nos a-
vis & nos raifons par une Depêche du vingt-
unième du mois paffé, voilà comme vous en
parlez encore comme d'une affaire indecife, &
dites que j'ai éludé vôtre propofition par divers
delais. Vous pouvez dire avec verité que j'ai
été d'avis different, & que vous n'y voulant pas
acquiefcer, l'affaire a été differée jufques à ce
que je vous euffe propofé l'expedient ci-deffus,
lequel vous trouvâtes fort bon & à tel point que
vous en témoignâtes de la joie, vous voiant
hors de la neceffité de déferer à mon premier
avis : mais vous êtes tombé dans un autre inconvenient plus fâcheux, qui eft celui qui me déplaifir de voir comme Monfieur Salvius nous a
parlé avec raillerie & mépris du deffein d'envoier un tel homme en Suede ; il nous demanda avec un vifage riant, fi c'étoit tout de bon
que nous voulions que le Duc Rodric de Wirtemberg allât Ambaffadeur en Suede : car étant
à Ofnabrug il avoit dit à ces Meffieurs que c'é-
toit nôtre penfée. Vous répondîtes auffi-tôt que
nous n'avions point eu intention de l'envoier
comme Ambaffadeur, & touchâtes les raifons
qui

qui nous avoient fait croire qu'il y seroit propre pour y faire un compliment. Monsieur Salvius secoüa la tête, & vous fit entendre à bouche ouverte que cet emploi seroit fort inutile. Je pris alors la parole pour vous aider à sortir de ce mauvais pas, & representai que le Sieur Duc nous avoit écrit d'Osnabrug, que Messieurs les Ambassadeurs de Suede avoient trouvé à propos aussi bien que nous, qu'il allât à Stockholm, & même avec témoignage qu'il y seroit le bien-venu pour des raisons publiques & particulieres. Monsieur Salvius répondit si fort à son avantage qu'il n'étoit pas besoin d'en faire mention en cet endroit. Vous ne laissâtes pas de suivre toûjours vôtre pointe; vous repliquâtes avec émotion que nous avions cru rendre honneur à la Couronne, & alors Monsieur Salvius dit en s'adoucissant : *Bien, bien, je ne doute pas qu'il ne soit capable de cet emploi, & qu'il ne soit le bien venu en Suede ; cela lui vaudra au moins un présent ; il est pauvre Prince.* Là finit ce discours avec une grande confusion qui parut sur vôtre visage; je m'en rapporte à Monsieur de Rorte, qui étoit présent.

VII.

J'ai mis en question beaucoup de fois, s'il seroit à propos de faire reformer nôtre Pouvoir pour gagner temps, & après y avoir pensé plus meurement, il m'a semblé que ce seroit une chose superfluë sans en avoir concerté avec nos Parties ni avec nos Mediateurs. Je vous ai fait cette difficulté, & vous ne l'avez point improuvée, ni combatuë par aucune raison contraire. Si ce que j'ai dit une fois, en cherchant avec vous le moien d'avancer le service du Roi, & vous communiquant mes pensées au moment qu'elles naissent, ne peut être changé, & que cela vous serve de memoire pour m'accuser, je ne sai comment il faut agir avec vous. Au fonds, si vous aviez insisté que nôtre Pouvoir fût reformé, j'y aurois consenti fort facilement, & même je vous le dis dernierement, que si au cas s'il arrivoit qu'il y falût toucher pour la troisiéme fois, Monsieur le Comte de Brienne prendroit volontiers la peine de le signer, & Monsieur le Chancelier de le sceller. Là-dessus vous ne dîtes ni oui ni non, comme vous faites fort souvent.

VIII.

Il n'y a eu d'autre retardement que celui qui a procedé de la forme en laquelle vous aviez dressé cette déclaration, & de la peine que j'ai euë à vous en faire agréer une meilleure. Il ne faut que l'une & l'autre pour en juger, vous auriez bronché dès le premier mot en commençant de telle sorte, *Messieurs les Ambassadeurs du Roi déclarent, &c.* Je n'ai pas crû que la décence nous permît de nous appeller *Messieurs* en parlant de nous, mais il y a bien d'autres difficultez. Vous dites qu'aiant appris que les Ambassadeurs du Roi Catholique, après avoir arrêté la Negociation de la Paix à Osnabrug par le refus de communiquer leur Pouvoir aux Ambassadeurs de Suede, tâchent de faire croire qu'il y a des défauts dans les nôtres, afin de nous imputer une partie du retardement, *Nous déclarons, &c.* Si cela fût demeuré de la sorte, nous nous serions exposez à un bon & légitime contredit, qui auroit affoibli la justice de nôtre cause, car la verité est telle que les difficultez sur nôtre Pouvoir avoient été faites ici, & qu'on nous les avoit bien marquées avant qu'on eût

fait aucun refus à Osnabrug touchant la communication necessaire. Ainsi les Plenipotentiaires de l'Empereur & du Roi d'Espagne, que vous ne deviez pas qualifier Ambassadeurs, auroient eu lieu de repliquer avec raison & avec l'approbation de Messieurs les Mediateurs, que nous leur aurions imposé quelque chose, comme s'ils n'avoient prétendu la reformation de nôtre Pouvoir qu'après avoir refusé de communiquer les leurs aux Ambassadeurs de Suede, & pour chercher un prétexte de soûtenir ce refus. J'entens bien que cela les rendroit plus odieux, mais ils s'en seroient bien-tôt demêlés à nôtre honte, & il ne faut pas, ce me semble, que nous traitions avec ces Messieurs comme vous faites avec moi; vous êtes un peu accoûtumé à dire les choses avec avantage.

Le troisiéme défaut plus important que les autres, étoit que cette déclaration se faisant pour rejetter sur les Ennemis tout le blâme du retardement de la Paix, vous y demandiez des choses très-capables de nous décrier par toute l'Allemagne, & les mettiez pour une correction necessaire si l'on vouloit que nôtre Pouvoir fût reformé.

La premiere étoit que la qualité d'Ambassadeurs fût donnée aux Imperiaux & aux Espagnols, ou qu'ils n'en eussent pas le rang & le titre, premierement avec Monsieur le Nonce, avec Monsieur l'Ambassadeur de Venise, & avec nous-mêmes. Si vous alleguez l'erreur, vous venez à perdre les avantages que nous avons eus, lesquels meritent bien d'être conservez. D'ailleurs lesdits Sieurs Nonce & Ambassadeur de Venise ne changeront pas leur maniere de vivre avec eux.

ITEM toute la Ville & toute l'Allemagne se souleveroit contre nous, si nous voulions préceder le Comte de Nassau; cela nous concilieroit une étrange envie, & seroit un mauvais moien de faire la Paix. Au fonds, nous ne saurions prétendre avec raison que l'Empereur donne cette qualité à ses Ministres. Il est obligé seulement par le Traité Préliminaire d'envoier ici des Plenipotentiaires; il est dit la même chose pour le regard de la France, & partant il seroit bien meilleur, puis qu'il nous faut une Procuration, que nous y fussions seulement nommez Plenipotentiaires du Roi. Pour moi, je m'en tiendrai très-honoré, & il est certain, que l'on évitera beaucoup d'embarras : Car si nous voulions tirer avantage du titre d'Ambassadeurs contre les Imperiaux & les Espagnols, ils nous paieroient du Traité Preliminaire que nous leur opposons à toute heure. Je vous l'ai représenté plusieurs fois, & que nous nous pourrions contenter de la qualité que les autres Deputez auront; mais cela ne vous satisfait pas, vous m'avez répondu fierement que nous ne vouliez pas être degradé. Tant y a que de se plaindre que l'Empereur & le Roi d'Espagne n'ont envoié ici que des Plenipotentiaires, & vouloir qu'ils y ajoûtent quelque titre plus necessaire, & laquelle même ne fut jamais donnée pour de semblables Conferences, ou bien que les Plenipotentiaires de l'Empereur marchent après nous, cela n'est nullement plausible; & s'il eût été inseré dans la déclaration, comme vous le vouliez à toute force, elle nous eût causé plus de mal que de bien.

La deuxiéme condition que vous aviez proposée, étoit que tous les Etats qui n'appartiennent pas à l'Empereur, & au Roi Catholique, ou desquels ils ne sont pas présentement en possession, ne seroient pas exprimez dans les Pouvoirs qu'ils donneroient à leurs Députez. Ce sont les pro-

proptes termes de vôtre déclaration ; il n'y a ni plus ni moins. Je m'étonne que ce fage & judicieux Ambaffadeur, la qualité duquel vous vous donnez, ofe me reprendre de ce que j'ai fait difficulté de figner une telle piece, & me reprocher le temps qu'il a fallu pour vous rendre capable du changement que j'y ai aporté. Nous aurions mis tout le monde contre nous, & donné beau jeu aux Ennemis de nous calomnier, fi dans le même Acte, par lequel nous proteftons de faire ceffer de nôtre part jufques au moindre prétexte qu'ils voudroient prendre pour arrêter la Negociation de la Paix, nous euffions déclaré que nous étions prêts de faire changer la forme de nôtre pouvoir, pourvû que le Roi d'Efpagne ne fe nommât plus Roi de Navarre ni de Portugal. Il fuffira, comme j'ai dit avoir vû pratiquer entre la Pologne & la Suede, qu'au commencement de la Negociation nous déclarions aux Mediateurs que les qualitez prifes de part & d'autre ne pourront acquerir aucun droit. Et pour vous faire voir d'abondant comme vous vous mécomptez, les Paffeports que nous avons de l'Empereur, & la verification du Traité Préliminaire, faite par le Roi d'Efpagne, portent les mêmes titres que vous voulez être fupprimez dans la Procuration qu'il donnera pour traiter de la Paix. Ces pieces-là ont été vûes & agréées au Confeil du Roi. Que s'il les faut auffi corriger & en avoir d'autres après les avoir reçûes, confiderez, s'il vous plaît, où cela va, & quelle opinion on auroit de la France. Permettez-moi donc de vous dire que je n'ai point merité vôtre reprehenfion pour vous avoir montré un meilleur chemin que celui que vous aviez pris, pour parvenir à la juftification de vôtre conduite au fait de la Paix.

IX.

Si vous m'avez parlé fix fois de la Negociation qui eft à faire en Hollande touchant le rang de leurs Ambaffadeurs, j'ai aprouvé fix fois ce que vous m'en avez dit, & affez fouvent je vous ai preffé d'y envoyer quelqu'un. Il eft bien jufte que vous m'imputiez le retardement où je n'ai fait aucune difficulté, & dont l'execution dépend de vôtre plume : vous me chargez bien à vôtre aife de tout le mal ou de toutes vos négligences.

X.

Quant au retour de Monfieur Tórftenfon en Allemagne, & la premiere remontrance à faire aux Ambaffadeurs Suedois, touchant le fecours d'argent, je m'y fuis employé conjointement avec vous, & de plus je l'ai recommandé à Monfieur d'Avaugour, par celui qu'il vous dépêcha. Nous lui en avons écrit plufieurs fois, nous en avons prié Monfieur de la Thuillerie, & s'il refte quelque chofe à faire, dites-moi quelle voie vous y tenez, & je la fuivrai très-volontiers. Pour ce qui eft de l'affiftance d'argent, j'en ai parlé fort & ferme à Monfieur Salvius ; vous y étiez préfent, & avez vû qu'enfin il repartit que cela pourroit être mal appliqué par la Couronne de Suede.

XI.

En cet Article, vous me propofez ce que je vous ai déja propofé ; vous me rendez mes paroles. Il y a plus de trois mois que je vous ai prié & preffé de régler nos heures, & vous avez trouvé bon d'employer le Lundi & le Jeudi
TOM. I.

pour concerter des Dépêches fans préjudice des autres affaires, où tous les jours & toutes les heures font bonnes ; mais vous n'avez tenu ici ni l'un ni l'autre. En un mot, hors ce qui paroît à la Cour, je ne vous vois en aucun foin pour ce qui va en Allemagne, en Suede, en Italie & ailleurs, quoi que pourtant ces correfpondances feroient très-utiles fi elles étoient bien cultivées. Il y a près de deux mois que nous avons reçû deux Lettres de la Reine de Suede, dont l'une eft fi importante à nôtre Negociation, que nous avons donné copie de quelques-uns de fes articles à Monfieur Contarini. Je vous demanderois volontiers pourquoi toutes les deux Lettres demeurent fans réponfe ? Et vous repondrez bien, que fi vôtre impatience ne m'avoit arraché la plume des mains, j'y aurois fatisfait il y a long-temps, & entretiendrois ce commerce. Que s'il vous plaît de vous foulager de ce travail, je m'y offre de bon cœur ; mais je ne prendrois pas plaifir qu'après en avoir conferé enfemble, vous vinffiez encore à me cenfurer & me pointiller fur tout.

XII.

J'en fuis demeuré d'accord dès la Haie ; il n'étoit pas befoin de le repeter, j'y confens de nouveau.

XIII.

Toutes les précautions qu'on peut apporter pour la confervation de la verité font louables ; mais je defirerois une explication plus ample fur ce point. Aurons-nous toûjours un Greffier préfent pour écrire mot à mot ce que nous dirons quand nous traiterons d'affaires d'importance ? (& nous n'en aurons gueres qui ne foit de cette nature.) Cela feroit une chicane de toutes nos Conferences ; ce qui ne feroit jamais fait.

Que fi vous entendez, comme il fe femble par la fuite de vôtre raifonnement, que tout fe paffe déformais par écrit, & que nous n'aions que peu ou point d'entrevûes, il en arrivera de grands préjudices au fervice du Roi. En premier lieu, penfez-vous que la Reine trouve bon que des gens, qui doivent être à toute heure & à tout moment (fi le cas y échet) prêts à conferer, parler, répondre, & confulter enfemble amiablement & fraternellement, fe foient reduits à s'expliquer l'un à l'autre ? Comment s'entendroient-ils avec les Députez du parti contraire, puis qu'eux-mêmes, dont la concorde & la bonne intelligence devroit être l'image de la Paix qu'ils traitent, ne peuvent parler enfemble fans fe piquer ou fe quereller ? Eftimez-vous que les affaires de Leurs Majeftez ne reçuffent point de dommage dans le retardement que cette methode aporteroit ? Vous faites paroître vôtre diligence dans la Lettre que vous m'avez écrit ; mais ici elle s'endort & fommeille un peu. Ce n'eft pas le moien d'abréger les affaires que de traiter par écrit entre nous ; c'eft fe jetter dans des longueurs inévitables. Je fai que vous écrivez avec une grande facilité ; mais j'ai l'efprit pefant & tardif comme je vous l'ai deja avoué : je vous donnerois beaucoup de peine & j'exercerois trop votre patience. En un mot, vous favez qu'on en expediera plus de vive voix en un quart-d'heure, qu'on n'en fauroit faire dans un écrit de fix heures ; & de plus fi vous doutez de quelque chofe, vous en pouvez demander explication fur le champ, au lieu qu'une Lettre eft muette, & que fur la moindre difficulté il en faut une feconde. Après cela, tant s'en faut
L que

que cette maniere d'agir empêche l'aigreur qui se trouve dans les Conférences verbales, qu'elle la peut irriter davantage : le moindre mot, le moindre trait de plume un peu hardi paroît plus offensant sur le papier que plusieurs paroles altieres & passionnées : on pardonne celles-ci à la promptitude; mais la Lettre tient de la meditation & du guet à pens.

D'ailleurs une Lettre ou un Memorial ne rougit point, & au contraire le respect de la personne présente nous retient. Pour moi, Monsieur, je confesse que je vous ai dit des choses avec douceur & civilité, lesquelles je vous aurois écrites plus sechement & plus ferme, &. peut-être en est-il ainsi de cette Lettre. Vous avoüerez sans doute qu'il n'en est pas de même de vous, & que la franchise de vôtre naturel vous emporte quelquefois. Je n'empêche pas que vous donniez un nom bien doux à une passion qui est quelquefois bien violente; mais je vous déclare sincerement que j'aimerois mieux en souffrir comme j'ai déja fait, que de tomber dans un inconvenient, dont la suite seroit si honteuse & si nuisible au service de Leurs Majestez.

C'est ce que je répondrai pour cette fois à la Lettre, par laquelle vous m'avez provoqué & mal traité sans aucun sujet, vous assûrant que je n'ai eu intention que de parer aux coups, & que de ma part cela ne troublera pas l'amitié qui doit être entre vous & moi; puis qu'elle n'oblige point notre jugement, mais seulement notre volonté. Je demeure donc,

M O N S I E U R,

Vôtre très-humble & très-
affectionné serviteur,

D'A V A U X.

L E T T R E

De Monsieur

D'A V A U X,

à Monsieur le Comte

DE BRIENNE,

Ecrite à Munster le 9. Juillet 1644.

M O N S I E U R,

J'Ai ignoré long-temps le procedé de Monsieur Servien; j'ai crû au commencement que les boutades, avec lesquelles il s'attachoit à mes sentimens pour établir les siens, s'évanouissoient avec la chaleur de ses discours; mais depuis que j'ai sû qu'il tenoit registre de mes fautes prétenduës pour les envoier à la Cour, & qu'il faisoit mon procès par tous les Ordinaires, j'en ai bien fait un autre jugement. Je me suis toutefois contenté d'en faire quelques plaintes sans me mettre beaucoup en peine de repondre à tant d'accusations frivoles qui m'étoient en partie inconnuës, & que j'ai toûjours estimé avoir peu de force sur l'esprit de Messieurs les Ministres, qui sont trop équitables pour pro-

noncer sans avoir oüi les deux parties. Mais nous n'en sommes plus en ces termes, je suis plus combatu par dessous terre ou en ma présence par des paroles mal-mesurées, qui peuvent trouver un prétexte d'excuse dans le naturel impetueux de celui qui les prononce : Voici un moïen qui pourra me dispenser, à ce qu'il dit, d'en souffrir dorenavant la vehemence. Il m'envoie une Lettre ou plûtôt un libelle, contenant treize chefs d'accusation contre moi, où je suis déclaré non seulement imprudent & negligent; (ce sont des défauts & non des crimes :) mais un serviteur peu fidelle qui par mes artifices & des mouvemens incönnus elude les affaires de mon Maître. Je ne me plains pas, Monsieur, que mon accusateur se donne de l'encens à soi-même, & se mette en possession de toute la vigilance & prévoiance qui a fait le bon succès des affaires que nous avons menées au commencement. Je lui resigne cette loüange, pourvû qu'il ne m'ôte point la qualité d'un homme de bien; mais à cet égard, il m'a forcé de me défendre. Je vous prie de considerer que je ne suis point caqueteur, & que comme le commencement de nos disputes & querelles verbales est venu de lui, qu'aussi la premiere piece du procès par écrit vient de sa plume & de son cabinet. Ce n'est qu'à regret que j'entre dans cette carriere, & Dieu sait le déplaisir que j'ai dans l'ame de voir que la pointe de son esprit & le travail du mien soient emploiez à une chicane si indigne de gens de notre condition, & si préjudiciable au service du Roi. Je ne sai pas comme il en est de lui, & si ces querelles ne sont point les préludes où il s'exerce pour se tenir en haleine à disputer mieux notre droit contre les Espagnols : mais pour moi, qui jusques-à présent ai vécu d'une autre sorte, il faut que je vous avoüe que cet entretien contentieux m'ôte ce que j'ai de vigueur & d'aptitude pour l'acquit de ma charge, & qu'il ne m'est pas possible d'y durer & de m'apliquer comme il faut aux affaires qui se présentent. Ce n'est pas, Monsieur, que si la Reine me commande, je ne me soumette encore à plus; si Sa Majesté trouve bon que je passe tout ce qu'il plaira à Monsieur Servien, & que je demeure muet à toutes ses accusations, je suis prêt de le faire; mais je la supplie très-humblement d'avoir agréable les raisons qui m'ont obligé par le passé à être quelquefois d'autre avis, afin de juger par là de l'avenir. Il m'a été nécessité de les produire aux yeux de Sa Majesté pour ma décharge. Je vous conjure qu'elles lui soient lûës, & que vous me fassiez l'honneur d'excuser cette rupture. Je suis pressé de fermer ce paquet, & il ne me reste de temps que pour vous assûrer que je suis,

M O N S I E U R,

Vôtre très-humble & très-
affectionné serviteur,

D'A V A U X.

LETTRE

De Monſieur

SERVIEN

à Monſieur

D'AVAUX.

Du 6. Août 1644.

MONSIEUR,

JE commençois de n'eſperer plus de réponſe à la Lettre que je vous écrivis il y a près de ſix ſemaines, & de croire que la prétention que j'en avois pû avoir, étoit preſcrite, lors qu'un de vos Secretaires me l'a portée, ne me diſant point que ce fût une Lettre de vôtre part. Si en des affaires plus importantes les actions ſont éteintes par le cours d'une année même entre les abſens, je dois bien croire avec quelque raiſon que celle-ci le pouvoit être par l'eſpace d'un mois entier entre des perſonnes qui ſont dans un même lieu. Mais je n'ai pas ſujet de me plaindre du temps que vous avez differé de me faire cet honneur, puis que me traitant avec cette liberalité qui vous eſt naturelle, vous m'avez païé avec uſure de mon attente en me rendant un diſcours de quatre feüillets remplis d'injures, pour une Lettre de trois pages, où il n'y avoit que des civilitez. Ce n'eſt pas ſeulement par la longueur de vôtre Lettre que vous avez voulu avoir l'avantage ; afin de me pouvoir offenſer avec quelque prétexte, vous avez voulu vous imaginer que je vous avois mal-traité. Pour le moins ceux qui verront l'une & l'autre feront le jugement qu'il faut de nos intentions, & verront lequel de nous deux doit être blâmé pour avoir lâché la bride à ſa colere. Je me promets bien au moins qu'il n'y a perſonne qui connoiſſant nos deux humeurs, & voiant juſques où vous m'avez pouſſé, ne s'imagine après cela, que ce que je vous dirai pour vous faire voir combien vous avez mal pris le ſens de ma Lettre, ne ſoit à deſſein de vous ſatisfaire. Je ne ſuis pas encore parvenu, à mon grand regret, à la perfection Evangelique, pour faire des complimens à ceux qui m'outragent, & ſi je diſſimule le mauvais traitement que vous m'avez fait en cette rencontre à la ſuite de pluſieurs autres, je ne ſuis point ſi hypocrite, j'avoüi que c'eſt plûtôt pour des conſiderations du monde que pour celles de Dieu, dont je lui demande très-humblement pardon. Le reſpect que je dois aux commandemens de la Reine, qui nous a ſouvent ordonné de bien vivre enſemble, & la paſſion que j'ai pour ſon ſervice, qui recevroit enfin du préjudice de notre diviſion ſi elle faiſoit plus d'éclat, me fait trouver du contentement à mépriſer tout ce que vous avez pû dire ou écrire pour m'offenſer, dont peut-être ſans cela j'aurois été obligé pour mon honneur d'avoir plus de reſſentiment.

Je commencerai donc ma replique en vous donnant l'explication veritable de ma Lettre, dont vous avez voulu alterer le ſens, ou ne le comprendre pas, pour former un phantôme contre lequel vous pûſſiez vous égaier. Après je

TOM. I.

répondrai par ordre à tous les points de la vôtre. Vous avez bien crû, je m'aſſûre, que je ne demeurerois pas ſans repartie : Il ne ſeroit pas juſte que vous me pûſſiez taxer de lâcheté, après m'avoir accuſé d'ignorance dans tous les endroits de votre Lettre, & convaincu, ſelon votre opinion, d'abſurdité. L'interpretation de la mienne ſera douce, reſpectueuſe, & tout à fait conforme à l'humeur où j'étois en vous écrivant. Vous ne trouverez pas mauvais, s'il vous plaît, que la réponſe à la vôtre ſoit plus forte, mépriſer, provoquer, ou mal-traiter, égales, & qu'elle tienne un peu du ſtile dont vous vous êtes ſervi. J'aurois plus de peine de forcer mon naturel s'il ne s'agiſſoit d'éclaircir la verité que vous avez voulu alterer en diverſes façons, & de défendre mon honneur, que vous attaquez bien rudement ſans vous en avoir donné aucun ſujet.

Je vous proteſte, Monſieur, qu'en vous écrivant j'étois ſi éloigné de la penſée de vous accuſer, mépriſer, provoquer, ou mal-traiter, qui ſont les termes dont vous vous ſervez, que ſi j'euſſe pû deviner quelque autre façon plus à votre gré que celle que j'ai choiſi, pour vous faire ſavoir mes ſentimens, & vous propoſer un reglement volontaire entre nous pour la forme d'agir en notre emploi, je m'en ſerois ſervi de très-bon cœur. Je ne pouvois pas m'imaginer qu'il y eût de moien plus facile ni plus ſecret que de vous l'écrire, pour les ſoûmettre à votre avis, & en avoir votre conſentement. Je vous en ai marqué les raiſons & vous ai prié bien civilement de les agréer, & n'ai choiſi cette voie que parce que je l'ai jugée la moins capable d'augmenter notre meſintelligence dont vous êtes ſeul cauſe. Cela ne vous a pas plû, vous voulez montrer par des raiſons qui ne ſont pas concluantes, & qui ſont contre vous, qu'il vaut mieux traiter les affaires de bouche que par écrit. Cependant vous procedez en celle-ci par la voie que vous condamnez en vous ſervant de l'écriture. Si ç'a été, comme vous dites, pour ne rougir pas des invectives où vous vous êtes laiſſé emporter, je vous pardonne, autrement vous feriez paroître d'abord que vous n'êtes pas d'accord avec vous-même, non plus qu'avec moi, & que c'eſt un aveugle qui vous conduit, puis que la paſſion qui vous a ſervi de guide en tout votre diſcours, vous a fait tomber d'abord dans cette contradiction. Il ne vous eſt pas honorable de vous mettre ainſi au nombre de ceux qui diſent deux choſes contraires. Quand je vous ai propoſé que ces matieres, qui ſeront miſes ci-après ſur le tapis, fuſſent déliberées ſur le champ, ou différées ſeulement juſques au lendemain pour y prendre réſolution ſelon que l'affaire merite d'y penſer, il eût été difficile de prévoir que la choſe vous eût dû ſi fort irriter, puis qu'elle n'eſt pas plus à mon avantage qu'au vôtre, & qu'elle eſt neceſſaire pour le ſervice du Roi. Auſſi en demeurez-vous ſi bien d'accord, que vous voulez perſuader me l'avoir propoſé, quoi qu'il ne ſoit pas véritable.

Après cela je vous ai demandé que, quand il y auroit diverſité d'avis entre nous, il vous plût d'agréer que nos raiſons fuſſent envoiées d'un commun conſentement & ſans aucune alteration à la Reine pour y recevoir ſes ordres.

J'ai encore ajoûté que les propoſitions importantes ſoient miſes par écrit, c'eſt-à-dire que le papier de notre Secretaire en demeure chargé, afin qu'on puiſſe juſtifier ce qui aura été reſolu ou demeuré indecis, & que nous aions

L 2   plus

plus de facilité d'en rendre compte quand il en
fera temps. Je n'ai pas eftimé pour cela que nos
Conferences dûffent être interrompuës ni moins
fréquentes, ni que nous fuffions toûjours obligez de nous fervir de la plume pour découvrir
nos penfées l'un à l'autre; mais feulement qu'on
dreffât un petit refultat de ce que nous aurions
traité enfemble, qui feroit plus ou moins étendu felon l'importance des affaires. Je n'ai pas
eftimé que vous le dûffiez trouver mauvais, puis
que nous le faifions pour les Dépêches que nous
envoions en divers endroits, où il feroit beaucoup moins neceffaire que pour les affaires que
nous avons à traiter, parce qu'en fignant une
Lettre ou la relifant, chacun y peut ajoûter
ou diminuer encore qu'elle n'ait point été
concertée, au lieu qu'il n'a pas été permis
d'en rien faire ni rien traiter que nous n'en
foions demeurez d'accord auparavant enfemble.

D'ailleurs, je fuis bien affûré qu'il n'y a point
ici d'Ambaffadeurs qui ne vivent de cette forte,
& que ceux de l'Empereur & ceux d'Efpagne,
& peut-être même les Médiateurs n'ont point
fait de Conference avec nous ni entr'eux pour
les affaires de notre commiffion, dont ils n'aient
tenu regître.

Voilà, Monfieur, véritablement quelle a é-
té mon intention en vous écrivant; & afin que
vous ne pûffiez pas croire que ces propofitions
vous étoient faites avec un efprit de pointille,
j'en ai allegué auparavant les raifons & marqué
diverfes occafions où les affaires étoient demeu-
rées indecifes, faute d'y avoir obfervé l'ordre
que je vous propofois. A Dieu ne plaife que
j'aie eu la penfée d'accufer le défaut de votre
fidelité & de votre affection au fervice du Roi;
mon efprit ne s'égare pas dans les imaginations,
& ne fe porte pas dans ces extrémitez contre
un Collegue, auquel je vois qu'on a une entiere confiance.

A la verité j'ai prétendu remedier à une maniere d'agir defobligeante que vous avez. Quand
on fait quelque propofition qui ne vous agrée
pas, foit parce que vous êtes d'avis contraire,
ou qu'elle ne vient pas de vous, votre coûtume
eft, fans la combatre de raifons, de la rejetter,
ou en changeant de difcours, ou en difant fimplement, *il faut voir.* J'ai crû qu'il n'appartient qu'au Souverain ou au Superieur de traiter de la forte, pour fe defaire quelquefois de
ceux qui les importunent : mais entre deux Collegues égaux en dignité & en pouvoir, cette
methode n'eft pas pratiable. C'eft pourquoi
j'ai demandé que les chofes fuffent refoluës fur
le champ, & lors qu'elles feroient propofées,
ou feulement renvoiées au lendemain, fans qu'il
vous fût permis de les renvoier indefiniment
comme vous faites prefque toûjours fans en dire les caufes. Et c'eft ce que j'ai crû feulement
que fignifioit le mot *d'éluder,* dont je me fuis
fervi, & les autres que j'ai ajoûté, *que je n'en
favois pas les mouvemens ni les raifons,* parce
qu'il ne vous appartient pas, comme j'ai déja
dit, de renvoier les affaires fans faire voir qu'il
eft jufte d'en ufer de la forte. Si cela mérite
toutes les aigreurs, les termes piquans & les
invectives, où vous vous êtes laiffé emporter,
j'en laiffe le jugement à tous les perfonnages qui
liront votre Lettre & la mienne.

Vous voiez donc que s'il vous eût plû me
demander les éclairciffemens de ce que je vous
avois écrit, je vous l'aurois donné à vôtre contentement, fans que pour vous exciter vous-
même à la colere, comme un Lion qui fe frappe de fa queüe, vous euffiez été obligé d'y in-

tereffer vôtre fidelité que je n'ai jamais prétendu rendre fufpecte.

Il eft temps maintenant, après vous avoir expliqué ma Lettre, de répôndre à la vôtre. Vous
la commencez en me qualifiant d'accufateur,
parce que vous croiez que c'eft une qualité fort
odieufe. Ceux qui connoiffent mon humeur &
ma vie paffée, favent fi jamais j'ai fait ce mé-
tier-là, lors même que les Charges publiques
que j'ai exercées plufieurs années l'euffent rendu
legitime. L'explication que je viens de vous
donner, fait voir que vous avez mal compris
mon intention : Avoüez pour le moins que fi je
fuis votre accufateur, je ne fuis pas des plus
dangereux; mon accufation n'eft pas publique;
perfonne n'en a connoiffance que vous feul; la
forme d'agir n'eft pas perilleufe, puis que je
m'adreffe à vous par vive priere; la feverité du
jugement n'eft pas à craindre, puis que vous
êtes juge en votre propre caufe, & que je n'en
faurois choifir un qui vous eût été plus favorable que vous-même, ni qui eût fi bonne opinion de vous. Auffi parlez-vous bien plûtôt en
Juge qu'en accufé, quand dès l'entrée de votre difcours vous me prefcrivez les regles que
nous devrions obferver pour bien vivre enfemble. Plût à Dieu qu'elles fuffent parties du fond
de votre cœur, & que vous euffiez voulu déferer fincerement aux prieres que je vous en ai fi
fouvent faites, & fait faire par des perfonnes
d'honneur. Il me feroit bien plus doux d'agir
en repos contre nos Parties, qui eft la feule occafion que je defire & que j'ai cherchée, que
d'avoir fans ceffe à me parer des indignitez que
vous me voulez faire, dont la lifte vous fera
rougir quelque jour quand je la ferai paroître
aux yeux du monde. Je ne veux point d'autres
Juges que vos plus proches de tous les differens
que nous avons enfemble; vous avez été perpetuellement l'aggreffeur; Je fuis affuré qu'ils
ont tant de probité qu'ils n'approuveront pas
une feule de vos entreprifes; vous m'avez attaqué fans ceffe; je n'ai fait que parer aux coups
& me défendre. Cependant toute l'aigreur de
nos conteftations après qu'elles ont été finies, a
demeuré auffi avant dans votre efprit que le
premier jour. Comment pourroit-on après cela trouver de la douceur dans votre focieté? Si
on vous fait une propofition dans les affaires,
à laquelle vous n'aiez pas penfé, vous la rejettez : fi on vous dit des raifons civilement
pour la foûtenir ou qu'on vous en faffe fouvenir quand cela a été differé, on vous offenfe; fi
on n'a point été de votre avis, on vous veut
choquer; toutes les moindres contentions qui
font arrivées pour cela & qui ne devroient point
alterer l'amitié, vous les avez voulu rendre é-
ternelles; tous les foins que j'ai pû prendre par
mes déferences pour les affoupir, n'ont de rien
fervi, & le calme que j'ai tâché de mettre dans
votre ame, a été comme celui de la mer qui
n'empêche pas qu'elle ne demeure falée & qu'elle ne retienne fon amertume. Si vous aviez l'efprit d'union & de concorde, comme vous le
voulez faire paroître, vous n'auriez pas mis de
fi beaux préceptes à la tête d'une invective fanglante, où vous tâchez de me déchirer. Hé
ne craignez-vous point qu'on s'apperçoive que
par de belles paroles vous n'aiez cherché à l'ordinaire que l'oftentation? Quelle inégalité d'efprit eft cela, Monfieur? Vous me propofez des
articles de Paix en commençant une outrageufe
Guerre; vous fonnez la retraite & la charge en
même temps, ou plûtôt vous fonnez la retraite lors que vous venez à la charge. Que dira-
t-on quand on verra que vous pratiquez fi mal

ce

ce que vous ordonnez ? Il paroîtra que vous n'avez donné de si beaux ordres que pour vous satisfaire dans le plaisir que vous avez à faire le superieur : En êtes-vous si ennemi que vous ne puissiez pas executer seulement ce que vous proposez ? Cela montre qu'il y a un grand orage dans votre esprit qui cause toutes ces inégalitez, & que s'il y a quelque chose d'égal c'est une continuelle dissimulation ; en voici une preuve bien-évidente dans ce second article.

II.

On diroit d'abord, que votre intention est de m'élever bien haut & vous abaisser extraordinairement ; vous me donnez en apparence des loüanges excessives, & faites un très-grand mépris de votre personne. Il se trouvera peu de gens qui puissent croire que vous aiez parlé sincerement en cet endroit ; tous ceux qui vous connoissent savent trop bien que vous n'avez pas si mauvaise opinion de vous, & que votre inclination ne vous porte pas à dire tant de bien d'autrui ; votre véritable dessein a été de me faire mépriser par de fausses loüanges, & de vous élever par une feinte modestie ; vous me représentez prudent, prévoïant, prompt, & vigilant ; vous vous dépeignez au contraire mal-avisé, d'un esprit pesant & tardif, qui ne se remue qu'à grand' peine. Croiez-vous, Monsieur, qu'on ne s'apperçoive pas que vous parlez au plus loin de votre pensée ? Que ne vous expliquez-vous plus ingenûment ? Il vous seroit plus honorable de découvrir naivement vos sentimens ; vous voulez donner à entendre que j'ai en effet de vous & de moi l'opinion que vous faites semblant d'avoir de l'un & de l'autre. Mais les paroles suivantes, (*un Ministre si sage, si judicieux, & si agissant tel que vous vous représentez*) témoigneront assez quel est votre but ; vous avez cru que comme je passerois pour ridicule si j'avois une croiance si avantageuse de moi ; je le serois encore davantage si j'avois douté de votre suffisance. Vous vous imaginez que ce simple doute est capable de condamner un homme d'herésie, ou de faire soûlever le peuple de Paris contre lui ; tant vous estimez que votre reputation y est établie au dessus de celle des autres hommes. Mais certes, Monsieur, pour vous dire la verité, je ne fais point si mauvais jugement de vous que vous dites : Je vous ai toûjours beaucoup honoré ; je l'ai témoigné en toutes les rencontres ; je ne puis pourtant vous celer que votre estime a été autrefois plus grande qu'elle n'est aujourd'hui, & que je n'eusse pas cru, il y a quelque temps, que vous eussiez voulu vous servir de déguisemens & petites finesses, auxquelles je vous vois accourir, pour une seule occasion de vanité, & pour justifier quelques-unes de ces actions ausquelles vous n'avez pas voulu prendre conseil, ni eu toute la prévoiance qui eût été à desirer : Quant à l'opinion que j'ai de moi, je vous proteste qu'elle est bien differente de celle que vous m'imputez ; je me reconnois d'un genie très-mediocre, & n'ai jamais présumé que d'avoir un peu de probité & de sincerité. Quand la présomption ne s'étend que jusques-là, elle n'est pas trop blâmable ; si vous la faites passer jusques à l'amour de soi-même & à la gloire, c'est un present que vous m'avez pû faire sans qu'il vous en coûte rien ; parce qu'il est de votre crû. Je vous en remercie de tout mon cœur, & vous conjure de le

garder pour vous aussi cherement à l'avenir que vous avez fait par le passé.

III.

Vous voici déja arrivé au lieu où vous commencez à vous demasquer ; vos sentimens interieurs ne paroissant pas encore à découvert : mais ils ne sont plus si cachez qu'ils étoient tout maintenant ; vous ne me traitez plus d'habile homme ni de grand Ministre d'Etat. Il paroît que vous ne vous êtes abaissé dans vos loüanges flateuses que pour vous moquer, & ne m'avez donné de l'encens que, comme disoit un rieur, pour tâcher à me donner de l'encensoir par le nez. Vous êtes si contraint dans la moindre civilité, ou elle est si contraire à votre genie imperieux, que vous n'avez pû demeurer un moment dans votre feinte. Vous avez fait comme cette Chatte de la Fable, qui contrefaisant la Reine dans une Assemblée, ne put s'empêcher de suivre les mouvemens de sa nature & de se jetter sur une souris qui passoit devant elle. Qu'étoit-il besoin de me faire tant d'honneur au commencement de votre discours, si vous me vouliez injurier dans la suite ? Ou si votre premier dessein a été de m'offenser, pourquoi avez-vous commencé par des complimens si bien concertez ? Le premier déguisement, où cette inégalité l'a si-tôt suivie, n'est pas bien séant à un homme de votre condition, dont les paroles doivent être pesées, & la conduite uniforme, afin que l'on juge bien du dedans par le dehors, & qu'on ne puisse pas dire qu'il ne fait pas bien ce qu'il veut faire, ou qu'il pense le contraire de ce qu'il dit. Quoi, Monsieur, après avoir été trois semaines à concerter une supercherie, & à mediter comment vous donnerez un coup par surprise, vous envoiez une Lettre à la Cour, & la faites débiter dans tout Paris dix ou douze jours avant que de me l'avoir fait rendre en cette Ville. C'est-à-dire que vous croiez que l'impression qu'elle aura fait par cette voie clandestine, ne se pourra plus effacer, ou du moins que vous aurez le contentement de ce Calomniateur d'Athenes, que la cicatrice y demeurera lors même que la plaie sera consolidée. Mais la Reine est trop juste & trop bien-conseillée, & nous avons à faire à des Ministres trop clair-voians & remplis d'une trop éminente vertu, pour prétendre les éblouïr par de fausses apparences ; ils n'autoriseront jamais les surprises, & ne donneront point de crédit au mensonge au préjudice de la verité, encore qu'il ait été plus diligent à se présenter devant eux. Au contraire vous ne devez pas douter que cet artifice ne leur ait donné d'abord mauvaise opinion de votre cause, aussi bien qu'une preuve de votre mauvais procédé, & ne leur insinue que vous faites comme le mauvais Levrier, qui court aux rufes lors qu'il commence à manquer de forces. Véritablement je vous ai fait remarquer les manquemens qui ont été faits en l'affaire d'Icelande, & en celle de Danemarck, & dans notre Lettre circulaire. Il y en a deux où j'ai part par trop de déference, n'aiant pû vaincre votre opiniâtreté par mes raisons. Le troisiéme, vous l'avez resolu contre mon avis, & l'avez executé sans m'en parler. Il me semble que ces trois rencontres sont assez importantes pour mériter qu'on y faite un peu reflexion. Je croiois que les mauvais effets qui en font arrivez, vous y auroient fait prendre garde, quand je n'en eusse rien dit : Mais selon votre avis, il est bien plus expedient que tout périsse & que tout demeure en confusion, que

que fi vous aviez avoüé d'avoir failli, ou diminué tant foit peu l'opinion que vous avez d'être impeccable. Au lieu de profiter des chofes paffées, comme la prudence le confeille, & comme eût été mon intention, lors que je vous en ai fait reffouvenir, vous imputez à crime feulement d'en parler, c'eft être accufateur & foupçonner votre fidelité. Mais ce qui eft de pire, lors que vous manquez de raifonnemens pour foûtenir ce que vous avez fait, vous ne faites pas fcrupule de le defavoüer & de fuppofer que vous l'avez fait par l'avis de ceux-même qui s'y font oppofez. L'on peut voir dans ma Lettre que je ne fais que reciter les chofes nuëment comme elles fe font paffées, & vous en tirez des conféquences injurieufes que vous m'imputez, quoi que je n'en aie point parlé, afin de vous former un ennemi chimerique que vous voulez combatre, & que vous puiffiez avoir quelque prétexte de me dire des injures, en faifant croire que j'ai commencé. Quand cela feroit, ce qui n'eft pas, vous favez que les mêmes Loix qui permettent de repouffer la force par la force, défendent la même liberté dans les injures, qui font toûjours paroître un déreglement d'efprit en celui qui s'en fert : & il eft vrai, comme je le prouverai tantôt, que plufieurs affaires demeurent en arriere. Mais en premier lieu, je ne pouvois pas prétendre par ce difcours ni en tirer avantage, ni vous faire préjudice, puis qu'il ne devoit être fû que de vous & de moi; fi vous ne l'euffiez divulgué fans m'en avertir, & fi vous n'euffiez voulu triompher dans le Palais de Paris & au bout du Pontneuf par l'admirable réponfe que vous croiez y avoir fait. En fecond lieu, je ne me fuis pas fervi d'une feule parole qui taxe votre fidelité, & des penfées fi criminelles ne me fauroient entrer dans l'efprit. Si j'ai dit la verité, & que vous en tiriez de mauvaifes inductions aufquelles je ne penfe pas, c'eft vous-même qui vous faites le mal, & c'eft ou la verité feule, ou votre confcience qui vous bleffe, fans que j'y aie aucune part. Si j'ai rencontré un homme fur un cheval que j'ai perdu, je lui puis dire que le cheval eft à moi : Il ne peut pas fe plaindre que je l'appelle voleur, ni intenter une action d'injure contre moi pour avoir dit une chofe veritable, dont il ne peut être offenfé que par la conféquence qu'il en tire. Vous ne devez point me reprocher que je vous noircis; ce n'eft pas mon deffein; au contraire je fouhaiterois que vous fuffiez encore plus blanc que vous n'êtes, & ma propofition ne tend qu'à éloigner les occafions de nous pouvoir noircir l'un & l'autre. C'eft pourquoi il ne faut plus s'imaginer, pour échauffer votre bile, que je vous aie voulu offenfer : fi vous n'avez que cet ennemi en tête, je vous ai déja donné avis qu'il n'y a qu'un corps phantaftique, la victoire que vous emporterez ne peut être qu'imaginaire, & vous ne devez pas craindre, fi vous le tuez, de devenir parricide; puis que c'eft votre imagination qui a donné l'être à ce monftre. Paffons au refte des commentaires que vous avez fait fur ma Lettre.

IV.

Vous débutez d'abord par deux Sophifmes, & parce que c'eft une maniere d'argumenter dont vous vous fervez continuellement, il faut que je vous avertiffe qu'elle n'eft pas reguliere, ni digne d'un fi grand perfonnage que vous êtes, qui ne doit pas avoir moins de foin de fa reputation dans les difcours que dans les actions,

puis que les uns & les autres font des indices de ce qui eft dans l'ame, & des inclinations bonnes ou mauvaifes qu'elle peut avoir. Voilà donc comme vous prétendez raifonner, dans l'opinion que vous avez, qu'il n'y a rien de fi certain au monde que la connoiffance qu'on doit avoir de votre haute vertu. Vous fuppofez que ce que j'ai avancé en peut faire douter; cela eft abfurde & ne peut être felon, vous; Donc &c.

Le fecond fe peut mettre en forme de cette forte, *Si vous dites vrai, je fuis un méchant homme; Donc vous avez menti.* Je gagerois bien qu'en frottant vos mains, vous avez déja fait un foûris moqueur de la fubtilité de cet argument, parmi vos adorateurs, lors que vous les avez favorifez de l'agréable lecture de votre bel ouvrage. Pour moi, je vous répons avec ma franchife ordinaire, fans vouloir débroüiller vos petites fineffes, que comme je vous ai déja dit, je ne prétends point revoquer en doute votre fidelité ni votre probité : au contraire, l'opinion que j'ai eüe de l'une & de l'autre m'a fait croire que c'étoit affez de vous faire remarquer que des chofes importantes demeuroient en arriere pour vous convier, par l'affection que vous avez au fervice du Roi, d'y donner ordre en approuvant le remede que je vous propofois, non feulement pour les avancer, mais pour empêcher qu'à l'avenir elles ne fuffent plus retardées. Je répons encore à vôtre fecond argument, qu'il n'eft point en forme, que j'ai dit vrai en tout & par tout, & qu'il ne s'enfuit pas pour cela que vous foiez un méchant homme, qui eft une conclufion que vous tirez & non pas moi. Je ne fai néanmoins comment vous ofez vous hazarder à faire des inductions : car fi je prouve clairement, comme je vais faire, que j'ai dit la verité, fans la déguifer ni alterer le moins du monde, comme vous faites ordinairement, vous auriez tiré des conféquences qui mettroient votre honneur en compromis, & ne vous en pourriez prendre qu'à vous-mêmes. Croiez-moi, Monfieur, ce qui touche notre reputation nous doit être plus cher que cela, & ne doit pas être mêlé dans la fubtilité de l'Ecole.

V.

Vous voilà arrivé dans ce détroit & fur un des points que j'ai allegué. J'ai remarqué d'abord que vous conduifez toûjours votre raifonnement par certains détours & par des replis qui n'y laiffent point de force. Un Auteur de notre temps a fort bien dit, que cette maniere de marcher dans les affaires eft rampante comme celle des ferpens, & ne s'éleve jamais au deffus de la terre. Cependant c'eft votre methode ordinaire, vous n'aimez point dans les conteftations de combatre de pied ferme; fi vous portez quelque coup, c'eft par furprife; fi on vous en porte, vous ne paffez qu'en efquivant; vous n'ofez pas franchir le faut, ni defavoüer entierement que je ne vous aie propofé diverfes fois de renvoyer Monfieur de Rorte à fa refidence : vous tâchez feulement de biaifer, pour faire croire que fon féjour ne doit pas vous être imputé; vous ne pouvez pas nier fa demeure d'un mois ou de cinq femaines en ce lieu-ci, les diverfes propofitions que je vous ai faites pour fon féjour à Ofnabrug; mais vous fubtilifez fur les fujets qui l'ont arrêté; vous aviez peur qu'on ne fût pas affez tôt que vous n'aiez fait prêter de l'argent, & n'avez pas été content d'avoir dit qu'il vous avoit tant importuné de

de cet emprunt pendant votre féjour d'Allemagne, vous l'avez voulu mettre dans une Lettre qui devoit être lûë dans tout Paris, afin
que chacun connût votre humeur généreuse
& liberale aux dépens de ce Cavalier. Il ne
vous fera pas obligé, fi les Gazettes d'Amsterdam, de Cologne, & de Paris n'en parlent;elles ont toûjours fi exactement fait favoir
au public vos liberalitez que vous avez fait en
divers temps, jusques à compter les fufées que
vous avez fait joüer, & les pieces de vin que
vous avez fait defoncer dans les fujets de re-
joüiffance; que ce feroit une grande merveille
fi elles perdoient cette nouvelle occafion de publier vos loüanges. Il eft vrai que le manquement d'argent l'avoit fait venir ici, pour en ré-
cevoir par nos ordres. Sur l'ouverture que je
vous fis quelques jours après fon arrivée, de
lui en faire donner à Amfterdam, vous répondites que nous ne pouvions pas toucher à la partie qui reftoit entre les mains de Monfieur
Heufte. Je repliquai au Sieur de Préfontaine
qui m'apporta cette excufe de votre part, que
nous pouvions faire avancer cet argent par Monfieur Heufte comme par forme de prêt, en attendant qu'il fut rembourfé lors qu'on auroit du
fonds pour les appointemens de Monfieur Rorte; qu'au pis aller nous rembourferions du nôtre la fomme qui lui auroit été paiée en cas qu'on
ne l'approuvât pas à la Cour; que néanmoins
ne s'agiffant que de fes appointemens ordinaires, je ne croiois pas qu'on le dût trouver mauvais. Si ledit Sieur de Préfontaine vous dit a-
lors quelque chofe de plus, ou il ne comprit
pas mon difcours, ou il vous le fit mal entendre. Je n'offris jamais de lui en prêter de ma
bourfe, & dis toûjours que je n'étois pas en état
de fecourir les autres, aiant moi-même peine
à fubfifter dans les dépenfes que nous faifons;
mais ce que je propofois étoit prefque la même
chofe, puis que nous demeurions obligez de
paier pour lui, fi l'on n'approuvoit pas que nous
l'euffions fait paier. Vous fuppofez contre la
verité que j'avois offert davantage pour avoir le
plaifir de dire que je me fuis dédit; & de croire que je vous ai voulu embarraffer par mon offre. J'avoüe librement que j'ai fait ce deffer-
vice au Roi pour en parler felon votre avis, de
n'en vouloir pas ouvrir ma bourfe: mais en verité c'eft par impuiffance, & parce qu'il n'y a-
voit rien dedans que ce qui étoit neceffaire pour
faire fubfifter ma maifon du jour au lendemain.
Ce n'étoit donc pas pour fonder votre intention
comme vous dites, ni à deffein de vous rendre
criminel par votre refus, puis que je n'ai pas crû
de l'être par le mien. Cependant voilà furquoi
font fondées toutes ces belles imaginations que
vous prenez; que je tiens regiftre de vos actions,
que je verbalife, & que j'intrus votre proces.
Comment ofez-vous remplir votre difcours de
chofes fi pueriles & fi éloignées de toute apparence? Je vous affure que je fonge fi peu à inftruire votre procès par les chofes où je n'ai point
d'intereft, que je ne me fouviens que de la moitié des indignitez que vous m'avez faites; j'ai toûjours fait gloire de les oublier au
premier bon vifage que vous m'avez fait après
m'avoir mal traité, jusques à ce que j'ai connu par expérience, que l'animofité ne fort jamais de vôtre cœur, & que les reconcilia-
tions n'ont fervi qu'à vous faciliter les moiens
de me furprendre. Mais, Monfieur, dites-
moi, en quelle forme vous avez fait prêter votre argent? J'aurois volontiers laiffé paffer la
vanité que vous vous donnez d'une fi grande
courtoifie, quoi que j'aie découvert la fourbe;

fi vous ne m'aviez pas fi fort preffé. Qui croi-
roit qu'un homme de votre forte ait tant fait de
bruit pour une chofe qui n'eft pas vraie? Vous
vous êtes fervi du même expedient que je m'é-
rois propofé, vous avez fait avancer la fomme
que demandoit Monfieur de Rorte, par le même Marchand qui nous fournit, par ordre de
Monfieur Heufte, l'argent dont nous avons befoin; au lieu que nous aurions dû en donner
ordre ou un billet en commun pour la fûreté,
vous l'avez voulu donner en particulier, afin
que Monfieur de Rorte n'en fût obligé qu'à
vous, & qu'il eût plus fujet de croire les chofes que vous lui avez dites pour l'éloigner de
moi; vous vous attribuez la gloire de cette action, quoi que n'y mettiez rien du vôtre,
& que vous n'euffiez pas dû le faire fans moi.
Après cela vous faites encore des exclamations
& des tranfports contre moi, comme fi je vous
avois bien offenfé & que je fuffe coupable de
quelque grand crime. Croiez-vous ce procédé
fort franc, & fort généreux? Si après cela quelqu'un s'alloit oublier de dire qu'il n'eft pas d'un
homme de bien, ce que je ne veux pas dire,
vous vous en prendriez à moi, à caufe que j'ai
découvert votre artifice par la confeffion même
du Marchand qui fe fut auffi bien contenté d'un
ordre de votre part ou de la mienne, ou de
tous les deux enfemble, que du billet que vous
lui avez voulu donner tout feul par pure oftentation. Vous favez bien que vous n'avez fait
que la même chofe pour les douze mille Risdalles que vous avez fait porter en cette Ville,dont
ledit Sieur de Préfontaine & vous m'auriez fait
un fecret, fi Monfieur Heufte ne me l'eût révé-
lé, fachant que nous ne pouvions rien faire que
conjointement,& qu'il avoit befoin de nos deux
fignatures pour fa décharge. Il paroît donc par
tout ce difcours (que je fuis contraint de déclarer par quelques redites, à caufe que vous
l'avez induftrieufement obfcurci) que vous vous
êtes vanté mal-à-propos d'avoir fait cette courtoifie; que vous l'avez fait fans mettre la main
à la bourfe fur le credit de l'argent du Roi qui
eft entre les mains de Monfieur Heufte; que
vous vous êtes fervi de la même forme que j'a-
vois propofé long-temps auparavant; que vous
le pouviez & deviez pratiquer un mois plûtôt;
que pour l'executer vous avez choifi une voie
malicieufe, afin de m'en exclure, & que Monfieur de Rorte eût autant d'obligation de demeurer votre redevable, quoi que vous n'aiez
rien fait pour lui, que de fe plaindre de moi
fans lui en avoir donné aucun pretexte. Cependant parmi ces déguifemens & ces artifices,
vous ne laiffez pas de crier auffi haut qu'un a-
veugle qui a perdu fon bâton; à la verité la
paffion qui vous conduit, auroit extrêmement
befoin d'en recouvrer un pour l'empêcher de
tâtonner comme vous faites en toutes chofes,
& de heurter dans tant de divers inconveniens.

Avant que de paffer outre, trouvez bon que
je vous faffe prendre garde à une forme d'agir
qui vous eft ordinaire,& que vous avez mife en
pratique en tous les endroits de votre Lettre,
afin que vous confideriez fi elle eft digne de
vous: Lors que vous fortez de votre étude,
& que quelque Piece Latine ou quelque Harangue vous y font fouffrir les travaux de l'en-
tendement, vous avez l'efprit fi diftrait, & vous
vous faites tellement ombrage, qu'on ne peut
rien faire qui ne vous bleffe, rien dire qui ne
vous offenfe; Néanmoins auffi-tôt qu'une mauvaife impreffion vous eft entrée dans l'ame, rien
n'eft plus capable de vous l'ôter; vous êtes de
mê-

même que si en effet on vous avoit fait quelque grande injure; vous vous plaignez, vous accusez, & le fondement de vos plaintes n'est qu'une imagination fausse que vous ne voulez néanmoins pas perdre; elle vous porte à attaquer & combattre ceux qui ne savent ce que, c'est,& parce que vous ne pouvez avoir des raisons bien concluantes, vous vous servez de Sophismes. Voilà comme vous vous êtes porté en cette affaire de Monsieur de Rorte, pour lequel vous vous écriez, que je verbalise & que je dresse des régistres qui instruisent votre procès, quoi que je n'aie jamais pensé rien de semblable, & que ce n'étoit ni mon mêtier ni mon humeur. Vous ne sauriez desavoüer qu'il n'ait demeuré ici sans necessité près de cinq semaines, quoi que nous l'eussions pû dépécher trois jours après son arrivée par l'expedient que j'avois proposé, mais que vous n'avez pas voulu admettre par caprice, & qu'enfin Messieurs les Ambassadeurs de Suede vous eussent écrit de le renvoier. Vous dites là-dessus, que j'amplifie la Lettre de Monsieur Oxenstiern. Il ne faut que la confronter avec la mienne. Comment voudriez-vous que des étrangers vous pûssent exprimer plus clairement, qu'ils n'approuvent pas le séjour du Resident en cette Ville, qui doit être près d'eux, qu'en vous écrivant que sa préence est necessaire au lieu où ils sont? Il est bien vrai qu'ils ne vous ont pas blâmé de l'avoir retenu; ils n'avoient pas droit de le faire, & la bien-féance ne leur permettroit pas de vous faire connoitre plus ouvertement que sa longue demeure en cette Ville leur donnoit de l'ombrage, qui étoit ce que j'avois appréhendé un mois auparavant. Croiez-vous que lors qu'ils ont écrit la Lettre, ce soit la premiere fois qu'ils ont eu cette pensée? Agissons de meilleure foi, Monsieur, & commençons à songer aux moiens des veritez qui paroissent visiblement. Comment n'eussent-ils pas trouvé mauvais le séjour qu'il a fait ici sans necessité? puis que depuis dix jours vous savez qu'ils se sont offensez de ce que nous l'avons envoié en Frise, où il n'est pas moins necessaire pour leur intérêt,& ne vous témoigner leur mécontentement, ils ont tiré pour quelque temps leur Resident d'auprès de nous. Par quelle finesse vous échapperiez-vous de la force de cette raison, à laquelle j'en pourrois ajoûter beaucoup d'autres, si je n'étois moi-même ennuié de ma longueur? Vous seriez bien marri de confesser que cela est vrai, parce que vous êtes engagé à dire le contraire, & que votre bonne coutume n'est pas de changer d'opinion encore qu'on vous ait convaincu par des raisons. Mais voions si vous êtes plus heureux en l'explication des questions de droit, que sincere dans la connoissance de celles de fait. Vous soûtenez que Monsieur de Rorte ne devoit point être à Osnabrug, parce qu'il n'y avoit rien à faire; & c'est pourquoi il y devoit être pour n'augmenter pas le mauvais état où se trouvent les Ambassadeurs, en s'éloignant d'eux dans une saison où personne ne vouloit traiter avec eux, où on leur faisoit diverses niches, & où on avoit très-grand sujet de craindre que le mépris & le mauvais traitement qu'ils essuioient, ne les portassent à quelque résolution précipitée, qui eût interrompu la Negociation de la Paix. Ne croiez-vous point que des esprits méfians au dernier point, comme les leurs, voians les Imperiaux vouloir traiter avec nous, & non pas avec eux, se fussent aisément persuadez que en retirant le Resident du Roi d'auprès d'eux, nous avions quelque pensée de les abandonner? Ce qu'il y a de plaisant, est

que vous vouliez qu'en demeurant ici, où il ne serviroit qu'à grossir nôtre Cour, il nous ait procuré l'avantage que nous avons reçû de la visite de Monsieur Salvius. Je m'étonne que vous n'aiez ajoûté en cet endroit que c'est un des plus grands services que vous avez jamais rendu à l'Etat. Vous me faites ressouvenir d'un de vos predecesseurs dans la charge de Sur-Intendant, qui vouloit que le Roi lui eût grande obligation quand il se divertissoit au jeu ou à faire bonne chere avec ses amis, parce que les prétendans ne pouvoient plus l'aborder. La plûpart des hommes cherchent bien à couvrir leurs défauts; mais il ne s'en trouve guere que vous & celui-là qui en vouilût tirer de la gloire, & qui ait l'audace de dire que leurs fautes sont avantageuses à l'Etat. Si Monsieur Salvius est venu ici, ce n'a pas été parce que vous avez retenu Monsieur de Rorte; l'affaire du Prince de Transylvanie, qui subsiste encore, étoit assez importante, sans compter les autres, dont il avoit à nous parler, pour obliger les Ambassadeurs de Suede à chercher une Conference, qu'ils n'osoient plus tenir avec la compagnie, où elle avoit été resoluë. Quand Monsieur de Rorte eut été près d'eux & qu'ils se fussent adreslez à lui pour nous faire favoir leurs demandes, je vous crois trop habile homme pour n'avoir pas sû profiter de cette occasion, en leur répondant que cela méritoit bien une entrevuë; afin que la necessité qu'ils avoient de nous voir les obligeât aussi de ceder en des choses où ils auroient voulu contester sans raison, & dont néanmoins nous étions déja d'accord par un autre expedient que je ne tiens pas moins avantageux que la venuë de Monsieur Salvius en cette Ville. Car son Collegue & lui nous rendans leur premiere visite en un lieu tiers, comme il avoit été concerté, nous en aurions eu plus d'avantage que ne nous en a donné son voiage, lequel vous favez bien qu'il n'a jamais témoigné d'avoir fait pour nous visiter. Mais vous auriez été marri de perdre cette occasion d'irriter Monsieur de Rorte contre moi : Vous dites que je le veux taxer; & je n'y pensai jamais. Ce Cavalier n'étant venu ici que par necessité, eût été bien aise de s'en retourner le lendemain si vous lui en eussiez voulu donner le moien comme j'en avois été d'avis. Il n'étoit pas besoin de dire qu'il est homme de bien; je le croi certainement,& ne vous ai jamais témoigné d'en douter : au contraire, si j'étois aussi peu scrupuleux que vous à divulguer le secret de nos discours familiers, je pourrois mettre ici ce que vous m'avez dit de la confiance qu'il falloit avoir en lui & de sa retenuë, puis que vous revoquez souvent en doute des veritez connuës. Vous ferez semblant de n'entendre pas celle-ci; mais j'aime mieux par discretion vous en laisser faire l'ignorant, que d'en dire davantage,

Vous reprenez après cela vos dangereuses railleries, pour faire croire à tout le monde que c'est un crime d'oser parler devant vous des affaires d'Allemagne, qu'une longue suite d'années en a mieux sû instruire qu'aucune autre personne. Je confesse, Monsieur, que je suis venu en ce Païs avec un très-grand desir d'apprendre de vous beaucoup de belles choses; mais vous ne m'avez pas jugé digne de cette faveur, quoi que je n'aie omis ni civilité ni déference pour vous y convier, en vous mettant sur le discours des affaires. Mais quand cela arrive, vous vous contentez de m'en interroger, & quand j'ai dit mon avis, vous faites quelques branlemens de tête sans rien répondre. Je veux croire que vous faites comme les Maîtres d'escrime, qui fe veulent referver les meilleurs coups fans les montrer aux autres, & que vous n'eftimez pas qu'il foit encore tems de révéler aux Mortels cette Science myfterieufe que vous tenez fi fecrete, & dont vous ne parlez jamais que par énigmes. Ces inductions générales, par lefquelles vous voulez faire connoître une fi haute fuffifance & l'ignorance des autres, ne font pas toûjours bien concluantes. Si vous voulez que je vous parle plus franchement, on peut avoir quelque connoiffance dans les affaires d'Allemagne fans parler Alleman & fans y avoir demeuré auffi long-temps que vous. Ceux qui ont eu l'honneur de fe trouver dans l'endroit où nos relations, & celles de plufieurs qui n'étoient pas moindres que les nôtres, fe toient lûës & examinées, ont pû apprendre, fans avoir aujourd'hui befoin de votre fecret, les interêts que nous avons à y démêler. Je fouhaiterois, quand vous voulez fi fort publier les grands avantages que vous avez fur le refte du monde en la coinoiffance des affaires étrangeres, que vous fortifliez un peu de la généralité, & que vous priffiez un peu de peine de marquer mes fautes & le grand afcendant que vous avez fur moi dans le choix des expediens qu'il a fallu trouver. Je vous affûre que je recevrois vos remontrances en très-bonne part, pourvû qu'il vous plût de les faire fans éclat & fans aigreur. Mais au lieu de cela, vous faites des difcours généraux & obfcurs, croiant qu'il n'y a perfonne fi hardi pour les interpreter qu'à votre avantage, en concluant que vous n'eûtes jamais d'égal, & que je ne fuis qu'une bête. Ne trouvez pas mauvais que je n'en demeure pas tout à fait d'accord, n'aiant pas l'humilité que vous faites femblant d'avoir, & que j'aie un peu plus de franchife, pour vous dire que je me fuis quelquefois étonné qu'un homme fi illuminé que vous le croiez être, ait fouvent pris le mauvais parti en des occafions importantes, comme vous avez fait. Je m'imagine que c'eft pour cela que vous n'avez pas voulu qu'on tint un regiftre de nos propofitions & de nos Conferences; afin qu'il fût en votre pouvoir de vous attribuer tout ce qu'il y auroit de bien, & de rejetter fur moi tout ce qu'il y aura de mal, & que le peuple, que vous croyez entierement perfuadé de ma témérité, prononce toûjours fans examiner les défauts, que votre fuffifance ne peut errer, & que mon ignorance ne peut rien faire qui vaille. On voit bien que votre façon de parler ne tend que là. Mais croiez-moi, Monfieur, ne faites pas un fi grand mépris de votre Collegue, quand ce ne feroit que pour ne cenfurer pas ceux qui lui ont autrefois fait exercer de grandes Charges, & qui ont avoué qu'il avoit paffé honorablement le rivage de la Mer Baltidque : La Riviere d'Elbe n'eft pas la feule Ecole où l'on peut apprendre la methode de bien fervir l'Etat. Je fuis affûré que Monfieur le Comte de Brienne & Monfieur le Tellier font aujourd'hui plus de Dépêches importantes en une femaine, que vous n'en avez fait pendant cinq ans que vous avez demeuré à Hambourg, & peut-être dans tous les dix ans, durant lefquels vous croyez vous être acquis par crédit la Monarchie dans la negociation de la Paix. Vous me direz peut-être que ce mot n'eft pas propre pour le lieu où je le place : mais je m'en fers pour me conformer à l'opinion de votre Prédicateur, qui a ozé publier en Chaire que cet avantage vous étoit dû, après avoir exhorté le peuple à prier Dieu pour ceux qui étoient chargez de traiter la Paix au nom du Roi. Il eût l'impertinence d'ajoûter,

Tom. I.

en défignant votre perfonne, *principalement pour celui qui en tient le caducée*, & vous ne pûtes pas vous empêcher de baiffer les yeux, écoutant un difcours fi ridicule, & qui fcandaliza tous ceux qui m'en vinrent faire raport. Mais je fuis certain que vous ne lui en avez point fait de reprimande qui ait pû faire connoître qu'il vous avoit deplû.

Revenons à Monfieur de Rorte, que vous ne vous êtes pas contenté d'aigrir contre moi : Vous y avez voulu intereffer tous les autres Refidens qui fervent le Roi en ce Pais, de peur qu'il ne leur prenne quelque bonne volonté pour moi. Pour Monfieur de Beauregard, fi j'avois fait quelque mauvais jugement de lui, il ne pourroit être que temeraire, puis que je ne croiois pas de le connoître. Auffi vous dites que ç'a été feulement par un gefte dedaigneux, que j'ai fait paroître mon fentiment; mais vous avez fort mal jugé : car je voi par fa diligence & par toutes fes Lettres qu'il eft foigneux & affectionné. Prenez garde que ce dédain, que vous avez remarqué dans ma contenance, ne fût dans votre mine, & que vous n'euffiez la maladie qui fait voir tous les objets d'une même couleur & qui n'eft toutefois que dans les yeux de ceux qui les regardent. Croiez-moi, Monfieur, n'en venons pas à la mine; c'eft Dieu qui la donne comme il lui plaît; je reconnois que j'ai fort mauvaife façon, & que les Graces affifterent à l'accouchement de Madame votre Mere, quand elle vous mit au monde; toutefois il fera plus avantageux pour vous & pour moi, que nous ne conteftions point là-deffus. Quant à Meffieurs d'Avaugour & de Meules, j'ai tout à fait oublié le fujet qu'ils m'avoient donné de me plaindre d'eux, & il vous feroit plus honorable d'en avoir fait de même que de renouveller une affaire qui ne peut être fuë qu'à votre confufion. Comme vous avez exercé un empire defpotique à votre ordinaire fur eux, tandis qu'ils ont été fous votre charge, j'eftime que lors que nous fumes arrivez à la Haye, ils n'oferent point m'écrire de peur de vous déplaire. Je ne dis rien des deux ou trois premieres Lettres, par lefquelles ils rendoient compte à vous feul des nouvelles & des affaires de leurs Charges, quoi que les mêmes avis qui les avoient informez de votre arrivée à la Haye, leur euffent pû apprendre la mienne, & que nous étions deux dans l'Ambaffade. A la verité, quand je vis qu'ils perfiftoient de n'écrire qu'à vous, après la cinquiéme Lettre, je vous témoignai, dans votre logis en préfence de Monfieur de la Thuillerie, que ces Meffieurs faifoient un grand mépris de moi; qu'ils m'obligeroient de leur laver un peu la tête & de leur faire voir que le fujet que j'en avois étoit légitime. Je ne ferois pas même fcrupule d'envoier à la Cour les remontrances que je leur fis à cette occafion. J'attendois que vous entreriez dans l'interêt de votre Collegue, qui étoit celui de la raifon, & que vous vous offririez de leur faire favoir auffi de votre part ce qu'ils devoient faire; mais je fus bien furpris quand la confideration de me voir dans votre logis ne vous empêcha pas de me faire une réponfe defobligeante, & de me dire que fi je les attaquois, vous les défendriez. Cela m'obligea de repartir que votre protection n'empêcheroit pas qu'on ne me fît juftice. Enfuite dequoi vous aiant demandé pourquoi vous aviez tant de peur qu'on reconnût que nous étions joints dans cette Ambaffade, puis que je ne croiois pas que vous reçuffiez aucun prejudice de m'avoir pour affocié, vous me répondites avec une

M   hau-

hauteur étrange, comptant hors de propos le nombre de vos Ambaſſades, qu'il eſt vrai que j'avois été une fois Ambaſſadeur en Piemont & pluſieurs autres discours de mépris avec un geſte ſi dédaigneux qu'il ne fallut pas peu de patience pour le pouvoir ſouffrir. N'avez-vous pas grand' raiſon d'avoir parlé de cette affaire, & de me blâmer parce qu'autrefois j'ai trouvé quelque choſe à redire à tout cela? Encore que j'euſſe ici grand ſujet de me plaindre; ma patience a été ſi grande, que jamais ces deux Réſidens n'ont ſû ma plainte. Je me ſuis contenté de les faire avertir doucement de l'ordre qu'ils devoient tenir, par des perſonnes plus raiſonnables que vous : & malgré vos artifices nous avons tôûjours vécu parfaitement bien enſemble.

Vous avez ajoûté encore, que *je vous ai tâté le poulx pour la Reſidence d'Oſnabrug*, & tiré conſéquence de là, comme vous avez déja fait plus haut, que j'en veux à tous les ſerviteurs de la Reine. Ne voilà-t-il pas une belle façon d'argumenter? Premierement, n'avez-vous point honte d'uſer de ce terme que *je vous ai tâté le poulx*, comme ſi vous aviez quelque droit de diſpoſer de cet emploi? Croiez-vous que j'aie ſi fort oublié l'ordre qu'on tient dans les affaires, que je ne ſache pas qu'il ne dépend ni de vous ni de moi, & que la même puiſſance qui vous a fait Ambaſſadeur à Munſter, a fait auſſi Monſieur de Rorte Reſident à Oſnabrug, ſans que nous puiſſions y apporter aucun changement? Néanmoins je ne deſavoûerai jamais ce que j'ai dit, quoi que ç'ait été ſans deſſein & dans une Conference privée. Je vous diſun jour qu'il n'eût peut-être pas été hors de propos que Monſieur de Rorte fût demeuré Ambaſſadeur en Suede pendant le Traité que Monſieur de S. Romain eût été employé à Oſnabrug. Vous avez fait comme les Heretiques dans les paſſages des Peres; vous avez retranché la moitié de ce diſcours, afin que le premier eût ſujet de s'en offenſer contre moi, & que l'autre ne m'en eût point d'obligation. Encore ajoûtez-vous, pour diſtraire la bonne opinion & l'eſtime que je fais de ſa perſonne, que je l'ai voulu envoyer en Portugal. Je ne ſai ſi vous n'avez pas vû que cette penſée étoit criminelle, à cauſe qu'il y avoit déja un homme en ce Païs-là, qui avoit été accuſé d'un crime. Tout cela fait bien voir à quoi votre eſprit s'occupe, de remettre ſur le tapis de cette ſorte de diſcours qui ſe font en l'air, ou en paſſant, & qui ne ſauroient avoir aucune ſuite, à cauſe que ſemblables Commiſſions ne peuvent venir que de la Cour. Je vous jure ſur ma conſcience, que je ne me ſouviens point de vous avoir fait ce diſcours; mais je veux bien l'avoïer pour l'amour de vous, puis que vous l'avez avancé. quand donc, après avoir eſté du bien de Monſieur de S. Romain, & reconnu que ſon eſprit étoit aſſez adroit pour agir avec des Peuples moins groſſiers que la plûpart des Septentrionaux, j'aurois ſouhaité une fois, ou un autre de ſa portée, eût été en Portugal pour porter quelque mouvement reglé aux affaires de ce Païs-là, je ne croirois pas avoir fait une abſurdité comme vous dites. Je n'eſtimois pas qu'il y eût perſonne de la part du Roi, d'autant que Monſieur Lasnier ne peut être chargé, en l'état qu'il eſt, au moins publiquement, des intérêts de Sa Majeſté. J'ai deſiré qu'il y eût un habile homme, afin que cette Nation, qui eſt vaillante & belliqueuſe, mais qui eſt par fois accuſée de manquer de conſeil, pût être aſſiſtée de ceux d'un Miniſtre du Roi intelligent, qui lui pourroit donner de bons mouvemens pour la faire agir à l'avantage de la cauſe commune.

Je vous confeſſe que je ne puis encore comprendre quel interêt particulier vous vous perſuadez que je puis avoir là-dedans, ni en quoi cela eût pû choquer les interêts de la France. Je vous prie de vous expliquer, s'il vous plaît, plus clairement, & je tâcherai de vous répondre & de vous faire voir que dans tout ce raiſonnement il n'y a rien d'abſurde que le jugement que vous en avez fait.

Vous reprenez ici votre ſtile tronqué & vos loüanges de railleries; cela vous arrive toûjours quand vous connoiſſez de ne vous pouvoir pas défendre ſerieuſement. Il vous ſuffit de tenir les choſes dans l'obſcurité par une courtoiſie ſimulée, par des équivoques & des termes à double ſens: mais auſſi-tôt que la verité paroît au travers des nuages, dont vous voulez la couvrir, les yeux ne peuvent plus être de votre côté. Je vous demande pardon, ſi j'ai pris la hardieſſe de parler des affaires d'Allemagne ſans vous en demander la permiſſion, puis que vous en êtes Souverain Maître. Auſſi-tôt qu'on y touche, il ſemble qu'on entre ſur vos terres; vous vous perſuadez d'avoir tellement épuiſé tout ce qui s'en peut ſavoir, que le reſte du monde n'en ſauroit diſcourir ſans dire des ſottiſes. Il s'agit de la guerre de Dannemarck, où vous ne voulez pas avoüer que vous avez été trompé dans le jugement que vous en fites d'abord, croiant que ce n'étoit qu'une galanterie qui ſervoit de divertiſſement à l'Armée Suedoiſe, lors que je vous dis en préſence de Monſieur de la Thuilerie au premier avis que nous en eûmes, que ces nouveautez alloient changer la face des affaires & retarder la Negociation de Munſter. Un branlement de tête, accompagné d'un ſouris que vous fites ſous votre chapeau, m'obligea de répondre avec un peu d'émotion; « Quoi, » Monſieur, vous ne croiez pas qu'un Média- » teur de la qualité de celui-là étant devenu » partie, & les Suedois aiant entrepris une » nouvelle guerre qui leur fait quitter celle » d'Allemagne, un ſi notable changement n'en » doive cauſer dans le Tráité de la Paix, & » que l'Empereur ne veuille pas ſe prévaloir de » cette diverſion? » Vous fites ce qui vous arrive preſque tous les jours, vous demeurâtes court; mais vous ne vous rendîtes pas pour cela. Quelque temps après, arriva des Lettres de Monſieur de S. Romain, qui vous firent voir qu'il étoit de même avis que moi; cela ſuſpendit un peu votre volonté; l'affection que vous avez pour lui vous attiroit bien à ſon avis, mais l'averſion que vous aviez pour moi, vous empêchoit de le ſuivre à cauſe qu'il étoit conforme au mien. Je vous avois déja propoſé d'entreprendre l'accommodement de ce different, quand j'entrepris la propoſition après la reception de votre Lettre, & que j'y ajoûtai de faire préſenter de notre part en attendant l'ordre de la Cour, ſi le Roi de Dannemarck n'auroit point la médiation de Leurs Majeſtez ſuſpecte avant que de la lui offrir. Vous rejettâtes encore cette ouverture de peur de donner ſujet aux Suedois de ſoupçon, mais vous fûtes un peu ſurpris quelque temps après que les Lettres de Monſieur de S. Romain nous apprirent de nouveau que les Suedois n'y trouveroient rien à redire, & que Monſieur Salvius lui avoit répondu que nous avions droit de nous mêler de cet accommodement. Je vous propoſai derechef d'envoyer en Dannemark & d'y faire paſſer Monſieur de Meules, qui ſe trouvoit porté ſur les lieux, afin de gagner temps dans une affaire fâcheuſe où nous avions beſoin de nous ménager. Je n'en pûs jamais obtenir votre con-
ſen-

fentement ou du moins votre refolution, quoi que je vous en aie parlé à plufieurs reprifes. Quand je vous ai preffé d'en faire cependant écrire le Refident de Dannemarck à fon Maître, vous m'avez répondu que cela ne ferviroit de rien, & qu'il n'avoit point de crédit auprès de lui, comme s'il eût été befoin d'un Miniftre de grande autorité pour faire favoir au Roi de Dannemarck, que la France avoit eu déplaifir de la peine où il fe trouvoit, qu'elle n'avoit eu aucune part à cette entreprife, & qu'elle étoit difpofée à employer fa médiation pour accommoder l'affaire pourvû qu'il l'eût agréable, vous ne voulutes jamais rien conclure. C'eft bien votre ordinaire d'être beaucoup irrefolu & chancelant dans les affaires; mais en cette rencontre vous l'étiez au double, parce que dès le commencement votre avis avoit été contraire au mien. Enfin un jour vous me promites de voir le Refident de Dannemark pendant que j'irois d'un autre côté & vous me dites que vous l'aviez vû plufieurs fois. Dieu fait ce qui en eft; mais vous ne m'avez jamais fait la faveur de me communiquer ce que vous avez traité enfemble, ni même de le mettre aujourd'hui dans votre réponfe, quoi que l'affaire le meritât affez. Je vous declarai ingenûment que je me doutois bien que vous ne feriez rien, parce que cela choquoit vos fentimens: j'en parlai moi-même à cê Refident; je ne reconnûs pas dans la Conférence que j'eus avec lui, qu'il lui reftât aucun fouvenir de celle que vous dites qu'il avoit euë avec vous, & ne s'obliga pas alors pofitivement d'en écrire à fon Maître; mais je reconnus bien trois femaines ou un mois après qu'il l'avoit fait; car ma maladie m'aiant arrêté à la Haye quelques jours après vous, elle me donna le loifir d'apprendre d'un difcours qu'il me vint faire avant mon depart, que fi l'offenfe qu'on avoit faite au Roi de Dannemarck ne lui permettoit pas d'accepter publiquement la médiation de la France pour un accommodement, fon interêt particulier l'empêchoit auffi de la refufer; mais qu'il fouhaiteroit qu'elle lui fût offerte formellement, déclarant de la vouloir agréer. J'en écrivis à la Cour, & auffi-tôt après les ordres & commiffions ont été envoiées par le voiage de Monfieur de la Thuillerie. On y a jugé très-prudemment que le prompt accommodement de cette affaire étoit fi neceffaire, qu'on n'a pas crû devoir exiger une déclaration plus expreffe du Roi de Dannemark fur la médiation de Leurs Majeftez. Il vous fouviendra, s'il vous plait, que vous n'approuviez pas au commencement cet emploi de Monfieur de la Thuillerie, parce que vous prétendiez que cette Negociation devoit être attachée à la nôtre, comme fi c'eût été vous faire tort, & démembrer votre patrimoine que de tirer de votre connoiffance quelqu'une des affaires du Nord, que vous eftimez être votre appartenent en propre, à caufe que vous y avez une poffeffion de dix ans. Vous voudriez bien aujourd'hui, que la chofe n'eût pas paffé de la forte; vous êtes au defefpoir quand par quelque bonheur on rencontre un peu mieux que vous. Si on fait avec naiveté un recit hiftorique de ce qui s'eft paffé entre nous, vous dites qu'on fe veut attribuer la gloire de ce qui a bien réüffi. Je vous protefte que je n'ai pas parlé de celle-ci avec cette intention; mais feulement afin que vous ne fuffiez pas un fi grand mépris de ceux qui n'ont pas demeuré dix ans fur la Mer Balthique; ils ne laiffent pas pour cela d'avoir pû apprendre dans la Carte en quelle partie du Monde font fituez la Suede & le Dannemark; &

dans l'Hiftoire les Inclinations, les Mœurs, les Interêts, la Puiffance, & la forme du Gouvernement de ces Roiaumes, fans compter ce qu'ils ont vû de plus fecret, & de meilleur en quelques autres endroits. Je fuis bien plus charitable que vous; je fouhaiterois de tout mon cœur de m'être trompé, & que votre jugement fe fût trouvé bon par l'évenement; il n'y auroit pas eu tant de Villes & de Provinces prifes & ruinées; on n'auroit pas déja donné trois batailles navales, & ce qui nous importe le plus, les forces de Suede ne feroient pas encore dans la haute Allemagne. Vous voulez faire croire en paffant, qu'à caufe que la Conférence que nous eûmes un jour avec le Refident de Dannemark fe paffa en Latin, je fus bien aife de vous laiffer parler. A la verité quand il ne faut debiter que des fleurettes, je ferois très-inconfideré de vous ôter la parole; outre que vous y avez trop de plaifir & que vous vous en acquitez trop bien, vous êtes le premier & elle vous appartient; vous ne manquerez pas de m'accufer à la Cour fi en la moindre occafion j'étois forti du refpect qui vous eft dû, puis que vous y avez fait plainte d'une vifite que j'ai rendu fans vous à Monfieur...... quoi que vous en euffiez fait une douzaine fans moi, aufquelles je n'avois pas voulu prendre garde; quoi que vous ouvriez toutes les Dépêches fans m'en avertir ni m'y appeller, & que vous vous foiez fait porter le paquet du Roi à la Campagne, fans que j'en aie rien dit. Mais vous foûtenez que je n'ouvris point la bouche pendant cette vifite du Refident de Dannemark. Je me fouviens bien de tout ce que je lui dis pour lui faire connoître que nous n'avions point de part à la Guerre que les Suedois faifoient à fon Maître, qui étoit le principal point que nous avions à lui perfuader avant que de pouvoir difpofer le Roi à un accommodement de par la médiation de la France. Il me femble que je m'expliquai affez paffablement; au moins fans faire de folecifme; je fuis bien marri fi je ne le pûs faire en termes fi élegans que vous.

Cette façon d'agir que vous pratiquez ordinairement d'efquiver de paffer d'une affaire à l'autre, vous fournit fouvent de bons moiens de fortir d'affaires, & de ne demeurer pas muet lors que vous vous fentez preffé. Vous ne pouvez à préfent defavoüer que les deux mois que nous avons perdu en l'affaire de Dannemark, tandis que nous étions en Hollande, n'euffent pû être mieux ménagez, n'eut que le depart de Monfieur de la Thuillerie pouvant être avancé de ce temps-là n'eût pû éviter beaucoup de maux, un plus grand engagement des Suedois en cette Guerre, celui du Roi de Dannemark avec l'Empereur, & en toutes façons rendre la Negociation plus facile fi vous n'y euffiez donné apporté de contradiction; & malgré tout cela vous voulez que la remarque que je vous en ai fait faire s'entende de la Negociation que nous avons eu à Hambourg avec Meffieurs les Etats. Voilà comme vous avez corrompu toutes mes paroles & vous avez pris plaifir à leur donner un mauvais fens directement contraire à mon intention. Je ferois ennemi du fervice du Roi & de notre honneur propre fi je doutois que les Traitez que nous avons fait en Hollande ne fuffent très-avantageux pour la France; nous en voions aujourd'hui les effets; je loüe autant que je puis la prudence de ceux qui vous y ont fait travailler, aufquels appartient la gloire d'avoir fait ce coup de Maître, & je me rendrois ridicule fi je difois le contraire. Mais il eft très-vrai, puis que nous fommes tombez fur ce difcours, que votre lenteur a failli à nous faire recevoir le plus grand préjudice qui pouvoir arriver à l'Etat, si les Plenipotentiaires de l'Empereur & du Roi d'Espagne se fussent retirez de Munster pendant votre long séjour à la Haye. Tous les ordres de la Cour, où l'on connoissoit la conséquence de cette résolution que les ennemis eussent pû prendre, pour nous rejetter le blâme de la rupture du Traité général, nous pressoient de partir pour nous rendre ici. Nous étions d'accord il y avoit long-temps de tous les principaux points du Traité avec Messieurs les Etats; l'on vous ordonnoit de laisser le soin de la signature à Monsieur de la Thuillerie, qui l'eût pû faire seul aussi bien que nous trois; nous ne contestions plus que sur des formalitez, sur des visites; & lors que je sollicitai un jour Messieurs les Commissaires, qui étoient assemblez avec nous, de ne s'y arrêter pas, & que je vous conjurai d'en faire de même, vous me répondîtes qu'il falloit avoir du flegme dans les Negociations. N'étoit-ce pas une belle raison d'emploier votre flegme? Lors qu'il faudra contester un point d'importance contre les Espagnols, vous verrez (avec la grace de Dieu) que j'en ai autant que vous; mais en cette occasion, où nous avions à combatre ceux de Messieurs les Etats qui nous avoient déja rebutez par leur longueur, & dont il falloit exciter la diligence, avoüez que cette leçon que vous me voulutes faire étoit un peu hors de saison, & que j'eusse pû vous mieux repartir que par le silence dans lequel je demeurai. Mais vos grands festins n'étoient pas encore faits; vous étiez encore à mediter l'ordre qui devoit y être tenu; ce qui vous fit si souvent lever de table; votre beau Buffet n'avoit pas été montré aux peuples d'Hollande ni porté chez les Dames de la Haye, qui ne pûrent pas être conviées, où vous l'envoïates dresser deux jours après; & ce qui vous tenoit plus au cœur c'est que tout le reste de votre harangue n'étoit pas encore achevé, ce qui vous obligea de contremander une audience de congé que nous avions resolu ensemble de demander, & de m'empêcher de m'en aller seul comme je voulus faire pour obeïr aux commandemens de la Reine, qui avoit déja condamné notre long séjour en ce Païs par plusieurs Dépêches. Vous savez bien qu'il n'y a pas une de ces circonstances qui ne soit vraie: & il vaudroit mieux pour vous que vous m'eussiez laissé en Dannemark que de m'avoir amené, comme vous avez fait à la Haye, car je vous estime bien mal-heureux si vous n'y avez pas un serviteur assez fidelle pour vous avertir des risées qu'on y fit l'espace de quinze jours, & les Dames, chez qui vous aviez envoïé tendre vos grandes machines, furent les premieres à s'en rire. Cela fait voir que votre principal soin n'est que d'être environné de flatteurs qui vous repaissent de fausses loüanges, & que pour entrer en votre confiance & commencer à vous plaire, il faut premierement qu'ils cessent d'être veritables.

Mais avant que de quitter ce discours, il faut que je vous remercie bien-humblement de la confession que vous faites que je vous ai bien secondé. Voici le seul endroit où nous nous sommes rencontrez d'accord & dans la forme de parler; car c'est toûjours ce que je dis au monde, que je tâche de bien seconder Monsieur d'Avaux. Il faut pourtant que je vous avertisse qu'il est plus séant en ma bouche que dans celle d'un autre; permettez-moi de vous dire que cette façon de parler est peu civile & trop altiere, & que pour vous en faire honte il ne faudroit que vous présenter des

Lettres écrites autrefois à un Collegue. Vous le pouvez voir en ce que nous avons par écrit de la negociation de Vervins; vous trouverez que ce grand Personnage, qui ne laissoit pas d'être habile homme pour n'avoir pas demeuré dix ans en Allemagne, n'en usoit pas de la sorte : Je vois dans ses écrits & dans ses actions une conduite bien differente de la vôtre. Mais n'avez-vous point pour qu'on découvre votre foiblesse, & qu'on fasse voir par quels artifices bas & indignes d'un homme de votre forte, vous cherchez des avantages sur moi, quand vous me blâmez d'avoir demeuré après vous à la Haye ? Vous savez bien que j'en devois partir le même jour que je tombai malade, & que vous m'aviez dit qu'il vous falloit dix ou douze jours pour préparer vos affaires; cependant vous vous vantez d'être arrivé ici plûtôt que moi, quoi que je fusse retenu par une maladie. Vous n'oseriez pas ajoûter que je faisois le malade; votre Medecin, qui prit la peine de me visiter quelquefois, soûtiendroit le contraire avec tous ceux qui ont vû le mauvais état où j'étois, dont il est certain que j'avois plus de regret pour ce qu'il retardoit mon départ, que pour le mal qu'il me faisoit souffrir. Vous ne laissez pas de blâmer ma paresse & de loüer votre diligence. Si vous aviez quelques avantages plus solides sur moi, vous ne manqueriez pas de les bien faire paroître, puis que vous faites un si grand trophée de quinze jours de temps que j'ai été malade & que vous vous êtes bien porté.

VII.

Nous entrons maintenant dans l'origine de mes maux & le sujet de ma disgrace auprès de vous, parce que j'eus le bonheur de prévoir en Hollande les inconveniens qui arriverent de ce que vous vouliez entreprendre pour les Catholiques du Païs, & que je vous en avertis par un discours de demie heure que je fis en présence de Monsieur de la Thuillerie. Vous n'avez pas pû me voir de bon œil depuis ce temps-là; tous les mauvais succès qui ont suivi cette action & tout le blâme qu'on y a donné à la Cour & ailleurs, sont autant de sujets qui reveillent votre animosité contre moi. Cependant vous savez que je n'en suis pas cause, & que s'il vous eût plû de considerer davantage l'avis & les raisons de votre Collegue, & n'exercer pas un empire si souverain, comme vous avez fait, en prenant une resolution directement contraire, & l'executant sans m'en rien communiquer, après avoir tenu le dessein caché plus de trois semaines, vous ne seriez pas tombé dans ce précipice. Vous n'osez pas soûtenir hautement que j'en aie part à l'affaire, ni que vous aiez concerté l'ordre & les moiens avec moi, ni que vous m'aiez communiqué votre discours ou du moins les principaux points avant que de les exposer en public. Vous reconnoissez par votre silence que tout cela n'a point été fait : mais selon votre coûtume, vous le voulez donner à entendre par des inductions sophistiques, qui toutefois ne prouvent rien de tout ce que vous prétendez. Vous dites qu'il n'est pas besoin de recourir aux Lettres que j'ai écrites à la Cour ni aux témoignages de Monsieur de la Thuillerie, & que je le confesse moi-même par celles que je vous ai écrites. Contentez-vous, Monsieur, s'il vous plaît, de pallier les choses que vous faites, & ne déguisez pas contre mon intention & au préjudice de la verité celles que je dis. Quand j'ai eu regret

de

de ma déference envers vous, ç'a été de ne vous avoir pas interrompu lors que vous ouvrîtes la bouche pour faire une proposition si importante qui n'avoit pas été concertée entre nous. Je vous fis dire ce même mot par Monfieur de la Thuillerie, que j'avois été fur le point de le faire, & que je ne m'en empêchai, quoi que vous m'y obligeaffiez affez, que pour ne pas faire un fcandale entre vous & moi. J'avois refolu au fortir de là, de defavoüer votre action par un Ecrit public, afin au moins que vous portaffiez feul le blâme d'une refolution que vous aviez prife tout feul. Outre cela j'avois deffein de me plaindre à la Cour de l'affront que vous m'aviez fait en cette rencontre; je vous en témoignai mon reffentiment au fortir de l'audience; vous m'en vintes faire des civilitez en mon Logis le jour même ou le lendemain, lors que Monfieur de la Thuillerie, par fa prudence ordinaire, nous eût accommodez. Cela me fit tomber des mains les armes que j'avois preparées, & je voulus bien enfuite partager avec vous (afin de conferver la bonne intelligence entre nous) le blâme public que vous aviez merité feul, croiant que cette bonté vous gagneroit le cœur. A la verité le temps m'aiant depuis fait connoître que toutes mes déferences n'avoient rien diminué de l'aigreur interieure que vous aviez contre moi, & que pour m'être abftenu des démonftrations publiques, que j'avois voulu faire fur le champ, je n'avois rien gagné, en laiffant écouler le temps qui s'eft paffé depuis l'action; que vous formiez ce moien de m'y engager, en la comptant aujourd'hui tout d'une façon qu'elle n'eft arrivée; j'ai eu très-grand fujet de me repentir de ma déference. Et c'eft de la forte que je l'ai entendu par ma Lettre; cependant après avoir donné à mes paroles un fens tout-contraire à celui qu'elles doivent avoir, vous vous engagez à en tirer des conféquences que vous croiez démonftratives, quoi qu'elles ne fervent qu'à découvrir que votre genie eft plus fin que vigoureux.

Vous ajoûtez après cela que je defavoüe la Lettre que nous avons écrite en commun, vous, Monfieur de la Thuillerie & moi, afin de déclarer que fi j'ai été capable de dénier la verité en un endroit, je l'ai pû faire auffi en l'autre. J'avoüe à ce coup que vous auriez affez bien conclu, au moins probablement, fi cette feconde fuppofition que vous faites étoit veritable; mais il faut voir auparavant ce qui en eft, & conclure par le même argument dont vous vous fervez, que fi vous ofez fuppofer ici une chofe directement contraire à la verité, vous l'avez bien pû faire auffi en d'autres endroits. Cela m'engage dans une grande longueur; mais comme par votre difcours vous vous contentez de donner hardiment une négative qui m'oblige de prouver que le contraire eft veritable, ou bien comme vous y cachez un petit trait qui obfcurcit la fuite d'une affaire, & qui me contraint de le débroüiller & éclaircir en faifant paroître la verité toute nuë, il faut de neceffité que ma replique foit plus longue que je n'euffe defiré. Voici donc comme la chofe s'eft paffée; vous me fites remarquer un jour que Meffieurs les Etats vous avoient extrémement offenfé par un Ecrit qu'ils avoient fait imprimer contre votre harangue & où ils avoient mis ces mots, La préfomptueufe recommandation des Ambaffadeurs de France, & plufieurs autres auffi defobligeans. Je vous répondis que je l'avois lû; que j'en étois auffi piqué que vous, & qu'il n'y avoit rien eu

dans votre difcours qui les dût obliger d'y répondre de la forte. Alors vous ne paffâtes pas outre, & vous vous contentâtes de découvrir mon fentiment. Il faut ajoûter que nous vivions parfaitement bien enfemble, & que vous m'aviez fait affûrer par le Sieur de Saint Nicolas, que notre reconciliation étoit fincere de votre côté, comme je puis en effet jurer devant Dieu qu'elle l'étoit du mien. Peu de jours après, Monfieur de la Thuillerie arriva en cette Ville; vous lui fites d'abord la même propofition que vous m'aviez faite, & le chargeâtes de m'en parler pour favoir s'il ne feroit pas à propos de faire nos plaintes en commun à la Reine de l'injure que nous avions reçuë de Meffieurs les Etats, à laquelle vous voulicz intereffer Sa Majefté. Monfieur de la Thuillerie pourra fe fouvenir comme je lui dis que cette matiere n'étoit plus bonne à remuer & principalement pour vous peut-être vous recevriez en meilleure part le confeil qu'il pourroit donner de n'en parler plus, que s'il venoit de moi à caufe des conteftations que nous avions déja euës fur ce fujet qui nous avoit attiré cette offenfe; que toutefois Meffieurs les Etats avoient été un peu inconfiderez de nous traiter fi rudement par cet Acte imprimé & publié par leur Etat, vû que vous ne les aviez point obligez par votre difcours à repliquer injurieufement; qu'encore que je n'euffe point eu de part en la premiere affaire, comme je le favois très-bien, je ne laifferois pas de me joindre en celle-ci pour faire nos plaintes à la Reine conjointement, pourvû qu'on fe contentât de la reftraindre contre le mauvais procedé de Meffieurs les Etats, aufquels je croiois qu'il n'appartenoit pas de traiter d'une maniere injurieufe des Ambaffadeurs du Roi, qui ne les avoient provoquez par aucune injure précedente. La Lettre donc fut refolüe fous cette condition expreffe, & Monfieur de la Thuillerie fe chargea de la dreffer. Vous avoüez vous-même que quand il y voulut mêler à votre inftigation l'affaire des Catholiques, je n'en voulus pas demeurer d'accord & le fis raier, parce que nous avions auparavant convenu de n'en parler point. Ce n'eft pas que j'auffe moins d'affection que vous pour les Catholiques de ce Païs-là, & que je ne donnaffe de mon fang pour rendre leur condition meilleure & plus favorable: mais c'eft que je perfiftois en mon premier avis, qui a été confirmé par l'évenement, que toutes les démonftrations publiques qu'on voudroit faire en leur faveur, leur cauferoient plus de mal que de bien: que ce n'étoit pas prudence que de remuer le fait de la Religion dans ces Provinces, qui n'y eft point en fi mauvais état que par tout où les Heretiques font les Maîtres, & que la faifon en eft bien mal propre pendant que l'Angleterre étoit agitée de ces troubles pour le même fujet; parce que le voifinage pouvoit aifément faire paffer le mal d'un lieu en un autre, & caufer de femblables divifions parmi nos Alliez, lefquels nous avons plus d'intereft de conferver unis que de jetter nous-mêmes parmi eux la pomme de difcorde. Il n'étoit pas néceffaire de proüver que j'ai corrigé cette Lettre; j'en demeure d'accord & ne l'ai jamais defavoüé; vous ne prenez pas garde que cela fait contre vous, & montre que je ne vouloïs donc pas qu'on parlât de l'affaire des Catholiques, en laquelle vous reconnoiffez vous-même que je n'étois pas de votre avis. Si j'ai dit depuis ce temps-là, ou écrit, que je fignai cette Lettre par civilité, j'ai dit la verité; mais ce n'eft pas

M 3   la

la defavoüer; vous me permettrez bien de dire que vous ne parlez pas proprement, & que cela ne merite pas le nom de Contre-lettre. S'il faut baptiser de la sorte celles qu'on écrit clandestinement, on devroit le donner à celle que vous écrivites en même temps à la Reine sans nous en rien dire, ni à Monsieur de la Thuillerie ni à moi; alors je souscris de bon cœur à votre jugement, & je reconnois franchement que ce procedé n'est pas bien propre à un homme d'honneur. La question est de savoir qui en est coupable de nous deux. Je suis bien assûré que comme j'avois oublié nos contestations passées, je n'ai écrit en ce temps-là aucune Lettre à Messieurs les Ministres sur ce sujet, & s'il s'en trouve une seule je me soûmets à perdre l'honneur. Je me reposois encore sur la foi de notre accommodement, & me promettois que quand l'envie vous prendroit de le rompre, vous me feriez la faveur de m'en avertir, afin de commencer une guerre legitime. Je ne me fusse jamais persuadé que vous eussiez voulu faire la rupture en cachete, au préjudice de la parole solemnelle que nous nous étions donnée l'un à l'autre, non seulement de vivre ensemble en union & franchise, mais de n'écrire aucune Lettre à la Reine ni à Messieurs les Ministres, que d'un commun consentement. Vous y avez contrevenu plusieurs fois; desorte que j'ai été obligé d'en faire de même. Vous pouviez sauver votre honneur & garder votre parole en me donnant un petit avis de votre dessein, qui ne vous eût pas ôté la liberté de l'executer dans que vous auriez voulu; mais vous croiez que les coups, que vous portez couvertement ou par derriere, sont les plus dangereux & plus mal-aisez à parer; cela est vrai quand ils jettent d'abord un ennemi par terre; mais quand il demeure sur pied, qu'il a le loisir de se tourner & de se défendre, il embarasse bien celui qui faute de cœur se veut servir de surprise. Qui eût pû croire, que Monsieur d'Avaux, dont toutes les actions sont si bien concertées en apparence & reglées par l'honneur, eût voulu nous engager à écrire une Lettre commune à la Reine, pour avoir lieu d'en écrire une autre secretement contre nous par le même Ordinaire, afin que celle que nous écrivions servît en quelque sorte de preuve à ce qui seroit dans la sienne particuliere? S'il y avoit une peine établie contre ceux qui écrivent des Contre-lettres, puis que vous les appellez ainsi, comment pourroit-on vous en garantir? A la verité j'appris quelque temps après que vous m'aviez fait cette supercherie, & que vous aviez écrit à la Reine & à Messieurs les Ministres contre moi, dont toutefois je ne savois pas encore le detail. Je fus d'abord connoître l'apprehension où j'étois que vous ne nous eussiez engagez à écrire une Lettre en commun pour en tirer quelque malheureuse conséquence contre moi. L'Ordinaire suivant m'éclaircit de mon doute, & me fit savoir que j'avois eu raison d'y entrer. Vous voudriez étendre votre autorité jusques à la tyrannie, si quand vous attaquez par ces voies illicites il n'étoit pas permis de se défendre honorablement; mais ce qui paroît plus étrange est que vous criez le plus haut; vous dites que c'est moi qui écris des Contre-lettres, & faites comme ces femmes qui font leurs querelles, qui ne cherchent qu'à dire les premieres à leurs compagnes, tout ce dequoi elles savent en leurs ames qu'on peut les convaincre. Pour sortir de cet article tant débatu, seroit-il possible que vous osassiez soûtenir qu'à la premiere proposi-

tion que vous fites de remuer l'affaire des Catholiques, je ne fus pas d'avis contraire? Monsieur de la Thuillerie étoit présent, & il est trop homme de bien pour ne rendre pas témoignage que je combattis votre avis par un discours d'une demie heure. Il est vrai qu'en le finissant vous me demandiez, sans alleguer aucune raison pour défendre votre opinion, s'il falloit donc entierement abandonner les Catholiques. Je vous répondis que non, & qu'à notre départ, lors que les affaires du Roi seroient achevées, il falloit chercher ensemble les moiens de leur faire quelque bon office, persistant toûjours à s'abstenir de tout ce qui pourroit faire tant soit peu d'éclat, à quoi Monsieur de la Thuillerie ajoûta ces mêmes mots, *qu'à cela il n'y avoit point de difficulté.* Voilà tout le concert qui a été fait entre nous pour une affaire de cette importance, où vous voulez embarrasser Monsieur de la Thuillerie & moi; c'est tout le fondement que vous avez pris pour soûtenir que vous n'avez rien fait que par mon avis. En bonne foi, Monsieur, direz-vous que cela vous ait donné le droit de prendre seul la resolution de faire une harangue publique, mon opinion étant directement contraire? Pouviez-vous de votre seul mouvement faire élection du temps, du lieu & de la forme des affaires, aussi bien que des hommes à qui il en falloit parler? L'ordre & la raison y resistoient. Ozeriez-vous avancer que pendant trois semaines ou un mois que vous avez medité vôtre harangue, vous m'en aiez dit un seul mot? Vous avez confessé à Monsieur de la Thuillerie que vous ne l'avez pas voulu faire, parce qu'étant d'avis contraire je vous en eusse dissuadé. M'avez-vous jamais communiqué ces points dont votre discours devoit être composé? Vous avez dit au même qu'il n'étoit pas au pouvoir de la Reine de vous obliger à cela, quoi que ce soit la coûtume, & qu'elle s'observe par tout où l'on doit parler de la part de plusieurs; autrement il dépendroit purement de celui qui porte la parole d'embarrasser les autres contre leurs avis. M'avertites-vous le jour de l'audience que vous m'aviez envoié faire ouvrir toutes les portes, afin que tout le monde vînt ouir un discours qui étoit capable de le porter à sedition? Vous savez qu'alors je fus étonné de ce grand concours, & que vous me fites seulement connoître à cette heure-là cette forme nouvelle venoit de vous, en me disant, *Il est bon que tout le monde entende ce que nous avons à dire.* Quand après la premiere partie de votre discours, qui en devoit être l'unique sujet pour prendre simplement congé, vous entrâtes dans la matiere des Catholiques, pouvez-vous desavoüer l'inquietude que j'en pris, vous voiant embarrassé dans une affaire si chatouilleuse sans mon consentement? Votre conscience ne vous peut-elle point redonner encore la honte que vous eutes, quand votre discours fût achevé, de m'avoir fait cette injure? Elle vous ôta l'assûrance de vous tourner de mon côté pour m'en demander mon avis, afin de savoir si vous deviez presser le Président sur les Catholiques, d'autant qu'après avoir répondu à votre compliment il n'avoit rien dit sur le reste. En prenant seulement l'opinion de Monsieur de la Thuillerie, vous me fites un second affront en présence de tout le monde, & une seconde faute qui nous attira une réponse desobligeante, que le Président avoit voulu supprimer par discretion, si vous ne l'eussiez excité mal à propos. Après tout cela dites encore que j'ai été de votre avis; mais soiez assûré en même temps que vous se-

rez

rez contredit par plus de cinq cens personnes qui virent fort bien à ma contenance que cela n'étoit pas, & la plûpart me l'ont confessé depuis. Vous saviez bien que vous faiiez un grand manquement; mais vous le vouliez pousser jusques au bout. Et pour ne vous rien celer, m'étant plaint, avant mon départ de la Haye, à un des plus habiles du Païs, de ce qu'on nous avoit si mal traitez par l'Imprimé qui couroit les rües: après m'avoir dit, qu'ils n'avoient pû faire autrement pour se justifier envers le Peuple d'avoir écouté votre proposition, il ajoûta ces mots, *Monsieur d'Avaux est trop habile pour n'avoir pas connu qu'il ne feroit service ni au Roi ni aux Catholiques par son discours; mais son intention a été de faire parler de lui à quelque prix que ce fût dans la Cour de Rome.* Je m'en rapporte à ce qui en est; il est très-difficile d'en rien juger.

Je sai bien que vous avez eu droit de dire votre avis de notre Lettre circulaire; mais mon regret est de n'avoir pas mieux soûtenu le mien. Plût à Dieu qu'il fût vrai, comme vous dites, que les Imperiaux ne s'attachent point aux paroles, & que vous ne leur eussiez point vousmême fourni par votre opinion un pretexte d'en arrêter l'effet. Si vous eussiez voulu écrire un peu plus doucement, comme c'étoit mon opinion, en disant presque les mêmes choses, l'Empereur n'auroit pas eu sujet de dire qu'on atraque son honneur, & d'empêcher par son ressentiment que la Diete de Francfort, & la plûpart des Princes de l'Empire, n'aient osé par une réponse favorable se déclarer ouvertement pour nous, comme ils eussent fait sans vos petits Quolibets, que vous avez voulu obstinément inserer sans aucune nécessité. La chose que nous proposions étoit si possible qu'il n'eût pas été au pouvoir de l'Empereur, ni de ses partisans les plus passionnez d'empêcher que tout l'Empire ne vous eût rendu des actions de grace. Mais comme cet Evêque, qui aima mieux perdre son Evêché que de supprimer son Roman, vous avez mieux aimé faire courre fortune aux intérêts du Roi, que de perdre quelques mots de Latin, parce qu'ils vous avoient trop coûté à trouver. Vous me demandez quel meilleur effet eut pû avoir votre Lettre que de plaire à nos amis; je vous réponds qu'il eût été plus utile qu'elle eut servi aux uns, & que demeurant dans la moderation elle nous eût donné moien de frapper un bon coup sûr les autres, que d'être inutile aux premiers & de fournir aux seconds la matiere des deliberations injurieuses qu'ils ont prises contre nous. Notre principal but n'étoit pas de frapper les uns & d'offenser les autres; il devoit avancer les ordres de notre Maître; puis que nous étions asseurez que nous contenterions nos amis, quoi que nous pussions dire. Il ne faloit pas ôter aux neutres les moiens de parler ouvertement de notre côté, ni leur donner sujet de dire (ce que vous avez vû dans les avis qui nous sont venus de divers endroits) que pour tirer un profit solide de notre Lettre, il faloit avoir écrit plus doucement. *Messieurs les Suedois*, dites-vous, *ont loüé ce que nous avons fait*: mais ils se sont bien gardez d'en faire autant. Ils ont écrit plus sagement de leur côté, & si leur véritable opinion étoit que nous avions bien fait, ils n'auroient pas manqué d'en faire de même. Je me suis servi de leur Lettre quoi qu'inutilement, n'aiant que signé la votre pour vous faire consentir que nous eussions beaucoup plus embarrassé les Imperiaux, si nous en eussions usé de même. Croiez-vous que parce qu'eux

& Madame la Landgrave n'ont pas censuré publiquement notre Lettre, & qu'ils n'ont pas laissé de nous aider à la débiter & la faire valoir, croiez-vous, dis-je, que c'étoit un bon argument pour prouver qu'ils n'y ont rien trouvé à dire? Comme leurs affections les obligent de recevoir avec applaudissement un Ouvrage, qui venoit de leurs amis: leur discretion ne leur a pas permis de dire librement tout ce qu'ils en eussent voulu retrancher ou y ajoûter pour la rendre plus efficace envers ceux que nous avons découragez de se rendre ici.

Nous avons, il est vrai, la réponse de plusieurs Princes & de quatre grandes Villes; mais je vous prie de raier de vos papiers que vous leur avez donné les bons mouvemens qu'ils ont, & que vous avez, comme vous dites, conciliè leur affection à Sa Majesté. Ne direz-vous point encore que ceux qui ont fait la même proposition à la premiere Diete de Ratisbonne, & que tous les Députez qui l'avoient faite auparavant en plusieurs autres Assemblées, n'avoient été inspirez que par la Lettre que nous devions un jour leur écrire? Vous devriez rougir de vous attribuer ces avantages qui ne font dûs qu'à la puissance & à la prosperité des armes du Roi. Je vous ferai voir quand il vous plaira que toutes les fois que les affaires ont été balancées en Allemagne, les Etats de l'Empire n'ont jamais manqué de parler, aussi hautement que nous avons fait, de leurs privileges, & du droit qui leur appartient de partager avec l'Empereur l'autorité souveraine. Je vous ai fait remarquer depuis deux jours, qu'il y a un Article formel dans la Paix de Prague, qui oblige l'Empereur de ne faire aucun Traité public, que dans une Diete des Etats de l'Empire. Et ce n'a pas été sans étonnement qu'un homme bien instruit des affaires d'Allemagne, n'eût pas encore pris garde à une des meilleures raisons, que nous pussions avoir pour autoriser la forme que nous voulons donner à l'Assemblée de Munster, qu'elle est prescrite dans le même Traité, dont l'Empereur se veut departir. Vous avez bien remarqué ces paroles du Duc de Mecklebourg: *Vix latius quicquam universæ Germaniæ dici aut scribi posse*; Mais ne tronquez pas le passage, & ne l'expliquez pas contre l'intention de l'Auteur. Il ne dit pas cela de l'endroit où nous parlons de la Monarchie universelle, dont tout le monde a tant fait de bruit; ni des autres de cette nature que j'étois d'avis de retrancher, c'est de la déclaration que nous faisons, que les deux Couronnes veulent montrer dans le Traité de Paix qu'elles n'ont point tant à cœur leur interêt particulier que le bien de l'Allemagne, & la restitution de toutes choses en leur premier état. C'est là veritablement un discours solide, capable de chatoüiller tous les Esprits, & de nous les attirer. Or ces Articles-là, & quelques autres de cette importance, sont les points que nous avions concerté ensemble dès la Haye & que je voulois toucher, & non pas les conditions que vous y avez mises de votre mouvement, & qui vous font nommer seul quand vous faites mention de la Lettre, comme si vous n'aviez point de compagnon. Si vous ne vous rendiez Auteur de ces autres endroits que vous avez voulu obstinément sauver des coups de la plume que j'y avois donné, j'y consentirois fort volontiers, étant bien assuré que ce ne sont pas ceux auxquels les Princes & Villes, qui nous ont répondu, ont donné leur approbation; au contraire c'est ce qui leur fait peine, & qui les a reduits à n'oser pas executer le desir qu'ils avoient de venir, parce que
nous

nous les avons mis dans la neceffité d'offenfer aujourd'hui l'Empereur en venant. J'en dis ma coulpe; je devois être plus ferme; le Roi eût été mieux fervi; j'ai mieux aimé vous complaire pour ne pas tomber en de nouvelles conteftations qu'on ne peut faire avec vous fans aigreur, quoi qu'il ne s'agiffe que d'une diverfité d'opinions dans les affaires de notre emploi. Je dis à Monfieur de Saint Romain, quand il m'apporta la Lettre, qu'il y avoit certaines chofes, dont il faloit que la Reine ouît parler, fi vous ne les ôtiez. Pour les autres, je me contentai de vous en faire prévoir les inconveniens, fans paffer plus avant. Vous confentîtes au retranchement des premieres, de peur que la Lettre ne fût examinée dans le Confeil, & fîtes quelque changement aux auttres endroits; ce qui me fit fouscrire à votre avis; voilà comme la chofe s'eft paffée. Mais je n'ai pû favoir jufques-ici, pourquoi vous raiâtes *Sacra Majeftas Chriftianiffima*, au lieu où nous parlons du Roi. Il me femble que cela n'eût pas été peu avantageux pour le Roi, encore que ce foient des termes dont Ciceron ne s'eft jamais fervi dans fes Epîtres familieres. Monfieur de Saint Romain ne m'en pût dire d'autre raifon de votre part, finon que ce n'étoit pas de bon Latin, & que c'étoit une façon de parler Allemande. Il ne s'en faut pas étonner puis que l'Empire eft aujourd'hui chez eux. Cependant, pour rendre une periode plus quarrée, vous avez voulu perdre cette occafion d'apprendre aux Etrangers que cet honneur appartient auffi legitimement à notre Maître, qu'à l'Empereur. La plûpart de ceux qui nous ont fait réponfe, n'ont pas donné au Roi de *Majefté*, & ont crû qu'on ne pourroit s'en plaindre, puis qu'ils ont parlé comme fes Ambaffadeurs. Vous auriez été bien marri de corriger dans votre Lettre, par mon avis, des fautes que vous aviez déja faites dans le Traité préliminaire, où l'on voit à l'entrée, *Sacræ Cæfareæ Majeftatis Confiliarius*. Vous n'avez pas jugé à propos de faire donner le même titre à votre Maître; cependant, afin que vous ne demeuriez pas dans l'erreur où vous êtes, de n'avoir point fait en cela manquement, je veux vous avertir qu'au Traité de Quierasque, j'eus ordre exprès de faire reparer (comme je le fis) une femblable déference que le Pere Jofeph avoit fouffert dans le Traité de Ratisbonne, & qu'on trouva injurieufe dans le Confeil du Roi. Ne direz-vous point encore en ce lieu, que l'Allemagne fe fouleveroit, fi nous voulions lui faire connoître que le Roi doit être traité de *Majefté*, & marcher pour le moins du pair avec l'Empereur. Dites après cela, parlant encore en fingulier de notre Lettre commune, que c'eft un des grands fervices que vous aiez rendu à la France depuis long-temps. Je m'étonne que vous ne vous vantiez auffi de la fervir quand vous mangez ou quand vous vous faites paier, à caufe que vous lui confervez un grand Miniftre. Au refte je n'ai point vû la Lettre de la Reine, ni celle de Monfieur le Cardinal, ni de Meffieurs les Miniftres, où ils approuvent en particulier tout ce qui eft dans votre Lettre. Mais je fai bien qu'ils ont approuvé en général l'invitation que nous avons faire aux Princes & Etats de l'Empire, d'intervenir au Traité de Paix; ils nous avoient ordonné de la faire, & vous l'avez rendue fans fruit par votre opiniâtreté; ce qui n'a pas empêché que je ne l'aie défendue par tout, comme fi vous l'aviez faire par mon avis.

Cet Article où vous ne difcourez que de Monfieur de Wirtemberg, eft un de ceux où vous êtes le plus étendu. Encore que vous foiez mélancholique de votre naturel, vous aimez fouvent à vous réjouir par quelques petits traits facetieux. N'étoit-ce pas une chofe bien digne d'une longue conteftation ? Elle ne laiffe pas de m'obliger à vous répondre, parce que vous me voulez faire paffer pour impertinent en un endroit, & en d'autres pour un homme qui abufe de la verité. Il faut donc premierement que je foûtienne ce que j'ai dit, qui eft auffi très-veritable, & qu'après je défende ce que j'ai fait, qui n'eft pas du tout fi ridicule que vous le repréfentez. Pendant que Monfieur de Wirtemberg a été ici, vous n'avez pas voulu prendre refolution fur fon voiage; vous favez bien qu'il fut premierement remis jufques à ce que nous en euffions conferé avec Meffieurs les Ambaffadeurs de Suede, à l'entrevûe qui fe devoit faire alors avec eux; après nous le renvoiâmes à Monfieur de la Thuillerie, d'un commun confentement, & vous aviez déja oublié que ce fut moi qui le propofai pour mettre fin à vos incertitudes; mais la chofe eft fi peu confiderable, que j'aime mieux vous laiffer le plaifir de croire ce qui n'eft pas, que de difputer pour une verité qui n'eft pas importante. Vous me faites trop d'honneur de me rendre Auteur de l'envoi de ce Prince : c'étoit vos Superieurs & les miens qui nous l'avoient adreffé; mais quand les chofes vous choquent, vous n'avez gueres moins de peine de leur déferer, qu'à vos compagnons. Il paroiffoit bien qu'il avoit peut-être arraché cet emploi par importunité; mais on lui avoit dit qu'il trouveroit ici des Lettres du Roi & de la Reine, qui étoient déja entre nos mains, pour le recommander au lieu où il feroit befoin. Je ne m'étonne pas qu'en cette rencontre vous ne fuffiez quel parti prendre, cela vous arrive prefque tous les jours. Il me fouvient même que vous ne confentîtes à celui que j'avois propofé, de renvoier le tout à Monfieur de la Thuillerie, qu'après tant de delais, que Monfieur de Wirtemberg n'a pû arriver à Hambourg que l'autre n'en ait été parti, ce que vous avez fait, afin que l'occafion de profiter de mon avis, s'il eût été bon, fe trouvât paffée. C'eft ainfi que vous renvoiez les affaires pour amener dans votre fens ceux avec qui vous traitez, & c'eft de cela même dont je me fuis plaint. Car pour les differentes propofitions que vous avons faites fur l'emploi de ce jeune Prince, je n'étois pas fi attaché à la mienne que je ne fuffe aifément venu à la vôtre, pour peu que j'euffe eu d'éclairciffement d'en tirer quelque profit; que nous en euffions concerté enfemble ingenûment, & que vous m'en euffiez voulu dire franchement votre penfée, accompagnée de quelque raifon. Il faut avoüer que nous étions affez embaraffez comment nous pourrions tirer de fon voiage, quelque profit pour le Roi. Il eft vrai que je croïois qu'il y avoit plus d'apparence de fe prévaloir de fa qualité, que de fon experience; & la mauvaife opinion que vous aviez de lui, fondée fur les Memoires qu'il nous avoit donnez, me confirmoit dans la mienne. Nous avions apprehendé avec raifon, que Monfieur de la Thuillerie étant obligé de commencer fa negociation par le Dannemark, la Suede n'en fût jalouſe; non pas tant par défiance que par interêt d'honneur. Vous dites que c'eft un inconvenient que j'ai imaginé tout feul. Vous ne deviez donc pas fouffrir qu'il fût mis dans l'Inftruction de Monfieur de la Thuillerie, & ç'a été une grande foibleffe à vous de ne l'ofer pas combattre par quelques raifons contraires.

J'avoüe

J'avouë encore que c'eſt un des endroits de ſon emploi, où j'ai toûjours crû qu'il ſe trouveroit le plus en peine. Nous lui avons conſeillé, pour y remedier, de paſſer à Oſnabrug, & il a perdu la moitié de l'année pour faire ce compliment. Cependant Meſſieurs les Ambaſſadeurs de Suede n'ont point été de votre avis, & n'ont pas crû que cette civilité dût autant ſervir pour l'honneur de la Suede, que ſi Monſieur de la Thuillerie eût paſſé par Stockholm, avant que de paſſer en Dannemark. Vous vous pourrez ſouvenir que Monſieur le Baron Oxenſtiern ne laiſſa pas de lui propoſer, après avoir reçû ſon compliment, qu'il ne ſe détourneroit pas beaucoup d'aller auparavant en Suede, & j'ai honté de ce que vous l'oſez deſavouër, puis que j'ai en main dequoi vous convaincre par les Lettres de Monſieur de la Thuillerie, & par celles que nous écrivîmes à la Cour ſur le même ſujet. L'Inſtruction de Monſieur de la Thuillerie portoit, qu'il tâcheroit d'avoir des Lettres deſdits Ambaſſadeurs, pour faire ſavoir en Suede qu'ils avoient conſenti qu'il commençât ſa negociation par le Dannemark, après les avoir vûs, à cauſe que c'étoit ſon chemin, que l'affaire preſſoit, que c'étoit là le lieu où étoit le mal qui avoit beſoin de remede, & que le Roi de Dannemark n'eût pas manqué d'augmenter ſes ſoupçons contre nous, ſi au préjudice de tant de raiſons preſſantes il paſſoit par ſes Etats ſans le voir. Non ſeulement ils refuſerent la Lettre; mais ils lui propoſerent d'aller en Suede. Il faut bien que Monſieur de la Thuillerie ait reconnu qu'on n'y ait pas approuvé l'expedient d'y envoyer un ſimple Gentilhomme, comme il avoit été reſolu, puis qu'il ne l'a pas fait d'Oſnabrug, & que vous croïez toute ſa negociation retardée, parce qu'il n'y a point pû apprendre l'intention des Regens, ce qui lui a ôté les moiens de propoſer aucun expedient d'accommodement, quand on lui a demandé en Dannemark de mettre par écrit ſa propoſition. J'avois été d'avis de remedier à tout cela, & pour ce faire, qu'après avoir vû Meſſieurs les Ambaſſadeurs de Suede à Oſnabrug, Monſieur de la Thuillerie envoïât un Gentilhomme en Suede, pour faire trouver bon qu'il n'y allât pas en perſonne, & pour preſſer les Regens d'envoyer leurs intentions à Monſieur le Maréchal Geran, ou à quelqu'autre ſur les lieux, afin que l'affaire ne fût pas tirée en longueur, & qu'on ne perdit pas tout le reſte de cette Campagne en allées & en venuës. J'avois donc crû que Monſieur de Wirtemberg ſeroit plus propre à faire ce voïage qu'un ſimple Gentilhomme, qu'on ſe fût contenté de lui donner pour lui ſervir de conſeil, & agir auprès de lui. Je ne comprens pas l'extravagance qu'il y a dans ce raiſonnement: Si les Suedois avoient à ſe contenter d'un ſimple compliment, comme vous avez jugé qu'ils devoient faire, voïant l'Ambaſſadeur du Roi faire l'ouverture de ſon entrepriſe dans la Cour de leurs Ennemis, ils s'y ſeroient plûtôt diſpoſez voïant un Prince porteur du compliment, que ſi c'eût été un autre de moindre qualité. Vous croïez néanmoins d'avoir beaucoup mieux rencontré, & vous n'avez pas la moindre confuſion de ce que Meſſieurs Oxenſtiern & Salvius n'ont pas été de votre avis pour l'interêt & l'honneur de la Suede. Si vous oïez-vous, vous leur tenez à tous leur procès, à cauſe qu'ils ont eu l'audace de contredire vos ſentimens, & de ce qu'ils ne ſe font pas contentez de ce que vous avez eſtimé ſuffiſant pour leur ſatisfaction. Qui vous a donné pouvoir de décider ſi hardiment de l'honneur des Couronnes, & de croire vôtre ſeule tête? Vous n'avez pas mieux rencontré de ce côté-là, quand vous avez crû qu'il ne faloit point donner de la *Majeſté* au Roi dans nos Lettres, & qu'il étoit plus avantageux de le nommer dans nos Paſſeports *le Roi Très-Chrétien*, que d'y mettre ſimplement *le Roi*, comme font les Miniſtres des autres Monarques. Vous voïez qu'on n'a pas été de votre avis ſur ce ſujet à la Cour de France, non plus que ſur l'autre en la Cour de Suede, & vous ne pouvez encore vous rendre. Au contraire, vous ſoutenez vos premieres propoſitions auſſi hardiment que ſi elles n'avoient pas été condamnées d'erreur par ceux qui en ont l'autorité, & vous commencez néanmoins d'avoir peur que tous les bruits qui courent, que Monſieur de la Thuillerie a paſſé en Suede, ne ſe trouvent véritables, parce que le public vous aura l'obligation de cette perte de temps, où une affaire ſi importante eût été plus avancée ſi vous aviez été moins opiniâtre. Car il eſt certain que ſi Monſieur de Wirtemberg ou un autre fût parti d'Oſnabrug pour aller en Suede, en même temps que Monſieur de la Thuillerie partit pour aller en Dannemark, & qu'à ſon arrivée à Coppenhague, l'autre eût pû s'y rendre de Stockholm avec les intentions des Regens pour l'accommodement, Monſieur de la Thuillerie ne ſe fût pas trouvé en peine, quand le Chancelier de Dannemark lui a donné ſes propoſitions par écrit. Par votre foi, Monſieur, croïez-vous que Monſieur de Wirtemberg eût fait plus d'honneur au Roi d'être ſon compagnon dans la médiation pour cet accommodement, que d'aller porter en Dannemark des Lettres de Sa Majeſté, & y faire un ſimple compliment de ſa part? Vous ſavez bien que ce fut par-là que Monſieur Salvius débuta, en raillant de Monſieur de Wirtemberg; & qu'avant que nous euſſions demandé ſi ce Prince devoit aller en Suede, en qualité d'Ambaſſadeur du Roi, (à quoi vous dites que je répondis avec tant d'impertinence,) il nous avoit déja demandé lui-même, ſi le Roi trouvoit bon qu'il fût Médiateur avec lui dans ce different, comme le Prince s'en étoit vanté. C'étoit à vous à répondre, puis que cela touchoit les inconveniens de votre avis. Il eſt vrai que vous n'eûtes pas beſoin du ſecours de vos amis pour ſortir de ce mauvais pas; vous le ſautâtes legerement, de peur d'y demeurer embourbé, & fîtes comme les Cerfs ruſez, qui donnent le change à leur Ecuïer: vous reprites ſeulement ce qui concernoit le voïage de Suede, afin de me mettre dans l'embarras, où vous dites que je me trouvai. Vous tombâtes bien dans un plus grand, quand vous vîtes que Monſieur Salvius conſentit à l'expedient que j'avois ménagé pendant votre maladie, pour travailler ici à la reformation des Pouvoirs, encore qu'ils n'euſſent point été communiquez à Oſnabrug. Vous en avez toûjours combatu la propoſition, & ne m'avez point voulu croire quand je vous diſois que les Suedois en demeuroient d'accord, dont j'avois été aſſuré déja par le Reſident. Avoüez franchement, Monſieur, que vous jettâtes de petits traits, & alleguâtes des inconveniens pour diſſuader Monſieur Salvius du conſentement qu'il nous avoit donné. Il me le fit aſſez connoître dans la viſite particuliere qu'il me rendit, où il me dit franchement que ce conſentement avoit été reſolu avec Monſieur Oxenſtiern & lui, ce qui fit bien paroître qu'il n'avoit oſé le dire librement en votre préſence, de peur de vous faire du déplaiſir en choquant votre ſentiment. Je fus ſcandaliſé de vos diſcours

Tom. I.   N   cours

cours & de votre contenance; je vous regardai plusieurs fois avec étonnement, croiant que c'étoit un Miniftre de Suede, & non pas un Ambaffadeur de France qui parloit de la forte; & fi Monfieur de Rorté, qui étoit préfent, & que vous avez tâché d'aigrir contre moi, par des voies baffes, veut dire la verité, il remarqua bien plus votre confufion que la mienne. Néanmoins vous me décriez, pour n'avoir pas pû juftifier l'emploi de Monfieur de Wirtemberg par de bonnes raifons. Vous me dites que je me ferois perdu dans un abyfme d'erreurs fi vous ne m'euffiez retiré. J'ai quafi envie de l'avoüer pour vous donner la gloire d'avoir fait des miracles en la caufe de Monfieur Rodriguez de Wirtemberg. Mais confeffez au moins que fi votre affiftance m'a retiré de ce grand peril, vous n'avez pas raifon de me reprocher fans fondement, ce que j'ai fait réellement pour vous en tant de diverfes rencontres. Souvenez-vous que je vous ai délivré fouvent des mains des Ennemis qui vous venoient battre à force de raifons, dont vous ne pouviez vous défendre. Je vous en pourrois cotter cinq differentes occafions; mais afin que vous aiez plus de tort, fi vous defavoüez encore la verité, je vous en cotterai une toute fraîche, qui a été à la derniere Conference que nous avons euë avec Meffieurs les Médiateurs, où fur les plaintes que les Imperiaux faifoient de nous, ils nous découvrirent qu'ils avoient été particulierement offenfez, de ce que par nos Lettres nous avions convié généralement tous les Princes d'Allemagne, & follicité même celui de leur parti, ce que les Suedois n'avoient pas fait de leur côté, puis qu'ils s'étoient contentez d'inviter ceux du leur. Vous demeurâtes court à cette plainte, & pour vous montrer que vous oubliez le fil des affaires, (auxquelles vous préferez un paffage d'Horace ou de quelque autre Poëte Latin) vous ne vous fouveniez déja plus d'une très-bonne repartie que les dépêches de la Cour nous avoient apprife il n'y avoit que huit jours, de laquelle je me fervis pour vous fecourir. Je leur dis donc que cette plainte étoit bien extravagante, puis que lors que les Suedois ne s'étoient adreffez qu'aux Proteftans de leur parti, nos Parties avoient dit qu'il paroiffoit bien par-là que leur deffein n'étoit qu'une faction, & qu'ils n'avoient pas pour but, comme ils le vouloient faire croire, le rétabliffement de la liberté d'Allemagne, à laquelle les Princes & Etats Catholiques n'ont pas moins d'intérêt que les Proteftans. J'ajoûtai que, pendant cela, pour nous laver de ce blâme, nous avions fait une invitation générale, on y trouvoit un autre fujet de plainte, qui faifoit bien paroître qu'elle procedoit plûtôt de la mauvaife humeur de nos Parties que d'aucune raifon. Vous dites alors entre vos dents, avec un petit figne d'approbation, oui, oui, voilà qui eft fort bon, & vous y ajoûtates quelques autres geftes, qui firent paroître que vous aviez deux regrets, l'un de n'avoir pas fû trouver de quoi ce que je vous venois d'alleguer, & l'autre de ne l'ofer pas contredire. Vous preffâtes tant la vendange que vous en fîtes fortir tout le vin; celui qu'on tire de cette forte a d'ordinaire quelque amertume, parce qu'on épreint le fond de la Grape. Il paroît, au moins en cette occafion, que c'eft de ce Vin dans lequel le Proverbe a dit, que fe trouve la Verité. Je fuis bien marri qu'en s'élevant avec tant d'impetuofité, elle vous caufe de l'étourdiffement.

X.

Je n'ai allegué ce qui s'eft paffé fur la minute du Pouvoir que j'avois dreffé enfuite de votre avis; que pour vous faire remarquer, de fuite & en paffant, vos variations, & irrefolutions ordinaires. S'il vous eût plû feulement de me dire que vous aviez changé d'opinion, j'aurois été content; mais de ne m'en rien tire, & de jetter les papiers que je vous donne, dans la pouffiere de votre cabinet, fans me faire l'honneur de me les renvoier quand ils ne vous plaifent pas, c'eft cette maniere d'agir dont j'ai crû avoir fujet de me plaindre, qui s'appelle éluder les propofitions, & qui n'appartient qu'aux Maîtres. Vous ne voulez pas confeffer la peine que vous avez de ne pas confentir à la correction d'une Piece qu'on a publié être partie de vos mains, de peur de perdre la qualité d'impeccable que vous croiez poffeder. Il paroît clairement que c'eft vous qui n'avez fû dire ni oui, ni non, en cette rencontre, & qu'aiant été un jour d'un avis, vous le changez le lendemain, fans le vouloir déclarer ni dire pourquoi.

XI.

Vraiement, Monfieur, l'aveuglement de votre paffion eft trop grand, puis qu'il vous porte à foûtenir qu'il n'eft pas jour en plein midi. Je n'aurois jamais pû croire de votre procedé peu fincere, quiconque me l'eût pû dire, que le retardement eft venu de la peine que vous avez euë à me faire approuver une meilleure forme de la déclaration que nous devions faire aux Médiateurs. Du commencement vous n'aviez point été d'avis d'en venir à cette déclaration, par cela feul que l'ouverture n'en étoit pas venuë de vous. Pour terminer les longueurs que vous affectiez en remettant de jour à autre, j'en fis dreffer un projet que je vous envoiai; je prends Dieu à témoin fi vous ne le gardâtes pas plus de huit ou dix jours fans m'en rien dire, & fi ce ne fut pas un des principaux fujets qui m'obliga de vous écrire ma précédente Lettre, voiant que vous ne me répondiez rien, quoi que l'affaire fût affez importante. Je vous en fis parler par le Sieur de Préfontaine avec un peu de chaleur, & ajoûtai que fi vous n'étiez pas d'avis de le faire, il falloit envoier nos opinions à la Cour. Ce coup d'éperon vous reveilla, & il eft vrai que le lendemain vous me renvoiâtes mon Ecrit que vous aviez corrigé. Le Sieur de Préfontaine eft votre créature; il n'a point fû trouver de meilleur moien de fe bien mettre auprès de vous, (depuis qu'il travaille fous nous) qu'en me defobligeant en quelque rencontre. Je m'affure qu'il n'oferoit dire que je n'aie demeuré d'accord de votre correction, d'abord qu'il me préfenta la Piece, & je lui ai fait avoüer, depuis que vous m'eures écrit votre Lettre, que je lui en parlai fi ingenûment, que je ne fis que loüer ce que vous y aviez ajoûté, & déclarer qu'elle étoit encore mieux en cet état que comme je l'avois minutée. A la verité, il ne me fouvient pas qu'il y eût rien de changé dans la fubftance, qu'une ligne que vous y aviez ajoûtée, laquelle je vous fis trouver bon d'en ôter, quoi que vous y euffiez rêvé près de fix jours. Je ne prétends pas, comme vous, que des Pieces qui fortent de mes mains foient fi parfaites, qu'on n'y puiffe rien changer; peut-être qu'en y travaillant avec foin pour les mettre en l'état qu'elles doivent demeurer,

meurer, je les pourrois rendre passables; au moins autrefois de plus grands personnages que vous, n'ont pas tant regraté sur mes ouvrages; mais je ne me soucie point de cela, quoi qu'il soit assez desobligeant de voir que vous mettez souvent une même chose d'une autre façon, pour vous conserver l'autorité de corriger. Je n'y trouve rien à dire, & suis bien aise que vous vous contentiez, pourvû que les choses essentielles passent comme il faut.

Quant à cette Piece, qui ne pouvoit être qu'un projet, puis que nous ne l'avons pas encore resolüe ensemble, & qu'elle ne faisoit que vous proposer mon sentiment pour avoir le vôtre, je vous puis bien assurer que je n'entendois pas qu'elle dût demeurer de la sorte, quand même vous en seriez demeuré d'accord. Pour le commencement, où vous croiez que j'ai bronché à cause qu'il y avoit Messieurs, quand mon Secretaire l'a mis au net, & qu'il y a ajoûté ce mot par respect, à cause que c'étoit lui qui écrivoit, je m'apperçûs bien qu'il y avoit quelque chose à dire; mais outre qu'il étoit incertain si nous donnerions nous-mêmes la déclaration, ou si elle seroit portée par un tiers, auquel cas il n'eût pas été mal séant qu'il nous eût appellé Messieurs, je vous jure que je le fis laisser afin que vous eussiez le plaisir de le retrancher, s'il étoit necessaire; & je ne devinai pas mal; car je voi que cela vous a fourni de matiere pour un grand triomphe. Je vous veux encore découvrir une petite malice que j'eus, voiant que vous ne faites jamais tant de difficulté aux choses qui ne viennent pas de vous, que quand il n'y a rien à reprendre; je me servis de cette ruse pour vous engager à ne contredire pas plus long-temps celle-ci; car en effet il étoit temps pour le service du Roi, que nous fissions cette declaration. Je passe plus avant, & vous avoue que j'ai été un peu trop dans ma créance; car j'avois eu d'abord quelque apprehension que vous ne voulussiez mal à mon Secretaire de ce qu'il n'avoit mis que Messieurs, au lieu d'écrire Messeigneurs, m'étant souvenu de la colere que vous eutes un jour à la Haye, à cause qu'ils n'avoient mis dans un Ecrit qu'ils nous avoient présenté, que les Sieurs Ambassadeurs de France. Tant y a, voilà une grande faute où la France eût reçu des préjudices irreparables si Dieu ne vous eût inspiré de la relever.

Pour ce qui est de la seconde correction, elle est générale, & vous la soûteniez par un raisonnement si obscur, que vous ne vous entendiez pas vous-même. Je vous pourrois bien faire voir que vous vous êtes mépris, & que la communication des Pouvoirs aiant dû être faite à Osnabrug en même tems qu'ici, le refus qu'en ont fait les Imperiaux à Osnabrug n'a été que l'execution d'une resolution prise long-temps auparavant, & pour laquelle ils avoient reçû les ordres de Leurs Majestez. Vous savez qu'avant notre arrivée ici ils avoient fait connoître qu'ils ne vouloient plus traiter sans la médiation du Roi de Dannemarck, dont les Ambassadeurs s'étoient retirez, & par conséquent avoient déja arrêté de cette sorte la negociation en ce lieu-là, si bien qu'il eût été mieux & plus avantageux pour nous, comme vous le confessez vous-même en cet endroit, que les termes que j'y avois mis fussent demeurez, que ceux dont vous vous êtes servi; car la subtilité que vous voulez faire valoir est grossiere & si peu concluante, que non seulement nos Parties n'eussent pas pû s'en aider, mais auroient été bien marris de l'alleguer. Néanmoins parce que la chose n'étoit pas de grande consé-

quence, & que vous ne contestiez pas moins avec vos Confreres pour un mot, que vous feriez avec vos Parties pour la conservation d'une Province, j'aimai mieux laisser l'Ecrit en l'état que vous l'aviez mis, afin de gagner temps; & il est si peu vrai que vous aiez eû peine alors de me faire consentir à votre avis, que lors que le Sieur de Préfontaine me l'apporta de votre part, je le chargeai sans plus de delai, si vous le trouviez bon, d'aller demander audience à Messieurs les Mediateurs pour ce jour-là, ou pour le lendemain. J'avois esperé que vous me pardonneriez pour votre interêt, d'avoir appellé Ambassadeurs les Plenipotentiaires de l'Empereur & du Roi Catholique, puis que cela sert à vous excuser de la faute que vous avez faite à la Cour, en écrivant ici le premier jour, pour avoir si glorieusement & miraculeusement conservé la dignité du Roi en votre personne. On se moquera de vous de n'avoir pas sû que ceux avec lesquels nous avions traité du pair, n'avoient pas une qualité si éminente que la vôtre, qui est néanmoins la seule qui donne le rang, & fait deferer les honneurs.

Vous alleguez pour troisième défense que je demandois d'autres choses, & afin de faire passer pour défaut ce qui ne l'est pas, vous supposez contre la verité, que je les avois mises pour une condition necessaire si l'on vouloit que votre Pouvoir fût reformé. Premierement, je n'ai jamais crû que ces demandes dûssent être jointes à la déclaration que nous avons donnée. Si vous le voulez faire croire, parce qu'elles étoient dans un même papier quand je vous l'ai envoïé; il faudra desormais, pour vous empêcher de faire des censures si malicieuses, vous envoïer autant de differentes feuilles de papier comme il y aura de divers points à vous proposer, de peur que vous n'aiez trop de peine à prouver, comme vous faites ici, le contraire d'une chose qu'on n'a jamais dite, & qu'on n'a point prétendu. Du moins il ne faudra pas oublier d'inserer en chaque Article, celui-ci est destiné pour marcher seul, & celui-là doit être toûjours en compagnie. Quand le Sieur de Préfontaine m'apporta votre Ecrit, duquel vous aviez retranché toutes les demandes qui concernoient le Pouvoir de nos Parties, & les clauses que nous devions en faire retrancher ou y ajoûter, je lui dis d'abord que ces deux affaires ne devoient point être jointes; que ce n'avoit point été ma pensée d'en faire parler en même temps, & qu'après que nous aurions donné nôtre déclaration sur la reformation des Pouvoirs en general, il suffiroit d'attendre le temps qu'on procederoit à cette reformation, pour nous expliquer de ce que nous avions à demander à nos Parties dans leur Pouvoir. C'est pourquoi vous avez eû grand tort de dire, que je voulois à toute force que les demandes que nous avions à faire dans leur Plein-pouvoir, fussent inserées dans la déclaration que nous devions donner aux Médiateurs, puis que c'étoient deux choses distinctes, & qui devoient être traitées en divers temps.

A la verité, j'ai toûjours crû, comme je fais encore, qu'il vous eust été très-desavantageux d'avoir parlé si mollement, que vous avez fait, des défauts qui sont dans les Pleins-pouvoirs de nos Parties. Vous savez que les Médiateurs nous ont dit que les Commissaires de l'Empereur avoient tiré très-grand avantage, de ce que la premiere fois que leurs Pouvoirs nous furent montrez, nous n'y avions point trouvé de manquement. Vous êtes un peu fâché de ne les avoir pas remarquez, & de m'avoir dit que vous les trouviez bien, au moins ceux des Commis-

fai-

faires Imperiaux, vû que depuis vous avez été forcé par la raison d'écrire à la Cour avec moi qu'il y en avoit beaucoup. Ce n'est pas merveille si en cette occasion vous n'avez pas agi vigoureusement contre vos Parties, puis que vous ne savez pas bien encore quel parti vous devez prendre. Vous faites des efforts pour prouver qu'il n'est pas necessaire qu'ils aient la qualité d'Ambassadeurs ; vous ne vous souvenez pas que nous nous sommes plaints à la Cour de ce qu'ils ne l'ont pas, par les observations que nous avons faites sur leur Pouvoir, dont les minutes peuvent avoir été vûës. Nous avons fait les mêmes plaintes à tous les Ambassadeurs du Roi, afin qu'ils les puissent faire valoir, & montré que ceux que l'Empereur & le Roi Catholique ont envoiez pour conduire une Negociation de si grande importance, ne sont pas de grande consideration auprès de leurs Maîtres, ni favorisez de leur confiance, puis que l'on ne les a pas jugez dignes de la même qualité que nous avons. Mais puisque vous voulez ainsi être contraire à vous-mêmes pour avoir droit de me contredire, vous avez oublié l'avis très-prudent & très-solide qui vous a été donné, que nous prissions garde à n'être pas trompez avec ces gens-ci qui se rendoient prodigues en complimens, à cause qu'ils n'avoient point la dignité d'Ambassadeurs, qui n'avoit été conferée de la part des Espagnols qu'à Melos, Castel Rodrigues, & à Medina de la Tonde. En effet, il vous peut souvenir que Saavedra & Brun n'avoient pas l'assûrance au commencement de se donner de l'Excellence l'un à l'autre, encore même que vous n'eussiez pas fait difficulté de leur en donner. Vous dites qu'il faut croire qu'ils ont cette dignité, pour ne pas perdre les avantages que nous avons acquis sur eux. Cela s'appelle se tromper soi-même ; car en premier lieu pensez-vous que la créance qu'on voudra prendre, les élève au-dessus du pouvoir qui leur est attribué par la Commission de leurs Maîtres, laquelle nous a été communiquée, & qu'ils ne manqueront pas d'alleguer pour leur défense quand nous en voudrons tirer des conséquences à leur desavantage? Après cela quels avantages nouveaux avons-nous eû sur eux, que les Ambassadeurs de France qui sont à Rome, à Venise & ailleurs, n'aient tous les jours aussi bien que nous? Nous mériterions châtiment, si nous en agissions d'une autre maniere. Mais ce n'est pas à dire, que pour avoir été à la Procession, où ils ne se sont pas trouvez, nous ne fissions rire le monde si nous prétendions en tirer quelque loüange particuliere. La plaisante raison que vous alleguez de dire, que si l'Ambassadeur de France vouloit préceder un Commissaire de l'Empereur, qui ne lui seroit pas égal en dignité, toute l'Allemagne se soûleveroit contre lui. Quoi, tous ces petits Docteurs que l'Empereur envoie en divers lieux avec la qualité de ses Commissaires, & ceux qu'il donne pour conseil & pour ajoints aux personnes de condition qu'il députe, sans avoir lui-même intention qu'ils tiennent le même rang que le premier valet des cérémonies publiques, vous seriez d'avis que nous les fissions passer devant nous. Comme ce sont des gens qui ne meinent avec eux qu'un seul Laquais, il me semble que ce seroit trop ravaler la qualité dont le Roi nous a honorez, & faire un trop grand mépris de la grandeur de votre équipage. Vous savez ses avis qu'on nous a donnez, que le Duc de Baviere a désiré, pour remedier à cette indecence, où vous ne trouvez rien à dire, qu'on rappellât d'ici le Docteur Volmar, & qu'on

renvoiât à sa place une personne plus qualifiée. Il n'y a pas long-temps qu'on nous a dit que cela avoit été resolu, & qu'on n'avoit point entendu à Vienne que Volmar se montrât dans les grandes Assemblées, pour y tenir le même rang que le Comte de Nassau, encore qu'il ait la qualité de Commissaire comme lui, & qu'elle lui soit attribuée par un même Pouvoir. Vous voiez donc que vous faites scrupule de conserver la dignité de votre Maître en une occasion où nos Ennemis & nos Envieux n'en font pas. N'avez-vous pas honte de faire des exclamations contre ceux qui sont d'un avis plus juste & plus honorable, & de leur faire peur d'un soûlevement de toute l'Allemagne, que vous voulez interesser dans une contestation où elle-même reconnoît qu'elle n'auroit pas raison, puis que nous ne ferons point de difficulté de ceder à ceux qui viendront de la part de l'Empereur, quand ils auront le même caractère que nous? Si vous soûtenez que la qualité de Plenipotentiaire est égale à celle d'Ambassadeur, & merite les mêmes honneurs, vous savez que ce n'est pas l'avis de nos Maîtres, & vous devez remarquer en cette rencontre, que c'est vous qui avez la hardiesse de les censurer, ce que je ne fis jamais. Les Dépêches de la Cour nous ont appris de leur part, que la premiere des qualitez ne regarde que l'autorité de traiter, & que les honneurs semblent être attachez à l'autre ; ils vous ont même allegué cet exemple, qu'un homme peut être envoié dans la Cour d'un Prince avec plein pouvoir de conclure une affaire, qui ne sera pas pour cela reçû ni traité comme un Ambassadeur s'il n'en a pas la qualité. Mais parce que ce n'a pas été votre opinion d'abord, vous ne voulez pas vous rendre ni ceder à vos Superieurs, non plus qu'à la Raison. Du moins devriez-vous reconnoître que nous avons une qualité plus que les Imperiaux, puis qu'ils n'ont que celle de Plenipotentiaires, & que par dessus celle-là, nous avons encore celle d'Ambassadeurs extraordinaires. Vous ne sauriez rien dire au contraire, sinon que l'Allemagne & la Ville de Munster le trouveront mauvais. Je viens de vous montrer que cela ne peut être; mais quand il seroit veritable, devons-nous considerer les ressentimens de l'Allemagne & des Nations Etrangeres, jalouses de la grandeur de notre Maître, quand il s'agit de conserver les prérogatives d'honneur qui lui sont dûes ? Il eût été bien plus expedient d'avoir cette apprehension, que vous mettez ici en jeu si mal à propos, quand vous n'aviez pas écrit en Negociateur de la Paix aux Princes & Etats de l'Empire. Car, pour vous montrer que vous n'êtes pas si illuminé que vous pensez, & que vous ne deviez pas alleguer un soûlevement en Allemagne, je veux vous apprendre que Galasse étant Commissaire de l'Empereur en Italie, comme est ici le Comte de Quierasque, avec pouvoir de traiter de la Paix à Quierasque, l'Ambassadeur d'Espagne le préceda toûjours dans une visite qu'ils se rendirent ensemble. Cet Ambassadeur devoit plus craindre que vous d'irriter l'Allemagne; cependant il ne laissa pas de croire que cette préséance lui appartenoit, & qu'il en pouvoit joüir, sans faire préjudice à l'Empereur ni à l'Empire. Je ne vous dirai pas la suite qu'eût cette action; il suffit qu'elle est veritable, & que nous en tirâmes quelque avantage pour le Roi dans le cours de la Negociation. Ce n'est pas que j'affecte, comme vous m'imputez sans raison, d'avoir plûtôt la qualité d'Ambassadeur que celle de Plenipotentiaire. Je vous assûre que,

quand

quand je fuis venu ici, je ne savois pas bien la qualité qui m'eft donnée par les Lettres Patentes du Roi. Si c'eft vous qui les avez drefsées, il paroît que vous avez été plus curieux de cette qualité, que je ne le fuis, auffi bien que de plufieurs autres. En quelque condition que j'aie l'honneur de fervir la Reine & l'Etat, je fuis trop content, & je ne prétens point de faire mettre, comme vous, dans mes titres, *sextùm Legato*. Il faudroit que je fuffe bien ignorant & ridicule, fi j'avois ufé des termes, que vous m'impofez, contre la verité, que je ne veux point être dégradé; j'aimerois mieux mourir que d'avoir defiré la moindre des circonftances qui fe font paffées entre vous & moi. Il eft vrai que je vous dis un jour fur ce difcours, que *nos Pouvoirs des uns & des autres aiant été déja vûs en tant de lieux differens, nos Parties nous feroient bien plus obligées fi nous leur procurions la dignité d'Ambaſſadeurs, que nous ne leur ferions s'ils nous faifions dégrader*. Ce font là mes termes; mais que j'aie dit que je ne voulois pas l'être, ce feroit une étrange forme de parler à un Sujet qui met toute fa gloire dans fon obéiffance & fa fidelité; & vous me permettrez bien de vous dire, fans deffein de vous offenfer, que cela n'eft pas vrai. Il y a long-temps que j'ai apris d'un autre, que les Souverains peuvent fe fervir de leurs Sujets comme on fait des jettons, & les faire valoir tantôt cent, tantôt mille, & tantôt dix ou un. Quand ce ne feroit pas l'ordre, j'ai tant d'obligation à la Reine, & tant de paffion pour fon fervice, que je ne regarderai jamais aux qualitez qu'il lui plaira me donner en la fervant. Tout le mal de cette affaire qui vous oblige ainfi à vous oppofer aux ordres de la Cour, & à être different de vous-même & de tous les Ambaffadeurs, en combattant aujourd'hui ce que nous avons écrit enfemble, c'eft que vous avez trouvé qu'il n'en avoit pas été ufé de même dans le Traité préliminaire. Vous croiez que ce Traité eft un abregé de perfection, & qu'il doit fervir de modelle à tous les hommes préfens & à venir. Mais je m'étonne comment vous, qui vous êtes vanté d'avoir pointillé avec le Roi de Dannemarck, parce qu'il ne buvoit pas la fanté du Roi dans le même Verre que celle de l'Empereur, comment, dis-je, vous n'avez pas pris garde aux avantages que les Miniftres de celui-ci ont pris fur vous au préjudice de Sa Majeſté, qui n'y a pas été traitée de *Majeſté* comme l'Empereur. Au lieu d'en avoir regret, vous en devenez plus infupportable, & vous ne voulez pas même fouffrir que les autres foient plus foigneux que vous. Mettez-vous en colere, Monfieur, tant qu'il vous plaira; cela ne fervira de rien; votre exemple n'eft pas fuffifant pour ma décharge; je ne ferai point la même faute que vous avez commife dans le Traité préliminaire. Je la croi fi grande, que j'aimerois mieux avoir perdu la main que d'avoir figné un Traité où le Roi n'eut pas de la *Majeſté*, auffi bien que l'Empereur, & principalement dans un Païs où les Princes & Etats qui en donnent à l'Empereur, n'en veulent pas donner au Roi. Si au lieu de difputer là-deffus, comme vous faites, nous avions entrepris avec générofité & de bon accord de faire reformer ce ftile peu refpectueux, je ne doute point que nous n'en vinffions à bout en cette conjoncture, & que nous n'y portaffions la plûpart des Princes. Mais certes il ne faudra pas le prétendre, tandis que par vos Ecrits vous leur donnerez fujet de croire que vous en paffez vous-même condamnation. Si vous vou-

lez lire les anciens Traitez, vous verrez que lors même que les armes de Charles-Quint ont été bien avant dans la France, les Miniftres du Roi François lui ont confervé les avantages que vous avez laiffé perdre à Sa Majefté au milieu de fes profperitez & de fes victoires. Apres cela, un homme a grand tort & fe trouve criminel, pour ofer dire que vous y pouvez regarder de plus près.

La difpute que vous faites, pour foûtenir une autre cenfure auffi mal fondée que la précedente, & pour faire voir que le Roi d'Efpagne a raifon de fe qualifier *Roi de Navarre, Duc de Bourgogne, & Comte de Barcelone*, n'eft pas bien féante dans votre bouche. Attendez au moins que vous aiez dépofé la qualité d'Ambaffadeur, comme vous faites femblant de le vouloir par une feinte humilité, afin qu'alors vous puffiez parler tout à votre aife contre les droits de Sa Majefté, fi vous en avez envie. Si nous euffions convenu de la reformation des Pouvoirs de part & d'autre, & que nous euffions fouffert ces titres dans celui du Roi d'Efpagne fans rien dire, le Roi ne les aiant pas pris dans le fien, & s'agiffant aujourd'hui de deux Etats conteftez, comme la Navarre & la Catalogne, nos Parties ne manqueroient pas de prendre avantage de notre filence dans le cours de la Negociation, en difant que nous avons reconnu le droit & la poffeffion de Leurs Majeftez, puis que nous n'avons rien dit au contraire, & que nous avons douté de celui du nôtre. Vous favez bien que ces conteftations ne fe font que par un expedient; & que les qualitez prifes ou ômifes ne feront point préjudice de part & d'autre. Pourquoi donc avez-vous fupprimé que cette reftriction étoit à la fuite de l'Article que j'avois dreffé? J'en ai gardé une minute, encore que vous ne m'aiez pas voulu rendre celle que je vous avois envoiée, & je la mets ici tout au long pour voir fi vous en ufez de bonne foi.

,, Que tous les Etats qui n'appartiennent ,, point à l'Empereur & au Roi Catholique, ,, ou defquels ils ne font point, préfentement ,, en poffeffion, ne feront point compris dans ,, lefdits Pouvoirs; ou en tout cas qu'il fera ,, pris un expedient pour mettre à couvert les ,, droits & prétentions des deux Parties; ,, moiennant lequel, chacun pourra prendre ,, les qualitez & titres que bon lui femblera ,, fans préjudice de l'autre.

Il faut noter que ce n'étoit qu'un projet des demandes que je croiois que nous devions faire, qui ne pouvoit être mis dans l'état où il devoit demeurer jufques à ce que nous l'euffions concerté enfemble, & qui, comme je vous ai déja dit, n'avoit rien de commun avec la déclaration, quoi qu'il fût dans une même feuille de papier. Mais dites-moi en confcience, en convenant ici d'une forme nouvelle des Pouvoirs qu'il faudra faire venir de part & d'autre, fi nous n'avions rien dit fur ces qualitez, & que nos Parties puffent objecter qu'ils les y ont mis de notre confentement, vous qui avez été homme de Juftice, croiez-vous que cela ne fît point préjudice aux interêts du Roi, & à toute extrémité, croiez-vous qu'il ne foit pas plus fûr en des matieres fi chatouilleufes de fe garantir même du fimple doute? Cependant vous me taxez comme fi j'avois fait une grande faute de vous l'avoir propofé, & ne faites pas fcrupule de dire que je vous préfentai la Piece pour la figner, quoi que vous fachiez très-bien qu'il n'y avoit rien alors, & n'y a-t-il en depuis à figner en tout cela. Mais quand vous êtes irrité, pour-

vû

vû qu'une chofe vous ferve à fraper votre coup, vous ne fauriez examiner fi elle eft vraie ou fauffe. Vous en ufez de même en l'exemple que vous alleguez de la Pologne, que vous avez autrefois conté tout d'une autre façon ; car vous nous avez dit, à Meffieurs les Mediateurs & à moi, que le Roi de Pologne fut contraint de raier la qualité de *Roi de Suede*, & d'en mettre une autre en fa place, à caufe que les Suedois ne vouloient point entrer en conference fur un Pouvoir qui portât cette qualité. A préfent vous dites le contraire, parce que, felon cet exemple, comme vous l'avez repréfenté la derniere fois, il faudroit, felon votre avis, que le Roi d'Efpagne eût la qualité de *Roi de Navarre*, de *Duc de Bourgogne*, & de *Comte de Barcelone*, qui eft ce que vous ne voulez pas. Mais vous aimez mieux changer les exemples qui font contre vous, & oublier la maniere dont vous les avez contez, que de vous fouvenir que le temperament que vous propofez eft le même en fubftance que celui qui eft à la fin de mon Article, lequel vous avez artificieufement fupprimé. Vous revenez après à votre forme ordinaire d'argumenter, & concluez de cette forte, que cela n'a pas été pratiqué au Traité Préliminaire ; mais celui qui a fait le Traité Préliminaire n'a pas été fi impeccable qu'il a crû. Je ne veux plus vous faire remarquer que votre conteftation eft inutile ; puis que nous avons écrit en divers lieux, de votre confentement, cela même que vous me conteftez aujourd'hui. Je n'oferois pas vous remettre en memoire ce que nous avons reçu des Lettres de remercimens de la Préfentation & Députation de Barcelone, pour avoir difputé au Roi d'Efpagne la qualité de Comte de ce Païs-là ; de peur que vous ne vouliez mal à Monfieur de Fontanella, parce qu'il nous les a rendues, & qu'il nous a dit que les démonftrations de cette nature faifoient quelquefois de meilleures impreffions dans l'efprit des peuples que de plus importantes.

Si les premieres fois que je vous ai parlé de la Negociation qu'il y avoit à faire en Hollande, vous m'euffiez donné quelque refolution, je ne vous en euffe pas parlé fi fouvent comme vous confeffez que j'ai fait. Il eft vrai que la fixiéme ou feptiéme fois vous me dites qu'il y falloit envoier quelqu'un, & que vous ne faviez fur qui jetter les yeux. Si cela eft une refolution, j'ai tort de m'en plaindre ; mais fi la chofe ne vous devoit coûter que la peine de dire votre avis pour refoudre ce qu'il falloit faire, & que moi, qui fuis chargé de les exécuter & de les écrire, vous en ai follicité tant de fois, avoüez que vos negligences font beaucoup plus blâmables & plus honteufes que les miennes, & que je n'ai pas tort de demander qu'on tienne un Regiftre de ce qui fera refolu & demeurera indecis ; puis que vous m'imputez avec injure ce que vous retardez faute de dire une parole. La diligence même eft perilleufe auprès de vous ; il n'y a pas quinze jours que vous entrâtes en colere, parce qu'on vous porta trop tôt une Dépêche que nous avions refoluë enfemble pour la Hollande : Vous dites que c'étoit fe moquer de vous, que de vous avoir confulté pour une chofe qui étoit déja faite auparavant. Un Secretaire vous fit honte quand il vous répondit que feulement je le lui avois dictée depuis que j'avois fû vos fentimens ; mais que je n'en avois fait une autre en mon particulier auffi longue pour Monfieur Braffet. Qui pourroit après cela fe garantir de vos mauvaifes humeurs ? il faudroit être Ange pour remedier à toutes vos foibleffes.

Quant à l'affaire de Monfieur Torftenfon, & du Subfide que nous paions à l'armée Suedoife, vous favez combien elle a été differée, fans quoi je ne vous en euffe pas follicité par ma Lettre. Il vous fouviendra que Monfieur Salvius nous accorda des conditions fur ce fujet, que vous n'étiez pas d'avis feulement de lui demander ; mais il n'eft plus queftion de concerter là-deffus, puis que c'eft une affaire refoluë au contentement du Roi. Vous me faites beaucoup d'honneur de reconnoître que j'ai été préfent lors que vous en avez parlé fort & ferme, comme vous dites, à Monfieur Salvius. Je vous ai encore plus d'obligation que vous ne penfez ; car vous ne m'avez point traité en Cadet dans le partage des conteftations qu'il falut avoir avec lui, pour les précautions que nous avions charge d'exiger avant que de lui faire donner l'argent ; vous m'en laiffates pour le moins la moitié ou les deux tiers à démêler.

XIV.

Vous ne m'aviez jamais propofé que les Conferences pour refoudre les dépêches ; aufquelles je n'ai pas manqué, bien qu'elles ne foient pas fi neceffaires que celles où il faut concerter les affaires où nous devons agir. Mais vous n'avez point encore voulu établir le même ordre en celles-ci, afin qu'elles demeurent en entiere difpofition. Je ne fai pourquoi vous me dites que je n'ai tenu ni l'un ni l'autre, puis qu'il eft certain que vous n'avez jamais voulu convenir d'aucune regle pour deliberer des affaires, fi ce n'eft lors que vous avez prévû que cette conteftation iroit à la Cour, où vous aviez deffein de la porter ; alors vous avez eftimé qu'il faloit faire femblant de me l'avoir propofé, & qu'il étoit utile pour vous de dire que je vous rendois vos mêmes paroles, quoi qu'il ne fût point véritable. Si cela étoit, je ne vous en euffe pas fait alleguer les raifons qui m'y obligent, néanmoins je le veux bien, voilà un article vuidé. Mais pourquoi y ajoutez-vous que vous ne me voiez en aucun foin pour les Dépêches de la Cour ? Vous ne m'avez pas ofé blâmer de ce côté-là, parce qu'il y a des Juges incorruptibles, & que toutes vos cabales ne fauroient empêcher de dire la verité & de rendre juftice, ni tous vos artifices les faire confentir au deffein que vous avez eu jufques ici de m'opprimer. Mais de quel air hautain eft-ce que vous parlez, Monfieur ? Il n'y a perfonne qui voiant le ftile dont vous ufez, ne s'imagine que vous êtes mon Superieur, & que c'eft à vous feul à qui je dois rendre compte de mes actions. Si vous ne m'avez vû en aucun foin, c'eft parce qu'il y a beaucoup de chofes réelles que vous ne voiez pas à caufe que la paffion vous aveugle. Comment eft-ce que l'animofité, après avoir offufqué votre jugement, vous fait encore perdre la memoire ? Il n'y a pas fix femaines, que contre votre naturel, vous me donnâtes des loüanges fur mon application & mon affiduité. Je n'oferois pas vous le dire par modeftie, s'il ne s'agiffoit de ma juftification & de votre conviction ; vous me dites qu'elles étoient bien aifées à remarquer, & que c'étoit ce qui me rendoit fi fort & fi préparé dans les Conferences. Cependant aujourd'hui, parce que l'envie vous a pris de defavoüer cette verité, auffi bien que beaucoup d'autres, quand elles ne font pas à votre avantage, vous ofez dire que vous ne me voiez en aucun foin. Vous ne remarquez pourtant aucune de mes omiffions, que celle de n'avoir

voir

voir pas fait réponse à la Lettre de la Reine de Suede, que Monsieur de Clerisaude vous a porté. Mais pourquoi voulez-vous, s'il y a quelque manquement en cela, qu'il me soit imputé plûtôt qu'à vous? En bonne foi ne croiez-vous point, à cause que je travaille aux Dépêches, que je suis devenu votre Secretaire? Si vous avez crû qu'il falut faire réponse à la Reine de Suede, pourquoi ne l'avez-vous fait vous-même, ou du moins proposé dans nos Conferences? Vous offensez des plaintes que je fais quand vous differez de resoudre des choses dont je vous ai sollicité jusques à six ou sept fois, & vous me reprochez qu'on n'a pas fait une Dépêche dont vous ne m'avez pas dit un seul mot. Il paroît bien que vous aimeriez mieux une faute que beau jeu, & que vous n'avez pas la même charité que moi, qui vous ai ingenument fait souvenir de ce qui demeuroit en arriere. Je vous en ai parlé avec toute la discretion qui m'a été possible : je vous ai demandé un reglement pour traiter les affaires, afin que le retardement ne pût être imputé ni à l'un ni à l'autre; ou en tout cas ne nous mît plus en contestation sur des questions de fait. Cela est beaucoup plus à votre avantage qu'au mien, puis que les Conferences se font à votre Logis, & que je ne refuse pas de m'y rendre trois ou quatre fois en un jour, s'il est jugé necessaire. Cependant, au lieu d'agréer une proposition si raisonnable, vous vous en êtes si fort piqué qu'il n'y a sorte d'outrage que vous ne m'aiez fait par votre réponse.

Quant à celle de la Reine de Suede, si le delai qu'on y a apporté a causé quelque préjudice au service du Roi, vous en êtes plus coupable que moi, puis que vous étiez d'opinion qu'il la faloit faire. Pour moi à vous dire le vrai, je ne l'avois pas crûe extrémement necessaire, du moins ne sauriez-vous faire voir qu'elle fût pressée, & la copie que nous en avons donné à Monsieur Contarini est un méchant argument pour le prouver. C'étoit afin qu'il vît que la Reine de Suede approuvoit la mediation de la République de Venise, & cela montre qu'il falloit plûtôt differer que hâter votre réponse contre votre opinion, encore qu'il n'y ait point eu de resolution prise sur cet article, qui étoit le plus important de la Dépêche. D'ailleurs n'y aiant point de necessité pressante, nous avons bien pû differer de la faire jusques à ce que la sûreté des chemins fût rétablie, les Suedois s'étant plaints à nous que toutes leurs Lettres, depuis deux mois, avoient été interceptées ou retenuës publiquement. D'un autre côté, la Lettre de la Reine de Suede étant toute pour la justification de la guerre de Dannemark, & celui qui nous l'a renduë étant chargé d'une Dépêche pour la Reine sur le même sujet, croiez-vous qu'il n'eût point été necessaire d'apprendre les sentimens de vos Superieurs, & de voir la réponse qu'on y feroit de la Cour, afin d'y conformer la nôtre? Voilà toute la grande accusation que vous pouvez faire contre moi, qui fait bien paroître clairement votre mauvaise volonté à mon égard, mais qui pour cela ne me peut pas rendre coupable. Si vous aviez une opinion contraire, il ne faloit que dire un mot, & commander cette réponse à votre Secretaire, qui me l'auroit portée de votre part ou de la sienne; je l'aurois signée si je l'avois trouvée bien, ou j'y aurois ajoûté ce que j'aurois estimé à propos, pourvû que la créance que vous avez de ne vouloir faillir, vous eût permis de trouver bon, qu'on eût ajoûté quelque chose à ce qui part de vos

mains. Je n'envie rien dans un si haut degré de perfection, où vous êtes élevé. Il me semble que vous feriez volontiers, après avoir écrit ou parlé, comme le feu Président de Chevri, qui avoit accoûtumé de dire, *J'ai tout dit*, *il ne faut plus parler*, si vous ne saviez qu'on s'est moqué de lui, & qu'il étoit assez bon Courtisan pour le l'avoir dit souvent qu'à dessein de faire rire. Je voi bien votre pensée; mais comme vous avez toûjours dans votre procedé quelque petite finesse cachée, & que la main d'Esaü frappe secretement son coup lors même qu'on entend la voix de Jacob; à cause que vous estimez qu'il faut répondre en Latin, vous avez crû de me mettre en grand' peine, que je serois forcé de mendier votre assistance pour en sortir, ou que vous auriez le plaisir d'y faire differentes censures, comme un Précepteur qui corrigeant le Thême de son Ecolier, lui montre qu'il pourroit mieux faire, afin que chacun soit forcé d'admirer la grandissime avantage que vous avez sur tous les hommes dans la connoissance de la Langue Latine. Je ne fais point profession d'être savant ni grand personnage; mais j'entends (graces à Dieu) le Latin, & j'en parle assez mediocrement. Si vous voulez vous informer des premieres Charges que j'ai exercées, vous trouverez que je n'ai pas vécu dans la faineantise des jeunes Conseillers du grand Conseil, où vous avez fait votre aprentissage. Vous savez que j'ai souvent fait des Harangues publiques en diverses sortes de Langues, & j'y puis ajoûter sans pecher contre la modestie, puis qu'il faut laver d'un soupçon que vous voudriez donner de mon ignorance, que ç'a été avec quelque reputation d'éloquence. Mais certes je ne crois pas qu'aujoud'hui la délicatesse de la Langue Latine, doive être nôtre principale obligation. Caton a fait autrefois des choses plus dignes de loüange & plus utiles à la République, que d'étudier une Langue étrangere à l'âge de cinquante ans. Croiez-moi, Monsieur, ne faisons point de parade de notre Latin; il y a dans l'Université de Paris, une infinité de Pédans, qui parlent mieux que nous. Je ne veux pas vous dire par discretion, le jugement que font les hommes doctes de vos Lettres; vous ne feriez pas si soigneux de les faire imprimer, si vous saviez la difference desavantageuse pour vous, qu'ils ont trouvé entre celles de Monsieur Salvius & les vôtres, dont ils disent que les unes partent d'un homme d'affaire, & que les autres sont obscures, & ne sentent que l'Ecole. J'aime mieux, quand les affaires courantes nous donnent du relâche, feuilleter les anciens Traitez, considerer les actions des plus grands personnages qui y ont été emploiez, & rechercher le jugement bon ou mauvais que l'on a fait de leur conduite, afin de profiter de leurs exemples, en imitant ce qu'ils ont fait de bien, & nous garantissant des manquemens où ils peuvent être tombez, que d'étudier Juvenal, ou les Epîtres de Ciceron. Mais pour vous, Monsieur, vous croiez vous faire tort si vous cherchiez un autre modelle que vous-même que le parfait homme d'Etat. A cause peut-être que les grands hommes du siecle passé n'avoient pas tant voiagé que vous dans le Nord, vous les voudriez bien condamner d'ignorance aussi bien que moi, quand je parle des affaires du Dannemark & de la Suede. Vous croiez que les interêts de ces deux Roiaumes sont des énigmes pour tous ceux qui n'y ont pas fait un si long séjour que vous, & que ceux qui ont été autrefois chargez d'un grand nombre d'affaires importantes à l'Etat,

dont

dont Dieu leur a fait la grace de s'acquitter heu-reufement & avec honneur, ne font pas dignes de vous tenir compagnie; comme fi le Confeil du Roi étoit demeuré dans une craffe ignoran-ce, jufques à ce que vous êtes venu la diffiper par l'éclat de votre préfence.

Pour les autres intelligences que vous me blâ-mez de ne cultiver pas affez foigneufement, j'aurois bien fouhaité que vous en fuffiez venu à quelque remarque particuliere, & qu'il vous eût plû de découvrir par charité à un pauvre mortel comme moi, cette lumiere celefte dont vous feul êtes éclairé. Vous êtes coupable, fi vous avez quelque expédient pour avancer les affaires du Roi, & que vous ne le communiquiez pas à votre Collegue : car pour ces belles cen-fures que vous faites en termes généraux fans fondement & fans preuve, elles ne fervent qu'à faire paroître le mauvais principe, d'où elles partent. Vous favez que nous n'avons pas man-qué une femaine d'écrire en Hollande des Let-tres affez importantes & affez longues, où vous n'avez eu la peine que de fignér ; nous avons fait cinq ou fix Dépéches pendant les deux mois paf-fez à Monfieur de la Thuillerie, fans que nous aions reçu des fiennes. Meffieurs les Ambaf-fadeurs de Rome & de Venife nous doivent en-core une réponfe chacun, comme je le vérifie-rai devant vous quelque jour, par le témoigna-ge de notre Secretaire. Nous écrivons auffi prefque toutes les femaines aux Refidens de Hambourg & de Caffel. Nous avons fait fa-voir par tout la juftification de notre conduite, & l'artifice de nos Parties. Depuis que nous fommes arrivez, nous avons envoié la copie de leurs Pouvoirs & les nôtres, avec les ob-jections & les réponfes qui ont été faites fur les uns & fur les autres; en tout cela vous n'avez eu que la peine d'y confentir. Il me fouvient même que la premiere fois qu'il fut parlé d'en donner part aux Ambaffadeurs de Suede, vous en fîtes difficulté, à caufe que l'avis ne venoit pas de vous ; vous dites néanmoins qu'il y a-voit des intelligences qui feroient bonnes à cul-tiver ; j'en demeure d'accord, la maxime eft très-bonne; mais que ne donnez-vous le moien de l'effectuer ? que ne dites-vous quelle intelli-gence il faut cultiver, & par quelle voie ? avez-vous fait ouverture de quelqu'une que j'aie re-fufé ? avons-nous pris quelque refolution en-femble dont j'aie retardé l'execution ? Au con-traire j'en ai beaucoup propofé & executé, auf-quelles vous ne penfiez pas. A la verité ce n'a pas toûjours été du premier coup ; il a fallu fouvent attendre que les premiers effets de vo-tre jaloufie fuffent un peu ceffez, & que vous foiez égaié à contredire fans ceffe tout ce qui ne vient pas de vous; après cela, vous avez quelquefois cédé à la Raifon, & laiffé faire ce qui étoit utile pour le fervice du Roi. A la verité je ne puis tomber dans votre fens, & je ne crois pas que vos habitudes particulieres foient plus effi-caces que le nom du Roi pour avancer les af-faires, & que notre emploi nous oblige, ou nous permette, de faire la charge de Secretai-re d'Etat, qui a le département des affaires. C'eft de là que les vrais offices doivent partir, & vous conferver l'amitié des Rois & des Prin-ces voifins; & j'ai fi peu vû le fruit de vos in-telligences depuis que nous fommes en ce Pais, que l'Ambaffadeur de Dannemark, qui eft à Of-nabrug, & dont vous avez amené ici le fils avec vous, eft le plus grand ennemi que nous aions. Cependant vous vous imaginez, comme vous l'avez mis dans votre Lettre, que c'eft vous qui conciliez l'affection de tous ceux qui aiment la

France. Après tout, ces intelligences que vous faites femblant d'avoir, font en fi petit nombre, que vous n'avez jamais fû trouver d'adreffe pour écrire à Francfort, ni en recevoir des avis, & qu'il a fallu fe fervir des connoiffances qu'y ont eu les Refidens de Hambourg & de Heffe, pour diftribuer notre Lettre circulaire ; fans eux, vous n'auriez fû comment vous y prendre. Je ne refufe pas pourtant de cultiver les intelli-gences que vous ferez voir être neceffaires pour le fervice du Roi; mais vous ne me ferez ja-mais croire, que pour conferver l'amitié de la Reine de Suede, des Rois de Pologne & de Dannemark, & des autres Princes, nos Lettres particulieres font plus utiles que celles de Sa Majefté. Je ne me pique point de favoir beau-coup, ni de pouvoir faire tout ce qui eft ne-ceffaire point l'avancement des affaires ; je fuis ravi quand vous faites quelque bonne propofi-tion; au lieu de la contredire par envie, com-me vous faites les miennes, je la loüe & y don-ne mon confentement fans façon & fans myfte-re. Il y en a eu même où vous m'avez entraî-né par pure déférence, & après cela, par une fort nouvelle gratitude, vous m'avez querellé quand je vous ai fait fouvenir que je n'avois pas été de cet avis. En un mot, je tâche de ne pas negliger les chofes neceffaires ou utiles, quand je les connois, & je crois avoir une très-grande obligation quand vous prendrez la pei-ne de me les indiquer; mais pour celles qui ne regardent que le fafte & l'oftentation, je ne crois pas vous faire déplaifir de vous en laiffer le foin, perfuadé qu'elles vous plaifent beau-coup.

XV.

Je ne vous dirai rien fur ce quinziéme Arti-cle, finon qu'il n'y avoit pas fujet de fe tant ai-grir, comme vous avez fait, pour vous avoir étalé des propofitions dont vous demeurez d'ac-cord, & que vous trouvez fi raifonnables, que vous dites me les avoir déja faites.

XVI.

Vous agiffez à votre accoûtumée en celui-ci; vous faites une fuppofition à laquelle je n'ai ja-mais penfé, pour avoir le plaifir de la détrui-re; la gloire que vous en recevrez, ne fera que d'avoir tué une bête morte, ou plûtôt d'avoir combatu contre une chimere. Si vous euffiez attendu l'explication de ma propofition que vous me demandez, elle vous auroit délivré de la peine & du peril de ce grand combat. Je vous ai déja dit que je ne prétends point in-terrompre nos Conferences, ni de les rendre moins fréquentes. C'eft pourquoi il n'étoit pas befoin d'alleguer les préjudices qui en arrive-roient au fervice du Roi. J'ai cru feulement que quand nous y avons pris quelque refolution, notre Secretaire pourroit mettre fuccintement dans fon Memoire, *en tel jour, une telle refolu-tion a été prife,* ou bien *elle a été renvoiée à un tel jour, pour être de nouveau débatuë;* & fi nous trouvons d'avis contraire, qu'il mettra feulement, *fur une telle matiere, il y a eu diverfi-té d'opinions, defquelles il a été convenu d'écrire à la Cour.* Je croiois que c'étoit la meilleure for-me que nous puffions prendre pour empêcher que rien ne demeure en arriere, & pour éviter toutes fortes de conteftations. C'eft ce qui fe pratique en toutes les Commiffions, même en celles qui ne font pas de l'importance de la no-tre, & où les ômiffions & les fautes ne peu-vent

vent pas être si préjudiciables à l'Etat. Je ne puis pas comprendre quel tort je puis avoir en cela; je n'ai fait que proposer l'expedient en cas que vous le voulussiez agréer, étant très-disposé, comme je suis encore, d'en recevoir un meilleur, si vous aviez pris la peine d'en faire l'ouverture. Je voi bien que ce qui vous a si fort ému est une fausse apprehension, que vous aviez prise que je ne voulois plus aller si souvent chez vous. Je vous dis encore que je ne ferai point scrupule, quelque offense que vous me puissiez faire, d'aller dans votre Logis, comme étant celui du Roi, douze & treize fois le jour. Vous ne m'avez jamais mandé pour une affaire, une visite, ou pour une Conference, ou quelqu'autre chose que ce soit, que je ne me sois rendu à l'heure même. Ce n'est pas que beaucoup d'autres n'en usent plus fraternellement que vous n'avez fait à la Haie, où, de plus de cinquante Conferences diverses, vous n'avez pas voulu qu'il s'en soit tenu une seule chez moi, non pas même un jour que ma maladie m'empêcha de sortir, où vous aimates mieux aller signer le Traité sans moi, que de souffrir que les Commissaires de Messieurs les Etats vinssent à mon Logis. Cependant il peut vous souvenir de la faute que vous fites dans cette signature, où vous aviez consenti que Monsieur de la Thuillerie & moi signassions après quelques-uns desdits Commissaires, & qu'on ne laissât place pour mettre nos noms, qu'en un lieu où il n'eut pas été honorable pour le Roi que nous l'eussions mis. Le lendemain que nous contestames la chose pour faire reparer votre manquement, il s'en fallut peu que vous ne vous rangeâtes du parti desdits Commissaires contre nous; du moins est-il bien vrai que vous ne dites rien pour nous aider à les faire venir à la raison, & que nous le fimes sans votre assistance. Cela m'a échapé en passant; mais ce ne sont pas des choses vagues comme celles où vous demeurez quand vous voulez me blâmer; celle-ci est particuliere & très-veritable. Quand vous avez intention de me décrier, vous vous servez de termes généraux, & qui ne concluant rien pourroient seulement faire soupçonner par leur ambiguité des choses qui ne sont point; & moi, pour vous rendre la pareille, je n'ai besoin que de faire un recit historique de ce que vous faites. Je ne prétends pas pour cela vous disputer la primauté de toutes choses; je vous l'ai cedée de bon cœur, & je n'ai garde de débatre ce qui vous appartient; je n'ai jamais prétendu que de me garantir des usurpations, que je suis assûré que vous ne pouvez pas faire. Si je n'avois résisté de cette façon à vos entreprises, vous m'auriez familierement traité en Suivant, & non en Compagnon; le souvenir de m'avoir vû autretous au dessus de vous, & user plus moderément de mon avantage, ne vous en auroit pas empêché, resolu de me reduire à la Classe des Residens d'Allemagne, ausquels, si vous en étiez cru, vous ne voudriez pas laisser la liberté d'écrire à la Cour, ni de rendre compte des affaires de leurs Charges à aucun autre qu'à vous. Il peut vous souvenir de ce que vous m'en avez dit.

Vous avancez en un autre lieu, que la franchise de mon naturel m'emporte trop avant, & vous voulez persuader que je l'ai écrit de la sorte. Je vous ai seulement fait remarquer que souvent vous interpretez mal, & prenez en mauvaise part ce qui ne vient que de la franchise de mon humeur, peut-être à cause que vous ne vous en servez que fort rarement. Il est vrai, je l'avoüe encore, je suis de ces bon-

TOM. I.

gens qui ne peuvent rien garder dans l'arriere-boutique. Il semble que vous m'en voulez blâmer, parce que ce n'est pas votre methode; mais je suis desormais trop vieux pour changer la mienne, quelque préjudice qu'elle me puisse faire auprès de vous. Au reste, Monsieur, d'où vous est venu cette humeur si sociable que vous dépeignez? Elle repugne à votre temperament. Vous dites que *nous devrions à toute heure & à tout moment conferer, parler, répondre, consulter ensemble amiablement & fraternellement.* Voila de beaux mots, & je ne demanderois pas mieux, sinon que cela fût executé de bonne foi; mais comment est-ce que cette proposition s'accorde avec celle que vous me fites faire par le Sieur de Saint Romain, de ne vous visiter point sans vous envoier demander audience, & avec l'impatience que vous eûtes à la Haie, de me faire sortir du Logis où l'on nous avoit mis ensemble, & où nous aurions pû demeurer tous deux assez commodément? Comment est-ce qu'on pourroit trouver la Paix & la Concorde qu'en image, comme vous dites, ou en peinture auprès de vous? D'où viennent les querelles & les picoteries? Il ne faut que voir votre Lettre & la mienne; vous vous efforcez de me persuader que la forme, pour nous expliquer nos sentimens par écrit & par Lettres, seroit longue & incommode; j'en demeure d'accord; les propositions que j'ai faites ne font point pour reduire à cela nos Conferences. S'il vous eût plû de savoir mon intention, je vous aurois librement déclaré, comme j'ai fait au commencement de ce discours, qu'elle n'étoit ni de vous offenser, ni de vous déplaire, & que j'avois eu recours à une Lettre, que je croiois ne devoir jamais être vûe que de vous & de moi, pour demeurer dans un plus grand respect & éviter toute sorte d'aigreur. Oui, il est presque impossible que votre façon dédaigneuse & desobligeante n'emporte les plus patiens, quand on traite avec vous de vive voix. Vous dites néanmoins que vous êtes plus sage & plus retenu quand vous parliez, que quand vous écrivez. Qui trouverez-vous qui le puisse croire? Parce que votre esprit a découvert la violence & la hauteur insupportable de votre naturel, vous voulez persuader que vous n'êtes pas de même dans les Conferences verbales, dans lesquelles vous reservez tout ce que vous avez de doux & de débonnaire. N'est-ce pas plûtôt parce qu'il n'y a point de témoins, & que vous êtes hardi à nier la plûpart des choses qui se passent? Il faudroit une grande simplicité pour croire qu'un homme puisse être maître de ses premiers mouvemens lors qu'il ne les a pas sû moderer en une rencontre où il a rêvé & medité plus d'un mois, & que malgré tous les conseils de la Raison & de la Charité, il n'a pû s'empêcher après une si longue deliberation, de faire un assassinat & un guet à pens de son Confrere. Tout le loisir que vous avez pris pour faire éclatter votre sentiment, au lieu de diminuer votre colere, n'a servi qu'à l'échauffer davantage, & à vous faire concerter en vous-mêmes le moien de rendre l'offense, que vous me vouliez faire, plus sanglante. Dans la croiance que j'avois eu en recevant votre Lettre, que j'en usasse, comme j'avois fait de la mienne, c'est-à-dire que vous ne voudriez pas que personne en eut connoissance, j'avois été en quelque resolution de vous laisser la gloire de m'avoir offensé, & de ne chercher d'autre victoire sur vous que par ma moderation. Mais certes,

O comme

comme j'ai été averti de votre rufe; qu'en fupputant les dates , j'ai reconnu que vous l'aviez envoiée à Paris huit jours devant que de me la faire rendre ici, afin qu'au même inftant que je la livrois, elle courut déja les rues de cette grande Ville, & que , par cette invention furprenante, je puffe recevoir en même temps deux coups mortels à ma reputation ; il appert vifiblement que vous m'avez voulu ôter la liberté de diffimuler l'injure , & que fi je ne voulois faire croire que je n'ai pas mis mon honneur à couvert , (la plus grande paffion que doivent avoir les gens de ma forte,) il faloit de neceffité que je me défendiffe auffi vigoureufement que vous m'avez attaqué. Je voudrois de bon cœur, que celui que vous avez choifi pour débiter votre invective, fût le juge de tous nos différens ; je le tiens fi homme d'honneur , & je prendrois tant de confiance en fa probité, que je ne ferois point de difficulté d'en convenir. Je ne doute point que vous n'aiez ufé avec tyrannie du devoir fraternel, pour le forcer contre fon gré à vous complaire dans une occafion fi injufte, & je connois trop bien la générofité de fon ame, pour croire qu'il ait abaiffé volontairement fa dignité, pour aller de porte en porte lire votre Piece chez Meffieurs les Miniftres, & d'une Lettre particuliere en faire un libelle public. Il me femble que je voi fon déplaifir quand il reçut votre ordre, qui l'a forcé de faire pour vous ce que certainement il n'eût pas voulu faire pour lui-même. Qu'étoit-il befoin que Meffieurs les Miniftres fuffent importunez de ce different , que nous pouvions terminer entre nous par toutes les voies honnêtes que vous euffiez défiré ? Vous me propofez à la fin & au commencement de votre Lettre des conditions de Paix; vous n'étiez pas affûré que je ne les accepterois point; pourquoi donc rendre en même temps notre querelle irreconciliable, & contrevenir directement par vos actions à ce que vous avez mis dans votre Ecrit? Pouvez-vous donner une preuve plus concluante de votre diffimulation , & que vous n'aiez mis ces beaux termes de *Paix*, d'*Union*, & de *Concorde*, dans votre Lettre, par fafte & par oftentation? Il eft trop clair aujourd'hui que vos actions ne tombent que de votre plume contre les mouvemens de votre cœur, & que vous ne m'avez voulu amufer de ce beau femblant, que pour triompher de ma fimplicité, auffi bien que de mon honneur. Toute cette action a été bien concertée ; voilà un beau ftratagême de guerre; vous avez attaqué par deux endroits votre ennemi, en lui faifant des ouvertures d'accommodement qu'il n'auroit pas rejettées , & achevant de l'affaffiner d'un autre côté, de peur qu'en fe levant il ne vous abbatît, & qu'après avoir appellé fon innocence & la verité à fon fecours, il ne renverfât toutes vos importures par fa défenfe legitime. Il n'en faloit pas venir à cette extrémité , pour executer le deffein que vous aviez de fe retirer de cet emploi. Ce font les Gazettes qui me l'ont appris; elles paroiffent toûjours très-inftruites de toutes les magnificences que vous faites pour les débiter au public , que j'ai crû qu'elles pouvoient être informées au vrai de cette particularité. Vous en touchâtes dernierement quelque chofe au Sieur de Saint Nicolas, en lui difant qu'il faloit qu'on nous rappellât tous deux. Je veux bien croire que la Reine vous confidere beaucoup ; mais pourtant je n'eftime pas que du moment que vous avez pris la refolution de fortir d'ici pour vous retirer dans vos grands Emplois, vous aiez droit d'impofer à Sa Majefté fans aucune difficulté de faire de moi ce qu'il vous plaira. Vous vous êtes flatté de deux efperances très-douces , fi vous pouviez en venir à bout, l'une d'aller reprendre la fonction de deux belles Charges , qui vous donnent tant de plaifir quand vous faites la defcription des douceurs qui les environnent, l'autre de voir une perfonne que vous n'aimez pas, fortir de l'emploi pour retourner à la Campagne. Quant à la premiere, je ne vous en envie pas la poffeffion; vous avez pû voir que j'ai encheri fur votre difcours , quand à diverfes fois vous avez quitté dans les Conferences les affaires qui nous y avoient amenez , pour dépeindre la douceur qu'il y a d'être affis à deux pas de la Reine. Pour la feconde, fi elle vous donne du contentement lors qu'elle arrivera , je vous affûre qu'elle ne me fera point de peine ; je ne fuis point les emplois, mais je ne crains point la retraitte; je cherche feulement & en l'un & en l'autre à vivre en homme d'honneur : ceux qui m'ont vû dans la Cour, vous pourront dire que j'y ai vécu fans ambition & fans avarice, & ceux qui m'ont frequenté dans les Provinces, vous pourront affûrer qu'ils n'ont point remarqué en mes actions que le repos de la vie privée m'ait donné du chagrin & de l'inquietude. En l'une des conditions, j'ai tâché de demeurer dans la moderation, & de faire plaifir à tout le monde quand je l'ai pû ; dans l'autre , j'ai effaié de ne point faire de baffeffes, & de ne faire déplaifir à perfonne. En la premiere, la profeffion d'amitié que nous avions faite auparavant, m'a fait embraffer avec ardeur les occafions qui fe font préfentées de faire confiderer vos fervices ; en la feconde, je ne me fuis pas plus fouvenu de vous que de moi.

En verité, Monfieur , vous devriez jouir en patience du port où vous êtes, & ne vous engager pas fans néceffité, comme vous faites, au combat avec un ennemi qui eft équipé en guerre, & qui, n'aiant pas de grands biens à perdre , n'a que fon honneur à conferver, & ne cherche querelle avec perfonne ; mais il eft en état de fe bien défendre. Ce n'eft pas prudence à vous de le pouffer à l'extrémité; quand vous l'aurez vaincu, (ce qui eft affez difficile) il peut mettre le feu aux poudres, & vous faire fauter avec lui. Vous avez eu jufques-ici toûjours le vent favorable, vous l'avez reçu à pleines voiles, il vous a conduit dans un lieu delicieux, où les honneurs, les richeffes & les plaifirs abondent ; il ne refte que de vous y conferver, & pour cet effet de vous y conduire avec prudence & moderation. Quand on a fait une navigation heureufe, & que l'on eft arrivé là où l'on veut demeurer, il faut baiffer toutes les voiles, & il y a quelquefois plus de danger à changer de place dans un Havre, & de choquer trop ridement en prenant terre, que de réfifter à la furie des vagues en pleine Mer. Ce que j'en dis n'eft pas pour vous donner confeil, mais pour vous faire fouvenir qu'il n'eft jamais bien féant & fort rarement utile, d'abufer de fa bonne fortune , en méprifant ou offenfant ceux à qui elle n'a pas été fi favorable, & dont les fervices n'ont pas été fi bien recompenfez que les vôtres, quoi qu'ils ne foient pas moindres.

Pour conclufion, vous favez que je n'ai fait que vous propofer un expedient pour regler notre maniere d'agir dans les affaires ; je n'y ai aucun autre interêt que la penfée qu'il feroit utile pour le fervice du Roi. Vous vous en êtes piqué fans fujet, quoi que je n'euffe pas eu feulement le deffein de vous déplaire; vous m'a-
vez

vez 'outragé au dernier point; je n'ai fait que repouſſer l'injure ſans intention de vous offenſer : Je proteſte même que ſi quelqu'une des choſes que j'ai alleguées pour ma défenſe eſt allée au delà, je la retiens à moi comme ſi elle n'avoit point été dite : nous nous ſommes donnez des coups fourrez, qui ne laiſſent pas grand avantage à l'un ſur l'autre. Si après cela vous deſirez ſincerement de rétablir l'amitié, je ſuis tout prêt de vous témoigner (pourvû que vous aiez le même deſir, & que vous me donniez de bon cœur la même aſſurance) que je ſuis véritablement,

MONSIEUR,

Vôtre très-humble & très-
affectionné ſerviteur,

SERVIEN.

COPIE

De la Lettre de Monſieur

D'AVAUX,

A LA REINE.

Datée du 18. Août 1644.

MADAME,

C'Eſt bien contre mon deſir, mais non pas contre mon attente, que Votre Majeſté entend par tous les Ordinaires quelque nouvel effet de la mauvaiſe intelligence de ſes Ambaſſadeurs. J'ai jugé, Madame, que les choſes en viendroient là, & que le naturel de mon Collegue & la demangeaiſon d'écrire qui le tient, ne lui permettroit pas de demeurer dans les termes de ſa premiere Lettre, quoi qu'elle ſoit fort offenſante. Voici un gros cahier d'injures, ou plûtôt un libelle diffamatoire que je reçûs de ſa part, il y eut hier huit jours. Il y a employé un mois tout entier, & il en a coûté à Votre Majeſté le retardement de Monſieur de Bregi, qui eſt encore en cette Ville, quoi qu'il y ait plus de ſix ſemaines que nous avons reçû des ordres bien amples pour ſon Inſtruction, & entre autres, un Memoire ſi bien étendu ſur ce qui eſt à negocier en Pologne, que je dis dès lors à Monſieur Servien qu'il n'y avoit qu'à le copier, pour donner audit Sieur de Bregi toute l'information & toutes les lumieres neceſſaires pour ſe bien acquiter de ſon emploi. Cela même, Madame, a produit la ſterilité de nos dernieres Dépeches, & c'eſt cette maladie qui n'a pas permis audit Sieur Servien de faire un long travail, comme il manda à Monſieur le Comte de Brienne, pour excuſer la brieveté de nôtre Lettre du ſixiéme de ce mois.

J'aurois pû, Madame, avec toute raiſon repouſſer l'injure; celui qui me traite avec tant d'indignité me fournit à chaque page de ſon libelle de fort bons moiens pour lui faire de vives repartie. Mais quoi que cette voie fût légitime, & qu'elle ſoit même permiſe par le Droit naturel, j'ai mieux aimé conſiderer le ſervice du Roi que mon interêt, & laiſſer plûtôt triompher mon adverſaire, le pouvant confondre, que d'entretenir un ſi ſale commerce, &

TOM. I.

qui feroit tant de ſcandale à la France. Je mets donc de bon cœur, Madame, tous mes reſſentimens aux pieds de Votre Majeſté, je donne mes injures à la République, & laiſſe l'affaire au jugement & à la juſtice de Votre Majeſté. J'eſpere qu'elle ne voudra pas que l'un de ſes Députez ait impunement outragé l'autre, & qu'il ſoit loiſible à Monſieur Servien de m'attaquer, & de me donner encore le dernier coup.

Que ſi l'on dit que je l'ai irrité par ma réponſe, auſſi fait-on bien les Lions & les Elephans par certaines couleurs dont les hommes s'habillent communément, & on ne leur conſeille pas néanmoins d'aller tout nuds : pour cela je me ſuis couvert & paré innocemment contre ſon attaque; il eſt agreſſeur très-injuſte, & ſi je me ſuis défendu de peur que mon ſilence ne paſſât pour conviction, ma réſiſtance ne lui donne pas droit de continuer ſes outrages.

Cependant, Madame, pour avoir répondu à ſa premiere invective, & avoir mis la main au devant du coup, les tranſports de colere le ſaiſiſſent, il jette feu & flamme, deux mains de papier ne ſuffiſent pas pour recevoir l'impreſſion de ſa haine; elle ne s'étend pas ſeulement ſur l'hiſtoire de votre Ambaſſade, il me va chercher en Pologne & à Hambourg; je ſuis coupable des Gazettes qui ont fait mention de ce qui s'y eſt paſſé de mon temps; il ſe ruë indifferemment ſur toutes ſortes d'objets, pourvû qu'il croie que le contrecoup porte ſur moi: il s'en prend aux vivans & aux morts, aux choſes ſacrées & aux profanes, il ne remuë les cendres de Monſieur de Bulion & de Monſieur le Préſident de Chevri, que pour me les jetter aux yeux; il veut faire paſſer le premier pour homme de jeu & de bonne chere, audacieux à couvrir les défauts, & l'autre pour un préſomptueux & ridicule, afin d'avoir le plaiſir de dire que je reſſemble à des gens dont j'ai fait cette peinture : mais il nuit plus à ſa reputation qu'à la leur, & ne ſauroit empêcher que Monſieur de Bulion n'ait été des Principaux Miniſtres de l'Etat, que le plus grand Roi du Monde, & le plus juſte ne l'ait toûjours fort eſtimé, & n'ait eu une particuliere confiance en lui, & qu'enfin il n'ait ſoûtenu l'envie & la mal-veuillance de quelques particuliers, pour ſervir le public & ménager les Finances. C'eſt choſe étrange que Monſieur Servien n'ait pas encore depoſé l'inimitié qu'il a euë avec le défunt; conſiderez, s'il vous plaît, Madame, à qui j'ai affaire.

Je ne ſai s'il a eu auſſi quelque démêlé avec Monſieur le Préſident de Chevri; mais je ſai bien que s'il étoit encore en vie & en faveur, Monſieur Servien ne parleroit pas de lui, comme il en écrit, & plût à Dieu, Madame, que lui & moi fiſſions nos Charges avec autant d'intelligence & de capacité que Monſieur de Chevri faiſoit la ſienne. Le Reverend Pere Joſeph n'en a pas eu meilleur marché. Monſieur le Cardinal de Richelieu, qui ſe connoiſſoit en gens, (& vous l'éprouvez aujourd'hui, Madame, au grand bien de toute la France,) diſoit qu'il n'y avoit homme au Monde qui pût faire la barbe à ce Capucin, quoi qu'il y eût belle priſe. Voici pourtant que Monſieur Servien lui a montré ſa leçon, & reparé ſes fautes, à ce qu'il dit; mais c'eſt arracher la barbe à un Lion mort. Ce n'eſt pas le ſeul Eccleſiaſtique à qui il en veut, il cenſure encore injurieuſement un Prêtre faiſant ſa leçon, & dans l'action où il doit être écouté avec plus de reſpect. Le Prédicateur, Madame, que Monſieur Ser-

O 2   vien

vien appelle *impertinent & ridicule*, c'eſt Monſieur Ogier ; Votre Majeſté aura peine à le croire, après lui avoir fait l'honneur d'aſſiſter quelquefois à ſes Sermons, & après avoir lû l'Oraiſon funebre du feu Roi eſtimée generalement de tout le monde. Il eſt vrai qu'à la fin d'une de ſes Prédications, il exhorta une fois de prier Dieu pour la Paix de la Chrétienté, pour ceux qu'il a plû à Votre Majeſté d'y emploier, de ſa part, & ſpecialement *pour celui qui a jetté* (diſoit-il) *le Caducée entre deux armées prêtes à ſe choquer*. Voilà, Madame, le diſcours ſi ridicule & impertinent, auquel je n'ai eu aucune part, ſinon de l'avoir écouté en baiſſant les yeux, comme Monſieur Servien l'avoue, quoi qu'il ne fût pas préſent. Ainſi ce petit mot de loüange prononcé par une perſonne qui eſt avec moi, quand je ne l'aurois pas reçû avec la contenance d'un homme qui s'en ſeroit volontiers paſſé, ne devoit donner aucun ſujet de ſcandale à Monſieur Servien, qui n'y étoit pas ; mais comme il y en veut trouver, il préſuppoſe que ledit Sieur Ogier ait dit que je tiens le Caducée entre les Plenipotentiaires de France, comme un ſceptre pour leur commander, & ſur cela il s'échauffe, ſans conſiderer qu'il y a cent témoins qui peuvent dépoſer de la verité que j'en ai rapportée ci-deſſus.

Il devoit ajoûter à la verité cette marque de Souveraineté, que je prétens regner ſur Monſieur de Longueville & lui diſputer ſon rang, lui arracher la plume & la parole, & en cas de refus écrire des invectives contre lui ; que s'il veut reſiſter tant ſoit peu à mes entrepriſes, je lui oppoſerai que j'ai en main le ſceptre de la Legation, qu'il faut qu'il obéïſſe, & qu'il m'a été donné de la part de Dieu, dans la Chaire de Verité, par un Prédicateur de l'Evangile ; la choſe eſt très-aſſûrée, il n'en faut point douter, le véritable Monſieur Servien l'a dit.

Il donne auſſi quelques atteintes au Sieur de Préfontaines, & tâche de rendre ſa conduite ſuſpecte. Cependant il eſt vrai, Madame, qu'il a toûjours reçû reſpectueuſement ſes ordres, & qu'il s'eſt fort bien acquitté juſques ici de l'emploi qu'il a auprès de nous, quoi qu'il me preſſe depuis quelque temps de l'en décharger.

C'eſt aſſez dire à votre Majeſté qu'il eſt frere de Monſieur le Roi, & en effet il a beaucoup de mérite & de modeſtie. Mais qu'ont fait Meſſieurs du grand Conſeil à Monſieur Servien pour les traiter de faineans ? ſinon que j'ai eu l'honneur d'être parmi eux, voilà leur crime. Ces Meſſieurs, dont Monſieur le Chancelier eſt particulierement le Chef, ont bien affaire de nos differens, & une legere atteinte, que Monſieur Servien penſe me donner, vaut bien la peine d'offenſer une Cour Souveraine. J'oſe aſſûrer à Votre Majeſté, que c'eſt une Compagnie toute pleine de vertu & de ſuffiſance, & où la jeuneſſe eſt auſſi exercée dans l'étude des Loix & des bonnes Lettres, & dans les Diſputes publiques, qu'en aucune autre du Roiaume. Monſieur Servien n'en demeure pas là ; il parle de Monſieur Laſnier comme d'un homme qui ne merite pas d'être emploié dans les affaires du Roi, quoi qu'il les ait très-bien conduites en Portugal, & au contentement de Votre Majeſté : il fait auſſi injure à l'Univerſité de Paris, & a tant d'averſion pour la Langue Latine, qu'il traite avec mépris ceux qui l'enſeignent & ceux qui la ſavent.

En cet endroit, Madame, je me ſens obli-

gé de vous dire très-veritablement, que cette Langue n'eſt pas pourtant à mépriſer. Monſieur Montluc & Monſieur de Pybrac l'ont emploiée autrefois très-utilement pour l'Etat, & il eſt hors de doute que ſans parler Latin ou Allemand, il eſt impoſſible de bien ſervir le Roi en Allemagne, ni dans tout le Nord. Il n'y a que le ſeul Monſieur Servien qui s'en puiſſe paſſer, il n'appartient qu'à lui de faire honneur & ſervice à la France, dans un Païs dont il ne ſait pas la Langue, ni aucun uſage d'une autre qui y eſt fort commune, & lequel par ſon propre aveu il ne connoît que dans la Caſte, encore y fait-il de grands mécomptes quand il écrit, que ſans la guerre de Dannemark toutes les forces de Suede ſeroient encore dans la haute Allemagne, quoi qu'elles n'aient bougé de la baſſe depuis dix ans. Ce n'eſt pas, Madame, que je veuille faire parade d'un peu de connoiſſance que j'ai des Langues étrangeres ; la Réponſe que je fis à Monſieur Servien n'en touche aucun mot, & j'avoue avec lui que cette faculté n'eſt pas rare, ni excellente, mais je ſoûtiens, contre ſon avis, qu'elle eſt neceſſaire aux Ambaſſadeurs du Roi.

Ce n'eſt pas aſſez à cet accuſateur général d'avoir taxé tant d'honnêtes gens & de perſonnes de condition, qui n'ont point d'intérêt dans notre querelle, il faut donner ſur Monſieur le Préſident de Mêmes ; il faut dire qu'il a fait une injuſtice d'aſſiſter ſon frere, & lui impoſer qu'il ait été de porte en porte chez Meſſieurs les Miniſtres pour leur debiter des invectives. Néanmoins, Madame, il eſt veritable que Monſieur de Mêmes a ſeulement rendu ma Lettre à Monſeigneur le Cardinal, & non autre ; tout le Conſeil ſait ce qui en eſt, & peut juger de là des autres choſes que Monſieur Servien avance un peu trop librement.

En tout ceci, Madame, je n'ai défendu que les morts & les abſents, que Monſieur Servien a mal traitez dans ſon libelle ; je ne veux point me défendre moi-même ; j'attends cela de la bonté & protection de Votre Majeſté, ſeulement, Madame, que je me ſuis ſenti obligé d'éclaircir quelques points qui ſont d'importance dans notre Negociation, je l'ai fait ſimplement par un Memoire ci-joint, ſans y mêler aucune parole d'aigreur. Je ne me ſuis pas arrêté aux médiſances de Monſieur Servien, ni aux démentis qu'il me donne en pluſieurs endroits, non plus qu'aux Proverbes, aux Fables, & aux Marguerites Françoiſes qui ſont répandües çà & là dans ſon ouvrage ; tout cela me donneroit beau jeu, auſſi bien que ſon Panegyrique qu'il s'eſt fait lui-même. Bien moins, Madame, ai-je voulu relever l'indignation qu'il témoigne contre les Gazettes de France & d'Allemagne, parce qu'elles ont ômis de mettre ſon nom dans les Annales. Qu'il s'offenſe tant qu'il voudra des démonſtrations de joie que je fis à la très-heureuſe naiſſance de ce beau Prince que Votre Majeſté nous a donné pour Maître ; qu'il rallume ſa colere au ſouvenir d'un feſtin que j'ai fait à la Haie aux Princes & Princeſſes pour honorer le ſervice de Vos Majeſtez, puis que le culte exterieur en fait quelque part ; qu'il déclame contre les Imprimeurs qui ont donné au public quelques-unes de mes Lettres par l'ordre exprès du Roi ; enfin qu'il faſſe un recueil de toutes ces bagatelles, & qu'il diſe à bouche ouverte tout ce que la jalouſie fait dire & penſer quand elle occupe l'eſprit, je lui cede l'avantage de la bonne mine dont il a affecté de parler tout à fait hors de propos, & je veux bien qu'il ſe glorifie en ſa beauté ; je ne

lui

lui difpute point auffi la préfence de l'efprit, la prévoiance, & l'application qu'il s'attribuë fi fort au deffus de moi; je me contente, Madame, de rendre compte à Votre Majefté de ce qui touche les affaires, & de vous repréfenter très-humblement que Monfieur Servien aiant rompu nos Conferences, votre fervice eft grandement bleffé, & le public fcandalifé par fa faute. Il fe promet que, n'aiant point d'emploi à la Cour, Votre Majefté trouvera bon de me rappeler plûtôt que lui : dans cette créance il m'a pouffé jusques au bout, & j'oferois bien jurer qu'il en a formé le deffein dès le premier jour qu'il a été nommé pour cette Commiffion. Pour moi, Madame, je n'empêche nullement qu'en cela il ait fon compte; je recevrai refpectueufement l'ordre qu'il plaira à Votre Majefté de me donner, foit de m'en retourner en France, foit de demeurer ici avec un autre Collegue : car il eft bien vrai, Madame, que ledit Sieur Servien & moi n'y pourrons plus fervir conjointement fans un trop grand préjudice des interêts de la France, & de l'honneur de la Nation. Je prie Dieu qu'il lui plaife donner à Votre Majefté,

MADAME,

En toute profperité, très-longue & très-heureufe vie.
Votre, &c.

A LA REINE.

LETTRE
De Monfieur
D'AVAUX,
à Meffieurs les
AMBASSADEURS DE SUEDE
A OSNABRUG,
Datée du 8. Mars 1645.

ILLUSTRISSIMI ET EXCELLENTISSIMI DOMINI,

Commodum accedit ut, abfente Illuftriffimo Domino Comite Servien, redditæ mihi fuerint Litteræ Excellentiarum Veftrarum; fi enim ille adeffet, cùm ad utrumque noftrûm fcriptæ fint, haud facilis & expeditâ inter nos erat refponfio. nunc cùm ipfe coram refpondeat, & quamobrem exhiberi propofitionem pertenderit, caufas adferat

multas, unum mihi apud Excellentias veftras excufandum fupereft, nempe non fatis tenax propofiti animus, à quo me dimoveri poft continuam dierum 4. oppugnationem velim nolim paffus fum. Reputent quæfo Excellentiæ Veftræ quibus anguftiis premover cùm mihi alterutrum cligendum foret, an à definita vobifcum & ipfi meo Collegæ probata fententia, difcedere, aut aliam demum tuenti atque à nobis & fe ipfo diffentienti contradicere noftrorum & Mediatorum & mandatorum auctoritati juxta obnifi. Enimvero Rex negotium urget, ea tamen lege, ne quid in fuis aut invitis fœderatis aggrediamur. Non potui itaque nomen focii, Concilium & Regiam, ut ipfe interpretatur, voluntatem, inftanfque mediationis officium, folus impugnare, tanto impar invidiæ cedendum fuit, oftendi tamen cedere me invitum & trahi, non duci. Hæc cùm ita fe habeant, Veftræ, quæ rem propè morint, Excellentiæ ut ordine gefta eft, ab ipfarum æquitate exfpecto ut doleant vicem meam, ne dum factum excufent. Ceterum quò magis intelligant me nulli culpæ affinem fuiffe, à Chriftianiffima Regina muneris hujus vacationem peti, nec à petitione defiftam quin impetravero. Certum eft enim cum tot difficultatibus conflictanti, at ad ufus publicos otiofam hic diligentiam meam toties experto, fedem mutare. Nihil equidem antiquius ifto Pacis tractandæ negotio in votis habueram, omnibus aliis civilibus curis hanc unam antepofueram, quod delatum eft ærarii munus, hoc eft ipfius Regiæ pecuniæ regimen, me nec minimum à fufcepti itineris concilio revocavit. Ad quietis publicæ procurationem 10. annorum meditatione inftructus, deftinatione Regis piæ memoriæ à decem annis vocatus, tum demum dulciffimo laborum & peregrinationum mearum fructu abundè fruiturus videbar, fi tanto operi non nihil contuliffe poffem. Nunc, cùm manifeftè perfpiciam ipfe, me Paci, malo meo fato, moras injicere, aut aliis, qui injiciant, anfam præbere; cedere loco malui, alibi fortaffe fælicius operam meam Regi, fœderatifque probaturus. Nec dubito quin tum Excellentiæ Veftræ commodiorem experturæ fint Dominum Comitem de Servien, ubi abfuerit quod luminibus fuis officere reputat. Magnas, quas habet, animi dotes liberius explicaturum credant mihi de ipfo affirmanti, quem nimii erga fe amoris fufpicione carere voluit; neque fidem in fervandis fœderibus, colendaque imprimis Suecorum amicitia, nec ftudium in procuranda Pace, nec in rebus agendis folertiam, defiderabunt. Vobis enim agnofco ultro, & prædico, qua ille in ufum Reipublicæ præftare poteft plurima. De me verò fic habeant Excellentiæ Veftræ nullo nec loco nec tempore defuturum conftantibus erga ipfas officiis, veterique illi confuetudini quæ certo femel judicio fufcepta numquam intercedit. Datum Munfterii Weftphalorum, die 8. Martii 1645.

D'AVAUX.

FIN DES LETTRES DE MM. D'AVAUX ET SERVIEN SUR LEURS DIFFERENS.

PRELIMINAIRES

P O U R

L A   P A I X.

DE MUNSTER

E T

D'OSNABRUG.

RECUEILLIS PRINCIPALEMENT

En MDCXLII. MDCXLIII. MDCXLIV. & MDCXLV.

PRELIMINAIRES

P O U R

L A P A I X

DE MUNSTER

E T

D'OSNABRUG,

RECUEILLIS PRINCIPALEMENT

En MDCXLII. MDCXLIII. MDCXLIV. MDCXLV.

<table>
<tr><td>

(1) L I T E R Æ

Sive

DECLARATIO

Regis Ungariæ ad Regem Daniæ super Tractatu Præliminarium *Hamburgi* concluso, datæ Viennæ die 1. Febr. 1642. prout Latinè conceptæ prodierunt è Cancellaria Viennensi, cum Notis.

F E R D I N A N D U S III.

Serenissimo Daniæ Regi &c.

1642.

TRASQUE *Dilectionis Vestræ* 19. *Nov. & 24. Dec. anni proxime elapsi datas Literas rectè accepimus, atque ex iisdem pariter atque ex appositis scripturis liquidius intelleximus, quantum ac quousque in compositione Præliminarium ad instantem Congressum universalem adhibita apud Gallicos simul ac Suecicos*

---

(1) Ministri Regis Hungariæ istarum Literarum authores male consuluerunt ipsius existimationi, dum suaserunt ut authoritatem Tractatus à Legato suo sicut jussus fuerat conclusi publicè defugeret. Idque in negotio Pacis, cujus mirificum desiderium
Tom. I.   magno

</td><td>

(1) L E T T R E

Ou

DECLARATION

De

F E R D I N A N D III.

Roi de Hongrie au Roi de Dannemarc touchant le Traité Préliminaire conclu à Hambourg. De Vienne le 1. Fevrier 1642. tirée de la Chancelerie de Vienne.

1642.

Ous avons reçu deux Lettres de votre Dilection, l'une du 19. Novembre & l'autre du 24. Decembre de l'année passée, & nous avons appris plus clairement par elles & par les écritures qui étoient avec, ce qu'elle a avancé pour l'accord des Préliminaires au Congrès géneral de Hambourg, avec

---

(1) Les Ministres du Roi de Hongrie, Auteurs de cette Lettre, ont eu bien peu de soin de sa reputation lors qu'ils persuadent leur Ambassadeur, d'éluder l'autorité publique du Traité qu'il avoit conclu; & cela lorsqu'il s'agissoit de la Paix
P   qu'ils

</td></tr>
</table>

1642.

eicos Hamburgi commorantes Ministros Dilectionis Vestræ operatio profecerit, imprimis vero quemadmodum apud nos (2) titulum Tutricis ac Regentis

magno strepitu antea ostentaverant. Nunc illis totum hoc artificium periit & sese ipsimet prodiderunt.

A multis jam annis Imperiales & Hispani id operam dederunt, ut viderentur quietem Orbi Christiano procurare. Quod ut persuaderetur, quæsitissimis coloribus opus fuit, quorum invensendorum singulares artifices perhibentur. Eos objecerunt oculis præcipue Germanorum, Danorum, Italorum, Anglorumque, seductis etiam nonnullis, qui rem non noverant, aut in hujusmodi negotiis parum fuerant versati.

Præter cætera quibus Austriaci imaginarium hoc pacificandi propositum celebris reddi & simulationi suæ fidem conciliare posse crediderunt, ad id potissimum nuperis Comitiis Ratisbonensibus abusi sunt. Ibi Rege Hungariæ, qui coram aderat, impulsore, nihil omiserunt eorum quibus tota belli invidia in socios Reges derivari posset. 1. fecerunt ut publico Concilii nomine ad Regem Christianissimum, & Serenissimam Sueciæ Reginam scriberetur, omnia ad Pacem esse expedita, dummodo placeret eis Legatos suos Hamburgi commorantes idoneis mandatis instruere, quasi nihil amplius tantum negotium moraretur. Etiam secundas postea Literas in Sueciam miserunt dum publicus Ordigum Regni Conventus agebatur, in celebriori luce suum scilicet Pacis studium honestissimamque voluntatem exposituri. Impetrarunt eodem tempore à Serenissimo Rege Daniæ ut eadem de causa Legatum Extraordinarium ad Comitia mitteret, & ab Electore Brandenburgico suis ut officiis Legationem prosequeretur. Sperabant persuaderi hoc pacto toti Germaniæ posse, non sine ardua molitione summoque labore, ad tractationem de Pace Suecos pertrahi. Hanc animum, hoc pro Pace consilium quod venditabant Imperiius probaturi, inseri curarunt posterioribus illis Litteris Legatum Lutzovium sufficientissimo jam esse instructum mandatis ac potestate de Præliminaribus Pacis generalis cum Legatis Gallico Suecicoque, qui Hamburgi essent, transigendi.

Exinde Daniæ Rex ad Legatum Galliæ scribit, eumque ad inchoandam tractationem invitat per internuntio Consiliario suo Dn. Langermanno, quem Literis ut vocant Credentiæ, quæ mandatis fidem arrogent, instruit.

Pergit ulterius Rex Daniæ, innixusque frequentibus Literis toriesque asseveranti Regi Hungariæ confisus, per Epistolam Legato Gallico promittit Imperatorem Regemque Hispaniæ rata habituros omnia, de quibus cum Legato Lutzovio circa præparatoria Pacis convenisset.

His insistentes fundamentis Gallicus Suecicusque Legati, interveniente Langermanno, qui plus quàm trium mensium operam huic rei impendit, Tractatum illum de quo nunc agitur perfecerunt signaruntque, atque una cum ipsa Lutzovius Plenipotentia Regis Hungariæ munitus, autoritate Imperialis Concilii approbatus, Regisque Mediatoris expromissione sublevatus. Et tamen cuncta acta gestaque ejus repudiantur & rejiciuntur.

Si Adversarii tam parum integrè versantur in re non adeo magni momenti, qualia sunt præparatoria Tractationis de Pace, quid tandem de religione fideque eorum sperari potest ubi Pax ipsa resque totius Christiani Orbis maximè agentur?

Periculosum foret & indignum, in ipso limine Tractationis hujus, permittere Austriacis eam autoritatem quâ quæcunque lubet aut approbant aut inficiantur.

Denique illi publicæ tranquillitatis tam cupidi, qui nos toties cessationis insimulaverant, ubi nos conferre gradum vident, quantùm possunt resiliunt; ut jam obscurum amplius esse nequeat inopinato illis hanc nostram liberalitatem accidisse, non enim speraverant futurum ut acciperemus quæ offerebantur; Sed necesse est ipsas expendere Literas.

(2) Ministri Regis Hungariæ suppresserunt hic aliud

---

vec les Ministres de France & de Suede, en premier lieu de ce que la Duchesse de Savoye a été obligée de promettre par avance au Ministre de France, qu'elle prendroit le titre de Tutrice & de (2) Regente, & qu'elle nous a prié

qu'ils avoient fait grand bruit de desirer ardemment. Maintenant tout leur artifice est tombé, ils se sont trahis eux-mêmes. Depuis plusieurs années les Imperiaux & les Espagnols n'ont travaillé que pour faire croire qu'ils se cherchoient qu'à procurer le repos au Monde Chrétien; pour le persuader, il falloit se servir de couleurs bien recherchées, & pour les trouver, on fournit des Ouvriers extraordinaires, qui fascinerent les yeux principalement des Allemans, des Danois, des Italiens, & des Anglois, & de plusieurs qui ne connoissoient pas la chose, ou qui étoient peu versés en ces sortes d'affaires. Outre les choses que ceux d'Autriche crurent pouvoir servir pour rendre leur dessein imaginaire de l'amour de la Paix plus connu, & afin que l'on ajoûtât foi à leur dissimulation, ils ont employé à l'Assemblée de Ratisbonne, à la persuasion du Roi de Hongrie qui y étoit present, toutes sortes de voyes & n'ont rien omis pour pouvoir rejetter l'envie que causoit la guerre sur les Couronnes associées. Ils firent en sorte qu'on écrivit au Roi très-Chrétien & à la Seren. Reine de Suede, que tout étoit prêt pour la Paix, pourvu qu'ils voulussent envoyer leurs Ambassadeurs à Hambourg & leur donner les Pouvoirs necessaires, comme s'il n'y avoit point d'autre chose qui retardât une si grande affaire. Ils envoyerent aussi des Lettres en Suede, lors que les Etats y étoient assemblez, pour pouvoir faire voir dans une Assemblée si celebre, l'envie qu'ils avoient de faire la Paix. Ils obtinrent du Roi de Dannemarck, qu'il envoyeroit un Ambassadeur au Congrès, & qu'il seroit en sorte par ses bons offices que l'Electeur de Brandebourg en fit de même. Ils esperoient par ce moyen de persuader à toute l'Allemagne qu'on ne pouvoit amener à la Paix les Suedois qu'avec une grande peine & de très-grands efforts. Ensuite, pour mieux prouver leur sincere intention pour la Paix, ils firent mettre dans les dernieres Lettres, que l'Empereur envoyoit Lutzow à Hambourg, suffisamment pourvu de Pleinpouvoir, afin de pouvoir conclurre, avec les Ambassadeurs de France & de Suede, des Preliminaires de la Paix génerale. Ensuite le Roi de Dannemarck écrivit au Roi de France, & l'invita, par son Envoyé le Conseiller Langerman, à qui il avoit donné des Lettres de Créance, à venir commencer le Traité. Le Roi de Dannemarck ne s'arrêta pas-lajmais s'appuyant sur les Lettres frequentes du Roi de Hongrie, & sur les assurances qu'il lui donnoit; il promit, par une Lettre à l'Ambassadeur de France, que l'Empereur & le Roi d'Espagne ratiferoient tout ce dont ils seroient convenus avec Lutzow pour les Preliminaires de la Paix. Appuyés sur ces fondemens, les Ambassadeurs de France & de Suede, par l'intervention de Langerman, qui employa plus de trois mois à cette affaire, ils acheverent le Traité duquel il s'agit, & ils le signerent avec Lutzow muni d'un Pleinpouvoir du Roi de Hongrie & approuvé du Conseil Imperial, appuyé par la promesse du Roi Médiateur. Cependant on rejette tout ce qu'il a fait. Si nos adversaires en usent d'une maniere si peu sincere dans une chose qui n'est pas de fort grande importance, quelle disposition, je vous prie, pour le Traité? Qu'est-ce qu'on peut attendre de leur sincerité & de leur bonne foi, lorsqu'il s'agira des affaires de tout le Monde Chrétien ? Il seroit dangereux, il seroit indigne même de donner une si grande autorité à la Maison d'Autriche, à l'ouverture du Traité, & d'approuver ou de rejetter tout ce qu'il lui plairoit. Enfin ceux qui sembloient si fort desirer la tranquilité publique, qui nous avoient si souvent accusés de ne rien faire; aussi-tôt qu'ils nous voyent faire un pas en avant, reculent autant qu'ils peuvent. Il n'y a présentement rien de plus clair que notre liberalité les a surpris; car ils ne s'attendoient pas à nous voir accepter ce qu'on nous otroyoit.

(2) Les Ministres du Roi de Hongrie ont supprimé

1642.

1642.

Vis pro. Duciſſa Sabaudiæ ſe obtenturam, Legato Gallico quaſi in anteceſſum expromittere ſit. coacta, Nos proinde amanter, atque enixe requirendo, (3) ne datam iſt hac expromiſſione fidem ſuam deſtitui ſimulque præſentis apertura occaſionem denuo elabi negotiumque hoc incaſſum ac nihilum recidere patiamur. Tametſi igitur neutiquam dubitemus quin noſter jam Hamburgi commorans Conſiliarius Imperialis Aulicus Conradus à Lutzaw, juxta præſcriptum ac tenorem Cæſarei noſtri ad ipſum XIX. Decembris, expediti mandati ad Dil. V. pluribus retulerit, quibus & quam gravibus ducti (4) rationibus petitum Titulum Duciſſæ Sabaudiæ hactenus cenſuerimus denegandum, & Dilectio Veſtra quoque intellexerit, hocce ad Tractatus principales, non verò ad Præliminaria, ſpectans negotium, non eſſe idoneam neque ſufficientem cauſam cur Tractaſſ Bon a Congreſſu illa ſeſe debuerit abſtinere. : tum Dil. V. ſatis notum eſt, quot & quam diverſis adverſa Partis, petitionibus jam ante (5) detulerimus, neque tamen illi ab omnibus deſideratus. Congreſſus, poſt tot tantasque à ſummæ authoritatis Interpoſitoribus factas ſincerationes, a Parte adverſa ad optatum fuerit promotus effectum ; Ut ut autem ſit, amicam atque enixam Dil. V. requiſitionem benevole accipimus, imprimis verò in facta expromiſſione, vel hoc conſideramus, quod Dil. V. petitum Salvum Conductum deſideret uti ambobus Sabaudiæ Principibus ratione Tutelæ a Nobis ipſis commiſſæ neutiquam fraudi, præjudiciove ſit. Ac proinde Nos erga Dil. V. ita declaramus, quod dictum Salvum Conductum pro Duciſſa Sabaudia, eo plane modo, quo Dil. V. a Nobis poſtulavit, ſub die hodierna (Tit.) Comiti ab Averſberg transmiſimus, illique ſimul clementer præcipimus, ut eundem penes ſe (6) retineat, neque ante extradat, donec (7) omnia in Præliminaribus

---

aliud poſtulatum, quod Literis Regis Daniæ continetur, de Plenipotentia nempe Hiſpaniæ Regis, deque ratificatione Tractatus Hamburgenſis.

(3). Rex Daniæ non minus Ratificationem Tractatus. quàm Salvum Conductum pro Sabaudia poſtulavit. Utrumque enim in ſe receperat, & pro utroque expromiſerat Literis ad Legatum Gallicum ſcriptis, quarum exemplum ab ipſo Viennam miſſum eſt. Sed Imperiales omittunt illam partem de ratificatione, quandoquidem eam præſtare nolunt, primo atque intuitu largiri aliquid Regi videntur, ſed reipſâ interpoſitionem ejus fidemque ab ipſo datam fruſtrantur.

(4) Otioſe hæc repetuntur, poſtquam de ea controverſia jam transactum eſt. Quod ſi quis, jura Sereniſſimæ Duciſſæ Sabaudiæ (cum & poſſeſſione ſua ſe tueri poſſit) fuſius à nobis explicari velit, rem ætam ut agamur poſtulat, totumque negotium a primordiis repetere jubet. Huc videlicet tendunt Imperiales, ſicut ex ſequentibus apparebit.

(5) Ita eſt, multa tandem conceſſit Rex Hungariæ, quæ primùm omnia negaverat, etiam juſtiſſima & ſine quibus conferri hujuſmodi tractationes nequeunt. Adeo quidem ut ab initio nullos Salvos Conductus Germaniæ Principibus, quibus cum Gallia Sueciaque fœdus eſt, impertiri voluerit. Verùm ſi adverſæ Parti Rex Hungariæ deceſſit de tam multis. qui ſit ut nihil nunc tribuat authoritati Mediatoris, fidéique pactionis ſolennis & conſummatæ?

(6) Quod Rex Hungariæ Daniæ Regi altera manu largitur, id retractat altera. Concedimus, inquit, Salvum Conductum, ſed ne noſtro Legato tradatur, id vero cavemus.

(7) Tempus quo tradi hunc Salvum Conductum Rex Hungariæ jubet indefinitum eſt, neque definietur niſi quando id ipſi viſum fuerit. Quoniam enim poſt ſolennem Tractatum Præliminaria nondum determinata eſſe cenſet.

Том. I. (8) Quàm

---

prié très-inſtamment & tendrement que nous vouluſſions bien qu'elle tînt la promeſſe qu'elle avoit donnée, & que nous ne lui laiſſaſſions pas perdre l'occaſion que lui donne cette ouverture, de peur que cette affaire ne tombe entierement. (3) Quoique nous ne doutions pas que notre Conſeiller Imperial & Aulique Conrard de Lutzow, qui étoit alors à Hambourg, n'ait raporté à votre Dilection ſelon l'ordre & la teneur du mandement qui lui avoit été expedié du 19. Decembre, toutes les raiſons (4) les plus fortes qui nous avoient obligé juſques ici de refuſer le titre demandé à la Ducheſſe de Savoye, & que V. D. a entendu que cette affaire regarde le Traité principal, & point du tout le Préliminaire, la raiſon n'eſt pas propre ni ſuffiſante pour obliger le Roi de France de ſe retirer du Congrès. V. D. ſait aſſez combien nous avons déja accordé (5) de demandes differentes à la Partie adverſe. Cependant ce Congrès ſi deſiré, après tant d'aſſurances faites par des Mediateurs du premier rang, n'a point eu l'effet ſouhaité à cauſe de la Partie adverſe. Quoiqu'il en ſoit, nous recevons volontiers la demande amiable & forte de V. D. Mais premierement nous conſiderons dans la promeſſe faite que le Saufconduit que V. D. demande ne doit pas préjudicier, ni tourner à dommage aux deux Princes de Savoye, à cauſe de la tutéle ſous laquelle nous les avons mis. Enſuite nous déclarons à V. D. que le Sauſconduit pour la Ducheſſe de Savoye, de la même maniere qu'elle nous l'a demandé, ſera envoyé aujourd'hui au Comte d'Averſberg, & nous lui ordonnons en même temps, de le retenir (6) par devers lui, & de ne le point livrer que tout ne ſoit accordé (7) & tranſigé dans les Préliminaires, & que tou-

---

primé ici une autre demande qui eſt contenue dans les Lettres du Roi de Dannemarck, touchant le Plein-pouvoir du Roi d'Eſpagne, & touchant la ratification du Traité de Hambourg.

(3) Le Roi de Dannemarck ne demanda pas moins le Sauſconduit pour la Savoye, que la Ratification du Traité. Il s'étoit chargé de l'un & de l'autre, & l'avoit promis par ſes Lettres à l'Ambaſſadeur de France dont il avoit envoyé la copie à Vienne. Les Imperiaux laiſſent là la Ratification, parce qu'ils ne la veulent pas donner. Il ſemble d'abord qu'ils veulent accorder quelque choſe au Roi, mais en effet ils rejettent ſa médiation & ſe moquent de la foi qu'il a donnée.

(4) Ceci eſt repeté inutilement, puis qu'on s'eſt accordé ſur cet différent. Si nous voulions expliquer ici les droits de la Ducheſſe de Savoye, qui ſe peut défendre elle-même par la poſſeſſion, il nous faudroit employer plus de temps, & prendre cette affaire dès ſon origine. C'eſt ce que voudroient les Imperiaux, comme on le verra dans la ſuite.

(5) Il eſt vrai, le Roi de Hongrie a accordé bien des choſes, qu'il avoit premierement toutes refuſées, les plus juſtes même, & ſans leſquelles on ne viendroit jamais à bout de ce ſortes de Traités, de ſorte même que dès le commencement il ne vouloit point donner de Sauſconduits aux Princes de l'Empire, qui étoient Alliés avec la France & la Suede. Le Roi de Hongrie cede maintenant tant de choſes à ſa Partie adverſe, qu'il ne donne plus rien à l'autorité du Médiateur, & à la foi d'un Traité ſolennel & parfait.

(6) Ce que le Roi de Hongrie accorde d'une main au Roi de Dannemarck, il le retire de l'autre. Nous accordons, dit-il, le Sauſconduit, mais nous prenons bien nos meſures qu'il ne ſoit donné par notre Ambaſſadeur.

(7) Pour ce qui regarde le temps qu'on doit livrer ce Sauſconduit, il n'eſt point marqué, ni ne le ſera que quand il lui plaira : car il ne s'imagine pas que les Préliminaires ſoient conclus après un Traité ſolennel.

P 2 (8) Le

1642.

naribus sint transacta & composita, & univer-
sum negotium a sola extraditione hujus Salvi Con-
ductus pendeat; verumtamen excipimus & re-
servamus nobis hic expresse, quod quando tandem
ad realem extraditionem fuerit perventum, quod
hujus Tituli in his duntaxat Salvis Conductibus
facta concessio prædictis Sabaudiæ Principibus, in
juribus ipsorum realique possessione concreditæ, per
nos, ipsi & de (8) jure commissæ Tutelæ ne vel
minimum quidem, præjudicium creari, sed ad al-
mam saltem Pacem provehendam, liberandamque
(9) *Dil. V. hac in parte datam Regiam fidem*
hac tantum vice concessum intelligi velimus.

Ad reliqua omnia quæ a Consiliario nostro Im-
periali Aulico mediante Dil. V. Consiliario Dn.
Lutzovio cum Gallicis, Suecisque Ministris acta
sunt, & partim ex nostra, partim etiam aliorum
Interessatorum ratificatione atque ulteriori reso-
lutione (10) *pendent, exinde singularicum grati ani-*
mi affectu agnoscimus indefessum & constans Di-
lect. Vestræ studium quod hactenus promovendo
Congressui illi sedulo atque indesinenter impendit.
Id Dil. V. sempiternam nominis sui gloriam con-
ciliabit.

Et licet neque dum (quod Nobis quidem li-
queat) ulla istiusmodi (11) *Legitimatio ad trac-*
tandum cum Cæsareis nostris Ministris a Gal-
lico Legato fuerit exhibita, atque ipsemet fassus
sit id quod hac vice hac in re actum est absque
(12) *mandato actum esse, nihilominus tam pro*
nostra

(8) Quàm hæc Tutela de jure commissa sit, ipse Rex Hungariæ ostendit in simili causa, ubi tamen
contrariam in partem sententiam dixit. Antè paucos enim annos Ducissæ Megapolitanæ Viduæ tute-
lam Filii sui, & actionum ejus administrationem adjudicavit, neglectis omnibus iis quibus Pupilli Pa-
truus causam suam videbatur tueri. Nunc vero
quoniam causa Sabaudica agitur commodum Regis
Hisp. Jurisprudentia Viennensis longè alia est, qualis esse eorum solet qui nigra in candida vertunt.

(9) Nullo modo fidem Regis Daniæ liberat,
neque enim aut suam aut Hispaniæ ratificationem
mittit quas expromissio Regia complectitur, &
Salvo Conductui pro Sabaudia talis est annexa conditio, quæ existere nisi quando ipse volet, non
potest.

(10) Videntur Viennenses satis negligenter legisse
Pactionis Hamburgensis articulos, vel parùm sincerè
recitare. Neque enim illa pendet ex Ratihabitione
Regis Hungariæ aut cujuspiam, sed eum ad rati-
habendum obligat. Hæc enim vis est atque effi-
cacia illius Plenipotentiæ quam Legato suo attri-
buit.

(11) Plusquam triennium est, quod Legatus Gallicus Procancellario Curtio idem de Pace negotium
Hamburgi tractanti (cum id exposceret) Ministris-
que Regis Daniæ mandatum quo habebat procura-
torium edidit quo ipsi facta est potestas transigendi,
& de Pacis præparatoriis & de Pace ipsa. Exhibuit
insuper Salvos Conductus quos Rex Christianissimus
Plenipotentiariis Regis Hungariæ largiebatur ea
forma quam ipse definiverat.

(12) Gallicus Legatus Tractatum de Præliminaribus Pacis conclusit purè ac simpliciter, Regisque
sui ratificationem promisit, eamque accepit, & in
promptu habet. Cum jam signasset Tractatum,
scripsit fortè Regi Daniæ se respectu ipsius fiduciaque
Regiæ expromissionis in aliquid consensisse, etiam
præter mandata, nempe quòd de die conveniisset in-
choandi Conventus antequàm Salvi Conductus omnes, quemadmodum mos & fas jubebant, essent
traditi. Quin eadem omnino Epistola continetur
expresse, Regem Christianissimum quæ suarum partium in Tractatu isto futura essent, impleturum.
Duæ illæ objectiones adeo frivolæ abunde demons-
trant, Ministros Regis Hungariæ viam qua elaban-
tur circumspicere, curâ autem procurandæ Pacis
omnino non tangi.

(13) Hic

---

toute l'affaire ne dépende plus que de donner le
Saufconduit. Nous exceptons & nous réser-
vons expressément qu'après qu'on l'aura délivré, que la Concession qui a été faite du titre
dans le Saufconduit (8) ne portera aucun préjudice aux Princes de Savoye, soit dans leurs droits,
soit dans la possession réelle, soit à la tutele qui
leur a été donnée de droit par nous; mais nous
voulons qu'on entende que nous ne l'accordons
pour cette fois que pour avancer une bonne
Paix, & pour nous dégager envers V. D. de la
Parole Royale que nous lui avions donnée. (9)

Pour toutes les autres choses que notre Conseiller Imperial & Aulique le Sieur Lutzow a
traitées avec les Ministres de France & de Suede, par notre médiation, & qui dependent en
partie de notre ratification & d'une ulterieure
resolution, (10) nous reconnoissons avec affection & reconnoissance l'application constante,
& infatigable que V. D. a mise en œuvre jusques ici pour avancer le Congrès, ce qui lui ac-
querra une gloire immortelle.

Et quoique jusques à présent, (11) au moins
comme il nous paroit, le Ministre de France ne se
soit pas legitimé pour traiter avec les Imperiaux,&
qu'il a confessé lui-même que ce qui a été fait cette
fois dans cette affaire, qu'il l'a fait sans en avoir
commandement, (12) néanmoins nous donnons
nous

1642.

(8) Le Roi de Hongrie fait voir que la Tutele a
été donnée de droit, puisque dans une semblable
cause il a prononcé la sentence en faveur du parti
contraire; car depuis quelques années la Duchesse de
Meckelbourg, Veuve, a obtenu de lui la tutele de son
Fils & l'administration de ses biens, sans avoir aucun
égard à toutes les raisons par lesquelles l'Oncle ou le
Duc soutenoit son droit. Mais maintenant que dans
l'affaire de Savoye il s'agit de l'avantage du Roi d'Espagne, la Jurisprudence de Vienne est tout autre,
elle change du blanc au noir.

(9) Il ne décharge en aucune maniere le Roi de
Dannemarck de la promesse, puis qu'il n'envoye
ni sa ratification ni celle du Roi d'Espagne, que le
Roi de Dannemarck avoit promises, aussi bien
que le Saufconduit pour la Savoye, auquel il s'étoit
aussi engagé. Cela ne se fera que quand il lui plaira.

(10) Il semble que les Viennois ont lu assés né-
gligemment les Articles du Traité de Hambourg, où
qu'ils les rapportent peu sincerement. Ce Traité ne
depend pas de la ratification du Roi de Hongrie ou
de quelque autre; mais il l'oblige à le ratifier; c'est
l'efficace & la force du Pouvoir qu'il a donné à
son Ambassadeur.

(11) Il y a plus de trois ans que l'Ambassadeur de France a fait voir à Hambourg au Vice-Chancelier Curts
qui le demandoit, aussi bien qu'aux Ministres du Roi
de Dannemarck, le Pleinpouvoir qu'il avoit pour transiger sur les Préliminaires de la Paix, & sur la Paix même. Il produisit encore les Passeports que le Roi
très-Chrétien accordoit aux Plenipotentiaires du Roi
de Hongrie dans la forme qu'il avoit lui-même é-
tablie.

(12) L'Ambassadeur de France a conclu purement
& simplement le Traité des Préliminaires pour la
Paix, il en a promis la ratification de son Roi, il
l'a reçue, il l'a en main. Lors qu'il eut signé le Traité, il écrivit par hazard au Roi de Dannemarck,
que, pour le respect qu'il lui portoit, & se confiant
à ses promesses, il avoit consenti à quelque chose sans
ordre, savoir qu'il avoit convenu du jour dans lequel
on devoit s'assembler, avant que les Saufconduits
fussent livrés, comme c'étoit l'ordre & la coûtume.
Après cela la Lettre dit expressément, que le Roi très-
Chrétien accompliroit tout ce qui le regardoit dans
ce Traité. Ces deux objections si frivoles font voir
clairement que les Ministres du Roi de Hongrie ne
cherchent que les moyens de s'échaper, & qu'ils ne
sont nullement touchés du soin de procurer la Paix.

(13) Le

1642. *noſtra quam Sereniſſ. Hiſpaniarum Regis parte, inprimis in duarum ad dictos Tractatus Urbium Monaſterii nimirum & Oſnabrugæ* (13) *electione conquieſcimus.*

Nec ſecius acceptamus & conſentimus, (14) *ut ſtatim poſt traditos hinc inde Salvos Conductus Præſidia moderna, quæ Civitatis diſciplinæ non ſunt obnoxia, educatur, & quamdiu Tractatus in una alteraque Urbe durarevint, tamdiu earundem cuſtodia ac defenſio ipſiſmet Civibus atque Invólis concredatur.*

Volumus (15) *etiam ut Civitas Oſnabrugenſis, durantibus hiſce Tractatibus, privilegiis ſuis gaudeat, in eorumque fruitione manuteneatur ac conſervetur, nec Magiſtratus in præſenti tam Eccleſiarum quàm Scholarum dictæ Civitatis conſtitutione ulla ratione perturbetur.*

Demum etiam licet Salvi Conductus noſtri Cæſarei tam loco ad Tractatus aſſignato, quam & jam perſonis quibus ii ſunt conceſſi omnem ſufficientem præſtent ſecuritatem, ex ſuperabundanti (16) *tamen chariſſimi Fratris noſtri Dil. & omnibus ſub ipſius ductu militantibus gratioſe ordinatum volumus, quemadmodum ſub dato hodierno ordinamus atque inhibemus ne durantibus hiſce Tractatibus adverſus Civitates Oſnabrugenſem & Petersburgenſem ab eo quo noſtri, tum interpoſitorum, & aliorum Regum ac Principum Legatio, Oſnabrugam intraverint, quicquam infeſtum aut hoſtile conſilio aut facto (quocunque tandem nomine id vocari poſſit) ſuſcipere aut attentare auſint.*

Idem

(13) Hic conſenſus de Loco, Civitatibus nempe Monaſterio & Oſnabruga, ambitioſus eſt. Cujusmodi ſunt omnia pleraque quæ ſequuntur quæſitis ſtudio verbis & affectatâ prolixitate plena. Scilicet hoc artificio aures atque animos populi detinendos crediderunt, ut cum tantum apparatum vident credant res maximas concedi. Sed ſi paululum excutias, ſolidi nihil ineſt. Quantum enim ad Urbes nominatas attinet, de iis jam tempore Comitiorum Ratisbonenſium Rex Hungariæ conſenſerat, uti ex Receſſu Imperii, quem vocant, publice edito apparet. Sed ea res opportuna viſa eſt quæ hic rurſus locum invéniret.

(14) Conſenſus iſte mera luſdificatio eſt. Sueci enim Oſnabruga militare præſidium habent: Monaſterium vero ſe præſidio Oppidanorum tuetur, nullus ibi Regis Hungariæ miles eſt. Cum itaque Pacis ſtudio id ultro largiti ſint Sueci, ut milites ſui præſidiarii tam ex Urbe Oſnabruga, quàm ex Arce deducantur, inque eo negotio ſolus Suecorum conſenſus verſatur, bellè profectò & feſtivè Imperiales ajunt ſe quoque conſentire. Quid eſt fumum vendere ſi hoc non eſt?

(15) Quidni velit quando nolle non poteſt? Neque enim Oſnabruga in ipſius eſt poteſtate.

(16) Memorabile ſane & inauditum beneficium eſt mandare Archiduci & Piccolomino ne vi armata Oſnabrugam accedant, & obtortô collo ad carcerem injiciant qui de Pace tractaturi eò convenerint. Sed cur eandem ſecuritatem Monaſterienſi Conventui non ſpondent? Hæc diverſitas aliquid monſtri alit, quemadmodum & conditio ſub qua illam ſecuritatem largiuntur. Nam ſi illa obtineri nequit niſi tum demum, cùm omnes Legati Regum Principumque quorum de negotio agetur, atque adeo ipſorum Mediatorum, congregati fuerint (ita enim verba ſonant) periculoſa omnino foret feſtinatio & acerbum fortaſſis diligentiæ præmium. Præterea Sueci hoſtium ſuorum dubiæ fidei exponerentur qui inuſi ambiguitate hujus articuli, facilè inde prætextum invadendi Loci illius occupandique arriperent. Dicet fortaſſe aliquis Monaſterium eſſe ditionis Electoris Colonienſis, itaque ab armis Regis Hungariæ & Sociorum ſatis tutum eſſe. Quod ſi ita eſt, cur igitur poſtulant à Fœderatis Regibus ut reciprocè ſeſe obligent tutam per ipſos fore Oſnabrugam? Cum enim illa ſit juris Suecici, pari omnino ratione vel ab ipſis vel ab ipſorum Fœderatis expectare periculum non debet.

(17) Satis

notre conſentement de notre côté, auſſi bien que du côté d'Eſpagne, à l'election des Villes de Munſter & d'Oſnabrug, (13) pour y traiter de la Paix.

Nous acceptons auſſi volontiers & nous conſentons, qu'auſſitôt qu'on aura donné les Saufconduits, que la (14) Garniſon qui ne ſera pas ſujette aux ordres de la Ville en ſoit ôtée, & qu'autant de temps que le Traité durera dans l'une & l'autre Ville, que la Garde & la défenſe en ſoit commiſe à ſes habitans.

(15) Nous voulons auſſi que la Ville d'Oſnabrug jouïſſe de ſes privileges pendant tout ce Traité, qu'elle ſoit conſervée & maintenuë dans leur jouïſſance & que le Magiſtrat ne ſoit point troublé dans l'état préſent de l'Egliſe & des Ecoles.

Quoi que les Saufconduits Imperiaux donnent une aſſurance ſuffiſante pour le Lieu du Traité & pour les Perſonnes, par ſurabondance de droit (16) Nous ordonnons, ſous le bon plaiſir de notre très-cher Frere, à toutes les troupes qui ſont ſous ſon commandement, & leur défendons dès ce jour que, pendant tout le Traité, ils n'ayent à attenter rien qui ſente l'ennemi, ni par conſeil, ni en effet, ni ſous quelque prétexte que ce ſoit, contre les Villes d'Oſnabrug & de Petersbourg, dès auſſitôt que les nôtres ou les Ambaſſadeurs des autres y ſeront entrés. Nous promettons & aſ-

ſu-

(13) Le conſentement du Lieu, ſavoir de la Ville de Munſter & de celle d'Oſnabrug, eſt rempli de détours, comme preſque tout ce qui ſuit, par des paroles recherchées & par une longueur affectée, comme s'ils croyoient par cet artifice adoucir les oreilles du Peuple, qui, lors qu'il voit tant de parade, s'imagine qu'on accorde les plus grandes choſes. Si vous l'examinez de près, vous n'y trouvez rien de ſolide. Pour ce qui regarde les Villes ci-deſſus nommées, le Roi de Hongrie y avoit déja conſenti du temps de la Diete de Ratisbonne, comme il paroit par le Recès de l'Empire, comme l'on appelle, qui a été rendu public; mais il leur a ſemblé bon de le rappeller en ce lieu.

(14) Ce conſentement n'eſt qu'une illuſion. Les Suedois ont ſeur Garniſon à Oſnabrug, & Munſter ſe défend par la garde de ſes habitans. Le Roi de Hongrie n'y a aucunes Troupes. Les Suedois ont accordé ce point pour Oſnabrug & ſa Fortereſſe, pour l'amour de la Paix, que leurs troupes en ſortiſſent, & cette affaire dépendoit abſolument du conſentement des Suedois. C'eſt donc une choſe aſſes plaiſante que les Imperiaux diſent qu'ils y conſentent. N'eſt-ce pas nous vendre de la fumée?

(15) Pourquoi ne le voudroient-ils pas, puiſqu'ils ne peuvent l'empêcher & qu'Oſnabrug n'eſt pas en leur puiſſance?

(16) C'eſt un bien fort memorable & inouï que de commander à l'Archiduc & à Picolomini de ne point attaquer Oſnabrug à main armée & de vouloir mettre par force en priſon ceux qui viendront pour traiter de la Paix. Pourquoi ne promettent-ils pas la même ſureté à l'Aſſemblée de Munſter? Cette diverſité, auſſi bien que la condition ſous laquelle cette ſureté eſt donnée, à quelque choſe d'extraordinaire; car ſi l'on ne la peut obtenir que lors que tous les Ambaſſadeurs des Rois & des Princes qui y ont intérêt y ſeront aſſemblés, (ſe ſont leurs termes,) la diligence ſeroit dangereuſe, & la recompenſe en ſeroit peut-être bien rude. Outre cela les Suedois ſeroient expoſés à la foi douteuſe de leurs Ennemis, qui s'attachant à l'ambiguité de cet Article, prendroient aiſément le prétexte d'attaquer cette Place, & de s'en rendre les Maîtres. Peut-être quelqu'un dira que Munſter dépend de l'Electeur de Cologne, & qu'ainſi cette Ville ſeroit à couvert des armes du Roi de Hongrie, & de celles de ſes Alliés. Si cela eſt ainſi, pourquoi demandent-ils des Rois Alliés qu'ils s'obligent réciproquement de leur aſſurer Oſnabrug? Comme cette Ville dépend des Suedois, ils ne doivent rien apprehender des Suedois, ni de leurs Alliés.

(17) On

1642.

Idem Dil. V. tam de Seren. Hispaniæ Regis Ca-
tholici armis (quoad hostes quoque ipsius id ve-
niant quæsitum) quam duorum Bavariæ & Sa-
xoniæ Electorum concreditis Imperialibus copiis pro-
mittimus & asseveramus, certo confisi Partem quoque
adversam vicissim similiter stipulaturam neque Dil.
V. hoc nomine idoneam (17) ab ipsis fidem & suf-
ficientem securitatem accipere recusaturam, sibi-
que necessaria ad hoc mandata militaria ad ma-
nus suas tradenda curaturam, quemad-
modum nos, nostro, talem in eventum Dil. V.
transmittenda tradendaque curare non detrecta-
mus.

Et cum jam de omnibus quoad promovendam
necessariam hinc inde correspondentiam, recipro-
cam Literarum transmissionem, Cursorum & Nun-
tiorum expeditionem, & cætera hisce annexa per-
tinent, jam in accordatis ex utraque parte Sal-
vis Conductibus optime provisum sit, in eo jubentes
penitus conquiescimus, certa freti spe, ut quemad-
modum ex hac parte fiet ita etiam ex altera qui-
quid is factum conventumque est rite adim-
pleatur.

Quod si (18) vero præter omnem spem atque
expectationem Congressus & Tractatus isti absque
conclusa desideratissima Pace dissolvantur, Volu-
mus nihilominus ut intra sex proximas hebdoma-
das contra Osnabrugam nihil hostile attentetur,
vel Suecica Corona impediatur quominus præ-
sidium suum denuo illuc introducat; (19) dum-
modo idem respectu Civitatis Monasteriensis obser-
vetur.

Ad diem quod attinet, quo cùm reciproca Sal-
vorum Conductuum extraditio fieri, tum Congres-
sus ille universalis initium suum re ipsa sumere de-
beat, Nobis & Ser. Hispaniæ Regi Catholico
etiamnum eo erit gratius (20) quò maturius is
con-

(17) Satis hinc apparet, quemadmodum & ex universo Epistolæ contextu, nihil aliud quærere Imperiales quàm ut totum negotium variis temporis ac difficultatibus implicent perplexumque reddant. Idcirco
proponunt Regi Danicæ novis utrimque Declarationibus opus esse, idque ad Regem Hispaniæ & ad
ejus hostes extendunt, neque tamen quos intelligi
hostes velint, diserte explicant. Atque hæc omnia ut
novæ tractationis materiam subministrent, sed illius
longè difficilioris magisque inextricabilis quàm nupera fuit, cui tamen totum quinquennium impen-
sum est.

(18) Hoc jam Hamburgensi Tractatu cautum præterea ex ipsa æquitate naturali communique jure ac
consuetudine petitum est, adeo ut hic consensu Regis Hungariæ pro luculento aliquo indicio animi ad
Pacem propensi accipi nequeat.

(19) Hæc quoque conditio captiosa est. Monasterii
nullam habet militare præsidium Rex Hungariæ:
quod ibi est, Magistratui Urbis sacramentum dixit,
neque inde deducetur. Itaque hic omnia disparia.
Sanè id captare videntur Imperiales, ut abuti illis
liceat indulgentia & facilitate Suecorum qui, ut hoc
negotium Pacis promoveant, ultro sese offerunt ad
præsidia sua Osnabruga & Petersburgo deducenda.

(20) Manifestissima hæc est tergiversatio. Hactenus Rex Hungariæ Legato suo Lutzovio ipsique Regi
Danicæ rescripserat, atque adeo inseri typis excuso Recessui nuperorum Comitiorum curaverat, quò maturius inchoari tractatio Pacis possit, id eo sibi futurum gratius. Hac fiducia Lutzovius, unà cum Legatis Regum Galliæ & Sueciæ diem xxv. Martii de-
finivit. Nunc vero Regis Hungariæ Ministri, cùm
expressè & diserte approbare eam definitionem deberent, quemadmodum fecerunt supra in rebus generalibus & levioris plane momenti, satis inadvertenter
canere eandem cantilenam, quò maturius eò gratius,
Quid restat quominus post decem & plures annos idem nobis occinant, & juterim nihil fiat?
Testari possunt omnes Legati qui sunt Viennæ, annon

furons la même chose à votre Diſection, de la
part des autres & du Roi Catholique d'Eſpagne,
auſſitôt que les Ennemis le demanderont, auſſi
bien que des troupes de Bavière & de Saxe con-
fiées aux Imperiaux, perſuadés que la Partie adverſe en (17) fera de même, & que V. Dil. ne
refuſera pas de recevoir d'eux leur parole & une
ſureté ſuffiſante, & qu'elle aura le ſoin de ſe faire
remettre entre les mains les mandemens néceſſaires pour les troupes, comme nous ne réfuſons
pas de notre côté de lui remettre les nôtres.

Et comme l'on a très-bien pourvu, d'un côté
& d'autre par les Sauſconduits, à tout ce qui étoit
néceſſaire pour établir la correſpondance qu'il
faut, la liberté pour les Lettres & pour l'envoi
des Couriers & tout ce qui les concerne, nous
y donnons entierement les mains, appuyés d'u-
ne eſperance certaine que tout ce qui ſe fera de notre côté ſelon l'accord, ſera auſſi obſervé de l'autre.

(18) Que ſi, contre toute eſperance &
contre toute attente, le Congrès, & le Traité
venoit à ſe rompre ſans parvenir à la Paix tant
deſirée, nous voulons pourtant que, pendant
l'eſpace de ſix ſemaines après, on n'entreprenne
rien qui ſente l'Ennemi contre Oſnabrug, &
l'on n'empêchera pas la Couronne de Suède d'y
remettre ſa Garniſon; (19) pourvu qu'on obſerve
là même choſe à l'égard de Munſter.

Pour ce qui regarde le jour déterminé que l'on
ſe donnera les Sauſconduits reciproquement, &
que le Congrès général s'ouvrira, & qu'on commencera d'agir réellement, le plûtôt ne nous ſera
que plus agréable, (20) auſſi bien qu'au Roi
d'Es-

(17) On voit aſſez par-là, auſſi bien que par le
contenu de toute la Lettre, que les Imperiaux ne
cherchent qu'à faire des difficultés & par pluſieurs
retardemens embarraſſer une affaire déja faite. Pour
cet effet ils proposent au Roi de Dannemarck,
qu'il ſeroit néceſſaire, de part & d'autre, de faire de
nouvelles déclarations, & ils étendent cela à l'égard
du Roi d'Eſpagne & de ſes Ennemis. Cependant ils
ne s'expliquent pas nettement touchant ceux qu'ils
entendent pour Ennemis, & le tout pour donner
occaſion à un nouveau Traité, qui ſeroit beaucoup
plus difficile à faire, & plus embarraſſé que celui qui a
été fait pour lequel pourtant on a employé cinq années.

(18) C'eſt dans ce Traité pourtant qu'on a pris
toute la précaution néceſſaire que l'Equité naturelle, le Droit commun & la Coûtume, de telle
manière qu'on ne ſauroit regarder le conſentement
du Roi de Hongrie, comme provenant d'une diſpoſition du cœur porté à la Paix.

(19) Cette condition eſt auſſi captieuſe. Munſter
n'a point de Garniſon du Roi de Hongrie; celle qui
y eſt a prêté ſerment de fidelité au Magiſtrat de la
Ville, & elle n'en ſortira point. Il n'y a point ici
d'égalité; les Imperiaux s'en ſervent afin de pouvoir abuſer de la facilité & de l'indulgence des Suédois,
qui, pour avancer l'affaire de la Paix, offrent de leur
bon gré d'ôter leurs Garniſons d'Oſnabrug & de Petersbourg.

(20) C'eſt une tergiverſation manifeſte. Le Roi de
Hongrie juſques-ici avoit écrit à ſon Ambaſſadeur
& au Roi de Dannemarck même, & il avoit eu
ſoin de le faire mettre dans le Recès de la dernière
Diète qui avoit été imprimé, que d'autant plûtôt
qu'on commenceroit le Traité de Paix, cela lui ſeroit
plus agréable. Lutzow ſe confiant là-deſſus avoit déterminé le Traité pour le 25. du mois de Mars avec les
Ambaſſadeurs de France & de Suede. Maintenant
que les Miniſtres du Roi de Hongrie devroient expreſſément approuver cette détermination, comme
ils avoient fait auparavant dans des choſes générales
& de peu d'importance, & après avoir repeté ſi ſouvent la même chanſon, que le plûtôt ne ſeroit que
le plus agréable, qui empêche maintenant qu'après
avoir chanté dix ans la même choſe, on ne le ſaſſe
en effet? Tous les Ambaſſadeurs qui ſont à Vienne
peuvent témoigner que les Miniſtres du Roi de Hongrie

constituetur, & Congreſſus ille realem ſuum ſortie-
tur effectum, & jam pridem noſtris ad hoc De-
putatis Plenipotentiariis, uti in procinctu ſint be-
nigne injunximus, præſtolabundi, quòd & Gal-
licus Hamburgi (21) commorans Miniſter petitos
ex noſtra parte Salvos Conductus in debita forma
tandem ad manus Dil. V. traditurus ſit, prout
etiam præfato noſtro Comiti Aversberg idonea de-
dimus mandata quò Tractatibus hiſce inchoandis
dies Salvis Conductibus (22) inſeratur, adeoque
Cæſarei noſtri Salvi Conductus perfecti & abſoluti
Dil. V. tradantur.

   Quin etiam ut loco Fratrum Palatinorum, Du-
cum Brunſvicenſium cognatorum ac Fratrum, &
Landgraviæ Haſſiæ Caſſelenſis, Domus Palatina,
Brunſvicenſis & Lunenburgenſis, uti & Haſſiæ
Caſſelenſis in Salvis Conductibus perſcribatur ſimi-
liter conſenſimus, atque ita de integro expedi-
tos Salvos Conductus ſæpe dicto Comiti Avers-
berg transmiſimus.

   Super unico duntaxat loco quo inter Monaſte-
rium & Oſnabrugam ad promovendos Tractatus
neceſſariaque inter Legatos inſtituenda Colloquia
& Conferentias opportunus & omnibus Partibus
gratus eſſe poſſit, Declaramus (23) nos ac reſolvi-
mus, quod quicquid per noſtros Cæſareos, atque
alios Regios Monaſterii & Oſnabrugæ tum futu-
ros Legatos, ea super re ratum firmumque erit,
                                      prout

d'Eſpagne, & nous avons déja ordonné à nos Députés pour cela de ſe préparer inceſſamment pour y
aller. Le Miniſtre de France reſident à Hambourg
remettra entre les mains de V. D. (21) les Saufconduits en bonne forme qui lui ſeront demandés
de notre part, comme auſſi nous avons donné ordre au Comte d'Aversberg, qu'on mette dans les
Saufconduits le jour (22) qu'on doit commencer
à traiter, & qu'il remette à V. D. les Saufconduits de l'Empereur en bonne & due forme.

   Nous conſentons auſſi qu'au lieu des Freres
Palatins, des Ducs de Brunſwic Freres & Couſins,
& de Madame la Landgrave de Heſſe Caſſel, on
mette dans les Saufconduits pour la Maiſon Palatine, celle de Brunſwic & Lunebourg comme
auſſi celle de Caſſel. Nous avons envoyé les Saufconduits en cette forme au Comte d'Aversberg.

   Touchant le Lieu mitoyen entre Munſter
& Oſnabrug, pour y avancer les Traités, &
pour y tenir les Conférences entre les Ministres, qui puiſſe être commode & agréable à
toutes les Parties, (23) nous déclarons que
tout ce qui ſera fait, par nos Ambaſſadeurs &
les Ambaſſadeurs des Couronnes, ſur ce point,
                                        ſera

---

non Miniſtri Regis Hungariæ apertè primùm con-
queſti ſint diem xxv. Martii nimis maturam eſſe,
ſeque ſpatiis admodum iniquis includi. Sed re diu
multumque deliberata, conſultius duxerunt profiteri
nunquam ſatis in tam grato negotio feſtinare poſſe,
ſedulò tamen caventes ne vel diei jam dictæ acquiescerent vel aliam ſaltem præfinirent.

   (21) Per Legatum Galliæ nulla mora eſt quominus
tradantur Salvi Conductus de quibus in Pactione Ham-
burgenſi inter Partes convenit ; nam quos ille ſti-
pulanti Legato Lutzovio promiſit, omnes ex Gallia ad ipſum in debita forma transmiſſi ſunt. Sed
Rex Hungariæ, dum generaliter loquitur de Salvis Conductibus, protrahere haud dubie negotium cogitat
poſtulationibus novis, quibus aſſentiri Regem Chris-
tianiſſimum non poſſe ipſe non ignorat. Huc pertinet quòd cum Salvus Conductus quem Lutzovius
pro ſui Domini Fœderatis ſtipulatus eſt, is ſufficiat,
ſi bona fide Pacem quærerent, nunc ſpecialem tamen
pro Duce Carolo flagitant, cui etiam titulum no-
menque Ducis Lotharingiæ tribui poſtulant. Immò
ſuper hoc Salvorum Conductuum negotio alias adhuc
difficultates communiſcuntur, ſi fidem adhibere ſas
eſt viris illuſtribus, atque adeo partium Auſtriaca-
rum ſtudioſis, qui prolixe ea de re Viennæ ſcribunt.
Quorum unus Epiſtolam hoc claudit epiphonemate,
In ſumma, Tractatus Preliminarium Pacis totus
hic diſplicet, utinam ne ipſa Pax!

   (22) Mandatum de die Salvis Conductibus infe-
rendo, quemadmodum & Conſenſus ille de quo ſæ-
quens loquitur Articulus, res nihili ſunt. Sed Ministri Regis Hungariæ corradunt undique, quibus vulgo perſuadeant id omnibus modis a ſe agi ut via ad
Tractatus de Pace expeditior ſternatur.

   (23) In hac parte Viennenſes pro imperio decernen-
tem Dominum ſuum & quaſi edicta ſcribentem in-
troducunt, neque advertunt quòd & ad Regem ſcribit, & de negotio de quo inter alios Reges & ipſum
pari jure agitur; qui profectò ad hunc modum reddere illi ſuas voces juſtiſſimè poſſent : *Declaramus nos*
ac reſolvimus quòd quicquid per noſtros & Regis
Hungariæ Legatos Hamburgi ſuper ea re determina-
tum eſt, id ratum firmumque ſit. Sed quid cauſæ eſt,
cur Imperiales hunc Articulum Tractatus Hamburgenſis rejiciunt? Nimirum ne Plenipotentiarii Galliæ Sueciæque in aliquo Loco medio inter Oſnabrugam & Monaſterium congredi & negotia invicem
communicare poſſint. Hoc non eſt viam qua ad Pacem eatur planiorem reddere.

                          (24) Hæc

grie ſe ſont plaints ouvertement que le 25. du mois
de Mars étoit trop proche, & qu'on leur avoit mal à
propos reſſerré le temps. Mais pendant qu'on travailloit à cette affaire & qu'on y délibéroit long-temps,
ils trouvoient à propos de dire, qu'on ne ſauroit jamais aſſez ſe preſſer dans une affaire ſi agréable. Cependant ils ſont tous leurs efforts pour ne pas conſentir à ce jour déterminé, & pour en faire nommer un autre.

   (21) L'Ambaſſadeur de France n'apporte aucun retardement pour qu'on donne les Saufconduits dont
on eſt convenu au Traité de Hambourg ; car tous
ceux qui lui ont été demandés par Lutzow & qu'il
avoit promis, lui ont été envoyés de France
dans la forme convenable. Mais pendant que le Roi
de Hongrie parle en général des Saufconduits, il
cherche ſans doute à alonger l'affaire par de nouvelles
demandes, auxquelles il ſait bien que le Roi de France ne ſauroit conſentir. Par exemple, le Saufconduit que Lutzow avoit demandé pour les Alliés de la
Maiſon d'Autriche étoit ſuffiſant, s'ils recherchoient
la Paix de bonne foi. Maintenant ils en demandent un particulier pour le Duc de Lorraine, à qui
ils veulent que la France donne le titre de Duc. Si
l'on doit ajoûter foi à des perſonnes illuſtres, ils font
encore d'autres difficultés ſur les Saufconduits, ce ſont
des perſonnes attachées à la Maiſon d'Autriche qui
en écrivent amplement de Vienne, dont l'un conclut ſa Lettre de cette maniere : *Enfin tout le Traité*
Préliminaire de la Paix déplait, plût à Dieu que la
Paix ne déplaiſe pas auſſi !

   (22) C'eſt une choſe de rien que d'inſerer dans les
Saufconduits, le jour déterminé, puis qu'on y avoit
conſenti, comme on le verra dans l'Article ſuivant; mais
les Miniſtres du Roi de Hongrie cherchent de tous
côtés à qui ils puiſſent perſuader qu'ils ne travaillent
en toutes manieres qu'afin de rendre le chemin plus
aiſé pour la Paix.

   (23) Du côté des Autrichiens, ils introduiſent leur
Maître comme ordonnant ſouverainement & dictant
ſes Edits, ſans prendre garde que la Lettre eſt adreſſée
à un Roi, & qu'elle traite d'une affaire où les autres Rois & lui ont un droit égal, qui pourroient
juſtement lui répondre de la même maniere : *Nous dé-*
clarons & reſolvons que tout ce qui ſera fait & déterminé
à Hambourg par nos Ambaſſadeurs & par celui du
Roi de Hongrie, cela ſera ferme & déterminé. Mais
pour quelle raiſon les Impériaux rejetent-ils cet Article? En voici la raiſon, c'eſt de peur que les Plénipotentiaires de France & de Suede ne puiſſent s'aſſembler dans un Lieu mitoyen entre Munſter & Oſnabrug, & ſe communiquer leurs affaires enſemble.
Eſt-ce rendre le chemin plus aiſé pour parvenir à la
Paix?

                          (24) Cette

1642.

prout ad Tractationem illam Legatus noster satis comparebit instructus. Quoad illud autem quod inter Consiliarium nostrum Imperialem Aulicum, & Gallicos Suecicosque Ministros agitatum est, ut nimirum ad lucrandum tempus omnia quæ in Congressu hoc universali reciprocè extradere necessum est Hamburgum (24) deferri atque ibi per Dilect. V. Deputatos eorundem extraditio fieri debeat, nos quidem jam olim omnes eos Salvos Conductus quos nostris ad Colonienses Tractatus deputatis Legatis transmiseramus nostro itidem Hamburgi commoranti Consiliario Imperiali Aulico cum in finem transmisimus (quemadmodum eosdem ibi in prototypis reperire est) si res ita postulaverit, etiam illic extraderentur; sed illos tamen sub dato etiam hodierno Legato nostro Cæsareo denuo mittimus & adhibebitur debitis Locis curatio necessaria, ut & ii Salvi Conductus qui a Ser. Card. Infante Hisp. fælicis recordationis, Oratori Veneto Lutetiam transmissi, in ejusdem adhuc versantur manibus, Hamburgum quoque remittantur.

Ad Serenissimum etiam Hispaniarum Regem (25) super confirmatione omnium a prædictâ Ser. Card. Infante datorum Salvorum Conductuum primo quoque tempore scribemus; nihilominus sperantes quòd,ne propterea donec inde veniat responsum (26) dicti Tractatus non inchoentur.

Quicquid vero in illa à Dil. V. nobis transmissâ inter Consiliarium nostrum Imperialem Aulicum & Gallicos Suecicosque Ministros agitata, & ad nostram benignam (27) ratificationem conclusa transactione, supremæ nostræ & sacri Imperii autoritati (28) repugnans comprehenditur, huic neutiquam

sera ferme & ratifié, puisque notre Ambassadeur y comparoira suffisamment autorisé. Pour ce qui a été déja mis en question entre notre Conseiller Imperial & Aulique & les Ministres de France & de Suede, que, pour gagner du temps, tout ce qui doit être delivré de part & d'autre dans ce Congrès général doit être porté à Hambourg, (24) & que la distribution en doit être faite par les Députés de V. D. c'est dans cette vue que nous avons envoyé, à notre Conseiller Imperial & Aulique demeurant à Hambourg, tous les Saufconduits que nous avions autrefois confiés à nos Députés, pour le Traité de Cologne, comme on les peut trouver là en Original. Si l'on le requiert, on les donnera là, & nous les envoyons pour cet effet à notre Ambassadeur Imperial, & l'on employera le soin nécessaire que les Saufconduits qui ont été envoyés à Paris à l'Ambassadeur de Venise par le Cardinal Infant d'heureuse memoire, & qui sont entre ses mains, soient aussi remis à Hambourg, & nous écrirons incessamment (25) au Serenissime Roi d'Espagne afin qu'il confirme tous ces Saufconduits qui ont été donnés par le Cardinal Infant. Nous espérons pourtant que l'attente de la réponse du Roi d'Espagne n'empêchera pas qu'on ne commence le Traité (26).

Mais touchant tout ce qui a été traité entre notre Conseiller Imperial & Aulique & les Ministres de France & de Suede, & la transaction qui a été conclue demandant notre ratification, (27) qui répugne à la supreme autorité de notre S. Empire, (28) nous n'y consentons point du tout ni ne l'ap-

1642.

---

(24) Hæc approbatio ejusdem generis est cum superioribus; comparata nempe ad illam pacifici animi ostentationem qua se tuentur Austriaci; jam consentire ut Hamburgi Salvi Conductus utrinque mutuò tradantur, id non est initium Tractatuum constituere, nec difficultates eas tollere quas Consiliarii Viennenses excogitarunt ut à Pactione Hamburgensi recederent. Acquiescunt itaque & immorantur aut nullius aut exigui momenti Articulis ut videantur negotium promovere, quod aliunde totum subvertunt.

(25) Hungariæ Rex Legato Lutzovio potestatem fecit pro Rege quoque Hispaniæ tractandi. Conventum est cum Lutzovio ut Rex Hispaniæ Salvos Conductus ad certum modum conceptos largiretur, aut saltem confirmaret à Fratre Cardinali Infanti quondam concessos. Ita enim ejus fuit, cum morte extingueretur, mandatum. Quid ad hæc Hungariæ Rex? Ait se scripturum in Hispaniam, & tardè inde rediturum responsum ipse prævidet. De quo quid sperare aut credere Socii Regis debeant faciè apparet.

(26) Excusari possent homines tanto impetu tantoque ardore ad Pacem properantes, quales videri volunt Ministri Regis Hungariæ, nisi isti præcipitationi in quam conjicere adversarios cupiunt tam malè conveniret cum singulari illo studio repudiandi Tractatum solennem, qui omnibus hujusmodi controversiis ac litibus finem imposuit.

(27) Dictum est superius & verissima est assertio, Tractatum Hamburgensem non pendere à benigna aut gratiosa ratificatione Regis Hungariæ. Ipsa inspectio lectioque Articulorum ostendit quod ratificationem Regum Galliæ, Sueciæ, Hungariæ, Hispaniæque invicem stipulati sint Legati, promiserintque pure & simpliciter. Inter quos Lutzovius, in Præfatione Tractatus, nomen titulumque ipse sibi sumpsit ad Pacis Præliminaria cum potestate deputati Legati.

(28) Non debet præsumi Tractatum Hamburgensem ullo pacto dignitati Regis Hungariæ & autoritati Imperii repugnare; perfectum enim & conclusum est per Consiliarium Imperialem, & quidem interventu Mediatoris cum inter Principes Imperii recensetur. Ideo nec disertè explicant quænam sint enormia

(24) Cette approbation est de même nature que les précedentes, si l'on la compare à cette ostentation d'un cœur qui se demande que la Paix, dont la Maison d'Autriche se pare, en consentant que les Saufconduits soient livrés à Hambourg de part & d'autre, ce n'est pas établir un commencement du Traité, ni ôter ces difficultés que les Conseillers de Vienne ont inventées, pour se délivrer du Traité de Hambourg. Qu'ils y acquiescent, qu'ils s'y attachent, ce n'est d'aucune importance pour cet Article, quoi qu'ils veuillent paroître avancer l'affaire, lors qu'ils la renversent d'un autre côté.

(25) Le Roi de Hongrie a donné Pleinpouvoir à Lutzow de traiter pour le Roi d'Espagne. On est tombé d'accord avec Lutzow que le Roi d'Espagne donneroit les Saufconduits d'une certaine maniere, ou du moins qu'il confirmeroit ceux qu'avoit donné autrefois le Cardinal Infant son frere. L'accord étoit ainsi fait quand le Cardinal mourut. Qu'est-ce que dit à tout cela le Roi de Hongrie? Qu'il écrira en Espagne; il prévoit même que la réponse tardera à venir. On peut voir par-là facilement à quoi se doivent attendre les Rois Alliés.

(26) On pourroit excuser des gens qui iroient à la Paix avec trop d'ardeur & d'impetuosité, comme veulent paroître les Ministres du Roi de Hongrie, si cette précipitation, qu'ils voudroient que leurs Adversaires eussent, ne convenoit très-mal au soin qu'ils ont employé pour rejetter un Traité solemnel qui a fini toutes ces disputes.

(27) Nous avons dit ci-dessus, & la chose est très véritable, que le Traité de Hambourg ne dépend pas de la gracieuse ratification du Roi de Hongrie. En lisant & voyant les Articles, on voit clairement que les Ambassadeurs d'une part & d'autre ont stipulé la ratification des Rois de France, de Suede, de Hongrie & d'Espagne; & qu'ils l'ont promise purement & simplement, & Lutzow, entre les autres, a pris dans la Préface le nom & le titre d'Ambassadeur envoyé avec Pleinpouvoir pour les Préliminaires de la Paix.

(28) On ne doit présumer en aucune maniere que le Traité de Hambourg repugne en aucune façon à la dignité du Roi de Hongrie, ni à l'autorité de l'Em-

*tiquam affentimur neque approbamus : Dil. V. a-
mice ac ftudiofe requirentes , ut juxta hanc nostram declarationem Partem quoque adverfam eò
velit difponere ; ac promovere , quo & ipfa Con-
greffuni hunc fincere absque ulla fraude & (29)
captione fufcipiat inchoandum ac promovendum ,
quem in finem fæpe dicto Legato noftro Comiti ,
(30) Aversberg benigne mandavimus ut fi ita Dil.
V. (31) placitum fuerit , ejusdem Deputatis ulteriorem fuper omnibus proponas (32) explanatio-
nem*

l'approuvons, & nous prions avec affection V. D.
qu'elle veüille difpoler & engager nos Parties
à commencer & avancer le Congrès fans
aucune fraude ni furprife (29) , pour cet effet nous avons ordonné à nôtre Ambaffadeur le Comte d'Aversberg , (30) que s'il
plait à V. D. (31) de propofer aux Députés (32)
une

---

mia illa autoritati fuæ repugnantia. Formidant quippe ne illis figillatim enumeratis manifeftum fiat
omnibus , aut nihil revera exiftere hujufmodi ; aut
fi quid fit, non ejus momenti id effe ut tantæ rei negotium, quorum tranquillitas publica conjuncta eft ,
debeat refcindere. Quanto fatius fuiffet chartæ parcere , neque totas octo paginas opplere ut diceant
Regem Hungariæ incomparabili ftudio ad Pacem
ferri : per ipfum licere ut de ea Monafterii & Ofna-
bruga tractatur : Legatis Regum ac Principum illic
fine ullo periculo atque adeo tutis effe liceat ; Diem
inchoandæ rei præfinitum, quando de eo convenerit,
Salvis Conductibus inferi poffe : confentire eundem
Regem ut Salvi Conductus concipiantur pro Domo
Haffiaca, non pro Land-Gravia Haffiæ : & hujusmodi alia plurima de quibus vel nullum effe dubium poffit , vel omnino nunquam actum eft. Ut recte di-
fenderetur hæc inficiatio eorum quæ hactenus con-
clufa funt, convenientius erat, omiffa illa inutili enumeratione rerum generalium , fignate & per fpecies
deducere , quibus rationibus motus in eam fenten-
tiam defcenderit Rex Hungariæ ut non fine læfione
exiftimationis fuæ , peffimo exemplo diffolveret re-
jiceretque Tractatum de quo fuis mandatis inftructus
pro Pace Legatus fuus convenerat : ut nihil defpice-
ret Mediatorem tantæ dignationis : ut denique toti
Orbi Chriftiano patefaceret nondum placere fibi bellorum calamitatibus finem imponi.

(29) Poftulat Rex Hungariæ ut nova tractatio in-
ftituatur , utque Galli ac Sueci fincere absque ulla
fraude & captione eam fufcipiant. Nempe profecto
ab illis deceptus eft quando citius liberaliusque quàm
fperaverat de die ordiendæ Pacificationis confenfe-
runt. Cæterùm ad fuos omnino Miniftros hanc cen-
furam aut admonitionem jure optimo transtuliffet.
Neque enim ullus in iftis Declaratoriis Literis locus
eft qui fraudibus & captionibus vacet.

(30) Fruftrantur nos fuis mutationibus Auftriaci.
Ubi vident cum Lutzowio conveniffe , eum revo-
cant , & Comitem Aversbergium fummittunt. Sed
expetis Mandatis Legatorum utriufque Regni & poteftate eorum finita , tam quod fubfcriptione folenni
fignatum Tractatum de quo quæritur , quam quod
fecuta eft Ratihabitio Regis Chriftianiffimi Reginæ-
que Suecæ, in ipfis amplius fitum non eft hoc tempore quicquam novare aut redordire fine novis mandatis.

(31) Difficile eft Daniæ Regi placere poffe hos
mores, Principi jufto , quique autoritate annum quadraginta quinque quibus feliciter regnat
pari prudentia tuetur. Hinc eft quod contentus
exemplum harum Literarum ad Legatos Gallieutti
Suecicumque mififfe, nihil ipfe fcripfit , neque agere
cum illis perrexit quemadmodum fummo ftudio ante fecerat. Sanè infra dignitatem fuam effe credi-
dit Iudificationibus Domus Auftriacæ operam fuam
porrò commodare , quandoquidem illa fatis male
utitur amicis fuis non minus quàm propriis Miniftris,
quod innoxiè fimplices perfuaderi nihil paffi fint verè
illam voluiffe promotum negotium Pacis.

(32) Unicum eft quod Comes Aversbergius Gallico
Legato proponi atque eo peti curavit , nempe ut
communicetur fibi Mandatum feu Plenipotentia quam
haberet à Rege Chriftianiffimo pro negotio Præliminarium Pacis fecùm inchoando. Quæ propofitio
prorfus illuforia eft , arguitque confilium retractandi
difficultates univerfas per Pactionem illam folen-
nem cum prædeceffore ipfius fopitas & fublatas. A-
deo per illos nullus tandem litigandi finis erit.

Quamvis Miniftri Regis Hungariæ datâ operâ am-
plificaverint Literas iftas conceffionibus rerum aut ni-

TOM. I.   hhii .

---

l'Empereur , il a été parfait & conclu par un Confeiller de l'Empereur , & par l'intervention d'un
Médiateur qui eft cenfé Membre de l'Empire. Comment expliquent-ils toutes ces énormitez qui répugnent
à leur autorité? Ils appréhendent fans doute qu'auprès les avoir déclarées l'une après l'autre, tout le monde ne connoitie , qu'il n'y a rien de femblable , ou
s'il y a quelque chofe, que c'eft de fi peu de confequence,qu'il ne devroit pas rompre le cours d'une Négociation fi importante , & dont dépend la tranquilité publique. Il auroit été bien mieux d'épargner le papier
que de remplir huit pages pour dire que le Roi de
Hongrie defire ardemment la Paix , qu'il permet
qu'on en traite à Munfter & à Ofnabrug ; que les
Ambaffadeurs des Rois & des Princes y pouvoient ê-
tre en toute fureté , que le jour étant determiné,
on l'auroit pu mettre dans les Sauf conduits ; qu'il
confentoit que dans les Sauf conduits on mît que
c'étoit pour la Maifon de Heffe & non pas pour la
Landgrave de Heffe, & plufieurs autres chofes femblables qui ne peuvent pas être mifes en queftion ,
& qu'on n'y a jamais mifes. Pour bien défendre l'accufation qu'on porte contre des chofes déja faites,
il étoit plus convenable de laiffer l'enumeration de
toutes ces généralitez, & le Roi de Hongrie devoit
déduire & marquer en particulier les raifons qui
l'ont engagé dans ce fentiment , afin de ne pas rompre , par un très-méchant exemple & d'une maniere
qui lui fait tort , un Traité pour la Paix , dont fon
Ambaffadeur muni de fon Pleinpouvoir étoit convenu, afin de ne pas offenfer un Médiateur d'un fi grand
mérite, & ne pas découvrir à tout le monde Chrétien qu'il ne lui plaifoit pas encore de mettre une
fin aux calamitez de la Guerre.

(29) Le Roi de Hongrie demande que l'on faffe
un nouveau Traité , & que les François & les Suedois le reçoivent fans fraude & fans furprife. Eft-ce
qu'il a été trompé par eux lors qu'ils ont donné leur
confentement , plûtot & plus liberalement qu'il ne
s'y attendoit, pour marquer le jour que l'on devoit
commencer le Traité? Il auroit bien mieux fait de
fe plaindre de fes Miniftres ; car il n'y a aucun endroit
dans ces Lettres déclaratoires , qui foit exemt de
fraude & de furprife,

(30) Les Auftrichiens nous joüent avec leurs changemens ; lors qu'ils voyent qu'on a accordé avec Lutzow, ils le rappellent, & envoyent à fa place le
Comte d'Aversberg. Si l'on tranfigeoit avec celu-
ci , ils en envoyeroient un troifieme. Mais les Pleinpouvoirs des Ambaffadeurs des Couronnes étant finis,
auffi bien que leur autorité , après que le Traité a
été figné folemnellement , la ratification de la France
& de la Suede s'en étant enfuivie , il ne dépend plus
d'eux d'y changer maintenant rien fans de nouveaux
ordres.

(31) Il eft difficile à croire que de telles manieres
plaifent au Roi de Dannemarck, Prince jufte , & qui
fe foutient par une égale prudence depuis 45. ans de
regne. Voilà la raifon pourquoi il s'eft contenté d'envoyer la Copie de cette Lettre aux Ambaffadeurs de
France & de Suede ; il ne leur a point écrit, & n'a point
continué de travailler avec eux avec grand foin, comme il faifoit auparavant ; il a crû fans doute qu'il é-
toit au-deffous de lui de prêter la main aux tromperies de ceux d'Auftriche , qui traitent également
mal leurs amis & leurs propres Miniftres. Y peut-il
avoir eu après cela des gens fi fimples pour avoir
pu croire que la Maifon d'Autriche voulût fincerement que l'affaire de la Paix s'avançât?

(32) Le Comte d'Aversberg n'a demandé qu'une
feule chofe à l'Ambaffadeur de France , c'eft qu'il
voulût bien lui communiquer le Pleinpouvoir qu'il
avoit du Roi fon Maître pour recommencer avec

lui
Q

1642.

nem conjunctaque opera ac studio eò incumbant ut ab omnibus oblatæ illius Pacis transactione exordium re ipsa ponatur.

Iusuper Dil. V. pro fælicis & pacati anni precatione condignas merito agimus gratias , vovemusque vicissim ut Dil. V. laudanda sollicitudo ac cura desideratum ab eadem atque aliis omnibus scopum consequatur , atque ipsa unà vobiscum Sac. Rom. Imperii Patriæ nostræ charissimæ tum Regnorum ac Provinciarum suarum , atque universæ Reipublicæ Christianæ constitutâ Pace , adeoque impensâ suæ laudabilis operæ fructu , in plurimos consequentes annos prolixissimè gaudeat. De cætero eidem Dil. V. constantem sinceræ benevolentiæ & amicitiæ affectum cumulatè offerentes.

Viennæ Prima Febr. 1642.

hii , aut superfluarum , aut quæ non fuerunt controversæ , quæque apud omnes in confesso sunt ; & ne verbo quidem attigerint quæ sunt illa quæ rejiciunt in Tractatu Hamburgensi. Si quis tamen Literas cum Tractatu conferat , faciè apparebit (præter id quod autoritatem sibi arrogant dirigendi jubendique omnia pro imperio) unicè id agi ut vel excludantur omnia capita præcipua , qualia sunt , unitas & connexio duorum Conventuum , Securitas loci cujusdam medii inter Monasterium & Osnabrugam in quo communiter invicem Plenipotentiarii utriusque Regni conveniant : Neutralitas illarum Urbium durante tractatione : Literæ Reversales Magistratum utriusque Loci quibus securitati Ministrorum externorum Regum Principumque prospiciatur : Declaratio denique Salvorum Conductuum , qui utrinque tradi debeant.

De capite postremo Salvorum nempe Conductuum toto triennio pugnatum , tandem cum Legato Plenipotentiario Regis Hungariæ transactum est. Et ecce denuo ad primordia revocamur. Interim manifestissimè omnes perspiciunt solâ Domus Austriacæ culpâ fieri quod tractatio Pacis non inchoetur. Illi quoque qui partibus ipsius maximè favent ,qua ratione hanc tergiversationem defendant non reperiunt.

Rex Daniæ quid sentiat ipso silentio profitetur , magnâ sanè constantiâ gloria. Quamvis enim sit Princeps Imperii habeatque negotia gravissima quorum ad Aulam Viennensem cognitio pertinet , adeo tamen sanctè religiosèque justi Mediatoris officio fungitur , ut postquam viam qua ad Pacem pervenitur utriusque Partibus aperuit , quos sponte aberrare ac declinare videt , nec defendendos tales suscipiat nec operam suam iis amplius largiatur , licet impensè prolixeque his Literis ut id faceret invitatus.

Hoc solum illis tribuit quod unum potest , ut sileat. Etenim si alia fuisset rerum facies , si Reges Hungariæ Hispaniæque ratum habuissent Tractatum Hamburgensem Galliâ Sueciaque refragantibus , tantum profectò criminis contractum foret quantum ipse Albis vix omnibus undis elueret.

une plus ample explication sur tout ce qui a été traité & qu'ils s'y attachent conjointement avec soin & avec application, qu'on fasse dès lors le commencement d'une transaction que tout le monde desire. Pour le surplus nous remercions V. D. pour les vœux qu'elle nous fait d'une année plus heureuse & plus tranquile , & nous faisons des vœux à notre tour afin que le soin louable qu'elle se donne parvienne au but qu'elle desire aussi bien que tout le monde , & qu'elle jouïsse longues années avec nous & notre chere Patrie l'Empire Romain , ses Royaumes & ses Provinces & toute la Chrétienté d'une Paix constante acquise par ses heureux travaux , offrants à V. D. une affection sincere & constante.

De Vienne le 1. Fevr. 1642.

lui le Traité Preliminaire. C'est une proposition pleine de mocquerie , qui marque l'envie de retoucher toutes les difficultés qui avoient été assoupies & détruites par un Traité solemnel fait avec son predecesseurs ; ils ne veulent donc jamais finir de plaider.

Quoique les Ministres du Roi de Hongrie ayent amplifié exprès la Lettre par des concessions de choses de rien ou superflues , qui n'étoient pas mesme disputées , & ausquelles tout le monde consent , & qu'ils n'ayent pas dit un mot pour faire connoitre ce qu'ils rejettent dans le Traité de Hambourg. Si l'on compare la Lettre avec le Traité , il paroîtra facilement qu'outre l'authorité qu'ils s'attribuent de diriger & de commander selon leur bon plaisir , ils n'ont d'autre vue que de détruire ou de changer tous les articles principaux de ce Traité , tels que sont la sureté & la liaison des deux Assemblées par un Lieu mitoyen entre Munster & Osnabrug , dans lequel les Ambassadeurs des deux Couronnes pussent se trouver pour communiquer ensemble; la neutralité des deux Villes pendant le Traité ; les Lettres reversales de l'une & de l'autre Ville qui assurent la liberté des Ministres étrangers des Rois & Princes, & la Déclaration enfin des Saufconduits que l'on devoit donner d'un & d'autre côté.

Pour l'article des Saufconduits , on a disputé trois ans ; enfin on s'en est accordé avec l'Ambassadeur Plenipotentiaire du Roi de Hongrie , & nous voici revenus au commencement. Cependant tout le monde voit clairement que la faute est à la seule Maison d'Autriche si l'on ne commence pas à traiter de la Paix. Ceux qui lui sont les plus favorables ne trouvent point de raisons pour défendre leur tergiversation.

Le Roi de Dannemarck témoigne ce qu'il pense par son silence. Quoi qu'il soit Prince de l'Empire, & qu'il ait des affaires très-importantes à la Cour de Vienne qui en dépendent , il s'est pourtant acquité de la charge de Mediateur avec beaucoup de gloire & de justice , & après avoir montré le chemin aux uns & aux autres pour parvenir à la Paix, il n'entreprend point de défendre ceux qu'il voit s'en écarter & qui n'y veulent point entendre. Il ne veut plus s'employer pour eux , quoi qu'il y soit invité très-expressément par cette Lettre ; il leur accorde seulement ce qu'il peut , c'est de se taire. Si les affaires avoient tourné d'une autre maniere , si les Rois de Hongrie & d'Espagne avoient ratifié le Traité de Hambourg , & que la France & la Suede n'y eussent pas consenti , elles se seroient rendues si criminelles que toute l'eau de l'Elbe ne les auroit pu netoyer.

J. SAL-

LET-

J. SALVII,

Legati Suecici

EPISTOLA

ad Amicum de Tractatibus Pacis &c.

Dat. HAMBURGI 15. (25.) Martii 1642.

MAGNIFICE ET NOBILISSIME DOMINE, AMI-
CE PLURIMUM HONORANDE.

QUæris à me nuptis tuis, quo loco Tractatus Pacis sint, ut quid sperari metuive debeat & tu & amici noscatis. Quæsiverunt id tecum jamdudum multi, tam cupidi scire quid eos moretur, quam anxiè hactenus Pacem optarunt & quærendi causas habuere. Nam & Imperator à multis annis nihil magis desiderare visus est & Regna fæderata se semper ad tractandum prompta parataque fuisse testantur. Mediatores autem tantum operæ studique in re saltem ad Congressum promovenda posuerunt, ut eos jam fere laboris ac sumptuum tædere incipiat. Nec tamen adhuc potuit Tractatus saltem inchoari: aliis omnibus prout quisque ita huic illive moram culpamque imputantibus. Ut igitur desiderio tuo satisfaciam & candidè dicam quod res est, etsi nonnulli antehac fere opinati sint Regna Pacis odio, moras nectere; nunc tamen omnibus notum est Austriacos adhuc Paci Bellum præferre. Non opus est primos Electoris Saxoniæ & Sigismundi Marchionis Brandenburgici Tractatus cum Suecis repetere, nec quibus vicissitudinibus, Franciscus Albertus, Julius Henricus, Franciscus Carolus, Duces Lawenburgici, tum Augustus Brunsvicensis diu circumducti, tandem præ tædio rem deseruere.

Nota jam tibi sunt ista ludibria. Id saltem probe notari convenit quod cum ante paucos annos Comes Curtius Vice-Cancellarius Imperii magno cum rumore tractanda Pacis Viennâ in Saxoniam submitteretur, is quidem & nobis Regnorum Legatis, & Mediatoris Ministris, absolutam tractandi potestatem ostenderit; at ubi ad rem ventum esset, Tractatu vix tentato, Viennam reversus, ibique amicis (principibus viris) nimis properam ejus abitum exprobrantibus, ingenuè fassus est nulla se fuisse Instructione munitum. Econtra successor ejus Lutzovius mandata quidem mecum solo agendi, principio attulit, sed nullam omnino Plenipotentiam; prout intercepta ejus Instructio, quibus artibus requirenda potestatis defectum sumsuret, edocuit.

Accepta demum potestate cum utroque Legato tractandi prohibitus est cum Gallico, nisi median-

---

LETTRE

DU

Sr. SALVIUS,

Ambassadeur de Suede au Congrès

de HAMBOURG,

Ecrite à un de ses Amis de Hambourg,

le 15. (25.) Mars 1642.

MONSIEUR,

VOus me demandez par vôtre derniére Lettre, en quel état est le Traité de Paix, afin que vous & vos Amis puissiez savoir ce que l'on doit en esperer ou craindre. Plusieurs me l'ont demandé il y a long temps, aussi bien que vous, aussi ardens de savoir ce qui retardoit le Traité, qu'ils avoient été inquiets jusques ici du desir de la Paix & d'apprendre les raisons qui le retardoient. Car l'Empereur, depuis plusieurs années, a paru n'avoir rien plus à cœur, & les Royaumes confederés témoignent qu'ils ont été toûjours prompts & prêts pour traiter. Les Médiateurs se sont donnés tant de soin & ont pris tant de peine pour avancer les affaires dans le Congrès qu'ils commencent à s'en ennuyer & à se rebuter de tant de dépenses. Cependant le Traité n'est pas encore commencé, chacun en rejetant la faute sur l'autre. Maintenant, pour satisfaire à vôtre desir, je vous dirai franchement ce qui en est. Quoi que plusieurs ayent cru avant ceci que les Royaumes Alliés cherchoient de les retardemens en haine de la Paix, maintenant il est connu de tout le monde, que les Austrichiens préferent la Guerre à la Paix. Il n'est pas necessaire de répeter ici les premiers Traités faits entre l'Electeur de Saxe & Sigismond Margrave de Brandebourg avec la Suede, ni comme François Albert, Jules Henri, François Charles Ducs de Lawenbourg & le Duc Auguste de Brunswic ont abandonné cette affaire ennuyés de tant de changemens qui sont arrivez.

Toutes ces mocqueries vous sont connues; cependant il faut remarquer principalement ceci, que comme, depuis peu d'années, le Comte Curtis Vice-Chancelier de l'Empire fut envoyé de Vienne en Saxe avec grand bruit pour traiter de la Paix, & qu'il nous eut montré à nous Ambassadeurs des Couronnes & à ceux du Médiateur son Pleinpouvoir, lors qu'on vint à toucher les affaires, à peine le Traité fut-il commencé qu'il s'en retourna à Vienne, où il confessa nettement à ses Amis, personnes de la premiére consideration, qui lui reprochoient son prompt retour, qu'il n'avoit point eu de Pleinpouvoir. Son Successeur Lutzow n'aporta dans le commencement de commandement que pour traiter avec moi seul, mais point de Pleinpouvoir. Son Instruction ayant été interceptée nous apprit de quels tours il devoit se servir pour excuser le défaut du Pleinpouvoir requis.

Ayant reçu son Pleinpouvoir de traiter avec les Ambassadeurs des deux Couronnes, on lui dé-

dianto me, congredi ; quasi Suecia inter Fœderatam Galliam & hostem utriusque Cæsaream potuisset ullo modo agere Mediatricem. Negotiatio tamen per hos gradus diu protracta, postquam tandem ægre veniam impetrasset cum utroque conjunctim agendi, voluit imprimis ut sine scriptis cuncta peragerentur. Quod quidem nobis perinde fuisse testamur Legati Regnorum, nisi toties elusi necessarium duxissemus, scripto transigere, ut & Regna obligari velle doceremus, &, dubiam alterius Partis fidem tandem obligaremus. Itaque interventu D. Langermanni Juris-Consulti, Decani Hamburgensis, Consiliarii Regis Daniæ, ejusque tanquam Mediatoris, ad hunc actum cum Literis fiduciæ ad unumquemque nostrum datis Deputati, postquam ille variis hincinde Difficultatibus componendis diu multumque operam navasset, conventum est tandem in Instrumentum cujus tenor hic adjunctus est sub litera A.

Vi hujus Transactionis cum jam dies 15. (25) Februarii insinuandis Ratihabitionibus & Salvis Conductibus commutandis destinata venisset, nos Legati Regnorum Ratihabitiones nostrorum Principalium & Salvos Conductus omnes in termino juxtaque summis Imperii forma produximus. Cæsareus autem, cum speraretur ex sua quoque parte optatum negotio finem impositurus, hinc revocatur, nulla mentione facta ullius Cæsareæ Ratihabitionis.

Octiduo tamen post dictum terminum Dn. Langermannus ostendit nobis exemplar cujusdam Epistolæ (ut videre est sub litera B.) ab Imperatore ad Regem Daniæ , per Comitem ab Aversberg Lutzovio substitutum missæ, requirens ut etiamsi nolit Imperator dictum Tractatum ; prout optandum fuisset, ratum habere, a proposito tamen pio aliisque mediis promovendæ Pacis non desisteretur. Nos cernentes nec dictum exemplar vidimatum esse, nec Dn. Langermannum, ut ad priores actus consueverat, ullas a suo Rege Fiduciæ Literas adferre, cogitabamus forte Regem ipsum indignatæ rei commotum ea studio præterisse. Re itaque invicem deliberata, mirabundi respondimus hanc Epistolam, ut maxime pro autentica haberi posset, esse tamen rem inter alios actam nec ad nos, nec ad nostros Principales directam. Eam pro Ratihabitione Regnis ostendere , insolens plane insuetumque videri. Quippe quæ non modo externa omni Ratihabitionis forma careret, sed ad ipsum Tractatus despectum , potius quàm Pacis Testimonium emissa. Imperatorem autebac toties & tam solemniter contestatum esse, se nihil ardentius cupere quam ut Præliminaria quantocius absolverentur, in eum finem Legato suo Lutzovio non limitatam sed plenam liberamque ea concludendi potestatem fecisse, prout ejus Apographum hic juxta testatur. Quin & eundem ex abundanti ab universis Imperii Ordinibus , datis Ratisbonâ Literis ad Regna publica totius Germaniæ fide adeo fuisse munitum, ut de ejus Legitimatione, vel adversæ Partis sinceritate seriâ nec vel diffidentissimus ambigere amplius potuerit.

Tot Sinceritationibus, Plenipotentiis, Legitima-

fendit de traiter avec celui de France que par ma Médiation, comme si la Suede pouvoit faire l'office de Médiateur entre la France son Allié, & l'Empereur leur Ennemi commun. Les affaires ayant par ce moyen traîné en longueur, il obtint enfin difficilement de traiter conjointement avec l'un & l'autre. Il demanda d'abord que tout se fît sans écrire ; ce qui nous auroit été assez indifférent, si, après avoir été trompés tant de fois, nous n'avions jugé necessaire de transiger par écrit , afin que tout le monde sût que nous voulions engager la foi des Rois Alliés & nous assurer de la foi douteuse du Parti contraire. Ainsi, par l'intervention du Sr. Langerman, Docteur en Droit, Doyen de Hambourg, Conseiller du Roi de Dannemarc, Envoyé de sa part pour Médiateur avec des Lettres de créance pour chacun de nous, après qu'il eut travaillé long temps & beaucoup pour ôter les difficultés qui se rencontroient d'un & d'autre côté, on convint enfin de dresser l'Instrument dont vous verrez ici la Copie sous la Lettre A.

Le 15. (25.) de Fevrier nommé par cette Transaction, pour se communiquer les Ratifications, & pour se donner mutuellement les Saufconduits étant arrivé, nous avons produit les Ratifications de nos Maîtres & les Saufconduits, le tout en bonne forme. Pour ce qui regarde l'Ambassadeur de l'Empereur, lors qu'on s'attendoit que de son côté il mettroit une fin à une affaire si souhaitée, il a été rappellé sans avoir dit un seul mot de la Ratification de l'Empereur.

Huit jours après le terme expiré, le Sr. Langerman nous montra Copie d'une certaine Lettre , comme l'on peut voir sous la lettre B, que l'Empereur avoit écrite au Roi de Dannemarc, & envoyée par le Comte d'Aversberg Envoyé à la place de Lutzow, demandant que, quoi que l'Empereur ne veuille pas ratifier le dit Traité comme il auroit été à souhaiter, on ne falloit pourtant point abandonner le pieux dessein d'avancer la Paix ni laisser les moyens pour y parvenir. Nous voyans que la Copie de cette Lettre n'étoit pas autorisée & que le Sr Langerman ne nous apportoit aucune Lettre de créance, comme il avoit accoutumé aux Actes déjà passés , nous pensames que le Roi l'avoit fait exprès ému par l'indignité de la chose. Après avoir consulté ensemble, nous repondimes, qu'on pourroit regarder cette Lettre comme authentique, mais que c'étoit une chose qui s'étoit faite entre d'autres personnes & qui n'avoit été adressée ni à nous ni aux nôtres, & que de la faire voir aux Rois Alliés comme Ratification , c'étoit contre la coûtume & peu certain, parce qu'elle manquoit de la forme necessaire à une Ratification, & qu'elle étoit envoyée pour témoigner plûtôt du mépris pour le Traité que pour témoigner qu'on vouloit la Paix. L'Empereur avoit protesté tant de fois & si solemnellement, qu'il ne souhaitoit rien davantage que les Préliminaires fussent incessamment réglés ; il avoit donné pour cet effet à son Ambassadeur Lutzow un Pleinpouvoir sans limites , & une pleine & entière puissance de conclure, comme la Copie ci-jointe le témoigne. Le même Lutzow, par surabondance de droit, étoit muni des Lettres de tous les Ordres de l'Empire, assemblés à Ratisbonne, aux Rois Alliés ; il étoit venu sur la foi de toute l'Allemagne, de sorte que l'homme du monde le plus méfiant ne pouvoit pas mettre en doute sa Legitimation & la sincerité de notre Partie adverse.

Après tant de protestations, de Pleinpouvoirs,
de

tionibus & nos & Regem Mediatorem credidisse, cum eo tractasse, ac conclusisse, idque non sub libero sed necessario rato. Et hoc concluso, exteris & Imperii Statibus communicato, universos tam certam Tractatuum spem concepisse, ut & singuli fere publica in Ecclesiis vota pro felici eorum successu passim concipi mandarint. Quæ cum ita se habeant, atque Austriaci insuper toti mundo operose hactenus persuadere conati sint, per se minime, per Regna vero omnino stetisse, quominus dicti Tractatus antea sint inchoati; nequaquam nos sperare, Imperatorem nunc, revocato priori Legato, suo nomine promissam recusare Ratihabitionem; missoque novo, novos iterum de Præparatoriis Tractatus instituere velle. Multo nos reverentius sentire de candore Cæsareæ existimationis, quàm ut saltem suspicari possimus, eam toties publice datam fidem nolle servatam, vel Plenipotentiarium suum & Consiliarium Aulico-Imperialem tanto probro oneratum velle ac si vel ignoraverit sui Muneris rationes, vel Mandatorum fines malitiose transgressus sit. Tantum abest ut nobis persuadere possimus, eam Regi Mediatori, tanto Imperii Statui & Vasallo, quasi aliquid contra Imperatoris & Imperii Dignitatem peregerit exprobrare; aut Regnis Fœderatis & Orbi Christiano tot irritis Tractatibus illudere voluisse; Potestatem & Mandata nostra quoad præparatoria, tum conclusione dicti Tractatus tum Regiarum Ratihabitionum superventu, expirasse. Ut his annullatis, eoque quod semel cum uno tantopere legitimato Cæsareo & Imperiali Legato atque sub tanti Mediatoris autoritate transactum esset, insuper habito, idem denuo cum novo ejusdem Ministro, de cujus Legitimatione nihil adhuc constaret, retractaretur inceperemus; id vero & maximopere elusorium, & ab omni prorsus ratione alienissimum esse; postulare itaque ut Cæsarea & Hispanica Ratihabitio absque ulteriori mora tandem edatur: ne ret tanta totius Europæ, potissimum vero animam agentis miserrimæ Germaniæ, lacrimis tamdiu desiderata; detestandis ejusmodi ludibriis amplius extrahatur. Sin minus nos coram Deo & universo Orbe Christiano solenniter protestari, Principibusque nostris ab omni jam suspicione omnino liberatis, moram culpamque protractæ Pacis penes solos residere Austriacos; qui quam speciosis hactenus criminationibus eam Fœderatis impigere sategerint, tam manifeste jam toti mundo ostendunt, se nihil minus quàm Pacem, nihil autem magis quàm Bellum sua animo unquam habuisse.

Atqui hæc sunt, quæ de Pace ultro citroque acta fuere, nec tamen in hunc usque diem ulla ab Imperialibus Ratificationis spes facta est. Judicium jam tibi cum amicis integrum relinquo; Deum orans, ut Cæsareæ Majestatis Consilium Germano-Hispanicum; ad veram tandem minimeque fucatam quietem inclinet. Dabam Hamburgi die 15. (25.) Martii (qui unanimi alias Legatorum consensu Universalis Pacis Tractatus statutus erat) Anno 1642.

POST-SCRIPTUM.

NE præcedens Relatio motu Exercituum interciperetur, detinui eam penes me, ad præsentis Tabullarii securitatem. Interim intelligo Regem Daniæ hisce diebus per Literas a Comite Aversbergio postulasse, ne gravetur, sibi scripto aperire rationes Imperatori obstantes, quominus conclusa Præliminarium ratihabere velit; imprimis vero, quid in dictum Tractatum contra Imperatoris & Imperii dignitatem putet irrepsisse? Copia Responsi nondum mihi facta est, audio tamen id in sequentibus fere consistere.

Primo

---

de Legitimations, nous & le Roi Médiateur y avons ajouté foi, nous avons traité avec lui, & nous avons conclu le Traité dont la Ratification n'étoit plus libre mais nécessaire ; nous en avons donné la communication aux Étrangers & aux Etats de l'Empire. Tous ont conçu une si bonne espérance de ce Traité, que presque tous ont ordonné qu'on fit des Prières publiques dans les Eglises pour cet heureux succès. Les choses étant ainsi, & ceux d'Autriche ayant voulu persuader le monde jusques-ici qu'il n'avoit pas tenu à eux que cette affaire ne fût conclue ; que c'étoit la faute des Rois Alliés, nous ne devons plus attendre que l'Empereur, après avoir rappellé son premier Ambassadeur qui nous avoit promis la Ratification en son nom, & nous en avoit envoyé un nouveau qui veut que nous travaillions à faire de nouveaux Traités, qu'il nous envoye la Ratification de celui qui avoit déjà été fait. Cependant nous avons trop de respect pour la bonne foi de l'Empereur pour que nous puissions soupçonner qu'il ne veuille garder sa parole publiquement donnée, & pour croire qu'il veuille faire tomber le blâme sur son Plenipotentiaire, son Conseiller Aulique, comme s'il avoit ignoré son devoir, ou s'il avoit outrepassé malitieusement les ordres de son Maître. Nous sommes bien éloignés de nous persuader que l'Empereur veuille reprocher quelque défaut dans cette affaire à un Roi Médiateur & Vasall si considerable de l'Empire, ni qu'il ait voulu se moquer des Rois Alliés & de tout le monde par tant de Traités rendus nuls & sans effet. Nos Pouvoirs & nos Ordres pour les Préliminaires ont fini par la conclusion du Traité & par la venue des Ratifications Royales ; de sorte que ce Traité étant annullé que nous avions fait avec un Ambassadeur de l'Empereur si bien légitimé, & par la Médiation & sous l'autorité d'un si grand Médiateur, comment commencerions-nous de nouveau à refaire ce Traité avec un nouveau Ministre de l'Empereur, dont nous ignorons s'il est autorisé ? N'est-ce pas une chose entiérement illusoire & éloignée de toute raison ? Nous demandons la Ratification de l'Empereur & du Roi d'Espagne sans vouloir attendre davantage, de peur qu'une affaire de si grande importance, qui importe si fort à l'Europe & qui est particulierement desirée par toute l'Allemagne, ne soit plus tirée en longueur par tant de détours. Si cela ne se fait, nous protestons solemnellement devant Dieu, & devant tout le monde, après avoir fait connoître que nos Maîtres sont délivrés de tout soupçon, que la faute du retardement de la Paix vient entierement de ceux d'Autriche, quoi qu'ils ayent fait paroître jusques-ici pour la rejeter sur les Puissances Alliées, de sorte qu'ils font voir clairement à tout le monde, qu'ils ont toûjours eu plus à cœur la Guerre que la Paix.

APOSTILLE.

De peur que la Relation précédente ne fût interceptée à cause des mouvemens des Armées, je l'ai gardée jusques à ce que je fusse assuré du Messager présent. Cependant j'apprens que le Roi de Dannemarc a écrit depuis quelques jours au Comte d'Aversberg pour lui demander qu'il veuille bien se donner la peine de lui répondre, & de lui découvrir les raisons qui ont obligé l'Empereur de refuser sa Ratification au Traité des Préliminaires déjà conclu, principalement qu'est-ce qui se seroit glissé dans ce Traité qui pût faire tort à l'Empereur & à l'Empire ? Je n'ai pas reçu encore la Copie

de

Primo quod prætendat Legatum Gallicum Comitem d'Avaux caruisse potestate : cùm tamen ille non modo Plenipotentiam suam ad totum Tractatum etiam principalem, tam Comiti Curtio quàm Mediatoribus jamdudum ostenderit , sed & insuper Ratihabitionem Tractatus Præliminaris sub manu & Sigillo Regis Christianissimi , hic ad manus habeat. Deinde quod dicat Imperatorem quidem probare Loca principalis Tractatus, Monasterium & Osnabrugam ; & ut Præsidia Suecica Osnabrugâ educantur : nolle tamen ut dictæ Civitates, durantibus Colloquiis, Sacramento utriusque Partis solutæ ad neutralitatem obligentur, vel dato Reversali, tractaturis securitatem promittant ; sed ut loco harum sufficiant sui Salvi Conductus. Multò habeatur pro uno : aut Regna in propriis Instrumentis nomina Regum suorum præponant. Esse hæc omnia contra suam & Imperii Dignitatem consentire quidem , ut Tractatu, re infecta soluto, Præsidia Suecica vicissim Osnabrugam introducantur , sub hac tamen conditione ut idem Monasterio observetur. Verum Legati Regnorum regerimus ; Imprimis iniquum esse, ut cum Suecia in Pacis favorem educto Præsidio Osnabrugensi Civitatem præsenti Sacramento exsolvat; eadem Civitas adversæ Parti juramento obstringatur. Sicut enim Imperator nollet suos Legatos Præsidiis Suecicis committere, ita nec æquum esse, ut Serenissima Regina Sueciæ suos concredat hostilibus ; Salvum Conductum Imperatoris antehac non suffecisse, quo minus Elector Saxoniæ Comitem Brandensteinium interceptum speculatoribus crudelissimi carceris ad mortem manciparit. Necessum igitur esse, ut nobis imposterum meliùs prospiciamus ; adeoque ut dictæ Civitates, durante saltem Congressu, & utrinque declarentur neutrales, & utrique Parti, per Reversale caveant de omnimoda securitate. Quo magis autem Imperator detrectat utrumque Tractatum habere pro uno , eò minus Regna committendum ducere, ut separentur. Nihil nos detractum cupere Dignitati vel Imperatoris vel Imperii , sed nec ut ipse quicquam Regum nostrorum Dignitati detrahat pati velle. Non esse rem inter Superiores & Inferiores ; sed inter summa utrinque Imperia. Promittere verò , Pace non succedente, introductionem Præsidii Suecici Osnabrugam sub conditione, id verò prorsus captiosum est. Cum enim Civitas Monasteriensis nunc propria tantùm Præsidia habeat , non educenda, sed sub imperio Magistratus Urbis, durante Tractatu, retinenda : minimè verisimile est, eam, tali casu , Præsidia Imperatorii facile admissuram : atque ita, conditione cessante, nec Osnabrugam Suecica recepturam. Et qui præterea plures ejus farinæ frivoli prætextus sunt : qualis etiam est quod Lutzovius obstsit Imperatori titulum Potentissimi tribuere ; cùm tamen à multò majorem tribuisset , nisi brevitas durationis Instrumenti , breviores quoque titulos tam ipsi quàm nobis Regum Legatis, hac vice imperasset. Sed quod mirum , bella tantùm animo volventes ejusmodi passim obices progressui Pacis opponere? Et tamen non pudet eos etiam nunc, sparsis hincinde fallacibus Literis, Regna traducere , quasi ea Tractatus remorentur, cum tamen uterque Regum , missis Hamburgum Ratihabitionibus, & Loca , & Diem, & Salvos Conductus omnes singulosque , (his enim tribus Præliminaria constant) omnimode approbârint ; Nosque eorum Legati quotidie parati simus ad singula extradendum , iterque Osnabrugam & Monasterium maturandum : modò non quod vellent Austriaci. Vale. Datum ut in Literis 12. (22.) Aprilis 1642.

Magnificæ Dominationi Vestræ ad officia paratissimus.

J. SALVIUS.

LITERÆ.

de la Réponse, j'apprens pourtant qu'elle consiste en ceci.

Aversberg prétend premiérement que le Comte d'Avaux n'avoit point de Pleinpouvoir ; cependant il l'a déja montré, il y a long-temps, en bonne forme au Comte Curtz & aux Médiateurs ; outre cela il a entre les mains la Ratification du Roi son Maître signée de sa main & cachetée de son cachet. Ce qu'il dit ensuite que l'Empereur approuve bien les Lieux nommés pour le Traité principal , savoir Munster & Osnabrug , & que la Garnison Suedoise soit tirée d'Osnabrug , mais qu'il ne peut consentir que ces deux Villes, pendant le Traité, soient degagées de leur serment d'un côté & d'autre, & soient regardées comme neutres , & qu'elles puissent donner un Acte de sûreté à ceux qui viendront pour traiter, mais qu'au lieu de cet Acte, ses Saufconduits devoient suffire, que plusieurs en valoient plus qu'un, qu'il ne trouvoit pas à propos que les Rois Alliés missent leurs noms les premiéres dans leurs Actes publics , que c'étoit contre la dignité & celle de l'Empire; qu'il vouloit bien consentir qu'en cas que le Traité fût rompu, que la Garnison Suedoise retournât à Osnabrug , mais sous cette condition qu'il en soit de même de Munster. Mais nous, Ambassadeurs des Roys Alliés, répondons, premiérement que c'est une chose injuste que , lors que la Suede aura retiré sa Garnison & déchargé la Ville d'Osnabrug du serment, la même Ville soit obligée de le prêter à la Partie adverse ; car, comme l'Empereur ne voudroit pas abandonner ses Ambassadeurs à la discretion des Garnisons Suedoises, il n'étoit pas juste aussi que la Reine de Suede laissât les siens à la discretion de ses Ennemis ; que le Saufconduit de l'Empereur n'avoit pas été suffisant autrefois pour empêcher l'Electeur de Saxe de faire mourir dans une cruelle prison le Comte de Brandestein pris par un de ses Partis. Il est donc nécessaire que nous prenions mieux nos mesures à l'avenir , pour cet effet que ces deux Villes soient declarées neutres de part & d'autre pendant le Congrès , afin qu'elles puissent assurer l'un & l'autre parti d'une entiére sureté , d'autant plus que l'Empereur fait difficulté de regarder l'un & l'autre Villes pour un même Traité , & que les Rois Alliés que sa Garnison qu'ils ne souffriront jamais qu'ils soient separés. Nous ne voulons rien ôter à la dignité de l'Empereur ou de l'Empire, & nous ne souffrirons jamais que l'Empereur diminue en quelque chose la dignité de nos Rois. Ce n'est pas une affaire de Supérieur à Inférieur, mais entre des Puissances Souveraines. Lors que l'Empereur promet qu'en cas que la Paix ne se fasse pas, il laissera rentrer la Garnison Suedoise dans Osnabrug mais sous condition, c'est tout-à-fait captieux , puis que la Ville de Munster n'a présentement que sa Garnison qu'il n'en doit point sortir, mais qui sera, pendant tout le Traité, sous la puissance de son Magistrat ; il est peu vraisemblable qu'en tel cas elle voulût recevoir facilement Garnison Imperiale; de sorte que la Condition n'ayant point lieu, Osnabrug ne voudroit pas recevoir non plus que la Garnison Suedoise. Il y a plusieurs autres articles de même trempe qui ne sont que des prétextes frivoles, tel qu'est celui que Lutzow doit avoir oublié de donner à l'Empereur le titre de *tout-puissant*, quoiqu'il lui en auroit donné un beaucoup plus grand si la brieveté de l'acte ne nous avoit engagés à donner moins de titres à nos Rois, aussi bien qu'à lui. Mais faut-il s'étonner que des Gens qui n'ont que la Guerre dans l'esprit cherchent

de

de mettre de tels obstacles à l'avancement de la Paix ? Cependant ils n'ont point honte d'envoyer d'un côté & d'autre des Lettres remplies de faussetés pour faire croire que ce sont les Rois Alliés qui retardent la Paix, lorsque l'un & l'autre Roi a envoyé sa Ratification à Hambourg & qu'ils ont entierement approuvé les Lieux, le Jour, & les Saufconduits; c'est en ces trois points que consistent les Préliminaires. Nous leurs Ambassadeurs, sommes prêts tous les jours à leur délivrer tout ce qu'il faut pour hâter notre chemin vers Munster & Osnabrug, pourvu que ceux d'Autriche soient du même sentiment.

LITERÆ

Serenissimi Daniæ Regis ad Gallicum in Germania Legatum 23. August. scriptæ circa eosdem de Pace Tractatus.

CHRISTIANUS IV.

Dei Gratia Daniæ, Norwegiæ, Vandalorum Gothorumque Rex, Dux Schlesvici, Holsatiæ, Stormariæ ac Dirmarsiæ, Comes in Oldenburg & Delmenhorst.

Salute & Gratia ejusdem ac nostra præmissis. Illustris & Generose vir sincere grateque dilecte, Venit ad nos Hafniam, paucos ante dies è Germania, Cæsareus Legatus Comes ea Lingua Sir ab Aversberg nobisque ab eo exhibita fuerunt omnia ea quæ vigore Tractationis Hamburgi cum Lutzovio inita ex parte Imperatoris præstari oportet, exceptis duntaxat iis quæ à Rege Hispaniarum desiderantur, quæ & ipsa se intra breve tempus exhibiturum, atque ita dictæ transactioni, quantum ex ea ad Imperatorem & Regem Hispaniarum pertinet, usquequaque satisfacturum esse promisit. Cum igitur nihil (quod sciamus) supersit, quod Tractatus Pacis ulterius removeretur, reliquum nunc est ut extraditioni eorum Instrumentorum, quæ jam unicuique Legatorum ad manus sunt, & Congressui auspicando dies dicatur; quotum illi quidem 29. hujus mensis, huic, autem (ne Legatus Cæsareus in Exhibitione promissa eorumque Regi Hispaniarum præstanda sunt temporis angustiam accusare possit) Calendas proximi Decembris constituimus. De vobis hæc gratissima, nobisque libenter vos consensuros, & propterea iter, cui vos accinxistis, tantisper suspensuros esse: certi Navem illam nostram securitati itineris vestri destinatam paratam fore deinceps quandocunque vobis in patriam reverti placuerit. Cupimus autem ut nos voluntatis vestræ de his omnibus & singulis quantocius & per exhibitorem præsentium certiores faciatis. Nos vobis vicissim gratiam nostram Regiam deferimus. Datum in nostra Gluckstadia die 13. (23.) Augusti 1642.

CHRISTIANUS.

LETTRE

Du Roi de Dannemarc

CHRISTIAN IV.

Ecrite à l'Ambassadeur de France pour l'Allemagne.

APrès lui avoir marqué qu'il avoit reçu la Lettre du Roi Son Maître & lui avoir fait quelque Compliment il lui dit, que le Comte d'Aversberg Ambassadeur lui a envoyé une Lettre de l'Empereur son Maître qui contient, qu'il confirme tout ce qui a été fait à Hambourg par Lutzow de la part de l'Empereur, excepté ce qu'on demande encore de la part du Roi d'Espagne qu'il promet de faire remettre en très-peu de temps & qu'il satisfera ainsi à cette transaction pour ce qui le regarde, aussi bien que pour le Roi d'Espagne. Comme il n'y a plus rien que nous sachions qui puisse retarder dorenavant qu'on ne travaille au Traité de Paix, il reste maintenant qu'on fournisse les Actes que les Ambassadeurs ont entre les mains, & qu'on établisse un jour fixe pour commencer le Congrès qu'ils avoint réglé pour le 29. de ce mois. Mais, afin que l'Ambassadeur de l'Empereur ne puisse pas se plaindre que le temps est trop court pour satisfaire à la promesse qu'il a faite de présenter la Ratification du Roi d'Espagne, nous constituons le premier du mois de Decembre prochain. Nous esperons que ce terme vous sera très-agréable & que vous nous donnerez volontiers votre consentement, que pour cet effet vous suspendrez pour quelque peu de temps le voyage que vous vous prépariez de faire, vous assurant que le Vaisseau que nous vous avions destiné pour votre sureté sera prêt lorsque vous souhaiterez de retourner dans votre Patrie. Nous souhaitons que vous nous fassiez part au plûtôt de votre resolution sur toutes ces choses par le présent porteur de cette Lettre & vous assurons de notre bonne affection. De Glucstadt le 13. (23.) d'Août 1642.

CLAUDII de MESMES

LEGATI GALLICI PER GERMANIAM

LITERÆ

AD REGEM DANIÆ

Circa Tractatus Pacis, &c.   Hamburgi 30. Maji 1642. datæ.

SERENISSIME AC POTENTISSIME REX,

CUm aſſiduam Majeſtatis Veſtræ pro publica ſa-
lute contentionem & continuatos hactenus labores exceperit ſilentium , ex quo Viennenſes ad
ipſam Literæ ſuper Tractatu Prœliminarium perve-
nerunt , ſatis ex iſta intermiſſione liquere potuit,
Auſtriacos M. V. non approbaſſe ſuas tricas , qui
prolixo Scripto in omnes ſe partes verſant ut Pactionis illius Veſtræque adeo Majeſtatis authoritatem detrectent. At verò Chriſtianiſſimus Rex,
ne & ipſi ſilendo cauſæ deſuiſſe, aut
quod adverſa Pars publicæ tranquillitati interve-
nerit , non ægre admodum tuliſſe videretur , per
me animi dolorem ſui & conſtant Pacis, licet adhuc
fugientis, ſtudium M. V. teſtatum voluit. Id ſanè
non modo pientiſſimum Regem, ſed omnes bonos Chriſtiani Orbis Principes male habet , quòd tot votis
expetitum , tot Conſiliis & tractationibus præpa-
ratum de Pace Colloquium (cum Galliæ Sueciæque
placitum Regia Ratihabitione docuerunt) ſolâ Domus Auſtriacæ declinatione eludatur. Nos quidem , Sereniſſime Domine , miris modis antehac de-
luſi , Regnorum fœderatorum Legati, ſenſimus hoſtium artes , diximiſque palam (ubi illi ad Concordiam propendere viſi ſunt) aliud nimirum agi,
aliud ſimulari. Licebit mihi appellare memoriam
M. V. atque ut puto pudentius quam qui ejuſdem
judicium rejiciunt. Novit illa quantis flexibus negotium hoc impeditiſſimum fecerunt, in id unum ſedulò intenti ut Fœderatos diducerent. Fro-Can-
cellarium Imperii Curtzium olim huc miſerunt, qui
uos Concluſioni propiores cum animadverteret , ſtatim diſceſſit , neque cur id faceret , ullam rationem
reddidit. Curtzio Luizœvium, Lutzœvio Aversbergium ſubſtituerunt. Sed mutatis perſonis eadem ſemper fabula : proviſum duntaxat volentes,
ne per varias mæas erranti negotio novamque
ſubinde formam induenti certus aliquis modus fi-
niſve imponi poſſit. Neque in hac ſuorum ſubroga-
tione quievere : quinetiam, ut pergerent turbare , ipſi utique quos ſemel probaverant diſceptan-
dæ cauſæ Arbitris non ſteterunt , & novos nunc è
Domo Brunſuicenſi , nunc è Lavenburgica Mediatores , indecorâ V. M. præteritione , non ſemel ad-
ſciverunt. Sanè excuſari verecundia eorum poſſet
quibus forſitan religio fuit Regium nomen tot ob-
tendere ludibriis, niſi & ipſi demum in hac poſ-
trema tractatione parum honeſtè uſi eſſent , dum
cujus autoritate , ſententia , ſapientia , perfectum
fuerat, ut jam pateret omnibus ad Concordiam via,
id apud ipſam M. V. & improbant, & improban-
di cauſas non adferunt. Quam decenter utrumque , ipſi viderint : Ego rem ut ſe habet recenſebo
ordine. Annus eſt ex quo veſtram apud Majeſtatem,

LETTRE

DE

CLAUDE de MEMES,

*Ambaſſadeur de France en Allemagne, écrite
au Roi de Dannemarc touchant le Traité
de Paix de Hambourg le 30. Mai 1642.*

DEpuis que V. M. a reçu des Lettres de
Vienne touchant le Traité des Préliminaires, le ſilence a ſuccedé au travail aſſidu qu'elle ſe donnoit pour le ſalut du Public. On a jugé
facilement par-là qu'elle n'approuvoit point les
détours des Imperiaux , qui par un long Ecrit ſe
tournent de tous côtés pour recuſer l'autorité
de V. M. & pour blâmer cet Accord. Le Roi
très-Chrétien n'a pas voulu que ſon ſilence fît
tort à la cauſe commune, & afin qu'on ne crût
pas qu'il n'étoit pas fâché de ce que la Partie
adverſe s'étoit oppoſée à la tranquilité publique,
il m'a commandé d'en témoigner ſa douleur à
V. M. & de l'aſſurer qu'elle perſiſtoit conſtamment à deſirer la Paix, bien qu'elle ſembloit s'é-
loigner. Mon Maître n'eſt pas le ſeul qui en ait du
regret, tous les bons Princes Chrétiens voyent avec
chagrin que la Conference que l'on avoit preparée
pour parvenir à la Paix, qui avoit été tant ſouhaitée,
& qui avoit coûté tant de peines & de ſoins; que
les Rois de France & de Suede avoient agréée &
conſentie , ſoit maintenant éludée par la ſeule
Maiſon d'Autriche. Pour nous, Sereniſſime Roi,
Ambaſſadeurs des Rois Alliés, après avoir été déja trompez en pluſieurs manières , nous avons
cônnu les fineſſes de nos Ennemis ; & nous a-
vons dit ouvertement, lors qu'ils ont paru vouloir la Paix, qu'il y avoit bien de la difference
entre agir ſincerement, ou en faire le ſemblant.
Qu'il me ſoit permis d'en appeller à la memoire
de V. M. ce qui me ſemble ſera plus prudemment
fait que ceux qui rejettent ſon jugement. V. M.
ſait très - bien de combien de détours ils ſe ſont
ſervis, pour rendre cette affaire très-embarraſſée,
ayant leur eſprit toûjours tendu à tromper les
Alliés. Ils envoyerent autrefois ici Curtz Vice-
Chancelier de l'Empire , qui prenant garde que
nous étions portés à conclure s'évada tout auſſitôt, ſans donner aucune raiſon d'un départ ſi ſu-
bit. Lutzow ſucceda à Curtz , dont Averſberg
prit la place. Mais, quoi qu'ils changeaſſent ſouvent les perſonnages , ils joüoient toûjours la
même Comedie , ayant toûjours en vue que,
la Négociation changeant ſouvent de main &
prenant par conſéquent une nouvelle forme, on
n'en pût jamais parvenir à une fin certaine. Ils
ne ſe contenterent pas de changer ſi ſouvent
ceux qu'ils envoyoient , pour brouiller d'autant
plus les affaires ; ils ne furent pas ſatisfaits des Arbitres, quʼils avoient approuvez pour diſcuter les
choſes , ils y en ajoûterent d'autres nouveaux
tantôt de la Maiſon de Brunſwic, tantôt de celle de Lawenbourg, ſans avoir égard au tort qu'ils
feſoient

1642.

tem cùm per Literas tuas per Legatos non modò a-
nimum pacis cupidissimum præ se tulerunt, verum
etiam quotidie ab ea flagitabant, ut initium Con-
ventus quantum fieri posset ocissime ipsa constitue-
ret ; passim per Germaniam concitantes sinistram
de Regnis opinionem, & multa de cessatione Gal-
lorum Suecorumque conquesti. Quis adeò impa-
tientibus votis non crederet ? Igitur M. V. utrius-
que Partis Ministros urgere, suâ nos adhortatione
& autoritate impellere, in eum denique locum
rem deducere, ut spes futuri Congressus magna tum
demum affulserit. Sed eam in dies labefactabant
Austriaci ; Salvos Conductus quos exhiberent, ex
multis saltem aliquos habebant, nec sine vitio:
Regnorum verò, nullus neque in formula quicquam
desiderabatur, nam & petitum ab adver)a Parte
titulum Christianissimus Rex studio pacis addi Sal-
vis Conductibus jusserat, quos M. vestræ Ministris
legendos exscribendosque permisi. Unde manifes-
tò constitit non retrogredi Gallos neque diverticu-
la quærere, quin potius quacumque possunt com-
pendiosiori via properare ad Pacem. Deerat quo-
que à Rege Hispaniæ Legatus aut saltem Procura-
torium Mandatum ; imò pro illorum morositate
satis mihi facturos profitebar, si vel autore Cardi-
nali Infante Lutzovius Negotium cum Hispanis
commune susciperet. Sed nihil horum ; Perdidi-
mus operam, ego Hamburgi, Madriti verò & Bru-
xellis Oratores Serenissimæ Reipublicæ Venetæ,
quibus spes expediendi illius Mandati injecta est
centies. Idem affirmarunt Michaelis Salamancæ
Literæ ad ejusdem Reipublicæ in Aula Christianis-
sima Legatum non ita pridem datæ.

Quid autem mirum si tam lubricos tamque ela-
bendi certos constringere non potuimus ? Nonne
ipsa M. V. exeunte Novembri Viennam scripsit se
sperare futurum ne Plenipotentia Hispanica con-
tumatius protraheretur ? At necdum adest, Sere-
nissime Rex, & cum his moribus videri ambiunt
Pacis amantissimi, quæ quomodo cohæreant, nemo
non sentit. Defectum tantum cæteroque non par-
cos Lutzovius expleri posse ratus, proposuit spon-
sionem M. V. mitsique (fatendum est enim) pro-
pter rei insolentiam nonnihil nutantis fecit convitia,
ubique meditatus, utitnam initi meum nullam posse,
quando tam commodâ non uterer; scilicet ille, si
Deo placet, impiger, & illius Principales de con-
cludendo negotio valde solliciti, qui sub exitum
diuturnæ tractationis, toties quid requireretur,
admoniti, egebant adhuc fidejussore ; Ego lentus

TOM. I. &

faisoient à V. M. on auroit pû les excuser en quelque sorte, en disant qu'ils s'étoient fait une peine d'exposer le nom de V. M. à tant de déri-
sions, s'ils n'en avoient usé envers elle très-peu
honnêtement dans ce dernier Traité, qu'elle a-
voit amené à sa perfection par son autorité,
par ses avis & par sa prudence : de sorte que le
chemin étoit ouvert pour tous pour parvenir à
la Paix. Ils le désaprouvent pourtant sans en
donner aucune raison ; c'est à eux de voir s'ils
ont fait honnêtement l'un & l'autre. Je m'en vais
raconter toute cette affaire par ordre. Il y a une
année que les Imperiaux s'addresserent à Votre
Majesté soit par Lettres soit par leurs Ambassadeurs ; ils ne montrerent pas seulement un ardent desir pour la Paix, mais lui demandoient
même tous les jours qu'elle voulût bien convoquer l'Assemblée aussi tôt que faire se pourroit,
faisant courir en même temps par toute l'Allemagne des bruits factieux contre les deux Rois,
& se plaignant de leur peu de bonne volonté.
Qui est-ce qui n'auroit ajoute foi à des mouve-
ments si ardens ? Dans cette pensée V. M. commença à presser les Ministres des deux côtés, &
à se servir de son autorité & de ses exhortations pour les inciter & pour les faire tous venir dans un même Lieu, de sorte qu'on eut alors
une grande esperance d'un Congrès futur. Les
Austrichiens la détruisoient de jour en jour ; ils
n'avoient que peu de Saufconduits à donner lorsqu'ils en devoient deliver beaucoup ; ils n'é-
toient même pas sans défaut. Il n'y avoit aucun dans ceux des Rois, il n'y avoit rien à dire
à la forme ; car le Roi très-Chrétien, pour l'amour
de la Paix, avoit fait mettre aux Saufconduits le
titre demandé par nos Adversaires, que je donnai
aux Ministres de V. M. pour lire & pour en tirer la Copie. Il est manifestement clair par ce
que je viens de dire que les François ne reculent point, & qu'ils ne cherchent point des défaites ; mais qu'ils tâchent par les chemins les
plus courts de s'avancer vers la Paix. L'Ambassadeur du Roi d'Espagne manquoit à l'Assemblée, il n'y avoit personne qui eût Procuration
de sa part. J'aurois été content, vu la peine
qu'il y a à les satisfaire, si, par le moyen du Cardinal Infant, Lutzow entreprenoit l'affaire joint
avec les Espagnols ; mais point du tout, nous a-
vons perdu notre peine. Je l'ai perdue à Hambourg, & les Ambassadeurs de la République
de Venise ont travaillé inutilement à Madrit & à
Bruxelles, quoi qu'on leur eût donné l'esperance
bien des fois d'expedier ce mandement. Les Lettres de Michel Salamanque écrites il n'y a pas
long-temps à l'Ambassadeur de cette République
auprès du Roi mon Maître l'avoient assuré de
la même chose.

On ne doit pas s'étonner si nous n'avons pas
pû engager des gens qui savent tant de détours
& qui font toûjours assurez d'échaper. V. M. n'a-
t-elle pas écrit à Vienne le mois de Novembre
passé qu'elle esperoit que le Plenipouvoir d'Espagne ne seroit plus opiniâtrement prolongé? Cependant, Serenissime Roi, il n'est pas encore venu. Ils prétendent pourtant avec ces manières passer pour des gens qui aiment très-ardemment la
Paix. Qui est-ce qui ne voit le contraire? Lutzow,
s'imaginant de remplir un si grand défaut & quelques autres, proposa la Garantie de V. M. Pour
moi, il faut que j'avoue que j'hesitai un peu à
l'ouïe d'une proposition si hardie ; il m'en fit
des reproches, disant par tout qu'il n'y avoit
moyen de traiter avec moi, que je ne voulois é-
couter aucune raison, puis que je ne voulois pas
me servir d'un moyen si commode. C'étoit bien

R à

1642.

& Galli publicæ tranquillitatis osores, quibus omnia erant in numerato.

Nihilominus, ne possent Adversarii vel minimam sui tergiversationibus speciem juris inducere, accepi conditionem, paratus de præliminaribus pacisci, modò M. V. (quod pollicebantur) præstaret eventum. Inexpectatus, ut apparuit, consensus & liberale responsum nulli omnino usui fuit: qui rem confectam, paulò ante, & jam jam secuturos Congressus magno promiserant hiatu, elingues facti sunt, & deferbuit ille ad Pacem tantopere simulatus ardor. Sed nolim propterea grandem iis dicam scribere, nisi quatenus obliquando rursùm, & perplexa, ut solent, faciendo omnia, sponsorem Regem paulo confidentius liti obtulerant: siquidem id in se recipere M. V. quæ pollet magnarum rerum usu, inconsultum duxit, non sibi satis constare professa de mente confilique contrariæ Partis. Tum illi (ut suis se artibus involverent) invidiam in omnes promiscue derivare, nemini parcere, & quo sanctam Pacis impatientiam melius venditarent, in ipsis quoque Mediatoribus diligentiam requirere. Magnum quid loquor, at verum tamen: certe hic, Rex Serenissime, crebrius nihil jactabatur ab eorum sequacibus, quam processurum expedite Negotium si ab alio Interprete vel etiam nullo administraretur. Nempe extremum hoc deerat ostentationis genus ut tale quidpiam dicere auderent. Nos interim Sociorum Regnorum Ministri, ipsis jam haud diffitentibus Adversariis, extra omnem culpæ affinitatem positi si non spe optatæ Pacis, at promoti per nos quacunque licuit optimi operis, & nostrâ & omnium conscientiâ fruebamur. Ibi diu res hæsit, donec Lutzovius, acceptis tandem ab Aula Viennensi Mandatis, ut ipse prædicabat, amplissimis, novi tractationi locum invenit. In eam nos statim ductu M. V. sumus ingressi, & pro innatâ sperantibus credulitate, dum varia hincinde agitantur, mensem nobis unum frustra exiisse vix sensimus. Cum verò propius conferre pedem cœpissemus jamque in eo essemus, ut definiretur aliquid certi, Lutzovius omnei sibi vias cunctandi occlusas cernens, insalutatis nobis derepente hinc sese proripuit, dignus Curtio hac in parte Successor, desideratique sex totas sex hebdomadas. Interea de Pacificatione vox nulla quam quæ Goslariæ, ut quondam Pragæ, seorsim cudebatur, circumveniendis Fœderatis belloque redintegrando accommoda. Nec defuere qui secessionem cum tractatione connecterent, eandemque esse rationem utriusque affirmarent, ne si generalis Pax imminere videretur, in ea videlicet mallent Celsissimi Duces Brunsvico-Lunæburgenses, utpote dignius tutiusque res suas agi. Ut ut sit, aberat quocum tractaremus. Vix reversus cœpit in nos suo more inveht non secus ac si ipse hic permansisset, nos evasissemus.

Sed ubi tertio restituta est res, tertio ille vel caruit vel carere se finxit petitis dudum Literis Salvi Conductus, famosaque illâ Plenipotentia Hispaniæ. Moram idcirco deprecatus Viennam se scripturum recepit. Quid faceremus? Expectavimus, crebro

à lui de faire se zélé; ses Maîtres s'empressoient beaucoup pour finir cette affaire, qui ayant été tant de fois avertis de fournir ce qui leur manquoit avoient besoin d'un Garant vers la fin d'un Traité. J'étois pourtant, à leur dire, trop lent, & les François haïssoient la tranquillité publique, quoi qu'ils eussent tout à souhait.

Néanmoins, afin que nos Adversaires n'eussent aucun moyen de couvrir leurs tergiversations, j'acceptai la condition, prêt à traiter des Préliminaires, pourvu que V. M. en fût le Garant, comme ils le promettoient. Votre consentement non attendu ayant paru & votre genereuse réponse n'ont été d'aucun usage. Ceux qui, avant que la chose fût faite, s'étoient si fort vantés de s'y soumettre, ont perdu la parole, & ce beau semblant d'ardeur pour la Paix s'est entierement refroidi. Je ne leur ferai point de grand procès pour cela; mais je ne les saurois excuser que, dans le temps qu'ils employent des voyes obliques & qu'ils ne veulent consentir à rien, ils ont eu pourtant la hardiesse d'offrir V. M. pour Garant; ce qu'elle n'a pas jugé à propos d'accepter en disant qu'elle ne connoissoit pas assez les sentimens de la Partie adverse. Ce fut alors que, se voyant à couvert par leur adresse, ils rejetterent la faute sur tous, & n'épargnerent personne; & pour faire mieux paroître l'impatience qu'ils disoient avoir pour la Paix, ils accuserent les Médiateurs de peu de diligence. Ce que je dis est bien considerable, il est pourtant très-vrai. Il n'y a rien de plus vrai, Serenissime Roi, que rien n'étoit mieux fait valoir par leurs partisans que l'affaire n'iroit jamais si vite, à moins qu'on ne changeât de Médiateurs, ou qu'on ne s'en servît point du tout: il ne leur manquoit que cette derniere vanterie d'oser dire une telle chose. Pour nous, Ambassadeurs des deux Rois Alliés, n'étant coupables de quoi que ce soit, de la propre confession de nos Adversaires, si nous ne jouissions pas de l'esperance de la Paix desirée, ou de la satisfaction de voir un si bon ouvrage avancé, notre conscience étoit fort tranquille. Cette affaire fut arrêtée long tems là-dessus. Enfin Lutzow, se vantant d'avoir reçû de Vienne des Ordres très-amples, donna occasion à un nouveau Traité. Nous y entrames d'abord sous la conduite de V. M. & trop credules esperant toûjours pendant que làdessus on travaille à plusieurs choses, à peine avons-nous senti qu'un mois s'est passé sans rien faire; mais lors que nous commencions de nous approcher de plus près, & que nous esperions qu'on établiroit quelque chose de certain, Lutzow ne voyant plus moyen d'en arrêter le cours partit tout aussi tôt sans prendre congé; & digne Successeur en cela de Curtz, il fut absent six semaines entieres. Cependant on ne parla plus de Paix; on y travailloit pourtant à Goslar, comme autrefois à Prague, d'une manière propre à surprendre les Alliés & à recommencer la Guerre. Il y avoit des Gens qui vouloient accorder ce départ avec le Traité & qui assuroient qu'il y avoit une égale raison pour tous les deux, que si la Paix n'eut pas paru prochaine, les Ducs de Brunsvic Lunebourg aimeroient mieux faire leurs affaires plus sûrement &, avec plus de dignité. Celui avec qui nous devions traiter étoit absent; à peine fut-il de retour, qu'il commença de crier contre nous, selon sa coûtume, comme s'il avoit resté ici & que nous nous fussions évadés.

La Conference ayant été rétablie pour la troisiéme fois, il manqua pour la troisiéme fois, ou il fit semblant de n'avoir point les Saufconduits demandés depuis long temps, ni le fameux Plein-pou-

1642.

crebro jam usu duratis ad hujusmodi patientiam animis. Longo exinde intervallo protulit sui Domini Mandata, quæ in autographo M.V. penes se asservari provide jussit, & hæc illum sistendi se nobis pro Hispano quoque capacem faciebant. Exhibuit & Salvos Conductus fere omnes (nam juvat aliqua semper ex parte retinere arbitrium rei.)

Tum autem V. M. visum est, Regiam expromissionem accommodare negotio, & de Ratihabitione Tractatus qui circa præparatoria Pacis universalis cum Legato Lutzovio iniretur, cavere. Poteram equidem jure optimo suspensam habere tantisper Conclusionem dum aut Regis Cuiuslibet aut certè Fratris consensus tamdiu promissus ederetur; poteram graves suspicionis causas opponere, quod nimirum anni unius spacio tam expeditum fuerat Austriacis (modo Pax cordi esset) ipsa Instrumenta Salvorum Conductuum & Plenipotentiæ Hispanicæ quam eorum pollicitationem huc transmittere, idque eò fecissem justius, quòd sciebam tunc temporis eodem artificio frustra haberi Serenissimi Magnæ Britanniæ Regis Legatum, qui, post annuum & quod excurrit, variis modis locisque circumductus, ne multis laboris fructus pro oppressis M. V. Nepotibus ullum ferret, neve ad suos rediret aliis forte Consiliis rem acturos, susceperant Viennæ partes Hispanicas; ac si præsenti ibi jam pridem Hispanico Oratori potestas tractandi nulla nec esset, nec esse aliquando posset: at si ille non quà Legatus tantum, sed quà Hispani Regis sui voluntatem minus exploratam haberet quam Germani, quibusque ab eodem Rege nec negotium in hac causa datum est, nec judicium. Quid? quod dicere veritus non erat se habere quidem hujus generis Plenipotentiam suis permixtam chartis, sed quò pertineret, non satis meminisse. Adeo sibi placent Austriaci dum ejusmodi ambages confuunt, quibus totum Orbem ludificant. Hæc me exempla, Serenissime Domine, totque anteriores causæ, dubiam esse Imperialium fidem, præsertim verò in rebus Hispanicis, & minime sequendam monebant. Accessione tamen V. M. firmatus ostendere volui quam liberaliter, quamque libenter in tam illustri Expromissore conquiesceremus. Quod itaque felix faustumque foret, vestris auspiciis rem absolvimus: habendis Conciliis selecta sunt Loca, & inchoandis dicta est dies, cautum denique qui Salvi Conductus quâve formâ hincinde prius commutandi essent. Quodnam, quæso, in istis omnibus abominabile illud est, quod tantopere aversantur Austriaci? Aut quid succensere Conventioni tam innocenti queunt? Ecce illam tamen irritam faciunt, quodque omnes Regio M. V. consilio Divino gestum ferebant, id datis ad eandem confidentissime Literis subvertere & tantum non exprobrare haud dubitant. At Legato Gallico defuit Plenipotentia, nam ita scribunt; & ipsemet fassus est se absque Mandato convenisse. Næ illos potius defecit Consilium, qui ad has nugas confugiunt, cum ego & eorum & M.V. Ministris sæpius saderim factam mihi à Christianissimo Rege potestatem de Præliminaribus deque ipsa Pace transigendi; quemadmodum Regia ipsius Ratificatio, quæ postea secuta est, id abundè demonstrat & locum dubitationi nullum relinquit. At fassus sum, me absque Mandato convenisse; imo verò plane diffiteor: innuere volunt datas à me V. ad M. Literas, quibus peracta omnia cùm significarem, inserui forte, me præter usum rerum gerendarum ac præter ipsa mandata dixisse diem Congressui ante acceptos Salvos Conductus. Nec igitur pepigi absque Mandato & circa unam duntaxat Tractatus particulam scripsi, extra Tractatum, Regi

Mo-

TOM. I.

pouvoir d'Espagne. Ayant demandé du tems il promit d'écrire à Vienne. Qu'aurions-nous fait? Nous attendîmes, ayant appris la patience par ces manières. Long temps après il présenta les Ordres de son Maître, dont V. M. ordonna prudemment qu'on lui remît l'Original. Ce même Pouvoir, qui l'autorisoit de traiter avec nous pour l'Espagne, il délivra presque tous les Saufconduits, (car il est bon de se réserver toûjours quelque pouvoir par devers soi.)

V. M. trouva alors à propos d'exécuter sa promesse, & de garantir le Traité qui se faisoit de nouveau avec Lutzow pour servir de préparatif à la Paix générale. J'avois tout le droit du monde d'en suspendre la conclusion, jusques à ce que le consentement du Roi Catholique si souvent promis, ou pour le moins celui de son Frere, eût paru. J'aurois pu alleguer que, pendant l'espace d'un an il avoit été aussi aisé aux Imperiaux, s'ils avoient eu la Paix à cœur, d'envoyer ici les Saufconduits & le Pleinpouvoir d'Espagne, que de nous repaître de promesses; & je l'aurois fait avec d'autant plus de raison, que je savois que l'Ambassadeur du Roi de la Grande Bretagne étoit mené par le même artifice qui, après une année & ce qui court de celle-ci, amusé de plusieurs manières & conduit d'un Lieu à un autre, de peur qu'il ne rapportât quelque avantage de son travail pour les Neveux opprimés de V. M. & afin qu'il ne retournât vers son Maître qui pourroit prendre d'autres mesures, ils s'étoient chargés à Vienne des affaires du Roi d'Espagne, comme si l'Ambassadeur d'Espagne qui étoit là présent n'avoit aucun pouvoir de traiter, ni qu'il n'en dût jamais recevoir; comme si un Espagnol ne connoissoit pas mieux la volonté de son Maître que les Allemans, à qui le Roi n'avoit jamais confié cette affaire, ni ne leur en avoit laissé le jugement. Que dirai-je enfin? Lutzow n'avoit pas craint de dire qu'il avoit cette espece de Pleinpouvoir parmi ses papiers; mais qu'il ne se souvenoit pas bien jusqu'où il pouvoit aller. C'est ainsi que Messieurs d'Autriche ne cherchent que des détours pour se jouer de tout le monde. Tous ces exemples, Serenissime Roi, & tout ce qui s'est passé jusques-ici m'avertissoient qu'il ne falloit pas se fier aux Imperiaux, ni les suivre aveuglément dans les affaires qui regardent l'Espagne; mais assuré par la garantie de V. M. j'ai voulu faire voir que nous nous tranquillisions de bon cœur sur la foi d'un tel répondant, & nous avons conclu la chose sous ces auspices; je souhaite qu'elle ait une heureuse issue. Les Lieux ont été choisis pour consulter, le jour a été nommé pour commencer, & enfin on a pris la précaution pour les Saufconduits, pour leur forme, pour qui ils doivent être faits & pour en faire l'échange. Qu'est-ce qu'il y a d'abominable en tout ceia, je vous prie, pour que les Autrichiens y soient si contraires? ou comment peuvent-ils se fâcher d'une Convention si innocente? Ils la renversent pourtant, ils ne se contentent pas de la blâmer, mais ils ont la hardiesse de détruire par les Lettres qu'ils lui ont écrites tout ce qui, avoit été fait sous les auspices de V. M. Ils écrivent pour raison que l'Ambassadeur de France n'avoit pas de Pleinpouvoir, & qu'il a confessé lui-même qu'il étoit venu sans en avoir aucun. Ne savent-ils plus quel conseil prendre pour avoir recours à ces niaiseries? N'ai-je pas dit souvent à eux-mêmes & aux Ministres de V. M. que le Roi mon Maître m'avoit donné le pouvoir de traiter des Préliminaires, & de la Paix même? La Ratification qui s'en est ensuivie ne le fait-elle pas voir clairement, & peut-on en douter après cela? J'ai avoué, disent-ils, que je

R 2

suis

1642.

Mediatori , eoque tempore quo omnis jam meritò cessabat tractatio, me illius reverentiâ fines Mandati nonnihil transsiliisse , ne tam sanctò operi ullum per me accideret impedimentum.

Quòd si ex tali Epistolâ , non ex solenui Tractatu pactisque conventis jus petendum est , cur tacent quod ibidem subjunxi atque etiam conceptis verbis sponondi, Regem Christianissimum impleturum abundè (ut & fecit) quicquid suarum esse partium ex præfata Conventione intelligeret. Rem miram , isti pacifici vitio mihi vertant quòd promoverim Pacem , & potestatis defectum non caussatus uberem illis materiam eripuerim cùm detestandi nostras moras jactandique multa magnificè de studio suo , tùm citra invidiam , quod præcipuè optassent, à Pacis consiliis discedendi. Sed ne verbosæ eorum Epistolæ porrò responsurus , eandem ipse prolixitatem cum V. M. tædio usurpare cogar, attexui ad singula illius capita , quod adstruendæ & tutandæ veritati necessarium fuit , atque ita recognitam hisce annecto. Si V. M. quid vacui temporis comites Regum curæ concesserint , non pigebit eam, ut arbitror, in rei hujus caussas & momenta penitius inquirere, &, si non nostris , at publicæ quietis hostibus indignari. Nec ipsos haud dubiè Electores Principesque Imperii tantus Austriacorum amor, aut tantum tenet avitæ libertatis fastidium (quam deinceps Germania suorum exulum numero censere potest) ut non etiam aperire oculos, non dispicere velint , per utrum stet quo minus discedatur ab armis. Repetant saltem memoria quàm diffidenter secum sit actum , quàmque perplexe communicatum fuerit hoc negotium Pacis. Nuper enim Ratisbonæ , dum anxii postulant edoceri quo res essent loco, quidve Hamburgi cum Legatis Gallico Suecicoque tractasset Pro-Cancellarius Curtzius , plena illis & liquida facti enarratio sæpe promissa est , nunquam tamen secuta, ita ut ne Imperii quidem Ordinibus ad eum præcipue finem convocatis & de ineundâ Pace deliberantibus, status caussæ unquam verè innotuerit. Quæ loquor plana sunt. Interfuerunt iisdem Comitiis & a M. V. Delegati, neque quisquam ibi fuit qui non moleste ferret iis Literis quas ad socios Reges scripserunt non nisi generalia quædam & indefinita contineri , quæ maturando Tractatui minus idonea videbantur. Tali apud amicos quoque dissimulatione Austriacis uti visum est , ne si totum negotium permitterent judicio eorum quos ad concordiam proclives esse constabat , ipsi fortassis impellerentur quò pervenire nolebant. Nempe fuit honestius , largitionibus multis , & iniquissimis legibus Pagorumque ad Austriæ fines ducentorum deditione ac servitute Pacem Ottomanicam redimere , quàm Germanicæ operam dare. Nisi fortasse leve est , denegasse amico & venerando nomini M. V. id, quod ab ipsis eodem omnino tempore Osman Aga , Mehemet Effendi , Trinar Tefftedar , & Mustapha Alai ultro delatum acceperunt : Nam qui annui & Mensis nobilitari debuit exordio Fæderis totâ Christianitati sanciendi in novissime inito inter Austriacos Turcasque fæderi inscriptus est. Ad cuncta hæc quasi per se non satis gravia & omnibus bonis exosa ut aliquis veluti cumulus accederet, placuit Adversariis denuo experiri qua fraude commodissima possent Suecos à Fæderis societate divellere , ibi demum sui copiam facturi, ubi semotis arbitris clàm & precario Pacem ita cau-

ponen-

---

suis venu sans ordre. Je le nie absolument. Ils ajoutent que, dans la Lettre que je me suis donné l'honneur d'écrire à V. M. pour lui donner avis que tout étoit fait , j'y ai inseré par hazard que j'avois nommé le jour du Congrès avant d'avoir les Saufconduits, contre l'ordre des affaires , & contre mes Ordres. Cela signifie-t-il que j'ai trasigé sans Pouvoir ? J'ai écrit à un Roi Médiateur sur un petit point du Traité , après le Traité conclu , que le respect que j'avois pour lui m'avoit fait passer par dessus mon Pouvoir, afin que de mon côté il n'y eût aucun empêchement pour une si sainte œuvre.

S'il faut prendre pied sur une telle Lettre, & laisser-là le Traité & tout ce qui y a été fait, pourquoi se taisent-ils de ce que j'y ai ajouté, prometant en paroles expresses que le Roi mon Maître accompliroit entièrement , comme il a fait, tout ce qu'il connoîtroit lui appartenir dans ce Traité? Voici qui est merveilleux ; ces gens si pacifiques me reprochent de ce que j'ai avancé la Paix , de ce que je leur ai ôté le moyen, en avançant les affaires sans avoir égard au défaut de leur Pleinpouvoir , de crier contre nos retardemens , de se glorifier de leur bonne volonté , & de se décharger de l'envie, ce qu'ils souhaitoient, le plus, en s'éloignant des conseils de Paix. Mais, en répondant à leur longue Lettre , je pourrois bien être long à mon tour & ennuyer V. M. Pour ne faire pas cette faute, j'ai attaché à tous les principaux points de leur Lettre tout ce que j'ai crû nécessaire pour défendre & pour établir la verité que je joins à celle-ci. Si V. M. a quelque temps de reste , si les soins de son Roiaume lui font permettre , je m'imagine qu'elle se donnera la peine d'examiner avec soin la cause & les Pièces principales de cette affaire , & qu'elle s'irritera, non pas contre nos Ennemis, mais contre les Ennemis du repos public. Les Electeurs & les Princes de l'Empire ne seront pas si fort aveuglés de l'amour qu'ils portent à la Maison d'Autriche , ils n'oubliéront pas si fort l'inclination qu'ils doivent à leur ancienne liberté , que le nombre des Exilés leur montre bien ébranlée, qu'ils n'ouvrent enfin les yeux , & qu'ils n'examinent à qui il tient qu'on ne mette bas les armes , qu'ils se ressouviennent du moins qu'on en a usé peu confidemment avec eux, & de quelle manière embarrassée on leur a communiqué cette affaire de la Paix. Il n'y a pas long temps qu'étant inquiets ils demandoient à Ratisbonne en quel état étoit cette affaire ? Qu'est-ce que le Vice-Chancelier Curtz avoit traité à Hambourg avec les Ambassadeurs de France & de Suede? On leur a souvent promis de leur en donner une Relation claire & entière ; on ne l'a pourtant point fait : de sorte que les Etats de l'Empire, qui avoient été assemblés pour cela & pour déliberer touchant la Paix , n'en ont jamais eu une entière connoissance. Il n'y a rien de plus clair que ce que je dis ; les Ambassadeurs de V. M. y étoient présens , & il n'y eut personne de l'Assemblée qui ne vît avec chagrin qu'il n'y avoit rien de général , & d'indeterminé dans les Lettres qu'ils écrivirent aux Ambassadeurs des deux Couronnes , & qu'il n'y avoit rien de propre pour avancer le Traité. Les Autrichiens ont usé d'une telle dissimulation avec leurs Amis ; de peur de confier toute leur Negociation à des personnes qu'ils savoient être portés pour la Paix, qui les auroient menés où ils ne vouloient point aller. Etoit-il plus honeste de racheter la Paix des Turcs par beaucoup de présens , à de très-mechantes conditions , par la perte même de deux cens , Villages sur les Frontieres d'Autriche, que

1642.

ponentur ut pax non fit. Comes Aversbergius cum apud Dn. Salvium per Emiſſarios aliquot , ejus rei periculum fruſtra feciſſet, multis ſubinde precibus ab ipſo M. V. non hos in uſus Deputato Dn. Langermanno , ægre impetravit , ut per eum quoque certior fieret idem Sereniſſimæ Reginæ Sueciæ Legatus , ſe brevi inſtructum fore Mandatis & Plenipotentiá , unde Regnum illud , modo res tantum ſuas agat , plus quam abunde ſibi ſatisfactum ſentiret. Nil moratur tam ſtrenuos corruptores ; & ſæpe antea repulſam paſſi , Lutzovium audenter ſummittunt , qui ſpecie honeſtatis tanquam valedicturus Suecico Legato & acceptum illi laturus commeatum quem pro itineris ſui ſecuritate à Campiductore Torſtenſonio petierat, prima quidem hæc uſſcii verba præfatus, ſumit de Tractatu Præliminarium & Declaratoriis ſui Domini Literis dicere, quas Ratificationis loco haberi volebat. Sed graviſſimas rationes opponentem Suecicum Legatum & multa adhuc parantem interpellavit alter (quippe qui de his ſermonem non inſtituerat,niſi tranſitum ſibi facturus ad alia) ſumpſitque inde occaſionem reſpondendi : etiamſi ratihabitus fuiſſet Tractatus , non tamen inveniri exitum potuiſſe tam arduo & multiformi negotio Pacis univerſalis. Conſultius futurum, multoque magis è re Suecorum , ſi ſoli tranſigant. Et hoc quidem argumentum ab utili hunc locum copioſe tractavit, oſtenditque illis. omnia Regna Mundi & gloriam eorum ſi fidèl ſervantes , hoc eſt ſi Sueci eſſe deſierint. Ni faciant , fore ut bellis implicentur æternis,quia nec Gallia magno tractandi deſiderio flagret (jam horruit dicere nullo) nec cui Pacis generalitati conſentire videtur , illius aſſequendæ ratio reperiri ulla unquam poſſit ; plura in eandem ſententiam importunus Orator congerebat, ſatiſciente jamdudum auditore, qui tentatos toties ad faſtidium dolos, tandem quoque riſu proſecutus eſt ; velut merces obſoletas ſolemus quæ ſæpius venales, ubi vitium tranſparuit , quodcunque etiam pretium ſtatuatur,nemini tamen obtrudi poſſunt. Ex his Auſtriacorum quantumlibet irritis conatibus patet evidentiſſime , contra quod profeſſi ſunt, nihil eos minus in animo habere quam Monaſterienſem & Oſnabrugenſem Congreſſum , & ſuarum utique artium fiducia Tractatus ſingulares , bello acrius perſequendo aptiſſimos, uno verbo Pragenſes etiamnum moliri , conjunctos præfracte repudiare, quantacumque cum ſuæ exiſtimationis jactura & mundi laborantis calamitate. Nemini contra non perſpectum eſt , quæ ad accelerandos Conventus conferre potuerint , eorum nihil à Chriſtianiſſimo Rege prætermiſſum , ipſum ſtudio Pacis ea tribuiſſe quibus aliàs nullo reſpectu ceſſurus fuit ; denique Factionem Præliminarium non cunctanter, idque rebus ad votum fluentibus , confirmaſſe. Et profecto nihil ſe hoc bellum malle quam ut publica repræſentetur tranquillitas , vel hoc ipſo luculenter docuit , quod ab inſtauratis cum Regno Sueciæ producttiſque ad belli exitum Fœderibus, ſtatim aſſenſu firmavit ſuo, quæcunque communi utrinque Delegatorum ſententia Regioque inprimis V. M. interventu, in negotio Pacis acta hic & conſtituta fuerunt. Cæterum paris animi indicium in gente Auſtriaca cum me ullum quidem hactenus prodierit , quin & noviſſimum hunc Tractatum violarit ſine Religione rem ad otium deduci impatiens, quaſi in eo ingens aliquod commodum ſuum verſetur,ſi fracti , ac debilitati Imperii Proceres magique fiant opportuni injuriæ , ego quid hic ultra incaſſum movere non video. Itaque, Sereniſſime Rex, poſtquàm ſociorum Regum ac Principum uſibus, mandante Rege Chriſtianiſſimo, hinc proſpexi, curavique pro mea mediocritate ne quid detrimenti cauſa communis accipiat, dum adverſa Pars libidine

bellan-

---

que de travailler à donner la Paix à l'Allemagne ? Eſt-ce une bagatelle de dénier à un Ami à V. M. même ce qu'ils ont donné de leur bon gré dans le même temps aux Envoyés du grand Turc ? Cette année, ce mois qui devoit être rendu celebre par toute la Chrétienté , en commençant à travailler à ſa tranquilité , ne l'a été que par la Paix conclue entre la Maiſon d'Autriche & le Turc. Et comme ſi tout cela n'étoit pas important , & quoi que tous les honêtes gens en fuſſent indignés, pour combler la meſure, nos Ennemis voulurent experimenter s'il n'y avoit pas moyen par quelque adreſſe de détacher les Suedois de notre Alliance , que s'ils les écoutoient ſans arbitres, ils leur repreſentoient la Paix en cachete à force de prières.   Le Comte d'Aversberg ayant déja tenté la même choſe par ſes Emiſſaires , il obtint enfin, avec peine & après pluſieurs prières, du Sr. Langerman Envoyé de V. M. pour d'autres affaires que pour celles-là , qu'il voulût bien aſſurer l'Ambaſſadeur de la Reine de Suede qu'il auroit bientôt de tels ordres & un tel Pleinpouvoir, qu'il pourroit donner une ample ſatiſfaction à ſa Reine , pourvu qu'il ne voulût traiter que pour elle. Les refus qu'ils eurent alors & qu'ils avoient eu pluſieurs fois auparavant n'arrêterent point de ſi habiles Corrupteurs. Ils y joignirent hardiment Lutzow qui, ſous prétexte d'honêteté & comme voulant prendre congé de l'Ambaſſadeur de Suede en recevant le Paſſeport qu'il lui avoit procuré du Général Torſtenſon pour la ſureté de ſon Voyage , après les Complimens , commença à lui parler du Traité Préliminaire & des Lettres Declaratoires de ſon Maître, qu'il vouloit qu'on regardât comme ſi c'étoit une Ratification. L'Ambaſſadeur de Suede lui ayant oppoſé des raiſons très-fortes & lui demandant pluſieurs choſes, l'autre l'interrompit , qui n'avoit commencé ce diſcours que pour pouvoir paſſer à un autre,& lui répondit ainſi,que quand le Traité auroit été ratifié,qu'on n'auroit jamais pu trouver l'iſſue d'une affaire ſi difficile & tant compliquée pour parvenir à la Paix générale ; qu'il ſeroit,bien plus à propos & plus important pour les Suedois,s'ils vouloient tranſiger pour eux-mêmes. Il fit un grand raiſonnement ſur l'utilité qu'ils en recevroient, lui voulant faire voir tous les Royaumes du Monde & toute leur gloire s'ils leur gardoient toûjours la foi, c'eſt-à-dire s'ils ne vouloient plus être Suedois. S'ils n'acceptent pas ce parti, qu'ils ſe trouveront engagés dans des guerres éternelles, parce que les François n'avoient guere envie de traiter . Il n'eût point de honte de dire qu'ils ne le vouloient point du tout , & qui ne veut pas conſentir à la Paix générale ne trouvera jamais de raiſons pour y parvenir. Cet Orateur importun ajoûtoit pluſieurs choſes qui concouroient à ſoutenir ſon ſentiment , mais l'Auditeur ennuyé ſe moqua enfin de toutes ces ruſes tant de fois repetées. On a beau nous préſenter des marchandiſes gâtées, auſſi-tôt que nous en avons connu le defaut, on a beau les donner à vil prix, perſonne n'en veut acheter. On voit d'une maniére évidente par tous ces efforts qu'ont fait les Autrichiens,qu'ils n'avoient rien moins à cœur que le Congrès de Munſter & d'Oſnabrug,quoi qu'ils témoignaſſent le contraire, & que le plant à leur adreſſe ils ne cherchoient que de faire des Traités particuliers pour pouvoir pourſuivre vigoureuſement la guerre,pour obtenir un meilleur Traité que celui de Prague, évitant de faire de Traité général, quoi qu'à leur honte & par leur malheur public. Chacun peut voir d'un autre côté que le Roi très-Chrétien n'a rien oublié

1642.

R 3   de

bellandi victâ armis insistet, illinc Pacis Tractationem quàm maximè aptam explicatamque confe-
ci, discedo tandem è Germania. Facio id equidem
cum summo doloris sensu quòd pro quiete nobilis-
simâ, quàm latè patet, Provinciæ, Christianita-
tisque totius sollicitum Regem meum in tam pio
laudabilíque instituto deseruerint Austriaci. Nec
profectò minus cupidè expeto, ut eximiis ipsius pro
publica tranquillitate studiis demum consentientes,
causam ei præbeant brevi me ad Tractatus Pacis
(cui meam negotio operam dicavit) in hasce oras
iterum ablegandi, supplico Majestati Vestræ per
eam quoque abire mihi & liceat, & repetitis ob-
sequiis Regium retinere favorem etiam cum ab
ipsius Regnis longius abero atque adeò ab illis
quæ hic infrequentes non fuerunt rerum cum ea
gerendarum occasionibus.

Quòd si meam toto, hoc quinquennio vel superioribus temporibus operam atque observantiam
M. V. ullâ unquam in re probavi, idem utique
promereri haud segnius enitar ubicumque suorum
honore mandatorum porrò dignabitur

SERENISS. MAJEST. VESTRÆ

Humillimum & obsequentissimum
Servitorem

CLAUDIUM DE MESMES.

Hamburgi die 30. Maji
1642.

---

de tout ce qui a pu contribuer pour assembler
le Congrès, & que pour le bien de la Paix il
avoit accordé des choses qu'il n'auroit pas cedées
à tout autre égard & qu'enfin il avoit confirmé
sans délai le Traité des Préliminaires dans l'esperance d'un bon succès. Il n'a eu d'autre but
dans cette guerre que de rétablir la tranquilité
publique. Ne l'a t-il pas bien montré, puis qu'aussi-
tôt après que l'Alliance a été renouvellée avec
la Suede jusques à la fin de la guerre, il a pourtant donné tout aussitôt son contentement à tout
ce qui avoit été fait pour la Paix par les Ambassadeurs des deux Couronnes, principalement
par l'avis & l'intervention de V. M ? Où trouve-
t-on dans la Maison d'Aûtriche de telles marques,
puis qu'on n'en a vu aucune jusques-ici ? Au
contraire elle a rompu ce dernier Traité sans
respect pour sa parole donnée, impa-
tiente de voir tomber cette affaire, comme si elle
trouvoit un grand avantage à voir les Etats de
l'Empire abbatus & affoiblis, plus disposés à
souffrir ses injures. Je ne vois point après cela
pourquoi je demeurerois ici plus long temps en
vain. C'est pourquoi, Serenissime Roi, après a-
voir pourvû, selon les ordres du Roi mon Maître, aux besoins des Rois & des Princes Alliés,
& avoir pris le soin, selon ma petite capacité,
afin que la cause commune ne souffre de dommage, pendant que notre Partie adverse, qui ne
demande que la guerre, fera tous ses efforts pour
la continuer, je pars enfin de l'Allemagne après
avoir achevé un Traité Préliminaire pour la
Paix très-convenable & bien expliqué. Je le fais
pourtant avec une veritable douleur, voyant que
les Aûtrichiens ont abandonné le Roi mon Maître, dans le pieux dessein qui lui avoit fait prendre tant de peine pour le Repos de l'Empire, &
pour celui de toute la Chrétienté. Je souhaite avec
ardeur que consentans enfin à s'employer pour
le repos public, ils donnent bientôt occasion
au Roi mon Maître de me renvoyer dans ce
Pays pour y traiter la Paix, à quoi il m'avoit
destiné. Je supplie très-humblement V. M. de
me permettre de m'en aller, & de me conserver l'honneur de ses bonnes graces pendant mon
absence qui me privera de l'occasion qui me
donnoit l'honneur de traiter d'affaires assez souvent avec elle.

Si, pendant cinq ans que j'ai été en ce Pays,
j'ai donné des marques à V. M. de mes respects
& de mes services, je ferai tous mes efforts de
lui témoigner dans la suite, lors qu'elle voudra
m'honorer de ses Commandemens, que je serai
toûjours prêt à les executer soigneusement.

DE VOTRE MAJESTE'

Le très-humble & très-obeïssant
Serviteur

CLAUDE DE MESMES.

De Hambourg le 30.
Mai 1642.

LEGA-

LEGATI GALLICI

RESPONSUM

AD

REGEM DANIÆ.

Dat. Hamburgi 18. (28.) Augusti. 1642.

SERENISSIME AC POTENTISSIME REX,

Quæ Majestati Vestræ Comes Aversbergius tam luculenter promisit, etiam apud me fidem invenirent, si sincere tandem Austriaci sine ambagibus ullis, sine reservationibus aut diverticulis studium Pacis profiterentur. Norunt omnes quàm justis de causis plenam Tractatus Hamburgensis Ratificationem Legati Galliæ Sueciæque reposcimus, parati talem accipere ab Imperialibus & Hispanicis qualem ipsi jamdudum exhibuimus. Scilicet ad id obligatur religione pactorum solemnium & vi sponsionis à Majestate Vestra incomparabili exemplo interpositæ. Quid hactenus secutum sit , res ipsa indicat. Jam non autem verbis ac pollicitationibus sed facto opus est. Promissionum satis à Legato Lutzovio, satis ab Aula Viennensi superque tulimus. Quid illi nunc ad sui Prædecessoris fidem amplissimâ potestate muniti , quid ad Regiæ cautionis autoritatem sua promissione accessurum putat? Si potuerunt Adversarii fidem & suam & Mediatoris fallere , ac solemnitate Conventionis publicæ nihil moveri, quantum profecto foret præsidium unius Ministri pollicitatione? Equidem quæ mandata nuper acceperit Comes Aversbergius mihi compertum non est. Ea si coram inspicere licuisset, minus fortasse hæreret animus meus, qui nunc præter incerta quædam & generalia , addo toties necquicquam venditata promissa , in quo atquiescat non invenit. Obtestor Vestram Majestatem ut infirmitati meæ det veniam, si inter tot ambigua , tot implicata Austriacorum Consilia toties deprehensus ; nunc iterum objectâ novâ & satis confusâ specie , nihil ipse subito expediam. Nihil est manifestius quàm fecisse eos infectum quicquid Lutzovio permiserant publicisque Literis declarasse Majestati Vestræ Orbique universo nunquam futurum ut Tractatui de Præliminaribus Pacis assentiantur. Quæ omnia cum hodie contrariis promissis subruant ; quomodo se à suspicione tergiversationis purgare possint non video. Apparet enim quàm lentis passibus in hoc negotio incedant, quantâ incertitudine modò referant pedem , modo proferant , quàm denique, quod dici solet , nec navigare ipsos ventus sinit , nec manere sinat. Nescio quàm

REPONSE

DE

L'AMBASSADEUR de FRANCE

AU

ROI de DANNEMARC.

De Hambourg le 18. (28.) du mois d'Août. 1642.

SIRE,

CE que le Comte d'Aversberg a promis si libéralement à V. M. pourroit trouver dans mon Esprit quelque créance, si les Austrichiens recherchoient la Paix sans reservation & sans échapatoire. Tout le monde sait avec combien de raison les Ambassadeurs de France & de Suede demandent une entiére Ratification du Traité de Hambourg, que nous sommes prêts à la recevoir semblable à celle que nous avons donnée aux Austrichiens & aux Espagnols, comme y étant obligés par la foi des Pactes solemnels , & par la force de la garantie de V. M. qui y est intervenue par un rare exemple. La chose montre elle-même ce qui s'en est ensuivi jusques-ici. Nous n'avons pas besoin de paroles ni de promesses ; il nous faut des effets. Nous avons assés long-temps supporté les promesses de l'Ambassadeur Lutzow, aussi bien que celles de la Cour de Vienne. Qu'est-ce que le Comte d'Aversberg s'imagine de faire plus que son prédecesseur qui étoit muni d'un pouvoir très-ample ? Ses promesses donneront-elles plus d'autorité à votre Caution Royale ? Si nos Parties ont manqué à l'engagement qu'ils avoient avec V. M. si la solemnité d'une Convention publique ne les a pas touchés, les promesses d'un seul Ministre seroient un pauvre recours. Je ne sai point les ordres qu'a reçus le Comte d'Aversberg; si j'avois eu les avoir entre mes mains & les voir, peut-être que je ne hesiterois pas tant ; mais je ne saurois faire fonds sur des choses incertaines & genérales , & sur des promesses si souvent avancées inutilement. Je supplie V. M. de pardonner ma foiblesse , si ayant été si souvent abusé par les maniéres ambigues & intriguées des Austrichiens , je ne saurois me déterminer aussi-tôt que je leur vois prendre une forme nouvelle mais bien confuse. il n'y a rien de plus clair qu'ils ont renversé tout ce qu'ils avoient permis de faire à Lutzow, & qu'ils ont déclaré hautement, par une Lettre à V. M. & à tout le monde, qu'ils ne donneroient jamais leur consentement au Traité des Préliminaires pour la Paix. Comment cela s'accorde-t-il avec les promesses contraires qu'ils font aujourd'hui ? Je ne saurois voir que par cette conduite ils puissent se purger du soupçon de tergiversation;il paroit combien lentement ils marchent dans cette affaire, avec quelle incertitude tantôt ils avancent tantôt ils reculent : de sorte que l'on peut dire que le Vent ne leur per-

quàm sim rerum intelligens : Videor tamen anim-
adverstisse totum hoc quod novis nunc Consiliis mo-
liuntur Adversarii non alio pertinere , quàm ut
publica judicia , quorum favorem amiserunt , si
recolligere non datur , at impediant saltem & in-
terturbent. Sed excussa totâ serie Tractatuum hujus , facile pellucet artificium . Omnia quippe ege-
runt membratim & per particulas temporum diversis , sæpe deserentes quas ante probaverant rei
gerenda occasiones , delati demum ad conclusionem,
sed cujus statim pœnituit ipsos , sed quam nullâ
non arte dissolvere conati sunt , ita ut animus à
quiete adversus distinctè proderetur. Octavus jam
est mensis , quod consummatus signatusque Hamburgi Tractatus Viennæ pertinaciter displicuit ; Ratihabitio ejus planè denegata est ; grandi Epistolâ
Ministri illi professi sunt , nimium quantum existi-
mationi Domini sui dignitatique Imperii in plurimis
Articulis præjudicari ; perque Legatum suum Comitem Aversbergium contenderunt Legatos Fœderatorum Regum ad redordiendam novam Tractationem esse pertrahendos. Sed tandem , postquam
ignoverunt tam successum Consiliis suis , quàm justitiam defuisse , obruti penè ac oppressi libertina
indignatione adeoque convitiis bonorum omnium,
ut tantam invidiæ tempestatem aliqua saltem ex
parte discutiant : post octo demum menses aliam
novarum frustrationum scenam instruunt. Nihil
nunc est quod in Tractatu Præliminarium deside-
rent ; non jam amplius peccavit quidquam Lutzovius ; omnia nunc recte , & pro sublimitate Imperii Domusque Austriacæ. Quâ in mutatione
tam opposita utrum integro sinceroque animo etiamnum versentur , multas dubitandi causas habeo,
atque idipsum, ut reor, suspicabitur Majestas Vestra
si & Partes secum invicem & earum acta utrinque comparet , primum Ratificatio Regnorum subito
& sine effugiis , tum simul ac semel secuta est. Neque
enim cum Gallis ratum haberent quod gestum erat,
Suecorum consensu abfuit ; neque offerentibus se
Suecis latuerunt in insidiis Galli speculaturi op-
portunitates perturbandi omnia ubi libitum foret.
Econtra Imperiales diu prolixeque refragati , nec
nisi pudore publicarum querelarum , fortasse &
Suecorum victoriis permoti , tandem se quidem omnia
ea executuros ajunt quæ Transactione Hamburgensi continentur : Hispani verò , adhuc abscon-
diti obmutescunt , alto supercilio omnes hactenus
pro Pace exhaustos à Majestate Vestra labores alo-
rumque Mediatorum toties repetitas admonitiones
ac summam sollicitudinem despicere ausi , quæque
pro iis sæpius sponderunt conjunctissimi Imperiales
& Fœderati charissimi spontaneâ oblivione inducere , aut , si mavis, & jam ignorare. Quid potest esse collusione tam manifesta liquidius ? Omnino
id agunt Austriaci ut negotii partem aliquam velut vestis laciniam manibus prehensam teneant,
retracturi hoc pacto totam ubi id ipsis opportunum
visum fuerit. Quæ omnia cùm docuerit eventus,
nobis Regnorum Legatis non successit Majestas
Vestra si territi vestigiis prioribus veremur primum , ne inter illa quæ nunc ostentat Comes A-
versbergius Ratificatio Viennensis vel desit, vel imperfecta offeratur : Deinde si & Hispanicam re-
quiri-

permet pas ni de faire voile ni d'être en repos. J'i-
gnore si mes connoissances sont bien fondées ; il
me semble pourtant avoir remarqué que tout ce
que nos Parties font de nouveau n'a pour but
que de se rétablir dans le jugement du Public,
dont ils ont perdu la faveur. S'ils ne peuvent pas
la regagner , ils cherchent au moins à l'embarrasser , mais ceux qui examineront avec soin tout
le cours du Traité en reconnoîtront bientôt
l'artifice ; ils ont tout fait par Articles & par
morceaux en divers temps, abandonnant souvent
les occasions de faire leur affaire qu'ils avoient
approuvées. Enfin ils vinrent à la conclusion ,
dont ils se repentirent aussi-tot , & ils ont employé toute leur habileté pour la rompre : de sorte qu'on voyoit à découvert que leur cœur ab-
horroit le repos.   Il y a huit mois que le Traité de Hambourg a été conclu & signé, il a déplu
opiniâtrement à Vienne , ils en ont refusé la Ratification.   Les Ministres d'Autriche ont publié, dans une grande Lettre , que ce Traité pré-
judicioit trop à leur Maître , & à la dignité de
l'Empire ; & ils ont fait leurs efforts par leur
Ambassadeur le Comte d'Aversberg pour engager les Ambassadeurs Alliés des deux Rois à
recommencer un nouveau Traité. Mais enfin,
après avoir connu que la justice, aussi bien que
le succès manquoit à leurs desseins ; accablez
de l'indignation & du murmure de tous les gens
de bien, afin de pouvoir en quelque matiere se délivrer de ce fardeau, après huit mois , ils font
paroître sur la scène de nouvelles tromperies. Il
n'y a maintenant plus rien dans le Traité des
Préliminaires qui les blesse ; Lutzow n'a plus commis de faute ; tout va maintenant bien pour
ce qui regarde l'Empire, aussi bien que pour la
Maison d'Autriche. Dans un changement si subit,
il est difficile de connoître si leur cœur est droit
& sincere ; j'ai beaucoup de raisons pour en
douter, & je pense que V. M. le soupçonnera de
même , si Elle veut bien comparer les actions
de nos Parties avec les nôtres. Prémierement
la Ratification des Rois s'en est ensuivie ensemble & tout d'une voix sans tergiversation ; lors
que les François ont ratifié ce qui avoit été fait,
le consentement des Suedois y est d'abord intervenu. Les François ne se sont pas cachés comme en embuches en faveur des Suedois, pour
observer le temps opportun pour troubler tout
selon leur bon plaisir. Les Imperiaux au contraire s'y sont opposés long-temps, & n'eût été
la honte des plaintes du Public, peut-être même
les victoires des Suedois, ils n'auroient pas enfin
dit qu'ils executeroient tout ce qui étoit compris
dans le Traité de Hambourg. Les Espagnols cachés ne disent encore mot ; ils ont la hardiesse
de mépriser toutes les peines que V. M. s'est données pour la Paix & ont regardé de haut en bas
toutes les remontrances des autres Médiateurs
souvent repetées, aussi bien que tous leurs soins;
ce que leurs bons Amis , & très-chers Alliés
les Imperiaux avoient promis pour eux , ils
l'ont volontairement oublié , ou , si vous vou-
lés , ils font semblant de l'ignorer.   N'est-
ce pas une collusion manifeste? Les Austrichiens
ne travaillent absolument que pour être un peu
dans les affaires ; ils veulent tenir, pour ainsi dire, le pan de la robe par un bout, afin de la pouvoir
retirer toute entiere quand ils le jugeront à propos.
L'évenement nous apprendra ce qui en est. Nous
esperons que V. M. ne sera pas fâchée contre nous
Ambassadeurs des Couronnes, si épouvantés par
ce que nous avons déja vu , nous apprehen-
dons que, malgré toutes les choses dont le Comte
d'Aversb erg fait parade, la Ratification de Vienne lui manque , ou qu'il n'en apporte une im-
par-

1642.

quirinus, promissionem pro re, non accepturi. Nimirum, Serenissime Rex, nobis nec ab expressa formula solennis Pactionis discedere, nec à mandatis Regum nostrorum licet, quibus diserte jubemur dare-operam ut, quemadmodum ab ipsorum parte, pridem factum est, nullis circumscriptam dilationibus, promissis, exceptionibus, sed plenam ac præsentem Imperialium Hispanovumque Ratihabitionem obtineamus. Quandocunque autem Majestati Vestræ contigerit eoi hoc limite defigere (quæ res sanè difficultatis plenissima sponte errantes divagantesque reducere in viam) nulla nequè per Gallos mora nequè per Suecos erit quominus tradantur utrinque cum Ratificatione Salvi-Conductus, & Congressui initium fiat. Interim cùm id sibi persuaderi necdum passi sint Austriaci, nihil superesse videtur quod discessum meum producere debeat. Quoniam tamen Majestati Vestræ placere intelligo-ut sustineam me ad diem usque 29. hujus mensis qui erit octavus Septembris anni Gregoriani, promptissimè, ut par est, licet jam in procinctu, obsequar: non quòd interea perfici quidquam posse existimem cum adversariis tam morosis, sed qua sic voluit, sic jussit M. V. Cæterum maximas ipsi gratissimasque gratias habeo, quod navem prætoriam securitati itineris mei benignè destinaverit. Quo nomine aliisque permultis quantum sibi me devinxerit, coram, si Deo ita visum, testabor. Neque enim insalutata Majestate Vestra discedam, à complexu Regiæ dexteræ tanquam captato institutæ profectionis omine felicissimo, patriam meosque, post tot annorum intervallum, repetiturus:

SERENISS. MAJEST. VESTRÆ

Observantissimus Servitor

Datum Hamburgi
18. (28) Aug. 1642.

CLAUDIUS DE MESMES.

LEGATI SUECICI

RESPONSUM

AD EUNDEM.

Dat. Hamburg. 18. (28.) Augusti 1642.

SERENISS. ET POTENTISSIME REX:

E LITERIS Regiæ Majest.Vestræ datis Glucksburgi die 13. Augusti lætabundus percepi,Cæsareum Legatum Dn. Comitem ab Averiberg super Hasuiam ea omnia quæ Cæsarea Majestas vigore ultimi Præliminarium conclusi Hamburgen-

TOM. I.

fis

---

parfaite, si nous demandons ensuite celle d'Espagne, nous ne recevrons pas une promesse pour la chose même. Il ne nous est pas permis, Serenissime Roi, d'abandonner la formule expresse d'un pacte solemnel; ni de désobeir aux ordres de nos Rois, qui nous commandent de faire nos efforts pour obtenir des Imperiaux & des Espagnols une Ratification pleine & entière, sans aucune condition de promesses qui pourroit renvoyer la chose au loin, mais telle qu'elle a été delivrée de leur part. Quand V. M. les pourra ainsi fixer, (quoi qu'il soit bien difficile de remettre dans le bon chemin des personnes qui veulent s'égarer) alors les François ni les Suedois n'arrêteront pas l'affaire un moment, afin qu'avec la Ratification on donne les Saufconduits de part & d'autre, & qu'ainsi l'on commence le Congrès. Cependant comme les Austrichiens n'ont pu jusques-ici se laisser persuader cela, il ne reste plus rien, ce me semble, qui puisse effectuer quelque chose avec des adversaires si difficiles à contenter; mais parce que c'est le commandement & le bon plaisir de V. M. Je lui rends cependant mes très-humbles actions de graces, de la bonté qu'elle avoit eu de m'accorder un Vaisseau de guerre pour la sureté de mon voyage, & je témoignerai hautement toutes les autres obligations qui m'ont entierement attaché à son service. Je ne partirai point sans avoir l'honneur de présenter mes très-humbles respects à V. M. & après avoir eu l'honneur de lui baiser les mains,sous de si doux auspices je retournerai dans ma patrie, que j'ai quittée depuis plusieurs années:

DE V. M. S.

Le très-humble Serviteur

A Hambourg le
18. (28.) du mois
d'Août. 1642.

CLAUDE de MESMES.

REPONSE

DE

L'AMBASSADEUR

DE SUEDE

AU ROI DE DANEMARC.

De Hambourg le 18. (28.) d'Août. 1642.

SERENISSIME & TRES-PUISSANT ROI.

J'Ai appris avec joye par la Lettre que V. M. m'a fait l'honneur de m'écrire de Glucksbourg le 13. du mois d'Août, que le Comte d'Aversberg Ambassadeur de l'Empereur avoit enfin depuis peu porté à Copenhague tout ce à quoi S. M. Imp. s'est engagée en vertu du dernier Traité Préliminaire conclu à Hambourg, excepté pourtant ce qu'il avoit

S

promis

1642.

fis præstare tenetur , tandem attuliße : exceptis tamen iis , quæ nomine Regis Hispaniarum promiserat. Quia igitur inter præparatoria Pacis nihil M. V. amplius restare videtur , nisi ut Instrumenta , quæ jam utrinque ad manus sunt , reciprocè commutentur & dies Tractatui principali dicatur: Ideo M. V. commutationi Instrumentorum nominaße diem 29. hujus mensis, Tractatus autem principalis terminum ad futuri mensis Decembrit initium protendiße , ut interea spatium habeat Legatus Cæsareus , quod pollicetur , Hispanica quoque Instrumenta adferendi : clementer requirendo, ut nomine Serenißima Regina meæ in utrumque diem consentiam, pro obsequioso responso,in primis nomine S. Regiæ M. Sueciæ maximas ago R. M. V. gratias, quod tam indefeßâ constantiâ tam tædiosi laboris negotium eousque perducere voluerat. Spes jam per Dei gratiam affulget propinquior , ejusdem M. V. autoritate , etiam quæ brevi cætera quoque Parte tractetur. Sed cum ea quæ die 15. Decembris elapsi sub fide publica promiserunt Cæsareani , se intra octo septimanas integrè plenèque præstituros jam primum post octo demum menses vix media sui parte præstentur ; optant revera magis quam sperant hominum judicia candidius rem tandem ab iis agi, Et ut bona cum M. V. gratia dicam quod ipse sentio , si pari tergiversatione mor æve Reges Fæderati consensum jam suum ex totidem mensium rerumque revolutione suspenderent ; nihilo proniores ad nutum hunc primum hostilis opportunitatis se declarantes quàm hostes ad publicæ fidei observantiam hactenus fuere, haud injustius , credo , jure talionis uterentur. Verumtamen sicut Regia M. Sueciæ nusquam temporum insidias captarit, ad Pacem Pacisque Tractatus constanter propensâ quocumque rerum armorumque suorum statu : ita etiamnum suo Reg. M. nomine haud invitus consentio in diem à R. M. V. dictum Instrumentorum omnium commutationi. Quinimò si certò nobis persuadere poßemus ab altera tunc Parte cuncta rite præstitum iri præstanda, vel saltem Dn. Comitem ad Aversberg intra paucas certoque definita numero hebdomadas ea quæ desunt infallibiliter suppleturum , haud difficilius in alterum quoque , principalis nempe negotii diem statim consentiremus. Adeo enim nihil ad hoc ex hac parte deest , ut in singulas etiam horas ad utrumque parati simus.Sed quoniam adhuc valde incertum videtur , an tantillum Ministri promissum , rem tantam , tam brevi tempore præstare valeat ; cum ne Regia quidem sponso minorem tot mensium spatio , hactenus , nisi magnâ cum difficultate potuerat extorquere ; adeoque zeluni quidem M. V. in maturando tam pio opere gratè agnoscimus & deprædicamus : heroicæ tamen suæ tot annorum regnandi usu firmatæ prudentiæ reverenter subjicimus considerandum , sitne vel è more gentium , vel tot quorum interest Statuum sive dignitate sive securitate, adeoque proprio M. V. respectu , ut major pars Regum & Rerum publica-

---

1642.

promis au nom du Roi d'Espagne. Comme il semble qu'il ne manque plus rien pour les dispositions pour la Paix , sinon qu'on échange de part & d'autre les Actes qu'on a en main , & qu'on établiße un jour pour cet important Traité : c'est pourquoi V. M. a nommé le 29. de ce mois pour l'échange des Ratifications , & a fixé le jour du Traité principal au commencement du mois prochain , afin que, pendant ce temps-là , l'Ambaßadeur de l'Empereur ait le temps de recevoir la Ratification de l'Espagne qu'il a promise : Me demandant avec sa bonté ordinaire que je veuille bien donner mon consentement à l'un & à l'autre jour nommé au nom de la Sereniſſime Reine ma Maîtreße , je lui répondrai avec respect premierement, au nom de la Sereniſſime Reine de Suede , en remerciant V. R. M. avec toute la reconnoiſſance poſſible, de ce que par sa constance infatigable elle a pouſſé si avant cette affaire après un travail bien ennuyeux. L'esperance d'y réuſſir paroit plus proche par la grace de Dieu , & ce qui reste prendra bientôt un bon train , pourvû que cette affaire soit traitée par nos Adverſaires serieuſement & sincerement. Mais comme ce qu'ils avoient promis sous la foi publique le 15. de Decembre passé , que dans huit semaines ils l'accompliroient pleinement & entierement, & que cependant après huit mois de temps à peine en ont-ils fait la moitié, on souhaiteroit bien plus qu'on ne l'espere que nos Adverſaires en usaſſent plus franchement en une affaire de ſi grande importance ; & afin que je diſe ce que je penſe avec la permiſſion de V. M. ſi les Rois Confederés retardoient , par une ſemblable tergiverſation,leur consentement, & s'ils l'avoient suspendu tant de mois pour profiter des revolutions , ne ſe déclarant pas plus au premier mouvement qu'il a plû à nos Ennemis de faire paroître à leur commodité , qu'ils n'ont témoigné juſques ici eu egard à la foi publique , ils ne ſe ſerviroient point injuſtement du droit de Talion. Mais comme notre Sereniſſime Reine ne s'eſt jamais ſervie du temps pour ſurprendre ſes Enne-mis,ayant toûjours été conſtamment diſpoſée pour la Paix & pour le Traité , en quelque état que ſes Armes , & les Affaires ayent été, ainſi maintenant, au nom de Sa Majeſté Royale , je conſens au jour marqué par V M. Royale pour l'échange de tous les Actes. Si nous pouvions même nous perſuader certainement , que notre adverſe Partie feroit de ſon côté , tout ce à quoi elle eſt obligée , ou du moins que le Comte d'Aversberg, ſuppléeroit infailliblement à ce qui manque en peu de ſemaines marquées , nous conſentirions ſans peine à l'autre point principal qui regarde le jour de l'affaire principale. Il ne manque rien de nôtre coté pour être prêts à toute heure pour l'un & pour l'autre ; mais comme il paroit encore fort incertain ſi cette promeſſe du Miniſtre aura aſſez de force pour achever une ſi grande affaire en ſi peu de temps, puis que la Caution de V. M. n'a pu tirer d'eux qu'à grand'peine & après un long eſpace de temps une choſe beaucoup moindre ; c'eſt pourquoi nous voyons avec reconnoiſſance le zele de V. M. à avancer une œuvre ſi pieuſe , & nous le publions hautement. Mais nous ſoumettons humblement à ſa prudence conſommée par un Regne glorieux de conſiderer ſi cela eſt ſelon la coutume des Nations , ou même d'un grand nombre d'Etats ? cela convient-il à leur dignité, & à leur ſureté ? eſt-il même ſelon le reſpect qui eſt dû à V. M. que la plus grande partie des Rois & des Republiques de l'Europe, ſe trouvent en un

1642.

blicarum Europæ ad certum diem locumque aut sponte confluat , aut , quod necessum est , debitè invitetur , nondum acceptis , quæ invitatoriæ & notificationem meritò comitari debent , tabulis publicæ securitatis ? Quod si Ratihabitiones & Instrumenta quæ vi pactorum adhuc desideran-tur , pro hostium ingenio vel omnino non com-pareant , vel non justo tempore , talive formâ ut super iis honestè tutoque tractari possit (nihil enim horum adhuc certum est) judicet M. V. æquanimitas annon honestius tunc foret , dictam diem tantisper fuisse non dictam , quàm tot Prin-cipes & Status defectibus tantis eludi ? De vo-luntate Dn. Comitis ab Aversberg nolumus non honorificè sentire. At tertii factum præstare, & quidem extranei tantique Regis , idque tam fir-miter certoque , ut ad nodum solummodo ver-bum tot gentes undique convolare debeant ; sit ne id in alicujus Legati potestate , prudentius metui quam credi posse arbitramur. Quare, quo magis publicæ interest & fidei & securitatis, & tot Regum Principumque dignitatis , adeoque to-tius Reipublicæ Christianæ , ut rebus non verbis amplius , nitatur tanti momenti negotium ; eò impensius M. V. rogamus , ne dedignetur etiam-num strenuè urgere Cæsareanos , ut totum Trac-tatum Hamburgensem tum integrè ratihabeant tum re-ipsâ plenariè exequantur. Ita fiet , ut non tam citò in pacta impleverint , quàm nos ad diem dictum planè prompti paratique futuri simus. Alias , evitari vix posse præsagio, quin Fœderati denuò justè querantur , vel hostes per-fidè nobiscum egisse , vel nos , sine ratione ac fundamento, rem præcipitasse. Atque hic Regiam M. V. Divini Numinis protectioni , meque Re-gio suo favori , obsequiosissimè commendo.

SAC. REG. MAJEST. VESTRÆ.

Humilimus & obsequentissimus
Servitor

J. SALVIUS.

CHRISTIANI IV.

ULTERIORES LITERÆ

A D

LEGATUM GALLIÆ.

Datæ Glucksburgi die 23. Aug. (2. Sept.)1642.

S Ingulari Gratia nostra præmissa, Illustris & Ge-
nerose nobis sincerè Dilecte ; Exhibitioni & Commutationi Instrumentorum eorum , quæ in manibus vestris & reliquorum , utrimque Lega-torum jam versantur , terminum tam angustum
Том. I. *ideo*

---

un même jour & en même lieu contre leur vo-lonté, y étant invité selon qu'il étoit raisonnable, sans avoir premiérement reçu les Passeports, ga-ges de la foi publique , qui devoient justement accompagner la notification, & les Lettres d'in-vitation. Si les Ratifications & les Actes qui manquent encore selon la force du Traité, ne pa-roissent point, s'ils ne paroissent pas dans le temps marqué , & dans une telle forme, que l'on puisse traiter justement & sûrement , tout cela est en-core incertain. Que V. M. en soit elle-même le Juge selon son équité , s'il n'auroit pas été plus honête d'avoir encore reculé le jour , plûtôt que de se jouer d'un si grand nombre de Princes & d'Etats? Nous ne voulons pas mal juger de la volonté de Mr. le Comte d'Aversberg ; mais de se prêter à une affaire si extraordinaire , qu'à la seule parole d'un Roi tant de fortes de gens doi-vent courir avec une si grande assurance , nous croyons qu'il n'est point dans la puissance d'au-cun Ambassadeur de ne devoir pas plûtôt, crain-dre que s'y fier. La raison en est, que plus une affai-re intéresse la foi & la sûreté publique, la dignité de tant de Rois & de Princes , & de toute la République Chrétienne, plus elle doit être appuyée sur des faits, plûtôt que sur des paroles. Nous vous prions de vouloir encore une fois presser vigoureu-sement les Imperiaux de ratifier le Traité de Ham-bourg dans son entier , & qu'ils l'executent en tous ses points. De cette maniere ils n'auront pas plûtôt rempli les articles de ce Traité , que nous serons prompts & prêts pour le jour assigné. A moins de cela, je pense qu'on ne sauroit em-pêcher que les Confederés ne se plaignent derechef avec justice que les Ennemis ont agi perfidement avec nous, ou que nous avons précipité les cho-ses sans aucun fondement , puis que nous n'a-vions point la Ratification. Je prie Dieu de pren-dre V. M. sous sa sainte protection, & je me re-commande très-humblement à sa Royale fa-veur.

DE V. M. ROYALE

Le très-humble & très-obeissant Serviteur

J. SALVIUS.

SECONDE LETTRE

D E

CHRISTIAN IV.

A

L'AMBASSADEUR DE FRANCE.

De Glucksbourg le 23. Août. (2. Sept.) 1642.

MONSIEUR;

A Près vous avoir assuré de nôtre faveur , nous
vous dirons que ce qui nous a engagés à
marquer un terme si court pour remettre & pour
échanger les Actes qui font entre vos mains & en
celles des autres Ambassadeurs n'étoit que pour
S 2 *vous*

1642.

*ideo constituimus , ut tempus superesset vobis u-
trinque , si quos forte in illis deprehendi defectus contingeret , eos vel corrigendis vel supplendi , dum quæ ex Hispania expectantur , &
dies Tractatibus ipsis dictus adveniant. Cùm
vos autem verbis pactionis cum Lutzovio initæ tam strictè, prout Literæ vestræ nobis redditæ docent , inhæreatis , ut ab illa ne latum
quidèm unguem discedere , neque etiam ante admittere quicquam eorum velitis , quæ vi pactionis
dicta præstari ex parte Imperatorii & Regis
Hispaniarum debent , quàm illa omnia & singula simul & semel repræsentari possint. Et in
eo mandatis Regis Vestri potestatem vestram cons-
tringi testemini : Sufficiet nobis ea quæ nostri
officii sunt fecisse , & quæ ex altera Parte ad
nos delata sunt , mentemque desuper nostram
vobis significasse. Cùm igitur exhiberi ad 29.
hujus mensis ea , quæ à Rege Hispaniarum desiderantur , non possunt , expedire nobis videtur ,
diem illum exhibitioni & commutationi Instrumentorum dictum in primum Decembris produci,
& Tractatibus inchoandis deinceps , quando exhi-
bitio & commutatio utrimque facta erit , a-
lium constitui. Interea scire ex vobis cupimus,
si ea quæ ex parte Imperatoris & Regis Hi-
paniarum , vi dictæ pactionis præstanda sunt ,
plene & nullis circumscripta dilationibus , promissis, exceptionibus intra jam dictum terminum
obtinueritis ; sit ne & tunc futurum in vestra
potestate , quemadmodum nunc esse affirmatis ,
Congressui diem illico constituendi , & illo cons-
tituto, quantum ad Galliam pertinet , initium
faciendi , an verò aliquid supersit aut intervenire queat , quod Tractatus morari possit , aut
accedere illis , quæ jam præstanda sunt , necessum sit , antequam dicti Tractatus inchoentur?
Ita gratiam vobis nostram deferimus. Dabantur ex Arce nostra Glucksburgi die 23. Augusti
(2. Septembris) 1642.*

CHRISTIANUS.

vous donner le temps de corriger les défauts, s'il
s'en trouvoit quelques-uns dans ces Actes, ou d'en
fournir d'autres , en attendant ceux qui doivent
venir d'Espagne ,& que le jour nommé pour le
Traité arrivât. Mais comme vous vous attachez si formellement aux paroles de la transaction
faite avec Lutzow, comme nous l'apprenons par
votre Lettre , que vous n'en voulez point de-
sister en aucune manière,& que vous ne voulez
rien admettre que ce que l'Empereur & le Roi
d'Espagne sont obligés d'executer suivant le
Traité , & qu'ils doivent faire ensemble & en
même temps , & que vous assurez que vôtre
Pouvoir est restraint à cela par les ordres de votre Roi,'il nous suffira d'avoir fait de notre côté ce qui étoit de notre Médiation , vous ayant
rapporté ce qui nous avoit été communiqué de
la part de vos Parties , & vous en ayant dit notre sentiment. Comme ce que le Roi d'Espagne
est obligé de fournir ne sauroit être prêt le 29.
de ce mois , il nous semble à propos de renvoyer l'exhibition & l'échange des Actes jusques
au 1. Décembre , & après que l'échange aura
été fait, nous nommerons un autre jour pour
commencer le Traité. Cependant nous souhai-
terions d'apprendre de vous si, les choses que
l'Empereur & le Roi d'Espagne ont promis de
faire suivant le Traité nous étant présentées pleinement & simplement , sans délai, ni terme, ni
exception, dans le temps marqué , vous serez a-
lors en pouvoir , comme vous assurez d'être
présentement, de marquer tout aussi tôt un jour
pour le Congrès , & le jour marqué de commencer à travailler en ce qui regarde la France,
ou bien restera-t-il quelque chose, n'y aura-t-il pas
quelque accident qui pourra retarder le Traité,
ne pourra-t-il pas ariver quelque chose qui manquera à ce qui doit être fait avant qu'on puisse
commencer le Traité? Nous vous assurons de
notre faveur. De Glucksbourg le 23. Août,
(2. Septembre) 1642.

Signé

CHRETIEN.

RESPONSUM

LEGATI GALLICI.

Dat. Hamburgi 30. Augusti (9. Sept.) 1642.

SERENISSIME AC POTENTISSIME REX.

*QUòd tuemur publicam fidem Vestræ Majesta-
tis autoritate suffultam , speramus id ipse
non posse improbari , neque nos religiose nimis
inhærere solemnibus pactis. Veruntamen dum
reverenter admodum opperimur diem illum , quo
tandem aliquando dignentur Austriaci Transactioni de Præliminaribus gratiose assentiri (Videmus enim ad eorum nutum & tempora totum
hoc Pacis negotium quasi ad scopulum aliquem
adhærescere) per nos nihil nec obstitit, nec e-
tiam-*

REPONSE

DE

L'AMBASSADEUR DE FRANCE

A la Lettre Précedente.

A Hambourg le 30. Août. (9. Sept.) 1642.

SERENISSIME & TRE's-PUISSANT ROI,

SI nous défendons la foi publique appuyée de
l'autorité de V. M. nous espérons qu'elle ne
le sauroit condamner , & nous ne croyons pas nous attacher trop religieusement à des
pactes solemnels. Avec tout cela, pendant que nous
attendons avec beaucoup de soumission le jour auquel il plaira enfin aux Autrichiens de donner leur
consentement gracieux à la transaction touchant
les Préliminaires, (car nous voyons que toute cette
affaire de la Paix est arrêtée comme sur un écueil,
& dépend de leur bonne volonté & de leur com-
modi-

1642. *tiamnum obstat , quin interim exhibeantur quæ hic adsunt Instrumenta Ratificationis & Salvorum-Conductuum , si quid in iis peccatum est, emendanda. Sed ut vel iniquâ permutatione nos omnia , (nihil enim per Fœderatos deest) adversarii partem duntaxat , & illam fortasse vitiosam extraderent ; vel otiosâ diligentiâ utrique partem commutaremus , quæ id ipsa causâ continentiam divisisse videretur , & verò illud est quod non admittendum existimavimus. Imò equidem, Serenissime Rex , ab hujusmodi præviâ Communicatione , ubi fraus abesset, adeo non alienus fui , ut potius , quod ea omissâ fuerat , postremis ad Majestatem Vestram Literis ostenderim mihi non liquere , nec de acceptis nuper à Comite Aversbergio mandatis promere posse quid sentiam , antequam illa inspiciendi cognoscendique copia fieret. Quoties itaque visum fuerit Imperialibus descendere in hanc cum Majestate Vestra sententiam & proferre quæ jactitant in nos , illi nec imparatos nec idem secum mutuo facere difficiles unquam invenient. Durum sanè videri possit penes eos stare tanquam Belli Pacique arbitros ut suo more modoque transigendi occasiones nunc pervertant , nunc revocent, & hoc rursum serius ocius pro lubitu. Ita quippe fit, Serenissime Rex , ut ipsi temporibus, omnes ipsis serviant. Quod tamen malum ut a capitibus Germanorum arceantur , bella sunt. Sed quoniam in angusto limite octo mensium æstuant adhuc Austriaci , neque satis potuerunt , tam iniquis scilicet spatiis coarctati , absolutam Ratihabitionem Tractatus Hamburgensis & Salvos-Conductus huc transmittere , diemque Instrumentorum omnium commutationi jam bis frustra definitum produci rursus optant ad primum Decembris: Detur & hoc illorum morositati : probè intelligimus indulgenter teneræque habendos qui ad reddendam Orbi quietem durinsculi sunt, quique, ut suum illud fastidium vincant , opus habent intervallis longioribus. Sin autem ne tunc quidem tergiversando fessi , aut denuo vædimonium deserent , aut rebus necessariis parum instructi nobis se sistent (verendum enim ne Calendis Decembribus postquam per menses undecim parturierint nascatur aliquid monstri , & tam tardi fœtus multa sint vitia) tum omnino eos ejurasse Pacem nemo usquam erit qui inficias eat. Certè si , quod abominor , ita eveniet , haud dubitamus quin tot tantisque cunctationibus tam manifestò frustratam Majestatis Vestræ illustrem curam consequatur demum indignatio justissima & quo id ipsi modo placuerit , tantus Rex palam faciat quàm indigna sint moribus suâque interpositione sint perplexa ejusmodi & illiberalis artificii plena consilia. Hæc à me eò scribuntur , Serenissime Domine , ut toties monitos ac tamdin deliberantes Adversarios nihil tum demum , exacto ferè anno , deficiat eorum ad quæ ipsi pactis conventis obligantur , honestè, nisi fallor , nec impatienter id petimus. Quod ubi ritè præstitum erit & rebus transactis fas jusque suum constabit , scio affirmoque iterum Majestati Vestræ sicut , in exequendo hactenus Tractatu Præliminari fœderata Regna & quidem tanto intervallo post se reliquerint Imperiales & Hispanos , ita tunc quoque nihil prius futurum Christianissimo Regi , nihil propius , quàm ut*

1642. modité,) il ne tient point à nous , ni ne tiendra qu'on n'exhibe cependant les Actes qui sont ici touchant la Ratification & les Saufconduits, afin que, s'il s'y trouve quelque faute,on la corrige. Mais que par un échange inique , (car il ne manque rien de la part des Alliés,) les Adversaires n'en donnent qu'une partie & peut-être vicieuse,ou que par notre peu de soin nous fissions l'échange de quelques-uns de ces Actes , qui sembleroit diviser une seule & même affaire en plusieurs , nous croyons que nous ne saurions admettre de telles conditions. Serenissime Roi , je ne me suis point opposé à cet échange anterieur , pourvu qu'il n'y ait point de fraude ; au contraire par ma derniére Lettre écrite à V. M. je lui marquois que je ne comprenois pas pourquoi il n'avoit pas été fait, & que je ne pouvois dire mon sentiment sur les ordres que le Comte d'Aversberg a reçus , avant qu'ils m'eussent été communiquez. De sorte que toutes les fois qu'il plaira aux Imperiaux d'entrer dans le même sentiment de V. M. & de faire voir ce dont ils se vantent , ils nous trouveront toûjours prêts, & très-faciles à agir de concert avec eux. Il pourroit paroître dur que nos Adversaires fussent comme les Arbitres de la Paix & de la Guerre , & qu'ils pussent changer à leur fantaisie les maniéres de transiger , tantôt se retracter , & tantôt y donner leur consentement selon leur bon plaisir. C'est ainsi, Serenissime Roi, qu'ils se servent des occasions que le temps leur peut fournir , & que c'est un mal que nous ne saurions faire comprendre aux Allemans. Mais parce que les Aûtrichiens se plaignent amerement que huit mois sont trop courts , & qu'ils n'ont pas eu le temps dans si peu d'espace,d'envoyer ici la Ratification du Traité de Hambourg & les Saufconduits , & qu'enfin ils veulent encore renvoyer au 1. de Decembre le jour marqué pour l'échange de tous les Actes , quoi qu'il l'ait été en vain par deux fois. Et bien il faut donner cela à leur mauvaise humeur ; nous comprenons bien qu'il faut traiter tendrement & avec indulgence ceux qui font un peu trop durs pour rendre la Paix au monde , puis qu'ils ont besoin d'un si long intervalle pour vaincre leur chagrin,pourvu qu'ils soient enfin las de tergiverser. Il n'y a personne après cela qui pût aller contre, & qui ne confessât qu'ils auroient renoncé à la Paix , qu'ils ne veulent pas comparoître , ou bien qu'ils se présentent peu fournis des choses necessaires;car on doit craindre que le 1.Decemb. après une grossesse d'onze mois , ne mette au jour quelque monstre , & qu'un fruit qui viendra si tard ne soit plein de défauts. Si ce que je présume arrivoit ainsi , nous ne doutons point que V. M. privée du fruit de ses peines par tant de retardemens, n'en soit enfin indignée , & qu'elle ne fasse connôtre à tout le monde, de la manière qu'elle trouvera le plus à propos , combien ces maniéres incertaines & remplies d'artifice sont indignes de la probité & de la Médiation. J'écris ces choses, Seren. Roi , afin que nos Adversaires si souvent avertis , & qui ont eu tant de temps à délibérer si bien ordre à tout , qu'il ne leur manque rien de ce à quoi ils sont obligés par le Traité. Il me semble que nous demandons cela d'une manière honête ,& sans témoigner trop d'impatience. Apres que cela aura été fait selon l'ordre,les choses étant ainsi reglées , chacun saura ce qui lui appartient. Je sai & je l'assure encore à V. M. que comme les Confederés ont laissé loin en arriere les Imperiaux & les Espagnols eu égard à l'execution du Traité Préliminaire , de la même maniere

S 3

1642.

ut auspicando Congressui dies altera constituatur, quando per illos prior frustra est constituta. Atque interim me Regio Majestatis Vestræ favori obsequiose commendo. Dat. Hamburgi 30. Aug. 9. Septembr. 1642.

SERENISS. MAJEST. VESTRÆ

Observantissimus Servitor

CLAUDIUS DE MESMES.

RESPONSUM

LEGATI
SUECICI.

SERENISSIME AC POTENTISSIME REX,

QUam zelose R. M. V. prioribus Literis negotium Pacis maturare videbatur; tam grate id à me tunc agnitum fuit ac deprædicatum. Etsi enim nuperis M. V. de 23. Augusti videtur, responsum meum de 18. ejusdem priorem tantum diem pro præparatoriis consummandis simpliciter acceptasse, alterum verò desiderasse protensum: tantum tamen abest, ut vel hunc, vel illum productos cupiam, ut, si per adversam Partem licuisset, etiam breviores optassem. Neque enim in menses & dies modò, sed in singulas etiam horas nos ad utrumque paratos profitebar. Aliquot quidem considerationes adduxi cur incerta deficientium Instrumentorum promissio suspendere debere videbatur figendorum terminorum certitudinem; non tamen eo animo, ut primum Decembr. motum cuperem; sed ut Regiæ M. V. prudentiæ ac sollicitudini occasionem præberem, si qui viderentur, certiores modos proponendi; quo hostium his artibus, remoris & tergiversationibus vel finit tandem vel modus saltem aliquis poneretur, tot Christianorum suspiriis attemperatus. Si Sueciæ solius res agerentur, potuisset Pacis Germaniæ tractatio confestim inchoari, dum cæterorum defectus emendantur. Sed quoniam nec Galli vel Batavi, nec Domus Palatina vel Hassiaca (Pactis Hamburgensibus omnes comprehensi) ad diem locumque condictos tutò venire possunt, nisi etiam Hispanica securitate muniti: dandum id fuit amicitiæ ac fœderi, ut Serenissima Regina mea pro iis loqueretur. Etiam propterea ne admissa*

miss̃a

1642.

niere présentement le Roi très-Chrétien n'a rien plus à cœur & qu'il souhaite plus, qu'un autre jour soit fixé pour le Congrès, puis que celui qui l'avoit été n'avoit point eu son effet à cause de nos Adversaires. Cependant je me recommande très-humblement à la faveur de V. M. A Hambourg le 30. Août. (9. Septembre 1642.)

DE VOTRE SERENISS. MAJESTE'

Le très-humble Serviteur

CLAUDE DE MESMES.

REPONSE

DE L'AMBASSADEUR

DE SUEDE

AU ROI

DE DANNEMARC.

SERENISSIME & TRE's-PUISSANT ROI,

AUtant que le zele de V. M. pour avancer la Paix paroissoit dans sa premiere Lettre, je le voyois avec d'autant plus de reconnoissance, & je le publiois hautement. Quoi qu'il paroisse, tant par la derniére Lettre de V. M. du 23. Août, que par ma Réponse du 18. du même mois, que j'avois accepté simplement le jour marqué pour mettre fin aux Préliminaires, & que j'avois souhaité qu'on prolongeât l'autre, bien loin de souhaiter que l'un ou l'autre jour soit renvoyé, si nos Adversaires y avoient consenti, j'aurois desiré que le terme fût racourci, puis que je déclarois hautement que nous étions prêts non seulement au bout d'un mois, ou d'un jour, mais même à toute heure. Il est vrai que nous avons ajouté quelques considerations qui paroissoient faire voir que la promesse incertaine des Actes défectueux devoit suspendre la resolution de fixer un jour déterminé. Je ne l'avois pas écrit dans la pensée qu'on crût que je souhaitois le 1. Decembre; mais pour donner occasion à la prudence & aux soins de V. M. de voir s'il n'y avoit pas d'autre moyen de mettre fin une fois, aux souplesses, aux tergiversations, & aux retardemens de nos Ennemis, & aux soupirs de tant de Chrétiens. S'il ne s'agisoit que des Affaires de la Suede, on auroit pu commencer tout aussi-tôt le Traité de Paix avec l'Allemagne, en attendant que les autres eussent reparé leurs défauts. Mais comme les François, ni les Hollandois, ni la Maison Palatine, ni celle de Hesse, qui sont tous compris dans le Traité de Hambourg, ne sauroient venir au lieu & au jour marqué avec sûreté, à moins que l'Espagne ne leur eût donné les Saufconduits, nous avons dû rendre ce devoir à l'Amitié & à l'Alliance,

que

*missâ semel publicorum Pactorum mutilatione, an-
sa præparetur adversariis imposterum plura ma-
joraque violandi. Nunc cùm è proximis M. V.
Literis tam ad R. M. Sueciæ quàm ad me, appareat , Eam ipsam , continuâ ac pertinaci Adversariorum cunctatione motam , commodius judicare , ut commutatio Instrumentorum fiat primo Decembris , eaque ritè peractâ tum demum
dies principalis dicatur : etiam bis M. V. placi-
tis , pro majore hostium commoditate , ex abundanti deferimus. Certi autem sumus, nisi tunc
Adversarii , post undecim nempe mensium spatia,
præstiterint quod ab initio duos intra menses &
se præstituros receperunt , & præstare potuerunt ; Nihil minus quam Pacem ab iis seriò
sinceróque agitari. Quod si verò opinionem hanc
nostram multorumque fefellerint , promissis
pactisque ritè adimpletis ; nihil ulla ex parte
obstare video , quominus tunc dies certa tam
Congressui quàm actioni principali & præfiga-
tur & servetur. Neque enim spero M. V. prætextus videri quæ scripseram cum & ipsi M. V.
& M. V. Ministris jam dudum omnia Instrumenta nostra , partim in sua origine , partim au-
thenticis Apographis realiter monstrata sint. Nec
alium ob finem vel ego hic Hamburgi jam ultra
sexennium hæreo , vel in Pomerania jamdiu de-
git Senator Regni Sueciæ Dn. Baro Oxenstierna , nisi ut toti mundo , & jam cum adversæ
Partis confusione ostendamus , falsò nobis moras Pacis , ab alienissimis hactenus à Pace adversariis , imputari. Laudabile verò Exemplum præbet R. M. V. cæteris Mediatoribus , ut , cum viderint M. V. tam fervi-
dè Congressus urgere Sueco-Cæsareanò , haud
segnius ii quoque cæteros promoveant. Deus
auctor Pacis piis ejusmodi consiliis & conatibus
ex alto benedicat , ut optatum tandem sortian-
tur eventum ! Cujus divinâ tutelâ M. V. obsequiosissimè commendo.*

SAC. REG. MAJESTATIS VESTRÆ

Humillimus & obsequentissimus
Servitor

J. SALVIUS.

Hamburgi die 30. Augusti Anno 1642.

que Nôtre Sereniffime Reine en parlât pour eux,
de peur que la mutilation des Actes publics é-
tant une fois admise, cela ne donnât occasion
à l'avenir à nos Adversaires de renverser des
choses plus considerables; mais maintenant, comme on peut voir dans la derniére Lettre de V.
M. pour Sa Royale M. Suedoise & par cellé
qu'elle m'a écrite qu'elle a trouvé à propos &
plus commode, à cause du retardement opiniâtre
de nos Adversaires, que l'échange des Actes se
fît le 1. Decembre, & que l'échange étant fait
de la maniére qu'il faut , alors on fixeroit le
jour pour le Congrès , nous déferons en cela
à la volonté de V. M. pour la plus grande commodité de nos Ennemis. Nous sommes assurés
que si nos Adversaires ne tiennent pas ce qu'ils
ont promis après onze mois de temps, ce qu'ils
avoient promis de faire au commencement en
deux mois , & qu'ils auroient bien pu le faire,
nous sommes assurés,dis-je, qu'ils ont quelqu'autre chose dans l'Esprit que de traiter serieusement
la Paix. Que s'ils nous trompent dans cette opinion aussi-bien que plusieurs autres , & qu'ils
accomplissent sincerement leurs promesses &
le Traité , je ne vois aucun obstacle d'aucun
côté qui empêche que le jour ne soit marqué
pour le Congrès & pour l'Affaire principale , &
qu'il ne soit exactement gardé. Je n'espere pas
que V. M. ait regardé comme des prétextes ce
que je lui avois écrit , puis qu'il y a long-temps
que nous avons fait voir aux Ministres de V. M.
& à elle-même toutes les Piéces, partie en Original, partie en Copie collationnée avec l'Original. Je ne sais pour autre chose ici à Hambourg depuis six ans , & le Baron d'Oxenstiern
Senateur de Suede n'a demeuré si long-temps
en Pomeranie , que pour faire voir à tout le
monde, à la confusion de nos Adversaires, qu'ils
nous imputent à faux les retardemens de la Paix,
dont ils sont eux-mêmes coupables. V. M. donne un Exemple louable aux autres Médiateurs,
qui, lors qu'ils verront que V. M. presse si ardemment le Congrès entre les Suedois & les Imperiaux , travailleront avec la même diligence à avancer les autres. Que le Dieu de Paix
veuille donner sa benediction à ces pieux conseils & à tous ces bons efforts , afin qu'ils
parviennent à une heureuse issue! C'est à la protection de ce grand Dieu que je recommande
très-humblement V. M.

DE VÔTRE MAJESTE' ROYALE

Le très-humble & très-obeïssant Serviteur

J. SALVIUS.

A Hambourg le 30. du mois d'Août 1642.

POU-

POUVOIR DE LA PART

DE

PHILIPPE IV.

ROI D'ESPAGNE

A

SAAVEDRA,

Pour traiter en son nom de la Paix à Munster, ou autre part,

AVEC

LE ROI DE FRANCE

ET SES ALLIES.

A Madrit le 11. Juin 1643.

DOn Philippe por la Gracia de Dios, Rey de Castilla, de Leon, de Aragon, de las dos Sicilias &c. Por quanto ha algunos años que haviendose señalado la Ciudad de Colonia de acuerdo commun para dar repoſo la Chriſtiandad, en el Congreſſo de una Paz univerſal, nombramos Plenipotenciarios que concurrieſſen en el; y deſpacho las Plenipotencias neceſſarias para eſte effetto y haviendo entretenido todo eſte tiempo, Perſona de continua aſſiſtencia, en la dicha Ciudad de Colonia con autoridad y Plenipotencia mia para intervenir en mi nombre en la dicha Tratacion, ſe ha mudado deſpues el lugar del Congreſſo a la Ciudad de Munſter, con beneplacito del Sereniſſimo Emperador Ferdinando Tercero mi Hermano y yo he venido en ello, y en todo lo que ſe me ha pedido, en bien de la Paz para que de mi parte, en ninguna manera pueda embarazarſe el effetto deſta Tratacion, y porque deſſeo moſtrar en todo lo poſſibile mi affectuoſa voluntad al repoſo commun de la Chriſtiandad he tenido por convenuente Don Diego de Saavedra Faxardo Cavallero de la Orden de Santjago, de mi Conſejo Supremo de las Indias, tenga autoridad de Plenipotenciario mio para aſſiſtir al dicho Congreſſo en la Ciudad de Munſter, y en otra qualquiera que ſe huviere ſeñalado o ſe ſeñalare para el, Attendiendo a la Calidad, Prudencia, Intelligencia y Experiencia y las de mas buenas partes que concurren en ſu Perſona, y al zelo, que ſiempre ha moſtrado de la quietad y repoſo commun. Por tanto al preſente le nombro por Plenipotenciario mio en el dicho Congreſſo, para que concurra, con los otros Plenipotenciarios, en el lugar que, la toca, y le doy la toda auctoridad, y plenipotencia en la manera neceſſaria para que como tal pueda concurrir en la dicha Ciudad de Munſter, o otra, qualquiera ſeñalada de acuerdo commun con los de mas Plenipotenciarios de los Sereniſſimos Emperador y Rey de Francia nueſtros
Her-

DOm Philippe par la grace de Dieu Roi de Caſtille, de Leon, d'Arragon, des deux Siciles &c. Comme il y a quelques années que l'on avoit marqué la Ville de Cologne, d'un commun accord, pour donner le repos à la Chrétienté en y tenant une Aſſemblée pour y traiter de la Paix univerſelle, nous nommames des Plenipotentiaires pour y aſſiſter & nous leur donnames les Dépêches neceſſaires pour cet effet, & nous avons entretenu pendant ce tempslà dans la Ville de Cologne notre Plenipotentiaire pour intervenir en mon nom, avec une pleine autorité, au dit Traité, le lieu du Congrès ayant été changé depuis & la Ville de Munſter ayant été nommée ſous le bon plaiſir du Sereniſſime Empereur Ferdinand III. mon Frere, j'y ai donné mon conſentement, comme auſſi à tout ce qui m'a été demandé pour le bien de la Paix, afin que de mon côté rien ne puiſſe embarraſſer l'effet de ce Traité. Et comme je ſouhaite de faire voir en tout ce qui me ſera poſſible mon deſir très-affectueux pour le commun repos de la Chrétienté, j'ai trouvé à propos de nommer Dom Diego de Saavedra Faxardo Chevalier de l'Ordre de St. Jacques, Conſeiller de mon Conſeil ſuprême des Indes, pour aſſiſter, en mon qualité de Plenipotentiaire, au dit Congrès dans la Ville de Munſter, ou en quelqu'autre endroit qu'on trouvera à propos de s'aſſembler, ayant égard à ſa qualité, prudence, intelligence & experience & à toutes les autres vertus qu'il poſſede, particulierement au zele qu'il a toûjours témoigné d'avoir pour la tranquillité publique, je le nomme par ces préſentes pour mon Plenipotentiaire au ſuſdit Congrès, afin qu'il concoure avec les autres Plenipotentiaires dans le lieu arrêté, & je lui donne toute l'autorité & Pleinpouvoir dans la maniére neceſſaire, afin qu'il puiſſe travailler dans la dite Ville de Munſter, ou en quelqu'autre endroit qui aura été choiſi d'un commun conſentement, avec les autres Plenipotentiaires des Sereniſſimes Empereur, Roi de France, nos
Freres,

1643. *Hermanos, y los demas Principes interreſſados que alli concurrieron, qu'il promete en mi nombre, pueda oir, proponer, tratar, conferir, añadir, eſtablecer, capitular y firmar la Paz, y inſtituir ſobre ella quales quier tratados y admitir los que ſe formaren en el dicho Congreſſo: haziendo en eſta razon, y en orden en la dicha Paz todo lo que conveniere al bien comun de la Chriſtiandad, y a mis particulares interreſſes y de nueſtros Amigos y Aliados, y de la Auguſtiſſima Caſa d'Auſtria, obligandome a la Ratificacion y cumplimiento de lo que con el ſe concertare y capitulare, y declaro, y doy mi ſe y palabra real que todo lo que fuere contratado, y concertado en mi nombre por mis Plenipotenciarios, lo aprovare, lo ratificare, en comunicare y acoſtumbrada forma, y que lo tendre por firme y valido en todo tiempo, y deſde aora para en tonces lo ratifico, conſiento y apruebo, y me obligo de paſſar por ello como coſa hecha en mi real nombre y por mi voluntad y autoridad Real, y que lo cumplire puntualmente ſin faltar en alguna coſa; y aſſi miſmo me obligo a aprovarlo y ratificarlo, en eſpecial forma con las fuerças, juramentos, y de mas requiſitas en ſemejantes caſos neceſſarios y acoſtumbrados; y para firmeza dello mandé deſpachar la preſente firmada de mi mano, ſellada con mio Sello ſecreto y refrendada de mi inſraeſcrito Secretario di Eſtado.*

Dada en Madrid, a once de Junio de mil
y ſeiscientos y quarenta y tres annos.

YO EL REY

ANDRES de ROCA.

Freres, & des autres Princes intereſſés, & qu'il puiſſe concourir avec eux en tout ce qui pourra avancer cette bonne œuvre. Et je promets en mon nom que tout ce qu'il propoſera, traitera, accordera, ajuſtera, établira pour confirmer la Paix, que tous les Traités qu'il fera ou qu'il acceptera dans le dit Congrès pour ce ſujet, l'ayant toûjours en vûe & tout ce qui peut contribuer au bien commun de la Chrétienté, & à mes intérêts particuliers & à ceux de mes Amis, Alliez & Confederez, & particuliérement de la Maiſon d'Autriche, je promets & m'oblige à le ratifier & à l'accomplir, je déclare & je donne ma foi & ma parole Royale que tout ce que mes Plenipotentiaires auront traité & concerté en mon nom, je l'approuverai, je le ratifierai, dans la forme convenable & accoutumée, & je le tiendrai pour ferme & valable pour toûjours, & dès à préſent je le ratifie, & je l'approuve, & je m'oblige à cette Paix comme à une choſe faite en mon nom & par ma volonté & autorité Royale, & je l'accomplirai ponctuellement, & ſans faute, & je m'engage à l'approuver & le ratifier, dans la forme la plus ſolemnelle, y employant le ſerment, & toutes les choſes requiſes, accoutumées & neceſſaires en ces cas. En foi de quoi j'ai donné le préſent Pleinpouvoir ſigné de ma propre main, & ſcelé de mon Seau ſecret, & contreſigné de la main de mon Secretaire d'Etat.

Donné à Madrid le 11. du mois de Juin 1643.

LE ROI.

ANDRE' de ROCHE.

1643.

POUVOIR DE L'EMPEREUR

FERDINAND III.

A JEAN LOUIS,

COMTE de NASSAU,

ET

ISAAC VOLMAR,

Préſident de la Chambre de la haute Autriche,

Pour traiter en ſon nom de la Paix à Munſter en Weſtphalie,

Avec les PLENIPOTENTIAIRES

DU

ROI DE FRANCE.

A Vienne le 13. Juin 1643.

NOS *Ferdinandus Tertius, Divina favente Clementia, Electus Romanorum Imperator ſemper*

TOM. I.

NOus Ferdinand Troiſiéme par la Grace de Dieu élu Empereur des Romains toûjours

T   Augus-

1643.

per Augustus &c. Universis & singulis quorum interest aut quomodolibet interesse poterit, notum testatumque facimus, postquam aliquo tempore, primum inter divum Patrem nostrum Serenissimum ac Potentissimum Principem, Dominum Ferdinandum II. Romanorum Imperatorem semperque Augustum & potentissimæ ac gloriosissimæ memoriæ, denique inter nos Sociosque nostros ab una parte, & Serenissimum ac Christianissimum quondam Principem Dominum Ludovicum, Regem Franciæ, affinem & Fratrem nostrum Charissimum, ac post ejus è vita decessum, inter modernum, Serenissimum ac Christianissimum Principem Dominum Ludovicum, Regem Franciæ, Consanguineum & Fratrem nostrum Charissimum, ejusque pro tempore Tutricem & Regni Administratricem, Serenissimam ac Christianissimam Principissam Dominam Annam Franciæ Viduam, Consobrinam & affinem nostram Charissimam, ejusque Confæderatos & Adhærentes ex altera parte, non sine multa Sanguinis Christiani profusione, & multarum Germaniæ Provinciarum desolatione armis satis vehementer decertatum.

Nuper verò ad Tractatus super compositione hujusmodi motuum Monasterii Westphalorum instituendos, & concludendos, ex Partium utriusque belligerantium Conventione dies undecima Julii proxime venturi demonstrata ac indicta fuerit. Hinc nos ex nostra parte nihil eorum quæ ad promovendum & concludendum tam salutare Negotium, ullo modo pertinere possent desiderari volentes Illustri & Magnifico, nec non honorabili, docto, nostris & Sacri Imperii fidelibus dilectis, Joanni Ludovico Comiti in Nassau, & Isaaco Volmar Juris utriusque Doctoribus, nostris respective Consiliariis, ArcaniConsilii & Cameræ nostræ superioris Austriæ Præsidi plenam ac sufficientem Potestatem tribuerimus, prout iis ex animo deliberato tribuimus, ad comparendum dicto loco congrediendumque, nostro nomine, per se vel per Delegatos suos, cum iis quos dictus Serenissimus Rex Franciæ Christianissimus sive dicta Serenissima Regina Vidua Tutrix ac Regens, ad hanc regendam Pacem legitimis & sufficientibus Mandatis ac Plenipotentia instructos constituerit ac in posterum constituere poterit, Commissariis, sive Plenipotentiariis, ad tractandum, agendum & statuendum de viis, mediis, & conditionibus omnibus quibus propositus utrimque scopus, amicitiæ nimirum pacisque reddendæ gratia, obtineri possit & restabiliri.

Quidquid igitur dicti Commissarii cum adversæ Partis Commissariis, vel eorum Subdelegatis in hunc finem, per se vel per suos Subdelegatos tractaverint, egerint ac statuerint, id nos omni meliori modo ratum gratumque habituros vigore harum Imperiali ac inviolabili fide promittimus. In quorum fidem, roburque præsentes manu nostra subscriptas, Sigillo nostro Imperiali firmari jussimus.

Datum in Civitate nostra Viennæ die vigesimo tertio mensis Junii 1643. Regnorum nostrorum Romani septimo, Hongarici decimo tertio, Bohemici verò decimo sexto.

Vidit

FERDINANDUS Comes CURTIUS.

Ad Mandatum S. Cæs. M. proprium

JOANNES VALDEROD.

Auguste &c. Faisons savoir & donnons à connoître à tous ceux à qui il appartiendra, qu'y ayant eu, depuis long-temps, une Guerre très-rude, qui a fait répandre quantité de sang Chrétien, & qui a désolé plusieurs Provinces d'Allemagne, premiérement entre notre Serenissime Pere le Très-Puissant Prince Ferdinand II. toûjours Auguste de glorieuse memoire, ensuite entre nous & nos Alliés d'une part, & le Serenissime Prince Louis Roi de France Très-Chrétien, notre très-cher Frere, & après son décès, le Très-Chrétien Prince Louis Roi de France notre Frere très-cher, & la Sereniss. Princesse Anne Reine de France notre chere Cousine, Tutrice & Régente du Royaume, & leurs Confederés & Alliés d'autre part.

Il a été resolu, pour mettre fin à une si longue & si rude Guerre & pour travailler à rétablir la Paix, de faire une Assemblée à Munster, Ville de Westphalie, l'onziéme du mois prochain de Juillet. C'est pourquoi, ne voulant en rien manquer de nôtre côté de tout ce qui pourra contribuer pour conclure une Affaire si salutaire, nous donnons pleine autorité & Puissance, de notre pleine volonté, aux très-honorables, très-chers, très-doctes & très-fideles, Jean Comte de Nassau & Isaac Volmar Docteurs en Droit, nos Conseillers du Conseil secret, & le Premier-Président de notre Chambre superieure d'Autriche, & nous leur ordonnons de se rendre à la dite Assemblée & comparoître à Munster, en personne ou par leurs Subdelegués, en notre nom, avec ceux que le Roi de France très-Chrétien & la Serenissime Reine Veuve, Tutrice & Regente du Royaume, nommeront & constitueront Commissaires & Plenipotentiaires avec les Pouvoirs suffisants & le Pleinpouvoir requis pour traiter de la Paix & pour y employer tous les moyens, & toutes les conditions qu'ils trouveront être propres pour parvenir à ce glorieux dessein.

Tout ce que nos dits Commissaires, ou bien leurs Subdelegués, traiteront, feront ou établiront à cette fin avec les Commissaires ou avec les Subdelegués de notre Partie adverse, nous promettons de l'avoir pour agréable & nous y engageons notre parole Imperiale & notre foi. En confirmation de quoi nous avons signé de notre propre main le présent Pleinpouvoir, & nous avons commandé qu'il fût scelé de notre Cachet Imperial.

Donné dans notre Ville de Vienne le 23. jour de ce mois de Juin 1643. & de notre Regne, la 7. année de l'Empire, la 13. de la Hongrie, & la 16. de la Boheme.

Vû par le Comte

FERDINAND CURTZ.

Par Ordre exprès de S. M. I.

JEAN VALDEROD.

REFLE-

1643.

1643.

REFLEXIONS

Sur le

PLEINPOUVOIR

Que le

ROI D'ESPAGNE

PHILIPPE IV.

a donné

A SAAVEDRA.

Première Reflexion.

IL a été convenu que l'Assemblée pour la Paix se tiendroit à Cologne , pour le regard de l'Empereur , & des Rois de France & d'Espagne.

II.

Le Roi d'Espagne y a eu continuellement une personne pour intervenir en son nom, jusqu'au changement de la Ville de Munster qui s'est fait à la poursuite des Regens & Etats-Generaux du Royaume de Suede , afin que les Plenipotentiaires de Suedé à Osnabrug fussent plus proches de ceux de France, & pour prendre conseil les uns des autres.

III.

Le Roi d'Espagne nomme Saavedra pour l'un de ses Plenipotentiaires.

IV.

Le Roi d'Espagne ne nomme que Saavedra pour son Plenipotentiaire , & non d'autres. Jusqu'à ce qu'ils soient tous nommés, & qu'on s'aperçoive de leur Pouvoir , ceux de France ne peuvent traiter sûrement avec ce seul Plenipotentiaire , qui peut être desavoué par ses Collegues. Notre Roi en a usé d'une autre sorte , nommant tous ses trois Plenipotentiaires , & déclarant , qu'au défaut de l'un d'iceux , les deux autres suffiront pour traiter en son nom , afin d'éviter toute longueur, comme il est arrivé par le décès de Zapata, Plenipotentiaire d'Espagne.

V.

Le Roi d'Espagne entend que son Plenipotentiaire traite avec ceux de France assisté des Plenipotentiaires de l'Empereur & conjointement avec eux ; ce qui servira pour engager l'Allemagne aux Intérêts d'Espagne contre la France.

Et les Electeurs de l'Empire sont d'avis au contraire , que, pour finir au plûtôt la Guerre, l'Empereur traite avec la France sans l'Espagne.

Tom. I. LIT-

LETTRE

DE

MONSIEUR

LE

CARDINAL MAZARIN,

Au Conseil des Cent de Barcelonne.

À Paris le 13. Juillet 1643.

TRE's-ILLUSTRES SEIGNEURS,

JE ne doute point en aucune maniére , qu'à l'occasion de la mort du feu Roi, que Dieu tienne en sa gloire! Vos Seigneuries n'ayent un grand sentiment de douleur. La perte d'un si grand Prince ne pouvoit être , sans causer une grande alteration en tous les Endroits où sa Puissance étoit répandue , & une vie si pleine de merveilles, comme la sienne, ne pouvoit sinon laisser un grand ressentiment à tous ceux à qui elle étoit nécessaire. Mais comme nous ne pouvons nier que Dieu ne nous a point laissé sans remede , & qu'il nous a donné une Reine douée de tant de merveilleuses qualitez, & si propre & née aux Affaires , qu'il ne sera pas de besoin de tirer à conséquence le Gouvernement passé touchant cette Princesse , de laquelle, quoi qu'elle soit du sang d'Autriche , je puis assurer Vos Seigneuries qu'elle n'en a retenu sinon la Noblesse , & que toutes ses passions vont à la gloire du Roi son Fils & au bien de ses Etats; & sur toutes choses elle a une grande inclination pour le bien de cette Province , laquelle ayant toûjours été aimée & estimée plus que toutes les autres du Roi son Pere , en un temps que cette Province étoit à lui , Vos Seigneuries se peuvent assurer que son Affection & Volonté est doublée & redoublée pour le bien de cette Province, qui étant à la France, comme elle est, & n'en pouvant jamais être desunie, ni détachée, il ne sera pas difficile à vos Seigneuries de croire cette verité, si vos Seigneuries font reflexion aux grandes forces qu'elle tient sur pied, & sous un si grand & si bon Chef , qui les gouverne pour reformer la liberté de cette Province & pour empêcher qu'elle ne retourne jamais sous le joug de ses Ennemis dont notre Seigneur l'a delivrée. Je ne mettrai en avant autre chose sinon l'assurance que je donne à vos Seigneuries qu'en tous les Interêts de cet Etat il n'y en a point que je considere plus que celui de cette Province , ni que je me suis resolu d'appuyer avec plus de vigueur. J'en assure encore Vos Seigneuries, en qualité de bon François & comme étant en particulier

De Vos Seigneuries

Très-affectionné Serviteur

LE CARDINAL *MAZARIN.*

T 2 LET-

LITTERÆ

Illustrissimorum & Excellentissimorum

S. R. M. SUEDICÆ,

Legatorum

D. BARONIS OXENSTIERN,

Et

JOANNIS SALVII,

Ad Legatos Cæsareos Dominum Comitem AVERSBERG & Dominum Doctorem CRANIUM.

ILLUSTRIS. AC EXCELLENTIS. DOMINI
LEGATI.

QUantis bellorum calamitatibus Imperium jamdiu immersum, quamque afflictum Pacem desideret, quo fervore zeloque Fœderati Reges ac Principes eam hactenus promotam voluerint; quàm parum verò ea vestræ parti curæ cordique fuerit, id abundè testatur multorum annorum experientia in hunc diem continuata.

Præparatoria Pacis tria solum ab initio requirebantur, locus, tempus, securitas; paucarum horarum opus, is tot tamen annos prolatum est. Quod si ab ejusmodi auspiciis præsagia futurorum capienda sunt, verendum est ne miseranda proportionis calculo Pax ipsa in infinitum extrahatur, cum Germaniæ totius interitu.

Annus est quod diem tandem mutuo edictum Ordinibus Imperii notum fecimus; novem menses transiere, postquam, missis Salvis Conductibus, decenter invitavimus eos ad loca Congressui destinata.

Potuissent, vi dictorum Salvorum Conductuum, permisso Ratisbonensium Comitiorum jure status proprio, non solum tuto venire, sed & rationes haberent gravissimas cur omnino appropriare debuissent.

Quid tamen eos moretur norunt ipsi, nemo adhuc comparuit. Cæsarea Majestas singulare Pacis desiderium publicis Litteris ostentat.

Excellentiæ Vestræ se ad agendum de Pace Mandatis & Potestate munitos palam profitentur.

Nos ipsi necessariis omnibus instructi provocavimus vos aliquoties ad initium actionis faciendum. Tantum tamen abest ut adhuc ad tractandum nobiscum

LETTRE

DES

Très-Illustres & très-Excellents Ambassadeurs

DE

SA MAJESTE' SUEDOISE

Le BARON OXENSTIERN,

Et

Le Sr. JEAN SALVIUS,

Aux Ambassadeurs de l'Empereur le Comte d'AVERSBERG & le Sr. Docteur CRANE.

TRE's-ILLUSTRES & TRE's-EXCELLENTS
AMBASSADEURS.

COmbien l'Empire affligé depuis si long-temps & abîmé dans les calamités de la Guerre soupire pour la Paix; quelle est l'ardeur & le zele des Rois & des Princes Alliez pour l'avancer, l'experience de plusieurs années nous le témoigne, mais nous experimentons au contraire jusques à présent combien peu on s'en soucie de vôtre côté.

Trois choses préliminaires étoient seulement requises pour la Paix, savoir le lieu, le temps, & la sûreté. Ouvrage qui auroit pu être achevé en peu d'heures; cependant il a fallu y employer plusieurs années pour en venir à bout. Si de ces auspices nous voulons tirer un présage pour l'avenir, il y a tout sujet de craindre que, selon ce compte, la Paix ne viendra jamais que l'Allemagne ne soit entierement détruite.

Il y a deja un an qu'enfin nous avons fait savoir aux Etats de l'Empire le jour que nous avions établi d'un commun accord. Il y a déja neuf mois passés que, leur ayant envoyé les Saufconduits, nous les avons invités à se trouver aux lieux destinés pour le Congrès.

Ils auroient pu, en vertu de ces Saufconduits & par le droit propre d'Etat, laisser là l'Assemblée de Ratisbonne & venir surement ici; ils auroient même des raisons très-puissantes qui les devoient obliger à se hâter.

Ils savent ce qui les retarde; mais jusques-ici personne n'a comparu. L'Empereur témoigne hautement par ses Lettres publiques qu'il desire singulierement la Paix.

Vos Excellences déclarent devant tout le monde qu'elles sont envoyées pour traiter de la Paix & qu'elles sont munies des Pleinpouvoirs necessaires.

Nous aussi pourvus de tout ce qui est nécessaire, nous vous avons provoqués plusieurs fois pour commencer à entrer en Traité; mais bien

1643. *biscum induci potueritis, ut ne sola quidem Procuratoria, in quibus tamen fundamentum Tractatus tractantium Legitimatio continetur, vel commutare, vel saltem ostendere volueritis.*

Utrum id sit desiderare Pacem, aut aspernari, judicent, quorum interest. Re ipsa, potius quam verbis, cupidinem meam declaravi. Obtenditur quidem Sueciam injusto bello Mediatorem ab officio inceptoque arcuisse, atque eam esse ob causam cur nolit jam Imperator absque optime de se merito Rege Daniæ cum Sueco Imperii Pacem tractare.

Verum quo zelo tranquillitas Patriæ quæritur, & fundamento hæc quoque dicuntur? Constat publico Manifesto Sacram Regiam Majestatem, Regnumque Sueciæ nequaquam propter Mediationis officium, quod pluribus de causis libentius successerum optasset, nec cur Membro Imperii Romani, cui alias toto hoc bello Neutralitatem indulsit, sed ut Regi Daniæ, ob injurias Sueciæ Regno illatas, bellum hoc Danicum non tam intulisse quam sibi prius illatum jure meritoque propulsare coactam fuisse.

Ut jam ejus Censuram & judicium, absque ipsarum Partium, Ordinumque Imperii consensu, sibi sumat Imperator, id quod jure vel injuria fiat, tam exteris Regnis quam ipsis Ordinibus merito considerandum relinquitur.

Nunquam sane antehas quam iteratis instantiis Ordinibus suaderi poterit quod sine accessione & sine societate belli Belgici, etsi Rex Hispaniarum, ratione Burgundiæ, Imperii Membrum fuerit, quamvis multæ & fortiores e contra visæ sunt rationes adstipulari.

Etiam jam universum Imperium inscium & invitum, adeoque intestino adhuc bello involutum non ad decernendum dumtaxat de externorum Regnorum à suo foro plane aliesis Controversiis, verumetiam ad easdem suo sanguine dirimendum ardenti velut impetu raptatur.

Si hoc est promovere Pacem, dicant ipsæ Excellentiæ vestræ; annon, si bellum ex bello serere? Habent ista Regna, suum Forum, sua Pacta, suos Mediatores peculiares, quorum opera nunc alibi de Reconciliatione laboratur.

Habent & Osnabrugæ & Monasterii negotiorum plus satis. Quod si tamen Suecia Daniaque patenentur etiam huc lites suas trahi, putandum ne est hoc modo Pacem Germaniæ facilitari, & non potius multa reddi impeditiorem? Sed eo, proh dolor! nunc ventum est ut Patriam suam ipsi Germani cunctarum exterarum disceptationum Theatrum fecerint.

Sperant forte Cæsariani eo pacto faventiorem rebus Cæsariis quam Suecicis fore Regem tot antea meritorum laudibus celebratum.

Verum ita fit ut dum æquum neutralitatis studio Mediatorem commendari decret, unius Partis meritorum suspicione gravetur.

Notum imprimis est quod jam diu multis suaserit rev internæ Pacis ab externa divisione dividi debere. At enim sit id bene mereri de Imperatore, de Imperio utique non est. Qui hactenus paria consilia secuti, sperabant Imperio sibique parato

bien loin que nous ayons pu vous porter à traiter jusques ici avec nous, vous n'avez pas seulement voulu nous montrer ni échanger avec nous vos Procurations, qui sont les fondements du Traité & desquelles dépend la legitimation des Traitans.

Si c'est desirer la Paix ou bien ne s'en pas soucier, que ceux qui y ont interêt en jugent. Pour moi, j'en ai déclaré mon envie par des effets plûtôt que par de simples paroles. On nous objecte que la Suede a rejetté le Médiateur qui avoit déjà commencé sa charge, quoi qu'elle fasse une Guerre injuste, & que c'est pour cette raison que l'Empereur ne veut point que la Paix se traite qu'on ne traite en même temps avec la Suede de celle du Roi de Dannemarc à qui il est obligé.

Quel zele y a-t-il pour la tranquilité publique, & avec quel fondement dit-on ces choses?

Il paroît par un Manifeste public que la Reine & le Royaume de Suede auroient bien souhaité que le Roi de Danemarc eût été Médiateur pour plusieurs raisons, étant, comme il est, Membre de l'Empire, & ayant joui de la Neutralité pendant cette Guerre. Mais le Royaume de Suede a été obligé de lui faire la Guerre pour les Injures qu'il en avoit reçues: Il ne l'a pourtant point fait qu'il n'y ait été forcé pour repousser l'Ennemi avec droit & justice.

Maintenant que l'Empereur veuille blâmer & juger la Suede sans l'aprobation des Parties & des Etats de l'Empire, on laisse aux Royaumes étrangers & aux dits Etats même à examiner, si c'est à droit ou à tort.

L'Empereur, quelques efforts qu'il ait fait avant ce temps, n'a pu engager l'Empire à prendre le parti, & les interêts des Païs-bas, quoi que le Roi d'Espagne soit Membre de l'Empire en qualité de Duc de Bourgogne, & qu'il y ait des raisons plus fortes pour le demander.

Aujourd'hui l'Empire envelopé, à son insçû & malgré lui, dans une Guerre intestine, sera engagé non seulement à décider des Disputes des Royaumes étrangers qui ne le touchent point, mais il faudra qu'il verse son sang pour les accorder.

Que vos Excellences disent elles-mêmes si c'est travailler à la Paix, & si ce n'est pas plûtôt entrenir une Guerre par une autre. Ces Royaumes ont déja leurs Médiateurs au moyen desquels on s'occupe ailleurs à les reconcilier.

On a assés d'affaires à vuider à Osnabrug & à Munster. Si pourtant les Suedois & les Danois souffroient qu'on y renvoyât leur procès, seroit-ce le moyen de faciliter la Paix en Allemagne, & ne seroit-ce pas plûtôt y causer de nouveaux embarras? Mais, ô douleur! les Allemans en sont venus jusques-là qu'ils sont servir leur Patrie de Theatre à toutes les quérelles étrangeres.

Les Imperiaux s'attendent sans doute d'avoir ce Roi plus favorable pour eux que pour les Suedois, puis qu'ils ont si fort exalté ses mérites.

Cependant, lors qu'ils s'étudient de recommander un Médiateur sous le vain titre de neutre, ils remplissent de soupçons la Partie adverse par les louanges qu'ils lui donnent.

Premierement c'est une chose connue que l'Affaire de la Paix interne doit être separée de l'étrangere. Mais si c'est meriter quelque chose de bon de l'Empereur, il n'en est pas de même de l'Empire. Ceux qui ont suivi jusques-ici

T 3   de

1643.

se bello prospectum esse ; ab eventu didicerunt nequaquam id à divisionibus & adjutoribus actum esse , ut vel ipsi vel Imperium fruerentur secura pace , sed utrique acriori cum exteris bello committerentur.

Commissi sunt ; suo publicoque malo causant exemplum cæteri.

Alterum forte meritum Danorum videri potest ; quod sub ipso pacifici Congressus exordio, cumulatis in Suetiam injuriis, Suecorum arma & Cæsaris in proprias Ditiones attraxerint.

Non 'putant forte Danorum impetus hunc Suecis superesse animum. Id tamen in gratiam illorum qui odiunt Pacem cessurum facile prævidere poterant , ut Rex ipse, capto exinde prætextu revocandi suos Osnabruga Legatos Pacis, Imperatori campum aperiret bellum latius explicandi.

At si sanè optimè id de Imperatore meruisset, certè de Imperio, nihil nisi pacem poscente, pessimè meritum haud immeritò dici meretur.

Sive autem Cæsarea destinatio postulavit ut, rupto Tractatus Pacis , arma in Imperio continuari , sive Dania ipsius interfuit , (intererit autem semper) ut potentium utriusque Vicinorum vires armorum collisione mutua diutius atterantur , nullo suo merito Sueci rejectæ vel abactæ Mediationis Daniæ incusantur.

Neque enim Suecia sed Dania primam causam dat. Qui primum Tractatum Pacis deserendo fugit , is quoque cum Sociis & primus & præcipuus tum violati Tractatus tum Belli concitati auctor meritissimo jure censetur.

Quid multis ? Si serio etiam nunc velit pacem Imperator , non est necesse quod prætendat illam interventui Danico alligatam esse.

Nulla Mediatio est de substantia Tractatus. Obtulimus Excellentiis Vestris Tractatum immediatum. Cur eum respuunt ? Oblata vobis est Mediatio Veneta. Cur ea non acceptatur ?

Quinimo non recusavimus ut ipsi Status Imperii sicut hactenus suo malo reverâ medii fuerunt in bello , ita nunc suo bono pacem inter nos mediare juvarent.

At ii quoque variis nunc artibus à Conventu absterrentur.

Quid igitur restat nisi irrefragabili sequela concludamus eum qui offert Tractatus , Pacem offerre ; declinantes gratis declinare Pacem ?

Voluimus hæc pridem Excellentiis vestris significare , ne tacendo damnandæ tergiversationis prætextum approbare videremus ; at Mediatore iis accepto hactenus destituti , mediante jam tandem hoc Scripto præstamus.

Non tam quod eas , vel hoc modo, ad tractandum & Plenipotentiis commutandum alii posse spes sit; obstantibus , ut ipsæ ferunt, principalium suorum interdictis, quam ut ostenderemus indignè aliis

---

de pareils conseils, attendant que, par la Guerre qu'ils préparoient, ils travailleroient à leur propre avantage & à celui de l'Empire , ont appris par l'événement que l'Empire ni eux-mêmes par leurs divisions & par leurs secours n'ont pas joui d'une Paix ferme ; mais qu'au contraire ils ont allumé incomparablement plus la Guerre avec les Etrangers.

Les fautes qu'ils ont commises, aux depends du public & au leur propre , doivent servir d'exemple aux autres.

Voici peut-être encore un autre mérite des Danois, c'est que, dans le commencement du Congrès pour la Paix , ayant mis le comble aux injures qu'ils avoient fait aux Suedois , ils se sont attiré dans leur Païs les Armes des Suedois & des Imperiaux.

L'impetuosité des Danois leur ôtoit la pensée que les Suedois eussent encore ce courage , & ils ne doutoient point que cela ne réüssît à l'avantage de ceux qui haïssent la Paix. Ils pouvoient néanmoins prévoir facilement que leur Roi ayant pris de cela le prétexte pour rappeller d'Osnabrug ses Ambassadeurs , cela donneroit un vaste champ à l'Empereur de continuer ·de plus en plus la Guerre.

Si par ce moyen-là ils ont très-bien mérité de l'Empereur , on peut dire fort justement qu'ils ont très-mal merité de l'Empire qui ne souhaite autre chose que la Paix.

Si le dessein de l'Empereur demandoit que, le Traité de Paix étant rompu , la Guerre continuât dans l'Empire, ou s'il étoit de l'intérêt du Danemarc (& il le sera toûjours) que les forces de ses puissans Voisins s'afoiblissent par une Guerre mutuelle , c'est à tort que les Suedois sont accusés d'avoir rejetté la Médiation du Danemarc.

Ce n'est pas la Suède , c'est le Danemarc qui a été la première cause , puis qu'il a abandonné le Traité de Paix ; il doit donc être estimé à tres-bon droit le premier & le principal auteur du Traité violé , & de la Guerre qui s'en est ensuivie.

A quoi bon tant de paroles ? Si l'Empereur veut serieusement la Paix , il n'est pas necessaire qu'il prétende qu'elle est attachée à la Médiation des Danois.

Ce n'est pas la Médiation qui fait l'essence d'un Traité. Nous offrons à Vos Excellences un Traité sans Médiation, pourquoi le refusez-vous ? Les Venitiens vous ont offert leur Médiation , pourquoi ne l'acceptez-vous pas ?

Nous n'avons pas refuté que les Etats de l'Empire, qui ont voulu tenir un milieu pour leur malheur entre les deux Partis dans la Guerre, moyennent aujourd'hui la Paix entre nous à leur avantage.

Mais on se sert de plusieurs artifices pour les intimider afin qu'ils ne se trouvent pas dans cette Assemblée.

Que reste-t-il qu'à conclure, par une conséquence très-legitime , que celui qui offre de traiter offre en même temps la Paix , & que ceux qui rejettent cette offre rejettent volontairement la Paix ?

Il y a long-temps que nous aurions voulu faire savoir ces choses à Vos Excellences, de peur qu'en nous taisant on ne crût que nous approuvions une tergiversation si criminelle ; mais comme nous sommes destituez d'un Médiateur qui leur soit agréable, nous avons enfin employé cet Ecrit pour en tenir la place.

Ce n'est pas que nous esperions par ce moyen d'attirer les Plenipotentiaires à entrer en Traité & à échanger les Pleinpouvoirs , puisque leurs Principaux s'y opposent ; mais nous voulons faire

1643.

1643.

aliis moram imputare , qui ipsi in mora culpaque sunt.

Quod si tamen etiamnum aliquid supersit, quod putent se posse tractanda Pacis hanc notam effugere , his eas ex abundanti provocamus ut id quanto citius edant.

Sin minus Sacram Regiam Majestatem, Regnumque Sueciæ cum Fœderatis suis, nosque ipsos tum Excellentiis vestris, tum toto Imperio adeoque Orbi Christiano fore excusatos , si tot modis frustra tentatis cogamur tandem, re Deo commissa, discedere, his eas divinæ protectioni commendantes.

Dabantur Osnabrugi die vigesima nona Julii Stilo veteri , millesimo sexcentesimo quadragesimo tertio.

Legati Cæsarei subodorati contenta & materiam supra dictarum Litterarum noluerunt eas accipere ; quinimo adversati sunt illas ore , vultusque & corporis declinatione melius judicarunt, quam admissarum evidentissimis rationibus non posse respondere.

Quam studiose ergo Austriaci, qui vel minimam hanc de Tractatu communicationem abhorruerunt, velint Pacem reductam , judicet Lector.

re voir que c'est à tort qu'on nous accuse de retardement , lors qu'ils en font eux seuls coupables.

Que s'il leur reste encore quelque chose , qu'ils croyent qui puisse contribuer à se délivrer de ce blâme , nous leur demandons par cet E-crit qu'ils le publient incessamment.

Sinon sa Sacrée Majesté Royale & le Royaume de Suede avec leurs Alliés , & nous nous ferons légitimement excusés devant vos Excellences & en présence de tout l'Empire & de tout le Monde Chrétien si. après avoir tenté en vain tant de moyens , nous sommes enfin contraints de nous retirer, ayant remis le tout entre les mains de Dieu, à la protection duquel nous vous recommandons.

Donné à Osnabrug le 29. Juillet St. A. de l'an 1643.

Les Ambassadeurs de l'Empereur ayant eu quelque vent du contenu dans cette Lettre , ne voulurent pas la recevoir , & témoignerent par leurs paroles qu'elle leur étoit desagréable , & ne pouvant point répondre à ces raisons évidentes, ils y répondirent par des grimaces & des postures.

Le Lecteur peut facilement juger que les Imperiaux ne vouloient point la Paix puis qu'ils avoient témoigné tant d'aversion à recevoir la Lettre ci- dessus.

POUVOIR
DE LA PART DE
LOUIS XIV.
ROI DE FRANCE,
AU DUC
DE LONGUEVILLE
Et aux Srs.
D'AVAUX ET SERVIEN,

Pour traiter de Paix en son nom à Munster, avec les

DEPUTES PLENIPOTENTIAIRES
DE L'EMPEREUR,
DU ROI D'ESPAGNE
ET DE LEURS ALLIE'S.

À Paris le 20. Septembre 1643.

LOuis, par la Grace de Dieu, Roi de France & de Navarre , à tous ceux qui ces présentes Lettres verront , salut. Entre tous les biens dont Dieu, qui en est la source, remplit les Peuples , celui de la Paix étant le plus grand, les Rois , & Princes Chrétiens sont d'autant plus obligés de la procurer à leurs Sujets , épargner

leur sang, & faire cesser tous les autres maux qui sont inséparables de la Guerre. Comme ils sont établis pour défendre leurs Etats , & assister leurs Alliés contre l'invasion des plus puissans , ils se trouvent engagés quelquefois à prendre les armes , & celui qui le fait par une necessaire & legitime défense , & pour donner sa protection à ceux ausquels il la doit , il fait un acte de Justice ; ensorte que les desordres & les crimes que la Guerre traine après soi, ne lui peuvent être imputés , pourvu qu'il conserve les pensées de la Paix. C'est ce qui a été religieusement observé par le Roi Louis le Juste d'immortelle memoire , notre très-honoré Seigneur & Pere , lequel ayant été contraint de prendre les armes pour les causes justes qui font connues à tout le monde , & ne voulant pour rien abandonner les Amis , & Alliés de sa Couronne , a toûjours nourri le desir d'une Paix génerale , embrassé toutes les ouvertures qui lui en ont été faites , & levé toutes les difficultés qui la pourroient empêcher. Et bien qu'il soit décédé lorsque son autorité étoit la plus necessaire pour apuyer cette sainte intention , & que sa mort donnât sujet de craindre la continuation des troubles de l'Empire , ce soupçon a cessé , & l'on a bien esperé pour le public à l'instant qu'on a vu la Regence de notre Royaume déferée à la Reine notre très-honorée Dame & Mere, dont la piété & les autres vertus veritablement Royales sont connues d'un chacun ; ce qui a porté nôtre saint Pere le Pape à continuer ses instances pour le repos de la Chrétienté, à départir de tous côtés ses salutaires conseils , ausquels de notre part nous avons bien voulu déferer, même aussi volontiers nous y sommes laissés induire par le soin & l'entremise du notre très-cher & bien amé bon Frere le Roi de Danemarc , & de nos très-chers grands Amis , Alliés & Confederés les Duc & Seigneurie de Venise. Or comme pour aviser aux moyens de parvenir à la dite Paix generale, & icelle traiter , arrêter & conclure , il est né- cessai-

1643.

1643. cessaire de commettre de notre part quelques personnes d'éminentes dignitez & capacitez, sur l'experience, fidelité & affection desquelles nous nous puissions reposer d'une affaire de si haute importance , qui embrasse l'interêt de tant de Rois , Princes & Républiques.

Savoir faisons que pour les bonnes & grandes qualitez qui se rencontrent aux personnes de notre très cher & très amé Cousin Henri d'Orleans, Duc de Longueville , & d'Estouteville , Prince & Comte Souverain de Neufchatel , Comte de Dunois & de Tancarville, Connétable Hereditaire de Normandie, Gouverneur & notre Lieutenant-Géneral audit Païs , Capitaine de cent hommes d'Armes de nos Ordonnances , & Chevalier de nos Ordres , de notre très cher & feal le Sr. Claude de Mesmes, Comte d'Avaux , Commandeur de nos Ordres, Surintendant de nos Finances , & l'un de nos Ministres d'Etat , & notre bien amé & feal le Sr. Abel Servien , Comte de la Roche des Aubiers , Conseiller en tous nos Conseils , qui ont rendu de grands services au feu Roi nôtre très-honoré Seigneur & Pere , dedans & hors du Royaume , & en qui nous avons une pleine & entiere confiance.

Pour ces raisons & autres bonnes & justes intentions , & considerations , à ce nous mouvant , de l'avis de la dite Reine Regente , notre très-honorée Dame & Mere , de notre très-cher & très amé Cousin , le Cardinal de Mazarin, de plusieurs Princes & Ducs , & Pairs, & Officiers de notre Couronne , & autres grands & notables Personnages de notre Conseil, nous avons iceux Duc de Longueville , & Comtes d'Avaux & de la Roche des Aubiers, commis ordonnés & députés , commettons, ordonnons & députons , par ces présentes , signées de notre main , & leur avons donné & donnons pouvoir, pleine & absoluë Commission, & mandement special de se transporter en Allemagne , en qualité de nos Ambassadeurs Extraordinaires , & Plenipotentiaires pour la Paix generale , & conferer en la Ville de Munster avec les Députés Plenipotentiaires de nos très-chers & très amés Freres , & Oncle l'Empereur des Romains , & le Roi d'Espagne , comme aussi avec leurs Alliés & Adherans , des moyens de terminer & pacifier les differens, qui ont causé la Guerre jusqu'à présent, en traiter aussi , & convenir avec la Couronne de Suede , avec notre très-chere & très- amée Tante la Duchesse de Savoye , avec la Maison de Hesse Cassel , & tous les autres Alliés de cette Couronne dans l'Empire & dans l'Italie, comme aussi les Srs. Etats-Generaux des Provinces U-nies des Païs-Bas , & conclure une bonne & sûre Paix entre nous & nos Alliés d'une part, l'Empereur, le Roi d'Espagne , & leurs Alliés d'autre, passer tels Traités & Actes qu'ils avieront bon être , donner tels Passeports & Saufconduits que besoin sera pour la sureté des allans & venants pour le fait du dit Traité , & generalement faire, negocier, promettre & accorder, par nos Ambassadeurs ou Plenipotentiaires, ou deux d'entr'eux, en l'absence, maladie ou empêchement de l'un d'iceux , tout ce qu'ils jugeront nécessaire pour le susdit effet de la Paix generale & universelle , tout ainsi & avec la même autorité que nous - mêmes ferions & pourrions faire , si nous étions en personne , quoiqu'il y eût chose qui requisît un mandement plus special qu'il n'est contenu en ces Patentes, promettant en foi & parole de Roi , & sous l'obligation & Hypothéque de tous nos biens présens

& à venir , fermer & accomplir ce qui aura été par eux ainsi stipulé , accordé & promis, & en faire expedier toutes Lettres de Ratification , dans le temps qu'ils seront obligés de les fournir , car tel est notre plaisir. En temoin de quoi nous avons fait mettre notre Sceau à ces dites présentes.

Donné à Paris le vingt huitiéme jour de Septembre l'an de grace mil six cens quarante trois, & de notre Regne le premier,
Signé

LOUIS.

Et sur le Repli, Par le Roi , la Reine Regente sa Mere presente,   *Signé*

DELOMENIE,

Et scellé du grand Sceau de cire jaune sur double queuë.

LETTRE

DU ROI

A

MESSIEURS LES ETATS

Servant de Pouvoir à Messieurs

D'AVAUX et SERVIEN,

SES AMBASSADEURS,

En ce qu'ils ont à traiter avec les dits Sieurs Etats pour & au nom de Sa Majesté, pour parvenir à la Conclusion de la Paix Generale & la rendre assurée.

A Paris le 30. Septembre 1643.

TRès-Chers, grands Amis, Alliez & Confederez , nous envoyons en Allemagne notre très-cher & très-amé Cousin Henri d'Orleans, Duc de Longueville & d'Estouteville , Prince & Comte Souverain de Neufchâtel, Comte de Dunois & de Tancarville, Connétable Hereditaire de Normandie, Gouverneur & notre Lieutenant-Géneral au dit Pays , Capitaine de cent hommes d'Armes de nos Ordonnances & Chevalier de nos Ordres , notre très-cher & feal le Sieur Claude de Mesmes, Commandeur de nos dites Ordonnances , Sur-Intendant des Finances de France , & l'un de nos Ministres d'Etat, & notre amé & feal le Sieur Abel de Servien, Comte de la Roche, Conseiller en tous nos Conseils , tous trois en qualité de nos Plenipotentiaires pour traiter de la Paix-Générale conjointement avec nos Alliez. Comme nous desirons, dans la conjecture de la Negociation qui s'en doit faire à Munster, vous témoigner nos bonnes intentions , nous vous écrivons celle- ci, par l'avis de la Reine Regente notre très-honorée Dame & Mere, pour vous dire que comme nous avons la même bonne volonté que le feu Roi, notre très-honoré, Seigneur & Pere, de maintenir le Traité d'Alliance & Union qu'il avoit contracté avec vos Provinces, nous avons donné ordre ausdits Sieurs Comtes d'Avaux & de

la

1643. la Roche de paffer en Hollande comme nos Ambaffadeurs Extraordinaires ausquels nous a-vons fait expedier un Pouvoir fuffifant pour s'af-fembler avec notre amé & feal le Sieur de la Thuillerie Confeiller en notre Confeil d'Etat & notre Ambaffadeur en Hollande, concertet, ar-rêter & figner, avec ceux qui auront de vous pou-voir, tous Traitez & Articles qui feront jugez à propos touchant nos Interêts & les vôtres qui font à ajuster pour parvenir à la conclufion de ladite Paix ; ayans expreffement chargé nos dits Ambaffadeurs de vous affurer de notre affec-tion, & s'informer particulierement de vosdits Interêts afin de les porter dans le Traité géneral avec autant de vigueur que nos propres affai-res, vous donner part auffi de celles de cette Couronne pour en conferer ensemble & con-ferver entre nous & vous une fincere & par-faite confiance & intelligence pour mieux par-venir à ladite Paix Génerale, & trouver les moyens de la rendre affurée. Vous prendrez donc entiére créance en eux fur tout ce qu'ils vous feront entendre de notre part. Sur ce nous prions Dieu qu'il vous ait, très-chers grands Amis Alliez & Confederez, en fa fainte & digne gar-de. Ecrit à Paris le dernier Septembre mil fix cens quarante-trois, Votre bon Ami & Con-federé.

Signé

LOUIS.

Et plus bas

DE LOMENIE.

La Superfcription eft, A nos très - chers très-grands Amis Alliez & Confederez les Sieurs Etats-Géneraux des Provinces Unies des Pays-Bas.

Exhibitum 1. Decembris 1643.

1643.

LETTRE

DU ROI

à Meffieurs les

COMTES D'AVAUX,

ET

DE LA ROCHE SERVIEN,

Touchant les Prétentions

De Monfieur

LE DUC DE LA TRIMOUILLE

Au Royaume de Naples.

A Paris le 16. Octobre 1643.

MESSIEURS LES COMTES D'AVAUX, ET DE LA ROCHE SERVIEN,

PAr le Pouvoir que je vous ai fait expedier conjointement avec mon Coufin le Duc de Longueville, pour comparoître au lieu deftiné pour traiter de la Paix, & par les Inftructions particulieres que je vous ai données, qui doi-vent être fecretes, je me fuis nettement expli-qué, de ne prétendre aucun avantage au Trai-té, que ceux que par raifon & juftice je dois avoir.

Je fais préfentement un Acte qui confirme ce-la même en une façon, dont plufieurs feront furpris. Chacun fait que le Royaume de Naples m'apartient, que les Papes en ont invefti les Ducs d'Anjou de la premiére & feconde Bran-che, pour eux & pour leurs Heritiers, que par Difpofition de René, comme par les Loix de ce Royaume, le Roi Louis XI. mon Préde-ceffeur, fut apelié à la Succeffion dont la Cou-ronne de Naples faifant une portion, tout droit de proprieté & Souveraineté lui en échut.

Que le Roi Charles VIII. de ce nom le con-quit, fon Fils & Heritier en fut encore invefti, fur lequel ayant été ufurpé par un bâtard d'Ar-ragon, le Roi Louis XII. fon Succeffeur fe difpofa de lui faire la Guerre par l'avis de tous les Princes, pour reprendre ce qui étoit de fon Domaine.

Le Roi Ferdinand d'Arragon, proche parent du detenteur, entra en liaifon avec le Roi Louis XII. & firent un partage de ce Royaume, fur lequel ledit Ferdinand alléguoit quelques préten-

V

1643.

prétentions, qu'il fondoit, soit pour avoir été possedé par des Princes de sa Maison, qu'à cause de cela ceux-là avoient été apellés par la Reine Jeanne, derniére de ce nom, à lui succeder.

Mon droit est si bien établi par tant de Titres & d'Actes, dont vous êtes chargés, qu'il vous sera facile de prouver & avec beaucoup d'équité demander que cet Etat me soit rendu.

Néanmoins mon Cousin le Duc de la Trimouille m'ayant fait savoir qu'il prétendoit audit Royaume, pour être sorti d'une fille d'Arragon, laquelle étoit demeurée seule Heritiere de la Maison, & qu'à lui apartenoit le Royaume de Naples, comme étant aux droits des Comtes de la Val, qu'il desiroit, pour éviter la prescription de ses Actions, en faire faire demande, pourvu que je l'eusse agréable.

Je l'ai trouvé bon, bien que je ne fusse pas ignorant que ceux par lesquels il prétend s'être acquis un juste titre n'en avoient jamais eu, & que par tous ceux dont j'ai parlé, qui établissent mon droit, le sien, comme celui de ses Ancêtres, se trouve anéanti.

J'ai eu pourtant pour agréable qu'il agisse en cette rencontre avec la liberté qu'il pouvoit desirer, & non seulement j'ai agréé qu'il deputât quelqu'un qui en l'Assemblée generale pût faire ses demandes; mais je me suis même resolu de vous en écrire afin d'apuyer ce qu'il desire, ou bien de faire les ouvertures pour lui.

Il est vrai que j'y mets une restriction dont vous serez les Juges, que ce que vous direz ou laisserez faire en cette rencontre ne préjudiciera point à mes droits. Vous en êtes si bien informés l'un & l'autre, que je ne dois point apprehender qu'ils déchoient, étant en vos mains. Et comme on m'a fait entendre que vous êtes aussi pleinement informés de ceux dudit Duc, je ferai très-aise que, par une de vos Depêches, vous m'en donniez resolution & instruction, afin que je prenne ma derniére avec vous, ou pour mieux dire, après vous avoir entendu, vous puissiez connoître, par mon procedé, la confiance que j'ai en vos fidelités & affections, & que la Reine Regente Madame ma Mere en est bien persuadée, puisque c'est de son avis que je vous écris cette Lettre, laquelle je finis, en priant Dieu qu'il vous ait, Messieurs, en sa sainte garde.

Ecrit à Paris le vingt-sixieme jour d'Octobre 1643.

1643.

LES

DIFFE'RENS INTE'RE'TS

DES

PRINCES

ET

ETATS

Engagez dans la

GUERRE D'ALLEMAGNE.

Les Intérêts, que l'un & l'autre E-
tat, de ceux qui s'assemblent à
Munster & à Osnabrug, ont, tant
pour la Paix que pour la Guerre,
sur la fin de l'année présente 1643.
Intérêts que ceux dudit Parti contraire
ont avec ceux à qui la France est
moins engagée.

L'EMPEREUR,
L'ESPAGNE,
MAYENCE,
TREVES,
COLOGNE,
CLERGE' D'ALLEMAGNE,
PROTESTANTS,
BOHE'ME,
SAXE,
BRANDEBOURG,
MAISON PALATINE,
BAVIERE,
BRUNSWICK,
MECKLENBOURG,
WIRTEMBERG,
DARMSTADT,
NASSAU,
ET LA NOBLESSE DE L'EMPIRE,
VILLES IMPERIALES,
MONT-BELLIARD,
OOST-FRISE,
DANEMARCK,
LORRAINE.

L'Empereur.

L'EMPEREUR a plus d'intérêt à la Paix qu'à la Guerre, depuis qu'il a desesperé de venir à bout de son dessein, qui a été d'abolir l'Edit de Passaw, d'établir le Concile de Trente par tout l'Empire, de priver les Etats Protestants des Biens Ecclesiastiques, de les affoiblir par ce moyen, de les subjuguer ensuite, & de se rendre

dre enfin abfolu dans l'Empire ; mais étant réduit, par la puiffante oppofition des Armes de France, de Suede, & de quelques Etats de l'Empire qui font Proteftans , en tel, état, qu'il court rifque de perdre fes Terres Hereditaires , il a grand intérêt à la Paix.

L'Espagne.

Le Roi d'Espagne a auffi très-grand intérêt à la Paix , à caufe du grand rifque qu'il court de perdre la plus grande partie d'Espagne, des Indes, d'Italie , & le Païs-Bas. Il eft vrai qu'il a pouffé à cette Guerre l'Empereur , croyant qu'il pouvoit le rendre abfolu dans l'Empire , pour l'affifter enfuite contre les Provinces-Unies des Païs-Bas, comme étant l'unique moyen de les fubjuguer.

La Maifon Palatine.

La Maifon Electorale Palatine à grand intérêt pour la Paix, laquelle doit tendre à la reftitution generale de tous fes Etats dans l'Empire,étant dépoffedée de fes anciennes Dignités & Bien où elle doit entrer fans exception d'aucun Etat ; Dequoi ladite Maifon eft particulierement affurée par les promeffes des deux Couronnes de France & de Suede. Car , fi l'on vouloit exclure ladite Maifon , elle auroit plus d'intérêt à la Guerre que non pas à la Paix.

L'Electeur de Saxe.

L'Electeur de Saxe a quelque intérêt à la Guerre, pour n'être pas obligé à la reftitution de la Luface & de l'Evêché de Magdebourg , que l'Empereur lui a donné ; mais il a plus d'intérêt à la Paix , pour éloigner les Suedois de fon Païs, pour recouvrer la Ville de Leipfig & les autres Places que les Suedois tiennent dans fon Païs , & pour décharger fes Sujets des Contributions.

L'Electeur de Brandebourg.

L'Electeur de Brandebourg a grand intérêt à la Paix; car outre que fon Païs fera netoyé des Garnifons Suedoifes, principalement la Ville de Francfort fur l'Oder , & fes Sujets déchargés de Contributions, il peut par le moyen de la Paix être remis en la poffeffion de la Pomeranie , foit immédiatement par le Traité de Paix , foit par le Mariage avec la Reine de Suede ; ce qu'il fera difficilement durant la Guerre contre le gré de l'Empereur & du Roi de Pologne.

L'Electeur de Mayence.

L'Electeur de Mayence a auffi grand intérêt à la Paix , ne pouvant prefque tirer aucun profit de fes Terres difperfées , prefque toutes étant entre les mains des Partis , & obligées à payer des Contributions. Il eft vrai qu'il a quelque intérêt à la Guerre , pour retenir le Païs de Bergftrat , le Comté de Wisbaden , & autres Terres que l'Empereur lui a données, car il fera obligé de les rendre fi la Paix fe fait.

L'Electeur de Trèves.

L'Electeur de Trèves a grand intérêt

Tom. I.

à la Paix , fa liberté & toute fa fortune dépendent de là ; mais quant au Chapitre de Trèves il peut avoir quelque intérêt à la Guerre, ufant, durant icelle , & en l'abfence de fon Maître, de la Puiffance Archi-Epifcopale , & tirant en particulier quelque profit du préfent état des Affaires.

L'Electeur de Cologne.

L'Electeur de Cologne a auffi plus grand intérêt à la Paix , prefque tout fon Païs étant entre les mains des Partis , & étant obligé à payer des Contributions ; mais fi fon deffein eft de mettre une Armée fur pié fous prétexte de fe défendre , & le Cercle de la Weftphalie, dont il auroit la direction , & de fe rendre, par le moyen de ladite armée, maître des trois Cercles de la Weftphalie , du haut & du bas Rhin , comme le Duc de Baviere, fon Frere , s'eft rendu déjà prefque Maître des trois Cercles de Baviere , Suabe , & Franconie ; en tel cas, il auroit plus grand intérêt à la Guerre pour rendre fa Maifon de Baviere très-puiffante.

Le Royaume de Bohême.

Le Royaume de Bohême a auffi grand intérêt à la Paix pour être retiré d'entre les mains de la Maifon d'Autriche , & remis en fon ancien état , & ancienne liberté ; ce qui ne peut pas lui arriver par la Guerre , étant tellement fubjugué qu'il ne lui refte aucune efperance par les Armes.

Le Clergé d'Allemagne.

Les Archevêques , Evêques, Prélats, & gens d'Eglife en géneral ont plus d'intérêt à la Paix qu'à la Guerre , pour jouir librement de leurs Benefices , & s'exempter des Contributions , fi ce n'eft qu'ils veuillent poftpofer le temporel au fpirituel , & hazarder le tout pour le tout , en continuant la Guerre jufqu'à ce qu'ils ayent retiré tous les biens Ecclefiaftiques des mains des Proteftants ; qu'ils ayent rétabli par force la Religion Romaine par tout l'Empire , & qu'ils ayent extirpé entierement les Heretiques fuivant la Doctrine & les Maximes des nouveaux Theologiens. Ceux qui poffedent les Benefices qu'on a recemment retiré des mains des Proteftants, ont intérêt à la Guerre pour n'être derechef dépoffedés defdits Benefices.

Les Proteftants.

Pareillement les Proteftants qui poffedent des Benefices Ecclefiaftiques, fous titres d'Archévêques , Evêques & Prélats , ont auffi quelque intérêt à la Guerre pour n'être pas troublés en leur poffeffion par des procès, comme font, entr'autres, les Archévêques de Breme & de Magdebourg.

La Nobleffe de l'Empire.

La Nobleffe de l'Empire a grand intérêt à la Paix pour être rétablis en leurs biens , (car plufieurs en ont été privés) & pour jouir librement d'iceux fans être fujets aux Contributions: toutefois ceux qui ont obtenu des dons, de l'un & de l'autre Parti, dont il y en a bon nombre, ont quelque intérêt à la Guerre , pour n'en être derechef dépoffedés.

V 2   Les

Les Ducs de Brunswick & Lunebourg.

Les Ducs de Brunswick & de Lunebourg ont auffi grand intérêt à la Paix, pour jouir librement de leurs Terres, fans être troublés par des Garnifons Etrangeres, principalement pour recouvrer les Villes de Naumbourg, de Wolfenbutel, & d'Embech, comme auffi l'efperance d'être un jour remis en la poffeffion des Evêchés de Halberftadt, de Minden & d'Osnabrug, dont ils ont joui autrefois, & d'être confirmez en celui de Hildesheim.

Les Ducs de Meckelbourg, Lawembourg, Weimar, Anspach, Neubourg, Anhalt.

Ceux-ci font de même condition, car les Suedois poffedent au Duché de Meckelbourg, Wismar, & quelques autres Places au Duché de Lawenbourg, & de Boiffembourg.

Les Ducs de Wirtemberg.

Les Ducs de Wirtemberg ont grand intérêt à la Paix, pour être rétablis en leurs biens, déchargés des Garnifons, & Contributions. Il eft vrai qu'ils poffedent beaucoup de biens Ecclefiaftiques, & que le Prince, maintenant régnant, pour être rétabli, a renoncé à la prétention desdits biens Ecclefiaftiques, mais fes Freres & parens n'y ont pas confenti.

Montbelliard.

Ceux de la Ville de Montbelliard ont auffi quelque intérêt particulier à la Paix, pour être déchargés des Garnifons Etrangeres.

Le Landgrave de Darmftadt.

Le Landgrave de Darmftadt étant fort expofé aux Marches, Logemens des Troupes, & aux Contributions, a grand intérêt à la Paix; toutefois, fi elle fe fait, il perdra quelques Terres que l'Empereur lui a données, & il fera obligé à faire un nouveau partage avec le Landgrave de Heffe-Caffel.

Les Comtes de Naffau, Solms, Holach, Hanaw, Oldembourg, Schwartzembourg, &c.

Les Comtes de Naffau, Solms, Holach, Hanaw, Oldembourg, Schwartzembourg, ont intérêt à la Paix, car ils font extrêmement incommodés par la Guerre, & l'Empereur a ôté à quelques-uns d'entr'eux leurs Terres, & les a données à d'autres, favoir,
A l'Evêque de Mayence,
Au Duc de Lorraine,
Au Landgrave de Darmftadt,
Et autres qui peuvent efperer avec raifon de ravoir leurs biens par le Traité de la Paix.

Comte d'Ooft - Frife.

Le Comte d'Ooft-Frife a quelque intérêt particulier à la Paix, pour être déchargé des Garnifons, & des Contributions Heffiennes.

Villes Imperiales.

Les Villes Imperiales & libres ont auffi un grand intérêt à la Paix, car toute leur fortune dépend de l'Agriculture, & du Commerce, dont l'un ni l'autre ne peut pas être exercé en tems de Guerre.

Outre cela les dites Villes ont communément des querelles avec les Princes leurs Voifins, desquels elles peuvent recevoir plus de mal en tems de Guerre, qu'en tems de Paix, n'étant pas affez puiffantes pour fe maintenir par les Armes, ni en état d'être maintenuës par les Loix contre leurs violences, comme l'on a vu nouvellement par l'exemple de Hambourg.

Le Duc de Lorraine.

Il eft donc certain que tous les dits Etats ont plus d'intérêt à la Paix qu'à la Guerre. On peut auffi leur joindre le Duc de Lorraine, qui peut être remis en fes Terres par le Traité de Paix; mais il perdra le Païs que l'Empereur lui a donné fur la Save, apartenant au Comte de Naffau Sarbrug.

Intérêts de la France & de fes Alliés.

La France n'a pas beaucoup d'intérêt à la Paix, fi ce n'eft par une Generofité, par laquelle elle fera portée au rétabliffement de fes Alliés, par une Paix génerale dans l'Empire; car la Guerre lui porte de la gloire & du profit au dehors par de nouvelles Conquêtes, & au dedans la fureté & tranquillité; ceux qui voudroient troubler l'Etat étant employés à la Guerre ou châtiez par les armes qu'elle a en main.

Outre cela elle ne manque pas d'hommes, ni d'argent ni de vivres, qui font les trois moyens de continuer la Guerre.

Il eft vrai que la France eft obligée de voir fes Frontieres ruinées,& le peuple épuifé; mais la fureté du Commerce, & la fertilité de fon Païs recompenfe tout cela.

La Suede.

La Suede eft auffi plus intéreffée à la Guerre qu'à la Paix, car elle fait la Guerre avec de grands avantages au dehors, & fans hazard par dedans, & fes efperances font encore plus grandes, fi le bonheur de fes armes continuë.

Toutefois fi elle confidere l'effufion du fang Chrétien, la ruine des Proteftans, & de fes Alliés, même l'inconftance de la fortune de la Guerre, la défolation de fa Pâtrie, dont tant de monde fort, l'affermiffement de fon Etat contre fes Voifins jaloux de fa profperité, la recompenfe jufte & folide, au lieu des Conquêtes injuftes, & incertaines, la gloire acquife par la confervation de la Religion Proteftante dans l'Empire, & le rétabliffement de fes Confederés & Amis; tout cela peut la pouffer à la Paix. D'ailleurs elle lui donnera moyen de fe revanger des Danois, fes Ennemis héréditaires.

Intérêt commun de la France & de la Suede.

Les deux Couronnes ont néanmoins un intérêt

1643. térêt commun, savoir, qu'elles ont tellement affoibli, & rabaissé la puissance de la Maison d'Autriche, que ce seroit une grande imprudence de lui donner le moyen de se remettre, & de se renforcer, pour recommencer après la Guerre avec de plus grandes forces, & de poursuivre son ancien dessein d'opprimer & subjuguer les dites Couronnes.

Le Roi de Danemarck.

Il est vrai que le Roi de Danemarck a plus grand intérêt à la Guerre qu'à la Paix; car si la Paix se fait, son fils ne pourra pas conserver l'Archevêché de Breme, étant marié, ni lui les nouvelles Impositions établies dans le Détroit du Sund, & sur la Riviere de l'Elbe. Il ne peut pas aussi executer ses prétentions sur la Ville de Hambourg.

Outre cela la Guerre ne fait aucun tort à son Païs, mais il s'enrichit par le Commerce avec ses Voisins ruinés, son Royaume est plus assuré contre les Suedois empêchés dans une Guerre étrangere.

Il exercé plus librement & surement ses tours accoutumés, & il regne mieux à son aise, n'ayant personne à craindre, tous étant empêchés à la Guerre.

Hollandois.

Les Etats des Provinces Unies ont aussi plus grand intérêt à la Guerre qu'à la Paix; car le Roi d'Espagne étant attaqué de tous côtés, & l'Empereur ne le pouvant pas secourir, ils sont plus assurés de leurs Ennemis voisins, & si la Guerre continue, ils ont espoir de venir enfin au but de leurs travaux, qui est la réunion des dix-sept Provinces en une République.

Il est vrai qu'ils ont quelque intérêt pour la Paix, pour la plus grande commodité de débiter leurs Marchandises dans leur voisinage, & pour exercer plus librement le trafic par l'Allemagne; comme aussi de naviger, avec moins de danger, sur la Mer, à cause des Dunquerquois, & plusieurs autres Pirates.

L'Electeur de Baviere.

L'Electeur de Baviere a sans doute plus grand intérêt pour la Guerre.

Car, outre que durant icelle, il aura toûjours une Armée sur pied, qui ne lui coûte rien, & par laquelle il se rend fort considerable, la Guerre étant hors de son Païs, il leve des Contributions dans les Cercles de Baviere, Suabe & Franconie, & il assemble par ce moyen tant d'argent qu'on assure qu'il y en a plus dans ses Coffres, qu'en toute l'Allemagne.

Même il se rend, par ce moyen, formidable à la Maison d'Autriche, & même il éleve sa Maison à une si grande Dignité & puissance, qu'elle osera dorenavant aspirer à la Dignité Imperiale.

Par ses grandes richesses il s'aproprie peu à peu tous les droits desdits Cercles, prêtant de l'argent aux Etats en leur nécessité & prenant leurs Terres en Hypotheque & obligation.

Il oblige fort le Pape & tout le Clergé, en continuant la Guerre, pour la restitution des Biens Ecclesiastiques, & l'oppression des Heretiques.

Mais si la Paix se fait, il sera obligé à rendre le Palatinat.

On dit néanmoins qu'il désire la Paix, pour laisser plûtôt à ses descendans un Etat paisible que puissant.

Le Landgrave de Hesse-Cassel.

Le Landgrave de Hesse-Cassel n'a pas aussi grand intérêt à la Paix, parce qu'il sera obligé de licentier son Armée, de quitter les Places qu'il tient en Oost-Frise, en Westphalie, & sur le Rhin, qui valent beaucoup mieux que tout son Païs. Aussi il ne sera pas fort considéré, la Paix étant faite.

Toutefois on dit qu'il veut préférer un petit Etat avec sureté à un grand, avec une perpetuelle inquietude & danger.

Il est néanmoins necessaire de considerer, sur tout ce que nous avons dit en general, deux Intérêts qui sont à mon avis les principaux.

1. Du Parti opposé à la France, aux Suedois &c.
2. De la France, & de ses Alliez.

Pour le premier, la Paix lui est absolument nécessaire, sur tout à l'Empereur & à l'Espagne.

Pour le second, il semble que la Guerre lui est plus convenable; sur tout à la France & à la Suede.

TRACTATUS
DE
PACE GENERALI

Hoc tempore facienda.

Caput Primum.

Utrum Pax aliqua generalis sit necessaria?

SI ullo unquam tempore Pax necessaria fuit, hoc certe tempore necessaria est, cum bellum propemodum triginta annis duraverit, &

TRAITE'
DE LA MANIERE
Dont on pourroit faire la Paix

En ce temps-ci.

Chapitre Premier.

Si une Paix génerale est nécessaire?

SI la Paix a été jamais necessaire, elle l'est en ce temps-ci, puisque la Guerre a duré environ trente années, qu'elle a ravagé la plus

grande

& maximam Christiani Orbis partem vastaverit, ac debilitaverit, ut sustinere & prosequi nequaquam possint.

Nam nec Milites unde Exercitus conflentur, nec pecuniæ unde illis stipendia solvantur, nec annona unde alantur, amplius suppetunt.

Quod si diutius hoc Bellum duret, omnes Germaniæ, vicinorumque Regnorum Provinciæ Incolis nudabuntur, terra non culta sterilescet, magna Christiani Orbis desolabitur portio, Religio degenerabit in prophanitatem, honestas in turpitudinem, virtus in vitium, scientia in ignorantiam, civilitas in feritatem, Artes in ignaviam, postremò Homines in bestias, omne inter Nationes commercium corruet, omnis ordo destruetur, omnis Politica confundetur.

Tandem nec Magistratus erit, nec Subditus, nec Dominus, nec Servus, nec qui imperet, nec qui serviat, & obediat, violentia dominabitur, Justitiæ nusquam erunt leges, nusquam fides, qui viribus erit superior ubique prævalebit, in omnibus vitæ operibus summa videtur corruptio; Idque tandem Regibus ac Principibus ipsi afferet perniciem, & malum recidet in auctorem suum.

Christiani sese consument inter ipsos, & porta aperietur Turcis & Infidelibus ad delendam & extirpandam funditus eorum Religionem.

Sufficiat vidisse tot Pagos, Oppida, Urbes, incendio conflagrantes, tot pinguissimos agros spinas ferentes, tot Domos à feris habitatas, tot Hominum Myriades, fame, frigore, miseria, crudelibus tormentis ablatas.

Sufficiat vidisse veros Homines devorantes mortuorum non modo pecorum sed hominum cadavera, imo matres suorum liberorum carnes manducantes.

Concludatur itaque, quam primum fieri poterit, Pax aliqua salutaris eaque generalis, cum fere omnes Principes Christiani malorum hujus Belli participent,universali autem malo universale remedium sit adhibendum.

Nam cum nullum unquam Bellum perpetuum fuerit, huic quoque Bello aliquando finis imponendus erit, modo fiat, quia qui fiet citius, hoc erit melius, Belli autem finis Pax est.

CAPUT SECUNDUM.

Utrum necessarium sit ante Pacem Inducias aut Suspensionem armorum facere?

Antequam de Pace tractetur, si non necessarium, utile certe fuerit Inducias aut suspensionem armorum facere, si non in plures annos, saltem in aliquot menses, quæ possent deinde prolatari.

Nam in omnibus Tractatibus aut Negotiis à facilioribus fieri debet initium; facilius autem est Inducias quàm Pacem facere; Induciæ quoque tractaturis de Pace facultatem dabunt deliberandi & statuendi de Præliminaribus.

Tractatus, puta de Conditionibus personarum, ordine sessionum, & Ceremoniis similibus, eadem impe-

grande partie du Monde Chrétien, & l'a tellement affoibli, qu'il est comme impossible, qu'on puisse soutenir & continuer plus long-temps cette Guerre.

On ne trouve plus de Soldats pour rétablir les Armées, il n'y a plus d'argent pour les payer & il n'y a plus assés de vivres pour les entretenir.

Si cette Guerre dure plus long-temps, toute l'Allemagne, toutes les Provinces des Etats voisins seront depouillées de leurs habitans, la terre n'étant plus cultivée deviendra sterile, la plus grande partie du Monde Chrétien sera desolée, la Profanation prendra la place de la Religion, l'infamie celle de l'honêteté, le vice l'emportera sur la vertu, l'ignorance sur le savoir, la ferocité succedera à l'humanité, la fainéantise fera oublier les Arts, enfin les Hommes seront changés en bêtes, il n'y aura plus de commerce entre les Nations, il n'y aura plus d'ordre ni de police.

Il n'y aura plus ni Prince ni Sujet, ni Maître ni Valet, ni commandement ni obéïssance, la Violence sera la Maitresse, les Loix n'auront plus de pouvoir, il n'y aura plus ni foi ni loi, le plus fort l'emportera, il y aura par tout enfin une corruption generale; ce qui ne manquera pas d'apporter aux Rois & aux Princes toutes fortes de malheurs, & le mal tombera sur son auteur.

Les Chrétiens se détruisent les uns les autres, ce qui ouvrira le chemin aux Turcs, & aux Infidéles pour détruire de fonds en comble la Religion Chrétienne.

N'est-ce pas assés que nous ayons vu lés Villages, les Bourgs & les Villes embrasées, que les Campagnes les plus fertiles soient couvertes d'épines, que les Bêtes sauvages habitent les Maisons, & qu'un nombre prodigieux d'Hommes ayent été consumés par la faim, par le froid, par la misere, & par mille tourmens divers?

Qu'il nous suffise d'avoir vû des Hommes dévorer non seulement les charognes des Bêtes mortes, mais aussi les Cadavres humains, & jusques à des Meres se nourrir de la chair de leurs Enfans.

Qu'on fasse donc le plûtôt qu'il sera possible une Paix generale & salutaire, puisque presque tous les Princes Chrétiens ont leur part des maux de cette Guerre. Il faut un remede universel, à un mal qui est universel.

Il n'y a jamais eu de Guerre qui ait duré toûjours, il faudra de toute necessité que celle-ci ait une fin, le plûtôt ne fera que le mieux, la fin de la Guerre c'est la Paix.

CHAP. SECOND.

S'il est nécessaire de faire une Tréve ou une Suspension d'armes avant la Paix?

S'Il n'est pas nécessaire, il est néanmoins très-utile de faire une Tréve ou une suspension d'armes avant de faire la Paix. Si la Tréve ne se faisoit pas pour plusieurs années, on la pourroit faire pour quelques mois, & la Tréve étant faite, on pourroit la prolonger selon l'occasion.

Dans tous les Traités & dans toutes les Affaires, il faut toûjours commencer par ce qu'il y a de plus facile. Or il est beaucoup plus facile de faire la Tréve que la Paix, & la Tréve donnera les moyens à ceux qui doivent traiter de la Paix de déliberer sur les Préliminaires & de fixer quelque chose là-dessus.

On reglera par exemple les qualifications des personnes, l'ordre des Assemblées & autres pareilles

Cere-

impediunt ne Tractatus novis offensionibus, aliisve accidentibus intervenientibus removeatur. Induciæ pacificationem faciliorem reddent, animosque tractantium ad acceptandam Pacem, dulcedinem suavitatemque iis gustandam præbendo, inclinabunt.

Hac quoque ratione Populus citius Pacis commodis fruetur, & Principes sumptibus, oneribusque Belli maturius liberabuntur.

De Induciis enim brevi tempore transigi potest; Tractatus autem de Pace imprimis generalis diu durabit, atque Regiones & Populi vastabuntur, & peribunt antequam Pacis bonis frui, & gaudere queant.

Denique communi praxi receptum est, ut Tractatus de Pace ab Induciis & suspensione armorum exordium capiant, ut, iis durantibus, tutius & quietius de Pace ipsa deliberetur, & ab uno extremo ad aliud, per intermedium abeatur, nimirum à Bello ad Pacem per Inducias, quæ sunt Pax quædam inchoata & imperfecta.

CAPUT TERTIUM.

Utrum possibile sit præsenti in Bello Inducias facere?

ADmodum difficile, si non impossibile, videtur præsenti in Bello Inducias, aut suspensionem armorum facere; neque enim locus erit, ubi, durantibus illis, Exercitus possint manere, cum nec Cæsar stativa in territoriis suis velit concedere, nec Principes ac Status Imperii Cæsareo, & adhuc minus Gallicano, aut Hassiano. Jam verò nec Reges ipsi volunt recipere Exercitus suos in territoria sua propria, & si recipiant, nec poterunt eos nutrire, nec stipendia iis debita solvere, cum, Induciis factis, Contributiones cessaturæ sunt.

Dimittere quoque Exercitum suum nemo Principum vellet ante Pacem conclusam, ob diffidentiam mutuam, tum verò ii qui modo jucundiore fortuna utuntur, nollent Hostibus successu rerum inferioribus tempus facultatemque recolligendi sese, bellumque majoribus, si pax non fiat, renovandi concedere qua ratione Induciæ, non finiendo, sed fomentando Bello erunt. Induciæ quoque parvm aut nihil illis proderunt, qui bonis & territoriis suis spoliati sunt, inque exilio vivunt, qui proinde durantibus Induciis, res novas moliri, Tractatumque Pacis turbare aut rumpere satagent, præsertim si hac conditione Induciæ fiant, ut quisque, durantibus illis, possideat ut possidet; quæ quidem conditio à Domo Palatina, & Lotharinga nunquam probabitur.

Utcunque sit, de Induciis faciendis non est desperandum, sed, ut eæ fiant, opera est danda quædam præparatoria Pacis; ut de Pace ipsa quæstus deliberetur, animi ad Pacis desiderium magis excitentur, Populus malis Belli citius releventur, Principes ipsi Belli sumptibus maturius exonerentur.

Occa-

---

ceremonies, ce qui empêchera que le Traité de Paix ne soit interrompu par de nouveaux obstacles, ou par d'autres incidents qui pourroient survenir. Elle rendra le Traité de Paix plus facile, & disposera les Esprits des Traitans à l'accepter, après leur avoir donné quelque avantgoût de sa douceur & de ses avantages.

Par la même raison, le Peuple jouïra plutôt des douceurs de la Paix, & les Princes seront plutôt dechargez des frais & des incommoditez de la Guerre.

On peut s'accorder bientôt pour faire une Trêve, au lieu qu'il faudra bien du temps pour faire une Paix generale, pendant lequel les Peuples & les Provinces seront ravagées & tout périra avant de pouvoir jouïr des avantages que la Paix leur donneroit.

Enfin c'est la coûtume ordinaire, que les Traitez de Paix commencent par une Trêve ou une Suspension d'Armes afin que, pendant ce temps-là, on puisse délibérer plus sûrement & plus tranquilement des moyens de faire la Paix, & qu'on aille d'une extremité à l'autre en passant par un milieu, c'est-à-dire de la Guerre à la Paix par une Trêve, qui est une sorte de Paix commencée, & imparfaite.

CHAP. TROISIEME.

Si c'est une chose possible que de faire une Trêve dans cette Guerre?

IL semble bien difficile, pour ne pas dire impossible, de pouvoir faire présentement une Trêve ou une Suspension d'armes. En effet, il n'y a point d'Endroit où les Armées puissent demeurer pendant ce temps-là, puis que l'Empereur ne voudra point donner des Quartiers sur les Terres aux Troupes de ses Ennemis, les Etats de l'Empire n'en accorderont pas non plus aux Troupes de l'Empéteur, encore moins à celles de France & de Hesse. D'un autre côté les Rois Alliez ne voudront point retirer leurs Troupes chez eux, parce qu'ils ne pourroient pas les y nourrir, ni leur payer leur solde, puisque la Trêve étant faite, les Contributions doivent cesser.

Aucun des Princes qui sont en Guerre ne voudra congedier son Armée avant que la Paix soit faite à cause de la défiance mutuelle. Ceux que la fortune favorise ne voudront pas accorder à leurs Ennemis un peu maltraités le temps & les moyens de se reconnoître, de peur que, si la Paix ne s'ensuivoit pas, la Guerre ne renouvellât plus fort que jamais; de sorte que la Trêve, au lieu de finir la Guerre, ne serviroit qu'à la fomenter. D'ailleurs la Trêve n'est d'aucune utilité à ceux qui sont dépouillés de leurs Terres & de leurs biens, qui sont obligés de vivre dans l'exil, & qui ne chercheront, pendant la Trêve, qu'à mettre tout en usage pour troubler ou pour rompre la Paix, sur tout si la Trêve se fait sous cette condition que, pendant qu'elle durera, chacun tiendra ce qu'il possède; Condition que la Maison Palatine & celle de Loraine n'approuveront jamais.

Quoi qu'il en soit, il ne faut pas desesperer de pouvoir parvenir à une Trêve. Pour y réüssir, il faut faire tous ses efforts. C'est le moyen le plus sûr pour travailler tranquilement aux Préliminaires & à la Paix même, pour exciter les Esprits à souhaiter plus ardemment la Paix, pour delivrer les Peuples de tant de maux auxquels ils se trouvent exposés & pour décharger au plûtôt les Princes de toutes les dépenses de la Guerre.

Enfin

Occasiones denique Tractatum Pacis turbandi aut rumpendi præscinduntur; nam si Induciæ Militibus stativa non impetrant , id agendum est , ut aut Exercitus integri in locis illis ubi sunt relinquantur , nimirum Induciæ breves sint , brevis enim temporis incommodum majoris commodi causa cuilibet est; si in longius sint Induciæ, Exercitus ad modicam quantitatem sunt inducendi , ut quilibet Principum aut Ducum Exercitum suum in proprio suo Territorio , aut eo qui ipsi assignatus fuerit, durantibus Induciis,collocet; Exercitibus autem diminutis facilius quoque invenirentur stipendia , & alimenta , idque etiam Contributiones moderatiores & tolerabiliores reddet, iisdem ad certam quantitatem proportionaliter redactis , unus non habebit causam diffidendi alteri , viribus nimirum utriusque existentibus æqualibus.

Quod si Induciæ præbent facultatem sese reficiendi & recolligendi uni , præbunt alteri. Ut verò novorum motuum occasio præcidatur,quærenda sunt quæ omnibus prosint, necesse est etiam ut exules aut omnino,aut ex parte restituantur, aut ut alia ratione iis prospiciatur, quo eventum pacificationis patienter expectent , nec egestate coacti rebus novis studeant.

Nequaquam etiam iniquum est , & ut illi, qui, Induciis durantibus,in possessione bonorum alienorum manent , aliquid iis quorum bonis fruantur, ac largiantur ac conferant , qui proinde modico contenti esse debent , considerantes Inducias, sicut non sunt Pax plena ac perfecta , itaque plenos, perfectosque fructus Pacis non dare possunt.

Caput. Quartum.

De Mediis & Conditionibus quibus Induciæ aut Suspensio armorum ad tempus aliquod fieri posse videntur.

Quamobrem , ut hoc tempore, ante Tractatum de Pace ipsa instituendum , Induciæ longiores inprimis fiant , sequentia Capita observanda sunt.

I.

Si Imperator cum Consortibus suis omnes Exercitus usque ad quatuor millia peditum dimittat, Sueci Confœderatique eorum , sua ex parte, idem faciant , de Exercitibus loquor qui in Germania sunt.

Gallus enim & Hispanus quoque inter se de certo numero in Hispania , Italia & Belgio convenire possunt.

II.

Imperator Copiis suis Militum stativa in Austria , & Bohemia, & Bavarus suis in Bavaria, Lotharingus suis in Lotharingia assignabunt; Sueci ad Littora Baltici Marit , Galli sua juxta superiorem Rhenum , Hassi sua juxta Wirzburgium habebunt. De Saxone non est laborandum quia copias suas quas habet modicas, intra Urbes suas potest collocare.

III.

Præsidiarii quoque in Urbibus & Arcibus ad modicum numerum reducentur. Præte-

---

Enfin c'est le moyen de couper queuë à tout ce qui pourroit troubler ou rompre le Traité; car si par la Trêve on n'accorde pas des Quartiers aux Troupes , il faudra ou que les Armées demeurent où elles sont; & la Trêve étant courte, une incommodité de peu de durée est preferable quand elle apporte un profit considerable ; ou si l'on est obligé d'allonger la Trêve, alors il faudra reduire les Troupes à un plus petit nombre, ou bien il faudra que chaque Prince ou chaque Général ramene ses Troupes dans son Païs, ou bien qu'il les mette dans les lieux qui lui auront été assignés par la Trêve. Si l'on diminue les Troupes, il sera plus facile de les payer & de les nourrir , ce qui rendra les Contributions moins fortes & pat conséquent plus tolerables; outre que la reduction se fera avec proportion , afin qu'il n'y ait aucun sujet de défiance, les Troupes restant à peu près égales de part & d'autre.

Si la Trêve procure à l'un le moyen de se refaire & de se rétablir , elle le procurera à l'autre. Mais, pour éviter tous nouveaux troubles, & afin que la Trêve soit utile à tout le monde, il est juste que les Exilés soient rétablis en tout ou en partie , ou bien qu'on ait soin d'eux de quelqu'autre manière , afin qu'ils puissent attendre patiemment que la Paix soit faite, & que la pauvreté ne les engage pas à causer quelque nouvelle revolution.

Il n'y a rien de plus équitable que de faire en sorte que ceux qui, pendant la Trêve, resteront en possession des biens d'autrui accordent une partie de ces biens à ceux qui en ont été depossedés, qui s'en doivent contenter , parce que la Trêve n'étant pas une Paix parfaite , elle ne sauroit rétablir entierement toutes choses.

CHAP. QUATRIEME.

Des moyens & des Conditions pour faire une Trêve ou une Suspension d'armes pour un temps.

POur faire voir qu'avant qu'on commence à traiter de la Paix, il est à propos de faire une longue Trêve, il faut observer ce qui suit.

I.

Si l'Empereur avec tous ses Alliés congedie ses Troupes & ne garde que quatre mille Hommes d'Infanterie, les Suedois & leurs Confederés feront là même chose , je parle des Armées qui sont en Allemagne.

Le François & l'Espagnol pourront accorder entre eux d'un certain nombre de Troupes, qu'ils entretiendront en Espagne , en Italie & en Flandres au Païs-Bas.

II.

L'Empereur donnera des Quartiers à ses troupes en Aûtriche & en Boheme , le Bavarois en Baviere, le Lorrain dans la Lorraine , les Suedois vers la Mer Balthique , les François vers le haut Rhein , les Hessois vers Wurtsbourg. Pour les Saxons, il ne s'en faut pas mettre en peine parce qu'ils ont peu de Troupes & qu'ils peuvent les renfermer dans leurs Places.

III.

Les Garnisons des Forteresses & des Villes seront reduites à un petit nombre. IV.

IV.

Præterea Leges Disciplinæ Militaris concipientur & promulgabuntur, eæque strictè observabuntur, ut Judicia vigeant, Agricola rus colant, & Mercatores Commercia exerceant; hæc enim tria præcipua Induciarum effectus sunt.

V.

Quod ut fiant, cuilibet Exercitui Contributiones certæ, stipendiis solvendis, assignandæ sunt. Imperiali Exercitui itaque contribuent
Bohemia,
Silesia,
Moravia,
Austria,
Et Provinciæ quæ inde dependent.

Bavarico,

Suevia,
Franconia,
Bavaria.

Lotharingico,

Treviris,
Lotharingia.

Suedico,

Saxonia,
Brandeburgensis Marchionatus,
Brunsvicensis, Luneburgensis,
Mecklenburgensis,
Holsatiæ & Pomeraniæ Ducatus.

Hassiaco,

Westphalia,
Hassia,
Veteravia,
Et Turingia.

Gallico, & suis Confœderatis Germanis,

Tractus superioris & inferioris Rheni.

VI.

Exulibus spoliatis hoc modo consulendum videtur, ut Palatino inferior Palatinatus statim restituatur, Comiti de Sarbruch, Comitatus unus aut alter, existis qui ad eum pertinent, reddatur, eademque via cum aliis procedatur, aut si Territoria ipsis restitui non possunt, ut certa illis pecuniæ summa à possessoribus persolvatur; nam quod ad restitutionem integram Pax ipsa expectanda sit.

CAPUT QUINTUM.

Utrum Pax hoc tempore fieri possit?

INduciis factis de Pace deliberandum est. Pacem autem facere hoc tempore impossibile videtur; totus enim Christianus Orbis Bello hoc diuturno in tantam rerum confusionem delapsus est, ut impossibile videatur eum in ordinem rursus redigere, inque antiquum statum reponere, animique belligerentium adeo contra se invicem irritati, atque exacerbati sunt, ut qui ad Concordiam revocare eos vellent sit Cœlum digito tangere velle. Tanta insuper inest cunctis animis vehementia & elatio,
ut

IV.

On fera ensuite des Loix pour contenir les troupes sous la discipline & l'on les publiera; elles seront exactement observées, afin que la Justice regne, que les Païsans cultivent la terre, & que les Marchands exercent leur Commerce; car ces trois choses sont les principaux effets de la Trêve.

V.

Pour pouvoir bien réussir dans ce dessein, il faut assigner à chaque Armée des Contributions sûres pour pouvoir payer les Troupes. L'on assignera à l'Armée Impériale,
La Boheme,
La Silesie,
La Moravie,
L'Aûtriche,
Et les Provinces qui en dépendent.

A celle de Baviere,

La Suabe,
La Franconie,
La Baviere.

Aux Lorrains,

Trêves,
La Lorraine.

Aux Suedois,

La Saxe,
La Marggraviat de Brandebourg,
Le Duché de Brunswic & Lunebourg,
Le Mecklembourg,
Le Holstein, & le Duché de Pomeranie.

Aux Hessois,

La Westfalie,
Le Païs de Hesse,
Le Veterau,
La Turinge.

Aux François, & à leurs Alliez Allemands,

Le Haut & le bas Rhein.

VI.

Il semble qu'on pourroit faire ceci en faveur des Exilés qui sont dépouillés de leurs biens. Il faut rendre incessamment au Palatin le bas Palatinat : on pourroit rendre au Comte de Saarbrug l'un ou l'autre des Comtés qui lui appartiennent, & en user de même à l'égard des autres; que si on ne peut leur rendre leur Pays, que du moins les Possesseurs leur payent une certaine somme; car pour leur entier rétablissement, il faut qu'ils attendent la Paix.

CHAP. CINQUIEME.

Si l'on peut faire la Paix en ce temps-ci?

APRès que la Trêve sera faite, il faudra traiter de la Paix. Il semble cependant, qu'il est présentement impossible d'y réussir : tout le Monde Chrétien est tombé par cette longue Guerre dans une si grande confusion, qu'il paroît tout-à-fait impossible de rétablir l'ordre & de remettre les choses en l'état qu'elles étoient auparavant; les Esprits sont si fort envenimés & l'animosité des Partis est si grande, qu'il semble que de vouloir rétablir la concorde, ce soit vouloir toucher le Ciel avec le doit. D'ailleurs tous les Esprits sont si pleins d'ardeur & de fierté, 16.

X

1643.

nt nemo alteri cedere, sed quilibet leges aliis dare, nullus contra recipere velit.

Nonnulli præterea plus commodi sibi ex Bello quam ex Pace promittunt, & proinde Pacem acceptare nolunt. Tum verò desideria, & postulata eorum qui ex Pace tractaturi sunt adeo sibi contraria, ut ea conciliare cunctisque satisfacere velle, sit lapidem lavare velle; alii quippe volunt ut omnia sibi restituantur, alii omnino nihil ex iis quæ tenent volunt reddere. Adhæc totus Orbis Christianus ita jam Bello assuetus est, ut belligerare cunctis quasi in naturam versum videatur: quæ autem talia sunt nec furca, quidem expelli possunt, ut Poëta loquitur.

Tanta insuper est toto Orbe Christiano hoc tempore militum multitudo & copia, ut ubi, Pace facta, relinquantur, haut reperias; qua ratione Bellum non tam tolleretur quàm in Latrocinium publicum converteretur; nam qui militiâ hactenus victum invenerunt, eundem sibi Latrocinio parient.

Postremò Bello huic opinio quædam Religionis admixta est, cùm plerisque Catholicis Romanis persuasum sit se ad extirpandos Protestantes Religione teneri. Hujusmodi autem opinio ad commovendos hominum animos vim habet incredibilem.

Verum enimverò, quandoque a condito Mundo, nullum Bellum adeo ferum, atque pertinax fuit, quod non Pace tandem sopitum fuerit; de hoc quoque Bello extinguendo non est desperandum, nec illud æternum fore credendum.

Neque enim ulla confusio aut perturbatio tanta unquam in Mundo fuit, quam hominum prudentum & bonorum industria & solertia non in ordinem redegerit; labor improbus, ut Poëta dicit, omnia vincit, & ingenium humanum, ubi intenderis, valet, nec modus ullus est, etiamsi Gordianus, quem non possit solvere.

Cum Christiani omnes sunt, qui Bellum inter se gerunt, per conscientiam & Religionem ad obliviscendum injurias, nec iras immortales gerendum obligantur. Quod si nolint id facere propter conscientiam & Religionem, saltem propter suum proprium bonum, & salutem id facere debent.

Nam calamitates & miseriæ Belli hujus tantæ sunt, ut etiam ferocissimos, & animo elatissimos ad humilitatem & moderationem debeant inducere. Quod si verò aliquid commodi e Bello hoc percipiunt, plus tamen mali, si æquè perpendeant, inde ad illos manat. Publicum quoque multorum bonum privato paucorum est anteferendum. Quibus consideratis, consultum est jacturam portionis alicujus bonorum suorum potius facere, Pacem faciendo, quam Bellum prosequendo totum periculo exponendum esse.

Neque enim Bellum e numero earum est rerum quas nobis assuetudo gratas dulcesque reddit, cum mala & incommoda quæ illis insunt intollerabilia sint, ut rectè quidam dixerit, Bellum qui dicat omnia mala dicere.

Itaque qui nomen militiæ dare velit, vix amplius ullus reperitur, quique jam dederunt lubenter arma sua in vomeres scilicet converterent; cumque tertia hominum Europæorum pars Bello consumpta sit, pro reliquis facile locus invenie-

té, qu'aucun ne veut rien ceder à l'autre; mais chacun prétend au contraire donner des Loix aux autres & n'en recevoir point lui-même.

1643.

Il y en a quelques-uns qui se promettent plus d'avantage de la Guerre que de la Paix, & c'est pour cela qu'ils ne veulent pas accepter celle-ci. La cupidité & les demandes de ceux qui doivent traiter de la Paix sont tellement opposées, qu'il paroit impossible de les accorder & de les satisfaire tous. Les uns veulent que tout leur soit restitué, les autres qui tiennent ne veulent absolument rien rendre. Outre cela tous les Chrétiens sont présentement si accoutumés à la Guerre, qu'elle leur est une seconde nature: Or ce qui est devenu tel ne sauroit être déraciné, non pas même avec une fourche, comme dit le Poëte.

Il y a outre cela une si prodigieuse quantité de Soldats dans le Monde, que, si la Paix se fait, on ne saura où les mettre, & la guerre sera convertie en un brigandage public; car ceux qui ont gagné jusques-ici leur vie dans le service militaire, ne chercheront à s'entretenir que par le larcin.

Enfin il y a dans cette Guerre quelque préjugé de Religion; puis que la plûpart des Catholiques Romains se croient obligés en conscience d'extirper les Protestans: Opinion, qui a une force incroyable pour irriter les Esprits.

Mais comme, depuis le commencement du Monde il n'y a point eu de Guerre, pour si cruelle & opiniâtre qu'elle ait été, qui ne se soit terminée par une Paix, il ne faut pas désesperer de pouvoir éteindre celle-ci, ni s'imaginer qu'elle doive être éternelle.

Il n'y a jamais eu de trouble si grand dans le Monde, ni de confusion si embrouillée, que l'industrie & la diligence des Hommes prudens & sages n'y ait remedié; un travail assidu, comme dit le Poëte, vient à bout de tout; & l'Esprit de l'Homme surmonte toutes les difficultés par son application, de sorte qu'il n'y a point de nœud Gordien qu'il ne délie.

Comme ce sont des Chrétiens qui se font la Guerre, ils sont obligés par Religion & par Conscience d'oublier les injures, & de ne point nourrir de ces haines immortelles: Que si la Conscience & la Religion n'ont pas assez de pouvoir sur eux pour les engager à suivre les Commandemens de Dieu; du moins que leur bonheur & leur intérêt les porte à faire leur devoir.

Les calamités & les miseres qu'apporte cette Guerre sont si grandes, que les ceurs les plus feroces & les plus altiers en devroient être humiliés & par conséquent plus moderés. Si ces Personnes retirent quelqu'avantage de cette Guerre, quand elles examineront les choses de bien près, elles connoitront aisément que le mal est plus grand encore. Le bien public ne doit-il pas être préferé au bien particulier? S'ils veulent considerer toutes ces choses, ils perdront plûtôt genéreusement une partie de leurs biens pour faire la Paix, qu'ils ne continueront la Guerre pour mettre au hazard tout ce qu'ils ont.

La Guerre n'est pas du nombre de ces choses qui par la coûtume nous deviennent plus agréables; les incommodités & les maux qu'elle apporte sont intolerables: de sorte que quelqu'un a très-bien dit que nommer la Guerre, c'est nommer toute sorte de maux.

A peine trouve-t-on présentement quelqu'un qui se veuille enrôler; & ceux qui l'ont fait changeroient de bon cœur leurs armes en serpes & en noyaux. D'ailleurs comme la troisième partie des gens de l'Europe ont peri par la Guerre, on y trouveroit faci-

venietur , præsertim cum tot agri ubique inculti, inhabitatique jaceant , quos occupando , milites honeste & commode victum reperient.

Perniciosissima autem est & damnanda eorum opinio qui sentiunt Christianos extirpandos armis, illos qui, idem quod ipsi non credunt, nec sentiunt Religione teneri : Prædicatio enim & Doctrina à Deo ad persuadendum , plantandamque Religionem ac fidem Christianam ordinata est , non arma & bellum. Quamobrem pergamus ea quæ ad Pacem componendam facere videntur perseqni.

Caput Sextum.

Qualem Pacem sibi quisque exoptet & habere cupiat ?

Quemadmodum commoda quæ quisque sibi à Pace facienda magis privatæ quam publicæ utilitati studeat , ita quoque Conditiones quas quilibet propositurus est, diversæ erunt.

I.

Imperator prætendet , ut Tractatus Praguensis inviolatus & incorruptus conservetur, ut Gallia & Suetia Exercitus suos ex Imperio avocent, omniaque loca quæ ibi occuparunt, Brisacum imprimis & Benesfeldum , & quid inde dependet, restituant ; tum Bohemia , cum appertinentibus , Domui Austriacæ , hæreditario jure , maneat ; ut Rex Galliæ & Regina Suetiæ sese Imperii negotiis non immisceant , néve Fœdera cum Membris illius faciant ; sumptus quoque Belli à Suetia, Gallia , Palatino, Hasso , aliisque Protestantibus repetet.

II.

Rex Galliæ prætendet ut omnia sibi restituantur quæ in partibus Hispaniæ , Italiæ , & Belgii olim possedit , utque Imperium , Principes Imperii Confœderati ipsius , in statum illum , in quo ante Bellum fuerunt, remittantur ; præterea recompensationem petet sumptuum quos in Bellum pro libertate Imperii susceptum fecit.

III.

Rex Hispaniæ insistet ut omnia sibi reddantur quæ durante hoc Bello amissa fuerunt in Hispania , in Italia & Belgio , nec quicquam eorum quæ ante bellum & in bello hoc acquisivit , ipsi auferatur , Palatinatum imprimis quem sibi pro sumptibus Belli adjudicavit.

IV.

Corona Suetiæ desiderabit ut omnia sibi quæ in Imperio possidet maneant, donec de sumptibus in Bellum hoc collatis , deque damnis eo accepti & satisfactum fuerit ; & donec alii qui aliquid de Imperio detraxere , illud restituerint , donec denique Principes , & Status Imperii iis Confœderati restabiliti fuerint ; Pomeraniam quoque peculiari jure retinere desiderabit.

facilement place pour ceux qui restent , y ayant un nombre prodigieux de champs incultes & une infinité de Maisons inhabitées, que les Soldats congediés pourroient occuper & y trouver de quoi vivre honêtement & commodément.

C'est une Opinion bien pernicieuse & qui doit être plus condamnée que celle de ceux qui croyent qu'il faut détruire par les armes tous ceux qui ne sont pas de leur sentiment. La Prédication de la Parole de Dieu nous a été donnée pour persuader & pour établir la Religion & la Foi. Dieu n'a pas ordonné les armes & la Guerre pour soûmettre les Hommes à son empire. Ainsi continuons à parler des choses qui peuvent contribuer à la Paix.

Chap. Sixieme.

Quelle Paix chacun desire pour soi-même ?

Comme les avantages que chacun se propose en faisant la Paix regardent plûtôt son intérêt particulier que celui du Public, ainsi les conditions que chacun proposera seront très-différentes de celles des autres.

I.

L'Empereur demandera que le Traité de Prague demeure en son entier : que les François & les Suedois retirent leurs Troupes de l'Empire ; qu'ils restituent toutes les Places qu'ils ont occupées , principalement Brisac & Bensfeld , & tout ce qui en dépend. Il voudra que la Boheme avec ses dépendances demeure à la Maison d'Aûtriche en droit hereditaire , que la France ni la Suede ne se mêlent plus des Affaires de l'Empire,& qu'elles ne fassent point des Traités avec ses Membres. Outre cela il demandera que la Suede , la France , le Palatin & le Landgrave de Hesse lui payent les frais de la Guerre.

II.

La France demandera qu'on lui restitue tout ce qu'elle a possedé en Espagne, en Italie &dans les Païs-Bas , que l'Empire & les Princes de l'Empire ses Alliés soient remis dans le même état où ils étoient avant la Guerre ; il prétendra aussi un dédommagement des dépenses qu'il a faites pendant la Guerre qu'il n'a entreprise que pour soutenir la liberté de l'Empire.

III.

Le Roi d'Espagne voudra qu'on lui rende tout ce qu'il a perdu pendant cette Guerre , soit en Italie, soit dans les Païs-Bas ; il ne voudra point souffrir qu'on lui ôte rien de ce qu'il s'est approprié avant cette Guerre ; il voudra conserver le Palatinat qu'il s'est adjugé pour les dépenses qu'il a faites.

IV.

La Couronne de Suede voudra conserver tout ce qu'elle possede dans l'Empire, jusques à ce qu'on lui ait donné satisfaction de toutes les dépenses qu'elle a faites pendant la Guerre & de tous les domages qu'elle a soufferts ; elle ne voudra rien rendre jusqu'à ce que ceux qui se sont emparez de quelque partie de l'Empire , l'ayent restituée , & que les Etats & les Princes de l'Empire ses Alliés ayent été rétablis ; elle souhaitera même de s'acquerir la Pomeranie. X 2 V.

V.

Bohemiæ Status urgebunt restitutionem Regni illius in antiquum suum statum, cum libera Regis eligendi, & Reformatam Religionem exercendi potestate.

VI.

Status septem Provinciarum Unitarum inter alia petent ut Rex Hispaniæ formam liberæ Reipublicæ, quam sibi delegerunt, approbet, omnique suo juri, quod inter illos prætendit, renutiet, Exercitum prior dimittat, pacem & libertatem Commerciorum imprimis cunctis, Provinciis Belgii terra marique restituat, loca juraque utraque in India ipsis acquisita relinquat.

VII.

Rex Lusitaniæ, ut possessio Regni aviti quieta & imperturbata cum jure in Indias Orientales quæsito sibi relinquatur, expetet.

VIII.

Catalaunia, ut Rex Hispaniæ donationem Gallicanam, cui sese subjecit, ratam habeat; ne quidquam unquam in Provinciam illam prætendat, postulabit.

IX.

Elector Palatinus integram Domus suæ in bona & Dignitatem antiquam restitutionem, etiam cum fructibus perceptis, præcipue post obitum parentis sui, poscet.

X.

Elector Bavariæ nihil reddere prætendet, imo reparationem damni, hoc in Bello a Suecis præsertim illati, recompensationemque sumptuum illic factorum quos in summam ingentem exagerabit, expetet.

XI.

Elector Saxoniæ restitutionem locorum, quæ Sueci in Territorio ipsius possident, Civitatis imprimis Lipsiæ, cum conservatione donationum ab Imperatore factarum, Lusatiam imprimis, & Archiepiscopatum Magdeburgensem poscet.

XII.

Elector Brandeburgensis desiderabit ut Regina Sueciæ ipsi Pomeraniam, & omnia alia loca, quæ in Territorio suo Sueci occuparunt, reddat.

XIII.

Elector Moguntinus quoque restitutionem locorum, cum reparatione illati damni, & conservatione donationum a Cæsare sibi factarum exiget.

XIV.

Elector Coloniensis, & ipse reparationem damni perpessi, & restitutionem Locorum ab Hassis occupatorum petet.

XV.

Les Etats de Bohême presseront afin que ce Royaume soit rétabli dans ses anciens droits, avec une liberté entiere d'élire leur Roi & d'éxercer la Religion reformée.

VI.

Les Etats des Provinces-Unies demanderont entre autres choses, que le Roi d'Espagne approuve la forme de Republique libre qu'ils ont choisie, qu'il renonce à tous les droits qu'il prétend avoir sur eux, qu'il casse son Armée le prémier, qu'il leur laisse sans dispute tous les Lieux qu'ils ont acquis dans les Indes Orientales & Occidentales.

VII.

Le Roi de Portugal s'attendra à la possession libre, tranquile & sans troubles du Royaume qu'il a herité de ses Peres, & qu'on lui laisse le droit qu'il s'est acquis dans les Indes Orientales

VIII.

La Catalogne voudra que le Roi d'Espagne confirme la donation qu'elle a faite de sa Province à la France, & que l'Espagne ne prétende plus rien sur elle.

IX.

L'Electeur Palatin demandera la restitution entiere de sa Dignité & de ses Pais, avec les revenus alienés, principalement depuis la mort de son Pere.

X.

L'Electeur de Baviere ne voudra rien rendre; il attendra au contraire un entier dédommagement de ses pertes causées par les Suedois pendant le Guerre; il demandera recompense des frais qu'il a été obligé de faire & qu'il fera monter à des sommes immenses.

XI.

L'Electeur de Saxe demandera la restitution de tous les Lieux que les Suedois possedent dans son Païs, principalement la Ville de Leipzig; il voudra aussi conserver les donations que l'Empereur lui a faites de la Lusace & de l'Archevêché de Magdebourg.

XII.

L'Electeur de Brandebourg souhaitera que la Reine de Suede lui rende la Pomeranie & tous les Lieux que les Suedois tiennent dans ses Etats.

XIII.

L'Electeur de Mayence demandera la restitution des Lieux qui lui ont été ôtés, qu'on lui repare ses pertes & qu'on lui conserve les donations que l'Empereur lui a faites.

XIV.

L'Electeur de Cologne voudra qu'on lui repare ses pertes, & qu'on lui restitue toutes les Places que les Hessois ont occupées dans son Païs.

XV.

DE MUNSTER ET D'OSNABRUG. 165

XV.

Elector Trevirensis integram suam libertatem, & authoritatem in suum Capitulum , cum restitutione Episcopatuum Trevirensis & Spirensis, & Propugnaculorum Hermansteinensis & Werthuimensis reparationemque damni illati , fructuum perceptorum postulabit.

XV.

L'Electeur de Tréves demandera d'être remis dans une entiere liberté , qu'on lui redonne l'autorité qu'il avoit sur son Chapitre & qu'on lui restitue les Evêchez de Tréves & de Spire, avec les Forteresses de Hermanstein & de Wertheim, comme aussi les revenus dont il a été privé.

XVI.

Landgravius Cassellanus instabit ut loca in Westphalia occupata ipsi relinquantur donec de sumptibus Belli , damnoque illato , satisfactum fuerit; Renovationem quoque hæreditariæ Divisionis inter Domum Cassellanam & Darmstadianam urgebit.

XVI.

Le Landgrave de Hesse voudra qu'on lui laisse tout ce qu'il tient en Westphalie , jusques à ce qu'on l'ait pleinement satisfait des frais & des dommages de la Guerre, & qu'on renouvelle le Partage hereditaire qui a été fait , entre sa Maison & celle de Darmstat.

XVII.

Landgravius Darmstadianus è contra, ut ea quæ possidet , Donationes quoque Imperiales sibi relinquantur, postulabit.

XVII.

Le Landgrave de Darmstat au contraire voudra retenir ce qu'il possede & qu'on lui laisse la jouissance des donations Imperiales.

XVIII.

Duces Brunsuicenses & Luneburgenses petent, ut Loca quæ Sueci adhuc in Territorio eorum possident, restituantur.

XVIII.

Les Ducs de Brunsvic & de Lunebourg demanderont que tout ce que la Suede possede dans leur Païs leur soit restitué.

XIX.

Duces Wirtembergenses ,Comites Nassavii, Sarburgenses imprimis , Salmenses, Oltemburgenses, plures alii restitutionem Locorum , reparationemque damni illati petent , neque illis deerunt quæ suas Pretentiones exactissime specificent.

XIX.

Les Ducs de Wirtemberg , les Comtes de Nassau , principalement ceux de Saarbrug , les Comtes de Salms, & d'Oltembourg & plusieurs autres demanderont la restitution des Lieux qu'on leur a saisis & la reparation des pertes qu'ils ont soufertes ; ils ne manqueront pas de Gens qui particulariseront exactement leurs prétentions.

XX.

Nobilitas Imperii & ipsa restitutionem Locorum ipsi ademptorum , & reparationem damni illati petet.

XX.

La Noblesse même de l'Empire prétendra la restitution de tout ce qu'on leur a pris & la reparation des pertes qu'ils ont souffertes.

XXI.

Civitates Imperiales & liberæ idem facient , & damnum sibi suitque illatum Bello. hoc accurate designabunt.

XXI.

Les Villes libres & Imperiales feront la même chose & elles marqueront bien exactement les pertes qu'elles ont soufertes.

XXII.

In summa omnes Prælati, Principes, & Status Catholici , restitutionem bonorum Ecclesiasticorum , a Protestantibus occupatorum , præcipue post Edictum Passaviense promulgatum, postulabunt.

XXII.

Tous les Prélats, tous les Princes & les Etats de la Religion Romaine demanderont la restitution des biens Ecclesiastiques que les Protestans ont occupé principalement depuis que l'Edit de Passau a été publié.

XXIII.

Protestanterque Principes & Status nihil eorum quæ ex bonis illis possident volent reddere, maxime quæ ante Edictum illud occupavére publicatum.

XXIII.

Et les Princes & les Etats Protestans ne voudront rien rendre de ces biens qu'ils possedent, encore moins de ce qu'ils occupoient avant l'Edit de Passau.

XXIV.

Imperator quique illi adhærent urgebunt inquam observationem Pacis Pragensis , executionemque ejus, quod in Diæta Ratisbonensi , aliisque Conventibus Imperialibus , durante Bello celebratis, decretum fuit cum confirmatione Donationum cuique factarum.

XXIV.

L'Empereur & ses Adherens presseront afin que la Paix de Prague soit observée , & l'execution de tout ce qui aura été ordonné à la Diéte de Ratisbonne & dans les autres Assembléés. Imperiales pendant cette Guerre , & voudront qu'on confirme les donations qu'ils ont faites.

XXV.

X 3

XXV.

XXV.

Contra Principes & Status omnes Protestantes postulabunt Gravaminum,quæ plurima allegabunt,emendationem, imprimis, Civitatum Augustanæ & Donawerensis restitutionem, & cassationem aut moderationem Consilii Imperialis Aulici.

Ex quibus omnibus videre licet quot & quam difficilia in Conventu hoc de Pace generali instituto expedienda sint, antequam ad finem optatum pervenire queat.

Quamvis enim hic Conventus non sit ad dirimendas omnes Controversias, quarum major part peculiares & ordinarios suos Judices habet institutos, quatenus tamen Pacis progressum, aut remorari, aut impedire possunt, in eo componendæ aut dirimendæ sunt.

Caput Septimum.

De requisitis eorum qui de Pace tractare volunt,
Deque ordine quo in Tractatu hoc procedendum videtur.

UT ad Pacem perveniatur necesse est, ut ii quorum interest Pacem fieri, passiones, & affectum Paci contrarium, odium, vindictam, avaritiam, cupiditatemque exuant, seque Ratione gubernari sinant; absque hoc nunquam ad Pacem optatam pervenient.

Oportet etiam ut quilibet animum suum inducat aliquid perdere, cum omnis amica transactio, dando aliquid, & aliquid retinendo perficiatur; cumque impossibile sit tales Pacis conditiones reperire, quæ placeant omnibus, inde necesse est, ut quilibet sibi ob oculos miserrimum, & desperatissimum Europæ statum, in quem Bello redacta est, proponat, ingentemque Pacis, tam utilitatem quam necessitatem animo perpendat; Prælatique Ecclesiastici repetendo nimis rigide bona sua considerent, bona illa quæ Protestantes sibi eripuerunt a majoribus ipsorum, ipsis gratis collata, sed male administrata, eamque ob causam rursus fuisse erepta.

Considerent etiam plerique Seculares ea restituendo, conditionem suam tueri non posse & proinde animum potius servare, quam illam perdere, alienissimum a professione ipsorum esse propter bona temporalia, Christianissimum Populum perpetuo Bello involvere; bona quoque illa non fuisse eum in finem donata ut litibus pugniisque propugnarent, ut posteris eorum qui ea donarunt perniciem afferant, & ne posteri eorum etiam hoc cogitent sibi liberalitatem populi, ad majora bona, quæ bono Pacis nunc amittent, comparanda non defuturam.

Siquidem bona Doctrina, & sancta vita homines, sicuti antecessores eorum fecerunt, ad devotionem excitabunt. Quibus præmissis,hoc ordine in Tractatu Pacis procedendum videtur, ut a difficilioribus ad faciliora fiat transitus, nam illis expeditis hæc ultro se dabunt, potissimum & maxime difficile in Pace generali facienda.

Caput est ut Imperium Romanum in antiquum suum

XXV.

Les Princes & les Etats Protestans demanderont au contraire la correction des abus, dont ils produiront un grand nombre, la restitution d'Augsbourg & de Donawert, & qu'on casse ou du moins qu'on modere le Conseil Aulique Imperial.

On peut facilement conclure de tout ce que nous venons de dire, combien les choses qu'on doit traiter dans l'Assemblée qui se fera pour la Paix sont malaisées, & que ce ne sera pas sans peine qu'on parviendra à une heureuse fin.

Quoi que cette Assemblée ne soit pas pour mettre fin à toutes les Disputes, y en ayant plusieurs ordinaires & qui ne regardent que des particuliers qui ont leurs Juges établis dans l'Empire, cependant, comme elles pourroient retarder & empêcher la Paix, il faut qu'on y remedie & qu'on en décide.

CHAP. SEPTIE'ME.

Des Qualités requises dans ceux qui veulent traiter de la Paix,
Et de l'ordre qu'on doit observer dans ce Traité.

POur parvenir à la Paix, il est absolument necessaire, que ceux qui y ont intérêt se dépouillent de toutes leurs passions, qu'ils mettent sous leurs pieds la haine, la vengeance, l'avarice & la convoitise, & qu'ils se laissent gouverner par la seule Raison, sans quoi on n'y parviendra jamais.

Il faut que chacun se mette dans l'esprit qu'il doit perdre quelque chose; il ne se fait point d'accord à l'amiable qu'en cedant de chaque côté quelque chose de ses droits, & comme il est impossible de faire une telle Paix qui plaise à tout le monde, que chacun se représente l'état miserable où se trouve l'Europe par cette Guerre, il comprendra facilement l'utilité & la necessité de la Paix. Que les Prélats considerent que s'ils insistent avec rigueur sur la restitution des benefices,qui leur ont été pris par les Protestans, ces biens leur avoient été donnés gratuitement par les Ancêtres de ces mêmes Protestans, & que les ayant mal administrés ils leur ont été ôtés.

Qu'ils considerent encore que, si les Seculiers leur restituent leurs biens, ils ne sauroient soutenir leur condition; que les Prélats pensent donc plutôt à sauver leur ame qu'à la devotion; qu'il n'est pas de leur profession de perpetuer une Guerre parmi les Chrétiens pour des biens temporels. Les biens n'ont pas été donnés à l'Eglise pour causer des procès & des combats, ni pour porter dommage aux descendans des Donateurs; qu'ils considerent outre cela que la liberalité du peuple les recompensera, en leur procurant de plus grands biens que ceux qu'ils cederont pour le bien de la Paix.

S'ils prêchent une bonne Doctrine & qu'ils ménent une sainte vie,comme ont fait leurs Prédecesseurs,c'est le moyen d'exciter les autres à la dévotion. Ensuite, on pourra traiter de la Paix de telle manière qu'on passe des choses les plus difficiles aux plus aisées, comme cela se pratique fur tout lors qu'il s'agit d'une Paix génerale, parce que les premieres expediées,les autres suivent d'elles-mêmes.

Le principal est que l'Empire Romain soit réta-

1643.

suum statum restituatur; in qua restitutione præcipuum est, & difficillimum de bonis Ecclesiasticis transactis, & liberum duarum Religionum Catholicæ & Protestantis Exercitium.

Quibus expeditis, de cassatione omnium donationum tempore Belli factarum agetur.

Hinc de restitutione exulum, & spoliatorum, imprimis Domus Palatinæ, in bona & Dignitatem suam tractabitur.

Postea de restitutione Locorum quæ Galli, Suecique in Imperio occuparunt, & de satisfactione utrixque propterea danda:

Mox de restitutione Locorum quæ Hispani tenent, & quæ Princeps unus Imperii substraxit alteri, agetur.

Deinde de dimissione Exercituum, & abductione Præsidiorum.

Denique de litibus & Controversiis aliis inter Membra ipsa Imperii versantibus, & Pacis erectionem & durationem impedientibus constituetur.

Quibus omnibus paratis & exactis, publicatio Amnistiæ generalis per Imperium decernetur. Germania hoc modo pacata, etiam de Pace inter Galliam & Hispaniam, Galliam & Lotharingiam, Hispaniam & Lusitaniam, nec non Catalauniam & Hispaniam, & denique inter Hispaniam & Hollandiam instituetur Tractatio.

Quibus absolutis, Pacem generalem Christiani Orbis instar rami aurei ab aurea arbore resurgentis, videbimus; nam quod ad Imperatorem, & Regem Galliæ attinet, Bellum inter eos numquam fuit denuntiatum. Papa quoque Principibus & Civitatibus Confœderatis Italiæ facilè gratiam reddet.

CAPUT OCTAVUM.

De Conditionibus Pacis Imperii, quas Ratio ipsa videbitur tractare.

I.

UT *bona aliqua Pax in Imperio restituatur, ante omnia Pax Pragensis rursus abroganda est, locoque illius Edictum Passaviense renovandum.*
Quo Edicto utrique Religioni, Catholicæ Romanæ, & Protestanti, sine discrimine Lutheranæ & Calvinianæ, libera professio, liberumque exercitium in toto Imperio permittetur; bona quoque Ecclesiastica iis qui ea, tempore Edicti Passaviensis promulgati, possidebant relinquantur; lites autem & Controversiæ de sensu Edicti illius aut de depredatione bonorum Ecclesiasticorum occupatorum moventur, aut amice componenda certam pecuniam summam, aut certam pensionem annuam solvendo, aut ad Cameram Imperialem rejicienda, aut remittenda sunt.
Princeps autem qui supremam & absolutam jurisdictionem habet, alterutram e duabus Religionibus recipiendi, & publice in Ditione sua exercendi potestatem habebit.
Illi autem qui ipsi subjecti sunt nec a se approbatam Religionem recipere volunt, alia nulla quam civili pœna, puta exilio, aut multa pecuniaria prosequi illis fas erit; subjecto autem liberam ex Territorio suo exeundi potestatem concedat.

II. *Quo*

1643.

rétabli dans son ancien état; ce qui paroit le plus difficile, c'est la restitution des biens Ecclésiastiques & l'exercice libre des deux Religions, la Catholique Romaine & la Protestante.

Ce qui étant une fois arrêté, on parlera de toutes les donations qui ont été faites pendant la Guerre.

Ensuite on parlera de rétablir les exilés & ceux qui sont dépouillés de leurs biens, & préalablement de remettre la Maison Palatine dans la jouissance de ses Païs & de ses Dignités.

Après l'on traitera de la restitution des Lieux que les François & les Suedois ont occupé dans l'Empire & des Satisfactions qu'on leur pour accorder,

Tout aussi tôt il faudra traiter de la restitution des Lieux que les Espagnols possedent, & de ce qu'un Prince de l'Empire a enlevé à un autre.

Après quoi il s'agira de congedier les troupes & de retirer les Garnisons des Places.

Enfin on reglera tout ce qui regarde les Procès & les disputes que les Membres de l'Empire ont les uns avec les autres & qui pourroient arrêter la conclusion de la Paix ou la rendre de courte durée.

Toutes ces choses étant ainsi disposées & reglées, on fera publier une Amnistie générale par tout l'Empire. L'Allemagne étant calmée de cette maniere, on travaillera à la Paix entre la France & l'Espagne, entre la France & la Lorraine, entre l'Espagne & le Portugal, entre l'Espagne & la Catalogne, & enfin entre l'Espagne & la Hollande.

Ce qui étant conclu & arrêté, nous verrons bientôt la Paix avec son rameau d'or; car pour ce qui regarde l'Empereur & le Roi de France, il n'y a point eu de Guerre declarée entre eux, & le Pape recevra bientôt en sa grace les Princes & les Villes Confederées d'Italie.

CHAP. HUITIEME.

Des Conditions raisonnables pour rétablir la Paix dans l'Empire.

I.

POur *rétablir une bonne Paix dans l'Empire, il faut avant toutes choses renoncer à la Paix de Prague & renouveller l'Edit de Passau.*

Que par cet Edit, l'exercice libre des deux Religions, la Catholique Romaine & la Protestante, soit Lutherienne ou Calviniste, sans distinction, soit permis dans tout l'Empire; les biens Ecclésiastiques soient laissés à ceux qui les possedoient lorsque l'Edit fut publié: Pour ce qui regarde les Procès & les Disputes pour le sens de l'Edit & pour les biens qui ont été ôtés à l'Eglise, il faut les accorder à l'amiable en payant une certaine somme, ou bien en donnant une pension annuelle, ou en les renvoyant à la Chambre Imperiale pour qu'elle en juge.

Tout Prince Souverain aura le pouvoir dans ses Etats d'y admettre l'une ou l'autre Religion & de l'exercer publiquement.

Pour ceux qui lui seront sujets; & qui ne voudront point recevoir la Religion, qu'il aura approuvée, il ne pourra les condamner qu'à une peine civile, soit à l'exil ou à une amende pécuniaire, & il leur accordera néanmoins la liberté de sortir de ses Etats.

II. *Tou*

II.

Quo facto, omnes donationes ab una aut altera parte, durante Bello, factæ, revocandæ, rescindendæque sunt, ut bona unicuique quæ ante Bellum possedit possint restitui, idque sine ulla compensatione.

Bona autem unicuique eo in statu restituenda erunt, quo tempore Pacis inclusa sunt, ita ut antiqui possessores fructus perceptos a novis possessoribus non possint repetere, nec pro meliori ratione, & conservatione exigere.

Quod si novus possessor alteri bona illa vendidit, restitutio nihilominus a tertio fieri debet, qui recursum suum versus venditorem habebit.

III.

Mox etiam exules omnes revocandi & spoliati restituendi sunt, inter, quos, Familia Palatina primas tenet facile, cui Duces Wirtembergenses proximi sunt; restabiliti autem nihil ex fructibus perceptis repetent, ut dictum est, neque damnum perpessum persequentur, sed quilibet præteritorum debet oblivisci, & boni consulere præsentia.

IV.

Domus autem Palatina ante omnia restituenda est, quoniam ejus restitutio fundamentum est restitutioni omnium aliorum; restitutio autem hæc integra esse debet, in superiorem nimirum, inferioremque Palatinatum, cæteraque alia bona quæ inde dependent.

Ideo Hispanus, Bavarus, Moguntinus, Darmstadianus, cæterique omnia quæ, durante Bello, e Palatinatu decerpserunt necesse est reddant, nec sibi quidquam eorum retineant.

Restitutio enim uniuscujusque in eum statum fieri debet, in quo quisque ante Bellum fuit, ea, quam dicimus, limitatione adhibita. Quantum vero ad Dignitatem Electoralem attinet, ea Duci Bavariæ, si quidem aliter fieri nequeat, ad tempus vitæ relinquenda; nam perpetuatio, aut alternatio cum pace consistere neutiquam potest, neque Pax unquam tuta & firma erit nisi Domus Palatina restabilita sit in omnibus suis juribus in Imperio.

V.

Dehinc cum Corona Sueciæ tractabitur, ut Præsidiis e Locis quæ in Imperio occupavit, evocatis, restituat Pomeraniam imprimis Electori Brandenburgico; siquidem aliud nullum quam Belli jus in illam prætendat, ea conditione ut illi certa pecuniæ summa a toto Imperio, nullo Statu excepto, persolvatur, utque Loca, donec summa illa persolvatur, ipsi Hypothecæ titulo in potestate remaneant.

Puta

Wismaria,
Stralsunda,
Rugensis Insula,
Demminum,
Lipsia,
Osnabrugum,

                     Minda,

II.

Toutes les donations qui ont été faites de part & d'autre pendant la Guerre doivent être revoquées & declarées nulles, afin que chacun puisse entrer dans les biens qu'il possedoit avant la Guerre, & cela sans aucune compensation.

Il faudra restituer les biens à chacun dans le même état qu'ils se trouveront au tems de la conclusion de la Paix, à cette condition que ceux qui rentreront dans leurs possessions n'en pourront pas demander les revenus sous quelque prétexte que ce soit.

Si le nouveau Possesseur a vendu les biens à quelqu'autre, la restitution aura pourtant lieu; celui qui les aura achetés pourra avoir son recours à celui qui les lui a vendus.

III.

Il faut rappeller incessamment les Exilés, & restituer les biens à ceux qui en ont été dépouillés. La Maison Palatine doit être sans contredit la prémiere; ensuite les Ducs de Wirtemberg; mais ni les uns ni les autres ne pourront exiger les revenus, ni poursuivre la reparation des domages qu'ils ont soufferts; chacun doit oublier le passé & se contenter du bien présent.

IV.

La Maison Palatine doit être rétablie la prémiere, parce que c'est sur cette restitution que toutes les autres doivent être fondées; son retablissement doit être entier, & on doit lui rendre le Haut & le Bas Palatinat avec toutes leurs dépendances.

Pour cet effet l'Espagne, la Baviere, Mayence, Darmstat & tous les autres qui se sont saisis de quelque morceau du Palatinat pendant cette Guerre, seront obligés de le rendre sans pouvoir rien retenir.

La Restitution se doit faire, comme nous avons déja dit, de telle manière que chacun se trouve dans le même état qu'il étoit avant la Guerre, avec les conditions susdites. Pour ce qui regarde la Dignité Electorale, on pourroit, en cas qu'on ne puisse faire mieux, la laisser au Duc de Baviere pendant sa vie. Si l'on la lui laissoit pour toûjours, ou que les Ducs de Baviere ou le Palatin la possedassent alternativement, la Paix, ne sauroit subsister; elle ne sera jamais ferme ni assûrée à moins que le Palatin ne soit rétabli dans ses droits.

V.

On traitera ensuite avec la Couronne de Suede, afin qu'elle retire les Garnisons qu'elle a mises dans les Places qu'elle occupe dans l'Empire: elle restituera la Pomeranie avant tout à l'Electeur de Brandebourg, puis qu'elle n'y a d'autre droit que celui des armes. Il faudra lui donner néanmoins une somme d'argent que l'Empire sera obligé de payer sans excepter aucun Etat; en attendant elle retiendra en Hypotheque les Places qu'elle a sous sa puissance; Savoir

Wismar,
Stralsund,
L'Isle de Rugen,
Demmin,
Leipsic,
Osnabrug,

                   Minde,

Minda.
Et Benefeldum.

Omnia ista relinqui possunt Coronæ Sueciæ usque ad suam solutionem ; si verò illa non acquiescat , sed terras insuper aliquas in Imperio petat, Wismaria cum Stralsunto , & Insula Rugensi relinquatur.

Elector autem Brandenburgensis, & Dux Meckelburgensis, aliis Territoriis recompensandi erunt, Imperium enim pace opus habet etiamsi care illi emenda sit.

Bona autem Ecclesiastica imprimis recompensandis illis qui Pacis causa aliquid perdunt , adhibenda sunt , neque enim meliorem ullum in finem, nec Deo gratiorem, nec hominibus utiliorem, quam ad pacem recuperandam impendi possunt.

VI.

Postea etiam cum Gallia de restitutione locorum & abductione præsidiorum tractandum est, & cum illi pecunia recompensari non possit , alia ipsi ratione satisfaciendum erit.

Inter alia autem hoc proponi potest , ut possessio Episcopatuum Verdunensis , Metensis & Tullensis, ipsi a Statibus Imperii confirmetur , iisque Episcopatus Argentoratensis cum Tabernis Alsaciæ adjungatur , nam , ut dixi , bona Ecclesiastica magis impendi non possunt, quàm ut iis Pax redimatur.

Tum verò bonorum Ecclesiasticorum alienatio minimè omnium publico privatoque bono officit. Quod si stricto jure & non ex æquo , Tvactatui procedere velimus, nunquam optatam Pacem attingemus.

VII.

Dehinc cum Landgravio Cassellano de avocandis præsidiis e locis, ab eo in Westphalia & Oost-Frisia occupatis , agetur ; id quod ea conditione fortasse fiet , & Comitatus Schaumburgensis jam vacans, ei ab Imperio in feudum detur, & portio hæreditaria quam Darmstadianus detinet , reddatur.

Quod si non contentus sit , Abbatia Hirsfeldiana, aut Fuldensis , aut aliquid ex Archiepiscopatu Coloniensi , & annexis ei adjiciatur, bello enim finis quocumque modo imponendus, quo post bona Ecclesiastica , feuda Imperii vacantia conferri debent.

VIII.

Quod ad Regem Hispaniæ , qui arma , non pro libertate Imperii , sed pro Domo Austriaca sumpsit , nullam jure ab Imperatore compensationem petere potest , sed gratis loca detenta reddere , fructibusque quos durante bello inde percepit contentus esse debet.

IX.

Dux quoque Bavariæ loca occupata gratis reddere debet , & recompensationem a Domo Austriaca, pro quâ arma sumpsit , si quam expetit , possulabit , illud quoque perpendat quod durante bello ingentes fructus à terris alienis possessis perceperit , nec non a Contributionibus Franconiæ, Bavariæ , Suevia, aliarumque Provinciarum tantum

Tom. I.

Minde.
Benfeld.

On laissera toutes ces Places à la Suede jusques à ce qu'elle ait été payée ; si elle n'est pas contente & qu'elle demande d'autres terres dans l'Empire , on pourra lui laisser Wismar, Stralsond avec l'Isle de Rugen.

On devra recompenser l'Electeur de Brandebourg , & les Ducs de Mecklebourg en leur donnant d'autres terres : l'Empire a besoin de la Paix quoi qu'il la lui faille acheter cherement.

Il faut se servir des Biens d'Eglise pour recompenser ceux qui perdront quelque chose pour l'amour de la Paix , on ne sauroit les aliener plus à propos ni pour une meilleure fin qui seroit si agreable à Dieu & aux hommes, que pour rétablir la Paix parmi les Chrétiens.

VI.

On traitera ensuite avec la France pour l'engager à retirer ses Garnisons & à la restitution de ce qu'elle a pris : comme on ne sauroit la contenter avec une somme d'argent , il faudra la satisfaire d'une autre maniére.

Par exemple on pourroit lui proposer que les Etats de l'Empire lui confirmeront la possession des Evêchez de Metz , Toul & Verdun , on pourroit y ajouter l'Evêché de Strasbourg & Saverne en Alsace, car, comme il a été dit, on ne sauroit mieux employer les biens d'Eglise que d'acheter par leur moyen une bonne Paix.

L'Alienation des Biens d'Eglise ne fait aucun tort ni au Public ni au particulier. Si l'on vouloit agir selon la rigueur du droit, au lieu de se servir de ce qui est bon & raisonnable, il seroit impossible de parvenir jamais à la Paix si desirée.

VII.

On traitera ensuite avec le Landgrave de Cassel pour l'engager à retirer les Garnisons des lieux qu'il occupe en Westphalie & en Oost-Frise; ce qui se feroit peut-être en lui donnant le Comté de Schaumbourg vacant, en fief relevant de l'Empire; il faudroit aussi que le Landgrave de Hesse fist rendît la portion hereditaire qu'il retient.

Si le Landgrave de Hesse n'étoit pas content, on pourroit ajouter encore l'Abbaye d'Hirsfeldt, ou bien celle de Fulde , ou bien encore quelque partie des annexes de l'Electorat de Cologne; il faut finir cette Guerre à quelque prix que ce soit , si les biens d'Eglise ne suffisent pas il faut se servir des fiefs de l'Empire qui seront vacans.

VIII.

Comme le Roi d'Espagne n'a pas pris les armes pour la Liberté de l'Empire , mais en faveur de la Maison d'Autriche , il ne sauroit demander justement aucune recompense de l'Empereur, il faut qu'il rende genereusement les Places qu'il a prises pendant cette Guerre en se contentant de ce dont il a joui jusques ici.

IX.

Le Duc de Baviere doit rendre aussi liberalement les lieux qu'il a occupez ; s'il demande quelque recompense qu'il s'adresse à la Maison d'Autriche pour laquelle il a pris les armes , & qu'il considere qu'il a retiré des sommes immenses pendant la Guerre, des terres qui ne lui appartenoient pas , qu'il a retiré des Contributions de la Franconie, de la Baviere, de la Suabe & de plusieurs autres Provinces , & le profit &

Y

1643.

tum lucri fecerit, ut, aliis omnibus egentibus, ipse solus ditissimus omnium Imperii Principum evaserit.

qu'il en a tiré est si considerable que tous les Etats de l'Empire étant appauvris, il se trouve lui seul le plus riche de tous.

1643.

X.

Quod si alia quædam Controversiæ & lites inter Membra Imperii superfuerint, ex æquis Conditionibus componendæ, aut ad Cameram Imperii remittendæ sunt, ubi secundum Leges & Constitutiones Imperiales decidentur, ut nemo possit sese judiciis Cameræ jure subtrahere, ea reformanda & ad votorum æqualem numerum redigenda est, ita ut tot in ea Protestantes quot Catholici Judices sedeant, aut si id fieri non possit, nova aliqua Camera æquali Protestantium & Catholicorum Judicum numero constans instituenda est, in qua illæ solæ Controversiæ dijudicentur, quæ publicam Pacem, aut impedire aut turbare queunt.

X.

S'il reste après cela quelques procès & quelques disputes entre les Membres de l'Empire, on doit les regler aussi justement qu'il sera possible; ou bien les renvoyer à la Chambre Imperiale, qui les jugera selon les Loix & selon les Constitutions de l'Empire, & afin que tout le monde s'y soumette sans peine, il faudra la reformer & y mettre un pareil nombre de Juges Catholiques Romains & Protestans. Si cela ne se peut faire, il est necessaire d'établir une nouvelle Chambre où le nombre des Juges des deux Religions soit égal, qui jugeront tous les Procès qui pourroient empêcher ou troubler la Paix dans l'Empire.

CAPUT NONUM.

De Pace inter Principes & Status extra Imperium facienda.

QUamquam hæc Pax factu apprime sit difficilis, nec facile Conditiones omnibus grata inveniri queant, aliquid tamen de iis dicendum est, non quod propria receptum iri credamus, sed ut ea quæ multorum sermonibus agitantur in unum congesta ante oculos ponamus.

CHAP. NEUVIEME.

Comment on pourroit faire la Paix entre les Princes & les Etats qui ne sont pas de l'Empire.

QUoi qu'il soit très-difficile de faire cette Paix, & qu'on ne puisse pas trouver aisément des Conditions, qui soient egalement agreables à tous, il en faut pourtant dire quelque chose; ce n'est pas pour faire valoir notre sentiment, mais seulement pour proposer ce que l'on en dit communément dans le Monde.

I.

Pax inter Imperatorem & Regem Galliæ, nec non inter Imperatorem & Regnum Sueciæ, Pace Imperii & Germania supra explicata continetur; his enim quæ diximus completis Pax inter illos ultro coalescit.

I.

Nous ne repeterons pas ce que nous avons deja dit pour faire la Paix entre l'Empereur & le Roi de France, entre l'Empereur & la Reine de Suède, & les Etats de l'Empire; si cela s'executoit la Paix seroit bien tôt faite.

II.

Pax Galliam inter & Hispaniam gravissimis difficultatibus implicata est, ut non sine ratione nonnulli dixerunt, facilius media belli prosequendi ab una alteraque parte, quam illud finiendi reperiri posse.

Quidam id sequentibus tamen Conditionibus fieri posse autumant, nimirum ut Hispanus Gallo relinquat Cataulauniam & Comitatum Rossilianum, utque Gallus Hispano possessionem Navarræ, Flandriæ, Arthesiæ Hannoniæ confirmet, locaque in his Provinciis & Ducatu Luxemburgensi capta restituat, Theonis Villa verò & Herdinum ante demoliantur.

In Italia Gallus cedat jus suum quod in regnum Neapolitanum & Siciliam prætendit, eâ lege ut Hispanus Duci Sabaudiæ reddat quidquid illi pertinet; idem Gallus faciat: Casale Montisferrati tamen ante demoliatur: de Pignerolo tractetur separatim.

E contra Hispanus Mediolanensem Ducatum Principi alicui qui absolutus sit, nec qui ab Hispania dependeat per viam matrimonii aut aliam, in proprietatem & feudum det.

Quia diffidentia nunquam, quæ est causa Bellorum inter vicinos, cessabit, quamdiu Hispanus
Duca-

II.

La Paix entre la France & l'Espagne est remplie de très-grandes difficultez, c'est pourquoi quelques-uns ont dit avec assez de raison, que ces Puissances trouveroient plutôt les moyens de continuer la Guerre, qu'elles n'en trouveroient pour la finir.

Quelqu'un a cru pourtant que la Paix se pourroit faire à ces Conditions; il faudroit que l'Espagne laissât à la France la Catalogne & le Comté de Roussillon, que la France confirmât l'Espagne dans la possession de la Navarre, de la Flandre, de l'Artois, du Hainaut, & qu'elle restituât toutes les Places qu'elle a conquises dans ces Provinces & dans le Duché de Luxembourg; Thionville & Hestlin devroient être demolis.

Que la France cede en Italie le droit qu'elle a sur les Royaumes de Naples & de Sicile, à condition que l'Espagne rende au Duc de Savoye tout ce qui lui appartient aussi bien que la France, & que Cazal soit demoli: on pourra traiter à part de Pignerol.

L'Espagne de son côté cederoit le Duché de Milan à quelque Prince qui le possederoit en Souverain, ou en fief en faveur de quelque Mariage ou par quelqu'autre voye.

La defiance cause ordinaire de la Guerre ne cessera jamais entre les Voisins, pendant que l'Es-

1643.

Ducatum hunc obtinebit : ut verò conditiones hæ minus iniquæ & abſurdæ videantur, ſequentia conſideranda ſunt.

I.

Quod Hiſpanus, relinquendo Galliæ Regi Catalauniam, id perdet quod recuperare difficillimè poterit, & ſi recuperet duplo ei conſtabit.

II.

Quod amittendo Catalauniam, poſſeſſionem & Dominium Navarræ, & Belgii, pro litigioſis ſibi certa reddat, nec non Urbes, recuperet difficillimas, quales Atrebatum, Hesdinum, Theonis Villam.

III.

Demolitio autem Hesdini & Theonis Villæ occaſionem novarum Turbarum præcedet, & ſicuti multum Galliæ proficit, ita parum officit Hiſpaniæ.

IV.

Quantum ad Comitatum Roſſilianum, Hiſpania nihil Galliæ dat, ſed reddit quod ei abſtulit.

V.

Nihil quoque juſtius eſt, quam ut Sabaudo & cuicunque alteri id reſtituatur quod jure appertinet.

VI.

Quod ſi Gallus juri ſuo in Neapolim & Siciliam renunciat, æquum eſt ut Hiſpanus eum viciſſim metu Mediolani liberet.

VII.

Hiſpanus quoque transferendo in alium Mediolani Dominium nihil perdit, cum Ducatus ejus conſervatio ei plus conſtet, quam quod lucri inde capit.

VIII.

Tum verò ſuspicione affectatæ Monarchiæ, qua ſuspectus & inviſus eſt omnibus, ſeſe aliquo modo liberat.

IX.

Quod ſi Princeps, in quem Ducatus illius Dominium transferretur, feudatarius, aut amicus ſit Hiſpaniæ, poſſeſſionem Neapolitani & Siciliani Regni tutam ſecuramque reddat, eritque illi inſtar muri, & propugnaculi.

X.

Mediolani metu liberatus Gallus in Caſalis demolitionem facile conſentiet, æquisque etiam legibus cum Sabaudo de Pignerolo tranſiget.

XI.

Denique translato talis, quæ Pacis cauſa fit in alium, non eſt res nova, nam Hiſpanus ita Belgicas Provincias in Archiducem Auſtriæ Albertum, jam olim per viam Matrimonii tranſtulerat, nec ſucceſſu conſilium caruiſſet, ſi ſobolem Archidux reliquiſſet.

TOM. I.   Non-

1643.

l'Eſpagne poſſedera ce Duché, & afin que l'on ne trouve pas ces Conditions iniques & abſurdes, examinez ce qui ſuit.

I.

Quand l'Eſpagne cedera la Catalogne à la France, elle ne cedera que ce qu'elle ne ſauroit que très-difficilement reprendre, & qui lui couteroit le double plus que cela ne vaut.

II.

En cedant la Catalogne elle acquiert la Navarre & la Flandre qui lui ſeroient ſans cela diſputées, elle rentre en poſſeſſion d'Arras, de Hesdin & de Thionville qu'elle auroit eu bien de la peine à reprendre.

III.

En demoliſſant Hesdin & Thionville on ôte l'occaſion à de nouveaux troubles, & comme cette demolition eſt très-avantageuſe à la France, elle ne fait aucun tort à l'Eſpagne.

IV.

Pour ce qui regarde le Rouſſillon, l'Eſpagne ne donne rien à la France, elle lui rend ce qu'elle lui a ôté.

V.

Il n'y a rien de plus juſte qu'on reſtitue à la Savoye & à quiconque il a été pris ce qui leur appartient de droit.

VI.

Si la France renonce au droit qu'elle a ſur Naples & Sicile, il n'y a rien de plus raiſonnable que l'Eſpagne la delivre de la crainte du Duché de Milan.

VII.

L'Eſpagne ne perd rien en tranſportant la Souveraineté de Milan à un autre, puis qu'Elle eſt obligée de plus dépenſer pour la conſervation de ce Pays qu'elle n'en retire de profit.

VIII.

Elle ſe delivrera par ce moyen du ſoupçon qu'elle affecte la Monarchie univerſelle, ce qui la fait craindre & haïr de tout le monde.

IX.

Si l'Eſpagne donne le Duché de Milan à quelque Prince feudataire ou de ſes Amis, elle s'aſſure la poſſeſſion des Royaumes de Naples & de Sicile, le Milanois lui ſervira de Barriere.

X.

La France delivrée de la crainte que lui cauſe le Duché de Milan conſentira facilement à la demolition de Caſal, & s'accordera avec la Savoye pour Pignerol à des Conditions juſtes & raiſonnables.

XI.

Enfin ce Transport du Duché de Milan n'eſt pas une choſe nouvelle, l'Eſpagne a autrefois tranſporté les Pais-Bas à l'Archiduc Albert en faveur d'un Mariage, & la choſe auroit bien réuſſi ſi l'Archiduc avoit laiſſé des Enfans.

Y 2   Il

Nonnulli tamen sequentes Pacis inter Gallum & Hispanum Conditiones proponunt, ut Catalaunia a Gallo Hispano restituatur, ea lege ut Hispaniæ Rex de Amnistia Catalaunis sufficienter caveat, & Rex Galliæ fidem suam pro Hispano, erga Catalaunos obliget, ut Porpinianum & Rossilianus Comitatus Gallo maneant. Gallus etiam libertatem auxiliandi Lusitanis habeat, ut Gallus in Italia Casalim demoliat, retineat autem Pignerolum, ut Gallia restituat Lotharingiam, demoliatur Nanceyum, & reddat Atrebatum, Damvillerium & Landrezium; Quod illa retineat Bapomum & Hesdinum, & demoliatur Theonis Villa, Brisacum quoque omnaque quæ Mantua possidet, retineat.

E contra Imperator & Rex Hispaniæ restituent libertatem suam Germaniæ, & remittent Imperii Principes in Bona & antiquum Statum suum: faciendo Pacem sine hisce Conditionibus, belli relinquitur fomes.

I.

Nos autem querimus Pacem non tantum generalem, sed etiam, si fieri queat, perpetuam.

II.

Sunt qui Catalauniam in Statum Reipublicæ redigendam censent, ut nec Gallo, nec Hispano subsit, sed utriusque protectione gaudeat; & Aristocratico modo gubernetur, sitque instar antemurale Galliam inter & Hispaniam.

III.

Pax inter Hispaniam & Provincias Unitas, haud minori difficultate laborat; imò Status Unitarum Provinciarum, tantam de Hispano diffidentiam conceperant ut nec tractare quidem cum illo de Pace vellent; itaque unum ex tribus hisce fieri necesse est.

Aut ut denuo Hispanus Provincias Belgicas alteri, feudo aliove titulo cedat.

Aut ut Statibus ipsi decem Provinciarum, quæ ipsi obediunt, liberam & absolutam potestatem de Pace cum Provinciis Unitis suo nomine tractandi conferat.

Aut ut arbitrium Pacis faciendæ Cæsari, Gallo, Principibusque Imperii committat, qui liberam ejus faciendæ potestatem habeant, fidemque suam pro observatione pactorum obligent.

Si primum faciat, nihil novi faciet, sed id quod Alberto Archiduci olim fecit.

Si secundum, nihil faciet temere; Status Provinciarum ipsi subjectarum ita erga illum affecti sunt, ut Conditiones nullas iniquas, & damnosas inituri sint.

Si tertium, id faciet quod in casibus similibus accidit, cum pro arbitrio deliguntur illi qui utrique parti æque affecti sunt.

In Tractatu autem hæc Hispanus considerare debet,

I.

Il y en a d'autres qui pour faire la Paix entre la France & l'Espagne font les propositions suivantes, savoir, que la France rende la Catalogne à l'Espagne, à condition que le Roi d'Espagne assure une Amnistie générale à la Catalogne, & que le Roi de France en soit le Garand, que Perpignan & le Roussillon demeurent aux François, qu'ils ayent la liberté de secourir les Portugais, que Casal soit démoli, & que la France retienne Pignerol, qu'elle restitue la Lorraine, & que Nanci soit démoli, qu'elle rende Arras, Damvilliers & Landreci, qu'elle retienne Bapaume & Hesdin, & que Thionville soit démoli, qu'elle conserve Brisac, & tout ce qu'elle possède dans le Mantoüan.

L'Empereur & le Roi d'Espagne doivent rétablir en une pleine jouïssance de la liberté les Princes & les Etats de l'Empire pour éviter d'y allumer une nouvelle Guerre.

I.

Or nous demandons une Paix qui ne soit pas seulement generale, mais nous la voudrions perpetuelle, s'il étoit possible.

II.

Il y en a d'autres qui disent qu'il faudroit que la Catalogne fût mise en République, afin que la France ni l'Espagne n'en fussent pas les Maîtres, mais qu'elle jouït de la protection de l'un & de l'autre, que le Gouvernement fût Aristocratique, elle seroit alors un rempart entre la France & l'Espagne.

III.

Il n'y a pas moins de difficulté à faire la Paix entre l'Espagne & les Provinces Unies, les Provinces Unies se défiant si fort de l'Espagne qu'elles ne voudront point traiter de la Paix avec elle; pour cet effet il faut choisir un de ces trois moyens.

Ou que l'Espagne donne derechef en fief les Provinces du Païs-Bas à quelqu'autre.

Ou qu'elle donne le pouvoir aux Etats des dix Provinces qui lui obéissent de traiter en son nom avec les Provinces Unies.

Ou bien qu'elle prenne pour Arbitres de la Paix l'Empereur, le Roi de France & les Princes de l'Empire, & qu'ils soient garands de tout ce qui sera accordé envers les Provinces Unies.

Si l'Espagne choisit le premier moyen, elle ne fera rien de nouveau, c'est ce qu'elle a déja fait autrefois en faveur de l'Archiduc Albert.

Si elle veut le second, elle ne fera rien que de raisonnable, les dix Provinces qui dépendent de lui sont si fort attachées qu'elles ne feront jamais la Paix à des Conditions iniques & domageables.

Si elle accepte le troisième, elle fera comme c'est l'ordinaire en de semblables cas, où l'on prend pour Arbitres les Personnes qui sont également attachées à l'un & à l'autre parti.

C'est ce que l'Espagne doit considerer dans ce Traité.

I.

I.

Quod aliter Pax fieri non possit, & tamen sibi admodum non modo utilis, sed etiam necessaria est.

I.

La Paix ne sauroit se faire autrement, cependant elle lui est très utile, même elle lui est nécessaire.

II.

Quod impossibile sit diutius belli onus sustinere sine ruina omnium aliorum Regnorum suorum.

II.

Il lui est impossible de soutenir plus long-temps la Guerre sans ruiner entiérement tous ses Royaumes.

III.

Quod Pacem hanc faciendo, infinitam pecuniæ quantitatem, infinitumque hominum numerum conservet.

III.

En faisant ainsi la Paix elle conserve des sommes d'Argent infinies & un nombre prodigieux d'hommes.

IV.

Quod Bellum hoc diutius continuando periculum incurrit, non solum perdendi etiam alias decem Provincias sed utrasque Indias.

IV.

Si l'Espagne veut continuer la Guerre elle court risque de perdre non seulement les dix Provinces qui lui restent, mais même les Indes Orientales & Occidentales.

Quod ad Pacem inter Hispaniam & Lusitaniam attinet, vix alia reperiri potest conditio, quam ut Rex Hispaniæ Regnum hoc in statu illo in quo nunc est, successionis deficiente stirpe Regia moderna sibi retento relinquat & amicitiam cum Rege novo colat.

Lusitani vero in contrarium India Occidentali penitus abstineant, in Orientali autem utrique Nationi Commercium liberum sit, Regnum enim Lusitaniæ separatum semper Regnum fuit, & jus quod Hispanus illi prætendit, non est satis liquidum.

Hispani autem Indias Occidentales primi detexerunt, Orientales autem cum Lusitanis invicem excoluerunt; hoc faciendo Hispanus possessionem reliquorum Hispaniæ Regnorum sibi tutam liberamque reddet, usumque fructuum Indiarum Occidentalium sibi soli vindicabit, & Orientalium cum Lusitania communem habebit, eaque ratione facultatem sibi forma Pacis, ingentesque copias comparabit.

Pax inter Galliam & Lotharingiam faciliter facta erit, si pax Imperatorem inter Gallumque coalucrit, Gallus enim Lotharingo omnes suas ditiones reddet, ea conditione, ut & ipse aliis reddat quod ipsis eripuit.

Quod ad Nanceium attinet munitiones demoliendæ sunt, neque enim alteri rei quam diffidentiæ inter Principes fovendæ serviunt.

Pour ce qui regarde la Paix entre l'Espagne & le Portugal, il n'y a point d'autre moyen plus propre que de laisser le Royaume de Portugal dans l'état qu'il est à présent, à condition neanmoins qu'en cas que la Famille Royale de Portugal ne laisse point de Successeurs, le Roi d'Espagne entre en leur place & en attendant, qu'il vive en amitié avec le Roi nouveau.

Il faut que les Portugais de leur côté renoncent aux Indes Occidentales, & que dans les Orientales le commerce soit libre pour l'une & pour l'autre nation. Le Royaume de Portugal a toûjours été un Royaume separé, & les pretentions de l'Espagne sur ce Royaume ne sont pas assez claires.

Les Espagnols ont découvert les premiers les Indes Occidentales, les uns & les autres ont pris poste dans les Indes Orientales. Par cette voye l'Espagne s'assurera ses Royaumes, & aura seule l'usufruit de ce que rapportent les Indes Occidentales; elle partagera avec les Portugais les profits des Orientales, ce qui lui remplira ses coffres & lui donnera une Paix durable.

La Paix entre la France & la Lorraine sera trèsfacile à faire, lorsque l'Empereur & la France seront d'accord; le Roi de France rendra au Duc de Lorraine tout son Pais, à condition que le Duc rende aussi de son côté ce qu'il aura pris des autres.

Pour ce qui regarde Nanci on en démolira les Fortifications qui ne sont d'autre utilité que pour nourrir la mesiance entre les Princes.

CAPUT DECIMUM.

De mediis quibus omnes qui in Pacis Negotio participant ad eam acceptandam induci possunt.

CHAPITRE DIXIE'ME.

Des moyens pour porter à la Paix tous ceux qui s'y interessent.

I.

SI Imperator, Rex Galliæ, Regina Sueciæ, & Rex Hispaniæ inter se de facienda Pace conspirant, facile alios omnes ad eam acceptandam etiam invitos cogent.

I.

SI l'Empereur, la France, la Reine de Suede & le Roi d'Espagne s'accordent pour faire la Paix, ils obligeront tous les autres malgré eux mêmes à l'accepter.

II.

II.

Y 3

II.

Quantum verò ad hos quatuor Principes ipsos attinet, nihil eos ad Pacem faciendam acceptandamque poterit inducere, nisi prudentia & judicium tam considerando secundum publicum & non secundum privatum bonum.

Publicum bonum est, ne bellum diutius persequendo, Religio & Politia penitus intereat omnis.

Privatum, ne tandem Reges ipsi sint sine populo & opibus.

III.

Generalis Pacis autem constituende medium est, ut nulla Pax particularis sola, sed generalis conjunctim concludatur.

Itaque Suecia Pacem cum Cesare nullam faciet, si Cesar non faciat Pacem cum Palatino, Landgravio, aliisque Protestantibus Imperii Principibus & Statibus, & Gallus cum Hispano non faciet, si idem non fuerit firmum & durabile cum Aula Viennensi.

Pacem cum Hollandia, Catalaunia, cæterisque suis Confœderatis & sociis hac ratione Pax una promovebit alteram, inter Cesarem & Gallum non est opus, cum Bellum inter eos nondum sit publicatum : de Lusitania quoque nondum constat, sit ne Pace generali comprehendenda, nec ne.

Pax ita conclusa introducatur & conservetur, Milites abducantur, aut agri inculti illis assignentur, itinera a latrociniis purgentur, Judicia restabiliantur, leges renoventur, Religio denique artesque bonæ rursus excolantur, quo facto brevi frugiferum annum, Scientias reflorescentes, commercia frequentata, denique Christianorum Orbem calamitate ac luctu modo squalentem fortunatum & lætantem modo videbimus.

Hæc sunt quæ obiter & generatim de Pace in Christiano Orbe restabilienda dicere visum fuit, nam quod ad magis particularia, (quæ infinita sunt) ea tractatus ipsius negotio, dexteritate, & ne dicam divina prudentia Legatorum expedientur.

II.

Pour ce qui regarde ces quatre Puissances rien ne les doit plus engager à faire & à accepter la Paix que la droite raison, voulant bien perdre quelque chose en faveur du public & des Particuliers.

Le bien Public leur en sera redevable parce qu'en continuant la Guerre, la Religion & la Police courent risque de perir entierement.

Le bien particulier, parce que les Princes courent risque de se trouver bientôt sans Sujets & sans argent.

III.

Le moyen unique pour faire la Paix, c'est d'éviter de faire aucune Paix particulière & de travailler d'un commun accord pour la Paix generale.

Ainsi la Suede ne fera point de Paix particulière avec l'Empereur, à moins que l'Empereur ne la fasse avec le Palatin, le Landgrave de Hesse, & avec les autres Princes & Etats de l'Empire Protestans, & la France ne sera point de Paix avec l'Espagne, avant que d'avoir fait la Paix avec la Cour de Vienne.

Après quoi on travaillera pour la Paix de la Hollande & de la Catalogne & pour celle de tous ses Confederez, une Paix avancera l'autre; comme il n'y a point eu de Guerre publiée entre la France & l'Empereur, il ne sera pas nécessaire de travailler beaucoup pour faire la Paix : pour ce qui regarde le Portugal, on ne sait pas encore s'il sera compris dans la Paix generale.

La Paix ainsi arrêtée pour l'introduire & pour la conserver, il faudra retirer les Troupes, on pourra leur donner les terres incultes afin que les cultivent les chemins soient libres & qu'on n'entende point parler de vols, les Tribunaux seront rétablis, les Loix seront renouvelées, la Religion se rétablira, les Arts & les Sciences fleuriront, ce qui nous fera voir en très-peu de temps des années abondantes, le Commerce prosperer & le Monde Chrétien jusques ici rempli de tristesse & de deuil reprendra une face nouvelle où la joye & le contentement habiteront.

C'est ce que nous avons cru devoir dire en général, pour rétablir la Paix parmi les Chrétiens; la Dexterité & la Prudence extraordinaire de ceux qui seront deputés pour travailler à la Paix suppléera aisément au reste.

REPONSE

De Messieurs les Comtes

D'A V A U X

ET

S E R V I E N,

A la Lettre

D U R O I

Touchant les Prétentions

De Monsieur

DE LA TRIMOUILLE,

Au Royaume de Naples.

A la Haye le 26. Jour du mois de Janvier 1644.

SIRE,

NOus avons toûjours differé de faire ré-ponse à la Lettre qu'il a plu à votre Ma-jesté nous écrire touchant les Prétentions de Monsieur le Duc de la Trimouille sur le Royau-me de Naples, jusques à ce que les Affaires que nous traitons ici nous donnassent relâche; & comme cela est plûtôt de l'Assemblée de Muns-ter que de ce lieu, nous avons estimé d'abord qu'elle y pourroit être renvoyée.

Mais le Gentil-homme que ledit Sieur Duc a depêché nous ayant temoigné impatience de s'en retourner en France & un extrême desir d'emporter notre Réponse nous n'avons pas voulu le retenir davantage.

Votre Majesté nous fait beaucoup d'honneur de vouloir que nous lui disions nos sentimens sur une matiere de telle importance, & que nous sommes bien marris de ne pouvoir lui re-présenter sur ce sujet que les mêmes choses qui ont été dites par tous ceux qui ont écrit sans passion de ce noble differend.

Comme ç'a été le commencement des Guer-res qui se sont ensuivies entre les Rois de France & d'Espagne, les Historiens ont cu-rieusement recherché de quel côté étoit la Justice, & trouvans que le veritable droit sur le Royaume de Naples appartient aux Rois de France, quoi que le sort des Armes ne leur ait pas toûjours été favorable pour s'en con-server la possession.

A la verité si les Princes de la Maison d'Ar-ragon qui l'ont tenu quelques années y avoient quelque droit legitime, nous ne faisons point de doute qu'il n'appartienne ce jourd'hui sans dif-ficulté à Monsieur le Duc de la Trimouille par le moyen de Madame Charlotte d'Arragon unique heritiere de Ferdinand fils naturel d'Alphon-se mariée en la Maison de Laval, dont ledit Sieur Duc a recueilli toute la Succession.

Mais ce droit ayant toûjours été combattu par les armes de nos Rois & par la Justice même, nous ne voyons pas comment il pourroit être allegué par les Ambassadeurs de Sa Majesté.

Nous estimons bien que, s'il y avoit une autre Justice que celle de Dieu établie dans le monde pour décider les differends des Souverains, il ne seroit pas peut-être inutile d'entendre à la proposition que fait ledit Sieur Duc de ceder son droit à votre Majesté, aux Conditions qu'il lui plaira, car encore qu'il ne soit pas considera-ble, & que celui de la Couronne de France soit indubitable, en les accumulant, comme on peut faire selon les Regles de la Jurisprudence, on se pourroit servir utilement de cettui-ci contre les Rois d'Espagne, lesquels ne seroient pas reçus à le debattre, puis qu'ils l'ont autrefois soûtenu comme legitime, lorsqu'au prejudice de leur foi ils ont assisté leurs Parens de leurs conseils, de leur argent, & de leurs forces pour s'y main-tenir.

Mais comme il n'y a point de Juges à qui l'on puisse donner l'autorité de connoître de sem-blables differends, & que toute la satisfaction que votre Majesté se peut promettre dans la Negociation de la Paix, sur l'Injustice que lui font les Espagnols en lui detenant ce Royaume qui lui appartient, dépend principalement de la force que le bon succès de ses Armes pourra donner à ses raisons; nous doutant s'il seroit u-tile d'acquerir le droit du dit Sieur Duc, & s'il seroit bienseant en notre bouche lorsque nous traiterons avec les Espagnols, nous reconnoî-trons bien, Sire, que la permission que votre Ma-jesté lui a donné de representer ses raisons & fai-re les poursuites qu'il jugera à propos dans l'As-semblée de Munster, ce n'est pas moins un ef-fet de votre bonté que de votre Justice.

Car encore que nos Rois ne refusent point à leurs Sujets la liberté de plaider contre eux en des matieres ordinaires, ils se sont toûjours reser-vé à eux le jugement de ce qui touche la Sou-veraineté.

Mais il semble qu'il ne sera pas desavantageux à Votre Majesté, qu'un Seigneur François né son Sujet, fasse voir aux Ministres des plus grands Princes de l'Europe que sa prétention sur le Royaume de Naples seroit plus legitime que le droit du Prince qui le possede, si celui de la Couronne de France n'étoit pas, comme il est, préferable sans contredit à l'un & à l'autre.

Nous sommes,

SIRE,

Vos très-humbles & très-obeïssants & très-fidelles sujets & serviteurs

D'AVAUX, SERVIEN.

Est écrit à côté, A la Haye le vingt-sixieme Jour du mois de Janvier l'an de Grace mil six cens quarante-quatre.

LET-

LETTRES PATENTES

De la

REINE DE SUEDE

A S.ES PEUPLES

Pour justifier les Armes qu'elle a prises contre les Danois.

CHristine par la Grace de Dieu Reine designée, & Princesse Hereditaire de Suede, des Goths, & des Vandales, Grande Princesse de Finlande, Duchesse d'Esthonie, & Carelen, Dame d'Ingermanlande, & d'autres Païs à nos très-chers, nobles, fidels, très-doctes & savans, courageux, sages, honorables & bons Sujets, tant Ecclesiastiques que Seculiers, manans & habitans de Suede, Finlande & Livonie, Ingermanlande, salut, bien-veillance, faveur, & clemence, mais particulierement celle de Dieu.

Notre bonté envers tous & un chacun de vous qui ne peut celer qu'il y a déja long-tems que nous avons apris par experience certaine que le Roi de Dannemarck notre Voisin, & qui je disoit notre Ami, a néanmoins recherché toutes les occasions non seulement pour empécher le progrès de nos affaires dans l'Allemagne contre nos Ennemis & ceux de notre Etat, & nous ôter les moyens de parvenir à une bonne, sûre & perdurable Paix, encore qu'il ait témoigné le contraire par ses paroles, & par ses écrits, mais il s'est aussi servi des occasions qu'il a pû pour nous embarasser & procurer toutes sortes de maux à nos Etats, de sorte qu'il n'a rien oublié de tout ce qui pouvoit préjudicier à nous & à notre Patrie.

Ce qui se peut aisément prouver par les obstacles qu'il nous a donnés dans le commencement de notre Guerre d'Allemagne, s'opposant à nos desseins, tantôt en cachette & tantôt ouvertement, par l'augmentation des charges que nous étions obligés de suporter, en nous privant souvent de toutes les commodités qui nous pouvoient être favorables, nous faisant perdre les occasions de nos progrès, soit par des paroles trompeuses, dont il nous amusoit, sous prétexte d'amitié, soit par force ouverte, & se servant de tous les moyens pour rendre nous & notre Etat l'objet du mépris de tout le monde en general.

Il a souvent arrêté à cette fin plusieurs de nos Sujets & notamment de ceux qui trafiquoient & étoient obligés de passer par le Détroit du Sund, troublant le negoce, & faisant saisir leurs marchandises & Vaisseaux contre toute sorte de Justice.

Il a aussi contre tout droit chargé nos Sujets qui font en Livonie & à Narva, & qui trafiquent sur la Mer, de doubles & triples impôts, que leurs Vaisseaux étoient contraints de leur payer.

Il a pareillement défendu le transport & l'échange des Marchandises de Suede qui augmentoient le Commerce, & profitoient à nos Su-

jets, comme sont les Canons, boulets & autres Munitions de Guerre, voyant par là que notre trafic s'augmentoit, & que les affaires de nos Sujets en aloient mieux, afin de rendre tous nos travaux inutiles & sans fruit, & pour assujettir par force nous & notre Patrie.

Prenant donc toutes ces injures insuportables pour une secrete mais veritable Guerre, bien qu'elle ne fût pas declarée, nous avons eû plusieurs raisons d'entreprendre la défense & protection de nos Sujets, y étant obligez par notre Dignité Royale & de prendre à cœur les plaintes du tort qu'ils ont reçu.

Toutefois ayant eu égard à ce tems déplorable, & à la conjoncture présente des affaires, nous avons mieux aimé souffrir cette injustice & violence, que d'avoir la Guerre contre le Roi de Danemarck, de ces deux grands maux ayant choisi celui-ci comme le moindre, de digérer les griefs & les dissimuler par un genereux silence, & en attendant un changement en mieux, plutôt que de s'y opposer par la force, & cependant nous avons donné ordre, il y a déja quelques années, à notre Resident en Danemarck d'apaiser ces différends à l'amiable, afin de prévenir les maux qui en pourroient arriver; ce que nôtre Resident se mit en devoir de faire suivant nos mandemens. Pendant l'espace de trois ans entiers qu'à duré cette Negociation, il n'a pû jamais avoir du Roi de Danemarck que des paroles de moquerie & de refus.

Enfin l'affaire en est venüe jusqu'à ce point que l'année derniere le Roi de Danemarck, allant toûjours de mal en pis, contre le voisinage, contre l'amitié & bien-séance, & contre l'esperance & la coutume observée de tout tems entre nos ancêtres, contre le naturel & legitime cours du Commerce, contre les clauses expresses aux Traités & Alliances des deux Royaumes, & sans nous avertir ni nos Sujets, a fait arrêter des Navires & Marchandises de Suede, passant le Détroit du Sund avec le passeport ordinaire duquel on s'étoit toûjours contenté jusques à présent, non un ou deux ou trois seulement, mais tous les dits Vaisseaux qui étoient de grand prix, chargés de leurs robes, Marchandises qui furent visitées par les Commissaires Danois, lesquels en tirerent le Tribut, ainsi qu'on avoit déja commencé de faire depuis quelques années, comme il a été dit, contre les droits établis entre les deux Royaumes, de quoi n'étant pas encore contents, ils pillerent les Marchandises, remplirent les Vaisseaux de Soldats inhumains, & les menerent à Coppenhague, après en avoir rompu les caisses, ouvert les paquets & dispersé les Marchandises.

L'affaire s'étant ainsi passée le Roi de Danemarck a voulu non seulement être le Juge de nos Concordats, mais il en a aussi remis le jugement avec pleinpouvoir à ses Sujets mêmes.

Ce qui ne s'étant jamais pratiqué auparavant, & étant tout à fait contraire aux dits Traités ne peut ni ne doit être souffert par notre Grandeur Royale, ni par les Loix de notre Royaume, sans notre grand dommage & ruïne entiere.

Principalement puisque nos Sujets par tels jugemens contraires aux bonnes mœurs ayant été retenus, ont souffert plusieurs incommodités, leur faisant premierement payer un impôt, puis leur ôtant leurs Vaisseaux & effets, même ceux qui avoient été envoyés absous par jugement, ont été derechef forcés & gardés, & enfin on leur a ôté leurs Navires & Marchandises.

C'est pourquoi voyant que les Danois se portoient de jour en jour à de plus grandes injustices & violences, entremêlant leurs hostilités de tromperies

peries à la faveur de ce tems deplorable, & abufant fur tout de cette grande Guerre en laquelle nous fommes enveloppées avec nos Etats, ce qui ne fe peut appeller qu'une pure violence, nous avons pris à cœur les plaintes de nos Sujets pour les torts qui leur ont été faits.

Pour ce fujet cet été dernier nous avons fait écrire plufieurs fois par notre Confeil d'Etat, felon qu'il s'obferve de toute ancienneté, à celui de Dannemarck, lui remontrant l'injuftice de telles actions, & comme elles repugnoient aux Traités & Accords faits entre les deux Royaumes, le priant qu'il examinât meurement la nature de ces procedés & confequences, & qu'il confeillât au Roi de Dannemarck, de faire enforte que nos Sujets innocens, qui ont fouffert tant d'incommodités, & de notables pertes, fuffent indemnifés, que le cours du Commerce & du Negoce fût rendu libre, & les Traités d'Alliance faits entre les deux Couronnes, inviolablement obfervés, fuivant les anciennes coûtumes. Mais ce Confeil pour toute réponfe & fatisfaction ne nous a donné que des excufes & des fubterfuges inutiles.

Ainfi contre l'efperance de l'amitié & bonne intelligence qui doit être entre des voifins, contre de fi ferieufes, mais de fi douces requêtes, & avertiffemens contenus ausdites Lettres, nous aprimes par experience que le Roi de Dannemarck, non feulement n'avoit pas changé les mauvais deffeins qu'il avoit conçus de nous ruiner, nous & nos Sujets, mais qu'il s'y étoit endurci de plus en plus, enforte qu'il augmentoit tous les jours les charges, & nous traitoit nous & nos Sujets avec plus d'hoftilité & d'injures, ayant par ce moyen le premier rompu les liens de l'amitié convenable entre de bons voifins, & toutes les Alliances & Accords qui durent depuis tant d'années entre nos Royaumes, bien qu'il fût tenu de les refpecter & obferver auffi religieufement que nous.

Nous avons donc reconnu qu'il vouloit faire enforte d'embaraffer tellement la navigation entre la Mer Baltique & l'Ocean, que nos Sujets en étant opreffés fuffent enfin contraints de fuccomber, & par ce moyen faire entierement ceffer notre commerce, & communication avec les autres peuples du monde, que Dieu & la nature nous ont donnés par le moyen de la Mer, & à notre chere Patrie & Royaume.

Ainfi il a voulu ruiner nos forces & celles de nos Etats, ôter à nos Sujets le trafic & les gains honnêtes, nous obliger tous à lui payer tribut, non par juftice, mais à fa volonté, comme il s'eft vû aux années dernieres, afin de nous reduire par là à ne nous pouvoir aider des biens que Dieu nous a donnés, ni de nous en fervir pour notre défenfe & profperité & celle de notre Patrie.

Lefquelles chofes fi elles avoient été plus longtems diffimulées & tolerées, l'ufage de la Navigation & du Commerce nous eût entierement été ôté, fans lequel toutefois notre Royaume ne peut fubfifter, & le fel étant hors de prix, la pêche eût pareillement ceffé, de laquelle nos Sujets fe foutiennent & y trouvent de quoi s'enrichir, voire même le travail de nos mines de fer, & de cuivre qui font dans les montagnes, & tous les moulins, machines & Engins bâtis & entretenus avec de grandes dépenfes de nous & de nos particuliers, qui font à prefent fi celebres par leur frequent ufage & bon rapport, demeureroient deformais inutiles & plufieurs milliers d'hommes qui y ont employé leurs travaux & tous leurs biens, fous l'efperance d'y faire leurs affaires, feroient reduits à

Tom. I.

fouffrir des dommages irreparables, voire une entiere ruine.

Nous favons auffi d'autre part que le Roi de Dannemarck a fait plufieurs Affemblées, & entreprifes, & fait encore à prefent pour nous attirer de nouveaux ennemis fur les bras.

Etant donc notoire par les factions & deffeins fusdits, & plufieurs autres dudit Roi de Dannemarck, de quelle animofité il eft porté contre nous & notre Païs, voyant fes embûches & fes fraudes, qu'il avoit rejetté notre amitié fans aucun refpect ni de nous ni de nos Alliances, & qu'il ne nous falloit plus attendre de lui qu'une guerre ouverte, nous avons été auffi contraints de meprifer fa bienveillance & ne lui porter non plus d'amitié & de refpect qu'il fait à nous, retirer de lui la foi que nous lui avons ci-devant donnée de vivre en Paix, remettre notre jufte caufe entre les mains de Dieu qui en fera l'arbitre, pourfuivre cette même caufe contre lui, & pour la confervation de notre Dignité Royale, la fureté de nos Etats, la protection de nos fideles Sujets, prendre les armes contre ce Roi & fon Royaume, que nous ne quitterons point, Dieu aidant, qu'auparavant il ne foit mis à la raifon, & ne nous ait ôté les juftes caufes de nous plaindre à l'avenir, ne voulant pas attendre qu'il nous attaque lui-même à fa commodité & fe jette fur nous à l'improvifte comme il a accoutumé de faire.

Ayant donc ce deffein convenable à des Chrétiens & amateurs de Paix, nous avons jugé à propos de commander au Sr. Leonard Torftenfon, notre très fidele Confeiller, & General de nos armées en Allemagne, d'entrer avec fes troupes fur les Terres & le Duché d'Holftein, pour y prendre fes quartiers d'Hyver, & d'obferver de plus près les actions de ce Roi Ennemi. Cependant nous avons fait les levées & preparatifs neceffaires pour la garde de nos Frontieres, autant que nos forces & l'état préfent de nos affaires nous le peuvent en aucune façon permettre, remettant l'évenement entre les mains de Dieu, auquel nous adreffons nos plaintes, de ce que nous avons été neceffités d'en venir jufqu'à ce point, le fupliant par fa toute-puiffance & bonté, qu'il veuille detourner de nous & de vous tous les maux qu'aporte ordinairement la Guerre, qu'il veuille favorifer notre innocence, & faire profperer par fa Clemence la juftice de notre caufe.

Et parce que nous prevoyons que cette façon d'agir en furprendra plufieurs, & femblera nouvelle, fur tout à ceux qui n'ont pas au vrai la connoiffance des motifs, & fera auffi mal interpretée par ceux qui nous veulent du mal, nous avons eftimé neceffaire de vous avertir, & femondre, afin que vous qui êtes nos fideles Sujets puiffiez par ces préfentes aprendre les caufes qui nous ont fait prendre cette refolution.

Nous vous demandons auffi & efperons d'obtenir de vous qu'étant fideles Sujets & fur tout amateurs de la Patrie, vous examiniez diligemment nos confeils, aprouviez toûjours les raifons & neceffités inévitables qui nous ont pû pouffer, & induire, afin de les défendre & foutenir contre tous & un chacun qui voudroient aucunement blâmer ce notre procedé, lequel enfuite je ne doute pas que vous n'appuyiez, & receviez par un confentement & fecours mutuel, ayant à cœur & à honneur votre propre falut & confervation.

Comme auffi que vous ne reprimiez l'infolence des Ennemis qui s'elevent de la forte contre nous, & nous donniez quant & quant les

Z

moyens

1644

moyens de repouſſer vivement les injures & outrages qu'ils nous font, & empêcher qu'ils ne nous traitent à l'avenir ſelon leur violence accoutumée, voire que vous ne leur faſſiez perdre l'eſperance & le courage qu'ils ont de nous opprimer & accabler à leur volonté , & uſer envers nous & notre Couronne de leur mepris ordinaire.

Or comme nous ne doutons aucunement que nous ne ſoyons aſſiſtez de la bonté Divine , de même nous eſperons que ſi vous vous joignez courageuſement à nous pour repouſſer ces injuſtes perſecutions, dans peu de tems avec l'aide de Dieu, nos Etats feront tous delivrés , comme il vous a auſſi garantis de l'oppreſſion d'un ſi malin & ſi pernicieux voiſin.

C'eſt là notre but , c'eſt pour cela que nous n'épargnerons ni nos ſoins ni nos travaux, ni n'oublirons jamais de reconnoître en tems & lieu , par une affeċtion Royale, la fidelité par vous temoignée avec de veritables effets en cette rencontre.

Sur quoi nous recommandons de tout notre cœur que la grace de Dieu vous ſoit departie & élargie, & pour rendre cette notre declaration plus averée & authentique, nous y avons voulu appliquer le Sceau duquel nous nous ſervons en plus grandes affaires & negoces, comme auſſi l'avons voulu faire ſigner par les principaux Tuteurs & Direċteurs des affaires de notre Etat & Royaume.

Donné à Stockholm le 16. Janvier l'an de grace 1644.

(L. S.)

S'enſuivent les Noms de ceux qui ont ſigné cette préſente Déclaration, ſavoir,

MATHIAS SEROP, le Grand Maître du Royaume de Suede.

JAQUES DE LA GARDIE, Maréchal du Royaume, & de la Couronne de Suede.

CHARLES GYLDENHELM, Amiral du Royaume, & de la Couronne de Suede.

AXEL OXENSTIERN, Chancelier dudit Royaume de Suede.

GABRIEL OXENSTIERN, Libre Baron de Moerby & de l'Indholm, Grand Treſorier du Royaume & de la Couronne de Suede.

Et plus bas étoit écrit que la publication s'en étoit faite dans les armées de la Couronne de Suede en Allemagne, & par tout le Détroit & Reſſort du Royaume & Terres & Places obeiſſantes au Royaume , & à la Couronne de Suede, en ladite année 1644.

MANIFESTE

DU ROI

DE

DANNEMARCK

CONTRE

LES SUEDOIS:

DECLARATION

DE

CHRISTIAN IV.

ROI DE

DANNEMARCK,

Sur l'Irruption hoſtile des Suedois ſur ſes Etats & Païs l'an 1644.

NOus CHRISTIAN IV. par la grace de Dieu, Roi de Dannemarck , de Norwege, des Vandales, & Goths, Duc de Sleſwig, de Holſtein , de Stormare , & de Ditmarſen , Comte d'Oldembourg & de Lunenhorſt &c.

A l'Empereur des Romains, à tous les Rois, Princes & Etats Chrétiens, & à tous autres qui liront ces préſentes, ſalut.

L'irruption que nous n'attendions ni ne meritions pas de l'armée Suedoiſe , conduite par le Maréchal Leonard Torſtenſon, faite d'abord en nos Principautés de Sleſwig , de Holſtein , & des Païs qui en dépendent, enſuite dans Jutland , appartenans immediatement à la Couronne de Dannemarck , nous oblige de vous faire ſavoir cette injuſte & outrageuſe violence, & pour en mieux juger vous faire connoître les Traités d'entre les Royaumes de Dannemarck & de Suede, par leſquels non ſeulement toutes meſintelligences & hoſtilités entre ces deux Royaumes ont toûjours été appaiſées, mais les moyens accordés pour terminer à l'avenir tous les differents, afin de maintenir entr'eux une Paix éternelle.

Dès l'an 1560. Eric XIII. Roi de Suede ayant attaqué Frederic II. notre Pére , & fait
contre

contre lui une longue guerre, fut enfin appaisé
en l'an 1570. par l'entremise de Maximilian,
Empereur, des Rois de France & de Pologne,
& de l'Electeur de Saxe, & par les Articles
d'une Paix perpetuelle, qui fut lors accordée entre ces deux Royaumes, les deux Rois s'obligerent en foi & parole de Roi pour eux & pour
leurs Succeſſeurs à l'obſervation d'icelle, ſur
peine d'un million d'or que l'infracteur eſt tenu
de payer à l'autre; il fut auſſi accordé qu'au cas
qu'il ſurvint quelque differend entre ces deux
Couronnes, il ſeroit terminé par des Senateurs,
nommés en pareil nombre de part & d'autre,
& que les voix étant égales, il ſeroit convenu
d'un Arbitre qui decideroit l'affaire du côté qu'il
pencheroit; en cas que l'un ou l'autre des deux
Rois n'y voulût entendre, les Senateurs & Sujets
de ſon Royaume ſeroient diſpenſés du ſerment de
fidélité qu'ils lui avoient fait de le reconnoître
pour Roi & lui obeir juſqu'à ce qu'il eût conſenti
à un accommodement.

Ce Traité fut renouvellé en l'an 1612. entre
nous & le défunt Roi de Suede Guſtave A-
dolphe, & l'an 1624. quelques differends étant
ſurvenus entre nous & lui, ils furent accommo-
dés & accordés ſuivant le Traité ſuſdit par les
Senateurs des deux Couronnes, nommés pour
ce ſujet.

Depuis lequel tems nous avons toûjours entretenu une bonne amitié & un bon voiſinage,
& intelligence avec ledit feu Roi Guſtave, &
après ſa mort avec Meſſieurs les Directeurs &
Senateurs, ne manquant qu'un pareil comporte-
ment de leur côté.

Car auſſi-tôt que la Guerre entre l'Empereur
& nous a été appaiſée, nous avons tâché par
tous moyens poſſibles de délivrer le Royaume de
Suede de la dangereuſe guerre qu'il a entrepriſe
contre Sa Majeſté Imperiale, ce que nous n'euſſions pas fait, ſi nous avions eû quelque méfiance de cette Couronne ou mauvaiſe volonté
contre elle, au contraire nous euſſions, comme il ſe pratique, fomenté cette Guerre, cherchant le repos & la ſureté de nos Etats dans la
diſcorde, & les troubles des Etats voiſins, ap-
pellant Dieu & notre conſcience à temoins, que
nous n'avons en cela cherché notre avantage,
mais le bien commun de ceux qui ſe font la
guerre, & à cet effet auſſi-tôt que nous avons
eû fait notre Paix en l'an 1629. nous avons
recherché le conſentement du deffunt Roi de
Suede; pour moyenner une pareille Paix entre
l'Empereur & lui, & en ayant reçu une réponſe agréable, en ce qu'il aprouvoit notre in-
terpoſition, nous leur avons aſſigné jour à Dant-
zic au Printems de l'année 1630. où l'Empereur ayant envoyé le Burgrave de Donaw, &
perſonne n'y ayant comparu du côté de Suede
on n'y a rien effectué, néanmoins nous n'avons
pas laiſſé de continuer notre bonne intention,
juſques là que le Roi de Suede étant décédé,
nous avons ſollicité les Senateurs dudit Royaume,
& particulierement le Chancelier de ladite Couronne le Baron Oxenſtiern, alors Plenipotentiaire
en Allemagne de remettre ſur pied ledit Traité.

Ce que ledit Chancelier a temoigné avoir eu
pour agréable par la Lettre aux Senateurs de notre Couronne, écrite à Cologne ſur la Sprée
le 4. Fevrier 1633. par laquelle il leur fait entendre que la Couronne & la Reine de Suede,
nous étoient fort obligées, connoiſſant par la
notre inclination à la Paix, & ayant depuis même réiteré la même reconnoiſſance, & le même compliment par ſes Lettres qu'il nous a é-
crites à Francfort ſur l'Oder le 17. Mai de la
même année.

Enſuite de quoi nous avons envoyé nos Deputés, non ſans grande dépenſe à Breſlau, ce
qui n'ayant non plus réuſſi, enfin par l'entremiſe de Dieu & de notre diligence, nous avons
tant fait que les Princes & Etats intereſſés en
cette longue & ſanglante Guerre d'Allemagne,
après de grandes difficultés ont unanimement
aſſigné un certain tems pour commencer le
Traité d'une Paix generale dans les Villes de
Munſter & d'Oſnabrug. Mais les Deputés Imperiaux & Suedois étant aſſemblés en ladite Ville d'Oſnabrug avec les nôtres, tandis que ceux
de France étoient en chemin & ceux d'Eſpagne
au Voiſinage, lorſque tout le monde avoit conçu l'eſperance que ledit Traité produiroit le rétabliſſement d'une Paix generale, depuis ſi
longtems deſirée, à quoi nous avons particulierement employé tous nos ſoins & conſeils, pour
avancer cette affaire avec l'aſſiſtance de Dieu;
& pour obliger, par une ſi bonne entremiſe,
toute la Chrétienté, comme diſoit ledit Chancelier en ſesdites Lettres, nous avons entendu,
à notre grand regret, que par violence inopinée
tout étoit renverſé par les Suedois.

Car nous confiant en nos Alliances & Traités
Hereditaires, & n'attendant rien de ſiniſtre de
leur part, comme ne les ayant en rien offenſés,
& ſachant que quand nous l'euſſions fait ils é-
toient obligés de ſe regler aux Accords, tant de
fois renouvellés, voyant même
qu'ils nous traitoient avec toute amitié & bienveillance, ayant leur Réſident en notre Cour,
& nous le nôtre en la leur, nos Deputés pour la
Paix communiquant tous les jours avec les leurs,
& les leurs avec les nôtres comme moyen-
neurs, & ne donnant d'ailleurs aucune autre marque, ſinon de bon voiſinage, de bonne amitié,
de bonne intelligence, & de Paix, ils nous ont
cependant envoyé leur General avec ſon armée
pour s'emparer de notre Pais ſe rendant Maître
de l'entrée de notre Royaume juſqu'à la mer,
l'eſpace de plus de ſoixante lieües.

Ce qui lui a été d'autant plus aiſé qu'il n'a
trouvé aucune reſiſtance chés ceux qui n'attendoient aucune hoſtilité de leur part, deſorte que
nous avons été ſurpris, par une feinte amitié,
ſans aucune denonciation de guerre, laquelle
ſelon le droit des gens devoit avoir precedé, tellement que nos Sujets ſe ſont trouvés enveloppés
dans une guerre, avant que d'en avoir ouï parler; car par l'eſpace de trente lieües ledit General
n'a trouvé perſonne en armes, excepté cinquante hommes & un Fort ſitué ſur la Mer Baltique,
lequel il a pris de nuit, par eſcalade, en ayant
emmené priſonnier le Gouverneur qu'il tient encore en ſa puiſſance.

Toutefois le Maréchal de notre Couronne,
en notre abſence ayant depuis garni de quelque
Cavalerie les Frontieres de notre Royaume, &
commencé à y faire conſtruire un petit Fort,
écrivit au même tems au General Suedois, pour
lui demander la cauſe de ſa ſoudaine irruption,
& ce qu'on en devoit attendre.

Mais ce General retenant auprès de lui le
Trompette qui lui avoit apporté la Lettre, &
avant que d'y repondre, il ſe jetta auſſitôt avec
toute ſorce ſur notre Cavalerie, beaucoup
moindre en nombre que la ſienne, la mit en
deroute, & la repouſſa juſques dans ledit Fort,
lequel il battit enſuite quatre jours durant, après
leſquels ayant reçu le reſte de ſon Infanterie, &
de ſon Canon, il fit réponſe à la ſuſdite Lettre,
imputant la cauſe de ſon irruption dans le Pais
de Holſtein, & dans les Terres voiſines à la ne-
ceſſité, & quant à nos Troupes qu'il les avoit
pourſuivies pour aſſurer ſes Quartiers, s'excuſant

fant de l'hoftilité qu'il avoit commife, & néanmoins il fomma en même tems notre Fort, lequel n'étant pas encore achevé, ni garni que de la Milice du Païs,il s'en rendit aifément le Maitre, contraignant nos Troupes de mettre bas les armes, & ravageant enfuite tout le Païs de Jutlande par de violentes courfes, le reduifant,comme les Principautés de Slefwig & Holftein, par des contributions impoffibles, extorfions, pillages & autres extrémités à un très miferable état; amenant nos Officiers prifonniers, & Gentilshommes, contre le devoir d'un Chrétien.

D'où l'on peut aifément inferer le jugement qu'on doit faire de la fusdite Lettre,& que cette invafion, & ces procedures n'ont pas été faites pour le rafraîchiffement de leurs armées en nos Provinces, lequel d'ailleurs ils ne doivent point prétendre fans notre confentement, mais qu'elles proviennent plûtôt du deffein de nous ruiner avec notre Royaume.

Or bien que nous ne fachions pas le motif particulier de cette hoftilité de la Couronne de Suede contre nous,il eft pourtant facile de conjecturer qu'elle procede d'une haine inveterée contre notre perfonne & Royaume, de l'envie qu'elle portoit à notre heureux & floriffant Etat, de la confiance qu'elle a fur l'armée Allemande, qui eft maintenant fur pié à fa difpofition & de celle que nous avons en fon amitié, étant affurés qu'elle n'a point eû d'autres motifs juftes, raifonnables & fondez fur les Loix divines & humaines.

Et quand elle auroit quelque fujet que nous ignorons, qui auroit donné occafion à cette effufion de fang, la façon & procedure dont elle fe fert ne peut être approuvée de Dieu ni des hommes, car le Tout-puiffant ne prenant point plaifir même aux Guerres juftes, ne peut que reprouver celle qui eft entreprife fans aucune caufe legitime.

Et comme il a juré par fa verité qu'il prendra vengeance fur la tête de celui qui aura rompu une Alliance confirmée par fa main, ainfi fe vengera-t-il en fon tems de la perfidie de ceux qui, contre les Conventions, Alliances & Accords, fous un faux femblant d'amitié, ont ufé de violence contre leurs Alliés, & de même Religion qu'eux.

Nous ne croyons pas auffi qu'il y ait un homme, faifant état de la vertu & de l'honnêteté, qui approuve leur procedé ; car pour juftifier une guerre, il ne faut pas feulement alleguer une jufte caufe, mais il la faut denoncer au parti contraire, plûtôt que d'en venir à ces extrémités, c'eft un droit de la nature & fi conforme à la raifon que l'opinion contraire a toûjours été jugée illicite, principalement lorfqu'on y eft obligé par des Traités & Accords.

On repliquera peut-être que les Vaiffeaux Suedois arrêtez au Detroit du Sund ont donné une fuffifante caufe de nous faire la guerre, mais fi toutes perfonnes defintereffées confiderent que fi par tant de fraudes & tromperies de Marchands que l'on a découvertes, nous avons été induits de les faire arrêter & que nous n'avons pas arrêté & procédé par voye de fait, mais felon les regles de la juftice même, que les Parties s'étant plaintes d'avoir été lefées par la premiere Sentence contre eux prononcée en premiere inftance,nous avons nous-mêmes examiné la caufe en nôtre Confeil d'Etat, nous n'aprehendons pas que perfonne nous blâme d'avoir confervé notre droit;en quoi néanmoins nous avons plûtôt eu égard à l'entretien du bon voifinage qu'à ce que les Loix nous ont permis.

Que fi pour cette caufe, & pour trois ou

quatre Vaiffeaux arrêtés on doit auffi-tôt entreprendre,une fi fanglante Guerre,nous le laiffons juger à tout le monde, car avant toute autre chofe on étoit obligé d'obferver l'ordre prefcrit par les Accords,au cas qu'on voulût entreprendre quelque chofe, & ne pouvant point s'accorder, la voye des autres extrémités leur étoit toûjours ouverte comme la declaré notre Confeil d'Etat, temoignant par l'a l'intention & la volonté que nous avons d'entretenir la Paix,fuïvant l'ordre établi par les Accords precedens en cas de tels & femblables differends.

Outre cela les Suedois n'ont pas grande raifon de fe plaindre de nous, vû ce qui fe paffe chés eux, car il n'y a Prince ni Etat en l'Europe qui ait tant chargé le commerce de taxes & d'impôts que la Couronne de Suede a fait durant quelques années fans aucun droit, comme nos Sujets l'ont experimenté à leur grand dommage à Dantzik & au Pilau, & comme ils l'experimentent encore à préfent en la Mer Baltique, à Roftock, & en tous les Ports de la Pomeranie, où l'on exige la Dace avec tant de rigueur que l'on n'y a pas épargné même nos propres biens, ni ceux du Prince notre fils notre legitime Succeffeur.

Et bien que cela ne puiffe être juftifié par aucun droit, & que ce foit un excès plus énorme, & moins excufable que ce qui s'eft paffé de nôtre côté,néanmoins nous n'avons pas pour cela voulu rompre la Paix & prendre le fujet d'une effufion de fang.

Mais fi les Suedois,nonobftant les fusdites raifons, croyent d'en avoir eu d'affés bonnes pour nous faire la guerre, pour ce qui s'eft paffé avec leurs Vaiffeaux au Sund, tout le monde jugera par là d'autant plus grande notre fincerité, qu'ayans eu de plus grandes raifons qu'eux à caufe de leurs procedures fusdites, & de meilleures occafions de leur faire la guerre, en ayant été follicités par leurs ennemis, qui pour cet effet nous ont offert de grands avantages, nous avons toûjours preferé à toutes leurs offres le bien de notre Confcience & de notre Religion, & l'entretien de nos Traités, Accords & Alliances.

D'ailleurs au cas que les Suedois euffent eu raifon en toutes leurs procedures contre nous, bien qu'elles foient contre le Droit Divin, & l'équité naturelle, quel tort leur ont fait le Duc Regent de Holftein, & les autres Ducs de même Famille, de la Ligne de Sonderbourg, lesquels ni leur Confanguinité avec ladite Reine de Suede, ni leur Religion, ni leur innocence n'ont pû garantir de telles violences pareilles à célles qu'ils ont exercées en cette irruption contre nos Sujets.

Ce qui fait connoître à tout le monde leur vraye intention, & que jufques alors ils ont fauffement publié que la Liberté, & protection de la Religion Proteftante étoit le but de leurs armes, puis qu'ils n'ont point fait confcience de les prendre contre un Roi Proteftant tel que nous, fans aucune apparence de neceffité ni raifon, ni de ruiner de fond en comble nos pauvres Sujets, afin qu'il n'y ait aucun Roi, Electeur ou Prince Proteftant qui ne foit ruiné en toute l'Europe.

Nous laiffons juger à un chacun fi c'eft le moyen de proteger ou opprimer la Religion Proteftante, cependant il eft certain que tous ceux de cette Créance experimenteront,mais trop tard, que cette Guerre a été entreprife feulement pour les ruiner, notamment les Villes & Communautés, & Sujets voifins, & en fouffriront la ruine entiere de leur commerce,& ceux qui font

1644.

1644.

font déja ruinés leur en diront des nouvelles à leur grand regret.

Nous ne parlerons point du dommage que les Eglises & Ecoles Protestantes souffriront en particulier de cette defolation univerfelle d'Allemagne, de forte qu'au lieu que les Suedois fe vantent d'avoir pris les armes pour la gloire de Dieu, ils la ruinent & fe fervent de fon faint nom pour couvrir leur malice.

Tous nos voifins doivent penfer de bonne heure à leur fureté. Et ceux qui ont contracté des Alliances avec eux ne font point tenus de les affifter, puifqu'il n'y a point d'Alliance qui oblige ceux qui entreprenent des guerres injuftes, & qu'au chaque Traité d'Alliance où l'on s'oblige au fecours de fes Alliez, la condition y eft toûjours fousentenduë que s'ils ont des raifons fuffifantes de faire la guerre, & fi les Traités amiables ne peuvent avoir lieu, alors ledit Traité fortira fon effet.

Or ces deux chofes manquent du côté des Suedois, en cette Guerre laquelle n'a d'autre but que d'outrager autrui, & de nourrir & fomenter une Guerre par une autre, afin de s'agrandir; c'eft pourquoi leurs Confederez doivent prendre garde qu'ils ne leur jouent quelque tour de mauvais voifinage comme ils nous ont fait, avec d'autant plus de tort que cette Guerre contre nous, commencée par les Suedois caufe la rupture du Traité de la Paix generale, procurée par nous avec tant de peine entre les autres Potentats, Princes & Etats, défirée par tous les bons Chrétiens, fi neceffaire à caufe de l'horrible effufion de fang, & de la ruine de tant de Princes de l'Europe, reduits par la Guerre à un état deplorable, au lieu que tout au contraire nous avons travaillé de bon cœur, & avec un grand zele à l'établiffement de cette falutaire Paix, auquel deffein nous voyons que les Suedois tâchent de s'oppofer, n'ayant jamais défiré de bon cœur la Paix en Allemagne, puifqu'ils ont non feulement rompu le Traité qui en étoit bien avancé, & commencé auffi une nouvelle Guerre, pour l'averfion de la Paix, & pour troubler le commerce & trafic fur les Mers du Midi & du Septentrion, qui étoient fort libres auparavant.

Nous efperons donc que chacun confiderera & prendra à cœur cette barbare & non chrétienne entreprife, & en témoignera du reffentiment contre fes Auteurs qui prennent plaifir à l'effufion du fang & que chacun nous affiftera contr'eux, lefquels non feulement nous empêchent dans l'execution de ce louable deffein que nous avons de mettre fin à cette effufion de fang qui caufe la deftruction de tant de Païs, mais qui fans nous avoir denoncé la Guerre, nous ont furpris en nous dépouillant de ce qui nous apartient afin qu'ils nous laiffent en repos, & nous rendent ce qu'ils nous ont ôté.

Sur tout nous nous confions & nous affurons que le Dieu tout-puiffant & jufte, qui abhorre les actions contraires à la Paix, nous protegera paternellement en la poffeffion de ce qu'il nous a departi.

Donné en notre Ville d'Odenfée le 30. Janvier 1644.

Signé

CHRISTIAN.

MANIFESTE II.

OU

BRIEVE DECLARATION,

Par laquelle entre autre chofe fe peut voir que les Principautés, Seigneuries & Païs de Slefwig & Holftein, les Provinces de Jutlande appartenantes à Sa Majefté Royale de Dannemarck & Norwege, inopinément contre tout droit & raifon, fans neceffité, voire contre tous Traités, Conventions & Alliances hereditatres, ont été envahis & occupés hoftilement par l'armée Suedoife.

NOus CHRISTIAN par la grace de Dieu Roi de Dannemarck, de Norwege, des Vandales, & des Goths, Duc de Slefwig, de Holftein, de Stormare & Ditmarfen, &c. préfentons à fa Dilection & Majefté Imperiale, & à tous Rois Chrétiens & Républiques, voire à tout chacun felon fon état, & qualité, amiable fervice, notre amitié & bienveillance, voire même notre faveur & protection Royale, & en outre favoir faifons:

Pour plus grand éclairciffement de quoi nous repreſenterons ici brievement les Traités & Accords faits & paffés entre nos Royaumes & Couronne de Suede, par lefquels non feulement toutes nos mefintelligences, & debats font radicalement retranchés, & y a une perpetuelle Paix, établie & affermie, mais auffi eft particulierement pourvû comme on fe doit comporter au cas qu'à l'avenir il arrivât quelque difficulté & mefintelligence entre de fi prochains voifins.

Comme ainfi foit donc qu'en l'an 1560 Eric XIII. de ce nom auroit fait toutes fortes d'entreprifes à l'encontre de Frederic II. d'heureufe memoire, & notre très-Honoré Seigneur & Pere, qui maintenant repofe devant Dieu; Et par fes entreprifes auroit donné occafion à une longue & fanglante Guerre, laquelle finalement fut appaifée en l'an 1570. par l'entremife de l'Empereur Maximilian, des Rois de France & de Pologne, & de l'Electeur de Saxe, où il fut dit par un Traité de Paix perpetuelle que les deux Rois, enfemble leurs hoirs, fucceffeurs & leurs Royaumes feront tenus & obligés par leur dignité, par leur parole Royale & foi de verité d'obferver & garder tout ce qui étoit contenu dans ledit Traité, fur peine même d'un million d'or.

Auffi fut-il par ledit Traité trouvé bon qu'ar-tivant quelque difficulté entre les deux Couron-

Z 3

nes

1644.

nes on choisiroit la voye d'une amiable composition, savoir qu'ils prendroient de part & d'autre leurs Conseillers d'Etat pour décider leurs
differends, & au cas qu'iceux ne pussent tomber d'accord, ni se resoudre pour terminer les
differends par une Sentence finale & décisive, pour autant que les voix se trouveroient
mi-parties, en ce cas que le different seroit
remis à la volonté d'un seul Arbitre pour le décider.

Et en cas que l'un des susdits Rois ne veuille
acquiescer à tout ce que dessus, que leurs dits
Conseillers d'Etat, & leurs Sujets étoient quites
& absous du serment de fidelité qu'ils devoient,
n'étant tenus en ce cas de le suivre, ni de lui
obeir, jusqu'à ce qu'il eût satisfait à tout ce que
dessus, comme plus au long il se peut voir par
la piece qui est cottée A.

Le susdit Traité en l'année 1612. fut derechef de nouveau confirmé entre nous & la Dilection Royale, n'agueres decedé en Dieu,
Gustave Adolphe; lequel Traité est raporté ci-
devant sur la cotte B.

En l'année 1624. comme quelques difficultez commençoient à naître, elles furent termi-
nées, & accommodées suivant & conformément que ledit Traité le prescrit, savoir par les
Conseillers d'Etat envoyés de part & d'autre,
ensuite de quoi nous aurions toûjours entretenu
toute bonne correspondance & bon voisinage
avec sa Dilection Royale de très-digne & glorieuse memoire, tant qu'elle auroit vécu, &
Elle étant décedée nous l'aurions continué avec
sa dilection Royale regente, & n'ayant d'autre pensée, sinon que la Couronne de Suede
seroit aussi le semblable envers nous.

Ce qui se peut voir clairement par les soins
que depuis quelques années nous avons apporté
afin de les pouvoir décharger du pesant fardeau
de la Guerre d'Allemagne, les remettre & les
rétablir dans la Paix & dans le repos.

Que si au dedans de notre ame & de notre
cœur nous eussions eu à l'encontre d'eux quelque mauvais dessein & défiance nous les eussions
laissez gisans & accablés d'un si énorme & pesant fardeau, & ce suivant la pratique ordinaire,
nous contentant de rechercher notre sureté &
notre repos tant de nous que de notre Royaume parmi les guerres & les discordes voisines.

Mais d'autant que nous n'avons aucunement
mauvaise volonté à l'encontre d'eux, & que
nous n'avons aucun mauvais soupçon d'eux, de
tels conseils n'ont trouvé aucun lieu ni place au
dedans de nous, mais plutôt d'un cœur franc
& d'une ame sincere & candide, nous
avons recherché, (& Dieu & notre Conscience nous en sont témoins) tout l'avantage à nous
possible qui fût utile à l'une & à l'autre des Parties, qui s'entreprenoient par la guerre.

Et de fait en l'année 1629. aussi-tôt que
nous eûmes fait quelque accommodement avec
sa Dilection Imperiale, à ce qu'il donnât
quelque lieu à un accommodement à l'amiable
entre elle & le Roi de Suede.

Sur quoi ayant réponse d'agréation, tant par
elle que par le Roi de Suede, de notre entremise, en l'année 1630. nous leur assignames
journée à Dantzick, où se trouva de la part de
Sa Majesté & Dilection Imperiale le Burgrave de
Donaw, mais il ne s'y traita rien, attendu que
personne ne comparut de la part de Suede.

Pour cela nous ne laissâmes pas de continuer
nos bonnes intentions, & incontinent après le
decès de sa Dilection Royale d'heureuse memoire, insistames après les Conseillers de l'Etat

ou plutôt envers Oxenstiern, grand Chancelier
du Royaume, comme étant pour lors Plenipotentiaire en Allemagne, pour reprendre & remettre sus une œuvre si salutaire, ce qu'il accepta avec grand remerciement, disant que la
Couronne & la Princesse ne nous en seroient
pas peu obligées, & fut contraint pour lors de tendre témoignage à nos bonnes intentions, qui
étoient dût tout portées à la Paix, & à lui assez
particulierement connues par les louables actions precedentes, comme il en appert de la
Lettre cottée C. écrite à nos Conseillers d'Etat,
datée de Cologne sur la Sprée le 4. Fevrier 1633.
ce qu'il repete & reitere par d'autres Lettres
qu'il nous adresse dont l'extrait est ci-dessous,
sous la cotte D. en date de Francfort du 17.
Mai de la même année.

Ensuite de quoi nous envoyames avec de
grands frais, & depenses notre Ambassadeur
à Breslau, ce qui fut pareillement inutile & sans
fruit.

Et néanmoins nous n'avons pas laissé d'insister de plus en plus de poursuivre l'entremise
proposée afin de parvenir à une Paix tant desirée, si que finalement après un long travail, &
soin laborieux, il souvent inutilement tenté, par
la grace & faveur divine nous avons conduit
les affaires à ce point que nous aurions accom-
modé tous les Potentats & Républiques interessées en cette longue & sanglante guerre d'Allemagne, en ce qui concerne les points & Articles
preliminaires.

Et après plusieurs longs & difficiles Traités du
consentement & du gré de tous, leur avons
donné jour pour traiter d'une Paix generale dans
la Ville d'Osnabrug, où déja les Ambassadeurs
Imperiaux & Suedois ont été assemblés avec
les nôtres, & sa Dilection de France nous auroit notifié que les siens s'étoient mis en chemin,
& ceux du Roi d'Espagne se trouvoient aux
lieux circonvoisins dont un chacun avoit bonne
esperance, que les Traités si longtemps desirés
pourroient être bientôt commencés, & raporter quelque chose d'utile pour le retablissement
d'une Paix generale, ayant dressé là toutes nos
pensées, & nos conseils, savoir comme nous
pourrions avec l'aide & l'assistance divine poursuivre & continuer l'œuvre si bien & heureusement commencée & par ce moyen bien meriter de toute la Chrétienté, ainsi que ledit Oxenstiern l'a reconnu dans sa Lettre ci-dessus mentionnée.

Mais à notre grand regret & vehemente con-
doleance de cœur nous avons apris & reconnu
que l'affaire en un moment subitanée a été du
tout renversée par les Suedois, c'est lorsque
nous ne pouvions nous imaginer devoir recevoir aucune hostilité d'eux pour cause des Traités & Alliances hereditaires, & ne les ayant
que nous sachions aucunement offensés; que
s'ils prétendoient avoir été offensés, ils y devoient proceder suivant les Traités susdits, &
si souvent confirmés & pratiqués, lorsqu'ils faisoient profession de toute bonne amitié avec
nous, du moins en apparence, lorsque nous a-
vions notre Ambassadeur ordinaire, resident
vers eux, reciproquement ayant le leur vers nous,
leur Ambassadeur communiquant quasi tous les
jours avec les nôtres en particuliere confidence
comme aimés & cheris & lorsqu'ils se vantoient
par tout d'un bon voisinage, amitié, Paix &
concorde.

Voici qu'ils ont par le General de leur armée
envahi & surpris nos Païs & gens, ont occupé & se sont emparé de plus de soixante lieües
de Païs des Frontieres de nos Principautés, ce
qu'ils

1644.

1644. qu'ils ont pû facilement executer, vu que nous ne nous doutions d'aucune hostilité, & sont venus sous prétexte de bonne amitié sans prealablement avoir fait aucune declaration ni dénonciation, ainsi qu'il est en usage entre toutes Nations bien civilisées.

Ils sont entrés & ont fait une subite irruption dans nos Païs, & nos Sujets les ont aperçus être plutôt dans le milieu de nos Païs qu'ils n'ont été avertis de leur venue, si qu'en 30. lieues de Païs ils n'ont trouvé personne en armes sinon peut-être cinquante hommes dans le Fort Dortzée, qu'ils ont hostilement surpris de nuit par escalade, & ont amené prisonnier le Gouverneur qu'ils tiennent encore.

Il est bien vrai que le Grand Marêchal de notre Royaume en notre absence avoit muni les Frontieres de quelque Cavalerie, & pour sa défense commencé à bâtir un Fort, & en même tems écrit au susdit General Suedois, pour savoir le sujet d'une telle subitanée irruption, & en outre ce qu'il devoit se promettre d'eux, comme il se voit plus amplement par l'extrait ci-joint sous la cotte E.

Mais le susdit General retint vers lui le Trompette, & ne fit aucune réponse, jusqu'à ce que derechef à l'improviste il se vint ruer sur notre Cavalerie, avec toutes les forces qu'il avoit avec soi, tant d'Infanterie que de Cavalerie, & avec son Canon, lequel il commença à faire jouer & attaquer ledit Fort, qui n'étoit pas encore achevé, & le battit quatre jours sans discontinuer à faire menace pour cause de peu de gens qui étoient dans son Infanterie, & son Canon arrivé, ce fut lorsqu'il fit réponse à la susdite Lettre & prétexta la necessité pour excuse, en ce qu'il avoit logé & pris quartiers dans le Païs de Holstein, & aux lieux circonvoisins, que c'étoit pour pourvoir à sa sureté qu'il avoit poursuivi des Troupes, qui s'étoient liguées, comme il se voit par la Piece cottée F.

Il ne laissa pourtant de sommer aussi tous ceux qui étoient dans ledit Fort, qui n'étoit pas encore parachevé, comme il est dit, & où il n'y avoit eu en garnison que quelques gens du Païs, & ainsi lui fut facile de le surprendre;ce qu'étant fait il contraignit les Soldats qui y étoient de mettre bas les armes & ainsi poursuivant ses conquêtes il prit tout le Païs de Jutlande, lequel il a tout-à-fait ruiné par les incursions & dégats qu'il a faits.

Comme aussi il a ruiné toutes les Seigneuries par les contributions qu'il en a extorquées, & par les pilleries, ne faisant ici mention des extrémités qu'il a commises & perpetrées, retenant nos Officiers prisonniers, & la Noblesse beaucoup plus cruellement, que n'ont accoûtumé de faire les ennemis du nom Chrétien, de quoi il est facile de conclure ce que l'on doit juger d'une réponse si audacieuse, & remplie de bravades.

Après de telles invasions & procedures, il ne s'est pas pour cela contenté de quelques portions de Païs seulement, ni pour rafraichir ni faire une recrue de son armée, ce qui ne lui appartenoit pas de faire dans nos Païs sans notre permission particuliere.

Mais son dessein est par son audacieuse entreprise de nous démettre tout-à-fait de notre Trône, & nous priver entierement de notre Couronne & de nos Sujets.

A la verité nous ignorons la cause & le sujet d'une telle hostilité & invasion, mais nous pouvons facilement conjecturer que c'est l'envie qu'ils ont conçuë contre nous & contre notre Etat, crevant de dépit d'y voir fleurir une bonne Paix.

L'occasion de l'armée Allemande, qu'ils ont jointe avec eux à cela, la pleine confiance & assurance que nous avons en leur amitié, les peut avoir mus & poussés à tout ce qu'ils ont fait.

Et nous sommes très-certains & assurés qu'ils n'en peuvent alleguer ni prétendre autre chose qui soit valablement suffisante ni de mise, soit de droit divin & humain, & qui les puisse justement excuser d'une telle invasion & hostilité inopinées.

Et quand bien il se seroit passé quelque chose, ce que nous ne croyons pas toutefois, qui leur eût pû donner sujet & occasion de faire un tel carnage & effusion de sang humain, aussi ne peuvent-ils se justifier ni devant Dieu, ni devant les hommes en leur façon de proceder, car le Dieu souverain ne prend même aucun plaisir en la plus juste & nécessaire guerre qui soit.

Comment donc pourroit-il approuver celles qui sont commencées sans aucune necessité, & sans qu'on ait donné aucun sujet, & comme le même Dieu a juré par sa verité, que qui enfraindroit l'Alliance promise & jurée, & pour laquelle il auroit touché en main, que l'Alliance qu'il auroit enfrainte, il lui feroit tomber sur sa tête. Ainsi pour certain il vangera en son tems l'infidelité & la violence, exercées sur des Alliés qui sont d'une même croyance, contre la teneur des Patentes & Traités d'Alliance, & nous esperons qu'ils n'auront aucune assistance ni suport de personnes, qui auront tant soit peu d'honneur & de vertu en recommandation, attendu que par le droit & usage des gens avant que d'entrer en aucune guerre, il ne suffit pas d'en avoir de preignans sujets & causes legitimes, mais il convient aussi que l'on la déclare préalablement à son adversaire avant que de venir à aucune extrémité, & faire aucun acte d'hostilité, ce qui est jugé & estimé si juste, & du tout conforme à l'équité naturelle, que celui qui omet cette formalité est censé & reputé digne d'être abandonné d'un chacun, & estimé être sans honneur.

Je laisse à penser pour quels il les faut tenir, quand par des Traités & Conventions publiques il a été pourvu que l'on y doit proceder autrement ; il est bien vrai qu'on nous a fait raporter que de la part des Suedois, il étoit objecté, pour juste cause de cette Guerre, ce qui s'étoit passé à Ortsund, touchant quelques-uns de leurs Vaisseaux.

Mais nous ne faisons nul doute que toute personne non preoccupée de passion, saura, qu'avant que d'avoir fait arreter lesdits Vaisseaux Suedois, nous y avions été induits à cause de plusieurs fraudes & tromperies commises, que nous avons decouvertes, & finalement averées, qui se commettoient au Traité de Commerce, n'y ayant voulu néanmoins proceder par voye de fait.

En quoi nous y aurions procedé en telle regle, & par les voyes ordinaires de la justice, de telle maniere que ceux qui se sont trouvés grevés de Sentences renduës en premiere instance, nous-mêmes pour plus grand témoignage de l'affection que nous portons, & que nous avons à une justice équitable, & non partialisée, aurions avec nos Conseillers d'Etat revû les procès & écouté les Parties.

Que

1644.

Que si après cela nous avons usé de notre droit, je crois que personne ne le doit trouver mauvais, & ne le doit point blâmer, ce que nous aurions fait pour entretenir notre bon voisinage & amitié, & nous pouvons dire que donnant audience aux Parties, nous a-vont fait tout ce que le droit & la pratique requiert.

Or si pour cela & pour trois ou quatre Vaisseaux au plus qui ont été arrêtez, se doit commencer entre Chrétiens une si sanglante & cruelle Guerre, nous en faisons juge tout le monde. Ne devoit-on pas préalablement, au cas qu'on prétendit quelque grief, suivre la maniere & la façon prescrites par les susdits Traitez, à quoi si on n'eût aporté aucun remede, la porte étoit encore ouverte pour passer aux extrêmes. Nos Conseillers d'Etat ne leur avoient-ils pas suffisamment déclaré, que leur intention ne tendoit qu'à une bonne & perdurable Paix, s'offrant en telles occasions de vouloir proceder suivant & conformément aux anciens Traitez d'Alliance, comme il apert par la Piece cottée H.

Or bien que la Reine Regente de Suede n'ait aucun sujet considerable de se plaindre, il ne se trouvera en toute l'Europe qui ait tant chargé le Commerce, comme les Suedois ont fait depuis quelques années ença par les impôts & daces qu'ils y ont mis, & ce sans aucun droit ni raison; & de fait nos Sujets le ressentent bien par ceux qu'ils ont établis à Dantzick & Pilau, & encore à présent en la Mer Baltique, à Rostock, & en toute la Pomeranie, à l'exaction desquels ils y ont procedé avec telle rigueur, combien qu'ils n'y eussent aucun droit, que nos propres biens ni ceux de notre jeune Prince élû, quoiqu'il leur fît voir leurs Passeports, n'en ont aucunement été exempts; ce qui ne peut être défendu par aucun droit ni prétexte que ce soit, étant un grief énorme, qui croît & s'augmente journellement, attendu qu'il y a longtems qu'il est commencé, & dure encore à présent depuis plusieurs années ença. Néanmoins pour cela nous n'avons pas voulu en troubler davantage la tranquillité & le repos public, moins encore donner un commencement à une plus grande effusion du sang Chrétien.

Mais si sans avoir égard à tout ce que dessus les Suedois estiment avoir eu justice, & suffisante occasion de faire la Guerre, à cause de quelque petit nombre de Navires qui leur ont été arrêtés dans le Sund, non toutefois sans juste raison, certainement un chacun pourra d'autant plus reconnoître notre sincerité & candeur, de laquelle nous avons usé en leur endroit, s'ils considerent que les Suedois, nous ont donné plus grand sujet de faire la Guerre pour leur façon de faire, qu'ils ne peuvent ni nier ni excuser vu leurs procedures ci-dessus.

Car il ne nous a pas manqué d'occasions semblables à celle-ci qu'ils ont prises, & grandes offres & belles promesses de ceux qui s'y sont employés pour nous attirer & mettre dans le jeu, & toutefois ni les uns ni les autres n'ont pû nous faire resoudre, d'entreprendre quelque chose contre nous & notre Couronne, contre notre Religion, ni contre les pactes & conventions d'Alliance, mais toutes choses qui étoient comme droit aux Suedois, contre la parole de Dieu & l'équité naturelle, si elles leur ont été promises.

Nous desirerions bien de savoir en quoi sa Dilection le Duc de Holstein a péché, & les autres Seigneurs de la Ligne de Sonderbourg, lesquels, ni la proximité du sang qu'ils ont avec la Reine de Suede ni la même Religion, n'ont pu sauver ni garantir.

Nous remettons le tout à Dieu & à son Conseil, & en son tems, lui qui est juste & ennemi des meurtriers & sanguinaires & des cœurs doubles, nous ne doutons nullement que tout le monde qui ne sera passionné ni preocupé, pourra néanmoins reconnoître par le procedé inexcusable qu'ont tenu les Suedois à l'encontre de nous, de leur intention & dessein qu'ils ont en cette Guerre presente, & comme quoi ils ont prétendu faussement, que la cause finale de leurs armes n'étoit que pour la défense, & à l'intention de la Religion Evangelique, entant que contre leur conscience, sans aucune meure deliberation ils se sont élevés contre nous, n'en pouvant dire ni alleguer rien, ni aucune raison valable pour ruiner tout-à-fait nos pauvres Sujets, & qu'en toute l'Europe il ne reste ni demeure aucun Roi Evangelique, Electeur ni Prince qui ne soit totalement ruiné.

Que si la Religion Evangelique est protegée & défendue par ces procedures, ou par ces moyens, ou que par ce remede on prévienne sa ruine, il est à craindre que les Evangeliques ne reconnoîtront que trop tard leur propre dommage, que cette Guerre n'a été commencée qu'à leur propre ruine & desolation, comme l'on voit déja que les Villes & Communautés Voisines Evangeliques, en sont grandement incommodées & endommagées, & aporte un grand retardement à leurs affaires, & à leur Commerce. Le voisinage qui avoit comme reparé des ruines, & pourvû à ses necessités, s'est retiré dans les terres de notre Obeïssance, comme en Terre de notre Azile, assurée & bonne retraite n'en est pas peu émue ni troublée.

Je laisse à penser quelle ruine & desolation cette Guerre presente apportera aux Eglises, & aux Ecoles d'Allemagne, & le saint nom de Dieu, (helas par la perfidie & méchante intention des Suedois) est la couverture & le maintien de cette Guerre.

Et pour autant que par tout ce que dessus notre innocence paroit évidemment & suffisamment, & qu'au cas contraire les procedures dont les Suedois ont usé à l'encontre de nous, est tel que chacun de ce voisinage s'y peut mirer & en prendre exemple afin de pourvoir de bonne heure à sa sureté.

Ledit voisinage ne doit mettre en consideration l'Alliance, qu'ils ont avec ladite Couronne pour les aider, & donner assistance, d'autant que c'est une maxime toute notoire que *ad injusta bella nulla est obligatio.* Même que les Alliances reçoivent toûjours cette interpretation, quand nulle cause legitime ne nous contraint de nous en départir, & qu'au préalable les voyes amiables n'ont eu aucun effet, c'est alors & non auparavant que les Alliances produisent leurs effets, lesquels deux points n'ont trouvé aucune place devant les yeux des Suedois, leur intention étant plûtot de s'agrandir par leurs attentats, *audendo, & bella ex bellis ferendo.*

A quoi leurs Alliez doivent bien prendre garde, afin que mettant en arriere, & postposans leurs respects d'Alliance, comme ils ont fait avec nous & plusieurs autres, ils ne se ressentent pas de leur ancienne perfidie voisine, par laquelle renversant tous Traités de Paix, ils nous offensent non seulement, mais aussi pareillement tous les Seigneurs & Potentats, & generalement toutes les ames vrayement Chrétiennes, qui ont horreur de voir répandre tant de de fang Chrétien, qui depuis plufieurs années en ça s'eft miferablement répandu dans une grande partie de toute l'Europe.

Lefquels cependant doivent plutôt affifter ceux qui recherchent de tout leur cœur, & affection, même auffi avec grande paffion le rétabliffement d'une Paix falutaire, lefquels par ce moyen font retardés dans leurs louables deffeins & entreprifes.

Or il eft maintenant très-clair, & on peut reconnoître avec quelle candeur & finçerité, comme auffi avec quel deffein les Suedois ont defiré jufques à préfent de procurer une Paix, & tranquillité en Allemagne, puis qu'eux-mêmes ont tous les premiers contrevenu aux Traités, accords & conventions, faits ci-devant, & de nouveau entrepris fans aucun fujet, fans aucune occafion, & fans aucune neceffité, une nouvelle Guerre, comme gens qui font Ennemis de la Paix & du Commerce, qui jufques à préfent avoit été en aucune maniere bien exercé, & entretenu fur la mer Baltique du Eft, & du Ouéft, lequel en eft retardé & mis en confufion, laquelle feule leur doit être imputée & attribuée comme en étant les feuls auteurs, & qui l'ont commencé de gayeté de cœur.

Nous nous perfuadons entierement qu'un chacun, ainfi qu'il eft convenable, fe reffentira d'un tel barbare attentat, penfant à un Chrétien & qui fera intentionné de faire retomber le tout fur les auteurs fanguinaires, s'ajoignans à nous qui fommes bien intentionnés d'empêcher une plus grande effufion de fang Chrétien, & la défolation & deftruction de tant de Païs, nous qui avons été affaillis horriblement, & hoftilement, fans aucune préalable déclaration de la Guerre, & lorfque nous nous y attendions le moins, & qui avons été privés de notre bien pour le recouvrement duquel nous efperons qu'ils nous tendront les mains.

Ayant en outre cette particuliere & ferme confiance en Dieu qui eft jufte & tout puiffant, & qui a en abomination toutes actions tendantes à l'infraction de la Paix, & des Traités qu'il nous protegera perpetuellement, & nous maintiendra puiffamment en tout ce qu'il nous a benignement accordé.

Donné en nôtre Ville d'Odenzke le 30. de Janvier 1644.

ET PLUS BAS EST ECRIT:

Dans l'Original Allemand fuivant les Pieces mentionnées, fuivant les cottes pour juftifier ce qui y eft contenu, mais à caufe de la brieveté du tems elles n'ont pû être traduites, ce que l'on fera fi l'on juge neceffaire qu'elles le doivent être.

EXTRAIT

Du Traité de Stetin de l'an 1570.

Leurs Dignités Royales de Dannemarck & de Suede, leurs Royaumes, Païs, Adjoints & Alliés, doivent par le préfent Traité mettre fin pour jamais à toutes mesintelligences, difficultés & défailles, qui jufques à préfent ont été entr'elles, & à l'entretenement du préfent Traité de Paix perpetuelle, & des moyens pacifiques, exprimés & contenus, lefdits deux

Tom. I.

Rois, leurs hoirs & fucceffeurs, les Royaumes de Dannemarck & de Suede feront tenus & obligés de l'obferver à toûjours, par leur Dignité, foi, paroles véritables & Royales, fur peine de l'amande d'un million d'or, & aucun Privilege, Indult & exemption, ni de protection, défenfe, comme quoi on les puiffe nommer, excogiter ou inventer, ne les pourront exempter, delivrer ou excufer de l'obfervation d'iceux.

Et au cas que l'une des Parties entreprît prefentement, fît ou traitât de quelque chofe contraire au préfent Traité de Paix, offensât ou grevât l'autre des Parties, alors la Partie qui fera ainfi grevée, le fera favoir à la partie qui aura fait le grief, laquelle Partie grevante fera tenuë quatre mois apres de lever & oter ledit grief, & de paier les dommages caufés par icelui.

Et au cas que lefdits Confeillers des Royaumes ne puiffent fe refoudre fur certaine Sentence finale & decifive, parce qu'il fe trouveroit autant de voix pour l'une des Parties que pour l'autre, alors les deux Dignités Royales s'accorderont d'un Super-arbitre.

Et ledit Super-arbitre étant avec lefdits Confeillers d'Etat, à laquelle defdites Parties le Super-arbitre déclinera & donnera fon confentement, l'opinion & fentence de cette Partie comme la plus commune, la plus aprouvée & la plus jufte, fera faite ouverture & maintenuë en force & Dignité.

Et lefdits Confeillers d'Etat & ledit Super-arbitre, au cas qu'il faille en établir un pour dreffer l'édiction de la Sentence,n'auront devant les yeux, ni autre égard qu'à Dieu, à la verité, au droit, & aux Statuts particuliers, & communes Ordonnances de ces deux Royaumes, une honnête & raifonnable équité, de laquelle ils ne fe laifferont aucunement devoyer ni détourner, & ce que par eux fera fait, prononcé & fentencié, lefdites deux Dignités Royales feront tenuës & obligées de les tenir & poffeder, comme maintenir mêmement fans aucune exception y étant ni contredit.

Et qu'au cas que l'une defdites Dignités Royales ne voulût confentir à droit, ou bien ne voulût fuivre & fatisfaire à ce qui auroit été fait.

Et au cas qu'il ne voulût faire, le grevé le doit dénoncer à deux des Confeillers d'Etat du grevant, lefquels deux feront obligés après de procurer que ledit grief foit promptement reparé.

Et au cas que ce moyen n'eût aucun lieu, & que l'on s'offre de vouloir être à droit, alors le grevé pourra dans quatre mois donner journée & diette au grevant, & au cinquième au jour nommé.

Le procès pourra être commencé en cette maniere, favoir que des deux Royaumes, ou de chaque Royaume feront députez & ordonnés fix Confeillers du Royaume, dont on s'accordera, perfonnes finceres, gens prudens, de bien & amateurs de Paix, qui feront déclarés quittes & abfous du ferment par eux prêté, lefquels feront obligés de prêter un nouveau ferment fur l'affaire dont il s'agit, auxquels fera donné pouvoir & puiffance de s'affembler aux Frontieres des deux Royaumes, ou bien en quelque autre lieu commode, pour entendre la caufe d'entre lefdits deux Rois & Dignités Royales, s'enquerir & diligemment informer du fond, de l'état, circonftance & dépendance de l'affaire, de bien comprendre, pefer & confiderer le droit des deux Parties, lefquels ne bougeront delà qu'ils n'ayent mis leurs Majeftés d'accord par des moyens Chrétiens & équitables.

A a

Et

1644.

Et au cas que l'une ou toutes les deux Parties ne voulussent pas s'accommoder ou traiter sur des moyens équitables, alors lesdits Conseillers pourront faire ouverture & faire prononcer, un prononcé & une sentence de droit par lesdits Conseillers d'Etat, & que les Sujets seront absous & quittes de leur serment, & ne seront pas obligez de le suivre, ni d'y obéir jusqu'à ce qu'elle ait été à droit, & qu'il soit bien satisfait à la sentence qui aura été renduë.

EXTRAIT

Du Traité confirmé en l'année 1612. Cotté B.

LE Traité de Stetin qui fut fait en l'année 1570. entre les deux louables Couronnes de Dannemarck & de Suéde, demeurera & persistera entièrement en sa pleine force, être & vigueur sans être en façon ni en manière quelconque informe, & en la même sorte qu'il étoit avant que cette Guerre fût commencée; tellement qu'aux Articles de ladite Paix rien ne doit être diminué, ni changé, ni dérogé, excepté les Articles qui y sont conclus & accordez, & auxquels pourtant on a spécialement dérogé par le Traité & convention de Paix.

EXTRAIT

De la Réponse faite à Messieurs les Conseillers d'Etat du Royaume de Dannemarck, par OXENSTIERN Chancelier du Royaume de Suéde, donnée à Cologne sur la Spree le 4. Fevrier 1633.

Ladite Réponse cottée C.

MESSIEURS,

PRemièrement je vous remercie amiablement à cause de la communication que vous me faites comme bons voisins, & je trouve bon que la Princesse de Suéde, & la Couronne ne sont pas peu obligées à Sa Majesté de Dannemarck, puisque Sa Majesté veut prendre le soin de terminer & assoupir cette fâcheuse Guerre, qui entraine après soi tant de maux, & de prévenir tant d'effusion de sang par des moyens assurez & des conditions pacifiques; de ce que singuliérement elle nous assure qu'on aura égard en particulier au bien & honneur de la Couronne de Suéde : l'esprit pacifique & amateur de Paix de Sa Majesté, m'est connu par ses louables actions précédentes, & ne peut juger autrement que tel soin de Sa Majesté qui est porté à un bien public, comme il est en soi très-louable, aussi sera-t-il à bon droit reçu & embrassé d'un chacun, & principalement de ceux qui y sont interessez : l'état présent des affaires, l'issue incertaine d'icelles, les effets qui en proviennent, les événemens à craindre, & d'un côté les intérêts des voisins, leurs intentions, leurs oportunitez, desquels avec raison je me ressouviens, sont de si puissans motifs pour induire nos pensées à un Traité de Paix,

que celui qui ne feroit pas ces choses pourroit à bon droit être tenu, non seulement dépourvu de raison & de prudence, mais à peine le pourroit-on tenir avoir en soi tant soi peu d'humanité; & partant je ne souhaite rien tant, ainsi que vous le desirez, vû qu'on peut facilement proposer de bons & assurez moyens, & avec effet, & même que j'apprens qu'une bonne Paix salutaire & assurée est grandement souhaitée d'un chacun : je me persuade aussi que l'entremise de Sa Majesté Royale de Dannemarck, par son autorité & respect que lui portent les deux Parties, pourra en cette affaire aporter beaucoup de fruit.

EXTRAIT

De la Réponse faite à Sa Majesté Royale de Dannemarck par le Chancelier de Suéde en date du 17. Mai 1633.

Ladite Réponse cottée D.

A SA MAJESTE' DE DANNEMARCK.

PUisqu'à présent votre Majesté Royale prend tant de soin, ainsi qu'elle a fait ci-devant, pour ôter & terminer hors de l'Empire Romain la longue & fâcheuse Guerre, qui le ronge & le mine tout à l'entour, à laquelle l'ambition ennemie, les hostilitez par lui perpétrées, & ses menées & pratiques dangereuses, ont attiré la Couronne de Suéde; & comme votre Majesté se peine & travaille à l'en déveloper, en cela votre Majesté entreprend une œuvre vraiment Chrétienne & digne de louange, s'aquerant envers tous ceux qui y sont interessez un grand mérite, & un nom immortel envers la postérité, conduisant l'œuvre à la fin desirée. On ne peut suffisamment décrire les incommoditez que la Guerre aporte & attire tant au dedans qu'au dehors de l'Empire Romain, ni les maux dangereux qui en peuvent arriver, à cause de l'issue incertaine de la Guerre : & partant l'intention de votre Majesté, & de Sa Majesté de la grande Bretagne, & de tous les autres Potentats Chrétiens qui tâchent d'éteindre cet incendie, est en soi d'autant plus recommandable, que plus il y auroit de malheur & de désolations de Païs à déplorer, que la continuation de la Guerre améne & entraine toûjours avec soi, comme déja il a été fait : nous ne voyons d'autres moyens pour remédier à ces differtions, que celui que votre Majesté propose par la grande prudence dont elle est douée, savoir une Assemblée & une convocation pour traiter d'une Paix, à laquelle si on veut sérieusement entendre, & à bon escient, ainsi que feu Sa Majesté mon maître y étoit incliné; je puis bien assurer votre Majesté en toute soumission que la Régence à présent du Royaume & des Conseillers de Suéde, pour & au nom de Sa Majesté de Suéde, ma très Honorée Dame, ensemble la Couronne de Suéde ne desirent rien tant, sinon qu'il se puisse trouver une bonne issue, & une bonne fin salutaire à cette fâcheuse & si pesante Guerre.

CO-

1644.

COPIE

De la Lettre du Grand Maréchal de Dannemarck écrite à Léonard Torſtenſon Général de l'armée Suedoiſe. Cottée E.

MONSIEUR,

JE n'ai pu bonnement vous celer, mais je vous avertis amiablement qu'étant arrivé aux Frontiéres de ce Royaume, j'aurois appris, non ſans petite plainte des Sujets, que vous & l'armée que vous commandiez, auriez pris quartiers & logemens non ſeulement aux Terres appartenantes au Roi mon très-Clément Seigneur reſpectivement à l'Empire Romain, mais auſſi aux Principautez de Holſtein & de Sleſwig, appartenantes à la Couronne de Dannemarck. Or il faut que je vous confeſſe rondement, que je ne ſais pas auſſi comment je dois me comporter en cette affaire; attendu que non ſeulement je ſuis obligé non de donner aucun choc, puiſqu'il n'y a aucun différend entre leurs Majeſtez nos très-Clemens Roi & Reine, ni entre les deux Royaumes, mais plûtôt ſuis-je obligé de me conformer aux Traitez paſſez de perpétuelle amitié & Alliance, qui veulent, qu'au cas qu'il y arrive quelque difficulté, avant que d'en venir aux voyes de fait, il faut eſſayer de les terminer amiablement par les voyes & maniéres preſcrites. Je ne vois point auſſi que l'on puiſſe avec raiſon ſoupçonner, quelque choſe de mauvais du Roi mon Maître & très-Clément Seigneur, ni de la Couronne de Dannemarck en l'entremiſe qu'il fait à Oſnabrug, au ſujet de laquelle il entretient des Ambaſſadeurs avec grands frais & dépenſes, ladite entrepriſe ayant même été agréée par la Couronne de Suéde, les Ambaſſadeurs étant déja enſemble avec les nôtres à Oſnabrug, nous ont fait eſpérer & promis toute bonne amitié, de laquelle vous pouvez être témoins par la grande ſincérité & tranquillité que vous avez trouvé dans le Pais; & partant ce procédé ſera ſi ſiniſtrement interprété de tout le monde à mon avis, les affaires étant en l'état qu'elles ſont, les Couronnes de Dannemarck rendant de ſi bons offices, & tant de témoignages d'amitié &, de Paix, ſi à l'improviſte elle étoit ſi maltraitée, & ſans l'avoir mérité. Quant à moi j'ai à la vérité meilleure opinion de la très-louable Couronne de Suéde, & ne penſe pas qu'elle veuille attenter à aucune hoſtilité dans les Terres & Pais du Roi mon très-Clément Seigneur; mais pour autant que de tels logemens & ſurpriſes de nos Frontiéres nous donnent à bon droit de l'ombrage: pour plus ample témoignage que nous ne prenons aucun plaiſir à répandre le ſang, j'ai bien voulu vous faire ſavoir quelle étoit notre intention, & par un même moyen vous rechercher & prier amiablement que vous vouluſſiez prendre la peine de m'écrire & donner à entendre à quel ſujet, d'où, & par qui ledit logement a été ordonné, & de quelle part il vient: &pour autant que je ne me promets de vous rien autre choſe, que ce qui pourra ſervir à l'entretien d'un repos, amitié, & bon voiſinage; ainſi je ſuis prêt, après vous avoir recommandé à Dieu, à vous rendre ſervice.

Donné à Middelfart le 26. Decembre 1643.

Toм. I.

1644.

COPIE

De la Réponſe faite à la Lettre du Grand Maréchal de Dannemarck par le Général de l'Armée Suedoiſe Léonard Torſtenſon. Cottée F.

MONSIEUR,

IL y a quelques jours, comme je marchois en Campagne, que je rencontrai votre Trompette avec une Lettre que vous m'adreſſiez, datée de Middelfart du 26. Decembre 1643. Or comme je voulois vous dépêcher ledit Trompette, & vous le renvoyer promptement, ma démarche étant hâtée, icelui ne m'ayant pu ſuivre, il ſeroit demeuré en arriére, ce qui eſt la cauſe de ſon retardement: & pour autant qu'il faut que je faſſe réponſe à la demande que vous me faites, ſavoir pourquoi & pour quel ſujet j'ai pris des quartiers dans le Holſtein, je ne vous le celerai point, vous le déclarant avec toute ſorte d'amitié ſerviable; c'eſt que la conſtitution & l'état des affaires préſentes à l'hiver auquel nous ſommes entrez m'y ont occaſionné, & ce par raiſon de Guérre, vû la confiance qu'on a eue en moi, en me donnant le commandement de l'armée de Sa Majeſté de Suéde, à laquelle pour donner quelque relâche de tant de travaux & fatigues qu'elle a ſoufferts, j'ai été contraint de faire ainſi, pour la rafraichir & maintenir en ſa premiére force & vigueur, afin que l'hiver paſſé, & en ce Printems prochain, moyennant Dieu, elle ſoit d'autant plus capable, & en meilleur état de pouvoir paroître en préſence de l'Ennemi: c'eſt le ſujet pourquoi je me ſuis aproché du Holſtein, & des lieux d'ici autour; en confiance aſſurée que je n'en ſerai pas pour cela en mauvaiſe odeur, ayant eu le ſoin de la conſervation de mon armée, & m'étant rendu le maître des Places, comme j'ai fait, & des Troupes qui s'étoient liguées contre moi, deſquelles je ne puis attendre que toutes ſortes d'incommoditez. Que ſi cela déſagrée en quelque façon à Sa Majeſté de Dannemarck, comme il eſt facile de le conjecturer, pour moi je laiſſe l'affaire ainſi qu'elle eſt; cependant les deux Couronnes, comme nos Clémens Souverains, ſauront bien s'accommoder enſemble touchant cette affaire: c'eſt ce que je vous dirai pour réponſe, étant en mon particulier votre ſerviteur: vous étant libre de renvoyer ou retenir devers vous ce mien Trompette, que je vous envoye, tant & ſi longtems, & juſques à ce que le vôtre retournera, ce qui ſera en bref.

Donné au quartier Royal proche le Fort de Middelfart le 14. Janvier 1644.

EXTRAIT

D'une Lettre du Sieur Salvius Ambaſſadeur de la Reine de Suede pour la Paix Générale aux Sieurs d'Avaux & Servien, Ambaſſadeurs de France ſur le ſujet

A a 2

de

1644.

de la Guerre de la Reine de Sué-
de contre le Roi de Dannemarck.
A Osnabrug le 30. Janvier 1644.

I.

QUe les Navires & Marchandises des Suédois étant exems de payer aucuns péages,
& impôts au détroit de Dannemarck, suivant
les anciens Traitez entre les deux Couronnes;
que néanmoins le Roi de Dannemarck leur a
fait payer le péage, & même exigé le double.

II.

Qu'ayant des Certificats des Magistrats des
Villes d'où leurs Marchandises venoient, qu'elles leur appartenoient en propre; qu'il a révoqué en doute ces Certificats, & a fait saisir &
confisquer le tout, comme si les Suédois eussent prêté leur nom aux étrangers.

III.

Et quelques plaintes qui en ayent été faites
par les Sénateurs du Royaume de Suéde à ceux
de Dannemarck, & par le Résident de Suéde
& les Marchands; il n'ait donné aucun ordre
que tels torts & dommages fussent réparez.

IV.

Que delà il est avenu que les Sujets de la
Couronne de Suéde, dont la Seigneurie s'étend
jusques à cinq cens lieues d'Allemagne le long
de la Mer Baltique, se sont abstenus du Commerce & de la Navigation, dont ils s'entre-
tenoient.

V.

Et les revenus du Royaume qui consistent
principalement aux droits d'entrée & de sortie,
en ont été grandement diminuez.

VI.

De plus, que le Roi de Dannemarck a eu des
intelligences & des Traitez contre la Suéde, a-
vec l'Empereur d'Allemagne, le Roi de Pologne, & le Grand Duc de Moscovie.

VII.

Et finalement, que lorsque la Reine de Suéde
faisoit lever des armées pour l'Allemagne, ledit Roi de Dannemarck a aussi fait lever nombre de gens de Guerre au même tems menaçant
de l'attaquer, ce qui l'a contraint de retenir dans
la Poméranie & autre part, ses forces, au lieu
de les faire avancer, craignant qu'elles fussent at-
taquées à dos.

VIII.

Qu'elle est résolue de retenir une partie de
son armée dans le Païs du Roi de Dannemarck,
en attendant qu'elle ait pourvû à la sûreté de
son Etat & de ses Alliez.

IX.

Et demeurant constamment en confédération
avec la France & dans son Alliance, continuer
la Guerre contre l'Empereur, jusqu'à ce que
la liberté soit restituée en Allemagne; & pour
cet effet qu'elle renvoyera l'été prochain le Maréchal Torstenson, dans les Terres & Seigneuries dépendantes de la Maison d'Autriche.

C O P I E

Traduite de la Réponse de Mes-
sieurs les Conseillers d'Etat du
Royaume de Dannemarck, faite
aux Conseillers d'Etat de la
Couronne de Suéde. Cottée G.

MESSIEURS,

PAr vos Lettres dattées de Stockholm le 19.
Août nous avons entendu comme quoi vos
Seigneuries ne se sont pas voulu contenter de
la Réponse que deux de notre Corps ont faite à
Coppenhague, du premier jour de Juillet; ni
de la Déclaration équitable faite sur vos griefs,
& sur vos plaintes contenuës dans vos précédentes; & que derechef vous demandez instamment que les Sujets du Royaume de Suéde,
soient dédommagez des grandes & notables
pertes qu'ils ont souffertes cette année, sans
qu'ils ayent commis aucune faute; & que leurs
Vaisseaux & leurs Marchandises saisis & arrêtez
leur soient bien & dument rendus & restituez.

Comme aussi que le Commerce soit rétabli
en son premier état, sans aucun trouble ni empêchement; que les déclarations & résultats des
Royaumes de Dannemarck & de Suéde ayent
leur plein & entier effet, ainsi que du passé;
d'autant que vous estimez, Messieurs, que le
trafic de tous les Sujets Suédois a été troublé
& interrompu par les foules & pressures nouvellement inventées, vû qu'ils exercent leur
trafic & commerce en telle sorte qu'il ne s'y
peut trouver rien à redire, & même conformément aux résultats des deux Royaumes; que
ce n'étoit pas faire une chose conforme auxdits
résultats que d'arrêter les Vaisseaux & Marchandises qui arrivent sous la bonne foi & confidence publique, que de faire des procès des
affaires de telle nature, & les renvoyer par devant l'Amirauté; que le peu d'assurance & le
peu de sûreté qu'il y auroit à l'égard des Vaisseaux & Marchandises, causeroit le plus souvent plus d'incommodité que le droit de percevoir n'aporteroit d'avantage; qu'on ne pourroit
restraindre ni resserrer si étroitement le Commerce, sinon qu'on étoit résolu de tellement
difficulter le Commerce qu'il faudroit tout à
coup, qu'ensemble le Commerce, toute a-
mitié, toute Alliance, & toute liberté cessas-
sent; que l'on imposoit des fausseterz & fraudes
de Gabelles à la Nation Suédoise; & qu'à cause de la méfiance qu'on avoit d'eux, on con-
fondoit tout le trafic & Commerce; que l'on
ne pouvoit pas anéantir ni casser les Lettres &
Certificats légitimes des Mariniers; que cela est
une grande injustice de faire premiérement
payer le Péage ou Gabelle, & puis après renvoyer l'affaire en procès ordinaire, ce qui est
mettre le sceau & la Marchandise en proye.
Car si quelqu'un avoit manqué à la moindre
chose que ce fût, & qu'il se trouvât qu'il y
eût fait faute, l'on feroit que l'innocent pâti-
roit pour le coupable. Qu'encore que Sa Majesté

1644.

jesté notre très-Clément Seigneur, ait été persuadé de relâcher du droit qu'elle prétend sous
prétexte de droit de péage, que la Reine notre
très-Clémente Dame, n'espéroit pas que sous
prétexte d'un tel droit, tout le trafic & la Négociation seroient intermis & ôtez, moins encore
tous Traitez & Alliances.

Quant à ce qui étoit des accises du vin &
autres breuvages étrangers, que les termes du
dernier Traité de Paix qui en ont été faits, en
sont si clairs & tellement apparens par la commune observance, qu'ils ne peuvent souffrir
ni admettre aucune autre interprétation, si l'on
desisoit d'en demeurer aux Traitez; & plusieurs
telles autres choses qui sont amplement déduites
dans vosdites Lettres.

Or avant que de faire réponse aux griefs que
vous alléguez dans vosdites Lettres, nous ne
pouvons passer sous silence, *Débonnaires Seigneurs*, & ne pouvons omettre de vous dire &
donner à entendre préalablement, combien il
nous a été grief d'entendre l'explication sinistre,
& mal préjugissant que vous faites de tout ce
qui s'est passé cette année dans l'Oresund, &
que vous avez pris ainsi toutes choses en mauvaise part; ce que vous exagérez avec ressentiment, comme si par là tout trafic & Commerce qui avoit été établi par tous les Traitez & Alliances, eût été rompu: nous sommes
persuadez, que l'intention de Sa Majesté notre
très-Clément Seigneur, n'a jamais été telle, &
qu'elle n'a visé à d'autre but que de tenir & effectuer son serment, ce qui a été conclu, &
arrêté par les deux Royaumes.

Aussi l'état misérable & dangereux des affaires présentes nous est-il toûjours en pensée,
& devant les yeux; ainsi nous ne pourrions pas
nous laver & excuser, au cas que de notre
part nous eussions donné aucun sujet de rupture volontaire, comme vous le dites, qu'il seroit si préjudiciable à toute la Chrétienté.

Nous n'eussions jamais pensé que vous nous
eussiez voulu imputer quelques reproches peu
convenables aux amis, au sujet de quelques petites plaintes auxquelles on pouvoit bien remédier par voye de droit, les Parties étant ouïes.

Or pour montrer comme quoi nous sommes
très-innocens de tout ce qu'on vous a dit de
nous, nous vous prions, Amiables Seigneurs &
débonnaires, que vous considériez raisonnablement, & que vous jugiez de droit & avec bonne raison, si l'on peut dire que le trafic & le
Commerce des Suédois a été interrompu &
retardé cette année, & que les Pactes & Traitez d'amitié ont été cassez & violez; vû qu'il
se trouvera & se peut trouver que de deux cens
Vaisseaux, ou peu s'en faut, tous lesquels sous
Certificats Suédois ont passé le Sund cette année, on n'en a arrêté que huit, desquels toutefois trois ont été relâchez & délivrez par Sentence de droit: & puis sans prendre garde à cela on est allié exagérer l'affaire par les grandes
plaintes, si légitimement & de droit il étoit
séant à cause de quelque petit nombre de Vaisseaux arrêtez, d'entrer en méfiance & soupçon
de ses amis, proches-voisins, & Alliez, comme ayant résolu d'ôter toute sorte de Commerce; & par ce moyen rompre toute sorte de
Traitez de Paix, d'amitié, & de voisinage,
comme vos paroles sonnent, si ce n'est pas
nous taxer, & prendre l'affaire de bien près,
de nous imputer & dire que nous accusons
toute la Nation Suédoise de fraude & fraudation
de Gabelle, sans considérer que cela ne se trouvera jamais, mais que cela est de quelques uns,
& de quelques petits Marchands particuliers &

mariniers desquels sans doute s'est trouvé en
Suéde, aussi bien qu'entre les autres Nations,
lesquelles ont accoutumé de se servir, & user
de telles fraudes & pratiques.

Mais quand on examinera le fond de toute
l'affaire, qui consiste principalement aux Certificats, & que l'on prendra au pied de la lettre, & suivant les résultats prudemment arrêtez
par les deux Royaumes, il se trouvera voire-
ment que les Marchandises, n'appartiennent à
aucun autre qu'aux Marchands Suédois.

Mais si dans le Vaisseau il se trouve des Chif-
fres, des Lettres & autres Enseignemens évi-
dens, qui font mention expresse & nomment
d'autres qui ont acheté lesdites Marchandises,
& en trafiquent à leur profit particulier, & non
au profit d'aucuns Suédois, nous remettons,
Messieurs, à votre bon jugement & avis ce
que l'on doit estimer & juger des Certificats,
qu'on a recherchez & fouillez du consentement
à Oresund, à l'encontre desquels on a produit
& montré d'autres Piéces & Enseignemens, attendu même que par le Traité qui fut fait en
l'année 1591. il est expressément porté que
ceux qui contreviendront, & veulent exemter
les Marchandises étrangéres de la Gabelle, comme à eux appartenantes, seront mis à l'amende,
& leurs dites Marchandises confisquées.

Outre quoi c'est une chose plus assurée, &
qui est plus tolérable à ceux qui trafiquent, que
les doutes qui arrivent à telles affaires incidem-
ment soient démenées par procès ordinaire,
jusqu'à Sentence définitive, comme il a été fait
jusqu'à présent par devant l'Amirauté, que de
renvoyer l'affaire, & de la commettre à quelque petit nombre de gens, qui sous ce prétexte
pourroient y faire leurs affaires couvertement &
en cachette.

Telles recherches & inquisitions sont conformes à tous les résultats desdites deux Couronnes, & au légitime usage & coutume de toutes les Nations, qui partant ne doit être si facilement ôté ni interrompu, si ce n'étoit qu'on
voulût dire & maintenir, que quand on mon-
trera & représentera un Certificat Suédois, qu'il
le faudra avoir en si grande vénération, & en
faire si grand cas, que ce sera contrevenir à
tous les Traitez & Accords d'amitié, de faire
sur lui aucun doute tant petit qu'il soit; ou bien
d'y faire scrupule, & ainsi à bon escient être
obligé de tolérer & souffrir par son silence une
injure tout-à-fait manifeste & notoire.

Quant au peu d'assurance qu'on allégue, &
qu'on dit que par ce moyen & par telle nouvelle
recherche le Commerce & la Navigation en
ressentent un très-notable préjudice & dommage, l'on ne peut l'objecter qu'à ceux qui
tâchent de faire passer clandestinement leurs
Marchandises pour frauder la Gabelle, lesquels
ont été cause qu'on a fait plus étroite recherche
qu'auparavant.

Quant à ce que vous dites, Messieurs, qu'on
n'auroit pas fait payer à quelques-uns la Gabelle,
& qu'en après on auroit pris & Vaisseaux &
Marchandises, & qu'ainsi les innocens aussi que
les Coupables pour somme de petite valeur en
pâtissent; on ne s'est jamais plaint par ci-devant,
ni fait aucun raport à cela, que nous sachions,
à Sa Majesté notre très-Clément Seigneur.

Ainsi puisqu'il est hors de controverse & de
dispute, & est ainsi que les Marchandises qui
se trouvent être Suédoises, & qui se vérifient
telles par de bons & légitimes Certificats, doivent passer sans payer aucune Gabelle, & qu'en
telle procédure on n'a eu autre dessein ni intention, que d'empêcher & prévenir les fraudes

clan-

Aa 3

clandeftines qui fe commettoient, au grand préjudice du Roi notre très-Clément Seigneur, fans qu'il en revînt aucun avantage aux Suédois, mais que le tout tournoit au profit & avantage des Marchands étrangers, qui peuvent facilement fous divers prétextes donner à entendre & pratiquer des Certificats; vous vouliez que les droits du Roi notre très-Clément Seigneur foient amoindris & diminuez, à fon très-grand préjudice, & au desavantage des autres Sujets.

Or afin que le Roi notre très-Clément Seigneur fût d'autant plus certorié, fi l'on avoit fait fi grand tort & dommage aux Suédois, comme les plaintes en ont été grandes; il a voulu que les plus grandes & importantes affaires qui nous arrivent à préfent en foule fuffent mifes à part, & n'a pas dédaigné ni ne s'eft ennuyé de vouloir connoître & entendre en propre perfonne l'affaire, & finalement la décider : ainfi nous eftimons que l'on n'aura aucun fujet ni occafion de fe plaindre du moins de droit, & avec la raifon de la juftice qui en a été adminiftrée, moins de dire que tous les Traitez, Accords, & Concordats, comme auffi tout refpect, bonne amitié, & voifinage ont été mis à part & éloignez de la vuë.

Quant aux accifes touchant le vin & autres breuvages étrangers pris & arrêtez dedans le Détroit du Sund, votre intention, Meffieurs, femble prendre les paroles du Traité de Paix, autrement que nous ne faifons en ces affaires-là; car nous n'avons pu autrement nous conduire & conformer finon conformément à la claire & pure Lettre, laquelle ne donne ni n'accorde aux Sujets du Royaume & de la Couronne de Suéde, plus de privilège & de prérogative, qu'aux Habitans & Sujets de ce Royaume & Couronne de Dannemarck, aufquels enfemble on a enjoint pour quelque peu de tems de payer un prêt.

Et pour ce qui eft de la Majefté de votre très-Clémente Reine, de ce qu'elle fait conduire & mener par le Sund pour fa maifon & fon entretien, lorfqu'on fera convenablement la recherche, nous croyons que le Roi notre très-Clément Seigneur lui témoignera toute bonne affection & inclination, comme il fait à tous autres Potentats.

Or comme de notre part nous fommes toûjours reftez & demeurez fermes en cette réfolution de terminer & affoupir en toute amitié, tous les differends & mesintelligences qui pourront arriver entre les deux Couronnes, (comme il en peut entre voifins facilement arriver) prenant les mures délibérations & refultats des deux Couronnes; ainfi ne doutons-nous aucunement que le Roi notre très-Clément Seigneur, ne voulût permettre qu'autre chofe arrivât à aucun Suédois, foit au Détroit du Sund foit même autre part.

Et pourtant, Seigneurs débonnaires, fuivant vos offres veuillez en toute occafion vous conformer aux réfultats des deux Royaumes en toute bonne amitié & voifinage, & ne veuillez ci-après donner aucun lieu aux méfiances & foupçons, comme il femble que vos derniéres Lettres nous en voudroient accufer.

Quant à nous, nous nous efforcerons toûjours, & vous donnerons avis en bonne correfpondance & confidence, parmi les troubles publics & univerfels qui infectent toute l'Europe, d'accroître & entretenir entre nous tout bon voifinage & amitié; vous offrant en outre comme amis de vous témoigner, & de faire tout ce qui pourra tourner à votre hon-

neur & fervice : fur cela nous vous recommandons à la protection du Dieu tout puiffant & benin.

Donné à Odenfée le 24. Octobre 1643.

EXTRAIT

D'un Difcours en Allemand datté de Stetin en la Poméranie l'an 1644. le 9. Avril, imprimé à Francfort audit an en trois feuillets & demi, & c'eft fur le fujet de la Guerre du Royaume de Suéde contre le Roi de Dannemarck.

I.

QUe les Suédois font accoutumez d'avoir la Guerre au dedans & au dehors, nommément depuis Eric le Saint jufques à Guftave Adolphe.

II.

Les Guerres étrangeres fervent de prétexte pour mettre des impofitions fur le Peuple.

III.

La Nobleffe de Suéde attire à elle tout le gouvernement.

IV.

Les impofitions font employées principalement pour les gages d'Officiers & l'augmentation d'iceux.

V.

Le but du Chancelier Oxenftiern eft que les Rois de Suéde dépendent du pouvoir de la Nobleffe.

VI.

Les Marchands de Suéde ne fe peuvent mêler que du trafic d'une forte de Marchandifes, afin qu'ils ne deviennent trop riches.

VII.

L'on ne prend confeil pour la Guerre que de la Nobleffe & non des autres Etats.

VIII.

Le Domaine de la Couronne aliéné.

IX.

Que le Roi de Dannemarck eft du tout contraire à la Suéde en l'acquifition de la Poméranie.

X.

Une bonne Partie de la Nobleffe a fes revenus dans la Livonie.

XI.

Le Luxe qui eft à préfent en la Nobleffe de Suéde.

XII.

XII.

Que les Suédois feront quelque jour la Guerre à la Pologne.

XIII.

Que ledit Chancelier eſt le principal auteur de la Guerre de Dannemarck & d'Allemagne.

XIV.

La prudence du même Chancelier.

XV.

Comme finement il a entrepris la direction des affaires d'Allemagne.

XVI.

Les richeſſes que ce Chancelier a gagnées d'Allemagne.

XVII.

Les déférences & reſpects qu'il a voulu que lui rendent les Princes d'Allemagne.

XVIII.

Bernard Duc de Saxe Weymar ne pouvoit ſuporter ſon orgueil.

XIX.

La Treve de Pologne en Pruſſe contre ſon avis.

XX.

Sa haine contre Todt.

XXI.

Comme il a dérogé aux Ordonnances pour la Régence du Royaume.

XXII.

La plupart des Offices s'obtiennent à ſa ſeule recommandation.

XXIII.

Sa trop grande autorité en l'adminiſtration de l'Etat de Suéde.

XXIV.

Il fait envoyer en Commiſſion ceux qu'il penſe lui vouloir contredire.

XXV.

Il fait donner le Gouvernement de Finlande au Comte Brahe, afin qu'il ſoit abſent de la Cour, & ne lui ſoit contraire.

XXVI.

Ledit Brahe eſt fait Grand-Sénéchal du Royaume, & Chef Souverain du Conſeil Souverain pour la Juſtice contre le vouloir dudit Oxenſtiern.

XXVII.

Le Gouvernement de Finlande ne dure pas plus de trois ans.

XXVIII.

Le même Oxenſtiern s'efforce de procurer le Mariage de ſon ſecond fils avec la Reine.

XXIX.

Le fils s'inſinuë auprès des Eccléſiaſtiques, & les voit familiérement, pour être recommandé de chacun des Prédicateurs, comme zélé à la vraye Religion.

XXX.

Ledit Chancelier ne conſent pas au mariage de l'Electeur de Brandebourg avec la Reine de Suéde.

XXXI.

Il y avoit grande diſcorde de Jean fils du Roi Jean avec ſa femme, fille du Roi Charles ſa Couſine Germaine.

XXXII.

Ledit Chancelier ne conſent pas au Mariage du Comte Palatin des Deux-Ponts avec la Reine de Suéde.

XXXIII.

La Reine de Suéde doit être couronnée, & aura le plein Gouvernement du Royaume en l'an 1644.

XXXIV.

Ledit Chancelier empêche ce plein Gouvernement.

XXXV.

Wrangel chaſſé de la Cour par ſon moyen ſous prétexte de Commiſſion.

XXXVI.

Il met des hommes & des femmes auprès de la Reine à ſa dévotion, & nul ne peut aprocher Sa Majeſté ſans ſon vouloir.

XXXVII.

Il fait enſorte & ſi bien que la Reine Mere a été contrainte de ſortir du Royaume de Suéde, à cauſe qu'elle tâchoit de faire rendre la Poméranie à ſon frére qui eſt l'Electeur de Brandebourg.

XXXVIII.

Ladite Reine Mére deſire que la Reine ſa fille ſoit mariée à l'un des fils du Maréchal de la Gardie.

XXXIX.

Il y a une armée contre le Roi de Dannemarck ſous la conduite du Maréchal Horn qui a été ſon Gendre, à celle fin en un beſoin de ſe rendre Maître abſolu du Royaume de Suéde pour lui & pour ſon fils.

DE-

DECLARATION

Sur le 3. Article du Traité de Confédération & d'Alliance entre

LOUIS XIV.

ROI DE FRANCE

Et les

ETATS GENERAUX

Des

PROVINCES-UNIES.

Des

PAYS-BAS A LA HAYE

Le 29 Fevrier 1644.

I. DU nombre des gens du guerre de chaque armée

II. Du tems qu'elles se mettront en campagne.

III. De l'attaque de quelque Place de considération des Pays-Bas.

IV. Du passage aux armes du Roi sur les Riviéres du Rhin & de la Meuse.

Pour plus grand éclaircissement du troisiéme Article du Traité passé à la Haye en Hollande ce jourd'hui il a été convenu que le Roi & les Sieurs Etats des Provinces Unies des Pays-Bas mettront en Campagne chacun une armée composée de dix-huit à vingt mille hommes de pied & quatre mille cinq cens à cinq mille chevaux.

Que lesdites armées entreront pour tout la mi-Mai prochain dans les Pays-Bas, si ce n'est que celui qui commandera les armées du Roi d'Espagne se mît plutôt en campagne; auquel cas le Roi & lesdits Sieurs les Etats seront obligez d'y mettre en même tems de quelque côté qu'il puisse tourner.

Que celle desdits Sieurs les Etats attaquera une Place de telle considération que les Ennemis en recevront un notable préjudice , & que celle de Sa Majesté en attaquera aussi une considérable de son côté, ou fera diversion en avançant dans le Pays des ennemis; afin qu'étant obligez de tenir bonne partie de leurs forces pour s'opposer aux desseins de Sa Majesté, Monsieur le Prince d'Orange ait d'autant plus de facilité d'avoir un succès heureux de l'entreprise qu'il fera.

Bien entendu qu'en cas que l'armée de Sa Majesté ne fasse qu'une simple diversion , elle se mettra en campagne quatorze jours avant celle desdits Sieurs les Etats.

Et au cas qu'il soit résolu que toutes les deux armées entreprennent des attaques de Places, elles mettront en campagne en même jour précisément sans y faillir sur peine de manquement de foi de part & d'autre.

Lesdits Seigneurs Etats s'obligent de faire

passer dans le huitiéme du Mois d'Avril trente Vaisseaux de Guerre bien équipez de deux,trois, & cinq cens tonneaux à leurs dépens au travers de Calais pour empêcher aux ennemis l'entrée de Flandres par Mer; au cas que les armes du Roi attaquent quelque Place sur la côte de Flandres lesdits trente Vaisseaux demeureront toûjours en ladite côte tant que l'entreprise durera, & investiront par mer de telle sorte la Place assiégée par les armes du Roi qu'elle ne puisse être secourue par mer soit par les forces du Roi d'Espagne soit par celles de quelqu'autre Puissance que ce puisse être qui voulut les assister sous quelque prétexte que ce soit.

Audit cas lesdits Seigneurs Etats s'obligent de faire escorter tous les vivres qui viendront de la côte de France au lieu où sera l'armée de Sa Majesté; ou de lui en fournir à prix raisonnable, si les vents ne permettent pas d'en apporter de France suffisamment , & qu'ils soient bons pour le transporter des Pays desdits Seigneurs Etats des Provinces Unies audit lieu où sera l'armée du Roi, pour parachever son dessein , auquel Sa Majesté n'engageroit jamais ses armes sans la confiance qu'elle prend que le contenu au présent Article sera fidellement & ponctuellement exécuté par lesdits Seigneurs Etats , qui le promettent & s'y obligent sur peine de manquement de foi & d'infraction des Traitez faits par eux avec Sa Majesté.

Lesdits Seigneurs Etats promettent sincérement & de bonne foi aux armées de Sa Majesté passage & repassage sur le Rhin à Wesel, sur la Meuse à Mastricht, quand ils en seront requis par Sa Majesté, pourvû que ce ne soit point pour préjudicier à leurs Etats.

Lesdits Seigneurs Etats s'obligent de tenir leur armée en campagne tant & si longtems que le bien de la cause commune le requerrera & la saison pourra le permettre.

En foi de quoi nous Ambassadeurs & Députez en vertu de nos Pouvoirs respectifs avons signé ces présentes de nos Seings ordinaires , & à icelles fait apposer le Cachet de nos armes : à la Haye en Hollande le 29 de Fevrier 1644.

On trouvera ci-dessous Tom. II. pag. 197. au Suplement des Lettres & Negociations des Ministres de France en 1644. le Pleinpouvoir des Deputez des Etats Generaux qui devroit être ici. Le Lecteur est prié d'y corriger les deux fautes suivantes. Pag. 197. col. 2. lig. 33. deux cens mille lisez. douze cens mille. Pag. 198. col. 1. lig. 10. Boxberben lisez Boxberges.

1644.

HARANGUE
de Monfieur le Comte
D'AVAUX
Ambaffadeur pour
LE ROI
Très-Chrétien
LOUIS XIV.

*Faite en l'Affemblée de Meffieurs les
Etats Généraux des Provinces
Unies en faveur des Catholiques
dudit Pais.*

A la Haye le 5 Mars 1644.

MESSIEURS,

CEtte Alliance fait que nous efpérons que vous recevrez en bonne part la prière & l'inftance que nous avons à vous faire de la part du Roi & de la Reine Régente pour les Catholiques de ces Provinces vos Sujets ; en quoi nous vous affurons que leurs Majeftez ont confidéré murement tous les inconveniens qui en pourroient arriver afin de les prévenir de leur prudence ; feroit-il Royal que le Roi de glorieufe mémoire fon Pére, que le grand Henri à qui vous devez toutes les marques de votre dignité & qui l'a ornée de tous les fleurons des Couronnes Souveraines, ait voulu par l'inftance qu'il vous en a faite ruiner fon propre ouvrage & rien faire qui fût préjudiciable à cet Etat ? Ce que leurs Majeftez vous demandent n'eft pas grand' chofe ; ils defirent feulement qu'il foit permis aux Catholiques de fervir Dieu dans leurs Maifons privées & que les pauvres qui n'ont pas moyen d'entretenir un Prêtre puiffent librement venir dans les Maifons des Riches &

fervir Dieu fans crainte de vos Commiffaires. Vous m'avouerez que ces recherches ne diminuent pas la quantité des Catholiques & qu'elles s'exercent plutôt pour le profit particulier que pour aucun bien qui en arrive en cet Etat; deforte que cette rigueur ne fert qu'à irriter l'efprit de ceux dont vous ne diminuerez pas le nombre : Nous prions, ce dites-vous, pour ceux qui font nos Ennemis auffi bien que les vôtres; cette action, Meffieurs, feroit toûjours Chrétienne, mais, je vous prie, confidérez cette affaire par les maximes de cet Etat, & croyons, comme je n'en doute pas, qu'il fe trouve quelques Catholiques mal affectionnez au gouvernement préfent : d'où cela peut-il venir, Meffieurs ? Je vous le demande, les Catholiques qui ont figné les premieres Confédérations qui vous ont porté fur le Throne, ceux qui les premiers vous ont acquis la liberté, n'en jouïffent pas, ceux à qui l'Inquifition d'Efpagne a été auffi odieufe qu'à vous-mêmes en fouffrent une autre qui n'eft guere moins rigoureufe, en un mot la rigueur dont on ufe envers eux au fait de l'exercice de leur Religion, l'étroite défenfe de toute Affemblée Eccléfiaftique, l'avarice de vos Commiffaires, le mépris qu'ils font fouvent des chofes que nous eftimons les plus faintes, a pu altérer quelques efprits : voulez-vous les regagner ? Voulez-vous rejoindre cette partie de votre Etat entr'ouverte ? Voulez vous en faire de bons Citoyens ? Relâchez quelque chofe de la fevérité de vos Placarts & de vos Ordonnances : les noms de Catholiques & de Hollandois ne font pas incompatibles ; on peut être ennemi du Roi d'Efpagne fans être Proteftant, nous en voyons un bel exemple aujourd'hui en Catalogne & en Portugal, où la Catholicité n'empêche pas que les Peuples ne combattent courageufement pour la confervation de leur liberté : nous en voyons encore un exemple bien illuftre dans les Cantons des Suiffes où la diverfité de Religions n'empêche pas qu'ils ne fe défendent à communes armes de la Maifon d'Autriche, dont ils ont été autrefois les Sujets. Affurez-vous, Meffieurs, fi vous faites la grace aux Catholiques de ce que nous demandons pour eux au nom du Roi & de la Reine Régente fa Mére qui font d'une même Confeffion avec eux, que vous en recevrez un très-bon effet, que la piété de leurs Majeftez en aura un grand reffentiment, & que vous obligerez vos Citoyens par cette faveur à ne jamais tourner les yeux ailleurs que deffus vous pour y trouver de la confolation.

REPONSE

DU

ROI DE DANNEMARCK

A l'offre du

ROI DE FRANCE

D'être Médiateur du

TRAITE DE PAIX

Entre ledit

ROI DE DANNEMARCK,

LA REINE ET LE ROYAUME DE SUEDE.

Cottée H. A Coppenhague le 26 Juin 1644.

Il répond qu'il ne peut sur cela déclarer son intention, qu'il ne sache au préalable si la Reine & le Royaume de Suède sont portez à une pacification & convention, puis qu'ils sont les premiers qui l'ont attaqué.

SErenissimus Daniæ & Norwegiæ Rex, Dominus noster Clementissimus prope percepit ea quæ Serenissimi Galliarum Regis Legatus extraordinarius, Excellentissimus & generosissimus Dominus de la Thuillerie, circa oblationem interpositionis suæ Majestatis primum vrva voce proposuit, postea scripto exhibuit, & tandem in colloquio cum Ministris suæ Regiæ Majestatis habito prolixius disseruit; poterat quidem dicta Serenissima Majestas Regia à Suecis tot tantisque injuriis & damnis, ulla absque legitima causa lacessita, optimo jure omnium Tractatuum Pacis mentionem recusare: verùm ut constet Orbi quantum ipsa amicitiæ dicti Serenissimi Galliarum Regis tribuat, permisit non tantum Excellentissimo Legato, ut coram ipsa super hoc negotio peroraret, sed etiam ut coram Ministris suis super eodem negotio mentem & intentionem Serenissimi Regis sui, clarius explicare posset. Cum autem Serenissima Majestas sua Regia Domino Legato percipere nequeat, id de quo ipsi tantùm Parti læsæ ante omnia constare debet, ut Pars lædens erga hoc à Serenissimo Rege propositum Pacificationis negotium sit affecta, & quoniam ejus desiderio non satisfiat, non videt quomodo illæsa Regia dignitate & existimatione sua, fieri possit, ignorans intentionem dictæ Reginæ, & Regni Sueciæ sicque mentem suam de proposito Tractatu aperire non posse: petitque ab Excellentissimo Domino Legato in hanc suam æquissimam resolutionem æqui bonique consulat, Regemque suum certiorem faciat, Regiamque Daniæ Majestatem, hac exhibita amicitiæ significatione, si vel optato ipsam ingressu successu frustrari contingeret, ipsi tamen plurimum vicissim semper debituram: Domino Legato gratiam suam Regiam defert.

Datum Hafniæ die vigesima sexta Junii anno 1644.

LE Sérénissime Roi de Dannemarck & de Norwege notre très clement Maître, ayant reçu depuis peu ce que l'Ambassadeur Extraordinaire de Sa-Majesté, le très-excellent & très-généreux Mr. de la Thuillerie, a proposé de vive voix, & a donné ensuite par écrit & enfin s'en est expliqué plus amplement dans un pourparler qu'il a eu avec les Ministres de Sa-Majesté Royale touchant l'offre que faisoit son Roi de s'entremettre pour faire la Paix entre Sa-Majesté Royale & la Reine de Suéde: Sa Sérénissime Majesté Royale ayant souffert plusieurs domages & plusieurs injures des Suédois sans aucune cause légitime, auroit pu à bon droit refuser toutes les propositions d'un Traité de Paix; mais afin que tout le monde sache combien il estime l'amitié du susdit Sérénissime Roi de France, il accordé non seulement à Mr. l'Ambassadeur de traiter devant lui de tout ce qui pourroit regarder cette affaire, mais même de s'en pouvoir expliquer plus clairement avec ses Ministres & de leur faire comprendre quelle étoit la pensée & l'intention du Sérénissime Roi. Mais comme Sa-Majesté Royale ne peut pas comprendre la pensée de Mr. l'Ambassadeur, ce qui lui est de la derniere importance comme étant la Partie lézée, ni sçavoir les dispositions de la Partie offensante, sur cette proposition du Sérénissime Roi, qui ne témoigne pas le même desir, ignorant l'intention de la Reine de Suéde, il ne voit point que sans faire tort à sa dignité Royale & sans s'exposer au mépris, il puisse ouvrir sa pensée sur la proposition du Traité de Paix; il demande au très-excellent Mr. l'Ambassadeur une résolution équitable sur ces choses, & qu'il pense à ce qui est bon & juste, & qu'il assure son Roi que sa Royale Majesté Danoise lui sera toûjours obligée pour la marque qu'elle lui a donné de son amitié dans cette affaire, quand elle n'auroit pas le succès desiré dès l'entrée; aussi bien qu'à Mr. l'Ambassadeur, à qui il offre sa faveur.

Donné à Coppenhague le 26 Juin de l'année 1644.

LET-

LETTRE
OU CARTEL
de deffi de
CHARLES IX.
ROI DE SUEDE
A
CHRISTIAN IV.
ROI DE DANNEMARCK
AU CAMP DE RIEZBOURG.

Le 12 Août 1611.

NOus Charles IX. par la grace de Dieu, Roi de Suede, des Gots, & Vandales, nous te faisons savoir à toi Christian IV. Roi de Dannemarck, que tu n'as pas fait comme Roi Chrétien & d'honneur, en ce que sans y être contraint, & sans aucun sujet, tu as commencé à rompre le Traité de Paix fait à Stetin il y a quatorze ans entre les deux Couronnes de Suéde & de Dannemarck & de Norwege, & que tu t'és avancé avec une armée devant notre Forteresse de Calmar, dont tu as surpris la Ville & ensuite pris le Château par la trahison, comme aussi Oeland & Borkolm, as donné sujet par telles actions à une cruelle effusion de sang, qui ne sera pas si tôt appaisée : mais nous espérons en Dieu tout-puissant, qui est un Dieu juste & sage, qu'il punira & vangera cette tienne entreprise volontaire, & quoique nous nous soyons servi jusques ici de tous moyens honétes & louables, pour parvenir à une Paix & à un accommodement, & que tu les ayes toûjours rejettés, nous te voulons maintenant proposer le dernier & extrême remède, puisque nous aprenons que tu és proche d'ici, afin qu'il soit moins répandu de sang, & pour que ta renommée ne soit point tout à fait effacée, presente-toi en personne, selon la louable & ancienne coutume des Grecs, en un Combat avec nous en pleine & rase campagne, avec deux de tes Officiers de Guerre, bien Gentilshommes, sans finesse ni tromperie, nous irons à la rencontre accompagnez de deux autres Officiers aussi Gentilshommes, en nos habits de buffle & sans harnois ni casque en tête, & seulement ayant une épée à la main : présente-toi donc devant nous de la même sorte; quant aux deux autres qui nous accompagnent, ils seront armez de toutes piéces dont l'un aura deux pistolets & son épée, & l'autre un mousquet, son pistolet, & son épée; que les deux qui t'accompagnent soient aussi armez de la sorte : que si tu ne fais pas cela, nous ne te tiendrons plus desormais ni pour un Roi d'honneur ni aussi pour un Soldat.

Du Camp de Riezbourg le 12 Août 1611.

TOM. I.

REPONSE
DU
ROI DE DANNEMARCK
Faite audit Cartel du
ROI DE SUEDE
CHARLES IX.

A Calmar le 14. Août 1611.

NOus Christian IV. par la grace de Dieu, Roi de Dannemarck & de Norwege, nous te faisons savoir à toi Charles IX. Roi de Suéde, que ta Lettre indiscrette & insolente nous a été renduë par un Trompette; nous aurions espéré que tu ne nous aurois pas dû écrire une telle Lettre, mais nous remarquons que les jours Caniculaires ne sont pas encore passez en toi & opérent encore dans la tête de toute leur force : aussi nous nous sommes résolus, selon l'ancien proverbe qui dit, que l'écho rend les mêmes paroles que tu lui donnes ; voici donc la réponse à ta Lettre. En ce que tu écris que nous n'avons pas fait, comme un Roi Chrétien & d'honneur, & que nous avons contrevenu au Traité de Stetin, tu mens en cela, & nous offenses comme un Médisant, qui se veut défendre par injure, & qui n'ose maintenir son droit par la force : l'extrême nécessité nous a violenté à cette Guerre; ainsi que nous espérons en répondre devant Dieu au dernier jugement, là où tu dois aussi paroître & rendre compte tant du sang innocent que nous repandrons sur ce sujet, que des actions tyranniques que tu as commises en ce tems ici contre tes ennemis & autres pauvres gens.

Tu écris aussi que nous avons surpris la Ville de Calmar, & que nous avons pris aussi par trahison le Château de Calmar, Oeland & Borkolm, cela est aussi faux; car nous avons pris ce Château comme un brave & honorable Guerrier: tu devrois avoir honte, autant de fois que tu songes à cela, de n'avoir pas pourvû cette Forteresse, de tout ce qui étoit nécessaire, & même de ne l'avoir pas secouru, & qu'au lieu de cela tu te sois armé ailleurs, & que tu l'ayes laissé prendre devant ton nez, toi étant présent, & apres cela tu veux avoir le nom de Soldat.

Quant au combat que tu nous présentes, cela nous semble bien ridicule ; parce que nous savons bien que tu és assez châtié de Dieu, & qu'il vaudroit mieux que tu demeurasses dans un Poële bien chaud, que de te battre avec nous, & que tu aurois plus besoin d'un Roi Médecin pour te remettre le Cerveau, que de te presenter avec nous en un tel combat & escarmouche; tu devroit mourir de honte, vieux fol que tu és, d'attaquer une personne d'honneur, tu as appris cela sans doute de ces vieilles femmes qui ont accoutumé de se dire mille pouilles & injures : laisse là l'écriture pendant que tu peux faire encore quelque chose, j'espére avec l'aide

Bb 2   de

1644.

de Dieu que tu auras besoin de tout; cependant nous t'avertissons que tu renvoyes notre Heraut & nos deux Trompettes, que tu as retenus contre l'usage de la Guerre, en quoi tu donnes bien à connoître la justesse de ton esprit; mais tu dois croire assurément, que si tu leur fais le moindre dommage, tu n'as pas

1644.

gagné avec cela le Royaume de Dannemarck & de Norwege : regarde de faire en cela ce que tu dois. Telle est notre Réponse à ta Léttre insolente & indiscrette.

De notre Château de Calmar le 14. d'Août 1611.

R A I S O N S

Pour montrer qu'on doit reconnoître

L'A M B A S S A D E U R

DU ROI DE PORTUGAL

A M U N S T E R.

QUod Legatis Regum, Principum, Rerumpublicarum, iidem honores sint exhibendi, qui debentur aliis Regibus, Principibus, & Rebuspublicis; etiamsi a quibusdam Regibus & Principibus prætendantur eorum Regna, Principatus & Dominia injustè possideri, & se in ea jus legitimum habere.

QU'on doit rendre aux Ambassadeurs des Rois, des Princes, & des Républiques les mêmes honneurs, qui sont dus aux Ambassadeurs des autres Rois, Princes & Républiques, quoique leurs Royaumes, Principautez & Domaines soient prétendus par d'autres Rois, & Princes qui disent qu'ils les possèdent injustement, & qu'ils y ont un droit légitime.

I.

Hungaria.

Possidebat Regnum Hungariæ Rex Mathias, & Imperator Fredericus Tertius asserebat illud ad se pertinere : nihilominus decrevit Pius secundus Pontifex, ut Legatis Mathiæ tanquam Regni possessori, iidem honores exhiberentur, qui Legatis aliorum Regum; & cùm de ea re conquesti essent Legati Frederici, respondit eisdem Pontifex, morem esse Apostolicæ Sedis eum, Regem appellare, qui Regnum tenet.

I.

La Hongrie.

Le Roi Mathias possédoit le Royaume de Hongrie, & l'Empereur Frédéric troisième affirmoit qu'il lui appartenoit : néanmoins le Pape Pie second décreta qu'on rendît aux Ambassadeurs de Matthias, comme Possesseur du Royaume, les mêmes honneurs qu'on rendoit aux autres Rois; les Ambassadeurs de Frédéric s'étant plaints de ce jugement, le Pape leur répondit que c'étoit la coûtume du Siége Apostolique d'appeler Roi celui qui possède le Royaume.

II.

Regnum Neapolitanum, Ducatus Mediolanensis, Respublica Genuensis.

Sequentes Pontifices eodem jure sunt usi, cum essent Legati Romæ Regum Neapolitanorum, Ducum Mediolanensium, & Reipublicæ Genuensis; etiamsi prætenderent Reges Galliæ Regnum Neapolitanum, Ducatum Mediolanensem & Dominium Genuense jure legitimo ad se pertinere.

II.

Le Royaume de Naples, le Duché de Milan, la République de Genes.

Les Papes qui lui ont succédé en ont usé de la même maniére, lorsqu'il y avoit à Rome des Ambassadeurs des Rois de Naples, des Ducs de Milan, & de la République de Genes; quoique les Rois de France prétendissent que le Royaume de Naples, que le Duché de Milan, & le Domaine de Genes leur appartenoient avec droit légitime.

III.

Helvetii.

Sic observatum est erga Helvetios; etiamsi Prin-

III.

Les Suisses.

La même chose a été observée pour les Suisses;

Principes Auftriaci prætendant partem Helvetiæ ad se pertinere.

IV.

POLONIA.

Et eadem ratione quoad Legatos Stephani Regis Poloniæ viuente Henrico Tertio Rege Franciæ , qui prius fuerat electus Rex Poloniæ.

V.

NAVARRA.

Rex Hispaniæ similiter agnoscitur pro Rege Navarræ ; etiamsi notorium sit illud Regnum esse usurpatum a Regibus Hispaniæ.

VI.

SUECIA.

Quibus potest addi; Legatis Caroli Noni , & Gustavi Adolphi Regum Regni Sueciæ eosdem exhibitos esse honores , qui Legatis aliorum Regum ; etiamsi Sigismundus Tertius Rex Poloniæ fuerit expulsus è Regno Sueciæ , & prætenderet se eadem Corona iniustè esse spoliatum , à dicto Rege Sueciæ Carolo nono.

VII.

BELGIUM CONFOEDERATUM.

Et Legatis Ordinum Confœderatorum Belgii vult Rex Christianissimus eosdem honores exhiberi, qui Legatis Reipublicæ Venetæ , quamvis Rex Hispaniæ prætendat universum Belgium ad se iure hæreditario pertinere , & adversùs eum Incolas rebellasse.

---

fes; quoique les Princes de la Maison d'Autriche prétendent qu'une partie leur en appartient.

IV.

LA POLOGNE.

Pour la même raison les Ambassadeurs du Roi Etienne de Pologne furent traitez de la même manière pendant la vie d'Henri III. Roi de France, qui avoit été élu Roi de Pologne.

V.

LA NAVARRE.

Le Roi d'Espagne est semblablement reconnu pour Roi de Navarre ; quoiqu'il soit notoire que ce Royaume a été usurpé par les Rois d'Espagne.

VI.

LA SUEDE.

On peut ajouter à ces exemples que les Ambassadeurs de Charles IX. & de Gustave Adolfe Rois de Suède ont reçu les mêmes honneurs qu'on accorde aux Ambassadeurs des autres Rois ; quoique Sigismond troisième Roi de Pologne eût été chassé du Royaume de Suéde , & qu'il prétendit avoir été injustement dépouillé de cette Couronne par le susdit Roi de Suède Charles IX.

VII.

LES PROVINCES UNIES.

Le Roi de France veut qu'on rende aux Ambassadeurs des Provinces Unies du Païs-Bas, les mêmes honneurs que l'on rend à la République de Venise ; quoi que le Roi d'Espagne prétende que tous les Païs-Bas lui appartiennent de droit, & que ses habitans s'en sont révoltez contre lui.

DIFFEREND
DE
GEORGE RAGOTZI,
PRINCE DE LA
TRANSILVANIE,
AVEC L'EMPEREUR

Touchant le Royaume de HONGRIE.

L'an 1643. il s'est fait un Traité de Confederation & Alliance entre le Roi de France , la Reine & la Couronne de Suède , & le Prin-

---

ce de Transilvanie , signé par le Général Torstenson , pour & au nom de ladite Reine , le 10. Juillet 1643.

I.

LE Traité est contre l'Empereur Ferdinand III. aujourd'hui regnant , & ses adherans.

II.

Le Roi de France, la Reine & Couronne de Suède doivent prendre en leur garde & protection ledit Prince, sa femme, & ses Enfans contre leurs Ennemis; & les assister & défendre , toutes fois & quantes qu'il sera besoin.

III.

Et de plus tenir la main à ce que le Royaume

1644.

me de Hongrie, excepté ce qui est tenu par l'Empereur des Turcs, soit conservé en ses franchises & priviléges, & l'exercice permis de la Religion Catholique, de la Réformée & de la Luthérienne; & spécialement que les Temples, rentes, & maisons de Ministres qui ont été pris depuis l'an 1608. sur les Réformez & Luthériens, sous quelque prétexte que ce soit, leur soient rendus sans aucun délai : & pour cette protection lesdites Couronnes n'en pretendront jamais aucune récompense sur le Royaume de Hongrie, & sur la Transilvanie.

IV.

Lesdites Couronnes feront payer tous les ans cent cinquante mille Risdales audit Prince & à ses Successeurs, tandis qu'ils continueront la Guerre comme dessus; & la première année lui sera payé cent cinquante mille, & puis encore cinquante qui font deux cens, au lieu de cent cinquante mille Risdales, la Risdale valant & étant estimée chacune à cinquante sols.

V.

Et davantage elles entretiendront à leurs dépens trois mille hommes, de pied qui feront le serment d'obéir audit Prince comme à leur Généralissime.

VI.

Et en outre si ledit Prince veut lever à ses dépens d'autres gens de Guerre, aux Païs tenus par la France & la Suede, il pourra faire sans empêchement, & il lui sera à cet effet donné quelque Place pour en faire la montre.

VII.

Les deux Couronnes ne feront aucun Traité de Paix ou de Trève, sans la connoissance, le vouloir, & le consentement exprès dudit Prince & des Etats de Hongrie & de Transilvanie de son parti, ni pareillement sans le consentement de sa femme & de ses Successeurs & Heritiers.

VIII.

Et si après la Paix ou la Trève il y est contrevenu par la Maison d'Autriche & ses Adhérans, lesdites Couronnes l'empêcheront de tout leur pouvoir, & continueront de contribuer, comme auparavant.

MANIFESTE
DE
GEORGE RAGOTZI,
PRINCE DE
TRANSILVANIE.

Le 4. du mois de Mai 1644.

George Ragotzi, par la grace de Dieu, Prince de Transilvanie, Seigneur en partie du Royaume de Hongrie & du Comté de Saroz.

MESSIEURS,

VOus savez assez combien sont estimables parmi les hommes, la liberté de l'ame & celle du corps; il n'est pas nécessaire de le prouver, ni de vous le persuader, l'Etat d'Allemagne & du Païs-Bas le témoigne assez, puisque pour le recouvrement de cette liberté, leurs Sujets ont non seulement exposé tous leurs biens temporels de si grand prix, mais encore leur sang & leur vie, ayant pour cet effet continué la Guerre jusqu'à présent.

Vous savez aussi avec quel zéle le Royaume de Portugal, & la Principauté de Catalogne, ayant longtems gémi sous le faix de la Tyrannie Espagnole, ont enfin n'aguere pris & porté les armes pour la seule liberté de leurs Corps.

Et pour n'aller pas plus loin, nous savons tous combien notre Païs de Hongrie, a répandu de sang pour l'une & l'autre liberté.

Il se trouve des Volumes entiers & remplis de plaintes des Habitans, pour le tort qui leur a été fait en tous les deux.

Ce qui a ensuite porté les Etats, tant Protestans que Catholiques, non seulement à nous exhorter, mais à nous presser de prendre les armes pour aporter quelque soulagement à leurs maux, & ne souffrir point que leurs priviléges & leurs libertez soient aucunement supprimez, pour ne pas laisser à leurs Enfans un Royaume dépouillé de toute l'ancienne liberté, & réduit à un perpétuel esclavage.

Quelques Officiers même de cette Couronne ayant decouvert que ceux du Clergé, avoient dessein de rendre ce Royaume Héréditaire à la Maison d'Autriche, & de disputer ensuite des affaires Ecclésiastiques & Politiques sous leur bon plaisir, ont eu recours à nous pour l'empêcher.

Vous savez ce qui s'est déja passé, & combien de plaintes nous ont été faites, de ce que quelques Ecclésiastiques ont contraint des particuliers à faire des Testamens en leur faveur, prenant par ce moyen des légitimes Héritiers la Succession qui leur apartenoit; & qu'ils ont commencé de s'aproprier les principales Charges & Offices, même dans les Places Frontiéres de ce Royaume de Hongrie &c. ôtant aux Séculiers les prerogatives qu'ils y avoient.

Que

Que dirai-je des dépenses excessives & de l'inutile emploi des Revenus publics de ce Royaume, qu'on y fait en faveur des Ecclésiastiques; ce qui causera enfin son entière ruine & même celle du Clergé.

Vous savez avec quelle adresse les Jésuites se font insinuez dans ce Royaume au grand préjudice de sa liberté, & pour l'oppression de la Religion Protestante, qu'ils tâchent d'extirper par tous moyens publics & possibles; & comme on veut ôter aux Seigneurs Protestans les droits de Patronage de leurs Temples, sans en excepter les Frontières du Royaume.

Quant à notre particulier nous ne celons point qu'un Prélat qui est encore vivant, nous a fait offrir par une personne confidente, de la part de l'Empereur, que Sa Majesté Impériale assurera à nos Héritiers tous les biens que nous possédons, & tenons en Hypothéque en ce Royaume de Hongrie, & ils nous feront de grands présens, si nous voulons consentir que ledit Royaume soit Héréditaire à sa Maison; mais comme notre Conscience ni l'affection & le zéle que nous avons envers notre Nation Hongroise ne le sauroient souffrir, nous lui avons fait une réponse digne d'un Prince Hongrois, affectionné envers sa Patrie, & zélé pour la liberté d'icelle.

Pour ce qui concerne la Dignité & l'autorité du Palatin Hongrois, on l'a tellement abaissée & retranchée qu'il n'est plus resté à cette Charge que le nom; car toutes les fois qu'il sollicite quelques affaires pour le bien du Pais, il ne perd pas seulement son tems ni sa peine, mais on lui défend d'en parler.

D'ailleurs il est notoire avec quelle instance & soumission les Etats Protestans, en l'Assemblée générale du Royaume aux Etats ont sollicité en l'année 1638. quelque remède à leurs maux, & le peu de fruit qu'ils ont rapporté de tant de peine, & de dépense; car l'Empereur s'est contenté en faveur des Protestans d'un Edit dont l'original est entre nos mains, cependant qu'en effet on leur a fermé plusieurs Temples, & chassé leurs Ministres.

Quant à la liberté corporelle vous voyez que les Sujets Protestans y sont privez de toutes leurs Charges, Offices, & Dignitez du Royaume, & si par avanture quelqu'un s'en trouve pourvu on ne tient compte de lui, on ne lui fie aucune chose; si les Protestans ont quelque droit & prétention, on leur en empêche la jouïssance, & s'ils ont quelques procès on ne leur rend point de justice, même quelques-uns d'entr'eux pour s'être trop opiniâtrez à la poursuite de leur droit, se sont mis en péril de leur vie.

Les treize Cantons en l'année 1640. & aux deux suivantes ayant requis l'Empereur & le Palatin, qu'il leur plût d'aporter quelque soulagement à leurs griefs, ont-ils avancé quelque chose en cela? Leurs Députez n'ont-ils pas été mal reçus & renvoyez avec injures?

C'est pourquoi tous ces mauvais traitemens nous ont touché selon que notre Conscience, le zéle envers la gloire de Dieu, & l'amour & liberté de notre Nation nous y obligent, & d'autant plus que quelques Etats Protestans, voire Catholiques, nous ont exhorté pour le salut de notre ame, & l'honneur de notre nom de prendre en main la défense de leur liberté.

Desorte que ne pouvant souffrir devant nous, & devant nos yeux la perte de notre Patrie ni l'oppression de notre Nation, nous avons premiérement tenté tous les moyens possibles pour apporter quelque remède à ces maux,

témoin la réponse que nous avons n'agueres donnée au Seigneur Kemini Janosch, sur la proposition qu'il nous a faite de la part de l'Empereur, exhortant & priant instamment de remédier à tous les désordres susdits, comme vous avez vu par la Copie que nous avons fidellement faite & communiquée.

Ensuite de quoi ayant pris les armes nous vous assurons, & prenons Dieu à témoin que ce n'a pas été pour notre propre intérêt, ni pour nous vanger des torts qu'on nous a faits, non plus qu'à dessein de changer l'état de l'Eglise & d'exterminer la Religion Catholique; mais seulement pour rétablir les Loix & Constitutions de ce Royaume, afin que suivant la liberté portée par icelles, un chacun puisse sans crainte & sans danger faire profession & exercice de ce qu'il croit dans sa Conscience, & jouïr aussi en sureté de la liberté politique; n'y ayant que Dieu seul qui puisse dominer sur les cœurs: mais le Prince est obligé de gouverner selon les Loix & Constitutions.

Il s'est rencontré jusques ici plusieurs empêchemens qui nous ont détourné de ce dessein; mais puisque Dieu les a tous ôtez & qu'à présent nous avons tous les cœurs & l'aprobation des Princes étrangers, nous jugeons delà que c'est la volonté de Dieu que nous entreprenions hardiment la défense de notre Patrie pour sa gloire, & non pour la notre propre: nous croyons fermement & nous espérons que la Bonté Divine benira notre propos, & le fera réuffir heureusement comme nous le souhaitons.

C'est pourquoi nous vous prions d'assister à notre entreprise agréable à Dieu, & profitable au public; ainsi tout le monde connoîtra votre zéle & l'amour envers la Religion Protestante & la liberté du Royaume votre chére Patrie.

Vous envoyerez donc incontinent après la reception de la présente, un de vos confidens par devers nous pour conférer ensemble, des moyens d'avancer un si juste & louable dessein.

Nous assurons sur notre parole inviolable toutes fortes de personnes, que nous ne toucherons en façon quelconque à ce qui regarde la Religion, ni ne ferons aucun tort à votre chére Patrie, ni aux libertez, priviléges, & immunitez d'aucuns de ses Habitans que nous maintiendrons plûtôt en iceux, afin qu'ils puissent vivre en sureté, & jouïr de leurs biens en toute tranquillité, Paix, & repos.

Que personne aussi qui nous ait ci-devant offensé, n'en apréhende la vengeance; car au contraire nous promettons d'ensevelir dans un éternel oubli toutes les offenses contre nous commises.

C'est pourquoi nous exhortons les Etats, & chacun des Habitans en particulier, que personne n'ait à sortir du Pais ni quitter ses biens; ce qui seul nous pourroit obliger à nous en emparer.

Auquel cas nous promettons devant Dieu & ses Anges que nous ne serons point les auteurs de leur perte & de leur ruine, de laquelle ils ne devront imputer la faute qu'à eux-mêmes.

Et en cas que vous vous opposiez avec de trop grandes forces à la protection que nous prenons de la liberté de notre Patrie, ce que nous n'apréhendons pas que vous fassiez, nous ferions obligez de solliciter une plus grande assistance; de notre très-puissant Seigneur l'Empereur des Turcs.

Mais le Tout-Puissant qui gouverne les cœurs des hommes régit tellement les vôtres, que vous met-

mettant à part tout autre respect contribuerez avec nous à la pourfuite d'un deffein fi bon, afin qu'étant venu à bout de nos intentions , tant vous que votre pofterité puiffiez jouir de la liberté fpirituelle & politique furement & paifiblement jufqu'à la fin du monde.

Donné en nôtre Château de Kalo le 17. Fevrier 1644.

Signé

GEORGE RAGOTZI.

❦❦❦❦❦❦❦❦❦❦❦❦

REPONSE

De l'Empereur

FERDINAND III.

Au Manifeste dudit

TRANSILVAIN

GEORGE RAGOTZI.

Faite le 24. Fevrier 1644.

NOus Ferdinand III. par la grace de Dieu Empereur des Romains toûjours Augufte Roi de Germanie , Hongrie &c. à tous nos fidels Préfats, Barons, Princes & autres Etats Hongrois &c. Salut.

Aucuns de nos fidels Sujets n'ignorent les grands foins que nous avons employez pour conferver notre Royaume de Hongrie , qui fert comme de rempart à la Chrétienté, en un état tranquille , lorfque tous les autres Royaumes étoient agitez par de fi grands troubles , ayant même traité à cette fin avec le Turc : cependant que le Prince de Tranfilvanie George Ragotzi , fans être provoqué par aucune injure de notre part, a fait une Alliance avec les Suédois & les François nos Ennemis , contre notre dit Royaume, qu'il tâche d'envelopper dans les miféres de la Guerre dont l'on voit affligé le refte de la Chrétienté, jufqu'à ce qu'il a engagé deux de fes fils à fuivre tousjours ce parti , & à l'approuver durant leur vie , & procurer le bien & l'utilité des Alliez.

L'Original duquel Traité étant tombé entre nos mains, il nous a paru des grandes follicitations & promeffes que ce Prince a faites à la Porte , pour y faire confentir le grand Turc, & des Ambaffades pour lefquelles il y a fait auffi condefcendre nos autres Ennemis , avec lefquels il s'eft fi étroitement obligé , que ni lui, ni fes Succeffeurs, ni les Etats de Tranfilvanie , ni fes adhérans de Hongrie ne pourront faire ni Paix ni Trêve avec nous , fans le confentement de fes Alliez.

Il eft auffi non feulement obligé de faire entrer les Suédois & leurs Troupes dans notre Royaume , même de leur mettre entre les mains la Ville de Tyrnau & celle de Presbourg, lieu deftiné pour la confervation de notre Sacrée Couronne; s'obligeant encore de fecourir nos Ennemis toutes fois & quantes que la néceffité le requerroit.

Déclarant en outre qu'il ne defiroit rien tant

que de nous faire la Guerre , & joindre fes armes promtement à celles de nos Ennemis en notre dit Royaume , comme il apert tant par les Articles de ladite Alliance dont ce Prince a follicité la ratification en France & en Suéde, que par les Lettres dudit Prince par lefquelles il a commencé à troubler la Paix de notre Royaume , & qui font autant de marques de fon ingratitude envers nous & notre Augufte Maifon d'Autriche , de laquelle fes Ancêtres ayant reçu de grands bienfaits , & non feulement d'une condition commune * été élevez à de hautes Dignitez , & à de grands honneurs, mais particuliérement Sigifmond Ragotzi fon Pére ayant reçu de grandes Terres & poffeffions , & lui-même un très-riche & très-beau Domaine, ils ont été tous enrichis , & rendus puiffans par fes libéralitez.

Au mépris de toutes lefquelles faveurs , de toute forte de droit Divin & humain, de fa foi & de fes fermens, il a fait des Alliances contre notre autorité Royale ; s'obligeant non feulement de notre Royaume , mais de nos Provinces Héréditaires contre fa propre Nation , que fes armes ne peuvent que détruire contre les droits & libertez du même Royaume , comprenant fes Habitans à leur infçu dans ces pernicieufes Alliances, & contre la Province même de Tranfilvanie, qu'il tâche par ce Traité de rendre Héréditaire.

Obligeant non feulement fes héritiers & fucceffeurs en la Principauté , de prendre les armes pour la Couronne de France & de Suéde, contre la liberté de l'éléction depuis longtems accordée aux Tranfilvains; mais encore follicité le grand Turc à rompre avec nous une Paix aquife avec tant de foins , & par l'effufion de tant de fang , au grand danger de fa propre Patrie.

Ce qui étant ainfi , l'on ne fauroit imputer la caufe de tous ces maux, de l'effufion du fang Chrétien , du ravage de cette Nation , & des miféres & affliétions qui prennent d'ordinaire leurs fources de pareils troubles & mouvemens, qu'à l'ambition qui tranfporte ce Prince mal à propos & hors de faifon.

Quant à nous je prens Dieu & tout le monde à témoin , que nous n'avons donné à ce Prince aucun fujet de nous procurer ces calamitez inteftines ; mais s'étant attaquez nous avons été contraints de prendre la défenfe de notre droit Royal , & de nos fidels Sujets.

Déclarant en outre & affurant lesdits Sujets que nous n'avons pris les armes, & introduit le fecours d'Allemagne en ce Royaume, à d'autre fin que d'en repouffer toute hoftilité, le remettre en fa première Paix, & conferver tous les Etats en leurs libertez & priviléges.

Nous exhortons donc tous nos fidels Prélats, Barons, Seigneurs , Gentilshommes , Comtes, Villes & autres nos Soldats & Sujets du Royaume de Hongrie , qu'ils ayent à perféverer conftamment en la fidélité & dévotion qui felon Dieu nous eft dué , & à la Couronne de Hongrie , & ne veuillent adhérer au parti de ce Prince, ni s'obliger à lui rendre aucun hommage, fous prétexte & titre que ce foit ; mais plutôt prenant courageufement les armes lui réfifter , le repouffer , & faire tous les autres actes & devoirs de bons & fidels Sujets.

Que

---

* Le Pere de George Ragotzi , furnommé le Grand , Prince de Tranfilvanie, étoit fils d'un Charretier , mais par fa valeur & fes vertus il fe rendit plus recommandable à la poftérité , que plufieurs Rois & Princes.

Que fi jufques à préfent quelques-uns par force ou par crainte avoient été contraints d'adhérer en fon parti, qu'ils fachent que le fein de notre grace eft ouvert, qu'ils y peuvent librement avoir recours, fans qu'il leur demeure pour cela aucune tache d'infidélité, pourvû qu'ils fe repentent, & abandonnent le parti contraire, qu'ils fe remettent en leur devoir d'obéïffance & fidélité envers nous, & qu'ils fe préfentent devant notre Comte Nicolas Efterhazi de Galantha Palatin de notre Royaume de Hongrie, ou devant nos Généraux.

Mais quant à ceux qui,au mépris de la Juftice de Dieu, & de la Juftice qu'ils doivent à leur Roi, perféféréront au parti de ce Prince,& ne le voudront quitter, ils feront réputez rebelles, & outre l'infame tache de leur infidélité & de notre indignation, ils encourreront la vangeance de nos armes, felon l'énormité de leurs crimes.

Nous exhortons en outre les Etats & Ordres de la Province de Tranfilvanie, qui ont avec nous & notre Couronne plufieurs Traitez de Paix & d'Alliance, qu'ils ne veuillent commettre aucun acte d'hoftilité envers notre Royaume & nos Sujets, & qu'ils ne préfument point d'envahir le Pays de notre obéïffance; mais plûtôt qu'ils entretiennent les fusdits Traitez, & n'expofent point leur patrie ni eux-mêmes au péril & au malheur de la guerre, & que pour fuivre la paffion d'un particulier, ils ne fe mêlent point dans ces grandes & dangereufes tempêtes, où l'on voit aujourd'hui la Chrétienté miférablement enveloppée ; mais qu'ils retournent promtement chez eux, & quittant les armes fe contiennent dans leurs Maifons, ce qui nous donnera fujet d'imputer plûtôt cette faute préfente à l'oppreffion qu'ils ont reçuë dudit Prince qu'à leur mauvaife intention.

Donné à Vienne en Autriche le 23. Février 1644. l'an 8. de notre Empire Romain, & de celui de Hongrie, & autres lieux, le 19.

MANIFESTE

Que Sa Majefté Impériale Romaine Roi de Hongrie & de Boheme a envoyé par toutes les Provinces du Royaume de Hongrie & autres Provinces qui en dépendent.

Fidellement traduit de Latin en Allemand, & d'Allemand en François l'an 1644.

NOus Ferdinand III. par la grace de Dieu, élu Empereur des Romains, toûjours Augufte, Roi de Germanie, de Hongrie, de Boheme, de Dalmatie, de Croacie, & Efclavonie &c. Archiduc d'Autriche, Duc de Bourgogne, Stirie, Carinthie, Carniole, & Wirtemberg, & haute & baffe Luface, haute & baffe Silefie, Marquis de Moravie, Comte d'Habsbourg, Tirol, & Gratz.

Tom. I.

A un chacun de nos féaux Prélats, Barons, Seigneurs, Chevaliers, & Nobles, comme auffi à tous autres Etats & Ordres de notre Royaume de Hongrie, & aux Provinces qui en dépendent, falut & grace.

Nous eftimons qu'il eft affez notoire & connu à tous nos Etats, comme auffitôt à l'avénement à la Couronne, notre foin & notre providence paternelle fe foit peiné, & ait travaillé avec vigilance de maintenir en bonne Paix & tranquillité parmi le miférable état des autres Pays, celui de notre Royaume de Hongrie, auparavant plein de troubles & mouvemens, étant commun à un chacun de la Chrétienté ; au fujet de quoi nous aurions traité depuis peu avec le Turc & entiérement négocié tout ce qui pouvoit établir & fonder une bonne Paix, au bien & utilité du Royaume.

Et néanmoins nonobftant tout cela le Prince de Tranfilvanie, George Ragotzi, fans lui avoir donné aucun fujet ni mécontentement qui le dût pouffer à faire cela, auroit fait une des plus étroites, dommageables, & pernicieufes Ligue & Confédération hoftile qui foit, avec nos ennemis les Suédois & François, contre notre dit Royaume de Hongrie, qui joüiffoit, graces à Dieu,d'un repos affez paifible & par là le mettre en de grands troubles & remuemens de guerre, defquels les autres Provinces Chrétiennes font aujourd'hui grandement inquiétées.

Tellement qu'à l'entrée & commencement de fondit Traité de Ligue & Confédération, il fouffre auffi que fes deux fils,leur vie durant, de tout leur pouvoir & puiffance pourchaffent l'avancement & utilité de fes Alliez & Confédérez : ledit Traité ainfi paffé de part & d'autre avec leurs Lettres, par une fingulière permiffion de Dieu, eft tombé entre nos mains, & en avons l'original par devers nous, par lequel fe peut clairement voir, que ce Prince avoit tâché par de belles promeffes, & de grands préfens d'avoir le contentement des Turcs qu'il auroit follicité à la Porte du Grand Seigneur, ayant négocié & pratiqué tant par des Ambaffadeurs que par nos ennemis & Rebelles de pouvoir troubler par armes la Hongrie, en après nos autres Pays & Provinces, & ainfi attaquer en ennemi nos plus fidéles Sujets & troubler le repos & la tranquillité publique en ces Pays.

S'étant ainfi par ladite Ligue & Confédération très-étroitement obligé & aftraint de ne faire, ni conclure aucune Paix ni aucune Trêve, ni lui ni fes fucceffeurs, ni les Etats de Tranfilvanie, ni ceux de notre Royaume, comme il les appelle fes adhérans, avec notre Majefté fans la connoiffance & le contentement de fes Confédérez.

Et en outre ne fe feroit feulement efforcé d'introduire les Suédois nos ennemis dans le Royaume, mais auffi leur auroit promis certaines Places, particuliérement nos Villes de Tyrnau & Presbourg, lieu deftiné & établi pour la garde de la Couronne facrée de notre Royaume, non fans danger évident, qu'un fi grand & précieux Tréfor, qui jufqu'à préfent par beaucoup d'effufion de fang Hongrois a été fi bien confervé & gardé, ne tombe entre les mains des Nations étrangeres, & ne foit tranfporté en Pays éloignez & au delà de la mer.

Et afin d'impliquer d'autant plus le Royaume, & lui auffi dans ces mouvemens de guerre, il fe feroit auffi obligé que toutes fois & quantes que nos ennemis feroient attaquez & affaillis par guerre, tout autant de fois lui & fes adhé-

Cc   rans

rans prendroient les armes, & donneroient aide & affiftance tant & fi longtems qu'il feroit befoin : voire outre cela auroit encore déclaré qu'il ne fouhaitoit rien tant finon de faire la guerre au plûtôt à notre Majefté & aux fidéles Etats de notre Royaume, & fe joindre avec l'armée de nos ennemis dans notre Royaume; comme cela & beaucoup d'autres chofes fe peuvent voir tant par les Articles de ladite Ligue, dont ledit Prince a requis très-inftamment la confirmation des Couronnes de France & de Suéde, que par fes propres Lettres où cela eft plus amplement déclaré, que par celles de Bifterfeld, & les autres de nos ennemis.

De tout ce que deffus peuvent être reconnus les pernicieux & très-dangereux deffeins dudit Prince par lefquels il a caufé tant de miféres & calamitez dans le Pays, renverfé la Paix & le repos de nos fidelles Sujets, ayant mis en oubli la fidélité duë à fa Patrie, auroit fait élever les Tranfilvains & les Hongrois les uns contre les autres par armes hoftilles, en telle forte que dans la Hongrie déja affez ruinée cidevant par les Guerres inteftines, qu'il y auroit fufcitées, il auroit trempé & fouillé fes mains dans l'effufion du fang des fiens propres, & de fes parens confanguins.

En outre par là fe reconnoit fon exceffive & grande ingratitude, tant envers nous que notre Maifon Archiducale d'Autriche, par laquelle fes devanciers ont été honorez de grands bienfaits; les ayant non feulement élevez en grands honneurs & dignitez, eux qui étoient de baffe & chétive condition, mais auffi, ainfi qu'on a fait à défunt Sigifmond Ragotzi fon Pére, les auroit libéralement enrichis & fait don de Seigneuries confidérables de fonds & richeffes, & audit Prince même auroit été donné la belle & riche Seigneurie de Mongatfch.

Nonobftant quoi & fans avoir égard à tout ce que deffus, contre tout droit divin & humain, fauffant fa fidélité & fa foi & fon ferment prêté corporellement, les Traitez écrits, par lefquels il eft tant de fois obligé & aftraint à notre Majefté & à notre Couronne de Hongrie, au grand dommage de fes propres Sujets, au grand & infuportable mépris de notre grandeur & autorité Royale, à la perte & dommage irréparable tant de notre Royaume que dudit Prince de Tranfilvanie, il feroit entré en ladite Ligue hoftile & Confédération.

Et pour dire le vrai il a fait cela contre notre Majefté, en tant que non feulement fon deffein étoit d'envahir en ennemi notre dit Royaume de Hongrie, mais auffi nos autres Royaumes & Pays héréditaires.

Il a fait contre la Nation Hongroife d'autant que tout foulévement & prife des armes faits par lui qui eft Prince du Pays, ne peuvent attirer que la ruine & défolation de tout le Pays.

Ce qu'il a fait il l'a fait particuliérement contre le droit & les libertez du Royaume, d'autant que par fadite Ligue, & pernicieufe confpiration il a auffi compris & enveré les Etats du Royaume & fait ladite Ligue & le Traité en leur nom, fans qu'ils y ayent confenti, ni en argent ni par aucune chofe; afin que par ce moyen, il pût d'autant mieux couvrir d'un tel manteau fes hoftiles confeils, & rendre plus plaufibles fes mauvais deffeins.

Néanmoins il n'a pas auffi laiffé de faire & traiter au grand préjudice du Pays de Tranfilvanie; car par cette Ligue & Négociation qu'il a faite avec les ennemis de nous & des nôtres, il a tâché de rendre fous fon joug & de rendre héréditaires les Pays de Tranfilvanie, ayant voulu que les Couronnes de France & de Suéde foient particuliérement obligées & ténues de maintenir lui, fes hoirs, & fes fucceffeurs, par leurs armes dans la Principauté; ce qui eft expreffément contraire à l'Election libre & dès longtems en ufage dans ledit Pays de Tranfilvanie.

Ledit Prince ne fe feroit pas contenté de ce que deffus, mais fe feroit auffi efforcé de tout fon pouvoir par dons & préfens, & avec grands foins & fommes d'argent de rompre la Paix qui a été faite avec le Turc avec une dépenfe immenfe, grande peine & travail, & finalement conclue, non fans avoir auparavant répandu beaucoup de fang, ayant tâché, au grand préjudice du Royaume de Hongrie, d'inciter le Turc à rompre ladite Paix, & à l'irriter contre fa propre Nation.

Ce qui étant bien pezé & confidéré, la feule & unique caufe de tant de malheurs, de tant d'effufion de fang Chrétien, de tant de vaftations & ruines, de tant de périls étrangers aufquels la Nation Hongroife eft expofée, de tant de foules & oppreffions du pauvre peuple, qui améne quant à foi tels mouvemens, ne peut être autre chofe finon la convoitife & intempeftive ambition dudit Prince.

Quant à nous nous appellons Dieu & tout le Monde à témoin que nous n'avons donné le moindre fujet audit Prince qui l'ait dû porter à de telles extrêmitez pleines de malheurs; mais que nous avons été contraints & néceffitez pour conferver les droits Royaux que nous avons reçus de Dieu de protéger nos fidéles Sujets, & les peuples que Sa Majefté Divine nous auroit confiez.

Déclarant par cette préfente que nous donnons toute affurance à nos Etats, que par la prife de nos armes, & introduction du fecours Allemand dans le Pays, notre deffein, volonté, & intention n'eft pas autre, finon qu'après avoir appaifé toutes ces féditions & mouvemens de guerre, remettre les Etats, & Ordres du Royaume en tous leurs droits, les maintenir en leurs priviléges & immunitez, les y protéger & conferver.

Et partant nous exhortons gracieufement tous nos féaux, les Prélats, Barons, Seigneurs, Chevaliers, Comtes, Villes Frontiéres, Hufars & Soldats de notre Royaume de Hongrie qu'ils demeurent fermes en fidélité & dévotion, en laquelle ils font tenus tant envers Dieu que la Couronne de Hongrie, & que fous quelque prétexte ou caufe que ce foit ils ne fe rangent au parti dudit Prince & ne lui adhérent en quelque maniére que ce puiffe être, & ne fe liguent avec lui, mais qu'au contraire ils lui réfiftent courageufement par leurs armes, & qu'ils repouffent fes invafions & violences, témoignant tous offices & fervices que font obligez de rendre tous bons Patriotes & tous bons Etats.

Que fi quelques-uns par force ou par contrainte avoient été depuis peu contraints de fe ranger & adhérer au parti dudit Prince, nous voulons qu'à iceux notre grace & pardon foient offerts, ne voulant pas qu'il leur en foit imputé aucune lâcheté ni rebellion; pourvû qu'ils fe départent d'avec leurs adhérans, & abandonnent le parti contraire, & que promptement ils fe remettent fous notre Clientelle & obéiffance, fe préfentent à cet effet pardevant notre réal le haut & Illuftre Comte Nicolas Efterhazi de Galantha, qui eft le Palatin de notredit Royaume de Hongrie & notre Général.

Quant

1644.

Quant aux autres, lefquels ni la Juftice de Dieu, ni la fidélité qu'ils doivent à leur Roi n'émouvra aucunement , mais par audace & pertinacité continueront de fuivre le parti dudit Prince, ne voudront s'en départir pour fe réduire & fe ranger fous notre obéïffance & fidélité, nous déclarons que comme parjures & déloyaux ils reffentiront felon leurs mérites la force & la violence de nos armes.

Exhortant en outre gracieufement tous les Etats de Tranfylvanie, lefquels ont plufieurs & divers Traitez de Paix & Alliance avec notre Majefté, & avec la facrée Couronne de notre dit Royaume en vertu des Lettres & des Sceaux y appofez & par l'obligation à quoi ils font obligez, comprife & contenuë dans lefdites Lettres ; nous les exhortons par ces préfentes qu'ils ayent à s'abftenir de toute hoftilité à l'encontre de notredit Royaume, & de nos féaux Etats, & qu'ils n'entreprennent de faire aucune invafion dans nos Pays, mais plutôt qu'ils ayent à aprouver & confirmer inviolablement les Traitez & Alliances accordez & arrêtez, & ne fe point inquiéter en façon quelconque eux ni leur Patrie par Guerres, & ne fe mêler dans des Guerres fâcheufes defquelles la Chrétienté eft grandement opprimée à préfent, fuivant l'appetit & profit de quelques particuliers ; pouvant bien juger & connoître qu'ils auroient été induits à de tels mouvemens & féditions par les menaces & intimidations dudit Prince, & partant retournent au plutôt vers les leurs, & que pofant les armes ils demeurent paifibles en leurs Maifons : que s'ils le font ainfi, cette faute préfente fera plutôt attribuée à la contrainte & intimidation qui leur aura été faite par ledit Prince, que non pas à aucune mauvaife intention qu'ils ayent euë.

Donné en notre Ville de Vienne le 23 Février 1644. de notre Empire Romain le 8. de notre Regne de Hongrie le 19 & de notre Regne de Boheme le 18.

Signé

FERDINAND.

Et plus bas

STEPHANUS BOSSINAR *Epifcopus Wefprincenfis, Cancellarius.* ETIENNE BOSSINAR Evêque de Wefprin, Chancelier.

GEORGE CROISSI *Secretaire.*

DIFFEREND
De la
REINE DE SUEDE
Avec l'Electeur de
BRANDEBOURG
Pour le Duché de
POMERANIE.

L'An 1630. le 10 Juillet le feu Roi de Suéde a fait à Stetin un Traité de Confédération & Alliance avec le dernier Duc de Poméranie par lequel il eft convenu que fi ledit Duc décedoit fans enfans mâles, ainfi qu'il eft avenu en l'année 1637. avant que l'Electeur de Brandebourg fon prochain héritier & fucceffeur eût ratifié ce Traité & avant que d'avoir aidé à délivrer le Païs, ou bien que la fucceffion lui fût mife en controverfe, qu'alors ledit Roi de Suéde & fes Succeffeurs Rois de Suéde retiendront le Pays en fequeftre & fous leur garde & protection, jufqu'à ce que le différend pour la fucceffion eût été finalement jugé, les frais de la guerre lui fuffent reftituez,& ce Traité ratifié, & fousfigné par ledit Electeur; fans néanmoins pouvoir reprendre fes frais fur ledit Duché de Poméranie, ni fur fes Etats & Habitans.

A quoi il eft contredit de la part de l'Electeur de Brandebourg parce que ledit Traité a été fait à l'infu & fans le confentement de feu l'Electeur fon Pére lors vivant & après même qu'il en a eu connoiffance avoit toûjours protefté à l'encontre.

Que ledit Duché lui apartient en propre & à la Maifon de Brandebourg, depuis les Traitez qui en ont été faits entre les Electeurs de Brandebourg, & les Ducs de Poméranie, particuliérement par celui de Stetin en l'an 1519. qui a été ratifié par les Etats du Pays, & confirmé de tems en tems par les Empereurs, étant porté par icelui que les Ducs de Poméranie venant à déceder fans enfans mâles, l'Electeur de Brandebourg lors vivant & fa poftérité mafculine fuccéderont à cedit Duché.

Que le feu Roi de Suéde, lorfqu'il entra en armes en Allemagne, a déclaré par fon Manifefte que ce n'étoit point pour étendre les limites de fon Royaume, mais feulement afin de conferver les Princes & Etats de l'Empire en leurs droits & privilèges.

Qu'il n'eft pas raifonnable que lui feul fuporte les frais de la guerre qui ont été faits par la Suéde, pour tous les Proteftans d'Allemagne.

Et que l'Electeur fon Pére eft demeuré toûjours conftant dans le parti de l'Empereur, cela ne lui peut être imputé à crime puifqu'il étoit fon Sujet & Vaffal, joint qu'il n'a ufé d'aucune hoftilité contre les Suédois.

Sur ces raifons il eft repliqué de la part de la Reine de Suéde que le feu Roi fon Pére a chaffé de la Poméranie fes ennemis qui l'avoient entiérement

1644.

1644.

rement usurpée, & ainsi qu'il l'a conquise par le droit de la Guerre.

Que ledit Traité de 1630. a été fait non seulement avec le Duc de Poméranie, mais avec les Etats du Pays.

Item que ledit défunt Electeur auroit signé le Traité de Prague avec l'Empereur, au préjudice de la Couronne de Suéde, contre laquelle il a usé de toutes sortes d'hostilitez.

Bref, il apert assez par plusieurs circonstances que l'intention du Roi de Suéde, & de ses principaux Conseillers d'Etat, a toûjours été & continuera vraisemblablement en leurs Successeurs, que ledit Duché de Poméranie demeure

à perpetuité uni à la Couronne de Suéde, ce que l'Empereur souffrira sans doute difficilement, pour être ledit Duché de plus de soixante lieuës d'étenduë sur la Mer Baltique, très-fertile & peuplé, rempli de quantité de Places fortes, de même Religion que la Suéde, & attenant au reste de l'Allemagne, dont les Suédois, selon l'occasion, se peuvent avancer plus outre.

Que l'intention du feu Roi de Suede Gustave le Grand, & de son Conseil a été que le Duché de Poméranie demeure à toûjours uni à la Couronne de Suéde, & n'en puisse jamais être séparé, encore que la Guerre dût durer cent ans pour ce sujet.

1644.

E X T R A I T

D'un Livre qui a pour Titre

Litteræ ex quibus Septemviri Brandeburgici jus in Provincias Pomeranas apparet; &c.

Lettres par lesquelles on fait voir le droit de l'Electeur de Brandebourg sur la Pomeranie : écrites par l'un des Conseillers de l'Electeur de Brandebourg & imprimées l'an 1638. pag. 22. 23. 24.

AD dubia quæ a Serenissimo Septemviro circa hasce conditiones non mediocriter sed multum contulit, quòd jam pridem advertérat ex parte Suecorum hoc agi, ut Pomeraniæ Ditiones ad Coronam Sueciæ traduci atque adglutinari possint : unde Serenitas sua verita ne idem scopus quibusdam fuisset inferendis conditionibus istis propositus, quo nimirum propiùs ad eundem collimaretur.

Certe Rex Gustavus laudatissimæ memoriæ adeo quandoque, ut per Serenissimi Septemviri ad eum Legatos, qui, si opus esset, nominatim possint designari, eidem disertè renunciandum curaverit, se nec posse, nec velle Serenitati suæ Ditiones cedere Pomeranas, etiamsi centum annorum bello cum Septemviro gerendo infinitoque cruore id fuerit constitutum.

Addidit Rex nullam aliam dissidio huic finiendo superesse rationem quam affinitatis inter utriusque Partis sobolem fœdus, quo Status uterque inter se conjungerentur, & in unum quasi coalescerent.

Regni etiam Cancellarius Oxenstierna in eundem sensum ad Serenissimi Septemviri Legatos sæpius affirmavit, compensationem illam quæ Coronæ Sueciæ in partibus Imperii esset præstanda per se & re ipsa, uti loquebatur, loquentem esse & durabilem oportere.

Cum rei utpote in Archiepiscopatum Magdeburgensem Saxoniæ Septemvir; Bremensem Daniæ Princeps, sibi jus vindicent, cæteræ verò Regiones à Suecis nimis sint dissitæ, nullas alias quàm Pomerania Ditiones excogitari posse idoneas.

SI le Sereniffime Electeur a quelque doute fur ces conditions, ce qui y a beaucoup contribué c'est qu'il avoit déja remarqué que du côté de la Suéde on travailloit pour pouvoir joindre la Poméranie à la Suéde, ce qui faisoit craindre à sa Sérénité que ce même but n'eût été proposé à quelques-uns en donnant ces conditions, afin que l'on pût tirer plus juste sur lui.

Le Roi Gustave de glorieuse mémoire a eu soin de faire dire à sa Sérénité Electorale par ses Ambassadeurs que l'on pourroit désigner par leur nom s'il étoit nécessaire, qu'il ne pouvoit ni ne vouloit céder la Poméranie à sa Sérénité, quand bien il faudroit faire la guerre cent ans & répandre une infinie quantité de sang.

Le Roi ajouta qu'il n'y avoit point d'autre moyen pour finir cette affaire que par un mariage entre leurs enfans, Alliance qui joindroit les deux Etats & n'en seroit qu'un même corps.

Le Chancelier Oxenstiern assura souvent la même chose dans le même sens aux Ambassadeurs du Sérénissime Electeur, ajoutant que la compensation que l'on devoir donner à la Suéde dans l'Empire devoit être de soi-même en effet parlante & durable ; c'est ainsi qu'il s'en expliquoit.

Puisque l'Electeur de Saxe s'attribue le droit sur l'Archevêché de Magdebourg, & le Prince de Dannemarck sur celui de Brême, que tous les autres Pays sont trop éloignez de la Suéde, il étoit impossible de trouver un endroit plus propre que la Poméranie.

ME-

1644.

MEMOIRE

De Monfieur

D'AVAUX

SERVANT DE REPONSE

Au Libelle de Monfieur

SERVIEN*.

MOnfieur Servien ne peut s'abftenir de rechercher par tout de petits avantages qui
n'ont point de fondement ; il fe plaint d'abord
que j'ai été un mois à lui faire réponfe , &
néanmoins fa Lettre † eft du vingt-feptiéme de
Juin & ma Réponfe du fixiéme de Juillet, envoyée à la Cour le neuviéme & rendue à Monfieur Servien le douziéme, d'autant que je crai-
gnis d'interrompre quelqu'affaire preflée & dont
nous avions alors communiqué enfemble : il en
a ufé lui même de la forte de fon libelle, il eft
datté du fixiéme Août & ne m'a été rapporté
que le dixiéme Septembre : par là l'on voit que
c'eft lui qui a employé un mois de tems à faire
fa réplique , c'eft ce qui a tant retardé l'expédition de Pologne & celle de Tranfilvanie.

J'ai quelquefois pris tems pour délibérer fur
des affaires qui fe font préfentées, & n'ai pas
cru que ce fût une maniere defobligeante; Monfieur Servien s'en eft fervi comme moi, il y a
eu même quelques occafions où fes remifes
m'ont enfin obligé de paffer à fon fentiment.
Je crois qu'il ne defavouera pas qu'après avoir
réfolu enfemble par fon avis d'envoyer vers
Monfieur le Prince d'Orange, & concerté ce
qui étoit à faire pour ce regard , l'exécution en
fut furfife plus de trois femaines fans aucune
caufe apparente; bien me demandoit-il quelquefois à qui nous donnerions la Commiffion, &
je remettois cela à fon choix, voyant qu'il en
vouloit avoir la difpofition : enfin comme je
vins un jour à le preffer, il me fit encore la
même queftion; à quoi lui ayant encore fait la
même réponfe, & voyant qu'elle ne le fatisfai-
foit pas entièrement, je lui nommai Monfieur
de Montigni-Servien, & lors l'expédition fut
faite dans vingt-quatre heures : ce n'eft pas
que Monfieur de Montigni ne vaille beaucoup
de fa perfonne, outre la confidération du nom
qu'il porte; & en effet il s'eft fi bien acquitté
de cet emploi qu'il a ouvert le chemin à un bon
accommodement des troubles d'Ooft-Frife :
mais je remarque cet exemple comme un des
plus récens pour faire voir que Monfieur Servien
a différé des chofes de conféquence , non feulement jufques à ce qu'il m'ait porté à fon avis,
mais quelquefois jufques à ce que j'aye deviné
fa penfée.

Si l'on confidère qu'avec tout cela il m'a imputé la perte de tems qui s'eft faite pour l'ex-

* La Lettre de Mr. Servien eft inferée ci-deffus pag. 83.
† Voyez-la ci-deffus pag. 75.

pédition de Hollande , & ce par la prémiere
Lettre qu'il m'a écrite, l'on avouera fans doute qu'il ne trouve pas encore affez de fautes en
ma conduite, puis qu'il me veut auffi charger
des fiennes.

Je n'ai pas été fi prévoyant que Monfieur
Servien qui déclare lui-même avoir fait une lifte
de mes fautes, laquelle me fera rougir quelque
jour quand il la fera paroître aux yeux du monde; mais en vérité j'ai écouté très-volontiers
les propofitions qu'il a faites en diverfes occurrences, & j'y ai confenti finon quand il s'y eft
trouvé quelque difficulté importante, & alors
je lui ai repréfenté non feulement avec civilité,
mais avec apprehenfion de lui déplaire : j'efpére
qu'on ne jugera pas que ce foit avoir donné des
ordres ni voulu faire le fupérieur , quand j'ai
fait réponfe à Monfieur Servien qu'il vaudroit
mieux tourner tous nos foins & toutes nos forces contre les Plénipotentiaires de l'Empereur
& du Roi d'Efpagne , que de nous attaquer l'un
l'autre par des écritures ; & ce confeil qui fe
trouve en tête de ma Lettre, & qui étoit pour
l'avenir, étant fuivi d'une légitime & jufte
défenfe, ne marque point d'inégalité d'efprit.

II.

Je n'ai pas eu intention d'élever fi haut Monfieur Servien ni de m'abaiffer fi bas qu'il n'y eût
aucune proportion ; j'en demeure d'accord :
mais comme en fa Lettre & prefque en tous les
Articles , il avoit marqué fa prévoyance , fa
bonne conduite , & fa vigilance , il oppofoit
mes défauts à tout cela; j'ai cru qu'il m'étoit
plus féant d'y acquiefcer que d'entrer en conteftation de cette forte, vû même qu'en effet
j'honore grandement fon mérite ; & lui cède
tout de bon de ce côté-là. Il fe fait autant de
tort qu'à moi de publier que mon inclination
ne me porte pas à dire du bien d'autrui; il ne
trouvera pas créance auprès de Meffieurs les
Miniftres ni auprès de la Reine même : & quand
il venoit chez moi à Paris à dix heures du foir
pour favoir en quel état étoient fes affaires, il
paroît bien diverfement de ce qu'il écrit à cette
heure.

III.

Ma Lettre fut envoyée à la Cour le famedi
neuviéme de Juillet , & délivrée à Monfieur
Servien le famedi enfuivant , en préfence de
plufieurs perfonnes qui fe rencontrèrent lors auprès de lui : je m'étonne extrêmement qu'à fon
compte il y ait eu dix ou douze jours d'intervalle; je ne comprends pas que ce foit faire une
fuperchérie ni donner un coup par furprife, que
de fe défendre contre une agreffion , & d'en
rendre compte à fes Superieurs; car ma Réponfe n'a point été donnée à d'autres : je n'ai pas
imité en cela Monfieur Servien qui a confeffé
ici d'avoir écrit contre moi à Meffieurs les Maîtres des Requêtes, & les avoir informez, comme il lui a plu , de tous nos différends de Hollande.

Si Monfieur Servien après avoir écrit fa Lettre l'eût gardée dans fon Cabinet avec cette
grande lifte de mes fautes , & les Mémoires
qu'il a dreffez contre moi il y a long tems , ou
qu'il fe fût contenté de m'avertir des chofes
contenues en ladite Lettre, comme il lui étoit
bien aifé, s'il n'eût point eu intention de me
nuire, je n'en aurois point fait de bruit, j'aurois
reçu volontiers non feulement fon avis , mais
fe-

Cc 3

sa correction, s'il eût fait de la sorte; mais l'appel & tant d'accusations qu'il m'a signifiées, m'ont forcé de m'en plaindre à la Cour & d'y exposer nuement le fait avant que la mémoire des choses fût perdue.

IV.

Dieu me garde d'avoir cette haute opinion de moi que Monsieur Servien m'attribue; j'espére aussi que cela ne paroît point par la Réponse que je lui ai faite : que si l'explication qu'il veut y donner, tombe dans le sens de quelques autres non intéressez, je desavoue de bon cœur ma Lettre pour ce regard, & reconnois que non seulement j'aurois mauvaise grace, mais que je ferois encore une très-grande injustice de m'estimer beaucoup.

V.

C'est du consentement de Monsieur de Rorté que j'ai écrit à Monsieur Servien, que je lui avois fait avancer douze cens Risdalles sur ses apointemens; j'ai été obligé d'inférer cette particularité dans ma Réponse, puisqu'elle me justifie clairement de ce qu'on m'imposoit.

Le Sieur de Préfontaine persiste au raport qu'il m'a fait que Monsieur Servien avoit proposé de fournir moitié de cette somme, & que lors qu'il lui porta mon consentement, il changea d'avis. Je crois qu'il en auroit ainsi fait envers Monsieur de Bregi, s'il eût accepté l'offre qu'il fit aussi n'agueres de lui prêter de l'argent pour son voyage de Pologne, avant que nous lui eussions fait expédier un ordinaire de deux mille écus; mais cette offre témoigne facilement qu'il dut en avoir fait une pareille en faveur dudit Sieur de Rorté, & ajoute quelque chose au témoignage d'icelui qui n'en fit pas la proposition de lui-même.

En cet endroit Monsieur Servien dit qu'il ne songe point à instruire mon procès, & qu'il ne se souvient pas de la moitié des indignitez que je lui ai faites; mais il se souvient encore moins de ce qu'il a dit peu auparavant touchant sa Lettre des indignitez que je lui ai voulu faire, laquelle me fera rougir un jour, quand il la fera paroître aux yeux du monde.

Les douze cens Risdalles que j'ai fait bailler à Monsieur de Rorté sur ma promesse, ont été fournies par le même Marchand qui nous fournit de l'argent par ordre de Monsieur Hœuft; & ce Marchand se fut bien contenté d'un ordre particulier de Monsieur Servien ou de lui & moi ensemble : partant j'ai fait prêter cette somme à Monsieur de Rorté, sur le crédit de l'argent du Roi qui est entre les mains dudit Sieur Hœuft; je me suis servi d'une voye malicieuse pour exclure Monsieur Servien de ce prêt; je me suis vanté d'une chose qui n'est pas vraye; Monsieur Servien a découvert la fourbe; & quelqu'un pourroit dire que ce procédé n'est pas même d'un homme de bien; voilà comme Monsieur Servien discourt sur cette affaire. Mais il me permettra bien de répondre avec autant de modération que de justice, que pour avoir pris ici les douze cens Risdalles chez le Correspondant de Monsieur Hœuft, il ne s'ensuit pas que ce soit de l'argent du Roi, & que la promesse que je lui en ai faite en mon nom témoigne bien le contraire; autrement il faudroit dire que si je fais plus de dépense que ne montent mes apointemens, si j'achete des livres ou une tapisserie; c'est de l'argent du Roi, car je prens tout chez ledit Sieur Hœuft : mais comme il est dépositaire des deniers de Sa Majesté, dont il n'a en ça fourni aucune partie que sur des Ordonnances que nous avons signées conjointement, aussi est-il vrai qu'il a ordre de fournir à Monsieur Hœuft son oncle de me fournir de l'argent comme il a déja fait plusieurs fois & le fais rendre à Paris : lesdits Sieurs Hœuft sont gens de bien & d'honneur, il est aisé de savoir ce qu'ils en disent; & ainsi il demeure vrai que la partie de douze cens Risdalles est sur mon compte particulier, & j'en suis si bien responsable, que si Monsieur de Rorté venoit à mourir, je n'aurois d'autre recours que contre ses héritiers; sans cela je n'eusse pas été quelque tems à faire difficulté de m'obliger tout seul; je n'eusse pas interpellé Monsieur Servien sur l'offre qu'il m'avoit faite d'y entrer par moitié, & enfin je n'eusse pas pris la promesse dudit Sieur de Rorté pour mon assurance : il paroît aussi par ce que dessus que je n'ai pas eu intention d'exclure Monsieur Servien de ce prêt puisque je l'en ai sollicité, & ne l'ai fait qu'à son refus. Je crois bien que le Marchand auroit fourni la même somme sur un ordre de Monsieur Servien & de moi; mais nous n'avions pas droit d'ordonner de cette dépense, de divertir un fonds destiné ailleurs, comme ledit Sieur Servien l'a reconnu lui-même par la Dépêche, que nous fîmes à la Cour le dix-huitiéme Juin dernier.

Quand Monsieur Oxenstiern m'eut mandé que la présence de Monsieur de Rorté, seroit desormais nécessaire à Osnabrug, c'est alors que je résolus de m'obliger tout seul pour la somme ci-dessus spécifiée, avant qu'il eût moyen d'y aller; & je dis encore une fois que les mots, *Cæterum præsentia Domini de Rorté hic videtur necessaria*, qui sont les propres termes de ladite Lettre, laquelle j'ai envoyée à la Cour, ne marquent pas que les Ambassadeurs de Suéde fissent un mauvais jugement de son séjour à Munster; c'est une amplification familière à Monsieur Servien : la difficulté qu'ils ont faite depuis sur l'envoi dudit Sieur de Rorté en Autriche, ne justifie nullement cette amplification; ils ont estimé que ce voyage seroit long & peu utile, & ont eu quelque ressentiment de ce que nous n'avions pas suivi leurs avis, c'est ainsi que Monsieur de Malpierre nous en écrit d'Osnaburg, & sur quoi Monsieur Servien tire une conséquence infaillible en vertu de l'explication qu'il a donnée à la Lettre de Monsieur Oxenstiern: mais au plus cela pouvoit faire juger que le séjour de Monsieur de Rorté à Munster ne leur avoit pas été fort agréable sur la fin, & j'en demeurai d'accord dès lors que je fis réponse aux premiéres accusations de Monsieur Servien; je niai seulement qu'ils en eussent fait un mauvais jugement, & lui repartis que c'étoit une addition qu'il faisoit à la Lettre ci-dessus mentionnée.

Je n'ai limité la confiance qu'on peut avoir en Monsieur de Rorté, que parce que Monsieur Servien n'y en prenoit point du tout; non qu'il fit aucun doute de sa probité, comme aussi je ne lui ai pas objecté cela, mais il doute extrêmement de la conduite dudit Sieur de Rorté; il vouloit que pour cet emploi nous en proposassions une autre à la Cour : il est vrai qu'il nomma quelque tems après Monsieur de Saint Romain, & il y a bien de l'apparence que c'étoit pour l'ôter d'ici, puis qu'enfin il trouva qu'il seroit plus sûr de l'envoyer résider en Portugal. Je lui dis donc alors, pour ne me pas opposer tout-à-fait à son sentiment, que Monsieur de Rorté est fort intelligent aux affaires de l'Allemagne,

lemagne,

1644.

lemagne, & fort affidu en la fonction de fa charge, mais que dans les ordres & avis que nous lui donnerions, il étoit en nous de réferver quelque chofe de nos Inftructions plus fecreutes.

Le Prédicateur que Monfieur Servien traite fi rudement n'a dit autre chofe, finon qu'il a exhorté de prier Dieu pour les Ambaffadeurs de Paix, & particuliérement pour celui, difoit-il, qui a jetté le caducée entre deux armées prêtes à combattre : C'eft une vérité d'hiftoire, & de plus ce Difcours ayant été tenu en l'abfence dudit Servien, il n'a pas fujet de s'en irriter.

Si Meffieurs d'Avaugrour & de Meulles m'ont écrit pendant que j'étois à la Haye, c'eft qu'ils continuoient une correfpondance qui ne s'étoit pas même interrompue lorfque j'étois à Paris; la communication que je donnois de leurs Lettres à Monfieur Servien, auffi-tôt que je les avois reçues, témoignoit bien que je ne prétendois rien en cela de particulier : d'ailleurs que je lui ai repréfenté que c'étoit à nous de leur écrire les premiers, & de leur donner avis de notre arrivée, que tel eft l'ordre qui s'obferve par tout envers tous les Ambaffadeurs & Réfidens du Prince, qu'on vient fervir en quelque lieu.

VI.

Le jugement que fit Monfieur Servien de la Guerre de Dannemarck, lui fut commun avec tout le monde; il n'y eut perfonne à la Haye ni ailleurs qui ne connût bien que la Négociation en feroit retardée, & cette opinion publique ne mérite pas qu'un particulier en prenne avantage, & faffe valoir fa prevoyance pour ce regard : mais comme Monfieur Servien ne fe contentoit pas de demeurer en ces termes, & qu'il paroît comme fi tout eût été perdu, voulant même que les Suédois n'auroient pas entrepris cette nouvelle Guerre, fans être d'accord avec l'Empereur de leurs différends; je me fentis obligé de raffurer fon efprit & de lui donner meilleure opinion de la fidélité comme auffi de la vigueur, & conftance de la Couronne de Suède, que j'avois vu fortir de plus grands périls que celui-là.

Voilà le grand mécompte que je fis en cette affaire, fur lequel Monfieur Servien me rend coupable de la prife de tant de Villes & de Provinces, & de trois batailles qu'il veut s'être données fur mer; car j'empêchai, dit-il, l'accommodement avec le Roi de Dannemarck, de peur de donner foupçon aux Suédois : mais je dénie ce fait, & d'avoir eu cette appréhenfion qui auroit été très-mal fondée; & je demeure d'accord de l'envoi de Monfieur de Meulles : mais Monfieur Servien en hefitoit encore, & fon plus grand foin étoit de fe rendre maître de la Négociation.

Monfieur Servien ne veut pas que ce foit la forme du gouvernement de Meffieurs les Etats, qui nous ont arrêté long tems à la Haye; il dit que c'eft ma lenteur & que s'il en fût arrivé quelque inconvenient, j'en étois la caufe : néanmoins je preffois tous les jours ces Meffieurs & confentois auffi de laiffer l'affaire entre les mains de Monfieur de la Thuillerie; mais à la vérité ce n'étoit pas fans dire qu'il étoit dangereux de laiffer un tel Traité imparfait, après avoir tant attendu, qu'il vaudroit mieux que les Plénipotentiaires du Roi ne fuffent point venus à la Haye, ou qu'ils n'y euffent fait que paffer, que d'avoir entamé une Négociation importante fans la conclure.

Monfieur le Prince d'Orange étoit auffi de cet avis, nous conviant toûjours d'avoir un peu de patience : il apparoît que c'étoit une bonne intention.

L'audience de congé fut contremandée par l'avis de Monfieur Servien & de Monfieur de la Thuillerie, & par néceffité, d'autant que les Commiffaires de Meffieurs les Etats, nous firent favoir qu'ils viendroient nous trouver ce jour-là pour terminer nos affaires : ce fut quelque tems après que Monfieur Servien voulut partir tout feul, non pour hâter le voyage de Munfter, mais pour n'être pas à la Haye lors du feftin auquel je l'avois convié avec Monfieur le Prince & Madame la Princeffe d'Orange; toutefois après avoir témoigné d'extrèmes reffentimens, & m'avoir dit en colère que je lui faifois un affront dont je me repentirois, il demeura à la Haye par le fage confeil de Monfieur de la Thuillerie, lequel me dit que Monfieur Servien fe vouloit porter à d'étranges extrèmitez : cependant toute fa plainte n'étoit fondée que fur la prétention qu'il avoit eue que Madame fa femme, ne devoit pas faire la première vifite à Madame la Princeffe d'Orange; car ainfi elles ne s'étoient point vûes : Monfieur Servien, prenoit à offenfe que j'euffe convié cette Princeffe à venir chez moi, qu'enfuite il difoit ne pouvoir efpérer qu'elle lui fît le même honneur.

J'ai propofé plufieurs fois à Monfieur Servien, l'exemple qu'il allégue à préfent de Monfieur de Bellievre & de Monfieur de Silleri; mais il l'a toûjours rejetté, parce que Monfieur de Bellievre fit toutes les Dépêches de la Négociation de Vervins, & Monfieur de Servien a voulu à toute force avoir la plume en celle-ci : je lui ai auffi repréfenté qu'étant Ambaffadeur en Italie avec Monfieur le Maréchal d'Etrées & en Allemagne avec Monfieur de Saint Chaumot, ils écrivoient l'un & l'autre à la Cour après que nous avions concerté enfemble fur le fujet des Lettres qui étoient enfuite conjointement fignées de nous : tout cela n'a pas plu à Monfieur Servien; j'ai été contraint de lui céder ce qui m'appartient, & encore n'ai pu avoir la paix.

Je n'ai pas fait grand triomphe de ce que Monfieur Servien s'eft arrêté en Hollande fans néceffité; je lui répondis feulement qu'après avoir fait tant de bruit de fa diligence, il eft arrivé ici trois femaines après moi, que ceci eft véritable, & qu'il étoit guéri de fa maladie quand je partis de la Haye.

VII.

Monfieur Servien dit que l'affaire des Catholiques de Hollande eft l'origine de nos divifions; mais il me pardonnera, c'en a été la fuite & l'effet; il a trop biaifé pour laiffer croire qu'il auroit défavoué une recommandation en faveur des Catholiques, & que je l'aurois faite de fon confentement, s'il n'eût déja l'efprit plein de mauvaife volonté contre moi : mais il n'y avoit pas un mois qu'il m'avoit menacé de me faire repentir du feftin dont il eft parlé ci-deffus, il fût fait le Lundi du Carnaval & la recommandation fut faite à la mi-carême.

Je puis dire en vérité qu'il en arrive entre Monfieur Servien, & moi comme entre les Hollandois & le Roi d'Efpagne, fi celui-ci fe faifoit Huguenot, les autres feroient Catholiques; fi j'euffe abandonné fa caufe de la Religion, Monfieur Servien l'auroit entreprife, & auroit foutenu qu'après avoir renouvellé l'Alliance

1644.

liance de la France avec une République Proteſtante, on ne pouvoit moins faire ni ſe conduire plus diſcretement envers Meſſieurs les Etats que de leur dire en partant ; *Meſſieurs, le Roi vous recommande les Catholiques* : auſſi eſt-il vrai qu'ils n'en auroient fait aucune plainte ſans le déſaveu de Monſieur Servien, qui donna cœur aux Miniſtres de Hollande & à rendu la recommandation inutile. J'ai rendu compte de cette affaire à la Reine, & n'en redirai ici autre choſe, ſinon que nous en avions délibéré enſemble Monſieur Servien, Monſieur de la Thuillerie, & moi; que Monſieur de la Thuillerie opina le premier & dit qu'il n'y avoit aucune difficulté ; & en allégua les raiſons & les exemples; que Monſieur Servien conſentit formellement ; & que je conclus à leurs avis: auſſi j'ai ſû que Monſieur de la Thuillerie a rendu témoignage à la Cour de cette vérité, & que ſa Lettre a été lûe au Conſeil. Or il eſt vrai que nous étions demeuré d'accord de faire office aux Catholiques, en prenant congé de Meſſieurs les Etats, que Monſieur Servien dit en opinant ſur cette matiére qu'il étoit à propos d'en parler en termes bien meſurez, & m'adreſſa pareillement cette remontrance comme à celui qui en devoit porter la parole.

Si Monſieur Servien eut envie de m'interrompre, je ne fais pas ſi après l'audience il fit ſemblant d'avoir eu cette penſée, ce n'étoit qu'un effet de l'animoſité qu'il avoit dans le cœur pour d'autres cauſes ; mais je ſais bien que la plainte qu'il me fit au ſortir de là, ne fut ſeulement, que d'avoir parlé à Monſieur de la Thuillerie dans l'Aſſemblée, lorſque le Préſident nous fit réponſe de n'avoir pas pris pareillement ſon avis ſur ladite réponſe; c'eſt pourquoi je lui fis excuſe chez lui & il applique peu ingenuement cette civilité à l'inſtance que j'avois faite pour les Catholiques : je n'avois pas ſujet de m'en excuſer envers un homme, qui en étoit demeuré d'accord pourvû que je parlaſſe avec modération, comme j'ai fait & lui-même l'avoue.

La Lettre que je me ſuis donné l'honneur d'écrire à la Reine, ne contient aucun des motifs que nous avions eus d'aſſiſter les Catholiques de Hollande, & que nous l'avions fait d'un commun conſentement; une vérité que j'ai pu dire en tout tems & principalement alors, puiſque j'avois appris qu'après nous être embraſſez à la Haye, & juré de part & d'autre une amitié éternelle, je n'avois pas eu ſitôt le dos tourné, que Monſieur Servien avoit écrit contre moi à la Cour & déſavoué la recommandation fuſdite : cette Dépêche que je fis à Sa Majeſté ne contenant rien de contraire à celle que nous lui avons écrite en commun, ne ſe peut pas appeller Contre-lettre ; mais ce nom eſt dû avec raiſon à pluſieurs Lettres particuliéres de Monſieur Servien, par leſquelles il a ſouvent détruit ce qu'il venoit d'écrire & de ſigner conjointement avec moi.

Telle eſt la Lettre qu'il écrivit à la Cour, qu'il avoit corrigé & ſigné la nôtre commune, puiſqu'il manda l'avoir fait par civilité, qu'autrement il auroit fallu rompre avec moi ; telle eſt encore une autre Lettre par laquelle après avoir propoſé enſemble Monſieur de Croiſſi à la Cour pour un emploi & ſans que Monſieur Servien y eût aucune répugnance, il manda ſecretement par le même Ordinaire, qu'il n'étoit pas d'avis qu'on baillât cette commiſſion audit Sieur de Croiſſi.

La Lettre circulaire a été approuvée en toutes ſes parties, les Dépêches de la Cour ſont foi & portent nommément qu'elle eſt bien digne de nous, juſques à eſtimer les termes que nous y avons employez : je m'étonne que Monſieur Servien feigne d'ignorer cela, & diſe qu'il n'en a rien vû. Monſieur le Cardinal m'a auſſi fait l'honneur de m'en écrire avec une approbation entiere, & ce qui doit entierement fermer la bouche à Monſieur Servien, eſt le Mémoire ſigné du Roi que nous avons reçu depuis deux jours, par lequel non ſeulement Sa Majeſté avoue & ratifie ladite Lettre Circulaire, mais ajoûte que ce n'eſt pas tant cette Lettre qui déplaît aux Miniſtres d'Autriche, comme l'effet qu'elle a produit dans l'eſprit des Allemands, & que quand nous aurions pu en retrancher quelque choſe, il eſt certain néanmoins que la conduite de nos ennemis avant le commencement, & depuis la Guerre nous avoit donné lieu de dire beaucoup davantage.

Pour le manquement dont Monſieur Servien m'accuſe de n'avoir pas dit, *Sua Majeſtas*, lorſque j'ai parlé du Roi dans ladite Lettre, & d'avoir commis la même faute au Traité Préliminaire, j'y répondrai à l'onziéme article : il en fait encore de grandes plaintes & exclamations contre moi, comme ſi j'avois mieux aimé conſerver la pureté de la Langue Latine que la dignité de mon Maître.

Monſieur Servien eſſaye encore de défendre ſon avis touchant l'envoi de Monſieur le Duc Roderic de Wirtemberg en Suéde; mais il me ſuffit de l'avoir fait ſouvenir combien cette propoſition ſembla étrange à Monſieur Salvius: depuis cela Monſieur de la Thuillerie nous en a auſſi écrit avec étonnement par ſa Dépêche du quinziéme Juillet à Copenhague ; on en donne l'extrait ci-après.

Si j'ai ſouffert qu'une appréhenſion de Monſieur Servien, qui me ſembloit mal fondée & dont Monſieur de la Thuillerie fit le même jugement, fût miſe dans ſon Inſtruction, c'eſt que je ne voulois pas ôter à Monſieur Servien le contentement de groſſir le Mémoire que j'avois dreſſé ſur ce ſujet, & d'ailleurs ce n'étoit pas choſe de conſéquence pour le ſervice du Roi.

Ni les Ambaſſadeurs de Suéde ni le Général Torſtenſon n'ont témoigné aucune jalouſie à Monſieur de la Thuillerie, de ce qu'il alloit en Dannemarck comme auſſi ils n'en avoient pas de ſujet, puiſqu'ils les avoit vus auparavant, & qu'il s'étoit détourné de ſon chemin pour leur rendre les premiers honneurs de ſa Légation, au préjudice de ſa commodité & ſûreté qui auroit été d'aller par mer; mais Monſieur Servien ſelon ſa coutume fait une grande exagération de peu de choſe, ſavoir auquel jour Monſieur de la Thuillerie parlant de ce voyage, & diſant qu'auſſi il ne pouvoit aller en Suéde ſans paſſer par le Dannemarck, Monſieur Oxenſtiern lui repartit qu'il pourroit bien s'embarquer à Lubec, & aller en Suéde ſans toucher le Dannemarck.

EX-

EXTRAIT

De la susdite Dépêche de Monsieur de la Thuillerie.

MESSIEURS,

J'Ai appris par une Lettre du vingt-unième Juin que Monsieur le Duc de Wirtemberg devoit venir ici; c'eu a été la première nouvelle au moins qui me donna sujet d'y ajouter foi, je le croyois le dernier sur qui on dût jetter les yeux pour une affaire de telle conséquence; je ne puis assez m'étonner que l'on ait été persuadé à la Cour de ce qu'il peut avoir dit sur ce sujet : si on ne lui avoit fait espérer les Lettres du Roi vers les deux Couronnes, je n'aurois garde de les lui bailler, non qu'il puisse avoir l'intention mauvaise, mais parce que dans la suite cela est capable de brouiller : je laisse ici lesdites Lettres pour lui être délivrées quand il sera venu; car de le laisser aller vers la Couronne de Suède, je ne sais si ce seroit un moyen, en cas qu'elle eût sujet de plainte que je sois venu droit ici, qui égalât la présence d'un Ambassadeur du Roi, puisque lesdites Lettres qu'il a à présenter ou ici ou en Suède, ne portent qu'une simple recommandation, plutôt de sa personne que non pas de ce dont il s'agit présentement.

Quant à la jalousie que pourroit avoir la Couronne de Suède, que je fusse plutôt venu ici que vers elle, vos prudens avis & le chemin que j'ai tenu y ont si puissamment remédié, & les discours que j'ai eus avec Monsieur Torstenson, aussi bien que la Lettre que j'ai tirée de lui pour la Reine de Suède, nous mettent si fort à couvert de ce que ladite Couronne nous pourroit imputer, que je ne puis croire qu'il lui reste aucun sujet de plainte.

Voilà une Lettre qui s'accorde de tout point avec l'avis de Monsieur Salvius & avec le mien, mais non pas avec celui de Monsieur Servien, qui veut absolument que si ledit Sieur Duc eût été envoyé en Suède, Monsieur de la Thuillerie en eût reçu un grand secours, quand il a traité avec les Chanceliers de Dannemarck, & que l'accommodement entre ces deux Couronnes en seroit plus avancé.

Je laisse d'autres petites choses que Monsieur Servien a mêlées dans cet article, ne voulant pas lui disputer la force & la présence d'esprit qu'il s'attribue si fort au dessus de moi.

X.

J'ai dit plusieurs fois à Monsieur Servien, pour quelles raisons il n'estimoit point que nous dussions demander à la Cour un autre Pouvoir sans en avoir concerté avec les Parties ou les Médiateurs.

Ce n'est pas à moi que Monsieur Servien fait tort de me rendre Auteur d'une Piéce qu'est partie des mains de Monsieur le Comte de Brienne, & laquelle il peut défendre par bonnes raisons & par les exemples du passé; joint qu'elle a été lue & approuvée dans le Conseil.

XI.

Il est vrai que je gardai huit, ou dix jours la Déclaration dont il s'agit, parce que je fus huit ou dix jours à faire trouver bon à Monsieur Servien, que j'en ôtasse ce qu'il y avoit mis de contraire à mon intention & de nuisible à l'avancement de la Paix; cela est expliqué clairement par la Réponse que j'ai faite à sa Lettre du 27. Juin; & ne répéterai rien en cet endroit : je me contenterai de prouver par l'Original même de ladite Déclaration, laquelle Monsieur Servien vouloit être délivrée aux Médiateurs & qui est écrite de la main de son Secretaire, qu'il n'y a pas un mot de la restriction qu'il dit y avoir été aposée. J'envoye cet Original à la Cour, il fera voir qu'il est tout pareil à la Copie que j'y ai ci-devant envoyée, & que je n'ai pas supprimé ladite restriction, comme il m'impose avec beaucoup d'invectives contre ma mauvaise foi.

COPIE

De la Déclaration dressée par Monsieur de Servien dont l'Original a été envoyé à la Cour.

*M*Essieurs les Ambassadeurs Extraordinaires du Roi, Plénipotentiaires pour le Traité de la Paix générale, déclarent à Messieurs les Médiateurs, qu'encore que les Pouvoirs qui leur ont été donnez pour traiter & conclure ladite Paix, soient en très-bonne forme & aussi amples qu'on sauroit desirer, ainsi qu'ils croyent l'avoir suffisamment justifié à Messieurs les Médiateurs, & que la lecture desdits Pouvoirs se peut faire voir à toutes les personnes qui en voudront juger sans intérêt ou sans passion; néanmoins après que Messieurs les Ambassadeurs de l'Empereur & du Roi Catholique, après avoir arrêté la Négociation de ladite Paix, par le seul refus que font les premiers de faire à Osnabrug la même communication des Pouvoirs avec Messieurs les Ambassadeurs de la Couronne de Suède, qui a été faite ici de part & d'autre, qui est une contravention manifeste au Traité Préliminaire, tâchant de faire croire qu'il y a des défauts dans les Pouvoirs desdits Sieurs Ambassadeurs de France, afin de leur imputer une partie dudit retardement, lesdits Sieurs Ambassadeurs, afin de faire cesser de leur part jusques aux moindres prétextes qu'on voudroit prendre pour arrêter une Négociation si utile au repos de la Chrétienté, & faire clairement paroître aux yeux du monde, les bonnes & saintes intentions de la Reine Régente, pour l'avancement & établissement d'une bonne & durable Paix, offrent comme ils ont déja fait ci-devant, dès que la communication desdits Pouvoirs aura été faite, qu'aussitôt qu'on aura fait à Osnabrug avec Messieurs les Ambassadeurs de la Couronne de Suède, la même communication des Pouvoirs qui a été faite ici avec lesdits Ambassadeurs de France, ils conviendront d'une nouvelle forme de Pouvoir telle qu'elle sera jugée raisonnable, pour la satisfaction réciproque de tous les intéressez, & en feront venir de France, dans le tems qui sera accordé,

1644.

accordé, les expéditions nécessaires selon la mi-
nute qui en aura été ici dressée d'un commun
consentement; pourvû que le même soit fait de
la part desdits Sieurs Ambassadeurs de l'Em-
pereur & du Roi Catholique, & que les dé-
fauts essentiels qui ont été remarquez dans leurs
Pouvoirs soient réparez comme s'ensuit.

I.

Que la qualité d'Ambassadeurs sera donnée
aux uns & aux autres, ou du moins que ceux
qui ne l'auront pas, ne pourront prétendre ni
le rang ni le titre qui n'est dû qu'à ceux qui,
en qualité d'Ambassadeurs, représentent la Per-
sonne de leurs Maîtres.

II.

Que tous les Etats qui n'appartiennent point
à l'Empereur & au Roi Catholique, ou des-
quels ils ne sont point présentement en posses-
sion, ne seront point exprimez dans lesdits Pou-
voirs.

III.

Que dans celui desdits Ambassadeurs de
l'Empereur, il leur sera donné pouvoir de trai-
ter avec tous les Alliez & adhérans de la
France ; & que la même clause sera plus clai-
rement exprimée dans celui desdits Sieurs Am-
bassadeurs d'Espagne.

IV.

Que lesdits Pouvoirs desdits Sieurs Ambassa-
deurs d'Espagne, seront dressez en la forme
qui a été pratiquée de tout tems en semblables
occasions ; & ce faisant, que tous les Ambassa-
deurs auxquels le Roi Catholique, voudra don-
ner l'autorité d'intervenir au Traité, seront
nommez dans un même Pouvoir, & que l'auto-
rité de traiter y sera donnée à ceux qui sont
sur les lieux en l'absence des autres.

V.

Que l'autorité de traiter & conclure la Paix
sera absolue, & non point sous des conditions
de ménager le bien de la Chrétienté, l'avantage
de la Maison d'Autriche, & qui seroient des
moyens de rendre nul tout ce qui seroit fait par
eux, en disant que le bien de la Chrétienté,
l'avantage de la Maison d'Autriche &c. n'au-
roit pas été bien considéré ; semblables limita-
tions ayant plutôt accoutumé d'être insérées dans
les Instructions secrettes des Ambassadeurs que
dans leurs Pouvoirs, qui est une Piéce publique
dans laquelle il ne doit rien être mis qui puisse
donner le moindre scrupule à ceux avec lesquels
on doit traiter.

La lecture de cette Piéce détruit encore une
autre excuse que Monsieur Servien allégue; il
dit d'avoir marqué certains défauts aux Pouvoirs des Impériaux & Espagnols, ce n'est pas
en avoir prétendu la correction comme une
condition nécessaire, si l'on vouloit que le notre fût réformé : mais la Déclaration porte le
contraire en termes exprès, puisque sur la fin du
premier article, il est dit nommément que nous
sommes prêts de faire venir un au-
tre Pouvoir selon la forme dont nous serons
convenus, pourvû que les défauts qui se rencontrent aux Pouvoirs des Ministres de l'Em-

pereur & du Roi d'Espagne, soient réparez 1644.
comme s'ensuit.

Premierement que &c.

Par là il résulte aussi que ces demandes faisoient partie de la Déclaration, & que Monsieur
Servien essaye inutilement de les faire passer
pour des Piéces détachées, disant que pour a-
voir été écrites dans un même papier elles ne
doivent pas être jointes.

Cette évasion n'est pas meilleure que les
deux précédentes ; car c'est le sens & l'intention de l'Auteur qui lie le tout ensemble trop
manifestement pour lui laisser aucun lieu de
s'expliquer maintenant d'une autre sorte.

Monsieur Servien se voyant enfin contraint
d'avouer une autre faute qui est dans la même
Déclaration, il dit l'y avoir laissée afin que
j'eusse le plaisir de la corriger; il a bien de la
peine à se retirer de tant de mauvais pas.

Au reste il veut que j'aye dit que si un Ambassadeur de France vouloit précéder un
Commissaire de l'Empereur, toute l'Allemagne
se souléveroit contre nous; mais je n'y ai pas
pensé, il ne faut que voir ma réponse à sa
Lettre & considérer ce qui est porté ci-dessus,
pour avouer qu'en toutes choses qui se peuvent
vérifier par écrit, il me laisse de grands avantages dans nos contestations.

Ce que je lui écrivis est que si selon son avis
nous voulions maintenant précéder le Comte
de Nassau, sous prétexte qu'il n'a pas la qualité
d'Ambassadeur, la Ville de Munster & toute
l'Allemagne se souléveroit contre nous ; premiérement parce qu'il est en possession de son
rang avec Monsieur le Nonce, avec Monsieur
l'Ambassadeur de Venise, & avec nous-mêmes ;
en second lieu parce que lesdits Sieurs Médiateurs ne changeront pas leur manière d'agir a-
vec lui ; en troisiéme lieu parce que le Traité
Préliminaire qui a régié tous les préparatoires
du Traité de Paix, oblige l'Empereur d'envoyer ici des Plenipotentiaires & non des Ambassadeurs.

J'ajouterai que cette nouvelle prétention n'est
nullement plausible, & que si elle eût été in-
férée dans la Déclaration, comme Monsieur
Servien le vouloit, cela nous auroit concilié
une grande envie, & auroit été un mauvais
moyen pour justifier les bonnes intentions de la
Reine au fait de la Paix.

Je crois que cet avis est assez bien fondé, &
que pour la même raison il ne falloit pas prétendre par une Déclaration publique, que dans
les Pouvoirs des Espagnols, le Roi d'Espagne
ne se nomme plus Roi de Navarre & de Portugal, vû même que par d'autres Actes concernant cette Négociation de Paix, le Roi d'Espagne a pris ces qualitez sans que pour cela le
feu Roi, depuis son décès, ni la Reine Régente
ayent fait difficulté de les accepter.

C'est ici où Monsieur Servien exagère le
grand préjudice que j'ai fait à la France, en
parlant du Roi dans la Lettre que nous avons
écrite aux Princes d'Allemagne, & dans le
Traité Préliminaire; par cette répétition affectée,
& par une telle horreur qu'il a de cette indignité il a cru peut-être me rendre criminel de
Leze-Majesté, au moins en Latin ; mais s'il a-
voit pensé à ce qu'il m'objecte, ou qu'il fût
mieux informé des affaires, il ne m'auroit pas
condamné avec tant de chaleur que de dire
qu'il aimeroit mieux avoir perdu la main que
d'avoir signé un tel Traité; car aussi il n'y
trouva pas ma signature.

Il devroit se ressouvenir qu'en ce tems-là le
Roi ne reconnoissoit pas Ferdinand troisiéme

pour

pour Empereur, & il devroit savoir que pour trouver moyen de convenir des préparatoires de la Paix, nonobstant cette difficulté, il fut arrêté entre Monsieur de Lutzaw, Monsieur Salvius, & moi, par l'entremise du Roi de Dannemarck, que ces deux Ministres signeroient chacun le Traité Préliminaire, puisque la Suéde ne refusoit pas cette qualité à l'Empereur, & qu'au lieu de cela je donnerois une Déclaration à part, par laquelle, sans nommer les Princes contractans, je m'obligerois à l'exécution du Contrat comme si je l'avois signé. Cette Déclaration est insérée mot à mot dans la Ratification que le feu Roi envoya aussitôt en Allemagne; car Sa Majesté & tout son Conseil n'apperçut pas cette notable faute que Monsieur Servien y veut remarquer, au contraire Monsieur le Cardinal de Richelieu me fit l'honneur de m'écrire que les intérêts de la France étoient conservez si avantageusement, que l'Empereur & le Roi d'Espagne auroient peine à y consentir : en effet ils ont tardé un an sans le ratifier, & l'Empereur écrivit au Roi de Dannemarck, qu'il ne vouloit en aucune façon approuver un Traité où il se trouvoit beaucoup de choses contre son autorité Souveraine & celle du Saint Empire.

Je ne sais par quel malheur Monsieur Servien prend toujours le parti des ennemis contre moi; s'ils ont blâmé la Lettre que j'ai écrite aux Princes de l'Empire, il la blâme aussi; s'ils ont improuvé un Traité que j'ai fait, il l'improuve aussi : s'il lui plaît de voir les Extraits des Lettres ci-jointes, il sera obligé de reconnoître qu'il va un peu bien vite, de censurer si hautement une chose dont il n'a pas une entière connoissance, & qui a toute l'approbation qu'on peut desirer.

C O P I E

De la Lettre de Monseigneur le Cardinal Mazarin.

JE me ressens fort obligé de la peine que vous avez prise de me donner part de tout ce qui a été arrêté entre vous, Messieurs les Ambassadeurs de Suéde, & celui du Roi de Hongrie : votre Traité a eu l'approbation qui est due à toutes les choses que vous faites, ainsi que vous connoîtrez par la Ratification qu'on vous envoye, & d'une façon ou d'autre il sera très-avantageux au service du Roi. Je me suis amplement entretenu des affaires d'Allemagne avec Monsieur de Saint Romain, qui en est parfaitement bien instruit, & l'ai prié de vous assurer &c.

E X T R A I T

D'une Dépêche de Monsieur de Chavigni du quatre Mars 1642. en Avignon.

MONSIEUR.

MR de Saint Romain nous a rendu vos Dépêches du sixiéme Janvier, lesquelles ayant

TOM. I.

été vues très-exactement, le Roi a commandé que le Mémoire ci-joint vous fût envoyé; il vous informera de son intention touchant le Traité que vous avez conclu avec Messieurs Salvius & Lutzaw, dont Sa Majesté aura cet avantage, quoi qu'il arrive, que tout le monde connoîtra qu'il ne tient pas à elle que la Chrétienté ne jouïsse de la Paix : le Roi approuve tout ce que vous avez fait en ce rencontre, & connoit bien avec quel soin & prudence vous avez ménagé sa réputation.

C'est chose étrange que l'affaire ayant été examinée très-exactement, comme porte cette Lettre, l'on n'y ait pas vu ce que Monsieur Servien y voit; le Roi dit que j'y ai bien ménagé sa réputation, & Monsieur Servien dit que je l'ai abandonnée honteusement.

C'à afin que je ne me défende pas seulement par l'autorité de mon Maître qui est infaillible; je veux convaincre Monsieur Servien par sa propre confession.

Il ne niera pas que ce Traité contre lequel il déclame est fort incommode aux ennemis, & que lui-même l'employe souvent contre leurs artifices; la Cour sait combien de fois ils ont essayé & essayent encore aujourd'hui de nous en détacher. L'unité & connexité des deux Assemblées; le Passeport que nous avons stipulé pour tous les Etats de l'Empire, lesquels l'Empereur nomme Alliez de la France; un autre Passeport pour les Plénipotentiaires de Messieurs les Etats Généraux des Païs-Bas, que le Roi d'Espagne a été obligé de faire expédier en ces termes sous son propre nom; un autre Passeport pour la Maison Palatine, que l'on vouloient que le différend fût remis à des Conférences particuliéres, & lequel ils prétendent encore à présent ne devoir pas être vuidé en ce lieu; le dernier article dudit Traité qui oblige non seulement les Imperiaux à la liaison des intérêts des deux Couronnes, mais aussi engage celle de Suéde dans tous les intérêts de la France; la qualité de Tutrice & Régente accordée à Madame de Savoye, en un tems que cela coûtoit beaucoup à l'Empereur, & au Roi d'Espagne, à cause que Messieurs les Princes de Savoye, tenoient lors leur parti en Italie; point d'obligation au Roi de donner un Passeport au Duc de Lorraine, dont Sa Majesté fut très-contente, vû même que les Alliez de la France y sont traitez plus dignement, & que l'Empereur a été obligé de donner un Passeport à chacun d'eux en particulier, outre le Passeport général dont il est parlé ci-dessus; tout cela est en avant que par la nécessité que Monsieur Servien m'a imposée de montrer qu'il ne méritoit pas de perdre la main, quand il auroit signé un tel Traité dont un Roi a été non seulement le Médiateur, mais aussi la caution envers la France.

Mais ce n'est pas assez d'avoir éclairci ce qui touche la signature, il ne me suffit pas de faire voir à Monsieur Servien que, selon son sentiment même, je n'ai pas failli; je veux encore qu'il sache que j'ai eu autant de soin de donner de la Majesté au Roi dans l'Acte que j'ai signé, comme l'Ambassadeur Impérial en avoit eu d'en donner à son Maître dans le Traité qu'il signa; en voici la preuve par écrit.

Christianissimi Regis per Germaniam Extraordinarius Legatus Claudius de Mesmes Comes d'Avaux Universis quorum interest, notum testatumque volumus, nos de Tractatu super Pacis Universalis Praeliminaribus, qui inter nos & Illustrissimos Legatos Dominum Conradum a

Dd 2 *Lus-*

Lutzaw , & Dominum Joannem Salvium ho-
diernâ die respectivè conclusus , & ab illis sub-
scriptus , atque in manus Sereniffimi Daniæ Re-
gis uti Mediatoris , datâ nobis authenticâ copiâ ,
depositus est , convenisse in omnibus & singulis
ad rei substantiam pertinentibus videlicèt loca
& diem , multorumque salvorum Conductuum
qui in illo recensentur & sub formulis quæ ibi-
dem declarantur , traditionem , pro ut per præ-
sentes convenimus , parem vim habituras ac si
dicto Tractatui nos quoque subscripsissemus , ejus-
que conditiones omninò hic insertæ & repetitæ
fuissent : in quorum fidem hasce manu & Si-
gillo nostro munitas apud præcommemoratum Da-
niæ Sereniffimum Regem vicissim deposuimus ,
earumdem ratihabitionem a suâ Christianissimâ
Majestate unâ cum dictis salvis Conductibus
statuto tempore ac loco promittentes. Actum
Hamburgi die ²⁵/₁₅ Decembris anno supra mil-
lesimum sexcentesimo quadragesimo primo ,

Locus Sigilli

CLAUDIUS DE MESMES.

Voilà comme est conçuë la Déclaration que
je donnai , par laquelle il paroît que Monsieur Servien s'est bien mécompté , & de plus
que je n'ai consenti ni au titre de Sa Majesté ni
à celui de l'Empereur énoncé par le Traité ,
mais seulement aux choses essentielles qu'il contient , lesquelles même , pour ôter tout sujet de
doute , sont nommément spécifiées par ladite Déclaration.

Reste à me justifier pareillement de l'omission de , *Sua Majestas* , que j'ai faite dans la
Lettre Circulaire , nonobstant l'avis de Monsieur
Servien : il change l'état de la question ; *Sacra
Christianissima Majestas* , sont des mots sacrez
qui désignent une chose sacrée , je ne voudrois
pas les avoir effacez pour rien du monde , comme Monsieur Servien veut faire croire ; mais il
vouloit qu'en parlant du Roi en troisiéme personne au lieu de mettre *Rex Christianissimus* on
substituât , *Sua Majestas*.

Monsieur de Saint Romain lui remontra que
cette maniére de parler n'étoit pas Latine ;
maintenant j'ajoute qu'elle n'est connue ni en
termes de Grammaire ni en termes de Politique : le premier point ne reçoit aucun doute ,
au moins auprès de ceux qui ont la moindre
teinture des Lettres ; il est question d'éclaircir
le second , & de savoir si un homme d'Etat
parlant Latin est bien fondé de dire , *Sua Majestas* , en troisiéme personne : je soutiens que
non ; sur quoi il faut observer avant toutes choses que ces titres dont nous traitons les Rois
& les Souverains dépendent de la coutume , &
de l'usage qui s'accommode toutefois à la nature des Langues ; desorte que l'on ne sauroit
parfaitement exprimer en l'une tout ce qui se
dit en l'autre ; on ne sauroit bien représenter en
François les termes d'honneur , qui sont attribuez en Langue Allemande aux Electeurs de
l'Empire , il faut user d'équivalent & ainsi en
Latin on ne peut exprimer ces mots de *Sa
Majesté* , qui en François , en Espagnol , & en
Italien désignent commodément une troisiéme
personne : on a donc recours aux noms propres ou appellatifs de celui de qui on parle ; &
ils sont pour le moins aussi honorables & em-
phatiques qu'un solécisme importun , qui reviendroit presque à toutes les périodes. Mais
j'avoue que cette raison tirée de la propriété &
nature de la Langue Latine , ne seroit pas suffisante , si nous n'avions encore d'autres autori-

tez de tous les Ambassadeurs , qui ont écrit &
traité d'affaires en Latin , depuis que ces mots
de Sainteté , Majesté , Sérénité , Altesse , Excellence , & autres sont en usage ; il ne se trouvera pas un d'eux qui parlant de son Maître ait
employé ces termes , *Sua Beatitudo , Sua Majestas , Sua Serenitas* &c.

Monsieur Servien me renvoye aux Ministres
de François premier , j'en suis d'accord , & que
ce différend soit vuidé par leurs exemples.

Toutes les Négociations Latines du tems de
ce Prince ont été du côté d'Allemagne , & celui qui les a conduites pour la plupart a été
Guillaume du Bellai , Seigneur de Langei , ou
le Cardinal son Frére : ces grands hommes de
Guerre & d'Etat , de l'un desquels le Cardinal
Bembo , & Sleidan ont écrit avec tant d'éloges ,
ont fait plusieurs Harangues & Dépêches , aux
prédécesseurs des mêmes Princes à qui s'adresse
notre Lettre circulaire , mais pas un seul mot
de , *Sua Majestas* , toutes les fois qu'il échet de
nommer le Roi , & il échet une infinité de
fois ; c'est toûjours *Rex Christianissimus* ou simplement *Rex noster* : peut-être n'avoient-ils
point de Collégues que les avertissent charita-
blement de leur devoir.

Le Cardinal du Bellei avoit pourtant le Président Olivier , qui depuis fut Chancelier de
France , homme conformé dans les affaires &
belles Lettres ; mais ils étoient d'accord pour
ce point comme pour tous les autres de leur
Négociation : cet exemple a été suivi de tous
les Ambassadeurs de France , & de ceux même qui furent envoyez par Henri second après
la Paix de Cambrai , à la Diette d'Augsbourg
touchant la restitution que l'Empereur prétendoit de Toul , Metz , & Verdun , ils ont aussi parlé de la même sorte à la face des Papes , & des
Conciles , dans les lieux même où nos Ambassadeurs ont fait tant d'efforts & de louables
violences pour maintenir la dignité de la Couronne.

Nous avons les Protestations d'Obédience
faites aux Papes par nos Rois , où nos Ambassadeurs élévent leurs Majestez jusques au Ciel ,
afin que l'acte de soumission qu'ils font au Pére
des Chrétiens paroisse plus religieux & plus
humble : les Ambassadeurs ont été les Bour-
daizier , les Rambouillet , les Rochepozai , les
Ducs de Nevers & de Créqui ; ils ont tous
concerté soigneusement ce qui devoit être dit
au nom du Roi , en leur présence , par quelque
Orateur de réputation ; néanmoins ils ont eu si
peu de soin de la Majesté Latine , que cela est
incroyable : ce mot ne se trouve point dans
leurs Harangues , quand ils ont parlé de François
second , Charles IX. Henri III. Henri IV. &
Louis treiziéme.

Les Espagnols ne sont pas en réputation d'ê-
tre fort soigneux de la Latinité , & d'ailleurs ils
sont très-jaloux de la dignité de leurs Rois ; néanmoins en pareille occasion ils se sont oubliez.

Le Marquis de Velasco Connétable de Castille fit l'Obédience pour Philippe II. le Duc
d'Alve pour Philippe III. mais pas un d'eux n'a
donné de la Majesté à son Maître ; par tout où
nous disons *Rex Christianissimus* ils disent *Rex
Catholicus* ou *Rex Philippus*.

Monsieur de Baucaire Evêque de Metz fit
une Harangue Latine au Concile de Trente à
la loüange de Charles IX. & de la Reine Régente sa Mére après la Bataille de Dreux ; *Rex
Carolus , Regina Catharina* y sont nommez
cinquante fois ; mais un profond silence de ,
Sua Majestas.

Nous

1644.

Nous avons plusieurs Ambassades de la part des Papes aux Empereurs , nommément une signalée de Léon dixiéme à Maximilian premier , jamais le mot de *Sua Sanctitas* ne sortit de la bouche de leurs Nonces; c'est toûjours *Leo* ou *Pontifex Maximus*. Nous avons les Oraisons funébres faites à leur décès , & les exhortations aux Cardinaux devant l'élection d'un Successeur;ceux qui font les Oraisons sont gens nourris dans la Cour de Rome , & qui n'ont garde de manquer aux termes de respect ; mais ils ne se font pourtant jamais avisez de cette locution : si est-ce que s'il y a lieu du monde où l'on soit jaloux de parler ponctuellement de donner à chacun ses titres jusques à des scrupules un peu incommodes , c'est à Rome , c'est le Pays de Cérémonies , *votre Sainteté, votre Bénédiction, Révérence, Majesté, Altesse* ; & autres semblables sont originaires d'Italie ; & néanmoins ceux qui ont été employez en telles occasions n'ont jamais prononcé , *Sua Sanctitas,* quoi qu'ils lui ayent souvent baisé les pieds avec tant de soumission.

Je ne crois pas qu'on puisse prouver une coutume plus authentiquement , ni par des dépositions plus illustres ; toutefois pour clorre cette information avec plus d'autorité , je veux encore produire deux témoins irréprochables à un François , ce sont Messieurs de Montluc & de Pibrac, qui dans toute la Négociation de Pologne ne parlent jamais autrement que j'ai écrit aux Princes d'Allemagne : on ne dira pas pourtant que ces personnages qui ont porté de nouvelles Couronnes sur la tête de nos Princes ayent négligé la dignité de leurs Maîtres , & l'ayent postposée à la dignité de la Langue de Cicéron.

Après tant de témoignages , il ne me sera pas défendu d'alléguer aussi que j'ai gardé le même stile dans les emplois que j'ai eus en Allemagne , & dans tout le Nord ; & que le feu Roi l'a toûjours approuvé : trois Lettres écrites en divers tems au Roi de Dannemarck , en forme de Manifestes touchant la Paix ; une Réponse à l'Archevêque de Gnesne , servant d'Apologie & justification de l'arrêt fait en France du Prince Cazimir ; une Harangue aux Etats du Royaume de Suéde pour les porter à faire la Paix en Pologne , & continuer la guerre en Allemagne ; autres faites en Pologne sur diverses occurrences;& enfin un Traité de Tréve entre ces deux Couronnes , sont autant de preuves concluantes contre la censure de Monsieur Servien ; puisque toutes ces Piéces , où il n'y a pas une seule fois, *Sua* ni *Sacra Majestas* , ont été vues & autorisées par le jugement de ceux qui n'ont jamais rien laissé passer au préjudice de l'autorité & de la dignité Royale.

Monsieur Servien est-il plus zélé ou plus intelligent que n'étoit Monsieur le Cardinal de Richelieu ? Certes il se pouvoit abstenir de une telle censure , & il découvre plûtôt son peu d'expérience en cette matiére , qu'il ne fait paroître ma nonchalance en ce qui touche l'honneur de Sa Majesté , lequel j'ai maintenu heureusement en des occasions très-importantes & en des lieux où nous n'étions pas encore en possession de la préséance comme nous sommes à Rome & à Venise.

J'avoue bien que ces mots, *Sua Majestas,* se peuvent trouver dans quelque stile de Chancelerie , dans quelque Acte, ou Traité , où je ne suis pas si scrupuleux que je ne m'en sois servi moi-même , comme il appert ci-dessus par la Déclaration que je sis sur le Traité Préliminaire où j'ai employé ces termes, *Sua Majestas Chris-*

tianissima ; avant que Monsieur Servien m'en eût fait des leçons.

Mais que dira-t-il si je lui montre que dans cette Lettre qu'il reprend , j'ai parlé bien plus dignement du Roi & lui ai donné des titres bien plus relevez que celui de , *Sa Majesté,* qui lui est commun avec des Princes fort inférieurs à sa grandeur & à sa puissance ? Au moins puis-je dire & assurer que la Diete de Francfort en a fait ce jugement , comme il paroît par la Lettre d'un homme de qualité dont voici l'Extrait. Mais pour l'intelligence il vaut mieux commencer par celle que nous écrivîmes séparément à ladite Assemblée , laquelle fut supprimée quelque tems par l'Electeur de Mayence comme Chancelier de l'Empire , & qui porte ouvertement tous les interêts de la Maison d'Autriche , il fit seulement voir une Copie de notre Lettre Circulaire que nous avons jointe à celle-ci.

Quæ singulis Imperii Principibus dedimus Litteras harum exemplum ad Celsitudines vestras mittimus , quotquot sunt Francofurti , de rebus gravissimis consultantes ; gravior quidem Consultatio nulla est quàm cum de statu & fortunis agitur, sed & nulla brevior; nisi sibi quisque vestrùm caveat, desedet ipsis multùm de dignitate atque etiam libertate : cautio autem hic est ut Monasterium Westphalorum conveniant , publicæ Pacis tractationi, in qua salus Germaniæ tantopere vertitur , interfuturi, authore & adjutore Christianissimo Rege , quod a nobis prolixè offertur , usuri ; neque vero Rex maximus , & si Societatem Germanicam plurimi faciat , adeò anxiè præsentiam vestram urget , quasi eâ carere non possit , tot opibus innixo , tot victoriis aucto , atque imprimis divinâ providentiâ confiso , non multis defensoribus est opus. Vestris Celsitudinibus prospiciendum videtur ne in constituendis rebus sui tanto fidejussore , quantus ipse est , careant; nos studia in hanc rem nostra , & ad aliud omne officii genus , promptissima pollicemur. Datum Monasterii Westphalorum die sextâ Aprilis anno millesimo sexcentesimo quadragesimo quarto.

DE FRANCFORT

Le ⁚⁚ Mai 1644.

*L*A Lettre Circulaire des Plénipotentiaires de France avoit donné de l'exercice à nos passions, *Nunc paulum defacuère ; l'Archevêque de Mayence en avoit bien étonné quelques-uns,leur ayant seulement envoyé ladite Lettre Circulaire s'adressant à un chacun à part , la Lettre particuliére à cette Diette demeurant cachée ; ainsi les Electoraux se sont mis en colére , comme n'ayant pas eu assez de titres. Je dis d'abord qu'il y avoit un abus , & que Monsieur d'Avaux entend trop l'ordre des affaires pour envoyer une Copie en chemise sans inscription ni souscription. Enfin tout a paru , & que leurs Colléegues s'étoient mocquez d'eux ; cependant ce , Rex maximus & cætera fortunæ Gallicæ ornamenta, les choquent.*

Cette Lettre a été écrite à un Ministre d'un Prince d'Allemagne qui m'en a donné avis en son tems , & je produis à cette heure pour témoigner que ceux à qui j'ai écrit ne m'accusent pas de foiblesse ou de négligence en ce qui touche la grandeur & la dignité de mon Maître.

Quant à l'autre question , si dans les Passeports que nous donnons il faut dire *le Roi,* ou
le

1644.

le Roi très-Chrétien, il y a plus de deux mois que j'ai passé volontairement à l'avis de Monsieur Servien, sans savoir qu'il en eût écrit à la Cour; ce qu'il ne devoit pas faire sans m'en avertir, afin qu'en même tems j'y euffe donné compte des raisons qui me faifoient héfiter fur ce fujet. La datte du Paffeport que nous donnames au Révérend Père Provincial des Jéfuites pour venir de Cologne en cette Ville au commencement de Juillet, fait voir que dès lors j'avois déféré au fentiment de Monfieur Servien; & il fait bien que j'en étois demeuré d'accord avec lui plus de quinze jours auparavant: & enfin il en a obtenu un ordre par lequel on nous preferit de faire ce que nous faifons déja; c'eſt pourquoi il triomphe, difant que j'ai été condamné d'erreur à la Cour de France.

Si mes doutes n'y avoient été propofez, & que Monfieur Servien n'eût pas parlé tout feul, peut-être que cette erreur n'auroit pas été trouvée fi groffiére.

Premiérement quand il lui prit humeur de refufer l'expédition d'un Paffeport, parce que nous y étions qualifiez Plénipotentiaires du Roi très-Chrétien, je penfe avoir eu fujet de lui faire demander d'où venoit cette nouveauté; puifque le Paffeport étoit en la forme de tous ceux qu'il avoit fignez fans contredit durant l'eſpace de fept mois : car ce ne fut qu'à la fin de Mai qu'il commença d'y trouver à redire; outre cela je lui répréfentai que tout Ambaffadeur étoit obligé de nommer ou défigner le Prince qu'il fert parmi les Etrangers, qu'en France à la vérité on dit feulement, *le Roi* avec raifon, mais qu'en Italie & en Allemagne & par tout où j'ai été, j'ai toûjours ouï dire aux uns *le Roi très-Chrétien*, *le Roi mon Maître*, *le Roi Catholique*, *le Roi de la grande Bretagne* &c.

Que fi l'on parle ainfi aux étrangers, comme il eſt très-certain, j'ai pu croire fans commettre une grande erreur qu'il falloit auffi leur écrire de la même forte; car nos Paffeports s'adreffent à tous Princes, Républiques, & à leurs Miniſtres, & Officiers, les priant de donner paffage à ceux fufquels nous les accordons : & de vrai les Ambaffadeurs & Réfidens de toutes les Couronnes nomment leurs Rois & leurs Reines dans les Paffeports qu'ils donnent ; les feuls Efpagnols en ufent diverfement, ils fe qualifient Ambaffadeurs de Sa Majefté purement & fimplement; cela eſt de leur naturel, & ils fe flattent ainfi dans le deffein qu'ils ont de la Monarchie Univerfelle : il faut fuivre leur exemple, non celui de tous les autres Miniſtres des Têtes couronnées, c'eſt ce que je ne favois pas, & je confidérois que l'humeur de cette Nation les empêche de parler en autre Langue que la leur, quelque part que ce foit, ce qui ne fut pourtant jamais imité par ceux que la France a employez au dehors.

Je remontrois auffi à Monfieur Servien qu'après cette premiére défignation, autant de fois qu'il étoit parlé du Roi dans le Paffeport, c'étoit toûjours avec le terme de *Majefté* fans y rien ajouter.

Qu'au refte c'eſt un titre d'honneur pour nos Rois qu'ils ont toûjours beaucoup eſtimé, & que cette qualité leur eſt plus particuliére que celle de Roi; je paffe bien outre, elle a befoin d'être bien établie par tout, nous ne faurions la trop employer en nos difcours & en nos écrits ; il y a encore des Peuples dans la Chrétienté qui l'ignorent & des Peuples qui la conteftent.

Monfieur Servien n'a peut-être pas perdu fon tems en ces petites obfervations; il ne fut

jamais plus loin que le Piémont, & une feule Ambaffade n'a pu l'informer des mœurs de toutes les Nations : oui je dis qu'il fe trouve encore des Princes & des Etats qui ne donnent point au Roi le nom de *très-Chrétien*, parce qu'on ne les y a pas encore accoutumez, & que le Roi de Dannemarck le refufe tout ouvertement. Quand je m'en fuis plaint à fes Chanceliers, ils m'ont reparti que leur Maître eſt auffi un Roi fort Chrétien & qu'il ne connoît pas une qualité donnée par les Papes; tant y a qu'après avoir refufé de me charger de Lettres où ce titre ne feroit point, enfin ils me firent apporter une autre Lettre dont l'infcription étoit *Sereniffimo Principi Ludovico XIII. Galliæ & Navarræ Regi Chriſtianiffimo* : ils veulent bien dire que c'eſt un Prince très-Chrétien, mais non pas l'apeller *le Roi très-Chrétien* : fi Monfieur le Comte de Brienne, veut revoir les Lettres qu'il a reçues, je m'affure qu'elles font écrites en cette forme, & la réponfe qui fut faite derniérement au nom dudit Roi à Monfieur de la Thuillerie le confirme encore.

Voilà pour quelles caufes je n'ai pas d'abord acquiefcé à une nouvelle réformation que Monfieur Servien voulut introduire tout à coup contre ce qu'il avoit pratiqué lui-même fi long tems.

XII.

Il a été répondu au premier Article ; Monfieur Servien defira faire tomber la Commiffion d'Hoilande à un de fes parens, & jufques là il int l'affaire en furféance.

XIII.

Il eſt certain que je n'étois pas d'avis de demander à Monfieur Salvius tant de conditions pour lui fournir l'argent du terme échu au mois de Juin ; car hormis celle de n'employer aucune partie pour la Guerre de Dannemarck, les autres n'étoient ni juftes ni bien entendues; elles n'étoient pas juftes, parce que c'eſt à la Couronne de Suéde de difpofer de l'argent dont le Roi l'affifte, & que le Traité d'ailleurs ne nous donne pas feulement l'infpection fur l'emploi des deniers ; elles n'étoient pas non plus propofées avec fondement, car pourquoi demander que l'argent fût diftribué aux Garnifons de Poméranie plutôt qu'à celles de Weftphalie, Turinge, Moravie, Silefie, & autres Provinces, où les Suédois ont des Troupes? Cela eſt fi vrai que enfin Monfieur Servien l'a bien reconnu, & que nous avons été obligez de nous contenter de la condition qui touche le Roi de Dannemarck.

XIV.

En cet Article je fuis accufé d'avoir des caballes à la Cour : je prie Meffieurs du Confeil & toutes les perfonnes qui ont l'honneur d'approcher la Reine de faire jugement des autres accufations de Monfieur Servien par celle-là.

J'ai parlé fouvent des réponfes que nous devions aux Lettres de la Reine de Suéde ; je paffe qu'il n'y en a pas pour une, comme Monfieur Servien veut faire croire pour s'excufer : nous avons reçu la première par Monfieur Cerifante, furquoi nous fommes écrit fort honnêtement, auffi bien que fur d'autres qui nous ont été écrites par le Général Toritenfon.

Monfieur de Malpierre nous a donné avis des plain-

plaintes que Messieurs les Ambassadeurs de Suéde lui avoient faites de notre silence; Mr. d'Estrades s'en est plaint aussi ; & Monsieur de Meulles s'est contenté par modestie de nous mander plusieurs fois qu'il croyoit que nous recevions toutes les Lettres , d'autant qu'il ne manquoit de nous écrire toutes les semaines.

Il y a bien peu de mes Lettres imprimées & ç'a été par ordre du Roi pour justifier les intentions de Sa Majesté touchant la Paix.

Il ne manque pas d'être averti de ce qui se passe à Francfort & en beaucoup d'autres lieux d'Allemagne , j'en ai envoyé à la Cour quelques avis & des Piéces importantes, la Lettre ci-dessus transcrite en témoigne aussi quelque chose , & j'ai fait part à Monsieur Servien de quelques Dépêches & propositions de l'Empereur.

Que si j'ai adressé notre Lettre circulaire aux Résidens de Cassel & de Hambourg , c'est que la distribution s'en pouvoit faire plus commodément de ces lieux-là , & que ceux avec qui j'ai correspondance à Francfort ne sont pas gens pour se charger publiquement de nos Dépêches & de nos affaires, & que ce seroit les rendre suspects & inutiles.

Monsieur Servien prend un peu trop d'avantage contre moi d'une courtoisie que je lui ai faite; il m'a prié de lui laisser la plume, & maintenant il me reproche en quatre endroits différens que je n'ai la peine que de signer.

Il se pourroit souvenir, que je me suis long tems excusé de lui céder un droit qui m'appartenoit , que je ne l'ai fait que pour conserver la bonne intelligence qui est nécessaire entre nous pour le service du Roi; Mais ma facilité n'a fait qu'irriter l'appétit de Monsieur Servien , je n'ai pas joui quinze jours de la Paix que j'avois achetée; & incontinent après il ne se contente plus de travailler aux dépêches , il les vouloit faire sans une préalable Conférence : bien me mandoit-il une partie de son avis; & me faisoit aussi demander le mien par le Sieur de Préfontaine ; & du reste il s'en rendoit le Maître. Mais l'on a pourvu à ce désordre à la Cour , & outre que les Dépêches en seront faites plus ponctuellement, j'espère aussi que Monsieur Servien aura désormais plus de loisir , & qu'il trouvera bon que nous les concertions pleinement avec tout ce qui sera ici à négocier pour l'avancement de la Paix.

XV.

S'il n'y eût eu que cet Article dans la Lettre du vingt-septiéme Juin , j'y eusse souscrit très-volontiers.

XVI.

Les Commissaires de Messieurs les Etats ayant maintenu que les deux anciens devoient signer sur la même ligne que nous , & prononcé , par exemple , qu'il en avoir été ainsi usé auparavant , je signai le Traité en tête & Monsieur Servien aussi; mais comme il ne restoit plus de place pour la signature de deux d'entre lesdits Sieurs Commissaires , Monsieur de la Thuillerie se trouvoit obligé de signer dessous de nous du côté droit ; il en fit difficulté , tellement qu'après diverses contestations , je signai à la marge du Traité & hors d'œuvre & fis place par ce moyen à la signature de mes Collégues : car lesdits Sieurs Commissaires ne voulurent jamais se départir de leur prétention & possession.

Je ne sais si Monsieur Servien en auroit fait autant en pareil cas ; mais toûjours il est vrai qu'en me reculant , j'ai facilité l'affaire au contentement des intéressez , & qu'au moins cette action ne mérite pas le blâme que Monsieur Servien lui donne : que si c'est pour avoir signé autrement la première fois , il fait bien qu'il fit la même chose , ayant signé sur la même ligne que moi; & si c'étoit une faute , il y avoit part. Mais l'original du Traité de Compiegne, lequel on lui fit voir , étant signé Lesdiguieres , Effiat & Bullion au dessous , je crois que l'imitation n'en eût pas été fort repréhensible.

Ma Réponse à la Lettre du vingt septieme Juin fut renduë à Monseigneur le Cardinal & non à autre ; & n'a été luë à personne : je laisse ce plaisir à Monsieur Servien qui tint l'autre jour Monsieur de Bregi deux heures à lui faire lecture de son libelle , & lui en expliquer les plus beaux passages.

Je ne sais point en vérité quelles sont les occasions de me faire considérer que Monsieur Servien a embrassées avec ardeur , si ce n'est qu'un jour à saint Germain-en-Laye , il dit au Roi que je demandois une grace pour un de mes amis , laquelle se trouva avoir été déja donnée à un autre : il fait sonner peu de chose bien haut.

Je ne suis point capable de proférer de si vaines paroles & si pueriles que celles que Monsieur Servien me met en la bouche touchant la Charge dont il a plu à la Reine de m'honorer ; & j'ai quitté cette Charge si volontiers pour venir travailler ici aux affaires de la Paix , qu'il n'est pas vraisemblable que j'aye si tôt changé d'avis ; aussi me seroit accroître que j'ai dit à quelqu'un des siens qu'il falloit nous rappeler tous deux : mais je n'ai jamais eu cette pensée , elle seroit trop absurde , & sans aucune apparence d'utilité pour le service du Roi.

A V I S

de Monsieur

D'A V A U X

Qui se trouve à la suite de sa

R E P O N S E

à Monsieur

S E R V I E N.

Datée du 15 de Juillet 1644.

PUisque vous voulez savoir plus particuliérement ce que je juge de ces trois piéces , il me semble que c'est la querelle de Monsieur Descartes & de Monsieur Gassendi dont nous avons parlé autrefois; en effet la première Lettre de Monsieur Servien est un écrit de bonne foi tendant au bien de l'Etat secret entre deux Ministres, du quel l'un devoit profiter pour prendre une meilleure route que celle qu'il avoit tenuë jusques alors ; & l'autre devoit avoir le plaisir

fit en fon ame d'avoir contribué à le redreffer de fes égaremens : la feconde eft une réponfe aigre, altiére, audacieufe, avantageufe, bien écrite, mais d'une éloquence de déclamateur plutôt que d'un homme d'Etat, pleine de fubtilitez, d'évafions, de traits, & de couleurs artificieufes qui plaifent plus qu'elles ne perfuadent, & fur tout de mauvaife foi; puis qu'elle a été plutôt faite pour un Manifefte public que pour une Réponfe particuliére : la 3.me femble une Apologie très-juftifiée, claire, diftincte, ouverte, & convaincante en tous fes chefs, en laquelle la candeur ne fait point de baffeffe ni la vigueur ne laiffe point d'impreffion d'orgueil; une éloquence mâle d'autant plus efficace qu'elle y paroît moins affectée, qui ne man-

que pas de grace pour conferver fa force entiére & en faire fon capital. Voilà en peu de mots & à la hâte ce qui eft demeuré en mon efprit de la lecture de ces trois Piéces, defquelles néanmoins je vous dirai que je fens avec douleur qu'il y ait au lieu de les écrire, pour le retardement que cela apporte à ce grand œuvre de la Paix, & le fcandale qu'en reçoit le public à la honte de notre Nation & du Miniftére : mais dans ce malheur il n'y a de coupable que celui qui a provoqué, & on ne peut blâmer celui qui a été réduit à une légitime défenfe; du moins vois-je bien au travers de fon difcours qu'il n'en attend point de louanges, & qu'il fe contentera toûjours qu'on le plaigne & qu'on ne lui en donne point le tort.

PUNCTOS	ARTICLES
Ajuftados entre el Senor Landgrave George y el Senor Marques de Caftel Rodrigo en nombre y departe de Su Majeftad Catolica.	Arrêtez entre le Landgrave George de Darmftat, & le Marquis de Caftel Rodrigo pour & au nom de Sa Majefté Catholique.

I.

Ajufta fe y declara el Señor Landgrave George de enirar en liga defenfiva con fus Majeftades Cefarea y Catolica contra fus Enemigos obligandofe de affiftir a fus dichas Majeftades en la forma figuiente luego que huviere acabado y ajuftado fus differentes con los Haffos de Caffel.

I.

LE Landgrave George s'accorde & déclare d'entrer dans une Ligue défenfive avec leurs Majeftez Impériale & Catholique contre leurs ennemis; s'obligeant de fecourir les fufdites Majeftez dans la maniére fuivante, auffitôt qu'il aura fait une fin & ajufté les différends qu'il a avec ceux de Heffe-Caffel.

II.

Levantara juntara el dicho Landgrave lo mas prefto que fuere poffible tanta gente que pueda formar della un cuerpo de quatro mil Infantes y de mil cavallos effectivos para falir en Campaña fuera de las garnitiones neceffarias para guardar fus fortalezas : el qual cuerpo aura de eftar abfolutamente a orden del dicho Señor Landgrave y de fus Generales.

II.

Le Landgrave levera & mettra enfemble autant de Troupes qu'il lui fera poffible, pour pouvoir former un Corps de quatre mille hommes d'Infanterie, & de mille chevaux effectifs pour pouvoir fe mettre en campagne, fans compter les troupes qui lui feront néceffaires pour garnir fes fortereffes : ce Corps de troupes fera entiérement fous les ordres du Landgrave & de fes Généraux.

III.

Y en particular que dara el Señor Landgrave (defpues de concluydo buen acuerdo con los dichos Haffos de Caffel con noticia y approbation de Su Majeftad Cefarea, ode otra manera affegurado en fus Eftrados,) fiempre teniendo efte cuerpo en pié, hafta que fe configa de todo punto la Paz y affiftenza con el en todo o en parte a fu Majeftad Catolica en los Payfes baxos como y quando el Señor Marques de Caftel Rodrigo lo pidiere mediante qu'el dicho Señor Marques le haga pagar de contado luego que huvieren paffado el Rhin y fe prefentaren a los Commiffarios por cada Infante armado diez y ocho patacones; y por cada Soldado a cavallo bien montado con un par de piftolas y efpada feffenta patacones.

III.

Le Landgrave fera obligé de tenir toûjours ce Corps fur pied, après avoir fait un bon accord avec ceux de Heffe-Caffel connu & approuvé de Sa Majefté Impériale, ou que de quelqu'autre maniére il fera affuré dans fes Etats, jufques à ce que la Paix foit entiérement conclue : & il fecourera de fes Troupes en tout ou en partie fa Majefté Catholique dans les Pays-Bas à la réquifition du Marquis de Caftel Rodrigo; moyenant que ledit Marquis lui faffe payer argent comptant auffitôt qu'il aura paffé le Rhin, & que la revue en fera faite par les Commiffaires, dix-huit écus pour chaque Fantaffin, & foixante écus pour chaque Cavalier bien monté & armé de deux piftolets & de l'épée.

IV.

DE MUNSTER ET D'OSNABRUG. 217

IV.

Y en caso que los Enemigos de su Majestad Catolica se echassen sobre el Pays de Luxembourg al tiempo que el Señor Landgrave estuviesse en orden y postura teniendo esse su cuerpo formando, o que desempeñado con los Hassos de Cassel lo permitiere el estado de sus cosas, assistira sino fuere con todo el dicho cuerpo a lo menos con doz mil Infantes y mil Cavallos a cargo de su Teniente general o de algun otro Capo principal que el Señor Landgrave nombrare y embiare en los dichos Payses baxos, a saber la Provincia de Lucemburg y Elzas; adonde aura de recebio esta gente un mes de sueldo con el pan de municion y despues adelante y durante el tiempo que estuvieren alli se les hara el mismo tratamiento al mes que se haze a las tropas Imperiales que estan al cargo de Lamboy.

IV.

Et en cas que les Ennemis de Sa Majesté Catholique se jettassent sur le Luxembourg dans le tems que le Landgrave auroit ses troupes en ordre, son corps étant bien formé, & qu'é tant dégagé de ceux de Hesse-Cassel l'état de ses affaires lui permettra; il assistera de toutes ses Troupes, ou pour le moins de deux mille hommes d'Infanterie & de mille chevaux sous la charge de son Lieutenant Général, ou de quelqu'autre Officier principal nommé par le Landgrave, & les envoyera dans les Pays-Bas, savoir dans la Province de Luxembourg, ou dans l'Alsace, où ses Troupes recevront un mois de gages, avec le pain de munition ; & pendant le temps qu'elles y resteront, on leur fera le même traitement par mois, que l'on fait aux Troupes Impériales qui sont sous le commandement de Lamboi.

V.

Para cuio effecto y particularmente a mostrar la pronta voluntad que el Señor Landgrave tiene para el servicio de su Majestad Catolica offreze (mediante que se le paguen cien mil patacones, a saber veinte mil ciora y dentro de un mes otros quarenta mil y la somma restante en las primeras seys semanas seguientes sin falta ninguna) de embiar a Hammerstein sobre el Rhin en el Mes de Agosto que viene a lo menos diez y seis Compañias de Infanteria, cada una de 100 hombres, y doze compañias de Cavalleria, cada una de sessenta cavallos para el servicio de su Majestad Catolica debaxo de su Teniente general o otro que Cabo el Señor Landgrave nombrare a condition que a dicho Harmestein se embien Commissarios del Rey para conduzio esta gente y assistirla con el pan de municion y los demas requisidos, y quel legada a los fronteras de Lucemburg se les de un mes de sueldo sin falta ninguna; todavia no se obliga el Señor Laudgrave a este punto que en la forma arriba apuntada permitiendo las cosas de su Estado y estando a este tiempo desempeñado con los Hassos de Cassel.

V.

Pour cet effet le Landgrave pour faire voir l'affection qu'il a pour le service de Sa Majesté Catholique, offre, moyennant qu'on lui paye cent mille écus, savoir vingt mille présentement, & dans un mois quarante mille, & le reste de la somme dans les six semaines suivantes sans aucune faute, d'envoyer à Hermanstein sur le Rhin dans le mois d'Août prochain pour le service de Sa Majesté Catholique seize Compagnies d'Infanterie pour le moins, chacune de cent hommes, & douze Compagnies de Cavalerie, chacune de soixante chevaux commandées par son Lieutenant Général ou autre Chef à la nomination du Landgrave; sous cette condition qu'on envoyera à Hermanstein des Commissaires du Roi pour y conduire ces Troupes; leur faire donner le pain de munition, & les autres choses nécessaires : & lors qu'elles seront arrivées sur les frontières du Luxembourg, on leur donnera un mois de solde sans faute : mais le Landgrave ne s'oblige à cette condition, que de la manière accordée ci-dessus, qui est que les affaires de ses Etats le lui permettent, & qu'il soit alors dégagé des affaires qu'il a avec la Maison de Hesse-Cassel.

VI.

Tambien declara el Señor Landgrave que acabado o ajustado por una o otra via con los dichos Hassos obrera con este cuerpo de Exercito sobre el Rhin a la recuperacion de Magoncia o Philisbourg juntamente con el Principe Elector de Baviera o que hara alguna diversion dove Su Majestad Catolica o el Señor Marques de Rodrigo lo hallaren mas convenir, desseando de entretener siempre buena corespondentia con su Excellentia y que se les declare sus intentiones con que su Excellencia que dara obligado de assistir al dicho Landgrave con una buena somma de dinero effectivo al anno para poder cumplir con los grandes gastos que forzamente havra de hazer mientras que estuviere en esta empressa.

VI.

Le Landgrave déclare que les affaires étant finies ou accordées d'une manière ou d'autre avec ceux de cette Maison, il emploiera son corps de Troupes sur le Rhin avec l'Electeur de Bavière pour ravoir Mayence ou Philisbourg, ou qu'il fera quelque diversion où Sa Majesté Catholique ou le Marquis de Castel Rodrigo trouveront plus à propos, souhaitant d'entretenir toûjours une bonne corespondance avec son Excellence lors qu'elle lui déclarera ses intentions; moyennant quoi son Excellence sera obligé d'assister le susdit Landgrave d'une bonne somme de deniers effectifs tous les ans, pour pouvoir soutenir les dépenses qu'il sera obligé de faire, pendant qu'il s'employera à cette entreprise.

VII.

Y para que el Señor Landgrave pueda tanto mijor tener este cuerpo en pié y provéer al presente en alguna manera a sus necessidades se servira su Excellentia de disponer a su Majestad Catolica para que quanto antas y a lo mas tarde dentro de

TOM. I.

VII.

Et afin que le Landgrave puisse mieux ténir ce Corps sur pied, & pourvoir pour le présent en quelque manière à ses besoins, son Excellence s'adressera à Sa Majesté Catholique, afin que dans quatre mois pour le plutard & plutôt même, on

E e

1644. quatro mefes fe le pague la mitad de fu entretenimiento caydo a faber 60 mil taleres y la otra
mitad a los finos defte anno fin falta ninguna ; pues tratta de emplear eftos dineros en el
fervicio de fu Majeftad.

VIII.

Y en cafo qu'el Señor Landgrave elegare por
refpetto defta Liga a perder una o otra Plaça de
fu Pays , obligafe fu Majeftad Catolica de procu-
rar con todas fus fuerfas para que fe recupere en
virtud y vigor defta Liga offenfiva y deffenfiva ,
que fu Majeftad no le defamparara ny hara
Paz ny treguas con el Rey de Francia fin que
vaya comprehendido en ellos elle Señor Landgrave y fus interefes ny la concluya hafta que
efte reftituido en fu primer eftado incluyendole con
los que le tocan y fus Plaças y Payfes que en a-
delante pudieffe elegar a perder y hafta que fe le
aya buelto y recuperado todas.

IX.

Finalmente en cafo (lo que Dios noquiera,) que
el Señor Landgrave por refpetto defta ligua o
defpues de la conclufion della viniefe a perder todo
o parte de fus Eftados, Su Majeftad le hara buena recogida y ala Princeffa fus muger fus creatu-
ras y los dependientes de fu Eftado en fus Reynos
y payfes en tal parte hazia donde fe retiraren
feñalandoles un entretenimiento y fuftento baftan-
te y que fea conforme a fu calidad hafta la recuperacion de fus Payfes y que efte reftituido en fu
primer eftado.

X.

En cafo que efte cuerpo de Exercito del Señor
Landgrave elegaffe por algun finiftro encuentro
o Batalla apadefcer daño notable en fervicio de
Sa Majeftad Cefarea y Catolica con medios para
que en breve fo buelva a poner en pie y porfique
algema plaça del Señor Landgrave fueffe acome-
tida o ficiada por el Enimigo o de otra manera in-
vefidos fus Payfes Su Majeftad Catolica dara toda affiftenzia poffible por el Señor Marques de
Caftel Rodrigo o procurara por medio de alguna
diverfion y hara diligencias particularmente con
los Exercitos de Su Majeftad Cefarea y del Imperio para facarlos de los oppreffos.

XI.

Finalmente fedaran tambien al Señor Landgrave (durante el tiempo y mientras que obrare
con el dicho cuerpo de Exercito por el fervicio y
beneficio de Su Majeftad Catolica y contra fus
Enemigos en la forma que queda dicho y tal que
defpues de haver conferido con el Señor Marques
de Caftel Rodrigo fe ajuftare y fe hifiere lo mas a
propofito) 25 mil patacones al año para fus
perfonna en ciertos plaços que ajuftaran , que en
lo demas encommienda el Señor Landgrave el
Secreto defta Liga hafta que efte firme y en
pie.

1644. on lui paye la moitié de fa penfion échue, favoir 60. mille écus , & l'autre moitié à la fin de
cette année, fans y manquer ; puifque ces deniers ne feront employez que pour le fervice
de Sa Majefté.

VIII.

Et en cas que le Landgrave à l'occafion
de cette Ligue vînt à perdre quelques-unes
des Places de fon Pays, Sa Majefté Catholique
s'engage de les reprendre avec toutes fes forces
en vertu de cette Ligue offenfive & défenfive;
elle ne l'abandonnera point ni ne fera de
Paix ni Trêve avec le Roi de France, que le
Landgrave n'y foit compris, auffi bien que fes
interêts; & ne conclura rien qu'il ne foit rétabli dans fon premier état , le comprenant
dans le Traité avec fes Pays & fes Places qu'il
pourroit perdre à l'avenir , jufques à ce que
tout ce qu'il pourroit avoir perdu, lui foit rendu.

IX.

Enfin en cas, ce qu'à Dieu ne plaife , que
le Landgrave en confidération de cette Ligue
ou après fa conclufion, vînt à perdre fes Etats,
ou une partie, Sa Majefté lui donnera une
bonne retraite, auffi bien qu'à la Princeffe fa
femme, à ceux de fa Maifon, & à ceux qui dépendent de fes Etats : elle n'aura qu'à choifir
dans fes Royaumes, ou dans fes Pays pour s'y
retirer, & elle leur affignera un entretien fuffifant, & conforme à leur qualité, tant que leurs
Etats feront occupez des Ennemis, & jufques
à ce qu'ils foient rétablis dans leur premier
état.

X.

En cas que ce corps de troupes du Landgrave fouffrît confidérablement par quelqu'accident finiftre, dans quelque rencontre ou dans
une bataille étant au fervice de Sa Majefté Imperiale & de fa M. Cat. on lui donnera les
moyens pour le remettre fur pied ; & en cas
que quelque Place du Landgrave fût attaquée
ou affiégée par l'ennemi , ou que fon Pays fût
attaqué de quelqu'autre maniére , Sa Majefté
Catholique lui donnera tout le fecours poffible
par le moyen du Marquis de Caftel Rodrigo,
en faifant quelque diverfion , & il fera toute la
diligence poffible avec les armées de l'Empereur & de l'Empire pour le délivrer de toute
oppreffion.

XI.

Enfin on donnera à Mr. le Landgrave, pendant le tems qu'il employera fes Troupes pour
le fervice & en faveur de Sa Majefté Catholique
contre fes Ennemis de la maniére qui a été dite,
& comme il en fera demeuré d'accord avec
le Marquis de Caftel Rodrigo, on lui donnera,
dis-je , vingt-cinq mille écus par an pour fa
perfonne, qui lui feront payez aux termes qu'ils
accorderont. Pour le refte le Sr. Landgrave
recommande que cette Ligue foit tenue fecrete,
jufques à ce qu'elle foit ferme & fur pied.

CON-

CONSIDERATIONS

Sur un Difcours intitulé LES CAU-SES *du retardement de la Paix entre le Roi d'une part & le Roi d'Espagne & l'Empereur d'autre: & les remédes qui s'y peuvent aporter.*

I.

LE Roi d'Espagne prétend que le Roi doit rendre entierement ce que le feu Roi fon Pére & lui ont conquis fur la Couronne d'Espagne tant en Artois qu'en Hainault, ou Luxembourg, & au Comté de Bourgogne.

REPONSE.

SI les defirs & prétentions du Roi d'Espagne ne font reglez felon le cours des chofes humaines, felon la juftice & équité, felon fa puiffance, & felon l'état préfent tant de fes affaires que de celles des Princes avec lefquels il eft en guerre ouverte; ils ne doivent pas beaucoup émouvoir ceux qui font intereffez à la Paix ou à la Trêve que l'on projette. Examinons ces quatre conditions.

La première; le cours des chofes humaines a établi de toute ancienneté, & en toute Nation le droit de conquête comme un moyen jufte & légitime de poffeder le Païs conquis à la pointe de l'épée; c'eft une dépendance du droit des gens qui n'a jamais été révoquée en doute. Pour diftinguer les légitimes conquêtes d'avec les injuftes & violentes ufurpations, celui qui attaque doit avoir obfervé deux régles, l'une qu'il ait caufe légitime d'entreprendre la guerre, l'autre qu'il n'ufe point de furprife, mais qu'il envoye fes Hérauts, déclarer la guerre avant que d'exercer aucun acte d'hoftilité; c'eft pourquoi l'invafion du Royaume de Navarre, ne paffera dans tous les fiécles que pour une injufte & violente ufurpation, à caufe que les Rois de Navarre &c de Caftille étoient en Paix, qu'il n'y avoit point de caufe jufte ou injufte de faire la Guerre, & que le Roi de Navarre ne fut point défié par le Roi de Caftille : il ne s'y paffa autre chofe finon que Ferdinand Roi de Caftille & d'Arragon, ayant mis fur pied une puiffante armée pour aller en Afrique, à ce qu'il difoit, faire la Guerre aux Maures, fe jetta à l'improvifte fur le Royaume de Navarre fous prétexte de demander paffage & s'en empara. Plufieurs autres Etats & Principautez qui font maintenant unies à la domination d'Espagne ont été envahies par même voye. Il n'y a que les intéreffez qui puiffent avec un front de bronze nier que la Maifon d'Autriche s'eft plus accrue depuis cent ans par furprifes, cabales, & violentes procédures que par conquêtes légitimes; elle a plus profité par la Paix que par la Guerre : maintenant que Jacob a croifé fes mains, la chance eft tournée, que la France répare en Lion par une Guerre ouverte le dommage, que l'on lui a fait fous des Traitez de Paix en Renard; que depuis neuf ou dix ans qu'elle a déclaré la Guerre au Roi d'Espagne,

TOM. I.

il ne s'eft paffé aucune Campagne qu'elle n'ait conquis ou une Province ou une Place importante; qu'entre fes glorieufes conquêtes elle compte l'Artois, partie du Hainault, du Luxembourg, la Lorraine, l'Alface, le Brifgau, la Catalogne, le Comté de Rouffilon & les Vil-les & Fortereffes de Nanci, de Hedin, Arras, Bapaume, Landreci, Damvilliers; Thionville, Haguenau, Saverne, Colmar, Seleftat, Breffort, Fribourg, Laufembourg, Salces, Perpignan; & que pour comble de gloire & de puiffance elle vient de forcer fi généreufement l'imprenable Fortereffe de Graveline, ainfi que les Ennemis l'appelloient, conquête de fi grande importance qu'elle met la Flandre au hazard de changer de Maître dans fort peu de tems, qui fera le coup fatal de la ruine de la domination Efpagnole hors l'Efpagne; que la Franche Comté eft tellement ceinte de tous côtez qu'elle ne peut éviter le joug de la France, toutes les fois qu'il plaira au Roi d'y porter fes armes; que dans l'Italie & dans l'Efpagne & quafi partout ailleurs il eft réduit fur la défenfive; qu'il eft épuifé d'hommes & de deniers; & que comme il quitte la Campagne fur terre, il n'oferoit paroître fur Mer après les grandes pertes des Navires & Galeres qu'il a faites; enfin qu'il eft à la veille de lâcher prife à toutes les ufurpations qu'il a faites en divers tems & d'être renfermé dans les limites où étoient fes prédéceffeurs devant l'an 1480. Ce qu'il ne peut éviter que par une Paix qui lui eft abfolument néceffaire: d'autant que la France eft victorieufe de tous côtez où elle étend fa domination, ne fut jamais fi remplie de biens qu'elle eft, n'a point eu de mémoire d'homme un fi grand nombre de Capitaines, Officiers, & Soldats qu'elle a maintenant, foit par Mer foit par Terre, que fes Alliez partagent l'Allemagne avec la Maifon d'Autriche, en un mot que l'on ne fauroit fouhaiter une plus grande profpérité. Il fait bon ouïr à Munfter & ailleurs les Miniftres du Roi d'Efpagne impofer des loix pour parvenir à la Paix qui eft leur feul falut, & faire fonner fort haut qu'ils n'y veulent point entendre fi on ne leur rend tout ce qu'ils ont perdu faute de ne l'avoir fu défendre, & qu'ils ne fauroient regagner en xx. ans; quand ils feroient affurez d'être toûjours Maîtres de la Campagne, ce qui n'eft pas imaginable: il n'importe pas que nos ennemis foient en fi belle humeur, & qu'ils couvrent leur foibleffe de fi bonne grace; pourvû que nous ne tombions plus dans leurs piéges fous ce nom fpécieux de la Paix, ainfi que nous avons fait au temps paffé; étant certain que la Paix avec la Maifon d'Autriche, concluë en l'an 1559. donna ouverture aux Guerres civiles de la France fomentées par le Roi d'Efpagne, qui penfèrent terraffer notre Monarchie; & à la faveur de celle de Vervins de l'an 1598. cette Maifon a fait de merveilleux progrès en Allemagne & en Italie. Il s'en faut beaucoup que la Guerre ait été fi avantageufe que la Paix; l'or du Perou lui a été bien plus avantageux & plus favorable que le fer; par la Guerre elle a tenté à s'affujettir la France, l'Angleterre, l'Irlande, & de dompter les Païs-Bas, elle a ufé fes fléches inutilement, & en cette derniére Guerre elle a fait des pertes qui lui feront bien femblables à l'avenir, fi nous favons bien garder notre avantage qui confifte à ne rien quitter.

La feconde; quelle juftice & équité y auroit-il, ou plûtôt quelle lâcheté feroit-ce à la France que quand le Roi d'Espagne eft le plus fort ou par fes armes ou par fes rufes & cabales, tout ce qu'il conquiert & ufurpe lui demeure,

E e 2
ainfi

ainſi qu'il eſt arrivé de la Navarre, du Comté d'Artois, de la Souveraineté de Flandres, de Cambrai, & de pluſieurs autres Etats & Provinces qu'il détient au préjudice de la France & de ſes Alliez : & lors qu'il ſera le plus foible, & qu'il aura perdu en Guerre ouverte une partie de ſes conquêtes & uſurpations, pour avoir Paix avec lui il l'en faut remettre en poſſeſſion, à cauſe que telle eſt ſa prétention, que la foibleſſe & perfidie de quelques François lui mettent en tête. Si ce titre eſt pertinent & ſuffiſant, non ſeulement le Roi d'Eſpagne reprendra bientôt ſon monſtrueux deſſein de ſa cinquiéme Monarchie, qui a déja tant fait répandre de ſang en l'Europe; mais il joindra celle de tout le monde : comme il n'a perdu que ce qu'il n'a pû défendre, il ne faut lui rendre que ce que nous ne pouvons garder.

La troiſiéme ; ſi le Roi d'Eſpagne a des prétentions au delà de ſon pouvoir, il le faut laiſſer dans la bonne opinion qu'il a de ſes affaires & continuer à lui enlever tous les ans quelque Province ou Place forte ; on conſidérera ſa puiſſance non ſeulement ſelon ſes imaginations, mais ſelon les effets qui en réſultent ; tant qu'il ſe laiſſera battre tant par Mer que par Terre, & que nous lui tirerons toûjours quelque plume de l'aile, nous aurons lieu de croire qu'il ne doit pas nous faire peur ni à nos Alliez & Confédérez.

La quatriéme ; quant à l'état préſent des affaires, il eſt au point que la République Chrétienne, n'a point été depuis plus de cent ans ſi près de briſer les fers que la Maiſon d'Autriche lui avoit mis aux pieds & aux mains qu'elle eſt maintenant ; pourvû que notre impatience, le plus grand ennemi que nous ayons jamais eu, ne nous faſſe laſſer de vaincre & de conquerir, & que notre proſpérité ne nous aveugle point : à proprement parler, ces fers qui étoient les fleurs & les fruits de cette cinquiéme Monarchie, ſont le vrai ſujet de la Guerre préſente, que l'abominable parricide de Henri le Grand a reculé de vingt années ; il n'y peut avoir de Paix honorable ni ſure avec la Maiſon d'Autriche, que l'on ne lui ait ôté les moyens qui lui ſervoient de planche pour y parvenir. Le Mariage de Maximilian d'Autriche Roi des Romains, avec l'unique héritiére de Charles dernier Duc de Bourgogne Seigneur de tous les Païs-Bas, & celui de leur fils Philipe avec Jeanne fille unique & héritiére de Ferdinand & Iſabelle Roi de Caſtille & d'Arragon duquel vint l'Empereur Charles-quint, & Ferdinand Chefs des deux Branches de la Maiſon d'Autriche qui durent à préſent, apportérent à cette Maiſon pluſieurs Royaumes & Principautez en Eſpagne, Italie, Allemagne & Païs-Bas : au milieu de tout cela eſt ſitué le Royaume de France, lequel à cauſe de ſa grande étendue met une longue ſéparation entre tous ſes Etats. Ferdinand d'autre côté avoit été élû Roi de Boheme, & étoit parvenu à la Couronne de Hongrie à cauſe de ſa femme : la conquête de la France fut réſolue par cette Maiſon ; mais les deſſeins de Charles-quint ayant mal réuſſi, elle s'eſt réſolue de s'aſſujettir premiérement l'Allemagne & l'Italie, dont le commencement fut de rendre héréditaire l'Empire, le Royaume de Boheme, & de Hongrie, & ainſi anéantir tout ce qu'il y a de liberté dans cette grande étendue de Païs : Le Royaume de Naples, la Duché de Milan, & de pluſieurs Fortereſſes qui ceignent l'Italie de toutes parts, l'Eſpagne étoit toute à leur dévotion. Quel moyen a la France de réſiſter à tant de peuples & Nations

qui l'environnent de tous côtez ? La France dompcée, il n'y avoit plus rien en l'Europe Chrétienne qui pût réſiſter : voilà le grand deſſein lequel ayant été éventé par ſes Sujets, Henri le Grand réſolut de s'y oppoſer avec ſes Alliez ; mais nous ayant été ravi, Louis XIII. ſon fils après avoir pacifié ſon Royaume, le reprit, & entama la Guerre que l'on eſſaye de términer par une Paix. Les conquêtes que nous avons faites mettent la Maiſon d'Autriche à recommencer, elle eſt réduite ſur la défenſive de tous côtez, nos Alliez conquérent auſſi de leur part, & lui ont fait connoître, auſſi bien comme nous, qu'elle n'eſt pas invincible. N'eſt-il pas vrai que ſi nous rendons ce que nous avons conquis nous remettons cette Maiſon en même état qu'elle étoit auparavant la Guerre ?

Qu'eſt-ce qui nous y peut convier ? Pouvons-nous ſouhaitter une plus grande proſpérité que la notre & celle de nos Alliez ? Sommes-nous en doute du deſſein de la Maiſon d'Autriche ? Peut-il être renverſé par la force des armes ? Ne tenons-nous pas les principales Forbereſſes qui abattent ſa puiſſance en détruiſant ſes Etats, en rompant ſes lignes de communication ſi redoutables à l'Europe ? N'étant pas à omettre que cette Guerre donne loiſir au Roi de Portugal, de s'affermir & de ſe fortifier tant par Mer que par Terre, lequel porte la Guerre dans les entrailles de la domination d'Eſpagne : le Prince de Tranſilvanie fait de grands progrès en Hongrie : il ſe groſſit une nuée dans le Royaume de Dannemarck, qui crévera bientôt ſur les Païs patrimoniaux de la Maiſon d'Autriche : la France a de grandes armées en Flandres, en Luxembourg, en Allemagne, Italie, & Catalogne, avec une grande quantité de Navires bien munis & bien armez, ainſi qu'ont éprouvé à leur dommage les armées de Mer d'Eſpagne : tout cela tient & ſerre de ſi près cette Maiſon, qu'elle ne peut faire que des deſſeins languides, comme il ſe voit à préſent en Catalogne, où le Roi d'Eſpagne avec toutes ſes forces aſſiége depuis 5. mois Lerida qui eſt quaſi tout ouverte, & toutefois il n'en peut venir à bout : ce ſiége ſert à montrer ce que l'on doit appréhender des attaques de la Maiſon d'Autriche.

II.

Que le Roi renonce à la Souveraineté & protection de Catalogne.

REPONSE.

OUtre les raiſons contenues au précédent article qui ſervent à celui-ci & à tous les autres, la Catalogne eſt le propre héritage de la Couronne de France ; elle en a eu la propriété dès le tems de Charlemagne, qui l'arracha des mains des Maures, & depuis ſes Succeſſeurs en ont conſervé la Seigneurie près de cinq cens ans juſques au regne de Saint Louis, lequel n'ayant devant les yeux que les Guerres des Mahometans & Infidelles fit, à ce que l'on dit, une Tranſaction avec le Roi d'Arragon par laquelle il lui céda la Catalogne. Cette Tranſaction n'eſt pas une piéce indubitable ; mais ſans entrer en cette queſtion de fait, quel droit & pouvoir avoit Saint Louis de mutiler ſa Couronne & céder un ſi beau fleuron ſi ancien & ſi bien établi ? Les Rois ne ſont qu'adminiſtrateurs de leurs Souverainetez, la loi de l'Etat les oblige

de

de les laisser autant qu'ils le peuvent saines & entiéres à leurs Successeurs plutôt que d'en souffrir le démembrement.

D'ailleurs peut-on demander avec assurance à la pieuse, & généreuse veuve de Louis XIII. qu'elle détruise l'ouvrage de son cher Mari? N'est-ce pas Louis XIII. qui a traité avec les Catalans, les a reçus au nombre de ses Sujets, & leur a promis sa protection, & celle de la France qu'il mit si bien en œuvre, qu'ajoutant victoire sur victoire, triomphe sur triomphe, il alla lui-même conquerir le Comté de Roussillon & prendre après un long siége la Ville de Perpignan, afin que la France eût un passage assuré pour secourir la Catalogne? Ce n'est donc point à la Reine Régente que l'on doit faire des propositions sur la restitution de la Catalogne; elles ne sauroient procéder que de nos irréconciliables Ennemis.

III.

Et qu'il n'assiste le Roi de Portugal contre le Roi d'Espagne.

R E P O N S E.

LE Roi d'Espagne a une prodigieuse confiance en la docilité de la France, de ne point craindre qu'elle ne s'irrite de l'extravagance de ses demandes : comme si nous étions obligez de le consulter, lorsque nous voulons accepter ou renoncer une Alliance; comme si notre gouvernement devoit dépendre de ses interêts. Ignore-t-il que depuis cent ans ses desseins ayent été dirigez à la ruine de la France? Nous l'avions toûjours consideré une perpétuel ennemi de notre liberté, & par conséquent que c'est une qualité très-efficace pour nous porter à traiter Alliance avec quelque Potentat, & d'avoir des interêts divers & contraires à ceux de la Maison d'Autriche.

Le Royaume de Portugal après avoir gémi soixante tant d'années sous l'oppression du Roi d'Espagne, a pris le tems à propos de la Guerre qui lui étoit faite en plusieurs endroits de sa domination, pour secouer le joug, & se mettre en liberté, ainsi qu'il a courageusement entrepris & exécuté; il a mis la Couronne de Portugal sur la tête de celui sur lequel on l'usurpoit : le Roi de Portugal n'a pas été plûtôt en possession, qu'il a recherché le Roi très-Chrétien de renouveller les anciennes Alliances qui étoient entre la France & le Portugal, en outre d'en faire une contre l'ennemi commun qui est le Roi d'Espagne.

La demande de quitter l'Alliance avec le Roi de Portugal est-elle fondée en bon raisonnement? Je ne dis pas que le Roi d'Espagne n'ait lieu de le souhaiter, puis qu'elle lui est préjudiciable; mais d'en faire instance au Roi, & en faire une condition de la Paix, c'est ce qui choque le sens commun. Le Roi d'Espagne, n'est-il pas notre ennemi juré & déclaré? Le Roi de Portugal n'est-il pas notre ami & Allié & joint d'interêts avec nous? Quelle apparence que pour plaire à notre ennemi nous quittions l'amitié d'un Roi, qui a de puissans moyens d'empêcher le Roi d'Espagne de songer à remuer ménage, ainsi qu'il fit aussitôt qu'il eut envahi le Portugal? Depuis il n'a cessé d'attaquer tantôt la France, tantôt l'Irlande, tantôt l'Angleterre; depuis il s'est rendu si puissant en Italie que la plûpart des Princes ont été contraints de se jetter dans son parti, espérant par

cette submission de reculer leur ruine & d'être mangez les derniers. Il devroit demander encore que nous renonçassions aux Alliances de Savoye, de Venise, & de Mantoue, & de Montferrat, de la Couronne de Suéde, des Suisses & Grisons, des Etats de Hollande, & de la Landgrave de Hesse, & à celle que nous avons avec les autres Princes & Communautez d'Allemagne : je n'ajoute pas celle d'Angleterre, parceque le Roi d'Espagne y a autant ou plus de crédit que nous; je m'étonne qu'il ne demande que nous livrions pieds & poings liez le Prince de Monaco & ses Forteresses, d'autant qu'au péril de sa vie & celle du Marquis son fils, il s'est généreusement délivré de la captivité où l'Espagne l'avoit réduit.

IV.

L'Empereur de même desire que le Roi quitte Brisac, & plusieurs Places qui appartiennent aux Archiducs de Tirol de la Maison d'Autriche Cousins dudit Empereur.

V.

Comme aussi Colmar, Selestat, Haguenau, & autres Places fortes qu'il tient en l'Alsace & autre part en Allemagne.

R E P O N S E.

LE desir de l'Empereur porté en ces deux articles, est de la même nature que les prétentions du Roi d'Espagne que nous venons d'examiner; aussi travaillent-ils à divers conseils & frais communs : il semble que les Ministres de la Maison d'Autriche prennent les François pour des Dupes. A quel jeu l'Empereur a-t-il perdu les Provinces & Places qu'il demande? N'est-ce pas au jeu du plus fort en Guerre ouverte, & par des conditions les plus belles & généreuses que l'on auroit souhaiter? Il a fait plusieurs efforts de recouvrer ses pertes, même ses armes sont par deux fois entrées en France, & y ont fait quelques conquêtes de peu de durée : Galas son Lieutenant Général étant venu en Lorraine pour en chasser les François, & y ayant pris Savone par la lâcheté de celui qui en étoit Gouverneur, nous la reprimes à vives forces. Les Ministres de l'Empereur n'ont-ils pas bonne grace de demander, pour arres de la Paix dont ils ont plus besoin que nous, les Places que nous avons conquises les armes à la main; qu'ils n'ont sû défendre ni reconquerir; lesquelles nous couvrent de leurs ailes & nous donnent facilité de passer sur eux toutefois & quantes qu'ils voudront sortir de leur coquille ? Et si les François étoient assez simples pour satisfaire aux prétentions du Roi d'Espagne & au desir de l'Empereur; que deviendroit le fruit de nos victoires? La Guerre a été entreprise pour barrer la vue à l'ambition de la Maison d'Autriche, & la guérir de la gloutonnie qui la possede de se remplir des Etats d'autrui : Dieu a tellement beni la justice de nos armes, qu'il nous délivre de la raisonnable appréhension où nous étions qu'elle n'engloutît les Etats de nos Alliez, & qui nous servent comme de dehors à leurs injustes entreprises. Si nous quittons nos conquêtes, qui nous garentira de leur oppression à l'avenir? Qui nous remboursera des sommes immenses de deniers employez à l'accomplissement d'une si nécessaire & glorieuse entreprise? Quoi, tant d'illustre sang François aura été répandu à gagner des batailles sur la Maison d'Autriche, & prendre par force les plus fortes Places de ses Etats & qui en sont comme les clefs; & après, nous les rendrons à l'appétit de nos ennemis, ou tout au plus par galanterie? Nous qui sommes, par la grace de Dieu, victorieux de tous côtez, & qui sommes prêts de donner l'assaut à cette Maison pour la terrasser sans ressource, prendrons loi de nos ennemis, & subirons les conditions ordinaires aux vaincus? La France sera-t-elle au monde seule destinée à la perte, soit qu'elle soit victorieuse, soit qu'elle soit vaincue? Et qui est pis que tout nous remettrions la Maison d'Autriche sur les premieres erres de la cinquiéme Monarchie; la Guerre que nous lui avons faite n'ayant servi qu'à lui livrer l'Allemagne, & assurer les moyens de dompter l'Italie, sans qu'à l'avenir nous y puissions apporter des remédes, pour deux raisons, la premiere à cause de la consommation de nos forces & deniers; & l'autre à cause de nos Alliez, qui n'osant plus prendre assurance avec nous seront nécessitez de s'accommoder avec la Maison d'Autriche. Il faut répondre à ceux qui crient Paix comme les Juifs crioient le Temple du Seigneur, qu'il n'y ait point de Paix avec la France pour ceux qui la demandent à des conditions si honteuses & si préjudiciables à la France.

VI.

Et de plus la Forteresse de Pignerol sur ce qu'il met en avant que le Duc de Savoye ne l'a pu aliéner sans le consentement du feu Empereur.

REPONSE.

JE demanderois volontiers, supposé que l'Empereur eût droit de se mêler des Traitez qui sont passez entre les Rois de France & les Ducs de Savoye, pourquoi il ne s'est point entremis des acquisitions ou plutôt des usurpations que le Roi d'Espagne a faites à Monaco, Final, Portohercole & Piombino, & des autres Places de ces contrées dont il s'est rendu Maître, & même de l'usurpation d'Ast, Brema, Verceil, & tant d'autres Forteresses qu'il vient de démolir, de crainte qu'elles ne tombassent entre les mains des François, au préjudice des Ducs de Savoye & de Mantoue? Qui le rend si actif contre la France, & si lent en faveur d'Espagne? Il semble que la haine qu'il porte à la France lui fasse réveiller de vieilles prétentions en qualité d'Empereur sur elle & sur ses Etats; cette maladie seroit pour rendre immortelle la guerre: le monde commence à être guéri de cette imagination d'Empire, il y a longtems que l'Empire héréditaire & absolu institué par Charlemagne est éteint, au lieu duquel les Allemands en ont introduit un Electif, & restreint dans la puissance, telle qu'elle soit, n'a dû s'étendre hors des limites de Germanie. Si l'Empereur étoit bien fondé pour prétendre la Seigneurie directe ou la Souveraineté sur le Piémont & le Montferrat, à même raison il devroit en prétendre autant sur la Ville de Rome, le Patrimoine de St. Pierre, l'Etat de Florence, de Sienne, de Püe, Milan, sur les Républiques de Gennes, & de Luques.

Quand l'Empereur aura fait reconnoître son autorité en tous ces endroits, il aura lieu de demander une pareille reconnoissance des Ducs de Savoye; non pas toutefois en ce qui touche-

ra les Traitez qu'ils feront avec la France, qui ne prendroit plaisir de voir l'Empereur de son mouvement s'entremettre de ses affaires. Au reste Pignerol est une Place Françoise, étant l'une des cinq qui demeura au Roi Henri II. du reste de ses conquêtes par la Paix de l'an 1559. & depuis le Roi Henri III. en fit don au Duc de Savoye à son retour de Pologne; sans que les Empereurs ayent pris connoissance de ce qui se passa alors au sujet de Pignerol: depuis le Roi Louis XIII. l'a eue par achat du Duc de Savoye, moyennant une grande somme de deniers. N'est-ce pas chercher un nœud dans un jonc d'introduire l'Empereur faisant instance pour la restitution de Pignerol? Que feroit-il s'il étoit victorieux?

VII.

Outre ce les mêmes font instance que le Roi rende tout ce qu'il possède des Etats de Lorraine.

REPONSE.

ILs se persuadent sans doute que le Roi François premier est encore prisonnier à Madrid; nous n'avons garde d'avoir le pareil avantage sur eux, se trouvant bien & les Princes de leur Maison de faire la Guerre par procureur. N'est-ce pas faire ainsi que les anciens Gaulois qui avoient pris la Ville de Rome? Le Sénat & le Peuple s'étant rachetez par une certaine quantité d'or, comme il y avoit quelque contestation sur le poids, le Capitaine Gaulois ajouta dans la balance son épée & son baudrier, s'écriant, malheur aux Romains. Sans doute que les Ministres d'Autriche ont songé que la France étoit abatue sans espoir de se relever; qu'elle ne pouvoit ôter le joug impérieux de cette Maison; enfin qu'elle avoit perdu sa liberté: car à moins de cela, sur quoi se fonde l'Empereur de demander la restitution des Etats de Lorraine? Ignore-t-il que la Duchesse de Lorraine à qui ces Etats appartiennent est à la Cour de France sous la protection du Roi? Ne sait-il pas que le Duc Charles de Lorraine ennemi déclaré du Roi, avant que la France fût en guerre contre la Maison d'Autriche; & que cette Guerre de Lorraine est entierement séparée de l'autre; que le Duc, en cas qu'il soit le vrai Duc de Lorraine & de Bar (c'est l'intérêt de sa femme & du Duc Nicolas François) est Vassal du Roi, à cause du Duché de Bar, & même à cause du Duché de Lorraine ou du moins pour la plus grande partie; & que pour ses crimes, felonnies, & hostilitez commises contre son Seigneur direct ou son Souverain, son procès lui a été fait & parfait en la Cour de Parlement de Paris, où il a été déclaré felon, rebelle, & criminel de leze-Majesté, pour raison de quoi son Duché de Bar a été confisqué? De quoi s'avise donc l'Empereur? Est-il Juge souverain entre le Roi & ses Vassaux? Il n'y a rien de plus ridicule que cette prétention. Mais les Ministres Impériaux soutiennent qu'il est Vassal de l'Empire à cause du Duché de Lorraine; c'est ce qu'on nie fortement & ils ne le sauroient jamais prouver: il est vrai que les Ducs de Lorraine tiennent quelques terres & droits en la Mouvance de l'Empire; mais ce n'est pas le Duché de Lorraine: je sçais bien que par la Diette tenue à Nuremberg en l'an 1541. le Duc de Lorraine a été associé aux Etats de l'Empire; mais cela ne le met point dans la Seigneurie directe de l'Empire, & ne l'empêche pas d'être Souverain comme il a été toûjours reconnu. Mais cessant tout cela, & que l'Empereur s'en tienne à ce qu'il

qu'il lui plaira; pourquoi étend-il sa prétention
sur les terres de France? Le Duché de Bar n'est-
il pas un Fief mouvant de la Couronne? Le Duc
Charles n'en a-t-il pas fait la foi & hommage, qu'il
viola incontinent après? Il est à croire que les
Ministres de l'Empereur seront désavouez sur
cette demande; autrement il y a lieu de croire
qu'ils ne procédent de bonne foi au sujet de la
Paix, ou qu'ils ont espoir en quelques cabales qui leur sont ordinairement plus avantageuses que les armes.

VIII.

Et qu'il retire les Garnisons de Casal, Tu-
rin, & autres Places du Montferrat & du
Piémont.

REPONSE.

N'Est-ce pas ici la fable du Loup & de la
Brebis? Leur accord ne tenoit à rien,
ainsi que disoient Messieurs les Loups aux Brebis, pourvû qu'elles se voulussent défaire de ces
importuns chiens qui les conservoient. Bien
a pris au Duc de Mantoüe que les François ayent
eu la garde de Cazal; il y a longtems que le
Roi d'Espagne s'en seroit emparé pour faire de
cette forte ville sa place d'armes pour dompter
l'Italie, dont elle est comme la Citadelle: plusieurs entreprises ayant manqué par la vigilance
des Chefs, il l'a fait attaquer par trois fois à force ouverte par trois Siéges qu'il a honteusement
levez: maintenant qu'il ne peut l'avoir par guerre, il essaye d'y parvenir durant la paix; & à
ce sujet les Ministres de l'Empire desirent que le
Roi retire ses Garnisons, afin que le Roi d'Espagne n'ayant plus à faire qu'au Duc de Mantoue, il en vienne facilement à bout: ils desirent
la même chose de Turin & des autres Places
du Piémont & du Montferrat. Il me souvient
d'un projet de Traité de Paix qui fut fait en I-
talie, lors que les Ducs de Savoye & de Montferrat étoient en Guerre touchant le Montferrat; les armes de France & d'Espagne y étoient
mêlées: les Ministres d'Espagne répondirent en
des endroits aux Articles de l'accommodement
que l'on desiroit faire, que leur Maître ne consentiroit à aucun Traité tant qu'il y auroit un
François armé en Italie. C'est à quoi en reviennent les Ministres Impériaux, ainsi qu'il
appert par le sixiéme Article & celui-ci, qui
tendent à faire sortir les François de l'Italie. Si
en ce tems-là que nous étions en Paix avec
l'Espagne qui étoit en la plus haute posture qu'elle ait été depuis la retraite de l'Empereur Charles Quint, nous n'avons pu souffrir cette insolence, & que tant s'en faut que le feu Roi ait
retiré ses armes d'Italie, qu'après avoir fait l'accommodement entre les Ducs de Savoye & de
Mantoue, Sa Majesté les y a toûjours conservées; la France, victorieuse qu'elle est par tout,
& la Maison d'Autriche proche de sa ruine,
peut-elle souffrir la continuation de cette infolence, qui tend à nous bannir d'Italie? Et le bon
est que l'Empereur ne se travaille point de voir
Verceil & Brema entre les mains du Roi d'Espagne, qui lui servent d'excuse à l'usurpation
du Piémont & du Montferrat: il semble que
ces prétendus droits d'Empire soient des piéges
pour faire tomber ès mains des Espagnols tous
les Etats d'autrui. Mais en un mot on tend des
filets aux oiseaux qui ont le vol haut.

La Reine Régente & Tutrice est d'autre part
conseillée de ne pas si facilement délaisser ce qui est
tenu par le Roi son fils mineur sur la Couronne
d'Espagne; ains le tenir par forme d'hypothéque,
en ce que le Roi d'Espagne usurpe sur la France
le Royaume de Navarre & autres Seigneuries
dont il ne veut faire restitution.

REPONSE.

L Es demandes & prétentions de la Maison
d'Autriche sont comprises aux huit précédens Articles; l'Auteur de l'Ecrit commence en
cet endroit à alléguer les raisons pour lesquelles
la Reine Régente ne doit entendre à aucune
restitution; ce qu'il pouvoit étaler plus fortement en termes convenables. Il dit que la Reine Mére Régente du Roi & Tutrice est d'autre
part conseillée de ne point si facilement délaisser
ce qui est tenu par le Roi son fils mineur. Quoi,
nous n'en sommes plus que sur la cérémonie de
la restitution qui ne doit point être faite sur la
premiére demande? Il dit *si facilement*, nous
pouvons bien tenir nos affaires faites; cette restitution est nécessaire à l'Espagne, que sa crainte ne l'empêchera pas de passer par toutes les
voyes que nous ordonnerons, pourvû qu'elle
obtienne sa fin. Je me persuadois que par nos
victoires nous avions acquis nombre de Provinces & Places fortes, que la domination &
puissance de la France étoit fort accrue & notre
crédit fort rehaussé: mais tout cela n'étoit qu'u-
ne raillerie, sinon pour ceux qui ont consommé leur bien, répandu leur sang, & perdu
leur vie: la Guerre n'a été que comme une
Comédie, où après qu'elle est finie les Acteurs
reprennent leurs habits. Vraiment il falloit
bien tant suer, tant peiner, tant hazarder;
Louïs étoit bien mal conseillé de faire tant de
voyages en Italie & en la frontiére d'Espagne,
de se tenir si long tems au siége de Perpignan,
Monseigneur le Duc d'Enguien à celui de Thionville, Monseigneur le Duc d'Orleans à celui de
Gravelines, puis qu'il faut rendre tout cela à
la seconde ou troisiéme demande que le Roi
d'Espagne en fait.
L'Auteur de l'Ecrit pouvoit employer un terme plus propre que celui de *tenir*, pour signi-
fier la possession & puissance des Villes conquises
sur le Roi d'Espagne; on peut tenir injustement
quelque chose: il devoit dire ce qu'a conquis
le Roi son fils. En employant deux mots relatifs *Tu-*
trice & Mineur, il se devoit instruire mieux
qu'il n'est: en quel pays est-ce qu'un Tuteur
peut disposer de son autorité du bien de son Pupille; & bien moins encore lorsque ce Pupille est
Roi? Que son Tuteur peut donner & déguiser
le mot de restituer des Villes & Provinces qui servent de rempart à son Royaume? Il ajoute que
la Reine est conseillée de les retenir par forme
d'hypothéque: n'est-ce pas renoncer au droit de
conquête qui est indubitable? Quelle est cette
forme d'hypothéque entre les Rois? Qui en a
ouï jamais parler? Ils usent bien quelquefois du
mot de Représailles, mais nullement de celui
d'hypothéque réservé pour leurs Sujets. Il ajoute, en considération de ce que le Roi d'Espagne usurpe sur la France le Royaume de Navarre & autres Seigneuries dont il ne veut faire
aucune restitution.
Voici un étrange raisonnement en Jurisprudence & en Politique; voyons premiérement
ce qui concerne la Jurisprudence. Le Roi
d'Es-

d'Espagne qui est usurpateur du Royaume de Navarre & de plusieurs autres Seigneuries, c'est-à-dire injuste détenteur, les détient toutefois à pur & à plein à notre préjudice, & fait état de ne les point restituer; & le Roi de France a conquis plusieurs Villes & Provinces sur le Roi d'Espagne par la force de ses armes en Guerre ouverte, c'est-à-dire qu'il est juste possesseur & toutefois il ne les peut retenir que par forme d'hypothèque, c'est-à-dire qu'il n'en est pas le possesseur incommutable. Cela est-il juste? L'argument tiré de la Politique n'est pas plus solide : le Roi d'Espagne est usurpateur de la Navarre & d'autres Seigneuries sur la France, qu'il ne veut rendre, & on ne lui fait aucune instance; le Roi de France possède à juste titre plusieurs Villes & Provinces qu'il a conquises sur le Roi d'Espagne, & on lui conseille de les rendre. Cela n'est-il pas bien raisonnable? Tant s'en faut, le Roi est bien fondé à demander la Navarre & tout ce que le Roi d'Espagne lui a usurpé, sans être tenu de rendre ce qu'il a conquis; & la guerre qui se feroit sur ce chef seroit juste & digne de l'ancienne gloire du nom François.

X.

Item de faire instance que les Princes & Etats d'Allemagne, Alliez de la France & compris au Traité de Paix de Vervins & autres précédens soient entièrement rétablis en leurs Seigneuries & droits dont ils sont spoliez : parce qu'autrement la Maison d'Autriche deviendroit trop puissante en Allemagne au préjudice de la France.

REPONSE.

L'Instance de la Reine sera trop raisonnable; elle n'a garde d'abandonner ses Alliez : en quoi toutefois j'estime qu'il faut apporter cette distinction, que ceux qui ont été spoliez de leurs Etats par pure injustice & usurpation, la Reine doit non seulement faire instance pour les faire rétablir en ce qui leur appartient, mais ne doit point entendre à la Paix qu'à cette condition; mais pour les autres qui ont entrepris la Guerre contre la Maison d'Autriche & y ont succombé, la Reine n'y doit employer que son intercession : la raison qu'ajoute l'Auteur de l'Ecrit, que la Maison d'Autriche deviendroit trop puissante en Allemagne au préjudice de la France, est trop spéculative; je n'en dis mot d'autant que c'est un des plus subtils points d'Etat : mais le vrai moyen d'empêcher la puissance trop grande de cette Maison soit en Allemagne soit ailleurs, est que ce qui a été conquis sur elle, demeure à ceux qui l'ont conquis.

XI.

Et de ne traiter de Paix ou de Trêve avec l'Empereur & le Roi d'Espagne que conjointement & d'un commun consentement avec la Reine & la Couronne de Suède, & la République des Provinces-Unies du Pays-Bas, & le Landgrave de Hesse, ainsi que le Roi est obligé par les Traitez de Confédération avec ceux qui ne veulent rien rendre, ou le moins qu'ils pourront de ce qu'ils ont conquis sur la Maison d'Autriche & ses Alliez : de quoi l'Empereur & le Roi d'Espagne s'accommoderont très-difficilement.

L'Article est fort bon; il faut garder ponctuellement les Traitez de Confédération: nous sommes aussi bien fondez que nos Alliez à ne rien rendre de ce que nous avons conquis; autrement le fruit de la Guerre s'évanouiroit, qui a été de mettre un arrêt à l'ambition de la Maison d'Autriche. Je ne pense pas qu'un homme fût bien sensé de conseiller à la Reine de rendre les conquêtes du feu Roi & de celui d'à présent pour faire que ses Alliez retinssent ce qu'ils ont conquis; il faut garder l'égalité : si l'Empereur & le Roi d'Espagne se rendent très-difficiles; c'est à eux de considérer s'ils ont la puissance de recouvrer leurs pertes ou non, & de se garantir des autres dont ils sont menacez : ils n'en sauroient plus guères faire que leur ruine ne s'en ensuive; c'est à eux d'y penser & à nous d'empêcher que sous le doux nom de la Paix, on ne nous prive des moyens que notre courage nous a mis en main de ne plus redouter sa puissance.

XII.

Item de ne point abandonner les Catalans qui se sont mis pour toûjours sous la protection & Seigneurie des Rois de France, & qu'elle a assuré depuis le décès du feu Roi de vouloir conserver en leurs droits & privilèges & les assister comme les autres Sujets de la Couronne.

XIII.

Ni aussi aucunement permettre que le Roi de Portugal perde son Royaume; puisque ce Roi affoiblit d'autant plus le Roi d'Espagne, & le détourne d'attaquer la France : il est issu en Ligne directe de la Maison de France, & ainsi de même famille & sang que le Roi & avec cela le vrai & légitime héritier de la Couronne de Portugal, d'autant qu'il est issu de l'un des Fils du Roi Emanuel, & le Roi d'Espagne ne vient seulement que d'une fille.

REPONSE.

CEs deux Articles sont fort bons; nous avons apporté quelques autres raisons sur le deuxième & troisième Article que l'on peut joindre ensemble; ce qui m'étonne est, que l'on conseille la Reine Régente de ne point abandonner les Catalans & le Roi de Portugal, pource que cela tend à affoiblir le Roi d'Espagne, & le détourne d'attaquer la France. Et puis que l'on a cette crainte, y a-t-il rien qui l'en détourne davantage que de garder ce que nous avons conquis sur lui? Tandis qu'il travaillera pour recouvrer ses pertes, le dedans de notre Etat sera tranquille; & d'ailleurs n'est-ce pas le plus sûr moyen de conserver les Catalans & le Roi de Portugal, de tenir foible le Roi d'Espagne qui sera toûjours tel tant que nous conserverons nos conquêtes?

XIV.

Quant à ce que le Roi tient en Allemagne, que ce sont autant de gages pour contraindre la Maison d'Autriche & ses adhérans de rendre ce qu'ils occupent sur les Alliez de France.

RE-

DE MUNSTER ET D'OSNABRUG. 225

REPONSE.

CE que le Roi tient par droit de conquête en Allemagne lui appartient légitimement, & il ne le doit point garder comme un gage, c'eft la même chofe que l'hypothéque de l'Article IX. mais comme fon propre bien & héritage qui donnera la facilité au Roi de contraindre la Maifon d'Autriche & fes adhérans, (mot qui défigne principalement le Duc de Baviére,) à rendre ce qu'ils détiennent injuftement à fes Alliez, fans être obligez de reftituer ce qui leur appartient par droit de conquête, qui eft la meilleure garentie que la France & fes Alliez peuvent avoir contre l'infatiable ambition de la Maifon d'Autriche.

XV.

Pour le regard de Pignerol que le feu Roi l'a pu acquerir fans le confentement de l'Empereur & le Duc de Savoye l'aliener de fa propre autorité : cette Place ayant déja demeuré quinze années entiéres à la France entre les mains des Rois Henri fecond, Charles IX. & Henri troifiéme par le Traité de Cambrai en l'an mille cinq cens cinquante-neuf, pour gages des droits de la France fur une partie du Piémont, fans aucun contredit des Empereurs Ferdinand premier & Maximilian fecond lors Regnans.

XVI.

Quant aux Etats du Duc de Lorraine, que ce Duc eft tellement changeans qu'il faut avoir quelque chofe fur lui pour le retenir en devoir, & l'empêcher d'entreprendre contre le Roi; & que pour cela il n'y a qu'à fe tenir au dernier Traité qu'il a fait à Paris avec le feu Roi, par lequel Stenai, Jametz, Dun & Clermont en Argonne doivent pour toujours demeurer à la France, & Nanci jufques à une année après la Paix.

XVII.

Et quant aux Places fortes du Piémont & du Montferrat où le Roi a des garnifons, que Sa Majefté les retirera lors que le Roi d'Efpagne en fera autant de celles qu'il a en aucunes Places des Etats de Savoye, & qu'il n'empêchera aux Grifons la Souveraineté qui leur appartient dans la Valteline.

REPONSE.

Ces trois Articles font fort bons; y ajoûtant les raifons & confidérations apportées fur les IV. V. & VI. précédens.

Remédes Propofez.

I.

Il femble que pour amener toutes chofes à un accommodement, il eft expédient de traiter féparément & en fecret de la part du Roi avec le Roi d'Efpagne, par des perfonnes qui en communiquent avec les deux Plénipotentiaires des deux Rois, & comme firent le Legat à Latere & le Général des Cordeliers avant la Conférence pour la Paix à Vervins l'an mille cinq cens quatre-vingts dix-huit, & fonder fi le Roi d'Efpagne voudroit entendre à une Trêve avec la France & le Portugal, qui

TOM. I.

dure jufques à ce que le Roi ait quatorze ans accomplis : & que cependant Sa Majefté demeure en poffeffion de ce qu'elle tient.

II.

Ce qu'étant obtenu il fera d'autant plus facile de traiter avec l'Empereur & s'accorder avec lui, autrement fi on entre en même tems & lieu en Conférence ou pour la Paix ou pour la Trêve avec les uns & avec les autres, il eft à craindre qu'il y aura de très-grandes longueurs & embaras : & ce fera, fans y penfer, intéreffer l'Allemagne avec l'Efpagne; ce qu'il faut éviter tant que faire fe peut; les différends pour la Navarre, le Portugal, la Catalogne, l'Artois, le Hainault, le Luxembourg & le Conté de Bourgogne ne regardant aucunement, comme l'on fait, la Souveraineté & appartenances d'Allemagne.

III.

Si la Trêve entre le Roi & le Roi d'Efpagne fe peut faire à l'imitation des Traitez de Trêves entre l'Empereur Charles-quint & Philippe fecond d'une part, & les Rois François Premier & Henri deux d'autre, à Nice pour dix ans en l'an 1530. & à Vaucelles pour cinq ans en l'an 1533. & comme il a été ufé par Philippe trois Roi d'Efpagne en l'an mil fix cens neuf par le Traité de Trêve pour douze ans avec les Provinces-Unies des Pays-Bas, & par Sigifmond troifiéme & Uladiflas quatriéme Rois de Pologne avec Guftave Adolphe Roi de Suéde & fa fille la Reine Chriftine par des Trêves de fix années & de vingt-fix années touchant le Royaume de Suéde, la Pruffe, & la Livonie.

IV.

Et lorfque cette Trêve entre la France & l'Efpagne fera faite, l'on pourra s'accorder par échanges & renonciations réciproques fur tous les différends foit par arbitres ou par des Députez de part & d'autre, comme firent en l'an 1238. le Roi Saint Louis & le Roi d'Aragon touchant leurs différends pour la Catalogne & plufieurs Seigneuries du Languedoc, de Gafcogne, &c.

REPONSE.

L'expédient propofé de traiter féparément & en fecret de la part du Roi avec le Roi d'Efpagne, outre qu'il feroit directement contraire aux Traitez de Confédération que Sa Majefté a avec la Reine de Suéde & les Etats de Hollande, qui portent expreffément qu'un Traité de Paix ou de Trêve ne pourra être fait que conjointement & à la charge de ne rien rendre, eft trop perilleufe en foi; d'autant que ne pouvant être tenu fecret comme l'on s'imagine, le Confeil auroit trop d'intérêt de le reculer : & (l'Auteur de l'Ecrit contribue beaucoup au fecret-puifqu'il en publie le confeil :) fitôt qu'il viendroit à la connoiffance de nos Confédérez ils fe croiroient délivrez de leur foi par la rupture de la nôtre, feroient leur Traité à part, & deviendroient avec raifon nos ennemis.

Mais que veut dire qu'il eft d'avis que cette Trêve foit commune avec le Roi de Portugal, fans y comprendre la Catalogne, la Suéde, les Etats de Hollande, & le Landgrave de Heffe? N'importe qu'il y ait des embarras, fi le Traité fe fait conjointement, ainfi que nous y fommes obli-

Ff

obligez;ce n'eſt pas à ceux qui ſont en poſſeſſion & que leurs Victoires & leurs forces mettent en aſſurance,de s'ennuyer, mais à ceux qui ſont en appréhenſion d'en ſouffrir de plus grandes de jour en jour.

Si par le Traité général l'Eſpagne prend quel-que liaiſon avec l'Allemagne, que l'Auteur de l'Ecrit montre être exécutée, cette liaiſon ne ſauroit être qu'avec les Etats qui ſont déja joints avec la Maiſon d'Autriche,qui comprend le Roi d'Eſpagne,qui ne peut empêcher par la Paix ou par la Trêve, quand elle ſeroit conclue avec le Roi qu'elle ne fût conclue avec le Roi d'Eſpa-gne : il n'y a que la Guerre qui le puiſſe chaſ-ſer d'Allemagne, ils demeureroient par la mê-me raiſon unis à la France. Les exemples des Trêves faites particuliérement ou ſinguliérement contenues au troiſiéme Article , ne ſont pas concluans ; les Rois & les Potentats qui les ont accordées avoient aſſez à démêler les uns con-tre les autres, & par conſéquent les Traitez ne pouvoient être que ſinguliers.

Mais la Guerre que le Roi a maintenant avec la Maiſon d'Autriche eſt commune avec la Suéde, les Etats des Provinces-Unies des Pay-Bas, & la Landgrave de Heſſe, ſuivant les Traitez de Confédération; partant nous ne pou-vons ſans violer notre foi & nous mettre a-mis & ennemis ſur les bras traiter en particu-lier.

Et ce que l'Auteur ajoute au ſixiéme article qu'après l'expiration de cette Trêve l'on pourra s'accommoder par échange & renonciation ré-ciproque; il faut qu'il y ait réciprocité de titres & de droits : il demeure d'accord que le Roi d'Eſpagne eſt uſurpateur du Royaume de Na-varre , & d'autres Terres & Seigneuries , & partant poſſeſſeur de mauvaiſe foi ; & que le Roi a fait ſes conquêtes dans une guerre ouver-te , & par conſéquent légitime poſſeſſeur : comme donc peut-on faire échange & renon-ciation de ces choſes ? Si nous avions uſurpé quelque Royaume ou Principauté en pleine Paix ſur le Roi d'Eſpagne, alors il pourroit être pro-cédé ſuivant l'avis de l'Auteur; mais la France n'uſe point de ſupercherie, elle y procéde à la Françoiſe c'eſt à dire à force ouverte par une Guerre déclarée,ainſi qu'il eſt convenable aux ames généreuſes. Si la Guerre dure encore deux ou trois ans nous déchargerons la conſcience des Rois d'Eſpagne qui ſe déchargent les uns ſur les autres en mourant de la reſtitution de la Navarre.

L'exemple de l'accommodement du Roi Saint Louïs avec le Roi d'Arragon qui nous prive de la Catalogne ne devoit point être ap-porté; à cauſe de l'éloignement du tems, que la piéce eſt douteuſe,& que le Roi Saint Louïs fut ſurpris.

L'Auteur de l'Ecrit eſt tellement préoccupé du deſir de la Paix, qu'il ne s'apperçoit pas que pour y parvenir il ôte l'honneur & la ſureté de la France, & la replonge dans les périls dont elle s'eſt retirée avec des labeurs & dépenſes incroyables.

Raiſons apportées.

I.

Les raiſons qui peuvent porter l'Empereur & le Roi d'Eſpagne d'entendre à une Paix ou Trêve avec le Roi ſont, que le Roi tient tant de Places fortes ſur l'Empereur & le Roi d'Eſpagne & leurs Alliez qu'il leur ſera très-difficile de les pouvoir

recouvrer en pluſieurs années par la force des ar-mes.

II.

L'Empereur & le Roi d'Eſpagne étant en guer-re avec la France, ils le ſeront en même tems a-vec la Reine de Suéde , & les Provinces-Unies des Pays-Bas , qui ſe ſont obligez par les derniers Traitez de Confédération d'aſſiſter le Roi tandis qu'il ſera en guerre avec l'Empereur , & le Roi d'Eſpagne,& leurs adhérans : ils ſont très-puiſ-ſans en terre & ſur mer , & en telle ſorte qu'ils peuvent facilement mettre ſur pied cinquante mille hommes de guerre contre ceux qui attaqueront la France.

III.

Les grandes miſéres que ſouffrent les Peuples depuis tant d'années de guerre obligent enfin les Princes de leur donner quelque ſoulagement , à ce qu'ils ne viennent au déſeſpoir & ne ſe ré-valient.

IV.

L'Empereur ſe trouve à preſent attaqué du côté de la Hongrie par le Prince de Tranſilvanie qui ſe ſert du prétexte de rétablir ceux de la Reli-gion en la haute Hongrie.

V.

Il doit appréhender la trop grande puiſſance de l'Electeur de Bavière qui s'accroît par trop parmi les troubles d'Allemagne au préjudice de la Mai-ſon d'Autriche.

VI.

Durant la diviſion de ces Princes ceux de la Re-ligion Prétendue Réformée y profitent au péril & dommage de tous les Princes Catholiques , & ſe forment de plus en plus en Républiques , en An-gleterre , & autre part , où ils étouffent l'exer-cice de la Religion Catholique tant qu'ils peuvent. Ce fut une cauſe pourquoi l'Empereur Charles V. Philippe II. Roi d'Eſpagne , François premier & Henri ſecond furent d'autant portez à traiter de Paix entr'eux; comme il appert des Traitez de Madrid, Cambrai, Creſpi, & Château-en-Cam-breſis.

VII.

Le Roi d'Eſpagne d'une part eſt devenu néceſ-ſiteux & endetté, & a la guerre trop proche de lui du côté du Portugal , & de la Catalogne ; les Hollandois ſont tellement puiſſans aux Indes Orientales & Occidentales & en Afrique qu'ils lui font dommage tous les ans de plus de vingt Millions de Livres.

VIII.

Outre ce la Reine de Suéde eſt divertie depuis peu de tems à une guerre avec le Roi de Danne-marck , & en peut appréhender autant du côté de Pologne, & du Grand-Duc de Moſcovie; ce qui la rendra vraiſemblablement plus facile à traiter, pour ce qu'elle tient en Allemagne.

DE MUNSTER ET D'OSNABRUG.

IX.

A quoi l'on peut ajouter que la Reine Mere Régente peut aider de beaucoup à moyenner une Paix ou une Trêve, étant comme elle est Sœur du Roi d'Espagne, & de l'Impératrice, & les enfans des uns par conséquent proches parens des autres, qui se peuvent avec le tems allier par Mariage; & ainsi faire cesser plus facilement toutes querelles : étant excusable si, comme Tutrice, elle ne peut si tôt quitter à ceux de sa Maison les Seigneuries tenues par le Roi son fils duquel la garde lui est confiée, par la disposition du feu Roi son Mari & de l'avis & consentement du Royaume.

RÉPONSE.

CEs neuf Articles contiennent une partie des raisons qui doivent convier l'Empereur & le Roi d'Espagne, & même la Reine de Suéde à desirer la Paix ou la Trêve; où je ne trouve rien à redire sinon que l'Auteur les pouvoit rendre plus pressans. Sur le premier Article j'eusse ajouté à la difficulté de retirer des mains de la France ses conquêtes, qu'elle s'en prepare de plus grandes que l'Empereur & le Roi d'Espagne pourront malaisément empêcher, puis qu'ils sont foibles, & nous forts, que leurs ressources sont presque taries, & que les nôtres augmentent tous les jours : & enfin que si nous avions encore conquis trois ou quatre Places, qu'elles entraineroient après soi des Royaumes entiers. Sur le second j'aurois ajouté aux assistances continuelles de la Suéde & des Provinces-Unies, celles d'autres Princes qui se joindront à la confédération de la France, tant pour assurer leur liberté que pour avoir part au débris de la Maison d'Autriche. Sur le troisième, j'aurois ajouté que les Princes Alliez de la Maison d'Autriche se lasseront encore plûtôt que les Sujets des Alliez d'être ruinez à son occasion; & principalement en Allemagne, où la Guerre se fait plus à leurs dépens qu'à ceux de l'Empereur. Sur le quatrième, j'aurois ajouté à l'invasion de la Hongrie par le Prince de Transilvanie, d'autres Princes soit en Allemagne, Italie, ou ailleurs, qui sont à la veille d'en faire autant; & même que le Royaume de Naples qui a un autre Souverain que le Roi d'Espagne, que la Sicile qui se repent des Vêpres, que le Milanois usurpé sans titre, l'Arragon qui se souvient de la perte de ses priviléges, de son Magistrat appellé à Justitia d'Arragon qui fut l'institution de l'ancienne liberté de ce Royaume, peuvent se reformer sur l'exemple de la Catalogne & du Portugal. Il n'y a rien à ajouter au cinquième Article qui concerne le Duc de Bavière; non plus qu'au sixième. Sur le septième, j'aurois ajouté que le Roi d'Espagne, outre qu'il est nécessiteux & endetté, est épuisé d'hommes, de vaisseaux, & munitions; & qu'au lieu que ci-devant il répandoit ses Espagnols en Italie, Allemagne, & Flandres, il est contraint de faire venir de ces trois Pays des Soldats en Espagne pour se défendre. Le huitième Article, ainsi qu'il est couché, pour le rendre plus égal j'aurois ajouté, que la Paix se prepare entre la Reine de Suéde & le Roi de Dannemarck, par les Ambassadeurs du Roi & des Princes Confédérez; & qu'elle ne peut réussir sans que l'armée de Suéde rentre dans l'Allemagne & ne reprenne ce qu'elle a perdu par cette diversion; & que possible le Roi de Danne-

TOM. I.

marck & même les Ducs de Saxe, Brunswick & Neubourg, avec le Marquis de Brandebourg voudroient voir une fin à tant de miséres qui n'ont d'autre fondement que la démesurée ambition de la Maison d'Autriche : ils en ont tous tâté & doivent leur salut & conservation à l'entrée des armes de France & de la Suéde en Allemagne, qui n'avoient pour but que la liberté de la Nation Germanique : si tôt qu'elles en seront retirées, ils retomberont dans la servitude: qu'ils avoient évitée; la Guerre les ayant ruinez & ôté tous les moyens qu'ils avoient de résister. Sur le IX. l'on peut ajouter que la singulière piété de la Reine Mére Régente est encore plus puissante pour la convier d'embrasser les expédiens qui seront proposez pour parvenir à la Paix ou à la Trêve, pourvu qu'ils soient honorables & sûrs, que ne sont les considérations de la naissance, & la qualité de sœur du Roi d'Espagne & de l'Impératrice, & par conséquent tante de leurs enfans : mais elle est mére du Roi & sa Tutrice, & de plus Régente du Royaume; si la Nature l'a fait naître Espagnole, Dieu lui a donné des graces qui l'ont fait parvenir à la plus haute Alliance du Royaume, & lui ont mis sur la tête une Couronne qui n'a point d'égale : quand on l'a fait renoncer par son Contrat de Mariage à tout ce que la Naissance lui pouvoit faire espérer en Espagne, on lui a fait retirer ses affections qu'elle a données à la France; c'est la Couronne des fleurs de lis qui environnent son chef sacré, c'est sa gloire, sa grandeur, son honneur, & son autorité; Dieu a beni son Mariage d'une Lignée qui sera la merveille des siécles à venir, elle a mis deux Princes au monde qui seuls se peuvent dire issus des deux plus illustres & plus glorieuses Maisons de la Terre; quel digne sujet d'y attacher ses desseins & ses desirs? Tellement que c'est parler trop bassement de son amour envers la glorieuse mémoire du généreux & victorieux Louis XIII. son cher époux & de son affection envers la France sa vraye patrie dont elle est mére, sans mettre en compte sa tendresse envers ses enfans, qualité qui appartient non seulement à nos deux miraculeux Princes, mais à tous les vrais François. De dire qu'elle est excusable si comme Tutrice elle ne peut si tôt quitter à ceux de sa Maison, les Seigneuries tenues par le Roi son fils duquel la garde lui est confiée : elle a bien de plus justes & de plus courageux sentimens; elle ne cherche point d'excuses qui sont les défenses des foibles & de ceux qui se fourvoyent du droit sentier de la Vertu; elle déclare hautement que son amour, son courage, & son devoir lui défendent de livrer à ceux de sa Maison, (mot qui l'engage à une plus grande circonspection que ne feroit pas une Régente qui n'en feroit pas,) les glorieuses conquêtes du Roi son Mari & celles du Roi son fils qui font la sureté de son Etat, duquel elle est Régente, aussi bien que Tutrice de ses enfans; qu'il n'y a point de tems pour cela ni tôt ni tard ni jamais.

L'Auteur de l'Ecrit use toûjours de comparatif en cette matière; ci-devant il a dit que la Reine n'étoit pas conseillée de rendre *si facilement* : ici il se sert du terme de *sitôt*, pour montrer que son sentiment est qu'il faut rendre non du premier coup, mais après de plus grandes instances que celles qui ont été faites jusques à présent : dont il n'en paroit rien que dans la bouche des François qui ne pensent pas possible au préjudice qu'ils font à la France, ni qu'ils reculent ce qu'ils témoignent desirer avec tant

Ff 2

de

1644.

de paſſion, car les Miniſtres d'Eſpagne étant informez qu'une partie des François eſt d'avis qu'il faut rendre nos conquêtes, après la reſtitution qu'ils ont intention de demander, ſe roidiront & ainſi rompront le Traité de Paix ou de Trêve. Ces conquêtes ſont non ſeulement tenues par le Roi (notre Auteur a trop affecté ce terme ambigu) mais poſſédées à juſte titre, & incorporées à ſa Couronne, ſans en pouvoir être diſtraites tant que la France aura de la force & de la vigueur; ne dût-il jamais y avoir de Paix : c'eſt le pire qui nous pourroit arriver quand nous aurions perdu quatre Batailles, dont Dieu nous preſervera, s'il lui plait: l'Auteur lui-même va fournir des piéces qui nous ôtent la liberté d'abandonner nos conquêtes.

Il ſembloit être de ſon ſujet & de ſa méthode d'inſérer quelques Articles contenant les inconveniens qui peuvent arriver à la Maiſon d'Autriche, s'opiniâtrant à la reſtitution que l'on dit qu'elle deſire, ſi elle parvient à la Paix, ou du moins à la Trêve; & même étaler les moyens qu'à la France de continuer longtems la guerre aux dépens de cette Maiſon, les pertes de laquelle ſeront bien à l'avenir plus dangereuſes, d'autant qu'elles attireront la diſſipation qui ſera ſans remède. J'en ai dit quelque choſe ci-devant; c'eſt pourquoi je m'en abſtiens en cet endroit.

X.

Comme il eſt convenu par les Traitez de France, & de Suéde & des Provinces-Unies des Pays-Bas de ne rien rendre de ce qui a été conquis ſur le Roi d'Eſpagne, l'Empereur, & leurs adhérans.

Le Traité de Confédération & Alliance entre Louis XIII. Roi de France & Chriſtine Reine de Suéde l'an 1638. le 6. Mars Article I.

In primis mortuo Ferdinando II. Romanorum Imperatore in quem Articulus primis Pactorum Wiſmarienſium conceptus eſt, bellum a Rege Chriſtianiſſimo, & Sereniſſimâ Reginâ Sueciæ decretum eſto, geratur, & continuetur in filium ejus Ferdinandum & Domum Auſtriacam ejuſque adhærentes.

Art. XVIII. Si generales Induciæ octo decemve annorum, obtineri poſſint, non recuſentur, dum quæ quiſque Regum occupaverit, conditionibus utrinque commodis interim retineat.

Le Traité de Confédération entre leſdits Roi & Reine à Hambourg l'an 1641 *le trentiéme Juin.*

Tractatus Fœderis ad diem XXX. Menſis Martii anno ſupra milleſimum 638 inter Chriſtianiſſimum Regem Regnumque Galliæ & Sereniſſimam Reginam Regnumque Sueciæ Hamburgi concluſus ſervetur utrinque in omnibus & ſingulis ſuis clauſulis ad Pacem uſque univerſalem niſi quatenus hic ab illo diſcedit.

Le Traité de Confédération & Alliance entre Louis quatorziéme Roi de France, & les Etats Généraux des Provinces-Unies des Pays-Bas à la Haye en Hollande l'an 1644. *le* 1. *Mars.*

ARTICLE V. *Et afin d'ôter aux ennemis l'envie d'exciter de nouveaux troubles dans la Chrétienté avec le ſuccès qu'ils ont eu juſques à préſent & avec l'impunité qu'ils s'en promettent à l'avenir, ſi après s'être accrus des dépouilles de pluſieurs Princes dans les précédentes Guerres, ils venoient à recouvrer par Traitez ce qui a été pris ſur eux en celle-ci; le Roi & leſdits Seigneurs les Etats agiront de concert & avec la fermeté néceſſaire, pour conſerver les avantages que Dieu leur a donnez en cette Guerre, & leurs Plénipotentiaires*

1644.

s'entr'aideront à ce qu'il ne ſoit rien reſtitué de toutes les conquêtes; ſoutenant également pour ce regard les intérêts de la France & ceux deſdits Seigneurs les Etats.

Ce qui n'empêche point qu'on ne ſe relâche à quitter quelque choſe des conquêtes de la France; car il n'eſt pas dit que plutôt on ne traitera de Paix ni de Trêve avant que de rien reſtituer, mais ſeulement que l'on fera inſtance, tant que faire ſe pourra, de ne faire aucune reſtitution de ce que l'on a conquis par le droit des armes.

REPONSE.

L'Auteur de l'Ecrit donne une étrange explication à ces trois Traitez qui ſont conçus en termes ſi clairs; du moins celui du premier Mars mille ſix cens quarante-quatre avec les Hollandois nos Confédérez, ſtipulant avec nous que l'on ne rendra rien des conquêtes; ſur cette invincible raiſon, qu'il n'y a point d'autre moyen d'empêcher les ennemis d'exciter de nouveaux troubles dans la Chrétienté & de s'accroître avec impunité des dépouilles des Princes, ſinon de garder réciproquement ce que les Confédérez auront acquis en cette Guerre. Notre Ecrivain dit que cela n'empêche pas qu'on ne ſe relâche à quitter quelque choſe des conquêtes de la France : il a bien fait de reſtraindre ſon explication au dommage de la France; car nos Confédérez n'ont pas de ſi habiles interprétes que nous, ils s'arrêtent au ſens droit & naïf des paroles qui portent nettement que les Confédérez garderont leurs conquêtes, & ſoutiendront à notre Ecrivain qu'il n'eſt pas même loiſible à la France de rendre ce qu'elle a conquis, d'autant que ce ſeroit fortifier l'ennemi contre la teneur des Traitez de Confédération. Au lieu de rendre nos conquêtes, voici ce que le dernier Traité porte : *Le Roi, & leſdits Seigneurs les Etats agiront de concert avec la fermeté néceſſaire pour conſerver les avantages que Dieu leur a donnez en cette Guerre, & leurs Plenipotentiaires s'entr'aideront à ce qu'il ne ſoit rien reſtitué de toutes les conquêtes; ſoutenant également pour cet regard les intérêts de la France, & ceux deſdits Seigneurs les Etats.* Y eût-il jamais rien de mieux expliqué? L'obligation de retenir toutes les conquêtes n'eſt-elle pas réciproque? L'un peut-il ſe rendre au préjudice de l'autre? L'Auteur de l'Ecrit ſoutient que cela n'empêche pas qu'on ne ſe relâche à quitter quelque choſe des conquêtes de la France; car il n'eſt pas dit que plutôt on ne traitera de Paix ni de Trêve avant que rien reſtituer, mais ſeulement l'on fera inſtance, tant que faire ſe pourra, de ne faire aucune reſtitution de ce que l'on a conquis par le droit des Armes. Belle ſubtilité ! Il ne faut que ſavoir lire pour ſe défaire de cette viſion. Quoi, agir par concert & avec la fermeté néceſſaire s'apelle-t-il faire inſtance tant que l'on pourra, c'eſt à dire par manière d'acquit? Depeur qu'un ſi grand ſecret ſoit inconnu à la Maiſon d'Autriche, on le publie haut & clair.

DISCOURS

Touchant l'Assemblée pour la Paix Générale à Cologne 1638.

Ce Discours est du Cardinal Ginetti sous le nom de son Secretaire. IL y a déja quelques mois que nous célébrâmes notre anniversaire à Cologne & dès lors nous fîmes les funérailles aux espérances nées de cette Assemblée : je ne laisse pas néanmoins de continuer ce séjour, & si on ne prend quelque ferme résolution de terminer notre Légation, elle est en termes de durer plusieurs années sans aucun effet.

Les Couronnes de France & d'Espagne disputent des choses non importantes & essentielles pour la Paix; car on voit que les Couronnes, sans avoir égard à la dignité du Légat, disputent non des choses importantes & essentielles, mais de petits points vains & inutiles sur lesquels on pourroit apporter beaucoup de modération & de tempérament de part & d'autre, si elles ne s'en servoient plûtôt de prétexte de continuer la guerre que de moyen de parvenir à une bonne Paix.

Ces Puissances désunies se rencontrent très-unies à rendre cette Assemblée impossible; non pas qu'elles ne désirent point la Paix, mais qu'elles ne sont pas arrivées au point encore de la pouvoir obtenir selon leur volonté : les espérances des uns & des autres sont plus vives qu'elles ne furent jamais.

Les François croyent de pouvoir continuer leurs progrès au pis aller de pouvoir défendre ce qu'ils ont acquis, & entretenant leurs armes aux Pays ennemis, conserver leur propre Pays fertile & abondant, & surmonter les Autrichiens sinon par la force, du moins par la commodité des vivres : ceux-ci au contraire, s'ils peuvent gagner le dessus, voyent que les François ne pourront résister à toutes leurs forces unies, & espérent non seulement de recouvrer ce qu'ils ont perdu, mais aussi de faire de nouvelles conquêtes.

La réputation de ces deux Monarques est maintenant trop engagée; puisque la fin de cette Guerre est de faire voir s'il y a quelque Puissance qui puisse donner le contre-poids à la Maison d'Autriche : ce point est chatouilleux.

Jusques à présent on a cru qu'il n'y avoit rien qui pût le réprimer, & il semble que maintenant on a découvert un chemin pour y marcher à sa ruine : lou une procurent les moyens d'affermir pour toûjours cette voye, les autres s'efforcent d'en faire perdre tout à fait les vestiges, & pas un n'est encore arrivé au point de donner plûtôt la loi que de la recevoir : chacun espère tirer profit de la longueur du tems :

Avantages que l'Empereur & le Roi de France croyent tirer de la continuation de la Guerre. Les François par la désolation de l'Allemagne laquelle semble désormais ne pouvoir plus fournir de vivres aux armées : les Autrichiens pour la nouveauté & les changemens ausquels la France est continuellement sujette, & cependant le Roi très-Chrétien occupant les esprits remuans gouverne son Royaume avec grande sûreté & facilité; &. l'Empereur avec les armes à la main dispose de l'Empire selon son bon plaisir, & fonde sur les ruines des Princes & des Villes franches, une Monarchie libre & absolue.

Nous ne sommes pas en état de pouvoir espérer la Paix par les voyes ordinaires; il est nécessaire que quelques grands accidens & cas non prévus arrivent, qui apportent quant & eux un changement inopiné qui coupe les desseins ourdis.

La Paix ne se peut espérer que par de grands accidens & cas non prevus.

Les Espagnols ne souffriront jamais que les affaires se réduisent à autres termes que ceux de la Paix de Ratisbonne; & les François ne voudront pas après avoir perdu tant de gens & consommé tant d'argent & mis le monde sans dessus dessous, retourner au premier état qu'ils étoient.

Les Espagnols ne voudront rien quitter au Traité de Paix.

En somme la vérité est que personne ne se veut rendre; les François embrassent l'affaire du Palatinat pour tirer en leur Ligue le Roi d'Angleterre : mais si cela n'arrivoit, il est certain qu'ils ne parleroient du Palatinat; & de l'autre côté si on ne parloit point de Lorraine, ils quitteroient volontiers Frankendal, pour Nanci, & en leurs cœurs ne se soucient guere que la Maison de Bavière soit plus grande & plus puissante en Allemagne. Mais le mal est que les Espagnols estiment les conquêtes des autres autant de pertes pour eux, & pensent de faire restituer & retenir en colorant leurs desseins de titres très-justes, & appellent les autres usurpateurs des dépouilles du bien d'autrui.

Les François n'ont pas fort à cœur l'affaire du Palatinat, & pour retenir la Lorraine abandonneront le Palatinat.

Les différends ne consistent pas en Passeports, & les Couronnes ne les demandent pas pour venir à Cologne, mais pour arriver à leur fin avec sûreté; chacun demande ce qui ne lui est pas nécessaire, & chacun refuse ce qu'il pourroit accorder : de tous côtez on va cherchant de propos délibéré des obstacles.

Des Passeports que la France demande pour les Princes d'Allemagne.

Les Autrichiens refusent des Passeports aux Hollandois, & aux Princes d'Allemagne liguez avec la France, pour ruiner non seulement l'effet, mais aussi la seule apparence & le seul nom de cette union : & les François persistent en leur instance, non pour conclure une Paix générale, comme ils disent, mais pour établir une Ligue pour toûjours contre la Maison d'Autriche.

Nous sommes arrivez à un point que l'Empereur demande des suretez pour ses Ambassadeurs en ses Etats propres au Roi de France, pour tirer de lui une simple énonciation d'Empereur, ou pour mieux dire pour le contraindre de le reconnoître pour tel, & cependant ses Ministres ne s'apperçoivent pas qu'ils vont mendiant en un Royaume étranger l'établissement de cette grandeur, qui par une prérogative singulière n'a son siège qu'en la seule Allemagne; & cependant ne jugent pas qu'ils vont cherchant indirectement l'autorisation & établissement de cette puissance d'une inferieure; qu'ils devroient se contenter de recevoir de celui qui la peut donner, comme le devoir & la pieté les y oblige selon les anciennes coutumes des Empereurs très-Chrétiens : il semble qu'ils croyent que la France, par son consentement, puisse donner ou ôter la validité de l'élection de l'Empire.

Le Titre de l'Empereur.

De quoi je ne m'étonne point; car j'ai toûjours constamment tenu & puisé des avis & conjectures de Monsieur le Légat, que les François ne peuvent en façon quelconque venir en cette Assemblée; & qu'avec un artifice admirable ils ont traité ensorte qu'on croit néanmoins qu'ils auroient une très-grande inclination d'y venir & de n'y être pas contraints.

Ils crurent du commencement de pouvoir disposer des Suédois à leur volonté, & de les attirer aisément à Cologne pour traiter leurs intérêts.

Les Suedois ne veulent pas traiter de Paix à Cologne.

1644.

térêts communs ; mais qu'on a depuis reconnu que ceux-ci ont refusé d'y venir, estimant qu'ils ne pouvoient comparoître avec honneur en une Assemblée, dont doit être Chef le Légat du Saint Siége Apostolique, & de l'interceſſion duquel ils ne pouvoient jouir ni eſpérer de recevoir les honneurs, qui ſeront rendus aux autres Couronnes.

Les François ne peuvent ſéparément traiter de Paix avec les Suédois.

Il n'eſt pas expédient aux François de traiter ſéparément, pour ne point donner matiére de jalouſie aux Suédois naturellement ſoupçonneux & défians, qui pourroient précipiter leur accommodement de crainte d'être abandonnez des François mêmes, qui pour ce demeureroient ſeuls au danger éminent de leurs affaires, la conſervation deſquels & l'avantage conſiſte en cette union indiviſible.

Ils conſentent que les Suédois ſeuls traitent de Paix.

Les Miniſtres du Roi très-Chrétien ont jugé indécent, & de peu de réputation pour la France d'avouer cet empêchement ; pour ce ils ont demandé à la Maiſon d'Autriche, des choſes très-difficiles à obtenir & en ont reçu avec contentement particulier refus, pour ſe préparer à tous hazards ; ils ont réſervé la difficulté de reconnoître l'Empereur, afin que par icelle ils puiſſent ſelon leur volonté conclure leur Traité, en cas qu'on accordât les Paſſeports comme on a fait ; & cependant ſuivant leurs plus grands intérêts, qui ſouvent prévalent à l'honneur, ils ont accordé aux Suédois cette prérogative, qu'ils puiſſent être ſeuls à traiter la Paix, parce que par ce moyen ils les aſſurent, & les tiennent en leur fidélité : & ainſi il ne paroît point que le Roi très-Chrétien ſoit contraint pour l'amour d'eux d'abandonner cette Aſſemblée.

Les Suédois ne traitent point de Paix ſans les François.

Mais les uns & les autres étant vraiſemblablement d'accord des conditions de la Paix, on verra en effet quand on la conclura ; ce ne ſera pas ſans y comprendre les François, & quand ceux-ci continueront la Guerre, ce ſera avec l'union des Suédois, les armes deſquels ſont ſeules formidables en Allemagne, comme celles d'Allemagne le ſont aux autres Nations.

La Paix ne ſe peut traiter ſans les Suédois. Ils en ſont les pivots & ne ſe peut effectuer que par leurs mains.

Delà vient que j'ai toûjours cru que les Suédois ſont les Pivots ſur leſquels toute cette machine roule, qu'ils ſont les arbitres de cette Négociation, & que la Paix ne ſe peut effectuer ſinon par leurs mains ; d'où je conclus qu'il n'y a pas beaucoup de ſûreté pour l'autorité de notre Saint Pére le Pape, & pour la réputation du ſaint Siége de continuer plus long tems cette Légation, laquelle de même juſques à préſent a fait voir au monde l'incomparable piété de ſa Sainteté ; auſſi pour l'avenir pourroit perdre inſenſiblement ſa dignité & révérence, ſi l'on la continuoit plus longtems, & les Princes en tireront plutôt commodité pour continuer la Guerre, qu'occaſion de traiter la Paix ; puiſqu'étant aſſurez d'avoir toûjours le Légat à Cologne, & ſe pouvoir ſervir de ſon Miniſtére ſelon leur plaiſir, ils ne penſeroient qu'à tirer l'avantage des armes, & les Peuples ſouffriront avec patience leur miſére, cependant que le ſéjour du Légat leur donnera & continuera l'eſpérance d'en voir une fin.

On donne eſpérance de la Paix pour éviter la haine des Peuples.

Et pour ce ſujet on ne verra point que la Maiſon d'Autriche laiſſe la Ville de Cologne ſans quelqu'un de ſes Miniſtres tant que le Légat y ſera, & les François de faire une grande oſtentation de leur inclination à la Paix, & ne donneront aucune concluſion au Traité, ains de tous côtez on fournira entretenemens avec l'eſpérance & engagement auſdites Négociations ; & chacun procurera de faire tomber ſur l'ennemi la faute de la continuation de la Guerre, & ſe ſouſtraire par ce moyen à la médiſance & à la haine de tous les Peuples de l'Europe.

Mais pas un d'eux ne ſauroit éviter le blâme qu'ils méritent tous, de ne pas rendre au Saint Siége l'honneur qu'ils lui doivent ; car les François laiſſent un ſi long tems le Légat au lieu deſtiné pour l'Aſſemblée, ſans lui envoyer perſonne qui en leur nom le ſerve & l'aſſiſte ; & les Eſpagnols permettent qu'un de leurs Députez arrive juſques aux portes de Cologne, ſans y entrer & viſiter ſon Eminence, & que l'autre y ſéjourne un an ſans la voir.

Le blâme qu'on doit donner aux deux Couronnes du peu de cas qu'ils ſont du deſſein du Pape pour la Paix.

EXTRAIT

Du Protocolle de la Chambre des Villes Impériales du 6. Mars 1641.

Les difficultez qui occupent les Etats conſiſtent ès faits ſuivans.

I.

DE tomber d'accord d'une Amniſtie générale dans l'Empire, & pour y parvenir en donner un projet à l'Empereur avec les reſpects & les ſoumiſſions dues.

II.

Réſoudre quelles perſonnes y ſeront compriſes, & quelles affaires, & en quel tems on les apportera.

III.

Quand on la pourra effectivement exécuter & publier.

Quant au 1. Point.

Le premier point a été réſolu affirmativement ; & que pour cet effet il en falloit rechercher Sa Majeſté Impériale, & la ſupplier d'y appliquer ſa clémence, bonté & perfection.

Quant au Second.

Sur le ſecond ; tous les Etats ont d'une voix jugé & accordé, que les exclus & non encore réconciliez, ſeront abſolument reſtituez ſans condition, reſtriction, ni peine pécuniaire, en leurs Païs, biens, & honneurs, moyennant qu'ils en recherchent Sa Majeſté Impériale avec ſubmiſſion & obéiſſance ; & quant aux réconciliez & qui ſont déja d'accord avec Sa Majeſté Impériale, mais ſous des conditions dures & fâcheuſes, ils eſtiment qu'ils doivent auſſi être reſtituez en leurs biens, & Païs tant Eccléſiaſtiques, que temporels, ſans aucune peine pécuniaire, ou autre de même, comme ſi jamais ils n'avoient été exclus de la Paix de Prague, mais avec cette modération que les reſtituez à conditions onéreuſes, auſſi bien que les réconciliez, n'ayant ni plus ni moins de ſatisfaction que ceux qui ont été compris dès le commencement en ladite Paix de Prague, & qui n'en n'ont été jamais exclus, il ſemble expédient à tous leſdits Etats que ladite Amniſtie générale ſoit

soit étendue & appliquée aussi bien aux Sujets médiats, qu'aux immédiats de l'Empire : toutefois il est raisonnable d'en exclure & n'y comprendre

I.

Les Païs & Royaumes Héréditaires de la Maison d'Autriche.

II.

Les affaires du Palatinat, *tam in realibus, quàm in personalibus*, lesquelles sont remises à des Traitez particuliers.

III.

Tous les Griefs & prétentions qui n'ont pour force & fondement l'exclusion de l'Amnistie, ains proviennent d'ailleurs; soit qu'ils concernent le général de l'Empire, ou quelque intérêt particulier, ne seront compris en cette Amnistie, mais réservez à plus amples délibérations & discussions; toutefois les Etats estiment nécessaire d'y procéder & travailler au plutôt, & les terminer autant qu'il sera possible en la première Diette.

IV.

Ceux qui ont possédé à titre onéreux les biens de ceux qui ont été exclus de l'Amnistie, ne les pourront retenir pour être dédommagez de l'éviction, ou de l'argent qu'ils en ont déboursé; mais leurs actions, droits, & prétentions leur seront pleinement réservez.

V.

Le tems auquel ladite Amnistie commencera d'avoir lieu, sera au 12. Novembre 1627. *in Ecclesiasticis*, & pour les autres Politiques en l'an 1630. auquel le Roi de Suéde est entré dans l'Empire.

VI.

Toutes prétentions concernant la jouïssance desdits biens & frais d'iceux perçus ou à percevoir, seront mises à néant; & n'en restera plus aucun souvenir ni mention.

Quant au 3. Point.

Les Electeurs & Etats estiment, que ladite Amnistie ne sauroit être effectuée ni exécutée qu'après qu'on sera d'accord, & qu'on aura du tout conclu & fini cette Diette, & publié le résultat d'icelle ; & que tous les Etats seront réconciliez pleinement & réunis sincérement, & à bon escient avec leur Chef Sa Majesté Impériale, conformément au but de l'Amnistie, le tout avec cette expresse réserve & déclaration, que de quelque côté que se tourne la fortune de la Guerre à l'avenir, & quoiqu'il puisse arriver, il ne sera rien changé ni altéré ès articles ci-dessus accordez.

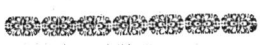

MEMOIRE

Pour la Conférence de Munster en 1644.
Que la France ne doit aucunement traiter de Paix, avec l'Empereur & le Roi d'Espagne que conjointement avec ses Alliez.
Et qu'elle a droit de retenir par forme d'hypothéque & de ne rien rendre de ce qu'elle a conquis sur eux par le Roi défunt & sous Sa Majesté à présent regnant.

LA Maison d'Autriche est devenue puissante en peu de tems par le moyen de trois Mariages, à savoir de l'héritiére des Provinces Unies des Païs-Bas, & du Comté de Bourgogne avec l'Empereur Maximilian premier, de l'héritiére du Royaume de Castille, d'Arragon, de Naples, & de Sicile avec l'Archiduc Philipe, & de celle des Royaumes de Hongrie & de Boheme, avec l'Empereur Ferdinand premier : & à ces grandes Seigneuries est demeurée annexée la Dignité Impériale, par le moyen de quoi cette Maison a disposé d'une bonne partie de l'Allemagne, & de l'Italie, ainsi qu'elle a voulu : ce qui l'a porté selon les occasions de passer plus outre, en s'efforçant depuis l'Empereur Charles-Quint, de s'accroître de proche en proche sur tout le Royaume qui est entouré des Païs-Bas, de l'Allemagne, de l'Italie, & de l'Espagne par terre ou par mer.

Nos Rois François premier, Henri second, Henri le Grand & Louis XIII. affistez des fidéles conseils s'y sont opposez tant qu'ils ont pu.

Et l'on reconnoît comme la Reine Régente qui est, a la même générosité & fidélité en la Régence du Royaume, & en la tutelle de ses enfans qu'avoit la Reine Blanche mére du Roi Saint Louis; ne négligeant pour cela de penser aux moyens de parvenir à une Paix sure & honorable, autant qu'il se peut souhaiter pour le repos & prospérité de la France.

Le Conseil d'Espagne qui dirige celui de l'Empereur l'empêche au contraire, tant que faire se peut, espérant qu'avec le tems il arrivera quelque division en France, qui la brouillera au dedans, comme les Espagnols y ont opéré tant qu'ils ont pu depuis avoir perverti Charles Duc de Bourbon, & tant d'autres Princes & grands Seigneurs, & ému les Peuples à la révolte sous prétexte de Religion & autrement.

Le même Conseil d'Espagne feignant de traiter de Paix, recherche avec tout cela les moyens pour séparer la France de ses Alliez, en lui voulant persuader de traiter sans eux; comme encore de rendre tout d'un coup ce qu'elle a conquis depuis quelques années.

I. Sur-

Surquoi il faut confidérer ce qui s'enfuit.

I.

Que la France eſt obligée par des Traitez à la conſervation de ſes Alliez, & n'y ſauroit manquer ſans perfidie & une grande lâcheté.

II.

Et que les abandonnant, ſes ennemis en deviendront plus puiſſans, ſe ſerviront d'eux contre les François, & feront perdre à la France l'eſpérance d'être dorènavant aſſiſtée de cette part.

III.

Que les Empereurs, les Rois d'Eſpagne de la Maiſon d'Autriche, ont toûjours recherché & intéreſſé avec eux tous les Princes de l'Europe, ſans avoir égard à la diverſité de Religion; ce qui montre que nos Rois ſont à tort & injuſtement blâmez lorſqu'ils en uſent de même.

IV.

Et ſi l'on veut bien examiner d'où viennent ces longueurs, & évaſions de l'ennemi au Traité de Hambourg pour les Préliminaires cinq années durant, les délais & remiſes de ratifier le Traité, & les difficultez qu'ils ont fait naître ſur le Pouvoir des Ambaſſadeurs de France, qui eſt en la forme qu'il ſe peut raiſonnablement deſirer pour parvenir à une concluſion, & les leurs au contraire très-défectueux : il eſt facile de reconnoître que cela vient principalement, de l'intention qu'ils ont de ſéparer cependant la France d'avec les Alliez qu'elle a par des Traitez particuliers, & les gagner à eux par toutes les voyes qu'il ſe peut imaginer, pour le grand avantage qu'ils croyent en tirer.

I.

Il ne faut point quitter les conquêtes faites depuis quelques années.

Quant à ce qui eſt des conquêtes faites depuis quelques années, le Roi les peut retenir par forme d'hypothéque, juſques à ce qu'il lui ſoit fait raiſon de ce qui a été uſurpé ſur les Rois ſes Prédéceſſeurs, & juſques à ce que les Alliez ſoient entièrement reſtituez.

II.

Joint que les Rois ſages & qui ont heureuſement regné, ont toûjours conſervé tant qu'il leur a été poſſible ce qu'eux, & leurs Prédéceſſeurs ont acquis ſur leurs ennemis, & s'en ſont relâchez le moins qu'ils ont pu.

III.

Et au contraire ceux qui ont été faciles pour ce regard s'en ſont enfin mal trouvez, & ſont tombez en des Guerres civiles, ou ont été attaquez derechef plus facilement du dehors.

IV.

Outre qu'il n'y a rien qui ôte tant l'autorité à ceux qui gouvernent les Royaumes & les rendent inexcuſables, que lorſque les Peuples s'apperçoivent que ce qui a coûté tant de ſang, d'argent, & autrement pour acquerir une ſureté à l'Etat, vient à ſe perdre à l'inſtant; d'où

naiſſent les murmures, & enfin des révoltes; au lieu de la Paix & concorde : l'on a vu depuis le malheureux Traité du Château-en-Cambrefis, en. l'an mille-cinq cens cinquante-neuf que la France fut trahie.

V.

Et ne ſert de dire qu'il ſera très-difficile de parvenir à un Traité de Paix, ſi le Roi ne fait reſtitution de ſes. conquêtes; car nos Rois Louis douze, François premier, Henri II, Henri le Grand, n'ont pas laiſſé de faire pluſieurs Traitez de Paix, ou de Trêves, avec Ferdinand cinquième Roi d'Arragon, l'Empereur Charles-Quint, & ſon fils le Roi Philippe ſecond, encore qu'ils ne leur ayent rendu les Royaumes de Naples & d'Arragon, & de Navarre, le Duché de Milan, les Comtez de Rouſſillon, & de Cerdaigne, & la Souveraineté, juriſdiction, & droit de féodalité ſur les Comtez de Flandres & d'Artois, & les Villes de Tournai & de Lille qu'ils ont uſurpez ſur eux.

De la conquête des Villes de Metz, Toul & Verdun par le Roi Henri II. & comme nos Rois ne les ont jamais voulu rendre quelque inſtance qui leur en ait été faite.

Le Roi Henri ſecond s'eſt aſſuré des Villes de Metz, Toul, & Verdun ſuivant le Traité pour la liberté d'Allemagne fait à Chambort l'an 1551. avec Maurice Electeur de Saxe & autres Princes & Etats de l'Empire.

Il ſe maintint en cette conquête au ſiége de Metz, par l'Empereur Charles-Quint, qui s'y trouva en perſonne avec une très-puiſſante armée.

Et combien que ledit Roi Henri & ſes fils les Rois François II. & Charles neuf, ayent été ſouventefois recherchez non ſeulement par les Empereurs Ferdinand premier & Maximilian ſecond, mais auſſi par les Electeurs & autres Princes & Etats de l'Empire de les rendre; ſi eſt-ce que jamais ils n'y ont voulu entendre, conſidéré les frais que ledit Roi Henri ſecond avoit faits pour aſſiſter au beſoin les Allemans, que les Rois d'Eſpagne ont toujours eu l'intention de s'en emparer eux-mêmes, & qu'elles ſervent de ſureté & de rempart à la France, ainſi que ſont les Villes & Fortereſſes que le Roi tient à préſent en Flandres, en Artois, en Hainault, au Luxembourg, au Comté de Bourgogne, & dans la Catalogne.

Sur quoi il eſt à remarquer comme en l'an mille-cinq cens ſoixante, le Roi François ſecond étant encore jeune, Prince ſans connoiſance de ſes affaires, quoique Majeur, & la France en troubles, l'Empereur Ferdinand premier ſe ſervant de l'occaſion envoya un nommé Madruce, pour ſolliciter la reſtitution de ces Villes; & l'affaire ayant été propoſée au Conſeil du Roi, le Chancelier Olivier l'empêcha avec beaucoup de généroſité & de prudence, diſant que celui qui voudroit ſi vilainement conſeiller de les quitter & abandonner, mériteroit d'être condamné à mort.

Le Preſident de Thou *Hiſtor. lib.* 50. *anno* 1574. *& allatum eâ de re a Nicolao Comana Ludovici Gonſagæ Nivernenſium Ducis ſcriptum, in Conſiſtorio coram Rege recitatum eſt, cujus hæc ſumma erat; Reges Galliæ de Ditionum ſuarum conſervatione ac regni amplificatione, potius quàm de vitâ ac libertate ſemper fuiſſe ſollicitos.*

Nam & Germani ſi Tullum, Virodinium & Diviodurum Mediomatricum repoſcant, quid boneſtè reſponderi poterit? Memores omnes eſſe debere quod cùm eâ de re ante quatuordecim annos coram Franciſco Rege Blæſis, Ludovico Madrucio Ferdinandi Cæſaris nomine reſtitutionem earum Civitatum urgente, deliberaretur; a Franciſco

1644.

cisco Oltvario Cancellario non minus generose quàm prudenter responsum sit, nam illum antequàm sententiam dicerent, occupasse & dignum capitali supplicio pronunciasse qui Regi tam faedi consilii auctor esset.

Comme il en a mal pris à la France d'avoir rendu au Duc de Savoye par les Rois Charles IX. & Henri III. ce qu'ils tenoient par forme d'hypotheque au Piémont, & avoit été conquis par les Rois François I. & Henri II.

L'An mil cinq cens cinquante neuf par le Traité de Paix de Château-en-Cambresis entré le Roi Henri II. d'une part, & Philippe second Roi d'Espagne d'autre, comme & de Philibert Emanuel Duc de Savoye, il fut convenu que ledit Roi Henri rendant au Duc de Savoye, la plupart des Places conquises par le Roi François premier son pére & lui, sur le Duc Charles Père du Duc Philibert Emanuel, que Turin, Pignerol Quiers, Chivas, & Villeneufve-d'Ast demeureroient par forme d'hypothéque audit Roi Henri, & aux Rois de France ses Successeurs, jusques à ce qu'il leur fût fait raison des droits de la France sur les Comtez de Nice, & d'Ast, & sur les Villes & Seigneuries de Cosni, Fossan, Savillan & autres de Piémont.

Mais l'an 1562. le Roi Charles neuf étant encore mineur, ledit Philibert Emanuel fit enforte, la Duchesse sa femme tante du Roi y con-

tribuant de beaucoup par l'entremise de la Reine Catherine de Médicis Régente, & du Cardinal de Lorraine, que ledit Roi Charles lui rendît Turin, Chivaz, Quiers, & Villeneufve-d'Ast, en retenant Pignerol, la Perouze, & Savillan.

Et l'an mil cinq cens septante & quatre le même obtint du Roi Henri troisiéme, en revenant de Pologne en passant par ses Pais, après avoir corrompu par argent ses principaux Conseillers, qu'il lui délaisseroit pareillement lesdites Places de Pignerol, la Perouze, & Savillan : sans avoir égard aux remontrances du Maréchal de Bourdillon, en l'an mil cinq cens soixante & deux faites au Conseil du Roi par lesquelles il étoit d'avis qu'il falloit attendre que le Roi fût en majorité; ni à celles du Duc de Nevers en l'an mil cinq cens septante quatre qui donna à entendre, comme le Roi quittant ses Places, le Duc de Savoye ne l'auroit plus en considération ne le craignant comme auparavant; & ainsi d'autant plus hardiment il se rejoindroit avec le Roi d'Espagne contre la France, comme de fait il advint, & puis encore sous son fils le Duc Charles-Emanuel, & qui se saisit du Marquisat de Saluces du tems de la Ligue, & s'efforça d'en faire autant du Dauphiné & de la Provence.

Philippe second Roi d'Espagne en a usé autrement lorsqu'il délaissa la Seigneurie de Sienne à Cosme premier Duc de Toscane, où il s'est réservé Telamone, Orbitello, Portohercole, & autres Places maritimes du Siennois, pour retenir davantage de son parti ce Grand-Duc & les Ducs ses Successeurs.

1644.

LE PRESIDENT DE THOU

Hist. Lib. 22. ad an. 1559. p. 672.

REx, Emanueli-Philiberto Sabaudiae Duci ditionem omnem citra transque Alpes, a Francisco parente & a se occupatam restituat, praeter Augustam Taurinorum, Pinarolum, Cherium, Clavasium, & Villam novam in Astensi agro, quae Oppida pignoris loco retineat, donec de jure, quod propter aviae successionem in iis illi competit, plenè cognoscatur &c.

LE Roi rendra à Emanuel-Philibert Duc de Savoye, tout ce qui lui appartient deça & delà les Alpes, qui a été saisi par le Roi François & par lui, excepté Turin, Pignerol, Quiers, Chivas & Ville-neuve d'Ast, Villes qu'il retiendra pour gages, & les possédera, jusques à ce que le droit de succession maternelle qu'il a sur ces lieux soit juridiquement reconnu.

REMONTRANCES

Du Maréchal de Bourdillon l'an 1562.

SEd cum nihilominus instaret Dux Subaudiae, Margaretae Uxoris precibus, (quae apud Reginam plurimum poterant) adjutus, ut convenienter nuper paci factae Oppida & Ditionis suae arces restituerentur; intervenit Imbertus Tribunus qui in & sub Alpinam Provinciam, Brisaco missus fuerat, & totum hoc negotium ad Regis Consistorium remisit.

Ubi re agitata postremo ex Cardinalis Lotharingi antequàm ad Concilium Tridentinum proficisceretur sententiâ decretum est ut Rex a Sabaudo Pinarolum, Perosam, & Savillianum acciperet, quibus acceptis, Augustam Taurinorum, Clavasium, Cherium, & Villam novam in Astensi agro restitueret, deductis inde Tormentis &c.

Tom. I.

Ve-

MAis comme cependant le Duc de Savoye aidé des priéres de Marguerite sa femme, qui avoit beaucoup de crédit auprès de la Reine, pressoit pour qu'on lui rendit conformément à la Paix qui venoit d'être faite, toutes les Villes & les Forteresses qui lui appartenoient, le Colonel Imbert qui avoit été envoyé de Brisac en Savoye vint sur ces entrefaites, & fit renvoyer toute l'affaire au Conseil du Roi.

Où la chose ayant été examinée, il fut ordonné suivant l'avis du Cardinal de Lorraine avant qu'il partît pour le Concile de Trente, que le Roi recevroit du Duc de Savoye Pignerol, la Perouse, Savillan, & qu'en étant le Maitre, il rendroit au Duc de Savoye, Turin, Chivas, Quiers, & Ville-neufve d'Ast, après en avoir retiré les Canons &c.

G g

La-

Verum rursus intercessit Bordillonius & re cum Præfectis Regiis, & aliis communicata, dixit esse Regis pupillarem ætatem ac grave præjudicium rem futuram : denuo ad Regem, Reginam, ac Navarrum scribit, & magnitudine rei propositâ, amplius sibi ac cæteris regiis Præfectis ac reliquis Administris caveri petit, dilatâ interea mandatorum executione.

His rationibus nixus Bordillonius, mandatorum à Robertotto allatorum executionem, usque ad Regis pubertatem, suspendi postulabat.

Urgente tamen Reginâ nihil non in Margaretæ gratiam facere paratâ, & preces ac quærimonias mittente Hieronimo Rohoreo Tolonensi Episcopo, qui Sabaudiæ Ducis apud Regem Oratoris munere fungebatur, tandem re rursus in Consistorio agitatâ, quæ tunc in aulâ occupaverat libido eorum animos qui plus aliis sapere volebant videri, minuendæ Regiæ Majestatis, & spoliandi regni, Taurini & cæterorum locorum restitutio decreta est, ac postremo facta.

Thuanus Libro. XXXI. ad annum 1562. p. 149.

Là-dessus Bourdillon ayant communiqué ses ordres aux Gouverneurs & aux autres Officiers, remontra que le Roi étoit encore pupile, & que ce Traité causeroit un très-grand préjudice; il écrivit derechef au Roi, à la Reine & au Roi de Navarre, les priant que dans une affaire de si grande importance, ils voulussent bien avoir soin que lui ni les autres Commandans ne courussent aucun danger : en attendant il différa l'exécution des ordres qu'il avoit reçus.

Bourdillon appuyé sur ces raisons demanda que l'exécution des ordres, qui lui avoient été aportez par Robertet fussent renvoyez jusques à la Majorité du Roi.

La Reine prête à tout faire en faveur de la Duchesse Marguerite, pressoit l'affaire, & Jérôme de la Rovere, Evêque de Toulon, qui faisoit les fonctions d'Ambassadeur du Duc auprès du Roi de France, n'épargnoit de son côté ni prières ni plaintes : enfin cette Négociation fut remise une seconde fois sur le tapis, & comme à la Cour il y avoit des Personnes qui croyoient plus savoir que les autres, ou qui le vouloient faire paroître; on résolut & de plus on fit la restitution de Turin, & de tous les autres lieux, sans s'inquiéter du tort qu'on faisoit à la Majesté Royale, qu'on diminuoit & au Royaume qu'on dépouilloit de ce qui lui apartenoit.

REMONTRANCES
Du Duc de Nevers l'an 1574.

POstea de Pignaroli & Savillani restitutione promissâ actum, & allatum eâ de re à Nicolao Connano, Ludovici Gonsaguæ Nivernensium Ducis Scriptum, in Consistorio coram Rege recitatum est &c.

Nec vero sperare Regem debere Sabaudum jam dudum ipsi obnoxium, eo facto sibi arctius addictum fore; qui contra captatâ inde occasione in Regem, (quem ob potentiam antea reformidabat) nunc concepto contemtu in eum, majore fiduciâ cum Hispanis consilia conjunget.

His prolixius diffusis rationibus Gonsaga Regem rogabat ut sententiam de restitutione suspenderet; ut rem omnem ad Senatum Parisiensem cujus de Patrimonio Regio cognitio est, honestâ excusationis apud Sabaudum loco, remitteret.

Quod si de restitutione simul decrevisset, postremo orabat ut se Præfecturâ exoneraret; Diplomatis, quod a Rege petebat, exemplo misso, quo & de fide suâ apud cunctos constet, & posteritas cognoscat se quantum in ipso fuerit intercessisse ne tam detrimentosa restitutio fieret &c.

Haud multo post missus Henricus Engolinensis Nothus Franciæ Prior qui gratiam Sabaudo factam executioni demandaret, isque Pinarolium profectus, deductis inde & Savillani Præsidiis ac Machinis bellicis in Sabaudi manus consignavit.

Et restitutione clarior quam antea, Regi, quem ab eo tempore contemnere cœpit, infensior (sicut

Après cela Loüis de Gonzague Duc de Nevers, craignant pour la restitution de Pignerol & de Savillan, qu'on avoit promise, envoya par Nicolas Connano un Ecrit qui fut lu devant le Roi en plein Conseil &c.

Que le Roi ne devoit pas attendre que le Duc de Savoye qui avoit toujours été son ennemi, lui seroit plus dévoué pour tout ce qu'il faisoit pour lui; qu'au contraire n'ayant plus rien à craindre de sa puissance qui le retenoit auparavant dans le devoir, il prendra de là l'occasion de mépriser les forces de Sa Majesté, & de se joindre aux Espagnols sans que rien puisse l'en détourner.

Par ces raisons plus étendues Gonzague supplioit le Roi de suspendre la restitution, & de renvoyer l'affaire au Parlement de Paris, à qui il appartient de droit de connoître des biens patrimoniaux du Roi; ajoutant que cela lui serviroit d'excuse honête auprès du Duc de Savoye.

Que s'il avoit résolu la restitution, il le supplioit de le décharger du Commandement dont il l'avoit honoré en ce Pais; & il envoya au Roi un modèle sur lequel il souhaitoit que l'Acte fût fait, afin que sa fidélité fût connue de tout le monde, & que la postérité apprît qu'il avoit employé tout ce qui avoit dépendu de lui pour empêcher une restitution si ruineuse.

Peu de tems après Henri d'Angoulême Bâtard & Grand-Prieur de France, fut envoyé pour mettre à exécution la grace qu'on venoit d'accorder au Duc de Savoye, à qui il remit Pignerol & Savillan, après en avoir retiré les Garnisons, les Canons, & autres effets.

La Restitution faite, le Duc de Savoye comme l'avoit prédit Gonzague, méprisa la France *(ficut Gonfaga prædixerat) non defiit Sabaudus voto, confilio, & facto in Regem ipfum, & Reginam, Gallicumque Regnum cui tantùm debebat, Confilia occulta ftruere, quæ & variis modis ac temporibus compofita, morte præventus, filio transfcripfit, ad effectum utcumque per eum tandem perducta, ut deinceps videbimus.*

Thuanus lib. 59. anno 1574.

France & ne ceffa de tramer fecrettement tout ce qu'il put contre le Roi, contre la Reine, & contre le Royaume de France, à qui il avoit tant d'obligation ; mais enfin prévenu par la mort, il tranfmit à fon fils fes mêmes fentimens qui eurent enfin leur effet comme l'on verra dans la fuite.

De Thou Hift. l. 59. an. 1574.

EXEMPLES
DES ROIS ET
PRINCES

Qui ayant fait des Traitez de Confédération & d'Alliance, avec d'autres Princes, fous condition de ne pas traiter de Paix ou de Trêve avec leurs Ennemis communs que conjointement & d'un mutuel confentement, ont néanmoins fait le contraire ; & quel en a été le fuccès.

CEla fe peut faire légitimement, pourvû que ce foit une extrême néceffité de leur état qui les contraigne de la forte, & en intention de ne point abandonner fes Alliez qui feroient puis après en danger d'être opprimez, mais de les aider & conforter à leur poffible.

I.

Philipe le Bon, Duc de Bourgogne au Traité d'Arras avec le Roi Charles VII. l'an 1431. fans le Roi d'Angleterre.

II.

Le Roi d'Angleterre avec le Roi Louïs XI. fans Charles Duc de Bourgogne.

III.

Le Pape Clément VII. avec l'Empereur Charles V. fans le Roi François premier.

IV.

Le Roi de Dannemarck avec l'Empereur Charles V. fans le Roi François premier.

V.

L'Empereur Charles V. avec le Roi François I. fans le Roi d'Angleterre au Traité de Crefpi l'an 1544.

VI.

Maurice Electeur de Save, & autres Princes d'Allemagne, fans le Roi Henri II. au Traité de Paffaw l'an 1552.

VII.

Le Sénat de Venife avec l'Empereur des
TOM. I.

Turcs, fans le Pape & fans le Roi d'Efpagne.

VIII.

Henri le Grand avec le Roi d'Efpagne, fans la Reine d'Angleterre, & les Provinces-Unies des Païs-Bas, au Traité de Vervins l'an 1598.

Que la France ne doit faire en même tems la Guerre avec l'Allemagne & l'Efpagne.

Exemple du Roi Louïs XI. pour Cambrai & le Quefnoi en Hainaut.

Exemples des Princes d'Allemagne & autres Païs ; qui étant en différend avec leurs Souverains, fe font alliez avec les Princes étrangers & imploré leur protection ; & depuis ont traité fans eux, lorfqu'ils ont trouvé leurs avantages.

I.

DE Maurice Electeur de Saxe allié avec le Roi Henri II. contre l'Empereur Charles V.

II.

De ceux de la Religion Prétendue Réformée avec la Reine d'Angleterre contre le Roi Charles IX.

III.

De ceux de la Ligue avec le Roi d'Efpagne, contre le Roi Henri IV.

Traitez avec l'Efpagne où eft fait mention des Ceffions & Tranfports de plufieurs Seigneuries en faveur des Mariages, pour raifons defquels il y avoit auparavant des Prétentions & des différends entre les Rois de France & d'Efpagne & autres Princes.

I. Le

I. LE Royaume de Naples.
II. Le Duché de Milan, & la Seigneurie de Genes.
III. Le Duché & Comté de Bourgogne, les Comtez d'Artois, de Masconnois, & d'Auxerrois.

LE ROYAUME DE NA-PLES.

I. Par le Traité de Paix de Blois de l'an 1505. il fut convenu que le Roi Louis XII. donneroit en dot à sa Niéce Germaine de Foix la moitié du Royaume de Naples, en faveur de son Mariage avec Ferdinand Roi d'Arragon, à la charge que s'il n'y avoit aucuns enfans dudit Mariage ladite moitié reviendroit audit Roi & à ses Successeurs.

II. Par le Traité de Blois de l'an 1513. il fut convenu qu'en faisant le Traité de Mariage de Renée, fille puinée dudit Roi Louis XII. avec Charles Prince d'Espagne, ou avec son frére Ferdinand Roi d'Arragon, Louis cederoit ses droits sur ledit Royaume.

III. Par le Traité de Noyon de l'an 1516. il fut convenu que le Roi François I. constitueroit en dot à sa fille aînée Louïse, le droit qui lui apartenoit au Royaume de Naples en faveur du Mariage de sadite fille avec ledit Charles Prince d'Espagne pour lors Roi de Castille; & que s'il n'y avoit aucuns enfans de ce Mariage ledit Roi François conserveroit le droit qu'il prétendoit au Royaume de Naples.

LE DUCHE' DE MILAN ET LA SEIGNEURIE DE GENES.

Par ledit Traité de Blois de l'an 1513. il fut convenu que le Roi Louis XII. donneroit le Duché de Milan & la Seigneurie de Genes en faveur de ce Mariage, à Renée sa fille puinée avec Charles Prince d'Espagne ou avec Ferdinand frére dudit Charles, pour eux & leurs enfans mâles & femelles.

LE DUCHE' DE MILAN.

Par le Traité de Crespi de l'an 1544. il fut convenu, que si le Mariage de Charles Duc d'Orleans second fils du Roi François I. se faisoit avec la seconde fille de Ferdinand Roi des Romains, l'Empereur Charles V. céderoit & transporteroit le Duché de Milan, & en donneroit l'investiture audit Duc d'Orléans, & à ladite seconde fille pour eux & leurs hoirs mâles descendans dudit Mariage.

LE DUCHE' DE BOURGOGNE.

Par ledit Traité de Crespi l'an 1544. il fut convenu dudit Mariage de Charles Duc d'Orléans, second fils du Roi François I. avec Marié fille ainée de l'Empereur Charles V. pour raison de quoi ledit Empereur renonceroit au droit qu'il prétendoit audit Duché de Bourgogne, au Vicomté d'Auxonne & au ressort de Saint Laurens, comme aussi d'Auxerrois, Masconnois, & à la Seigneurie de Bar-sur-Seine, sous la réservation d'y revenir si le Mariage ne se faisoit de ladite fille avec ledit Duc d'Orléans, ou que ledit Mariage se faisant, il n'y eût aucuns enfans de ce Mariage.

LES COMTEZ D'ARTOIS, DE BOURGOGNE, DE MASCONNOIS ET D'AUXERROIS.

Par le Traité d'Arras, en l'an 1482. il fut convenu que le Comté d'Artois seroit le partage & la Dot de Marguerite, fille de Maximilian Archiduc d'Autriche, femme future dudit Dauphin, fils ainé du Roi Louis XI. pour en jouir par les hoirs mâles & femelles qui naitroient dudit Mariage; & au défaut d'iceux qu'il retourneroit à l'Archiduc Philippe, frére de ladite Marguerite & à ses hoirs.

De même il fut conclu & accordé pour le Comté de Bourgogne,

Et encore pour les Comtez de Masconnois & Auxerrois,

Et les Seigneuries de Salins, Bar-sur-Seine, & de Noyers.

Ce qui montre qu'il se peut faire un Traité de Paix, ou de Tréve entre le Roi & le Roi d'Espagne, par lequel en faveur du Mariage du Roi avec la fille du Roi d'Espagne, ou avec u-ne des filles de l'Empereur, ou bien de celles du feu Archiduc Léopold Comte de Tirol, frére de l'Empereur Ferdinand II. il soit convenu qu'il demeure en possession de ce qui a été conquis aux dernières Guerres, aux Comtez de Flandres, Artois, & Hainaut, au Duché de Luxembourg & autre part.

Si l'on replique que les Provinces des Pais-Bas ont été réunies pour toujours aux Royaumes de Castille & d'Arragon, par les Testamens de l'Empereur Charles V. & Philippe II. Roi d'Espagne aux années 1544. & 1585.

A cela réponse est : que quoique ce qui est des appartenances des Royaumes indivisibles & inaliénables, ne se puisse céder pour toujours, néanmoins la possession en peut être délaissée pour quelques années aux possesseurs.

Comme cela se pratique par raport à la Hollande, la Zélande, la Frise & autres Seigneuries par le Traité de Tréve en l'an 1609. avec la République des Provinces-Unies des Pais-Bas : & ainsi le Roi d'Espagne peut pareillement délaisser au Roi les Conquêtes dernières pour autant de tems; & après cela convenir à l'amiable des différends de part & d'autre, pour raison du Royaume de Navarre, & autres Seigneuries qui sont en débat entr'eux.

Le peu d'aparence qu'il y a de parvenir de plusieurs mois, à une Conférence, pour traiter de Paix ou de Tréve à Munster ou à Osnabrug.

I.

LA Guerre continuë en Allemagne, en Espagne, aux Pais-Bas, en Italie, & en Hongrie, de la part de l'Empereur, de la France, de l'Espagne, de la Suéde & du Portugal, comme aussi des Provinces des Pais-Bas, des Electeurs de Baviére & de Saxe, de la Landgrave de Hesse, du Duc de Savoye, du Prince de Transilvanie : un chacun espére de l'avantage, sans parler encore d'aucunes suspensions d'armes.

II. LE'm-

II.

L'Empereur ne veut permettre que les Princes & Etats de l'Empire, soient restituez en leurs Seigneuries par l'entremise de la France & de la Suéde, & qu'ils leur en demeurent obligez, mais qu'ils dépendent de sa pure grace & miséricorde : il veut que leur rétablissement se fasse sous telles conditions qu'il lui plaira, entr'autres qu'ils renoncent à toutes Alliances étrangéres & s'unissent contr'eux avec la Maison d'Autriche.

III.

Il ne veut non plus permettre que tous les Princes & Etats dudit Empire délibérent sur la Paix avec lui, & avec les Ambassadeurs des deux Couronnes, ainsi qu'elles en font instance ; d'autant qu'il prétend qu'il dépend de lui seul de traiter de la Paix par l'avis de ceux qu'il voudra choisir, comme il s'observe par les Rois de France, d'Espagne, & de Suéde, & autres Rois ; & que ses Sujets ne doivent donner conseil à ses Ennemis avec lesquels il est en Guerre ouverte : de sorte qu'il leur défend sous de très-grandes menaces d'envoyer leurs Députez pour ledit fait ni à Munster, ni à Osnabrug.

IV.

Outre cela il ne prétend traiter avec la Suéde que lorsque le Roi de Dannemarck y sera compris, de sa part & des Electeurs de son Parti, comme ce Roi leur étant un fidéle assistant, qui entretient à présent avec beaucoup de ferveur des armées sur terre & sur mer contre les Suédois.

Et pour cela il n'est point au pouvoir de ses Ambassadeurs, de traiter avec les Alliez de la France & de la Suéde, ainsi que le pouvoir des Ambassadeurs de France est pour traiter avec les Ambassadeurs de l'Empereur.

Les Remedes à ce que dessus.

I.

Que la France recherche par le moyen du Pape, & de la République de Venise une suspension d'armes pour trois ou quatre mois avec l'Empereur, le Roi d'Espagne, & leurs Alliez, pourvû que la Suéde, les Provinces-Unies des Pais-Bas & autres Alliez de la France consentent à cette suspension ; suff à la prolonger selon qu'il sera nécessaire, comme il s'est fait par la Tréve entre le Roi d'Espagne & lesdites Provinces en l'an 1609.

II.

Que la France poursuive le rétablissement des Princes & Etats de l'Empire, en leurs Seigneuries & droits avec offre de restituer à proportion, autant de ce qu'elle tient en Allemagne sur la Maison d'Autriche & ses Alliez.

III.

Que la France & la Suéde se désistent de leurs poursuites, à ce que les Princes & Etats de l'Empire délibérent sur la Paix avec l'Empereur ou avec les Ambassadeurs de ces deux Couronnes ;

comme cela étant impossible à obtenir, & enfin plus dommageable que profitable ausdites Couronnes.

IV.

Et quant à la Guerre & aux différends entre le Dannemarck, & la Suéde, la France doit faire ses efforts pour porter les partis à un accommodement, le plûtôt que faire se pourra ; & si le Conseil de Suéde n'y veut pas entendre, traiter à part sans les Suédois, d'autant que les Traitez d'Alliance portent par tout que la Suéde fera tout son pouvoir en Allemagne pour attaquer les Terres patrimoniales de la Maison d'Autriche, & faire une diversion de son côté, & elle ne s'en peut duement acquitter, ayant cependant une autre Guerre qui l'en divertit.

De la vocation de tous les Princes & Etats de l'Empire, par les Ambassadeurs de France & de Suéde à Munster & à Osnabrug, pour y délibérer sur la Paix avec l'Empereur & avec lesdits Ambassadeurs. De l'impossibilité qu'il y a que cela s'obtienne; & quand ils y viendront, la plûpart des voix seront du parti de l'Empereur & suivront son avis.

I.

IL n'y a Loi ni Capitulation Impériale ou Convention des Empereurs avec les Electeurs qui obligent l'Empereur de ne pouvoir traiter de la Paix avec les Rois & autres Princes étrangers sans avoir le conseil de tous les Princes & Etats de l'Empire ; & les Agens & Administrateurs du Royaume de Suéde ont répondu en l'an 1637 aux Ambassadeurs de l'Empereur qui demandoient que le Pouvoir de la Reine & desdits Regens pour traiter de la Paix, fût signé par les Etats Généraux, que les Rois de Suéde ont pouvoir de traiter seuls de la Paix avec les Princes étrangers leurs ennemis : c'est ce que portent les Actes des Préliminaires de la Paix, *Subdelegatus Suecici Regis apud se utpote in statu vera Monarchiæ regimen regnumque esse absolutum, allumque juris Majestatis, ex quo & hic circa pacem faciendam pertineret, penes solum Regem esse ;* c'est à-dire ; l'Envoyé du Roi de Suéde repliqua, que l'Etat de la Suéde étoit Monarchique, & que le pouvoir de faire la Paix, & de regler toutes choses pour y parvenir, résidoit en lui seul.

II.

Il ne se trouve aussi aucun exemple que cela ait été pratiqué ; comme il paroît assez entre autres de tous les Traitez des Rois de France, avec les Empereurs Maximilien I. & Charles V.

De feu Louis XIII avec l'Empereur Ferdinand II. à Ratisbonne en l'an 1630.

Et du Roi de Dannemarck avec le même Empereur à Lubec en l'an 1629.

Gg 3 III. L'Em-

1644.

III.

L'Empereur aujourd'hui regnant empêche & défend formellement à tous les Princes, & Etats de l'Empire excepté aux Electeurs qui dependent entierement de lui d'envoyer leurs Députez aux Conférences pour la Paix avec la France & la Suéde sous prétexte qu'il s'agit de son autorité Impériale qui s'amoindriroit par ce moyen, & que les Princes étrangers n'ont que faire de prendre connoissance des différends d'Allemagne, mais qu'il n'apartient qu'aux Allemans seuls d'y remédier.

IV.

Joint l'apréhension qu'il y a que quelques-uns de ces Princes & Etats se déclarent contre lui avec les François & les Suédois afin qu'il révoque les donations des Seigneurs que le feu Empereur & lui ont faites à plusieurs, pour en priver à toûjours les propriétaires; & qu'il n'est aucunement loisible aux Sujets de donner leurs Conseils aux Princes étrangers, ni avoir intelligence & correspondance, ni s'unir avec eux aux différends, à cause desquels ils font en guerre avec les Princes Souverains.

V.

Les Electeurs voudront que leurs Députez assistent aux Conférences ayant le même rang, & les mêmes prérogatives d'honneur que la République de Venise, ainsi que le demande la République des Provinces-Unies des Pays-Bas, que leur étant vraisemblablement refusé par la France & la Suéde, ce seroient autant de longueurs & d'inimitiez contre les deux Couronnes.

VI.

Et au cas que tous ces Princes & Etats comparoissent, la plûpart du moins, soit par intérêts particuliers ou par crainte, ou par autres raisons, seront du parti de l'Empereur, & s'uniront ensemble, & contribueront de leur possible pour contraindre en cas de refus les deux Couronnes de quitter tout ce qu'elles ont conquis dans l'Empire.

Espérant par ce moyen trouver plûtot leur repos au dedans: les Empereurs Maximilian I. & Charles V. se sont déja servi à la même fin des Allemans en leurs guerres contre nos Rois, soit aux Diétes Impériales ou autres Assemblées solemnelles, où ils leur ont donné à entendre qu'ils étoient obligez à la conservation des droits de l'Empire contre les Nations étrangéres.

VII.

De sorte que le meilleur expédient & le plus avantageux ausdites Couronnes, c'est de traiter avec l'Empereur sans l'entremise de tant de différens avis.

Il se trouvera sans doute moins de délais & de remises à un accommodement & à un Traité de Paix, qui pour plus grande sureté seroit aprouvé par les Etats Généraux d'Allemagne, en une Diete Impériale, & de même par les Etats Généraux de Suéde, comme aussi vérifié, publié & enregistré en tous les Parlemens du Royaume de France & Chambre des Comptes de Paris, selon que ci-devant il a été observé.

1644.

JOURNAL

De ce qui s'est passé à la Conférence pour la Paix entre les Ambassadeurs de Louis XIV. Roi de France & ceux de l'Empereur Ferdinand III. & de Philippe IV. Roi d'Espagne à Munster en Westphalie l'an 1644.

LEs Ambassadeurs & Plénipotentiaires de France, sont Mrs. d'Avaux & Servien, qui ont été choisis par la Reine Régente, & par le Conseil du Roi, à cause de leur emploi, & longue expérience en plusieurs Ambassades en Italie, en Suéde, & en Allemagne: ce sont des personnages très-prudens, & généreux, qui ont toutes les qualitez requises pour une charge de si grande importance.

Ils sont arrivés à la Haye en Hollande le 23. Novembre 1643. ayant avec eux un nommé de Castro, Ambassadeur du Roi de Portugal, & un Député de la Principauté de Catalogne, leurs Domestiques & Volontaires en nombre de plus de trois cens.

Au devant d'eux proche de Ryswyck, lieu de plaisance du Prince d'Orange, & à une demie lieuë de la Haye, le Fils du Prince d'Orange alla à leur rencontre accompagné de plusieurs Comtes & Seigneurs dans les Carosses jusqu'au nombre de 30. que le Prince d'Orange & les plus grands Seigneurs de la Cour envoyérent pour leur faire d'autant d'honneur.

Le 1. Decembre ces Plénipotentiaires François se rendirent à l'audience sur les douze heures avec le même nombre de Carosses; ils trouvérent en la Chambre dudit Conseil les Députez des Etats Généraux, jusqu'au nombre de 21. & tous s'assirent sur les chaises devant une Table en travers, ayant le dos du côté de la Porte, & lesdits Députez vis à vis aussi dans les Chaises, ayant derriére eux plusieurs Députez Extraordinaires de la Province d'Hollande, lesquels étoient debout.

Leur Pouvoir, qu'ils avoient de Sa Majesté avec le Duc de Longueville, qui devoit venir à la Conférence dans quelque tems, fut lu tout haut par le Greffier desdits Etats: ensuite conformément à ce Pouvoir.

Monsieur d'Avaux fit la proposition, qui fut d'assurer les Provinces-Unies des Pais-Bas de l'affection & amitié de Sa Majesté envers ces Provinces, à l'exemple de Henri IV. & Louis XIII. ses Ayeul & Pére, de les assister pour toûjours contre leurs ennemis communs, & de ne s'en départir jamais, de faire une plus étroite Alliance avec eux que ci-devant, & ne traiter de Paix qu'après avoir pris leur avis: cela se dit en si bons termes, & avec telle grace, qu'il en a été estimé de toute l'Assemblée. Il lui fut répondu en peu de mots, avec remerciement par le Sr. de Meyndersfwick, du corps des Nobles de la Duché de Gueldres, qui présidoit alors.

L'Après-dîné ils allérent rendre visite sur le soir à Monsieur le Prince d'Orange, avec lequel ils furent une heure & demie; & après ils rendirent le même devoir à Madame la Princesse

ceſſe d'Orange , avec laquelle ils furent cinq quarts d'heure. Elle eſt fille du Comte de Solms, & elle étoit accompagnée de ſes ſœurs, la Baronnne de Donnaw , & de la Baronne de Brederode, de ſa fille ainée, d'une des Prin-ceſſes de Portugal, niéce du Prince d'Orange, qui étoient debout , & elle étoit aſſiſe dans une Chaiſe à main gauche d'un grand Daiz , & leſ-dits Ambaſſadeurs auſſi dans des Chaiſes à ſa main droite, au deſſous d'elle, & le dos tour-né vers la porte.

Elle les conduiſit juſqu'au bout de la Cham-bre , ſuivie deſdites Princeſſes & Baronnes : je m'étonnai un peu de voir debout leſdites Ba-ronnes de Brederode & de Donnaw devant ladite Princeſſe leur Sœur puinée , qui étoit aſſiſe comme deſſus.

Le lendemain & les autres jours ſuivans , ils firent diverſes viſites & en reçurent pareille-ment.

Le cinquième Décembre François de An-drada Ambaſſadeur de Portugal vint rendre vi-ſite à Mr. d'Avaux , lequel reconduiſit ledit Ambaſſadeur , & il lui donna la main droite. Le ſujet de cette viſite étoit pour lui faire ſa-voir les cruautez exercées le 15. Mai de cet-te année par ceux de la Compagnie des Indes Occidentales , contre les Portugais proche de Saint Paul de Loanda en Afrique , devers Congo & Bengala, dont il avoit fait ſa remon-trance aux Etats Généraux depuis trois jours, comme y ayant contrevenu au Traité de Trê-ve pour dix ans fait à la Haye en l'an 1641. le 21. Juin; dont les Caſtillans leurs ennemis com-muns pouvoient tirer des avantages, en voyant les Alliez diviſez entr'eux; excuſant quant & quant ce qui s'étoit paſſé contre les Hollandois aux Iſles de Maragnon au Breſil, de Saint Tho-mas en Afrique, parce que cela avoit été cau-ſé par les Habitans deſdites Iſles , & non par les Portugais.

Le 10. Decembre ils ont commencé de conférer avec les Députez des Provinces-Unies pour aviſer à quoi l'on ſe réſoudra , pour la Paix, ou pour la Guerre , ou pour la Trêve. La Conférence s'eſt tenuë au logis de Mr. d'A-vaux; il étoit aſſis au haut de la Table, ayant à ſa main gauche Mr. de la Thuillerie , Am-baſſadeur Ordinaire , & au deſſous d'eux des deux côtez leſdits Srs. Députez , qui ſont le Sr. de Meynderſwick pour le Duché de Gueldre, les Srs. Matheneſſe & Heemſtede pour le Comté de Hollande, & de... pour la Zelande, Van der Hoolck pour le Pays d'Utrecht, Ripperda pour le Pays d'Overiſſel, & Aldringa pour le Pays de Groningue, n'en ayant encore aucun nommé pour la Friſe : il ſemble qu'il y aura de la longueur, avant que de ſe réſoudre ſur le tout , d'autant que c'eſt une loi fondamentale, des ſept Provinces , que pour les Traitez de Trêves & de Confédération , & pour la de-nonciation & continuation de la guerre, il faut avoir le conſentement de chacune deſdites Pro-vinces.

AUDIENCE DE CONGÉ

Priſe de Meſſieurs les

AMBASSADEURS

DE FRANCE

A la Haye le 13. Mars 1644.

L'An 1644. le 13. Mars Monſieur le Com-te d'Avaux , Ambaſſadeur Plénipotentiaire du Roi pour la Paix Générale, aſſiſté de Mr. Servien , auſſi Ambaſſadeur Ordinaire à la Haye , a fait ſa Harangue de Congé aux Etats Généraux, où après les avoir aſſuré de la vo-lonté du Roi, & de la Reine Régente, d'entre-tenir le dernier Traité de Confédération & al-liance avec eux contre leurs ennemis com-muns & remarqué les points à traiter à la Pacification générale de Munſter , il a exhorté de modérer l'exécution de leurs Edits con-tre les Catholiques , par leſquels ils défendent de faire aucunes Aſſemblées publiques , pour l'exercice de la Religion , & davantage dé-fendent l'entrée du Pays aux Jéſuites & au-tres Religieux , ſous des peines pécuniaires & autres. Outre ce qu'ils n'admettent point de Catholiques aux Charges de Juſtice, des Finan-ces, de la Police, & autres, encore qu'ils ayent contribué pour délivrer le Pays du joug des Eſpagnols , ne s'enſuivant pas que pour être Catholique, l'on ſoit du parti d'Eſpagne.

Mais ils ont pris cette propoſition en ſi mau-vaiſe part, que le même jour & le jour ſuivant ils ont fait deux Décrets, par leſquels ils décla-rent qu'une telle recommandation eſt préſomp-tueuſe , (ce ſont les mêmes termes) & leur eſt déſagréable , & qu'elle eſt contraire à la ſure-té & au repos du public, du Pays, de leurs Loix & Ordonnances, & au préjudice de leur Religion qui eſt la Réformée qu'ils apellent la vraye Religion : Leur intention étant au con-traire de publier encore de nouveaux Edits contre ceux du parti du Pape, ſi ce qu'ils diſent , d'affection Eſpagnole & prient Dieu pour le Roi d'Eſpagne. Que cette Décla-ration ſera auſſi communiquée avec les décrets qui ſeront repréſentez au Roi & à la Reine de France, donné à entendre auſdits Ambaſſadeurs par dix de leurs Députez accompagnez du Greffier : Et de plus envoyé en chacune de leurs Provinces en particulier.

Sommaire du Réſultat des Etats Généraux des Provinces-Unies des Pays-Bas, à la Haye le 3. Decembre 1639. ſigné Muſch, touchant le rang & la préroga-tive d'honneur de la République deſdites Provinces, & auſſi pour la réception des Ambaſſadeurs des Rois & autres Princes étran-gers.

L'On ne doit avoir aucun égard à la qualité des perſonnes qui ſont commiſes au Conſeil

feil des Etats Généraux des Provinces-Unies, mais feulement à la dignité defdites perfonnes, qui l'ont ainfi déclaré en l'an 1581. outre que le Roi d'Efpagne étant déchu de la Souveraineté & propriété de ces Pays, ils fe font grandement accrus aux Indes Orientales & Occidentales & autres parties du Monde, & ils ont fait des Traitez de Confédération, & autres avec une grande partie des Rois, Princes, & Républiques de l'Europe.

I.

C'eft pourquoi cette République doit avoir le rang indubitablement après les Royaumes & la République de Venife, par préférence par deffus les Electeurs, Princes, & autres Etats de la Chrétienté, comme il a été ordonné & obfervé depuis la Trêve de douze années en l'an 1609. par le Roi de France Henri IV. le Roi de la grande Bretagne, & ladite République de Venife.

II.

Au parler & fubfcription des Lettres aux Etats Généraux l'on met en François *Hauts & Puiffans Seigneurs : Vos Hautes Puiffances.* En Italien, *Alti Potenti Signori.* Et en Latin, *Celfi & Præpotentes Domini.*

III.

Les Rois de France & d'Angleterre ne mettent pas leurs titres au commencement de leurs Lettres aufdits Etats comme font les Rois de Pologne, de Dannemarck & de Suéde.
Ils mettent au bas de leurs Lettres : *Vôtre bon ami & Confédéré Louis. Votre bon ami & votre très-affectionné ami Charles Roi.* Les autres mettent fimplement leur nom.

IV.

Le Roi de France met au commencement & fur la fin de fa Lettre ; *très chers, grands Amis, & Alliez & Confédérez.* Le Roi d'Angleterre; *Hauts & Puiffans Seigneurs, nos bons amis & Alliez.* Le Roi de Pologne; *Illustrisfimi, Illustres, Magnifici, generofi, nobiles & fpectabiles Domini, amici nostri Chariffimi :* & auffi, *Illustriffimi, magnifici, generofi, nobiles, fpectabiles Ordines Generales Provinciarum Confæderatarum Belgicarum grate nobis dilecti.* Le Roi de Dannemarck ; *Hauts & Puiffans Seigneurs, bons amis & voifins :* il met au devant, *notre volonté favorable & très-clemente :* & auffi, *notre très-clemente & favorable volonté.* Et la Reine de Suéde; *Illustres ac potentes, boni amici, & confæderati.* Il faut fe tenir à ce que les Rois de Pologne & de Suéde écrivent en Latin, mettent à l'imitation des Rois de France, *Celfi ac potentes,* & *Veftra Celfitudo ;* au lieu de *veftræ Illustriffimæ generofitates.* Ils ne mettent pas leurs titres audevant de la Lettre, & mettent au bas; *vôtre bon voifin & ami.* Et qu'au commencement de la Lettre du Roi de Dannemarck, on ne mette; *notre favorable & très-clemente volonté.*

V.

Les Electeurs & autres Princes Souverains doivent écrire aux Etats Généraux, *vos Hautes Puiffances,* & non, *les Hauts & Puiffans,* en tierce perfonne : s'ils font autrement, lefdits en doivent ufer de la même maniére, en tierce perfonne ; & fi lefdits Electeurs écrivent aufdits Etats, *votre Haute Puiffance,* lefdits Etats envoyeront de même vers eux.

VI.

Les Ambaffadeurs de cet Etat fe trouvant avec ceux des Rois en Pays étrangers, tendent la main à ce qu'il y ait égalité aux congratulations de premiére vue de vifite mutuelle : & au parler, comme les Ambaffadeurs de France & d'Angleterre en ont ufé envers cet Etat, ce qui a été omis depuis quelque tems : & enfuite par ceux de Venife, en ce qui eft de marcher les premiers, & avoir la main droite, comme encore d'avoir un plus haut titre & venant de dehors, être les premiers à qui on fuffe vifite.

VII.

Et fe trouvant avec ceux des Electeurs & autres Princes Souverains, ils doivent les traiter aux congratulations de la premiére vue, aux vifites, & au parler, & fe comporter en toutes maniéres, felon qu'ils feront traitez de la République de Venife.

VIII.

Les Ambaffadeurs du Roi & ceux de Venife venant de dehors pour la première fois, & à leur départ après avoir pris leur congé, & s'en retournant ont été reçus & accompagnez ci-devant par le Prince d'Orange, & en fon abfence par quelques-uns des Etats Généraux de toutes les Provinces, ce qui dorenavant fe doit faire par des perfonnes qualifiées n'étant pas de l'affemblée des Etats Généraux, par des Officiers de Guerre, & autres en l'abfence de telles perfonnes de qualité, par les Députez de ladite Affemblée.
Aux premiéres audiences des Ambaffadeurs, & en leur audience de congé, ils doivent être amenez & ramenez en leurs Logis par des perfonnes de qualité. En leur abfence comme ci-deffus, par des Députez des Etats Généraux avec certain nombre de Caroffes : pour les autres Audiences, il fuffit que les Ambaffadeurs tant Ordinaires qu'Extraordinaires des Rois, & auffi de la République de Venife, foient accompagnez par quelqu'un, au lieu du Maître des Cérémonies, ou du Maître d'Hôtel, & conduits à la nouvelle Chambre, où ils feront amenez par deux Commis de l'Affemblée des Etats Généraux, & par iceux conduits jufqu'à la porte.

IX.

A l'Affemblée des Etats Généraux il fera parlé & répondu à ces Ambaffadeurs en Langue Flamande, en tierce perfonne, en leur difant, *les Sieurs,* & en Langue Françoife, *vous & vôtre :* confidéré que le Prince d'Orange même ne leur donne aucun titre.

Et auffi il ne fera ufé dorenavant envers eux de ce mot de *Seigneurs* par les Sieurs Etats Généraux.

XI. Pour

XI.

Pour ce qui concerne les Ambaſſadeurs des Rois qui paſſeront par ces Etats & n'y ſeront envoyez directement, ils ne ſeront accompagnez ni à l'entrée ni au ſortir, ni ne leur ſera fait aucun préſent, ni ne ſeront logez, ni on leur fera d'autres honneurs tels que deſſus, excepté à ceux qui auront des Lettres de Créance addreſſées au Prince d'Orange, ou au Préſident des Etats, & qu'ils les auront délivrées, ayant quelque choſe à propoſer : auquel cas ils recevront les mêmes honneurs, mais il ne leur ſera fait aucun préſent.

XII.

Les Ambaſſadeurs des Rois & de la République de Veniſe Ordinaires & Extraordinaires, ſeront logez à la Maiſon Commune du Maître d'Hôtel, ou autre lieu commode qui ſe préſentera, juſqu'au jour de la premiére audience; ils ſeront défrayez trois jours durant à raiſon de 1200. livres, y compris les dépenſes pour le boire, ſerviétes & autrement.

XIII.

A l'Aſſemblée des Etats Généraux, il leur ſera donné une grande Chaiſe à doſſier & à bras.

Mais par raport aux Réſidens des Rois, & tous autres Députez & Commiſſaires des Electeurs, Princes & autres n'ayant qualité d'Ambaſſadeur : Item pour les Députez des Comtes de l'Empire & des Villes Anſéatiques, ils doivent avoir un ſiége commun. Et quant aux Agens, ils ſeront ouïs debout de même que tous les Officiers de ce Païs ſoit Politiques, ſoit Militaires, qui propoſent leurs affaires nue tête & debout; excepté ceux des Conſeils & de la Cour Souveraine pour la Juſtice, & les Finances.

XIV.

Tous les Ambaſſadeurs Extraordinaires des Rois, & autres Princes, venant pour traiter avec les Etats Généraux, touchant les Traitez publics, & autres affaires, les doivent toûjours propoſer en lieu public; ſauf, s'il y a quelque choſe de ſecret, d'en communiquer en leurs Logis avec les Commiſſaires des Etats Généraux.

XV.

Les Commiſſaires des Etats Généraux doivent en ce lieu comme en toute autre part avoir la préſéance dans le logis deſdits Ambaſſadeurs, de même qu'en pareil cas elle doit être donnée reciproquement auxdits Ambaſſadeurs.

XVI.

Si quelques Miniſtres publics de quelques Princes Etrangers ou Potentats, réſidens en ce lieu, ou venant de dehors, invitent à un banquet ou feſtin les Députez des Etats Généraux, il y en aura du moins un de chaque Province, auquel ceux qui les auront invité donneront le haut & le premier lieu.

XVII.

Pour mieux obſerver les points que deſſus, en ce qui regarde les Ambaſſadeurs, & autres Miniſtres, il ſera choiſi par le Prince d'Orange & les Etats Généraux une perſonne de qualité & propre à cela, ſous le titre de Maître de Cérémonies & Introducteur des Ambaſſadeurs.

XVIII.

Et de tout ce qui eſt exprimé ci-deſſus il en doit être donné connoiſſance où il appartiendra, pour être obſervé de part & d'autre.

DECLARATION

De Mr. d'Eſtrades faite de la part du Roi à Meſſieurs les Etats.

A la Haye le 17 Fevrier 1644.

MESSIEURS,

VOus avez pû voir en pluſieurs rencontres, depuis la Régence de la Mére du Roi, avec quel zéle & affection, elle s'eſt portée pour tous les Intérêts de vos Seigneuries.

Ce que j'ai à vous dire, Meſſieurs, de ſa part vous confirmera par des effets la bonne volonté que Sa Majeſté continue d'avoir pour la gloire & l'avantage de cet Etat; ayant reçu ordre de déclarer à vos Seigneuries, que Sa Majeſté accorde pleinement, ſans aucunes réſerves ce qu'ils ont demandé touchant les rangs de Meſſieurs les Ambaſſadeurs, ſon intention étant qu'ils ſoient traitez comme ceux de Veniſe.

Je ne doute pas, Meſſieurs, que comme vos Seigneuries voyent que Sa Majeſté procéde avec tant d'affection pour leur donner contentement dans une choſe qu'ils ont pourſuivie tant d'années ils ne faſſent auſſi tout leur poſſible pour donner la ſatisfaction, que Sa Majeſté leur demande avec inſtance de terminer les affaires du Roi de Portugal avec Meſſieurs de la Compagnie des Indes, & celle de Madame la Landgrave, avec Monſieur le Comte d'Embden.

Et qu'auſſi vos Seigneuries prennent une bonne & prompte réſolution d'agir puiſſamment dans cette Compagnie, & profiter d'une conjoncture ſi favorable, laquelle, comme j'eſpère, me donnera le moyen de faire voir à vos Seigneuries la paſſion que j'ai toûjours eue pour leur ſervice.

Fait à la Haye le 17. Fevrier l'an 1644.
Etoit ſigné D'ESTRADES.

Du droit de Monſieur le Duc DE LA TRIMOUILLE au Royaume de Naples, par préférence ſur le Roi d'Eſpagne : & néanmoins que la demande qu'il en fera à la Conférence, pour la Paix Générale,

Hh

1644.

le, lui fera inutile, & n'en pourra tirer aucun avantage.

I.

L E droit de Mr. le Duc de la Trimouille au Royaume de Naples, eft fondé fur ce qu'il eft iffu de Charlotte, fille de Frédéric d'Arragon, Roi de Naples, laquelle fut mariée en l'an 1500. avec Gui XVI. du nom Comte de Laval, qui en eut une fille Anne de Laval, femme de François de la Trimouille Prince de Talmont, & Bifayeul de mondit Seigneur le Duc de la Trimouille.

II.

Ledit Frédéric étoit fils de Ferdinand d'Arragon, Roi de Naples, fils naturel d'Alphonfe le Grand, Roi d'Arragon, de Sicile, & de Naples; lui échut ce Royaume après le décès de fon neveu Ferdinand II. Roi de Naples, tant par Succeffion & proximité de lignage, que par la difpofition en l'an 1458. de fon Ayeul ledit Alphonfe le Grand au profit dudit Ferdinand fon fils naturel,& de fes Defcendans,confirmée par les Papes Pie II. & Alexandre VI.

III.

Mais fon Coufin Germain Ferdinand V. Roi d'Arragon, fils de Jean II. auffi Roi d'Arragon, qui étoit frére puiné dudit Alphonfe le Grand, trouva moyen de l'ufurper, & de s'en faifir, duquel titre le Roi d'Efpagne jouit à préfent, fans autre fondement valable.

IV.

Le malheur eft pour Mr. de la Trimouille qu'il eft foutenu de la part du Roi, qui a plus de droit qu'aucun autre Seigneur, parce que ce Royaume a été laiffé à nos Rois par le Roi Charles IV. de la feconde Branche d'Anjou, qui defcendoit de Louïs Duc d'Anjou, Roi de Naples, frére du Roi Charles V. & étoit neveu du Roi René.

V.

Il fit fon Teftament en l'an 1481. par lequel il inftitua le Roi Louïs XI. & les Rois de France fes Succeffeurs, fes Héritiers au Royaume de Naples; ce qui a été confirmé par plufieurs Inveftitures des Papes.

VI.

Sans que l'on doive avoir égard aux renonciations par les Traitez de Madrid, Cambrai, & Crefpi, par le Roi François I. pour avoir été extorquées par la force des armes, & parce que cela ne peut préjudicier aux Droits de la Couronne de France.

VII.

Et quand ce droit de nos Rois manqueroit, les Députez du Roi d'Efpagne pourront répondre que les Rois d'Efpagne ont été inveftis dudit Royaume de tems en tems, depuis l'an 1520 & par ainfi qu'ils ont une poffeffion plus que centenaire : qu'en attendant qu'il foit jugé

de la propriété, il eft raifonnable, felon les régles de droit en faveur des poffeffeurs, qu'ils foient maintenus en ce qu'ils tiennent.

1644.

VIII.

Ils remontreront de plus que c'eft au Pape & au Collège des Cardinaux à juger de ce différend, & non qu'il fe puiffe déterminer, feulement par les deux Rois; puifque le Royaume de Naples eft tenu à foi & hommage, & fous la Souveraineté de l'Eglife, de même que fur la demande que le Roi d'Efpagne pourra faire du Duché de Bourgogne il fera répondu de la part du Roi qu'il en doit être jugé par Sa Majefté en fa Cour de Parlement, les Pairs y affiftant.

IX.

Or le Pape ne prononcera jamais pour Mr. de la Trimouille contre le Roi d'Efpagne, crainte de l'offenfer, à caufe de fa puiffance qui lui eft fi voifine, & par l'exemple des Papes Clément VII. Paul IV. & Sixte V. qui voulurent ôter ce Royaume aux Rois d'Efpagne, & l'attribuer à d'autres.

X.

Il fuivra fans doute l'exemple des Papes fes Prédéceffeurs qui felon la néceffité des tems ayant trouvé les uns plus forts que les autres, ont donné en poffeffion l'inveftiture dudit Royaume tantôt à ceux de la Maifon d'Anjou, & d'autres fois à ceux d'Arragon, ainfi que nous l'apprend Guichardin, au livre premier de fon Hiftoire Pontificale: *Seguitando piu le loro cupidità, o la neceffità dei Tempi che la Giuftiia, l'inveftiture diverfamente concederono.* Ce qui fignifie, que les Papes ont accordé diverfement l'inveftiture de ce Royaume plutôt felon leur envie & la néceffité des tems que felon la juftice.

Table Généalogique de Rois de Naples, de la Maifon d'Arragon defquels Monfieur de la Trimouille eft iffu de par fille.

I. A R R A G O N.
I. ALphonfe le Grand Roi de Sicile & de Naples.
II. Ferdinand d'Arragon, fils naturel, premier du nom, Roi de Naples.
III. Alphonfe Roi de Naples XIII. Frédéric d'Arragon Roi de Naples.
IV. Ferdinand II. Roi de Naples.
II. L A V A L.
V. Charlotte d'Arragon, femme de Gui Comte de Laval.
III. DE LA TRIMOUILLE.
VI. Anne de Laval, femme de François de la Trimouille, Prince de Talmont.
VII. Louïs Duc de la Trimouille.
VIII. Claude de la Trimouille.
IX. Henri Duc de la Trimouille.

Table Généalogique des Rois d'Efpagne & de Naples.

I. A R R A G O N.
I. FErdinand V. Roi d'Arragon & de Naples.

II. Au

II. A u t r i c h e.
II. Jeanne de Caſtille,Reine de Caſtille, d'Arragon & de Naples, femme de Philippe Archiduc d'Autriche.
III Charles V. Empereur, Roi de Caſtille, d'Arragon, & de Naples.
IV. Philippe II. Roi d'Eſpagne & de Naples.
V. Philippe III. Roi d'Eſpagne & de Naples.
VI. Philippe IV. Roi d'Eſpagne & de Naples.

Reception à Munſter du Sr. Comte d'Avaux, Ambaſſadeur de France pour la Paix : & auſſi du Nonce du Pape l'an 1644. depuis le 17. Mars juſqu'au 24. écrite par l'un des Secretaires dudit Sr. d'Avaux.

De Munſter le 24. Mars 1644.

NOus arrivames le 17. de ce Mois en cette ſale Ville de Munſter, auſſi honnêtement mouillez & crottez qu'on le peut être, en Weſtphalie : Mr. d'Avaux prétendoit d'y être inconnu, mais Meſſieurs les Ambaſſadeurs lui ayant envoyé leurs Caroſſes, il ſe laiſſa voir après quelque réſiſtance. Le Commandant de la Place le complimenta le premier : après lui un Gentilhomme de Mr. le Comte de Naſſau : enſuite un de Saavedra : puis un de Zapata. Et comme celui du Conſeiller le Brun, qui eſt le troiſiéme Plénipotentiaire d'Eſpagne,s'avançoit, le Gentilhomme de l'Ambaſſadeur de Veniſe l'interrompit & prit la parole , ce que Mr. d'Avaux ayant remarqué, il fit demander à Mr. Contarini, lorſqu'il l'envoya complimenter, ſi Mr. le Brun étoit Plénipotentiaire, auſſi bien que les autres, l'action de ſon Gentilhomme lui donnant ſujet d'en douter; le Sr. Contarini répondit qu'oui, & qu'il deſavouoit ce procédé.
Mr. d'Avaux ſe plaignit auſſi de ce que le deuxiéme Plénipotentiaire d'Allemagne ne lui avoit envoyé perſonne, mais Mr. d'Avaux ayant ſu de Mr. Contarini le ſujet qu'il en avoit , connut que le Sr. Wolmar avoit prié le Gentilhomme de Mr. le Comte de Naſſau de faire le Compliment de ſa part, ce qu'il avoit oublié: Mr. d'Avaux fut ſatisfait de ſa réponſe , & lui fit dire par le Gentilhomme qu'il envoyoit, qu'il acceptoit ſes bonnes intentions.
Ces Meſſieurs les Plénipotentiaires ont fort peu de train : Saavedra faiſoit l'amour; Et Zapata compoſoit un livre en attendant notre arrivée.
Les Bourguemaîtres de cette Ville haranguérent Mr. d'Avaux en Latin qui leur répondit en même Langue, fort élégamment : Ils s'excuſérent auſſi de l'inſolence des Soldats de leur Garniſon, contre quelques Domeſtiques de Mr. Servien, même de ce qu'ils s'étoient mis en devoir de vouloir forcer ſon Logis : Monſieur d'Avaux exagéra cette mauvaiſe action, & leur dit de prendre bien garde de ne rien faire par le conſeil de perſonnes qui nous ſont ſuſpectes, & que ne voulant rien répondre ni réſoudre ſur cette affaire, qu'avec ſon Collégue, ils retinſſent en attendant les inſolens en la priſon : & ſur ce qu'ils propoſérent de mettre des Corps-de-garde devant les Logis des Ambaſſadeurs, la réſolu-
To m. I.

tion en fut remiſe à l'arrivée de Mr. Servien.
Mr. le Nonce arriva avant hier en cette Ville avec un train fort Eccléſiaſtique, c'eſt à dire, modeſte ; ſur un des panniers de ſon bagage il y avoit un Cordelier, comme un Coq ſur ceux d'un Vivandier. Meſſieurs les Plénipotentiaires Eſpagnols n'envoyérent pas au devant de lui , tant pour éviter la querelle de la préſéance, que parce que leur équipage n'étoit pas encore prêt. Nous y eumes un Caroſſe à ſix Chevaux, accompagné de douze Cavaliers, conduits par Mr. de Saint Romain : Ce Caroſſe étant paſſé dans la Ville, la Garniſon voulut pouſſer ou fermer la porte; mais nôtre Cavalerie la força le piſtolet à la main, & ſe mit à la ſuite du Caroſſe. Monſieur le Nonce alla deſcendre aux Cordeliers , où il logea hier , Mr. Contarini vint viſiter Monſieur d'Avaux; aujourd'hui Mr. le Comte de Naſſau y viendra; & enſuite Meſſieurs les Eſpagnols

Eloge du Sr. Contarini Ambaſſadeur de la République de Veniſe l'un des moyennans pour la Paix à Munſter par un Italien de Nation fort judicieux.

L'Ambaſſadeur repréſentant la République de Veniſe s'apelle Luigi Contarini, homme de belle préſence, de bon jugement, de facile perception, qui témoigne en ſon procédé une certaine franchiſe, aimable, bien diſant, réſolu, exécutif. Il a parlé par les Ambaſſades de Hollande , d'Angleterre, de France , de Conſtantinople, de Rome; & de toutes a aporté de l'honneur : & qui l'eſtimeroit le premier homme de Veniſe, ne s'abuſeroit pas.

E X T R A I T

D'une Lettre de Munſter l'an 1644. Le 11. Jour d'Avril.

MOnſieur Servien eſt enfin arrivé , il a été reçu avec magnificence : Monſieur d'Avaux ne ſe contenta pas d'envoyer au devant de lui un Caroſſe à ſix Chevaux, comme les autres Ambaſſadeurs, il y fut en perſonne, ſuivi d'une partie de ſon train monté avantageuſement, c'eſt à dire, de douze Pages & de 32. autres Cavaliers.
Monſieur Servien n'a pas encore reçu les viſites de tous les Ambaſſadeurs qui ſont ici. Celui de Veniſe veut être reçu au bas du dégré; & quoique ce ne ſoit pas la coutume, (Monſieur d'Avaux n'a pas ainſi été traité,) il veut profiter de la Médiation, & en tirer quelque avantage pour lui & pour ſa République.
Hier on fit une Proceſſion ſolemnelle où l'on porta le Saint Sacrement, & après laquelle on chanta une Meſſe du Saint Eſprit, afin qu'il préſide à l'Aſſemblée & qu'il inſpire bien Mrs. les Plénipotentiaires.
Les nôtres ont ſoutenu leur dignité ſi glorieuſement en cette rencontre, que je ne doute pas que tous les curieux ne remarquent cette

Céré-

Cérémonie : car fur la conteſtation qu'il y a-
voit ſur la Marche, on fit dire à Monſieur le
Comte de Naſſau, qui prétendoit marcher avec
ſon Collégue devant Monſieur d'Avaux, &
occuper la droite, & la gauche de Monſieur le
Nonce, qu'encore qu'on puiſſe diſputer plus
raiſonnablement la main aux Ambaſſadeurs de
l'Empire, que les Eſpagnols ne la diſputent à
ceux de France, toutefois pour ne point faire
naître de nouvelles difficultez, on ſe contentoit
de leur céder ; mais que Monſieur d'Avaux
vouloit être immédiatement à la main gauche
de Monſieur le Nonce. On eut peine à faire
conſentir les Impériaux à cette demande ; &
fur ce qu'on leur diſoit qu'il valloit mieux que
Meſſieurs les Ambaſſadeurs ne fuſſent point à
la Proceſſion, Monſieur d'Avaux dit qu'il iroit,
& qu'il prendroit la place qui lui étoit duë :
enfin l'on demeura d'accord que durant que le
Nonce porteroit le Saint Sacrement du Dôme
à l'Egliſe Notre Dame, Meſſieurs de Naſſau
& d'Avaux marcheroient à côté l'un de l'autre,
& Meſſieurs Wolmar & Servien après eux,
ſans qu'aux défilez aux petites ruës on changeât

en aucune façon ; & que lorſque Monſieur le
Nonce auroit repris un habit ordinaire, il
viendroit reprendre la place au milieu de Meſſieurs de Naſſau & d'Avaux, & que la même
ſéance s'obſerveroit dans toutes les Egliſes,
lorſque les bancs qui ſeroient préparez pour leurs
Excellences ſe rencontreroient au milieu ; &
qu'au retour dans le Dôme à cauſe que le banc
étoit du côté de l'Autel, après Monſieur le
Nonce, ſiégeroit Monſieur de Naſſau, après
lui Monſieur Wolmar, & après Monſieur
d'Avaux, & puis Monſieur Servien.

Contarini ne vint point à la Proceſſion ; ce
n'eſt point faute de jambes, car il n'en céderoit
rien à Monſieur Spiring, Agent de Suéde à la
Haye : mais c'eſt que pour les avoir groſſes, il
n'en marche pas mieux, il ſe trouva à la Meſſe.

Les Plénipotentiaires Eſpagnols n'aſſiſtérent
point à la Cérémonie ; ils ſe contentérent de
prier Dieu dans leur particulier ; & quoiqu'ils
ayent de vaines prétentions, ils ſe ſouviendront
que le Seigneur a dit, que qui cherchera le
danger, il y périra.

AVERTISSEMENT

*A Meſſieurs les Ambaſſadeurs & Plénipotentiaires de France étant à Munſter :
ou Obſervations ſur les Lettres par eux écrites à la Diette de Francfort &
à chacun des Princes de l'Empire du 6. Avril 1644.*

Leſdites Lettres ſont inſérées enſuite du préſent Avertiſſement.

ILLUSTRISSIMI, EXCELLENTISSIMI-
QUE DOMINI.

IN conſcribendis nuper ad Diœtam Francofur-
*tenſem Litteris Excellentiæ veſtras ſummo
Proteſtantis Religionis, & cauſæ ſtudio ferbuiſſe
(ut ſecreta monent) nolim quidem inficiari ; ſed ne
quid in re tanti momenti diſſimulem, liberè dicam, potuiſſe majori cum præcautione ſuum in
noſtras partes affectum conteſtari : ad quid enim
Claſſicum illud niſi ad excitandas eorum Vigilias
quos ſomnolentos deſiderabamus ? Ad quid convitia & comminationes in Auſtriacam Domum,
in Cæſaris domum, & perſonam & dignitatem,
niſi ut de impotenti Gallia in eam invidià eo tempore luculentus conſtaret ? Quod non operiri modo,
ſed promptiſſima reconciliationis ſimulacra exhi-
bere neceſſe fuerat ; quod hactenus Monaſterii
Excellentiæ veſtræ ſatis induſtrioſe præſtiterant,
adeo ut Hiſpani ipſi, ſicut audio, in hujus propen-
ſionis veſtræ opinionem aliquantulum deſcendiſſe
viderentur.*

*Ad quid præterea inſerta hujuſmodi Litteris
mentio Tractatus Paſſavienſis niſi ut vos veſtris
armis miſere confœderatis ? . . . .
quandoquidem articulo ſeptimo declaratur Imperii
Principes Fœderibus cum Gallo initis renuntiaturos,
& rurſus articulo nono nullatenus ad Regem
Francorum res & negotia ejuſdem Imperii pertinere.*

*Ignorabantne Excellentiæ veſtræ non poſſe
hunc lapidem moveri abſque apertâ & generali Pa-*

TRES-ILLUSTRES ET TRES-EXCEL-
LENS SEIGNEURS.

JE ne nierai pas que vos Excellences n'ayent
fait paroître beaucoup de zéle pour la cauſe
de la Religion Proteſtante, en écrivant à la
Diete aſſemblée à Francfort, (les Avis ſecrets en
font foi) mais pour ne rien diſſimuler dans une
affaire de cette importance, je vous avouerai
que vous auriez pu montrer votre attention à nos intérêts avec plus de précaution :
en effet à quoi ſert cette eſpéce de tocſin qu'à
reveiller ceux que nous aurions voulu voir en-
dormis ? A quoi ſont ces reproches & ces menaces contre la Maiſon d'Autriche, contre la
famille, la perſonne & la dignité de l'Empereur, qu'à faire éclater même en ce tems-ci la
haine que la France lui porte ? Lorſqu'il eſt néceſſaire non ſeulement de la diſſimuler, mais
même de feindre les dehors d'une ſincére reconciliation ; ce que vos Excellences avoient ſi a-
droitement pratiqué depuis qu'elles ſont à Munſter, que les Eſpagnols mêmes, ainſi que je l'ai
apris, paroiſſoient perſuadez que c'étoit tout
de bon que vous parliez.

Pourquoi faire mention du Traité de Paſſaw
dans vos Lettres, ſinon pour . . . .
puiſqu'il eſt dit dans l'article ſeptiéme que les
Princes de l'Empire renonceront à leurs Alliances avec la France : & dans le neuviéme, que
le Roi de France n'a rien à voir aux affaires de
l'Empire.

Vos Excellences igno roient-elles qu'on ne
pouvoit toucher à cette corde ſans irriter les Pa-

1644.

Papiftarum offenfione, eorum etiam quos tantis follicitationibus & præmiis fibi comparare Gallia conata eft?

Ad quid Pacis Pragenfis tam conteftata refutatio, nifi ut Electorem Saxonicum & Brandeburgicum contumeliis afficeretis, cum beneficiis omnibus fuiffent excipiendi?

Ad quid cenfura in Electorale Collegium & infimulationes de fuo in divifione Imperii confenfu, nifi ad illius odium acerrime provocandum? Sic enim Excellentiæ Veftræ in Germanicis Principibus generofitatis fenfus obftupuiffe exiftimant? Errant omnino & decipiuntur: novi illorum magnanimitatem parum hujufmodi reprehenfionum capacem, quas nequidem a Rege veftro immediate ferre poffent ut palam profitentur.

Ad quid exprobrata prætentio Ducis Neoburgici in Ditionibus Palatinianis, nifi ad Ducem Bavariæ, Electorem Colonienfem, a vobis irrevocabiliter alienandos & arctius Cæfari conjungendos; dum vident Domûs fuæ incrementum remunerationem ipfi Tyrannidi imputari?

Ad quid Amniftiæ interpellatio, nifi ut ipfius etiam Cæfaris benignitatem patefaciendam; cum Ratibonæ, anno milleffimo fexcenteffimo quadragefimo primo fubfcribentibus Comitiis generalibus Imperii hanc Amniftiam concefferit, & unicuique fatis amplas temporis inducias, ut ad propofitas in eâ conditiones accederet, qualiter Principes Brunfwicenfes fecerunt?

Ad quid indignabunda evulgatio fecretarum quarumdam petitionum quas nonnulli confidenter in finu Miniftrorum Galliæ depofueramus; nifi ut jam torvis obtutibus patrocinii diffimulati quæftores & a proprio Transfuga unde quoque defignemur, cogamurque ad vitandum opprobrium & fufpicionem amovendam hafce Excellentiarum veftrarum Litteras unà cum aliis condemnare?

Ad quid denique Bullæ Aureæ & aliarum Imperii Sanctionum improperata ignorantia, ipfis earumdem Sanctionum vel auctoribus vel interpretibus, nifi ad oftendendam ejufdem fuperioritatis imaginem? Quia nihil potuit noftris intentis effe teftatius.

Ignofcant Excellentiæ veftræ fi tam ingenue ipfis referam quod video, quod fentio, quod experior: ubi enim agitur de curatione morbi acuti qualis ifte eft, minime funt illius fymptomata reticenda, ut quamprimum in urgenti neceffitate remedia adhibeantur; & idcirco accurate obfervavi quæcumque circa materiam, formam, & ftilum earumdem Litterarum publice & privatim feu a nobis feu ab aliis dicebantur, quorum compendiarias notas currenti calamo quaviter expreffas hic annexti, ut fi forte Diæta vefpondeat anticipatis illius objectionibus, facilius celeriufque aut elidi aut eludi queant: eft enim periculum in morâ; alioquin fi concepta de prævis Excellentiarum Veftrarum intentionibus opiniones adolefcant, vix amplius evelli poterunt.

Nomina propria differentium arcanis figuris defignant ne fi in manus alienas inciderent, effet error noviffimus pejor priore. Si hæc arcana, ut illa Imperii, nondum ad Excellentias Veftras pervenerint, habebunt ad manum quem confulant Joannem Adlerum Salvium rerum Germanicarum exploratorem.

Crebris interrogationibus ad premendos animi mei fenfus penes Excellentias Veftras ufus fum, quod,

---

1644.

Papiftes, & ceux que la France a tâché par tant de follicitations & de dépenfes de mettre dans fes intérêts?

Pourquoi réfuter avec tant de foin le Traité de Prague? Etoit-ce pour vomir des injures contre les Electeurs de Saxe & de Brandebourg, qu'on devroit combler de bienfaits?

A quoi bon ces cenfures contre le Collége Electoral, ces reproches fur le confentement qu'il a donné à la divifion de l'Empire, qu'à attirer fa haine? Vos Excellences s'imaginentelles donc que les Princes Allemans ont perdu tout fentiment? Certes elles fe trompent fort: leur grand courage ne mérite pas ces réprimandes, qu'ils ne fouffriroient pas même de votre Roi, comme ils le déclarent.

A quoi bon critiquer les prétentions du Duc de Neubourg fur les Etats Palatins? Eft-ce pour aliener davantage le Duc de Bavière & l'Electeur de Cologne, & les attacher encore plus à l'Empereur, quand ils verront que l'on traite du Titre de récompenfe faite à la Tyrannie, l'agrandiffement de leur Maifon?

Pourquoi mettre l'Amniftie fur le tapis? Eft-ce pour faire éclater la Clémence de l'Empereur? Puifque dès l'an mil fix cens quarante & un, il a accordé cette Amniftie du confentement de la Diete de Ratisbonne, donnant à chacun affez de tems pour en accepter les conditions, comme ont fait les Princes de Brunswick.

Pourquoi avoir indignement publié quelques demandes fecretes que nous avions faites confidemment aux Miniftres de France? Etoit-ce pour nous faire regarder de mauvais œil comme des deferteurs qui ont recours à une protection étrangère; enforte que pour éviter les reproches & diffiper les foupçons nous foyions condamnés de condamner avec les autres les Lettres de vos Excellences?

Pourquoi reprocher l'ignorance de la Bulle d'Or & des autres Sanctions de l'Empire, à ceux qui en font les Auteurs ou les interprétes? Etoit-ce pour démontrer la futilité de fon ombre de fuperiorité? Puifque nous n'avons rien de plus favorable à alléguer pour apuyer nos deffeins.

Que vos Excellences me pardonnent la liberté avec laquelle je leur exprime ce que je vois, ce que je fens, ce que j'éprouve; car lorfqu'il s'agit de guérir une maladie auffi aigue que celle-ci, il ne faut point en cacher les fymptomes, fi l'on veut qu'on y aplique d'abord les remèdes néceffaires: c'eft pourquoi j'ai raffemblé ici tout ce que j'ai ouï dire publiquement & en particulier aux autres, fur vos Lettres, tant par raport au ftile & à la matière qu'à la forme. Voici toutes ces Remarques que j'ai couchées fans ornemens fur le papier, afin que fi par hazard la Diète répond par des objections anticipées, on puiffe plus aifément & plus promtement les éluder; car il eft dangereux de temporifer; puifque fi on donne aux opinions que l'on a conçues de vos mauvaifes intentions le tems de prendre racine, il fera impoffible de les détruire.

Les noms propres de ceux qui parlent, font exprimez en caractéres fecrets, afin que s'ils tombent dans des mains étrangères la derniére faute ne foit pas pire que la première. Si Vos Excellences n'ont pas plus de connoiffance de ces myftéres que de ceux de l'Empire, elles pourront confulter Jean Adler Salvius, qui a fait des recherches fur les intérêts de l'Allemagne.

Je me fuis fouvent fervi d'interrogations, pour vous faire mieux fentir ce que je penfois;

je

quod , ut puto , inurbanitati non adscribent ;
quandoquidem apud Electores , Principesque Imperii in hoc desultorio dicendi genere quandoque fa-
miliariter tripudiant , quandoque acriter extan-
descunt.

Francofurti ad Mœnum die 10. Junii. anno
1644. Stilo veteri.

je me flate que Vos Excellences ne regarderont
pas cette figure comme une impolitesse , puisqu'elles-mêmes s'en sont servi avec beaucoup
de feu & de hauteur à l'égard des Electeurs &
Princes de l'Empire.

A Francfort sur le Mein le 10. Juin 1644. V. St.

S'ensuivent les Lettres pour la Diéte
de Francfort.

EPISTOLA PRIMA

AD DIÆTAM

FRANCOFURTENSEM.

Et inscriptio erat talis:

A MESSIEURS LES

ELECTEURS, PRINCES,

ET ETATS DU

SAINT EMPIRE

ASSEMBLEZ

A FRANCFORT.

REVERENDISSIMI , SERENISSIMI ,
ET CELSISSIMI PRINCIPES.

QUas singulis Imperii Principibus dedimus Litteras , harum exemplum ad Celsitudines
Vestras mittimus , quotquot sunt Francofurti de
rebus gravissimis consultantes. Gravior quidem
consultatio nulla est , quàm cùm de Statu & fortunis agitur , sed & nulla brevior ; nisi sibi quisque vestrum caveat decedet multùm ipsis de dignitate atque etiam libertate. Cautio autem hæc
est ut Monasterium Westphallorum conveniant publicæ Pacis tractationi , in quâ salus Germaniæ
tantopere vertitur , interfuturi autore & adjutore Christianissimo Rege , quod a nobis prolixe
offertur. Neque verò Rex maximus & si societatem Germanicam plurimi faciat , adeo enixè præsentiam vestram urget , quasi illâ carere non possit : tot opibus enixo , tot Victoriis aucto , atque
imprimis divinâ providentiâ confiso , non multis
defensoribus est opus. Vestris Celsitudinibus prospiciendum videtur , ne in constituendis rebus suis
tanto fidejussore , quantus ipse est , careant. Nos
studia in hanc rem nostra & ad aliud omne officii genus , promptissima pollicemur.
Datum Monasterii Westphallorum an. 1644.
& paulò inferius subscripta videntur nomina
dictorum Dominorum Legatorum Gallorum sub
hac formâ.

Celsitudinum Vestrarum observantissimi

CLAUDIUS DE MESMES.

ABEL SERVIEN.

PREMIERE LETTRE

A LA DIETE DE

FRANCFORT.

L'inscription étoit telle:

A MESSIEURS LES

ELECTEURS, PRINCES

ET ETATS DU

SAINT EMPIRE

ASSEMBLEZ

A FRANCFORT.

TRES-REVERENDS , TRES-SERENIS-
SIMES ET TRES-HAUTS PRINCES.

NOus envoyons à Vos Altesses cette copie
des Lettres que nous avons écrites à chaque Prince de l'Empire ; puisque vous êtes assemblez à Francfort pour des déliberations importantes. Il n'y en a point de plus délicate
que celle où il s'agit de l'Etat & des biens; mais
il n'y en a pas qui demande moins de tems : si
chacun de vous n'est sur ses gardes , il risque de
perdre beaucoup de sa dignité & de sa liberté;
& on ne peut mieux se mettre sur ses gardes
qu'en se rendant à Munster pour y assister aux
Négociations de la Paix , où il s'agit du salut de
toute l'Allemagne ; le Roi très-Chrétien en vous
promettant sa protection , vous exhorte par notre Ministére à vous y rendre : quelqu'intérêt ,
que ce très-grand Roi prenne à l'union du Corps
Germanique , il ne vous sollicite pas avec tant
d'empressement d'y être present parcequ'on ne
peut s'y passer de vous ; ce Monarque victorieux & puissant , mais sur tout se reposant sur
la protection divine , n'a pas besoin de tant de
défenseurs : c'est à Vos Altesses à voir si , lorsqu'il s'agit de régler vos intérêts , elles y peuvent
réussir sans un garant si puissant. Quant à nous ,
nous vous offrons nos bons offices pour cela &
pour tout ce qui dépendra de nous. A Munster en Westphalie l'an de Jésus-Christ mil
six cens quarante-quatre.

Il paroît qu'un peu plus bas lesdits Ambassadeurs de France ont signé ainsi.

De Vos Altesses , les très-respectueux

CLAUDE DE MESMES.

ABEL SERVIEN.

LET.

LETTRE CIRCULAIRE

Des Ambaffadeurs de France aux Princes de l'Empire pour les inviter d'envoyer leurs Députez à la Conférence pour la Paix Générale de Munster le 6. Avril 1644.

CELSISSIME PRINCEPS.

UT pridem Gallia, & cupide Pacem tota Obſtinatiſſima ſanctione coluerit, nec Celſitudo veſtra nec Germaniæ Procerum quiſquam ignorare poteſt : anni jam nobis quinque in hanc rem intentis perierant, cùm tandem conſpirare nobiscum viſi ſunt, & in idem publicæ tranquillitatis ſtudium trahi Domus Auſtriaca, & Principes Belligerentes ; itaque Hamburgi, utriuſque partis cum Poteſtate Legati, tempuſque & locum habendo, Conventui ediximus. Pactionem proxime conſecutæ ſunt Gallia & Suecia Ratihabitiones, Imperatoris & Regis Catholici non ſunt ſecutæ : exacto deinde anno, adverſarii quieta rurſus Conſilia complecti & Pacis conventis conſcribere, voluerunt.

Ut primum Pacis ſpes illa rediit, & Lutetia nos morituri eramus, interceſſit luctuoſa mors Regis noſtri glorioſiſſimæ memoriæ, quæ non eſt paſſa, niſi rebus domi conſtitutis, aliud foris agitare.

Ineunte vero Regno felicibus auſpiciis, Ludovico decimo quarto, Reginæ matri ac Regenti ſapientiſſimæ juxta, & Sanctiſſimæ Principi, nihil antiquius fuit quàm votis mariti defuncti, publicamque una ope promovere Concordiam ; ipſius mandato ſtatim profecti Hagam iter fecimus, & Belgii Ordines huc quoque propediem Legationem adornaturos, in noſtram ſententiam adduximus : nimirum Pacis diuturnitati proſpicientibus, nobis cautio fuit, ut neque ſine belli ſociis ullo modo, neque cum iis indiligenter quæ agenda eſſent, agerentur ; nunc a nulla re imparati adſumus, nec in Fœderatis noſtris erit ne ultimam manum imponamus. Eandemque Cæſarianis viam inſiſtere viſum eſt.

Et vos Germaniæ Principes magni inſtituti operis materiam ad Congreſſum hunc accerſere, expeditius haberi negotium & ſeriem agi credimus.

Jam vero nullus hic adeſt ab univerſis Imperii Ordinibus, nullus a ſingulis ablegatus. Ubi ſunt quorum maxime cauſâ bellum ſuſceptum eſt, & fideliter geſtum ? Ubi illæ voces Amniſtiam flagitantium ; & quæ nunc ſe offert, inſtaurandi Imperii occaſionem ? Hanc vel præcipuam inter belli cauſas, ſibi ſtatuerunt Galli Suecique ac plura conteſtati ſunt.

Eo conſilio arma ſumpſerunt, non niſi redditâ Germaniæ libertate ponendâ ; id ſecus interpretati Auſtriaci ita accipi voluerunt, quod ſi Gallis & Suecis, res Imperii cordi fuiſſent, & commoda veſtra obtenderentur & utrius partis ſincerior fuerit oratio, magna alterutrius mercede,
                                                            hic

TRÈS HAUT ET TRÈS PUISSANT PRINCE.

TOute l'Allemagne ſait combien la France deſire depuis longtems de voir la Paix affermie dans toute la Chrétienté : cinq ans ſe ſont écoulez ſans pouvoir y parvenir ; enfin la Maiſon d'Autriche, & les Princes armez ont paru vouloir ſe joindre avec nous pour tâcher de rétablir la tranquillité publique ; de ſorte que d'un commun accord nous avions nommé la Ville de Hambourg, pour y régler le lieu & le tems pour le congrès. La France & la Suéde ont exécuté de leur côté cet Accord ; mais l'Empereur & le Roi d'Eſpagne n'en ont pas fait de même : après une année de retardement, nos adverſaires ont pris des Conſeils plus tranquilles, & ont ſouſcrit à ce qu'on traitât de la Paix.

Nous étions prêts à partir de Paris auſſitôt que nous vîmes paroître une eſpérance de Paix, mais la mort triſte de notre Roi de glorieuſe mémoire ne nous permit pas de nous employer au dehors, avant que les affaires du dedans fuſſent établies.

Louis XIV. commençant heureuſement ſon Regne ſous la Régence, de la Reine ſa Mére Princeſſe très-ſage & très-ſainte, elle n'a eu rien plus à cœur que d'accomplir les vœux du feu Roi ſon époux, & de faire tous ſes efforts pour rétablir la tranquillité publique : & incontinent par ſon ordre nous ſommes allez à la Haye, où nous avons attiré à notre ſentiment les Etats Généraux qui ſe préparoient d'envoyer ici une Ambaſſade Extraordinaire pour le bien de la Paix ; & dans la vue de la rendre durable, ils nous ont promis d'agir en tout de concert avec leurs Alliez : maintenant nous voici ſans aucun empêchement, & il ne dépendra pas de nous ni de nos Alliez, que nous ne conduiſions cette grande affaire à une heureuſe fin. Les Impériaux ont bien voulu prendre la même voye.

Nous croyons qu'il étoit de l'ordre d'appeller inceſſamment tous les Princes de l'Empire à ce Congrès, pour contribuer de leur côté à faire réuſſir un ſi grand ouvrage plus promtement.

Cependant nous ne voyons ici aucun Ambaſſadeur de l'Empire ni d'aucun particulier de tous ſes Etats ; c'eſt pourtant pour l'amour d'eux qu'on a entrepris cette Guerre, qu'on a pouſſée avec tant d'attachement à leurs intérêts. Où ſont ces voix qui demandoient l'Amniſtie ; & l'occaſion qui ſe préſente aujourd'hui de rétablir l'Empire dans ſon ancien état ? Les François & les Suédois n'ont agi que dans cette vue, c'eſt la principale cauſe de la Guerre, ils l'ont témoigné hautement.

Ils n'ont pris les armes qu'à cette condition de ne les point quitter que l'Allemagne ne ſoit remiſe en liberté ; les Impériaux l'ont autrement expliqué, ils ont voulu faire entendre que les François & les Suédois ne mettoient en avant vos avantages, que pour en tirer eux-mêmes plus de profit ; les grandes récompenſes des uns & des autres feront connoître ceux qui
                                                            ont

bìc patesìet : nunc demum detrahenda est persona & profitendum est palam in hoc ad Pacem Conventu quod sibi quisque bello parari voluerit.

Accedas igitur, Celsissime Princeps, veniant in rem praesentem quotquot sunt Germaniae Proceres Consiliorum factorumque nostrorum testes facturi futurique, atque haud dubii adjutores; sane videbunt rem, atque ordinem, publicamque Europae Causam auspicari & absolvere fas non esse, neque oportere nisi cum Imperatore & Statibus, simul & semel transigatur.

Neque enim jus Belli Pacisque ei uni competit, neque Gallia quae Germanicam praetulit, (& constanter tuta est, in eâque non parum praesidii sibi esse sentit) libertatem; haec legitima Imperii, & propria securitatis fundamenta convelli nunquàm patietur.

Norunt omnes seriem istam Bellorum, quibus tamdiu Christianus Populus misere conflictatur, ab isto ferme capite profluxisse, quod neque Ordinibus, neque Principibus Imperii suus honos habitus sit, sua jura servata, nonnullis etiam Dominis imo & ipsa corporis libertas erepta fuerit.

Quae vero ad omnes ab ipsis primordiis Imperii ac primum latis legibus pertinent, ea ad unum fere construxit paucorum potentia. Quid est opus verbis? Jam diu circumfertur Domum Austriacam Europae Monarchiam moliri, basim tanti aedificii constituere in summo dominatu Imperii Romani sicut in centro Europae.

Nunc ut stabiliat omnia Majestatis Jura, vim Legum, & munia Magistratuum, Ordinibus Imperii imperium paulatim ademit. Sola certe Electores & Principes aliquot in exilium egit; sola hactenus armorum jus sibi asseruit, & nunc quoque Francofurti in eo tanta est, ut sibi uni dicat tractanda Pacis arbitrium.

Quod nisi Celsitudo vestra, caeterique quibuscum divisum Imperium Caesar habet, mature prohibuerint, actum est de Libertate Germanicâ: jactum firmatumque fundamentum Monarchiae ubique regnaturae. Cum vero de beneficio ita cadunt tempora, ut liceat tantis mederi malis, ejusque rei causâ frequentes Faederatorum Principum Legati, Monasterium Westphalorum & Osnabrugum convenerimus ut ad hanc pulcherrimam diem pervenire possimus; hortamur, Celsitudinem Vestram nomine Christianissimi Regis, ne cum publicae rei tum privatae in tanta omnium expectatione desit, ut suos statim Ministros huc mittat, daturos nobiscum operam ne armis jam pene parta jactentur & ne causa communis securitatis debilitetur.

Idcirco Celsitudini Vestrae & universi Imperii Ordinibus salvum Conductum impetravimus, nec nisi impetratum fuisset Pacis negotium processisset, certe unum fuit ex Praeliminaribus in quo diutius haesimus: abnuebat omnino Imperator, sed longo post tempore concessit talibus expressionibus quod nulla conditionibus nec dignitatibus consideratio praestaretur.

Vo-

ont parlé sincérement : il faut ici quiter le masque, & il faut que chacun déclare ouvertement dans ce Congrès quel avantage il prétend de cette Guerre par la Paix.

Venez, haut & puissant Prince, que tous les Grands d'Allemagne viennent à ce Congrès, pour être témoins de nos Conseils & de nos actions; vous verrez tous qu'on ne peut mettre la derniére main à cette affaire, & qu'il est impossible de rétablir l'ordre dans l'Europe, si l'Empereur & les Etats de l'Empire ne donnent le moyen, par leur présence & leur consentement, de terminer cette affaire par un seul & même Traité.

Le droit de la Guerre & de la Paix n'appartient pas à l'Empereur seul; la France qui a préféré à toutes choses la liberté de l'Allemagne, qui, par le moyen de son secours, se trouve à présent en sureté; ne souffrira jamais qu'on lui donne atteinte & qu'on renverse les fondemens légitimes du repos de l'Empire.

Tout le monde sait que cette longue suite de Guerres, qui a miserablement affligé la Chrétienté, ne provient que de ce qu'on n'a pas rendu aux Etats & aux Princes de l'Empire les honneurs qui leur étoient dus, que l'on n'a point conservé leurs droits, & que quelques-uns même ont été privez de la liberté de leur Corps.

Ce qui avoit été établi par les Loix fondamentales de l'Empire, touchant le pouvoir d'un chacun, se trouve presque réduit sous l'autorité de peu de personnes. Qu'est-il nécessaire d'en dire davantage? On dit par tout hautement que la Maison d'Autriche aspire à la Monarchie de l'Europe, & qu'elle veut établir dans l'Empire, le fondement de sa Souveraineté, comme dans le centre de l'Europe.

Pour établir sa Souveraineté dans l'Empire, elle a ôté aux Loix leur force, aux Magistrats leurs privileges, aussi bien qu'à tous les Etats de l'Empire. Elle a déja fait si bien que plusieurs Princes & Electeurs sont chassez de leurs Etats; elle seule s'est attribué jusques à présent le droit de la Guerre. Et aujourd'hui elle est tellement remplie de cette chimérique prétention qu'elle prétend avoir seule le droit de faire la Paix.

Si votre Grandeur & si les autres Etats qui partagent l'Empire avec l'Empereur ne l'empêchent de bonne heure, on peut dire que la Liberté Germanique tend à sa fin, & que l'Empereur aura jetté & assuré le fondement de sa Monarchie : mais comme c'est à présent le tems favorable de remédier à tant de maux, & que pour cet effet il est venu à Munster & à Osnabrug, un si grand nombre d'Ambassadeurs des Princes Alliez pour y donner ordre, & pour parvenir à cet heureux jour, nous exhortons votre Grandeur au nom du Roi très-Chrétien de répondre à l'attente du public, de ne pas faire ce tort au bien général & particulier, mais d'envoyer incessamment ses Ministres afin qu'ils travaillent avec nous, de peur de perdre ce que nous avons presque acquis par les armes & que la sureté publique n'en souffre.

Nous avons obtenu pour cet effet un Saufconduit, pour votre Grandeur & pour tous les Etats de l'Empire; s'il n'avoit pas été accordé on n'auroit pas passé plus avant à traiter de la Paix : ce point a été un de ceux qui nous ont le plus arrêté dans les Préliminaires, l'Empereur le refusoit, il l'a accordé longtems après, mais en des termes qui faisoient tort à votre dignité.

Si

Vobis providendum est, ne quod tandem magnâ contentione vestri causâ expressimus, insuper habeatis, sin autem ita visum fuerit, si tantam finatis rei gerendæ opportunitatem corrumpi, pace vestrâ dictum sit, vestrâ culpa erit & compositis cæteris Europæ partibus, sola Germania de statu dejectâ non tantum a soluto legibus Imperatore, sed etiam ab Hispanis illico, ut e re suâ erit, bellandi aut quiescendi suspensas rationes habebit.

Itaque negotium Germanorum imprimis hîc agitur: quam mala, quam fatalis sit Potentia Austriaca miserandæ vestræ Patriæ superfluum est eloqui, experti sunt omnes & pax Pragensis fidem facit : si vocatis, ut par erat, omnibus Imperii Principibus illo Tractatus fuisset liber, profectò liberæ, gravesque sententiæ dictæ essent, & incendium istud quo Germania finitimæque Provinciæ arserunt, quarum ne ruina quidem adhuc restinguitur, nunquam foret excitatum : sensissent, quæ pollent prudentiâ, Ordines sub nomine ejusmodi Pacis, irritamenta Belli latere, ut docuit eventus; quæ pollent authoritate monuissent avertissentque tot mala quæ & tristi experientiâ edocti vix credimus; se se rursum præteriri nunc non paterentur, in hoc maxime loco ubi de summa rerum agitur; per Imperatorem equidem facile licebit alibi seorsim Collegium habere, verum nihil hîc geretur illis insciis, nec inconsulti salvâ dignitate consentient.

Postremo quis non jure metuat ne inter longiores moras ex subitis armorum casibus nova Consilia capiantur, quibus Consilium Pacis omnino intercat ?

Hæc sunt, Celsissime Princeps, quæ ex munere nobis imposito Celsitudini Vestræ certificari oportuit, pro publico quidem ac singulari Principum Imperii bono, si serio animum adjecerint; si autem vel cunctatione, quod absit, vel adversariorum artibus fiat, ut præsentissimam opem serenti eosque in partem victoriarum vocanti amicissimo Regi non obscultaverint, frustra pro hoc errore ac culpa amissum Imperii decus quæsiverint, frustra auream Bullam, Constitutiones Imperiales, Transactionem Passaviensem, frustra Capitulationes quoque & Sacramenta Cæsarum aut Sanctionem Pragmaticam, obsoleta nomina imploraverint, unius Domus Patrimonium erit Germania, & quo Bohemia fato, totum Imperii corpus corruet.

Denique sic persuasum habeat Celsitudo Vestra & quotquot estis Germaniæ Principes, pristinam

Digni-

Si vous jugez des choses sans passion, vous profiterez de ce Saufconduit que nous vous avons procuré avec tant de peine, & malgré tant de difficultez : si vous le négligez, & si vous laissez passer un tems si propre pour faire vos affaires, qu'il soit dit avec votre permission, vous ne pouvez vous en prendre qu'à vous mêmes, & lorsque toutes les autres Puissances de l'Europe auront terminé leurs différens, l'Allemagne seule se trouvera abandonnée, & exposée à la merci de l'Empereur qui ne reconnoît déja plus l'autorité des Loix, & qui vous assujetira aux Espagnols, dont le Conseil vous prescrira, selon leurs intérêts, la nécessité de faire la Guerre ou d'accepter la Paix.

C'est ici principalement l'affaire de l'Allemagne, il est inutile de vous dire combien cette puissance des Autrichiens est fatale à vôtre misérable patrie; vous l'avez expérimenté, & la Paix de Prague vous en est un fidele témoin: si l'on avoit appellé à ce Traité, comme il étoit raisonnable, tous les Princes & les Etats de l'Empire, on auroit dit librement son sentiment, on l'auroit bien appuyé, & l'on n'auroit pas vu allumer cet incendie que nous voyons en Allemagne & dans les Provinces voisines & que leur ruine n'a pas encore éteint: les Etats remplis de prudence auroient découvert qu'on fomentoit la Guerre, sous le prétexte respectable de la Paix, comme l'évenement l'a fait connoître; ils se seroient précautionnez, & ils auroient détourné par leur autorité tant de maux dont nous avons peine à croire que nous ayons été afligez, malgré la triste expérience que nous en avons faite; ils ne souffriroient pas aujourd'hui qu'on les empêchât de se trouver à une Assemblée, où il s'agit de leurs intérêts les plus chers : il est vrai que l'Empereur leur permettra facilement de s'assembler dans un lieu séparé; mais qu'ils considérent que dans un Congrès général il ne se fera rien à leur insçu, qu'on sera contraint de les consulter, & que par là ils conserveront leur rang & les prérogatives attachées à leur dignité.

Enfin n'a-t-on pas tout sujet de craindre que si l'on attend plus longtems, ces retardemens ne soient la cause que les évenemens de la Guerre ne fassent prendre de nouveaux Conseils, qui détruisent toutes les idées de la Paix?

Voilà, très-haut & très-puissant Prince, ce que nous avons ordre de notifier à votre Grandeur : Ces remontrances ne tendent qu'à l'avantage des Princes de l'Empire en général & en particulier; mais pour en recueillir le fruit, il faut qu'ils y fassent de sérieuses attentions. Car enfin si les artifices de nos ennemis les engagent à négliger leurs intérêts, & à mépriser les Conseils d'un Roi qui par la sincère amitié qu'il a pour eux, leur offre les secours dont ils ont aujourd'hui besoin, & les appelle au partage de ses conquêtes, si par leur faute ils laissent dépouiller le Corps de l'Empire de ses droits & de ses priviléges, en vain chercheront-ils à le rétablir dans son ancien lustre : en vain rappelleront-ils l'autorité sacrée de la Bulle d'or, des Constitutions de l'Empire, de la Transaction de Passaw, des Capitulations & des sermens des Empereurs, ou de la Pragmatique Sanction; ces noms autrefois si respectez ne se ront plus que des noms hors d'usage, l'Allemagne deviendra le Patrimoine d'une seule Maison, & tout l'Empire se verra forcé de subir le joug que l'on a imposé à la Boheme.

Enfin je souhaite que votre Grandeur & que tous les Etats de l'Empire, soient persuadez

que

1644.

Dignitatem, jura, libertatem hic recuperanda esse; nunquamque, talem imposterum fortunam habituros qualem nunc, si communicatis nobiscum Consiliis, in hoc Christiani Ordinis Senatu fuerint.

Dabantur Monasterii in Westphalia die sexta Aprilis anno millesimo sexcentesimo quadragesimo quarto.

que c'est ici l'occasion de recouvrer leur ancienne splendeur, leurs droits, leur liberté, & qu'ils n'auront jamais un si grand bonheur ni un si grand avantage qu'ils en retireront en communiquant leurs Conseils avec nous dans cette Assemblée toute Chrétienne.

Donné à Munster en Westphalie le six du mois d'Avril de l'année 1644.

1644.

Celsitudini vestræ
ad omnia paratissimi,

de votre Grandeur
tout prêts à vous servir

CLAUDIUS DE MESMES,
SERVIEN.

CLAUDE DE MESMES.
SERVIEN.

PRIMA OBSERVATIO

In dictas epistolas

LEGATORUM

GALLIÆ.

Uniformiter omnes tam Evangelici nostri quàm Papistæ arguebant Superscriptionem ,
A Messieurs, Messieurs les Electeurs, Princes, & États du St. Empire.

QUam parum tanti Conventus dignitati respondere querebantur , eo quod vocabulum illud (Messieurs) *in Regno Galliæ infimis quibuscumque Magistratibus tribueretur ; & idcirco Batavos nuper ab Excellentiis vestris hujusmodi modum non admisisse superscriptionis , adeo ut hoc tempore uti cogerentur (aux Seigneurs &c.) cujus recentis correctionis Excellentiæ non immemores tanto minus ad eundem scopum impingere debuerant , præcipue apud Sancti Romani Imperii gremium, cujus quanta sit dignitas tot Auctores antiqui designarunt , ut Excellentiæ vestræ, quæ sunt Litteratissimæ , nullatenus possint ignorare.*

Ad Secundam Observationem.

Præterea qui vestris nostrisque partibus sunt addicti , mirabantur quod cum evitatus fuisset prior obex dictus per Latinam superscriptionem internis titulis consentaneam, Reverendissimorum, Celsissimorum, & Serenissimorum Principum; nec poterant capere diversitatis rationem, nisi quod suis in epistolis sicut vestimentis Galli varietatem & multivagam inconstantiam sectentur,

Ad Ter-

PREMIERE OBSERVATION

Sur les Lettres des

AMBASSADEURS

DE

FRANCE.

Tous nos Evangeliques conjointement avec les Papistes blâment l'adresse ,
A Messieurs, Messieurs les Electeurs, Princes & États du St. Empire.

ILs se plaignent que cela ne convient point à la dignité de cette Assemblée, en ce que le mot *Messieurs* se donneroit en France au dernier Magistrat ; ce qui a été cause qu'en dernier lieu les Hollandois n'ont pas voulu souffrir une pareille adresse de la part de vos Excellences , en sorte qu'à présent elles sont obligées de se servir du terme de *Aux Seigneurs* &c. Comme vos Excellences ne peuvent encore avoir perdu la mémoire de cette recente correction; il est étonnant qu'elles ayent commis cette nouvelle faute, sur tout dans le sein même de l'Empire, dont tant d'Auteurs anciens ont si bien représenté les droits & la prééminence ; que Vos Excellences qui sont très versées dans les sciences ne peuvent l'ignorer.

Seconde Observation.

Ceux qui sont également de votre parti & du nôtre en ont été d'autant plus étonnés qu'on avoit déja levé le premier obstacle en mettant l'adresse en Latin conformément aux titres du dedans de la Lettre , *Très-Révérends , très-hauts , & Sérénissimes Princes*; & ils ne pouvoient trouver de raison de cette variété, sinon que les François soient aussi inconstans par raport à leurs Lettres qu'à leurs habits.

Troisième

DE MUNSTER ET D'OSNABRUG.

Ad Tertiam Obſervationem.

PP. SS. Quamvis utique & noſtri non fe-rebant EE. Veſtras ad Diætam pro ſuarum intentionum archetypo exemplar miſiſſe ſingula-ris Epiſtolæ quam privatim quibuſdam Imperii Principibus conſcripſerant; præterquam enim non ſic ſervabatur decorum (a quo nunquam in Germaniâ declinandum eſt) per hanc dein-de relationem ſequebatur non tantum huic ge-nerali Conventui fiduciam Excellentias veſtras adhibere quam & quin aliunde ſigillatim cuiui-dicatis ſuffragiis, rebus utcumque ſuis provi-dere voluiſſent : quod enim Conventui injurio-ſum videbatur, porrigebat anſam in unumquem-que inquirendi ejus mentem & reſponſa inveſti-gandi, tum earundem Litterarum vim ac ro-bur apud privatos modis omnibus infringendi.

Ad Quartam Obſervationem.

Plerique Regem Galliæ Maximum a vobis appellari, vel reſpuebant vel irridebant in hoc epitheto nimis ſatirice ludentes; mox ratione puſillæ ætatis, mox comparatione factâ cum grandævis Imperatoribus qui poſt ſubjugatam ipſammet Galliam Magni nomine contenti fue-rant, mox alluſione petita ab aliis quandoque infimæ notæ, quandoque in Chriſtianos crudeli-tatis qui Maximi etiam vocabantur, Otto Mag-nus, Valerius Maximus Imperator &c.

Ad Quintam Obſervationem.

Quæ immediate huic flagitioſiſſimo titulo ſub-jiciebantur de tot tantiſque victoriis, opibus & poteſtatibus ejuſdem Regis non ſuperflue modo ſed thraſonice dicta, & ex Milite glorioſo apud Plautum deſumpta apparebant; inter hujuſ-modi ſcommata BB. & ego non ſiluimus, quin illico ſub iſto Rege objecimus licet puſillo reportatam inſignem victoriam ad oppidum Ro-crenſe; illi ſtatim retorſerunt argumentum per miſerrimam Gallorum cladem ad Dudtlingam tanto alteri præferendam quod in Rocrenſi præ-lio Galli plures quam Hiſpani occubuiſſent, & memorando poſteris exemplo in ſpacioſo campo vic-ti armatâ manu victores coegiſſent ad pacta & ad leges nuſquam auditas deſcendere; in Dut-lingenſi vero pugnâ vix unus a Gallorum hoſ-tibus deſideratus fuiſſet, cum Galli fortes ſuas non in manibus ſuis, ſed in pedibus poſitas eſſe credidiſſent. Vix nos ab ejuſmodi retorſioni-bus poteramus expedire, cum veluti controver-ſiæ arbiter ſurrexit D. D. qui medium ſe hac-tenus inter duas factiones præbuerat, & ſic con-cluſit; quod licet ex ſuppoſitione incredibili con-cederetur hujuſmodi jactantias veris ſolidiſque rebus niti, tamen parum appoſite his Litteris inſeri, cum de rerum validitate nemo quæſtio-nem moviſſet, & quod pejus erat finem cui aptabantur ad nimium totius Imperii deſpectum verti; quippe ab hujuſmodi vaniloquutionum pompa nihil aliud Excellentia veſtra eliciebant,

Tom. I.   *niſi*

Troiſiéme Obſervation.

PP. SS. Et les autres n'aprouvoient pas que vos Excellences, pour faire connoître quelles étoient leurs intentions, euſſent envoyé à la Diéte une Copie de la Lettre qu'elles avoient écrite en particulier à quelques Princes de l'Empire; car outre que c'étoit ne pas garder le *Decorum*, auquel il ne faut jamais manquer en Allemagne, il s'enſuivoit que vos Excellences n'avoient pas tant de confiance en cette Aſſemblée qu'elles n'ayent jugé à propos de mander les ſufrages dans le particulier pour faire réüſſir ce qu'elles ſou-haitoient : ce qui paroiſſoit injurieux à la Dié-te, & donnoit occaſion de s'enquerir des inten-tions de chacun en particulier, d'examiner les ſufrages, & d'infirmer auprès des particu-liers la force que ces Lettres auroient pu a-voir.

Quatriéme Obſervation.

La plupart ne peuvent aprouver que vous donniez au Roi de France le ſurnom de *Trés-grand* & en faiſoient même des railleries par un jeu de mots ſur cette Epithéte tant par raport au bas age de ce Prince qu'en le comparant a-vec des Empereurs d'un âge avancé qui ayant conquis la France même ſe ſont contentez du ſurnom de *Grand* : enfin en faiſant alluſion à d'autres Princes mépriſables & même fameux par leur cruauté contre les Chrétiens, qui ſe font fait nommer *trés-grands*, comme Otton le grand, Valerius le trés-grand, &c.

Cinquiéme Obſervation.

Ce que l'on ajoutoit, après ce nom ſi odieux, du grand nombre de Victoires importantes de ce Prince, de ſes richeſſes, de ſa puiſſance pa-roiſſoit non ſeulement ſuperflu, mais même ſen-tir fort la Gaſconnade & emprunté de cet Officier orgueilleux que Plaute a mis ſur la ſcène; & BB. & moi nous ne tûmes pas lorſque nous entendîmes ces railleries, & nous répon-dîmes que ce Roi tout jeune qu'il étoit avoit remporté la fameuſe Victoire de Rocroi; ils nous objectérent la ſanglante défaite des Fran-çois à Dudtlingen bien plus fameuſe que la journée de Rocroi en ce que dans celle-ci il y périt plus de François que d'Eſpagnols, & que par un exemple mémorable les vaincus contrai-gnirent à main armée les vainqueurs dans une vaſte plaine à accepter la loi qu'ils vouloient leur faire; mais que dans la bataille de Dudtlingen il ne périt preſque pas un des Ennemis pendant que les François mirent leur ſalut non dans leurs mains, mais dans leurs pieds. Nous ne ſavions comment nous tirer de cet argument rétorqué, lorſque DD. ſe leva comme pour terminer la diſpute : il étoit reſté neutre juſqu'alors entre les deux partis, & il conclut de cette manière, que, quand bien même on accorderoit par une ſuppoſition incroyable, que ces Gaſconnades é-toient fondées en raiſon, cependant elles ne devoient pas entrer dans les Lettres, puiſque perſonne ne diſputoit de la validité de ces choſes, outre que la fin à laquelle elles tendoient, alloit au mépris de tout l'Empire, puiſque vos Excel-lences concluoient de ce pompeux Galimatias

Ii 2   *que*

nisi quod Germani Principes tanto fidejussore & Patrono, quantus est Rex Galliæ carere non possunt, ipse vero illorum ope nullatenus indigeret, quibus verbis expresse denotabatur affectata in Germaniæ Principes dominatio,quos sua magnitudinis veluti jam pedissequos & tributarios faciebat.

Ad Sextam Observationem.

Elegantiam illius phrasis (gravior quidem consultatio nulla est quam cum de fortunis agitur sed nulla brevior) pauci capiebant,credebantque Excellentias vestras plus huic rythmo gravior & brevior quam sensui tribuisse, cum alioquin, quod semel deliberandum, ut omnis sapientum schola docuit, testudineoque gradu ad ea progrediendum sit, in quibus non datur amplius pænitentiæ locus. Ostendi ego aculeatum esse dicendi genus, & volui exemplis comprobare, sed perperam; majorem enim Excellentiarum vestrarum intentionum quam dictionum puritatem desiderant, earumque aculeos sentiunt equidem, sed non probant.

Ad Septimam Observationem.

Principium peculiaris prolixiorisque ad quempiam Imperii Principem Epistolæ ironicum esse, negare nemo potuit, ubi Excellentiæ vestræ supponunt neminem scilicet latere quod Gallia cupide pacem sancitam voluerit & quinquennio integro ei consequanda incubuerit, quo elapso Austriaci Principes passi sunt se in eundem consensum trahi.

Parum nobis propitium fuit quod qui huic Diætæ modo intersunt fere etiam omnes postremæ Ratisbonensi interfuerint; ubi tunc sibi constituisse asserunt ex ipsismet Coronæ Sueciæ Litteris, post compositas omnium Salviconductuum difficultates, solam Galliam mutationem locorum, quæ suo prius arbitrio Paci generali tractanda destinata fuerant, petiisse, adeoque pertinaciter, ut ejus votis iterum fuerit acquiescendum, ne hinc occasionem captaret totam harmoniam solvendi; ex quâ mutatione Locorum processit mutatio Salviconductuum, & nova Præliminarium constitutio. Addunt insuper durante eadem Ratisbonensi Diætâ ejus urgentissimas in hoc negotio Pacis Litteras apud Regem vestrum sic eviluisse, ut per Boutheillerium unum ex Secretariis suis contumeliose responderi curaverit; quasi quid nimium Imperialia Comitia ad Regem scribendo sibi arrogassent: penes quæ tamen alias citatus Franciscus primus prædecessor suus per Oratores expressos comparuerat,ut sese ab initâ cum Mahumetanis confœderatione excusaret. Dicebant enim in hoc Secretarii responso observatas fuisse quasdam prædicamentorum species, quibus Regem suum totius Orbis Monarchis, nemine excepto, anteferret: cujus vestigiis modo inhærentes Excellentia vestra eundem Regem Maximum

---

que les Princes d'Allemagne ne pouvoient se passer d'un protecteur & d'un garant aussi puissant qu'étoit le Roi de France, & que pour lui il n'avoit aucunement besoin de leur secours; expressions qui marquoient assez l'autorité que ce Prince affectoit sur les Princes de l'Allemagne qu'il regardoit déja comme ses Sujets & ses tributaires.

Sixiéme Observation.

Il y en eut peu qui comprirent l'élégance de cette Phrase, (*Il n'y a point d'affaire plus importante, que celle qui doit décider de nos fortunes, mais aussi il n'y en a point qui doive être réglée plus prómtement:*) Ils s'imaginoient que vos Excellences s'en étoient servi, moins pour le sens qu'elle peut renfermer, qu'à cause du jeu de mots *Gravior & Brevior*; puisqu'il faut se conduire tout autrement lorsqu'on ne peut délibérer qu'une fois; c'est le sentiment de tous les Sages: & qu'il faut aller à pas de tortue dans une affaire où il ne seroit plus permis de rien changer. J'ai voulu leur faire voir qu'il y avoit une pointe dans cette maniére de parler, & j'ai tâché de le prouver par des Exemples; mais inutilement; ils cherchent moins la pureté de la diction que des intentions de vos Excellences, ils sentent bien leurs pointes, mais ils ne les aprouvent point.

Septiéme Observation.

Il n'y a personne qui ait pu nier que le commencement de votre longue Lettre particuliere à chaque Prince de l'Empire ne soit toute ironique, puisque vos Excellences supposent que personne n'ignoroit que la France avoit toûjours souhaité ardemment la Paix & qu'elle avoit fait tous ses efforts pendant cinq ans pour y parvenir & que ce n'est qu'après ce tems-là qu'on a pu y faire consentir les Princes Autrichiens.

La présence de la plûpart de ceux qui sont à cette Diete ne nous a point été avantageuse, comme ils étoient à la derniere qui s'est tenue à Ratisbonne; ils assûrent qu'il leur a paru par les Lettres mêmes de la Cour de Suéde qu'après que l'on eut terminé les difficultez par raport à tous les Saufconduits, la France a été la seule qui ait demandé que l'on changeât le lieu du Congrès qui néanmoins par son propre choix avoit déja été fixé; & elle le demanda si opiniâtrément qu'il falut en passer par ce qu'elle voulut,de peur qu'elle n'en prît occasion de rompre toutes les mesures: le changement du lieu du Congrès fut cause qu'il falut changer les Saufs-conduits & dresser de nouveaux Préliminaires. Ils ajoutent que les Lettres qu'ils écrivirent à votre Roi pendant cette Diete de Ratisbonne, par raport à la Paix, furent si méprisées, qu'on y fit répondre d'une maniére insultante par Bouthillier Secretaire d'Etat, comme si les Etats de l'Empire s'en faisoient trop accroire en prenant la hardiesse d'écrire à un Roi, eux néanmoins devant un François premier, l'un de ses Prédécesseurs,avoit comparu par des Ambassadeurs qu'il avoit envoyez exprès pour s'excuser sur l'Alliance qu'il venoit de contracter avec les Mahometans. Ils disoient que l'on trouvoit dans la Réponse du Secretaire de ces titres pompeux par lesquels il mettoit son Roi au dessus de tous les Monarques du monde, sans en excepter aucun: c'est en marchant sur ses traces que vos Excellences nomment le même

ximum Regum nuncupabant in conspectu alterius Diætæ, ex cujus cartophylaciis apparet Sigismundum Imperatorem in medio Parisiensi Senatu, è solio sublimem stipantibus Imperii Officiariis, jura dedisse, Equites creasse, Leges condidisse pro supremâ quâ in Regnum Gallia auctoritate pollebat.

Ad Octavam Observationem.

Cæteras demonstrationes ejus quam dixi ironicæ assertionis circa promovendum a Gallis Pacis negotium hauriebant, ex quodam libro qui inscribitur amici ad amicum super Epistolâ amici ad amicum de statu Tractatuum Pacis Responsio, ubi quotidianis Actibus & Documentis cuncti putant Galliam Sueciamque omnibus viis & conatibus inchoationi Tractatuum Hamburgi obstitisse, quod & ipse Rex Daniæ ulterius dissimulare nesciens, utriusque odium in se excitarat.

Inde mali labes, spretæque injuria formæ, ut volunt isti Diætistæ juridici magis quam Politici rerum æstimatores. Sed quæ postea absolutis Præliminaribus contigerunt, nos adhuc in majores respondendi angustias ex evidentiâ facti conjiciebant, verbi gratiâ, quod Excellentia vestra non rectâ Monasterium præterierit, sed ad Batavos diverterint, quod menses quinque consumpserint in renovandis & augendis contra Austriacam Domum continuandi belli pactis & conditionibus quæ jam in publicum exierunt; dum Legati Cæsarei & Hispanici Excellentias vestras in Pacis theatro patienter expectantes non sine maximis Christianorum Populorum lamentationibus feriarentur: qualiter jam per septennium fere integrum ipsis contigerat dum una cum Legato Pontificio Coloniæ morarentur, & vos continuo ejusdem Pacis Mediatores tam per Oratores suos Parisiis degentes quàm frequentibus conceptissimisque Litteris adeo proficiscendum hortaremur; arguebant enim ad novas moras nectendas Cardinalem Roseti jam operi accinctum a Gallia fuisse repudiatum, quasi omnia suo nutu ubicumque terrarum effugi debeant, & nemo sit qui se abscondat a calore ejus. Ingeminant severiores istarum Litterarum Critici, qui utique interpretantur Excellentias vestras secum Lusitanos & Catalaunos tanquam paratissima in eandem Pacem obstacula deduxisse & in eundem finem ipsissimo etiam inchoandorum tractatuum tempore coronam Gallicam Suecum in Daniam, Tartarum in Poloniam, Transsilvanum in Hungariam, & forte Turcam in Germaniam impulisse: hæc postrema constanter negabamus, jamque ad manifestæ calumniæ vindictam provocabamus, quotquot vestris stipendiis meremur: sed multum elanguit nostra contentio ad affectum Foederum per Ministros Gallicos ad id genus provocandas Sanctiones sancitorum, quæ numquam putassemus, pessimo facto, per vulgi ora & manus Typi mandata traduci debere; denique ostendebant accurati illi Censores Excellentiarum vestrarum Plenipotentias ab infinitis per-

me Prince le *plus grand* des Rois en presence d'une autre Diéte qui trouve dans ses Archives que l'Empereur Sigismond, assis sur le trone au milieu du Parlement de Paris & accompagné des Officiers de l'Empire rendit la Justice, créa des Chevaliers, & fit des Loix en vertu de l'autorité suprême qu'il avoit en France.

Huitiéme Observation.

Ils tiroient les autres preuves, qu'ils employoient pour faire voir que c'est ironiquement que vous parlez de l'envie que la France avoit de faire la Paix, d'un certain petit Livre intitulé *Réponse d'un ami à son ami sur la Lettre d'un ami à son ami touchant l'état présent des Traitez de Paix*, dans lequel ils croyent qu'il est démontré par les Actes & Documens journaliers que la France & la Suéde se sont opposées par toute sorte de moyens à l'ouverture des Négociations à Hambourg; ensorte que le Roi de Dannemarck ne pouvant le dissimuler plus longtems devint l'objet de la haine de ces deux Couronnes.

La source de tant d'animosité, est le mépris qu'on a fait de sa beauté: à ce que pretendent ces Messieurs de la Diéte qui sont plutôt de juridiques que de politiques estimateurs des choses. Mais quand on en vient à ce qui se passa après que les Préliminaires furent réglez, l'évidence des faits nous jetta dans un terrible embaras; par exemple lorsqu'on allégua que vos Excellences ne passérent pas directement à Munster, mais qu'elles se détournérent vers les Provinces-Unies, qu'elles employérent cinq mois entiers à renouveller & à amplifier même les conventions & les conditions de continuer la Guerre contre la Maison d'Autriche, ce qui est déja public; pendant que les Ambassadeurs de l'Empereur & du Roi Catholique attendoient patiemment vos Excellences dans l'endroit où la Paix devoit se faire, & où ils étoient à ne rien faire au grand regret de tant de Peuples Chrétiens: ainsi qu'ils étoient restés à Cologne pendant près de sept ans avec le Légat du Pape, d'où ils vous exhortoient, vous qui étiez les Médiateurs de la Paix, & par leurs Ministres qui étoient à Paris & par de frequentes & fortes Lettres, à partir incessamment: ils disoient encore que pour trouver des raisons de retardement la France n'avoit pas voulu admettre le Cardinal Roseti, comme si tout devoit se faire selon son bon plaisir, & qu'il n'y eût personne qui pût être à couvert de ses ardeurs. Les plus sévéres Critiques de ces Lettres ajoutent que vos Excellences n'ont fait mention des Portugais & des Catalans que pour avoir toûjours par leur moyen des obstacles à la conclusion de la Paix, & qu'à cette fin dans le tems qu'on a commencé les Traitez, la Couronne de France a fait entrer les Suédois en Dannemarck, le Tartare en Pologne, le Transilvain en Hongrie, & peut-être le Turc en Allemagne: nous tous qui sommes à vos gages avons constamment nié ces dernieres accusations & nous ne cessions de nous récrier contre ces griefs que nous traitons ouvertement de calomnies, mais que pouvions-nous repondre à la vue des Traitez conclus par les Ministres de France pour parvenir à ces Alliances? Ce que nous n'aurions jamais cru qu'on auroit l'imprudence de rendre public, en les faisant imprimer, comme on a fait. Enfin ces sévéres Critiques firent voir que les Pleins-Pouvoirs de vos Excellences dépendoient d'une infinité

perſonis dependere, in quarum arbitrium & voluntatem omnis qua vobis concedebatur facultas tranſlata fuerat; adeo ut non Plenipotentia tantum ſed Omnipotentiæ nominari deberent, eo quod per eas omnes aliquid poſſint ſeu naſſ ſeu naſcituri, cum nullo prorſus nec temporum nec qualitatum termino ii ſine quibus conjunctim nihil prorſus nec agere nec tractare Excellentiæ veſtræ poterant, circumſcriberentur; poſt diverſarum Nationum & Religionum congeriem qua ex Gallicis Confœderationibus tum ex veſtris Procurationibus Monaſterium vocanda eſt: Stupendum erat quod adhuc indifferenter omnes Imperii Principes & Status ad vos accerſerentur euſque vellet Gallus non minus quam Gallina ut pullos ſuos congregare, ex qua tam vaga, tot differentium hominum mixtura & convocatione nihil præter motum ac tumultum, turbam, & turbines prætendi & protendi, quæ tranquillitati publicæ & quieti Chriſtianæ non tam proſint quam adverſentur.

Ad Nonam Obſervationem.

Ratihabitiones Imperatoris & Regis Hiſpaniæ non ſecutas eſſe, qualiter Excellentiæ veſtræ audacter aſſerunt, non modo negabant VV. XX. ſed negationis inconcuſſa fundamenta per interpoſitorum contrariam teſtificationem producebant; quibus majorem quam Excellentiis veſtris fidem adhibendam omni jure contendebant.

Ad Decimam Obſervationem.

Tum ulterius progredientes ad eam partem perveneunt qua EE. VV. inſinuant ſe ſtatim Hagâ Monaſterium profectos; in quo vocabulo ſtatim multum hæſerunt & adhuc, ut puto, hærerent, niſi jocoſe TT. dixiſſet Excellentias veſtras toto Epiſtolarum contextu poetice locutas, ut ex Rythmis, figuris, Epithetis, & licentiis apparebat, in hujus vocabuli ſignificatione reſpexiſſe ad quantitatem ex qua illud ſtatim erat longum.

Ad Undecimam Obſervationem.

Quod vero ſibi Excellentiæ veſtræ imputant ſe Batavorum Ordines in ſuam ſententiam addixiſſe, forſan parum ipſis Batavis arridebit, qui ſui juris eſſe in omnibus volunt & de libertate præ cæteris Gentibus gloriantur: ita hic judicant qui eos norunt & vos diligunt. Jamque ultro illorum genium penetrare potuiſti, ſocietati quidem ſed nullatenus ſervituti accommodatum, quodque ægre ſe exterorum conſiliis ſubmittat.

Ad Duodecimam Obſervationem.

Verum quod immediate ſubditur eoſdem Batavos ex ſententia Excellentiarum veſtrarum Monaſterium verſus propediem iter adornaturos, nos aliquantulum a metu prædictæ offenſionis liberat; cum enim videamus illos non moveri ſa-
cile

de perſonnes qui étoient les dépoſitaires du Pouvoir qu'on feignoit de vous donner; enſorte qu'on ne devoit pas les nommer des Pleins-Pouvoirs mais les pouvoirs de tous, puiſqu'en vertu d'iceux, chacun, ſoit ceux qui étoient nez ſoit ceux qui étoient à naître, acqueroit quelque pouvoir, outre qu'ils n'étoient limitez ni par les lieux ni par le tems, ſans leſquels réünis enſemble vos Excellences ne pouvoient rien faire ni traiter; ſans parler encore de cette foule de gens de toutes ſortes de Nations & de Religions que leurs Alliances avec la France & vos Pleins-Pouvoirs appelloient à Munſter. Il étoit étonnant que vous raſſemblaſſiez autour de vous tous les Princes de l'Empire indifferemment, comme la poule raſſemble ſes pouſſins; mélange terrible d'hommes diférens les uns des autres, dont on ne peut attendre que trouble, tumulte, deſordre, & qui fera plus de mal que de bien à la tranquilité & au Repos de la Chrétienté.

Neuviéme Obſervation.

VV. XX. non ſeulement niérent que les Ratifications de l'Empereur & de l'Eſpagne ayent été délivrées, ainſi que vos Excellences l'aſſurent hardiment, mais même ils produiſirent des preuves invincibles de leur négation en faiſant voir des témoignages qui détruiſoient ce que vous avanciez, & auſquels ils prétendoient qu'on devoit plûtot ajouter foi qu'à vos Excellences.

Dixiéme Obſervation.

Ils continuérent & vinrent à l'endroit où vos Excellences inſinuent qu'elles ſont *auſſitôt* parties de la Haye pour Munſter; ils s'arrétérent beaucoup ſur le mot *ſtatim (auſſitôt)* & je croi qu'ils y ſeroient encore ſi TT. n'avoit dit agréablement que vos Excellences avoient parlé poétiquement dans toute cette Lettre, & qu'on voyoit aſſez par les cadences, les figures, les Epithétes, & licences, (telle que celle qui ſe faiſoit remarquer dans ce terme *auſſitôt*, qui par le privilége des Poëtes devenoit long dans cette occurrence.)

Onziéme Obſervation.

Quant à ce dont vos Excellences ſe vantent d'avoir fait entrer les Etats Généraux des Provinces-Unies dans leurs vûës, on peut douter que cela plaiſe fort aux Hollandois qui veulent être leurs Maîtres en tout & qui ſont plus jaloux de leur liberté qu'aucune autre Nation: c'eſt ainſi que parlent ici ceux qui les connoiſſent, & qui vous aiment. Vous aurez pu connoître vous-même leur humeur portée à la vérité à faire des Alliances, mais ennemie de l'eſclavage & incapable de ſe conduire par les avis d'autrui.

Douziéme Obſervation.

Mais ce que vous ajoutez immediatement qu'à la perſuaſion de vos Excellences les Hollandois prendront *au premier jour* la route de Munſter, diſſipe entiérement la crainte où nous étions; car comme nous ne les voyons pas s'empreſſer

1644.

cile credimus cum Excellentiis vestris sic convenisse, ut ista omnia scriberentur, sed minime execu:ioni mandarentur: adeo ut unus idemque fuerit animorum consensus ad imponendum credulis, alioquin istud propediem ejusdem naturæ esset ac illud statim, cujus superius ludicram interprétationem referebam.

Ad Decimam Tertiam Observationem.

Sequitur exclamatio magna Excellentiarum Vestrarum per hæc verba; Utinam eandem Cæsarianis viam insistere visum esset. Quam optativam amoris testificationem nonnulli approbant, quidam rejiciunt, alii distinguunt: qui approbant; hoc sensu utuntur; utinam Cæsariani occasiones Galliam invadendi non respuissent, sed fovissent, ut Gallia illas Germaniam diripiendi non intermisit, sed modis omnibus excitavit: utinam Cæsariani Reginæ matri Mariæ Mediceæ & Gastonio Regis Galliæ fratri contra Richelii Tyrannidem auxilia petentibus non recusassent, quemadmodùm Galli contra Imperium exteris suppeditarunt, imo in ejus excidium illos ultro provocarunt: utinam Cæsariani dum omnia in Imperio florent & Gallia per civiles discordias intra pupillarem defuncti Regis sui ætatem ad suum interitum rueret, saltem copias contra eundem Regem colligi non prohibuissent, vel Comiti Schömbergico alias in ejusdem Regis suppetias non concessissent, integrum staret hodie & incolume Imperium Romanorum nec tot Reguli Aquilæ pennis fulgerent & inducentur. Qui eandem Excellentiarum Vestrarum expectationem rejiciunt, absit (inquiunt) ut Gallorum vestigiis ullatenus insistamus quæ tantum à viis Pacis, quantum Terra à Cælo, distant; ad Pacem bonâ fide & sincero animo nos oportet contendere, non efficti ad decipiendum vocibus & verborum flosculis seu vepribus ad renovandas in Imperio seditiones studiosè compositis: satius erit adhuc cum aliquâ fortunarum jacturâ Germani fidem retinere quàm viis Gallico per hujusmodi seditionum flagella quidquam consequi,omnemque pro tantillo lucro Tractatuum Religionem exuere. Qui vero distinguunt bifariam hanc viam Gallorum partiuntur; cujus prima parti illeso Cæsarianorum honore adhærere potuisse asserunt, vim vi, aggressiones aggressionibus & confœderationes confœderationibus tempestive opponendo;a secundâ vero ejusdem propositæ viæ parte deflectendum esse,quia videlicet a veris legitimisque Pacis desideriis deflectitur,dum sola illius larva ostenditur sub quâ belli apparatus tanquam in equo Trojano, licèt paciferæ Palladi consecrato, tutius delitescant.

Ad Decimam quartam Observationem.

Ab explicatione prædictâ exclamationis transferunt ad integram declamationem, quam sic Excellentia Vestræ ex abrupto adoriuntur: ubi sunt quorum maxime causâ bellum susceptum est, & fideliter gestum? Ubi illæ
voces

---

presser pour cela, nous en concluons qu'ils font convenus avec vos Excellences qu'elles écriroient cela, mais non pas qu'ils l'executeroient: enforte que l'on aura agi de concert pour tromper les credules, autrement ce *propediem (au premier jour)* feroit de la nature du *statim* dont je vous ai donné l'interprétation badine ci-dessus.

1644.

Treiziéme Observation.

Vos Excellences font ensuite une grande exclamation; *plût au Ciel que l'Empereur & ceux de son parti se condeissent de mesme!* Quelques-uns ont aprouvé cette marque de vôtre zéle, d'autres l'ont desaprouvé, & il y en a qui ont fait une distinction: ceux qui l'aprouvent l'expliquent ainsi; plût au Ciel que les Impériaux eussent profité des belles occasions qu'ils ont eues de s'emparer de la France, comme la France a tiré avantage de celle qu'elle a eües & qu'elle a fait naître de piller l'Allemagne: plût au Ciel que les Impériaux n'eussent point refusé à la Reine mére Marie de Medicis & à Gaston frére du Roi de France les secours qu'ils demandoient contre la tyrannie de Richelieu, comme les François en ont accordé contre l'Empire aux Etrangers qu'ils ont animez à sa ruine: plût au Ciel que, lorsque l'Empire floriffoit & que la France étoit déchirée par les Guerres civiles pendant la minorité du feu Roi, les Impériaux n'eussent pas empêché de lever des Troupes contre ce Roi, ou du moins n'en eussent point donné au Comte de Schomberg pour le secourir, l'Empire Romain seroit à présent tranquile & floriffant, & tant de Roitelets ne se feroient pas couverts des plumes de l'Aigle. Ceux qui désaprouvent le souhait de vos Excellences, s'ecrient, à Dieu ne plaise que nous marchions sur les traces des François qui font autant éloignées de la Paix, que la Terre l'est du Ciel; nous devons tendre à la Paix avec sincérité & de bonne foi & non pas avoir recours à des termes équivoques, & propres à tromper, à ces pensées fleuries, ou plûtôt à des rufes capables de reveiller les séditions dans l'Empire: il vaut mieux pour l'Allemagne, qu'en perdant quelque chose, elle conserve sa bonne foi, que de gagner en imitant les François à travers les malheurs de la sédition, & en renonçant pour un si petit avantage à tout ce que les Traitez ont de sacré. Ceux qui distinguent, regardent de deux côtez la conduite des François; ils difent que sans blesser l'honneur de la Majesté Impériale on peut adhérer à la première face en oposant à propos de la force à la force, les attaques aux attaques, & les confédérations aux confédérations:mais qu'on devoit s'écarter de la seconde parce qu'elle même s'éloigne des vrayes & légitimes voyes de la Paix, & que c'est un masque qui cache les préparatifs d'une Guerre, semblable au cheval de Troye qui cachoit des hommes armez dans ses flancs, quoiqu'il fût consacré à Pallas la pacifique.

Quatorziéme Observation.

De l'explication de cette exclamation, ils passerent à la declamation entiére que vos Excellences commencent ainsi brusquement: où font ceux pour l'amour desquels on a entrepris la Guerre & on l'a continuée avec tant de fidelité? Où font ces voix qui crioient après une Amnistie.

&

1644.

voces Amniſtiam flagitantium, & quæ nunc ultro ſe offert inſtaurandi Imperii occaſionem? Dicebam ego hic omnino Ciceronianè Excellentias Veſtras eloqui, ſed reſpondit unus non a Cicerone ſed à Joanne Deſpauterio hoc dicendi genus mutuatum ſub hac regulâ Quæſtio ſi fiat per Ubi; unde nonnullis offendebantur, eo quod Excellentia Veſtræ cum illis tanquàm cum Grammaticis & Rudimentariis agerent : nec mirum, ſubjecit alter; agunt enim quod poſſunt, ut nos declinare doceant : atqui addidit tertius, imo non conjugare; omnimodam enim tam inter nos quàm cum Imperatore diviſionis anſam præbent. Sed miſſis hujuſmodi facetiarum præludiis ſerio animadverterunt in hæc vocabula, inſtaurandi Imperii occaſionem, non verò reſtaurandi. Ergo, dicebant, novum Imperium Galli cupiunt, novam formam, novam materiam introducere deſignant : ergo ipſamet fundamenta evertere & nihil penitus eorum, quæ antea fuerunt, aſſervare meditantur. Tum ad illam interrogationem, ubi ſunt quorum cauſâ Bellum ſuſceptum eſt? Reſpondebant vix Excellentias Veſtras Nuntios reperturas qui eis ſuas Litteras deferre vellent & Charontis Cimbam idcirco conſcendere, ut ad Fridericum Palatinum, Bethleemium Gaboricum, Erneſtum Spurium Manſfeldum, Chriſtianum Principem Anhaltinum, Chriſtianum Brunſwicenſem, Adminiſtratorem Halberſtadienſem, Guſtavum Suecia Regem, Bernardum Ducem Weimarienſem; alioſque id genus pervenirent, qui merito præterea e ſepulchris ſuis Excellentias Veſtras eſſent refutaturi : cum arma potius pro Gallis ſuſceperint quàm Galli pro illis. Et unicam ſupereſſe hodie Landgraviam Heſſenſem, quæ ad Tribunal Gallicum per Excellentias Veſtras tanquàm per apparitores ſiſti poſſit; quod ſi nec ipſa quæ annuâ penſione a vobis dotatur per Ablegatos ſuos Monaſterii comparuerit, quid in alios tanto impetu, ajunt iſti præcones, invehuntur? Quid Imperatori hanc Heſſianorum abſentiam adſcribunt cum quo aperto Marte congreſſi non perhorreſcunt? Quid penes Dietam conquieruntur in quâ nullum Deputatum habet eadem Landgravia? Quid denique per hæc verba nullus ab ſingulis Ablegatus, unicuique Principum inſultant; & per hæc convitia à quibus nec ab Imperatore detinentur; quin utriuſque iteratis declarationibus ſingulis libertas relicta eſt Monaſterium proficiſcendi. Et quâ fronte poſſunt Galli quippiam exprobrare exteris & alienis, ut ſunt Imperii Principes, eorum reſpectu de morâ & cunctatione Monaſterium conveniendi; cùm nemo Colligatorum ſuorum ibi adhuc appareat, ut ſunt Batavi, Heſſi, Sabandi, Mantuani, reliquique, quos tam definite quàm indefinite ſuis Procurationibus inſeruerunt? Unde ſatis evincitur iſtos vehementes Oratores nihil minus concitato Epiſtolæ ſtilo ſectari, quàm quod obtendunt; ſed tantùm modum quærere, quo novos belli fomites ſubminiſtrare queant.

Ad

& l'occaſion qui s'offre de rétablir la tranquilité dans l'Empire? Pour moi je prétendois que vos Excellences avoient emprunté le ſtile de Cicéron; mais quelqu'un ſoutint que cette maniére de parler avoit été moins empruntée de Cicéron que de Jean Deſpautére, dans ſa Régle Quæſtio ſi fiat per Ubi; delà quelques-uns furent offenſez de ce que Vos Excellences les traitoient en Grammairiens & en petits Ecoliers : d'où vous vient cette indignation, répondit un autre? Leurs Excellences font ce qu'elles peuvent pour nous aprendre à décliner : oui, dit un troiſiéme, mais non pas à conjuguer; car ils ne cherchent qu'à ſemer la diviſion entre nous & l'Empereur. Enfin après avoir ceſſé de badiner, ils cenſurérent vivement ce mot, inſtaurandi au lieu de reſtaurandi. Les François, diſoient-ils, veulent donc un nouvel Empire, & introduire une nouvelle forme de Gouvernement : ils veulent donc renverſer les anciens fondemens, & ne rien laiſſer de ce qui a ſubſiſté juſqu'à préſent. On en vint enſuite à l'interrogation, où ſont ceux pour l'amour de qui on a commencé la Guerre? On dit que Vos Excellences auroient de la peine à trouver des Couriers qui vouluſſent leur porter vos Lettres, puiſqu'il faudroit paſſer la barque de Caron pour les rendre à l'Electeur Palatin Frédéric, à Bethlem Gabor, à Erneſt Bâtard de Mansfeld, à Chrétien Prince d'Anhalt, à Chrétien de Brunſwick, à l'Adminiſtrateur d'Halberſtadt, à Guſtave Roi de Suéde, à Bernard Duc de Weymar; & aux autres ſemblables qui du fond de leurs tombeaux ne manqueroient pas de réfuter Vos Excellences : puiſqu'ils ont plutôt pris les armes pour les François, que les François ne les ont priſes pour eux. Il ne reſte plus aujourd'hui que la Landgrave de Heſſe, que Vos Excellences puiſſent citer au Tribunal de la France; & ſi elle, à qui vous payez tous les ans une bonne penſion, n'a pas encore envoyé ſes Miniſtres à Munſter, pourquoi vous tant gendarmer, dit-on, contre les autres? Pourquoi mettre ſur le compte de l'Empereur cette abſence des Heſſois, qui n'ont point horreur de lui faire ouvertement la Guerre? Pourquoi porter leurs plaintes à la Diete où la Landgrave n'a pas de Député? Pourquoi inſulter à chaque Prince par ces paroles, aucun d'eux n'a envoyé d'Ambaſſadeur; & par des reproches qu'on étend juſqu'à l'Empereur, n'ont-ils pas donné l'un & l'autre des déclarations par leſquelles il étoit permis à chacun de ſe rendre à Munſter? Mais avec quel front les François oſent-ils rien reprocher aux étrangers, tels que ſont à leur égard les Princes de l'Empire, ſur leur lenteur à ſe rendre à Munſter; puiſqu'aucun de leurs Alliez comme les Hollandois, les Heſſois, les Savoyards, les Mantouans ni les autres n'y ont pas encore paru, quoiqu'ils les ayent compris explicitement & implicitement dans leurs Pleins-Pouvoirs? Ce qui fait aſſez voir que ces véhémens Orateurs ne cherchent rien moins, que ce dont ils font parade dans leur Lettre écrite d'un ſtile enflé; & qu'ils ne tâchent qu'à répandre de nouvelles ſemences de Guerre.

1644.

Ad Decimam Quintam Observationem.

His præsertim considerationibus deprimunt emphasim præsentis orationis, quam Excellentiæ Vestræ in loco superius allegato magnò impetu effuderunt.

Ego verò insuper moneo nostros Evangelicos ægrè tulisse, quod Excellentiæ Vestræ Gallos Suecis in eodem orationis contextu anteponant; tanto magis quod ad hujusmodi inurbanitatem Sueci, de se ipsis scribentes (ut Excellentiæ Vestræ satis sciunt) nunquàm devenerint. Abstineant igitur, amabo, a tantà, quantam ubique exhibent suæ sublimitatis opinionem: novi enim Suecos & audivi sæpissimè de his rebus oblique loquentes tum alios etiam multùm in Historiis versatos qui a Gothis fusos, domitosque aliquoties Gallos, usunquàm verò Gothos a Gallis asseverabant.

Ad Decimam Sextam Observationem.

Quod paulo inferius de detrahendà personà insinuant, auspicatissimum contigit: Personatos enim Legatos infensissimè Germani oderunt, quales dicunt se anno millesimo sexcentesimo trigesimo expertos fuisse Dominum Brulard de Leon & Patrem nescio quem Josephum primariam Richelii Satrapam, qui simul & semel ex uno eodemque foramine contra præceptum Domini aquam dulcem & amaram, hoc est bellum & pacem derivabant: sed hanc illico & magnum illum gurgitem & torrentem absorbebant; optandumque fuisset ut potius in hanc sententiam Galliæ Ministri venissent. Ita illi.

Ego contra si crederem Excellentias Vestras de detrahendà personà serio locutas fuisse, ipsis multùm obstreperem: quid enim depositâ larvâ & fuco remoto illis supererit, nisi deformis nuditas iisdem pigmentis exesa & obrugata? Aut nunquam inchoandum fuerat aut usque ad consummationem perseverandum; contractus enim isti vere anonymi, etsi initio fuerint voluntatis, postmodùm fiunt necessitatis; imo etsi dum Excellentia de detrahendà personà sermonem facimus, iterum magis personentur, fitque hæc recens majorum deinceps simulatarum præparatio & illustibra . melius tamen fuisset ab hac figurâ & inventione abstinere; cum enim omnis privatio supponat habitum, videtur per hujusmodi emendationem futuri, præteriti condemnationem incurrerè.

Ad Decimam Septimam Observationem.

Subjiciunt præterea Excellentiæ Vestræ Galliam Germaniæ libertatem prætulisse & constanter tuatam fuisse, etenim seriem istam bellorum quibus tamdiu Christianus Populus miserè conflictatur, ab isto fere capite fluxisse, quod neque Principibus, neque Ordinibus Imperii suus honor habitus sir; sua jura servata nonnullis etiam Dominis imo & ipsi corporis libertas erepta fuerit. Cujus

TOM. I.   jus

Quinziéme Observation.

Voilà les réflexions dont ils se sont servis pour rabatre l'emphase, avec laquelle Vos Excellences se sont exprimées dans l'endroit allégué.

Quant à moi je vous avertis que nos Evangeliques ont été fort irritez de ce que Vos Excellences mettent par tout les François avant les Suédois; sur tout puisque les Suédois en parlant d'eux-mêmes n'ont jamais commis cette incivilité, comme Vos Excellences le savent fort bien. Renoncez donc, au nom de Dieu, à cette sotte attention à donner par tout une haute idée de votre préséance; car j'ai vu des Suédois qui se plaignoient de ceci indirectement, & j'en ai connu d'autres très-versez dans l'Histoire qui savoient bien dire que les Goths avoient plus d'une fois défait les François, mais que jamais les François n'avoient eu cet avantage sur les Goths.

Seizième Observation.

« Ce que vous dites ensuite qu'on devroit mettre bas le masque, a été fort bien reçu : les Allemans haïssent les Ambassadeurs à double visage, tels qu'ils ont trouvé en mille six-cens trente Monsieur Brulard de Léon & je ne fais quel Pére Joseph premier Ministre de Richelieu, qui répandoient par la même source, contre le precepte du Seigneur, l'eau douce & l'eau amére, c'est-à-dire la Paix & la Guerre; mais ils avoient l'adresse de faire disparoître sur le champ les horreurs que leur Politique faisoit entrevoir : & là-dessus on dit qu'il auroit été à souhaiter que les Ministres de France fussent venus avec de telles dispositions. Voilà les discours que l'on tient.

Mais moi je répondois que si je croyois que Vos Excellences eussent parlé sérieusement de mettre bas le masque, je les étourdirois de mes remontrances : car enfin, ajoutois-je, dès qu'ils l'auront quité, que leur restera-t-il qu'une affreuse nudité & une maigreur décharnée? Il falloit ne pas commencer, ou persévérer jusqu'à la fin; car ces déguisemens anonymes sont d'abord volontaires à la vérité, mais ensuite ils deviennent nécessaires ; & même si lorsque Vos Excellences parlent de se démasquer, elles se déguisent de nouveau, ou se préparent à de nouvelles fourberies : il auroit mieux valu ne pas se servir de cette figure, car comme toute privation présuppose la possession, on donne à entendre qu'on est coupable de ce dont on promet de se corriger.

Dix-Septiéme Observation.

Vos Excellences ajoutent que la France a préféré à toutes choses la liberté de l'Allemagne, & qu'elle l'a constamment protégée, que ces longues Guerres qui ont armé toute la Chrétienté ne sont venues que de ce que l'on n'avoit pas pour les Princes, & les différens Ordres de l'Empire le respect qui leur est dû, qu'on violoit les droits de quelques-uns, & qu'on avoit même fait perdre la liberté à quelques Seigneurs en s'assurant de leurs personnes. Voici ce qu'ils disent de cette vaste

K k   affir-

jus vasta assertionis & conclusionis singulas partes sic attingunt : nullis Imperii Legibus, Statutis, nec Annalibus constat Gallos libertatis Germanicæ tutores designatos fuisse, quin vice versâ illorum in rebus Germanicis rejecta prohibitaque auxilia; Germania etiam quæ tantis dignitatis gradibus Galliam antecellit, nihil sibi in res Gallicas vindicat, non se immiscet sublevandæ oppressioni, quâ mox Regii sanguinis Principes, mox Parlamenta, mox Provinciæ integræ conterantur. Unde ergo immanis illa propagandæ libertatis libido? Unde conventa hæc, nec ab Imperii Ordinibus unquam quæsita protectio? Et quid commune habet cum quavis protectionis genere, violenta occupatio Episcopatus Basileensis, Ferreta, & Alsatiæ, Brisgoviæ, Verlingæ, & Brisaci?

Hæcne est libertas Germaniæ ut opibus, fortunis, & ditionibus exuatur? Hicne honos a Principibus suis desideratur ut ad extremam inopiam & servitutem a Gallis tutorum officio fungentibus redigantur? Nec sunt ista nova penes Gallos, quippe jam dudum eodem prætextu ruente libertatis Imperii, illi Henricus Secundus tres Episcopatus Principatusque insignes Virodunensem, Metensem, & Tullensem subripuit : tum protectionis nomine jam tunc temporis Comitem Montis-Belligradi Ditionibus suis spoliavit : & sub confœderationis titulo Argentoratum fraudulenter intercipere conatus; qui se tamen Germanorum Principum tutorem nominabat, piumque hoc tutelæ officium gerebat, exemplo Ludovici Undecimi qui pupillæ suæ Mariæ Burgundiæ Hereditatem expilavit. Hæc majora sunt & apertiora quam quæ verborum involucris nudisque in Austriacam Domum conviciis dissimulari possunt.

Ad Decimam Octavam Observationem.

Crebris postea cachinnis & subsannationibus exceperunt hunc sermonem : qua de causâ Excellentia vestra volunt populum Christianum tantis bellis hactenus conflictatum, quod Principibus Imperii neque Ordinibus suus honos habitus sit? Quasi vero ingeminata occupatio, Ducatus Lotharingiæ, Ducatus Barrensis, Usurpatio Sedanensis, Comitatus Burgundiæ devastatio, Belgii nunquam intermissa seu per se seu per Batavos aggressio, Rhætorum & Vallis-Tellinæ Incolarum commotio, Pignarolii, Suzæ, Trini, Cazalii adversus ipsos Galliæ Fœderatos detentio, Daniæ oppressio, Lusitaniæ, Cataloniæque rebellionis fomentatio, Transilvani & Tartari magno pretio empta irruptio; ad restituendos Principibus, Ordinibusque Imperii honores quidpiam conferant?

Ad Decimam Nonam Observationem.

Plures etiam multoque quàm existimassem habuit contradictores imperitio Domûs Austriacæ, quâ velut admoto ariete labem illius Principibus inferre Excellentiæ vestræ minime verentur, tum ex crudelitatis notâ cujus eos incusant,

affirmation & de cette conclusion : il ne paroît ni par les Annales ni par aucune Loi de l'Empire que l'on ait chargé les François de la défense de la liberté Germanique; on les a toujours refusez quand ils ont voulu se mêler des affaires de l'Empire, & l'Allemagne elle-même dont la dignité est si supérieure à celle de la France, n'a jamais voulu se mêler des affaires de cet Etat ni la délivrer de l'oppression où l'on y tient tantôt les Princes du sang, tantôt les Parlemens, & des Provinces entieres. D'où vient donc cette passion de maintenir la liberté? D'où vient cette protection qu'on nous accorde & que nous n'avons jamais demandée? Et qu'a de commun avec toute sorte de protection l'invasion de l'Evêché de Bâle, du Comté de Ferrete, de l'Alsace, du Brisgaw, de Verlingen, & de Brisac?

La liberté de l'Allemagne consiste-t-elle donc à la dépouiller de sa puissance & de ses Etats, & à être reduite à la besace & en servitude par les François en faisant les fonctions de tuteurs? C'étoit apparemment pour cette même raison, parceque la liberté de l'Empire couroit risque, que Henri II. lui a enlevé les trois importans Evêchez de Verdun, de Toul, & de Metz : c'étoit par droit de protection qu'il dépouilla le Comte de Montbeliard de ses Etats, & qu'il tâcha sous prétexte d'Alliance de s'emparer par surprise de Strasbourg, cependant il se nommoit le protecteur des Princes Allemans, & il en faisoit les pieuses fonctions, à l'exemple de Louis XI. qui s'empara de l'heritage de Marie de Bourgogne sa pupile. Ces faits sont plus graves & plus clairs que tout ce que l'on pourroit dire ou renfermer dans les reproches que l'on pourroit faire à la Maison d'Autriche.

Dix-Huitiéme Observation.

Quels éclats de rire n'a-t-on point poussez quand on a entendu que Vos Excellences soutenoient que la Chrétienté n'étoit armée depuis si longtems que parceque l'on ne rendoit pas aux Princes, & aux Etats de l'Empire l'honneur qui leur est dû : & on leur entend dire sans cesse quelle liaison ont avec l'honneur dû aux Princes & Etats de l'Empire, l'usurpation réitérée du Duché de Lorraine, du Duché de Bar, celle de Sedan, le pillage de la Franche-Comté, les invasions dans les Païs-Bas soit par soi-même soit par le moyen des Hollandois, le soulévement de la Valteline, la detention de Pignerol, Suze, Trino, Cazal, quoique ces Places apartiennent à des Alliez de la France, l'oppression du Dannemarck, le soin de fomenter la révolte des Catalans & des Portugais, l'irruption des Transilvains & des Tartares payée bien cher.

Dix-neuviéme Observation.

Il s'en est trouvé plus que je ne l'avois cru qui se sont élevez contre les coups que vous portez à la Maison d'Autriche, dont vous accusez hautement les Princes & de cruauté & d'avoir affecté la Monarchie Universelle dans l'Eu-

1644. *cufant, tum ex' fuppofitâ affectatione univerfâ per Europam Monarchiæ : inter alios RR. parium fibi temperavit , tantàque verborum acrimoniâ ufus eft ut in difcrimen vitæ Excellentias Veftras adducere velle videretur ; infinitis auctoritatibus & exemplis probans nullibi gentium & fupplicio immunes effe Legatos, qui non laceffiti fed inoffenfi fupremos eorum locorum Dominos in quibus degunt atrociter offendere non dubitaffent : & faltem ex Tit. Cod. Si quis Imperatori male dixerit , nefanda hujus temeritatis monumenta illico ultricibus flammis abolenda effe. nec Galliæ Comitia tales unquàm penes fe & in Regem fuum illatas injurias cupiam effe condonatura.*

YY. & ZZ. quamvis faterentur inauditâ hactenus audaciâ Imperii Caput fupremæ Majeftatis radiis fulgens, coram membris ab eo dependentibus per Excellentias Veftras quati & conculcari; fuadebant nihilominus ut aliquid Gallicæ levitati, turbulentis temporibus, & pacis defideriis indulgeretur : fed unanimiter omnes tantarum injuriarum non confutationem modo quin & retortionem in Coronam Gallicam approbabant , cujus refutationis & retortionis, nifi mea me fallit memoria, hæc Synopfis effe poteft.

Ad Vigefimam Obfervationem.

Innumera Auftriacæ Clementiæ exempla , nulla feveritatis, multa collatorum in ipfos rebelles beneficiorum , nulla illatorum fuppliciorum fuppetere; & idcirco Excellentias Veftras debacchari quidem multùm , probare verò nihil vel minimâ facti fpecificatione fed crudis tantum & generalibus calumniis agere : unde nihil boni Excellentiæ Veftræ prætendi ipfæmet judicarent , fi divinis comminationibus terrerentur , per hæc verba , non eft bonum inferre damnum jufto, nec percutere Principem qui recta judicat, qualiter fe Imperatorem in omnibus gerere exiftimant.

Quod enim Excellentiæ Veftræ objiciunt illum libertatem & Dominia quibufdam Imperii Principibus eripuiffe, nullum penitus prætextum habere videntur , nifi in Trevirenfis Archiepifcopi qui non in ergaftulis contabefcit ut Princeps olim Condæus, ut multi Galliæ Cancellarii & Regiorum Sigillorum Cuftodes, ut Dux Vindocinenfis, Marefcallus Ornanius , Marefcallus etiam de Baffompierre , & hodie Dux de Beaufort qui arctiffime coerciti fuerunt ; fed honefte & commode ipfe Archiepifcopus Trevirenfis Viennæ quemadmodum Regina mater quondam Blefii ad Ligerim detinetur : adeò ut per totam urbem abfque ullis captivitatis infignibus , imo tribus ab urbe milliaribus quocumque tempore poffit exfpatiari: quod cum ab ipfis Electoribus Collegii Decreto ob graviffimas caufas ipfique Galliæ notiffimas procedat , mirantur Excellentiæ Veftræ Cæfari foli hanc detentionem imputare , & eat etiam pluraliter loqui jure omnino fingulari.

l'Europe : RR. entr'autres ne fe poffedoit pas, **1644.** il parla avec tant d'animofité qu'il fembloit, à l'entendre dire , que Vos Excellences avoient mérité la mort, car il fit voir par une infinité d'autoritez & d'exemples qu'en aucun lieu de la terre, on ne laiffoit impunis des Ambaffadeurs qui, fans être ni attaquez ni offenfez, ont infulté le Souverain des lieux où ils fe trouvoient, & il citoit pour fon garent le Tit. Cod. *Si quelqu'un parle mal de l'Empereur , que les flammes vangereffes détruifent jufqu'au moindre veftige de fa témérité : &* il difoit qu'il n'y avoit pas d'aparence que les Etats de France euffent pardonné une telle infulte faite à leur Roi.

YY. & ZZ. avoüoient que c'étoit une hardieffe inoüie à Vos Excellences d'infulter ainfi à la Majefté du Chef de l'Empire en préfence des Membres qui dépendoient de lui; mais en même tems ils difoient qu'il falloit donner quelque chofe à la légéreté Françoife, aux troubles préfens, & aux defirs de la Paix: mais tous aprouvoient non feulement qu'on réfutât, mais même qu'on rétorquât fur la Couronne de France toutes ces injures atroces, & voici, fi je ne me trompe, la fubftance de cette réfutation & de cette rétorfion.

Vingtiéme Obfervation.

Il y a un nombre infini d'Exemples de la Clémence des Princes d'Autriche , des bienfaits dont ils ont comblé les rebelles, & il n'y en a aucun de leur févérité & des fuplices qu'ils ayent fait foufrir; au'ainfi Vos Excellences invectivoient, mais qu'elles ne prouvoient rien, puifqu'elles ne raportoient que le moindre fait, & que tout confiftoit en pures généralitez qui étoient autant de calomnies : mais que Vos Excellences elles-mêmes jugeroient quelles en pourroient être les fuites funeftes, fi les menaces de la Parole de Dieu faifoient quelque impreffion fur leur efprit, & s'ils avoient été frapez de ce paffage où il eft dit; *il n'eft pas bon de faire tort au jufte ni de fraper le Prince qui juge droitement,* comme il eft conftant que fait Sa Majefté Impériale.

Que Vos Excellences n'ont aucun fujet de lui reprocher, d'avoir ôté la liberté ou les Etats à quelques Princes de l'Empire; ou il faut qu'elles ayent en vuë l'Archevêque de Trèves, qu'on ne fait point pourrir dans une infame prifon, comme on a fait au Prince de Condé, à plufieurs Chanceliers de France & Gardes des Sceaux, au Duc de Vendôme, au Maréchal d'Ornano , au Maréchal de Baffompierre, & aujourd'hui encore au Duc de Beaufort; l'on a tenu tous ces Seigneurs dans d'étroites prifons ; ce qu'on ne peut dire de l'Archevêque de Trèves qui eft à Vienne honorablement & avec aifance comme on tenoit autrefois la Reine mére Prifonniére à Blois fur la Loire : enfuite qu'il eft libre dans la Ville & qu'il peut aller fe promener à trois milles hors de la Ville, n'ayant pas même de Gardes ni aucune marque de Captivité : or comme il n'eft traité ainfi que pour les cas fort graves que la France n'ignore pas , & que l'on n'en eft venu à cette extrémité avec lui, qu'en vertu d'un

Decret du Collége Electoral qui l'a condamné, il eſt étonnant que vous n'en faſſiez un crime qu'à l'Empereur, & de plus que vous citiez en pluriel un exemple unique qui ne regarde qu'un ſeul particulier,

Ad Vigeſimam Primam Obſervationem.

De aliorum Electorum & Principum exiliis cùm nemo quidpiam audierit & contrarium omnium oculis pateat, vix capiunt cur Excellentiæ veſtræ non dificilius & obſcurius quoddam argumentum ſuſceperint, ut in illud liberè commentarentur: petunt deinde an aliquis Principum vel Magnatum Imperii a centum ferè annis ſecuri percuſſus, aut quovis alio ſupplicio affectus fuerit ; cumque nemo tale inter nos exemplum recolere poterit, tanto fœdius arguunt non pudere Gallos ſi columbinam Auſtriacorum manſuetudinem immanitatis carpant, dum ipſi Ducis Montmorencii, Marchionis Bouteuillii, Comitis Chaleſii, Mareſchalli Anchoretani, Mareſchalli Marilliaci, Senatoris Thuani Præſidis, Filii Comitis Capellii, aliorumque id genus innocenti ſanguine madent, & luctuoſis carnificinis cruentantur; improperare Cæſari imaginaria exilia, quæ etſi vera eſſent, non ſub Gallorum tamen cenſuram caderent, & nihil aliud a viginti prope annis in Galliâ auditum præter exilia & proſcriptiones, in ipſam Regis matrem quam Coloniæ Agrippinæ rerum omnium egentem Germania vidit, doluit, obſtupuit, in ipſum Regis fratrem terque quaterque a regno profugum & ab exteris Principibus vitæ commoda erogantem, tum ſucceſſione regni & ſanguinis juribus ſine cauſâ publico tamen judicio dejectum. An putant nobis excidiſſe Principis Caſimiri Poloniæ Regis fratris, Principis Palatini natu majoris violentam in Galliâ incarcerationem, Guiſianorum Ducum, Elebovii, Valettani, Vandomi, Bouillonii, Subiſii, Marchionis Bargii, Marchionis de la Vieuville, Cancellarii le Coigneux, Secretarii Monſiger, & Secretarii etiam de Servien qui ad nos hodie ſcribit tanquam Plenipotentiarius, plurimorum Epiſcoporum, fœminarum illuſtrium exilia, deportationes, & ſpoliationes. Inter tot tantaque Domeſticæ feritatis exempla, ſtatim ac in Imperium pervenere, ibique humaniſſimè excepti fuere duo iſti Gallici advenæ, omne telorum genus in Cæſareum diadema ejaculantur, & Sacram Cæſaris perſonam ex eâ parte invadunt, quâ omnium aliarum Nationum encomia & applauſus abundè meritus eſt.

Quippe tantum abeſt ut cujuſvis Principis Imperii ſanguinem effuderit, quin captivos & in flagranti delicto rebellionis comprehenſos amplexatus eſt & liberavit, & Robertum Principem Palatinum, Marchionem Dourlachium, & nuperrimè Ducem Wirtenbergenſem his ferè motibus indignationem ſuam exhalabant pro defendendâ Auſtriacorum benignitate. Sequentibus verò pro eliminandâ opinione affectatâ ab illis Monarchiâ Univerſalis.

Ad

Vingt-uniéme Obſervation.

Comme perſonne n'a rien entendu dire de l'exil d'aucun autre Electeur ou Prince & que chacun ſait même le contraire, on ne peut s'imaginer pourquoi Vos Excellences n'ont pas employé quelqu'argument plus dificile. & plus obſcur, afin de pouvoir ſe donner librement carriére : on demande enſuite ſi depuis cent ans il s'eſt trouvé un Prince, un Grand de l'Empire qui ait péri ſous la hache, ou de quelqu'autre genre de ſuplice : or puiſqu'on ne peut en donner un ſeul exemple, on ſe croit d'autant plus en droit de trouver mauvais que les François n'ayent pas honte d'attaquer la Clémence ſans égale de la Maiſon d'Autriche, pendant qu'eux-mêmes ſont encore tout couverts du ſang du Duc de Montmorenci, du Marquis de Bouteville, du Comte de Chalais, du Maréchal d'Ancre, du Maréchal de Marillac, du Préſident de Thou, du fils du Comte de Capelle, & d'autres innocens : pendant qu'on exerce chez eux ces boucheries lamentables, ils ne rougiſſent point de venir reprocher à l'Empereur des exils imaginaires, qui, quand ils ſeroient réels, ne ſeroient pas ſujets à la cenſure des François, chez qui depuis vingt ans on n'a entendu parler que d'exils & de proſcriptions qui ſe ſont étendues juſqu'à la Reine Mère, que l'Allemagne a vu avec étonnement & douleur à Cologne, où elle manquoit de tout, juſqu'au frére du Roi qui s'eſt retiré trois ou quatre fois du Royaume, & eſt allé mandier de quoi vivre chez les Princes étrangers pendant qu'on l'excluoit, ſans raiſon & par un jugement public, de la ſucceſſion à la Couronne & des droits du ſang. Croyent-ils donc que nous ayons oublié avec quelle dureté, on a tenu en priſon en France le Prince Caſimir frére du Roi de Pologne, le frére aîné du Prince Palatin, les Ducs de Guiſe, d'Elbeuf, de la Valette, de Vendôme, de Bouillon, de Soubiſe, le Marquis de Bergues, le Marquis de la Vieuville, le Chancelier le Coigneux, le Secretaire Monſigor, & le Secretaire même de Servien qui nous écrit aujourd'hui comme Plénipotentiaire, pluſieurs Evêques, pluſieurs Femmes illuſtres qui ont été exilées, banies, & dépouillées de tous leurs biens. Auſſitôt que ces deux François étrangers, échapez à cette cruauté Domeſtique, ſont arrivez dans l'Empire, où ils ont été ſi bien reçus, il n'y a point de traits qu'ils n'ayent lancez contre le Diadême Impérial, & contre la perſonne ſacrée de l'Empereur, qu'ils attaquent du côté même qui lui a mérité les éloges de toutes les Nations.

Car tant s'en faut qu'il ait jamais répandu le ſang d'aucun Prince de l'Empire, il a pardonné généreuſement à ceux qui ont été pris dans l'acte même de rébellion, le Prince Palatin Robert, le Marquis de Dourlach, & en dernier lieu le Duc de Wirtemberg, pourroient témoigner avec de pareils ſentimens quelle eſt leur indignation, & prendre à bon droit la défenſe de la Clemence de la Maiſon d'Autriche. On dit enſuite ce qui ſuit pour renverſer l'opinion que l'on voudroit mettre en vogue, qu'elle auroit aſpiré à la Monarchie Univerſelle.

Vingt-

Ad Vigesimam secundam Observationem.

Mirum est quàm sibi constent Galli, & quàm diversa in eodem subjecto comminiscantur, Protei aut Vertumni instar, eas statim formas assumentes quas pro re natâ cupiditatibus suis (quibus omnia metiuntur) magis putant convenire; nuper Austriacam Domum veluti precariam animam trahentem, ultimosque agentem spiritus repræsentabant, hodie verò suâ magnitudine cunctis formidabilem & universæ Monarchiæ inhiantem delineant. Aut hoc aut illud diceret Comicus; at nec hoc nec illud nos dicimus, quia neutra illarum propositionum quæ in extremis versantur quicquam seu veri seu verisimilis continet, quin utraque vel in sensu composito vel in sensu diviso est ridicula: præterquàm enim una aliam destruit, ambæ tam conjunctæ quàm separatæ cum evidentiâ facti pugnant & collidunt. Sed priori, nobis non inmorandum, cum inter peristromata Turcica peristromate tertio a Gallo jam Gallo-Græco in gratiam Otthomanorum rubiginosa aut depicta, postea insigniter & Christianè refutata fuerit in aulæis Romanis peristromatibus Turcicis oppositis, aulæo tertio.

Ad secundam igitur quam solam Plenipotentiarii Gallici modo urgent, & in quâ sibi omnia fingunt de immoderato in Austriacis dominandi usurpandique ambitu, non potest seu opus est alioquàm verum, temporumque testimonio, ut tandem aliquando inania ejusmodi deliramenta fatuis tantum relinquantur. Etiam Austriacis bona hæreditaria decreverunt qualia Helveticas Provincias, Ducatum Burgundiæ; Matisconensem Comitatum, Wirtenbergensem Ditionem fuisse nemo inficiabitur; & si hasce hæreditarias suas portiones contemplationi publicæ quieti nunquàm repetierunt, potoritne sub sensu communem cadere hæc Monarchiæ universalis affectatio in iis qui ne quidem domestica ambiunt; si ea omnia quæ belli jure occuparerant sponte voluntarieque restituerunt eo tempore quo majoribus undequaque viribus potiebantur, ut in Pace Verviniana in restitutione Statuum Ducis Sabaudiæ Caroli-Emanuelis, Ducis Parmensis, Ducis Mantuani, in gratuito deposito Vallis-Tellinæ inter manus Urbani octavi Romani Pontificis; si de bonis fisco addictis nihil sibi retinuerunt, ut tam in Belgio quàm in Burgundiâ Nassaviana Confiscationes, in Imperio, Saxonicæ, Hassianæ & multæ aliæ fidem faciunt, si non tantùm antiquas sibi ab aliis ereptas non invaserunt, sed si patrimoniales, immemoriali quietáque possessione in domo suâ radicatas, nemine cogente, exteris concesserunt, ut Siennam, Lusatiam; si cum Rebellibus Subditis amicabiliter componere non renuerunt, ut cum Hollandis; si aliis veniam petustibus non recusarunt paternos amplexus; ut multis Bohemis, Hungaris, & superioris Austriæ incolis; ab omni ratione alienum esset concludere eos ad universam dominationem contendere; càm non minus huic conclusioni prædicti actus adversentur, quàm volatibus alarum amputatio contradiceret. Eive originem, sive progressum, sive consistentiam illius domus inspiciamus, nihil non legitimi, temperati & quieti reperietur: adeo ut de illa dicatur,

—————— *Peragit tranquilla potestas,*
     Quod violenta nequit.

Hu-

Vingt-deuxiéme Observation.

Rien n'est plus surprenant que de voir avec quel front les François forgent avec une persévérance admirable des accusations qui n'ont rien qui frape que des contradictions grossiéres; comme autant de. Protées ou de Vertumnes ils prennent sur le champ & à chaque instant une nouvelle forme, telle qu'ils croyent convenir à leurs intérêts sur lesquels ils mesurent tout : dernièrement ils représentoient la Maison d'Autriche aux abois & près de sa fin; à présent ils la peignent comme formidable & aspirant à la Monarchie Universelle. Rien de plus comique que ces deux idées oposées que l'on veut nous présenter tout à la fois, mais que nous sommes incapables de comprendre, parce que ni l'une ni l'autre de ces deux propositions oposées ne peut contenir la vérité ni même le vraisemblable, & l'une & l'autre peut passer pour ridicule soit dans le sens composé soit dans le sens divisé; car outre que l'une détruit l'autre, toutes deux soit unies soit séparées détruisent l'evidence du fait & se détruisent elles-mêmes. Mais il n'est pas nécessaire que nous insistions sur la première qui a été peinte, en faveur des Ottomans par les François ou Gallo-Grecs dans de grandes tapisseries Turques, dans la troisième piéce, & ensuite refutée Chrétiennement & avec éclat dans la troisième piéce des tapisseries Romaines oposées aux Tapisseries des Turcs.

Quant à la seconde sur laquelle les Plénipotentiaires de France insistent & où ils feignent tout ce qu'il leur plait sur le désir immoderé de la Maison d'Autriche de dominer & d'usurper, on ne peut rien dire autre chose, & il n'est pas besoin d'avoir recours à d'autre témoignage qu'à celui des tems & de l'expérience pour faire voir que ces rêveries ne peuvent sortir que de têtes creuses, & ne doivent se débiter qu'à gens qui ont perdu toute raison. On allégue des Etats héréditarias de la Maison d'Autriche, tels que personne ne niera que sont les Cantons Suisses, le Duché de Bourgogne, le Comté de Mâcon, & le Wirtemberg : si cependant la Maison d'Autriche dans la seule vue du repos public n'a point revendiqué ces Etats qui lui apartenoient, peut-il venir dans l'esprit d'une personne qui aura encore un peu de sens commun, que des gens qui ne tâchent point de réoccuper leurs biens doméstiques aspirent à la Monarchie universelle; si ceux qui se rendent d'eux-mêmes tout ce dont ils se sont rendus Maîtres par le droit des armes, dans un tems où ils étoient très-puissans comme lors de la Paix de Vervins, où ils rendirent les Etats à Charles-Emanuel Duc de Savoye, au Duc de Parme, au Duc de Mantoue; comme lorsqu'ils mirent en dépôt la Valteline entre les mains du St. Urbain VIII. si jamais ils ne se sont aproprié aucun des biens confisquez, comme en font foi ceux de la Maison de Nassau dans les Pays-Bas & dans la Bourgogne, & ceux de Hesse & de Saxe dans l'Empire, si, bien loin de se réemparer de ceux qu'on leur avoit enlevez, ils ont cédé à des Etrangers des biens patrimoniaux aquis à leur famille par une possession tranquille & immémoriale, comme Sienne & la Lusace, s'ils n'ont pas fait difficulté de traiter amiablement avec leurs Sujets rebelles comme avec les Hollandois; s'ils n'ont jamais refusé les effets de leur Clémence à ceux qui l'ont implorée, comme à plusieurs Bohemes, Hongrois, & Autrichiens; ainsi rien de plus déraisonnable

Kk 3

Hujufmodi lenibus & moderatis gradibus, per matrimonia, fucceffiones, & domefticam concordiam, ad eum dignitatis apicem confcendit, quem illius æmuli turbulentis fuis factionibus & machinationibus, omnia fufque deque mifcendo, & homogenea cum heterogeneis congregando, nondum attingere potuerunt. Numquàm de confiniis Auftriacis id quod de Gallicis dictum,

Quam male vicinis funt condita mœnia Gallis,
Quam trifti damnata loco!

Septemdecim tantùm annis aliàt Galli Siciliam obtinuerunt, cùm abominandam eorum intemperantiam ulterius populi ferre non potuerint; Auftriaci verò plufquàm a fæculo ibidem pacate & laudabiliter regnant. Hæc eft utriufque Gentis diverfitas toto orbe notiffima, quam tamen non iftis modo Legatorum fuorum epiftolis fedinnumeris aliis ejufdem Litteris & petulantiæ fcriptis Gallia pervertere conatur, dominationis fuæ maculas in Auftriacos rejiciendo; fed fruftra apud quempiam mortalium, qui quantulacumque rationis & veritatis non verò partium ftudio ducetur: in noftrà enim Germaniâ ex tanto Principum & Civitatum numero quo conftat, neminem reperire eft, qui fibi ab Auftriacâ domo quidquam detractum poffit oftendere, idem prorfus in Italiâ, quæ nunquam tranquillior intra fe fuit, nec contra Turcarum invafiones tutior, quàm ubi pars illius non infimæ Auftriaco Sanguini legitime ceffit, cujus etiam beneficio & liberalitate fuum imò totius Chriftianitatis propugnaculum in Melitenfi Infulâ obtinet.

Verùm pungit Gallorum animos, illique ftomachum movet non interrupta à ducentis annis Auftriacorum Imperatorum feries, non minus hac in parte quàm in aliis denfâ immoderatæ ambitionis fuæ caligine offufcantur; ex difpofitione aureæ Bullæ (quam cæteri ifti cenfores tantopere commendant,) non poffunt nifi Germani Principes ad Imperialem Dignitatem cooptari, ut in excluffione Francifci primi Galliæ Regis jam tunc temporis peffimis artibus in eandem Dignitatem irrepentis declaratum fuit. An putant Galli Germaniam non perhorrefcere immane jugum fub quo afflictiffima illorum patria jam dudum gemit; ubi nec Ecclefiaftici nec Nobiles à Vectigalibus neque ab oneribus perfonalibus eximuntur; ubi publica omnium officiorum nundinatio & fordidum beneficiorum commercium, ubi pueri facti Senatores publicè populis jura dicunt; Ubi Parlamenta nihil amplius præterquàm nominis umbram retinent; Ubi omnes regni Ordines exauctorantur; ubi ne liberæ quidem funt omnes cogitationes ipfæ, multo minus voces & fcripta, adeò ut cæterorum etiam exterorum in quos nullum jus Gallia habet, carnificis manu lacerentur, vel hac tantùm ratione quòd omni tempore & in omnibus fcholis agitatam de tyrannicidio quæftionem obiter & generofè feu genericè attingunt, quafi folos Galliæ Reges hoc no-

fonnable que d'en conclure qu'ils afpirent à la Monarchie univerfelle, c'eft comme fi l'on vouloit foutenir qu'on a coupé les aïles à un oifeau exprès pour le faire voler. Que l'on confidére foit l'origine, foit l'agrandiffement de cette Maifon, on n'y trouve rien que de légitime, de modéré, de tranquille; auffi dit-on d'elle avec raifon, *une puiffance tranquille exécute ce que ne peut faire celle qui a recours à la violence.*

C'eft par des moyens doux & moderez, comme les Alliançes, les héritages, & la concorde domeftique, qu'elle eft parvenue à ce point de grandeur, où n'ont pu ateindre fes envieux par leurs turbulentes factions, par leurs artifices, en renverfant tout, & en voulant allier enfemble des chofes entiérement opofées. jamais on n'a dit des frontiéres des Etats d'Autriche ce que l'on a dit de celles de la France, *Malheureufes font les Villes qui ont les François pour voifins! Que leur fituation eft trifte!*

Autrefois les François furent Maîtres de la Sicile, mais purent-ils la garder plus de dix-fept ans? Ces peuples ne purent fouffrir leur abominable tyrannie; cependant il y a plus d'un fiécle que la Maifon d'Autriche gouverne paifiblement & d'une manière toute louable le même Etat. Voilà la diférence qu'il y a entre ces deux Maifons, diference connue de toute la terre & dont la Maifon de France a tenté plus d'une fois de donner une toute autre idée, non feulement dans les Lettres de fes Ambaffadeurs, dont il s'agit ici, mais encore dans d'autres & dans plufieurs Ecrits odieux, en rejettant fur les Autrichiens toute la tache de fa tyrannie; mais c'eft en vain, ils ne trouveront point de créance auprès de ceux qui auront du bon fens & qui aimeront la vérité: en effet de tant de Princes & de Villes dont le Corps Germanique eft compofé, pourroit-on en trouver un feul qui fît voir que la Maifon d'Autriche fe foit emparé de la moindre chofe qui ne lui appartenoit pas? il en eft de même dans l'Italie, qui jamais n'a été plus tranquille au dedans, ni plus en fureté au dehors contre les invafions des Turcs, que depuis que la meilleure partie en apartient à la Maifon d'Autriche, de la liberalité de laquelle toute la Chrétienté tient fon boulevard dans l'Ifle de Malte.

Mais ce qui chagrine les François, c'eft de voir la Couronne Impériale depuis deux cens ans fans interruption dans la Maifon d'Autriche; mais en ceci comme en bien d'autres chofes les noirs nuages d'une ambition fans bornes les offufquent; car ils devroient favoir que, fuivant les Loix de la Bulle d'Or, dont nos cenfeurs font leur rempart, aucun Prince ne peut parvenir à l'Empire s'il n'eft Allemand d'Origine, ainfi qu'il a été déclaré dans l'exclufion de François I. qui dès lors tâchoit par des artifices condannables de s'élever à la Dignité Impériale. Les François croyent-ils donc que les Allemans n'ont pas horreur du joug horrible fous lequel gémit leur Nation, où ni les Ecclefiaftiques ni les Nobles ne font pas exems des taxes & des charges perfonnelles; où l'on vend honteufement tous les emplois; où l'on fait un criminel commerce des bénéfices; où des enfans placez dans le Sénat rendent aux peuples une juftice telle quelle; où les Parlemens ne confervent plus que l'ombre de leur nom; où les Etats du Royaume font pour jamais caffez; où les penfées ne font pas libres, encore moins les paroles & les écrits, en forte qu'on y fait brûler par la main du bourreau ceux des Etrangers fur lefquels on n'a aucun droit, par cette feule raifon qu'ils y parlent hardiment de la tyrannie dans les mêmes termes qu'on en a parlé de tout tems dans les

1644.

nomine defignari Ultores Galli faterentur; ubi demique populus novis tantifque quotidie exactionum, concuffionum, & extortionum generibus fic extenuatur, ut duriori conditione quàm ipfa bruta animantia lucis ufura fruatur? Quam regendi, gubernandique methodum abfit ut unquàm in Imperium transfere patiamur, & tantùm à debito patriæ amore distrahamur, ut eam feu dominationi, feu protectioni, feu confiliis eorum fubmittamus, quibus licet quod libet, nec ulla major gloria, quàm nullo penitus legum vinculo adftringi.

les Ecoles, comme fi les François en prenant cette vengeance, vouloient faire entendre qu'en parlant de Tyrans, on ne peut avoir eu en vûe que leurs Rois; où enfin le peuple eft tellement accablé par toute forte d'exactions, de concuffions, & d'extorfions que la condition des bêtes brutes qui jouïffent de la lumiére eft infiniment préférable à la leur. A Dieu ne plaife que nous permettions jamais en Allemagne, l'établiffement d'un pareil gouvernement; nous préferve le Ciel de renoncer tellement à l'amour de la Patrie, que nous la foumettions à la domination, à la protection, ou aux Confeils de gens qui croyent que tout ce qu'ils veulent leur eft permis, & qui mettent leur gloire à n'être foumis à aucunes Loix.

Ad Vigefimam tertiam Obfervationem.

Vingt-troifiéme Obfervation.

Atqui forfan objicient non fibimet Cæfareum Diadema quærere fed amicis, ne alioquin hæreditarium in Auftriacâ Domo cenfeatur. Sed quomodo præfumi poteft hæreditas, ubi nunquàm ceffat Electio nec in Electione libertas, fine quibus & non nifi rite obfervatis Imperii Conftitutionibus nullus Auftriacorum ad illud fupremæ Majeftatis culmen pervenit? Quid igitur quiefcentibus & applaudentibus univerfis Imperii Electoribus & Principibus, quorum intereft egregium & legitimum Imperatorem habere, exotici Ariftarchi infurgunt, & in Septemvirale judicium cenforiam virgam intendunt, quam, fi non illico difcerpamus, fubinde ferream ftringent, quâ nos, inftar plebis Galliæ, regant.

Peut-être répondront-ils qu'ils n'ambitionnent aucunement la Couronne Impériale pour eux-mêmes; que s'ils font quelques brigues c'eft en faveur de leurs amis pour empêcher qu'elle ne devienne comme héréditaire à la Maifon d'Autriche. Excufe frivole, peut-on fuppofer l'hérédité, où l'on obferve toûjours l'élection, & même une élection libre, fans quoi aucun Prince Autrichien n'eft parvenu à l'Empire, fans parler des autres Conftitutions de l'Empire qui ont toûjours été exactement obfervées? Pourquoi donc, pendant que tous les Electeurs & tous les Princes de l'Empire fe tiennent en repos & aplaudiffent, eux qui ont intérêt d'avoir un bon & légitime Empereur, ces étrangers fe mêlent-ils d'étendre jufques fur le Colége Electoral leur verge de Cenfeurs? Si nous ne la brifons promtement, ils en prendront bientôt une de fer avec laquelle ils nous gouverneront comme ils gouvernent les François.

Non mirantur quòd quandiu Caroli magni progenies durarit, penes eam fteterit Imperium, atque dignitatem confcenderint, quod idem antea in Augufti & Tiberii defcendentibus contigerit, approbatis etiam adoptionibus; tum poft divifionem Imperii in familiam Conftantis, Conftantini, Conftantii, Gratiani & aliorum, Sueciam & Angliam ab electione in hæreditatem tranfiffe non conqueruntur; immo ipfummet Regnum Gallicum ab electione hæreditarium factum gloriantur: fed in Auftriacam Domum tantum frendent & fremunt, licèt ex eâ nemo nifi per legitimam liberrimamque electionem Imperii fafces fufceperit, ejufque jura & dignitatem fuftentarit, non modo fine quovis peculiari ejufdem Auftriacæ Domûs emolumento, fed multâ rerum fuarum jacturâ. Eft enim Imperium mulier fine dote, nomen Majeftatis & fplendoris non verò utilitatis & opulentiæ: nulla enim Ferdinandus fecundus non ullus Prædecefforum fuorum hoc Cæfaris titulo neque Provinciam, neque Urbem, neque arcem, neque domum in toto Imperio obtinet; unde multi Germaniæ Principes qui fe huic oneri impares exiftimabant, illud olim recufarunt, prudenterque hactenus Electorale Collegium judicarit quod fi infirmis manibus & humeris moles tanta imponeretur, ipfius blinu in Rempublicam Chriftianam clades effent derivandæ.

Ils ne trouvent pas étrange que l'Empire foit refté dans la famille de Charlemagne, tant qu'elle a fubfifté, & ils ne défaprouvent point qu'auparavant la même chofe fe foit paffée à l'égard des defcendans d'Augufte & de Tibere, jufques là même qu'ils aprouvent les adoptions; enfin ils ne trouvent pas mauvais que lorfque l'Empire fut partagé entre les defcendans de Conftant, de Conftantin, de Conftance, de Gracien, & d'autres, la Suéde & l'Angleterre d'électives qu'étoient ces Couronnes fuffent devenues Héréditaires; ils fe glorifient même d'avoir rendu le Royaume de France d'électif, Héréditaire; mais ils ne peuvent fouffrir la même chofe dans la Maifon d'Autriche, quoi qu'aucun de fes Princes ne foit jamais monté fur le Trone Impérial qu'après une élection auffi libre que légitime, & quoiqu'ils n'ayent foutenu la Dignité Impériale & fes droits qu'à leurs dépens & fans y trouver le moindre avantage. En effet l'Empire eft une femme fans dot, c'eft un nom majeftueux & éclatant, mais qui n'eft d'aucune utilité & d'aucun avantage. Ferdinand fecond & aucun de fes Prédéceffeurs n'a poffédé aucune Province, aucune Ville, aucune Forterefle, pas même un Palais dans tout l'Empire en qualité d'Empereur; c'eft pourquoi plufieurs Princes d'Allemagne qui ne fe croyoient pas capables de porter ce fardeau, l'ont refufé, & que jufqu'à préfent le College Electoral a jugé prudemment que fi l'on mettoit une fi importante charge fur de trop foibles épaules, la Chrétienté en fouffriroit toute la première.

Quam Electorum prudentiam ex tot ejufdem Chris-

De toutes les Nations Chrétiennes il n'y a que

Christianitatis Nationibus soli Galli improbant, & tamen non audent Polonis objicere quod in Jagellonica stirpe Regiam Coronam licèt electivam perennare faciant, haud ignari Polonos hujusmodi audaciam in exteris rebus suis se se immiscendi minime passuros. De Græci Imperii reformatione, de potentia Solimannæ familiæ restringenda, de spargendis ibi divisionibus, de electione in eodem Imperio Græco restauranda nunquam curarunt aut cogitarunt, licet inde Reipublicæ Christianæ multa beneficia contingere potuissent: sed diminutionem in domum Austriacam continuò intentarunt, per quam ejusdem Solimannæ familiæ impetus contra Christianos comprimi videbant.

Apud Otthomanum Imperatorem Legatum habere non cessant, apud Christianum non semper: Sultanum Ibrahim illico pro Imperatore nuper salutarunt & ejus solenne juramentum ad tuendum propagandumque Alcorannum festivis ignibus pretiosissimisque donis celebrarunt; sed Ferdinandum tertium licèt Regi suo tot sanguinis & affinitatis nexibus conjunctum soli ex non Christianis modò sed ex Barbaris etiam & Infidelibus Imperatorem cognoscere voluerunt; cumque illum nec patrimonialibus terris nec Subditorum obedientiâ (uti præsumebant) privare potuerint, debitis nominibus, titulis & honoribus privare decreverunt.

Sed cunctis hanc Enceladicam in Superos temeritatem ridentibus, paulatim detumuere Galli; quem tumorem non minori ludibrio Aquila habuit, quàm taurus illam Buffonis quæ crepuit, dum illius magnitudinem invitâ naturâ æquare contenderet: iisdem immensâ cogitationibus usurpationum (quas dum alii affingunt Galli) undequaque fovent, ipsos tandem obrui judex vindexque patietur præcipue cùm & ipsus etiam attributis non Reges modò suos sed Regis Ministros ornare haud perhorrescant: Sic divinam Intelligentiam, Numen sublime, tutelarem Genium, Creatorem Galliæ, Universi motorem, Cardinalem Richelium nominabant.

De meditatâ verâ ab illis totius Europæ invasione nemo dubitare possit, post publicatum Jacobi Cassani de Juribus Coronæ Galliæ Tractatum, non cum licentiâ modò & approbatione, sed cum mandato Regis, nihil enim à prætentionibus Gallorum intactum & immune, ad præparandos videlicet animos & jacienda tantæ dominationis fundamenta quæ integris voluminibus magno pretio empti alii Scriptores ut Atroyus Sillanus, etiam ante Hottomanus stabilire aggressi sunt.

Vidimus etiam Tragicomœdiam Europæ triumphatæ, vidimus Emblemata Jovis Gallici, alteram Europam suis imposítam humeris transportantis, vidimus Icones Principum Europæorum Regi Galliæ variis modis famulantium, vidimus ejusdem Regis Statuas sub cujus pedibus supplices Europæ partes jacebant, vidimus suarum imaginum Inscriptiones quibus Orbis domitor designabatur, vidimus in tormentis ejus bellicis expressam his verbis usurpationis animam, Ratio Ultima Regum.

Ad

---

que les seuls François qui blâment cette prudente conduite des Electeurs, pendant qu'ils n'osent reprocher aux Polonois d'avoir perpetué leur Couronne, quoiqu'élective dans la famille des Jagellons; c'est qu'ils sont persuadez que les Polonois ne souffriroient pas impunément que des étrangers vinssent se mêler de leurs affaires. Jamais ils ne se sont mêlez de réformer l'Empire Grec, de reprimer la puissance de la famille de Soliman, ou d'y semer la division, enfin de rétablir l'Election dans l'Empire Grec, quoique la République Chrétienne en pût tirer de grands avantages: mais ils ne pensent qu'à diminuer la puissance de la Maison d'Autriche & à y mettre la division, quoiqu'ils voyent qu'elle est seule en état d'arrêter les coups que les Ottomans pouvoient porter à la Chretienté.

Ils ont toûjours un Ambassadeur à la Porte, & rarement à la Cour Impériale: derniérement ils reconnurent sans aucun délai le Sultan Ibrahim en qualité d'Empereur, & ils ont célébré par des fêtes & des feux de joye le serment solemnel qu'il faisoit de maintenir l'Alcoran & d'en favoriser la propagation; mais ils sont les seuls, je ne dirai point des Chrétiens, mais même des barbares qui ayent refusé de reconnoître Ferdinand III. quoique proche parent & allié de leur Roi, & voyant qu'ils ne pouvoient lui ôter les biens de ses ancêtres & l'obéïssance de ses Sujets, ils ont tâché du moins de le priver des titres & des honneurs qui lui étoient dus.

Chacun rit de cette témérité pareille à celle d'Encelade qui faisoit la Guerre aux Dieux, alors les François perdirent peu à peu leur vanité: l'Aigle s'étoit moqué de leur orgueil de même que le Taureau eut pitié de la sotise de cette grenouille qui creva en voulant devenir aussi grosse que lui contre toutes les Loix de la nature: pendant que les François reprochent aux autres des usurpations chimériques, eux-mêmes ne pensent à autre chose; mais quelque jour ils en seront justement punis par le Dieu des vangeances, dont ils ont l'impiété de donner les glorieux attributs non seulement à leurs Rois, mais même à leurs Ministres: c'est ainsi qu'ils nommoient le Cardinal de Richelieu une Intelligence universelle, la Divinité suprême, le Génie tutelaire, le Créateur de la France, le moteur de l'Univers.

Qui pourra douter du dessein qu'ils ont formé d'envahir l'Europe entière, qui leur étoit possible, à la vue du Traité des droits de la Couronne de France publié par Jaques Cassan non seulement avec permission, mais par ordre exprès du Roi; on y voit les prétentions infinies de cette Couronne dont rien n'est à couvert, & l'on diroit qu'on n'a eu en vue que de disposer les esprits & de jetter les fondemens de cette énorme domination établie dans tant de volumes par des Auteurs à gages tels que Atroyus Sillanus & avant lui Hottoman.

Nous avons vu une Tragicomedie de l'Europe vaincue, nous avons vu les Emblêmes du Jupiter François enlevant Europe sur ses épaules, nous avons vu les portraits des autres Princes de l'Europe représentez de diferentes maniéres comme Officiers du Roi de France, nous avons vu des Statues de ce Roi qui avoient à leurs pieds les parties de l'Europe comme suppliantes, nous avons des Inscriptions de ses portraits, où il est nommé le Conquérant de l'Univers, nous avons vu sur ses Canons cette pensée, *La derniére Raison des Rois*, qui exprime parfaitement son génie usurpateur.

Vingt-

Ad Vigesimam quartam Observationem.

Multiloquium illud, ut verum fatear, juris & facti rationibus turgens veluti fulgur magno strepitu crebris ignibus evibratum me perculit & obruit, concidique haud aliter quàm aristarum vertices dum nimio grandinis impetu quassantur : multoties aliquid in benefactricis meæ Galliæ defensionem componere , tum postea recitare meditabar , sed nescio quæ vis occulta veritatis & reverentiæ, invitum licet & reluctantem ad silentium coegit; sperabam saltem post tam prolixam & acerbam crisim , quoad residuum epistolæ Excellentiarum Vestrarum, ex animis severitatem evasuram, sed observavrunt insuper intra duodecim verba contradictionem manifestam dum Excellentiæ Vestræ minantur, Compositis cæteris partibus solam Germaniam de statu suo dejectum iri; tunc illico ab Hispanis , & ut è re suâ erit , bellandi aut quiescendi suspensas rationes habituram.

Si enim componantur cæteræ Europæ partes utique & Hispania (quæ reverâ in Europâ partem aliquam facit) compositâ verò Hispaniâ quomodo e re suâ bellandi occasione esse poterunt? Nisi , ut inquiunt Galli , nullatenus inita Pacis fædera servare velint , quamvis nihil aliud in ore habeant præter Pacem firmam, tutam,& inviolabilem.

In epitheto , legibus soluti , quod Imperatori tribuitis, vos maximè dissolutos credunt ; cùm nemini severius quàm sibi imperet , tantoque magis secundùm leges vivat ; quanto legibus superior est.

Præterea vos bilingues nonnulli hac in parte nominant,eo quòd Hispanis non semel significaveritis brevi cum illis conventum & negotium Pacis absoluturos , si separatim ab Imperatore & Imperio tractare vellent; vice versâ Cæsareis , si ab Hispanis disjungerentur : quæ vafrities & versutia vix Excellentiarum vestrarum vultu & apparatu digna videbatur , cùm haud dubitare potuissent Cæsareos , Hispanosque sibi invicem tales propositiones communicaturos. Et istum in vobis pruritum introducendæ in omnibus divisionis comparavrunt, eximiæ temeritati Milonis Crotoniatæ: qui nimium viribus confisus annosam quercum scindere cupiens ,subitâ violentâque dictarum partium reunione sic interceptus est , ut semel applicatas huic divisioni manus amplius evellere non posset; adeo ut immobilis steterit & supervenientibus feris in prædam cesserit. Sed dixit XX. si hæc doctrina fuit Richelii ad titulum de communi dividundo, in cujus verba & manes Gallia juravit , qui in ipsâ aulâ Regiâ filium a matre , fratrem a fratre & quandoque virum ab uxore avertit ,quâ ratione poterunt discipuli deserere Magistrum;& cùm habeant Legem & Prophetam tantisper ab utriusque præceptis aberrare?

Verùm respondit OO. vivente adhuc tali Magistro , isti Discipuli a longe steterunt ,multo minùs igitur mortuo adhærebunt. Atqui, replicuit XX. nescis enim resurrexisse & novum alium Pseudoprophetam duplici spiritu Armandi Richelii & suo moveri ,cui omnes Galli obtemperare coguntur.
TOM. I.

Vingt-quatriéme Observation.

Il faut avouer que ce long discours soutenu de tant de raisons de droit & de fait , semblable à ces coups répétez de la foudre qui lancent éclairs sur éclairs , me frapa , m'acabla , de même que les Epics qu'une épaisse grêle renverse & brise entiérement : je résolus plus d'une fois de compoſer & de prononcer quelque choſe en faveur de la France ma bienfactrice; mais je ne ſais quelle force de la vérité & du reſpect m'arrêta,& me condamna au ſilence malgré moi; j'eſpérois du moins qu'après une ſi violente criſe le reſte de la Lettre de vos Excellences échaperoit à la ſévérité de la cenſure; mais on remarqua une contradiction manifeſte en moins de douze mots où vos Excellences menacent, *Que les autres parties s'accorderont , & qu'il n'y aura que l'Allemagne qui changera de ſituation , & qu'alors l'Eſpagne ſera Maîtreſſe de lui faire prendre les armes ou de lui laiſſer gouter du repos , ſelon qu'il ſera de ſon intérêt.*

En effet ſi les autres parties de l'Europe s'accordent,l'Eſpagne,qui en eſt une partie ſi conſidérable ,s'accordera aparement auſſi ; or quand une fois elle ſe ſera accommodée , comment peut-il être de ſon intérêt d'avoir aucune occaſion de faire la Guerre, à moins que, (comme le diſent les François ,) ils ne vouluſſent point obſerver les Traitez conclus, quoi qu'ils n'ayent autre choſe dans la bouche qu'une Paix ferme, ſure , & inviolable.

Lorque vous taxez l'Empereur du titre odieux de Prince qui foule aux pieds l'autorité des Loix , tout le monde s'accorde à dire qu'il faut que vous ayez renoncé à toute équité , puiſqu'il ne commande jamais à perſonne avec plus de ſévérité qu'à lui-même & qu'il ſe ſoumet d'autant plus aux Loix , que la condition ſemble le mettre au deſſus d'elles.

Outre cela il y en a quelques-uns qui diſent qu'en ceci vous debitez le pour & le contre, puiſque vous avez fait entendre aux Eſpagnols que vous auriez bientôt conclu la Paix avec eux, s'ils vouloient traiter ſans l'Empereur & ſans l'Empire ; & enſuite vous avez propoſé la même choſe aux Impériaux , s'ils vouloient abandonner les Eſpagnols : ces artifices font peu dignes de vos Excellences , puiſqu'elles ne pouvoient douter que les Eſpagnols &les Impériaux ſe communiqueroient les uns aux autres de telles propoſitions. On comparoit cette attention que vous faites paroître à temer la diviſion de tous côtez , à cette témérité de Milon le Crotoniate qui ſe fiant trop ſur ſes forces voulut fendre un gros chêne , il ſe trouva tellement pris par la réünion des parties , qu'il ne put joindre les mains , & que des bêtes féroces étant ſurvenues pendant qu'il étoit dans cet état il fut bientôt dévoré. Mais , dit XX. ſi ce fut là la doctrine de Richelieu ſur le titre *de Communi dividundo* , & que la France ait juré de pratiquer la Doctrine de ce Miniſtre qui dans ſa famille Royale même a ſu ſoulever le fils contre la mére, le frére contre le frére, & l'époux contre l'épouſe, comment veut-on que les diſciples abandonnent leur Maître & qu'ayant la Loi & le Prophéte, ils s'éloignent des préceptes de l'un & de l'autre?

Mais , répondit OO. tant que ce Maître a vécu , ſes diſciples n'ont pas été de ſon ſentiment , ainſi ils le feront encore moins à préſent qu'il eſt mort. Ne ſavez-vous donc pas , répliqua XX. qu'il eſt reſſuſcité , & qu'il y a un nouveau faux prophéte qui a un double eſprit,
celui

Dederunt enim Regnum suum & gloriam suam alienigenæ, dixitque ei Regina, tu eris super domum meam & ad tui oris imperium cunctus populus obediet. & uno tantùm Regni solio te præcedam : ad quam explicationem OO. conticuit & quiète audivit alios sic hujus interludii progressum interrumpentes. Jules Mazarin, *Anagramma Gallicum*, Je suis l'Armand.

Ad Vigesimam quintam Observationem.

Multo nostro damno nos Hispanorum in Imperio potentiam sensisse, ut inculcant Gallici Plenipotentiarii, equidem investigatione dignum est, & idcirco singulatim petitis suffragiis questio procedere debet; quod unicuique misit, meque primùm Directorii Præses tanquàm istius Nationis notissimum Censorem his verbis compellavit; heus tu Hispano mastix fœcundum concute pectus. Statim de fastu, de modo incedendi, de ampullatis verbis, de tetricâ fronte, de vestitu peculiari istius Gentis sermonem instituit : sed nusquàm de iis rebus agi idem Præses declaravit, quin peti exempla calamitatum per Hispanos in Germaniam illatarum secundùm hujus epistolæ tenorem quæ modò pensitabatur : efflagitavi temporis inducias, ut collectiones, quas domi habebam, consulerem; & obtinui; cumque nihil prorsus reperiam quo hanc Excellentiarum vestrarum assertionem tueri possim, enixe peto ut si quid veri & probati ipsis occurrat per citatissimos cursores mittant.

E regione mihi oppositum PP. statim audire voluerunt; illa quæ dixeram de vestitu, moribus, incessu, & loquendi modo Hispanorum, refutavit comparatione cum Gallis facta quos tanquàm mimos, histriones, simias desultorias, & funambulos circulatores graphice nimis repræsentabat.

Tam parum hanc parenthesim tulit Director, qui statim ad modum difficultatis ipsum revocavit, quem audacter admodum illico solvit; unicuique nostrum denuntians se contra quemlibet magnopigvore decertaturum, quod nec Historiis, nec quovis alio documento posset doceri, ullo unquàm tempore Hispanos Imperium invasisse aut tantisper infestasse, & hoc posito fundamento cum illud a nemine inpugnaretur, sic progressus est.

Rex Hispanorum e Germania originem ducit, Imperii Princeps est sanguine & dignitate, cujus ideo præsentem in hoc Conventu deputatum intuemur, non potest inter nos non hostis modò sed ne quidem alienigenæ loco haberi, quin amici, socii, fæderati imo fratris conjunctissimi, & idcirco iisdem omnino ab hostibus, quibus nos, & eodem tempore impetitur. Non Mediolanensis Ducatus feudum Imperio denegat, quemadmodum Gallus Dolphinatus, Ditionis Sebusianorum, & Comitatûs Provinciæ : Civitates & Urbes Imperii, & Brisacum, Constantiam, Nordlingam, Rinfeldam, auxiliaribus copiis alias liberavit ; Constantiam verò & Nordlingam cum Suecis oppugnavit; Ditiones præterea integras ille quibusdam Imperii Principibus & Electori Coloniensi propriis sumptibus & viribus recuperavit.

Gallus verò alios Imperii Principes suis Statibus spoliavit ut Episcopos Basileensem & Virdunensem:

---

celui d'Armand de Richelieu & le sien, & que toute la France doit lui obéir.

Elle a donné son Royaume & toute sa Gloire à un étranger, & la Reine lui a dit, *tu domineras sur toute ma Maison & tout le peuple obéira au commandement de ta bouche & il n'y aura que le trône entre moi & toi :* cette explication ferma la bouche à OO. qui écouta tranquillement les autres qui dirent aussi leur mot; entre autres que l'Anagramme de *Jules Mazarin,* étoit *Je suis l'Armand.*

Vingt-cinquième Observation.

Il est bon d'examiner ce que les Plénipotentiaires François avancent, que c'est à notre dam que nous avons eu les Espagnols en Allemagne. Pour cet effet, il faut avoir les sentimens de chacun de l'Assemblée en particulier; & le Président du Directoire s'adressa à moi le premier d'autant que j'étois connu pour le censeur, ordinaire de cette Nation, & il me parla en ces termes, allons vous qui êtes le fleau des Espagnols, *étalez votre féconde éloquence.* Aussitôt je m'étendis beaucoup sur le faste, la gravité, l'air rebarbatif, les grands mots & l'habillement particulier de cette Nation; mais le Président me dit que ce n'étoit pas là ce dont il s'agissoit, qu'on demandoit des preuves des maux que les Espagnols avoient causez dans l'Allemagne, ainsi que le disoit la Lettre qu'on examinoit : je demandai du tems pour examiner les recueils que j'ai chez moi, on me l'a accordé; mais comme je n'y trouve rien qui puisse confirmer ce que vos Excellences ont avancé; je les prie, si elles ont quelques preuves certaines en main, de me les envoyer par un exprès.

On voulut entendre sur le champ, PP. qui m'étoit opofé; il commença par refuter tout ce que j'avois dit des habits, des mœurs, de la démarche & du langage des Espagnols, en les comparant avec les François qu'il peignit comme des boufons, des baladins, des singes, & des Charlatans.

Le Directeur ne put soufrir cette digression, il le ramena d'abord au nœud de la difficulté, qu'il résolut sur le champ avec beaucoup de hardiesse en nous déclarant à tous qu'il gageroit tout au monde contre qui voudroit qu'on ne prouvera ni par l'Histoire ni par aucun monument que les Espagnols ayent jamais envahi l'Empire, ni qu'ils y ayent fait le moindre dégât; après avoir posé ce principe, comme personne ne le lui disputoit, il continua ainsi.

Le Roi d'Espagne, qui tire son origine de l'Allemagne, est Prince de l'Empire par sa naissance & par sa dignité, c'est pourquoi nous avons ici présent un Député de sa part dans cette Assemblée, nous ne pouvons le regarder ni comme ennemi ni comme étranger; bien loin de là, nous le considérons comme ami, Allié & confédéré, & même comme frère, & c'est pour cela que nos ennemis sont ordinairement les siens. Il ne refuse pas de tenir le Duché de Milan comme fief de l'Empire, comme a fait le François à l'égard du Dauphiné, de la Bresse & de la Provence : il a secouru avec ses troupes les Villes de l'Empire, entre autres Brisac, Constance, Nordlingen & Rhinfeld; il a assiégé Constance, Nordlingen, & les Suédois; il a recouvré à ses dépens & avec ses propres forces quelques Etats de l'Empire pour leurs Princes & pour l'Electeur de Cologne.

Mais qu'a fait le François? Il a dépouillé des Princes de l'Empire de leurs Etats comme les Evê-

nensem : ille pro defendendo Imperio ab anno millesimo sexcentesimo decimo octavo insignes novem exercitus & plusquam octo auri milliones suppeditavit ; cùm Gallus, pro eodem Imperio opprimendo & invadendo parem auri sanguinisque Theutonici quantitatem consumpserit: ille contemplatione Pacis Germaniæ restitutionem gratuitam inferioris Palatinatûs (quem priùs tot tantisque belli impensis possidet) libens volensque obtulit , ut Legatus Anglicus publico scripto contestatus est : Gallus quæ vi aut dolo in Imperio obtinet non modò retinere sed novis usurpationibus augere pretendit , ut per antiqui Regni Austrasiæ toties buccinatam recuperationem satis explicavit , licèt nihil prorsus ex prædicto regno ad Regis Galliæ antecessores unquam spectarit ; cùm nullatenus ipse ex Caroli magni prosapiâ sit oriundus , & cùm non Natione Gallus sed Germanus fuerit Carolus magnus , Imperatorisque tantùm nomine regnum illud obtinuerit.

Ad Vigesimam sextam Observationem.

Ex quibus præmissis & antecedentibus iste vehemens & semper ad dicendum paratus Orator inferebat male de hac Diæta sentire Excellentias vestras , dum ipse rebus in omnibus versatissima imponere præsumunt in iis quæ nequidem notitiam plebeculæ fugiunt , & videri existimare sibi reus esse cum vertiginosis qui quæ infima sunt , suprema putant , qui reos ac hostes pro judicibus ac benefactoribus habeant , qui ex solâ eorundem hostium rerumque sententiâ optime de Imperio meritos damnent & ejiciant.

Ad Vigesimam septimam Observationem.

Repentina hæc deductio multùm displicuit , præcipue cum illius approbationem in omnium fere oculis legerem , non verò sermonibus , cùm enim vix quicquam huic deductioni addi posse judicarent , nutu tantùm præeuntem sequebantur.

Ad Vigesimam Octavam Observationem.

Devenerunt tandem ad conclusionem epistolæ vestræ , ubi in partem victoriarum Gallicarum Germaniæ Principes vocati , quod passivè interpretati sunt : ubi etiam assertis eodem quo Bohemia fato Germaniam ruiteram. Atqui Bohemiam corruisse negant , quin asserunt eandem hodie esse quæ fuit alias , eodem penitùs vinculo , titulo , & officio , Imperio conjunctam : quo verò jure ab Austriacis possideatur satis demonstrasse Nicolaum Venulæum Cap. 4. Apol. pro Gente Austriacâ , & D. Fabium Herciniarum in Appendice ad Cancellariam Anhaltinam. Addunt hanc de Bohemia querelam exolevisse , nisi fortasse rebelles illius regni ab omnibus verè Christianis Principibus damnati , eam postremis testamenti tabulis Legati nomine Galliæ reliquerint ,

Tom. I.   *tan-*

Evêques de Bâle & de Verdun : l'Espagnol a mis depuis l'an mil six cens dix-huit , neuf grandes armées sur pied,& a fourni plus de huit millions d'or;pour la défense de l'Empire:le François, pour opprimer l'Empire & s'en rendre Maître,a dépensé autant d'or & a fait répandre des flots de sang Allemand : l'Espagnol offre de lui-même à l'Allemagne , en considération de la Paix, la restitution du Bas Palatinat, qu'il a acquis avec tant de peines & de dépenses, ainsi qu'il paroît par l'Ecrit publié de l'Ambassadeur d'Angleterre : le François au contraire veut retenir tout ce qu'il a enlevé à l'Empire par force ou par adresse & l'augmenter encore par de nouvelles usurpations; ainsi qu'il le fait assez entendre en prétendant la restitution , dont on a si souvent parlé , de l'ancien Royaume d'Austrasie , quoiqu'il n'y ait pas la moindre partie de ce Royaume qui ait appartenu aux prédécesseurs du Roi de France , puisqu'il n'est point de la famille de Charlemagne , qui n'étoit pas François mais Allemand , & qui outre cela ne possèda ce Royaume qu'en qualité d'Empereur.

Vingt-sixième Observation.

Cet Orateur vehement & toûjours prêt à parler concluoit de tout ce qui précéde , que vos Excellences avoient une fort mauvaise idée de cette Diéte , puisqu'elles , qui ont une connoissance si exacte des choses, s'imaginent pouvoir lui en imposer sur des faits que le dernier homme du peuple n'ignore point , & qu'il sembloit qu'elles croyoient avoir affaire à des gens sujets aux vertiges à qui les choses paroissent souvent toutes renversées , & que nous prendrions pour coupables & pour ennemis , des innocens & nos bienfacteurs ; en un mot que sur la simple déclaration de nos Ennemis nous condamnerions ceux qui ont si bien mérité de l'Empire.

Vingt-septième Observation.

Cette déduction inatendue me déplut beaucoup , surtout lorsque je lus dans les yeux de chacun l'approbation qu'on lui donnoit ; il est vrai que personne ne parla, mais c'est qu'on jugea qu'il n'y avoit rien à ajouter , & qu'il subsoit d'acquiescer à celui qui venoit de parler.

Vingt-huitième Observation.

Enfin on passa à la conclusion de votre Lettre , où l'on invite les Princes d'Allemagne à vénir prendre part aux victoires des François, ce qu'on entendit passivement : quant à ce que vous assurez que l'Allemagne est en danger de perir comme la Bohème , on dit que la Bohème n'étoit point périe , qu'elle subsistoit comme ci-devant & qu'elle étoit unie à l'Empire par les mêmes liens , le même titre & les mêmes engagemens ; quant au droit qui en rend la Maison d'Autriche Souveraine , Nicolàs Venulæus l'a susfisamment démontré dans le Chap. 4. de son Apologie pour la Maison d'Antriche , & D. Fabius Hercinianus dans ses Additions à la Chancellerie d'Anhalt. On ajoutoit que cette dispute sur la Bohème n'est plus de saison il y a longtems , à moins que les rebelles de ce Royaume condamnez par tous les Princes véritablement Chrétiens n'ayent fait , par leur testament ; la France héritiére de leur

Ll 2   *que-*

1644.

tanquàm novum in Austriacos seditionis tin-
tinnabulum & perduellionis incendium,

Receptiones & toties geminatæ exhortationes
ad unumquemque Principem Imperii de liber-
tatibus, dignitatibus, & juribus recuperandis
non tantùm nauseam sed indignationem sibi
parare professi sunt ; eam libertatem condem-
nantes quà membra capiti sint impositura,
hanc dignitatem reprobantes quà Sacrosancta
supremi Principis majestas violatur, & ea
jura detrectantes quæ perpetuas discordiam
jam satis superque afflictis Germaniæ populis
& Ordinibus inferre debeant : non ob, im-
mensam hanc Coronæ Gallicæ in Austriacos' in-
vidiam, cùm jam tot tantisque innocentium
victimis litatum est , omnium gentium quie-
tem ulterius turbandam, & reliqua societatis
humanæ vincula dissolvenda ; jam Augustis-
simum Cæsarem ad Pacem procurandam veluti
è solio descendisse, multaque Christiana &
Germanica tranquillitatis intuitu & affectu
dissimulasse , quæ in Austriacum nomen, in
Cæsaream Domum, in Imperatoriam dignita-
tem insultabant ; uno verbo de suo jure ultro
jam remisisse , ad eandem quietem publicam
assequendam , & idcirco à quibusdam Fer-
dinandum non minùs quàm Vredinandum,
hoc est , pacificum , ex idiomate' Germanico
vocari , neque hoc sæculo neque aliis retro ante
lapsis quempiam Austriacorum Principum un-
quam à Pacis conditionibus quas pepigerant
discessisse, quin integrâ fide & ab omnibus ap-
probatâ constanter eas observasse ; secus verò
Gallia Reges cupiditatibus commoditatibusque
suis eorum Pacis Tractatibus Religionem post-
habuisse, & recenter evidentissime ostendit Geor-
gius Braulacht J. C. de Westphalus in suâ His-
toriâ Pacificationum Austro-Hispano-Gallica-
norum.

Hæc sunt, excellentissimi Domini, quæ
singulari observatione mihi digna visa sunt, &
etiam E. E. V. V. promptâ communicatione,
ut illis attentis & serio perspectis maturius de-
inceps rebus suis consulant.

Monebo de resolutione istius Conventûs,
quæ adhuc in suspenso manet, donec unusquis-
que Deputatorum ad suos Principales rescripserit,
& distinctiorem instructionem habuerit quàm
inter paucos dies præstolantur.

Credant Excellentiæ vestræ me nullatenus
officio meo defuisse nec defuturum, sed,

Non est in Medico semper relevetur ut
æger :
Interdum doctâ plus valet arte malum.

Itaque si votis & sollicitudinibus meis suc-
cessus non respondeant, spero quòd Excellentiæ
vestræ, cùm se urbanas nuncupent, pro suâ
comitate me excusatum habebunt.

Non sinit verecundia me hìc depromere ea
omnia quæ præstiti ad mitigandos animos, &
temperandam multorum acerbitatem quâ in
Excellentias vestras fervebant ; sufficit quod
teste conscientiâ asserere possum me tantùm hac
in

1644.

querélle, afin qu'elle s'en serve pour sonner le
tocsin contre la Maison d'Autriche.

Chacun fit entendre qu'on étoit dégoûté &
même indigné de ces Lettres, & de ces exhortations si souvent adressées à chaque Prince
de l'Empire, pour les engager à recouvrer leur
liberté, leur dignité, leurs droits; on condam-
noit cette liberté sous prétexte de laquelle on
veut mettre les membres au dessus de la tête;
on desapprouvoit une dignité qui attaquoit la
Majesté sacrée du Souverain; enfin on ne vouloit point de ces droits qui mettoient la discorde parmi les Peuples & les Etats de l'Allemagne
déja assez accablez. On disoit qu'il n'étoit pas
juste de troubler le repos de tant de Nations & de
violer tous les liens de la société, à cause de
l'envie que la Couronne de France avoit contre la Maison d'Autriche, envié à laquelle on
n'avoit déja immolé que trop d'innocentes victimes ; que l'Empereur étoit, pour ainsi dire,
descendu de son trone pour faire la Paix, qu'il
passoit sur une infinité de choses en considération de la tranquilité qu'il vouloit rétablir
dans la Chrétienté & dans l'Allemagne , &
qu'il sacrifioit volontiers à ce grand ouvrage les
insultes qu'on avoit faites au nom Autrichien,
à sa Maison & à la dignité Impériale : en un
mot qu'il avoit sacrifié ses propres intérêts à la
tranquilité publique, & que c'étoit avec droit
que quelques-uns se nommoient, & Ferdinand
& Vredinand qui dans l'idiome Allemand signifie *le Pacifique*; que remontant jusqu'aux siécles
les plus éloignez , on trouvera que jamais les
Princes Autrichiens n'ont manqué à exécuter
les conditions de Paix dont ils étoient convenus, au lieu que plus d'une fois les Rois de
France avoient préféré leurs intérêts & ceux
de leurs passions à la foi des Traitez , ce qu'a
fort bien démontré depuis peu George Braulacht J. C. de Westphalie dans son Histoire
des Traitez faits entre la France & les Maisons
d'Autriche & d'Espagne.

Voilà, très-Excellens Seigneurs, ce que j'ai
trouvé digne d'attention & ce que j'ai cru devoir communiquer promtement à Vos Excellences, afin qu'y réfléchissant sérieusement,
elles voyent quel parti elles ont à prendre.

Je vous donnerai avis de la résolution de
cette Assemblée-ci qui est restée suspendue jusqu'à ce que les Députez, qui en ont écrit à
leurs Maîtres, en ayent reçu de plus amples instructions qu'ils attendent au premier jour.

Je prie Vos Excellences d'être persuadées
que je n'ai jamais manqué & que je ne manquerai jamais à mon devoir; mais *il ne dépend*
pas toujours du Medecin de guérir le malade, &
quelquefois le mal l'emporte sur toute la science
du monde. C'est pourquoi si le succès ne répond point à mes soins, j'atends de la politesse
de Vos Excellences qui en font profession,
qu'elles voudront bien m'excuser.

La modestie ne me permet pas de vous dire
tout ce que j'ai fait pour apaiser les esprits, &
tempérer l'aigreur avec laquelle ils parloient de
Vos Excellences; il me sufit que ma conscience
me dise que j'ai fait en cela pour la France, &
pour

in parte Galliæ non modò, sed Excellentiarum vestrarum personis inservisse, quantum operis difficultas patiebatur : eorum verò quæ tam in Galliam quam in Excellentias vestras proposita & agitata fuerunt, pauca omitto, & maximâ ingenuitate in illis referendis utor, & sine fuco ac ornamentis, uniuscujusque figuram & dicendi modum exprimam, & idcirco veluti in scenâ actores introduxi, quo magis E. E. V. V. illorum intentiones perscrutarentur.

pour Vos Excellences en particulier tout ce que la dificulté des affaires me permettoit : je n'ai rien omis de tout ce qui a été dit contre la France ou contre Vos Excellences; j'ai tout raporté avec la plus grande ingénuité, sans fard & sans ornemens étrangers, je me suis servi, autant que j'ai pu, des expressions mêmes de ceux qui ont parlé, & je les ai introduits sur la scéne comme autant d'Acteurs, afin que Vos Excellences connoissent mieux quelles sont leurs intentions.

M E M O I R E.

I.

ON desire savoir si les Pouvoirs des Ambassadeurs de l'Empereur & du Roi d'Espagne pour le Traité de Paix à Munster, sont réformez, ou s'il y a espérance qu'ils le soient.

II.

Si l'on changera quelque chose au Pouvoir des Ambassadeurs de France.

III.

Si l'on trouve quelque expédient sur ce que les Ambassadeurs de France & de Suéde font instance, que tous les Etats & Princes de l'Europe & de l'Empire délibérent sur la Paix avec l'Empereur, & si l'Empereur & les Electeurs l'empêchent autant qu'ils peuvent.

R E P O N S E

Au Mémoire précédent.

I.

BIen que les points contenus au Mémoire ci-joint semblent trouver de l'éclaircissement dans mes petits sentimens sur les précédens & particuliérement sur les derniers, je me sens toûjours obligé de les reciter ou refondre en cas qu'il y eût eu de l'obscurité, ou de l'omission, assurant que ceux des Autrichiens n'ont point encore été réformez à cause de l'incertitude du Traité, & du peu d'aparence qu'icelui s'entame sitôt, le Theatre de la Guerre s'étant derechef changé par les mouvemens de Torstenson & de la conjonction des Flottes de Suéde.

II.

Il n'y a pas seulement espérance, mais créance ferme que les Autrichiens consentiront à la correction de leurs Pouvoirs, y ayant témoigné manifestement de la disposition ci-devant, & étant vraisemblable qu'icelle s'augmentera avec l'accroissement de la fortune riante de la France & de quelques exploits des troupes de Torstenson.

III.

Messieurs les Ambassadeurs de France ne se font jamais roidis lorsque les Médiateurs ont parlé de la réforme de leurs Pouvoirs, sachant bien que sans icelle les Autrichiens ne prêteroient l'oreille à aucun Traité de Paix, parcequ'ils se trouvent lezez dès l'entrée & préambule, & l'ont déclaré absolument dans la derniére proposition de Francfort. Il y a de l'aparence que Monsieur de Saint Romain en a apporté d'autres, & en meilleure forme, & que la France ne voudra pas accrocher une Négociation si sérieuse pour quelques légéres pointilles ou traits de plume. Il ne se trouve point de milieu dans cette extrémité ; l'Empereur empêchant du mieux qu'il peut ses Etats de s'unir avec les étrangers, déclarant criminels ceux qui s'y enhardiront, usurpant tout le droit de la Paix ou de la Guerre. L'on mande formellement de Francfort que l'avis des Impériaux est, le succès du Duc d'Anguien rompant l'Assemblée de Munster, que les Princes de l'Empire ne pourront mieux faire que de s'endosser le harnois pour arrêter un torrent si furieux & des mouvemens si rapides.

M E M O I R E II.

MONSIEUR,

I.

JE'desire savoir de vous si vous avez eu quelque entrevuë avec les Ambassadeurs de l'Empire, de France, & d'Espagne à Munster, & les cérémonies, rangs, & déferences qu'ils se font rendus les uns aux autres.

II.

Si les mêmes Ambassadeurs se font entrevus depuis le premier du mois de Juillet dernier, & combien de fois?

L l ɟ   III. S'il

III.

S'il y a eu entrevuë à Ofnabrug des Ambaf-fadeurs de l'Empereur & de Suéde, & comme elle s'eft faite?

IV.

S'il y a efpérance que les Pouvoirs des Am-baffadeurs fe communiquent réciproquement, & quand ce fera.

V.

S'il fe trouve quelque accommodement fur ce que les Ambaffadeurs de France & de Suéde font inftance, que tous les Princes & Etats de l'Empire envoyent leurs Députez, à la Conférence pour la Paix à Munfter, & à Ofnabrug, pour délibérer avec les Ambaffa-deurs de l'Empereur, vû que Sa Majefté Im-périale & les Electeurs y réfiftent tant qu'ils peuvent.

VI.

La réfolution de l'Affemblée à Francfort fur la propofition de l'Empereur, touchant la Let-tre des Ambaffadeurs de France.

VII.

Et le fecours & l'affiftance du Roi de Dan-nemarck en faveur de l'Empire.

VIII.

La Déclaration de l'Empereur contre ceux qui font neutres en la Guerre contre la France & la Suéde.

IX.

Si l'Empereur & l'Affemblée de Francfort perfiftent à ce que le Roi de Dannemarck foit Médiateur de la Paix entre ledit Empereur & le Royaume de Suéde.

X.

La Déclaration du Roi de France, par la-quelle il aprouve le contenu dans les Lettres de fes Ambaffadeurs à Munfter, pour la convo-cation de tous les Princes & Etats de l'Empire, à la Conférence pour la Paix à Munfter, afin d'en délibérer avec les Ambaffadeurs de l'Em-pereur.

XI.

Je defire outre ce que deffus, favoir le fuc-cès du voyage de Monfieur de Montigni & de Monfieur de la Gardie, & comme ils ont ufé de convoi.

XII.

S'il eft fûr de voyager à une lieuë à l'entour de Munfter?

XIII.

Et fi vous croyez que la Conférence com-mencée pour la Paix, commence plutôt que le mois de Novembre prochain.

REPONSE
Au Mémoire ci-joint.

I.

IL ne s'eft fait aucune entrevuë publique des Ambaffadeurs de l'Empereur, de France, & d'Efpagne : ceux-ci s'étant abftenus de fe trou-ver en un lieu tiers, à caufe de la préféance que la France prétend, & de la réfolution fer-me que fes Miniftres témoignent par tout de ne vouloir point céder à l'Efpagne, comme l'on l'a remarqué trois fois en cette Ville.

II.

Ces mêmes Ambaffadeurs ne fe font point vus chez eux : depuis le premier Juillet le Comte de Naffau n'a vifité qu'une fois les Am-baffadeurs de France; à favoir lorfqu'ils arrivè-rent, & il ne les verra peut-être point fitôt, fi le Traité ne change de face : l'Empereur n'a-yant encore digéré la Lettre Latine de la Fran-ce, aux Etats d'Allemagne, a commandé de défendre enfuite d'icelle à fes Ambaffadeurs de ne fréquenter plus les François : C'eft pour-quoi auffi le Comte de Naffau n'a jamais en-voyé favoir l'état de la fanté de Monfieur d'A-vaux pendant fa derniére indifpofition. Mon-fieur de Saavedra a vu deux fois les Ambaffa-deurs de France; la première à leur arrivée, la feconde après la mort du Comte de Zapata.

III.

Les entrevuës des Ambaffadeurs de l'Empe-reur & de Suéde, & du Réfident de France à Ofnabrug, fe font faites de même que celles de Munfter : à favoir chez eux & non en aucun lieu tiers, ou place, où l'on peut difputer la main.

IV.

Le Comte d'Aversberg a enfin produit fon Pouvoir Dimanche paffé, dont le Réfident Rofenhan rendit avant hier compte aux Am-baffadeurs de France. Il fe faura en bref ce qu'on trouvera à redire fur le changement inopiné de ce Comte, ayant toujours protefté, que l'Em-pereur fon Maître n'entreroit en aucune Né-gociation fans le Roi de Dannemarck : on l'a expliqué diverfement, plufieurs croyant qu'il a eu plus d'égard à fon particulier qu'au public, & qu'il a voulu témoigner avant fon départ d'avoir un Pleinpouvoir, dequoi on a eu raifon de douter jufques à préfent. Les Am-baffadeurs de France ont communiqué de ceci avec les Médiateurs; deforte qu'on verra s'ils voudront travailler à la formule du Pouvoir pour tous les Ambaffadeurs, comme l'on étoit tombé d'accord ci-devant, & avancer par ainfi le Traité tant defiré.

V.

L'éclairciffement de ce point fe trouve dans la Réponfe au dernier Mémoire, envoyé la fe-maine paffée à Monfieur Streuf, touchant l'accommodement à ce que les Princes déli-bérent pour la Paix avec l'Empereur.

VI. L'Af

VI.

L'Assemblée de Francfort ne s'est pas encore résolüe sur la Lettre des Ambassadeurs de France, l'Empereur veut que sans autre formalité & cérémonie, l'on la leur renvoye en original : Bavière y applaudit, il y a pourtant des Etats qui s'y opposent, & font bande à part; & d'autres ployent : cependant on a imprimé à Francfort *Existimatio amico-critica sive observatio N. N. Germano-Francica ad Epistolam Legatorum Galliæ*, qui est une espéce de réfutation de la Lettre, mais il y en a si peu d'exemplaires en cette Ville, qu'il n'y a pas moyen d'en savoir au vrai le contenu.

VII.

Le Roi de Dannemarck n'a eu aucun secours de l'Empire : Torstenson l'attaque comme nous avons vu, & au contraire ce Roi a assisté l'Empereur en lui transportant ses troupes : mais la jalousie & le mécontentement s'étant mis entre Gallas, & les Officiers Danois, ceux-ci ne voulant obeïr à un Chef étranger, ni servir hors de leur Patrie dans une Guerre si irréguliére, que celle d'Allemagne, on les a rapellés; ainsi que le Secretaire dudit Roi de Dannemarck à Osnabrug me l'a confirmé depuis peu.

VIII.

On pourra avoir plus commodément cette Lettre de Francfort que de Munster, où tels semblables Ecrits ne s'envoyent guére & ne se débitent qu'en cachette : si je suis cru l'on ne s'en mettra guére en peine, vû qu'aujourd'hui ou demain tout ce qui concerne le Traité de Paix s'imprimera, aussi bien que le reste des Négociations & affaires d'Allemagne, comme il se voit dans Londorpius & autres.

IX.

L'Empereur & l'Assemblée de Francfort, ont persisté jusqu'à présent à ce que le Roi de Dannemarck demeure Médiateur entre le Chef & les Membres de l'Empire.

L'envoi du Secretaire de cette Majesté à Osnabrug, en la place du Docteur Langerman montre assez qu'elle ne se veut point départir, n'ayant rien tant ambitionné depuis plusieurs années; & croyant que pour lui ravir cet honneur-là l'on lui a déclaré particuliérement la Guerre : mais les Pouvoirs s'étant communiquez à Osnabrug, comme j'ai dit, par les Secretaires de part & d'autre, à l'exclusion ou pendant l'absence de celui de Dannemarck, l'Empereur semble rejetter tacitement une Médiation de laquelle il s'est tourmenté, ou s'est abusé si notoirement.

X.

Cette Déclaration est encore au Cabinet des Ambassadeurs de France, elle en sortira bientôt avec une seconde Lettre Latine écrite aux Etats d'Allemagne.

XI.

Monsieur de Montigni est arrivé Jeudi au soir sans convoi, sans rencontre, ayant pris le chemin d'Amersford : Monsieur de la Gardie

est allé tout droit en Suéde par Gottembourg.

XII.

Il est assez sûr à l'entour de Munster, comme je l'ai représenté plus amplement en la réponse neuvième au II. Mémoire & dans ma Lettre du 20. Juin passé.

XIII.

Le tems de cette Conférence est illimité, elle dépend des contingences; mais les Ministres Impériaux à Osnabrug ayant produit leur Pouvoir, elle se pourra commencer bientôt ; il s'écoulera toutefois quelque tems avant qu'elle ajuste les Pouvoirs de Munster, & qu'on puisse voir sur quel pied voudra marcher le Comte Lamberg.

DE LA GAZETTE

D'Amsterdam.

I.

L'On souhaite de savoir s'il est vrai ce que porte la Gazette d'Amsterdam, que les Ambassadeurs de l'Empereur à Osnabrug ont à présent charge de traiter immédiatement & sans Médiateur, avec ceux de Suéde.

II.

Et s'ils ont commencé à communiquer leurs Pouvoirs.

III.

Que les Princes ou Etats d'Allemagne ont intention d'envoyer à la Conférence d'Osnabrug, & qu'ils envoyeront à Munster.

IV.

Quelle suite de gens ont les Ambassadeurs de Suéde à Munster & à Osnabrug.

V.

Et aussi ceux de l'Empereur.

VI.

L'arrivée du Comte Lamberg à Osnabrug au lieu du Comte d'Aversberg, & de quel Païs & famille est ledit Lamberg.

VII.

L'accommodement sur ce que les Ambassadeurs de France & de Suéde font instance; afin que tous les Princes & Etats de l'Empire délibérent à Munster & à Osnabrug, sur la Paix conjointement avec l'Empereur &c. L'Empereur & ses Electeurs y sont du tout contraires.

VIII.

Si les différends de la France avec l'Empereur & le Roi d'Espagne se traiteront, en même tems, à Munster.

IX. Si

IX.

Si les Ambaffadeurs de Suéde à Oſnabrug ont envoyé au devant de l'Ambaſſadeur de Portugal, s'ils l'ont viſité les premiers, s'ils lui ont donné la main droite dans leurs Hôtels & le titre d'Excellence.

X.

La réponſe de l'Aſſemblée de Francfort à la Lettre des Ambaſſadeurs de France.

XI.

L'arrivée à Munſter de Monſieur Salamanca, au lieu de feu Zapata.

XII.

Si le Doĉteur Wolmar eſt rappellé, & s'il eſt vrai que le Comte d'Oettinguen doit venir au lieu de Wolmar.

XIII.

L'avancement de la Paix entre le Dannemarck & la Suéde.

XIV.

Si les Eleĉteurs de l'Empire qui prétendent que leurs Députez, doivent avoir la préſéance. & la prérogative d'honneur ſur les Ambaſſadeurs de la République de Veniſe , veulent auſſi que les Ambaſſadeurs de France & de Suéde, les premiers arrivez à Munſter, & à Oſnabrug, les viſitent les premiers, ces Députez arrivant les derniers : & ſi lorſque les mêmes Députez rendent la viſite aux mêmes Ambaſſadeurs, ils prétendent qu'ils leur donnent la main droite dans leurs Hôtels, & les qualifient de titre d'Excellence.

REPONSE

Au Mémoire ci-joint.

I.

LA Gazette d'Amſterdam ſe méprend croyant l'Empereur diſpoſé à traiter immédiatement avec les Suédois , n'ayant encore peut-être ſongé , s'il vouloit faire médiatement ou immédiatement, ou d'une façon tierce, comme cela ſe remarque clairement par la derniére Lettre écrite de Monſieur Salvius : auſſi n'eſt-il pas vraiſemblable que deux'parris ſi animez s'enviſagent de près , & épluchent tant de différends tête à tête ſans s'altérer ou s'emporter. Il eſt vrai qu'en l'année 1633. nous avons vû l'Eſpagne & la Hollande débattre à la Haye leurs intérêts, & agiter la Trêve ſans Médiateur, ou Arbitre quelconque, mais cette modération, & flegme ne ſe rencontrent pas par tout.

II.

Les Pouvoirs d'Oſnabrug ont été communiquez, comme j'ai mandé ci-devant à Mon-

ſieur Maurice , auquel j'envoye les Copies. Selon la croyance commune le Comte d'Aversberg n'a montré le ſien que pour des Conſidérations pûrement particuliéres , afin de quiter ſon emploi avec éclat , & partir comme Ambaſſadeur , les Suédois ayant ſouvent proteſté ne pouvoir le reconnoître pour tel, n'en ayant jamais montré le Caraĉtère. Ceux qui ſe ſont mêlez des Préliminaires ont eu la formule des Pouvoirs , dreſſez & arrêtez à Hambourg l'an 1638. ils avouent qu'il n'y a rien à conteſter ſur ceux d'Oſnabrug, qui ſont conformes abſolument au projet fait alors , & que c'eſt à cette heure à la France à hâter le Traité par la réforme de ſes Pouvoirs attendus depuis ſi longtems.

III.

Les Princes & Etats Proteſtans envoyeront la plûpart des Députez à Oſnabrug, c'eſt-à-dire Brandebourg , Lunebourg , Brunſwick , Heſſe , Poméranie , Oldenbourg , & les Villes Impériales. Les Eccléſiaſtiques envoyeront les leurs à Munſter, ſavoir Mayence , Wurzbourg, & en un mot tous ceux qui n'apréhendent pas les griffes de l'Aigle. A l'ouverture du Traité , & lorſque toute la Compagnie ſera aſſemblée, il y aura moyen de répondre plus pertinemment ſur ce point.

IV.

J'ai, ce me ſemble, ſatisfait en quelque façon à cette demande, & à la réponſe au II. Mémoire , à quoi je joins à préſent les douze Gentilshommes du Baron Oxenſtiern , le reſte de ſon Ambaſſade n'étant extraordinairement éclatant : Monſieur Salvius a ſon ménage & un petit train honnête & réglé.

V.

Le Comte d'Aversberg a toûjours eu une ſuite médiocre ſans pompe; & le Licentié Crane une convenable à un homme de ſa profeſſion, pas plus d'Officiers que le Doĉteur Wolmar qui ne dépenſe guére en Livrées. Si le Comte de Lamberg n'a pas plus de Livrées & de monde à Oſnabrug, que derniérement en paſſant par ici, il ne paroîtra guére.

VI.

Le Comte de Lamberg arriva à Munſter Lundi paſſé au ſoir, le lendemain il en partit pour Oſnabrug, accompagné d'une partie du chemin des Impériaux : il eſt du Païs de Tirol, Conſeiller de la Cour Impériale, d'un âge médiocre, éveillé, parle diverſes Langues, marié , mais a laiſſé ſa femme à Vienne à cauſe de ſa groſſeſſe.

VII.

La réponſe à ce point ſe trouve envoyée à Monſieur Streuf il y a quinze jours.

VIII.

Il eſt vraiſemblable que les différends de la France avec l'Autriche ſe vuideront à Munſter plutôt que les autres intérêts de l'Europe; mais peut-être après ceux de l'Allemagne qu'on y démêlera les premiers, comme les plus urgens : toutefois cela dépend de la forme, qu'à-

1644.

qu'avec le tems prendra ce Traité, & de la façon qu'on jugera le plus convenable.

1644.

IX.

Le Secretaire du Résident de Suéde est en cette Ville, qui m'a assuré diverses fois que le Baron Oxenstiern avoit toujours traité, & traitera encore l'Ambassadeur de Portugal à Osnabrug en tête couronnée, avec les déferences dues à un Ministre de Roi; mais purement par grace, & non par devoir, parce qu'ayant été reconnu pour tel à Stockholm, & y ayant encore à présent bonne correspondance entre cette Ville & Lisbonne, l'on tâchoit de la cultiver par ces respects & honneurs lesquels pourtant à mon avis ne passent point le Cabinet ou les vitres particulieres.

X.

J'ai répondu amplement à ce point dans le Mémoire envoyé la semaine passée.

XI.

Le Sieur Michel de Salamanca n'est pas encore arrivé.

XII.

On ne sait au vrai si & quand le Docteur Wolmar sera rapellé, ni celui qui lui sera subrogé.

XIII.

Monsieur de la Thuillerie étant parti le 6. Août de Stockholm est arrivé à Copenhague; l'on verra en bref si l'accommodement de la Suéde & du Dannemarck s'avancera, s'il doit y avoir une entrevué, & la résolution prise sur les Frontiéres avec les Ministres de Dannemarck, pour y terminer les différends à l'ordinaire: mais on ne croit pas que le Roi de Dannemarck aprouve cet expédient.

XIV.

J'ignore de quelle façon les Ambassadeurs de France & ceux des Electeurs vivent ensemble, & comment ils s'accordent à Munster, étant croyable que leurs Cérémonies & visites ne sont pas encore réglées, à cause de la difficulté qu'a faite jusques à présent l'Evêque d'Osnabrug, Ambassadeur de Cologne, de se rendre en cette Ville, s'il n'y est traité comme il prétend.

L'Echange des Pouvoirs.

Finalmente è seguito in Osnabrug il Cambio delle Plenipotenze trà gli Ministri dell' Imperatore e di Suezzia, la cui renitenza à tenuto da molte settimane inqua arrestato il progresso di questi maneggi. Hora si progredirà al aggiustamento di tutte le Plenipotenze tanto qui quanto in Osnabrug a fine che di pari passo procedano questi congressi, in conformità di preliminari. Non credo, che chi se sia possi rincontrare si gran difficoltà in questo aggiustamento, mentre ogn'una delle Parti si dichiara pronta a dare in ciò ogni soddisfazzione all'altra: piaccia a Dio che questo segua; perche essendo questa la pietra fundamentale, gli progressi doveranno anco sperare una medema sorte. Il Segretario di Dannimarca à passato per qui incognito, venendo da Cassel, doppo havere passato alcuni ufficii con quella Principessa.

Questo viaggio in questa forma pare ad ogn'uno troppo sospetta; comme quello del Comte de Lamberg che è arrivato di Colonia per sostenere a Osnabrug il carico di primo Plenipotentiario dell' Imperadore nel luogo del Comte d'Aversberg.

La Dieta di Francfort per sodisfar'il Imperadore havea qualque concetto, che quivi fossero radunate tutte le Lettere, scritte da questi Ministri Francesi agl' Ordini dell' Imperio, & de rimandarle qui senza altra risposta,

Tom. I.

Enfin l'échange des Pleinspouvoirs a été faite à Osnabrug, entre les Ministres de l'Empereur & ceux de la Suéde, dont la difficulté a accroché pendant plusieurs semaines le progrès de tous ces manéges. On travaillera présentement à ajuster tous les Pleinspouvoirs tant ici qu'à Osnabrug, afin que ces deux Assemblées puissent aller d'un pas égal suivant les Préliminaires. Je ne croi pas qu'on trouve de grandes difficultez à cet ajustement, puisque chacune des Parties offre de donner toute sorte de satisfaction à l'autre: Dieu veuille que cela soit ainsi; car comme c'est la pierre fondamentale, les Progrès doivent suivre naturellement de cette correspondance. Le Secretaire de Dannemarck a passé par ici incognito en venant de Cassel où il avoit été exécuter quelque commission auprès de cette Princesse.

On regarde comme quelque chose de suspect ce voyage, comme aussi que le Comte de Lambert soit passé par ici incognito, qui venant de Cologne doit soutenir à Osnabrug la charge de premier Plénipotentiaire de l'Empereur à la place du Comte d'Aversberg.

La Diéte de Francfort pour satisfaire à l'Empereur avoir eu le dessein d'assembler toutes les Lettres que les Ministres de France avoient écrites aux Etats de l'Empire, & de les renvoyer sans aucune réponse; mais il y en a plusieurs

Mm

1644. *posta, ma molti non vi consentironno, il solo Elettore di Sassonia k'a rimandato la sua sola: per questa mancanza, sofferirà un gran retardamento la Pace.*

Li 21. di Settembre.

Il Conte de Lamberg passò hieri per quà verso Osnabrug, negli fu possibile de farlo tanto incognito, che non fosse da noi visi : tutto domani sarà in Osnabrug per quivi essercitare la Carica di primo Plenipotentiario di Cesare in luoco del Conte d'Aversberg, che ritornò à Vienna per essere Governatore del Archiduca primogenito.

Torstenson hon à passato ancora l'Albis, il seguita il Gallaso alla coda con dessegno di metterlo in mezzo alla sua armata & a Koningsmarck.

Gli Francesi con le loro Collegati assai si dolgono quì della conjonctura, che obliga gli Hassesi a trettenersi in Emden dentro l'Oostfrisia in una guerra particolare picciola, & di nissuna importanza.

fieurs qui n'y confentent pas, il n'y a que l'Electeur de Saxe jufques à cette heure qui ait renvoyé la fienne ; ce defaut caufera un grand retardement à la Paix. — 1644.

Le Comte de Lamberg paffa hier par ici pour aller à Ofnabrug ; il lui fut impoffible de le faire fi incognito que nous ne lui ayons rendu vifite, il fera demain à Ofnabrug parce qu'il y doit repréfenter l'Empereur, comme premier Plénipotentiaire à la place du Comte d'Aversberg, qui s'en eft retourné à Vienne pour y être Gouverneur de l'Aîné des Archiducs.

Torftenfon n'a pas encore paffé l'Elbe & pourfuit en queue Galas dans le deffein de le mettre entre lui & Koningsmarck.

Les François fe plaignent ici beaucoup avec leurs Alliez, de la conjonûture qui oblige les Heffois à une Guerre particuliére, & d'aucune importance du côté d'Embden en Oofftrife.

M E M O I R E.

I.

SI le Roi d'Efpagne veut corriger le Pouvoir de fes Ambaffadeurs à Munfter.

II.

Si le Confeil de France confent qu'il foit changé quelque chofe au Poûvoir des Ambaffadeurs, puifque l'Empereur met en avant que ce Pouvoir eft défectueux.

III.

Pourquoi l'Ambaffadeur de Portugal nommé Andrada s'arrête fi longtems.

IV.

Si les Ambaffadeurs de l'Empereur & du Roi d'Efpagne, confentent d'entrer en conférence pour la Paix avec ceux de Portugal.

V.

Les noms & qualitez de tous les Députez de l'Affemblée de Francfort, nommément de ceux de l'Empereur, du Roi d'Efpagne fous le titre de Bourgogne, & de ceux de Baviere.

VI.

Si Lampadius Député des Ducs de Brunswick & de Lunebourg, eft pour demeurer longtems à Munfter, & s'il y eft pour & au nom de la Maifon de Brunswick.

VII.

S'il y a à Munfter quelques Députez des autres Etats de l'Empire & nommément des Villes Impériales, ou bien fi l'on y en attend.

VIII.

Si les Electeurs y envoyeront leurs Députez, & comme ils s'accommoderont pour le rang avec Venife & la République des Provinces-Unies des Païs-Bas.

IX.

Avoir la réfolution de l'Affemblée de Francfort, fur la Propofition de l'Empereur contre les Lettres des Ambaffadeurs de France.

X.

Les Lettres de l'Empereur aux Princes & Villes de l'Empire, par lefquelles il leur enjoint de ne point répondre auxdites Lettres des Ambaffadeurs, ni d'envoier leurs Députez à la Conférence.

XI.

La réponfe des Ambaffadeurs de France à ladite Propofition & auxdites Lettres de l'Empereur.

XII.

Les fecondes Lettres des mêmes Ambaffadeurs de France, par lefquelles ils invitent derechef les Princes & Etats de l'Empire, d'envoier

voier leurs Députez à la Conférence pour la Paix Générale.

XIII.

Et finalement favoir fi l'Empereur entend précifément que le Roi de Dannemarck demeure Médiateur de la Paix entre lui & la Suéde.

REPONSE

Au Mémoire que deffus.

I. & II.

IL eft conftant & affuré que les Ambaffadeurs de l'Empereur & de la France à la demande & inftance des Médiateurs avoient confenti il y a quelque tems, à la correction & réforme de leurs Pouvoirs, & ils tombèrent réciproquement d'accord qu'on dreffât un certain Projet, & Formule qui feroient pour tous, tant pour Munfter que pour Ofnabrug. Il eft pareillement hors de doute que les Impériaux de cette Ville y avoient acquiefcé & applaudi, mais auffitôt que cela fut communiqué au Comte d'Averfberg, il s'y oppofa formellement, n'ofant pas à fon dire recevoir la loi d'autrui, ni s'affujettir aux conclufions de Munfter : tellement que l'exécution d'une chofe fi falutaire & néceffaire eft demeurée fufpenduë, & l'Empereur fait derechef connoître manifeftement de quelle foi il veut obferver le Préliminaire, comme auffi quel eft fon devoir pour la tranquillité & le repos public.

Il y en a qui excufent ledit Averfberg fur fon départ, & la venuë d'un Succeffeur dont ne fachant point les inftructions, il n'eft pas étonnant s'il fait le retif à ce que deffus : mais ceux qui connoiffent l'humeur des Impériaux, qui ont obfervé leur procédé depuis quelques mois, & qui favent de plus, le peu d'envie qu'ils ont de traiter effectivement, en jugeront autrement.

III.

Le Sieur d'Andrada a fait tout fon poffible par Monfieur de Caftro & autres pour être reçu ici, & reconnu pour Ambaffadeur, mais il n'y a rien obtenu; c'eft la raifon pour laquelle il s'eft arrêté fi longtems à Deventer, ainfi que j'ai apris de bon lieu : l'on lui a repréfenté entre autres chofes que cette Ville étant Impériale & lui fans Sauffconduit, il n'y auroit aucune fureté pour lui, & ne pourroit être protégé, en cas qu'on lui voulût faire quelque niche; tellement que s'il vient, comme il viendra bientôt, après un Paffeport qu'on lui a envoyé d'ici, ce fera fans aucune qualité & caractère public, de même que les Collégues & compatriotes des autres qui ne font en effet que des perfonnes privées, marchant feulement fous la bannière & la faveur de la France. Cela étant ainfi, il eft bien aifé de conclure que les Ambaffadeurs d'Autriche ne veulent point être en conférence avec les Portugais, & que leurs projets feront plutôt appendice & fuite, qu'un article ou condition de Traité, ce qui réuffira felon l'affection que la France y témoigna, felon les occurrences du tems, & la difpofition des affaires : cependant plufieurs perfonnes

s'étonnent de la qualité des perfonnes envoyées de Portugal, & des dépénfes faites à l'occafion d'une Affemblée où cette Couronne n'eft intéreffée qu'indirectement.

IV.

Ces noms & qualitez ne fe peuvent favoir exactement en cette Ville ayant peu de commerce avec Francfort, j'y ai pourtant écrit, & j'ai tâché d'en être informé autant que la communication le peut permettre.

V.

Lampadius n'a jamais été à Munfter, oui bien à Ofnabrug, qu'il a quitté depuis peu à deffein d'y retourner; peut-être qu'alors leur Traité fera plus mûr, & les intéreffez en meilleure humeur : il y a feulement repréfenté la branche de Hanovre, & non pas toute la Maifon de Lunebourg.

VI.

Hormis les Ambaffadeurs & les Réfidens des Couronnes, il n'y a maintenant d'autres Députez des Etats de l'Empire en cette Ville, & il n'y a point d'aparence qu'il en vienne, l'Empereur les menaçant de la verge & des exécutions militaires, en cas qu'ils y envoyent : c'eft ainfi qu'il a traité depuis peu l'Evêque de Bamberg, & les autres qui s'étoient éveillez aux femonces, & au fon des Trompettes de France.

On tient auffi que le Docteur Wolmar, Confeiller de l'Archiducheffe d'Infpruck, fera rapellé fur les inftances de fa Maitreffe à Vienne, & qu'il lui fera fubrogé le Comte d'Oettingen.

Les Villes Impériales femblent avoir plus de cœur & de générofité que tout le refte d'Allemagne, ayant écrit & envoyé ici : Hambourg entr'autres a déclaré qu'elle refpiroit encore l'air de l'ancienne liberté d'Allemagne.

VII.

Les Electeurs, excepté celui de Saxe, partifan de l'Empereur, ne manqueront pas d'envoyer des Députez, témoin l'Evêque d'Ofnabrug, & le Gentilhomme de Brandebourg qui étoit ici depuis un an: mais la controverfe avec Venife ne fe décidera pas fitôt; les Electeurs étant réfolus de maintenir leur rang & Dignité, contre les innovations & ufurpations de Vienne : ce point n'accrochera pas peu le Traité.

VIII.

Cette réfolution n'a pas encore vu le jour, plufieurs croyant, non fans fondement, que les Etats ne pourront confentir à faire aucune Réponfe à la France, fans offenfer hautement l'Empereur ou fe forger eux-mêmes les chaînes de leur fervitude : auffi a-t-on délibéré longtems à Francfort, mais pas encore pris réfolution fi on fe devoit plaindre à la Reine Régente de France du procédé de fes Ambaffadeurs, ou bien attaquer ceux-ci directement.

Le bruit court maintenant que la France eft fur le point de faire publier une Lettre, par laquelle on juftifiera, on louëra ou fe ou les Plénipotentiaires ont fait & écrit ; cela étant, l'Autriche ceffera de declarer contre les Miniftres qui n'ont point excédé les ordres & inftructions de leurs Majeftes.

IX. Il

IX.

Il y a des Lettres fur ce fujet ; elles ne fe trouveront que chez les Impériaux de cette Ville, peu communicables, où je n'ai guere d'accès, à caufe de ma Religion & de mon parti ; il faudroit tâcher de les avoir d'Allemagne par le moyen de quelque ami.

X.

L'Affemblée de Francfort n'ayant produit aucune Réponfe à la Lettre des Ambaffadeurs de France, ceux-ci ne peuvent auffi avoir repliqué.

XI.

Je ne penfe pas que les fecondes Lettres ayent été écrites ou qu'on en ait jamais parlé ici en façon quelconque, les premiéres ayant été fi mal reçuës & interprétées à Vienne, comme il eft notoire, l'on ne la voudroit à mon a-vis effaroucher davantage par un redoublement ou coup rétiré qui envenimeroit infailliblement la playe, & la rendroit peut-être incurable.

XII.

L'Empereur & fes Miniftres n'entendent pas précifément, que le Roi de Dannemarck demeure Médiateur de la Paix, comme cela a-pert affez par la derniére Propofition de Francfort, & du Difcours que le Secretaire du Comte de Naffau m'a tenu ces jours paffez ; mais ils ont fi fort intéreffé toute l'Affemblée de Francfort, qu'elle doit avoir pris réfolution depuis peu de n'y vouloir prêter l'oreille, & même auffi n'entendre en façon quelconque à aucun Traité ou accommodement à l'exclufion du Danois.

MEMOIRE.

I.

L'On defire d'avoir copie des Pouvoirs des Ambaffadeurs de l'Empereur, & de la Reine de Suéde à Ofnabrug, & favoir ce que l'on y trouve à redire de part & d'autre.

II.

Savoir comme quoi s'avance le Traité de Paix entre Dannemarck & Suéde.

III.

Si l'on ne propofe point une fufpenfion d'armes pour quelques mois avant que de venir à un Traité de Paix.

IV.

Quels font les Médiateurs de la Paix à Ofnabrug au lieu du Roi de Dannemarck.

V.

A quelle fin le Secretaire du Roi de Dannemarck nommé Klain eft allé trouver la Landgrave de Heffe, fi ce n'eft point pour la per-fuader de s'accommoder en particulier avec l'Empereur, fans attendre que la France & la Suéde ayent traité de la Paix, comme l'Empereur & les Electeurs en ont cherché par ci-devant plufieurs fois ladite Landgrave.

VI.

Si le même Empereur & lesdits Electeurs perfiftent toujours de ne traiter de la Paix avec la Suéde, que le Roi de Dannemarck n'y foit compris de leur part, puifque le Confeil de Suéde s'oppofe à cette Propofition.

VII.

Quel remede enfin l'on trouvera à ce grand contredit d'avis de l'Empereur avec la France & la Suéde, & le fentiment de tous les Princes & Etats de l'Empire, qui font invitez par les Ambaffadeurs des deux Couronnes pour dé-libérer fur la Paix avec l'Empereur.

VIII.

S'il y a aparence que le Prince de Tranfilvanie traite de la Paix avec l'Empereur, avec la Suéde ou fans la Suéde.

IX.

Et fi les Députez de la Landgrave de Heffe (Groffic & Vultenis) reviendront bientôt à Munfter.

REPONSE

Au Mémoire ci-joint.

I.

LEs copies des Pouvoirs d'Ofnabrug ont été communiquées à Monfieur Maurice il y a quinze jours ; les Impériaux ont envoyé ceux de Suéde à Vienne, pour en favoir le fentiment de l'Empereur fans l'aveu & ordre duquel ils n'ofent faire aucun pas, *ne mutire quidem*, ni fe remuer : je ne fais ce que les Suédois ont fait de celui de l'Empereur, tant y a que j'ai re-marqué derniérment à Ofnabrug, que les uns & les autres trouveront à redire aux Pouvoirs fans s'en vouloir encore ouvrir.

Le Comte d'Aversberg & Crane ont ces jours paffez fait exhiber aux Suédois, celui du Comte de Lamberg, étant entiérement con-forme au leur, fans autre changement que du nom, & de la perfonne, & ce pour légitimer & témoigner qu'il a le Caractére public ; Lamberg demeurera néanmoins incognito, jufqu'a-près le départ d'Aversberg, alors il fera fon en-trée folemnelle, & recevra les compliments & vifites en tel cas accoutumées.

II.

On me mande de bon lieu que ce Traité commençoit à fe nouer ; que le Roi de Danne-marck y agréoit la Médiation du Roi très-Chrétien & des Etats, qu'on propoferoit bientôt des conditions d'accommodement ; que la Sué-de y étoit difpofée ; & que nonobftant cela le-dit Roi s'avançoit en perfonne avec de bonnes trou-

troupes vers la Schonen, ayant fait trancher la tête à fon Vice-Amiral, & pendre cinq Capitaines de Marine, pour avoir faigné du nez.

III.

Il ne s'eft encore parlé d'aucune ceffation d'armes, ni ne s'en parle aucunement à préfent; il eft vrai que plufieurs bien intentionnez la defirent comme un expédient pour ajufter plutôt, & plus aifément les différends touchant les Pouvoirs de la Médiation d'Ofnabrug & autres, qu'il ne fe fait pendant le bruit des cliquetis d'armes : mais on ne croit pas que la France & autres s'y portent fi facilement.

IV.

Les Médiateurs ne font pas encore nommez : il s'écoulera des mois avant qu'on tombe d'accord; l'Empereur fe pourra peut-être avec le tems porter à traiter immédiatement avec les Suédois ; les Pouvoirs d'Ofnabrug ayant été montrez par les Secretaires de part & d'autre fans aucune médiation.

V.

Le but du voyage du Secretaire Klain, à ce que l'on dit, a été exprimé au Mémoire ci-joint, auquel fe peut ajouter la demande que le Roi de Dannemarck a fait faire à la Landgrave de n'affifter point de fes Troupes les Suédois.

VI.

Il femble en effet que l'Empereur quitte cette tant itérée & promife thefe de ne vouloir traiter fans le Dannemarck, y ayant, comme il eft dit, permis que fes Ambaffadeurs montraffent à Ofnabrug leurs Pouvoirs fans l'intervention de perfonne, & fans communication avec le Secretaire de Dannemarck, y féjournant, quoique peut-être non fans aveu fecret, & connivence du Roi fon Maître.

VII.

Cette playe eft apparemment defefpérée & fans guérifon, l'Empereur ne pouvant fans commettre fa dignité, venir au Traité ni reconnoître les Etats comme pareils à lui, leur ayant défendu expreffément de s'y trouver ni de s'y rencontrer.

VIII.

Auffi n'y a-t-il point à mon avis, d'exemple que les Membres ayent été en concurrence, & compétence avec les Chefs de la façon qu'on prétend maintenant : d'ailleurs les François & les Suédois proteftent hautement de ne vouloir & ne pouvoir entrer en affaire fans lesdits Etats. Je ne vois aucun milieu entre des extrémitez fi éloignées & fi preffantes.

IX.

On ne croit pas que le Tranfilvain traite fans la Suéde, il eft bien vrai qu'il y a quelquefois fait meilleur-femblant de s'accommoder avec l'Empereur, & confenti à la nomination du Lieu & des Députez pour la Conférence; mais ç'a été pour amufer le tapis, & gagner du tems : la correfpondance entre ce Prince &

Torftenfon continuë, & la France envoyera bientôt un Gentilhomme pour l'encourager, & le remettre au bon chemin, s'il s'en étoit égaré.

X.

Les Députez de la Landgrave ne reviendront pas avant l'ouverture du Traité, & avant que les difficultez Préliminaires ne foient entièrement éclaircies.

Etat préfent de ce qui fe paffe à Munfter, contenant les difficultez qui fe rencontrent avant que de venir à la Conférence pour la Paix entre la France & la Suéde, d'une part, & l'Empereur & la Suéde d'autre : aux mois d'Août, de Septembre, & d'Octobre 1644.

I.

LEs Ambaffadeurs de France & de Suéde, demandent que tous les Princes d'Allemagne fe trouvent à cette Conférence en perfonne, ou par leurs Députez, d'autant que l'Empereur n'a pas feul le pouvoir de traiter de Paix, étant obligé de prendre fur ce fujet leur avis & confentement, ainfi qu'il l'a déja reconnu par fa Lettre à Putzana fon Ambaffadeur Plénipotentiaire à Hambourg, de Ratisbonne l'an 1641. le 19. Juin, qui porte qu'il a pris avis des Electeurs, Princes ou autres Etats de l'Empire touchant la tranflation de la Conférence pour la Paix avec la France & la Suéde, de Cologne à Munfter, & de Lubec à Ofnabrug : comme auffi pour le tems que l'on commenceroit à traiter : ce qu'il apert d'une autre Lettre defdits Electeurs, Princes & Etats de l'Empire à la Reine de Suéde de ladite Ville de Ratisbonne l'an 1641. le 4. Juillet, où il eft dit qu'à leur interceffion, il a corrigé les Saufconduits pour les Ambaffadeurs de France & de Suéde.

II.

Ce qui eft néanmoins empêché par ledit Empereur, & par les Electeurs, qui veulent que ce foit eux feuls, aufquels il appartient de traiter de Paix & non aux Princes d'Allemagne & étrangers, fuivant la Capitulation Impériale, & les conditions à Ratisbonne l'an 1636. le 23. Décembre expliquées par Lapronius, Confeiller de l'Electeur de Saxe, fous lefquelles ledit Empereur a été élu, qui portent art. 7. 9. 11. 13. & 30. Que l'Empereur & les Electeurs feuls ont pouvoir de délibérer, par raport à la Convocation des Diétes Impériales, & Affemblées des Etats Généraux. De faire confédération & Alliance avec les Princes étrangers ou avec les Princes de l'Empire. De mettre au ban, & priver de leurs Seigneuries les Princes de l'Empire, criminels de Leze Majefté. Er auffi qu'il fuffit d'avoir le confentement defdits Electeurs, fi l'Empereur entreprend une Guerre au dedans ou au dehors de l'Empire. Et encore que les Electeurs d'à préfent foient fufpects, à caufe de leurs intérêts particuliers dans le haut & bas Palatinat, & autres Seigneuries ou pour la

Mm 3   crainte

crainte en laquelle ils font de donner librement leurs avis pour parvenir à une Paix.

III.

De forte que c'eſt une choſe très-néceſſaire que tous les Princes & Etats de l'Empire ſoient adjoints aux mêmes Electeurs, à la Conférence pour la Paix. Et il s'en voit déja un préjugé par ladite Lettre des Députez, Princes, & Etats de l'Empire, à la Reine de Suéde du 4. Juillet où ils la prient de donner des Saufconduits à Lutzaw Ambaſſadeur de l'Empereur, non ſeulement pour ceux que les Electeurs voudront envoyer à la Conférence pour la Paix, mais encore pour ceux des autres Princes, & Villes Impériales: comme encore par une autre Lettre à l'Empereur par les Députez des Electeurs de Mayence, de Cologne, & de Baviére, de Francfort l'an 1642. le 22. Décembre, par laquelle ils le requiérent pour & au nom deſdits Electeurs, de trouver bon qu'ils envoyent leurs Députez en France pour contribuer, autant que faire ſe pourra, à l'acheminement d'un Traité pour la Paix générale après s'être enquis des cauſes du retardement depuis ſept ans que l'on auroit commencé d'en parler, & ſi, contre toute l'attente, on ne peut parvenir à une Paix générale, que du moins l'on s'informe, ſi l'on peut avoir une eſpérance de parvenir à un Traité particulier : Et au cas que Sa Majeſté Impériale ne ſe puiſſe réſoudre à cet envoi qu'elle ne trouve pas mauvais, ſi en un pareil cas ſi notoire, & dans une néceſſité ſi preſſante un chacun prend le parti d'en communiquer, ſelon ſes inſtructions, avec les Députez des autres Provinces, & délibérent & concluent enſemble de quelle maniére un tel envoi peut être mis en uſage. Enſuite de quoi il ſe reconnoît par l'avis des Electeurs, Princes, & Etats de l'Empire l'an 1643. préſenté le 23. Juillet aux Commiſſaires de l'Empereur, ſur la tranſlation de l'Aſſemblée de Francfort, que la plûpart des Princes, Comtes, & Villes Impériales nomment les Villes de Francfort, Nuremberg & Ulm: & tout le Cercle & la Province de Franconie ont été d'avis d'envoyer leurs Députez à la Conférence, pour la Paix à Munſter, & Oſnabrug, à l'exemple des Electeurs qui s'étoient déja réſolus à la même fin pour hâter d'autant plus la Paix.

IV.

Les mêmes Ambaſſadeurs de France & de Suéde ont avec cela charge de faire inſtance ſur la reſtitution de tous les Princes & Etats de l'Empire, en leurs Seigneuries & droits, ſpécialement pour les Alliez des deux Couronnes, leſquelles ont très-grand intérêt d'empêcher la Monarchie abſolue de la Maiſon d'Autriche en Allemagne, & les Princes de l'Empire, qui ont d'autres prérogatives que ceux de France & d'Eſpagne, qu'ils éliſent l'Empereur ſous condition de les y conſerver tous en poſſeſſion, & ont le droit depuis plus de trois cens ans de s'allier avec les Rois, & autres Princes étrangers, contre ceux qui veulent les opprimer, ſelon qu'il ſe voit par pluſieurs Traitez de Paix, de Trêves, & de confédération & Alliance ſpécialement avec les Empereurs, les Rois d'Eſpagne, & autres Princes des Maiſons d'Autriche, de Baviére, de Saxe & de Brandebourg : à quoi l'Empereur, l'Electeur de Baviére, & leurs adhérens ne veulent entendre, mettant en avant, ainſi qu'ils ſ'eſt fait du Regne

de l'Empereur Charles V. contre les Rois François I. & Henri II. que les Princes étrangers ne doivent prendre connoiſſance des affaires de l'Empire, ni en être Juges ou arbitres, de maniére que les Alliez de France & de Suéde qui ſont à préſent privez de leurs Seigneuries, ne peuvent, à ce qu'ils mettent en avant, avoir recours qu'à la ſeule grace & miſéricorde de l'Empereur, ſans employer l'interceſſion de qui que ce ſoit, non plus que ces Royaumes ne veulent ſouffrir que d'autres s'entremettent de leur gouvernement.

V.

Les Ambaſſadeurs de France trouvent à redire au Pouvoir donné à Madrid l'an 1643. le 11. Juin, par le Roi d'Eſpagne à ſes Ambaſſadeurs à Munſter, d'autant qu'il porte qu'il leur donne charge de traiter de la Paix en ſon nom, avec les autres Plénipotentiaires qu'il ne nomme pas.

Voici les propres termes en celui de Saavedra. *Lo nombro por Plenipotentiario mio en el dicho Congreſſo para que concurra con los Plenipotentiarios en el lugar que le toca.* Et derechef. *Que todolo que fuere lecho tratado, y concertado en mi nombre, por mis Plenipotentiarios, aprovare y ratificare.* ,, Je le nomme mon Plénipotentiaire ,, audit Congrès afin qu'il y intervienne dans le ,, rang lui appartenant. Et tout ce qui y ſera ac- ,, cordé, fait, & traité en mon nom par mes Plé- ,, nipotentiaires, je le ratifierai & je l'approuverai Et ainſi ce ſeroit tems perdu de traiter avec les Ambaſſadeurs d'Eſpagne qui ſont nommez, ſi ces autres Plénipotentiaires dont on ne trouve pas les noms & qui doivent venir à la Conférence, peuvent nier que leurs Collégues ne ſoient pas joints avec eux.

VI.

Outre le manquement qu'il y a au Pouvoir de l'Empereur à Vienne en Autriche l'an 1643. le 23. Juin, qui ne fait aucune mention de traiter conjointement avec la Couronne de France & les Princes ſes Alliez ; & de plus ne parle ſeulement que de traiter des moyens pour parvenir à une Paix & nullement de conclure une Paix finale, *ad tractandum & agendum & ſtatuendum de viis mediis, & conditionibus omnibus quibus propoſitus utrinque ſcopus amicitiæ nimirum, ac Pacis redintegratio obtineri ac ſtabiliri poſſit :* c'eſt à dire: *afin d'agir, de traiter, & de régler les moyens, & les conditions pour pouvoir établir de part & d'autre la Paix, & l'amitié.*

Tout de même qu'étoit mot pour mot le Pouvoir dudit Empereur à Ratisbonne l'an 1640. au mois de Décembre pour les Préliminaires & préparatifs de Paix à Hambourg, à quoi il faut prendre garde de plus près, qu'il a déſavoué ſon Ambaſſadeur à Hambourg, comme y ayant outrepaſſé, & fait plus que ſon Pouvoir ne portoit.

VII.

L'Empereur prétend par la propoſition de ſes Commiſſaires aux Députez à Francfort l'an 1644. au mois de Juin, qu'il ne peut admettre les Pouvoirs des Ambaſſadeurs de France, à Paris l'an 1643. le 23. Septembre, en ce que la prolongation de la Guerre lui eſt attribuée, & aux Princes ſes aſſiſtans; que ce Pouvoir eſt tellement limité & reſtraint, qu'en

vertu

vertu d'icelui l'on ne peut aucunement traiter avec eux furement pour l'affaire principale, comme il le mande par deux fois à fes Plénipotentiaires, & de plus il y a un défaut à la fuscription en ce qu'il dit *durant la minorité du Roi*: encore qu'il ne porte autre chofe, finon que le feu Roi a été contraint de prendre les armes pour la protection de fes Alliez fans nommer l'Empereur ni le Roi d'Efpagne, ni les blâmer: qu'il a embraffé toutes les ouvertures qui lui ont été faites d'une Paix générale, & levé toutes les difficultez qui la pouvoient empêcher: que fes Ambaffadeurs ayent le pouvoir de conférer non feulement des moyens d'une Paix, mais de la conclure, & en paffer le Traité qu'ils jugeront néceffaire: que felon le ftile ordinaire il y ait à la foufcription *Signe Louis*, & fur le repli, *par le Roi, la Reine Régente fa mére préfente*, à laquelle a Pleinpouvoir de pourvoir à tout ce qui concerne le repos & la fureté de l'Etat, pendant la minorité du Roi: & que le même Empereur ayant fait une difficulté en l'an 1637. au Pouvoir de la Reine de Suéde, il s'en foit défifté, fur ce qu'il lui fut foutenu qu'il fuffifoit que ce Pouvoir fût figné des Régens & Adminiftrateurs du Royaume, & que telle étoit la coutume de toute ancienneté, fans qu'il fût néceffaire d'avoir de plus la foufcription des Etats généraux, ainfi qu'il le vouloit faire accroire.

De forte qu'il eft facile de reconnoître que c'eft pour une autre raifon que ces difficultez fe font; favoir

A caufe qu'il y a; Que lefdits Ambaffadeurs traiteront de Paix conjointement avec la Couronne de Suéde, la Ducheffe Régente de Savoye, la Maifon de Heffe-Caffel, & tous les autres Alliez de la Couronne de France, dans l'Empire & dans l'Italie, comme auffi avec la République des Provinces-Uniës des Païs-Bas, le Roi d'une part & l'Empire, & le Roi d'Efpagne d'autre part & leurs Alliez: ce que l'Empereur, & le Roi d'Efpagne ne veulent pas fouffrir en aucune maniére, pour d'autant plus féparer la France de fes Alliez, ainfi qu'il eft très-bien remarqué au Traité de confédération & Alliance entre la Suéde & la France, à Hambourg l'an 1641. le 30. Juin *Cum etiamnum hoftes pacem impediant, fejungendis qui in belli focietatem venerunt fruftrandique pacem unice intenti.* ,, auparavant les ennemis s'étant fervis ,, de ce moyen dans l'efpérance de defunir les ,, Alliez & d'éloigner la Paix.

VIII.

On fe plaint enfuite avec tout l'excès qu'on peut s'imaginer contre la Lettre defdits Ambaffadeurs écrite de Munfter l'an 1644. le 6. Avril, par laquelle ils invitent tous les Princes de l'Empire, d'envoyer leurs Députez à la Conférence pour la Paix générale, comme fi ces Lettres excitoient à la rebellion fes Sujets, avec menace d'en tirer la raifon felon le droit des gens.

Et combien qu'ils montrent avoir eu charge d'écrire une Lettre de la forte, qu'on ne peut plus entrer avec eux en Traité, peu de tems après il a défendu à tous les Princes, & Villes de l'Empire de répondre à cette Lettre, ni d'envoyer leurs Députez au lieu de la Conférence, ainfi qu'il apert de ce qu'il leur en a écrit: & néanmoins les Ambaffadeurs de France & de Suéde ont réfolu de continuer pour cela à exhorter derechef les Princes & Etats d'envoyer leurs Députez à cette Conférence & qu'en cas

qu'ils ne les envoyent ils les menacent de s'en retirer.

IX.

Les Ambaffadeurs de l'Empereur à Ofnabrug, ne veulent pas montrer leurs Pouvoirs aux Ambaffadeurs de Suéde, ni voir le leur, parceque le Pouvoir de l'Empereur n'eft que dans le cas que le Roi de Dannemarck s'entremette de Paix entre l'Empereur & la Reine de Suéde, & qu'à préfent la Suéde rejette le Roi de Dannemarck pour Médiateur, à caufe de la Guerre qui eft furvenue entr'eux, prétendant d'avoir fatisfaction des dommages reçus par le paffé & une caution de n'y plus retourner, & elle propofe de fe communiquer les Pouvoirs, fans l'entremife de perfonne, n'étant aucunement raifonnable que notre Ennemi foit comme arbitre fous prétexte de Médiateur des différends que nous avons avec d'autres.

X.

L'Empereur ne veut traiter de la Paix avec la Suéde que le Roi de Dannemarck n'y foit compris, qu'il eft tenu, dit-il, de fa part de le protéger comme Prince de l'Empire & fon Sujet, pour la raifon des Duchez d'Holface, Stormarie & Dithmarfie: à quoi auffi fe conforment les Electeurs de Mayence, de Cologne, & de Saxe par la Lettre de leurs Députez audit Roi de Dannemarck à Francfort l'an 1644. le 19. Avril le priant qu'il ne traite de Paix avec la Suéde par l'entremife de la Couronne de France, ni d'autres, & ils l'affurent qu'ils ne feront fans lui aucun Traité particulier de Paix avec la Reine de Suéde, vû qu'il eft un des Princes de l'Empire. Ce qui eft par ladite Propofition de l'an 1644. répété au mois de Juin, qui porte qu'il en a déja fur cela l'avis, & le confentement des Electeurs & qu'il en a écrit à cette fin à fes Ambaffadeurs à Munfter & à Ofnabrug: c'eft à quoi le Confeil de Suéde confentira difficilement, à caufe des avantages que le Roi de Dannemarck en recevra, plus que par un Traité particulier, entre les deux Couronnes, s'il a toute l'Allemagne qui fe déclare pour lui.

XI.

Et cependant fuivant le Traité de Confédération & Alliance à Hambourg l'an 1638. le 16. Mars, & ledit Traité de l'an 1641 le 30. Juin, entre les Couronnes de France & de Suéde, le Roi & la Reine de Suéde ne peuvent traiter avec l'Empereur & fes adherens, de la Paix, & de Tréves que conjointement.

La Conférence fe doit commencer & finir au même jour en prenant confeil, & ne rien conclure, fans le confentement exprès les uns des autres, & le Traité avec l'un des Alliez n'être foufcrit qu'il ne foit certain que l'autre Traité fe fera en même tems.

XII.

La Couronne de Suéde ne veut & ne peut traiter de Paix avec l'Empereur, fans y comprendre le Prince de Tranfilvanie, fon Allié, comme elle s'y eft obligée.

XIII.

La France fuivant le Traité de Dorften en l'an 1639. le 22. d'Août, entre le feu Roi & la la Landgrave de Hesse , durant sa Minorité, ne peut faire aucun Traité de Paix ni de Trêves avec l'Empereur & ses adhérans , que ladite Dame n'y soit appellée, & ses intérêts satisfaits : & ladite Dame pareillement, ne peut entrer en aucun Traité de Trêves ni de Paix avec ledit Empereur ou ses adhérans sans que Sa Majesté le sache & y consente : Ce qu'il l'Empereur évite tant qu'il peut , s'efforçant, par l'entremise des Electeurs de son Parti , & aussi par le moyen du Roi de Dannemarck , de lui persuader de traiter séparément , comme il apert par les Lettres sus mentionnées des Députez des Electeurs au Roi de Dannemarck, l'an 1644. le 19. Avril.

Mais cette généreuse Princesse a déclaré qu'elle ne traitera jamais sans la France ; la Suède & sans ses autres Alliez, considérant assez comme il en a mal pris aux Princes & Etats d'Allemagne qui ont traité à part.

Cette fidélité & constance lui a tellement réussi , qu'elle possède à présent plusieurs Villes & Forteresses de considération dans l'Evêché de Cologne & dans les Duchez de Clèves, & Comtez de la Mark & d'Embden.

XIV.

Le feu Roi par le Traité fait à Paris l'an 1641. le 1. Juin avec le Roi de Portugal (ce qui est considérable) non seulement pour ce qu'il tient en Espagne, mais aussi en Afrique, en Asie, & en Amérique , soit en terre ferme ou en plusieurs autres Iles, l'a assuré que lorsqu'il viendroit à la Conclusion d'un Traité de Paix avec le Roi d'Espagne , il feroit son possible de se réserver la liberté de l'assister toûjours en ses justes prétentions , pourvû que les Alliez de la France consentissent d'entrer avec sadite Majesté en une pareille obligation : c'est ce qui retardera sans doute le Roi d'Espagne de vouloir entrer en Traité avec la France , se défiant que quand il aura comme conclu de cette part , il ne soit contraint de recommencer un autre Traité avec le Roi de Portugal, qui pour cet effet a déja envoyé ses Ambassadeurs, à Munster & à Osnabrug.

XV.

Les Ambassadeurs des Provinces-Unies des Païs-Bas , sans lesquelles le Roi ne peut aussi commencer de conclure aucun Traité de Paix, ou de Trêve avec les Espagnols , conformément au Traité de la Confédération & Alliance, à la Haye l'an 1644. le 1. Mars; comme encore avec des Electeurs de l'Empire qui doivent être adjoints à la Conférence avec ceux de l'Empereur , requerant que les Ambassadeurs de France envoyent au devant d'eux leurs Carosses à leur premiére arrivée, & qu'ils les visitent les premiers , se trouvant les derniers arrivez au lieu de la Conférence ; & de plus qu'ils leur donnent la main droite dans leurs Hôtels , lorsqu'ils les viendront visiter, & en leur parlant ou écrivant qu'ils leur donnent le titre d'Excellence, parce que ladite République prétend être égalée en honneurs à celle de Venise,& les Electeurs pretendent précéder tant l'une que l'autre République, se plaignant avec beaucoup de ferveur que l'Empereur ait ordonné en l'an 1637. à leur préjudice qu'en sa Cour les Ambassadeurs de Venise auront le rang immédiatement après ceux des Rois.

XVI.

A quoi l'on peut ajouter que toutes les Armées, jusqu'au nombre de vingt, & plus, soit par mer, ou par terre, en Espagne, aux Païs-Bas, en Italie, en Allemagne , en Hongrie, en Dannemarck & en Suéde, sont à présent en Campagne, en intention de faire un effort extraordinaire dont les uns & les autres espérent avoir une bonne issuë ,& ne cesseront pareillement d'agir de la sorte, & d'employer leurs armes avant le premier de Novembre prochain , ne se trouvant aucun expédient de les retenir durant ce tems , soit par Lettres , Herauts, ou entremetteurs.

Les différends entre la France & l'Espagne I. touchant les fortes Places que le Roi retient sur le Duc de Savoye. II. touchant la Principauté de Catalogne , qui a reconnu le Roi de France pour son Souverain ; III. par raport à la protection de la Principauté de Monaco.

I.

LE DUC DE SAVOYE.

Le Traité entre Louïs XIII. d'une part , & le Cardinal de Savoye & le Prince Thomas son frére , Oncles du Duc de Savoye d'autre part, à Turin l'an 1642. le 12. Juin, à ce que le Roi d'Espagne restituë les Places qu'il a occupées sur le Duc de Savoye. Art....

Le Roi ratifie de nouveau les Déclarations qui ont été faites par les Ministres en diverses occasions , & par les Lettres que Sa Majesté a écrites au Pape & à la République de Venise sur la restitution des Places qu'elles occupent en Piémont depuis la mort du feu Sieur Victor-Amedée : Pourvû que celles qui sont occupées par les Espagnols ses Ennemis soient pareillement restituées, en sorte que ledit Sr. Duc de Savoye en demeure assuré sous la Tutele, & Régence de Madame. Art. 12.

Sa Majesté promet de ne traiter ni conclure de Paix avec le Roi d'Espagne, que la restitution de toutes les Places n'y soit comprise.

I.

LA PRINCIPAUTE' DE CATALOGNE.

Les conditions sous lesquelles les Etats Généraux de la Principauté de Catalogne ont soumis ladite Principauté, & les Comtez de Roussillon, & de Cerdaigne , en l'obéïssance des Rois de France ; & qui seront insérées dans le serment qu'ils feront au commencement de leur gouvernement, signées à Peronne par le Roi Louïs XIII. l'an 1641. le 19. Septembre; sont , Que ladite Principauté & lesdits Comtez ne feront jamais alienez de la Couronne de France , & qu'ils demeureront perpetuellement unis à icelle Art. 13. Que Sa Majesté tant pour elle que pour ses Successeurs ,

Rois

1644.

Rois de France, promet qu'ils ne sépareront jamais de leur Couronne Royale la Principauté de Catalogne, & les Comtez de Roussillon & de Cerdaigne, en tout & en partie, pour quelque cause, raison, ou confidération qui puisse être dite ou pensée; & qu'ils demeureront toûjours unis & incorporez à ladite Couronne Royale : ensorte que celui qui sera Roi de France, sera toûjours Comte de Barcelone, de Roussillon & de Cerdaigne.

III.

LA PRINCIPAUTÉ DE MONACO.

Le Traité entre le Roi Louïs XIII. & Monsieur le Prince de Monaco à Perone l'an 1641. le 14. Septembre; Par lequel Sa Majesté reçoit en sa protection & sauvegarde perpétuelle la Principauté de Monaco, obligeant les Rois de France ses Successeurs à faire cela. Il doit avoir dans la Place de Monaco garnison de cinq-cens Soldats effectifs tous François naturels & non d'autre Nation pour garder la Place, y demeurer, & servir, en quatre Compagnies. I. Art. 8. Le Roi receyra en sa Royale protection & sauvegarde perpétuelle & des Rois ses Successeurs, pour lesquels Sa Majesté s'obligera par le présent Traité, ledit Prince de Monaco, le Marquis son fils, toute sa Maison & tous ses Sujets, & les Places de Monaco, Mentone, & Roquebrune avec leurs Territoires, Jurisdictions, & dépendances, ensemble tous les Héritiers & Successeurs dudit Prince, & se gardera & défendra toûjours contre qui que ce soit qui les voudroit offenser & attaquer.

Les Alliez de la France en Guerre avec l'Empereur & le Roi d'Espagne.

Au mois d'Août 1644.

LE Royaume de Suéde duquel dependent la Finlande, la Livonie, la Carelie & l'Ingrie, Provinces de très-grande étenduë devers la Moscovie & la Pologne; & qui tient de plus en Allemagne le Duché de Poméranie, partie du Duché de Meckelbourg, avec plusieurs autres Seigneuries, Villes & Forteresses en Westphalie, Turinge, & autre part : & de nouveau a étendu ses Conquêtes sur le Roi de Dannemarck, & Païs de Schonen, de Holsace, de Sleswig & de Sud-Jutland.

II.

Le Roi de Portugal qui, outre ce qu'il occupe en Espagne, a un Pais bien fertile, & qui s'étend bien loin le long de la mer, possède en Afrique les Villes & Forteresses de Tanger, de Mazagan, de Mozambicq, & de Mombaze, avec les Iles de Madere, du Capverd, & des Açores, autrement dites Tercères. En Asie; Goa, Cochim, Diu, Chaul, & quantité d'autres Villes & Forteresses jusqu'au nombre de quarante; aux Iles Occidentales, aux côtes de Malabar & de Coromandel quelques Forteresses : de plus une bonne partie de l'Ile de

Том. I.

Ceylon, & celles de Solor & Timor : la Ville & Forteresse de Macao : en la Chine & en l'Amérique la plus grande partie du Bresil.

III.

La République des Provinces-Unies des Païs-Bas qui possède les trois quarts du Duché de Gueldres; Les Comtez de Hollande & de Zélande; les Seigneuries d'Utrecht, d'Overissel, de Frise & de Groningue; une bonne partie du Duché de Brabant, & du Comté de Flandre; plusieurs Villes & Forteresses dans le Duché de Cléves, & au Comté d'Embden; comme encore quantité de Villes & Seigneuries dans l'Afrique, dans l'Asie, & en Amérique, devers la Guinée & le Royaume d'Angola. Aux Indes Orientales, en l'Ile de Java, ou la Ville appellée la nouvelle Batavie ; Aux Iles Moluques, de Banda, d'Amboine, & Formose proche la Chine, & de plus une partie du Bresil, où sont Fernambuc, & Paraiba, & la nouvelle Belgique ou Nieuw-Niderland devers la nouvelle France.

IV.

La Landgrave de Hesse, régente, qui, outre la Ville de Cassel, & Forteresse de Ziegenheim au Pais de Hesse, en tient plusieurs autres en l'Evêché de Munster, en l'Archevêché de Cologne, au Duché de Cléves, & au Comté de la Marck & d'Embden.

V.

La Duchesse Douairiere de Savoye, à laquelle se sont joints le Cardinal de Savoye, & le Prince Thomas oncles du Roi.

VI.

Le Prince de Transilvanie, qui est un Pais de grande étenduë & fertile : ce Prince tenant à présent avec cette Principauté, la Ville de Cassovie, & autres Forteresses & Villes en la haute Hongrie.

Le Parti contraire à la France.

I. L'Empereur.
II. Les Electeurs de Mayence, de Cologne, de Baviére, & de Saxe, avec les Archiducs, les Comtes de Tirol, & autres Princes & Etats d'Allemagne.
III. Le Roi d'Espagne.
IV. Le Roi de Dannemarck qui est en guerre avec la Suéde, & duquel l'Empereur & ses adhérans font leur fait propre, l'assistant de gens de Guerre, & ne voulant traiter sans lui.

Le Dénombrement des armées du Roi & de ses Alliez : comme de l'Empereur, du Roi d'Espagne & de leurs Alliez. Au mois d'Août 1644.

Nn   I.

I.

ARMÉES DU ROI.

I. Les armées du Roi en Flandres, fous *le Duc d'Orléans.*

II. L'armée du Roi fous le Duc d'Anguien.

III. L'armée du Roi devers Brifac, fous le Maréchal de la Tour.

IV. L'armée du Roi & de la Duchesse Douairiere de Savoye, devers le Duché de Milan, fous le Prince Thomas de Savoye.

V. L'armée du Roi en Catalogne, fous le Maréchal de la Mothe.

VI. L'armée du Roi de Suéde en Schonen fous le Maréchal de Horn:

VII. L'armée du Roi de Suéde en Holface, fous le Maréchal Torftenfon.

VIII. L'armée du Roi de Suéde, fous Konifmarck devers Bremen.

IX. L'armée du Roi de Suéde en la mer Baltique, fous l'Amiral Flaming.

X. L'armée du Roi de Portugal devers le Royaume de Caftille.

XI. L'armée des Provinces-Unies des Païs-Bas en Flandres fous le Prince d'Orange.

XII. L'armée du Prince de Tranfilvanie en la haute Hongrie.

II.

ARMÉES DE L'EMPEREUR ET DU ROI D'ESPAGNE.

XIII. L'armée de l'Empereur devers la haute Hongrie, contre le Prince de Tranfilvanie.

XIV. L'armée de l'Empereur devers Holface, fous Galas.

XV. L'armée de Bavière devers Brifac.

XVI. L'armée de l'Electeur de Saxe en la Mifnie.

XVII. L'armée du Roi d'Espagne vers la Catalogne.

XVIII. L'armée du Roi d'Espagne contre le Roi de Portugal.

XIX. L'armée du Roi d'Espagne au Duché de Milan.

XX. L'armée du Roi d'Espagne en Flandres, pour s'oppofer au Prince d'Orange.

XXI. L'armée du Roi d'Espagne en Flandres pour s'oppofer au Duc d'Orléans.

XXII. L'armée du Roi de Dannemarck en la mer Baltique: outre plufieurs autres armées en moindre nombre de part & d'autre.

EXEMPLES

Des conquêtes faites par plufieurs Rois, Princes & Républiques, auxquelles ils fe font confervés par des Traitéz de Paix ou de Trêves.

LEs Empereurs d'Allemagne, Louïs l'Oifeleur, Othon I. & Othon II. fur les Rois de France de la Maifon de Charlemagne, lorfqu'ils ont occupé le Royaume de Lorraine.

Les Rois d'Espagne fous les Rois de France.

Les Rois de France fous les Rois d'Angleterre, depuis le Roi Philippe Augufte.

Des Ducs de Normandie, de Guyenne, des Païs d'Anjou, de Touraine & du Maine.

Des Rois d'Angleterre fur les Villes de Boulogne, de Calais, & autres.

Des Rois de Pologne fur le grand Duché de Mofcovie.

Des Rois de Dannemarck fur le Royaume de Suéde.

Des Rois de Suéde fur la Pologne, & le grand Duché de Mofcovie.

De la République de Venife fur le Duché de Milan, le Royaume de Hongrie, l'Empire d'Allemagne; & fur quelques Terres Patrimoniales de la Maifon d'Autriche.

Des Suiffes fur la Maifon d'Autriche, & les Ducs de Savoye, des Comtez de Habsbourg, de Kybourg, de Romont, & de la Baronnie de Vaux, & autres Seigneuries.

De la République des Provinces-Unies des Païs-Bas, fur les Rois d'Espagne.

Le Roi Saint Louïs retint par un Traité de Paix avec Henri III. Roi d'Angleterre, du moins les trois quarts de ce que fon ayeul le Roi Philippe Augufte avoit conquis fur le Roi Jean, Pére dudit Henri.

Le Confeil donné au Roi François I. par une Affemblée folemnelle au Parlement de Paris, de ne point laiffer à l'Empereur Charles V. le Duché de Bourgogne, dont le Roi Louïs XI. s'étoit faifi après la mort du Duc Charles fur la Ducheffe d'Autriche fille dudit Duc, & ayeule paternelle dudit Empereur, encore que ledit Roi de France fe fût obligé à la reftitution par le Traité de Madrid en l'an 1526. & que pour cet effet deux de fes trois fils fuffent en ôtage & detenus captifs en Efpagne : & enfin cette condition de rendre le Duché de Bourgogne a été omife au Traité de Paix de Cambrai en l'an 1529. & autres Traitez refervant aux Rois d'Espagne leurs droits tels qu'ils prétendent leur apartenir.

Ferdinand V. Roi d'Arragon, l'Empereur Charles V. & fon fils le Roi Philippe II. ont retenu par plufieurs Traitez de Paix ou de Trêves, les Royaumes de Naples, de Navarre, d'Arragon, le Duché de Milan, & la Souveraineté des Comtez de Flandres, d'Arois, de Lille & de Tournai, qu'ils ont ufurpez fur les Rois Charles VIII. Louïs XII. François I. Henri II. & Henri le Grand.

Jean Roi de France, fils du Roi Philippe de Valois eft blâmé par de Comines d'avoir abandonné, par le Traité de Bretigni, la Guyenne au Roi d'Angleterre, pour fe delivrer de prifon.

Le même de Comines nous aprend que comme le Roi d'Angleterre fut venu avec une puiffante armée en France, & s'étoit allié avec Charles Duc de Bourgogne, Prince des Païs-Bas qui redemanda par fes Députez, ce que les Rois d'Angleterre poffédoient auparavant du Royaume de France, & que les Députez dudit Roi Louïs le refuférent auffi hardiment qu'ils le redemandoient hardiment, & que néanmoins ils ne laifférent pas de faire pour cela un Traité de Paix enfemble.

Le Royaume de Lorraine, ufurpé fur le Royaume de France par les Empereurs d'Allemagne, comprenoit tout le Païs où font le Duchez de Brabant, de Limbourg, de Luxembourg, de Gueldres, de Cléves, de Julliers, de Lorraine; les Comtez de Hainault, d'Hollande, de Zélande, de Namur, partie du Comté de Flandres, des Archevêchez de Tréves & de celui de Cologne; les Evêchez *de*

1644. de Liége, d'Utrecht, de Metz, de Toul, de Verdun, de Strasbourg, de la partie du Palatinat du côté de France.

Invention des Empereurs de la Maison d'Autriche de mettre des Tailles & Impôts sur les Allemands, en voulant faire accroire que c'est pour résister aux Rois de France, comme s'étant alliez avec les Turcs pour subjuguer l'Allemagne.

Les Empereurs Maximilian I. & Charles V. se sont servis de cet artifice en leurs Guerres contre les Rois très-Chrétiens Charles VIII. François I. & Henri II. ainsi qu'il apert des Histoires & résultats des Diétes, & Etats Généraux de l'Empire.

Et l'Empereur aujourd'hui Regnant prend la même voye, contre le Roi & la Reine de Suéde, selon qu'il apert de la proposition faite de sa part l'an 1640. au mois de Novembre aux Députez de l'Empire à Francfort sur le Mein, traduit de l'Allemand, & du Latin, ainsi qu'il s'ensuit ;

L'Empereur ne doute nullement que les Electeurs, Princes & Etats de l'Empire assemblez n'ayent entendu de leurs Ministres les raisons & motifs qui ont induit Sa Majesté Impériale à leur faire derechef représenter l'état des affaires de l'Empire, & donner charge de leur dire qu'ayant, suivant le Traité des Préliminaires arrêté à Hambourg, envoyé sans aucun délai les Ambassadeurs à Munster & Osnabrug & iceux y demeurant encore, avec Plein-pouvoir & instruction suffisante, elle néanmoins pouvoit assez clairement voir tant par les divers actes d'hostilitez, que par la lenteur du parti contraire, quelle en peut être la disposition sérieuse pour la Paix.

Sa Majesté se trouve en outre obligée de communiquer aux Etats certains avis, & les assurer, des desseins qu'ont les Couronnes de France & Suéde, employant aujourd'hui le verd & le sec à la Porte Ottomane, pour pousser l'ennemi irréconciliable de la Chrétienté, à rompre ouvertement avec Sa Majesté & l'Empire, & ne faisant point difficulté d'acheter à beaux deniers comptans, cette rupture qui devoit même avoir éclaté le 16. du mois d'Octobre passé.

Mais Sadite Majesté assure aussi réciproquement les Etats que le Souverain a par sa divine providence dissipé tous ces Conseils couverts du zéle & du manteau de la Paix, & qu'il a tellement beni d'auband la vigilance, & le soin que Sa Majesté a toujours eu, & aura encore à l'avenir pour l'Empire, que toutes ces Machinations sanguinaires, tendantes, au lieu d'une bonne Paix, à ouvrir la Porte aux Mécréans, & à leur livrer les Forteresses de l'Empire avec l'esclavage éternel de plusieurs milliers d'ames, ont été heureusement renversées jusques à présent, & ne seront aussi apparemment suivies d'aucuns effets considérables.

Et comme dans les occurrences publiques Sa Majesté Impériale a toujours eu son recours aux fidéles Etats de l'Empire, aussi se persuade-t-elle qu'ils ne voudroient maintenant abandonner son parti, mais l'assister puissamment, afin qu'embrassant les moyens nécessaires pour la défense légitime, l'on puisse tant plutôt, par ce moyen par-

TOM. I.

venir à une Paix honnête, durable, & équitable, qu'en les negligeant ou méprisant subir le joug d'une domination étrangére.

Or étant impossible que sans le secours & l'assistance des Etats Sa Majesté maintienne l'Empire contre les pratiques, & conclusions de tant d'ennemis, capables de susciter & attirer même le Turc, ou qu'elle puisse pacifier l'Empire par des Traitez amiables : c'est pourquoi elle se croit nonobstant les sommes immenses que les Etats épuisez ont déja fournies par le passé, absolument forcée à demander derechef des contributions & subsides avouant veritablement, qu'ils ne doivent s'exiger qu'à une Diéte générale, ou Assemblée des Cercles.

Mais l'un & l'autre étant impossible en la conjoncture présente des affaires, & les nécessitez pressantes de la patrie requerant des Conseils mâles & une union promte; Sa Majesté Impériale ne trouve de remède plus propre pour gârentir l'Empire des invasions de tant d'ennemis domestiques & étrangers, & pour mieux parvenir à une bonne Paix, qu'une contribution générale de cent mois payable effectivement en trois termes : s'assurant que ceux qui assistent maintenant à cette Assemblée, & affectionent Sa Majesté, le Saint Empire, leur Patrie, le bien des Etats & le leur propre n'y contrediront point, mais le ratifieront incontinent, & que le reste des Etats absens en fera de même à la première Diéte.

Promettant pour conclusion que cette affaire, & tout ce qui en résultera, ne préjudiciera en façon quelconque aux Loix & Constitutions fondamentales de l'Empire, ni pourra ci-après être tirée à conséquence.

EXTRAIT

De la Lettre écrite au Roi de Dannemarck, par les Deputez des Electeurs de Mayence, de Cologne, de Baviere & de Saxe. A Francfort sur le Mein.

Le 19. Avril 1644.

IL est fait mention des Lettres dudit Roi de Dannemarck, ausdits Electeurs, d'Odensée l'an 1644. le 3. Février, par lesquelles il demande à l'Empereur, & aux Electeurs, Princes, & Etats de l'Empire qu'ils l'assistent contre l'Invasion du Marechal Torstenson, & ne traitent de Paix sans lui, avec la Couronne de Suéde : pour cet effet il les exhorte, au cas que les Couronnes étrangéres, c'est à dire, la France & la Suéde ne veulent entendre à une Paix, de traiter en particulier, avec le Landgrave de Hesse, Princesse considérable pour les forces & gens de Guerre qu'elle a; Item que l'amnistie & l'oubli du passé se publie dans l'Empire, & qu'il soit remédié aux plaintes & griefs du dedans.

Ces Députez accusent au contraire la Suéde d'avoir manqué de foi & de parole envers ledit Roi de Dannemarck par les Hostilitez qu'elle a exercées contre lui : & ajoutent que la Guerre a été menée en Allemagne par les Etrangers, c'est à dire la France & la Suéde, sous un faux prétexte de la conservation de la liber-

Nn 2

1644.

té Germanique, pour étendre leurs Seigneuries, & se rendre plus puissans ; assurant le même Roi que lesdits Electeurs ne feront sans lui aucun Traité particulier de Paix avec la Reine de Suéde, vû qu'il est un des Princes de l'Empire : qu'ils ont remontré à l'Empereur de l'assister promtement avec une forte & puissante armée, & sans doute ils le défendront en même effet.

Ledit Roi de Dannemarck est aussi exhorté de ne se servir de l'entremise & médiation de la Couronne de France ni d'autres, c'est à dire, de la République des Provinces-Unies des Païs-Bas, à ce que la Guerre ne devienne plus difficile à suporter à l'Empereur.

Ils disent que le Landgrave de Hesse a été recherchée d'un accommodement, de la part de l'Assemblée de Francfort, mais qu'elle n'y peut entendre ; & ainsi prient ce Roi de tâcher de l'émouvoir, pour ôter tout prétexte aux Couronnes & Républiques étrangéres : le conjurant enfin de joindre ses armes avec l'Empereur, & lesdits Electeurs, de faire un Traité de Confédération & Alliance, pour attaquer ensemble les ennemis communs de l'Allemagne, remplis de violence & d'avarice, afin de les réduire à une Paix & tranquillité sure & honorable à l'Allemagne & aux autres Etats, & lui donner espérance qu'il sera donné ordre à ce qui est de l'amnistie, & oubli du passé, par raport à la restitution des Princes & Etats de l'Empire, en leurs Seigneuries & droits; comme aussi pour remédier promtement, & au plutôt, aux plaintes & doléances de tous autres gémissans sous le faix d'une si déplorable & calamiteuse Guerre.

Sommaire du contenu aux Articles ci-dessus

I. LE Roi de Dannemarck demande assistance à l'Empereur & aux Princes d'Allemagne.

II. Avis du Roi de Dannemarc, pour remédier aux troubles d'Allemagne, nommément de traiter en particulier avec la Landgrave de Hesse.

III. Que la Suéde a manqué de foi envers le Roi de Dannemarck.

IV. La France & la Suéde calomniées d'avoir fait la Guerre sous un faux prétexte de conserver la Liberté Germanique.

V. Que les Electeurs ne feront aucun Traité particulier avec la Reine de Suéde, sans le consentement du Roi de Dannemarck, & sans qu'il y soit apellé.

VI. Les Electeurs remontrent à l'Empereur, à ce qu'il assiste le Roi de Dannemarck contre la Suéde.

VII. Que le Roi de Dannemarck ne se serve de la Médiation du Roi de France ni des Hollandois pour faire la Paix avec la Suéde.

VIII. Refus de la Landgrave de Hesse de faire un Traité particulier avec l'Empereur sans la France.

IX. Le Roi de Dannemarck invité de s'unir avec l'Empereur contre la France & la Suéde.

X. Que les Princes de l'Empire soient restituez en leurs Seigneuries, & qu'il sera remédié aux plaintes & doléances des uns & des autres.

1644.

Les difficultez & longueurs qui se rencontrent à la Conférence pour la Paix à Munster & à Osnabrug.
Extrait d'une Lettre écrite à Munster du vingtiéme Juin 1644.

L'Empereur & les Electeurs de Mayence & de Baviére, & leurs adhérans, s'opposent à ce que les Princes Catholiques de l'Empire n'envoyent à la Conférence pour la Paix leurs Deputez pour y donner avis.

Je dis au premier point dont vous m'avez demandé l'éclaircissement : Que le succès de la Lettre publique de Messieurs les Ambassadeurs de France est fort différent; Vienne l'a excommunié, Mayence & Baviere ont fulminé hautement contre icelle, les Ministres Autrichiens de notre climat l'ont qualifiée verte, séditieuse & présomptueuse, & témoigné que ceux qui ensuite d'icelle se rendront à Munster, seroient tenus pour François, c'est à dire, rebelles & ennemis de l'Etat : néanmoins ces foudres n'ont pas étonné & étourdi tout le monde; divers Etats, Princes, & Villes d'Allemagne étant résolus de faire députer à Munster.

De fait Hambourg y a déja envoyé par un Envoyé réponse à la Lettre susmentionnée. Lubeck, Brême, Colberg, & autres doivent envoyer. Les Ducs de Brunswick & de Lunebourg veulent être de la partie. Wurtzbourg s'y met, au grand murmure de l'Empereur. Hesse arriva hier, & Baviére même chercha ici logis, s'il faut croire les Ministres de Cologne.

Il est vrai que l'Empereur se flatte des disgraces de Ragotzki, des avantages qu'il tire de la Guerre de Dannemarck, & du bonheur qu'il s'en promet : cet été permettra maintenant plus que jamais que les Couronnes étrangéres se mêlent des différends d'Allemagne.

Il est aussi certain qu'avec ses adhérans, il ne débute & travaille qu'à la réunion du chef & des Ministres de l'Empire, pour attaquer puis après conjointement & puissamment la France & la Suéde ; mais il n'a pas encore si fort le pied sur la gorge d'Allemagne qu'elle ne puisse plus crier.

Quant au second, on croit généralement & constamment que l'Empereur ne traitera point avec la Suéde à l'exclusion du Danois, & avant que l'embrasement inespéré de Holstein ne soit éteint : L'Empereur l'a déclaré aussi de sa bouche à l'Ambassadeur de Venise qui est en sa Cour ; ce que je fais de très-bon lieu & tous les refus, tergiversations, subterfuges & difficultez que les Impériaux, fondez sur la rupture de Suéde, & le manque de Médiateurs, ont fait depuis longtems, à Osnabrug, sont à mon avis autant de preuves suffisantes & manifestes qu'ils ne veulent rien traiter au préjudice des affaires de Dannemarck dont ils font tant leur profit : les Lettres de l'Empereur, de Baviere, & de Saxe, & autres écrites au Roi de Dannemarck sur ce sujet, en font aussi foi assez clairement : & un homme d'intrigues me manda encore avant hier d'Osnabrug ces mots,

Apud

1644.

Apud nos negotium Pacis friget, Cæfariani ni-
hil volunt aggredi, excluſo Rege Daniæ, qui-
bus à Suecis contradicitur......... ” La Négo-
,, ciation de la Paix ſe refroidit ici, les Impé-
,, riaux ne veulent rien commencer ſi le Roi de
,, Dannemarck eſt exclus, les Suédois y con-
,, tredifent.........

Ce que je viens de dire pourra auſſi ,'ce me
ſemble, ſervir de réponſe au dernier point touchant l'ouverture de notre Aſſemblée, car les
Pleinspouvoirs d'Oſnabrug n'étant encore expé-
diez, ceux des Eſpagnols défectueux, Averſperg
pliant bagage, ſon Succeſſeur fourni peut-
être de nouvelles inſtructions, la Guerre
de Dannemarck allumée plus que jamais, vous
conclurez aiſément, Monſieur, que nous ſommes arrivez à Munſter l'an mil ſix cens trop
tôt : un grand & rare homme me déclarant a-
vant hier nettement que je me pourrois bien
promener une couple de mois ſans aucun préjudice des affaires du Roi.

EXTRAIT

De la Lettre d'un mien ami de
Munſter.

Le 27. Juin 1644.

CEpendant ſi vous donnez quelque choſe aux
ſentimens de votre Serviteur, vous ne vous
y hâterez point, les affaires ne preſſant aucunement comme vous voyez. Les Ambaſſadeurs
de Suéde n'oſent s'entrevoir à la Campagne,
excepté à Munſter & Oſnabrug, à cauſe
du danger qu'il y a des Coureurs en la Weſtphalie, ſous le nom du Roi de Dannemarck.

Les remédes pour obvier aux lon-
gueurs qui ont été juſques ici à la
Conférence pour la Paix entre la
France d'une part, l'Empereur &
le Roi d'Eſpagne d'autre part.

QUe le Roi de Suéde & la République des
Provinces-Unies des Pais-Bas doivent traiter de Paix ou de Trêve avec l'Empereur ou
le Roi d'Eſpagne en lieux ſéparez, & éloignez,
& les raiſons pourquoi.

Qu'il eſt à propos que les Ambaſſadeurs Plénipotentiaires de France traitent avec ceux de
l'Empereur à Cologne ou à Francfort ſur le
Rhin ou plutôt à Strasbourg : & à Amiens
ou Perone, ou bien à Saint Quentin, les Plénipotentiaires qui feront députez pour traiter
avec le Subdéléguez du Roi d'Eſpagne : à Lubec ou à Hambourg les Plénipotentiaires de
Suéde ou avec ceux de l'Empereur : & à la
Haye ou à Utrecht, ou bien à Middelbourg,
les Plénipotentiaires des Provinces-Unies des
Pais-Bas, avec ceux du Roi d'Eſpagne. A la
charge de ne rien conclure ni de ſouſcrire les

1644.

Traitez par le Roi, la Reine de Suéde, les
Provinces-Unies des Païs-Bas, qu'ils ne ſoient
aſſurez l'un de l'autre, que leurs Traitez ſe feront, & conclurront auſſi au même tems: que
la Conférence ſe doit faire en la ſaiſon d'Hiver
plutôt qu'en Eté ou autre tems.

Ce qui ſe peut faire touchant la reſtitution ou
rétention de pluſieurs Seigneuries, ou autres
Places fortes, conquiſes par la France depuis les
derniers Traitez de Paix du feu Roi avec l'Empereur Ferdinand II. & Philippe IV. Roi de
d'Eſpagne à préſent Regnant : & auſſi ce qui
ſe peut faire pour la reſtitution ou retention de
celles qui ont été conquiſes par la Suéde depuis l'an 1630.

De l'interêt qu'a la France à la conſervation
de ſes Alliez, & à ce que leurs Seigneuries leur
ſoient entiérement renduës, comme ils les poſ-
ſédoient ci-devant. Que la France eſt obligée
d'attendre quelque tems, le ſuccès de la Guerre
entre la Suéde & le Dannemarck, juſques à ce
qu'il ſe faſſe une Paix ou une Trêve entre ces
deux Couronnes; & ſon avantage eſt d'y procurer la Paix, le plutôt que faire ſe pourra, au
profit des Suédois : & ſi les Suédois ne ſe veulent aucunement mettre à la raiſon, qu'alors,
après les y avoir exhortez pluſieurs fois, il eſt
loiſible à la France de traiter de Paix ſans eux.

Que le Roi d'Eſpagne ne voudra traiter que
de Trêve avec les Provinces-Unies des Païs-
Bas, & non de Paix : l'intention des Conſeils
de France & de la Suéde eſt de traiter de Trêve avec le Roi d'Eſpagne & l'Empereur, &
celle de l'Empereur & du Roi d'Eſpagne au
contraire de faire une Paix, pour contraindre,
ſi faire ſe peut, les deux Couronnes de rendre
ce qu'elles ont conquis.

Le tempérament & accommodement
qui s'y peut trouver.

QUe pour parvenir plutôt au Traité de Paix,
la France & la Suéde ſe doivent déſiſter
de la convocation de tous les Princes & Etats
de l'Empire, pour délibérer avec l'Empereur
des moyens & conditions de parvenir à une
Paix, & bien conſentir que le nombre des Députez deſdits Princes & Etats ſoit réduit à
cinq.

Que ceux qui ont la Régence & adminiſtration des Royaumes pour traiter de Paix ou de
Trêves, pourroient rendre une partie des Seigneuries, & Places fortes qui ont été conquiſes par les Rois défunts ſur leurs ennemis, pourvû que ſur cela ils prennent l'avis des plus grands,
& plus ſages du Royaume, & en auſſi grand
nombre que faire ſe pourra, ſoit en particulier
ou en une Aſſemblée générale.

Les moyens qui ont été tenus pour conclure
plus promtement le Traité de Paix à Vervins
en l'année 1598; l'on eſt demeuré d'accord
par l'entremiſe du Legat à latere, & du Général
des Cordeliers, de ce qu'il s'en rendroit avant
que de venir au lieu de la Conférence : l'on ne
s'eſt arrêté à déduire les anciennes prétentions
de part & d'autre ſur pluſieurs Royaumes &
Seigneuries : le Traité s'eſt fait en Hiver : la
France a traité premiérement de ce qui la concernoit, avant que de convenir de ce qui regardoit la Reine d'Angleterre, & les Provinces-Unies confédérées des Etats des Païs-Bas
leurs Alliez : Et pareillement du Roi d'Eſpagne
de

Nn 3

1644. de ce qui le touchoit avant que traiter pour le Duc de Savoye son Allié : il a été accordé six mois par le Roi d'Espagne, à la Reine d'Angleterre, & auxdites Provinces-Unies des Pais-Bas, pour entrer en confédération avec lui, après le Traité conclu, & arrêté avec la France : & le différend pour le Marquisat de Saluces avec le Duc de Savoye, a été remis au jugement du Pape.

E X T R A I T

D'une Lettre de Munster. Le quatriéme Juillet 1644.

I.

LE Traité de Paix à Munster, & à Osnabrug s'accroche à cause du refus absolu & opiniâtre, que le Comte d'Aversberg a fait jusques à présent, de montrer son Pouvoir aux Suédois & François ; ensuite de cela ont déclaré hautement ne vouloir & ne pouvoir entrer en aucune Négociation à Munster, si à Osnabrug on ne faisoit de même, & qu'il falloit nécessairement que les deux Traitez marchassent d'un pas égal.

II.

Le différend entre les Ambassadeurs de France & de Suéde pour l'entrevuë de Herenten étoit pour le rang & la préséance ; ceux-ci prétendoient une parité absoluë, & égalité parfaite : pour cet effet, ils ont proposé tantôt le sort, tantôt les Tentes, tantôt de nouveaux bâtimens, tantôt je ne sais quel autre expédient : ce différend a trainé presque deux mois, au bout desquels ont été tombez d'accord ; que les François auroient la Maison située à main droite, & par conséquent au lieu le plus honorable : que les Suédois étant en ce Pais-là comme chez eux, se rendroient les premiers au lieu désigné, & visiteroient les Ambassadeurs de France, & en recevront après la visite. La France a sans doute en cela plus d'égard à la conjoncture pressante des affaires, qu'au rang qu'elle a toûjours prétendu & maintenu si hautement même en cette Ville contre l'Espagne.

Or Monsieur Salvius étant en cette Ville depuis quatre jours, & ayant été en diverses Conférences secretes avec les Ambassadeurs de France, cette entrevuë semble dès meshui superfluë, voire impossible à cause du danger qu'il y auroit pour les Suédois, auxquels l'Archevêque de Brême, dont les gens de Guerre passent à gué librement la riviere du Weser, refuse Passeport pour s'y trouver surement.

III.

Il n'est arrivé aucun Député d'aucun Prince ou Electeur depuis les Hessiens : l'Envoyé de Hambourg a rebroussé chemin au bout de huit jours qu'on l'a envoyé ici, & divers autres Deputez, sachant la stérilité & solitude de Munster, protestent ne s'y vouloir acheminer qu'en tems opportun, & lorsque les forts se battront sérieusement.

IV.

1644.

La dispute du rang entre les Electeurs & la République de Venise, n'est point encore vuidée, & ne le sera peut-être avant l'arrivée de ceux-là : il est pourtant certain que Monsieur Contarini, à cause de sa charge de Médiateur, prétend plus de déférence qu'un autre Ambassadeur ordinaire ; & je fais de bonne part que Monsieur Servien l'a traité à Munster de tête Couronnée ; mais cela ne tire point à conséquence, & c'est une des raisons pour lesquelles l'Evêque d'Osnabrug, Député des Electeurs Ecclésiastiques, s'arrête encore à Widembrug.

E X T R A I T

D'une Lettre de Salvius, Plénipotentiare de la Couronne de Suéde pour la Paix à Osnabrug : la Lettre est en Alleman. Le 10. Août 1644. Pour servir de réponse à la Proposition de la part de l'Empereur à l'Assemblée de Francfort au mois de Juin.

TOuchant le défaut prétendu au Pouvoir des Ambassadeurs de la France à Munster.

Item par raport à la Lettre desdits Ambassadeurs aux Princes & Etats de l'Empire, les invitant d'envoyer leurs Députez à la Conférence pour la Paix, pour en délibérer avec l'Empereur : & outre ce que l'Empereur ne veut point traiter de Paix avec la Couronne de Suéde, sans comprendre de sa part le Roi de Dannemarck ; Que lesdits Ambassadeurs se sont déclarez de faire expédier de nouveau un autre Pouvoir en la forme qu'ils le demandent ; que ladite Lettre n'est que pour la conservation des droits, privileges & franchises des Princes & Etats de l'Empire, qui se font plaints à diverses fois, que les Empereurs de la Maison d'Autriche, depuis l'Empereur Charles V. les ont violez, & enfraints autant qu'ils ont pû :

Que les Commissaires de l'Empereur qualifient la même Lettre de présomptueuse & diffamatoire, & excitant à rébellion & sédition.

Ont proposé à délibérer en ladite Assemblée, si lesdits Ambassadeurs seront tenus & traitez comme Ambassadeurs du Roi de France, ou bien s'ils seront poursuivis, comme séditieux & excitant à rébellion : & que les mêmes Commissaires tendent plutôt à détourner les Princes, & Etats de l'Empire d'envoyer leurs Députez en ladite Conférence, que non pas de les y exciter.

Et quant au différend de Suéde & de Dannemarck, que l'Empereur & l'Allemagne n'ont que faire de s'en mêler en rien ni en juger, puisque ce sont deux Couronnes Souveraines, & que le Roi d'Espagne Philippe II. a plusieurs fois insisté aux Diétes Impériales, à ce que l'Allemagne l'assistât en la Guerre des Pais-Bas, étant pour raison d'iceux l'un des Membres de l'Empire : que les Empereurs Maximilian II.
Ro-

1644.

Rodolphe II. & Mathias n'y ont jamais voulu confentit : que le Roi de Dannemarck s'eft de lui-même défifté de fon entreprife & entremife pour la Paix entre l'Empereur & la Suède: que l'Empereur ne veut point que les Pouvoirs de fes Plénipotentiaires foient produits, & communiquez aux Plénipotentiaires de Suéde à Ofnabrug : & que fon principal deffein eft d'entretenir une Guerre perpétuelle, pour réduire toute l'Allemagne fous le joug de fa Maifon.

EXTRAIT

D'une Lettre d'Ofnabrug. Le 18. Août 1644.

LE Pouvoir des Ambaffadeurs de l'Empereur à Ofnabrug n'eft pas encore délivré à ceux de Suéde, ils s'excufent de ce que celui des Ambaffadeurs de France à Munfter n'eft pas corrigé.

L'on n'a point réfolu fi les Ambaffadeurs de Portugal feront reçus à la Conférence pour la Paix : ni auffi fi le Roi de Dannemarck fera Médiateur entre l'Empereur & la Suéde : ni encore fi les affaires des Princes étrangers, c'eft-à-dire entre autres du Roi d'Efpagne, feront traitées en la Conférence pour la Paix d'Allemagne.

Les Ambaffadeurs de l'Empereur & du Roi d'Efpagne, ne traiteront pas fi facilement avec ceux de Portugal à Munfter ou à Ofnabrug, jufqu'à ce que les difficultez là-deffus foient vuidées;

Confidéré que le Roi de Portugal n'eft point compris au Traité des Préliminaires, & n'y a Saufconduits pour fes Ambaffadeurs, qui ne font que fous la protection, & Saufconduits des Ambaffadeurs de France & de Suéde.

Lampadius a été à Ofnabrug, au lieu de Frédéric, & Chriftian Louïs Ducs de Brunfwick & Lunebourg; lesdits Ducs demandent que les Garnifons Suédoifes fortent du Païs de Brunfwick: Oxenftiern, Ambaffadeur de Suéde, répond qu'il n'y a aucune inftruction fur cela, & qu'il faut attendre nommément fur la reftitution de Niembourg; il accorde celle de Noya, Biefcede, Wolftbourg. Ledit Lampadius & un autre Députe fe font retirez; mais le même Lampadius & autres doivent revenir dans peu.

La Ville de Hambourg a eu fon Député à Ofnabrug, qui eft un Syndic; elle l'a rapelié, mais on l'y attend de retour; comme auffi la venuë des Députez de Strasbourg.

Les Electeurs de Mayence & de Brandebourg doivent avoir leurs Députez à Ofnabrug, & ceux de Cologne & de Bavière à Munfter : les Electeurs n'ont point envoyé leurs Députez à caufe du débat de préféance avec la République de Venife; l'Empereur defire que Venife l'emporte, comme fes Ambaffadeurs étant étrangers & médiateurs, à quoi lesdits Electeurs ne veulent confentir aucunement ; ce qu'ils ne devroient faire puifque les Venitiens ne fe trouveront en aucune féance du Traité de Paix, que comme Médiateurs : & pour ce qui eft des vifites; elles peuvent être omifes, ou bien plûtôt être faites par des perfonnes étrangères.

L'Empereur preffe la déclaration de l'Affemblée de Francfort, fur la propofition touchant le Pouvoir des Ambaffadeurs de France, & auffi par raport à la Lettre desdits Ambaffa-

1644.

deurs, qui invitent tous les Princes & Etats de l'Empire à la Conférence pour la Paix; comme encore à ce qu'elle délibere, comment le Roi de Dannemarck fera fecouru contre la Suéde. Les Ambaffadeurs de France different de répondre à ladite propofition, & attendent qu'il y foit fait une réponfe plus précife de la part du Roi, & qu'il les excufe de ce qu'ils n'ont rien fait à la fubftance, & à l'envoi de ladite Lettre, fans en avoir eu le commandement de Sa Majefté.

Le réfultat des Etats Généraux des Provinces-Unies des Païs Bas : à la Haye le Mercredi dixième d'Août 1644.

IL eft ordonné que les navires, & marchandifes des Habitans desdites Provinces, qui fe trouveront à l'endroit du détroit de Dannemarck au nombre de dix ou douze, qui voudront exercer la navigation & le commerce ès Havres de Suéde, feront conduits à main forte par convoi de la Flotte desdites Provinces, commandée par l'Amiral de Witte-teffen, nonobftant les défenfes du Roi de Dannemarck, qui défend la navigation & le Commerce pour le tout ou en partie, en ce qui eft du Royaume de Suéde & de fes appartenances, même à ceux qui font neutres.

EXTRAIT

D'une Lettre de Stockholm, l'an 1644. le 10. Août par l'un des Ambaffadeurs des Provinces-Unies des Païs-Bas, en la Suéde, & le Dannemarck.

CEs Ambaffadeurs des Provinces-Unies font arrivez à Helfinbourg & Schonen tenu par les Suédois, il y avoit devant fix Navires de Dannemarck. Le troifième, les mêmes Ambaffadeurs arrivent à Stockholm, & font reçus magnifiquement de la part de la Reine de Suéde avec neuf Caroffes. Le quatrième du mois d'Août y eft arrivé le Sieur de la Thuillerie, Ambaffadeur de France, qui a été reçu auffi avec dix-fept Caroffes. Le cinquième dudit mois d'Août ledit Sieur de la Thuillerie a eu audience. Le fixième dudit mois lesdits Ambaffadeurs desdites Provinces-Unies des Païs-Bas, eurent auffi leurs audiences.

Le Chancelier Oxenftiern & les Sieurs Sifte & Spar, Commiffaires de la Reine & Couronne de Suéde ont vifité deux fois lesdits Ambaffadeurs de France & des Païs-Bas, & les mêmes Ambaffadeurs leur ont rendu vifite une fois.

La Suéde confent & s'accorde à un Traité de Paix, & le Dannemarck fe veut accommoder: le Sieur de la Thuillerie propofe la Ville de Lubec pour le lieu de la Conférence ; & lesdits Ambaffadeurs des Provinces-Unies des Païs-Bas, propofent Helfinbourg ou bien Gottenbourg tenu par les Suédois; fur quoi l'on attend quelle fera la réponfe du Roi de Dannemarck.

Le

Le Sieur de la Thuillerie doit retourner dans 8. jours devers ledit Roi de Dannemarck, & les derniéres nouvelles disent qu'il est déja parti pour cela : comme aussi portent les mêmes nouvelles, que cependant les armées qui sont sur mer, & sur terre n'attendent que l'occasion de se combatre ; les Suédois ayant depuis eu l'avantage sur les Danois, devers Gottembourg sous Brahe, & sur les Impériaux devers le Duché de Mecklembourg, sous Torstenson, & leur armée Navale a remporté une victoire complète proche de l'Ile de Bornholm.

LETTRE

Du Roi écrite à divers Princes d'Allemagne lors du voyage du Sieur Stella en Allemagne l'an 1644.

MON COUSIN,

PErsonne ne peut plus douter que je ne travaille au dessein de la Paix générale, en ayant déja rendu tant de témoignages non seulement au lieu de l'Assemblée, par mes Ambassadeurs, mais aussi en tous les endroits du monde, où j'ai pu faire connoître mes sincéres intentions.

L'état de mes affaires peut bien faire voir, à tous les Princes de l'Europe, que ce n'est pas la force de mes Ennemis qui me pousse à cette résolution, puisque les bons succès ont toûjours suivi mes entreprises.

Le feu Roi mon Seigneur & Pére a pris les armes pour le bien public, & n'a jamais prétendu d'autre fruit de ses travaux & de ses conquêtes, que le rétablissement des Priviléges & des biens de ceux qui en ont été dépouillez : ses pensées étoient si justes que je les desire continuer, & ne rien omettre de ce qui sera en ma puissance pour parvenir à une si louable fin ; & sachant les bons sentimens que vous avez toûjours conservez pour le bien des affaires générales, j'ai bien voulu vous faire part des bonnes résolutions que j'ai prises en faveur des Princes, Villes, & Etats de l'Empire, en général & pour tout ce qui vous regarde en particulier, vous qui souffrez depuis longtems une injuste détention.

Et à l'occasion présente j'ai trouvé à propos de vous écrire celle-ci par l'avis de la Reine Régente Madame ma Mére, pour vous dire que j'employerai volontiers toutes sortes de forces que Dieu m'a mis en main pour assister mes Alliez, maintenir, conserver un chacun dans ses droits, & pour défendre la liberté publique.

Les divers moyens qui sont de mon côté m'en donneront le pouvoir, & la derniére victoire remportée par mon Cousin le Duc d'Anguien, sur l'Armée de Bavière, fait voir qu'il est tems que ceux qui comme vous souffrent beaucoup, se joignent à contribuer de tout leur pouvoir à ce qui peut servir à l'avancement du Traité de Munster, où vos Députez assistent avec tous les autres qui y sont conviez pour y conclure une ferme & stable Paix, & qui donne une entière sûreté à vos fortunes & à vos conditions.

Et d'autant que j'ai chargé le Sieur Stella de

Morimont, lequel j'envoye en plusieurs endroits d'Allemagne, pour venir après résider à Strasbourg, de vous informer plus particuliérement de mes bonnes inclinations à favoriser vos intérêts ; je m'en remets à ce qu'il vous en fera entendre, par telles voyes qu'il jugera les plus commodes, vous priant d'ajouter toute créance à ce qu'il vous dira, ou fera savoir de ma part, comme en une personne en qui j'ai confiance.

Ce que me promettant, je ne m'étendrai pas davantage, que pour prier Dieu qu'il vous ait, mon Cousin, en sa Sauvegarde.

Ecrit à Paris le. . . . . Jour de mil six cens quarante-quatre. LOUIS.

COPIE

De la Lettre Circulaire que le Roi Louis Quatorze écrit au Prince Palatin, & à d'autres Princes de l'Empire. Du 20. jour d'Août 1644.

MON COUSIN,

LE desir passionné que j'ai eu depuis mon avénement à la Couronne, de voir cesser les troubles dont la Chrétienté est agitée depuis tant d'années, m'a obligé de n'omettre rien de ce qui seroit en mon pouvoir pour parvenir à une fin si sainte & si salutaire. Pour cet effet & pour plus facilement faire connoître la sincérité avec laquelle j'agis, & que mon dessein n'est pas d'amuser le monde de mines & de vaines apparences, j'ai choisi pour l'Assemblée de Munster des Ministres, des plus intelligens & consommez dans les affaires, & des plus considérables en zéle & fidélité que j'eusse auprès de moi, que j'ai pleinement informez de mes intentions, & fournis de Pouvoirs suffisans pour traiter & résoudre par eux-mêmes, & sans avoir besoin de nouveaux ordres, toutes les choses nécessaires pour conclure & établir la Paix, pour laquelle on s'assemble. Et afin qu'un si louable dessein pût s'achemiter plus heureusement & avec plus de facilité, mes Plénipotentiaires vous ont conviez par mon ordre d'envoyer vos Députez pour assister au susdit Traité, & pour coopérer avec eux à lui donner une bonne issue ; sur quoi je leur ai expressément commandé en ce qui concerne l'Allemagne, ils n'eussent pas seulement à agir comme le plus favorablement que faire se pourroit pour le bien des affaires de ce Païs-là, mais qu'ils écoutassent encore & fissent grande considération de vos bons & sages conseils, pour les traiter en la meilleure & plus plausible manière qu'il seroit possible. J'ai encore une autre raison qui m'a fait desirer la présence de vos Députez en ladite Assemblée, c'est afin qu'ils y fussent spectateurs & témoins de la conduite de mes Plénipotentiaires, & que voyant par eux-mêmes la candeur & bonne foi qu'ils ont ordre d'apporter en leur Négociation, vous en puissiez être mieux éclairci & connoître plus assurément l'injustice de ceux qui tâchent de la décrier, & de donner des impressions contraires : c'est pourquoi je n'ai pas été peu surpris des propositions qui ont été faites à

Franc-

1644.

Francfort contre mesdits Plénipotentiaires, lesquels se conduiront en cette rencontre avec une telle modération qu'elle fera bien voir que la prospérité ne m'enfle point, mais que c'est plutôt par là que je desire correspondre aux heureux succès que Dieu m'a envoyez, & que je reçois comme une approbation de sa part de mes desseins & de mes intentions, qu'il connoît être portez au bien & aux repos de la Chrétienté : & pour ôter tout lieu aux artifices qu'on employe contre la sincérité de ma conduite, j'ai jugé à propos de vous exhorter immédiatement & par moi-même à intervenir à l'Assemblée de Munster, pour y procéder dans le même esprit de Paix, & selon la même régle qui est celle de l'équité & de la justice ; priant cependant

1644.

Dieu qu'il vous ait, mon Cousin, en sa sainte Garde. Ecrit à Paris le vingt Août mil six cens quarante quatre.

Signé

LOUIS

DE LOMENIE.

Et à la superscription,
A Mon Cousin le Prince Palatin du Saint Empire.
Semblable Lettre a été écrite à plusieurs Princes d'Allemagne à même sujet.

LETTRE CIRCULAIRE

De Messieurs

D' A V A U X

E T S E R V I E N,

PLENIPOTENTIAIRES DE FRANCE,

Aux Princes de l'Empire pour les semondre de venir ou envoyer au plutôt leurs Députez à Munster.

Le 4. Septembre 1644.

CELSISSIME PRINCEPS.

QUam constanter & publica tranquillitati, & Dignitati vestra Rex Christianissimus faveat, & his ab ipsius Majestatis Litteris haud dubie Celsitudo vestra grato in optimum Principem animo agnoscet, id multis jam documentis perspectum : in hac verò Tractatione perspiciendum magis scripta nuper ad Excellentias vestras Epistola, profitebamur hortatique eramus adessent frequentes Monasterii, testes futuri, num promissis nostris responsura res foret ; vestra hoc interesse plurimum, vestrique esse juris insuper monuimus : qua quidem Cesariani in nequiorem sensum & a nostro plene alienum detorquere posse rati, nobis vitio dederunt quasi temere injustique scripsissemus. Nunc ecce Regia dictis factisque nostris accedit auctoritas ; ipse vero Rex, ipsa vos Imperii jura, ipsum hoc ad pace Collegium vocat ; nihil rerum agimus, interea temporis quorsum evadant tot injecta ab adversariis mora, & qua tandem commodissima ratione reduci illi in viam possint circumspicimus. Submittat vestra nobis Celsitudo tam Christiani, tam salutaris Consilii adjutores, agitabimus simul proferemusque in medium singula quibus negotium

TOM. I.   Pa-

TRES-HAUT PRINCE.

VOtre Altesse reconnoîtra sans doute à la lecture de cette Lettre de Sa Majesté très-Chrétienne, avec des sentimens de reconnoissance envers le meilleur des Princes, combien elle prend à cœur & votre repos & votre honneur. Sa Majesté en a déja donné un grand nombre de preuves, & nous vous avons mandé dans la Lettre que nous vous avons écrite dernièrement, qu'elle étoit disposée à en donner de nouvelles dans cette Négociation ; & nous vous avions exhortez à être témoins à Munster si les effets ne répondroient pas à nos promesses, & nous vous avons déclaré que vous aviez droit de vous y trouver : les Impériaux donnant à notre démarche un mauvais sens & tout contraire à notre intention, ils nous en firent un crime comme si nous avions agi de nous-mêmes & sans ordre. Voici l'approbation que le Roi donne à nos paroles & à nos actions : ce Prince, les droits de l'Empire, cette Assemblée destinée à traiter de la Paix, tout vous apelle ici. Cependant nous restons les bras croisez ; à quoi aboutiront tous ces délais de nos Ennemis, nous examinons de tous côtez quels pourroient être les moyens de les mettre à la raison. C'est à Votre Altesse à nous fournir des aides qui nous secondent à trouver un expédient si Chrétien, si salutaire : nous ne ferons rien que de concert & nous examinerons ensemble quels

Oo   sont

1644.

*Racis inchoari ac proinde Pax ipsa confici pos-
sit ; nec in nobis quidquam desiderari patiemur:
jam omnia summa fecimus, neque renuimus
ad iniquas pene conditiones descendere, imprimis quod præmittendum fuit Mandata hic nostra procuratoria cum adversæ Partis Mandatis
commutavimus ; quod & si itidem eodem tempore Osnabruga ex Pactis Præliminaribus fieri o-
porteret, nec per Imperiales fieret, perreximus:
tamen neque pedem, ut par erat, retulimus,
tum ne diutius in limine hærendum foret ut
quo omnis prætrahendi Negotii prætextus amo-
veretur, (peccatum enim quidpiam in exordio
Diplomatis verborumque apicibus arguebant)
protinus per Illustrissimos Nuntium, & Oratorem Venetum significandum ipsis curavimus
nos simulatque Mandata Osnabruga commu-
tata fuissent in novam Mandatorum nostrorum
formulam consensuros, modo illi sua in præcipuo capite vitiosa quoque curarent : denique
licet jam multa prætulissemus, evenerunt tamen a non invitis Illustrissimi Mediatores ut
dum in sextum jam mensem producitur debita
Osnabruga commutatio, hic nihilo secius utriusque Partis Mandata ex compacto emendaren-
tur, alia a Principibus utrinque nostris accer-
serentur. Hoc unum stipulabamur æquissime
ut quæ tandem Monasterii Diplomatis Procuratorii formula ad Imperiales pertineret, resque eadem iisdem verbis concepta Osnabruga
placeret, admittereturque, cum utrobique par
agendi ratio, tempusque præscripta sint. Nonnihil de jure nostro & Fœderatorum remisisse &
merito quidem existimabamus ; nam ut Sueci
a nobis dissenserunt, quamvis cur dissentirent
graves essent causæ & præteriri hoc pacto viderentur. Id postquam impetratum est, consul-
tant Cæsariani, Monasterienses & Osnabru-
genses, medio inter utramque urbem loco bene
longo tempore (ne scilicet nesciremus illos deliberato omnem promovendæ Pacis abjecisse rationem) oblatam occasionem seu conditionem sibi
minime placere pronuntiant : quod ipsis porro
placiturum si non assequimur. Cæterum hæc
quæ neque a nobis debebantur, neque ab aliis
exigi poterant, ultro a Rege concessa sunt studio
Pacis, cujus apud se potiora esse jura voluit
quam ipsius Tractatus Præliminaris & rerum
judicatarum. Quæcumque autem illa fuerint
argumenta quibus procuratorii nostri Mandati
formulam reprobare vel authoritatem elevare
conantur adversarii, ea quantumvis futiles ac
viles causæ tantum afferebantur ; sed uno verbo diluimus : etenim cum nobis facta sit potestas faciendi satis ipsorum postulatis, certe
voluntas non deest, atque ut congrediamur
nulla erit mora ; omnes formulæ, clausulæ,
cautiones, conceptâ verba vel ad fastidium
Prætoris adhibeamur, omnia quæ vel levissi-
mam in animis suspiciosorum hominum umbram
excitare possunt, expungantur : procedat modo
tantopere ab omnibus (utinam non a quibusdam in speciem tantum) exoptata Pacis Tractatio. Sed neque cessatum est a Suecis aut
quidpiam prætermissum quo possent Imperiales*
ad

font les moyens de commencer le grand ouvrage de la Paix & de le terminer : nous y
aporterons toutes les facilitez imaginables ; nous
ne refusons pas même des conditions desavan-
tageuses : nous avons déja fait l'échange de nos
Pleinspouvoirs avec ceux de l'autre parti, c'est
par où il falloit commencer, conformément
aux Conventions Préliminaires; la même cérémonie devoit se faire en même tems à Osnabrug ; cependant les Impériaux n'en firent rien :
pour nous, nous n'avons fait, nous n'avons pas
reculé, depeur que s'arrêtant dès l'entrée on ne
trouvât trop de prétextes de perdre le tems :
ils trouvérent à redire à quelque chose dans le
prélude de nos Pleinspouvoirs, aussitôt nous
leur fîmes déclarer par le Nonce & l'Ambassadeur de Venise, qu'aussitôt que les Pleins-
pouvoirs seroient échangez à Osnabrug, nous
consentirions à changer la formule des nôtres,
pourvû qu'ils en fissent autant des leurs où il y
avoit des fautes capitales : enfin quelques a-
vances que nous eussions faites, on n'a pas encore fait depuis six mois cette échange qui se
doit faire à Osnabrug, quelque loin que se soient
donné les Médiateurs ; tout ce qu'on a pu obtenir c'est, que l'on corrigeroit ici les Pleins-
pouvoirs des deux partis, & qu'on en demanderoit d'autres de part & d'autre à nos Maîtres.
Nous ne demandions autre chose, ainsi que de
raison, sinon que l'on agréât à Osnabrug la même chose exprimée en mêmes termes, aussitôt
que l'on auroit réglé à Munster le formulaire
des Pleinspouvoirs en ce qui concernoit les Imperiaux, puisque l'on devoit agir de même &
dans le même tems dans les deux endroits. Il
semble que nous avions droit de croire que
nous avions beaucoup sacrifié de nos droits &
de ceux de nos Alliez ; car comme les Suedois
ont été d'autre sentiment que nous, quoiqu'ils
eussent de justes raisons, on n'a pas voulu s'arrê-
tons pas. Après que ceci fut accordé, les Imperiaux de Munster & d'Osnabrug déliberé-
rent longtems sur le choix d'une Place entre ces
deux Villes ; mais ce n'étoit que pour ne nous
pas laisser entrevoir qu'ils rejettoient tous les
moyens de faire la Paix ; bien loin ils déclarent
que cette condition ne leur plaisoit pas, mais
ils ne nous disent pas ce qui pourroit leur plaire.
Cependant le Roi a accordé ce qu'on ne pouvoit
pas exiger de nous ni demander aux autres, ani-
mée que Sa Majesté étoit par un desir sincere
de rétablir la Paix, dont il préféroit les droits à
ceux du Traité Préliminaire, & de ce qui a-
voit déja été réglé. Quels qu'ayent été les
motifs qu'ils ont eus de rejetter la formule de nos
Pleinspouvoirs, & d'en mettre en doute l'autorité, ils n'en ont allégué que de vaines & futiles raisons, que nous avons réfutées d'un seul
mot : car aussitôt qu'il nous a été permis de
satisfaire à leurs demandes, nous avons fait voir
que la volonté ne nous manquoit pas, & nous
n'aporterons aucun obstacle à ce que l'on s'assemble au plutôt ; que l'on propose toutes les
formules, les clauses, les précautions, les
termes que l'on voudra, que l'on efface tout ce
qui pourra faire la moindre peine à ces' esprits
soupçonneux, nous y consentons, pourvû que
tous concourent sérieusement (& plût au Ciel
que quelques-uns ne feignissent pas) à la Négociation de cette Paix si désirée. Les Suédois
ne se sont oposez à rien, ils n'ont même rien
oublié de tout ce qui pouvoit engager les Im-
pé-

1644.

1644. *ad constituendum tandem negotii initium permoveri : causantur isti illatum Mediatori Bellum , amoto Mediatore capita conferre nolle : at reponunt ea Fœderati nostri qua nulla arte, nulla unquam ingenii solertia satis apte eluserit ; primum se Mediatorem Venetum accepturos profitentur , quo quid commodius dici ab illis sterive , quid durius ab adversariis repudiari possit non videmus : hic Serenissima Reipublicæ fidem & æquitatem , Legati peritiam dignitatemque præjudicare non est consilium ; neque ea in dubium vocantur a Cæsarianis ; jugulum causa petimus. Quænam ista prudentia est Monasterii Veneta interpositione uti velle , nolle Osnabrugæ , cum etiam uterque Conventus pro uno eodemque ex pactis censeatur ? Numquid pro locorum varietate sentiet Venetus ? Num aliud stans , aliud sedens loquetur ? Offerunt se secundo loco Mediationi vestræ , Celsissimi Imperii Principes , in quo quid prius miremur incertum , vel Suecorum fiduciam qui ab alienis , vel Cæsarianorum diffidentiam cum vestra injuria conjunctam qui ne quidem a suis æquitatem expectent. Postremo si neutra Imperatori Mediatio placeat , parati sunt nihilominus nullo nec interprete nec sequestro congressum instituere , remque amice coram & in omnibus componere. Hæc omnia contrahendæ Tractationis media , cum liberaliter, sincere publiceque a Suecis oblata sint, subit omnes mirari & merito qui fiat ut nulla æquissimarum conditionum accepta sit , repudientur cuncta ac ne audiantur quidem , qui Osnabruga sient Cæsaris Plenipotentiarii (hos libenter interrogatos vellemus) cujus tandem negotii causa illic hæreant : nihil certe dicent quod ad rem faciat vel minime in illam viam ingredi qua ad Pacem eatur : ipsis sane & Imperialibus Commissariis ad Comitia Francofurtensia optime convenit ; illorum quippe altum silentium cum dicenda est sententia super oblatis Mediationis conditionibus , horum oratio & grandes iræ eo plane tendunt ut omnem non modo Pacem sed & spem Pacis explodant. Nos minimo negotio criminationes istas refellemus , quibus male accepti Regia erga vos benevolentia & officiosissima invitationis præmium retulimus , etiam si non omni contumeliarum sensu hujusmodi carceremus , easque nos neque Reipublica condonatas vellemus , perfacilis erat accusationis in nos institutæ depulsio ; ut tam sua se res habeat , ut nihil apud nos sit obstricatione utilius , nihil pace gratius ac charius ; sane silentio nostro redimere præstat , quam acri responsione iis ipsis gratam nova litis materiam præbere , per quos nullus tandem altercandi sinis esset. Monemur exemplo præ cunctis Regis, cujus in sacram Christianissimamque Majestatem tum parum quoque & reverenter & parum Christiane dixerint , maluit ille magnifice contemnere , quam Dignitatis sua Clementiaque oblivisci ; neque vero ullum esse arbitramur qui quod obduramus modestiam hanc nostram infirmitati deputet ; absolvunt nos ab ista suspicione quas Regi Deus Dominoque*

Том. I. *nostro*

périaux à entamer cette importante affaire : ceuxci se plaignent qu'on a déclaré la Guerre au Médiateur ; & que sans lui ils ne veulent pas se rendre au Congrès : mais nos Alliez répondent à ceci ce qu'aucun artifice , aucune subtilité ne peut éluder , savoir , qu'ils acceptent la Médiation de la République de Venise ; que pouvoient-ils dire ou faire de plus accommodant ? Que pouvoient faire nos adversaires de plus intraitable que de refuser cette offre ? Nous n'entreprendrons pas ici de mettre dans leur jour la bonne foi & l'équité de cette Sérénissime République, l'habileté & la dignité de son Ambassadeur : les Impériaux n'en doutent pas. Que veulent ils donc ? Quelle finesse y entendent-ils ? Ils veulent la Médiation des Vénitiens à Munster, ils ne la veulent pas à Osnabrug, quoique l'on soit convenu de ne considérer les deux Congrès que comme un seul. Est-ce que le Médiateur Vénitien changera de sentiment en changeant de lieu ? Changera-t-il de langage étant assis ou debout ? Ils vous ont choisis , très-hauts Princes de l'Empire , pour seconds Médiateurs. Qu'est-ce qui est en cela plus digne d'exciter notre étonnement , la confiance des Suédois qui n'attendent rien que d'équitable des étrangers mêmes , ou la défiance des Impériaux qui à votre honte craignent que les leurs mêmes ne leur rendent pas justice ? Enfin si l'Empereur ne veut accepter aucune de ces deux Médiations , ils sont prêts à entamer le Congrès sans le secours d'interpretes & de régler les choses ensemble à l'amiable. Voilà tous les moyens d'abréger la Négociation que les Suédois ont proposée genereusement , sincerement & publiquement : aussi c'est avec raison que chacun est surpris que l'on n'a accepté aucune de ces conditions équitables , qu'on les rejette toutes, qu'on ne veut pas même les écouter. Qu'on demande un peu aux Plénipotentiaires de l'Empereur qui sont à Osnabrug , pourquoi ils y restent ? Ils ne répondront certes rien de satisfaisant ; & pour certain ils ne prennent pas le chemin de la Paix ; ils s'accordent parfaitement avec les Commissaires Impériaux qui sont à la Diète de Francfort ; car le profond silence de ces derniers lorsqu'on leur demande leur avis sur la Médiation proposée, les discours & la colère des premiers ne tendent qu'à faire évanouir & la Paix & les espérances de la Paix. Pour nous , il nous seroit très-aisé de réfuter les calomnies que l'on a débitées contre nous pour toute récompense de la bienveillance du Roi à votre egard & de sa gracieuse invitation , si nous étions sensibles à de telles choses & si nous n'aimions mieux les sacrifier au bien public ; mais nous sommes persuadez , qu'il n'y a rien de moins utile que ces reproches & rien ne nous est plus cher & plus agréable que la Paix ; & il vaut mieux y frayer le chemin par notre modération & notre silence , que de leur fournir matière à quelque nouvelle dispute , puisque volontiers ils ne finiroient jamais leurs difficultez. Nous suivons fur tout à suivre l'Exemple du Roi : avec combien peu de respect pour Sa Majesté très-Chrétienne , avec combien peu de Réligion ont-ils mal parlé de sa personne sacrée? Il a mieux-aimé les mépriser génereusement que d'oublier ce qu'il devoit à sa Dignité & à sa Clémence ; & nous ne croyons pas qu'il y ait personne qui attribue à quelque foiblesse ces effets de notre modestie : les victoires que le Ciel accorde sans cesse à notre Roi, & qu'il a

Oo 2 *joute*

nostro victorias ad vetera fortunæ Gallicæ orna-
menta continenter addit, pretium videlicet
animi ad pacem veraciter comparati, ei nos
imprimis, velut Christianiſſimus Princeps,
imo ſingulariter uniceque uni curioſos incumbere
juſſit. Eſt profectò cur hanc mentem illuſtres-
que conatus Celſitudo veſtra pro virili juvet,
jubeatque ſuos ſe ibi Miniſtros quamocius mit-
tere & ſiſtere, ubi parati ſumus palam facere
ac conteſtari invictiſſimis rationibus & ipſis
factis Regem non modo Pacis eſſe percupidum,
ſed illius Pacis quæ ſit Germaniæ accommoda.
Quin etiam habemus in mandatis ut Procerum
Ordinumque Imperii non ſolum conſilio
(quanquam hoc maxime) verùm judicio quo-
que utamur, nihilque inſcii ipſorum Legatis de
rebus Germaniæ aut deliberemus aut ſtatuamus.
Non evocatur ad Conventicula ſeditioſa; per
Comitia Ratisbonæ nuper edita, per acceptam a
Cæſare tuti itineris fidem, per & Imperii Le-
ges cujus tantùm partes ſunt, licèt iis conſtium
hic ipſo Deo authore conſilium omnium Ordi-
num in eo ſedere, ſententiam dicere; iſto jure
ſuo ſi fuerint uſi factum ſibi eſſe injuriam ne-
mo conqueri niſi injuria poteſt. In ea tandem
tempora negotiaque incidimus, ut nunc pro-
fectò jure illo utendum ſit aut nunquam: huc
pertinet non Imperatoris ſed Imperii ſumptibus
bellum hactenus geſtum eſſe; nolentes volentes
in ſocietatem adſcitos Status; quidni itaque
& in conſultationem Pacis vocentur? Quidni
jure Societatis participes fiant Tranſactionis il-
lius cujus beneficio è tantis poſſint malis emer-
gere? Nam minimè id contendunt fœderati
Reges & Principes, atque imprimis Rex Chri-
tianiſſimus ut Imperatoris poteſtas & legitima
decora in dubium vocentur aut violentur, nec
Galli Proteſtantium vel Sueci Catholicorum
libertati ſtruunt inſidias, ſed utrique utroſque
eum in locum venire, turbas ſecundum funda-
mentalia jura Imperii æquabili ſine Ordineſque
temperamento fœliciſſime conſiſtere.
Studium hoc honeſtiſſimamque voluntatem à bonis
probatum iri non dubitamus, præſertim verò
Celſitudini veſtræ omnibuſque Germaniæ Prin-
cipibus verè Germanis. Cavendum autem ip-
ſis maxime ne tempora agendi deliberando con-
ſumant: in deligendis mittendiſque Legatis alii
alios circumſpectantes jamdiu ceſſamus, nego-
tium urget; videant etiam ne quorum pri-
mam vocem, exemplumque patienter magis
quam caute ſecuturi expectant, iis forte per
occultas artes præire non ſatis liceat, neve ali-
qui ſuis privatim commodis conſulant, Reipu-
blicæ ſecuri. Quod ſi laboranti Patriæ ſuccur-
rere minus velint aut poſſint, certe non inten-
dent generoſi conatibus vindicantium Liberta-
tem Publicam, & Orbi Chriſtiano Pacem re-
preſentare ſatagentium. Hunc nos diem ſpe
votoque percepimus, facturi ſedulo ut, nec
privatis Celſitudinis veſtræ, nec Germaniæ
totius rationibus parum commodaſſe videa-
mur. Dabantur Monaſterii Weſtphalorum
die quarta menſis Septembris anno milleſſi-
mo

joute aux anciens trophées du bonheur des
François, nous mettent à couvert de cette
crainte, c'eſt la récompenſe de nos ſinceres
diſpoſitions à la Paix, qui eſt la ſeule & unique
choſe que nous recommande ce Monarque très-
Chrétien. Que votre Alteſſe ne concourt-
elle donc à de ſi nobles efforts, à de ſi pieux
deſſeins? Que n'ordonne-t-elle à ſes Miniſtres
de ſe rendre au plutôt dans l'endroit où nous
ſommes prêts à faire voir & à démontrer par
des raiſons invincibles & par des faits, non ſeulement que le Roi deſire ardemment la Paix, mais
même qu'il la deſire telle qu'elle ſoit aux ſou-
haits de l'Allemagne. Nos ordres portent que
nous prenions ſur tout le Conſeil des Grands
& des Etats de l'Empire, & même que nous
ſuivions leur jugement, & que nous ne délibérions & ne ſtipulions rien qui concerne l'Allemagne ſans conſulter leurs Ambaſſadeurs.
Nous ne vous invitons pas à des Conventicules
ſéditieux; il eſt permis par la Diète aſſemblée
dernièrement à Ratisbonne, par les Saufſcon-
duits de l'Empereur, & par les Loix de l'Empire à tous ceux qui en ſont les Membres, de
ſe trouver dans ce Congrès aſſemblé ſous la
bénédiction de Dieu, d'y prendre place, d'y
dire leur avis : il n'y a perſonne qui puiſſe ſe
plaindre de ceux qui ſe ſerviront de leur droit
en cette occaſion, & dire avec raiſon qu'ils
leur font tort. L'état des affaires eſt tel à préſent que c'eſt le tems ou jamais d'uſer de ce
droit; puiſque c'eſt aux dépens de l'Empire &
non de l'Empereur qu'on a fait la Guerre juſqu'à préſent, & que les Etats ont été obligez
de gré ou de force à y prendre part : pourquoi
donc ne les conſultera-t-on pas quand il s'agit
de faire la Paix ? Pourquoi n'auroient-ils pas
droit de prendre part au Traité qui met fin à
tant de maux? Les Rois & Princes confédérez
& ſur tout le Roi très-Chrétien ne prétendent
pas que l'on révoque en doute ou qu'on viole en
aucune manière la puiſſance, & les droits de
l'Empereur; les François ne dreſſent point
d'embuches à la liberté des Proteſtans, ni les
Suédois à celle des Catholiques; les uns & les autres demandent ſeulement que l'on ſe rende ici
pour y mettre fin aux troubles en établiſſant
un juſte temperament entre l'Empereur & les
Etats de l'Empire ſuivant les Loix fondamentales
du même Empire. Nous ne doutons pas que
les gens de bien ne ſoient perſuadez que c'eſt là
le but où ils tendent; c'eſt ſur tout ce que
nous penſons de votre Alteſſe & de tous les
Princes d'Allemagne. Ils doivent ſur tout prendre
garde de ne pas perdre en délibérations le tems
qu'ils devroient employer à agir : nous reſtons
à rien faire, pendant que l'un conſidère ce que
l'autre fait en choiſiſſant ou en envoyant ſes
Ambaſſadeurs; cependant l'affaire preſſe : prenez garde qu'en attendant que quelqu'un vous
donne l'exemple, vous ne vous voyiez adroitement prévenus, & qu'il ne s'en trouve qui ne
craignant rien pour la République ne ménagent
leurs intérêts particuliers. Si l'on manque de
volonté pour venir au ſecours de la patrie acca-
biée, on ne répond pas aux généreux efforts
de ceux qui ne travaillent que pour ſa liberté,
& pour rendre la Paix à toute la Chrétienté.
Nous attendons & nous ſouhaitons le jour, où
nous pourrons faire voir combien nous avons à
cœur les intérêts particuliers de Votre Alteſſe
& ceux de toute l'Allemagne. A Munſter en
Weſtphalie le quatrième de Septembre de l'an
mille

1644. *mo fexcentefimo quadragefimo quarto. Sic fignatum*

mille fix cens quarante-quatre. Etoit figné 1644.

Celfitudini veftræ ad'officia paratiffimi

CLAUD. DE MESMES.
AB. SERVIEN.

Prêts à fervir Votre Alteffe

CLAUD. DE MESMES.
AB. SERVIEN.

N A R R É

De ce qui s'eft paffé en la délivrance des Pouvoirs des Plénipotentiaires de France, de l'Empereur, & du Roi d'Espagne; & auffi fur le fujet des Lettres des Plénipotentiaires de France à tous les Princes & Etats de l'Empire pour envoyer leurs Députez à la Conférence à Munfter à celle fin d'y délibérer de la Paix depuis le 17. Mars mil fix cens quarante-quatre jufques au vingt Novembre enfuivant & par ainfi en huit mois.

Die decimâ feptimâ Martii anni millefimi fexcentefimi quadragefimi quarti Dominus Claudius de Mefmes Comes d'Avaux Legatus Galliæ Plenipotentiarius Monafterium Weftphallorum appulit cum Ludovico a Peirera de Caftro Portugaliæ Legato & Jofepho Fontenella Cataloniæ Refidente : ad Leucæ quadrantem obviam facti Cæfareæ, Hifpanicæ & Venetæ Legationum Secretarii fuorumque Principalium nomine de profpero adventu Comiti Avauxio gratulati, eum deinde in fuis rhedis ad ædes ufque fequuti fuere communi incolarum lætitiâ ac acclamatione comitante.

Aderant tum Monafterii Joannet-Ludovicus Comes Naffoviæ & Katzenelebogen, & Ifaacus Wolmar fuperioris Auftriæ Partis Præfes : Dom Didacus Saavedra, Comes Wolterus Zapata qui poftea fecundâ Aprilis debitum naturæ perfolvit; & Antonius le Brun Regis Catholici Plenipotentiarii : Aloifius Contarini Venetæ Reipublicæ Legatus & Mediator.

Die ejufdem Menfis decimâ nonâ Fabius Chigius Neritonenfis Epifcopus Pontificii Maximi Legatus alter Mediator pervenit, cui ad teftandum propenfum animorum affectum cuncti Plenipotentiariorum Secretarii fe fe obtulerunt, Hifpanis exceptis, qui ne Gallis cedere cogerentur domi manferunt.

Dominus Servien Rochanus Comes Galliæ Legatorum alter, adverfæ valetudinis caufâ Hagæ morabatur, idque Imperialibus ac Hifpanis qui jam antea Franciam Pacis non concupitæ, detentæ Legationis & protracti Tractatus arguebant, majoris calumniæ præbuit anfam; Servienti invalefudinem necabant, fed detineri diffoluat ut ejus abfentia primus tractandæ Pacis obex exifteret; Avauxium non ut tractaret acceffiffe, fed ut Orbi pacis cupidæ fatisfaceret : non tamen diu invaluit rumor; quamprimum enim Servientus convaluit, itineri fe accinxit, & in publicâ Pacis univerfalis palæftrâ die quintâ Aprilis comparuit, non minor, ne dicam major, Athleta futurus, etiamfi tardior, eifdem honoribus quibus Collega receptus.

Inde cum tempus negotiis oportunum cenferetur, Mediatores Tractatum promovere cœperunt, atque ut ad

---

LE dix-feptiéme Mars de l'année mil-fix-cens-quarante-quatre Meffire Claude de Mefmes Comte d'Avaux Ambaffadeur Plenipotentiaire de France arriva à Munfter en Weftphalie avec Mr. Louis Peirera de Caftro Ambaffadeur de Portugal, & Mr. Jofeph Fontenella Réfident de Catalogne : les Secretaires d'Ambaffade de l'Empereur, de l'Efpagne & de Venife furent à la rencontre du Comte d'Avaux à un quart de lieuë de la Ville & le complimentérent au nom de leurs Maîtres fur fon heureufe arrivée ; ils le fuivirent enfuite dans leurs Caroffes jufqu'à fon hôtel aux acclamations de toute la Ville.

Alors étoient à Munfter Jean-Louis Comte de Naffau & de Catzenelebogen & Ifaac Wolmar Préfident de la Haute Autriche : Dom Diegue Saavedra, le Comte Gautier Zapata qui mourut le 2. Avril & Antoine le Brun étoient les Plénipotentiaires du Roi Catholique : Louis Contarini Ambaffadeur de la République de Venife, & Médiateur.

Le 19. du même mois arriva Mr. Fabio Chigi Evêque de Nardo Légat du St. Siége & fecond Médiateur; les Secretaires de tous les Ambaffadeurs, à l'exception de celui d'Efpagne qui craignoit d'être obligé de céder le pas à celui de France, furent à fa rencontre pour lui témoigner les difpofitions pacifiques où ils étoient tous.

Mr. Servien Comte de la Roche fecond Plénipotentiaire de France étoit retenu à la Haye par la maladie, ce qui donna tout de nouveau occafion aux Impériaux & aux Efpagnols de fe déchaîner contre la France, qu'ils avoient déja accufée de ne pas rechercher la Paix, & de faire vainer la négociation en n'envoyant pas fes Ambaffadeurs : Ils foutenoient que Mr. Servien n'étoit pas malade, que ce n'étoit qu'un prétexte afin que fon abfence retardât la négociation, ils difoient de plus que le Comte d'Avaux n'étoit pas venu pour traiter, mais feulement pour faire croire à tout l'Univers que la France n'avoit rien tant à cœur que de répondre aux vœux des Nations pour la Paix. Ces faux bruits cefférent bientôt; Mr. Servien fe rétablit, fe mit d'abord en chemin, & le cinq Avril il parut dans le lieu deftiné au Congrès, où il devoit faire le perfonnage le plus important, & quoiqu'il fût venu le dernier, il fut reçu avec les mêmes cérémonies que fon Collégue.

Enfin lorfqu'on jugea à propos d'ouvrir les Conférences, les Médiateurs mirent la main à l'œuvre,

Oo 3

ad Dei Optimi Maximi gloriam & Christianitatis universalis quietem fœliciter auspicaretur, publicam processionem venerabili Eucharistiæ sacramento instituerunt quam hoc ordine Legati sequebantur ; Nuntius post Gremiale : Ad ejus dextrum latus Comes de Nassaw : Ad sinistrum Avauxius incedebant : deinde Wolmarius & Servientus secundum ordinem occupabant. Processione factâ Episcopus Missam sancti Spiritûs celebravit, iisdem præsentibus Legatis cunctisque indigenis plaudentibus, qui diuturni Germanici Belli miseras calamitates experti suavissimæ Pacis desiderio ardent.

Ex tempore tantopere expetita exordium sumpsit Tractatio, non simul Plenipotentiariis congregatis ; Galliæ enim & Hispaniæ Legatorum circa præcedentiam dissidium id non permisit, nam & si Galli potentissimo jure nitantur, solent tamen Hispani concurrentiam evitare : fuit idcirco conventum ut Partes cum Mediatoribus vivâ voce & si oporteret in scriptis agerent, & iis oppositas difficultates utrinque communicarent. De Plenipotentiariorum legitimatione agendum imprimis visum fuit, ne post Pacis conclusionem ob concludendum potestatis defectum ejus validitas impugnaretur; Cæsarei, Galli, Hispani illas Mediatoribus tradidere de earum validitate tractare satagentes, & omnia quæ delenda, addenda, emendanda judicabant in adversarum Partium Mandatis ad marginem adscripserunt.

Galli contra Imperialium Plenipotentiam opponebant :

I. Cæsarem Ducis Burgundiæ titulum non jure assumere.

II. Ejus Plenipotentiariis Legatorum qualitatem non concessam, quæ si Legatorum honoribus accipi velint, expressâ requirebatur.

III. Illis facultatem cum Galliæ Confœderatis & adhærentibus transigendi non tribui.

IV. Eorum potestatem ad media Pacis limitari, non ad ipsius conclusionem extendi.

Deinde contra Legatorum Hispanorum Mandata admotabant :

I. Ab eorum Proœmio Regis Navarræ, Lusitaniæ, Comitisque Barcinonæ titulos esse delendos; Regis Navarræ, qua nullum ad Imperium illud jus Rex Catholicus habet ; Lusitaniæ quidem Rex Christianissimus Dominum Joannem quartum mutuo amicitiæ vinculo charum eo titulo suit amplexus, missique sunt & accepti utrinque Legati; Comitis Barcinonæ, nam Catalaunia unanimi Statuum consensu Ludovicum decimum tertium gloriosissimæ memoriæ Comitem Barcinonensem salutavit, quo facto antiqui Coronæ Galliæ circa Catalauniam dominium juribus accessit demum possessio ; circa hanc tamen difficultatem Gallici Legati protestatione quadam contentos se fore spondebant.

II. Verbailla, cum beneplacito del serenissimo Emperador esse auferenda, hæcque imponenda, eorum quorum interest consensu; neque hæc admittenda, en todo lo que se me hapedido, qua Regem Castella ad Pacis tractationem motum precibus descendisse insinuant, quod veritati haud est consentaneum.

III. Uni-

---

l'œuvre, & afin d'obtenir du Tout-puissant une Paix qui fût à sa gloire & pour le repos de la Chrétienté ils ordonnérent une procession du St. Sacrement que les Ambassadeurs suivirent dans cet ordre ; immediatement derriére le Dais le Nonce du Pape qui avoit à sa droite le Comte de Nassaw & à sa gauche le Comte d'Avaux : après ceux-ci marchoient au second rang Mrs. Wolmar & Servien. Après la Procession l'Evêque célébra la Messe du St. Esprit à laquelle assistérent les mêmes Ambassadeurs & tous les habitans, qui ayant eu part aux calamitez de cette longue Guerre qui avoit épuisé l'Allemagne, demandoient la Paix au Ciel par des priéres ardentes.

Enfin la negociation si longtems desirée commença, quoique tous les Plénipotentiaires ne pussent se trouver ensemble à cause de la dispute continuelle qui est entre ceux de France & d'Espagne sur la préséance ; car quelque bien fondées que paroissent les prétentions de la France, les Espagnols ont soin d'éviter la concurrence : c'est pourquoi l'on convint que les Parties traiteroient de vive voix, même par écrit s'il le falloit, avec les Médiateurs qui communiqueroient ensuite les dificultez aux uns & aux autres. On commença par la légitimation des Pleins-pouvoirs, afin que lorsqu'on seroit sur le point de conclure, on ne pût revoquer en doute leur validité & aléguer quelque défaut de pouvoir pour la conclusion; les Impériaux, les François, & les Espagnols remirent les leurs entre les mains des Médiateurs & tâchérent d'en prouver la validité ; tout ce que les uns trouvoient dans ceux des autres qui devoit être ajouté, retranché, ou changé, ils le marquoient à la marge.

Les François disoient par raport aux Pleins-pouvoirs des Impériaux :

I. Que l'Empereur n'avoit pas droit de prendre le titre de Duc de Bourgogne.

II. Qu'on ne leur donnoit pas la qualité d'Ambassadeurs dans leurs Pleins-pouvoirs & qu'elle devoit néanmoins y être exprimée s'ils vouloient être traitez comme tels.

III. Qu'on ne leur donnoit pas le pouvoir de conclure avec les Alliez & les adhérans de la France.

IV. Que leurs Pleinspouvoirs n'étoient que pour les moyens de la Paix, & qu'ils ne s'étendoient pas jusqu'à la conclusion.

Ils remarquerent sur les Pouvoirs d'Espagne :

I. Qu'il falloit effacer du préambule les titres de Roi de Navarre & de Portugal, & celui de Comte de Barcelone; De Roi de Navarre, parce que le Roi Catholique n'y a aucun droit ; de Roi de Portugal, parceque le Roi très-Chrétien est d'une amitié étroite avec le Roi Jean IV. l'a reconnu en cette qualité & qu'ils se sont mutuellement envoyez des Ambassadeurs; de Comte de Barcelone, parceque les Catalans du consentement unanime des Etats de la Principauté ont reconnu Comte de Barcelone Louis XIII. de glorieuse mémoire, auquel acte on peut encore joindre les anciens droits de la France sur la Catalogne ; & la possession actuelle ; néanmoins les Plénipotentiaires de France promettoient de se contenter par raport à cette difficulté, d'une simple protestation.

II. Qu'il faloit retrancher les mots cum beneplacito del serenissimo Imperador, & mettre en leur place, eorum quorum interest consensu : & qu'on ne pouvoit admettre les suivans, en todo lo que se me hapedido, qui insinuent que ce n'est qu'à force de priéres que l'on a engagé le Roi

de

1644.

III. Unicuique Hispanorum Commissariorum porrectum individuatim esse mandatum sic structum, ut quisque simul cum reliquis Collegis quorum nec nomina exprimuntur nec numerus definitur, agere teneatur; neutrique tribui facultatem ut durante aliorum absentiâ vel impedimento solus pacisci valeat; & ideo mansuram ad Tractatum oppugnandum viam, si ignotum aliquem Plenipotentiarium contractui non interfuisse ostendatur.

IV. Illorum Mandata conditionem inducere, ut Christianitati, Domuique Austriacæ consulant quæ pure & absolute concipi deberent; hæc verba in procemio non per modum conditionis vel in Instructions scribi potuisse, ne sumpto postea conditionis non adimpletæ prætextu Contractus invalidus diceretur.

V. Plenipotentiarios Catholici Regis Legatorum qualitate carere.

Cæsariani verò & Hispani has exceptiones contra Gallicam Plenipotentiam proposuere.

I. Nimis fastuosum procemium & verbis constans admodum adfectatis.

II. Solum ad tractandum de mediis quibus ad universalem Pacem tendi possit Regis Christianissimi Legatis dari facultatem, minime verò ad eam concludendam.

III. Mandatum Gallicum ad agendum simul cum Confœderatis modificari & restringi, ut nihil absque iis concludere liceat, quorum aliqui nominatim recensentur, verbi gratiâ Corona Suecica, Sabaudiæ Dux, Ordines Hollandiæ, Hessiæ Landgravius, reliqui sub generali Confœderatorum voce comprehenduntur.

IV. Integram Plenipotentiam sub nomine personæ & subscriptione Christianissimi Regis conceptam, eam tamen in pupillari ætate constitutam esse, nec Tutorum nec regii sanguinis Principum, nec Parlamenti auctoritatem commonstrari, & sine eâ nihil validum firmari posse, neque de Christianissimi Regis seu de Christianissimæ Reginæ Regentis voluntate constare, illamque non subscripsisse, sed subscribenti Secretario adfuisse asserebant.

Dum hæc agerentur, Franciæ Plenipotentiarii de moris Osnabrugensis Tractatûs certiores facti, confestim protestati fuere se nullatenus ad differendum descensuros, quin etiam Osnabrugis inter Cæsaris & Reginæ Sueciæ Legatos Mandata commutarentur; in Præliminariis enim Hamburgi $\frac{11}{21}$ Decembris anno millesimo sexcentesimo quadragesimo tertio pactum expresse fuit ut Monasteriensis & Osnabrugensis Congressus pro uno eodemque loco haberentur.

Interea Osnabrugis Imperiales Commissarii moras nectere, prætextus simulare studebant; nam Gallicum exercitum è Germaniâ motum, Suecum bello Danico implicatum cernentes, armis quàm Tractatibus oportunius tempus existimabant, bellum Dano Mediatori illatum & Osnabrugensium rerum mutationem causabantur, nec posse absque illo Mediatore agere qui communi Partium consensu fuerat designatus, neque illum Mediationis munus repudiaturum, quasi juste conjungi possent hostis & mediator: ostendebant amplius tum in præliminariis

de Castille à traiter de la Paix, ce qui est contraire à la vérité. 1644.

III. Que chaque Ministre Espagnol a des ordres dressez de telle maniére que chacun d'eux est obligé d'agir de concert avec le reste de ses Collégues, dont le nombre ni les noms ne sont pas exprimez; ensorte qu'aucun d'eux n'est autorisé à traiter seul pendant l'absence des autres; ce qui laisse une porte ouverte à ceux qui voudroient s'oposer au Traité, ils n'auroient qu'à faire voir qu'un des Plénipotentiaires inconnu n'a pas assisté au Traité.

IV. Que leurs ordres leur enjoignent de veiller aux intérêts de la Chrétienté & de la Maison d'Autriche, ce qui auroit dû être exprimé dans le préambule, & non pas être une des conditions de leurs instructions, puisqu'en prétextant qu'une pareille condition n'a pas été remplie, on pourra toûjours soutenir que le Traité n'est pas valide.

V. Que les Plénipotentiaires d'Espagne n'y avoient pas la qualité d'Ambassadeurs.

Les Impériaux & les Espagnols ont proposé les exceptions suivantes contre les Pleins-pouvoirs de France.

I. Que le Préambule est trop arrogant & conçu en termes trop recherchez.

II. Que les Plénipotentiaires de France n'y sont autorisez que pour traiter des moyens de faire la Paix universelle, mais non pas pour la conclure.

III. Le Pouvoir de la France est restraint à agir de concert avec ses Alliez, ensorte qu'il n'est pas permis de conclure rien sans eux, dont quelques-uns même sont nommez, la Couronne de Suéde, le Duc de Savoye, les Etats Généraux des Provinces-Unies, le Landgrave de Hesse, & les autres sont compris sous le terme général d'Alliez.

IV. Que tout le Pleinpouvoir est dressé au nom du Roi très-Chrétien, & signé par lui, quoiqu'il soit mineur, & qu'il n'est autorisé ni du seing des Tuteurs ni de celui des Princes du sang, ni de l'aprobation des Parlemens; sans quoi néanmoins on ne pouvoit être assuré de la volonté du Roi T. C. ou plutôt de celle de la Regente; puisqu'il ne paroît pas que la Reine Régente y ait part, puisqu'elle n'a point signé & qu'il est dit simplement qu'elle étoit présente à la signature du Secretaire.

Pendant que ceci se passoit, les Plénipotentiaires de France informez des obstacles que rencontroit le Traité d'Osnabrug, protestérent qu'ils n'entreroient pas en négociation que l'échange des Pleinspouvoirs n'eût été fait à Osnabrug entre les Plénipotentiaires de l'Empereur & ceux de la Reine de Suéde; puisque les Préliminaires de Hambourg du $\frac{11}{21}$ Décembre mille six cens quarante-trois portoient expressément que le Congrès de Munster & celui d'Osnabrug seroient considérez comme un seul & même Congrès.

Néanmoins les Impériaux cherchoient toute sorte de prétexte à Osnabrug pour trainer les choses en longueur, parce que voyant l'armée de France hors de l'Allemagne & celle de Suéde occupée contre le Dannemarck, ils s'imaginoient que la conjoncture étoit plus favorable aux armes qu'aux négociations: on rejettoit tous les délais sur la Guerre déclarée au Danois Médiateur, & sur le changement des affaires à Osnabrug; on disoit qu'on ne pouvoit traiter sans celui qui avoit été agréé pour Médiateur par les Parties, & ils disoient qu'il ne refuseroit pas l'office de Médiateur, comme si l'on pouvoit être en même tems ennemi & Médiateur: ils ajoutoient qu'il étoit bien vrai que les Préliminaires

riis non legi, ambos Congreſſus pari paſſu procede-
re debere; ſed pro uno eodemque habendos, quaſi
non idem hæc ſententia ſignificaret : tum etiam
Mandatorum legitimationem non partem ſed præ-
paratorium eſſe Tractatûs, quaſi de præparatoriis
& præparatis non idem judicium haberetur.

Sed cum Cæſarei in Mediationis defectu ſuæ
tergiverſationis propugnaculum habere viderentur,
idcirco illud ut evertrent auſpiciumque Congreſſus
Suevi facilitarent, tractationem propoſuerunt im-
mediatam: nulla enim Mediatio eſt de eſſentiâ Tra-
ctatûs; vel mediante Reipublicæ Venetianæ Orato-
re qui jam pridem ab utraque Parte fuerat appro-
batus, vel Imperii Statibus cooperantibus : quæ
omnia media a Cæſareanis Pacis oſoribus repudia-
ta fuere : quamobrem illi proteſtati ſunt niſi pro-
priam tractationem Imperatoris Commiſſarii ag-
grediantur, ſe tot mediis fruſtra tentatis in pa-
triam receſſuros, cujus declarationis ſcriptum bis
oblatum Imperiales accipere renuerunt,

Sic Monaſterii & Oſnabrugæ pendebat ne-
gotium, cum Gallici Legati decimâ quintâ Apri-
lis ad Electores, Principes, ac Status Imperii ac
Germaniæ Francofurti congregatos & ad eorum
ſingulos miſerunt Litteras; illos ad Monaſterienſe
Colloquium provocando: jus enim de Pace Bello vel
deliberandi non Imperatori tantùm ſed etiam Ele-
ctoribus, Principibus, & Ordinibus competit,
cum de ipſorum ſtatu & fortunis agatur. Qua
acriter ab Imperialibus ſunt accepta, quemad-
modum conſtat ex Commiſſariorum Cæſaris propo-
ſitione ad Francofurtenſem Diætam intimatâ &
inſinuatâ die Maii XXX & famoſo quodam li-
bello ſub titulo amico criticæ Admonitionis evul-
gato : dictas enim Litteras ad Principes Imperii
contra Imperium ſeditioſe movendos tendiſſe, ideo-
que Gallos deliquiſſe & Salvorum-conductuum ſe-
curitatem amiſiſſe contendebant; demum Chriſti-
aniſſimi Regis Epiſtola ad coſdem Electores, Princi-
pes, & Status die vigeſimâ Auguſti data eos ad
Monaſterienſem tractationem accerſens, prioreſque
Litteras habens cum alia eorundem Galliæ Le-
gatorum die quartâ Septembris miſſa, ſilentium
hujuſmodi rebus impoſuit.

Tum Dux Anguienius victorioſis copiis in Ger-
maniam irruebat, fuſo fugatoque Bavaro exerci-
tu præcipuo Imperii robore, per Rheni tractum
late dominabatur, inde Philippoburgum quàm-
plurimaſque Palatinatûs inferioris arces obſedit &
cepit: tum Torſtenſonius Sueciæ Militiæ præfectus
hæreditarias Provincias invadebat, quapropter
Imperatorii Commiſſarii fortunatum armorum ſuc-
ceſſum deſperantes, ad pacem denuo promovendam
ſtudia commutarunt.

Jam Daniæ defectus non obſtabat; nam cum
Daniæ Regis reſiſtentia ex Cæſaris nutu pende-
ret, cujus ille auxilia contra Suecum flagitabat,
ſimulatque Imperialium partibus fuit addictus li-
benter Mediationem deſerit, communicatis Oſ-
nabrugæ die . . . . Plenipotentiariis : adhuc
a Monaſterienſi negotio per plures dies ceſſatum eſt,
etſi Galliæ Legati apud Mediatores Tractatûs
progreſſum vehementer inſtarent, effectum tandem
ut

naires diſoient que les deux Congrès n'en feroient
qu'un, mais qu'il n'étoit pas dit qu'ils duſſent
avancer l'un & l'autre d'un pas égal, comme ſi
le ſens des termes ne le diſoit pas aſſez : outre
cela ils ajoutoient que la légitimation des Pleins-
pouvoirs ne fait point partie d'un Traité & que
ce n'en eſt tout au plus qu'un préparatif, comme ſi l'on ne devoit pas juger de même des préparatifs & des choſes préparées.

Comme il paroiſſoit que les Impériaux couvroient leurs délais d'un prétexte fondé ſur le
défaut de Médiateur, les Suédois propoſérent
de traiter immédiatement, afin de faciliter l'ouverture des Conférences & d'ôter ce prétexte
aux Impériaux, d'autant plus que la Médiation
n'eſt pas de l'eſſence d'un Traité; ou même
ſous la médiation de l'Ambaſſadeur de Veniſe
qui étoit déja agréable aux deux Parties; ou par
l'intervention des Etats de l'Empire : mais les
Impériaux, qui ne ſouhaitoient rien moins que
la Paix, rejettérent ces moyens; c'eſt pourquoi
les Suédois proteſtérent que ſi les Miniſtres de
l'Empereur n'entamoient au plutôt la négociation, ils reprendroient le chemin de Stockholm,
puiſque tous les moyens qu'ils propoſoient é-
toient rejettez; mais les Impériaux refuſérent cette
déclaration qui leur fut préſentée deux fois
par écrit.

Les affaires étoient dans cette ſituation à Munſter & à Oſnabrug lorſque les Ambaſſadeurs de
France écrivirent une Lettre datée du 15. A-
vril aux Electeurs, Princes & Etats de l'Empire aſſemblez à Francfort, & à chacun d'eux
en particulier pour les exhorter à envoyer au
Congrès de Munſter, puiſque les Electeurs, les
Princes & les Etats de l'Empire n'avoient pas
moins de droit que l'Empereur à délibérer de
la Paix & de la Guerre, ſur tout lorſqu'il y va
de leur fortune & de leurs Etats. Les Impériaux trouvérent fort à redire à cette démarche,
comme il paroît par la propoſition des Commiſſaires Impériaux intimée & inſinuée à la
Diète de Francfort le 30. Mai & par la publication d'un libelle fameux qui avoit pour titre
Communication d'une Remontrance critique à un
ami : en effet ils prétendoient que ces Lettres
tendoient à ſoulever les Princes de l'Empire
contre l'Empereur & qu'ainſi cette faute des
François les privoit de la ſureté des Sauſconduits: mais la Lettre que le Roi très-Chrétien
écrivit le 20. d'Août aux Electeurs, Princes &
Etats de l'Empire pour les inviter au Congrès
de Munſter, & qui contenoit, outre la premiére Lettre, une ſeconde des Ambaſſadeurs de
France du 4. Septembre, mit fin à cette querelle.

Alors le Duc d'Enguien entra en Allemagne
avec ſes troupes victorieuſes, & après avoir
défait & mis en fuite l'armée Bavaroiſe, qui
faiſoit la principale force de l'Empire, il fit des
courſes tout le long du Rhin; il aſſiégea & prit
Philisbourg & pluſieurs autres Places du Palatinat, pendant que Torſtenſon Général de l'armée Suédoiſe ſe jettoit d'un autre côté dans les
Païs héréditaires; alors les Miniſtres Impériaux
deſeſpérant du ſuccès de leurs armes revirent
enfin à des penſées plus pacifiques.

Le parti que le Roi de Dannemarck avoit
pris n'étoit plus un obſtacle ; car comme la
réſiſtance de ce Roi dépendoit du conſentement
de l'Empereur à qui il demandoit du ſecours
contre la Suéde, auſſitôt qu'il fut entré dans le
parti de l'Empereur, il renonça à la Médiation,
& en donna avis aux Ambaſſadeurs qui étoient
à Oſnabrug le . . . . . . Les affaires étoient reſ-
tées ſuſpenduës pendant pluſieurs jours à Munſter, & comme les Miniſtres de France preſſoient
les

ut de Mandatorum legitimatione ex professo agere-
tur, conventumque ut omnes Partium exceptiones
die decimâ nonâ Septembris Mediatoribus in scrip-
tis traderentur.

Conscriptæ traditæ utrinque sient exceptiones
prolixius explicatæ, quæ in Plenipotentiarum mar-
ginibus adnotabantur; Galli tamen circa primum
obicem, ob Cæsaris Regisque Catholici titulos Du-
cis Burgundiæ, Regis Navarræ, Portugalliæ,
Comitisque Barcinonæ protestationem, quam pri-
dem promiserant, exhibuere; ne scilicet titulorum
in Plenipotentiis expressio vel reticentia ullum jus
in perpetuum retinere vel minuere posset.

Ultimò post varias disceptationum & dissidiorum
ambages conclusum est quod ab unâ & alterâ parte
novarum Plenipotentiarum exemplaria qua forma
ad irrefragabilem Contractûs validitatem require-
bantur, Mediatoribus asserrentur & Plenipoten-
tiarii authentica Instrumenta iisdem verbis con-
cepta intra duos menses incipiendo a vigesima no-
nâ Novembris usque ad vigesimum Januarii proxi-
mi anni millesimi sexcentesimi quadragesimi quinti
ad futura sponderent : Interim priorum Manda-
torum vigore procederet tractatio novis Plenipo-
tentiis convalidanda ; postea istius scripturæ con-
cordiam componere firmioris securitatis ergò Me-
diatoribus placuit, eamque ab unius vel alterius
Partis Deputatis subscribi.

Hæc scriptura Gallis allata Regi Christianissimo
præjudicialis judicabatur in his verbis essendose
ultimamente aggiustate le Plenipotenze del Im-
peratore e delle due Corone : non, ut aliqui
opinabantur, quòd Gallici Legati Imperialium
præcedentiam insiciabantur,nec quòd Corona Gal-
lica cum Hispanicâ responeret concurrentiam, quæ
nullatenus Christianissimi Regis præcellentiæ offi-
ciebat, aloquin nec in scripto ambarum Partium
consensu, de quo inferius dicetur, neque a Cæsa-
reis fuissent approbata verba illa, nos Plenipo-
tentiarii delle loro Maestà, ubi Imperatoria &
Christianissima Majestas collectivo Majestatum
nomine demonstrantur, sed quia ibi Imperator &
suo & Dignitatis nomine, Reges verò Christia-
nissimus & Catholicus tantùm Coronarum excep-
tione designabantur : Gallici igitur Plenipotentia-
rii postulabant vel Coronam Imperialem cum dua-
bus Coronis,vel Cæsarem cum Galliæ & Hispaniæ
Regibus nominari.

Inter has difficultates pene almæ Pacis præclara
spes offuscabatur, tum Galli nubila pellentes hæc
suggesserunt, velut inter utrasque Partes de Ple-
nipotentiarum formulâ conventum esse diceretur,
vel in eadem sententiâ Partes supprimerentur :
neutrum tamen placuit : iterum urgebant illi,
siquidem de essentiâ Tractatus Concordiæ scriptura
non erat, ut nulla conficeretur, sed Plenipotentia-
rum fide innixus continuaretur Congressus, dum
quisque novi Mandati expeditionem brevissimam
sollicitaret, atque ad eundem finem protestabantur
novam Plenipotentiam intra mensem adven-
turam · interim ad incepti Tractatus progressum
paratissimos remanere, atque Mediatorum pru-
dentiæ committere, ut similem promissionem &
Tom. I. cau-

---

les Mediateurs de ne pas rester les bras croisez,
ils obtinrent enfin qu'on acheveroit la legitimation des Pleinspouvoirs, & l'on convint que
l'on remettroit par écrit toutes les exceptions entre les mains des Médiateurs le 19. de Septembre.

On coucha par écrit les exceptions que l'on
n'avoit qu'écrites à la marge des Pouvoirs, on
les amplia, & on les délivra ; & en même
tems les Ministres délivrérent leur Protestation
contre les titres que l'Empereur & le Roi Catholique prenoient de Ducs de Bourgogne,
Rois de Navarre & de Portugal, & Comtes
de Barcelone, afin que l'expression de ces titres
dans lesdits Pouvoirs ou la supression de quelques autres n'établissent aucun droit pour l'avenir.

Enfin après plusieurs discussions, on convint que de part & d'autre on délivreroit aux
Médiateurs de nouveaux Pouvoirs dans la forme requise pour rendre indisputable la validité des Traitez conclus en conséquence,
& que dans deux mois à compter du
29. Novembre jusqu'au 20. Janvier de l'année suivante mil six cens quarante-cinq on
remettroit entre les mains des Médiateurs les Instrumens authentiques des Pleinspouvoirs conçus
dans les mêmes termes : qu'en attendant on
traiteroit en vertu des premiers & que les nouveaux établiroient la validité de ce qui auroit
été négocié ; les Médiateurs trouvérent à propos, pour plus de sûreté, de coucher cette
Convention par écrit & de la faire signer aux
Ambassadeurs des deux Parties.

Lorsqu'on communiqua cet écrit aux Ministres de France, ils jugérent qu'il étoit préjudiciable au Roi très-Chrétien à cause des termes
essendose ultimamente aggiustate le Plenipotenze del
Imperatore e delle due Corone : non que les Ambassadeurs de France disputassent la préséance
aux Impériaux, comme quelques-uns l'ont cru,
ni que la Couronne de France refusât de se trouver en concurrence avec celle d'Espagne, puisqu'elle ne pouvoit faire aucun tort à la prééminence du Roi très-Chrétien,puisqu'autrement ils
ne se feroient pas trouvez ensemble, du consentement des deux Rois,dans l'écrit dont on parlera ci-après, & les Impériaux n'auroient pas a-
prouvé ces termes nos Pleinipotentiarii delle loro
Maestà qui renferment en même tems l'Empereur & le Roi très-Chrétien sous le nom de
Maestà, mais les François faisoient cette dificulté parce que l'Empereur étoit désigné par
son nom & par celui de sa Dignité, & les Rois
très-Chrétien & Catholique par l'expression simple de leurs Couronnes : c'est pourquoi ils demandoient ou que l'on mît la Couronne Impériale avec les deux Couronnes,
ou l'Empereur avec les Rois de France & d'Espagne.

Ces dificultez manquérent de couvrir la Paix
d'un nuage obscur, si les François ne l'eussent
dissipé, en proposant ou que l'on dît que l'on
étoit convenu entre les Parties du formulaire
des Pleinspouvoirs,ou que l'on n'exprimât point
le nom des Parties : mais l'on n'aprouva ni
l'un ni l'autre de ces expédiens. Comme il
n'est pas de l'essence d'un Traité de coucher par
écrit ce dont on est convenu, ils demandoient
que l'on ne fît aucun écrit, & que l'on continuât le Congrès sur la foi des Pleinspouvoirs ;
pendant que chacun sollicitoit avec ardeur l'envoi plutôt de nouveaux, & ils protestérent qu'a-
vant un mois ils auroient de nouveaux Pouvoirs,
& qu'en attendant ils étoient prêts de continuer
la Négociation, & qu'ils s'en remettoient à la
prudence des Médiateurs pour obtenir la même
pro-

1644.

*cautionem ab adversariis extorquerent. Cæsaria-
ni primæ sententiæ insistebant, cui refragari non
audebant Hispani quamvis Gallicam Protestationem
faterentur; omnes tandem modos quærere sunt
aggressi, inventumque ut bina constituantur scripta a Plenipotentiariis conscribenda, quorum primum Plenipotentiarum Imperatoris & Christianissimi Regis, secundum Deputatorum ambarum Coronarum concordiam, contineat; & ad vitanda
inter Gallos Hispanosque dissidia ex utriusque scripturæ exemplari duo conficiantur, & aliud a
Cæsareis aliud a Gallis firmetur: deinde secun-
dæ scripturæ aliud exemplum a Gallicis, aliud
ab Hispanis scriptum apud Mediatores deponatur:
inde legitimationis Mandatorum tractatio tot pridem difficultatibus implicata finem æquissimum a-
depta, unde potissimum Tractatum aggredi licebit: faxit Deus ut vel tandem Orbi Christiano
belli tenebris jam dudum obvoluto desideratæ Pacis
jubar illucescat.*

promesse de leurs adversaires. Les Impériaux persistérent dans leur premier sentiment, & les Espagnols n'osoient les contredire, quoiqu'ils aprouvassent la Protestation des François; on chercha tous les expédiens praticables, & enfin on s'arrêta à celui-ci, savoir que les Plénipotentiaires dresseroient deux écrits dont l'un contiendroit la convention pour les Pleinspouvoirs de l'Empereur & du Roi très-Chrétien & l'autre celle des Ambassadeurs des deux Couronnes, & pour éviter toute dispute entre les François & les Espagnols, on feroit deux Instrumens de leur Convention, dont les Impériaux garentiroient l'un & les François l'autre; que l'on feroit deux Instrumens du second écrit, dont l'un seroit signé par les Espagnols, & l'autre par les François, & qui seroient tous deux remis entre les mains des Médiateurs: c'est ainsi que finit la négociation de la légitimation des Pouvoirs qui avoit été remplie de tant de difficultez, ensorte qu'on pourra à présent entamer celle des Traitez même: fasse le Ciel qu'elle dissipe bientôt les tenebres qui couvrent la Chrétienté, & que la Paix en sorte brillante comme le Soleil.

1644.

Ecrit portant obligation de faire venir de part & d'autre les Pouvoirs en la forme dont on est convenu & pour autoriser ce qui se pourra faire pendant qu'ils viendront, le 20. du Mois de Novembre 1644.

ESsendo si aggiustate ultimamente di commun accordo, & sodisfattione le Plenipotenze tanto dell' Imperatore quanto del Rè Christianissimo, coll' intervento di Monsignore Nuntio Apostolico, e del Signore Ambasciatore di Venetia, con lasciarne copia firmata da ciascune delle Partii in mano de' due predetti Signori Médiatori perche la possino collationare con quella che si farà ritornare soscritta di nuovo.

Però noi Plenipotentiarii delle loro Maestà promettiamo che le dette Plenipotenze in authentica forma escrite di parola in parola come nelle sudette copie firmate, saranno qui entro nel termine di duei mesi della data presente; e accio che non resti ritardato il progresso di questi maneggi a beneficio del commun riposo & per avanzo del tempo che è tanto precioso in questo affare, habbiamo convenuto d'accordo che quello che potesse esser trattato e stabilito fra le Parti vaghia in virtù delle prime Plenipotenze che gia furono essibite nel Aprile passato in mani de' Mediatori; dovendo però il tutto remanere convalidato in vigore di questo atto sin'a tanto che ritorneranno delle Corti nel termine sudetto.

E piu basso è scritto; In fede di che habiamo fatto la presente di nostra propria mano nella Città di Munster a di ventesimo del mense Novembre l'anno sudetto 1644.

LEs Pleinspouvoirs ayant été derniérement ajustez d'un commun accord & à la satisfaction de l'Empereur & du Roi de France par la Mediation de Monsieur le Nonce Apostolique, & de l'Ambassadeur de Venise, aprés en avoir laissé la Copie signée de chacune des Parties entre les mains desdits Médiateurs pour la pouvoir collationer avec celle qu'on rendra signée de nouveau.

Pour cet effet nous Plénipotentiaires de leurs Majestez promettons que lesdits Pleinspouvoirs en forme authentique seront de mot à mot comme ceux des Copies signées, & qu'ils seront délivrez deux mois aprés la présente déclaration: & afin qu'il n'y ait point de retardement aux progrès des négociations, pour le bien & pour le repos commun, & pour gagner le tems qui est si précieux en cette affaire, nous avons convenu d'un commun accord, que tout ce qui pourroit être traité ou établi entre les deux Partis aura son effet en vertu des premiers Pleinspouvoirs qui ont été déja presentez ce mois d'Avril passé aux susdits Médiateurs, le tout devant être confirmé dans la suite en vertu des Pleinspouvoirs qui reviendront des deux Cours dans le tems susdit.

Il y avoit écrit plus bas: En foi dequoi nous avons fait la présente déclaration signée de notre main dans la Ville de Munster le 20. du mois de Novembre de l'année 1644.

Dans l'autre acte pour la France & l'Espagne au lieu de, *tanto dell' Imperatore quanto del Rè Christianissimo,* il y a *delle due Corone.*

POUVOIRS DES AMBASSADEURS DE FRANCE,

A Paris le 23. Septembre 1643. réformez à Munster ainsi qu'il s'ensuit l'an 1644. le 20. Novembre & la RATIFICATION par le Roi en sera délivrée le 20. Janvier 1645.

LOUIS par la grace de Dieu Roi de France & de Navarre à tous ceux qui ces présentes Lettres verront, salut. Entre tous les biens dont Dieu qui en est la source remplit les peuples,
ce

1644.

celui de la Paix étant le plus grand, les Rois & Princes Chrétiens, font d'autant plus obligez de la procurer à leurs Sujets, épargner leur fang, & faire ceffer tous les autres maux qui font inféparables de la Guerre : C'eft ce qui avoit porté le feu Roi Louis le Jufte de glorieufe mémoire, notre très-Honoré Seigneur & Pére, d'entendre aux ouvertures qui lui furent faites d'une Paix ; & bien qu'il foit décédé lorfque fon autorité étoit plus néceffaire, pour accomplir cette fainte intention, & que fa mort donnât fujet d'apréhender la continuation des Troubles de l'Europe, cette crainte a ceffé & on a bien efpéré du bien public lorfqu'on a vû la Régence de notre Royaume déférée à la Reine notre très-Honorée Dame & Mére dont la piété & les autres vrayment Royales font connuës d'un chacun. Or comme pour avifer aux moyens de la Paix générale & icelle conclure, traiter & arrêter, il eft néceffaire de commettre de notre part, quelques perfonnes d'éminente Dignité & capacité, fur l'efpérance de la fidélité & affection defquelles nous nous puiffions repofer d'une affaire de fi haute importance qui embraffe les intérêts de tant de Rois, Princes & Républiques;

Savoir faifons que pour les bonnes & grandes qualitez qui fe montrent aux perfonnes de notre très-cher & très-amé Coufin Henri d'Orléans, Duc de Longueville & d'Eftouteville, Prince & Comte Souverain de Neuf-Chatel, Comte de Dunois & de Tancarville, Connétable héréditaire de Normandie, Gouverneur & notre Lieutenant Général audit Pays, Capitaine de cent hommes d'armes de nos Ordonnances, & Chevalier de nos Ordres ; de notre très-cher & féal le Sr. Claude de Mefmes, Comte d'Avaux, Commandeur de nos Ordres, Sur-Intendant des Finances de France & l'un de nos Miniftres d'Etat; & de notre bien amé & féal le Sr. Abel Servien, Comte de la Roche-aux-Aubiers, Confeiller en tous nos Confeils, qui ont rendu de grands fervices au feu Roi notre très-Honoré Seigneur & Pére dedans & hors du Royaume, en qui nous avons une pleine & entière confiance.

Pour ces Caufes & autres bonnes & juftes confidérations à ce nous mouvans, de l'avis de la Reine Régente notre très-Honorée Dame & Mére, de notre très-cher & très-amé oncle le Duc d'Orléans, de notre très-cher & très-amé Coufin le Prince de Condé & de notre très-cher & très-amé Coufin le Cardinal Mazarin, de plufieurs Princes, Ducs, Pairs & Officiers de notre Couronne, & autres grands & nota-

bles perfonnages, nous avons iceux, Duc de Longueville, Comtes d'Avaux & de Servien, commis, ordonné, & député, commettons, ordonnons & députons par ces préfentes fignées de notre main, & leur avons donné plein & abfolu pouvoir, commiffion, & mandement fpécial de fe tranfporter en Allemagne en qualité de nos Ambaffadeurs Extraordinaires, & Plénipotentiaires pour la Paix générale & conférer en ladite Ville de Munfter avec les Plénipotentiaires de nos très-chers & très-amez fiére & oncle, l'Empereur des Romains & le Roi Catholique munis de Pouvoirs fuffifans, des moyens de terminer & pacifier les différends qui ont caufé la guerre jufqu'à préfent, en traiter & convenir enfemble, & fur iceux conclure une bonne & fure Paix : & de plus nous donnons plein & abfolu pouvoir auxdits Plénipotentiaires de traiter & conclure ladite Paix audit lieu, avec les Confédérez & adhérans defdits Empereur & Roi Catholique, de paffer tels Traitez & Actes qu'ils aviferont bon être, donner tels Paffeports & Saufconduits que befoin fera pour la fureté des affaires furvenant pour le fait dudit Traité, & généralement faire négocier, promettre, & accorder par nos dits Ambaffadeurs & Plénipotentiaires, ou l'un d'entr'eux en l'abfence ou maladie, ou autre empêchement de l'un d'iceux, tout ce qu'ils jugeront néceffaire pour ledit effet de la Paix générale & univerfelle, tout ainfi & avec la même autorité que nous-mêmes ferions & pourrions faire, fi nous y étions préfens en perfonne, quoiqu'il y ait chofe qui requît mandement plus fpécial qu'il n'eft contenu en ces préfentes. Promettant en foi & parole de Roi, & fous l'obligation & Hypothéque de tous nos Biens préfens & à venir, de tenir ferme & accomplir ce qui aura par eux été ainfi ftipulé, accordé, promis, & en faire expédier toutes Lettres de ratification, dans le tems qu'ils feront obligez de fe fournir : car tel eft notre plaifir, en témoin dequoi nous avons fait mettre notre Sceau à ces dites préfentes. Donné à Paris le 20. de Septembre l'an de grace 1643. de notre Regne le premier.

Signé

LOUIS.

Et fur le repli
Par le Roi, la Reine Régente fa mére :
DE LOMENIE.
Scellé du grand fceau de cire jaune fur double queuë.

POUVOIR DE LA PART DE L'EMPEREUR.

NOs Ferdinandus Tertius, Divinâ favente Clementiâ, Electus Romanorum Imperator, femper Auguftus &c. Univerfis & fingulis quorum intereft, aut quomodolibet intereffe poteft, notum teftatumque facimus, poft quàm ab aliquo tempore, primum inter Divum parentes noftrum fereniffimum ac potentiffimum Principem Dominum Ferdinandum fecundum, Romanorum Electum Imperatorem &c. piiffimâ ac glorioffimâ memoriæ ; Deinde inter nos fociosque noftros ab una parte, & fereniffimum quondam Principem Guftavum Adolphum Suecorum, Gothorum, Vandalorumque Regem, magnum Principem Finlandiæ, Ducem Eft-

TOM. I.

NOus Ferdinand III. par la grace de Dieu élu Empereur toûjours Augufte &c. Faifons favoir & témoignons à quiconque il appartiendra ou peut en quelque manière appartenir, qu'après que depuis quelque tems, premièrement entre feu notre Pére le fereniffime & très-puiffant Prince Ferdinand II Au Empereur des Romains de pieufe & glorieufe memoire, enfuite entre nous & nos Alliez d'une part & le fereniffime feu Prince Guftave Adolfe Roi des Suédois, Gots, & Vandales, Grand Prince de Finlande, Duc d'Eftonie & Carelie, Seigneur d'In-

Pp 2

Esthoniæ, & Careliæ Ingriæque Dominum &c. ac post ejus e vitâ discessum inter modernam serenissimam Principem, Dominam Christinam Suecorum Gothorum, Vandalorumque Reginam & Principem Hæreditariam, magnam Principem Finlandiæ, Ducissam Esthoniæ & Careliæ Ingriæque Dominam, ejusque Confœderatos at adhærentes ex alterâ parte, non sine multâ sanguinis profusione, & multarum Provinciarum Germaniæ desolatione armis satis vehementer sit decertatum: Nuper verò ad Tractatus super compositione ejusmodi motuum Osnabrugæ instituendos & concludendos ex Partium utrinque belligerentium conventione dies undecima proximi venturi Julii fuerit indicata, hinc nos ex nostrâ parte nihil eorum quæ ad promovendum & concludendum salutare negotium ullo modo pertinere possunt desiderari volentes, magnifico nec non honorabili docto nostris & sacri Imperii fidelibus Joanni Vichardo Comiti d'Aversberg, Libero Baroni Inschon, & Seisemberg, Ducatûs nostri Carnioliæ supremo Hæreditario Mareschallo & Camerario nostro, & Joanni Cran, Juris utriusque Licentiato Consiliariis nostris Imperialibus Aulicis plenam ac sufficientem potestatem tribuimus, prout hisce animo deliberato tribuimus, ad comparendum dicto loco congrediendumque nostro nomine per se vel per suos Subdelegatos cum iis quos serenissima dicta Regina, Regnumque Sueciæ ad hanc rem legittimis sufficientibusque Mandatis ac Plenipotentiâ instructos constituerit aut in posterum constituere poterit, Commissariis seu Plenipotentiariis, ad tractandum, agendum, & statuendum de viis mediis & conditionibus quibus propositus utrinque scopus, amicitiæ nimirum ac Pacis redintegratio, obtineri ac stabiliri possit.

Quidquid igitur dicti Commissarii nostri cum adversæ Partis Consiliariis seu Commissariis vel eorum Subdelegatis ad hunc finem per se, sive per suos Subdelegatos tractaverint, egerint, & statuerint, id nos meliori modo ratum gratumque habituros, vigore harum, Imperiali, ac inviolabili fide promittimus: in quorum fidem roburque præsentes manu nostrâ subsignatas sigillo nostro Imperatorio confirmari jussimus.

Datum in Civitate nostrâ Viennæ die vigesimâ tertiâ mensis Junii anno millesimo sexcentesimo quadragesimo tertio, Regnorum nostrorum Romani septimo, Hungariæ decimo octavo Bohemiæ vero decimo sexto.

Sic signatum FERDINANDUS.

FERDINANDUS COMES CURTIUS:
Ad mandatum Cæsareæ Majestatis proprium.
J. VALDERODE.

d'Ingrie; & après sa mort la sérénissime Princesse Dame Christine Reine des Suédois, Gots & Vandales, Princesse héréditaire, grande Princesse de Finlande, Duchesse d'Estonie & Carelie, Dame d'Ingrie, & ses Alliez' & Confédérez d'autre part, il a été assez violemment combatu avec grande effusion de sang & désolation de plusieurs Provinces d'Allemagne : comme depuis peu le 11 de Juillet a été marqué d'un commun accord des deux partis qui étoient en guerre pour faire & pour conclure un Traité à Osnabrug pour accorder ces mouvemens. Nous pour cet effet voulant que de notre côté, il ne manque rien qu'on puisse souhaiter pour avancer & pour conclure une chose si salutaire nous donnons plein & suffisant Pouvoir par ces présentes au très-magnifique, honorable & savant, nos fidéles serviteurs du sacré Empire Jean Vichard Comte d'Aversberg, Libre Baron d'Inchon, & de Sisenberg, Grand Maréchal héréditaire du Duché de Carniole & notre Chambelan, & à Jean Cran Licentiéen Droit, nos Conseillers & de la Chambre Aulique, de comparoître audit lieu en notre nom en personne ou par leurs Subdéléguez, avec ceux que la susdite Reine de Suéde & le Royaume aura établis ou qu'elle pourra nommer à l'avenir Commissaires ou Plénipotentiaires munis de Pouvoirs suffisans pour traiter, agir, arrêter les voyes, les moyens, & les conditions, par lesquelles le but qu'on se propose de rétablir l'amitié & de parvenir au retour de la Paix, puisse être obtenu.

Tout se donc que nos Commissaires en personne ou leurs Subdéléguez auront traité, fait, & arrêté avec les Conseillers ou Commissaires ou bien avec les Subdéléguez de la Partie adverse, nous promettons en vertu de ces présentes sous notre parole Impériale & inviolable de le tenir pour agréable & de le confirmer en la meilleure maniére : en foi & vertu dequoi nous avons signé les présentes de notre propre main & nous avons commandé de les confirmer de notre Sceau Impérial.

Donné dans notre Ville de Vienne le 23. du du mois de Juin de l'année 1643. de nos Royaumes du Romain le 1. de Hongrie 18. de Boheme le 16.

Signé FERDINAND.

Plus bas

FERDINAND COMES CURTIUS:
Suivant le commandement de Sa Majesté Imperiale.
J. VALDERODE.

POUVOIR DE LA PART DE LA REINE DE SUEDE.

NOs Christina Dei gratiâ Suecorum, Gothorum, Vandalorumque designata Regina, & Princeps Hæreditaria, & magna Princeps Finlandiæ, Dux Esthoniæ, & Careliæ, Ingriæque Domina, &c. Universis & singulis quorum interest, aut quomodolibet interesse potest, notum testatumque facimus. Postquam ab aliquo tempore, primum inter Divum parentem nostrum serenissimum ac potentissimum Principem Gustavum Adolphum Suecorum, Gothorum, Vandalorumque Regem, Principem Finlandiæ Ducem Esthoviæ, & Careliæ, Ingriæque Dominum piissimæ & gloriosissimæ recordationis, deinde inter

NOus Christine par la grace Dieu désignée Reine de Suéde, des Gots, & Vandales, Princesse Héréditaire, grande Princesse de Finlande, Duchesse d'Estonie & Carelie & Dame d'Ingrie, &c. Faisons savoir & donnons à connoître à tous ceux à qui il appartient ou pourra appartenir en quelque manière que ce soit : Comme depuis quelque tems entre notre feu Pére le sérénissime & très-puissant Prince Gustave-Adolfe Roi de Suéde, des Gots, & Vandales, Prince de Finlande, Duc d'Estonie & Carelie, Seigneur d'Ingrie, de très-pieuse & très-glorieuse mémoire, après entre nous,

1644

ter nos Regnumque Sueciæ ac focios noftros. ab unâ parte , & ferenifimum quondam ac potentifimum Principem Dominum Ferdinandum fecundum , Romanorum Electum Imperatorem &c. ac poft ejus é vitâ difceffum inter modernum ejufdem nominis Sereniffimum ac potentiffimum Principem Ferdinandum III. itidem Romanorum Electum Imperatorem &c. ejufque Confæderatos & adhærentes ab alterâ parte, non fine multâ fanguinis profufione multarum Germaniæ Provinciarum defolatione armis fatis vehementer fit decertatum: Ipfa verò ratio flagitat ut de Pace & tranquillitate reftituendâ ac belli motibus fedandis cogitatio utrimque fufcipiatur. Nos ficuti hunc femper armorum noftrorum fcopum propofitum habuerimus,ita ne quid à parte noftrâ de fit quod ad tam falutare negotium apprehendendum, promovendumque pertinere ullo modo poterit , in mandatis propterea dedimus ac commifimus, ficuti & vigore horum damus in mandatis ac committimus, noftris Regnique fidelibus Illuftribus, Magnificis, & generofis nobis fincere dilectis Domino Joanni Oxenftierno noftro Regnique Sueciæ Senatori , & Cancellario , Confiliario , Libero Baroni in Kimiftio , Domino in Fyholm & Hornigsholm & Turgam; Domino Turoni Bilke , ibidem noftro Regnique Sueciæ Senatori, & Judicii fupremi Regii Affeffori , Libero Baroni in Saleftad , Domino in Forfeving ; & Domino Joanni Salvio , noftro Confiliario , fecretioris Aulæ Confiliario & hactenus in Germania Legato, hæreditario in Offubergii & Tulingen; iifque plenam ac tantæ rei fufficientem poteftatem tribuimus , ut cum iis quos Cæfarea Majeftas ad hunc rem legitimis ac fufficientibus Mandatis ac Plenipotentia inftructos conftituit aut conftituere poterit,Commiffariis vel ipfi vel per Subdelegatos fuos congrediantur , tractent, agant, & ftatuant de viis mediis ac conditionibus omnibus quibus propofitus utrimque fcopus , amicitiæ nimirum ac Pacis redintegratis, obtineri ac ftabiliri poffit.

Quidquid igitur dicti Legati noftri cum alterius Partis Commiffariis aut eorum Subdelegatis in hunc finem ,five per fe five per fuos Subdelegatos tractaverint, egerint & ftatuerint ,non obftante unius abfentia, morbo, aut alio gravi impedimento ,id nos meliori modo ratum gratumque habituros vigore harum, Regiâ ac inviolabili fide promittimus: Iis quorum fidem majorem ac certitudinem præfentes manibus Tutorum noftrorum fubfcriptas figillo noftro Regnique majori muniri juffimus. Datum in Regiâ noftrâ Stockholmenfi die vigefima Augufti anno fupra milefimum fexcentefimo quadragefimo tertio.

1644

nous, le Royaume de Suéde & nos Alliez d'une part , & le féréniffime & très-puiffant Prince Ferdinand fecond élu Empereur des Romains &c. & après fa mort entre le préfent Ferdinand troifiéme féréniffime & très-puiffant Prince élu Empereur & les Confédérez & Alliez d'autre part , il a été affez violemment combatu avec grande effufion de fang & défolation de plufieurs Provinces d'Allemagne : La raifon demandant que l'on penfe de chaque côté à apaifer les troubles de la guerre & à rétablir la Paix & la tranquilité, comme cela a été toûjours le but que nous nous fommes propofé en faifant la guerre ; afin qu'il ne manque rien de notre côté de tout ce qui pourra contribuer en quelque manière à commencer & à avancer une affaire fi falutaire,nous avons ordonné & commis, comme nous ordonnons & commetons par ces préfentes, nos fidéles, Illuftres, Magnifiques , & Généreux nos très-chers & bien aimez le Sr. Jean Oxenftiern Sénateur de nous & de notre Royaume , Confeiller de la Chancellerie , Libre Baron de Kimift , Seigneur de Fyholm & Hornigsholm & Turgam; le Sr. Turon Bielke Sénateur de nous & de notre Royaume, Affeffeur de la Cour fuprême, Libre Baron de Saleftad, Seigneur de Forfeving; & le Sr. Jean Salvius notre Confeiller, & du Confeil fecret, notre Ambaffadeur jufques ici en Allemagne, Seigneur Héréditaire d'Offuberg & Tulingen, & nous leur donnons pleine & fuffifante puiffance pour une chofe de fi grande conféquence, afin qu'ils s'affemblent , traitent , agiffent , & arrêtent avec ceux que Sa Majefté Impériale aura établis ou pourra établir pour cette affaire , en leurs perfonnes ou celles de leurs Subdéléguez & qu'elle aura munis de légitimes & fuffifans Pouvoirs, des voyes , des moyens & de toutes les conditions par lefquelles le but qu'on fe propofe de rétablir l'amitié & de parvenir au retour de la Paix puiffe être obtenu.

Tout ce que donc nofdits Ambaffadeurs ou leurs Subdéléguez auront traité,fait & arrêté pour ce deffein avec les Commiffaires ou les Subdéléguez de la Partie adverfe, foit qu'il y en ait quelqu'un d'abfent, de malade , ou d'empêché ailleurs , nous promettons de le tenir pour agréable & de le ratifier en la meilleure forme en vertu des préfentes & fur notre foi Royale & inviolable : En foi de quoi & pour plus grande affurance , les préfentes ont été fignées des mains de nos Tuteurs ,& nous avons commandé qu'elles fuffent cachetées de notre Seau & du grand Seau du Royaume. Donné dans notre Ville Royale de Stockholm le 20. du mois d'Août de l'année 1643.

Sequntur figna.

Suivent les Signatures.

MATHIAS SCOPP. loco R. S. Archidapifer.

JACOBUS DE LA GARDIE Regni Sueciæ Marefcallus.

CAROLUS GULDERHIELM. R.S. Admiraldus.

AXELIUS GULDERHIELM R. S. Cancellarius.

GABRIEL OXENSTIERNA Liber Baro in Morbii Lindholm. R. S. Thefaurarius.

(Locus Sigilli)

MATHIAS SCOPP en la place du Grand Maréchal du Royaume de Suéde.

JAQUES DE LA GARDIE Maréchal du Royaume de Suéde.

CHARLES GULDERHIELM Amiral du Royaume de Suéde.

AXEL OXENSTIERN Chanceliér du Royaume de Suéde.

GABRIEL OXENSTIERN Libre Baron de Lindholm , Tréforier du Royaume de Suéde.

(La place du cachet.)

Poft

Pp 3

Après

Poſt ſigillum ſubſignatur
ANDREAS GILDENDAU R. S.
& inferius.

Hunc Apographum de verbo ad verbum concordare , cum ſuo autographo propriâ manu meâ teſtor.

Sic ſignatur, MATHIAS MYLONIUS.
Regiæ Majeſtatis Sueciæ Legationis ad Tractatum Pacis Secretarius.

Après le cachet étoit ſigné
ANDRE' GUILDENDAU R. S.
& plus bas :

J'atteſte de ma propre mainque cette copie s'accorde mot pour mot avec ſon original.
Ainſi Signé : MATHIAS MYLON.
Secretaire de l'Ambaſſade de la Royale Majeſté de Suéde pour le Traité de Paix.

POUVOIR DU ROI D'ESPAGNE,

le 11. Juin 1643.

Réformé à Munſter le 20. du mois d'Octobre 1644.

DOn Philippe por la gracia di Dios Rey de Caſtilla, de Leon, d'Aragon, de las dos Sicilias, de Jeruſalem, de Portugal, de Navarra, de Granada, de Toledo, de Valencia, de Galicia, de Mallorca, de Sevilla, de Cerdeña, de Cordova, de Corcega, de Murcia, de Minorca, de Jaen, de los Algarbes, de Algezira, de Gibraltar, de las Iſlas de Canaria, de las Indias Orientales y Occidentales, Iſlas y Tierra firme del mar Occeano, Archiduque de Auſtria, Duque de Borgoña, de Brabante, de Milan, Conte de Habsbourg, de Flandres, Tyrol y Barcelona, Señor de Biſcaya, y de Molina &c. Haviendo ſido ſiempre mi mayor cuidado el bien y repoſo de la Chriſtiandad, y el dar a mis Reynos y Vaſſallos las felicidades que reſultan de la paz, no ha avido difficultades, que en quanto ha permitido el decoro Real, nos no ayamos contrapeſado con el beneficio comun, y las ayamos ſurmontado para que ceſſaſſen las calamidades de la Guerra que por tantos años a perturbado y affligido la Chriſtiandad y ſe vinieſſe effectivamente al Tratado y concluſion de una Paz general, honeſta, firme, y durable. Teniendo conſideracion a eſta que a es la principal obligacion de los Reies, y avien̄do ſeñalado de commun accuerdo la Ciudad de Munſter para el Congreſſo, y tratado de la Paz, he tenido por conveniente que Don Diego de Saavedra Faxardo Cavallero di Sant Jago, de mi Conſejo ſupremo de las Indias, tenga authoridad de Plenipotenciario mio para aſſiſtir al dicho Congreſſo con los Plenipotenciarios de nueſtro muy querido y amado Hermano, el Emperador Ferdinando III. y de los demas Principes que alli concurrieren. Por tanto attendiendo a la calidad, prudencia, intelligencia, y experiencia, y alas demas buenas partes que concurren en ſu perſona y al zelo, que ſiempre ha moſtrado per la quietud y por la paz para entender las propoſiciones de la Francia, proponer las nueſtras, y convenir, y aiuſtar las reſtituciones reciprocas de todo lo que ſe huviere occupado durante la guerra, ſiendo eſto muy conforme al derecho communs y al eſtilo ordinario entre los Principes Catholicos, como ſe obſervo en los Trattados de Cambreſs y de Vervins y ſe ha obſervado deſpues en todos lo que ſe han hecho en Europa, entendiendoſe
que

DOm Philippe par la grace de Dieu Roi de Caſtille, de Léon, d'Arragon, des deux Siciles, de Jéruſalem, de Portugal, de Navarre, de Grenade, de Toléde, de Valence, de Galice, de Majorque, de Seville, de Sardaigne, de Cordoue, de Corſe, de Murcie, de Minorque, de Jaen, des Algarbes, d'Algezira, de Gibraltar, des Iſles Canaries, des Indes Orientales & Occidentales, Iſles & Terre ferme de la Mer Océane, Archiduc d'Autriche, Duc de Bourgogne, de Brabant, de Milan, Comte de Habsbourg, de Flandres, de Tirol & de Barcelone, Seigneur de Biſcaye & de Molina &c. Mon plus grand ſoin ayant toûjours été pour le bien & pour la tranquilité de la Chrétienté, & pour faire jouir mes Royaumes & mes Sujets de tout le bonheur que procure la Paix, j'ai mis bas toutes les difficultez que l'honneur de ma Couronne pouvoit oppoſer, lorſque je les ai contrepeſées au bénéfice du commun pour faire ceſſer toutes les calamitez de la Guerre qui depuis tant d'années a troublé & affligé la Chrétienté, & pour qu'on vint effectivement à un Traité & à la concluſion d'une Paix générale, honnête, ferme & durable; conſidérant que c'eſt la principale obligation des Rois, la Ville de Munſter ayant été marquée d'un commun conſentement pour le Congrès & pour y traiter de la Paix, j'ai jugé à propos que Dom Diego di Saavedra Faxardo Chevalier de Saint Jaques, Conſeiller de mon Conſeil ſuprême des Indes, ſoit mon Plénipotentiaire pour ſe trouver audit Congrès, avec les Plénipotentiaires de notre très-cher & bien aimé Couſin l'Empereur Ferdinand troiſiéme, & de tous les autres Princes qui s'y trouveront, conſidérant & faiſant attention à la qualité, prudence, intelligence, & expérience, & à toutes les autres vertus qu'il poſſéde, & au zèle qu'il a toûjours fait paroître pour la tranquilité & le repos public ; pour entendre les propoſitions de la France, propoſer les nôtres, & pour ajuſter les reſtitutions qui ſe feront de part & d'autre de tout ce qui aura été occupé pendant la Guerre : il n'y a rien de plus conforme au Droit commun & au ſtile ordinaire entre les Princes Catholiques ; cela fut ainſi fait aux Traitez de Cambrai, de Vervins & la même choſe a été depuis pratiquée dans tous les Traitez, qui ont été faits depuis en Europe, bien entendu
que

1644.

que en las dichas restituciones sean compensados todos los daños, y perdidas de confiscaciones, con los rembolsos de interesses, recibidos, que dando las cosas en suprimir estado y en su fuerza y vigor todo lo contenido en los Tratados, Capitulaciones y Convenciones entre las dos Coronas; y en particular en el de Cambray, Crespy, Cambresy, Vervins, Monçon, y Ratisbona, sin perjuicio de qualquier Tratado particular que despues dellos huviere hecho su Majestad con otro Principe o Republica: renovandose la Neutralidad entre el Contado de Borgoña, y Tierras enclavadas en el Ducado de Borgoña y Pais de Bassigny en la forma que se han hecho las demas y en el termino que sera acordado: y restituiendo la Corona de Francia y reduciendo a su antiguo Estado las cosas pertenecientes al Cesar y al Imperio, a la Augustissima Casa de Austria, al Duque de Lorena, y a los demas Confederados, Aliados y Adherentes, que huviere occupado o posseido despues de la Paz de Ratisbona, y en quanto a las repressallas, y confiscationes de los Vassallos de la una y de la otra Corona, y al Commercio, union, y Amistad reciproca entre ellas contra sus Enemigos, y otras cosas semejantes, se pondran las clausulas ordinarias, y tam bien las de seguridad y firmeza de lo que se capitulare, en la forma que se hizo en los sobre dichos Tratados de Paz: y porque las Calamidades de la guerra, que en todas partes y por tantos annos padeo la Christiandad, con grave daño de la Religion Catholica piden promto remedio, y se tardaria o impediria si su Majestad propusiesse en este congresso todas las pretensiones, que tiene con la Corona de Francia y se viniessen a tratar, y definir con el, se le cometen en esta proposicion: Reservando los derechos de Su Majestad a salvo sinque por el Tratado que se hiziere pueda axelles perjuicio alguno.

1644.

que dans lesdites restitutions on fasse compensation de toutes les contributions, de tous les droits & de tous les intérêts reçus; les choses restant dans leur premier état, les Traitez, les Capitulations & les Conventions faites entre les deux Couronnes, conservant leur force & vigueur, particuliérement celui de Cambrai, de Crespi, Cateau-Cambresis, Vervins, Monçon, & de Ratisbonne, sans préjudice d'aucun Traité particulier que Sa Majesté aura fait depuis ceux-là avec un autre Prince ou République: il demande aussi que la Neutralité soit renouvelée entre le Comté de Bourgogne, & les terres enclavées dans le Comté, & le Duché de Bourgogne, Païs de Bassigni, dans la forme qui a été autrefois faite & dans le tems qui sera stipulé: la Couronne de France restituera & remettra les choses dans leur ancien état qui appartiennent à l'Empereur, à l'Empire, à l'Auguste Maison d'Autriche, au Duc de Lorraine, & à tous les autres Confédérez & Alliez & leurs Adherens, qu'elle aura occupé depuis la Paix de Ratisbonne: pour ce qui regarde les representfailles & la confiscation des Vassaux de l'une & de l'autre Couronne, & le Commerce, elles vivront dans une amitié réciproque entre elles contre leurs Ennemis: & pour les autres choses semblables on mettra les clauses ordinaires, comme aussi la sureté & la confirmation de tout ce qui se conclura, en la forme que l'on a pratiquée dans les susdits Traitez de Paix: & afin que les Calamitez, qu'apporte la Guerre en tant d'endroits & depuis tant d'années au grand dommage de la Chrétienté & de la Réligion Catholique, & qui demandent un promt reméde qu pourroit être retardé ou empêché, si Sa Majesté proposoit dans ce Congrès toutes les prétentions qu'elle a sur la Couronne de France, afin qu'on en traitât & qu'on y mît une fin, on les omet, se contentant des propositions susdites, & Sa Majesté se réservant ses droits afin que le Traité qui se fera ne lui porte aucun préjudice.

PROPOSITION

Faite aux Ambassadeurs de l'Empereur par ceux de Suéde pour parvenir à une Paix, le 26. Novembre 1644.

ILLUSTRISSIMI DOMINI.

Absolutis per Dei gratiam præparatoriis Pacis & Plenipotentiis hinc inde commutatis, cùm ipsa Pacis Negotiatio jam tandem inchoari debeat, post invocatum Divini Nominis auxilium, ut cuncta feliciter cedant; sed imprimis tam ad omnimodam Preliminariam consummationem quam actiuam principalem, tum debite fundandam tum majori cum facilitate maturandam necessario requiritur, ut sive per se sive per suos Mandatarios adsint Imperii Status, Electores, Principes, Civitates.

Sicut enim eâ præcipuè de causâ hactenus tanti temporis bellum sustineri, & tam diuturna

TRÈS-ILLUSTRES SEIGNEURS.

LEs actes préparatoires de la Paix étant achevez, & l'échange des Pleinspouvoirs ayant été faite de part & d'autre, il s'agit de commencer la Négociation après avoir invoqué le secours de Dieu, afin qu'elle réüffisse à sa gloire; mais il nous paroît qu'il est nécessaire que les Etats de l'Empire, les Electeurs, les Princes & les Villes soient ici présens par eux-mêmes ou par leurs Ministres, afin qu'on puisse dresser les Préliminaires & le Traité, dans la formes & avec plus de facilité.

Car si l'on a été obligé de soutenir une longue Guerre jusqu'aujourd'hui, & essuyer les lenteurs

1644.

turna lentorum Præliminarium Studia exhaurire necessum fuerat, ut hæc Ordinibus facultas salva maneret, ita jam absque iis de pace nihil vel jure agi vel cum speratâ securitatis affectu statui potest: Ante omnia igitur id loco primæ Propositionis postulamus, ut cum Excellentiâ vestrâ, tum ipsa Cæsarea Majestas, eos ut se absque ulteriore morâ sistant, efficaciter moneant, exhortentur, ne per eos stet quominùs sua Reipublica tranquillitas maturius restituatur.

Quod si insuper placuerit Excellentiis vestris (id quod per Decanum dici fecerunt) sibi non incongruum videri ut ea quæ anno millesimo sexcentesimo trigesimo quinto inter Regni Sueciæ Cancellarium & Electorem Saxoniæ agitata sunt, reassumantur, etiam mentem nostram de materiâ tractandorum ulterius aperiemus.

Quam primùm autem Ordines advenerint, parati erimus ad rem ipsam aggrediendam, eâque facilitate tractandam, ut omnibus constet nihil eorum quæ ad universi Imperii Pacem omni ex parte æquam, & tutam, & decoram maturandam conducere poterunt à nobis obmissum esse; idem nobis de Excellentiis vestris indubie promittentes, quas hisce de cætero Divinæ protectioni commendamus. Osnabrugæ die vigesimâ quintâ Novembris stilo veteri anno Domini millesimo sexcentesimo quadragesimo quarto.

teurs qui accompagnent d'ordinaire les Préliminaires, dans la vûe de conserver ce droit dans son entier auxdits Etats, il est évident que sans eux on ne peut équitablement traiter de la Paix ni rien régler qui puisse être ferme & solide: Ainsi, pour première Proposition, nous demandons que Vos Excellences & Sa Majesté Impériale les avertissent & les exhortent de se rendre ici sans délai, & de n'être pas cause que la République soit privée plus longtems du rétablissement de la tranquilité.

Si Vos Excellences persistent à agréer ce qu'elles nous ont témoigné aprouver, par le canal du Doyen, savoir que l'on remette sur le tapis ce qui avoit été stipulé entre le Chancelier de Suéde & l'Electeur de Saxe, en l'an mil six cens trente-cinq, nous déclarerons d'abord ce que nous pensons des points qui doivent être traitez.

Nous sommes prêts à entrer en matière aussitôt que les Etats de l'Empire seront arrivez, & nous y aporterons tant de facilité qu'on sera convaincu que nous n'oublierons rien de tout ce qui pourra contribuer à faire une Paix sure, équitable & honorable à l'Empire; nous attendons la même chose de la part de vos Excellences que nous recommandons à la garde du Tout-puissant. A Osnabrug le 25. Novembre V. St. de l'année 1644.

1644.

L E T T R E

DU BARON OXENSTIERN ET DE SALVIUS

AMBASSADEURS DE SUEDE,

Aux Députez des Etats de l'Empire à Francfort l'an 1644. le ⁹⁄₁₉ Octobre à ce que tous les Princes & Etats dudit Empire délibérent de la Paix à Osnabruck & à Munster.

ILLUSTRES, GENEROSI, MAGNIFICI, NOBILISSIMI ET CONSULTISSIMI.

SI est aliquod fatum Imperiorum, multi certe putant vel fato regi, vel fatis destinari Germaniam, omnes enim Status bellum execrantur, omnes pacem inclamant, paucissimi aut media pacis promovent, aut removent obstacula: atque utinam non plures bella ex bellis sererent, intestina mala externis aggravantes. Alter annus agitur ex quo universi & singuli quorum interest Osnabrugi & Monasterii pro statuendâ pace comparere debuerunt; exteri fere omnes e locis etiam dissitis mature comparuere; Germanorum ipsorum licet & proximi sint & quorum præcipue intersit, adhuc nemo; bini Electores hic, sive Monasterii

ILLUSTRES, GENEREUX, TRES-NOBLES ET TRES-PRUDENS.

S'Il y a un destin particulier qui préside aux Empires, c'est avec raison qu'il s'en trouve plusieurs qui s'imaginent que l'Allemagne en est gouvernée; il n'y a point d'Etat qui ne déteste la Guerre, & ne recherche la Paix; mais ici ce n'est pas de même; ceux qui proposent les moyens de parvenir à la Paix, & qui en éloignent tous les obstacles, font le plus petit nombre: plût au Ciel qu'il s'en trouvât moins qui font naître une Guerre d'une autre Guerre, & qui joignent les maux extérieurs aux intérieurs. Voila près de deux ans que ceux qui ont intérêt à la Paix, auroient dû se rendre à Osnabrug & à Munster pour y travailler; presque tous les étrangers, même les plus éloignez, s'y sont rendus; il n'y a que les Allemans, eux qui sont les plus à portée, que l'on n'y a pas encore vus, quoiqu'ils y ayent plus d'intérêt que personne; deux Electeurs avoient promis de se rendre ici ou à Munster;

terii adfuturi jam dudum promittebantur: ad-huc tamen nemo venit. Pro Cæteris Ordinibus tam Augustanæ Confessionis quàm Romanæ Religionis, fœderata Regna per septem annos Tractatu armisque laborarunt, ut ad hunc diem conveniente Salvoconductu mitterentur muniti, ut tuto convenire & interesse ac negotia sua qualiacumque hic peragere possent; nemo tamen adhuc comparet. Interim Germania ruit ad excidium : si patria Patres non majori ejus curâ aut commiseratione tanguntur, si columnæ Imperii tantopere cunctantur ruinosæ compagis ruinas suffulcire, si Status & Ordines ipsi susque deque habent ordo an confusio regnet, stet vel cadat Respublica; quid tandem ab exteris sperari debet, cernentibus non solùm omnes amicitiæ & restaurationis oblatas vias rationesque sperni, sed & sibi pro gratia hactenus moram culpamque protracti Tractatûs falsò à quibusdam imputari? Quod si contra Imperatorem & Imperium à Fœderatis evocarentur in campum aliquem Martium, nemo renuentium constantiam tantopere miraretur : nunc cum ad legitima Majestatis decora, auctoritatem Comitiorum, libertatem amicitiamque finitimorum & in summa ad pristinam pacandæ Patriæ fœlicitatem stabilendam tam frequenter & amicè invitentur; cum videant manifeste non armis sed amico Tractatu miseriarum finem aut modum sperari posse vel debere; mirari profectò subit quid eos tamdiu moretur; neque enim credere possumus eos sibi persuadere absentium suam præsentiâ Cæsareæ Deputationis pensari : nam aut hic experiremur summe sincerum seriumque, & in Germaniæ Pacis redintegrationem obfirmatum sacra Regia Majestatis Suecicæ animum facto ipso ostenderemus : cum nostro in hanc urbem adventu obtulimus Cæsareis Commissariis non modo mutuam legitimationis nostram, verùm etiam aliquoties Tractatûs ipsius auspicia; tantùm verò abest ut actionem principem acceptare voluerint, ut ne quidem ad sola Procuratoria ostendendum induci potuerint, nunc Mediationis defectum, nunc lites, Sueco-Danicas, nunc Gallicas moras, nunc alia vana causati. Gallia nunc satis ostendit se pari cum Suecis affectu Pacem promotam cupere : certè Gallica Legatio nihil acrius urget quam, ut, omni moræ sublatâ, res ipsa quamprimùm inchoetur; parata, si quid in Procuratoriis adhuc desideretur ad satisfaciendum cuique ex æquo & bono, modo idem Pars altera velit.

Litigia Suecò-Danica pertinere ad forum & censuram Imperatoris ac Imperii quis dixerit? Nisi qui putaverint Patriam suam nondum satis intestinâ clade subactam externis insuper bellis acrius affligendam esse; quum & Gallia Britanniæque Legati in eo jam alibi graviter desudant; nec sine spe bonâ fore ut hæ controversiæ ad collimitia Regnorum more solito brevi componantur, adeo ut iste prætextus trahendis potius quàm avertendis Germa-

Tom. I.   *nia*

---

ter; cependant personne n'y est encore arrivé. Les Etats confederez ont eu recours pendant sept ans aux armes & aux Traitez, pour procurer à ceux de la Confession d'Augsbourg & à ceux de la Religion Romaine, la liberté de s'assembler en toute sureté & à la faveur d'un bon Sauf-conduit, de se trouver présens ici & y traiter de leurs affaires quelles qu'elles soient; néanmoins aucun ne vient. L'Allemagne panche vers sa ruine : si les Péres de la Patrie n'en ont plus de soin ou de pitié , si les colonnes de l'Empire ne soutiennent ses diférentes parties prêtes à tomber, si les Etats de la Diéte se mettent peu en peine que l'ordre regne, ou la confusion, que la République subsiste, ou soit renversée; que doit-on espérer des étrangers, qui voyent non seulement qu'on méprise tous les moyens qu'ils proposent de rétablir la bonne intelligence, mais même que, pour toute reconnoissance de leurs soins, on les accuse faussement d'être cause que le Traité ait traîné si longtems? Si les Confédérez les appelloient au combat contre l'Empereur & l'Empire, il ne se trouveroit personne qui n'admirât autant la constance de ceux qui refuseroient de l'accepter: présentement qu'on les invite itérativement & à l'amiable à rétablir l'honneur de la Majesté Souveraine, l'autorité de la Diéte, la liberté, l'amitié avec les voisins, enfin l'ancienne felicité de la Patrie, en y rétablissant la Paix; présentement qu'ils voyent évidemment qu'on peut ou on doit espérer de mettre fin à tant de malheurs, non aux depens du sang humain , mais par un Traité amiable, n'y a-t-il pas lieu d'être surpris qu'ils tardent tant à y donner les mains? Car nous ne pouvons croire qu'ils s'imaginent que la présence des Ministres de l'Empereur remplit assez leur absence, puisque si cela étoit, ce seroit en vain que nous ferions connoître par des preuves même de fait avec quelle sincérité Sa Majesté Royale de Suéde desire le rétablissement de la Paix dans l'Allemagne : en effet dès notre arrivée en cette Ville, nous avons présenté aux Commissaires Impériaux non seulement nos Lettres de Creance, mais même plus d'une fois des Préliminaires du Traité; mais bien loin de se prêter à ces premiers actes qui pouvoient entamer les Négociations, ils n'ont jamais voulu consentir à produire leurs Pleinspouvoirs, alléguant tantôt le défaut de médiation, tantôt les démêlez de la Suéde & du Dannemarck, tantôt le retardement des François, & mille autres défaites aussi frivoles. Présentement la France fait assez voir qu'elle ne souhaite point la Paix avec moins d'ardeur que la Suéde; & l'Ambassade de France fait tous les jours de nouvelles instances à ce que sans plus de delai on entame au plutôt les Négociations, offrant de corriger tout ce que l'on trouvera raisonnablement de défectueux dans ces Pleinpouvoirs, pourvû que l'autre Partie consente à la même chose.

Qui est-ce qui pourra soutenir que les démêlez qui sont entre la Suéde & le Dannemarck, sont du ressort du Tribunal de l'Empereur ou de l'Empire; si ce ne sont des gens qui ne trouvent pas leur patrie assez accablée de ses propres maux, & qui cherchent à lui faire sentir toutes les calamitez des Guerres étrangéres? mais les Ambassadeurs de France & d'Angleterre font déja ailleurs tout leur possible à cet égard, & ils espérent de pouvoir terminer ces diférends (selon la coutume) sur les frontiéres des deux Etats; ainsi c'est un prétexte dont on se sert plutôt pour faire durer que pour terminer

1644. *nia calamitatibus excogitatus videatur.*

Scimus quidem Regem Daniæ etiamnum sibi reservare interpositionem inter Imperatorem & Status Imperii ; ut autem simul rebus nunc stantibus Mediatorem agat inter Sueciam & Imperatorem, id nec ipse desiderat amplius nec rationi magis congruum est , quam per rei naturam fieri potest ut hostis non sit hostis.

Quod cùm ita esse animadverteremus, nec tamen propterea Cæsariani vel Mediationis vel modi defectum ullo æquitatis colore prætendere possent, oblata est iis ex abundanti tractatio vel immediata vel per Subdelegatos vel mediante Legato Veneto, vel cooperantibus Imperii Statibus, vel tandem in scriptis ; at illa repudiata, ista non admissa, hæc explosa, scriptum verò ipsum (cujus exemplar hic addimus) bis oblatum, tantùm abest ut inspexerint, ut ne quidem tangere dignati sint, vultu, manibus, toto corpore adeò adversati ac si contagiosum fuisset ; atque hanc tergiversationis seriem prætenso singulis perpetuo mandati defectu nobiscum reciprocarunt, usque ad diem primam præteriti Mensis Septembris, quando ex Alsatiâ constans fama increbuit non omnia illuc ex voto Cæsarei exercitûs cedere ; cumque Comes Averspergius in procinctu esset ad discedendum, tum demum se mandata accepisse professi, tabulas Cæsarei Procuratorii nobis ostenderunt ; verùm non ut nobiscum tractarent : sed ut majori ludibrio videremus eos hactenus non tam potestate quàm voluntate sive permissu tractandi caruisse.

Hæc postea quidem excusari velle videbatur superventu Comitis a Lamberg cujus novam Plenipotentiam videndam nobis die vigesimâ Septembris misit non quidem ipse, sed abiturus jam Comes ab Aversperg cum Collegâ suo novo : verumtamen habeatne simul instructionem, sive utrinùs ei permissum sit ut reverà de Pace nobiscum agat, æquè adhuc incertum est, cùm incognitus adhuc degat.

Ex quibus omnibus haud obscurè patet quantum sibi Germania de solis Cæsareanis promittere possit ; quia tamen ab aliis paulo. jam major spes successuræ Negociationis præbetur, ni osores Pacis (hac consiliorum rerumque vicissitudine) novis eam pro more suo tricis interim involvant, necessitas & salus ipsâ postulat omnino ut Ordines Imperii præsentiâ, auctoritate & impulsu suo huic tandem operi manum cunctumque admoveant ; etenim multâ experientiâ ratum firmumque apud nos est absque efficaci Ordinum, cooperatione non modo nullam Pacem, sed vix ullos Pacis Tractatus sperandos esse : scimus ipsi nec solos Cæsareanos posse nec velle Fœderatos Reges ac Principes sine iis tractare ; habent omnimodam ab utraque parte securitatem, Cæsareum & Imperialem consensum, jus suffragii quæsitum, summum denique interesse proprium ; nec vocantur ad Conventicula seditiosa, sed ad honesta colloquia de viis nempe mediis, ac rationibus

les troubles & les malheurs de l'Allemagne. 1644.

Nous savons à la vérité que le Roi de Dannemarck se réserve la Médiation entre l'Empereur & les Etats de l'Empire; mais nous savons aussi que dans les circonstances présentes, il ne souhaite pas d'être Médiateur entre la Suéde & l'Empereur, puisque cela seroit aussi peu raisonnable, qu'il est possible, eu égard à la nature des choses, qu'un ennemi ne soit pas ennemi.

Dès que nous vimes où les choses en étoient, pour ôter aux Impériaux toute occasion d'alléguer quelque raison, ou le défaut de Médiation, ou le défaut de formalité, on leur a offert de traiter ou immédiatement, ou par des Subdéléguez, ou sous la Médiation de l'Ambassadeur de Venise, ou par l'intervention des Etats de l'Empire, ou enfin par écrit : ils rejettérent la première, ils ne voulurent pas admettre l'autre, ils se moquérent de la troisiéme, & bien loin de daigner lire l'écrit ci-joint, qui leur fut présenté deux fois, ils refusérent de le toucher & de le regarder & ils ont témoigné par leurs mines, leurs gestes & par tous les mouvemens du Corps, qu'il leur étoit aussi désagréable que si c'eût été quelque chose de contagieux. C'est ainsi que sous ces divers prétextes & en alléguant toujours qu'ils n'avoient point d'ordres, ils nous traînérent jusqu'au premier du mois de Septembre dernier, qu'on reçut des nouvelles d'Alsace, que les affaires n'alloient pas à souhait pour l'armée Impériale : alors le Comte d'Aversperg étant prêt à partir, les Ministres de l'Empereur déclarérent qu'ils avoient enfin reçu des ordres & nous montrérent leurs Pleinspouvoirs, non pour traiter avec nous, mais pour nous faire voir d'une maniére insultante, qu'ils n'avoient pas tant manqué de pouvoir que de bonne volonté.

Il sembloit qu'ils voulussent reparer ces mauvaises maniéres à l'arrivée du Comte de Lamberg, dont on nous envoya le Pleinpouvoir le vingtiéme Septembre afin que nous l'examinassions, encore ne fut-ce pas lui-même qui nous l'envoya, mais le Comte d'Aversperg qui étoit prêt à partir, avec son nouveau Collégue: mais nous ignorons s'il a des instructions ou si on lui a permis de traiter avec nous, car jusqu'à présent il a gardé l'incognito.

Il est aisé de juger delà ce que l'Allemagne doit attendre des Impériaux ; mais comme les autres nous permettent de concevoir de meilleures espérances du succès des Négociations, à moins que, pendant la vicissitude présente des événemens & des desseins, les Ennemis de la Paix ne fassent naître encore de nouvelles difficultez, il faut, & le bien public le demande, que la Diéte de l'Empire donne enfin les mains à cet important ouvrage & qu'elle le mette en branle par sa présence & par son autorité; car nous savons par une longue expérience que si la Diéte n'y prête la main, il n'y a ni Paix ni Traité de Paix à espérer : nous savons que les Impériaux seuls ne peuvent traiter & que les Rois Confédérez ne veulent pas traiter sans la Diéte; ils ont des suretez de part & d'autre, le consentement Impérial, le droit acquis de suffrage, enfin un intérêt réel; après tout ce n'est pas à quelque Conventicule séditieux que nous les invitons, c'est à des Conférences honnêtes pour chercher les moyens raisonnables & équita-

nibus æquis quibus citra illius legitimæ poteſtatis præjudicium tranquillitas & amicitia publica ita ſtabiliri poſſit, ne vel ipſi ſuæ libertati, vel regna finitima ſuæ ſecuritati impoſterum metuere neceſſe habeant. Longe minori ſumptu ac difficultate pacifica hæc negociatio inſtitui & per Dei gratiam abſolvi poteſt, ſi ſeriò res agatur, quàm Bellum continuari; attamen ſi centum adhuc annos duraret Bellum, pax tamen aliquando tandem tractari debet: quidni ergo nunc potiùs ſpirante adhuc patriâ, quàm poſt animam planè exhalatam?

Quæ omnia ideo Conventui veſtro paulò prolixiùs referenda cenſuimus, ut quoniam ipſi præcipue promovendæ Pacis cauſâ Francofurti adhuc degere dicuntur, quid hactenus hic actum, quo loco nunc ſint Tractatus Pacis, quæ eos morentur, quid promovere poſſit, tum ipſi videant, tum Principalibus aperiant, omneſque tandem pro ſuo in Rempublicam affectu ad communem Pacem mutuis operis & conſiliis promovendam nobiſcum validè concurrant. Quod ſi, uti ſperavimus, prompti fecerint, annus procul dubio piis pacificorum conatibus & optatâ nos tandem omnes Pace beabit; ſin ulteriori morâ aliis quicumque prætextus communi bono prælati fuerint, eoque inopinatum aliquod præjudicium Pace Bellove poſthac enaſcatur, coram Deo & Univerſo Orbe Chriſtiano proteſtamur, non id noſtrâ ſed renuentium culpâ factum eſſe.

Cogimur enim hic quæri fidem publicam hic nobis non ſervari, violatum in nobis eſſe jus Gentium, aliquoties intercepti quinque noſtris Nuntiis, effractis, retentiſque noſtris Litteris, ſæpius ſemel capto Legationis noſtræ Secretario, aliis cæſis, aliis ſpoliatis, aliis aliter peſſime habitis e Comitatu noſtro; nec fontes manifeſto temeratæ Legationis ſanctimoniæ poſtulati vel puniuntur vel deduntur; ut plura expellemus, nec dignitas Majeſtatis Regiæ nec noſtra ſecuritas patitur: veniant itaque ſi placet maturè & debitum finem his miſeriis imponamus, vel ignoſ̄cant, ſi tandem & nos cum ſociis noſtris conſilia quoque mutare cogamur. Atque his vos divinæ Protectioni officioſiſſime commendamus. Dabantur Oſnabrugi die ¼. Octobris anno 1644.

tables de retablir tellement, la tranquilité & la bonne intelligence publiques, ſans préjudicier à la légitime puiſſance de l'Empereur, que dans la ſuite ils n'ayent rien à craindre pour leur liberté, ni les Etats voiſins pour leur tranquilité & leur ſureté. Si l'on vouloit ſérieuſement mettre la main à l'œuvre, on pourroit commencer & terminer heureuſement cette Négociation avec la benediction du Tout-puiſſant, ſans qu'il en coutât autant de peines & de depenſes qu'en continuant la Guerre; outre que quand on la continueroit encore cent ans, il faudroit toujours en revenir enfin à traiter de la Paix: pourquoi donc ne le pas faire à préſent que la patrie reſpire encore, plutôt que d'attendre qu'elle ſoit réduite aux abois?

Nous avons jugé à propos de repréſenter ces conſidérations à votre Aſſemblée, que vous tenez, dit-on, à préſent à Francfort, dans la vue de contribuer à la concluſion de la Paix, afin de vous informer de ce qui s'eſt fait ici juſqu'à préſent, où en ſont les Traitez de Paix, ce qui en retarde la concluſion, ce qui pourroit l'avancer; afin que vous vous trouviez en état d'en inſtruire vos Maîtres, & que tous concourent enfin avec nous par leurs conſeils & autant qu'ils s'intéreſſent au bien public, à perfectionner le grand ouvrage de la Paix. Si, comme nous l'eſpérons, ils agiſſent avec promtitude, l'année ne ſe paſſera pas, que les ſoins pieux de ceux qui aiment la Paix, ne nous en donnent une bonne & ſolide; que ſi l'on a recours à de nouveaux délais, en préférant des défaites telles quelles au bien commun, & qu'il en arrive quelque accident préjudiciable ſoit en Paix ou en Guerre, nous proteſtons devant Dieu & devant toute la Chrétienté que ce ſera non notre faute, mais celle de ceux qui refuſent de concourir avec nous.

Nous ſommes contraints au reſte, de nous plaindre qu'on ne nous garde pas ici la foi publique, qu'on a violé à notre égard le droit des gens, puiſqu'on a arrêté cinq de nos Couriers, qu'on a ouvert ou retenu nos Lettres, qu'on a arrêté plus d'une fois le Secretaire de notre Ambaſſade, qu'on a tué, volé, batu, des gens de notre ſuite, ſans que nous ayons pu obtenir qu'on punît ou qu'on nous livrât les coupables convaincus d'avoir publiquement violé les droits ſacrez de l'Ambaſſade: l'honneur de la Majeſté Royale & notre propre ſureté ne nous permettent pas de reſter ici plus longtems: faites enſorte qu'on ſe rende ici au plutôt, afin que nous mettions fin aux miſères publiques: ou qu'on ne trouve pas mauvais, puiſqu'on nous y contraint, que nous changions de meſures avec nos Alliez. Nous vous recommandons à la grace de Dieu. A Oſnabrug le ¼. Octobre 1644.

Suit une Lettre des Ambaſſadeurs de Suéde à l'Aſſemblée de Francfort, mais il faut ici remarquer que ladite Lettre fut renvoyée par le Meſſager ordinaire ſans réponſe: toutefois elle eſt de la teneur inſérée au feuillet ſurvant.

LETTRE

DES AMBASSADEURS

DE SUEDE

À L'ASSEMBLE'E DE FRANCFORT.

À ce que les Princes & Etats de l'Empire envoyent leurs Députez pour délibérer à la Conférence pour la Paix : le 29. Novembre 1644.

REVERENDI, ILLUSTRES, GENEROSI, MAGNIFI- CI, NOBILISSIMI, CONSULTISSIMI.

Quo loco fuerint Tractatus usque ad præteritum Michaelis diem, id retulimus ad reverendas Dominationes vestras die quarta Octobris ; non possumus quidem comprehendere quamobrem Litteræ nostræ non acceptæ, sed per ordinarium Nuntium vicissim remissæ sunt ; quantum tamen ex circumstantiis colligere possumus , videtur potius id exhibentium culpa factum esse : nullo enim alio sine scriptæ erant nisi ut ostensa Conventui vestro præsenti rerum facie & Serenissimæ Reginæ nostræ in Pacem propensione, Responso vestro vicissim intelligeremus utrum nobiscum hic valide concurrere vellent ad quietem fessæ Patriæ restituendam, quod cum etiamnum de vestra in patriam pietate nobis pollicemur, his eas denuo ad reverendas & illustres Dominationes vestras destinavimus , idque eo magis quod ab eo tempore non modo Pacis Præparatoria absoluta sinte (Procuratoriis hinc inde commutatis) sed etiam prima propositio ita facta , quemadmodum ex adjuncto hic apographo videri licet.

Quoniam itaque nihil amplius ad summam vei aggrediendam jam restat , nisi ut adsint Imperii Status , vos autem eo potissimum nomine Francofurti congregati estis , ut remotis ulterioribus obstaculis salutarem Patriæ Pacem procuretis ; idcirco nullo reverendas & illustres Dominationes vestras alio argumento Osnabrugam & Monasterium operosius invitavimus, quam eo quod amor & miseratio Patriæ tot sapientissimorum virorum prudentia sponte suggesserit. Optime valete , & quod e re fuerit, statuite mature. Dabantur Osnabrugis die vigesima nona Novembris stilo veteri anno millesimo sexcentesimo quadragesimo quarto : & paulo inferius ; Reverendis & illustribus Dominationibus vestris ad officia paratissimi.

JOANNES OXENSTIERNA.
AXELIUS S. P.
ADLER SALVIUS.

REVERENDS, ILLUSTRES, GENEREUX, MAGNIFI- QUES, TRES NOBLES, ET TRES PRUDENS, SEIGNEURS.

NOus vous avons fait raport le 4. d'Octobre dernier de l'état où étoient les affaires de la Paix jusqu'au jour de la St. Michel ; nous ne pouvons comprendre pourquoi au lieu de recevoir nos Lettres on les a renvoyées par la poste ; cependant, autant que nous pouvons le conjecturer, cela est arrivé plutôt par la faute de ceux qui les ont présentées que par celle de la Diéte, car nous n'avons eu en vue en les écrivant que de représenter à votre Assemblée l'état des choses & les bonnes intentions de la Sérénissime Reine de Suéde pour la Paix , afin que vous nous fissiez savoir si vous êtes résolus à concourir ici avec nous au rétablissement de la tranquillité dans votre Patrie épuisée ; c'est ce que nous nous promettons de votre amour pour la Patrie. Ainsi nous vous écrivons derechef, non seulement parce que les Actes préparatoires qui devoient précéder l'ouverture des négociations sont terminez , l'échange des Pleinspouvoirs ayant été faite , mais même on a déja fait les prémiéres ouvertures, ainsi que vous verrez par l'extrait ci-joint.

Il ne manque plus pour traiter le principal que la présence des Etats de l'Empire ; vous êtes assemblez à Francfort pour procurer à la République une Paix salutaire après avoir levé tous les obstacles ; ainsi nous n'employerons point d'autre motif pour vous engager à vous rendre à Munster & à Osnabrug , que celui que vous offre naturellement l'amour & la compassion due à la patrie. Nous vous recommandons à la gârde de Dieu & nous le prions de vous inspirer des résolutions utiles pour le bien public. A Osnabrug le vingt-neuviéme de Novembre V. St. de l'année mil six cens quarante quatre.

Plus bas étoit écrit
Prêts à vous servir
JEAN D'OXENSTIERN.
AXELIUS.
ADLER SALVIUS.

Et plus bas est encore écrit : *Il y a de suite une même Lettre & de même date* , Germanico idiomate, *à même fin à tous les Princes de l'Empire , à ce qu'ils envoyent conjointement leurs Députez à la Conférence.*

RELATION

De ce qui s'est passé sur la délivrance des Propositions pour la Paix par les Ambassadeurs de l'Empereur & des Rois de France & d'Espagne: à Munster le 4. Decembre 1644.

DOminica quarta scilicet hujus mensis die, Dominus Comes per Majorem domûs suæ nostro amborum nomine hora duodecima meridiana deferri jussit nostram propositionem sigilli nostri munitam ad Dominos Mediatores in ædibus Nuntii, postulans ut accepta Gallorum propositione, nostram ipsis & ipsorum nobis vice versâ proponi curaret; exemplum autem nostræ propositionis apud Acta videbis : Hispani pariter & suam miserunt, sed per Secretarium Nuntio indicari jusserunt, si Domini Mediatores, inspectis singulorum libellis, animadverterent Gallos ad parerga deflectere, & de negotio Pacis principaliter nihil proponere, ne his suam traderent propositionem, sed ad se remitterent.

Et quidem hanc intentionem priùs Dominus Saavedra nobis quoque significaverat, quòd suspicaretur Gallos frustraneam aliquam Propositionem producturos; sed nobis hæc cautio necessaria non videbatur, tum quòd credibile sit Mediatores hanc dijudicationem in se non esse suscepturos, etsi nos in sententia persisteremus, causam protracti negotii nobis imputatum iri, tum quòd Cæsaris rebus talis deceptio nihil sit obfutura: Propositionem enim nostram in terminis generalibus & in executione Pacis antehac initæ, atque adeo æquissimis postulatis fundatam nihilque remittendum offerre, e contra culpam protractæ aut simulatæ Pacis hoc manifestiùs in Gallos retorqueri quo clariùs ex ipsorum propositione appareat ipsos ad tractandum de negotio principali nondum accedere velle.

Ingruente igitur nocte, horâ circiter sextâ venerunt ad nos Domini Mediatores vocatis etiam Hispanis; ibi Dominus Nuntius accepisse se hodie singulorum propositiones, ut conditum erat, asservit, statimque inspectis singulis & descriptis hinc inde, copias tradituros fuisse, nisi cautio illa Hispanorum ipsos non nihil dubios reddidisset se se hactenus officio Mediatorum ita functos, ut sine ullo affectu Partium ea quæ ab uno vel altero accepissent, ad quos oportebat deferrent; hoc solùm, operam dantes ut Partes inter se perceptis rationum momentis concordarent, cupere se adhuc in eadem qualitate perseverare. Cùm autem Hispanorum Secretarius perseverasset ut judicium suum ferrent an Galli propositionem promissis conformem edidissent, & in eventum propositiones a se datam revocatam velint, sibi non esse integrum incepto-negotio progredi, rogare igitur ut se hujusmodi postulatis extra fines Mediationis egredi cogant; non enim se videre quâ ratione ad hunc modum vel illius vel istius Partis justam indignationem effugere possent : conventum esse ut acceptis hinc inde Propositionibus Mediatores mox, ut traditæ essent, inter Partes communicare facerent, nullo respectu habito an bene vel male propositiones illa con-

LE Dimanche quatriéme du présent Mois de Décembre Mr. le Comte a envoyé de notre part aux Médiateurs chez le Nonce par son Majurdome vers le midi, notre proposition scelée de nos cachets, & nous l'avons fait prier que lorsqu'il auroit reçû celle des François, il leur remît la nôtre & à nous la leur ; l'original de la nôtre est avec les autres Actes : les Espagnols envoyérent aussi la leur, mais ils firent dire au Nonce par leur Secretaire que si Messieurs les Médiateurs en parcourant les Mémoires de part & d'autre remarquoient que les François batissent la Campagne, & ne vinssent pas au principal, ils ne leur délivrassent point leur proposition & qu'ils la leur renvoyassent.

Mr. de Saavedra nous avoit déclaré la même chose, parce qu'il soupçonnoit que les François ne délivreroient que quelque proposition en l'air; mais cette précaution nous parut inutile, tant parce qu'il n'étoit pas probable que les Médiateurs voulussent se charger de cet examen & que si nous nous opiniâtrions, on nous accuseroit de trainer les affaires en longueur, outre que cette fourberie ne pourroit faire aucun tort aux intérêts de l'Empereur, d'autant que notre proposition étoit conçûë en termes généraux tendans à l'exécution de ce qui avoit déja été proposé & fondée sur des demandes si équitables qu'il n'y avoit rien à en relâcher ; ensorte qu'on ne pourroit avec plus de raison rejetter la faute des délais & des feintes sur les François, sur tout s'il paroît par leur proposition qu'ils évitent de traiter du principal.

Sur le soir vers les six heures Messieurs les Médiateurs vinrent chez nous, où ils avoient fait prier les Espagnols de se rendre ; Mr. le Nonce nous déclara qu'ils avoient reçû aujourd'hui les propositions d'un chacun, ainsi qu'il avoit été arrêté, & qu'après les avoir examinées & copiées, ils en auroient distribué des Copies sur le champ, si la précaution des Espagnols ne les avoit jetté dans l'incertitude; que jusqu'à présent ils avoient fait exactement l'office de Médiateurs, & sans prendre le parti de qui que ce fût, ils avoient rapporté aux uns & aux autres apres ou reçu des autres, ayant uniquement soin de faire entendre raison aux uns & aux autres; qu'ils ne souhaitoient rien davantage que de continuer les mêmes fonctions; & que comme le Secretaire des Espagnols insistoit à ce qu'ils décidassent si la proposition des François étoit conforme à leurs promesses, & qu'au cas que cela ne se trouvât pas, ils retireroient leur proposition, qu'ainsi ils n'étoient plus Maîtres de continuer comme ils s'étoient conduits jusqu'à présent, & qu'ils souhaitoient qu'on ne les obligeât point par de pareilles priéres à sortir des bornes de la Médiation, puisqu'autrement ils ne pouvoient éviter la juste indignation de l'une des Parties : qu'on étoit convenu que les Médiateurs après avoir reçû les propositions, les remetroient aux Parties, sans examiner si lesdites propositions étoient bien ou mal con-

1644.

conceptæ effent ; si nobis placeret Gallorum exhi-
bita acceptare bene se habere , sin minus , a se
ulterius postulare posse. Ad ea Saavedra cum pau-
cis declarare mentem suam aggressus , Mediato-
resque ostenderunt sibi hoc modo non satisfieri : tan-
dem ad deliberandum secessimus.

Variatumque aliquantum sententiis , cùm His-
pani præsagirent Gallorum Propositionem prorsus
extravagantem , eoque directam fore ut cum Im-
peratore solo tractandum acturi aut proposituri
sint , atque hac maxime causâ urgerent a Media-
toribus postulandum , ut statum Gallicæ proposi-
tionis nobis explicarent, alias in communicationem
ulteriorem conveniri non posse : nos autem asseri-
mus frustra hunc laborem sumi , quòd Mediatores
neutiquam se huc adduci passuri sint , indeque
negotium protrahi culpamque protractionis Cæsa-
ri imputatum iri statum. Igitur est insuper ha-
bita ista cautiuncula communicationem Propositio-
num qualiumcumque non impedire ; nam si Gallos
ad ambages divertere deprehendamus , justam nos
causam habituros conquerendi quòd fidem datam
non observassent , idque magnam ipsis invidiam
& odium concitaturum esse , nihilque obesse Cæsa-
ri Propositionem nostram interea palam fieri , cùm
& æquissima & in executione Pacis antecedentis
concepta , nullisque clausulis cessoris instructa sit ;
tandem ut hæc pauca Mediatoribus responderen-
tur obtinuit , meminisse Dominos Mediatores utrin-
que conventum , ut hodierno die Propositiones cir-
ca negotium principale tractanda Pacis & quæ in
rem ipsam ingrederentur edi deberent ; id à nostris
partibus factum sedulo sperare , nos quidem &
Gallos promissis stetisse , fidemque publicam obser-
vasse eâ spe nos semper promptos paratosque fore
ad acceptandam ipsorum Propositionem , libenter-
que consensuros ut ipsi nostram vicissim accipiant.

Quod si verò constaret Dominis Mediatoribus
rem aliter se habere ; omnino rogandos , ut nos
præmoneant , ne frustra tantum negotium incipia-
tur , nobisque postea justa conquerendi causa re-
linquatur.

Sed ipsi denuo protestati nihil se de unius vel
alterius Partis Propositione , quacumque tandem
ratione concepta esset , pronuntiare velle , quòd
omnino hoc ad se non pertineat : posse fieri ut
Gallorum propositio nobis arrideat , nec contrarium
eveniret ; sibi omnino statutum in medio hoc relin-
quere : igitur hâc constantiâ victi etiam Hispa-
ni consenserunt unà nobiscum in communicatio-
nem.

Tum Mediatores nobis, Gallicam Propositionem
exhibuerunt , quam cùm perlegissemus , nullam-
que prorsus de mediis ad Pacem ineundam fieri
mentionem, sed nisi Status Imperii omnes adessent ;
ac Elector Trevirensis libertati suæ restituere-
tur , ad tractandum se non progressuros animad-
verteremus , graviter de fractâ fide conquesti su-
mus , imprimis Hispani se adeo à Gallis despectui
haberi lamentati sunt , ut nullam omnino de pace
cum ipsis ineundâ litteram prodidissent , sed nos
ulterius hac de re cum nostris esse deliberaturos ,
mentemque nostram postea latius explicaturos es-
se , recepimus : & sic discessum.

Sequenti die Lunæ hæc omnia Domino Episco-
po Osnabrugensi ad nos vocato exposuimus, ubi
ille

---

conçûës ; que si nous voulions , nous pou-vions
recevoir ce que les François leur avoient délivré , ils étoient prêts à nous le remettre , sinon
que nous pourrions nous adresser à eux-mêmes.
Saavedra commença à déclarer quelle étoit sa
pensée , & les Médiateurs lui firent voir que cela ne les satisfaisoit pas : enfin nous nous reti-
râmes pour délibérer.

Les sentimens furent un peu partagez lorsque
les Espagnols s'apperçurent que les propositions
des François n'alloient pas au but , & qu'il paroissoit qu'ils ne vouloient faire de proposition
qu'à l'Empereur & traiter avec lui seul , c'est
pourquoi ils insistoient à ce que les Médiateurs
nous exposassent l'état des propositions de la
France ou, qu'autrement on ne pouvoit entrer
dans une plus intime communication : de nôtre côté nous soutenions que c'étoit une demande inutile & que les Médiateurs n'y consentiroient jamais, que cet incident retarderoit la négociation & qu'on imputeroit le moindre délai à
l'Empereur. C'est pourquoi on étoit convenu de
ne s'oposer à la communication d'aucune proposition d'autant que si nous trouvons que les François prennent des détours,nous aurons un juste sujet de nous plaindre de ce qu'ils n'exécutent pas
leurs promesses, ce qui excitera contre eux la haine
& l'envie ; & qu'il ne pouvoit être préjudiciable à l'Empereur que nôtre proposition fût exposée au grand jour , puisqu'elle étoit très-équi-
table & qu'elle tendoit à l'exécution de la précédente Paix , ne renfermant aucunes conditions
dont on pût se relâcher ; il fut enfin résolu
que l'on feroit cette réponse aux Médiateurs ,
d'autant plus qu'ils avoient allégué qu'on étoit
convenu de part & d'autre que les propositions
pour traiter de la Paix au principal & ce
qui en dépendoit , devoient être délivrées aujourd'hui ; ainsi nous espérions que cette conduite nous seroit favorable, que nous nous acquit-
tions de nôtre promesse aussi bien que les François qui avoient gardé la foi publique dans l'espérance de nous trouver toûjours prêts à recevoir leurs propositions & à consentir qu'ils re-
çussent les nôtres.

Que si Messieurs les Médiateurs savoient
que les choses fussent autrement , il falloit les
prier de nous en avertir afin qu'on n'entamât
point inutilement cette grande affaire dont il ne
nous resteroit que des sujets de plainte.

Mais ils protestèrent qu'ils ne jugeroient pas de
la nature des propositions de chaque Partie,parce
que cela n'étoit point de leur ressort ; qu'il pouvoit arriver que nous fussions contens des propositions de la France , & qu'elles nous parussent
tendre au but ; que le contraire pouvoit aussi arriver ; que pour eux ils étoient résolus de n'en
point décider. Les Espagnols vaincus par cette fermeté,consentirent avec nous à la communication.

Alors les Médiateurs nous délivrèrent les propositions de la France ; & les ayant lûës , nous
trouvames qu'il n'y étoit fait aucune mention
des moyens de rétablir la Paix ; mais seulement
que si tous les Etats de l'Empire n'étoient présens , & l'Electeur de Trèves en liberté , ils
n'entreroient pas en négociation : nous nous
plaignîmes vivement de ce qu'ils manquoient à
leur parole ; les Espagnols sur tout se récrierent
que les François se moquoient d'eux , & qu'ils
n'avoient pas dit un mot qui tendît à faire la
Paix avec eux ; mais nous avons déclaré que
nous en délibérerions entre nous & qu'en suite
nous nous expliquerions : & de cette manière
nous nous sommes retirez.

Le lendemain Lundi nous fîmes venir chez
nous l'Evêque d'Osnabrug à qui nous fîmes
part

1644.

1644.

ille fignificavit modo ad ipfum veniffe Secretarium, ut fe vocabat, Status Gallum, qui nomine Comitis Avauxii heri fui propofitionem allatam Dominis Mediatoribus expofuit : & quia ibi de Reftitutione Electoris Trevirenfis ageretur, rogare caufam hanc, tanquam Electorum libertatem concernentem, cordi haberet; item adjunxiffe quòd Imperator jam in hoc videatur confenfiffe, cùm libertatem reliquerit Gallorum adhæventibus vel per fe comparere vel alios fuo nomine mittere, produxit ad hæc verba Salvis-conductibus : cui ipfi refponderit fe quidem gratias agere pro judicio, interea tamen non videre quomodò hæc cum Gallorum prætento defiderio ad Pacem concordent, Trevirenfem in manu Pontificis ftare, & plurimum temporis elapforum donec hinc inac ad quos oportet referatur : auditis deinde noftris informationibus omninò neceffarium judicavit ut noftræ querelæ de non obfervatâ a Gallis promifforum fide denuo ad Mediatores deferantur, atque inftaremus ut Gallos ferio de edendâ propofitione monerent. Vix a nobis difcefferat, cùm fupervenit Secretarius Venetus indicans Dominos Mediatores hefternâ die a nobis ftatim ad Gallos abiiffe qui polliciti fuut fe amplius deliberaturos effe; rogare igitur ut cum Hifpanis circa quintam unâ domi expectemus, quo nobis alteram refolutionem fignificare vellent.

Venerunt igitur horâ conftitutâ, ubi prior Nuntius fe a Gallis Propofitiones noftras detuliffe, & fimul quàm juftis rationibus conquererentur, quòd ipfi Propofitionem omninò nullam fed exceptiones quafdam Præliminares produxiffent, explicuiffe ; refpondere autem Gallos noftras Propofitiones effe nimium generales, fpecie verò eam quam dediffent Hifpani feparationem quandam a Confæderatis inferre, in quam ipfi nunquam confenfuri : deinde dicere mirari fe quod Cæfariani ipforum Propofitionem impertinentiæ accufent, cùm fatis appareat materias inibi comprehenfas fubftantiffimas effe & nifi utrumque præcedat ad Pacis Tractationem deveniri non poffe; itaque rem in eo verti quâ ratione Conventus Statuum Imperii promoveri, atque Electoris Trevirenfis liberatio procurari poffit.

Ejus rationem excepit Dominus Orator Venetus & fequentia fundamenta pro congregatione Statuum Imperii ad hoc Præliminari allegavit. Primò quod hoc Præliminari Conventus Hamburgenfis effet conforme, nam cùm ibidem Confæderatis, Sociis, & Adhærentibus per Imperium, Suecorum & Gallorum à Cæfare, idemque hujus ab iftis, ad comparendum in locis Congreffuum conceffi funt Salviconductus palam effe omnes hic Imperii Status comprehendi utriufque Religionis. Secundò pariter in Receffu Dietæ Ratisbonenfis cautum ut Principibus & Statibus Imperii ad hos Congreffus venire caufafque non folùm fuas fed & Imperii publicas tractare liberum effet.

part de tout, & il nous dit qu'il étoit venu à l'inftant chez lui un François qui fe difoit Secretaire d'Etat, qui lui avoit expliqué de la part de Mr. d'Avaux fon Maître leur propofition remife à Meffieurs les Médiateurs, & parcequ'il s'agiffoit du rétabliffement de l'Electeur de Trèves, ils demandoient qu'il prît cette affaire à cœur puifqu'elle devoit être confidérée comme faifant partie de la liberté des Electeurs; & ils ajoutèrent qu'il paroiffoit même que l'Empereur y avoit déja confenti ayant laiffé au choix des adhérans de la France ou de comparoître eux-mêmes ou d'envoyer quelqu'un en leur nom; furquoi on produifit les termes exprès des Sauf-conduits : il répondit qu'il le remercioit du jugement qu'il portoit, mais qu'il ne voyoit pas comment l'accorder avec l'empreffement que les François faifoient paroître pour la Paix; que l'Electeur de Trèves étoit au pouvoir du Pape & qu'il faudroit beaucoup de tems pour donner avis de côté & d'autre de ce qui fe pafferoit : après avoir ouï nos informations, il jugea qu'il falloit remettre aux Médiateurs nos plaintes fur ce que les François ont manqué à leurs promeffes & les preffer d'engager les François à s'expliquer. A peine nous eut-il quitté, que le Secretaire de Venife vint nous dire que les Médiateurs en nous quittant s'étoient rendus hier chez les Miniftres de France qui avoient promis de délibérer plus amplement, & qu'ainfi ils nous prioient d'attendre avec les Efpagnols dans notre Hôtel jufques vers les cinq heures qu'ils viendroient nous faire part d'une nouvelle réfolution.

Ils vinrent donc à l'heure dite, & le Nonce nous déclara qu'ils avoient raporté nos propofitions aux François, & leur avoient repréfenté en même tems quelle jufte raifon nous aurions de nous plaindre de ce qu'au lieu de faire quelque propofition, ils n'avoient produit jufqu'à préfent que des exceptions; que les François avoient répondu que nos propofitions étoient trop générales, & qu'en particulier celles des Efpagnols fupofoient une féparation d'avec les Alliez, à laquelle ils ne confentiroient jamais : qu'enfuite ils avoient dit qu'ils s'étonnoient que les Impériaux trouvaffent leur propofition n'alloit pas au but, puifque les matières qu'elle contenoit étoit très-importante, & que fi ces deux chofes ne précédoient, on ne parviendroit jamais à traiter de la Paix, & qu'ainfi il s'agiffoit à préfent de voir comment l'on pouvoit affembler les Etats de l'Empire & remettre l'Electeur de Trèves en liberté.

L'Ambaffadeur de Venife prit alors la parole & allégua les raifons fuivantes pour la Convocation des Etats de l'Empire. Premièrement parceque cette Convocation étoit conforme aux Préliminaires de la Convention de Hambourg, car l'Empereur ayant accordé des Sauf-conduits à ceux de l'Empire qui font Confédérez, Alliez, & adhérans des Suédois & des François, comme ceux-ci en ont donné à ceux de l'Empereur pour fe rendre en fureté au lieu du congrès, il eft évident que tous les Etats de l'Empire de l'une & de l'autre Religion y font compris. Secondement il a été ftatué dans le Recès de la Diette de Ratisbonne qu'il feroit libre aux Princes & Etats de l'Empire de fe rendre à ce Congrès-ci & d'y traiter non feulement de fes propres intérêts, mais même encore des affaires publiques de l'Empire. Troifièmement

1644.

ii

1644.

esset. Tertiò in Pace Pragensi expressè dici Cæsari non licere absque omnium Imperii Ordinum consensu Pacem facere: cùm igitur Galli hoc loco tantùm futuræ securitati perspectum velint, idque aliter nisi Ordinum præsentia fieri nequeat, æquum & Rationi consonum videri ut ipsorum petitioni deferatur. Deinde quod ad Trevirensem attinet, Gallos dicere ipsum nullo belli jure, sed eâ solùm causâ captum esse quod se in protectionem Regis Christianissimi tum temporis dederit, cùm ipsum Cæsar defendere nequiret; ideoque justum omninò esse ut libertati suæ ante omnia restituatur; id ni fiat imminutum iri Regis sui existimationem, eâque de causâ ad tractandum progredi se non posse.

Nos seorsìm cum Hispanis deliberantes, respondimus, primò omnium palam esse in omnibus actionibus humanis & maximè publicis nihil pretiosius nihilque magis æstimandum esse quàm ut fides semel data & promissa servetur, id ni fiat jam humanâ societatis commercium cessare: venisse ad nos die vigesimâ tertiâ Novembris Dominos Oratores gravique oratione exhortatos, ut compositis tandem Plenipotentiarum Negotiis & differentiis ad ipsum Pacis negotium principaliter tractandum progredi & ad propositionem eo nomine faciendam nos præparare vellemus; persuasumque habemus eum qui prior mentem suam aperuisset ac Rationi & æquitati magis consentanea media ad Pacem proposuisset, majorem gratiam apud Deum, insignem verò laudem apud omnes Reipublicæ Christianæ Status & Ordines consecuturos esse: hactenus Cæsarem, Regemque Catholicum satis luculenter animorum suorum ad Pacem consequendam promptitudinem palam fecisse; peragerent porrò & operi tam laudabili finem imponi debitum procurarent. Hujusmodi exhortationi nos statim & in ipso vestigio locum dedisse, hoc solùm præfati priùs nobis de mente Gallorum constare debere; cùm enim ipsi in subscribendis assecurationum formulis directè se ad inchoandum ipsummet Pacis negotium obligare noluerint, verendum nobis utique esse, ut etiam si nos a parte Cæsaris quibus mediis ad pacem concludendam perveniri possit, aperiamus, Galli tamen renitantur, & ulteriores quærere ambages conentur: petere ut ipsos ad parem adducant declarationem a nobis nihil omninò tardatum iri, nam & paratos nos esse ad proponendum & a Cæsare ut nullâ interpositâ morâ progrederemur, dudum monitos. Renuntiatum posteà cum jussu Domini Nuntii die vigesimâ septimâ ejusdem mensis nobis fuisse actum cum Gallis, eosque auditis rationibus quas ipsi Domini Mediatores addidissent mandatis, tandem consensisse sancteque pollicitos ad proximam diem Dominicam quæ nimirum futura erat dies quarta Decembris, se propositionem suam circa ipsa Pacis ineunda media in manus Dominorum Mediatorum consignaturos; idemque mox etiam a nobis promissum; atque adeo, ut utrinque condictum esset, nos præfixis horâ & die promissis nostris stetisse, præ-

1644.

il est dit expressément dans le Traité de Prague qu'il n'étoit pas permis à l'Empereur de faire la Paix, sans le consentement de tous les Etats de l'Empire: qu'ainsi, puisque les François n'avoient en vue que la sûreté publique, à laquelle on ne pouvoit pourvoir qu'en présence des Etats de l'Empire, il étoit juste & raisonnable de déférer à leur demande. Que par raport à l'Electeur de Trêves, les François soutenoient qu'il n'avoit pas été pris par droit de la Guerre, mais seulement parceque s'étoit mis alors sous la protection du Roi très-Chrétien, parceque l'Empereur n'étoit pas en état de le défendre; & qu'ainsi il étoit très-juste qu'avant toutes choses, il fût remis en liberté, qu'autrement l'honneur du Roi en souffriroit, & qu'ainsi ils ne pourroient traiter avant que ce Préliminaire fût réglé.

Après avoir délibéré en particulier avec les Espagnols, nous avons repondu, premiérement qu'il étoit constant que dans toutes les actions humaines, & sur tout dans celles qui intéressoient le public, rien n'étoit plus précieux & plus estimable que l'observation religieuse des promesses faites; puisque sans cela c'en étoit fait de la Société. Que le 23. de Novembre Messieurs les Ambassadeurs étoient venus chez nous & nous avoient fait un discours fort étudié pour nous exhorter, puisque l'affaire des Pleinspouvoirs étoit terminée, à entamer les Négociations pour la Paix au Principal, & à nous préparer à faire nos Propositions à cet effet; persuadez que celui qui feroit les premières ouvertures, & qui proposeroit les moyens les plus justes & les plus raisonnables pour parvenir à la Paix, meriteroit les graces de Dieu les plus particuliéres, & les éloges de tous les Peuples de la Chrétienté: que l'Empereur & le Roi Catholique avoient assez fait connoître leurs dispositions pour la Paix, qu'il n'y avoit qu'à continuer & à mettre la derniére main à ce grand ouvrage. Que nous avions donné lieu à cette exhortation pour avoir seulement dit que nous voulions, avant toute chose, savoir quelles étoient les intentions des François, puisqu'en signant le formulaire des Saufs-conduits ils avoient refusé de s'obliger directement à commencer les Négociations, ce qui nous faisoit appréhender que si nous déclarions de la part de l'Empereur les moyens de parvenir à la conclusion de la Paix, les François ne fissent encore quelque difficulté, & ne cherchassent de nouveaux détours: c'est pourquoi nous demandions qu'ils se déterminassent à faire une pareille déclaration, puisqu'ils ne trouveroient aucun obstacle de notre côté, étant prêts à faire nos propositions, & étant autorisez par l'Empereur de manière à ne pouvoir causer aucun délai. Le 27. du même mois on nous vint dire de la part de Monsieur le Nonce que nous étions d'accord avec les François, & qu'après avoir oüi les raisons de Messieurs les Ambassadeurs de la Médiation, ils avoient consenti & promis de délivrer le Dimanche suivant quatrième de Decembre leur proposition sur les moyens de faire la Paix, entre les mains des Médiateurs; nous fîmes alors la même promesse, & l'on convint de part & d'autre; nous ne manquâmes pas au jour & à l'heure mar-

propositionem ad ipsa Pacis penetralia directam obtulisse, eâ plane spe Gallos quoque idem sincere & fideliter sine dolo & fraude præstituros : sed jam contrarium in propatulo esse, loco mediorum ad Pacem perveniendi exceptiones & protestationes, quare nunc quidem ad hujusmodi propositionem devenire nolint, obtendi.

Itaque nos jure conqueri fidem nobis datam servatam non esse, nullâque nos ratione ad respondendum Gallorum exceptiunculis contra nostram propositionem teneri, nisi priùs & ipsi suam quoque mentem circa media ad Pacem aperiant, & clare dicant quid à Cæsare, quid à Rege Catholico postulatum sibi esse arbitrentur; nos satis distinctè quid Cæsar, quid Rex Catholicus facturi sint, quid sibi à Parte adversâ fieri velint enuntiasse; si Gallis ad capitula magis distinctà progredi liceat, ad ipsos pertinere ut à genere ad speciem progrediantur, scripto quotquot velint postulata, conditiones, media, proponant, sicque fidem promissorum expleant : tum nos quid ad singula faciendum aut non faciendum videatur haud gravatim declaraturos; pari omnino passu progrediendum ut ipsi ad nostram; nos verò ad ipsorum respondeamus Propositionem, id si ipsi facere nolint, jam Cæsarem & Regem Catholicum causam habere justissimam coram toto orbe conquerendi Gallos promissis non stetisse, nihilque aliud quàm retardationem Pacis affectare : ad prætensâ deinde argumenta quibus necessitatem præsentiæ Statuum astruere conantur, facilem esse responsionem.

Nam ad Conventionem Hamburgensem quod attinet, nullum ibi verbum contineri quod hæc Pacis tractatio coram præsentiâ omnium Imperii Statuum peragi deberet; nec verò Cæsarem unquàm id fieri oportere cogitasse, nec unquàm ejus rei à parte adversâ mentionem injectam fuisse : certum autem ex juris regulis concessionem ad eas quæ quis verosimiliter concessurus non fuisset, minimè extendi. Si adversarii hoc in animo habuerint, sibi imputari debere quòd legem apertius non dixerint, deinde concessionem illam Salvorumconductuum hoc tantium inferre quòd utriusque Partis Socii, fœderati adhærentes adesse possint; rem liberæ facultatis esse, non necessitatis, posse adesse, posse abesse Status, sed non cogi ut adsint. Tertiò non omnes nec in Fœdere nec in societate unius vel alterius Partis fuisse, quosdam ut Subditos movem se gessisse, quosdam medio loco fuisse neutri Partium addictos, itaque non inferri hinc ad omnes posse. Quartò hunc nec modum legitimi Conventûs, venturos esse multos sed non omnes, nec verò omnes venire posse nisi à Cæsare convocatos : Cæsarem autem nullâ ratione cogi posse ut omnes convocet, quòd hoc inter Pactiones Preliminares conventum non sit: itaque falli Gallos, si hoc modo securitatem aut firmamentum securis Tractatibus adstruere cogitent : longe id aliâ ratione, si quidem res per Imperii Status & Ordines tractanda sit, fieri oportet, Gallos æquum putasse ut nos ipsorum

TOM. I.   de

marquez de porter nos propositions jusques dans le sanctuaire même de la Paix, dans l'espérance que les François feroient sincèrement la même chose : mais on a vu le contraire & aulieu de moyens pour parvenir à la Paix, ils n'ont produit que des exceptions & des protestations sur les raisons pour lesquelles ils ne veulent pas en venir à aucune proposition.

Nous avons donc droit de nous plaindre qu'on ne nous a pas gardé la foi qu'on nous avoit donnée, & que nous ne sommes aucunement obligez à répondre aux foibles exceptions proposées par les François contre nos propositions, à moins qu'ils ne déclarent leur intention, sur les moyens de faire la Paix, & qu'ils ne disent clairement en quoi consiste ce qu'ils croyent prétendre de l'Empereur & du Roi Catholique, que pour nous nous avons assez clairement exposé ce que l'Empereur, & le Roi Catholique feront & ce qu'ils exigent de la Partie adverse; que si les François veulent entrer dans un plus grand détail, c'est à eux à descendre du général dans le particulier, & à spécifier par écrit leurs demandes, leurs conditions, & leurs moyens; de cette manière ils exécuteront leurs promesses, & nous declarerons sans peine sur chaque article ce que nous pourrons faire & ne pas faire; il faut marcher à pas égal, & nous répondrons à leur proposition comme eux à la nôtre: s'ils ne veulent pas se conduire ainsi, l'Empereur & le Roi Catholique auront droit de se plaindre à toute la Terre de ce que les François n'ont pas tenu leur parole, & qu'ils ne tendent qu'à retarder la Paix: il est aisé de répondre aux raisons sur lesquelles ils fondent la nécessité de la présence des Etats de l'Empire.

Quant à la Convention de Hambourg, il n'y est dit nulle part que ce Traité-cî dût se faire en présence de tous les Etats de l'Empire; jamais l'Empereur n'a pensé que cela dût se faire, & jamais la partie adverse n'en a même parlé: qu'il est certain par les règles du Droit qu'on ne peut étendre une concession, jusqu'à ce que l'on n'auroit pas vraisemblablement accordé. Si c'étoit l'intention des adversaires, on peut les accuser de n'avoir pas assez expliqué la Loi, & de plus que la concession des Saufsconduits signifie simplement que les Alliez, confédérez & adhérans de chaque parti, pourront assister, ce qui emporte la faculté & non la nécessité; que les Etats pouvoient être présens & pouvoient être absens, mais qu'il n'y avoit pas d'obligation qu'ils y fussent. En troisième lieu, qu'ils n'étoient pas tous entrez dans l'Alliance de l'une ou de l'autre Partie, que quelques una avoient obéi comme Sujets, que d'autres étoient restez neutres, & qu'ainsi cela ne pouvoit être apliqué à tous. En quatrième lieu, que ce n'étoit pas la leur manière de tenir une Assemblée légitime, que plusieurs y viendroient, mais non pas tous, & que tous n'y pouvoient venir s'ils n'étoient convoquez par l'Empereur : on ne peut contraindre l'Empereur à convoquer tous les Etats de l'Empire, puisque cela n'a pas été stipulé dans les Conventions Préliminaires: ainsi les François se trompent fort s'ils s'imaginent rendre par ce moyen plus sûr, & plus solides des Traitez déja sûrs par eux-mêmes: bien loin delà, car s'il faut que la Paix soit traitée par les Etats de l'Empire, il faut que les François se soient imaginé que nous serons contens de la fu-

R r

de futurâ per Status Galliæ conventorum ratificatione, factâ permissione, contenti simus; & hac præconceptâ spe ad conclusionem Pacis procedamus, causam non habere quominus & ipsi eâdem spe ratificationis per Ordines Imperii ad ipsam Pacis tractationem progrediantur; non enim arctioribus terminis Cæsarem ac ipsum Regem Galliæ includendum, si firmitudinem rerum quæ tractandæ obveniunt, spectare velint, nihil hujusmodi a Statibus sparsim & citra morem Majorum comparentibus sperandum, semper patere aditum exceptionibus : omnia hoc casu dependere a Conciliis generalibus Imperii, posse Tractationem Pacis ita concludi, ut, si opus videatur, tota Pacis Conventio postea in unâ legitimâ Dietâ Imperiali confirmari debeat.

Ex Recessu Ratisbonensi nihil aliud evinci quam ut Principibus, Statibusque liberum esset rerum suarum bonique publici promovendi causâ suos Deputatos ad hos Congressus mittendos; id verò Cæsarem nunquam prohibuisse nec etiamnum prohibere : sed hoc eam non habere vim ut propterea præsentia eorum præcisè necessaria sit, & absentibus Statibus Pax tractari & concludi per Cæsaris Legatos non possit; cum clarum manifestumque sit eo ipso Recessu Cæsari ex publico Imperii Decreto, absolutam dari potestatem Pacem in Imperio & cum exteris promovendi, tractandi, & concludendi, & hoc vel maximè toto ad primam Cæsareæ propositionis partem Tractatu actum esse, ubi nunquam cogitatum, nunquam dictum aut scriptum fuerit, Cæsari sine Statuum præsentiâ Pacem facere non licere; libertatis & facultatis esse quòd Status Imperii ad hos Congressus venire possint, non necessitatis; nec etiam ipsorum libertati quicquam decessurum quamvis vel nulli vel non omnes compareant; adeo ut ab omni alienum sit ratione quod Galli, necessitatem comparendi velint extorquere, aut ob Statuum absentiam cum Cæsare, summo Imperii capite Pacis compositionem detrectare; & ut demus (quod tamen citra præjudicium dictum esto) omnino requiri ut Ordines Imperii rebus tractandis præsentes sint; Gallos tamen causam prorsus nullam habere, si quidem tantum promovendæ Pacis desiderium præ se ferunt, cur ante ipsorum adventum cum Cæsare aut ejus Legatis ipsos negotii principalis Tractatus ordiri velle negent, cum Cæsar non solùm ut talis & ex potestatis Cæsareæ plenitudine, sed etiam ex singulari totius Imperii Decreto, amplissimam componendæ Pacis auctoritatem & potestatem habeat; non hîc agi de jure suffragii quo Ordines in publicis Imperii Conventibus gaudent, eâ ipsâ de causâ Dietam Francofurtensem continuare visum Cæsari & ipsis Ordinibus, ut quæ forte inciderent graviores in Pace componendâ quæstiones in isto Conventu deliberari possent. Plures adhuc septimanas frustra hîc expectandum otiosis manibus fore, antequam Ordines vel eorum Deputati adveniant, nec tamen omnes adventuros & cum iis qui advenerint intricatissimam fore de-

future ratification que les Etats de France auront la permission de donner, & qu'avec cette espérance nous travaillerons à la Paix; ainsi ils n'ont pas raison de ne pas donner les mains au Traité dans la même espérance d'obtenir la ratification des Etats de l'Empire; en effet si l'on veut s'arrêter à la sureté des Traitez à faire, on ne doit pas imposer des obligations plus étroites à l'Empereur qu'au Roi de France; chaque partie des Etats ou tous même assemblez, contre l'usage ne peuvent faire rien espérer de semblable : ainsi on pourra toujours trouver matiére à des exceptions : cela étant, tout dépend des Diétes générales de l'Empire, & l'on peut conclure les Traitez de Paix de maniére que, si on le juge nécessaire, ils puissent être confirmez dans une Diéte Impériale légitimement convoquée.

On ne peut conclure autre chose du Recès de Ratisbonne, sinon qu'il est permis aux Princes & Etats de l'Empire d'envoyer leurs Députez à ce Congrès, pour y veiller à leurs intérêts & à ceux du public; c'est ce que l'Empereur n'a jamais empêché & n'empêche pas encore: cela ne signifie pas que leur présence est absolument nécessaire, & que l'Empereur ne peut traiter & conclure la Paix en leur absence par ses Ambassadeurs; puisqu'il est clair & évident par ce même Recès, que l'Empereur a reçu de l'Empire par un Décret public le pouvoir entier de travailler à la Paix, de la traiter, & de la conclure dans l'Empire & avec les étrangers; c'est pourquoi est fondé tout le Traité qui suit de la premiére partie de la proposition de l'Empereur, où il n'a été ni pensé, ni dit, ni écrit que l'Empereur n'est pas le maître de faire la Paix sans que les Etats soient présens; que tous les Etats de l'Empire puissent assister à ce Congrès-ci, c'est une suite de la liberté & du pouvoir qu'ils en ont, mais non pas une nécessité; & quand aucun d'eux ne s'y trouveroit ou que quelques-uns seulement y manqueroient, ils ne perdroient rien de leur liberté : ainsi c'est sans raison que les François prétendent établir cette nécessité de les y apeler, ou refusent de traiter avec l'Empereur qui est le chef de l'Empire. Mais quand même nous accorderions que les Etats de l'Empire doivent être présens aux Négociations, les François n'auroient aucune raison, si tant est qu'ils veuillent la Paix, de refuser d'entamer les Négociations au principal avant leur arrivée, avec les Ambassadeurs de l'Empereur; puisque l'Empereur non seulement comme Empereur & en vertu de la puissance Impériale, mais même par un Décret particulier de tout l'Empire, a une pleine & entiére puissance de traiter de la Paix; il ne s'agit pas ici du droit de suffrage dont les Etats de l'Empire jouissent dans les Diétes, car c'est pour cette raison que la Diéte de Francfort reste assemblée sous le bon plaisir de l'Empereur & des Etats, afin qu'ils puissent y délibérer des propositions importantes qui pourroient être faites pendant le Congrès. On sera obligé de rester plusieurs Semaines à rien faire, si l'on veut attendre les Etats ou leurs Députez, outre qu'ils ne viendront pas tous & que ceux qui viendront, entreront dans des délibérations

si

deliberationem , ac prorſus talem quæ exitum invenire nullum poſſit ; hoc Gallos minime latere , etſi nihilominus in ſuâ opinione perſiſtant , Sole clarius eſſe ipſos tantùm ſubterfugia quærere , nec de Pace componendâ ſerio cogitare.

Ad ea quæ ex Pace Pragenſi adducebantur , bifariam reſpondemus : Primò in totâ illâ compoſitione nullibi cautum ne Ceſar inconſultis Ordinibus Pacem facere poſſit : deinde controverſiam illi tantùm inter Ceſarem & Status Catholicos ex unâ , Ducem verò Saxoniæ Statuſque Proteſtantes ex alterâ parte fuiſſe ; itaque res ipſa monebat omnia de utrorumque conſenſu componi debere ; tum vel maxime ſpectatum ibi fuiſſe ad tributa extra ordinem Statibus Imperii indicta quæ extra Comitia vel generalia vel circularia ad ſolum Ceſaris placitum exigi minime poſſe palàm fit ; hic autem de Pace non cum Ordinibus Imperii ut qui jam cum Ceſare in gratiam rediiſſent , ſed cum exteris componendâ agi , ad cujus compoſitionem Statuum Ordinumque præſentiam requiri, nullâ Imperii Lege aut Conſtitutione cautum ; plura Bella nomine Imperii ab Imperatoribus cum exteris geſta , pleraque tamen circa Ordinum præſentiam finita ; allegabimus præcipue duo exempla. Maximilianum ſcilicet primum publico Imperii Decreto ſtimulante etiam & inſtigante Gallorum Rege , bellum cum Venetis geſſiſſe , finiſſe tamen Pace compoſitâ etiam non adſtantibus Ordinibus Imperii: Maximilianum dein ſecundum geſtum per publicum pariter Imperii Decretum contra Solimanum Turcarum Imperatorem bellum Pace initâ compoſuiſſe per ſuas tantùm Legatos , nullo prorſus Ordinum Imperii præſente aut ſuffragante ; laudatum tamen , gratiaſque habitas ab univerſis Imperii Ordinibus cum de his rebus geſtis in Comitiis generalibus poſtea inſecutis referret. Quin ipſam Pacis Pragenſis compoſitionem exemplo eſſe poſſe , ut hic quoque pariter ad Pacem componendam procedatur , rejectâ rerum tranſactarum confirmatione ad Conventum Imperii generalem.

Ad prætenſam reſtitutionem Trevirenſis quod attinet , mirari nos quòd Galli inter Præliminaria numerarent , cùm hæc quæſtio ad ipſa Pacis penetralia ſpectet , inauditum prorſus & ab omni pacificatione alienum ex captivis quemquam reſtitui antequam de Pace conventum , aliter cogitare nos non poſſe quam & hanc quæſtionem impediendis Tractatibus Pacis inventam , cùm facile perſpiciant Galli in tam abſona conſentire non poſſe , agere ipſos de reputatione ſeu exiſtimatione Regis ſuo inſtaurandâ , ſed interea minime æquum eſſe ut hoc ſummo cum Ceſaris dedecore fiat. Electorem hunc non minus ac reliquos Status Ceſaris & Imperii , Vaſſallum ſive Subditum eſſe , juramento fidelitatis & obedientia adſtrictum , in protectionem aut clientelam ſe alterius inconſulto Ceſare & invito ſubjicere non potuiſſe : tum & plura alia ab iſto Principe admiſſa quæ contra dignitatem ſalutemque Imperii ſint , ut

Том. I. hac-

ſi embaraſſées qu'on n'en verra point la fin ; c'eſt ce que les François n'ignorent pas, & cependant ils perſiſtent opiniâtrément dans leur ſentiment : ce qui prouve évidemment qu'ils ne penſent pas ſérieuſement à la Paix, & qu'ils ne cherchent que des ſubterfuges.

Nous avons deux choſes à répondre à ce qu'on nous allegue du Traité de Prague : Premiérement, c'eſt que dans tout ce Traité il n'eſt dit nulle part que l'Empereur ne pourra faire la Paix, ſans conſulter les Etats de l'Empire : en ſecond lieu, de quoi s'agiſſoit-il à Prague? D'un démêlé entre l'Empereur & les Etats Catholiques d'une part, & le Duc de Saxe & les Etats Proteſtans de l'autre part : la nature de ce diférend vouloit que les choſes s'accommodaſſent du conſentement des deux partis ; on y mit enſuite ſur le tapis les contributions extraordinaires exigées des Etats de l'Empire , & qu'il eſt certain que l'Empereur ne peut exiger de ſa pleine autorité, & ſans le conſentement des Diétes générales ou de celles des Cercles. Mais ici il ne s'agit point de faire une Paix, avec les Membres de l'Empire qui ſont déja réconciliez avec l'Empereur, mais bien avec des étrangers, & il n'y a aucune Loi ou Conſtitution dans l'Empire , qui exige que les Etats de l'Empire ſe trouvent préſens à la Négociation d'une telle Paix ; les Empereurs ont fait pluſieurs Guerres au nom de l'Empire, & ils les ont preſque toutes finies ſans le concours des Etats de l'Empire; nous en raporterons ſeulement deux exemples. Enſuite d'un Décret de l'Empire & à la perſuaſion du Roi de France, Maximilien I. fit la Guerre aux Venitiens, & la termina par la Paix , ſans le concours ni la préſence des Etats de l'Empire : Maximilien II. fit de même la Guerre à Soliman Empereur des Turcs en vertu d'un Decret public de l'Empire , & enſuite il fit la Paix par ſes Ambaſſadeurs ſans qu'il s'y trouvât préſent aucun des Etats de l'Empire & ſans leur conſentement ; cependant tous les Etats de l'Empire l'en remerciérent publiquement , lorſque dans la première Diète générale qui ſe tint , il fit raport de ce qui s'étoit paſſé. La Paix de Prague peut ſervir ici de modéle, & l'on peut travailler à la concluſion de la Paix, dont on renvoyera la confirmation à la Diéte générale de l'Empire.

Pour ce qui eſt de l'élargiſſement de l'Electeur de Trèves que l'on demande , nous ſommes ſurpris que les François en veuillent faire un Préliminaire, puiſque c'eſt une affaire qui concerne le principal de la Paix ; en effet il eſt inouï que l'on ait jamais remis en liberté aucun des priſonniers avant que l'on ſoit d'accord ſur les conditions de la Paix, & nous ne pouvons nous empêcher de croire que l'on ne s'aheurte à cette demande que pour faire trainer la Négociation , perſuadez que les François ſont qu'on ne conſentira jamais à une demande ſi déraiſonnable , ils pretendent cela pour rétablir l'honneur & la réputation de leur Roi, mais doivent-ils le faire aux dépens de celle de l'Empereur? L'Electeur eſt, ainſi que les autres Etats, Vaſſal & Sujet de l'Empereur & de l'Empire, il lui eſt ſoumis par ſon ſerment de fidélité & d'obéïſſance, & il ne peut ſe mettre ſous la protection d'une autre Puiſſance ſans la participation de l'Empereur & malgré lui : eutre cela ce Prince a fait pluſieurs choſes contraires à la dignité & au ſalut de l'Empire, & les

hactenus cateris quoque Electoribus haud con-
sultum visum fuerit , cum ante finitum Bel-
lum in libertatem restituere : hîc tamen in
specie considerandum ipsum non in manu Ca-
saris sed summi Pontificis , adeoque ipsius li-
berationem multis ambagibus obnoxiam esse:
Belli autem jure captum vel ex eo clarum
quòd Urbs Archiepiscopalis ipsa Treviris milite
Gallo contra Imperii Leges & Constitutiones
obsessa fuerit , ut plane pro tali habendus esset
qui a Casare & Domino suo ad externm Re-
gem descrivisset.

Hac cum omnia Italico sermone explicasse-
mus, ad longum Venetus Orator rursus oppo-
suit : Primùm , si Casari potestas pacificandi per-
missa , qui hoc fiat quod Casarianis Deputati
Electorum in hoc negotio pacificationis adjuncti
dicantur? Secundum deinde Gallos dicere ex
Gothofredo Jurisconsulto probari Principibus
Germania licitum esse, etiam inscio & invito
Casare, cum exteris fadera componere; unde
sequi quod Trevirensis oppugnatio injusta fue-
rit.

Ad primum respondimus anno millesimo
sexcentesimo trigesimo sexto Electores Ratisbona
congregatos Casari obtulisse quosdam ex suo
Collegio quorum consilio & assistentiâ ejus
Commissarii uterentur, hocque à Casare li-
benter admissum, eâ tamen declaratione ut
Commissarii ipsius totum Pacis negotium sub
titulo & nomine Casarea Majestatis & sacri
Imperii tractarent gererentque ; Electorum
verò sive omnium sive aliquorum Deputati eis-
dem consili causâ presto essent : itaque tum
Electores tum aliorum Ordinum Deputatos ne-
mini , nisi nobis , mandata sua exhibituros.
Ad secundum falli Gallos & fallere cum istâ
Gothofredi doctrinâ; nam juxta tenorem Au-
rea Bulla , Pacisque publica Constitutionum
ejusmodi omnia fadera quocumque nomine ap-
pellentur disertis verbis prohibita , adeò ut nulli
Principum vel Ordinem inspecto Juris ordine
ejusmodi Fadera cum exteris contrahere liceat:
idque clarissimorum Jurisconsultorum Germania
tum Protestantium, tum Catholicorum auctori-
tate satis luculenter probari posse. Nos qui-
dem non negare talia multa facta antehac &
fieri etiamnum , sed id ex secessionibus &
rebellionibus originem traxisse, & semper com-
positis hujusmodi motibus renuntiatum Fade-
ribus contra Leges Imperii contractis fuisse &
renuntiari oportuisse.

Tum ille quemadmodùm & pariter Dominus
Nuntius de Trevirensi nonnulla etiam à se
Gallis objecta, & presertim quod tractatio de
ipsius restitutione longiorem moram involveret,
tandem eò devenisse ut dicerent , si impetrato
à nobis Salvoconductu hominem aliquem ido-
neum (ipsi un Gentilhomme nominant) ad
Electorem mittere liceret qui ipsi Salvumcon-
ductum a Casare pro ipso dudum juxta Pra-
liminarem Conventionem concessum, traderet
atque exquireret , an in libertate constitutus
& ad hos Congressus non ipse venire, sed suos
tantùm Mandatarios mittere vellet , satis-
fac-

autres Electeurs ne peuvent consentir à le mettre en liberté que la Paix ne soit faite : enfin
on doit considérer qu'il n'est pas entre les mains
de l'Empereur, mais du Pape, ce qui rend son
élargissement sujet à une multitude de difficultez:
on ne peut nier qu'il n'ait été pris selon le droit
de la Guerre , puisque la Ville Archiépiscopale
de Tréves a été remplie de soldats François,
contre les Loix de l'Empire, ensorte qu'on devoit regarder comme ennemi un Prince qui a-
voit quité le parti de l'Empereur son Souverain pour prendre celui d'un Roi étranger.

Après que nous nous fumes ainsi expliqué en
Italien , l'Ambassadeur de Venise nous répondit : Premiérement , que si l'Empereur avoit
la puissance de traiter de la Paix , pourquoi
donc, disoit-on, que les Députez des Electeurs
se joindroient aux Ministres de l'Empereur dans
cette Négociation ? En second lieu, que les
François disoient que le Jurisconsulte Godefroi
foutenoit qu'il étoit permis aux Princes d'Allemagne de faire des Alliances à l'insçu & malgré
l'Empereur avec des Puissances étrangéres, d'où
il s'ensuit que la prison de l'Electeur de Tréves
est injuste.

Nous avons répondu à la premiére objection
que les Electeurs étant assemblez à Ratisbonne,
en l'an mil six cens trente-six avoient présenté
à l'Empereur quelques-uns de leur College du
conseil desquels les Commissaires de Sa Majesté Imperiale pourroient se servir ; & que
l'Empereur l'avoit aprouvé , mais à condition
que ses propres Commissaires traiteroient & feroient la Paix au nom de l'Empereur & de
l'Empire, & que les Députez de tous les E-
lecteurs ou de quelques-uns d'entr'eux les assis-
teroient de leurs conseils , & que pour cette
raison les Députez des Electeurs ou de quelques
autres Etats ne délivreroient leurs Pouvoirs qu'à
nous seuls. En second lieu, que les François se
trompent & qu'ils en font accroire aux autres a-
vec cette doctrine de Godefroi ; puisque la
Bulle d'Or & la Constitution de la Paix publique font également contraires à ces sortes
d'Alliances, de quelque nom qu'on les apelle;
ensorte qu'il n'est permis à aucun Prince ou
Etat , tant qu'il se tiendra dans les bornes de
ses droits , de faire aucune Alliance avec quelque Prince étranger ; ce qui peut se prouver aisément & clairement par l'autorité des plus cé-
lébres Jurisconsultes Allemans Protestans & Catholiques. Que nous ne nions pas qu'il ne se
foit fait & qu'il ne se fasse encore de telles Alliances, & qu'elles ont toûjours tiré leur origine de quelques rebellions; ensorte que lorsqu'on a pacifié ces troubles, on a toûjours renoncé à ces Traitez faits contre les Loix de
l'Empire, & l'on a été obligé d'y renoncer.

Cet Ambassadeur & le Nonce nous dirent
qu'ils avoient fait quelques objections aux François sur tout par raport à l'Electeur de Tréves,
leur remontrant sur tout que la Négociation
pour son élargissement emporteroit bien du
tems , & enfin ils nous proposérent si nous
voudrions donner un Saufconduit avec lequel
ils envoyeroient un Gentilhomme à l'Electeur,
pour lui remettre le Sauf-conduit que l'Empereur lui a accordé suivant la Convention Préliminaire, & pour lui demander ensuite si étant
en liberté il trouveroit à propos de se rendre à
ce Congrès-ci , ou s'il se contenteroit d'y envoyer

factum sibi fore, nam Gallos evincere ex generali Salvoconductu velle, omninò licitum esse debere huic Electori ut in personâ propriâ comparere possit, quod expressè in Salvoconductu dicatur, sive ipsemet Status venire, sive suos deputare velit.

Ad ea respondimus nos de ablegatione Cursoris ad Electorem hunc quid facto opus videatur consultare cum Domino Episcopo Osnabrugensi velut Deputato Collegii Electoralis velle; Gallos autem citra interpretationem verborum Salvoconductûs vehementer errare, non ex regulis ut supradictum in generali locutione ut non comprehendi qua quis vel ipsimiliter concessurus non fuisset: Salvosconductus generales ad eos tantùm Ordines pertinere qui in tali statu sint ut absque aliis impedimentis comparere possint; hoc ipsum Gallos agnovisse, cum ratione Trevirensis generali illâ concessione contenti esse noluerint, sed specialem Salvumconductum pro ipso impetraverint, cùmque iis verbis conceptum admiserint quibus non ipsimet Electori in personâ comparendi, sed tantùm suos Deputatos mittendi potestas datur: ergo nihil aliud ipsos flagitare posse.

Postremò adjecerunt Mediatores Gallos inter cetera excusasse quod priùs ad Hollandos, & Suecos de facienda propositione mittere debuerint, earumque responsum in dies expectare, hoc obtento mentem se suam ulterius declaraturos. Sed nos paucis, num ergo sat temporis jam ante non habuissent voluntatem ipsorum explorandi, & si ignorarent diem ad faciendam propositionem condicendum non fuisse?

Hispani quoque plurima pro confirmandâ nostrâ oratione adjecerunt; tandem Mediatores factâ brevi ultro citroque dictorum recapitulatione receperunt se denuò cum Gallis acturos an obmissis ambagibus ad propositionem mediorum ad Pacem inducere possint: & Venetus ut ostenderet sibi per omnia satisfactum his verbis colloquium finivit ac Nuntius, uscio dire che habbiamo fatto una buona raccolta &c.

Ego digressis singulis ex voluntate Domini Comitis statim ad Episcopum Osnabrugensem qua acta essent retuli, & quidquid ipsi circa Trevirensem videretur requisivi; respondit consultum haud fore nec etiam à Cæsare excusari posse, ut Gallis potestas fiat mittendi Cursorem; posse offerri nos ad Cæsarem scripturos ut in formâ jam dudum conventâ novos Salvosconductus in Cancellariâ Aulicâ confici ac immediatè ad Electorem perferri curet: reliqua omnia quæ acta erant vehementer probavit.

Mercurii septimâ hujus revisitarunt nos Hispani, gratias agendi causâ pro officio condolentiæ ob mortem Reginæ nobis exhibito; ubi etiam retulerunt Dominum Nuntium quem eadem de causâ fuissent allocuti, graviter de Gallorum insolentia conquestum & plane contestatum ipsos animûm ad Pacem faciendam non habere, sed in novis Belli apparatibus Fœderibus-

deribus-

voyer ses Ministres; Car, dirent-ils, les François prétendent que suivant le Sauf-conduit général, il doit être libre à cet Electeur de comparoître en personne, puisqu'il est dit expressément, soit que ledit Etat voulût s'y rendre en personne ou y envoyer ses Plénipotentiaires.

Nous avons répondu à ceci que nous délibérions avec Monsieur l'Evêque d'Osnabrug, comme Député du College Electoral, sur cette expédition d'un Courier à l'Electeur de Trèves; mais que les François se trompoient fort dans l'interprétation des termes du Sauf-conduit, car suivant les régles posées ci-dessus, on ne peut comprendre dans une expression générale ce que vraisemblablement on n'auroit pas accordé; que les Saufs-conduits généraux ne concernoient que les Etats qui sont dans une situation à comparoître sans aucun empêchement, & que les François en étoient convenus lorsqu'ils témoignerent n'être pas contens de cette concession générale par raport à l'Electeur de Trèves, & qu'ils en demandérent un particulier pour lui, qu'ils obtinrent conçu dans des termes qui ne lui permettent pas de comparoître en personne, mais seulement d'envoyer ses Députez: ainsi ils ne peuvent prétendre rien de plus.

Les Médiateurs ajoutérent enfin que les François s'excusoient entr'autres sur ce qu'ils devoient consulter les Hollandois & les Suédois sur leur proposition, & qu'ils attendoient leur réponse dans quelques jours, & qu'aussitôt ils déclareroient leur intention. Nous avons demandé sur cela s'ils n'avoient donc pas eu assez de tems pour consulter leurs Alliez, & s'ils ignoroient qu'on étoit convenu du jour auquel on devoit délivrer les propositions.

Les Espagnols ajoutérent plusieurs choses pour fortifier ce que nous avions dit; enfin les Médiateurs ayant fait une courte Récapitulation de tout ce qui avoit été dit de part & d'autre, se retirérent pour parler de nouveau aux François & tenter, en évitant tous ces détours, de les engager à proposer les moyens de conclure la Paix: & l'Ambassadeur de Venise voulant faire connoître qu'il étoit content de cette Conférence, la termina par ces mots de même que le Nonce, Uscio dire che habbiamo fatto una buona raccolta &c.

Aussitôt qu'ils furent sortis, je m'en fus, par ordre de Monsieur le Comte, chez l'Evêque d'Osnabrug, à qui je fis raport de tout ce qui s'étoit passé; je lui demandai son avis touchant l'Electeur de Trèves: il me répondit qu'il n'étoit pas à propos, & que l'Empereur n'aprouveroit jamais qu'on permit aux François d'envoyer un exprès; que l'on pouvoit offrir que nous écrivions à l'Empereur à ce que l'on dressât dans la Chancelerie Aulique, de nouveaux Saufs-conduits dans la forme dont on étoit déja convenu, & qu'on les envoyât immédiatement à l'Electeur: que du reste il aprouvoit fort tout ce qui s'étoit fait.

Le Mercredi septiéme de ce mois les Espagnols nous vinrent rendre visite pour nous remercier des complimens de condoléance, que nous leur avions faits sur la mort de la Reine; ils nous raportérent qu'ayant été pour le même sujet chez le Nonce, il s'étoit fort plaint de l'insolence des François, & qu'il étoit convaincu qu'ils n'avoient aucune envie de faire la Paix, & qu'ils ne pensoient qu'à conti-

nuer

Rr 3

dribusque prolongandis totos occupari : Fuisse quandam inter ipsos dissentionem circa actum Propositionis , Avauxium censuisse faciendam esse propositionem ad media Pacis directam , sed Servientum repugnasse ac voluisse promissionem de exhibenda propositione revocari debere ; cùm autem Avauxius diceret hoc sine insaniâ fieri non posse , tandem ipsos hunc abortum peperisse : se omnia ad Summum Pontificem scripturum , atque ostendere velle Pacem ab ipso Congressu sperandam nullatenùs fore.

nuer la guerre & à faire de nouvelles Alliances: qu'il y avoit eu quelque différend entr'eux sur l'acte de leur proposition, que d'Avaux avoit été d'avis que leur proposition devoit tendre aux moyens de faire la Paix, mais que Servien avoit soutenu le contraire, voulant qu'ils révoquassent la promesse qu'ils avoient faite de délivrer leur proposition; mais d'Avaux soutenant que cela ne se pouvoit sans honte: & qu'enfin ils avoient produit cet avorton : qu'il alloit rendre compte de tout cela au St. Pére, & lui donner à entendre qu'on ne doit pas attendre la Paix de ce Congrès-ci.

PROPOSITION

De Mrs. les Ambassadeurs de France faire à Munster le 4. Decembre 1644.

LE Roi ayant toûjours estimé beaucoup plus nécessaire de bien pouvoir à la durée & sureté de la Paix Générale lorsqu'elle aura été une fois conclue , que de songer seulement aux moyens de quitter les armes pour un tems, afin de ne retomber pas facilement ci-après dans les malheurs présens, lorsqu'il aura plu à Dieu de les faire cesser : les Plénipotentiaires de Sa Majesté très-Chrétienne demandent pour cet effet qu'avant toutes choses on fasse instance de part & d'autre à Messieurs les Electeurs & autres Princes de l'Empire pour hâter leur venue en cette Ville ou l'envoi de leurs Députez suffisamment autorisez, dont la plûpart est déja en chemin , soit afin que leurs intérêts puissent être considérez & démêlez comme il appartient , & que l'on puisse trouver avec eux , y traitant la Paix générale , des remédes convenables pour l'avenir aux maux & préjudices que les desordres de la Guerre leur ont fait souffrir , soit afin que leur présence & intercession rende le Traité qui sera fait durable & légitime : & pour faire voir que l'intention desdits Plenipotentiaires n'est pas de retarder la Negociation par cette demande, mais plutôt de l'avancer ; ils déclarent qu'aussitôt que l'assemblée sera complete par l'arrivée de ceux qui ont droit d'y assister , ils feront des ouvertures si justes & raisonnables pour la conclusion de la Paix, qu'il ne se rencontrera pas au moins de leur part tant de difficultez à surmonter dans la décision des Matières plus importantes qu'il s'en est trouvé d'ailleurs & s'en trouve encore aujourd'hui à donner la forme & autorité nécessaire en ladite Assemblée.

Ils demandent aussi avant toutes choses que Monsieur l'Electeur de Trêves soit mis en liberté & rétabli en la possession de tous ses Etats , biens, & dignitez , afin qu'il soit en son pouvoir de se trouver en personne dans ladite Assemblée, si bon lui semble; suivant le Passeport accordé par l'Empereur à tous les Princes & Etats de l'Empire , Alliez ou adhérans de la France, ou d'y envoyer ses Députez en vertu du Passeport particulier qu'il en a , après avoir été mis en état & en lieu qu'on ne puisse pas croire qu'il auroit été contraint de leur donner des instructions plûtôt selon la volonté d'autrui que la sienne propre; afin qu'il puisse avoir une libre communication & correspondance avec l'Assemblée. Le rétablissement dudit Sieur Electeur touche si noblement Sa Majesté par un intérêt d'honneur & est aussi de telle importance pour tous les Princes, & d'ailleurs il est nécessaire pour rendre, comme il a été dit, cette Assemblée complete & légitime que lesdits Plénipotentiaires de France déclarent ne pouvoir passer outre , si ledit Sieur Electeur & Archevêque de Trêves n'est remis dans une entière liberté.

PROPOSITION

Faite à Munster le 4 Decembre 1644. par les Plenipotentiaires d'Espagne & les Conditions sous lesquelles ils prétendent traiter de la Paix avec ceux de France.

PREMIEREMENT.

QUe le Roi rende au Roi d'Espagne tout ce que le feu Roi & lui ont conquis depuis le Traité de Ratisbonne en l'an 1630. d'autant que selon le Droit, & la Coutume ordinaire entre les Princes Catholiques , on rend par les Traitez de Paix ce qui a été conquis par les armes sur leurs Ennemis.

II.

Que pareillement il rendra à l'Empereur, à l'Empire , à la Maison d'Autriche , au Duc de Lorraine, & aux autres Confédérez, Alliez & adhérans de ladite Maison ce qu'il occupe sur eux, & qu'il possède depuis le Traité de Ratisbonne.

III.

Que de plus il fasse restitution de tous les dom-

dommages & intérêts foufferts à l'occafion de la guerre.

IV.

Et que le contenu aux Traitez de Cambrai en 1529. de Crefpi en 1544. de Câteau en Cambrefis en 1559. de Vervins en 1598. de Monçon en 1626. & de Ratisbonne en 1630. auxquels il y a plufieurs articles & claufes très-préjudiciables à la France, demeure en fa force & vigueur.

V.

Sans préjudice des Traitez particuliers que le Roi d'Efpagne peut avoir faits avec d'autres Princes & Républiques.

VI.

Que la Neutralité entre le Comté de Bourgogne & le Duché foit renouvellée en la forme ci-deffus ou ci-devant.

VII.

Qu'il y ait une union ou une amitié réciproque entre les deux Couronnes, contre les Ennemis de l'une ou de l'autre, ainfi qu'il s'eft obfervé aux Traitez précédens.

VIII.

Et que les droits que les Rois d'Efpagne prétendent d'ancienneté fur la France, leur feront réfervez, fans que, par le Traité qui fera fait, il leur puiffe être fait aucun préjudice.

Examen de la propofition que deffus.

I.

DE droit, ainfi qu'il s'obferve entre toutes les Nations du monde, les Rois, & Princes ne rendent point ce qu'ils ont conquis fur les Ennemis, au cas qu'auparavant il ait été autant ufurpé fur eux, ou fur les Prédéceffeurs, fans avoir égard à la longue poffeffion, ou prefcription du tems; ainfi ils retiennent les conquêtes par droit d'Hypothéque, par échange, comme il eft remarqué entre autres au Traité d'Arras en l'an 1482 entre le Roi Louis XI. & Maximilian Duc d'Autriche, depuis Empereur, premier du nom, par lequel il fut convenu que le Roi Louis XI. & fes Succeffeurs Rois de France pourroient retenir les Comtez de Bourgogne & d'Artois, jufqu'à ce qu'il fût apointé du droit prétendu par le Roi aux Villes & Châtellenies de Lille, de Douai & d'Orchies : & derechef par le Traité de Câteau-en-Cambrefis l'an 1559. entre l'Empereur Charles V. & le Roi Henri II. où ledit Roi Henri fe réferva Turin, Quiers, Pignerol, Chivas, Villeneuve d'Aft conquifes fur le Duc de Savoye, par le Roi François I. jufqu'à ce qu'il lui fût fait raifon de fes droits en Piedmont, & au Comté de Nice ufurpé fur le Comté de Provence par le Duc de Savoye : & le Roi Henri le Grand par le Traité de Lion en l'an 1601. s'eft réfervé la Breffe qu'il avoit conquife fur le Duc de Savoye pour & en échange du Marquifat de Saluces, ufurpé fur le Roi Henri III. fon Prédéceffeur.

Joint que s'il eft queftion de rendre toutes les Conquêtes qui fe font par les Princes; il eft certain que les Rois d'Efpagne depuis Ferdinand & Ifabelle n'ont point rendu aux Rois de France par plus de douze Traitez les Royaumes de Naples, d'Arragon, de Navarre, le Duché de Milan, ni les droits de Souveraineté & de Jurifdiction, de feodalité ou de propriété, fur les Comtez de Flandres, d'Artois, de Lille, de Douai & de Tournai : & quantité d'autres Seigneuries que notoirement ils ont occupées, & ufurpées, mais ayant l'avantage des armes ils les ont contraints d'y renoncer, ou ftipulé à une furfeance ou fouffrance de les poffeder pendant quelques années, ou bien de n'en faire pourfuite par les armes mais feulement par voye amiable & de juftice.

II.

Et pour ce qui regarde les Alliez & adhérans de la Maifon d'Autriche, le Roi n'eft pas obligé de rendre ce qu'il a conquis fur eux, fi l'Empereur & le Roi d'Efpagne ne rendent pareillement ce qu'ils ont ufurpé fur les Princes & Etats de l'Empire tant d'Allemagne que d'Italie, Alliez de la France compris aux précédens Traitez de Paix, foit qu'ils l'ayent retenu, & fe foient donnez à leurs confidens fous titre de confication, ou fous quelque autre prétexte, en haine d'avoir été du parti de France; étant plus que raifonnable que la reftitution fe faffe pour ce regard également de part & d'autre, & même pour ceux qui font pleinement Sujets de l'Empereur, & du Roi d'Efpagne, & non fi privilégiez que les Princes de l'Empire, felon qu'il s'obferve d'ordinaire aux Traitez de Paix, par lefquels il eft convenu de part & d'autre que les Sujets de l'un des Princes, qui ont fervi en Guerre, ou autrement l'autre Prince, feront rétablis en leurs biens immeubles, offices & bénéfices, nonobftant tous jugemens au contraire.

Et de plus qu'à l'Empire foit reftitué le Duché de Milan que l'Empereur Charles V. & fon fils le Roi d'Efpagne Philipe II. ont par leurs Teftamens unis à perpétuité aux Royaumes d'Efpagne. Item le droit de Féodalité fur la Seigneurie de Sienne avec nombre de Forterefles maritimes en ladite Seigneurie, & en la Côte de Genes. La Ville de Cambrai. La Souveraineté fur le Comté de Bourgogne. Le Duché de Luxembourg, & autres Seigneuries des Pais-Bas; & le droit de réverfion fur le Duché de Wirtemberg, en défaut d'hoirs mâles, dont la Maifon d'Autriche s'eft aproprié, & qu'elle s'eft réfolu de ne jamais rendre.

III.

Les dommages & intérêts foufferts à l'occafion de la guerre entre les Princes, ne fe doivent demander ni en argent ni en Terres, parce que c'eft attribuer à l'une des Parties, & lui impofer le tort de la Guerre, & triompher d'elle, ainfi qu'un Prince Souverain feroit fur fes propres Sujets qu'il met à l'amende ; mais l'ordinaire eft que le tout foit mis en oubli, felon qu'il eft contenu entre eux au Traité de Vervins de l'an 1598. en ces mots, *Et dès maintenant cefferont toutes Hoftilitez, oubliant lefdits Seigneurs Rois toutes chofes ci-devant paffées quelles qu'elles foient, qui demeureront abolies, & éteintes, fans que jamais ils en faffent reffentiment quelconque, encore que le Roi d'Efpagne eût excité & fomenté par plufieurs* années

années la faction de la Ligue, & rebellion des Sujets, contre les Rois Henri III. & Henri le Grand. Et s'il faut rendre les dommages reçus à l'occasion de ladite Guerre, la France est mieux fondée que l'Espagne de demander les frais, & dommages que l'on lui a fait souffrir depuis tant d'années, & après tant de misères & charges sur le pauvre peuple au sujet des Guerres injustes de l'Espagnol pour la Valteline, Mantoüe, & Montferrat.

IV.

Les Princes traitant entre eux de Paix dérogent le plus souvent aux Traitez précédens, s'ils sont iniques & extorquez par violence ainsi qu'il se voit par le Traité de Madrid en l'an 1526. & suivans par lesquels il est dérogé à celui de Conflans proche de Paris en l'an 1465. auquel le Roi Louis XI. fut forcé par une ligue, & faction de ses Sujets rebelles, de ceder & transporter à Charles, Comte de Charolois, depuis Duc de Bourgogne, & à ses Descendans mâles & femelles les Comtez de Bourgogne, de Ponthieu, & de Guines, comme encore les Villes d'Amiens, de St. Quentin, de Corbie, d'Abbeville, & autres sur la Rivière de Somme. Et encore par le Traité de Cambrai en l'an 1529. par lequel il est dérogé audit Traité de Madrid, où le Roi François I. Prisonnier de Guerre de l'Empereur Charles V. s'obligea de lui quitter le Duché de Bourgogne, le Comté de Masconnois, le Comté d'Auxerrois, le Vicomté d'Auxonne, la Seigneurie de Bar-sur-Seine.

V.

Et quant aux Traitez particuliers faits par le Roi d'Espagne avec quelques Princes & Républiques, il les faut voir & examiner, avant que de les aprouver, parce qu'ils peuvent être au préjudice de la France, tels que sont plusieurs Traitez de Ligues avec quelques Cantons des Suisses & des Grisons, qui tendent principalement à cette fin que les Rois de leur ne puissent avec tant de facilité faire la Guerre au Roi d'Espagne du côté du Duché de Milan, que jusqu'à ce qu'ils ne puissent secourir les Alliez d'Italie que l'on voudra opprimer, & finalement à ce que la Confédération & Alliance de la France avec les Princes lui soit par après renduë inutile.

VI.

Pour ce qui touche les Neutralitez du Comté de Bourgogne avec le Duché qui a été octroyé de nouveau de la part du Roi, il soit reconnu par laps de tems qu'elle est très-dommageable à la France, d'autant que durant les Guerres nos Rois ont les mains liées de se reprendre sur ce qui leur est plus proche, & à leur bienséance; & cependant la Picardie & la Champagne se trouvent exposées aux Hostilitez du côté des Païs-bas. Cette neutralité a commencé du Regne de l'Empereur Charles V. qui ne regarda qu'à ce qui étoit de son avantage, comme il se voit par son Instruction au Roi Philippe II. son fils, pour le gouvernement de ses Royaumes, parce que ledit Comté est éloigné des Païs-Bas & d'autres d'Espagne, & ne peut si soudainement être secouru, durant les Guerres entre les Rois de France & d'Espagne.

VII.

Il n'est pas à présent loisible au Roi de s'unir, & se confédérer avec la Maison d'Autriche, de l'assister contre tous ses Ennemis, vû les derniers Traitez de Confédération que ce Roi a avec la Reine & Couronne de Suède, la République des Provinces-Unies des Païs-Bas, le Duc de Savoye, la Landgrave de Hesse, &c. autres Princes; s'étant le feu Roi & Sa Majesté à présent regnant obligez de ne traiter de Paix sans eux avec l'Empereur & le Roi d'Espagne, &c, si la Paix est enfrainte par la Partie adverse, de les secourir au besoin : de manière que si le Roi s'oblige d'assister la Maison d'Autriche contre ses Ennemis, cela ne se peut entendre contre lesdits Etats avec lesquels il est deja allié par une mutuelle conservation, les pouvant aussi légitimement excepter du nombre des Ennemis de cette Couronne & Nation que fit Henri II. Roi de Castille par son Traité de Confédération avec le Roi Charles V. à Toiede l'an 1368. par lequel lui ayant promis de l'assister contre ses Ennemis, excepta du nombre le Pape, l'Empereur, & le Roi d'Arragon : & que de même par le Traité de Marcouffis l'an 1498. il fut stipulé que si Ferdinand Roi d'Espagne & Isabelle faisoient la guerre en Angleterre, Ecosse & Navarre & aux Rois de ces Royaumes, le Roi Louis XII. le pourroit assister; & pareillement si ledit Roi Louis faisoit la guerre aux Rois des Romains, d'Angleterre & de Portugal, lesdits Rois d'Espagne le pourroient secourir.

VIII.

Par raport aux droits que le Roi d'Espagne prétend sur la France, soit à cause du Duché de Bourgogne, dont il prétend le titre, ou bien d'autant que quelques flateurs ont mis en avant depuis l'Empereur Maximilian I. que la Maison d'Autriche vient en ligne masculine des Rois de France de la première race des Merovingiens, & ainsi que le Royaume de France leur apartient; il n'est que trop certain qu'il n'y a plus de descendans mâles des Rois de France, de cette première Maison & race, non plus que de la Maison de Charlemagne, dont d'autres flateurs font venir les Maisons de Lorraine & de Bavière : & pour ce qui concerne le Duché de Bourgogne, il est revenu à la Couronne de France après le décès de Charles dernier Duc de Bourgogne, sans Descendans mâles, dont nos Rois se sont toûjours offerts d'en faire raison par Justice en la Cour de Parlement de Paris qui est la Cour des Pairs, & en doit avoir la connoissance, comme le Pape & le College des Cardinaux du différend pour le Royaume de Naples, & l'Empereur & les Electeurs de l'Empire du différend du Duché de Milan.

Ou au contraire le principal prétexte qu'ayent les Rois d'Espagne de retenir la Navarre, c'est à cause qu'elle sert de sureté à l'Espagne si la guerre survient entre les François & les Espagnols; les Etats de Castille le surent bien dire du Regne de l'Empereur Charles V. s'expliquant ainsi pour être le Royaume de Navarre, l'une des Clefs d'Espagne & par où les François le peuvent plus facilement attaquer.

Et quant aux droits sur la Flandre, l'Artois, Lille, Douai, & Tournai; l'on sait assez que cela a été extorqué; le Vassal tenant le poignard sur la gorge de son Seigneur féodal & souverain, lorsque le Roi François I. & ses deux fils étoient détenus en captivité dans l'Espagne.

PRO-

PROPOSITION

Des Plenipotentiaires de l'Empereur pour parvenir à un Traité de Paix avec la France : à Munster le 4. Décembre 1644.

AUgustissimus Imperator noster Dominus Clementissimus, quo primum tempore ad cubmen Imperialis Dignitatis, Divinâ favente Clementiâ, per legitimam electionem, electus est, hoc unum curæ ac cordi habuit, quâ ratione, viâ, ac modo, sacro Imperio, ejusque Electoribus, Principibus & Statibus, cum exteris Coronis, (quarum exitus præsenti tempore intra fines sacri Imperii deprehenduntur) Pax & amicitia conciliari, pristinæ familiaritatis ac pacificæ vicinitatis Jura restaurari, commerciorum mutua libertas reduci, cunctaque in priorem mutuæ societatis & fidei communicationem restitui possent.

Hinc est quod sua Cæsarea Majestas statim à primo ingressu regiminis omnia & singula, quæ a Divo patre suo circa Pacis Tractatus acta, & inchoata fuerant reassumi curaverit, Legatos suos ac Plenipotentiarios ad loca conventa destinaverit, plenissime persuasum habens si ex unâ quaque parte rectæ rationi & æqualitati loco dare atque ad restitutionem, eorumque hinc inde armorum, potius violentiâ quam juris ordine erepta sunt, animum adjicere placeat facilem ad inimicitiarum & hostilitatum compositionem apertum iri viam.

Cui quidem rei instar fundamenti servire posse arbitratur, quæ inter pie defunctum Dominum Imperatorem Ferdinandum II. & Regem Galliarum Ludovicum XIII. suffragantibus Serenissimis Dominis Imperii Electoribus, anno salutis 1630. Ratisbonæ confecta est pax, utpote quam prædicta sua Majestas à Divo patre executioni mandatam, hactenus ad amussim servavit, & porro fideliter sine dolo & fraude servare constituit, modò Serenissimus Rex idem ex parte suâ faciat, atque in hunc finem quæ interea temporis Cæsareæ Majestati, sacro Romano Imperio, Serenissimæ & Augustissimæ Domui Austriacæ, aut Sociis & Confœderatis eorum contra dicta mensis istius pacificationis imprimis autem Duci Lotharingiæ fuere erepta, & omni causâ reddantur atque in integrum restituantur.

Hoc posito in universum fundamentum facilis erit singulorum conventio eamque viam si Legati & Plenipotentiarii sequi velint, non per illum stabit quin ad singula omnia quæ inde descendunt, æquo ordine procedatur : Reservando nihilominus per expressum sacræ Cæsareæ Majestati, sacroque Romano Imperio, omnia & singula Jura, actiones & superioritates, quæ ipsi circa alia jam olim ad Imperium spectantia, & hactenus per Coronam Galliæ detenta, competere dignoscuntur. Actum Monasterii Westphalorum die quartâ mensis Decembris anno Domini 1644. desunt signa.

LE très-Auguste Empereur nôtre Seigneur très clément, aussitôt qu'il a été élevé à la Dignité Impériale par la grace de Dieu & par une élection légitime, n'a eu rien plus à cœur & il a employé tous les soins pour chercher le chemin & les moyens qui pourroient redonner la Paix à l'Empire, à ses Electeurs, à ses Princes & à ses Etats, pour rétablir l'ancienne amitié & remettre sur pié de vivre paisiblement avec ses voisins, dont les issues en ce temsci se découvrent aux confins de l'Empire, il a voulu renouveler la liberté du commerce, & il a voulu remettre toutes choses comme elles étoient autrefois, où l'on communiquoit fidélement les uns avec les autres.

Ce fut pour cela que Sa Majesté Impériale d'abord qu'il entra dans le gouvernement, eut soin de reprendre tout ce qui avoit été fait par feu son Père touchant le Traité de Paix, qu'il destina ses Ambassadeurs & ses Plénipotentiaires à un lieu dont on étoit convenu, étant entiérement persuadé que si de chaque côté on vouloit entendre raison & conserver l'égalité pour la restitution des choses qui ont été plutôt prises par la violence des armes que par aucune sorte de droit, que si l'on y vouloit bien faire réflexion, on trouveroit facilement le chemin pour mettre fin aux inimitiez & aux hostilitez.

A quoi il croit que pourroit bien servir de fondement le Traité de Paix fait à Ratisbonne en 1630. entre l'Empereur Ferdinand second d'heureuse mémoire & le Roi de France Louis Treize par l'aide de Mrs. les Sérénissimes Electeurs de l'Empire, que Sadite Majesté avoit observé exactement jusques ici le Traité que feu son Père avoit contracté & qu'il est résolu de le tenir fidélement & sans fraude, pourvû que le Sérénissime Roi fasse le même de son côté, que pour cet effet tout ce qui depuis ce tems là a été pris par Sa Majesté Impériale, sur le St. Empire & à la Maison d'Autriche, a leurs Alliez & Confédérez contre cette Paix, & principalement tout ce qui a été pris au Duc de Lorraine, que le tout soit rendu & soit rétabli dans son premier état.

Cela posé pour fondement général, l'accord de chacun sera fort facile, si Mrs. les Ambassadeurs & les Plénipotentiaires veulent suivre ce chemin, ils pourront proceder justement & par ordre à tous les points particuliers qui en dépendent : Sa Majesté Impériale & le St. Empire se réservant néanmoins expréssément tous & chacuns droits, actions, & superioritez qui lui appartenoient autrefois & que la Couronne de France retient jusques à cette heure. Fait à Munster en Westphalie le 4. du Mois de Décembre de l'année 1644. Les signatures manquent.

EXTRAIT

D'une Lettre de Munſter du 2.
Decembre 1644.

LEs Ambaſſadeurs qui ſe trouvent à Munſter, ſont : deux de l'Empereur, dont l'un eſt le Comte de Naſſau, & l'autre le Sr. Wolmar, Préſident des Comtez en la haute Autriche.

Meſſieurs d'Avaux & Servien pour la France.

Pour l'Eſpagne les Sieurs de Saavedra qui eſt Conſeiller au Conſeil Souverain des Indes, & le Brun du Conſeil des Païs-Bas.

L'Evêque d'Oſnabrug eſt pour les Electeurs de Mayence, de Cologne, & pour le Chapitre de Trèves.

Les deux Médiateurs ſont le Nonce du Pape, nommé Fabio Chigi, Siennois de nation ; & le° Sr. Contarini pour Veniſe.

Il y a de plus deux Ambaſſadeurs de Portugal, qui ſont les Srs. Andrada & de Caſtrò : le tout faiſant enſemble avec leur ſuite 400. perſonnes.

Egliſes de Munſter.

Il y a une Egliſe Cathédrale, deux Collégiales, ſept Paroiſſes, ſept Monaſtéres de Religieux, autant de Religieuſes.

Les ſorties de la Ville ſont dangereuſes & incommodes ; mais l'air eſt beaucoup meilleur qu'en Hollande : les rues de la Ville ſont très-ſales, & preſque toutes remplies de pourceaux & de fumier, & mal pavées ; les Maiſons très-déſagréables, peu de converſation avec les Habitans : mais la conſolation eſt le ſujet qui nous y porte, qui fait prendre tout cela à gré ; & auſſi l'entretien avec les Etrangers qui y ſont en grand nombre.

LETTRE ECRITE AUX ETATS DE FRANCONIE,

Par Meſſieurs l'Evêque de Bamberg & le Marquis de Brandebourg, qui ſont ceux qui convoquent les Etats du Cercle.

MElchior Otto par la Grace de Dieu Evêque de Bamberg & le Marquis Chriſtian de Brandebourg Duc de Pruſſe, Stetin, Poméranie, des Caſſubes, & Vandales, auſſi de Sileſie, Croſſen & Jagerndorff, Burgrave de Nuremberg & Prince de Rugen.

Notre amitié & ſalut, Révérendiſſimes, illuſtres, Nobles, & très-doctes chers & bien aimez.

Vous ne pouvez pas ignorer & avez ſans doute ſû la réſolution que les Princes & Etats du Cercle de Franconie ont priſe d'envoyer de leur part à l'Aſſemblée de Munſter & Oſnabrug & au Traité qui s'y fait entre le Saint Empire & les Couronnes qui ſont intéreſſées en cette ſanglante Guerre, & cela en exécution de la réſolution priſe au Conſeil des Princes aſſemblez à Francfort & à deſſein de ſe ſervir de leur droit de ſuffrage ſuivant la coutume obſervée dans ledit Empire : & d'autant que l'on a ſû que les difficultez qui s'y rencontroient ſont graces à Dieu ceſſées, que les Propoſitions de part & d'autre ont été exhibées, & que l'on eſt ſur le point de mettre au plutôt avec l'aſſiſtance divine la main à l'œuvre, les Princes & Etats dudit Cercle de Franconie ſont demeurez d'accord de ne plus retarder leur Députation, mais de la dépêcher au nom de Dieu au premier jour : toutefois ont-ils avec cela trouvé à propos & jugé néceſſaire de vous en avertir, ainſi que par ces préſentes nous vous en avertiſſons, tant pour nous qu'au nom des autres Princes & Etats, & vous requerons amiablement qu'il vous plaiſe par vos bonnes recommandations y apporter la diſpoſition néceſſaire, afin que auſdits Traitez les Ambaſſadeurs du Cercle de Franconie ainſi qu'il eſt juſte en toutes façons ſoient admis en la manière & forme accoûtumée à leur droit de ſuffrage & qu'ils n'y reçoivent aucun empêchement : cela tend à l'avancement de ce Traité ſi néceſſaire de la Paix & nous ſommes tous portez à le reconnoître envers vous en toute bienveillance & amitié. ¼ Décembre 1644.

MELCHIOR OTTO Evêque.

CHRISTIAN Marquis de BRANDEBOURG.

RE.

REFORMATION

DU POUVOIR D'ESPAGNE.

Plenipotentia a los Miniftros que fu Maeftad ha nombrado para el Tratado de la Paz general con el Congreffo de Munfter.

Le Pouvoir du Roi d'Efpagne à fes Plénipotentiaires pour trai-ter de la Paix avec ceux de France du 5. Janvier 1645. à Munfter.

DOn Phelippe por la gracia de Dios, Rey de Caftilla, de Lion &c. haviendo fi do fiempre mi mayor cuidado, el bien y repofo de la Chriftiandad y el dar a mis Reynos y Vaffallos las felicidades que refultan de la Paz, no ha havido difficultades que en quanto ha permitido el decoro, real contrapefado con el beneficio comun no fe ayan vencido de mi parte para que ceffafen las Calamidades de la guerra que por tantos años ha perturbado y affligido la Chriftiandad, y fe vinieffe effectuamente al Tratado y conclufion de una Paz general honefta, firme y durable, teniendo confideracion a que efta es la principal obligacion de los Reyes y haviendofe feñalado de comun acuerdo la Ciudad de Munfter para el Congreffo y Trattado de la Paz, he tenido por conveniente nombrar perfonas que con toda authoridad y Plenipotencia affiftan al dicho Congreffo con los Plenipotentiarios del Sereniffimo Imperador Ferdinando Tercero mi muy amado Hermano y primo y delos demas Principes que alli concurrieren. Por tanto attendiendo a las muchas y grandes prendas de calidad, prudencia, intelligencia, y zelo de mi fervitio y del bien y repofo comun de la Chriftiandad que concurren en Don Ramiro Nañez de Guzman Duque de Medina de las Torres, y de Sabionneta, Principe de Aftillano, de mi Confejo de Eftado, mi Sumiller de Corps, Teniente general de la Corona de Arragon, y mi Embaxador Extraordinario al Sereniffimo Emperador mi muy caro y muy amado hermano y primo, de Dom Gafpar de Bracamonte Conde de Peñaranda Gentilhombre de mi Camera, de mis Confejos de Camera y Juftitia y affi mifmo Embaxador Extraordinario a fu Maeftad Cefarea, y de fray Jofeph Bergami Obifpo de Bolduque Eletto Arcobifpo de Cambrai, de Don Diego de Saavedra Faxardo Cavallero de la Orden de Sant Jago, de mi Confejo de Flandres, y por la fatisfacion que fiempre han dado, en los muchos y grandes negocios que han trattado y tenido a fu cargo. Por tanto confiando de todos y de cada uno dellos en particular que attenderan al mayor bien de la Chriftiandad y amit particulares intereffes y de los Amigos, Alyados y Confederados mios, y de la Auguftiffima Cafa de Auftria los nombre por la prefente por Plenipotentiarios mios y los dos entero, y abfoluto poder de conferer y trattar con los Plenipotentiarios de mi muy amado hermano y fobrino el Rey de Francia embiados al dicho Congreffo que fe embiaran con fufficientes poderes de acuerdo y Confejo de la Reyna Regente fu madre y Tutora mi muy cara y amada Hermana y oyr, proponer, ajuftar, capi-

DOn Philippe par la grace de Dieu Roi de Caftille, de Léon, &c. Mon plus grand foin ayant toûjours été pour le bien & pour la tranquilité de la Chrétienté, & pour faire jouïr mes Royaumes & mes Sujets de tout le bonheur que procure la Paix, j'ai mis bas toutes les difficultez que l'honneur de ma Couronne pouvoit oppofer, lorfque je les ai contrepefées au bénéfice commun, pour faire ceffer toutes les calamitez de la Guerre qui depuis tant d'années a troublé & affligé la Chrétienté, & pour qu'on vint effectivement à un Traité, & à la conclufion d'une Paix générale, honefte, ferme, & durable; confidérant que c'eft à principale occupation des Rois. La Ville de Munfter ayant été marquée d'un commun confentement pour le Congrès & pour y traiter de la Paix, j'ai jugé à propos de nommer des Perfonnes avec toute autorité & Pleinpouvoir pour affifter audit Congrès avec les Plénipotentiaires du Séréniffime Empereur Ferdinand troifiéme mon très-aimé Parent, & avec les Plénipotentiaires des autres Princes qui s'y trouveront. Pour cet effet faifant attention au nombre & aux grandes qualitez de prudence, d'intelligence, de zéle pour mon fervice & pour le bien & le repos commun de la Chrétienté qui fe trouvent en Dom Ramiro Nugnez de Guzman Duc de Medina de las Torres & de Sabioneta, Prince d'Aftillano, Confeiller de mon Confeil d'Etat, Grand Chambellan, Lieutenant Général d'Arragon & mon Ambaffadeur extraordinaire auprès du Sérénifiime Empereur mon très-cher & très aimé Frere & Coufin; en Dom Gafpar de Bracamonte Comte de Peñaranda, Gentilhomme de ma Chambre, Confeiller de ma Chambre & de Juftice, Ambaffadeur auffi extraordinaire auprès de Sa Majefté Impériale; en Frère Jofeph Bergami Evêque de Bois-le-Duc, élu Archevêque de Cambrai; & en Don Diego de Saavedra Faxardo Chevalier de l'Ordre de St. Jaques, Confeiller de mon Confeil de Flandres; pour la fatisfaction qu'ils m'ont toûjours donnée dans le maniment de plufieurs & grandes affaires qu'ils ont eues en main, fait que me confiant en tous & en chacun d'eux en particulier, qu'ils s'appliqueront à procurer le bien de la Chrétienté & qu'ils auront un foin particulier de mes intérêts & de ceux de mes Amis, Alliez, & Confédérez, & de la très-Augufte Maifon d'Autriche, je les nomme par ces préfentes pour mes Plénipotentiaires, & je leur donne le pouvoir entier & abfolu de conférer, & de traiter avec les Plénipotentiaires de mon très-cher & très-aimé Coufin le Roi de France, qu'il aura envoyez audit Congrès ou qu'il envoyera pourvus de fuffifans Pouvoirs du confentement & du Confeil de la Reine Régente fa Mére & tutrice ma très-chére & très-aimée Sœur, pour y propofer, ajufter, accor-

Ss 2 der,

1645.

capitular, eftablezer, y firmar la Paz, y inftituir fobre ella quales quier Trattados y admitir los que fe movieren en el dicho Congreffo y obligarme à la ratificacion y cumplemiento de lo que aſſiſe ajuſtare , y capitulare con los dichos Plenipotentiarios. Ademàdeſto les doy authoridad y poder para tratar y concluir en el fobre dicho lugar la dicha Paz con los Confederados, y adherentes de la Corona de Francia con fus Diputados que tuvieren baſtantes Poderes; y doi mi fee y palabra Real que todo lo que fuere hecho tratado y concertado en mi nombre por los dichos Duque de Medina de las Torres , y de Sabionetta Principe de Aſtillano , Conde de Peñaranda mis Embaxadores , Extraordinarios Plenipotentiarios, o por uno dellos en auſencia o enfermidad o por otro impedimiento de alguno dellos , lo tendre pro firme y valido en todo tiempo y des de aora para entonces de lo ratifico, confiento , y apruebo , y me obligo a eſta paſſar por ello como coſa hecha en mi real nombre , y por mi voluntad, y authoridad Real , y lo cumplire punctualmente, ſin falta alguna y aſſi miſmo me obligo a approbar lo y ratificar lo en eſpecial forma dentro del termino que ſe determinare con las fuerças, juramentos , y de mas requiſitos en ſemejantes caſos neceſſarios , y en oſtumbrados , y para firmeza de todo lo obre dicho mande deſpachar la preſente firmada di mi mano, ſelluda de mi ſello ſecreto , y refreudada de mi infra ſcritto Secretario de Eſtado.

Dada en Madrid a cinco de Enero de 1645.

YO EL REY.

DON PEDRO COLOMA.

der , établir & ſigner la Paix, & pour quelqu'autre Traité qui pourroit s'enſuivre de cette Paix dans ledit Congrès : & je m'oblige à ratifier & à accomplir tout ce qui s'y ajutera & s'y accordera avec leſdits Plénipotentiaires: outre cela je leur donne autorité & pouvoir pour traiter & conclure dans le ſuſdit lieu ladite Paix, avec les Confédérez & les Adhérans de la Couronne de France, avec leurs Députez qui auront des Pouvoirs ſuffiſans; & je donne ma foi & parole Royale que tout ce qui aura été traité , & concerté en mon nom par les ſuſdits Duc de Medina de las Torres , & de Sabionete Prince d'Aſtillane , & le Comte de Peñaranda mes Ambaſſadeurs Extraordinaires & Plénipotentiaires , ou par l'un d'eux en l'abſence ou maladie ou autre empêchement de l'autre, que je le tiendrai pour ferme & valide en tout tems; & dès à préſent pour alors je le ratifie, j'y donne mon conſentement , & je l'approuve, & je m'oblige à paſſer par là comme choſe faite en mon nom Royal , & ſuivant ma volonté & mon autorité Royale , je l'accomplirai ponctuellement & ſans faute aucune; je m'oblige même de l'approuver & de le ratifier en bonne & due forme dans le tems qui aura été arrêté, avec la force & les ſermens néceſſaires & accoûtumez dans les occaſions ſemblables : & pour la ſûreté de tout ce que deſſus dit , j'ai commandé de dépêcher la préſente ſignée de ma main, ſcelée de mon ſceau ſecret , & contreſignée de, mon Secretaire d'Etat ſouſſigné.

Donné à Madrid le cinq de Janvier de l'année 1645.

MOI LE ROI.

DOM PEDRO COLOMA.

E X A M E N

Du Pouvoir que deſſus.

I.

LE Titre de Séréniſſime & de Majeſté eſt donné à l'Empereur & non au Roi, encore que nos Rois ayent toûjours été égaux en honneurs aux Empereurs , & même par les Traitez de Paix des Empereurs Maximilian I. & Charles V. avec les Rois Louis XII. & François I. à Senlis l'an 1510. & à Creſpi l'an 1544. auſquels le Titre de Séréniſſime & de Majeſté eſt donné aux uns comme aux autres.

II.

Il y a préſentement trois Plénipotentiaires de la part du Roi d'Eſpagne, de plus que dans le premier Pouvoir , ſans l'arrivée deſquels au lieu de la Conférence , il ne peut être rien conclu: qui eſt autant de tems perdu , avant que de Pouvoir commencer à traiter à bon eſcient.

III.

Des quatre Plénipotentiaires d'Eſpagne , nommez par le dernier Pouvoir il y en a deux qui ſont inutiles Ambaſſadeurs Extraordinaires , deux ſeuls étant avec Pleinpouvoir , à ſavoir le Duc de Medina de la Torre , & le Comte de Peñaranda , ſans l'un deſquels l'un de nos Plénipotentiaires ne peut rien conclure qui ſoit valable; puiſqu'il eſt donné à entendre que le Roi d'Eſpagne aprouvera ce que ces deux Ambaſſadeurs Extraordinaires ou l'un d'eux auront conclu & traité : de ſorte que l'avis des deux autres ne ſera point conſidéré, ſi ces deux ou l'un d'eux n'y conſentent, contre ce qui s'obſerve aux Pouvoirs pour traiter de la Paix , ou de Tréve , où ce qui eſt par le plus grand nombre des Plénipotentiaires d'ordinaire aprouvé, eſt ſuivi & tenu pour ferme & valable; ce qui ſera une grande longueur ſur chaque article à décider, où l'on ſera contraint d'attendre toûjours la réſolution d'Eſpagne, ſi ces deux Ambaſſadeurs Extraordinaires ne ſont de même avis que les ordinaires.

IV. Outre

IV.

Outre cela il eft porté que lesdits quatre Plénipotentiaires affifteront à la Conférence avec ceux de l'Empereur, ce qui eft d'autant plus certifier les uns par les autres, en leur donnant les moyens d'agir enfemble avec plus de vigueur contre nous, & introduire un cahos, & confufion des affaires d'Allemagne, avec celles d'Efpagne qui n'ont rien de commun, & doivent être traitées féparément; telles que font celles de Catalogne, de Navarre, & autres, fans qu'il foit befoin d'y intéreffer les Allemands, ainfi qu'il a déja été très-prudemment jugé par l'Electeur de Baviére & autres Electeurs, & auffi par le Roi de Dannemarck.

C O P I E

D'une Lettre Allemande d'un Senateur de la Ville, & République de Nuremberg, à un fien ami en France, dattée de Nuremberg le fixiéme Janvier 1645. fur le fujet de la Paix Générale; traduite en François.

MONSIEUR,

J'Ai reçu celles qu'il vous a plu m'écrire & les ai fait voir à une bonne partie des Seigneurs de notre Sénat, lefquels ont fait de fortes réflexions fur les confidérations y préfentées, & fur tout fur l'union & confpiration de tous les Princes du Sang avec la Reine Régente de France, & Monfieur fon Principal Miniftre, fur l'avancement de cette Paix Générale, bonne, & fure, après laquelle tous les gens de bien foupirent il y a long tems. Vous avez vu pendant votre féjour dans l'Empire nos Villes, Bourgs, & nos Villages en cendre, & les défolations & deferts par tout; jugez, Monfieur, fi depuis votre retour en France il y peut avoir quelque amendement, le feu s'eft allumé de plus en plus.

Dès l'an mil fix cens trente-quatre la Médiation du Roi de Dannemarck fut acceptée des deux partis, & reçue comme vous favez en notre Affemblée Générale à Francfort avec aplaudiffement de tous, comme l'étoile naiffante de la Paix; mais l'événement a bien fait voir que Dieu ne nous en montroit alors que l'aparence, & que l'effet en étoit réfervé à l'autorité de la Régence de la Reine de France, qui ne la peut rendre plus glorieufe que par une importante production.

Chacun fe décharge des retardemens, & en rejette fur autrui le blâme; mais la plus innocente de toutes les juftifications, fera jugée en faveur de ceux dont le procédé fera trouvé le plus franc & le plus férieux.

Meffieurs les Plénipotentiaires de France s'attachent fort à légitimer & autorifer l'Affemblée Générale, qui en doit prendre la connoiffance & en former la réfolution & conclufion: & certes bien que le tems que l'on confume à ces Préliminaires foit fort ennuyeux aux oppreffez & dépouillez, fi eft-ce qu'il en faut confeffer

la néceffité; car il n'eft pas queftion de chercher & appliquer des remédes palliatifs aux maux généraux, il les faut guerir par la racine, afin qu'ils ne rejettent plus, & les arrêter du confentement, & par l'autorité de tous les intéreffez.

Il eft très-certain que fi jamais aucun Prince forme le deffein d'une Monarchie univerfelle dans la Chrétienté, il en cherchera le fondement dans l'Empire, & dans l'oppreffion des Etats d'icelui, lefquels par la réferve de la moitié de la Majefté & de l'autorité du Saint Empire tempérent, & retiennent les mouvemens déréglez & violens d'un Empire abfolu; & fi ce Chef-d'œuvre étoit entrepris, & réuffiffoit à la Séréniffime Maifon d'Autriche, les autres Couronnes Chrétiennes auront beaucoup à fouffrir.

Elles le peuvent affez connoître par l'état de leurs armées, dont les Allemans font la plus grande partie dedans & dehors la Germanie; c'eft pourquoi la plus forte digue que l'on puiffe aporter à ce déluge, c'eft la protection réelle de cette Ariftocratie, laquelle étant bien rétablie, aura le droit, & la force d'empêcher qu'on ne puiffe entreprendre une Guerre, ni faire une Paix étrangére, fans le confentement des Etats, lefquels en ce cas demeureront confidérables aux voifins, & un autre contrepoids à la puiffance qui eft formidable à tous: auffi eft-il vrai que c'eft à cet obftacle qu'on en a toujours voulu.

Car fi l'on confidére bien le progrès de ces mouvemens, & que l'on remonte à leur vraye fource, on trouvera qu'ayant été impoffible d'oprimer tous lefdits Etats par une entreprife générale & ouverte contre iceux, on leur a donné fujet de fe divifer fous prétexte de Religion, & Unions, & Ligues contraires, pour ruiner les uns par les autres & les matter, enforte que laiffez de leurs miféres, & accablez de foibleffe, ils n'euffent plus la force de fecouer le joug.

C'eft à mon avis le motif des Lettres defdits Sieurs Plénipotentiaires de France, & de ceux de Suéde; car en vain tous les Etats de l'Empire auroient été fommez par iceux, de fe trouver en ladite Affemblée pour la légitimer, autorifer, & affurer les réfolutions, s'ils n'y trouvoient leurs Dignitez & leur droit de fuffrage conferver & confidérez: c'eft pourquoi étant pleinement perfuadez que c'eft là le vrai but des Couronnes Alliées; nous avons pris réfolution en ce Cercle de Franconie, d'envoyer nos Députez en ladite Affemblée, pour y fervir au nos Confeils & fuffrages, au bien de cette Paix fure & bonne, & avons convié tous les autres Cercles par notre exemple d'y députer auffi.

Mais, Monfieur, comme les intentions font connues à Dieu feul, & qu'on ne peut empêcher qu'elles ne foient foupçonnées & interprétées fouvent bien au rebours de la vérité; on ne manque pas d'en difcourir problématiquement, & d'infinuer auffi qu'on ne nous apelle à ce Sénat de toute l'Europe, que pour y mettre de la confufion, & prendre delà occafion de néceffiter les plus grandes affaires, des affaires particuliéres aux dépens des plus foibles; & pour ne vous rien cacher à l'œil & à l'oreille de ce qui fe dit & qui fe fait, pour en confidérer & pénétrer la vraye fin, on remarque bien qu'ès actions qui ne décident rien, & n'engagent la France par aucun préjugé, elle n'épargne perfonne, & hauffe la langue comme tous également; mais on ne voit pas qu'en ce grand progrès qu'elle a fait fur le Rhin, elle ait fait à la

Mai-

1645. Maison Palatine la moindre des graces promises par tant de Traitez, de Lettres, de Déclarations, & de paroles, généralement, & sans exception, à tous les Princes dépossédez par les ennemis de la France; & néanmoins lorsque les Suédois, d'avec lesquels on présume les François n'avoir aucunes intentions différentes pour ce qui touche le Saint Empire, ont été Maîtres du Palatinat, ils l'ont remis ès mains du Prince Palatin Duc de Summeren, Tuteur des Princes Palatins lors Mineurs & dépossédez, & le feu Roi très-Chrétien de glorieuse mémoire reconnut lors ledit Duc de Summeren pour légitime Administrateur dudit Palatinat, lui en donna le titre par ses Lettres, que nous avons encore en main, & trouva bon qu'en cette qualité il présidât en notre Assemblée de Francfort, où les Députez des Sérénissimes Electeurs de Saxe & de Brandebourg étoient aussi, & qu'il signât comme Directeur, à cause de sadite Dignité d'Administrateur du Palatinat Electoral, les Traitez qui s'y passèrent, comme on le peut voir ensemble en France par les originaux qui y sont.

Ce procédé de la France, contraire jusques ici à ses préjugez, qui firent alors si grand effet parmi nous, fait croire à plusieurs que l'Amnistie générale ne lui est pas bien à cœur à présent, & qu'après cette Paix il restera des misérables, auxquels elle ne fera pas Paix.

Si une Monarchie si puissante & si heureuse comme est la France a des retenues en cela, & des raisons de ne se hâter de commencer (comme elle peut) le rétablissement de cette Maison, & par icelle l'Amnistie générale, comment oserons-nous parler librement, lorsqu'il sera question de découvrir la force des maux, & ouvrir les remèdes que nous y jugerons nécessaires, contre celui qui seul a profité de la Guerre, lequel il semble que la France veuille protéger, comme il l'a publié lui-même par écrit public.

Il est bien vrai que les Lettres desdits Seigneurs Plénipotentiaires de France, parlent ouvertement des Electeurs maltraitez & dépossédez, & qu'elles blâment le procédé tenu contre iceux, & que cela ne se peut apparement entendre que de ceux de Trèves, & du Palatinat, & conséquemment les bonnes intentions de la France sont assez pour cela notifiées, aussi bien que par les assurances que le Sieur Stella Résident de France à Strasbourg y a données, & qui nous ont été communiquées, que le Roi très-Chrétien veut faire rétablir toutes choses sans exception en leur ancien état de l'Empire, & n'y cherche autre gloire ni avantage par ses armes, que ledit rétablissement, & la sûreté, repos, & liberté de ses voisins.

Laquelle Déclaration fait trouver bien étrange la grande retenue desdits Seigneurs Plénipotentiaires, en la bouche desquels elle auroit eu plus de grace, & de foi; mais vous savez, Monsieur, que les effets & les œuvres sont bien plus persuasifs que les paroles, & que le passé fournit beaucoup plus de présomptions, pour la faveur des intentions vrayes & réelles de la France tant d'un côté que d'autre, & néanmoins il demeure constant que si le Collége Electoral n'est absolument rétabli en son ancienne dignité, autorité, & contrepoids, & qu'on y souffre des changemens de personnes, & des exceptions & restrictions, la Monarchie l'emportera tôt ou tard sur l'Aristocratie, le feu demeurera couvert, & non éteint, & tous les maux ne seront pas guéris.

On nous insinue que s'il faut des Amnisties

particulières, nous ferions plus sûrement & plus logement les recherches de la main de notre Chef; de sorte que pour peu qu'en cette Assemblée générale on remarque des sentimens qui aillent ailleurs, qu'en l'Amnistie, & Paix générale bonne & sûre pour tous les oppressez sans exception, il en arrivera des desordres pires que les premiers : car il est sans doute que l'exemple d'un dépossédé, abandonné par ce Sénat de toute l'Europe, justifiera & établira le droit d'en faire autant aux autres, & la puissance jointe à la volonté & occasion ne manquera jamais de prétexte.

Je sais de bonne part & vous le puis assurer, que ces raisons ont toujours été fort considérées, par l'un de nos Electeurs; qu'outre par la créance qu'on lui a donnée, & qu'on auroit peine de lui ôter encore à présent, que la France & l'Espagne s'accorderont tôt ou tard, à l'exemple de ce qui se fit à Rome par les Triumvirs après la mort de Jules César, aux dépens des amis de l'un & de l'autre parti.

Cela a été cause de la Paix de Prague : il ne falloit pas tant jacter & vanter cette puissance & disposition en parlant à lui & à ses Ministres, comme l'un des vôtres le fit, lors qu'il y étoit; tant y a, Monsieur, que tout fait peur & ombrage aux foibles, & qu'il est vrai que l'on se peine par tout à pénétrer les intentions de la France pour cette cause Palatine, & rétablissement du Collége Electoral en son état, tout ce qui reste de liberté aux autres Colléges des Etats de l'Empire dépendant delà. Vous êtes assez informé de toutes ces choses pour comprendre qu'en effet que si on à acception de personnes, & on laisse quelque chose d'innovée dans l'Empire, on n'y aura rien fait de solide pour la sûreté de la Paix; les mêmes semences de la Guerre y persisteront, & les mêmes puissances y demeureront plus autorisées que jamais d'y agir à l'ordinaire; & conséquemment les Etats abandonnez à l'oppression présente ou future, lorsque les occasions & seront plus propres, & les Couronnes étrangères moins suspectes, & disposées de s'y opposer, & néanmoins il est très-certain qu'elles en sentiront les contrecoups, & que nous ne pouvons périr qu'à leur ruine & dommage. Voilà notre sentiment, & le sens de notre entretien sur le sujet des vôtres; vous assurant, Monsieur, que nous reconnoissons tous très-bien, qu'il est en la puissance de la France d'abaisser l'autorité de ses Ennemis, en affermissant la sienne, par le rétablissement de celle de tous les Etats du Saint Empire.

Les bénédictions que le Ciel verse sur la piété de la Reine Régente de ce grand Royaume, & les dispositions de ces grands Princes du sang qui animent ses Conseils pour l'avancement de cette Paix universelle bonne & sûre, font espérer que ce grand Cardinal qui les fait valoir honorera son ministère de ce grand œuvre, pour l'effet duquel il a les vœux de tous les gens d'honneur & de toute la Chrétienté : nous lui souhaitons tous cette gloire, puisque notre repos en dépend; & j'ai cru être obligé, Monsieur, de vous en assurer, & que votre nom est encore en estime parmi nous : s'il se présente occasion de vous y servir, vous pouvez faire état que je m'y employerai avec affection, puisque je suis toujours, Monsieur, votre très-humble serviteur &c.

Ter-

Tertium Galliæ Legatorum ad Germaniæ Principes Scriptum.

CELSISSIME PRINCEPS,

TAmetfi quidquid geratur, vix quemquam præterit, nec dubitamus quin iis de rebus ad Principes Germaniæ fit allatum quæ ad Germaniam vel maxime pertinent, tandem certius per nos Celfitudini veftræ fignificari Rex Chriftianiffimus voluit.

Nimirum quò eft Regia Majeftas erga Imperii Ordines animo atque conftantia, inter primas de Pace confultationes id potiffimum egimus, ut huc illi Salvisconductbus conceffis evocarentur.

Digna hæc Orbis expectatione Comitia demum fore, haud dubium, iifque frequenti Senatu authoritatis plurimum acceffurum, ut confiliorum concurfu Provinciam hanc facere & fervare tranquillam poffint.

Eapropter fingulos denuo rogamus ut conveniant, ne in qua caufa Reipublicæ, Germaniæ falus vertitur, poft habito Germanorum Procerum placito fuffragioque, jus fiat: an hæc honefta & legibus rebufque veftris confentanea fit ratio dirimendæ litis, veftrum eft judicare.

Arbitrantur idem certe Sereniffimi Electores, nonnullique alii Proceres ac Status qui miffis jam internuntiis ita fe comparant, ut pacatus per eos quoque mundus, & Patria falva intelligatur; Celfitudinem veftram in tantæ laudis partem iterum iterumque vocatam nondum per fuos ideo putamus, quia fortaffe tantifper fuftinuit fe, dum unus aut alter Imperii Princeps prævvet; nunc quando, non uno fed exemplis compluribus, non eft cur in his moris infiftat, nihil fupereffe confidimus quamobrem fufpenfas diutius habeat rationes, & jure fuo & Officiis noftris temporibufque utendi.

Non enim ad futurum Tractatum invitantur Celfitudines veftræ, fed ad inftantem & inchoatum; ipfa vos fpes Facti proxima, Patriæque charitas, accerfit, ficut & parata veftros ad ufus Chriftianiffimæ Majeftatis autoritas: hanc nos Celfitudini veftræ, obfequiaque noftra deferimus. Monafterii Weftphallorum die vigefimo Menfis Januarii anno Domini 1645.

Celfitudini veftræ ad officia paratiffimi,

CLAUDIUS DE MESMES,

ABEL SERVIEN.

Troifiéme Lettre des Ambaffadeurs de France aux Princes de l'Empire.

PRINCE TRES-HAUT,

QUoique perfonne n'ignore ce qui fe paffe, & que nous ne doutions point que les Princes de l'Empire ne fachent tout ce qui fe fait touchant ce qui regarde l'Empire, le Roi très-Chrétien a voulu que nous le faffions favoir plus certainement à votre Grandeur.

Comme fa Royale Majefté eft conftamment portée de cœur, & d'affection pour les Etats de l'Empire, entre les premieres chofes qui ont été traitées, nous avons principalement ftipulé des Sauf-conduits pour faire venir les Etats de l'Empire à ce Congrès.

C'eft alors que cette Affemblée répondra dignement à l'attente de tout le monde, que le nombre des affiftans lui donnera beaucoup plus d'autorité, & le concours de leurs fentimens fera une caution qui rendra, & confervera la tranquillité de cette Province.

C'eft pourquoi nous recommandant à un chacun, puifqu'il s'agit du bien commun de l'Empire de fe rendre inceffamment à ce Congrès, de peur que l'on ne prononce fur ce qui regarde le falut de l'Empire, fans avoir égard au vouloir & aux fuffrages des Grands de l'Allemagne: c'eft à vous de juger fi cette raifon n'eft pas honnête, & fi elle ne s'accorde pas avec vos Loix & avec vos intérêts.

Les Sérénifimes Electeurs penfent la même chofe, & quelques autres des Grands & des Etats de l'Empire, qui ayant déja envoyé leurs Députez, fe mettent en état de contribuer à la Paix générale, & de fauver leur Patrie: nous croyons que votre Grandeur qui a été fi fouvent appellée pour avoir part à une fi louable action n'a point encore envoyé fes Députez, parce que peut-être elle a attendu que quelque Prince de l'Empire prît les devans; mais maintenant votre Grandeur n'a pas feulement un feul exemple, elle en a plufieurs & n'a plus d'excufe pour diférer davantage; c'eft ce qui nous perfuade que votre Grandeur n'aura plus raifon de refter en fufpens, & qu'elle fe fervira de fon droit, & de l'occafion que nous avons pour lui être utiles.

Car enfin votre Grandeur n'eft point appellée à un Traité à venir, mais à un Traité commencé & auquel on travaille actuellement; la Paix prochaine, l'amour de la Patrie vous invitent auffi bien que l'autorité du Roi très-Chrétien toûjours prêt à prendre vos intérêts: nous fommes toûjours difpofez à vous y rendre nos fervices. De Munfter en Weftphalie le 20. de Janvier 1645.

CLAUDE DE MESMES,

ABEL SERVIEN.

EX-

E X T R A I T

D'une Lettre écrite à Munster, du 4. de Fevrier 1645.

MOnsieur d'Avaux étoit attendu le 12. du courant à Osnabrug pour délibérer avec les Plénipotentiaires Suédois, pour l'avancement du Traité, & s'accorder sur la proposition principale.

Les Députez des Etats de l'Empire qui sont déja à Munster & à Osnabrug, demandent instamment qu'on garde le Traité jusqu'à l'arrivée de tous les autres.

Le Baron de Rorté s'en va en Suéde en qualité d'Ambassadeur ordinaire, & le Sieur de Saint Romain lui succedera à Osnabrug.

Le Député du Duc de Baviére est déja arrivé à Munster, mais c'est incognito.

Les Lettres de Monsieur Servien furent envoyées au Collége Electoral à Francfort, & n'y ont pas été lues, mais envoyées cachetées à l'Empereur.

E X T R A I T

D'une Lettre de Munster le 20. Fevrier 1645.

ON attend toûjours à Osnabrug & à Munster le reste des Députez des Etats d'Allemagne, sans lesquels on ne veut rien commencer.

Monsieur d'Avaux est allé à Osnabrug pour conférer avec les Plénipotentiaires de Suéde.

Les Députez de Suéde, de Savoye, & de Baviére font à une lieuë de Munster, & ne peuvent s'accorder pour les entrées : l'Ambassadeur de Venise & ceux des Electeurs ne veulent pas céder.

Les Plénipotentiaires d'Espagne ont reçu le renouvellement de leurs Pleinspouvoirs réformez; & le Roi d'Espagne a nommé encore le Duc de Medina de las Torres, & l'Archevêque de Cambrai pour l'Assemblée de Munster.

E X T R A I T

D'une autre Lettre de Munster le 20. Fevrier 1645.

IL y a un nommé le Sieur Rosenhan pour assister à la Conférence au nom de la Couronne de Suéde : & un nommé de Crosieg pour la Landgrave de Hesse.

Il y a deux Ambassadeurs de Portugal, nommez Andrada & de Castro, auxquels nos Ambassadeurs ne rendent pas les mêmes honneurs qu'à ceux des Rois, d'autant que le Roi ne tient à cette Assemblée le Roi de Portugal au nombre de ses Alliez contre la Maison d'Autriche.

L'on attend outré cela en bref les Députez de la part des Electeurs de Baviére & de Brandebourg, qui sont en chemin de venir : comme encore les Ambassadeurs des Provinces-Unies des Païs-Bas, de Savoye & de Mantouë : & deux autres Ambassadeurs d'Espagne qui sont l'Archevêque de Cambrai ci-devant Cordelier, & qui a été auparavant Evêque de Bois-le-Duc, & le Comte de Pegnaranda.

Quant à Osnabrug il y a pour Plénipotentiaires de l'Empereur le Baron de Lamberg, & le Docteur Crane; & ceux de la Reine de Suéde sont le fils aîné du Chancelier Oxenstiern & le Docteur Salvius; avec lesquels il y doit avoir à la Conférence quelqu'un de la part de France, & les Députez de Mayence & de Brandebourg.

Les Députez des Villes de Hambourg, Lubec, & Brême sont ici pour faire instance pour la liberté de leur navigation & commerce, où le Roi de Dannemarck les trouble.

Et la Commission des Députez des Ducs de Lunebourg, & de Meckelbourg à Osnabrug, pour solliciter pour eux la restitution de quelques Places fortes que les Suédois leur retiennent depuis ces dernieres Guerres.

Il y a à présent en la Maison d'Autriche pour Princes, le Roi d'Espagne, son Fils, l'Empereur, son Fils aîné, son second Fils, son Frère l'Archiduc Léopold, l'Archiduc de Tirol, & son Frère.

L'Electeur de Baviére, & deux fils, & deux frères, l'aîné des frères est l'Electeur de Cologne, & l'autre le Duc Albert qui a trois fils.

SECONDE PROPOSITION

Des Plénipotentiaires de France pour parvenir à une Paix en Allemagne, comme aussi en Italie. A Munster le 24. Fevrier 1645. & délivrée le 1. Avril.

I.

APrès que le Roi a procuré de tout son pouvoir d'avancer le Traité de Paix, & pour cet effet Sa Majesté a fait donner toutes les satisfactions, que l'on desiroit touchant le Pouvoir de ses Ministres en l'Assemblée générale, quoique le premier qui leur auroit été expédié, fût très-ample, & en très-bonne forme; les Plénipotentiaires de la France ont estimé de ne pouvoir ensuite donner d'autres preuves, & plus effectives de la sincérité des intentions de Sa Majesté touchant le repos public, qu'en faisant & cherchant avant toutes choses les moyens d'en assurer pour longtems la durée.

II. C'est

II.

C'eſt à cette fin & pour continuer, en attendant la Paix, le ſoin qu'on a eu du bien public, en prenant les armes, comme auſſi pour conſerver les droits & priviléges des Princes & Etats de l'Empire, que l'on a inſiſté à demander la venuë des Députez; étant aſſez évident que plus l'Aſſemblée eſt nombreuſe, plus on aura lieu d'eſpérer l'obſervation des Loix & des Conſtitutions de l'Empire, & d'établir l'ancienne ſureté de la Paix, à quoi l'on eſt obligé d'ajouter la demande de la liberté de Monſieur l'Electeur de Trèves, comme étant une choſe juſte & néceſſaire, & comme telle arrêtée dans les Préliminaires, puiſque le Paſſeport général, accordé à tous les Princes de l'Empire qui leur donne la liberté de venir en perſonne, ou d'envoyer à l'Aſſemblée, ſeroit inutile, & qu'en vain l'on auroit ajouté un article particulier pour les Députez dudit Sieur Electeur, s'il n'étoit en état & en lieu de tenir avec les Plénipotentiaires de France, & avec les ſiens une inſtruction corresponſondance, & donner à ceux-ci ſes inſtructions ſans crainte & ſelon ſa propre volonté.

Et encore qu'il ſoit aiſé à un chacun de juger que la propoſition ſuſdite eſt conçuë en termes fort équitables, & qui expriment vivement la véritable paſſion avec laquelle la France deſire de contribuer à une Paix ſure & durable; néanmoins Meſſieurs les Médiateurs ayant preſſer Sa Majeſté qu'on entrât davantage en matiére, ſadite Majeſté pour leur complaire, & faire toujours mieux connoître ſa véritable intention pour la Paix, non ſeulement l'a volontiers accordé, mais tenu même à gloire d'aporter de la facilité en une choſe, où la réſiſtance, quoique fondée en toute juſtice, pourroit faire obſtacle à l'avancement d'une œuvre ſi ſainte, & ſi néceſſaire à la Chrétienté, ou ſervir de prétexte pour l'arrêter.

III.

Leſdits Plénipotentiaires enſuite des ordres qu'ils ont reçus de Sa Majeſté, demandent de nouveau que tous les Princes & Etats de l'Empire par leurs intérêts propres, & par celui du bien public, ſoient conviez de ne pas différer plus longtems l'envoi de leurs Députez à l'Aſſemblée générale, où par la grace de Dieu la Négociation eſt enfin ouverte.

Ils ſe promettent en outre que l'on ôtera ſans obſtacle & retardement l'empêchement à l'affaire de Monſieur l'Electeur de Trèves; enſorte que ſa détention ne puiſſe préjudicier, comme elle feroit ſans doute, à l'avancement de la Paix: à quoi ils inſiſtent de nouveau, & cette demande étant ſi juſte & néceſſaire, ils ne doutent point qu'ils n'y reçoivent bientôt entiére ſatisfaction.

IV.

Pour ce qui regarde les affaires d'Allemagne, Sa Majeſté aportera toute facilité pour l'accommodement des différends qu'elle peut avoir avec l'Empereur, & eſt entiérement diſpoſée d'embraſſer les expédiens, par le moyen deſquels on puiſſe établir une Paix ſure dans l'Empire, & une bonne correſpondance & ſincére amitié avec Sa Majeſté Impériale; & pour mieux faire connoître par les effets, avec quelle ardeur Sa Majeſté ſouhaite de voir le repos de l'Empire,
Tom. I.

& de tous les Princes & Etats d'icelui, elle eſt réſoluë de ſe conformer à leurs Conſeils pour tout ce qui concerne le général d'Allemagne, & de ne conſidérer ſes intérêts particuliers qu'avec intention de pourvoir plutôt à la ſureté, & à l'avantage deſdits Princes qu'au ſien propre.

V.

Et comme Sa Majeſté eſt obligée de prendre un ſoin particulier de ceux qui ſont ſes Alliez & adhérans, elle demande préciſément qu'ils ſoient très-ſatisfaits, & que leurs intérêts ſoient démêlez & décidez conjointement avec ceux de la France.

VI.

Quant à l'Italie où les armes de France n'ont paru que pour empêcher tous les maux que tous les Princes euſſent ſoufferts par la perte de Monſieur le Duc de Mantouë, dont on avoit formé le deſſein, qui a cauſé les mouvemens qui durent encore à préſent dans ladite Province, on declare que comme ce motif a obligé le feu Roi d'immortelle mémoire d'y faire des voyages en propre perſonne dans les plus rudes ſaiſons de l'année, & d'y conſumer des Tréſors, & faire répandre tant de ſang de ſes Sujets, Sa Majeſté, qui n'a pas moins ſuccédé à ſes ſaintes intentions qu'à ſa Couronne, ne prend d'autre intérêt aux affaires de ladite Province, que celui des Princes mêmes intéreſſez.

VII.

Et pour plus grand témoignage de cette vérité elle eſt prête de ſe conformer aux Conſeils de notre Saint Pére, de la Sérénisſime République de Veniſe, & des autres Princes, ſans excepter ceux qui ſe montrent adhérans à la Maiſon d'Autriche, en ce qu'ils lui feront connoître être de leurs véritables intérêts, & de leur amitié.

VIII.

Les différens du Roi en Italie avec l'Empereur & le Roi d'Eſpagne, ſont principalement pour l'acquiſition de Pignerol: comme auſſi les Garniſons que le Roi a aux Etats de Savoye & de Montferrat: la Valteline, Bormio, Chiavenne, qui ſont de la Seigneurie des Griſons Alliez de France: & de plus pour la protection de la Principauté de Monaco.

Auſſi ſera-t-il très-prudemment fait pour d'autant plus abréger, que ces différends ne ſe décident en l'Aſſemblée à Munſter; mais que l'accommodement s'en faſſe par les principaux Princes & Etats mêmes d'Italie.

IX.

Le tout ſans préjudice aux droits ni prétentions de Sa Majeſté, qui ſeront réſervez en leur entier à la manière accoutumée.

X.

Et d'autant que Sa Majeſté s'eſt toujours propoſé de ne rien omettre, pour établir une ſure & perpétuelle Paix entre les Princes Chrétiens, leſdits Plénipotentiaires demandent poſitivement, ou que l'on traite préſentement des moyens de la rendre telle, ou que dès à cette
Tt   heure

heure on demeure d'accord que tous les points du Traité général, étant ajuftez du confentement des Princes mêmes & Etats de l'Empire & de l'Italie, l'on conviendra de cette fureté pour le plus grand bien de la Chrétienté, en quoi certainement confifte fon fouverain bonheur.

On laiffe à juger s'il eft poffible de propofer dans l'état préfent de toutes les affaires des ouvertures plus équitables, & fi le Roi a toujours parlé fincérement quand Sa Majefté a déclaré la paffion qu'elle avoit pour le repos & la fureté des Princes d'Allemagne, & d'Italie, depuis qu'on eft fur le point de voir confirmer cette vérité par les effets.

En quoi tout le monde voit le profit que la Couronne d'Efpagne même en retirera, ayant de grands intérêts, comme elle a dans l'une & l'autre defdites Provinces. Fait à Munfter lieu de l'Affemblée le 24. de Fevrier 1645.

CLAUDE DE MESMES,

ABEL SERVIEN.

Et fur le dos de la Lettre: pour être communiquée à Meffieurs les Plénipotentiaires d'Efpagne, lorfqu'il aura été fatisfait de leur part à la Convention du dernier Novembre 1644.

R E P L I Q U E

DES PLENIPOTENTIAIRES

DE L'EMPEREUR,

A la propofition de ceux de France, des moyens de parvenir à une Paix en Allemagne & en Italie, dattée auffi à Munfter audit an & mois.

A Munfter le 7. Mars 1645.

S O M M A I R E

I. *Que les Plénipotentiaires de France doivent dès à préfent commencer à traiter de la Paix au principal, encore qu'il y ait peu de Députez des Princes & Etats de l'Empire qui foient venus au lieu de la Conférence.*

II. *Que l'Electeur Archevêque de Trèves ne foit mis en liberté qu'après la conclufion du Traité de Paix, puifqu'il fert de gages pour avoir été la caufe de la Guerre, commencée entre la très-Augufte Maifon d'Auftriche & la Couronne de France, ce qui fait le fujet de cette détention.*

III. *Que les mêmes Plénipotentiaires de France declarent dès à préfent ce que le Roi prétend fur l'Empereur & fur l'Empire, & ce qu'il vœut rendre ou retenir.*

IV. *Qu'ils nomment fpécialement quels font les Confédérez & Adhérans de la Couronne de France.*

V. *Que les différends par raport à l'Italie feront traitez à la Conférence de Munfter, ainfi que le feront ceux d'Allemagne.*

VI. *Et qu'il foit avifé pour la fureté de l'entretenement du Traité, non devers le commencement de la Conférence, mais fur la fin.*

D E C L A R A T I O

Plenipotentiariorum Cæfareæ Majeftatis, ad propofitionem Plenipotentiariorum Regis Chriftianiffimi.

ETfi facræ Cæfareæ Majeftatis Plenipotentiarii in propofitione Regis Chriftianiffimi Plenipotentiariorum plurima, non folum in exordio, fed etiam in reliquo contextu adduci videant quæ ampliffimam replicandi materiam fubminiftrare poterunt; tamen memores hujus Congreffus finem, & fuæ Majeftatis intentionem effe, quanta poteft facilitate, promovere & componere, ad fumma tantum capita ejufdem propofitionis mentem fuam, refervatis quæ refervanda, breviter, prout fequitur, declarare voluerunt.

Et

D E C L A R A T I O N

Des Plénipotentiaires de Sa Majefté Impériale à la propofition des Plénipotentiaires du Roi très-Chrétien.

QUoique les Plenipotentiaires de Sa Majefté Impériale trouvent, non feulement dans l'exorde, mais dans tout le contenu de la propofition des Plenipotentiaires du Roi très-Chrétien, bien des chefs qui leur fourniffent une très-ample matiére de répliquer; cependant fe fouvenant que l'intention de Sa Majefté eft de procurer l'avancement de ce Congrès autant qu'il fera poffible, & d'en faciliter l'accommodement, ils declareront en peu de mots leur fentiment touchant les principaux chefs de cette propofition, comme s'enfuit; fe réfervant ce qui doit être réfervé.

Quant

Et quidem ad primum Caput, de evo-
candis univerſis Imperii Principibus & Ordinibus,

*Dicunt, nunquam Cæſarem his inter-
dixiſſe, ne ad loca Congreſſuum vel ipſi
comparerent, vel ſuos mittere, qua publicæ,
qua privatæ rei cauſa, poſſent; ſed quid hoc
loco publicè expediri cenſeat, ſeſe ad Collegium
Electorale anno ſalutis 1636. & in Dieta Ra-
tisbonenſi anno 1641. & noviſſime in Franco-
furtenſi 13. Januarii abunde declaraſſe.*

Et verò cùm hactenus inſtantibus licèt ad-
verſariis ipſis, poſt novem integros menſes elap-
ſos, aut nulli aut paucißimi comparuerint ſatis
conſtat ad Cæſareæ Majeſtatis atque ipſorum
& Electorum, Principum, & Ordinum contemptum redundaturum eſſe, ſi Regis Chriſtianiſſimi Plenipotentiarii cum Cæſareanis, qui
mandatis legitimis ad hoſce Congreſſus inſtructi
adſunt, pacificationis Negotium principale
ſub iſta ſola dilatoria exceptione incipere & peragere recuſent, quod nondum omnes Imperii
Principes & Ordines convenerint; præſertim
cum jam duorum Electorum Deputati adſint
quorum alter, uti a Collegio Electorali Deputatus, reliquos abſentes repræſentat Imperii Electores.

Ad ſecundum.

Ad ſecundum pariter oſtenſum fuit nulla ratione, nullo exemplo, nulla Conventione ſingulari, poſtulari poſſe, ut Dominus Elector Trevirenſis antequam de Pace incipiatur Tractatio,
priſtinæ, ut prætenditur, libertati reſtituatur.

Nulla quidem ratione. Quia nec in Salvis-
conductibus hoc dicitur; qui tantum pro ipſius
Deputatis & Mandatariis compoſiti ſunt : nec
etiam ratio dictat, eum propter quem bellum
enatum eſſe ex adverſo prætenditur, e manibus
dimitti debere, prinſquam de componendo bello
conventum fuerit; cum illo e manibus dimiſſo,
& bello manente, cauſam dimittentis tanto pe-
jori loco eſſe, ſit neceſſe : quanto dignior habitus fuerat, ille cujus cauſa bellum moveretur.

Nullo exemplo. Quod perpetuo gentium
uſu obtinet in omnibus Pacificationum Negotiis,
ſingulari capite agi de reſtituendis priſtinæ libertati & dignitati iis qui durante bello ab una
& altera parte quoquomodo capti & detenti fuerant; & nunquam receptum eſſe, ut prinſquam
de his ſingulariter conventum, quicumque ille
ſit, & quacumque præfulgeat ille dignitate,
ex hac ſola cauſa quod aliter de tractanda Pace
initium fieri nequeat, dimittatur.

Nulla denique ſingulari conventione. Quia
non ſolùm certum eſt cauſam Trevirenſem majoris eſſe momenti quam ut ſub clauſula illa
generali, qua omnibus Imperii Ordinibus,
Galliæ Fœderatis in genere per Conventionem
Hamburgenſem Salvi-conductus permittuntur,

TOM. I.   tacite

*Quant au premier Chef, qu'il faut appeller
au Congrès tous les Princes & tous les
Etats de l'Empire,*

Ils diſent que l'Empereur ne leur a jamais défendu de comparoître en perſonne ou par leurs Députez, dans les lieux des Aſſemblées autant qu'ils
pourroient, pour le bien public & pour leur a-
vantage particulier; mais pour ce qui regarde ce
qui doit être traité en ce lieu publiquement,
qu'ils s'en ſont expliquez clairement dans le Collège des Electeurs l'an 1636. à la Diéte de Ratisbonne l'an 1641. & dernièrement à l'Aſſemblée de Francfort.

Mais comme juſques ici malgré les inſtances
de nos adverſaires il s'eſt paſſé déja neuf mois
qu'il n'en eſt venu que très-peu ou preſque
point, c'eſt une choſe claire que le mépris tom-
beroit ſur Sa Majeſté Impériale, ſur les Electeurs, ſur les Princes, & ſur les Etats de l'Empire, ſi les Plénipotentiaires du Roi très-Chrétien ne vouloient pas commencer, & finir l'affaire principale de la Paix avec les Plénipotentiaires de Sa Majeſté Impériale, qui ſont i ce
Congrès munis de tous les Pouvoirs légitimes,
ſur ce ſeul prétexte que tous les Princes & que
tous les Etats de l'Empire, ne ſont pas encore
venus, principalement puiſque les Députez
de deux Electeurs ſont ici préſens, & que l'un
des deux député par le Collége Electoral repréſente les autres Electeurs de l'Empire.

Quant au ſecond.

Pour le ſecond on a également fait voir qu'il
n'y a aucune raiſon, aucun exemple, ni aucune Convention particulière qui puiſſent faire demander que Monſieur l'Electeur de Trèves ſoit
rétabli, comme l'on prétend, dans ſa première
liberté avant que l'on commence le Traité de
Paix.

Cette demande n'eſt fondée ſur aucune raiſon, parce que cela n'eſt point dit dans les
Sauf-conduits qui ne ſont faits que pour ſes Députez ou Envoyez : la raiſon ne nous enſeigne
pas qu'il faille délivrer celui qui eſt la cauſe de
la Guerre, comme l'on pretend, avant qu'on
ſoit convenu de la Paix; puiſque ce Prince é-
tant délivré pendant la Guerre, ſa cauſe qui devroit être plus mauvaiſe en deviendroit beaucoup meilleure, & l'on auroit eu raiſon de
faire la Guerre pour lui.

Il n'y a point d'exemple qui autoriſe cette
prétention. C'eſt un uſage reçu parmi toutes
les Nations que dans tous les Traitez de Paix,
il y ait un Chapitre particulier pour rétablir
dans leur ancienne liberté & dignité ceux qui
durant la Guerre auroient été faits priſonniers
d'un ou d'autre côté; mais on n'a jamais reconnu qu'avant qu'on en eût particulièrement traité, on dût renvoyer un priſonnier quel qu'il
ſoit & de quelque dignité qu'il ſoit revêtu, &
que pour cette ſeule raiſon on ne puiſſe pas entrer en traité.

Il n'y a pas non plus de convention particulière à ce ſujet. C'eſt une choſe certaine que
la cauſe de l'Electeur de Trèves eſt d'une trop
grande importance pour pouvoir être compriſe
tacitement en aucune manière ſous cette clauſe
générale, qui promet des Sauf-conduits à tous
les Etats de l'Empire, & à tous les Confédérez

Tt 2   de

1645.

tacite comprehendi ullo modo poſſit ; ſed etiam conſtat in illa ipſa Conventione diſerte de Salvo-conduĉtu Deputatis tantum Domini Electoris, non itidem illi ipſi Electori dando, ſtipulatum ac repromiſſum fuiſſe.

Quare æquum erit ut contenti ſint Regis Chriſtianiſſimi Plenipotentiarii de hoc quod Cæſaris nomine declaratur, & ante fuit declaratum, admiſſum iri diſceptationem cauſa dicti Domini Electoris, ſuo loco & ordine inter ipſas pacificandi conditiones & materias ; quemadmodum etiam de Salvo-conductu etiam transmittendo, jam pridem declaratum fuit ad Cæſarem revera jus pertinere ; ita ut hæc transmiſſio per Dominos Nuncios Apoſtolicos quorum alter hic in loco Congreſſus, alter in Aula Cæſaris verſatur, expediri non poſſit.

Ad Tertium.

Ad Tertium Cæſariani dicunt ſatis non eſſe quod Plenipotentiarii Gallici Regis ſui propenſam voluntatem, ad amicitiam pacemque cum Imperatore & Imperio ſtabiliendam, verbis tantum generalibus inſinuant, ſed requiri inſuper ut dicant, clare & ſingulariter, quid Rex Chriſtianiſſimus pro ſuo particulari, a Cæſare & Imperio ſibi fieri velit, quid prætendat, aut ſi nihil ab his petit, etiam hoc dicat : niſi enim id conſtet, quibus modis Pax & amicitia reſtitui poterunt ? Vana & fruſtranea erit omnino de reliquis privatorum controverſiis Tractatio.

Ad Quartum.

Cum hactenus nunquam in ſpecie declaratum ſit qui & quot Confœderati & Adhærentes Galliæ Coronæ eſſent ; nec vero palam quidem, ſi aliquo numero in hanc uſque diem comparuerint, ſe tales eſſe profeſſi ſint : poſtulant Cæſariani, ut Regis Chriſtianiſſimi Plenipotentiarii ſingulariter ſingulos denominent, ut ſciri poſſit, cum quibus & qualiter ſuo tempore, ordine, & loco, juxta tenorem Plenipotentiarum & Conventionis Hamburgenſis tractandum ſit.

Ad Quintum.

Reſpondetur non eſſe hujus loci nec Paci promovendæ convenire, ut multis diſputetur, quis arma primus induerit ; ſed poſtquam de rebus Germaniæ tranſactum fuerit, ad ea quæque quæ Italiam concernunt, deventum iri.

De cætero res clara eſt, Dominos Mediatores tam Italicarum quam Germanicarum rerum in cauſa, utrinque acceptatos eſſe, ut nulla nova compoſitionis forma, quæ ex adverſo innui videtur, opus ſit.

Ad Sextum.

De aſſecuratione tractandorum:

Jam in prioribus reſponſum fuit quæſtionem hanc

---

de la France en général ſuivant la Convention de Hambourg ; il eſt même très-clair que dans cette Convention il a été ſtipulé & promis de donner des Sauf-conduits aux Députez de Monſieur l'Electeur de Trèves, mais point à Monſieur l'Electeur.

C'eſt pourquoi il eſt juſte que les Plénipotentiaires du Roi très-Chrétien ſe contentent, de ce qu'on déclare au nom de l'Empereur, & qui a été déja déclaré qu'on diſcutera la cauſe de Monſieur l'Electeur en tems & lieu, lors que l'on agitera les matieres pour parvenir à la Paix ; il a auſſi été déclaré qu'il appartenoit au ſeul Empereur de changer les Sauf-conduits, & que les Nonces Apoſtoliques, dont l'un étoit au Congrès, & l'autre réſidoit à la Cour Impériale, n'avoient aucun droit de le faire.

Quant au Troiſiéme.

Au troiſiéme les Impériaux répondent que ce n'eſt pas aſſez que les Plénipotentiaires de France, inſinuent que leur Roi eſt porté de bonne volonté pour établir la Paix avec l'Empereur & l'Empire; ce ne ſont que des paroles : mais il faut qu'ils ajoutent d'une maniére claire & particuliere ce que le Roi très-Chrétien demande, pour ſon intérêt particulier, de l'Empereur & de l'Empire, ce qu'il prétend, s'il ne leur demande rien qu'ils le diſent auſſi : ſi l'on n'eſt pas entiérement éclairci là-deſſus, comment l'amitié & la Paix pourront-elles ſe rétablir ? Ce ſeroit en vain que l'on voudroit traiter des différends qui ſont entre les particuliers.

Quant au Quatriéme.

Comme on n'a pas déclaré juſques ici le nombre & la qualité des Confédérez & des Alliez de la Couronne de France, &, s'il y en a quelques-uns qui ont comparu ici juſques à ce jour, ils ne ſe ſont point publiquement déclarez tels : les Impériaux demandent que les Plénipotentiaires du Roi très-Chrétien les nomment nom par nom, afin qu'on puiſſe ſavoir avec qui, & comment, en quel tems, ordre, & lieu il faudra traiter ſuivant la teneur des Pleins-pouvoirs & la Convention de Hambourg.

Quant au Cinquiéme.

On répond que ce n'eſt pas de ce lieu, & qu'il ne convient pas pour avancer la Paix de diſputer qui le premier a pris les armes ; mais aprés que l'on aura accordé les affaires d'Allemagne, on pourra traiter enſuite de ce qui regarde l'Italie.

Au reſte la choſe eſt claire : Meſſieurs les Médiateurs ont été acceptez de part & d'autre auſſi bien pour ce qui regarde l'Italie, que pour ce qui touche l'Allemagne ; deſorte qu'il n'eſt plus néceſſaire de faire un nouvel accord comme il ſemble que la Partie adverſe le veuille inſinuer.

Quant au Sixiéme,

Pour l'aſſurance des choſes qu'on traitera.

On a répondu précédemment que cette queſtion

1645.

1645. *hanc. non ab initio multo vero minus ad Preli-*
minaria Tractatuum pertinere, sed ad con-
clusionem Pacis; deinde aque Cæsaris & Im-
perii interesse ut Pax semel conventa, sit fir-
ma, stabilis, atque validis munita vinculis, id-
eoque non refragaturum Cæsarem, ut suo
tempore, & loco universo ordinum assensu ro-
bur accipiat, atque executioni mandetur:
eandem declarationem repetunt sua Majestatis
Plenipotentiarii.

Sed cùm hæc obligatio de jure Gentium de-
beret esse reciproca, æquum putant, ut quoque
Regis Christianissimi nomine positive declarent
parem confirmationem, non solùm ab ipso Rege,
sed etiam ab universis Galliæ Ordinibus deven-
tum iri: ex iis omnibus quilibet perspicuè in-
telligere poterit quanto animi candore Cæsariani
ipsa Pacis penetralia ingredi parent, sperantes
forte quod, ut pote factâ jam rebus tractandis
via, tandem suprà dicti Regis Christianissimi
Plenipotentiarii progredientur, nec diutius or-
bem Christianum vana spe lætari permit-
tent.

Datum Monasterii Westphalorum die septi-
ma mensis Martii anno Domini 1645.

Signatum &c.

tion ne devoit point être agitée dans le commencement & qu'elle n'apartenoit point aux
Préliminaires, mais à la conclusion de la Paix;
ensuite il est de l'intérêt de l'Empereur & de
l'Empire, que la Paix une fois faite soit ferme,
stable, & serrée de puissans liens, c'est pourquoi l'Empereur n'empêchera point qu'en son
tems, & lieu elle ne reçoive sa force du consentement universel des Etats, & qu'elle ne
soit mise en exécution: les Plénipotentiaires de
Sa Majesté répetent ici cette même déclaration.

Mais comme cette obligation devroit être réciproque suivant le droit des Nations, ils croyent
qu'il est raisonnable que les Plénipotentiaires de
Sa Majesté très-Chrétienne déclarent positivement que le Roi & tous les Etats de France
donneront une semblable confirmation: par
tout ce que nous venons de dire chacun pourra
comprendre clairement, avec quelle droiture
de cœur les Impériaux se préparent à entrer
dans tout ce qui pourra contribuer à la Paix; ils
espérent qu'ayant déja frayé le chemin pour
traiter, enfin lesdits Plénipotentiaires du Roi
très-Chrétien iront plus avant, & qu'ils ne laisseront plus le monde Chrétien se flater d'une
vaine espérance.

Donné à Munster en Westphalie le 7. du
mois de Mars de l'année 1645.

Signé &c.

R E M A R Q U E S

Sur la Replique que dessus.

I.

LEs Plenipotentiaires de la France ne peuvent
rien proposer, & conclure avec effet pour
la France, avant l'arrivée de tous les Princes
& Etats de l'Empire, ou de la plus grande part
aux-lieux de la Conférence.

D'autant qu'ils ont toujours protesté, comme aussi ceux de Suéde depuis plus de seize
mois, qu'ils ne peuvent traiter sur ce sujet, sans
avoir l'avis & conseil desdits Princes & Etats,
pour faciliter d'autant plus l'accommodement,
& porter l'Empereur à la raison; & aussi à ce
qu'il y ait plus de sureté à ce qui sera convenu.

L'Empereur même avec beaucoup de remises a enfin par sa résolution communiquée à
l'Assemblée de Francfort, en la présente année,
le 3. du mois passé, & conformément au résultat de ladite Assemblée l'an 1643. le 20.
Mai, donné son consentement à ce que tous
les Princes & Etats de l'Empire envoyent leurs
Députez pour la Paix à la Conférence, tout
ainsi que les Electeurs pour pourvoir aux nécessitez de l'Empire; de sorte que ce seroit se
précipiter que de vouloir faire quelque chose
pour ce regard sans leur avis.

II.

Le feu Roi & Sa Majesté à présent regnante
ont toujours insisté à ce que l'Electeur de Trêves soit mis en liberté par l'Empereur, d'autant
que le feu Roi l'avoit pris en sa garde & protection contre ceux qui le voudroient molester,
& qu'il a desiré qu'il y eût garnison dans la
Ville de Trêves, où le Roi d'Espagne prétend
droit de protection à cause du Duché de
Luxembourg: l'on s'est suivi il y a dix ans de
sa personne & de ses revenus Ecclésiastiques,
& occupé ses Places, en quelques-unes desquelles il y a garnison de la part du Roi d'Espagne & de l'Electeur de Cologne.

Il y va de l'honneur & de la réputation du
Roi de ne le point abandonner, mais de procurer sa délivrance tout au plutôt, & de ne
commencer avant cela aucun Traité, à l'exemple de son Ayeul le feu Roi Henri le Grand,
qui ayant fait un Traité de Confédération avec
les Provinces-Unies des Pais-Bas, ne voulut
entrer en Traité avec Philippe second Roi d'Espagne ni envoyer ses Plénipotentiaires à la Conférence à Vervins l'an 1598. que ledit Roi
d'Espagne ne consentît au préalable de traiter
avec lesdites Provinces, si elles y vouloient consentir, & par ainsi les déliver d'une Guerre
perpétuelle.

Tt 3   Joint

1645.

Joint que les Saufconduits pour les Députez dudit Electeur ne serviront de rien à la Conférence s'ils ne peuvent délibérer librement, leur Seigneur étant en captivité; ce qui ne seroit pas venir à l'effet auquel la France a tendu par le Traité de Hambourg : les Jurisconsultes nous aprenant en cas semblable que ,

Conceſſa Juriſdictione conceſſa & illa eſſe videntur ſine quibus Juriſdictio exerceri non poteſt.

,, Lorſqu'on accorde le pouvoir de rendre ,, la juſtice, il paroît qu'on accorde en même ,, tems les choſes ſans leſquelles on ne pourroit pas l'exercer.

Outre que ſi le Roi ſe relâche de ce côté-là, ce ſeroit ôter l'envie à l'avenir aux Princes & Etats d'Allemagne, de s'allier au beſoin avec la France, & implorer ſon ſecours, & quant & quant leur faire perdre le droit qu'ils ont de ſe confedérer non ſeulement avec le Roi de France, mais auſſi avec d'autres Rois, Princes & Républiques pour la conſervation de leurs Seigneuries; cette prerogative leur étant acquiſe depuis plus de trois cens ans comme la plûpart des droits Royaux ; ainſi qu'aux Princes Souverains, & les Empereurs étant élus ſous cette condition de les conſerver en leurs priviléges & uſages.

À quoi l'on peut ajouter: Que ledit Electeur eſt à préſent âgé de plus de quatre-vingts ans, duquel ſes ennemis ne peuvent plus rien craindre; & quand ce ne ſeroit que pour parvenir plûtôt à une Paix,il doit être élargi avant toutes choſes , n'y ayant que trop de ſujet à l'Empereur de ne plus s'arrêter à un rien , en ce qui regarde ſes intérêts, mais d'imiter l'Empereur Charles V. qui par le Traité de Paſſaw en l'an 1552. mit en liberté l'Electeur de Saxe, & le Landgrave de Heſſe, encore qu'ils euſſent été en Guerre ouverte contre lui; & comme le feu Empereur Ferdinand II. en a uſé, à l'interceſſion du Pape, envers le Cardinal Cleſel, accuſé de mettre la diviſion, entre l'Empereur Mathias & l'Archiduc Maximilian ſon frére.

III.

Le Roi n'eſt pas obligé de déclarer ce qu'il veut rendre ou retenir des Conquêtes ſur la Maiſon d'Autriche & ſes adhérans, ſi en même tems l'Empereur ne déclare ce qu'il entend reſtituer ou faire reſtituer aux Alliez & adhérans de la France, ſous quelque prétexte que ce ſoit que l'on ait ôté le leur en haine d'avoir été du parti de la France, ou ſouſcrit aux Traitez d'Alliance avec les Rois Henri le Grand & Louis XIII.

Et auſſi le Roi d'Eſpagne ne déclare pas s'il veut rendre à l'Empire le Duché de Milan, Cambrai, & quantité d'autres Seigneuries , & qu'il retirera ſes garniſons du Palatinat, de l'Archevêché de Tréves & du Duché de Julliers ; & ledit Empereur celles qu'il a en la Weſtphalie, & autre part hors du Païs Héréditaire de la Maiſon d'Autriche.

IV.

Les Alliez & adhérans de la France qui ſont privez de leurs biens, ſont en ſi grand nombre, ſoit Princes, Seigneurs, Gentilshommes & par-

ticuliers , qu'il eſt impoſſible de les ſpécifier; dès à préſent une partie eſt réduite à une telle pauvreté , juſqu'à des plus illuſtres Maiſons d'Allemagne, qu'ils n'ont pas le moyen d'envoyer leurs Députez pour faire leurs plaintes; d'autres n'oſent parler juſqu'à un Traité final , ou bien ſont abſens, ou n'ont en main les titres & papiers pour prouver ce qui leur apartient.

De manière qu'il faut de néceſſité pratiquer ce qui s'eſt fait en pluſieurs Traitez de Paix, en termes généraux,que tous ceux dont les biens ont été donnez ou confiſquez en haine d'avoir ſervi, un parti contraire, ſeront entièrement reſtituez , nonobſtant toutes Sentences & Jugemens de confiſcation, donnez à cet effet, & qu'avec cela il leur ſoit donné un terme de trois ans pour faire leur demande.

Outre qu'il y a dequoi s'étonner que l'Empereur demande que tous les Alliez & adhérans de France ſoient ſpécifiez, puis que le même Empereur & le Roi d'Eſpagne en leur Pouvoir ne ſe ſont point du tout à leurs Plénipotentiaires, ni en leurs propoſitions pour la Paix , où ils ne nomment qu'en termes généraux leurs Alliez & adhérans pour ce qui eſt de les reſtituer dans leurs biens.

V.

Il eſt à propos que les différends pour l'Italie entre l'Empereur & le Roi ſoient traitez ſéparément d'avec ceux d'Allemagne , afin que le Traité de Paix ſe parachéve plûtôt , & que l'on n'entreprenne point de traiter en même lieu & tems trop d'affaires: ce qui n'aporteroit qu'une confuſion & une trop grande longueur.

Joint que tous les différends de l'Italie ſuſdits, tels que ſont ceux pour Monaco, Pignerol, la Valteline, & autres, regardent particulierement l'intérêt du Roi d'Eſpagne , plûtôt que celui d'Allemagne, où il eſt à craindre que l'Empereur ne ſe montre trop paſſionné , à cauſe que le Roi d'Eſpagne eſt de la Maiſon même d'Autriche ; ce qu'il ne faut apréhender de la part du Pape & de la République de Veniſe , au conſeil deſquels le Roi prétend ſe conformer ; pour ce qu'il eſt à croire que leur intention ſera toûjours pacifique & équitable.

VI.

Pour ce qui regarde la ſûreté de l'obſervation du Traité, c'eſt un point où l'on a toûjours eu grand égard en tous les Traitez, afin qu'ils ſoient bien entretenus, & que l'on ne retombe ſi tôt en d'autres Guerres.

En quoi les Plénipotentiaires de la France uſent de beaucoup de modération en ladite propoſition du 24. Février, où ils demandent que dès le commencement du Traité il en ſoit délibéré , ou bien ſur la fin: & que ce qui ſera convenu ſoit approuvé par les Etats généraux d'Allemagne, & pareillement vérifié , & enregiſtré par les Cours des Parlemens de France & la Chambre des Comptes à Paris : & que le Roi retienne quelques Places juſqu'à l'entier accompliſſement de ce qui devra être exécuté.

1645.

DON

DON DIEGO DE SAAVEDRA *Ambaſſadeur Plenipotentiaire du Roi d'Eſpagne pour la Paix en l'aſſemblée de Munſter au livre intitulé* Idea da un Principe Politico Chriſtiano. (*L'idée d'un Prince Politique Chretien.*) *Imprimé à Munic en Baviere en l'an* 1640. *& depuis à* Milan 1642.

ENtrego el Elector de Treuiris a quella Ciu-dad al Rey de Francia para poner en ella preſidio aunque ſabia que era Imperial y que eſtava de baxo la protection hereditaria del Rey de Eſpaña como Duque de Luxembourg, y Señor de la Borgoña interior que no ſolamente contra-venia a ello ſino tambien a las Conſtitutiones del Imperio : por eſtas cauſas entreprenden las armas de Eſpaña, a quella Ciudad, y actualmente de-tienen la perſona del Elector y le tratan con el decoro debido a ſu Dignidad.

L'Electeur de Trèves a délivré cette Ville au Roi de France pour y mettre garniſon, encore qu'il ſache qu'elle dépendoit de l'Empire, & qu'elle étoit ſous la protection héré-ditaire du Roi d'Eſpagne comme Duc de Lu-xembourg, & Seigneur de la baſſe Bourgo-gne ; & qu'en cela il contrevient non ſeule-ment à ladite protection, mais auſſi aux Conſtitutions de l'Empire : pour cette raiſon les armes d'Eſpagne ſe ſont ſaiſi de cette Vil-le ; & par rencontre ont détenu la perſonne de l'Electeur le traitant néanmoins avec tout le reſpect & honneur dus à ſa Dignité.

LETTRE

Du Sieur

D' AVAUX

AMBASSADEUR PLENIPOTENTIAIRE

DE FRANCE

A ceux

DE SUEDE,

Par laquelle il s'excuſe d'avoir conſenti, que la propoſition pour la Paix, de la part du Roi de France, ait été délivrée aux Médiateurs pour la Paix, ſans en communiquer auparavant avec les Plénipotentiaires de Suéde ; donnant à entendre par la même Lettre qu'il a demandé ſon Congé à la Reine Mére Regente, pour ſe retirer du lieu de la Conférence, & changer de demeure, & ne déſiſtera juſqu'à ce qu'il l'ait obtenu.

A Munſter le 8. Mars 1645.

ILLUSTRISSIMI ET EXCELLEN-TISSIMI DOMINI.

COmmodum accidit ut abſente Illuſtriſſimo Do-mino Comite Servien, Litteræ mihi redditæ fuerunt Excellentiarum veſtrarum ; ſi enim ille adeſſet cum ad utrumque noſtrum ſcriptæ ſint, haud facilis & expedita inter nos eſſet reſponſio : Si quidem cur ille exhiberi propoſitionem prætenderit, cauſas coram vobis afferet multas : unum mihi apud

TRES ILLUSTRES ET TRES EX-CELLENS SEIGNEURS.

IL eſt arrivé à propos que la Lettre de V. E. m'a été renduë en l'abſence du très-Illuſtre Mr. le Comte de Servien ; s'il avoit été ici, comme la Lettre eſt adreſſée à nous deux, la réponſe n'auroit pas été ſi aiſée ni ſitôt expédiée : comme il a prétendu que la propoſition fût déli-vrée, c'eſt à lui à en répondre en votre pre-ſence, il vous en dira pluſieurs raiſons ; il me reſte,

1645.

apud Excellentias vestras excusandum superest, nempe non satis propositi animi a quo me dimoveri post continuam dierum quatuor oppugnationem nolens volens passus sum. Repetant vero Excellentiæ vestræ quibus angustiis premerer, cum mihi alterutrum eligendum foret aut a definita vobiscum & ipsi meo Collegæ probata sententia discedere , aut etiam demum illi a nobis & a se ipso dissentienti contradicere, nostrorum & Mediatorum & mandatorum authoritati obniti. E-nimvero Rex negotium urget; sed ea tamen lege, ne quid insciis aut invitis Fœderatis aggrediamur: non potui itaque novum Socii Consilium & Regiam, ut ipse interpretabatur , voluntatem , ipsumque mediationis officium solus impugnare tanta impar invidia ; cedendum fuit,ostendi tamen cedere me invitum & trahi,non duci.Hæc cum ita se habeant, vestræ requirem probe norint Excellentiæ ut ordine gesta est,ab ipsarum æquitate expecto, ut doleant vicem meam nedum factum excusent , cæterunique magis intelligant me nulli culpæ affinem fuisse, a Christianissima Regina & Ministris hujus vacationem petii, hac a petitione nunquam desistam quin quovis modo impetravero : tot enim difficultatibus conflictatus , & ad usus publicos otiosam hic diligentiam meam toties expertus, sedem meam mutare expecto ; nihil equidem antiquius , isto pacis tractanda negotio in votis habueram; animique vires intenderam , omnibusque aliis civilibus curis hanc unam anteposueram ; mihi delatum est Ærarii munus, hoc est ipsius Reginæ pecuniæ administratio,me nimirum ut suspecti & inertis consilii revocavit ; ad quietis publicæ procurationem decem annorum mediatione instructus , destinatione Regis piæ memoriæ a decem annis vocatus, tunc demum dulcissimo laborum & peregrinationum mearum fructu abunde potiturus viderer si tanto operi nonnihil contulisse possem ; nunc cum manifeste perspiciam me pati malo meo fato,cadere loco malui , quam moras injicere aut aliis qui ejiciant causam præbere , alibi fortasse felicius operam meam Regi Fœderatisque probaturus. Nec dubito quin Excellentiæ Vestræ commodiorem expectaturæ sint & expertæ Dominum Comitem de Servien , ubi adfuerit ; quantis luminibus, quibus fulgeat animi dotibus liberius explicaturus nisi nimii erga illum amoris suspicione carere vellem ; neque fidem in servandis fœderibus colendaque imprimis Suetorum amicitia , vel studium in procuranda Pace nec in rebus agendis solertiam V. E. desiderabunt : imo multas alias mihi notas illius virtutes prædicare possem , quas quidem in usum Reipublicæ illum præstituorum audacter affirmaverim. Sic vero habeant, Excellentiæ vestræ nullo nec loco, nec tempore me defuturum constantibus erga ipsas officii veterique inter nos necessitudini , qua certo judicio suscepta nunquam mihi intercidet.

Datum Monasterii Westphalorum die octava Martii anno 1645.

1645.

reste une chose pour m'excuser auprès de vos Excellences , c'est qu'il a fallu une attaque de quatre jours pour m'engager à cela ; & qu'enfin je l'ai souffert comme malgré moi. Que vos Excellences considérent dans quel détroit je me trouvois , il me falloit choisir entre ces deux choses , ou me départir de l'accord que nous avions fait avec vous , mon Collégue & moi , ou bien contredire à mon Collégue qui n'étoit d'accord ni avec moi ni avec lui-même & m'opposer aux commandemens du Roi & à l'autorité des Médiateurs. Car le Roi presse cette affaire ; mais avec cette condition qu'on ne fasse rien à l'insu & contre le sentiment des Confédérez : je n'ai pas pu m'opposer au nouvel avis de mon Collégue ni à la volonté Royale , comme il l'expliquoit, ni à ce que demandoient les Médiateurs ; il a fallu céder,ne pouvant résister à une si grande envie , j'ai pourtant fait voir que je cédois & que j'étois entraîné malgré moi. Les choses étant ainsi, ce que savent très-bien vos Excellences, j'attens de leur équité qu'elles me plaindront & qu'elles excuseront ce que j'ai été obligé de faire, & afin qu'elles sachent qu'il n'y a point de faute de mon côté j'ai demandé ma révocation à la Reine très-Chrétienne & à ses Ministres, & je ne m'en désisterai point jusques à ce qu'on me l'ait accordée : de quelque manière que ce soit, il est certain qu'après avoir combatu un si grand nombre de difficultez, voyant que ma diligence est inutile pour le bien public, j'attens de changer de place : je n'avois eu rien plus à cœur que d'employer toutes mes forces & toutes mes connoissances pour réüssir dans ce Traité de Paix, mon intérêt particulier avoit cédé la place à cette seule affaire ; la charge de Trésorier de la Reine m'a été donnée , on m'a révoqué,sans doute mon conseil étant devenu suspect & inutile après avoir travaillé pendant dix ans pour le repos public par l'ordre & la destination du Roi de picuse mémoire ; maintenant je croirois jouir du doux fruit de mes travaux & de mes voyages, si j'avois pu contribuer quelque chose à un si grand ouvrage ; mais maintenant que je m'apperçois clairement que je suis la victime de ma mauvaise destinée , j'ai mieux aimé céder la place que de causer du retardement ou de donner occasion aux autres de le faire; peut-être qu'ailleurs je ferai voir plus heureusement , au Roi & à ses Confédérez,mes bonnes intentions. Je ne doute pas que vos Excellences n'attendent & n'expérimentent que Mr. le Comte de Servien leur sera plus agréable lorsqu'il sera ici ; il est rempli de lumières, & il a très-grandes qualitez , je m'en expliquerois plus librement, si le soupçon de l'amitié que je lui porte ne portoit quelque préjudice à tout ce que j'en pourrois dire ; vous trouverez en lui une fidélité constante à conserver les alliances , principalement à entretenir l'amitié avec la Suéde, aussi bien qu'une très-grande dextérité à ménager les affaires , & une application entière à procurer la Paix : je pourrois dire plusieurs autres vertus que je reconnois en lui, & je dirai toûjours hautement qu'il les employera pour le bien public. Je prie vos Excellences d'être persuadées que je ne manquerai jamais en quelque lieu & en quelque tems que ce soit à leur rendre tous les services dont je serai capable,& je n'oublierai jamais notre ancienne liaison, qui demeurera toûjours gravée dans mon cœur.

Donné à Munster en Westphalie le 8. Mars de l'année 1645.

RE-

RÉPONSE

Des Sieurs

OXENSTIERN ET SALVIUS

AMBASSADEURS PLENIPOTENTIAIRES

DE LA REINE ET COURONNE DE SUEDE, POUR LA PAIX,

A la Lettre que deſſus, du Sr. d'Avaux Plénipotentiaire de Fran-ce, que la propoſition pour la Paix, faite par les Plenipotentiaires de Fran-ce, devoit être communiquée à ceux de Suede, avant que de la délivrer aux Médiateurs, & que le Sr. d'Avaux eſt obligé de demeurer au lieu de la Conference pour s'employer au Traité étant à craindre que ſans lui ce Traité ne ſe pourra duement faire.

A Oſnabrug le 16. Mars 1645.

ILLUSTRISSIME ET EXCELLEN-TISSIME DOMINE.

Cum primum innotuit nobis propoſitionem Pacis, a Legatione veſtra Mediatoribus oblatam fuiſſe, quod in ſubita & inopinata re accidere fere ſolet, obſtupuimus ; etſi enim non potuimus imaginari quod Excellentiæ veſtræ Regnorum fœderi & præliminari concluſo Hamburgi, totque antea factis ſinceræ fidei proteſtationibus, multò minus nuper cum præſentibus hic Ordinum Imperii Deputatis, mutuæ Conventioni noſtræ contravenire vellent : aliquam tamen apprehenſionem ſcrupulum turbatorum con-ſiliorum nobis injecit, ſpecioſa adverſariorum in-terpretatio ſpargentium juxta Galliam deſerto fœ-dere ſeparati Tractatus conſilia agitare, ad ma-jorem rei veriſimilitudinem, Hagæ Comitis contra ſinceritatem publicè propoſitos affirmabant articulos, quos aliunde ſive ceperant, ſive ſuetis artibus con-fixerant, ipſi idem argumentum chartis mandave-rant quarum hic binas jungimus: ne igitur is rumor ad exercitum delatus generoſa etiam eorum conſilia turbaret, confeſtim datis ad eos Litteris exploſa va-nitate talis ſiniſtræ ſuſpicionis monuimus, conſtanter aſſerentes fieri nequaquam poſſe ut cum nemo fac-tenus generoſæ gente Galliæ ambitioſus fidem ex-hibuiſſet, & coluiſſet, nunc ubi tot ſumptuum laborumque fructus colligendi forent, in oculos to-tius Europæ deſertis tam fidis Cooperatoribus vel ipſa Gallia tantum ſubires opprobrium, vel ab Excel-

TRES ILLUSTRE ET TRES EX-CELLENT SEIGNEUR.

AUſſitôt que nous avons apris que la propo-tion de Paix avoit été préſentée aux Mé-diateurs par vous Meſſieurs les Ambaſſadeurs, nous en avons été étonnez, comme il arrive preſque toûjours lorſqu'on aprend tout d'un coup une nouvelle à laquelle on ne s'étoit pas attendu ; & quoique nous n'ayons pas pu nous imaginer que vos Excellences après l'al-liance entre les deux Royaumes, après l'Allian-ce Préliminaire conclue à Hambourg où elles nous avoient fait tant de proteſtations d'une foi ſincére, encore moins après notre mutuelle Convention faite en préſence des Députez des Etats de l'Empire, vouluſſent y contrevenir exprès; cependant nous avons eu quelque crain-te par le ſcrupule que nous cauſe le trouble que cela aporte à nos conſeils ; outre cela l'inter-prétation ſpécieuſe des' adverſaires qui font courir le bruit que la France, après avoir abandonné l'Alliance, cherche les moyens de faire un Traité ſéparé, & pour y donner plus de vraiſemblance ils aſſurent que des Ar-ticles avoient été propoſez, à la Haye qui ren-verſoient la foi publique, qu'ils avoient pris d'ailleurs ou qu'ils avoient feints à leur maniére accoutumée ; ils en avoient même écrit à plu-ſieurs, nous joignons ici deux de leurs Lettres: mais de peur que ce bruit étant aporté à l'ar-mée ne troublât leurs généreux deſſeins, auſſi-tôt nous leur avons écrit & nous leur avons dé-couvert le peu de fondement qu'avoit ce ſoup-çon, les aſſurant conſtamment qu'il étoit impoſſi-ble que la France, qui juſques ici avoit fait voir mieux que perſonne qu'elle tenoit la foi don-née, & qu'elle s'en faiſoit un point d'honneur, voulût préſentement abandonner ceux qui tra-vailloient ſi fidélement avec elle devant les yeux & à la face de toute l'Europe, juſtement dans le tems que l'on pouvoit recueillir le fruit de tant de dépenſes & de tant de travaux; que la France ne ſouffriroit jamais un tel oprobre, &

V v que

1645. *Excellentiis veftris quidquam fua indignum vir-*
tute committeretur. Ubi vero & nos ipfi certiores
reddi cuperemus, quomodo hæc noftri præteritio
intelligi deberet, quidque nobis in pofterum de Ex-
cellentiarum veftrarum intentione certi promittere
deberemus, refponfum capimus utrimque excufa-
tionum mandati regii & non reali, ut vocant,
fed præparatoria dumtaxat propofitione niti, Ex-
cellentiam vero veftram cum repetita Mediatorum
petitione, tum Collegæ impulfu, utpote hujus
imparem invidiæ coactam, huic traditioni confen-
fiffe. Scimus quidem, quanta reverentia debea-
tur Regis mandatis; folatur nos tamen quod uter-
que veftrum conteftetur dicta mandata præfuppo-
fuiffe Fœderatorum communicationem, quam tamen
neglectam querimur haud immerito; nec ignora-
mus quid Mediatorum zelo tribuendum ut Pacem
urgeant, verum imperare in eorum poteftate non
eft. A propofitione vero ipfa fimul nobifcum fa-
cienda tantum abeft ut nos futuri fuiffemus alieni,
ut cum fcilicet exigua illa mora mutuo confenfu
fuiffet indulta, verbo vel nutu faltem moniti
confeftim parati effemus. De cætero quia facta
infecta fieri nequeunt, merito id quoque tempori
condonandum eft; nihil vero nunc eft quod magis nos
adhuc follicitos reddat quam quod Excellentia veftra
fcribit fe dimiffionem a præfenti munere petiiffe,
nobis per nuperas Litteras quafi valedicens in pa-
triam brevi reverfura; profecto fi huic propofito
tenacius inftiterit, metuenda erit periculofa rerum
converfio: non quod non magna fit Illuftriffimi
Comitis de Servien noftra æftimatio, cujus nec
fidem in fervandis fœderibus, nec ftudium in pro-
curanda Pace, nec in rebus agendis folertiam de-
fiderat nullus; at vel homines, vel res, vel tem-
pora nemo novit exactius Excellentia veftra in
Suecia, Dania, Polonia, Germania, toto Septem-
trione, adeoque in Belgio, & Venetiis.

Romæ alibi tamdiu Legatum egit ut in fingulo-
rum negotia, confilia, interius profunde penetra-
verit; callet Germanicam Linguam, Germanos
ipfos novit, & ab iis viciffim non folum nofcitur,
fed ob morum fuavitatem amatur; ob erudito-
nem, dicendi promptitudinem, experientiam, im-
primis vero conftantiam & finceritatem, cæteras-
que virtutes plurimas mirifice æftimatur: ad
controverfias vero ipfas non recens aliunde informa-
ta, fed decem annorum e meditatione & exercitio
proprio inftructa acceffit. Quam neceffaria vero
fint hæc inftrumenta, & quantum præfens mu-
nus non modo digne valeat fuftinere, fed & cum
honore commodoque Patriæ & Sociorum debeat,
quotus quifque eft qui ignorare poteft?

Quod cùm ita fit, propriæ prudentiæ fuæ con-
fiderandum relinquimus utrum vel commune bo-
num, feu totius Chriftianitatis feu univerforum
Fœderatorum, vel amor patriæ, vel tot annorum
laboribus parta æftimatio patiantur, ut ipfo fer-
vefcentis Tractatus veftibulo quafi impar fimultati
privatæ caufæ Rempublicam deferat, atque ita
aucta

que vos Excellences étoient incapables de rien
faire qui fût indigne de leur vertu. Comme
nous voulions nous affurer comment fe devoit
entendre cet oubli, & ce que nous pouvions
nous promettre à l'avenir de l'intention fincére
de vos Excellences, nous avons reçu pour toute réponse des excufes de V. E. fur le commandement du Roi, & que ce n'étoit qu'une
propofition préparatoire & non réelle, comme
on l'apelle, fur la demande reiterée des Médiateurs, fur le pouvoir de fon Collégue, fur ce
qu'enfin ne pouvant foutenir l'envie elle avoit
été obligée malgré elle de confentir qu'on donnât les propofitions aux Médiateurs. Nous favons bien le refpect qui eft dû aux Commandemens d'un Roi; ce qui pourtant nous confo-
le, c'eft que chacun de vous nous affure que ces
commandemens avoient toûjours préfupofé que
l'affaire fût auparavant communiquée aux Confédérez : c'eft avec jufte raifon que nous nous plai-
gnons que cela a été négligé; nous n'ignorons pas
non plus le zéle qu'on attribue aux Médiateurs,
mais ils n'ont pas le pouvoir de commander. Si
vous nous aviez fait la propofition, bien loin de
l'avoir rejettée, perfuadez, que ce petit retardement nous auroit été accordé d'un commun
confentement, nous aurions été tout auffitôt
prêts à y concourir après en avoir été avertis
de quelque maniere que ce fût. Cependant
comme il eft impoffible que ce qui a été fait ne
foit fait, il faut pardonner à la circonftance du
tems, il n'y a préfentement rien qui nous in-
quiete davantage que ce que votre Excellence
nous écrit qu'elle a demandé la démiffion de
fa charge, qu'elle prend congé de nous par fa
Lettre pour s'en retourner au plûtôt dans fa
Patrie; fi elle fe tient ferme dans cette réfolution, nous avons tout fujet de craindre un dangereux renverfement de toutes chofes : ce n'eft pas
que nous n'eftimions beaucoup l'illuftre Comte
de Servien, à qui il ne manque rien ni pour fa
fidélité à garder les Alliances, ni pour fon ardeur à procurer la Paix, ni pour fon habileté
à traiter les affaires; mais il n'y a perfonne qui
connoiffe mieux les hommes & les affaires que
votre Excellence, foit ce qui regarde la Suéde,
le Dannemarck, la Pologne, & l'Allemagne,
enfin elle connoît tout le Septentrion, les Païs-
Bas, & Venife même.

Elle a été fi longtems en Ambaffade à Rome, qu'elle y a pénétré les affaires d'un chacun & même leurs Confeils; elle fait la Langue
Allemande, elle connoît les Allemans, elle n'eft
pas feulement connue d'eux, mais elle en eft
aimée pour fa douceur & fon honnêteté; votre
Excellence s'eft acquis l'eftime de tous pour fon
favoir, fa facilité à parler, fon expérience, mais
principalement pour fa conftance, fa fincérité,
& pour toutes fes autres bonnes qualitez : elle
eft informée de toutes les difputes, non pas feulement depuis peu, mais par un continuel exercice de dix années. Il n'y a perfonne qui ignore combien toutes ces qualitez font neceffaires
& que V. E. eft non feulement digne de foutenir cet emploi, mais qu'elle le doit même
faire pour l'honneur & pour le bien de fa Patrie & de fes Alliez.

Cela étant ainfi, nous laiffons à la prudence
de V. E. de confidérer fi le bien commun, fi
celui de toute la Chrétienté & de tous les Alliez, fi l'amour même de la Patrie, fi l'eftime
qu'elle s'eft acquife par fes travaux de tant d'années, peuvent permettre que dans le commencement le plus vif du Traité, elle abandonne
la chofe publique fous le femblant d'y être obligée pour fes affaires particuliéres : fi elle en ufe
de

1645.

1645. *aucta priorum suspicione spem quoque nobis præ-*
scindat , universalem , decoram , honestam pro
utroque Regno simul Pacem faciendi : sperabimus
meliora atque his Excellentiam Vestram Divino
Numini plusquam officiosissime semper commenda-
mus.

    Dabantur Osnabrugis die decima sexta mensis.
Martii anno Domini 1645.

        Illustrissime Domine.

  Excellentiæ vestræ ad officia grata paratissimi Servitores.

          J. OXENSTIERN.
          J. A. SALVIUS.

de la forte , elle augmentera nos soupçons, &
elle nous fera perdre l'espérance de faire une
Paix honête, & glorieuse pour les deux Royaumes : nous attendons de meilleures choses de
V. E. la recommandant toûjours très-affec-
tueusément à la Grace de Dieu.

  Donné à Osnabrug le 16. du mois de Mars
de l'année 1645.

        Très Illustre Seigneur ,

  Les Serviteurs de V. E. très-prêts à lui rendre
les services les plus agréables.

          J. OXENSTIERN.
          J. A. SALVIUS.

1645.

EXTRAIT

D'une Lettre écrite à Munster du
18. de Mars l'an 1645. touchant
la Réponse des Impériaux aux pro-
positions de France.

LEs Plénipotentiaires Imperiaux à Munster
ont répondu aux propositions de ceux de
France en ces termes.

I.

  Que l'Empereur a permis aux Etats de
l'Empire de se trouver à l'Assemblée du Traité
de Paix , & que si lesdits Etats étoient trop
longtems à venir ce n'étoit pas la faute de l'Empereur , mais la leur; encore que leur présence
n'importeroit pas tant à cette Assemblée,vû que
le Collége Electoral y étoit représenté en la
personne du Député du Duc de Baviére , & en
celle de François Guillaume Evêque d'Osnabrug.

II.

  Que pour la liberté de l'Electeur de Trèves
que les François pressent si fort , c'est une
affaire qui ne touche pas les Préliminaires , mais
appartient au Traité même , où on en disputera;
comme aussi pour ce qui regarde les affaires d'I-
talie qu'on pourra traiter par la Médiation du
Pape & des Venitiens, après qu'on aura vuidé
les différends d'Allemagne.

III.

  Que pour les assurances qu'on demande ,
tant de la part de l'Empereur que des Electeurs
& Etats de l'Empire , il n'en sera besoin
qu'à la fin du Traité , qu'il faudra aussi que le
Roi de France & ses Etats donnent les leurs.

LETTRE

à Monsieur

GODEFROI,

Conseiller & Historiographe du
Roi.

De Munster le dix-neuf Mars 1645.

MONSIEUR,

APrès avoir laissé passer plusieurs mois sans
me donner l'honneur de vous saluer par mes
Lettres , & entre autres le mois de Janvier s'é-
tant écoulé, sans que vous m'ayez entendu vous
souhaiter une heureuse année contre ma coûtume , je me suis éveillé de ce profond sommeil,
& ai cru être de mon devoir de ne pas passer outre , sans vous demander pardon d'un si long
silence , & afin de l'obtenir mieux , vous présenter ce Cahier , que j'ai fait depuis notre arrivée en ce lieu , qui fut le vingt quatriéme Novembre mil six cens quarante-quatre , jusques
au vingt-huitiéme Fevrier ensuivant.

  Je n'ai que faire d'employer du tems , & du
papier , à vous supliér de prendre patience en
le lisant , pour les fautes en quantité que vous
y trouverez ; car j'ai cet honneur d'être assez
connu de vous , & que vous savez ce que
je puis faire; seulement vous dirai-je que je l'a-
vois fait pour moi , à dessein de le garder ,
& de vous en envoyer une Copie mieux cor-
recte & plus au long ; mais j'ai cru que vous
prendriez autant de plaisir en cette brièveté &
plus qu'à un long discours , & que vous prendriez la peine de me le garder , jusques à ce que
nous soyons de retour , afin de me l'accommoder avec vous. Je continuerai toûjours tant
que nous ferons ici , & vous envoyerai tout ,
ne voulant rien avoir de secret pour vous en
tout notre voyage : je vous dirai un peu du
commencement du suivant Cahier , d'autant
qu'il appartient au même sujet de la fin de
celui que je vous présente , & vous le saurez
par avance maintenant , qui est que le balet se
continua , & fut dansé dans la Maison de Ville
le Mardi Gras vingt-huitiéme Fevrier , & ce
pour tous les Bourgeois; & pour le mieux entendre, vous saurez que Monsieur d'Avaux don-

na

na à dîner aux Bourguemeſtres, & deux Aſſiſtans de cette Ville, & à pluſieurs de qualité, & étoient à table de cette ſorte :

Monſieur de Rorté qui a ce jour eu la qualité & rang d'Ambaſſadeur de France en Suéde; à la main droite du côté de la cheminée Monſieur d'Avaux : Monſieur de Rofenhan Réſident de Suéde : Monſieur de Croſic Ambaſfadeur de Heſſe.

A la gauche étoit Monſieur Caſtre Ambaſfadeur de Portugal : le Préſident de Turin : & les trois Bourguemeſtres.

Je vis Monſieur Braſſet debout, & pluſieurs autres qui avoient été aſſis ; mais je ne ſais à quel rang de d'autant qu'ils s'étoient levez pour faire piace à un joueur de Gobelets qui fit merveilles.

Monſieur d'Avaux fit donner des plats de Confitures aux Dames Bourgedifes qui étoient là pour voir.

Après, tous ces Meſſieurs prirent congé de Monſieur d'Avaux , & s'en vinrent en la Maiſon de Ville, où ſe danſa le Balet dont l'entrée & la ſuite eſt telle.

PREMIEREMENT.

Un vieil homme qui repréſente le Tems.

II.

Deux villageois avec bâtons & paniers, dans un d'iceux deux petits Cochons, dans l'autre un gros Oifon qui ſortoit ſon col hors du panier d'une demie aune de Paris, & crioient & grognoient à merveille.

III.

Y vinrent deux Soldats les ſurprendre & les volérent, & jouérent entr'eux deux à qui auroit le butin, & ſe battirent.

IV.

Après vint un Juge de village avec une grande Robe, chargé de ſacs, & en danſant trouva une épée que ces voleurs avoient laiſſée, & jetta ſa Robe & eſcrima avec.

V.

Après vinrent deux Gentilhommes, & Bourgeois de Munſter, Mercure vint danſer avec eux, & demeura tout ſeul, & qui déploroient la calamité du tems.

VI.

Après vinrent quatre Nations, Françoiſe, Allemande, Eſpagnole, Italienne, qui faiſoient le figne de s'accorder, mais la difcorde vint qui les défunit, & chaſſa & danſa toute feule.

VII.

Après la Paix accompagnée de deux filles arriva, qui chanta une chanfon, & s'e retourna fans danſer.

VIII.

Après, elle revint danſer avec ces deux filles.

IX.

Après deux Bourgeois & Bourgeoiſes de Munſter parez de leurs plus beaux habits.

X.

Après deux Servantes avec leurs Coeffures & geſtes que je vous depeindrai autre part.

XI.

Après vint un débauché avec deux Garces; après ce même revint jurer.

XII.

Après le grand Balet où étoit la Paix tenant la Difcorde enchaînée, les deux filles de la Paix, les quatre Nations, & Mercure danférent tous enfemble, & finit ainſi.

Au reſte je vous puis bien aſſurer qu'ils ont danſé tout ce qui ſe peut bien.

On dit qu'il ſe doit encore danſer chez Monſieur de Croſic.

Cependant je vous aſſurerai que Monſieur ſe porte très-bien, & que j'ai reçu votre Lettre, celle de mon frére, & de Mr. Nicolas, vous ſupliant de faire mes très-humbles recommandations à tous vos amis, vous aſſurant que je fuis, Monſieur, votre &c.

Monſieur, ayant cacheté celle-ci, il y a huit jours que je la voulus donner à Monſieur, mais il me dit que ſon paquet étoit fait, & me dit que c'étoit pour l'autre voyage : ayant attendu l'Octave, il me dit que j'envoyaſſe ſéparément, ce qui eſt caufe que j'ai décacheté pour vous dire ce qui s'eſt paſſé en ces huit jours.

Premiérement qu'on tient pour infaillible que Monſieur d'Avaux s'en retourne, & un de fes Secretaires me l'a dit; de plus que Monſieur l'avoit dit à tous, & qu'il avoit fait ceſſer le travail de fes livrées que l'on faifoit à Paris.

De plus la confirmation de Prague de la défaite & perdition de l'Armée de l'Empereur en Bohéme par les Suédois, & tient-on que leſdits Suédois pourront prendre Prague; tous ces quartiers-là font effrayez.

La troiſiéme eſt, l'Entrée de l'Ambaſfadeur de Savoye, après un ſéjour d'un mois ou environ qu'il a fait à l'entour de cette Ville, & ladite Entrée s'eſt faite de la ſorte.

Les Bourgeois en haye à la porte, & au grand marché : le Gouverneur marchoit le premier; après quelques ſeize Cavaliers Officiers dudit Ambaſfadeur, ſon Caroſſe en grand deuil avec cinq ou ſix Valets de pied : celui du Nonce: celui de Monſieur d'Avaux : celui de Monſieur Servien : celui d'Ofnabrug : celui de Baviére: celui du Réſident de Suéde. Leſquels Caroſſes étoient tous à ſix Chevaux, & puis c'eſt tout.

Il a fait encore de très-grands vents l'eſpace de huit jours. On n'a point danſé le Balet, à caufe des violons qui font rares, & encore ne valent-ils rien.

Monſieur ſe porte fort bien, hormis des fluxions qui le rendent quelquefois boiteux, je crois que c'eſt le vin du Rhin, ou plutôt la vieilleſſe; car pour vous en dire la vérité Monſieur change de jour en jour, & d'aucune fois il me le demande, je lui dis que non : il ne ſe plaît point ici ; il me dit ſouvent qu'il s'en veut aller, je le fais patienter, & lui dis qu'il fera beau ici ſe promener cet été, comme de
fait

1645.

fait il y a de très-belles promenades : mais il n'y a rien de bon que le pain & le vin.

Monſieur ſe trouve extrèmement incommodé ici, au prix de la Haye, & moi au contraire, quoique les Viandes me ſoient de plus dure digeſtion.

Cette Ville eſt aſſez belle & les faces des Bâtimens ſuperbes, mais le dedans ce ne ſont que des nids à rats.

On voit des proceſſions de Pourceaux comme on fait de moutons à Paris, mais encore plus : car vous ne ſauriez marcher & principalement la nuit que vous ne rencontriez des Porcs, & je crois que l'on les laiſſe ſortir la nuit pour faire la ronde & pour aſſurer le monde qui dort ; car quant à moi ayant une Chambre aſſez baſſe & où il y a des fenêtres qui à peine ferment-elles, j'avois peur des voleurs, craignant qu'on ne me tirât mes hardes, & n'oſois me coucher un jour à neuf heures, & ne laiſſai pas pourtant depuis que j'eus entendu trois ou quatre Porcs grognans faiſant la ronde autour du Logis, & cela me raſſura & me fit coucher avec ſureté : depuis je la nommai la Ville aux Cochons :

EXTRAIT

D'une Lettre écrite à Munſter le 1. d'Avril.

I.

LEs Députez de Wirtemberg, de Nuremberg, & d'Ulm ſont arrivez à Oſnabrug.

II.

L'Ambaſſadeur de Savoye a fait ici ſon entrée, tous les Ambaſſadeurs ayant envoyé leurs Caroſſes au devant de lui, horſmis ceux de l'Empereur, & du Roi d'Eſpagne, qui ne lui voulurent donner le titre d'Excellence.

III.

On attend ici le retour du Sieur de Saint Romain qui eſt allé à Paris.

IV.

On écrit de Hambourg & de Lubec que le Traité de Paix entre les Couronnes de Suéde & de Dannemarck eſt tellement avancé qu'on y eſt demeuré d'accord des principaux points, leſquels on a envoyé à la Reine de Suéde & au Roi de Dannemarck.

Conſentement des Plénipotentiaires de l'Empereur à Munſter pour faciliter la Conférence pour la Paix avec ceux de France ; le 19. d'Avril 1645.

Points deſquels Meſſieurs les Médiateurs nous ont raporté que Meſſieurs les Plénipotentiaires

Tom. I.

---

de l'Empereur demeurent d'accord. 1645.

I.

QUe l'on n'écrira point pour ſoutenir ſon opinion, mais ſeulement pour donner ſa demande, ſur laquelle il ſera traité, & l'accord fait, l'article accordé ſera remis paraphé & en dépôt entre les mains de Meſſieurs les Médiateurs.

II.

Que leſdits Impériaux demeurent d'accord que tous les Députez qui ſeront à Munſter à l'Aſſemblée auront leur droit de ſuffrage dans les propoſitions qui ſeront faites pour la Paix, & que les délibérations ſe feront entr'eux dans les Diettes ; à ſavoir : par le Collége Electoral celui des Princes, & celui des Villes, chacun ſéparément, leſquels Colléges, ils n'entendent d'avoir été compoſez de Députez qui ont été juſques à préſent à Francfort, & qui viendront pour cet effet en cette Ville.

III.

Que ſur la liberté de Monſieur de Trèves ils perſiſtent en leurs réponſes précédentes ; que néanmoins ils demeurent d'accord de traiter l'affaire la première, lorſqu'on entrera plus avant en matiére.

IV.

Que les Alliez & Adhérans ſeront exprimez ſous le nom général & collectif ; que néanmoins les intérêts de chacun en particulier ſeront démêlez pendant le Traité & réſolus par des Articles ſéparez, & à la fin tous généralement & particulierement ſeront encore exprimez pour être ſpécialement compris dans le Traité.

V.

Que pour Madame la Landgrave les Impériaux entendent de traiter avec ſes Plénipotentiaires, ou médiatement ou par le moyen des Ambaſſadeurs de France, que leur Commiſſion leur donne le pouvoir de traiter avec eux, & qu'ils en ont ordre particulier par leurs inſtructions.

VI.

Que pour la ſureté ils ne demanderont que les formes & clauſes ordinaires & pratiquées, qui ſont la vérification des Parlemens, ſur ce que nous avons repréſenté qu'on n'avoit pas accoutumé de le faire à l'Aſſemblée des Etats pour les Traitez de Paix.

ARTICLES

Offerts & accordez par l'Empereur à l'Archevêque & Electeur de Trêves, ensemble l'accord fait entr'eux le 12. Avril 1645.

I.

L'Electeur acceptera purement le Traité de Prague, & par conséquent contribuera pour le recouvrement des Etats de Lorraine.

II.

Il approuvera l'élection & Couronnement de l'Empereur & tout ce qui a été résolu sur ce sujet dans le Collége Electoral, sans y former aucune opposition ni difficulté.

III.

Hermenstein & Philisbourg demeureront ès mains de l'Empereur jusques à la fin de la Guerre.

IV.

Il pardonnera à tous ceux qui l'ont offensé sans exception.

V.

Le Sieur de Haufman Prevôt de la grande Eglise & ses deux Fréres Barons de Metternic & les autres cointéressez de l'Archevêché, & les procès contre les Sujets ne seront point poursuivis, mais demeureront en leur premier état.

VI.

Il ratifiera tous les actes de l'administration faite dudit Archevêché pendant son absence.

VII.

Il terminera par accord ou par jugement Impérial tous les procès qu'il a contre le Chapitre & la Ville de Trêves; & cependant n'attentera rien.

Moyennant quoi l'Empereur veut recevoir & Admettre

I.

Ledit Sieur Electeur à la Paix de Prague & l'y comprendre.

II.

Consent qu'il soit admis & reçu, ait séance & voix dans la Chambre des Electeurs & Princes en la Diette Impériale.

III.

Donnera audit Electeur l'investiture des Régales & biens temporels de l'Archevêché de Trêves, & en confirmera les priviléges.

IV.

Révoquera la Commission donnée par Sa Majesté Impériale au Chapitre pour l'administration du temporel.

V.

Retirera les Garnisons de Coblents, de Trêves, de Hermenstein aussitôt que la nécessité & le danger cesseront, & qu'il n'y aura plus rien à craindre; auquel cas lesdites Places ne seront plus chargées.

VI.

Sa Majesté Impériale ne se réservera aucune haine ni mécontentement contre ledit Electeur ni les siens; mais leur témoignera la même affection & bonne volonté qu'aux autres Electeurs & Etats de l'Empire.

VII.

Sa Majesté Impériale donnera ordre que ledit Electeur, tous ses Officiers, Conseillers & Serviteurs qui sont près de lui, puissent sûrement venir de Vienne à la Diette Impériale, pour y assister en personne ou par les Députez, & de là s'acheminer, s'il lui plaît, à son Archevêché.

VIII.

Sa Majesté Impériale s'employera à ce que les plaintes & demandes dudit Chapitre & Païs, se puissent terminer à l'amiable ou par jugement du Collége Electoral; & ce néanmoins ledit Electeur ne sera à raison de ce procès, retardé ni retenu plus longuement.

Tout ce que dessus sera fidélement & sûrement exécuté par l'Empereur & l'Electeur; & pour témoignage de quoi seront expediez NN. Exemplaires de cet Accord &c.

AC-

A C C O R D

ENTRE L'EMPEREUR

F E R D I N A N D   I I I.

E T

L'ELECTEUR DE TREVES

Pour fa liberté & fon rétabliffement en fes Evêchez.

A Vienne le 12 Avril 1645.

NOs Philippus Chriftophorus Dei Gratiâ Archiepifcopus Treviren̄fis &c. Fatemur & notum facimus pro nobis & Succefforibus noftris, poftquam Sereniffimus Princeps ac Dominus Ferdinandus tertius Romanorum Imperator, Dominus nofter clementiffimus nos eodem modo quo reliquos Electores, Principes, & Status Imperii in Pacificationis Pragenfis fecuritatem ex gratiâ Cæfareâ fufcepit, clementerque pollicitus eft quod tranquillè & quietè nos illâ Pace gaudere, atque Conventui Deputatorum ordinariorum ad hoc Francofurti duranti intervenire, nec non Confiliis Electorum & Principum, refpectu noftrorum Archiepifcopatuum & Epifcopatuum, intereffe & fuffragia ferre abfque omni impedimento poffimus, promiffurus fit : Præterea quod ad noftram ulteriorem requifitionem, Nos de Regaliis & temporalitate, prout moris eft, clementer inveftirè, nobis & noftris Archiepifcopatibus & Epifcopatibus privilegia & immunitates, juxta leges & confuetudinem ufitatam confirmare, manutenere, ac infuper procurare velit, ut illa Præfidia, quæ in Civitate Trevirorum, Confluentiæ & Harmenftein tenentur, mox cum ab hoftium infultu periculum effe defierit, deducantur,nos etiam noftrique Subditi & Terræ, cum ejusmodi Præfidiis porro minimè gravaridebeamus.

Quod item fua Majeftas eorum omnium quæ inter ejus patrem Ferdinandum fecundum Imperatorem gloriofiffimæ memoriæ & Nos noftrofque appertinentes, animo adverfo & diffidente peracta funt aut intervenerunt, inpofterum nullâ ratione amplius recordari, fed omnia & fingula fub Pacis Pragenfis & Amniftiæ generalis difpofitione compofita relinquere; Nofque & noftros appertinentes eodem plane loco, quo reliquos Electores, Principes, & Status æftimare & tenere, atque clementer providere velit, ut Nos cum omnibus noftris Officialibus, Confiliariis ì Miniftris, & Servis fecurè hinc Ratisbonam atque indè ulterius ad noftros Archiepifcopatus & Epifcopatus pervenire poffimus.

Idcirco defuper conteftamur & profitemur fub dignitate, honore, & verbo noftro Electorali, quod & Nos præfatæ Pacificationi Pragenfi pro parte noftrâ acquiefcamus, utpote quàm pè omnia & in omnibus fuis Articulis & claufulis purè acceptavimus & acceptamus.

Similiter quod firmiter & fine omni difputatione adhærebimus iis omnibus, quæ anno falutis milleſimo fexcentefimo trigefimo fexto & huc ufque à cæteris Dominis Electoribus, circa Electionem

NOus Philippe Chriftofle par la Grace de Dieu Archevêque de Trèves &c. Avouons & déclarons pour nous & :nos Succeffeurs que le Sérénifſime Prince & Seigneur, le Seigneur Ferdinand III. Empereur des-Romains notre très-clément Seigneur, nous a compris par fa grace Impériale dans la garantie de la Pacification de Prague, de la même maniére que les autres Electeurs, Princes, & Etats de l'Empire ; & nous a promis avec clemence qu'il nous feroit permis de jouir tranquilement de cette Paix, d'affifter à la préfente Diette affemblée à Francfort & de donner librement nos fuffrages dans les Collèges des Electeurs & des Princes, de la part de notre Archevêché & de nos Evêchez : en outre que fur nos derniéres inftances, il confent à nous donner felon la coutume, l'inveftiture des Regales & de notre temporel & de nous confirmer, maintenir, & procurer la poffeffion tranquile des privilèges & immunitez de nos Archevêché & Evêchez fuivant les Loix & ufages ; enfin de faire fortir de Trèves, de Coblents, & de Harmenftein les Garnifons qui y font, dès qu'il n'y aura plus rien à craindre de la part des Ennemis, d'autant que ni nous, ni nos Sujets,ni nos Terres ne devons pas foufrir de ces Garnifons.

Que Sa Majefté Impériale oubliera entiérement tout ce qui s'eft fait & paffé entre fon Père l'Empereur Ferdinand II. de glorieufe mémoire, nous & les nôtres ; & que tout fera aboli en vertu de l'Amniftie générale de la Paix de Prague, & qu'il nous regardera nous & les nôtres, fur le même pied que les autres Electeurs, Princes & Etats ; enfin qu'il pourvoira à ce que nous & nos Officiers, Confeillers, Miniſtres, & Doméftiques puiffions nous rendre en fureté d'ici à Ratisbonne & delà plus avant dans nos Archevêchez & Evêchez.

C'eft pourquoi nous déclarons, fous notre parole d'honneur & en qualité d'Electeur, que nous aquiefçons pour nous à ladite Pacification de Prague, & que nous l'avons acceptée & acceptons par tout & en tous fes Articles & claufes.

De même nous adhérons fermement & fans aucune difficulté à tout ce que les autres Electeurs ont fait & conclu entr'eux depuis l'an mil fix cens trente - fix jufqu'à préfent, tant par

tionem & Coronationem suæ Cæsareæ Majestatis aut aliàs Collegialiter tractata & conclusa fuerunt; eaque omnia & singula rata & firma tenebimus & observabimus.

Relinquemus item Castrum Hermenstein suæ Cæsareæ Majestati, ad liberam Præsidii dispositionem, donec Bellum hoc Germanicum compositum ac transactum fuerit.

Omnem vero operam ac diligentiam adhibere debemus ut Philiburgum ex manibus Gallorum liberetur, ac deinceps in utilitatem suæ Cæsareæ Majestatis & Sacri Romani Imperii à nobis custodiatur.

Contra nostros Coelectores, item reliquot Imperii Principes & Status, eorumque complices, tum etiam contra nostros Clericos & Capitulares Trevirensis ac Spirensis Ecclesiarum, Civitates item Treviros & Spiram, Terras, Ditiones, Officiales, Consiliarios, Subditos, Ministros, Vassallos; nec etiam contra dicti Archiepiscopatus & Episcopatus huc usque constitutos Administratores, & præterea contra neminem cujuscumque personæ, gradus, aut dignitatis fuerit, nullam propter ea quæ hactenus contra nos & nostros adhærentes acta sunt, sive propter gestam in nostrâ absentiâ rerum & Provinciarum Administrationem, movebimus unquam quæstionem, nihil exprobrabimus, aut animo malevolo postea obirectabimus; sed hujusmodi omnia, undecumque illa nata & causata fuerint, æterna oblivioni commendabimus, eaque omnia quæ circa talia in Pace Pragensi super Amnistiâ Generali sancita & transacta sunt, illæsa servabimus: singulariter autem indignationem illam quam contra nostra Ecclesiæ Trevirensis Propositum Joannem Wilhelmum Haussmannium de Haumandi, ejusque propinquos, sicut etiam contra Germanos de Metternic, eorumque adhærentes, tum denique alios nostri Archiepiscopatus Vassallos & Subditos concepimus, processus item contra eosdem institutos planè & totaliter dimittemus, atque ex animo nostro tollemus: quin omnes ipsos & singulos in pristino suo statu & dignitate absque omni turbatione quietè & pacificè conservabimus. Et hæc quidem omnia sine dolo & fraude; in quorum omnium fidem & Testimonium, hasce litteras manu propriâ subscriptas nostrique Archiepiscopalis & Episcopalis Sigilli appensione muniri fecimus. Datum Viennæ, duodecimâ Mensis Aprilis anno Domini 1645.

In executionem postea hujus Conventionis, die vigesima quinta Aprilis, prædictus Dominus Elector à Cæsareâ Majestate de Regaliis & temporalitatibus sui Archiepiscopatus & Episcopatus solemniter investitus, fidelitatem & obedientiam juravit & à Cæsare prandio adhibitus fuit, præsente Domino Archiduce Leopoldo Guillelmo.

par raport à l'Election & au Couronnement de Sa Majesté Impériale qu'à tous autres égards; ce que nous ratifions, confirmons & promettons d'observer.

° Nous laisserons la Forteresse de Hermenstein à la disposition de l'Empereur pour y tenir garnison jusqu'à ce que la présente Guerre d'Allemagne soit terminée.

Nous ferons tous nos efforts pour tirer Philisbourg des mains des François, & nous la garderons & la conserverons pour Sa Majesté Impériale & pour l'Empire.

Nous ne ferons aucun procès, querelle, ou reproche ni aux autres Electeurs, ni aux Princes & Etats de l'Empire ou à leurs complices, ni à nos Clercs, & Capitulaires de Trèves & de Spire, ni aux Villes de Trèves & de Spire & leurs territoires, ni à nos Officiaux, Conseillers, Sujets, Ministres & Vassaux, ni à ceux qui ont été établis Administrateurs des susdits Archevêché & Evêché, en un mot contre qui que ce soit de quelque rang ou qualité que ce puisse être, pour ce qui a été fait par eux, soit contre nous, ou contre les notres & nos adhérans, soit dans l'Administration de nos biens & Etats pendant notre absence; mais nous oublierons tout, sans jamais nous en ressentir quelle que puisse en avoir été la cause; & nous observerons exactement ce qui a été stipulé dans la Paix de Prague, touchant l'Amnistie Générale; de plus nous ne témoignerons jamais à Jean Guillaume Haufman de Haumand Prévôt de notre Eglise de Trèves, ni à ses parens ni aux frères de Metternic ou à leurs adhérans, ni aux autres Vassaux & Sujets de notre Archevêché, l'indignation que nous avions conçue contre eux, & nous renoncerons aux Procès que nous leur avions intentez : enfin nous oublierons tout jusqu'à les conserver tous & chacun d'eux tranquillement & paisiblement dans leur ancien état & dignité. Ce que nous promettons véritablement & sincérement; en foi de quoi nous avons signé les Présentes, & y avons aposé le sceau de notre Archevêché & de notre Evêché. Fait à Vienne le 12. Avril 1645.

En exécution de la susdite Convention Sa Majesté Impériale, a donné au susdit Electeur l'investiture des Régales & du Temporel de son Archevêché & de son Evêché le 25. Avril, & ledit Electeur lui a juré fidélité & obéissance, ensuite de quoi Sa Majesté Impériale lui a donné à dîner, en présence de l'Archiduc Léopold-Guillaume.

CON-

CONTREDITS

Des Plénipotentiaires de l'Empereur au confentement prétendu tel que
deſſus pag. 341. pour faciliter la Conference pour la Paix avec
ceux de France.

Premierement ſur ce Point:

*Les Députez des Princes & Etats de l'Empire aux lieux de la Conférence
pour la Paix, qui n'y ont pas été appellez de la part de l'Empereur, ne
ſeront point admis à en délibérer.*

HÆc vera non ſunt; ſed Cæſariani hoc ſolum dixerunt, cum iſta promiſcua Statuum comparatio legitimum Conventum formare non poſſet, ideo actum ut illa Deputatio Imperii ordinaria, quæ hactenus Francofurti ſteit, Monaſterium transferatur; cum totum hoc Pacis negotium, modo in Conventibus hujuſmodi uſitato, per Cæſarianos tractari & deliberari queat: quod & ipſi Domini Mediatores approbarunt; & illam promiſcuam admiſſionem aliorum Deputatorum, qui non vocati à Cæſare, ſed ſuâ tantum ſponte, & rerum ſuarum privatarum cauſâ comparent, tractaturi, prorſus inutilem judicarunt.

CEs choſes ne ſont pas vrayes; mais les Miniſtres de l'Empereur ont ſeulement dit que cette comparation confuſe des Etats, ne pouvant former une Aſſemblée légitime, on avoit fait enſorte que la Députation ordinaire de l'Empire qui eſt à préſent à Francfort, fût transférée à Munſter, puiſque ſuivant l'uſage pratiqué dans ces Aſſemblées, les Miniſtres de l'Empereur pouvoient traiter & conclure la Paix; ce qui a été aprouvé des Médiateurs; qui ont jugé inutile l'admiſſion confuſe des autres Députez, qui n'ayant pas été convoquez par l'Empereur, ne comparoiſſent que d'eux-mêmes & pour traiter de leurs intérêts particuliers.

II.

Sur l'Electeur de Trêves.

ELector Trevirenſis à Cæſare jam planè libertati reſtitutus, in gratiam receptus, ac præſtito fidelitatis juramento, de Feudis & Regalibus inveſtitus eſt.

L'Electeur de Trêves a été entierement remis en liberté par l'Empereur, qui l'a reçu en grace & qui lui a même donné l'inveſtiture de ſes Fiefs & Régales, après en avoir reçu le ſerment de fidélité.

III.

*Les Alliez & adhérans de la Couronne de France ne ſeront ſpécifiez
que ſur la fin du Traité, ſans faire mention de leur reſtitution pour le
paſſé.*

CÆſariani poſtulant in principio Inſtrumenti Pacis poni illam clanſulam de Collegiatis deberi, quod in Pace hac etiam iſti comprehendantur, qui quidem in ſequentibus nominatim ſpecificabuntur, & non aliter; ad exemplum Pacificationis Madritenſis inter Carolum quintum Imperatorem & Franciſcum primum Franciæ Regem.

LEs Miniſtres de l'Empereur prétendent que l'on doit mettre dans le Prelude du Traité, la clauſe, que ceux-là ſont compris dans cette Paix qui ſeront nommez & ſpécifiez ci-après & non autrement; ainſi qu'il s'eſt pratiqué à la Paix de Madrid entre l'Empereur Charles-quint & François premier, Roi de France.

IV.

*De la ſureté du Traité & qu'il ſoit ratifié par les Etats du Royaume de
France.*

HOc per omnia falſum eſt; declarant enim Cæſariani quod iſte articulus de aſſecura-
Tom. I. tione

CEci eſt encore abſolument faux; car les Miniſtres Impériaux déclarent que cet Article
Xx de

1645. *tione debeat remitti ufque ad conclufionem Trac-*
tatus : tum fe rationes in medium allaturos,
ob quas à Galliâ non folum per Regem, fed
etiam per Status Regni, affecurationem fieri
debere jure poftulatum effe oftendant; quem-
admodum Dominis Mediatoribus ftatim ejus
rei exemplum in Conventione Cameracenfi,
anno millefimo quingentefimo vigefimo nono,
initâ, ante oculos pofitum fuit ; adjectum qui-
dem eandem quam Galli à Cafare etiam ab
ipfis affecurationem poftulatum iri.

de la Ratification, doit être renvoyé à la conclufion du Traité, & qu'alors ils aporteront les
raifons qui feront voir que c'eft à bon droit
qu'ils demandent que la Ratification de la France, foit non feulement de la part du Roi, mais
auffi de celle des Etats du Royaume ; & on
aporta pour exemple à Meffieurs les Médiateurs
ce qui fe paffa dans le Traité de Cambrai en
1529. & l'on ajouta qu'on ne demanderoit de
cette maniére aux François que ce qu'eux-mêmes exigeroient de l'Empereur. 1645.

L'EXPLICATION

Des Contredits que deſſus.

I.

QUe les Plénipotentiaires de l'Empereur doivent feuls délibérer de la Paix.

Que les Députez des Princes & Etats de
l'Empire, qui n'ont pas été appellez par l'Empereur, & fe trouveront au lieu de la Conférence de leur propre volonté ou pour leurs particuliers intérêts, ne peuvent affifter au Traité
de Paix.

Ni ne peuvent former une Affemblée légitime.

Qu'il a été ordonné que les Députez de l'Affemblée de Francfort, qui font dévouez pour
la plûpart à la Maifon d'Autriche, fe tranfpor-
teront audit lieu de Munfter.

Sur le Second.

Que l'Electeur de Trèves a été mis en liberté, après avoir fait le ferment de fidélité à l'Empereur.

Sur le Troifiéme.

L'Empereur entend qu'à la Conférence pour
la Paix, il ne foit traité de la reftitution des
Princes & Etats d'Allemagne Alliez des Couronnes de France & de Suéde.

Que les Confédérez & Adhérans de part &
d'autre feront nommez en termes généraux au
commencement du Traité, & fpécifiez fur la
fin d'icelui d'un commun confentement, ainfi
qu'il s'eft fait au Traité de Madrid, fans que les
intérêts de chacun en particulier, & nommément des Confédérez de France & de Suéde,
foient démêlez pendant le Traité, & réfolus
par des Articles féparez ; de forte qu'il ne fera
fubvenu à ces Confédérez que pour l'avenir &
non pour le paffé.

Sur le Quatriéme Point.

Que l'Empereur entend que pour la fureté
du Traité de Paix qu'il fera avec la France, il
foit aprouvé par les Etats du Royaume, felon
qu'il fut convenu par le Traité de Cambrai en
l'année mil cinq cens vingt-neuf, & que le Roi
lui baille les furetez pour ce regard, telles que
feront celles qu'il voudra demander audit Empereur, qui eft à dire que fi le Roi fe défifte
de demander l'aprobation du Traité par les
Etats d'Allemagne, l'Empereur pareillement fe
défiftera de demander l'aprobation des Etats de
France.

Et par ainfi il fe recueille de ce que deffus,
entr'autres, deux points très-notables.

Le premier.

Que l'Empereur n'entend pas qu'à la
Conférence avec les Couronnes de France
& de Suéde, il foit traité aucunement que les
Princes & Etats d'Allemagne, Alliez defdites
Couronnes, foient reftituez en leurs Seigneu-
ries & droits qu'on leur a ôtez ès derniéres
Guerres.

Le fecond.

Que les Princes & Etats d'Allemagne ne délibéreront point de la Paix, avec les Plénipotentiaires des Couronnes de France & de Suéde ; & moins encore que les Députez de tous
les Princes & Etats de l'Empire puiffent délibérer collégialement & en Corps, de la Paix
avec ces Couronnes ; encore qu'elles en ayent
fait inftance par plufieurs Actes folemnels réité-
rez de tems en tems.

RE-

REPLIQUE

DES PLENIPOTENTIAIRES

DU ROI D'ESPAGNE,

A la proposition de ceux de France, pour la Paix le 24. Fevrier 1645. delivrée par les Médiateurs le 1. du mois d'Avril de la même année.

A Munster le 18. Avril 1645.

AViendo los Plenipotenciarios del Rey recebido en primero de Abril deste presente año, por mano de los Señores Plenipotenciarios del Rey Christianissimo una escritura sellada en veinte y quatro de Febrero, y hecho particular estudio para responder en tal forma a ella que no se de occasion, a que se exasperen los animos de los que trattan ni de quien a de aprobar, y ratificar estos Tratados ni se ridiozga a disputar la Negociacion, por que la mente del Rey, es de no disputar a los que son de su misma sangre, y dessea y procura tener por amigos nique con las disputas se consuma el tiempo, que oy es tan precioso paraque los Tratados se reduzcan brevemente al desseado fin de la Paz, y gozando la Cristiandad de reposo despues de tantas calamitades puede unidas las fuerzas opponerse a las amennazas, y peligros del comun Enemigo, no aviendo sido instituido este Congresso para Tribunal de antiguas pretentiones, lasquales jamas se pueden decidir con acuerdo de las Partes, sino para componer las diferenzias presentes que han causado, y causan esta Guerra.

Con estas consideraciones los Plenipotenciarios de su Majestad caminaran en esta respuesta a la escritura que han de los Señores Plenipotenciarios de Francia, con la modestia que conviene y por la linea derecha dal punto della dejando las de su circonferentia.

Tres puntos principales contiene la dicha escritura; el primero por las cosas del Imperio, el segundo las de España, y el tercero las de Italia.

I.

En el primero se remiten los Plenipotencia-rios de España a las respuestas que han dado, y daran los Señores Plenipotenciarios del Emperador por ser una repetition de las escrituras que han dado de parte del Reyno, y Corona de Francia.

II.

En el segundo punto de las cosas de España no pueden dexar de examinarse que a los Señores Plenipotenciarios de Francia, a parecido

TOM. I.

LEs Plénipotentiaires du Roi ayant reçu le premier d'Avril de la présente année un Ecrit de la main de Messieurs les Plénipotentiaires du Roi très-Chrétien daté du 24. Fevrier, ils se sont particuliérement apliquez à répondre d'une telle manière, qu'ils ne donnent point occasion d'aigrir les esprits de ceux qui traitent, ni de ceux qui ont à aprouver & ratifier ces Traitez; afin aussi que la Négotiation ne se termine point en disputes, l'intention du Roi étant de ne point disputer avec ceux qui sont d'un même Sang, qu'il souhaite & qu'il tâche de tenir pour amis; & afin que le tems, qui est aujourd'hui si précieux, ne se passe en disputes, & que les Traitez puissent parvenir bientôt à la fin desirée de la Paix, afin que la Chrétienté jouïssant de la Paix & du repos après tant de calamitez reprenne ses forces pour s'oposer aux menaces & aux dangers, auxquels elle pourroit être exposée par l'Ennemi commun : ce Congrès n'a pas été institué pour en faire un Tribunal pour juger des prétentions anciennes, qui ne se décideront jamais d'un commun accord des Parties, mais seulement pour pacifier tous les differends qu'a causez & que cause la Guerre.

Dans cette vue les Plénipotentiaires de Sa Majesté commencent cette réponse à l'Ecrit qu'elles ont reçu de Messieurs les Plénipotentiaires de France avec toute la modestie convenable, & suivant ce point en droite ligne, ils laissent ceux de la circonference.

Ledit Ecrit contient trois points principaux; en premier lieu, les affaires de l'Empire, en second lieu celles d'Espagne & en troisième lieu celles d'Italie.

I.

Pour le premier les Plénipotentiaires d'Espagne se remettent aux réponses qu'ont données, & donneront Messieurs les Plénipotentiaires de l'Empereur, pour répondre à la demande de l'Ecrit qui leur a été donné de la part du Royaume & Couronne de France.

II.

Pour le second point qui regarde les choses d'Espagne, ils ne sauroient laisser passer qu'il a paru à Messieurs les Plénipotentiaires de Fran-

Xx 2   ce,

1645.

cido que en la propoficion de España, hecha en quatro de Diciembre 1644. se pudiera aver llegado a propoficiones menos generales diziendo que con major fundamento se esperaria un buen fin si segun el methodo praticado en todos tiempos se huviera comenzado a examinar cada punto, proponiendo los mas eficaces expedientes para ajustar el uno despues del otro, y que con mucha admiracion han visto, que ne contiene, sino aberturas vagas, y propoficiones poco conformes al eftado presente de las cosas, y de las apariencias del futuro.

Esta admiracion pudiera tener alguna apparencia de razon si quando de común acuerdo, se ajusto, por las inftancias de los Señores Medianeros, que los quatro de Diciembre 1644. dieffentados los Plenipotenciarios de las Coronas una propoficion en orden à la Paz, la huvieran dado los Señores Plenipotenciarios de Francia, y en ella huvieran descendido a individuar sobre la Paz con el Imperio, y con España, y lo que se contiene sobre los Tratados. Pero solamente dieron una escritura la qual no ay una palabra tocante à la Paz con España, y lo que contiene sobre los Tratados con el Emperador son materias Preliminares, y dilatorias, offreciendo para despues que hazan otras aberturas, y haviendo tenido mucho tiempo para responder a aquella propoficion de España, y acufando la aora de la generalidad, incurren, en lo mismo que acufan, proponiendo cosas no menos generales mas impraticables como se dira en su lugar, disponiendo de tal fuerte la escritura que es dudoso de saver si es en orden a deponer folamente las armas, dexando las cosas en el eftado que oy tienen, o a concluir la Paz; por que a unque hablan della, no oy clausula, que positivamente la offrezca fuera de que si los Señores Plenipotenciarios de Francia, buelven hazar reflexion sobre a aquella propoficion de España, hallaran, que en ella se viene al punto, y a lo fubftancias del Tratado de la Paz, y de fu conclufion; pues se haze declaration de que su Mageftad la deffea: de la forma como la hara: de las claufulas que se formaran de los Interesses de los Confederados; de la reftitucion de lo que se les a ocupado: de los represallas: de la libertad del commercio; de la confirmacion de los Tratados de Paz, hechos antes entre ambas Coronas por los Reyes mas valerofos, y prudentes que han tenido: concluiendo en dicha propoficion que se omitan pretenfiones antiguas, para no retardar, o imposibilitar la Paz con grave daño de la Christiandad. Todos eftos puntos son tan effenciales, y tan reducidos a la fubftancia, y execucion de la Paz, que en muy poco tiempo se pueden por ellos terminar el Trattado de la Paz, y concluir la y effectuar la, y no aura algun de su paffonado que no lo conozca affi : ni jamas fe hallara en los Tratados paffados haverfe hecho la primer propoficion con mayores individuos que en aquellos; las quales conforme a la que hizieron la primera vez los Plenipotenciarios del Rei Henrique quarto de Francia en el Congreffo

ce, que dans la propofition que l'Efpagne a faite le 4. de Decembre 1644. on auroit pu faire des propofitions moins générales, difant qu'on efpereroit une bonne fin avec plus de fondement, fi, felon la methode pratiquée de tout temps, on avoit commencé d'examiner chaque point, propofant les expediens les plus efficaces pour venir premierement à bout de l'un & puis après de l'autre, qu'ils ont vu avec admiration que cet Ecrit ne contient que des ouvertures vagues, & des propofitions peu conformes à l'état prefent des chofes, & aux apparences de ce qui peut arriver.

1645.

Cette admiration auroit quelque apparence de raifon, fi dans le temps que l'on convint d'un commun confentement par les inftances de Meffieurs les Médiateurs, du 4. Decembre 1644. que tous les Plénipotentiaires des Couronnes donnaffent une propofition tèndante à la Paix, Meffieurs les Plénipotentiaires de France dans le leur étoient defcendus à ces précifions touchant la Paix avec l'Empire & avec l'Efpagne, au lieu qu'ils donnèrent un Ecrit où il n'y a pas un feul mot qui regarde la Paix avec l'Efpagne, & ce qu'il contient touchant le Traité avec l'Empereur ce font des Matiéres Préliminaires tirant en longueur, offrant que dans la fuite ils feroient des ouvertures, & ayant attendu un long temps pour répondre à cette propofition d'Efpagne, ils l'accufent prefentement de ne s'être fervie que de généralitez, lorfqu'ils font eux-mêmes la faute, propofant des chofes non moins générales, mais même plus impraticables comme il fe dira en fon lieu, qu'il eft en doute fi c'eft feulement à mettre les armes bas, laiffant les chofes en l'état qu'elles font maintenant, ou à conclure la Paix, quoi qu'ils parlent de la Paix il n'y a point de claufe qui l'offre pofitivement: fi Meffieurs les Plénipotentiaires de France veulent faire réflexion à cette propofition d'Efpagne, ils trouveront qu'elle va à ce but & à l'effentiel du Traité de Paix & de fa conclufion, puis qu'on y déclare que Sa Majefté la defire en la forme des claufes qui fe tireront des interêts des Confederez, moyennant la reftitution que ceux qui auront occupé feront des represailles, de la liberté du commerce, & de la confirmation des Traitez de Paix faits entre les deux Couronnes, par des perfonnes très-habiles & prudentes, concluant dans leur propofition qu'on laiffe toutes les prétentions antiques pour ne pas retarder la Paix, ou pour la rendre impoffible au grand domage de la Chrétienté: tous ces points font fi effentiels & fe rapportent fi bien à ce qui regarde la Paix, & à la faire, qu'en fort peu de temps on pourroit en les fuivant écrire le Traité de Paix, la conclure, & la mettre en effet. Il n'y a perfonne qui juge fans paffion qui ne le trouve ainfi, & l'on ne trouvera jamais que dans les Traitez qui ont été faits on ait avancé dans la premiere propofition, de plus grandes particularitez que nous avons fait, on trouvera nos propofitions conformes à celles que les Plénipotentiaires du Roi de France Henri IV. firent au Con-

greſſo de Vervins, pidiendo luego la reſtitucion de las Plazas, como conſta del protocollo de aquella Negociacion, y haviendo los Plenipotenciarios de Eſpaña de dar ſu propoſicion cerrada, y ſellada, en el miſmo dia, que ſe havia de dar la de Francia ſin ſaber lo que ſe propondria en eſta, ſino ſolamente que los Señores Plenipotenciarios de Francia, avian dicho a diverſos Miniſtros de eſte Congreſſo, que no ſe eſpantaſſen de ſuprimer la propoſicion por que ſeria muy alta pero que deſpues la moderarian : pudieron tener baſtante occaſion los Plenipotenciarios de Eſpaña para hazer ſu propoſicion en otros terminos mucho mas generales, moſtrando ſolamente una buena diſpoſicion del Rey à la Paz, haſta haver viſto la propoſicion de Francia, pero quiſieron luego entrar dentro de la materia por deſcubrir la promptitud de ſu Mageſtad à la Paz, y ſi entonces huvieran los Señores Plenipotenciarios de Francia dado la propoſicion que querian hazer antes de ver la de Eſpaña huviera viſto el mundo la differentia que avia de la una à la otra.

Proponen los Señores Plenipotenciarios de Francia dos medios para la Paz con Eſpaña, o que las coſas queden en el eſtado en que oy ſe hallan que ſi Eſpaña, quiſiere mas entrar en quentas de lo que en otros tiempos le à dado la proſperidad de las armas perteneciente a la Corona de Francia, vendran con mucho guſto a examinar lo, y que en lo individial conozca el mundo que las dos Coronas ſe conforman a la razon, ſiendo muy juſto que entre tanto conſerve la Francia, las ventajas que ha tenido por la Guerra, como en tiempos paſſados hizo Eſpaña, o ſe haga alguna compoſicion, parte con la reſtitution que puede hazer Eſpaña, y parte con la retencion que puede hazer Francia de los Eſtados, en que tiene derecho, y en que a buelto a entrar.

El primer medio de quedarſe Francia con lo que aora puede aver occupado con la fortuna de las armas, es contra el derecho comun que ante todas coſas reſtituye al deſpojado lo que le han quitado : y deſcubre la averſion de Francia a la Paz; porque es impraticable, y contra el eſtilo ordinario de las Pazes que ſe hazen entre los Principes Chriſtianos, y a los exemplos paſſados entre ambas Coronas : y a la generoſidad que Eſpaña a uſado con la Francia en los Tratados de Vervins, reſtituendoze muchas Plazas, ni en numero, ni en calidad inferiores a las que tiene occupadas a ora; a unque en tonces pudiera pretender la retencion de algunas, por los gaſtos hechos con ſus armas auxiliares levantadas por el repoſo, y beneficio comun del Reyno di Francia fuera, de que el exemplo de retener las ventajas de la Guerra ſeria muy perjudicial al repoſo comun de los Principes Chriſtianos; porque no huviera Paz entre ellos, ny ſerian firmes, las que hizieſſen ſi cadauno pudieſſe occupar los Eſtados agenos; ſin el temor de la reſtitucion, de haver de conſumir los teſoros, y la ſangre de ſus Vaſſallos en la Guerra, que es el freno que los
obli-

Congrès de Vervins, demandant d'abord la reſtitution des Places comme il apparoit par le protocole de cette Négociation, les Ambaſſadeurs d'Eſpagne devant donner leur propoſition accourcie, & preſſée le même jour que ceux de France devoient donner la leur, ſans avoir appris ce qu'ils devoient propoſer, ils avoient ſeulement ouï dire que les Plénipotentiaires de France avoient dit à pluſieurs Miniſtres de ce Congrès, qu'ils ne ſe devoient pas étonner de leur première propoſition qui ſeroit bien forte, mais qu'ils la modereroient dans la ſuite, les Plénipotentiaires d'Eſpagne n'avoient-ils pas occaſion ſuffiſante pour faire leur propoſition, en des termes plus généraux, en faiſant ſeulement connoître la bonne diſpoſition de leur Roi à la Paix, juſques à ce qu'ils euſſent vu la propoſition de la France, cependant ils voulurent entrer d'abord en matière, montrer la promptitude de Sa Majeſté pour la Paix, & ſi alors Meſſieurs les Plénipotentiaires de France avoient donné leur propoſition après avoir vu celle d'Eſpagne, ils y auroient trouvé la grande différence qu'il y avoit de l'une à l'autre.

Meſſieurs les Médiateurs de France propoſent deux moyens pour faire la Paix avec l'Eſpagne, ou que les choſes reſtent dans l'état où elles ſont maintenant, que ſi l'Eſpagne demande d'entrer plus avant en compte de ce que la proſperité des armes lui a donné autrefois appartenant à la Couronne de France, ils conſentent avec bien de la ſatisfaction à l'examiner, afin que le monde connoiſſe laquelle des deux Couronnes ſe conforme le mieux à la raiſon dans le particulier, étant très-juſte cependant qu'elle conſerve les avantages que la Guerre lui a procurez comme l'Eſpagne a fait du temps paſſé. Ou qu'il ſe faſſe un reglement en partie de la reſtitution que doit faire l'Eſpagne, & en partie de la retention que fera la France des Etats où elle a droit, & dans leſquels elle eſt rentrée.

Le premier moyen que la France propoſe qu'elle conſerve maintenant ce que la fortune des armes lui a donné eſt contre tout droit commun, qui l'oblige avant toutes choſes de reſtituer au depouillé ce qui lui a été ôté; il découvre l'averſion que la France a pour la Paix parce qu'il eſt impraticable, & contre l'ordinaire coutume lorſque les Princes Chrétiens font la Paix entre eux, il s'oppoſe aux exemples paſſez entre les deux Couronnes, & à la généroſité dont l'Eſpagne a uſé envers la France à la Paix de Vervins, qui lui a rendu pluſieurs Places qui n'étoient pas inférieures en nombre, & en qualité à celles qu'elle occupe preſentement, quoique l'Eſpagne auroit pu prétendre alors d'en retenir quelques-unes pour les depenſes de ſes armes auxiliaires qui n'avoient été priſes que pour le repos & l'avantage de la France: outre cela cet exemple de retenir les avantages que donne la Guerre, ſeroit très-préjudiciable au repos commun des Princes Chrétiens, puis qu'il n'y auroit pas moyen de faire la Paix entr'eux, & cette Paix ne ſeroit pas aſſurée, ſi chacun avoit la liberté d'occuper le Pais d'autrui ſans craindre d'être obligé à le reſtituer, mais la crainte de la reſtitution & la conſervation de ſes tréſors, & du ſang de ſes Sujets ſont un frein qui les oblige à ſe contenir dans
leurs

Xx 3

obliga a contenerse dentro de sus confines, y a lo que dizen los Señores Plenipotenciarios de Francia, que es muy justo que entre tanto conserve la Francia las ventajas, que a tenido por la Guerra, como en tiempos passados hizo España : se responde que quanto sucediendo la succession en un Estado en que dos Reynos tienen pretension se viene a las armas, es justo que uno retenga la possession que le dieron sus derechos proprios y el de las armas, y es contra toda Justicia que haviendo los prescritto el tiempo por el spacio de muchos años con remuneraciones, y convenciones de una y otra parte : interviniendo, en ellas la Religion del juramento como a sucedido en lo que possee España; y si la Francia pretende retener lo que ocupare y esto se introduce, se romperian despues los Tratados, y no estaria segura la fe publica de la Paz entre los Principes porque a penas ay uno que no tenga pretensiones sobre lo que possee el otro. Por esta consideracion el Rey Dom Philippo II. restituyo, como se ha dicho, al Rey Henrique quarto di Francia, todo lo que havia occupado con las armas, sin pretender retencion alguna, por la que en el Reyno de Francia pertenece a la Corona de España. El secundo medio de venir al examen de las pretensiones antiguas la admitiria con mucho gusto su Magestad, como quentiene tan segura y tan conocida su Justicia en lo que possee, y en los Estados que han ocupado a su Corona, si fuese praticable, de reduzillo a effetto y segura succession en los successores : pero seria un impedimiento perpetuo de la Paz aviendo mostrado la esperiencia que entre las mismas y semejantes disputas de los derechos y pretensiones antiguas se disuelven con mayores disgustos por que ninguna de las Partes se reduze a la razon, y llevada de los interesses, y conveniencias proprias, fundadas en argumentos apparentes : como succedio en la Junta que se hizo en Cales el año de 1521. sobre las differencias entre el Papa Leon X. el Emperador Carlos quinto, y el Rey de Francia Francisco el primero, donde intervinieron un Nuncio del Papa, dos Grandes Cancilleres Mercurino de Gatinara, y Anthonio de Prat, y fue Medianero el Rey d'Inglaterra, y reconoziendose antes y despues este inconveniente en los Tratados de Paz, se hizieron declaraciones de una y otra parte sobre sus pretensos derechos; con que pasaron muchos años por venir en Paz, y buena correspondencia, y con la confirmacion de aquellos se buelven tambien a establezer de nuevo.

III.

En el ultimo punto de las differencias de las cosas de Italia; despues de haver los Señores Plenipotenciarios de Francia apuntado la justificacion de sus armas, proponen para proposicion de la Paz que se conformaran con los Consejos de su Beatitud, de la Serenissima Republica de Venecia, y de los demas Principes de Italia sin exceptuar los que se muestran
ad-

leurs limites. Pour ce que Messieurs les Plénipotentiaires de France, disent qu'il est très-juste que la France conserve les avantages, que la Guerre lui a procurez, comme l'Espagne a fait dans le temps passé, nous répondons que lors que deux Royaumes prétendent sur un E-tat qui est venu à vaquer, & qu'ils viennent aux armes pour decider à qui l'aura, il est juste que celui-là en rétienne la possession que ses propres droits & les armes lui ont acquise, qu'y ayant eu prescription après plusieurs années de possession, qu'y ayant eu des compensations, qu'y ayant eu même plusieurs Traitez d'un côté & d'autre, que la Religion même du ferment y étant intervenue, comme cela s'est passé dans ce que possede l'Espagne & que la France pretendoit, est-il juste après toutes ces choses de rompre le Traité de Paix, & de prétendre de retenir ce qui aura été occupé par les armes? Si cela s'introduit, la foi publique n'assureroit point la Paix entre les Princes Chrétiens, puisqu'à peine y en a-t-il un seul qui n'ait des prétentions sur ce que l'autre possede. Le Roi Dom Philippe touché de cette consideration rendit, comme il a été dit, au Roi de France Henri IV. tout ce qu'il avoit conquis par ses armes, sans prétendre rien retenir, pour tout ce que la Couronne d'Espagne prétend sur le Royaume de France. Sa Majesté accepteroit avec bien du plaisir le second moyen de venir à l'examen des anciennes prétentions, elle est si bien persuadée de la justice de ce qu'elle possede, & que tous les Etats que la Couronne a occupez lui apartiennent, & cela est si bien reconnu que pour en procurer la sure possession à ses Successeurs, elle ne demanderoit pas mieux sinon que la chose fût praticable, & qu'on pût la mettre en effet; ce seroit pourtant un empêchement perpetuel à la Paix, l'experience a fait voir que semblables disputes des droits & prétentions n'aboutissent qu'à l'éloigner davantage; aucune des Parties ne se laisse pas conduire par la raison, lorsqu'elle est emportée par l'interêt & par ce qui convient & fondé sur des preuves apparentes, comme il arriva en l'accord qui se fit à Calais l'année 1521. sur les differends entre le Pape Leon X. l'Empereur Charles-quint, & le Roi de France François premier, où il se trouva un Nonce du Pape, deux grands Chanceliers Mercurino de Gatinara, & Antoine du Prat, & où le Roi d'Angleterre étoit Médiateur, reconnoissant cet inconvenient des Traitez de Paix, on fit des déclarations d'un côté & d'autre sur leurs droits prétendus, ensuite dequoi ils ont vécu plusieurs années en Paix & en bonne correspondance, & par la confirmation de ces Traitez on les verra de nouveau rétablies.

III.

Dans le dernier point qui regarde les differends d'Italie, Messieurs les Plénipotentiaires de France ayant premierement justifié leurs armes proposent pour parvenir à la Paix, qu'ils se conformeront aux Conseils de sa Sainteté, à ceux de la République de Venise & de tous les autres Princes d'Italie, sans excepter ceux qui se montrent

adherentes de España, en aquello que haran conocer ser de sus verdaderos interesses, y de su seguridad.

En quanto a la justificacion de la Guerra de Italia, no quieren entrar los Plenipotenciarios de España, por ser materia odiosa, y sujeta a replicas en que se gastaria inutilmente el tiempo dexandola al juizio de Dios, y de los Hombres. Respondiendo pues al medio de conformarse con los consejos de los Principes de Italia, dizen que si bien, nunca rehusaria su Magestad poner en las manos de dichos Principes todas sus pretenciones, parece medio impraticable, y speciosa para ganar el aplauso de los, que no conoxen lo interior de las cosas, porque los Principes de Italia no admitieran el officio de arbitror sino solamente remitiendo sus consejos, el arbitrio de Francia, ni en aquellas differentias tienen mas conocimiento que España; y la condicional de que se conformara Francia con los consejos de los Potentados, en aquello que le hizieron conoxer, ser sus verdaderos interesses y de su seguridad esta muy expuesta a ser illusoria; porque quien le hara conoxer a Francia ambas cosas, sino quisiere conoxellas, ni pare ce que ay cosa por la qual se hayade huir deste Congresso instituido, para la Paz general, hallan dose en el, Ministro de su Santidad, de la Serenissima Republica de Venetia, del Duque de Saboya, de las Coronas y esperandose otros conformidad de los Passaportes concedidos para este fin en el Tratado de Hamburg; con que facilmente se puede concluir a qui la Paz de Italia; tanto mas haviendo hecho su Magestad diversas declaraciones de que solamente a procurado y procura el bien, y quietud de Italia, y que cada uno de los Principes della gozen de la Paz de las Plazas, y Estados que possejan antes de aquellos movimientos; y haciendo aora a los Señores Plenipotenciarios de Francia una declaracion en esta misma proposicion de que no pretende su Rey en los Negocios de Italia, otros interesses que el de los mismos Principes se podra, si desea a quella Paz concluirse en pocos dias teniendo por regla la Paz de Ratisbona.

Concluyen los Señores Plenipotenciarios de Francia su escritura, pidiendo que para establecer una segura, y perpetua Paz entre los Principes Christianos, o que luego se tratade los medios de hazerla tal; o que desde aora se este de acuerdo, enque siendo ajustados todos los puntos del Tratado general con el consentimiento de los Principes, y Estados del Imperio, y de Italia se hayade convenir en esta seguridad de la Paz, por el bien de la Christiandad, a esto responden los Plenipotenciarios de parte del Rey, que estan prontos para tratar, y acordar en su lugar, (que segun en el stylo ordinario es a los fines del Tratado) todas aquellas firmezas y seguridades que parecieren la Paz sea firme, y durable siendo esto lo que mas desea su Magestad, y lo que mas en carga a todos sus Ministros, en que parece que aura poco o nada que disputar pues, a esta seguridad se establecio en los Tratados passados.

El segundo medio propuesto en esta misma materia por los Señores Plenipotenciarios de Francia, de que desde luego se aya de estar de acuerdo para disponer esta seguridad despues, que se ayan ajustado todos los puntos de la Paz con el consentimiento de los Principes y Estados del Imperio y de

trent adhérer à l'Espagne, en tout ce qu'on leur fera connoître être de leurs véritables intérêts & de leur sureté.

Pour ce qui regarde la justification de la Guerre d'Italie, les Plénipotentiaires d'Espagne n'en parleront point, parce que c'est une matière odieuse, & sujette à plusieurs repliques, où l'on perdroit inutilement le temps la laissant au jugement de Dieu, & des hommes. Pour ce qui regarde le moyen proposé de suivre les Conseils des Princes d'Italie, ils repondent que quoique Sa Majesté ne réfuseroit pas de mettre toutes leurs prétentions entre les mains desdits Princes, il ne le fera pas, parce que ce moyen lui semble impraticable, & spécieux pour gagner l'applaudissement de ceux qui ne connoissent pas l'interieur de choses, & parce que les Princes d'Italie ne voudront pas admettre la charge d'arbitres, ils laisseroient leurs Conseils à l'arbitrage de la France, ils ne connoissent pas mieux ces differends que l'Espagne. Pour ce qui regarde la condition qu'ils y mettent que la France se conformera aux Conseils des Puissances dans ce qu'elles lui feront connoître être de ses véritables intérêts, & convenir à sa sureté, cette condition est fort sujette à être illusoire: qui est-ce qui fera connoître à la France l'une & l'autre de ces choses si elle ne les veut connoître? il semble plutôt que c'est un prétexte pour fuir ce Congrès, qui a été convoqué pour la Paix générale où se trouvent un Ministre de sa Sainteté, un de la Sérénissime République de Venise, du Duc de Savoye & des Couronnes, & où l'on en attend d'autres en conformité des Passeports accordez pour cette fin par le Traité de Hambourg: on peut de tout cela conclure a qui tient qu'on ne fasse la Paix d'Italie, d'autant plus que Sa Majesté a fait plusieurs déclarations pour faire voir qu'elle a procuré & procure le bien de l'Italie, afin que chacun de ses Princes jouisse de la Paix dans les Estats qu'ils possédoient avant les mouvemens, c'est à cette heure à Messieurs les Plénipotentiaires de France, de donner une déclaration en la même forme, que leur Roi ne pretend autre intérêt dans les affaires d'Italie, que celui des Princes de ce Païs, après quoi on pourra s'ils le souhaitent conclure cette Paix en peu de jours, en tenant pour regle la Paix de Ratisbonne.

Messieurs les Ambassadeurs de France concluent leur Ecrit demandant que, pour établir une Paix sure & perpetuelle entre les Princes Chrétiens, ou que l'on traite incessamment des moyens de la faire telle, ou que l'on s'accorde presentement qu'après qu'on aura ajusté tous les points du Traité général du consentement de tous les Princes, & Etats de l'Empire & de l'Italie, on ait à convenir de la sureté de cette Paix pour le bien de la Chrétienté, les Plénipotentiaires répondent à ceci de la part du Roi, qu'ils sont prêts pour traiter & accorder en son lieu qu'à la fin du Traité, selon le stile ordinaire on donne toutes les assurances & toutes les suretez qui paroîtront nécessaires pour faire une Paix ferme & durable, c'est ce que Sa Majesté desire le plus & dont elle charge ses Ministres; il paroit qu'il y aura peu ou point même à disputer là-dessus, puisque cette sureté a été déja établie dans les Traitez passéz.

Le second moyen que proposent sur cette matiére Messieurs les Plénipotentiaires de France, qu'on ait tout présentement à s'accorder pour mettre en ordre cette sureté, après qu'on aura ajusté tous les points de la Paix avec le consentement des Princes & Etats de l'Empire &

de la Italia, parece espuesto a dilaciones perpetuas, y a pretextos para romper todo lo que hasta
entonces se huviesse tratado, y concluydo, haviendo de depender del ajustamiento de todos los
puntos del Tratado con el consentimiento de tantos Principes y Estados, pues en aviendo discor-
dancia en un punto o dissentimiento de algun Principe parara todo el Tratado, no pudiendo las Coronas acordar, la seguridad de la Paz, ni
llegar a su conclusion : en loqual podra qualquier
considerar, si tales terminos indefinidos se podran
verificar, y si estas son aberturas encaminadas a
la Paz, como exclaman los Señores Plenipotenciarios de Francia, poniendo en quenta el Estado
presente de las cosas, y appariencias de lo futuro:
loqual los Plenipotenciarios de España dexan a la
Providencia de Dios que es Señor de los exercitos,
en caso que (lo que Dios no permita) se huviere
de proseguir la Guerra; y no creen que la mente
de dichos Señores Plenipotenciarios de Francia aya
sido de que tambien en esta concurran los Estados
de Italia, aunque se dixe claramente en su proposicion.

Concluyen pues los Plenipotenciarios de España
su respuesta con declarar de nuevo; que su Magestad esta dispuesta a concluyr sin dilacion alguna la Paz con la Corona de Francia, haziendo
se reciprocamente las restituciones, assi de lo ocupado de Corona a Corona, como de lo que se hu-
viese ocupado a los Confederados y adherentes de
ambos, sin recompensa alguna de los gastos hechos
en estas guerras, ni de los daños, que han resul-
tado della; reduziendo se todas las cosas al estado
que tenian antes que se moviessen las armas, y confir-
mandoxe los Tratados hechos entre ambas Coronas,
desde el tiempo de la gloriosa Memoria de Carlos
quinto hasta el presente, pues an sido los ante-
murales de la Paz, y buena correspondencia entre
ellas observados por su Magestad religiosamen-
te.

Pues no ay causa ni motibo alguno, paraque se
dexe de continuar de una y otra parte la fee publica, y la palabra real conque se concluyeron, y
ratificaron de cuyas clausulas se podra tomar el
modelo por la declaracion de los puntos del commercio, de las repressallas, y de otros semejantes.

Y si huviere alguna cosa que por la mudanza
de los tiempos opor la novidad de los casos pida
otra nueva forma se ajustara con acuerdo de las
Partes.
En todo esto conozera el mundo, quam dispuesta esta su Magestad al Establecimiento de la
Paz, y a renovar con la Corona de Francia y
con sus Magestades Christianissimas una buena,
sincera y perpetua Correspondencia, y amistad
para mayor sosiego de la Christiandad, y para que
los Vassallos de ambas Coronas gozen de los bienes
y felicidades de la Paz.

& d'Italie, ce moyen paroit très-propre pour
des retardemens perpetuels, & à fournir des
prétextes pour rompre tout ce qui auroit été
traité, & conclu jusques là; puisqu'il devroit
dependre de l'ajustement de tous les points du
Traité, avec le consentement d'un si grand
nombre de Princes & Etats, puisque s'il y a-
voit quelque différend en un seul point, ou
si quelque Prince ne vouloit pas consentir, tout
le Traité seroit arrêté, les Couronnes ne pouvant accorder la fureté de la Paix, ni par consequent parvenir à sa conclusion : que chacun
considere si l'on pourroit confirmer le Traité
parmi tout cet embarras, & si ce sont des ouvertures qui conduisent à la Paix, comme s'é-
crient Messieurs les Plénipotentiaires de France, qui mettent sur un même pié les choses
présentes & les apparences de l'avenir que les
Plénipotentiaires d'Espagne laissent à la providence de Dieu qui est le Maître de toutes les
armées, en cas que l'on eût à poursuivre la
Guerre, ce que Dieu veuille ne point permettre : il ne faut pas croire que la pensée de Messieurs les Plénipotentiaires de France, ait été
que les Etats d'Italie, y dussent aussi concourir quoiqu'ils le disent clairement dans leur
proposition.

Les Plénipotentiaires d'Espagne finissent leur
réponse en declarant de nouveau que Sa Majesté est disposée à conclure sans aucun retardement la Paix avec la Couronne de France,
pourvû qu'on fasse restitution de chaque côté
aussi bien de ce qui a été pris de Couronne à
Couronne, comme de tout ce qu'on occupe
sur les Confédérez & adherents des deux partis,
sans aucune recompense des dépenses faites pendant cette Guerre ni des dommages qui en sont
provenus, toutes choses étant remises en l'état
qu'elles étoient avant qu'on prît les armes,
& qu'on confirme les Traitez faits entre les
deux Couronnes depuis le temps de Charles-
quint, de glorieuse memoire, jusques au temps
présent, puisqu'ils ont été les souciens de la Paix,
& de la bonne correspondance entre les deux
Couronnes, & qu'ils ont été religieusement
observez par Sa Majesté.

Puis qu'il n'y a aucune cause ni motif qui
puisse empêcher, d'un côté ni d'autre de continuer la foi publique, & la parole Royale qui
les firent conclure & ratifier, l'on pourra
prendre le modele de leurs clauses pour éclaircir les points du commerce, des represailles, &
autres semblables.

S'il se trouve quelque chose qui par le changement des temps ou par des cas nouveaux demande une autre nouvelle forme, on pourra
s'accommoder du consentement des Parties.
Par tout ceci le monde connoîtra combien
Sa Majesté est disposée pour l'établissement de
la Paix, & pour renouveller avec la Couronne
de France, & leurs Majestez très-Chrétiennes
une bonne, sincere, & perpetuelle correspondance pour la plus grande tranquilité de la
Chrétienté, & afin que les Sujets des deux Couronnes jouïssent des biens & des felicitez qu'apporte la Paix.

RE-

1645.

REPONSE

Des Plénipotentiaires d'Espagne à la seconde proposition de ceux de France pour la Paix avec le Roi d'Espagne le 24. Fevrier 1645. delivrée le 1. du mois d'Avril.

A Munster le 18. Avril 1645.

I.

IL est donné à entendre que d'ordinaire aux Traités de Paix entre des Princes Chrétiens, l'on rend ce qui a été occupé par les armes, & que le Roi doit par conséquent restituer tout ce qui a été conquis sur le Roi d'Espagne, & ses Alliés & adherans aux Guerres dernieres ainsi que le Roi Philippe II. en a usé au Traité de Vervins, en la restitution des Places fortes occupées pendant la Ligue, & la rebellion des Sujets contre leurs Princes legitimes excitées & fomentées à cela par le même Roi, lesquelles il pouvoit retenir, à cause qu'il avoit fait des dépenses pour le repos & avantage du Royaume de France, & qu'il ne faut plus parler de l'usurpation du Royaume de Navarre, faire depuis l'an 1512. ni d'autres anciennes querelles qui sont en grand nombre.

II.

Que selon le droit commun celui qui est privé doit être restitué avant toutes choses.

III.

Que les Traités de Cambrai, de Madrid, de Crespi, de Câteau en Cambresis, & de Vervins, aux années 1526. 1529. 1544. 1559. & 1598. entre l'Empereur Charles. V. & Philippe II. Roi d'Espagne son fils d'une part, & les Rois de France, François I. Henri II. & Henri le Grand d'autre part, dont il y a eu des sermens pour l'entretenement d'iceux, & en conséquence desquels il y a prescription pour ce qui est de la possession de tant d'années, soient aprouvés & confirmés tout de nouveau.

IV.

Et quant à ce qui concerne les differends pour l'Italie, tels que pourront être ceux de Pignerol, de Monaco, de Valteline; les garnisons qui sont au Montferrat & Piemont; le Duché de Milan & la Seigneurie de Sienne, que l'Empereur Charles V. & ledit Roi Philippe II. son fils ont uni à l'Espagne; Final & quantité d'autres soient vuidés à Munster, sans s'assujettir au Conseil du Pape, de la République de Venise, & autres Princes & Etats de cette Province, consideré qu'il y a déja en la même Ville des Médiateurs de la part de sa Sainteté, & de la République de Venise, outre les Ambassadeurs du Duc de Savoye, qui est encore en minorité, & d'autres Princes &

TOM. I.

REMARQUES

Sur la Réponse que dessus.

I.

LEs Rois d'Espagne ont usurpé sur les Rois de France les Royaumes de Naples, d'Arragon, de Navarre, le Duché de Milan, & beaucoup d'autres Seigneuries, & néanmoins par plus de douze Traités, ils n'en ont voulu faire jusqu'à cette heure aucune restitution, nommément par celui de Vervins, où il y a un article qui confirme les precedens Traités de renonciation, & n'ont voulu pour cela être tenus & reputés pour des Princes moins Chrétiens, & moins Catholiques.

II.

Et quant à ce qui est de la regle de celui qui a été le dernier possesseur de quelque Seigneurie, & en a été privé par violence, on lui doit faire restitution avant toutes choses, cela s'entend sous cette exception, si ce n'est que lui-même ou ses Predecesseurs desquels il a herité, ayent par violence & injustement acquis des Seigneuries sur celui duquel il se plaint, ou par ces Predecesseurs.

Auquel cas il y doit avoir compensation en retenant par forme de gage & Hypothéque la derniere conquête, ainsi qu'il en a été usé par le Roi Henri II. au Traité de Câteau en Bresse pour Turin, Pignerol & autres Places, que son Pere le Roi François I. avoit conquises sur le Duché de Savoye, à cause de ses droits au Comté de Nice, & sur plusieurs Villes & Seigneuries de Piémont, qui sont des appartenances au Comté de Provence.

Ou par échange & cession reciproque des droits pretendus par les uns & les autres, comme il est observé par le Roi Henri le Grand, à l'échange de la Bresse par le Marquisat de Saluces.

Ou bien faire la restitution également de tout ce qui est détenu de part & d'autre dont il se lit quantité d'exemples.

III.

Les Traités de Madrid, de Cambrai, & autres suivans avec l'Empereur Charles V. & son fils le Roi Philippe II. ont été accordés par les Rois de France y étant contraints par la force, & non d'une libre volonté, & ainsi cela ne peut préjudicier aux Rois leurs Successeurs, & moins au Royaume dont les Rois ne sont qu'usufruitiers, & non proprietaires.

De maniere que selon le droit & l'équité du Monde, il n'y faut avoir aucun égard, se pouvant fort bien adapter la réponse des Scythes à Alexandre le Grand, que la Paix n'est pas durable si elle n'est fondée en ce qui est juste, & quand il en arrive autrement l'on a derogé aux precedens Traités, par les suivans qui mettent les choses à la raison.

Joint que pour ce qui est du Royaume de Navarre qui est de grande consequence, il n'y a jamais été renoncé par nos Rois, ne servant de

Yy   rien

1645.

rien d'alleguer la prescription qui n'a lieu en ce qui est du droit de Souveraineté, & du Domaine des Couronnes.

Outre qu'auxdits Traitez de Madrid, de Cambrai & autres, il y a que les Rois de France & d'Espagne seront amis d'amis & ennemis d'ennemis, s'aideront pour la defense de leurs Royaumes & Seigneuries & renonceront à toutes Ligues & intelligences au préjudice l'une de l'autre, à quoi il faut soigneusement prendre garde, vû les Traitez de Confédération & Alliance qu'il y a à present, entre la Couronne de France, & la Republique des Provinces-Unies des Païs-Bas, & dont il n'est aucunement loisible de se départir.

IV.

Et pour ce qui regarde les differends pour

l'Italie, il est à propos qu'ils soient traitez quelque tems après ceux d'Espagne & des Païs-Bas, à ce que la decision de tant d'Articles se parachêve plutôt & l'un n'empêche point l'autre, ainsi qu'il fût prudemment avisé à la Conference de Vervins, qu'il seroit traité à part de la restitution des Villes & Places fortes, occupées sur la France par le Roi d'Espagne, item de la Paix avec la Reine d'Angleterre & la Republique des Provinces-Unies des Païs-Bas, & ensuite dans un an par l'entremise du Pape Clement VIII. du differend du Marquisat de Saluces, occupé par le Duc de Savoye, dont le Roi d'Espagne faisoit son propre fait pour la sureté du Duché de Milan, avenant que la guerre survînt derechef entre l'Espagne & la France.

1645.

SUIT UN IMPRIME' INTITULE'

Expositio eorum quæ Monasterii Westphallorum a Deputatis Anseaticis gesta sunt ad propriam & Dominorum suorum Justificationem coram toto Mundo, & Illustrissimi Legati Domini Servien novam, illegitimamque usurpationem palam faciendam.

Exposition de ce qui a été fait à Munster en Westphalie par les Députez des Villes Anseatiques pour leur propre justification devant tout le Monde & pour celle de leurs Maîtres, faisant voir publiquement la nouvelle & illegittime usurpation de Monsieur Servien très-illustre Ambassadeur.

Christianissimi Regis ejusque Majestatis Illustrissimorum Excellentissimorumque Legatorum Plenipotentiariorum Domini Comitis d'Avaux, & Domini Comitis Servien Litteris clementissimè benignissiméque invitati Consules ac Senatores Rerum publicarum Lubecensis, Bremensis & Hamburgensis, suo totiusque Hansæ Theutonicæ nomine Deputatos suos miserunt. Hi Monasterium locum Tractatui Pacis destinatum, ubi prædicti Domini Legati commorantur, delati, prævia decente notificatione adventus sui Litteris Dominorum suorum credentialibus, utrique Legato conjunctim in Scriptis debitè exhibiti a Domino Comite d'Avaux utpote primum in Legatione & Plenipotentiæ Instrumento locum obtinente, tempus audientiæ sibi assignari rogant.

LEs très-Illustres & très-Excellens Ambassadeurs & Plénipotentiaires du Roi très-Chrétien, Monsieur le Comte d'Avaux & Monsieur le Comte de Servien ayant appellé par leurs Lettres pleines de douceur & de clemence les Consuls & les Sénateurs des Républiques de Lubec, Brême, & Hambourg pour venir au Congrès, ils y envoyérent leurs Ministres en leur nom & au nom de toute l'Anse Teutonique; lesquels s'étant transportez à Munster lieu destiné pour y traiter la Paix, où les susdits Messieurs les Ambassadeurs font leur résidence, pourvus de Lettres de creance, ils firent notifier leur venue d'une manière convenable aux deux Ambassadeurs conjointement par des Ecrits qui furent délivrez selon l'ordre; & demandérent à Monsieur le Comte d'Avaux qui tient la premiére place de l'Ambassade, comme il est marqué dans son Pleinpouvoir, qu'il voulût bien leur marquer un tems pour leur donner audience.

Dicta est ipsa dies Dominica vigesima nona Januarii stilo novo hora secunda post meridiem; quæ tamen post modum ex placito Illustrissimi Legati mutata in tertiam, cum hac appendice, eadem posterave die etiam Dominum Collegam Comitem Servien adiri a Deputatis posse.

Illa die cum Deputati per Ministrum quæsivissent an adhuc placeret, ut ad indicatam horam venirent, jubentur adesse ad tertiam, hoc addito Dominum Servien etiam præsentem fore.

On leur assigna le jour de Dimanche 29. Janvier, N. St. à deux heures après midi, qui fut peu après changée selon le bon plaisir du très-illustre Ambassadeur à trois heures avec cette addition, que le même jour ou le jour d'après les Députez pourroient voir Monsieur son Collégue le Comte de Servien.

Les Députez le jour de Dimanche firent demander encore s'il plairoit à Mr. l'Ambassadeur qu'ils y allassent à l'heure qu'il avoit marquée, on leur commanda de venir à trois heures, y ajoutant que Mr. de Servien s'y trouveroit présent.

Ad

Les

Ad tertiam igitur Deputati Hanseatici in ædi-
bus Domini Comitis Servien vel d'Avaux adsunt,
jussu Dominorum suorum proposituri, ab Illustris-
simo Domino Legato d'Avaux; in ingressu Do-
mus per familiam & per ipsius Excellentiam in
gradibus bene excepti inque superius conclave in-
troducti, viderunt inibi etiam prædictum Domi-
num Comitem Servien, a quo æque ac a Domino
Comite d'Avaux porrecta & comiter accepta ma-
nu in sellis dispositis e regione utriusque Legati unà
ad audiendum considentium sedere jussi, utrumque
simul compellarunt, eaque quæ in mandatis erant
cum reverentia debita utrique pariter una oratio-
ne insinuarunt. Propositione facta ambo Domini
Legati surrexere & aperho una atque altera inter
se commutato rursus consedere; tumque Dominut
Comes d'Avaux honore respondendi prius Domino
Collega oblato, ab eo autem huic relato,eleganti
omnisque comitatis & gratiæ pleno sermone u-
triusque nomine responsum dedit; dicendique fine
facto, Dominus Comes Servien an ne sit hæc mens
ipsius & sententia a Domino Comite d'Avaux
interrogatus, nutu verboque assensit, & post gra-
tias utrique habitas discurrendo, benigneoprolixe-
que non minus ac Dominus Collega Comes d'Avaux
affectum ac propensionem responso declaratum con-
firmavit; denique manu data summa cum humani-
tate dimisit Hanseaticos, eosque Dominus Co-
mes d'Avaux, ut patronus & habitator ædium,
per gradus in arcam usque gratiose reduxit.

Illi Domum reversi audientia ista apud utrum-
que Legatum conjunctim habita, Legationi Galli-
cæ satisfactum existimantes, die sequenti apud
Regiæ Majestatis Catholicæ Legatos, negotium
suum expedire decreverunt; & ne Domino Ser-
vien ad ædes illius proprias visitatione incommodà
statim ab audientia facta, molesti essent, hunc ho-
norem modestiæ causa differre statuerunt, præser-
tim cum Domini Barones de Rorte & St. Romain
in procinctu illinc abeundi accessissent, cum quibus
Dominis Legatis negotium credebant interesse.
Postridie igitur die trigesima Januarii præmissis
credentialibus ad Illustrissimos & Excellentissimos
Dominos Legatos Regiæ Majestatis Catholicæ ac-
cesserunt, ab utroque conjunctim admissi & au-
diti sunt.

Die tertia trigesima prima Januarii Dominum
Comitem Servien ad Domum Excellentiæ ipsius
officiose salutari per Ministrum, an & qua hora
id gratum sit exoquiruna; nominatur a quodam de
familia nomine Excellentiæ ipsius hora secunda
pomeridiana; adsunt illi ad horam constitutam,
& a familia patulat ad fores consistente excipiun-
tur honorifice, & per atrium in Conclave quod-
dam interius introducuntur.

Ubi vero non Dominus Legatus, sed mandato
Excellentiæ ipsius nobilis quispiam de familia occur-
rit, & circumvolventibus undique Ministris ma-
joribus & minoribus, in hanc sententiam Han-
seaticos præsentes alloquitur; quod Illustrissimus
Dominus Legatus ad horam quidem secundam ip-
sos vocasset, cæterum nunc aliis distringeretur ne-
gotiis ut vacare ipsis audiendis non possit; ac præ-
terea quandoquidem comperisset eos pridie Hispa-
nicos

Les Députez donc se trouverent à trois heures dans la Maison de Mr, le Comte de Servien
ou de Mr. le Comte d'Avaux pour faire leur
compliment au très-Illustre Ambassadeur Monsieur le Comte d'Avaux suivant le commandement de leurs Maîtres; ils furent reçus à l'entrée de la Maison par les Domestiques, son Excellence même les reçut sur les degrez, & ils
furent introduits dans une chambre haute où ils
trouverent Monsieur le Comte de Servien qui
leur donna la main aussi bien que Monsieur le
Comte d'Avaux,qu'ils reçurent civilement;Mes-
sieurs les Ambassadeurs s'assirent l'un près de l'autre,& les inviterent l'un & l'autre de s'asseoir,a-
près quoi ils adressèrent à l'un & à l'autre ce
qu'ils avoient ordre de leur dire. Le compliment étant fait , les deux Ambassadeurs se levérent, & ayant dit quelques paroles entr'eux , ils
s'assirent derechef ; Monsieur le Comte d'Avaux
ayant offert à son Collègue l'honneur de parler le
premier , que son Collègue refusa , il leur répondit d'une manière élégante au nom de l'un & de
l'autre,& leur fit un discours très-honête & très-
gracieux ; après avoir fini , il demanda à Mr. le
Comte de Servien si ce n'étoit point là son sentiment , il y donna son contentement par paroles & par signes , & après leur avoir rendu graces , il parla honêtement & longuement aussi
bien que son Collègue le Comte d'Avaux , &
confirma par sa réponse l'affection & l'attachement qu'il leur avoit témoignez ; enfin leur
ayant donné la main , il les congédia très civilement , & Monsieur le Comte d'Avaux comme Maître de la Maison & y demeurant les re-
conduisit très gracieusement après avoir descendu les degrez jusques au Carosse.

Les Députez étant revenus à leur Maison a-
près cette audience qu'ils avoient euë de l'un &
de l'autre Ambassadeur de France, estimant d'y
avoir satisfait , ils résolurent le jour suivant de
finir cette affaire auprès des Ambassadeurs de Sa
Majesté Catholique,& de peur d'être incommodés à Monsieur de Servien s'ils l'aloient voir
dans la Maison aussitôt après en avoir eu audience, ils trouverent à propos de différer quelque
peu à lui rendre cet honneur , d'autant plus que
Messieurs les Barons de Rorté & de St. Romain étant venus lorsqu'ils étoient sur le point
de s'en aller ils croyoient que les Ambassadeurs
avoient à traiter quelque affaire avec eux. Le
jour d'après 30 Janvier après avoir demandé
la visite , ils allèrent voir Messieurs les très-Illustres & très excellens Ambassadeurs de Sa Majesté Catholique , & ils furent reçus conjointement de l'un & de l'autre.

Le troisième jour,qui étoit le trente & uniéme de Janvier , ils firent demander à Monsieur
le Comte de Servien par un de leurs gens à quelle heure il auroit agréable qu'ils lui allassent rendre leurs devoirs dans sa Maison : quelqu'un de
sa Maison répondit de la part de son Excellence
que ce seroit à deux heures après midi ; ils se
présentèrent à l'heure marquée, ils furent reçus honorablement de tous les domestiques,les
portes étant ouvertes, & ils furent introduits par
le vestibule dans une chambre qui étoit plus
en dedans.

Où Mr. l'Ambassadeur ne se trouva point ,
mais par son ordre un de ses Gentilshommes y
vint & en présence de tous les Domestiques
grands & petits , il parla aux Députez en cette manière, qu'il étoit bien vrai que son Excellence les avoit apelez pour les deux heures,mais
qu'il ne pouvoit pas maintenant leur donner audience; étant occupé à d'autres affaires, qu'outre cela ayant apris qu'eux Députez avoient été

le

nicos Legatos adiisse, id quod ad evertenda illa jura quæ inter utramque Majestatem sint, & ad vilipendium Christianissimæ Regiæ Majestatis, suæque Excellentiæ in pari cum D. d'Avaux dignitate ac potestate constituta, pertineat, revocare ipsum non immeritò hanc injuriam ad animum, & citra consensum aut Mandatum Christianissimi Regis admittere eos non posse : peccasse ipsos in Christianissimam Majestatem & Dominos suos, quibus hoc factum excusari non possit.

Licèt autem Deputati Hanseatici non parum hac inopinata contumeliosaque exprobratione ac repulsa consternati statim recesserint, utrique Dominorum Legatorum ante Hispanos debitum honorem indivisum nupera communi audientia, omniaque illa quæ ad cultum & observantiam Regiæ Christianissimæ Majestatis ac Illustrissimorum Dominorum Legatorum & pro jure Legationis feri debuerunt, studiosè plenissimeque facta fuerint; & quidquid ab ipsis factum, id, & Regiæ Majestati, & Dominis ipsorum, & toti mundo probatum erit.

Tum si quid aliter fieri oportuisset, non ipsorum culpa aut consilio, sed facto ipsis Domini Legati imputandum, quod factum non sit, quippe qui Domino Comiti d'Avaux ad ipsos audiendum se junxerit, & unà cum ejus Excellentia ipsos nuper-audiverit. Jure gentium constare Legationes in Germania, ipsos & Germanos esse, Germanico more negotium suum peregisse; neque aliter quam Osnabrugæ apud Cæsaream Majestatis & Serenissimæ Reginæ Sueciæ Legatos æque binos egerint, cum optima eorundem gratia. Attamen facta per quendam alium Ministrorum delatione, Dominus Legatus in sententia rigide perstitit. Deputati itaque cum nihil obtinerent, statione facta retrogressi a familia Domini Legati ad currum usque deducti sunt.

De jure hujus processus, & an in culpa sint Hanseatici, & num potius ipsis eorumque Dominis non levis injuria facta sit, quæritur : posterius illud sequentibus rationibus ex ipso facto, gentium jure, & more recepto depromptis evincunt.

I.

Nam 1. etsi Illustrissimi & Excellentissimi Domini Legati Gallici numero inter se differant, indubitatum tamen est in una Plenipotentia Regis ad unum idemque negotium pari potestate ac autoritate tractandum conjunctos esse.

II.

Unde & Legationis jus unum ac individuum apud ipsorum Excellentias esse patet.

III.

Quamobrem & trium Civitatum nomine Hanseatici Fœderis Deputatis suis datæ credentiales ad utrumque Legatum simul directæ sunt.

IV. *Quæ*

le jour précédent chez les Ambassadeurs d'Espagne, que cela tendant à renverser les droits établis entre les deux Majestez au mépris de Sa Majesté très Chrétienne, & faisant tort à son Excellence qui étoit établi en dignité & en puissance égal à Mr. le Comte d'Avaux, que c'étoit avec raison qu'il tenoit cette injure à cœur, & qu'il ne pouvoit pas les admettre à l'audience sans en avoir plutôt reçu le consentement & le commandement du Roi très-Chrétien : qu'ils avoient commis une faute contre Sa Majesté très-Chrétienne & contre leurs Maîtres devant qui ils ne sauroient excuser cette action.

Les Députez Anséatiques ne furent pas peu consternez de ce reproche inopiné & injurieux, & d'avoir été ainsi renvoyez, ils s'en retournérent tout aussitôt; ils avoient pourtant rendu la première visite aux deux Ambassadeurs avant d'aller voir ceux d'Espagne, ils leur avoient rendu à l'un & à l'autre l'honneur qui leur étoit dû, & ils avoient observé avec soin tout ce qu'ils avoient dû faire pour témoigner l'affection & le respect qu'ils avoient pour Sa Majesté très-Chrétienne, & tout ce que Messieurs les Ambassadeurs pouvoient prétendre d'eux ; & tout ce qu'ils ont fait, sera aprouvé de Sa Majesté, de leurs Maîtres, & de tout le monde. Si nous avions eu à nous conduire d'une autre manière, la faute en est à Mr. l'Ambassadeur, & si nous ne l'avons pas fait elle lui doit être imputée, puisqu'il s'est joint à Mr. le Comte d'Avaux pour nous donner audience, & qu'il nous a ouïs avec son Excellence. C'est le droit des Gens que puisque l'Ambassade est en Allemagne, qu'ils sont eux-mêmes Allemans, qu'ils fassent leurs affaires selon la manière Allemande, ils en ont usé comme à Osnabrug, où ils ont été reçus de tous les deux Ambassadeurs de Sa Majesté Impériale & de ceux de la Sérénissime Reine de Suède, dont ces Ambassadeurs ont été très-contens : quoique les Députez ayent fait représenter toutes ces choses par quelqu'autre Ministre à Mr. l'Ambassadeur, il a demeuré ferme dans son sentiment. Les Députez ne pouvant rien obtenir, après s'être un peu arrêtez, ils s'en retournérent, & furent conduits à leur Carosse par toute la suite de Mr. l'Ambassadeur.

On demande qui a droit dans ce procès & si la faute doit être attribuée aux Députez Anséatiques, & si l'on n'a pas fait une injure non petite aux Députez & à leurs Maîtres. Les Députez soutiennent le dernier par les raisons suivantes, par le fait même, par le droit des gens, & par la coutume reçue.

I.

Car premiérement, quoique Mrs. les Ambassadeurs de France différent en nombre, il est pourtant indubitable qu'ils sont joints pour traiter la même affaire avec la même puissance & la même autorité par un seul Pleinpouvoir du Roi.

II.

D'où il paroît clairement que le droit d'Ambassade n'est qu'un & indivisible entre leurs Excellences.

III.

C'est pourquoi les Lettres de Créance ont été données aux Députez des trois Villes au nom de l'Alliance Anséatique, les regardant comme un seul, & elles sont adressées aux deux Ambassadeurs ensemble.

IV. Qu'ayant

IV.

Quæ ab iisdem audientia apud sacræ Cæsareæ Majestatis Legatos habita Domino Comiti d'Avaux ut primo loco in dicto Regio Mandato, aliisque Legationis Actis numerato, pro more hactenus ubique locorum observato, originaliter insinuatæ sunt ab utroque legenda.

V.

Et secundum hæc allegata eadem audientia se dignos Deputati arbitrati, eam cum reverentia rogarunt.

VI.

Prout & Illustrissimus Legatus Dominus Comes d'Avaux suo & Domini Collegæ nomine Litteras recepit horam audientiæ dedit cum hac tantum cautione ut postmodum etiam Domini Collegæ seorsum habitantis visitandi honore defungerentur, post etiam cum hac significatione Dominum Collegam quoque præsentem fore.

VII.

Porro eum dicta hora secessissent in ædes Domini Comitis d'Avaux in Conclave conducti, illic etiam Dominum Comitem Servien in limine invenerunt ipsos porrecta manu benigne excipientem.

VIII.

Tum ambo Legati Regii ad audiendum e regione Deputatorum consederunt.

IX.

Uterque eorum simul titulo plurali compellatus.

X.

Utrique ex Commissionis tenore salutatio, obsequiorum oblatio, gratulatioque pro clementissima benignissimaque Christianissimi Regis & Dominorum Legatorum invitatione gratiarum actio, desideriorum expositio, & commendatio una oratione facta est.

XI.

Finita propositione ambo consurrexere, uno alteroque verbo de responso deliberantes.

XII.

Et rursus capto sessu Dominus Comes d'Avaux, postquam Dominus Collega respondendi honorem sibi oblatum abnuendo declinasset, non suo sed uttiusque nomine quam gratiosissime respondit.

XIII. *Eoque,*

IV.

Qu'ayant eu audience des Ambassadeurs de Sa Majesté Impériale, ils ont envoyé leurs Lettres de créance en original à Mr. le Comte d'Avaux comme tenant le premier lieu dans le Pleinpouvoir du Roi, & dans tous les Actes de l'Ambassade, ainsi selon la coutume observée en tous lieux, elles ont été censées lues de l'un & de l'autre.

V.

Que suivant cela les Députez se crurent dignes d'avoir audience, & la demandérent avec respect.

VI.

Comme le très-Illustre Ambassadeur Mr. le Comte d'Avaux a reçu ces Lettres en son nom & celui de son Collégue, qu'il a marqué l'heure avec cette clause, que les Députez immédiatement après rendroient le même honneur à son Collégue qui avoit sa Maison à part, & qu'après il leur signifia que Mr. son Collégue se trouveroit aussi à l'audience.

VII.

S'étant rendus à l'heure marquée dans la Maison de Mr. le Comte d'Avaux, ayant été conduits dans son apartement, ils y trouvérent Mr. le Comte de Servien à la porte qui leur présentant la main les reçut très-honêtement.

VIII.

Alors les deux Ambassadeurs du Roi s'assirent vis à vis les Députez pour les écouter.

IX.

L'on adressa la parole à l'un & à l'autre au pluriel.

X.

Dans un même discours on fit à l'un & à l'autre le compliment qui avoit été ordonné, les offres de service, les actions de graces de ce que par une bonté toute particuliére du Roi Mrs. les Ambassadeurs les avoient invitez à venir au Congrès, l'on leur exposa nos intentions & l'on se recommanda à eux.

XI.

La proposition étant faite, ils se levérent tous deux, & délibérérent de la réponse qu'ils feroient.

XII.

Et s'étant derechef assis, Mr. le Comte d'Avaux, après que son Collégue eut refusé de répoudre, comme il lui en fit l'honnêteté, répondit très-gracieusement, non en son nom, mais au nom de tous les deux.

XIII.

Eoque facto Dominum Collegam diserte interrogavit, situe illa ipsius Excellentiæ communis mens & sententia.

Après cela il demanda à son Collégue, s'il n'avoit pas parlé suivant son sentiment & sa pensée.

XIV.

Qui id nutu & verbo confirmavit.

XIV.

Son Collégue l'aprouva par paroles & par signes.

XV.

Utrique pro audientia & gratiosa responsione gratiis actis.

XVI.

On rendit à l'un & à l'autre graces de leur audience & de leur obligeante réponse.

XVI.

Adhuc per tempus aliquod discurrendo prolixe iterum confirmavit.

XVII.

Mr. de Servien parlant avec eux ensuite quelque tems confirma encore ce que dessus.

XVII.

Denique ab utroque Dominorum Legatorum demissi Deputati, licet ab uno Domino Comite d'Avaux, ut patrono ædium ad arcam usque deducti. Ex quibus omnibus utique tam clarum est quam quod maxime Deputatos Hanseaticos, neque honori Christianissimi Regis, neque Excellentissimorum Dominorum Legatorum, neque juri Legationis hujus, ulla parte defuisse.

XVII.

Enfin les Députez ayant été congédiez par l'un & l'autre Ambassadeur, ils furent conduits jusques à leur Carosse par le seul Comte d'Avaux comme Maître de la Maison. Dè toutes ces choses il paroît clairement que les Députez Anséatiques n'ont manqué en quoi que ce soit ni à l'honneur qu'ils devoient au Roi très-Chrétien, ni à ce qu'ils devoient à Mrs. les Ambassadeurs, ni aux droits de l'Ambassade.

XVIII.

Maxime cum nemo sanæ mentis arbitraturus sit proponi cras iterum uni oportere, quod hodie utrique propositum est & de quo ab utroque responsum est.

XVIII.

D'autant plus qu'il n'y a personne de bon sens qui puisse croire qu'il falloit proposer derechef le lendemain à l'un ce qui avoit été proposé à tous les deux, & dont on avoit reçu la réponse de l'un & de l'autre.

XIX.

Ac prætereæ majoris honoris ac respectus causa præsertim, cum, & a Domino d'Avaux ea de re moniti essent, uno tantum interjecto die Dominum Comitem Servien ad proprias ædes invisere ac salutare decreverunt.

XIX.

Outre cela, pour faire plus d'honneur & pour témoigner leur respect à Mr. le Comte de Servien, ils résolurent de l'aller voir & de lui aller faire leur compliment dans sa Maison, d'autant plus que Mr. le Comte d'Avaux les en avoit avertis, & ils ne laissérent passer qu'un jour pour cela.

XX.

Ad hæc scitum est jure gentium constare Legationes singulariter haberi, nisi e contra conventum eautumque sit.

XX.

Ajoutez à cela que c'est une chose connue & qu'il est clair par le droit des gens que les Ambassades ne sont regardées que comme d'un seul, à moins qu'on n'ait fait une convention contraire.

XXI.

Et sicuti in Cæsaris omniumque Regum & Principum, eorumque Legatorum aulis & residentiæ locis id observatur, ut si duo conjunctim ad negotium pari cum potestate Deputati, alios Legatos conjunctim in communibus alterutrius ædibus admittant, & audiant, communique nomine ipsis respondeant, tunc utrique honor in solidum exhibitus ac officio satisfactum censeatur, nec alter aliud separatim alloquium jure poscere possit.

XXI.

Et comme l'Empereur & tous les autres Rois & Princes & leurs Ambassadeurs dans les Cours & dans les lieux de leur résidence observent que si deux sont Députez ensemble pour une affaire avec une égale puissance, ils reçoivent dans la Maison commune de l'un ou de l'autre tout ensemble les autres Ambassadeurs, qu'ils les écoutent, qu'ils leur répondent au nom de l'un d'eux, alors il est censé que l'honneur a été fait à l'un & à l'autre, qu'on a satisfait au devoir, & qu'aucun des deux n'a le droit de demander qu'on s'adresse à lui séparément.

XXII. *Itaque*

XXII. Les

XXII.

Itaque Hanfeatici Deputati Ofnabrugis a facræ Cæfareæ Majeftatis itemque Sereniffimæ Reginæ Sueciæ, nec minus hic Monafterii à Regia Catholicæ Majeftatis, utroque in loco, binis in mandatis Dominorum fuorum æquè conjunctis; ideoque licèt alter alteri genere vel privata dignitate alicubi impar effet, pars cum auctoritate in commiffo Pacis tractandæ negotio Legatis in omnibus, item feparatis domibus habitantibus, conjunctim admiffi auditique, nihil ulterius feorfim præftiterunt citra ullam alicujus, quod certo fciunt, offenfam.

XXII.

Les Députez Anféatiques ont été reçûs & écoutez de cette manière à Ofnabrug par les Ambaffadeurs de Sa Majefté Impériale, par ceux de la Reine de Suéde, & auffi ici à Munfter par ceux du Roi Catholique qui dans tous les deux lieux étoient joints deux à deux dans le Pleinpouvoir qu'ils avoient de leurs Maîtres; & bien qu'en qualité ou par des charges particuliéres ils fuffent inégaux l'un à l'autre, ils étoient pourtant égaux dans la Commiffion qu'on leur avoit donnée de traiter la Paix, & quoiqu'ils demeuraffent dans des Maifons féparées, cependant aucun d'eux ne s'en eft offenfé, quoiqu'ils ne leur ayent pas rendu d'autres devoirs en particulier.

XXIII.

Neque hic Monafterii tali formula opus fuiffet; quod ex gratiffimo Illuftriffimi Domini Comitis Naffauvii Legati Cæfarei refponfo diferte intellexerunt, qui addidit ad Collegam ipfius Dominum Wolmarum non neceffarium fuiffe aditum, nifi imbecillior ipfius Excellentiæ valetudo id exegiffet.

XXIII.

Ils n'auroient pas eu befoin de faire cette demarche ici à Munfter; ce qu'ils entendirent par la réponfe de Mr. le Comte de Naffaw Ambaffadeur de Sa Majefté Impériale, qui ajouta qu'on auroit pu fe difpenfer de voir fon Collegue Mr. Wolmar, fi la mauvaife fanté de fon Excellence ne l'avoit exigé.

XXIV.

Sed etfi vel maxime, de quo tamen hactenus non conftat, fingularis hæc in re Galliæ mos effet, five vetus five novus, pèrmittet illa Germanis Germanico & cæteris Gentibus ufitato more agere, & ignorantiam talium nullius ufus fubtilitatum haud in crimen vocabit.

Secundum hæc & quæ addi poffent perfpicium eft Hanfeaticos Deputatos nihil animadverfione, vel tam coutumeliofa improperatione & repulfa dignum commififfe, fed contra fas & decorum immeritò fe læfas jure conqueri.

XXIV.

Si c'étoit la coutume particuliére de la France, ce qui n'eft pas fort conftant jufques ici, foit qu'elle foit ancienne, foit qu'elle foit nouvelle, elle permettra aux Allemans & aux autres Nations d'agir à leur manière accoutumée, & l'on n'appellera point un crime l'ignorance de telles fubtilitez qui ne font d'aucun ufage.

Suivant ces chofes & celles qu'on y pourroit ajouter, il eft clair que les Députez des Villes Anféatiques n'ont rien commis qui foit digne du mauvais traitement & du reproche injurieux qu'on leur a fait, ni du refus de leur donner audience, & qu'ils fe plaignent juftement d'avoir été offenfez fans droit ni raifon.

T R A I T E'

Fait entre

L O U I S   X I V.

E T   R A G O T Z K I

P R I N C E   D E   T R A N S I L V A N I E,

Au Château de Monkacz par le Sr. Antoine de Croiffi Ambaffadeur du Roi vers ce Prince.

Le 22. Avril 1645.

CUm Sacræ Regiæ Majeftati Chriftianiffimæ jam à multis annis Legationé & Litteris Celfiffimus Princeps Tranfilvaniæ teftari voluerit, conftitutum

SOn Alteffe le Prince de Tranfilvanie ayant témoigné depuis plufieurs années tant par fes Envoyez que par fes Lettres à fa Sacrée Majefté Royale

titutum sibi esse, restituendæ libertatis tum communis tum Patriæ studio, nomen dare Fœderi quod, periclitante Germaniæ aliisque Regnis Christianis inter sacram Regiam Majestatem Christianissimam & Reginam Coronamque Sueciæ aliosque Fœderatos sancitum est; & hactenus Princeps egregia documenta dederit propensæ suæ erga bonum publicum, communem causam, amorem Patriæ, voluntatis ; ne Celsitudini suæ sacra Regia Majestas Christianissima in tam laudabili proposito deesset, & occasionem elabi sineret, quæ in Orbe Christiano Pacem universalem, tutam, securam, honestam, (unicum Majestatis suæ votum, finem armorumque scopum) promovere posset ex sententia Serenissimæ Potentissimæque Reginæ Matris Regentis, Celsitudinis Regiæ Domini Ducis Aurelianensis, Celsissimi Domini Principis Condæi, Eminentissimi Cardinalis, me Anthonium de Croissi & de Marsilly, in supremo Parlamento Consiliarium, cum Litteris fiduciariis & Procuratione Plenipotentiaria Deputatum ablegavit, qui Regis erga Principem præclarum & singularem affectum testarer, ejusque nomine, ipsi & Ordinibus Hungariæ ac Transsilvaniæ patrocinium offerrem & de propositis quibusdam sanciendi Fœderis punctis sive conditionibus agerem. Quam sacræ Majestatis Christianissimæ benevolentiam & patrocinium grato animo debitâque cum reverentia Princeps Transsilvaniæ agnoscit, spe fretus se tot annis tamque diu grassantibus malis auctoritatem Regiam veluti obicem oppositurum, ejusque auspiciis afflictissimæ suæ Patriæ felicius succursurum : ut etiam cum Fœderatis in laudabili proposito, quo jura, Libertates, Privilegia, Constitutiones Imperii, & Regni Hungariæ, vana hactenus nomina, Principes & Ordines à Domo Austriacâ oppressos restitutum eunt, concurrere possit, & ut tandem publica & privata sibi, Statibus, Ordinibus, Civitatibus, & Incolis Regni Hungariæ & Transsilvaniæ illatæ injuriæ, toto Christiano Orbe judice, resarciantur. Post varias & serias consultationes & deliberationes, de sequentibus Articulis inter nos conventum est.

Royale & Très-Chrétienne, qu'il étoit résolu de rétablir la liberté publique & en particulier celle de sa Patrie, & dans ce dessein d'entrer dans l'Alliance que sa sacrée Majesté Royale & Très-Chrétienne a faite avec la Reine & la Couronne de Suéde & autres Alliez, à la vuë du danger où étoit l'Allemagne & les autres Etats Chrétiens; jusqu'à present le même Prince a donné des preuves éclatantes de sa bonne volonté pour le bien public, pour la cause commune & pour sa patrie, C'est pourquoi sa sacrée Majesté Royale très-Chrétienne ne voulant point abandonner son Altesse, ni manquer l'occasion présente de faire une Paix universelle, bonne, sûre & honorable, ce qui a toûjours été l'objet des vœux de Sa Majesté & le but de ses armes ; de l'avis de la sérénissime & très-puissante Reine Régente sa Mére, & de son Altesse Royale Monsieur le Duc d'Orléans, de son Altesse le Prince de Condé & de l'Eminentissime Cardinal Mazarin, Sa Majesté m'a envoyé moi Antoine de Croissi & de Marsilli, Conseiller au Parlement de Paris, avec ses Lettres de créance & son Pleinpouvoir, pour témoigner à son Altesse le Prince de Transsilvanie l'affection sincére que Sa Majesté lui porte, & lui ofrir en son nom sa Royale Protection à lui & aux Etats du Royaume de Hongrie & de Transsilvanie, en même tems pour proposer certains points & conditions ausquelles on pourroit faire l'Alliance. Le Prince de Transsilvanie a reçu ces offres & ces marques de la bienveillance de Sa Sacrée Majesté Royale très-Chrétienne avec tout le respect & la reconnoissance convenable espérant que l'autorité de Sa Majesté mettroit bientôt des bornes aux maux qui durent depuis tant d'années, & que par son moyen il secoureroit plus efficacement sa patrie opprimée ; C'est pourquoi afin de concourir avec les Alliez au louable but qu'ils ont de rétablir les Droits, Libertez, Priviléges & Constitutions de l'Empire du Royaume de Hongrie, qui jusqu'ici n'ont été que de vains noms & les Princes & Etats oprimez par la Maison d'Autriche, & enfin d'obtenir, au jugement de toute la Chrétienté, la réparation des injustices publiques & particuliéres faites aux Etats, Villes, & habitans du Royaume de Hongrie & de Transsilvanie, après plusieurs conseils & délibérations sérieuses, les Articles suivans ont été arrêtez entre nous.

I.

Sacra Regia Christianissima Majestas Celsissimum Principem Transsilvaniæ, illius Conjugem, hujus Fœderis participes, Successores, Liberos, universosque ac singulos Hungariæ ac Transsilvaniæ Status & Ordines ipsi subjectos & adhærentes, in patrocinium ac protectionem suam recipit, operamque datura est ut pristinæ eorum libertates, si quæ læsæ sint, restituantur : & si eorum privilegia, immunitates, bona, & ditiones ab Austriacis, ipsisque adhærentibus, vel alüs etiam quibusvis hostibus hujus Belli occasione ortis, impeti ac perturbari contingeret, sua Christianissima Majestas ipsos tempestivè ac sufficienter juvabit ac defendet.

I.

Sa sacrée Majesté Royale très-Chrétienne prend sous sa protection son Altesse le Prince de Transsilvanie, & sa femme, lesquels entrent dans cette Alliance, leurs Successeurs, & Enfans, tous & chacun des Etats de Hongrie & de Transsilvanie leurs Sujets & adhérans; & s'engage de faire ensorte que leurs anciennes libertez, qui auroient été lezées, leur soient rendues : & s'il arrivoit que les Autrichiens, leurs adhérans, ou tels autres Ennemis qui se déclareroient à l'occasion de cette Guerre, leur envahissent ou troublassent leurs privilèges, immunitez, biens, & terres, Sa Majesté très-Chrétienne promet de les aider & défendre à tems & susisamment.

II.

Rex, occasione istius Fœderis ac protectionis in se susceptæ ac præstandæ, nullo prætextu, unquam ad Regna Hungariæ & Transsilvaniæ prætentionem habebit.

II.

Le Roi ne formera jamais aucune prétention sur les Royaumes de Hongrie & de Transsilvanie à l'occasion & sous prétexte de la présente Alliance, & de la protection que le Roi s'engage de leur donner.

III. Si

III. S'il

III.

Si Princeps , vel poſt ipſius mortem , Vidua , Succeſſor , & Liberi , Ditionibus ac bonis ſuis tam in Hungaria quam in Tranſilvania ſitis à ſuprabſtir (quod Deus clementer avertat ,) durante Fædere privarentur , Rex pollicetur ſe ad condignam eorum ſuſtentationem & conſervationem quotannis , pro ſuâ ratâ , viginti millia Talerorum Imperialium ipſis vel ipſorum Mandatariis , loco eis haud incommodo , tamdiu donec in Ditiones & bona amiſſa Bello aut Pace reſtituantur , exhibiturum : aut ſi forte prædictæ pecuniæ numeratio Regi minus commoda videretur , honeſtam ac Principe dignam ſuſtentationem ipſis vel immediatè , vel ipſorum Procuratoribus , unâ cum Reginâ Coronâque Sueciæ reipſâ præſtiturum.

IV.

Ut Princeps molem, ſumptuſque Belli commodius ſuſtinere poſſit , Rex ipſi centum millia Imperialium pro impenſis primi anni , à die prima Februarii anni milleſimi ſexcenteſimi quadrageſimi quarti , uſque ad primam diem ejuſdem menſis præſentis anni milleſimi ſexcenteſimi quadrageſimi quinti ſtatim Conſtantinopoli numerari jubebit ; ſingulis autem ſequentibus annis Principi , vel ejus Succeſſoribus Bellum juxta hujus Fœderis pacta continuaturis , pro ſuâ parte , niſi aliter inter Regnum & Reginam Sueciæ convenerit , ſeptuaginta quinque Imperialium millia , ubi Principi commodius fuerit , ſcilicet mediam partem primo die Auguſti , alteram primâ Februarii ſequentis anni , perſolvi curabit.

V.

Quoniam vero Regi minus commodum foret à Coronâ Suecicâ promiſſorum trium millium peditum dimidium numerum præſtare , pro mille quingentis peditibus Germanis conſcribendis , ſupplendis , & armandis , ipſorumque ſtipendiis quotannis Principi , vel ejus Succeſſoribus bellum juxta conditiones hujus Fœderis continuaturis , quadraginta octo Imperialium millia exhibebit ; cumque Princeps jam ab aliquot menſibus aliquos conſcripſerit , in dieſque conſcribat , prima proximi Auguſti die integra ſumma , annis vero ſequentibus , in anteceſſum dimidium primâ Februarii,reſiduum vero dimidium primâ Auguſti , in loco Principi commodo numerabitur.

VI·

Rex nullam Pacem nullaſque Inducias abſque præſcitu & conſiliis Celſiſſimi Principis , vel , poſt ipſius mortem, Succeſſorum Bellum juxta hoc Fœdus continuantium , & cum ipſorum injuriâ , cum Domo Auſtriacâ ipſiuſque in hoc Bello Confœderatis & adhærentibus concludet : imo ſua Majeſtas Celſiſſimum Principem, ejus Conjugem hujus Fœderis participem & Succeſſores , Liberoſque , omneſque ab iis deſcendentes ; Item Ordines Hungariæ & Tranſilvaniæ Principi conjunctos vel adhæventes in Pace univerſali , modo honeſto & ſecuro , omninò comprehendet ; pollicetur que ſe omnium Prædictorum libertates , commoda, omniumque Ditionum ac bonorum ab ipſis , quibuſvis juſtis titulis , Bellique jure poſſeſſorum , aut poſſidendorum (in quantum juſtitia , bonum publicum , & tunc temporis futurus Confœderatorum adeoque Prin-

Toм. I.

III.

S'il arrivoit,ce qu'à Dieu ne plaiſe,que le Prince,ou après ſa mort, ſa Veuve,ſon Succeſſeur ou ſes Enfans fuſſent dépouillez de leurs Terres, &c. de leurs biens tant en Hongrie qu'en Tranſilvanie , pendant que la préſente Alliance ſubſiſtera, le Roi promet de leur payer , ou à ceux qui auront ordre d'eux, la ſomme de vingt mille Écus d'Allemagne tous les ans pour leur entretien convenable juſqu'à ce qu'ils ayent été rétablis par les armes ou par la Paix dans leurs terres & dans leurs biens perdus ; ou ſi le Roi ne ſe trouve pas en commodité de leur faire compter cet argent, ou à ceux qui auront leurs ordres , il aura ſoin de leur procurer ou à ceux qu'ils chargeront de leurs Intérêts , un entretien digne d'un Prince conjointement avec la Reine & la Couronne de Suéde.

IV.

Afin que le Prince ſoit en état de ſoutenir le poids de cette guerre & de fournir à ſes dépenſes, le Roi lui fera remettre à Conſtantinople la ſomme de cent mille Richdales pour les frais de la première année à compter du premier de Février 1644. juſqu'au premier jour du même mois de la préſente année 1645. & d'ici en avant tous les ans à lui ou à ſes Succeſſeurs, qui continueront la Guerre ſelon le préſent Traité , la ſomme de ſeptante cinq mille Richdales pour ſa part , à moins qu'il n'en ſoit diſpoſé autrement avec la Reine de Suéde ; laquelle ſomme ſera payée où il lui fera ſouhaitera, ſavoir la moitié , le premier Août & l'autre moitié le premier Fevrier de l'année ſuivante.

V.

Comme le Roi ne peut commodément fournir la moitié de trois mille Fantaſſins promis par la Couronne de Suéde , Sa Majeſté payera tous les ans au Prince ou à ſes Succeſſeurs qui continueront la Guerre ſelon le préſent Traité , la ſomme de quarante-huit mille Richdales,pour lever , récruter & armer quinze cens Allemans. Et comme le Prince a commencé depuis quelques mois à en lever, & après la même ces levées, Sa Majeſté lui fera payer où il ſouhaitera, le premier Août prochain, cette ſomme entière ; mais pour les années ſuivantes on en payera la moitié au mois de Fevrier & le reſte au mois d'Août ſuivant.

VI.

Le Roi ne fera aucune Paix ou Trêve à l'inſçu & ſans l'avis du Prince , ou après ſa mort, de ſes Succeſſeurs qui continueront la guerre ſuivant l'Alliance , & Sa Majeſté ne traitera pas à leur déſavantage avec la Maiſon d'Autriche , ſes Alliez ou adhérans dans cette Guerre ; au contraire Sa Majeſté comprendra d'une maniére honorable & ſûre dans la Paix générale, le ſuſdit Prince , ſon Epouſe , ſes Succeſſeurs. Enfans, & leurs deſcendans , enſemble les Etats de Hongrie & de Tranſilvanie , Alliez & adhérans du Prince; & promettra de leur procurer à tous la conſervation de leurs Libertez , intérêts , biens , terres, poſſeſſions, aquis ou à aquérir ſous quelques titres que ce ſoit, & même par droit de guerre , autant que le demandera la juſtice , le bien public & la ſitua-

Zz tion

1645.

Principis & cum ipſo ſupra nominatorum ſtatus requiret) conſervationem certo curaturum.

VII.

Cum vero ſcopus ſit Regis armis aut Tractatu Pacem univerſalem , tutam , & ſecuram in Orbe Chriſtiano ſtabilire ; ne ea ſemel (quam Deus concedat) obtenta à Domo Auſtriacâ ejuſque in hoc Bello Confœderatis & adhærentibus, injuſte & contra ejuſdem conditiones , rupto cum Principe Tranſilvania Fœdere, violari contingat, Rex pollicetur ſe & præſtiturum , & apud Confœderatos effecturum, ut æquis conditionibus conveniat de futurà , poſt Pacem univerſalem, ſecuritate , in quâ Princeps ipſe & Conjux Fœderis participes, Succeſſores, Liberi, Status Hungaria ac Tranſilvania hoc Fœdere comprehenſi ſufficienter ac tutò acquieſcere poſſint ; modo etiam Princeps ac Succeſſores ſupra dicti, pro ſua parte , de quo in Tractatu Pacis univerſalis uberius & clarius agetur, reſpondeant.

VIII.

Rex ſe Pacem quam Princeps Tranſilvania , ejus denique anteceſſores cum vicinis Regnis ac Nationibus coluerunt & colunt, item libertates Principum & Ordinum Hungariæ & Tranſilvaniæ, non ſolum hoc Bello durante, ſed etiam poſt Pacem univerſalem, ſuâ auctoritate amiciſque officiis, & , ſi neceſſitas requirat, per Litteras & per Legatos ſtabilire & conſervare conaturum promittit.

IX.

Reciproca ſponſione Chriſtianiſſimæ Regiæ Majeſtati Celſiſſimus Princeps pollicetur ſe , Succeſſores, Ordineſque Hungariæ & Tranſilvania ſupradictos, contra Ferdinandum Tertium Romanorum Imperatorem ipſiſque in hoc Bello Confœderatos & Adhærentes, Bellum uſque ad Pacis univerſalis concluſionem , totis viribus continuaturos; ſinguliſque annis ſingulas expeditiones cum valido apparatu ſuſcepturos, daturoſque operam ut ipſorum copia tum Hungariam inferiorem tum hereditarias Cæſaris, ut Auſtriam iiſque vicinas Provincias, quanto fieri poteſt citius invadant, ac pro Belli ratione intra Domus quoque Auſtriacæ Ditiones hibernent.

X.

Promittit quoque ſe, Succeſſores, Ordineſque ſupra dictos, nullam Pacem nullaſque Inducias cum Auſtriacis eorumque in hoc bello Confœderatis & Adhærentibus concluſuros, nec quidquam de his ſine conſenſu & voluntate Regis Chriſtianiſſimi acturos ; nihilominus ſuſpenſionem armorum ad ſummum per tres hebdomadas , communi bono ſic exigente, ipſu inſtituere licebit. Si tamen Turca ob Belli,
præter

---

tion où ſe trouveront alors leſdits Alliez , le Prince & les autres ſus-nommez.

1645.

VII.

Mais comme le but du Roi eſt d'établir dans toute la Chrétienté une Paix univerſelle , ſûre & durable; pour empêcher, qu'étant une fois faite, ce qu'à Dieu plaiſe, la Maiſon d'Autriche, ſes Alliez & Adhérans dans cette Guerre ne la rompent, en violant injuſtement ſes conditions , lorſque l'Alliance avec le Prince de Tranſilvanie ne ſubſiſtera plus; Sa Majeſté s'engage & promet pour elle-même & d'obtenir de ſes Alliez que l'on convienne pour l'avenir , & après la concluſion de la Paix univerſelle , d'une garentie à des conditions raiſonnables, dans laquelle le ſuſdit Prince, & ſon Epouſe, leurs Succeſſeurs, leurs Enfans, & les Etats de Hongrie & de Tranſilvanie compris dans le préſent Traité, ſeront admis ſuffiſamment, pourvû que ledit Prince & ſes ſuſdits Succeſſeurs répondent pour leur part de ce qui ſera ſtipulé plus amplement , & plus clairement dans le Traité de Paix univerſelle.

VIII.

Le Roi promet de faire tous ſes efforts pour rendre plus ſolide & maintenir non ſeulement pendant cette Guerre, mais même après la concluſion de la Paix univerſelle , la Paix que le Prince de Tranſilvanie & ſes Prédéceſſeurs ont entretenuë , & qu'il entretient avec les Royaumes & Nations voiſines ; comme auſſi les Libertez des Princes & Etats de Hongrie & de Tranſilvanie; employant à cet effet ſon crédit & ſes bons offices, & s'il étoit néceſſaire, ſes Lettres & ſes Ambaſſadeurs.

IX.

Son Alteſſe le Prince promet de ſon côté à Sa Sacrée Majeſté Royale très-Chrétienne, que lui, ſes Succeſſeurs, & les Etats de Hongrie & de Tranſilvanie ſus-nommez, continueront la Guerre de toutes leurs forces juſqu'à la concluſion de la Paix univerſelle , contre Ferdinand III. Empereur des Romains; & que tous les ans ils entreront en Campagne avec le plus de forces qu'ils pourront, tâchant de faire entrer leurs Troupes dans la baſſe Hongrie & dans les Pais héréditaires de la Maiſon d'Autriche, comme dans l'Autriche & dans les Provinces voiſines , & même de s'y maintenir en quartiers d'hiver autant que la raiſon de Guerre le demandera.

X.

Il promet auſſi que ni lui, ni ſes Succeſſeurs, ni les ſuſdits Etats ne feront ni Paix ni Trêve avec les Autrichiens ou leurs Alliez & Adhérans dans cette Guerre, & même qu'ils n'en entameront aucune Négociation ſans le conſentement & l'avis du Roi très-Chrétien : néanmoins, ſi le bien public le demandoit, il leur ſera libre de conclure une ſuſpenſion d'armes au plus pour trois ſemaines. Que ſi le Turc les
atta

1645. *prater spem ipsorum à se prohibiti, continuationem, aliamve causam, ipsos aggrederetur, vel certò aggredi vellet, sicque impediti, sine evidenti Statuum suorum periculo, illud continuare non possent; ac nec oblationibus nec Legationibus aliisque honestis modis & rationibus à proposito revocaretur, Regiaque Majestas tempestivè ab ipsis requisita & informata, vel per se vel per Confœderatos maturè & sufficienter antè impendentis tanti periculi incursum ipsis non succurreret, in hoc urgentis necessitatis casu ipsis omnibusque liberum erit, cùm aliter resistere nequeant, cum Imperatore Romanorum Pacem inire.*

attaquoit, ou vouloit les attaquer, à cause qu'ils ont continué une Guerre à laquelle il s'est opposé contre leur espérance, ou pour quelque autre raison, ensorte qu'ainsi embarassez, ils ne pourroient la continuer plus longtems sans exposer leurs Etats; après qu'on aura employé les ofres, les Ambassades & autres moyens honnêtes pour l'engager à changer de résolution, si Sa Majesté informée à tems de ce qui se passeroit. & requise de bonne heure de leur donner les secours suffisans, ne le faisoit ni par lui ni par ses Alliez, avant qu'ils fussent exposez à un si terrible danger, il leur sera libre à tous & à chacun d'eux, dans ce cas d'une nécessité pressante, & ne pouvant se défendre autrement, de faire la Paix avec l'Empereur des Romains. 1645.

XI.

Cumque polliceatur se suosque Successores & Ordines supradictos Pacem illam etiam prænominato casu ita cum Imperatore Romano, ipsiusque in hoc Bello Confœderatis & adhærentibus conclusuros, ut nihil ex illa hostile Regiæ Majestati Christianissimæ ejusque in hoc Bello Confœderatis, ab ipsis aut à subjectis adhærentibusque Ordinibus metuendùm sit; utique salva manebit utriusque Partis amicitia, porraque & ipse, & dilectissima consors hujusce Fœderis particeps, & alii Successores, Liberi, heredes, Statusque & Ordines Hungariæ & Transilvaniæ universali futura Paci, sub æquis conditionibus, concludentur.

XI.

Il promet pour lui, ses Successeurs, & les Etats susdits qu'en faisant, même dans le cas susdit, la Paix avec l'Empereur des Romains & avec ses Alliez & adhérans dans cette Guerre, ce sera de manière que Sa Majesté très-Chrétienne & ses Alliez n'auront aucune hostilité à craindre d'eux, de leurs Sujets, ou Etats adhérans; bien loin delà l'amitié continuera entre les deux Parties & le Prince, sa très-chére Epouse admise dans ce Traité, leurs Successeurs, Enfans, Héritiers, & les Etats de Hongrie & de Transilvanie seront compris sous des conditions équitables dans la Paix universelle.

XII.

Quoniam vero Christianissima Regia Majestas omnes ceterosque tam Clericos quam Laicos Hungariæ Religionem Catholicam Romanam profitentes pro suâ pietate in speciale suum patrocinium ac protectionem recipiet, iis tamen, qui Domui Austriacæ aliisque hostibus Principis clàm vel apertè adhærent, favent, huicque Fœderi adversantur, non comprehensis; Celsissimus Princeps pollicetur in omnibus iis quæ vi armorum aut deditione jam occupavit aut occupaturus est Ditionibus, ac Locis liberum Religionis Catholicæ Romanæ exercitium, libertates, jura, privilegia, Ecclesias, bona omnia, ac proventus, ipsis conservatum iri; declarat tamen hæc ita esse intelligenda ut etiam Status & Ordines ac Incolæ Hungariæ Helveticæ, seu Reformatæ Religionis & Lutheranæ omnibus suis juribus, libertatibus, privilegiis, Templis, Domibus Parochialibus, ac proventibus, juxta Regni Hungariæ libertates, fundamentales leges, ac à Statibus Regnicolisque præscripta, à Regibus vero præstita juramenta, uti, fruique possint : Denique ut hæc specialis Regiæ Majestatis Christianissimæ protectio nihil prædictis Legibus ac libertatibus deroget.

XII.

Mais comme Sa Majesté Royale très-Chrétienne, prend par un effet singulier de sa piété sous sa puissante protection tant les Clercs que les Laics Hongrois, qui font profession de la Religion Catholique Romaine, excepté néanmoins ceux qui sont dans le parti de la Maison d'Autriche, & qui favorisent les autres Ennemis du Prince ouvertement ou en secret, & se déclarent contre la présente Alliance; son Altesse le Prince promet de leur conserver le libre exercice de la Religion Catholique Romaine, leurs libertez, droits, priviléges, Eglises, biens & revenus dans tous les Lieux & Terres dont il s'empareroit par la force ou par Capitulation; ce qu'il déclare devoir s'entendre de manière que les Etats & habitans de Hongrie de la Religion Reformée ou Lutherienne, se serviront & jouiront de tous les droits, libertez, priviléges, Temples, Presbytéres, & revenus, qui leur apartiennent, conformément aux libertez, Loix fondamentales, & aux sermens prêtez par les Sujets & par les Rois : enfin que cette protection de Sa Majesté très-Chrétienne ne déroge en rien aux susdites Loix & libertez.

XIII.

Quandoquidem Articulo quinto conventum est Sacram Regiam Majestatem Christianissimam, pro media parte trium millium Pedi-

Tom. I.   *tum*

XIII.

D'autant qu'il est stipulé par l'Article V. que Sa Sacrée Majesté Royale très-Chrétienne, payera une certaine somme d'argent pour sa

Zz 2   part

1645. *tum à Domino Campi Marefcallo Torftenfonio fuâ Majeftatis, ac Regina Coronaque Suecie nomine promifforum, certam pecuniæ fummam Principi exhibituram ; jam non nifi mille & quingenti Pedites à Reginâ Coronâque Suecia ipfi præftandi erunt ; fperat autem Corona Suecia a fe illos omnes mille & quingentos Milites intra bimeftre fpatium confcriptum iri, promittitque fe ipfis de bonis ac fufficientibus Officialibus cum dignâ Regis obfervantiâ profpecturum, ac tam ipfos quam Milites gregarios Regi, per aliquem fubftitutum à Majeftate fuâ Commiffarium militari facramento fibique obftricturos, ita tamen ut fub imperio ipfius fint ; jufta & honefta ftipendia foluturum, convenientia quartiria affignaturum, deficientium numerum fuppleturum, ipfis difciplina Militaris Germanica exercitium permiffurum, & bello finito tam Officiales quam Gregarios à fuo facramento liberatos, in loco commodo, & tanto Fœdere digno modo, cum armis, Regiis fervitiis redditurum ; nifi forfan fingularis quædam neceffitas fuaderet ut eos Regis facramento folutos, fibi fuifque ftipendiis retineret ; quo tamen cafu nec contra Regiam Chriftianiffimam Majeftatem nec etiam contra ipfius Confœderatos iis utetur.*

XIV.

Quamvis ob debitum Regi refpectum aliafque graves & fingulares caufas, etiam à Regina Suecia in Germania Miniftris (ut ego affirmavi) laudatas, Fœdus hoc cum fua Majeftate Celfiffimus Princeps iniverit, nihil tamen Fœderi antea cum Reginâ Coronâque Suecia conclufo, quantum ad Suecos & Celfitudinem fuam fpectat & attinet, hoc ipfo derogatum voluit, nifi quid expreffit in quibufdam articulis & conventis, communi utilitate, & bono publico fuadente, mutatum fuerit.

XV.

Ut vero hæc Confœderatio firmior ftabiliorque fit fi, durante hoc Bello, Deus Celfiffimum Principem ex hac vitâ ad fe vocaverit, promittit etiam poft obitum fuum Succeffores fuos Ordinefque Hungaria & Tranfilvania fupradictos Fœdus hoc ac Bellum modo antehac declarato, ufque ad univerfalis Pacis conclufionem continuaturos, & de ejus femel obtenta fecuritate juxtà Articulum feptimum conventuros.

XVI.

Rex omnes & fingulos hos Articulos in omnibus punctis, claufulis à Celfiffimo Principe quidem, ipfiufque Succefforibus, ac Hungaria & Tranfilvania fubjectis & conjunctis Statibus & Ordinibus promiffos & præftandos, pro fe, fuifque Succefforibus acceptavit & acceptat ; à fe vero promiffos fincerè, fanctè & fine defectu obfervatum ac impletum iri, fuo & Succefforum nomine, verbo fuo Re-

part de la moitié de trois mille Fantaffins promis au Prince par le Maréchal de Camp Torftenfon, au nom de Sa Majefté & de la Reine de Suéde, il ne refte à la Reine & Couronne de Suéde que quinze cens hommes à livrer ; & elle efpére que le Prince aura levé en moins de deux mois, les autres quinze cens ; il promet de leur donner, avec la permiffion du Roi, de bons Officiers, lefquels, ainfi que les Soldats, prêteront le ferment au Roi entre les mains d'un Commiffaire nommé par Sa Majefté & enfuite au Prince, mais de manière qu'ils foient à fes ordres ; il leur payera une folde convenable, leur affignera de bons quartiers, les recrutera & leur permettra l'exercice à l'Allemande : la Guerre étant finie, les Officiers, ainfi que les Soldats, feront déchargez du ferment qu'ils auront fait au Prince qui les fera conduire dans un lieu commode, & d'une manière digne d'une auffi illuftre Alliance pour les remettre fous l'obéïffance du Roi avec leurs armes ; à moins qu'une néceffité abfolue ne voulût qu'il les retînt à fon fervice après qu'ils auroient été déchargez du ferment prêté au Roi ; auquel cas le Prince ne pourroit s'en fervir ni contre Sa Majefté très-Chrétienne ni contre fes Alliez.

XIV.

Quoique le Prince ait fait le préfent Traité tant à caufe des égards dûs au Roi, que pour d'autres bonnes raifons aprouvées par les Miniftres de la Reine de Suéde, qui font en Allemagne, ainfi que je l'ai affirmé; cependant il n'a pas entendu déroger au Traité d'Alliance fait auparavant avec la Reine & Couronne de Suéde, entant qu'il concerne les Suédois & fon Alteffe, fi ce n'eft en ce qui a été changé en quelques claufes & articles, pour l'avantage commun & le bien public.

XV.

Le Prince promet, pour rendre cette Alliance plus ferme & plus folide, que, s'il plaifoit à Dieu de le retirer de ce monde pendant cette Guerre, fes Succeffeurs & les États de Hongrie & de Tranfilvanie continueront, après fon décès, la préfente Alliance & la Guerre de la manière ci-deffus ftipulée jufqu'à la conclufion de la Paix univerfelle, & qu'ils prendront des mefures pour fa garentie, lorfqu'elle fera faite, fuivant l'Article VII.

XVI.

Le Roi a accepté & accepte pour lui & fes Succeffeurs, tous & chacun des Articles ci-deffus en tous leurs points & claufes, tels que le Prince, fes Succeffeurs, les États de Hongrie & de Tranfilvanie, fes Sujets & Alliez, les ont promis & fe font engagez de les exécuter ; & il promet parole de Roi & de bonne foi pour lui & fes Succeffeurs, qu'il accomplira & obfervera fincerement, religieufement &

1645.

Regio , bonâque fide Christianâ pollicetur.
Hac autem ad præscriptum modum nomine
Sacra Christianissima Majestatis transfalta,
esse , roburque suum habere , atque à suâ
Majestate horum ratihabitionem suæ Celsitudini
intra quatuor menses exhibitum iri : ego in-
fraſcriptus hiſce promiſi , manuſque mea ſub-
ſcriptione & ſigillo roboravi. Actum in Arce
Monkacz , die 22. Aprilis 1645.

    Signatum

ANTHONIUS DE CROISSI,
A Christianiſſimo Rege , cum Plenipotentiariâ
Procuratione ad Celſiſſimum Principem
Tranſilvaniæ ablegatus.

& entièrement tout ce qu'il a promis.
    Je ſouſſigné certifie par ces préſentes que
tous ces Articles ont été paſſez en la manière ci-
deſſus exprimée au nom de Sa Majeſté très-
Chrétienne, qu'ils ont toute leur force & vigueur, & que Sa Majeſté en donnera ſa Ratification au Prince dans l'eſpace de quatre mois :
c'eſt pourquoi j'ai ſigné les préſentes de ma
propre main, & y ai mis le cachet de mes armes. Fait dans la Forchereſſe de Monkacz le
22. Avril 1645.

    Signé

ANTOINE DE CROISSI,
Envoyé Plénipotentiaire du Roi très-Chrétien
vers le Prince de Tranſilvanie.

Scelé de ſon petit cachet en cire rouge repréſentant trois Renards ou trois Ecureuils.

L E T T R E

DES PLENIPOTENTIAIRES

DE L'EMPEREUR

A CEUX D'OSNABRUG,

Sur le ſujet des Articles pour la Paix diſtribuez aux Députez des E-
tats de l'Empire de la part des Plénipotentiaires de France.

Le 25. Mai 1645.

I. *Que les Articles pour la Paix prétendus avoir été accordez par les Plénipo-*
tentiaires de l'Empereur, ont été diſtribuez aux Etats de l'Empire par les
Plénipotentiaires de France.
II. *Les Plénipotentiaires de l'Empereur entendent que ce qui regarde la ſubs-*
tance & les conditions du Traité de Paix, ſoit mis par écrit.
III. *Ne conſentent que les Députez des Princes & Etats de l'Empire à*
Munſter, ayent droit de ſuffrage & pouvoir de deliberer comme aux Dietes
Imperiales.
IV. *Que les Articles propoſez de la part des Plénipotentiaires de France, ont*
été inventez par l'imagination de celui qui a été chargé d'écrire le Journal
de la Conférence.
V. *Que les Députez de l'Aſſemblée de Francfort auront le pouvoir de ſuffrage*
pour deliberer de la Guerre & de la Paix, au nom de tous les Etats de
l'Empire, & que cela leur appartient ſelon les Conſtitutions & Ordonnances
dudit Empire.
VI. *Les Députez des Princes & Etats de l'Empire ne peuvent deliberer pour*
ce qui concerne le général de l'Empire, que par forme de Diete Impériale &
Aſſemblée des Etats Généraux, ou en l'Aſſemblée des dix Cercles & pou-

          voirs

1645. voirs d'Allemagne, ou bien par formè de Députation & nombre de Députez 1645.
de quelques Princes & Etats, qui repréſentent toute l'Allemagne.

VII. Les Députez des Princes & Etats de l'Empire ont permiſſion de délibérer de la Paix avec les Plenipotentiaires de l'Empereur, ſans faire mention que ce ſoit auſſi avec ceux de France & Suede.

VIII. Il n'appartient qu'à l'Empereur ſeul avec le Conſeil des Electeurs de
convoquer une Aſſemblée de tous les Etats Généraux de l'Empire.

IX. Les Dépueez des Princes & Etats de l'Empire d'Allemagne, qui ſont
en la Ville de Munſter & en la Ville d'Oſnabrug ne peuvent repréſenter tout
le Corps d'Allemagne, vû même que la plupart des Etats ſont abſens.

X. Que les Députez de chaque Cercle qui auront quelque plainte ou griefs
à repréſenter, le pourront faire aux Députez de leur Cercle.

XI. L'Electeur de Trêves a été reçu en grace par l'Empereur & remis en
pleine liberté.

XII. Les Alliez des Couronnes de France & de Suéde ſeront compris au
Traité de Paix pour le futur, ſans parler de leur rétabliſſement en leurs
Seigneuries & Droits pour le paſſé.

XIII. Que le Traité de Paix ſoit aprouvé par tous les Etats de France.

XIV. Les Impériaux demandent la même ſureté pour l'entretenement du
Traité de Paix, que les François la voudront exiger d'eux.

XV. Que les Plénipotentiaires de l'Empereur en la Ville d'Oſnabrug, donnent à entendre le Mémoire que deſſus aux Députez des Etats d'Allemagne.

XVI. Et plus bas eſt encore écrit, c'eſt la Lettre des Plénipotentiaires de
l'Empereur à Munſter à ceux d'Oſnabrug, ſur le ſujet des Articles de
la Paix diſtribuez aux Etats de l'Empire de la part des Plénipotentiaires de France, le vingt cinquième jour du mois de Mai 1645. eſt en
Latin de la Teneur qui s'enſuit.

C O P I A   C O P I E

Litterarum quas Sacræ Cæſareæ   Des Lettres écrites de Munſter par
Majeſtatis Plenipotentiarii ad   les Plénipotentiaires de l'Empe-
ſuos Collegas Monaſterio Oſna-   reur à leurs Collegues à Oſnabrug
brugas ſuper quibuſdam Articulis   ſur quelques articles que les Ple-
a Regis Galliarum Plenipoten-   nipotentiaires du Roi de France
tiariis hinc inde inter Deputatos   ont repandus parmi les Deputez
ſeu Procuratores Sacri Romani   des Etats de l'Empire Romain
Imperii Statuum utroque loco a-   qui ſont dans les deux Villes. du
gentes diſſeminatis, die 25. Maii   25. Mai 1645.
anno 1645. dederunt.

              I.   I.

INtelleximus ex Litteris veſtris nuperrimè ad   NOus avons été fort ſurpris en aprenant par
nos datis non ſine magnâ noſtrâ admiratione,   Vos Lettres reçues en dernier lieu que les
ſpargi quoſdam articulos à Regis Chriſtianiſſimi Plénipotentiaires du Roi très-Chrétien, ont ré-
Plenipotentiariis inter Sacri Imperii Romani Prin- pandu parmi les Députez des Etats de l'Empire
cipes & Ordines, eorumve Deputatos & Procu-   quelques Articles comme s'ils avoient été arrê-
ratores, quaſi inter nos & ipſos tranſactos; etſi tez, entr'eux & nous; quoique nous euſſions
autem jam ante hujuſmodi conatus nobis inno-   déja été informez de cette entreprise & que
tuerint, viſumque ſit iis qui rei veritatem à no- nous euſſions trouvé à propos, de faire con-
bis addiſcere cupiebant, paucis, quâ ratione ſin- noître en peu de mots en quoi conſiſtent ces
guli ſe haberent articuli juxta appoſitum hic   articles, en montrant la copie ci-jointe à ceux
exemplar indicare; tamen ne illi Oſnabrugis   qui vouloient apprendre de nous la vérité; ce-
agunt Imperii Status eorumve Deputati falſâ opi- pendant de peur que les Etats de l'Empire ou
nione ſeducantur atque rei geſtæ veram poſſint ha- leurs Députez, qui ſont à Oſnabrug ne ſoient
bere notitiam, vobis ſeriem omnem latius expli-   trompez par quelque fauſſe impreſſion, & afin
candam eſſe duximus.   de leur faire connoître la vérité, nous avons ré-
                                                  ſolu de leur rendre compte de tout ce qui s'eſt
                                                  paſſé.

              II.   II.

1645.

1645.

II.

Ea sic habet : cum Domini Mediatores significassent Gallos valdè abhorrere ab isto in scriptis tractandi modo, facile hinc majoribus dificultatibus ansam dari posse ; respondimus nobis haud ingratum fore, si imposterum scriptionibus abstineatur, & voce tantum vivâ Negotia pertractentur, & ea tamen cautione ut quæ ipsam Pacificationis substantiam, media, conditiones, & clausulas concernerent, breviter &, ut vulgari verbo utamur, punctuatim scripto consignentur; quo super iisdem postea tanto securius & arctius ad tractandum deveniri possit, ne forte ab unâ vel alterâ parte lapsus memoriæ objectus causæ tractationem turbaret.

II.

Voici ce qui en est : les Médiateurs nous ayant fait entendre que les François ne s'accommodoient pas de cette maniere de traiter par écrit, & que delà pouvoient naître plusieurs dificultez; nous avons répondu que nous consentions qu'à l'avenir on ne traitât plus par écrit, mais bien de vive voix, avec cette précaution néanmoins que l'on écriroit de point en point tout ce qui concerneroit la substance, les moyens, les conditions, & clauses du Traité de Paix; afin que l'on pût ensuite y revenir plus surement dans le cours de la Négociation, & de crainte qu'à la faveur d'un prétendu défaut de mémoire on ne renversât tout ce qui pourroit avoir été arrêté.

III.

Nec vero unquam probari aut ostendi poterit à nobis dictum aut gestum fuisse quod omnes Imperii Status eorumve Deputati, qui hic Monasterii præsentes erunt (quemadmodum verba Articuli secundi sonant) in futuris Negotiorum Tractatibus cum jure suffragii admitti, eorumque deliberationes ad eum qui in Comitiis Imperialibus obtinet modum, debeant; nec etiam persuadere nobis possumus quod Domini Mediatores cùm hujusmodi circumstantiis responsum nostrum ad Plenipotentiarios Gallicos retulerint.

III.

Jamais on ne pourra prouver ni faire voir que nous ayons dit ou avancé que tous les Etats de l'Empire ou leurs Députez qui seront présens à Munster (ce sont les termes de l'Article second) doivent être admis dans les Conférences avec droit de suffrage & de délibération comme dans les Dietes de l'Empire : & nous ne pouvons nous persuader que Messieurs les Médiateurs nous ayant raporté notre réponse avec ces circonstances, aux Plénipotentiaires de France.

IV.

Sed credere potius debemus hæc talia propria Protocollographi imaginatio ficta & in Diarium suum conjecta fuisse ; etenim cum Domini Mediatores nobis indicarent Gallos non bene intelligere quæ sit futura transferendæ ordinariæ Deputationis ratio, & subinde quærere an nihilominus aliorum quoque Statuum qui hic comparerent Deputati, & qui in Collegio Deputationis ordinariæ sedendi jus non haberent, jure suo suffragii uti potestatem habituri sint; rejecimus Cæsarem hactenus nulli Statui Imperii cujuscunque ordinis aut dignitatis fuerit, jus illud suffragii quod ipsi in Comitiis Imperii vel generalibus vel particularibus competere possit, denegasse, aut in dubium vocasse.

IV.

Nous devons plutôt croire que de telles choses sont de l'invention de celui qui tient le protocole, qui les aura ainsi couchées dans son Journal; car lorsque Messieurs les Médiateurs nous raportérent que les François n'entendoient pas ce que c'étoit de la maniere de transférer pour l'avenir une Députation ordinaire, & qu'ainsi ils demandoient, si les Députez des autres Etats, qui comparoîtroient ici, & qui n'auroient pas droit de séance dans le Collège de la Députation ordinaire, en auroient moins pour cela le pouvoir de jouir de son droit de suffrage; nous avons répondu que jusqu'à présent l'Empereur n'avoit ni refusé ni révoqué en doute le droit de suffrage dans les Diettes générales ou particuliéres de l'Empire, qui compétoit à quelque Etat de l'Empire que ce fût, de quelque rang ou dignité qu'il pût être.

V.

Et vero Deputationem ordinariam Francofurto huc conmigrare-jussam, vel ista maxime causa ut absque confusione jus-illud suffragii nomine omnium Imperii Statuum quam commodissimè posset, exercere posset, concessam esse hinc Deputatorum Collegio potestatem ordinariam in Constitutionibus Imperii fundatam deliberandi de hujusmodi materiis belli & Pacis Statum Imperii publicum concernentibus, comparituros esse Electores eorumve Deputatos in forma & modo Collegii eodemque modo reliquos Imperii Principes & Status specialiter deputatos.

V.

Si les Députez Ordinaires assemblez à Francfort ont reçu ordre de se rendre ici, c'est afin que tous les Membres de l'Empire puissent user le plus commodément qu'il sera possible de leur droit de suffrage, & l'on a accordé à ce Collége des Députez le pouvoir ordinaire, fondé sur les Constitutions de l'Empire, de délibérer des affaires de la Paix & de la Guerre qui concernent tout le Corps de l'Empire, & les Electeurs, ou leurs Députez comparoîtront de la manière qu'ils comparoissent dans leur Collége, & de même le reste des Princes & Etats de l'Empire particuliérement députez.

VI.

Utrisque permissum fore nobiscum super propositis pacificandi materiis deliberare, nosque eorum consiliis, votis, suffragiis, & sententiis usuros,
&

VI.

Les uns & les autres auront la liberté de délibérer avec nous sur les affaires de la Paix qui seront proposées, & nous nous servirons de
leurs

& quæ mutuo nostro assensu deliberata fuerint per Dominos Mediatores ad adversarios deferri curaturos. Quod si Galli alium nobis extorquere modum vellent, palam fore ipsos non tam Pacem quam dissolutionem Imperii Romani quærere.

leurs conseils, votes, suffrages, & avis, & nous aurons soin que Messieurs les Médiateurs fassent raport à ceux de l'autre parti, de tout ce qui aura été délibéré de commun consentement. Si les François veulent exiger de nous quelqu'autre manière de délibérer, ils feront voir qu'ils désirent moins la Paix que le renversement de tout l'Empire.

VII.

Triplicis tantum generis Comitia inter Imperii Status esse recepta : primo Comitia Generalia omnium Imperii Statuum; secundo Comitia Deputatorum Circularium; tertio Comitia Deputatorum ordinariorum : extra hos tres nullum inveniri Ordinem seu Ordinum Imperii Conventum; quo quidem nomine & respectu totius Imperii, qui conveniunt Status jus habeant aut habere possint exercendi suffragia pro rebus communibus universum Imperium concernentibus.

VII.

Il n'y a en Allemagne que trois sortes d'Assemblées des Etats : premiérement les Dietes Générales de tous les Etats de l'Empire; secondement les Assemblées des Députez des Cercles; troisiémement l'Assemblée des Députez Ordinaires : il n'y a point d'autres Etats de l'Empire, ou d'autres Assemblées des Etats de l'Empire, dans lesquelles les Etats de l'Empire qui y assistent ont ou peuvent avoir droit d'y donner leurs suffrages sur toutes les choses qui concernent tout l'Empire.

VIII.

Non esse nobis ad manum Comitia Circularia, multo vero minut illa Generalia, cum & major pars Statuum absit, &, quod quidem ad rei substantiam pertinet, legitima citatio à Cæsare, ad quem solum hoc, Consilio Electorum habito, pertinet, pro Comitiis Universalibus neutiquam processerit.

VIII.

Nous n'avons pas à notre disposition les Dietes des Cercles, encore moins les Générales, d'autant que la plus grande partie des Etats sont absens, & parceque ce qui rend légitime une Diete générale, est une convocation de la part de l'Empereur, qui a seul le droit de la faire avec le Conseil des Electeurs : or cette Convocation n'a pas été faite.

IX.

Tum quod illi Status qui vel per se vel per suos Mandatarios præter ordinarios hic comparent, singuli singulos tantum, nullo vero modo universum Imperii corpus repræsentare possint.

IX.

Et de plus les Etats qui sont ici eux-mêmes ou par leurs Députez, outre les ordinaires, peuvent bien représenter leurs Etats particuliers, mais jamais tout le Corps de l'Empire.

X.

Denique si quis ex his singulariter rerum suarum interesse putaverit, posse ipsum quæ videbitur cum sui Circuli qui inter ordinarios nominatur, Deputato conferre, omniaque cum reliquis ejusmodi Circuli Deputatis Extraordinariis communicare; atque hoc modo formam prioris Reipublicæ retineri, absque ullius præjudicio : quæ omnia Domini Mediatores æquitati consentanea esse, ac de cætero confusiones evitari oportere judicaverunt.

X.

Enfin si quelques-uns de ces Etats a quelques intérêts particuliers, il peut en conférer avec le Député de son Cercle qui est du nombre des Députez ordinaires, & communiquer le tout de cette manière avec les autres Députez Extraordinaires de son Cercle ; de cette manière on conservera la forme ordinaire de la République, sans faire tort à personne : Messieurs les Médiateurs ont jugé que cela étoit équitable & qu'il falloit sur tout éviter la confusion.

XI.

Quod ad Electorem Trevirensem attinet, cum hic interea cum Cæsare in gratiam redierit ac plane restitutus fuerit libertati, nihil habemus quod hoc loco moneamus.

XI.

Pour ce qui est de l'Electeur de Trêves, puisqu'il est réconcilié avec l'Empereur, & qu'il est entièrement en liberté, nous n'avons rien à en dire ici.

XII.

Ratione Confœderatorum expressa declaratio nostra fuit concepta, non repugnare nos quin de eorum caussis suo loco & ordine tractetur ; quod enim Galli nunc quidem eos nominare nolint, rationem ipsam exigere, ut in futura Pacis Capitulationes statim in primo articulo singularis clausula inseratur, utriusque Partis Confœderatos contineri quidem & comprehensos hac Pacificatione esse intelligi debere : sed quemadmodum de his singulariter in singulis Articulis insequentibus de iis dispositum inveniretur, & non aliter ad exemplum con-

XII.

Notre déclaration par raport aux Alliez a été conçue en ces termes, que nous ne nous opposions pas à ce qu'on traitât de leurs intérêts en tems & lieu ; & d'autant que les François ne vouloient pas les nommer à présent, la raison vouloit que l'on mît dans l'instrument de Paix qui seroit dressé, une clause dans le premier article qui exprimât que les Alliez des deux côtez étoient entendus compris & contenus dans ladite Paix ; mais qu'on n'en parleroit point autrement dans les articles suivans, que conformément à ce qui s'étoit pratiqué dans

1645. *conventionis inter Carolum quintum Cæsarem, & Francifcum primum Galliarum Regem anno Domini milleſimo quingenteſimo vigeſimo nono Madriti initæ.*

XIII.

Nec verò mens noſtra, quoad punctum aſſecurationis, unquam fuit non aliam quam quæ à Gallis per Parlamenta oblata eſt, poſtulari poſſe aut debere ; cenſuimus autem ſemper, & poſtremo quidem ipſis Gallis adſtipulantibus, quæſtionem hanc uſque ad concluſionem differri oportere, quo dein loco graviſſimas rationes in medium allaturos eſſe, quibus palam fieri poſſit nos jure merito ejuſmodi aſſecurationem, quæ non tantum per Parlamenta, ſed etiam per ipſos totius Regni Ordines ſolenniter expediatur poſtulare : cujus rei ſatis clarum exemplum Dominis Mediatoribus in Conventione Cameracenſi inter prædictos Principes ita ante oculos poſuimus.

XIV.

Negotium tamen hoc ita terminavimus ; rationi conſentaneum eſſe ut eandem quam Galli à Cæſare aſſecurationem poſtulabunt, ipſi præſtare debeant.

XV.

Rogamus igitur vos ut hæc omnia Deputatis Ordinum explicare, eosque de vero rei geſtæ ſtatu edocere & falſas adverſariorum opiniones ex animis ipſorum evellere velitis : valete &c.

1645. dans le Traité fait à Madrid en 1529. entre l'Empereur Charles-quint & François I. Roi de France.

XIII.

Nous n'avons jamais penſé, par raport à la ratification, qu'on ne pût ou qu'on ne dût en exiger une autre que celle des Parlemens ; nous avons toujours cru & même du conſentement des François, qu'il falloit renvoyer cette queſtion pour la fin ; & qu'alors nous aporterions de bonnes raiſons pour faire voir que c'eſt avec droit que nous demandons telle ratification, qui ſoit expédiée ſolennellement non ſeulement par les Parlemens, mais par les Etats de tout le Royaume ; nous en avons raporté un exemple inconteſtable à Meſſieurs les Médiateurs, tiré de ce qui s'eſt paſſé entre les mêmes Princes ſus-mentionnez, dans le Traité de Cambrai.

XIV.

Nous ſommes convenus ſur ce ſujet qu'il étoit raiſonnable que les François donnaſſent les mêmes ſuretez qu'ils exigeoient de l'Empereur.

XV.

Nous vous prions de communiquer tout ce que deſſus aux Députez des Etats qui ſont à Oſnabrug, & de les informer du véritable état des choſes, afin d'éfacer de leurs eſprits les fauſſes impreſſions de nos adverſaires. Nous ſommes &c.

EXTRAIT

D'une Lettre de Munſter ſur le ſujet que deſſus.

IL eſt vrai que les Seigneurs Ambaſſadeurs de l'Empereur ont perſiſté juſques à cette heure pour empêcher que les Etats de l'Empire, qui ſont ici préſens, ne ſoient maintenant en la poſſeſſion qui leur appartient, de délibérer de la Paix Collégialement & en Corps, mais qu'ils demeurent ſimplement comme Conſeillers de l'Empereur en délaiſſant aux Députez de Francfort de conclure toute l'affaire ; mais il leur a été fait des Remontrances au contraire, tant par écrit, que de bouche, par les Députez des Etats de l'Empire, ſoit de plus grande qualité ou de moindre ; tellement que je ſuis en cette bonne eſpérance qu'ils n'inſiſteront plus dorenavant en l'intention qu'ils ont priſe, d'autant qu'ils ne l'obtiendront jamais, ains ſont les Etats plûtôt réſolus de partir de ce-lieu, j'attens déja qu'en bref on aura une Déclaration authentique ſur ce point &c.

EXTRAIT

D'une Lettre de Munſter ſans datte ni ſuperſcription de cette ſorte.

VOus devez être certain que c'eſt à ce coup que Monſieur d'Avaux s'en va, car dès Mercredi dernier on embale tout chez lui, & tient-on qu'il ne ſera pas encore quinze jours ici.

L'Ambaſſadeur d'Eſpagne le fut voir Jeudi paſſé pour lui dire adieu.

Monſieur dit auſſi qu'il ne veut pas demeurer long tems ici.

Monſieur Servien part aujourd'hui pour Oſnabrug, & on prépare ici de ſomptueux bâtimens pour les Hollandois.

Monſieur de Saint Romain ne va point à Oſnabrug, il s'en retourne à Paris avec Monſieur.

Nous avons été ces jours paſſez d'une noce d'un vieux Baron nommé Eſtreſion, *ex improviſo.*

Jeudi dernier nous eumes les nouvelles de la liberté de l'Electeur de Trèves, après un grand feſtin que l'Empereur lui a fait ; & on dit qu'il veut venir ici en perſonne faire ſes affaires ; & que les Suédois veulent avoir tous les François qui ſont dedans Vienne

1645.

Vienne Prifonniers, ou qu'ils brûleront tous les Fauxbourgs.

Vous ne fauriez croire comment les gens de nos Meffieurs s'entredéchirent ; mais fur tout comment ceux de Monfieur de Servien déchirent la perfonne même de Monfieur d'Avaux : j'aurois en horreur de vous écrire les Difcours qu'ils en tiennent, fuffit que les deux Maîtres fe font bonne mine & mauvais jeu, Monfieur Servien ayant vu l'autre deux fois en un jour &c.

Trêves, qui doit arriver, à ce que l'on a affu- 1645. ré, incognito & fans bruit : & c'eft pour é- viter fans doute de faire paroître fon équipa- ge, qui vrai-femblablement doit être petit, vû l'état préfent de fes affaires.

On tient que demain jour de la Trinité & onziéme du courant, les Suédois feront leurs férieufes & derniéres propofitions, defquelles il n'y a aparence qu'ils voudront démordre, ayant depuis longtems beaucoup confulté fur icelles fans fuperftition.

EXTRAIT

*D'une Lettre de Munfter, tou-
chant les particularitez qui fe
paffent en cette Ville.*

Du 3. Juin 1645.

BIen que Monfieur d'Avaux ait été à Ofnabrug, y prendre congé des Ambaffadeurs &
autres, qu'il ait dit que cette femaine il diroit
Adieu aux Députez qui font ici, il fe trouve
pourtant qu'il a changé de deffein fur une Dépêche qu'il a reçue de France, qu'il demeurera ici jufques à la venüe de Monfieur de Longueville ; ayant fait defemballer toutes fes hardes, qui étoient déja empaquetées; on croit à
préfent qu'il ne s'en retournera pas, & qu'il de-
meurerera ici.

L'Archevêque de Cambrai eft attendu en
bref en cette Ville.

Les Députez de Mayence & de Brandebourg,
qui font à Ofnabrug, y ont vifité ceux de
Suéde. Il femble qu'ils prétendent à la Médiation.

Les Ambaffadeurs de France ont enfin rendu en ce lieu à l'Ambaffadeur de Portugal, les
mêmes honneurs qu'à ceux des autres Rois &
les ont affurez que le Roi ne traitera avec le
Roi d'Efpagne, fans le Roi de Portugal ; dequoi ces Ambaffadeurs, qui font fort âgez, ont
été fort réjouïs.

Les propofitions pour la paix de la part des
Suédois : Meffieurs Oxenftiern & Salvius font
pour cela arrivez par deçà pour en communiquer avec les Ambaffadeurs de France.

EXTRAIT

*D'une Lettre de Munfter du 10.
Juin 1645.*

LEs Impériaux commencent à defavouer
ce qu'ils avoient ci-devant fait déclarer de
leur part par les Médiateurs aux Ambaffadeurs
de France, pour faciliter le Traité, il femble
qu'ils ayant fait ce changement au fujet du petit avantage des Bavarois en la derniére bataille
contre le Maréchal de Turenne : on ne fait fi
leurs difgraces arrivées depuis, leur feront reprendre leurs premiéres propofitions, tant ces
gens-là font muables & fe gouvernent felon le
tems.

On attend ici de jour en jour l'Electeur de

CONSIDERATIONS

*Sur l'état préfent des affaires qui fe
traitent à Munfter entre le Roi
d'une part & l'Empereur & le
Roi d'Efpagne d'autre ; au Mois
de Juin 1645.*

Première Confidération.

LE Roi eft tellement allié avec la Couronne
de Suéde, comme auffi avec le Roi & Couronne de Portugal, la République des Provinces-Unies des Païs-Bas, & la Landgrave de
Heffe, par les Traitez de Confédération côn-
tre l'Empereur, le Roi d'Efpagne & leurs adhérans, qu'il eft obligé de ne point traiter de
Paix que conjointement avec fefdits Alliez ; &
le Confeil de Suéde,avant que rien reftituer des
conquêtes faites en Allemagne par les Suédois,
qui continuent en leurs Victoires, propofe outre cela des conditions tellement contraires à
l'autorité, jurifdiction, & droits que l'Empereur & les Electeurs prétendent leur appartenir, que jamais ils n'y confentiront.

II. Confidération.

Secondement, les Plénipotentiaires de France
& de Suéde ont charge de ne commencer aucun Traité, que premiérement tous les Princes & Etats de l'Empire ou la plupart n'ayent
envoyé leurs Députez pour déliberer avec eux
de la Paix ès Villes de Munfter & d'Ofnabrug;
ce que l'Empereur & ceux de fon parti ont empêché ci-devant, tant que faire fe peut, &
quelque confentement qu'ils femblent y donner
à préfent il fe réferve à lui feul le pouvoir de
traiter avec les Couronnes étrangeres,& entend
fe fervir des Députez defdits Princes & Etats
contre les mêmes Couronnes.

III. Confidération.

En troifiéme lieu la France a la guerre en
même tems avec l'Empereur & le Roi d'Efpagne, ou quand l'un fe trouvera plus difpofé à la
Paix, l'autre l'empêchera pour fes intérêts particuliers ; & l'efpérance qu'il aura à un changement de meilleure fortune pour lui, & de quelque malheur & divifion dans la France.

IV. Confidération.

En quatriéme lieu, l'Empereur & le Roi
d'Efpagne font inftance, que tout ce que la
Fran-

1645.

France & la Suéde ont conquis fur eux & leurs Alliez & adhérans , depuis l'an mil fix cens trente , leur foit rendu, nommément ce dont nos Rois fe font faifis en Allemagne , vû qu'il a été fouvent déclaré de leur part, que ce qu'ils en font n'eft que pour la fureté des Princes & Etats du Païs , en intention de le reftituer, la Paix fe faifant.

Au contraire de la part du Roi & de la Reine de Suéde , il eft remontré qu'il faut que leurs Alliez & adhérans d'Allemagne foient rétablis en ce qu'ils ont poffedé en l'an mil fix cens dix-huit ; ce qui fera bien difficile à exécuter , l'Empereur défunt & fon fils à préfent regnant ayant diftribué à plufieurs Princes & Seigneurs les Etats & Terres defdits Alliez, fous prétexte de confifcation ou autrement.

Joint que quand cette difficulté cefferoit, l'Empereur n'entend leur rien rendre, à l'intervention des Princes étrangers, mais veut qu'ils ayent recours à fa pure grace & miféricorde; & fous telles conditions qu'il lui plaira; entr'autres de renoncer à l'Alliance & protection des Princes étrangers, & l'affifter contre les deux Couronnes, ainfi qu'il a été propofé à l'Electeur Palatin, premier de le reftituer en fes États , qu'il a été ftipulé au Traité de Prague avec l'Electeur de Saxe , & nouvellement à l'Accord entre l'Empereur & l'Electeur de Tréves pour fa liberté & le rétabliffement en fon Archevéché de Tréves, Evéché de Spire & ailleurs.

Etant de plus à confidérer que les Confeils de la Couronne de France & ceux de la Couronne de Suéde ne peuvent confentir de quitter tout d'un coup ce qui ayant tant couté à conquérir va à la fureté des deux Couronnes , & fert de gage fort particuliérement à la France, pour le Royaume de Navarre & autres Seigneuries & Droits ufurpez avec une injuftice trop notoire par les Rois d'Efpagne ci-devant.

Et le Roi de Portugal, comme auffi la République des Provinces-Unies des Païs-Bas, font tous bien réfolus de retenir tout ce dont ils font à préfent en poffeffion , foit qu'il fe paffe un Traité de Paix ou de Tréve même.

A ce que deffus font les remédes qui s'enfuivent , pour faciliter la Paix.

R E M E D E S

Aux Confidérations que deffus & aux caufes du retardement de la Paix.

Premier Remêde.

QU'il y ait des Médiateurs & perfonnes qui s'envoyent fous main de part & d'autre , pour favoir fous quelles conditions raifonnables le Roi peut traiter de Paix ou de Tréve avec l'Empereur & le Roi d'Efpagne, avant que venir à la Conférence ; cela s'étant ainfi obfervé au Traité de Vervins & autres précédens : il eft certain que par ce moyen il en peut être plus promtement délibéré & réfolu avec les principaux Confeillers proche des Princes, que non pas par des Plénipotentiaires qui en font éloignez;& que par après on le communi-
Tom. I.

que aux Alliez pour entendre leurs raifons & avifer comme ils feront contentez; & fi les Suédois ne fe difpofent davantage à un accommodement avec l'Empereur , qu'il traite fans eux , vû les charges & miféres où les François fe trouvent en la continuation de tant de Guerres; Le Roi Henri le Grand ayant été confeillé très-prudemment, pour les mêmes raifons, de traiter féparément d'avec la Reine d'Angleterre & la République des Provinces-Unies des Païs-Bas, encore qu'il fe fût obligé de ne traiter de Paix avec le Roi d'Efpagne fans eux, d'autant qu'il apréhendoit une révolte générale de fes Sujets pour avoir fouffert par trop, en tant de Guerres continuelles pour la Religion ou fur le fujet de la Ligue , & qu'il étoit obligé de penfer plûtôt à conferver & réduire en meilleur état fes Sujets, que non pas à ce qui regardoit les Princes & Etats étrangers. Sur tout après avoir traité & attendu par un long tems lefdits Suédois pour traiter conjointement de Paix avec lui; fauf à mettre au Traité que fi la Reine de Suéde y veut être comprife, elle le fera, & de déclarer qu'il ne l'abandonnera jamais, conformément aux Traitez de Confédération & Alliance faits avec elle & la Couronne de Suéde, & felon que l'Empereur Charles-quint en a ufé au Traité de Crepi en Laonnois, l'an mil cinq cens quarante-quatre; lequel , nonobftant qu'il fe fût allié avec Henri huitiéme , Roi d'Angleterre, contre le Roi François premier, pour la Conquête du Royaume de France & obligé à une Confédération perpétuelle avec ce Roi, de n'entrer en aucun Traité à part , ne laiffa po r cela , à caufe des maladies & divifions furunues en fon armée, & pour autres raifons confiderables, de traiter féparément de Paix avec ledit Roi François en y comprenant le même Roi Henri comme fon Allié perpétuel.

II. Remêde.

Que le Roi traite de Paix avec l'Empereur feul, fans l'entremife de tous les Princes & Etats d'Allemagne , d'autant qu'il ne fe trouve point d'exemple que les Rois & Princes étrangers ayent ftipulé des Empereurs de jamais confentir que les Princes & États de l'Empire affiftent aux Traitez de Paix, pour y donner leurs avis aux Plénipotentiaires de l'Empereur & d'entrer pour ce regard en conférence avec leurs Ennemis: & de plus il n'y a point de Loix & Ordonnances de l'Empire qui obligent l'Empereur à un tel confentement; outre que, quand les Députez de ces Princes & Etats auroient la liberté d'en délibérer , il y aura de grandes contrarietez & divifions entr'eux pour ce regard ; les uns fe trouvant intéreffez d'une façon & les autres d'une autre, nommément que les Catholiques & Proteftans , pour ce qui eft de l'exercice de la Religion & la reftitution des biens Eccléfiaftiques & nombre de Provinces & Etats tant d'une Religion que de l'autre étant du parti de la Maifon d'Autriche par dons & autrement.

III. Remêde.

Que le Roi traite féparément avec l'Empereur & féparément avec le Roi d'Efpagne pour empêcher l'embaras & la longueur à la réfolution de tant de differends, & n'intéreffer les Allemans en ce qui concerne les Efpagnols, fe trouvant quantité d'exemples de Princes fages,
Aaa 2   qui

qui l'ont ainſi pratiqué, & ont traité de Paix premiérement avec les uns & après avec les autres, ayant pluſieurs Ennemis à la fois.

IV. Reméde

Et quant à ce qui eſt de rendre aux Alliez de l'Empereur ce que le Roi tient de conquis ſur eux, il ſemble que ce ſera plutôt l'avantage que le dommage de la France ; en quoi il ne peut qu'il ne lui demeure de reſte ès Etats de Lorraine, où le dernier Traité avec le Duc Charles peut être conſidéré & ſuivant icelui ſe gouverner.

Mais pour ce qui regarde le Roi d'Eſpagne, que le Roi retienne ſur lui par droit d'hypothéque ce qui a été conquis ès derniéres Guerres, en attendant qu'il lui ſoit fait raiſon de tout ce que les Rois d'Eſpagne ont uſurpé ſur les Rois ſes Prédéceſſeurs ; à quoi il eſt raiſonnable que le Roi d'Eſpagne conſente d'autant plus volontiers s'il ſe traite d'un Mariage entre le Roi & la fille du Roi d'Eſpagne, ou de quelqu'autre Princeſſe de la Maiſon d'Autriche, en faveur duquel s'il ne ſe peut obtenir pour toûjours, il ſoit convenu qu'il jouïra des derniéres Conquêtes, au moins ſa vie durant, & enſuite que par des Commiſſaires de part & d'autre ou par des Arbitres, leurs différends ſoient vuidez à l'amiable.

Et de plus que par un même Traité la Reine de Suéde retienne la Poméranie, ou la plûpart, juſques à ce qu'elle ſoit ſatisfaite des frais de la Guerre en Allemagne, combien qu'elle en jouïſſe pour quelques années ; & l'Electeur de Brandebourg ſoit contenté d'autre part par l'Empereur, en Siléſie & Moravie.

Comme encore que le Roi de Portugal demeure par un Traité de Paix ou de Tréve en poſſeſſion de ſon Royaume, & de tout ce qui eſt des apartenances de ſon Royaume.

Semblablement la République des Provinces-Unies des Païs-Bas, de ce qu'elle a conquis non ſeulement en Brabant & en Flandre, mais auſſi ès Indes Orientales & Occidentales & en Afrique, ſelon qu'il s'eſt obſervé par le Traité de Tréve en l'année mil ſix cens neuf.

Et la Landgrave de Heſſe dédommagée des pertes & dommages ſoufferts par le feu Landgrave ſon Mari & par le Landgrave ſon fils, par la recompenſe de quelques Seigneuries & Places fortes, qu'elle tient en Weſtphalie, pour jouïr du Revenu quelques années durant, & cependant y retenir Garniſon qui lui ſerve de ſureté, qu'on lui obſervera ce qui lui aura été promis par le Traité de Paix.

PROPOSITION

Pour la Paix par les Plénipotentiaires de France à ceux de l'Empereur.

A Munſter en l'an 1645. le 11. Juin.

ENcore que les Plénipotentiaires de France ayent déja fait en divers tems des propoſitions qui euſſent pu beaucoup avancer le Traité de la Paix Générale, ſi on eût voulu contribuer de toutes parts comme il a été fait de la leur, & de celle de Meſſieurs les Ambaſſadeurs de Suéde, & qu'on eût cherché les expédiens néceſſaires pour terminer plutôt les différens qui l'ont retardée ; néanmoins ayant déclaré par la première qu'ils ont donnée, qu'auſſitôt qu'ils auroient eu quelque ſatisfaction ſur les points qu'elle contient, ils feroient très-volontiers ouverture des moyens de conclure ladite Paix, & depuis ayant encore témoigné par la ſeconde que l'inſtruction de leurs Majeſtez très-Chrétiennes eſt de ſe conformer pour tout ce qui touche le Général de l'Allemagne aux Conſeils des Etats de l'Empire, ils ont été très-aiſes d'aprendre par les Députez de la plus grande partie des Etats dont ils avoient été obligez d'attendre la venue, qu'ils déſirent l'avancement de la négociation ; & que pour cet effet on faſſe promtement une nouvelle propoſition qui ſoit plus ample que les précédentes, & qui contienne les principaux points du Traité, en quoi leur déſir s'étant trouvé conforme à l'intention de leurs Majeſtez qui n'ont pas moins d'envie de complaire auſdits Etats en leur procurant une promte & entiére ſatisfaction, puiſque ç'a été le principal but des armes de France & de Suéde, que de faire un bon accommodement avec l'Empereur ; leſdits Plénipotentiaires enſuite de la réſolution priſe avec leſdits Sieurs Ambaſſadeurs de Suéde ont eſtimé, que pour rétablir une Paix générale qui ſoit ferme & durable à l'avenir on doit convenir des articles ſuivans, auſquels néanmoins ils ſe réſervent de pouvoir y ajouter après ou s'expliquer plus amplement ſur iceux, de ce qu'ils jugeront néceſſaire pour l'avantage tant général que particulier des Etats de l'Empire après avoir plus expreſſément apris leurs ſentimens par leurs Députez.

I.

Que la Guerre & toutes hoſtilitez ceſſeront entre le Roi très-Chrétien, la Reine de Suéde, tous leurs Alliez & Adhérans d'une part, & l'Empereur des Romains, la Maiſon d'Autriche, tous leurs Alliez, Adhérans d'autre.

II.

Qu'il ſera rétabli entre leurs Majeſtez une ferme & durable Paix & ſincére amitié.

III.

Que pour plus grand affermiſſement de ladite Paix & amitié après qu'elle aura été rétablie avec l'Empereur & le Roi d'Eſpagne, Sa Majeſté Impériale ne pourra ſe mêler directement ou indirectement des Guerres & différends qui pourroient naître entre la France & l'Eſpagne, ni aſſiſter ſous quelque prétexte que ce ſoit les ennemis des deux Couronnes de France & de Suéde, nonobſtant tous Traitez précédens auſquels pour ce regard il ſera expreſſément dérogé par le préſent Traité.

IV.

Que tout ce qui a été fait pendant ces préſens mouvemens ſera oublié ſans qu'on en puiſſe faire de part ni d'autre à l'avenir aucune recherche ſous quelque prétexte que ce ſoit, & qu'à ces fins une perpétuelle & générale amitié ſera accordée ſans aucune réſerve, limitation, ni exception d'affaire ni de perſonne.

V. Qu'il

V.

Qu'il fera pareillement déclaré qu'outre l'amniftie générale & fans y déroger, mais pour plus grande précaution & fureté, tous les Chefs, Officiers, Soldats & tous autres qui ont fervi tant dans la Guerre qu'en quelque autre maniére que ce foit les deux Couronnes de France & de Suéde & la Maifon de Heffe-Caffel, lefquelles n'ont jamais eu pour but que le rétabliffement de l'Empire, feront remis & confervez en tous leurs biens, honneurs, & dignitez, fans qu'on les y puiffe troubler ci-après fous prétexte de ce qui s'eft paffé pendant la Guerre ni autrement.

VI.

Qu'en conféquence de ladite amniftie toutes chofes feront rétablies & reftituées dans l'Empire au même état qu'elles étoient avant l'origine des préfens mouvemens qui a été l'année 1618. & ce nonobftant toutes représailles, confifcations, profcriptions, jugemens, tranfactions, & autres actes paffez depuis ledit tems, excepté toutefois pour ce qui fera réfolu au contraire par le préfent Traité.

VII.

Que tous les Princes & Etats du St. Empire feront rétablis en leurs anciens Droits, Prérogatives, Libertez, & Priviléges fans qu'ils y puiffent être ci-après troublez fous quelque prétexte que ce foit, & ce faifant qu'ils jouiront fans difficulté du droit de fuffrage qui leur apartient dans toutes les délibérations des affaires de l'Empire, principalement quand il s'agira de conclure la Paix, déclarer la guerre, réfoudre des contributions, levées, & logemens de Gens de Guerre, mettre Garnifons, ou faire de nouvelles Fortifications dans quelques Places fituées dans les Etats defdits Princes, conclure des Alliances & Confédérations, faire des Loix nouvelles, ou interpréter les anciennes, & autres affaires de pareille nature qui ne pourront être à l'avenir traitées & décidées que dans une Affemblée générale des Etats de l'Empire & réfolues que du confentement unanime defdits Etats.

VIII.

Que tous lefdits Princes & Etats en général & en particulier feront maintenus dans tous les autres Droits de Souveraineté qui leur apartiennent, & fpécialement dans celui de faire des Confédérations tant entr'eux qu'avec les Princes voifins pour leur confervation & fureté.

IX.

Que toutes les louables Coutumes du St. Empire, anciennes Conftitutions, & Loix fondamentales d'icelui, feront religieufement obfervées, & particuliérement le contenu en la Bulle d'Or, fans qu'il y puiffe être contrevenu par qui que ce foit fous quelque prétexte qui puiffe arriver, & fur tout en ce qui regarde l'élection, des Empereurs en laquelle les formes prefcrites par ladite Bulle & autres Conftitutions, Declarations, Actes, & Capitulations réfolues pour ce fujet feront inviolablement gardées, fans qu'on puiffe jamais procéder à l'élection d'un Roi des Romains pendant la vie des Empereurs, attendu que c'eft un moyen de perpétuer la Dignité Impériale dans une feule famille & exclure les autres Princes & anéantir le droit des Electeurs.

X.

Que les Prifonniers de part & d'autre & particuliérement Monfieur le Prince Edouard frére du Roi de Portugal feront mis en liberté fans payer rançon.

XI.

Que le Commerce tant par eau que par terre fera rétabli dans tout l'Empire en la même forme & liberté qu'il étoit avant les préfens mouvemens, & que tous les péages, exactions, & impofitions établis pendant la guerre feront révoquez & abolis.

XII.

Qu'il fera pourvu fuffifamment à la fureté du Traité & de l'exécution, enforte qu'il ne puiffe y arriver ci-après de contravention.

XIII.

Que pour cet effet, outre les précautions générales qui feront aportées pour ladite fureté, la fatisfaction qui eft duë aux deux Couronnes pour les fatigues, pertes, & dépens qu'elles ont foufferts en cette guerre fera accordée, enforte qu'elles puiffent contribuer tant à la fureté particuliére defdites deux Couronnes qu'à celle de leurs Alliez & Adhérans dans l'Empire.

XIV.

Qu'il fera auffi pourvu à la fatisfaction raifonnable de Madame la Landgrave de Heffe, & des autres Alliez des deux Couronnes, qui font aujourd'hui en guerre conjointement avec Elles, & que tous leurs autres Alliez & Adhérans feront compris dans le préfent Traité pour jouir en fureté de tout ce qui fera accordé par icelui.

XV.

Qu'outre la fatisfaction des deux Couronnes & de leursdits Alliez qui font aujourd'hui en guerre conjointement avec Elles, il fera pourvu à la recompenfe de la Milice étrangère qui a fervi dans leurs armées.

XVI.

Ce que deffus étant arrêté, il fera convenu de la reftitution des Places qui devront être rendues par le préfent Traité, comme auffi du défarmement entier qui fera fait de part & d'autre dans l'Empire.

XVII.

En cette propofition feront compris de la part des deux Couronnes de France & de Suéde, les Rois, Princes, & Etats qui feront nommez avant la conclufion du Traité.

XVIII.

Le Traité étant figné & fcellé de part & d'autre tant à Munfter qu'à Ofnabrug, l'échange

Aaa 3

ge en sera faite & les ratifications tant des Rois Alliez que de l'Empereur & des Etats de l'Empire seront délivrées au lieu & dans le tems qu'il sera convenu. Fait & proposé à Munster au nom & jour de la très-Sainte Trinité en l'année 1645.

ADDITION

A la proposition que dessus. L'an 1645. le 14. Juin.

POur plus ample explication de l'Article XIV. de la proposition de Paix délivrée Dimanche dernier, les Plénipotentiaires de France déclarent qu'outre les Alliez & adhérans des deux Couronnes qui sont aujourd'hui en armes conjointement avec Elles, Mr. le Prince de Transilvanie est particuliérement compris; en conséquence de quoi lesdits Plénipotentiaires demandent un passeport de l'Empereur pour les Députez que ledit Sieur Prince veut envoyer à l'Assemblée. Fait à Munster le 14. Juin. 1645.

LA MAGNIFIQUE ENTRE'E

Du Duc de Longueville, Plénipotentiaire de France pour la Paix générale, dans la Ville de Munster en Westphalie le 30. jour de Juin l'an 1644.

LE Vendredi dernier jour de Juin mil six cens quarante-cinq, le Duc de Longueville fit une entrée dans la Ville de Munster si magnifique qu'elle mérite d'en faire part à ceux qui ne l'ont point vuë; la beauté du jour, qui se trouva serain entre plusieurs autres pluvieux, embellit grandement l'action.

PREMIEREMENT.

Rouloient les Charettes & fourgons des Pourvoyeurs, chargez de toutes sortes de provisions qui faisoient un merveilleux ramage.

II.

Ils étoient suivis par dix chariots de bagage portant l'équipage nécessaire à une telle suite.

III.

Ceux-ci étoient suivis de douze chevaux de bât, chargez d'Ustanciles de Cuisine & autres.

IV.

Autant de Mulets venoient après couverts de Drap bleu parsemé de fleurs de lis & ayant au milieu un lambeau de barre blanche qui sont les armes de ce Duc.

Les Officiers, Aides d'office & autres Domestiques dudit Duc suivoient à cheval au nombre de trente, à la tête desquels marchoit seul le Sieur David Controleur, & à la queue le Sieur de Bourneuf premier Maître d'Hôtel, qu'ils apellent le haut Maître.

VI.

Ensuite marchoient douze grands Mulets tenus chacun par un homme, ayant aussi chacun une grande couverture de velours trainante au dessus des coffres & lits, toute semée de fleurs de lis d'or, & une grande Couronne Royale avec Lambeaux.

VII.

Après venoient les quinze grands chevaux de ce Duc, ornez de riches harnois tous différens, sellez & houssez en broderie d'or & d'argent menez par les Palfreniers de l'Ecurie vêtus de ses livrées, qui est écarlate rouge, passement verd de mer, & argent dessus, montez sur d'autres chevaux, à la tête desquels étoient quelques Officiers de l'Ecurie tous vêtus des couleurs de ce Duc.

VIII.

Après venoient les dix-huit Pages de l'Ecurie & les six de la Chambre de ce Duc vêtus d'habits chamarrez d'or & argent & montez sur les meilleurs chevaux de l'écurie.

IX.

Après eux marchoit seul le Sieur de Buade, premier Ecuyer de ce Duc.

X.

Tous les Gentilhommes de sa Maison au nombre de cinquante suivoient en bel ordre vêtus de très-riches habits, ayant à leur tête les Srs. de St. Laurent & de Flavacourt.

XI.

Puis marchoient ses quatorze Suisses vêtus de leurs habits chamarrez d'or & d'argent, à la tête desquels étoit le Sieur de la Bruyonière Exemt des Gardes, qui étoit à cheval.

XII.

Ses quatre Trompettes suivoient accompagnez de deux autres des Comtes d'Avaux & Servien.

XIII.

Alors paroissoit le Gouverneur de la Ville de Munster, qui étoit allé au devant de ce Duc.

XIV.

Les Sieurs de Pienoche & Villars alloient à la tête du Carosse de ce Duc, suivis de vingt-quatre valets de pied.

XV. Ledit

XV.

Ledit Duc étoit dans un Caroffe en broderie, fur le derriére, & les Comtes d'Avaux & Servien étoient fur le devant.

XVI.

Suivoit le fecond Caroffe de ce Duc tout chamarré de Clinquant d'or & d'argent, où étoient l'Ambaffadeur de Heffe, le Réfident de Suéde, & le Sieur de Saint Romain, le Sieur Braffet ci-devant un des Sécretaires de l'Ambaffade.

XVII.

Puis dans le troifiéme Caroffe du même Duc étoient le Sieur l'Efcalopier Prédicateur, les deux Aumôniers & quelques autres Officiers de fa Maifon.

XVIII.

Suivoient les Gardes richement vêtus de leurs Cafaques d'écarlate chamarrées de broderie d'or & d'argent à la tête defquels étoit le Sieur de Montaigu Lieutenant de la Compagnie desdits Gardes.

XIX.

Après marchoient les fix Caroffes desdits Comtes d'Avaux & de Servien, leur Nobleffe, Pages, & Domeftiques en grand nombre, felon leur rang & ordre, & les Caroffes du Sieur de Saint Romain & du Sieur Braffet.

XX.

La Garnifon de la Ville & les Bourgeois étoient en armes par la rue & dans les places, où ils firent plufieurs falves à l'arrivée de ce Duc, tant de leur Moufqueterie que de leur Canon, qu'ils firent merveilleufement ronfler.

XXI.

Outre lefquels cette Entrée a eu grand nombre de Spectateurs, tant de la Ville que de la Nobleffe de toute la Weftphalie, venue exprès pour la voir, qui tous par leurs acclamations ont témoigné une grande allégreffe, mais une joye dans l'efpérance de voir la Paix en bref faite & conclue.

Par deffus cette magnificence, & tout au commencement étoient entrez dans la Ville cent Chariots de vin de France qui rejouit fort toutes ces bonnes gens.

Environ le tems de cette Entrée vint la nouvelle à Meffieurs nos Plénipotentiaires, de la prife de Mardik fur les Efpagnols par l'armée du Roi. Voyez le feuillet du Bureau d'adreffe qui recite au long la Capitulation avec la prife.

Que le titre d'Alteffe eft dû à Monfeigneur le Duc de Longueville.

I.

LEs Ducs de Longueville fes Prédéceffeurs ont été déclarez & reconnus pour Princes depuis cent cinquante ans par les Rois de France, qui ont l'autorité & pouvoir, tout ainfi que l'Empereur, de déclarer pour Princes ceux qu'ils en jugent dignes. Cette déclaration s'eft faite en confideration de ce que dès le regne de Charles feptiéme, à commencer au Grand Comte de Dunois, qui comme Lieutenant Général du Roi recouvra la Normandie & Guyenne fur les Anglois, & duquel mondit Sieur de Longueville eft iffu en ligne mafculine au feptiéme dégré.

Ceux de la Maifon de Longueville ont toûjours fervi utilement la Couronne de France, & fe font alliez par Mariages plufieurs fois avec la Maifon Royale, & auffi avec celles de Savoye, Lorraine, Bade, Mantoue, & autres familles très-Illuftres.

II.

Et comme Princes ils ont d'ordinaire précédé les Ducs de Guife, de Nemours, de Nevers, venus des Maifons de Lorraine, de Savoye, de Cléves, de Mantoue, tant aux Entrées folemnelles des Rois & Reines, qu'aux fignatures des Contracts de Mariages & autres Actes folemnels; ce rang leur ayant été confirmé par Déclaration du Roi Charles IX. & des Rois fubféquens, qui ont ordonné, pour ôter tout doute, qu'ils marcheront immédiatement après les Princes du Sang Royal.

III.

Outre ce que deffus, Monfeigneur le Duc de Longueville eft Seigneur & Prince Souverain des Comtez de Neufchâtel & Valengin, entre le Comté de Bourgogne & la Suiffe, qui font de plus grande étendue que n'eft la Principauté d'Orange.

IV.

Etant bien à confidérer que les Princes d'Allemagne ne jouiffent d'une telle Souveraineté; car ils font la foi & hommage à genoux à l'Empereur, & peuvent être mis au ban de l'Empire, qui eft à dire condamnez à mort & leurs biens confifquez, & donnez à d'autres, en cas de rebellion, ou qu'ils ufent de violence contre leurs voifins, & contreviennent aux Ordonnances pour l'entretenement de la Paix publique d'Allemagne, & toutefois à caufe qu'ils jouiffent de plufieurs Droits Royaux, ils veulent bien avoir ce titre d'Alteffe; & du même honneur prétendent auffi jouir les Princes d'Italie, voir jufques aux puinez en confidération de leur naiffance & extraction, encore qu'ils ne poffédent aucune Seigneurie.

Objections.

Sur cela l'on objecte qu'à l'Evêque d'Ofnabrug Député de Cologne, ne fe donne que le titre de Dignité principale & non d'Alteffe, combien

1645.

bien que ledit Evêque d'Ofnabrug, foit Prince Eccléfiaftique de l'Empire.

Secondement, que l'on baille le titre d'Alteffe à mondit Seigneur le Duc de Longueville, qui eft Plénipotentiaire de France , il le faudra bailler de même à ceux de l'Empereur & du Roi d'Efpagne.

Réponfe à ce que deffus.

Premiérement que le titre des Evêques d'Allemagne, s'ils ne font Princes d'extraction, eft de Révérendiffime , comme plus convenable à leur Profeffion Eccléfiaftique , que celui d'Alteffe, que l'on baille plus à propos aux Princes qui font Séculiers.

Secondement, quant à la Commiffion de Plénipotentiaire pour la Paix, elle ne déroge point à la qualité de Princes : de fait auffi & pour cette même caufe au Traité de Câteau-en-Cambrefis l'an mil cinq cens cinquante neuf, le titre de Prince eft donné au Cardinal de Lorraine Député du Roi Henri fecond, comme à un Prince defcendu de la Maifon de Lorraine; & de même celui de Prince à Guillaume de Naffau Prince d'Orange, Député du Roi d'Efpagne.

Troifiémement, fi au femblable un Cardinal fe trouve Ambaffadeur Plénipotentiaire , & avoir charge & commiffion de l'Empereur ou des Rois de France & d'Efpagne, de traiter & négocier en leur nom, le titre d'Eminence ne lui eft point pour cela refufé : delà il faut conclure que celui d'Alteffe fera donné audit Sieur Duc de Longueville à Munfter.

L E T T R E

ECRITE DE MUNSTER

Enfuite de l'Entrée de

MONSIEUR LE DUC

DE LONGUEVILLE,

En ladite Ville & touchant celle du Comte de Peñaranda premier Plénipotentiaire d'Efpagne.

A Munfter du 8. Juillet 1645.

MONSIEUR,

VOus ferez certain, que j'ai reçu la vôtre par la voye de Monfieur le Réfident de Suéde, & que Monfieur votre pére & moi fommes en parfaite fanté. Je vous envoye la fuite du Journal qui eft fort peu de chofe, mais c'eft tout ce que j'ai pu remarquer depuis l'autre, que je vous ai envoyé & le continuerai ; il finit

par l'Entrée de Monfieur le Duc de Longueville, qui a fait une entrée la plus magnifique que l'on puiffe guere entendre , & le tout avec un tems à fouhait. Je crois, comme il n'y a rien qui vous foit impoffible, que vous viendrez bien à bout de la lire, car je l'ai preffé le plus que j'ai pu, tant pour l'écriture que pour le difcours, afin de vous le pouvoir mettre en ce Cahier entiere. Vous favez qu'il n'a été vifité d'aucun Ambaffadeur, & principalement de Partie adverfe à caufe du titre d'Alteffe : & font encore à préfent fur ce point; nos deux Meffieurs ayant plufieurs fois fait tenir l'Affemblée des deux Médiateurs & deux chez Monfieur le Nonce pour cet effet. Monfieur l'a déja vu deux ou trois fois, & le doit voir encore aujourd'hui pour lui donner un papier, que j'ai écrit touchant le titre d'Alteffe.

Mercredi dernier le Comte de Peñaranda fit fon Entrée en cette Ville, & comme defefpérant du tout de la faire auffi belle que celle de Monfieur de Longueville, quoiqu'on avoit fait courir le bruit qu'il en feroit une plus belle, ayant fait venir il y a un mois deux authentiques Caroffes des Archiducs des Païs-Bas, qu'il a louez, ce dit-on , pour fervir à cette Entrée, quoiqu'ils n'ayent point paru ; d'autres difent que le Roi d'Efpagne les lui a donnez.

Pour venir à mon Entrée, afin de montrer l'humilité avec laquelle ils marchent, ne pouvant monter plus haut, Monfieur le Comte de Peñaranda ne voulut point avoir les Bourgeois en armes, & fimulant vouloir furprendre , afin qu'il n'y eût perfonne : fur les fix heures du foir un bruit court par la Ville que le Comte de Peñaranda arrivoit : tout le monde s'émeut afin de voir, & de plus voyant paffer l'Archevêque prétendu de Cambrai en Caroffe à fix chevaux, quoique Récollet, & fept ou huit à cheval , on fut ébahi que l'on vit ce train qui paffa de la forte.

Un Trompette feul qui fembloit affamé ou altéré, pour avoir trop joué parmi les champs, ne jouant point du tout dedans la Ville , fe contentant d'entendre ceux de la Tour de Saint Lambert.

Après, quelques vingt ou trente valets de pied.

Le Gouverneur de la Ville avec fon habit de pluye.

Le Caroffe de l'Archevêque de Cambrai où étoient au fonds le Comte & l'Archevêque; au devant du Caroffe Saavedra & Brun; aux deux portiéres un Confeiller d'Ambaffade qui eft ici, & un je ne fais qui.

Après ce Caroffe quelques foixante ou quatre-vingt chevaux, tous harideles de louage tant de lui que des autres Ambaffadeurs, puis quelques douze Caroffes à fix chevaux , & fa litiére garnie de velours rouge & petits clouds dorez, perfonne dedans.

Mais dans les autres Caroffes, ils étoient fans deffus deffous, les uns fur les autres, il y avoit force jeunes Efpagnols, qui fembloient être de bonne Maifon.

Il arriva deux chofes plaifantes; c'eft qu'il y avoit un Palfrenier de Monfieur de Longueville monté fur un mulet, lequel mulet voyant ces grands valets de pied, fe prit à braire & ruer d'importance, ce qui penfa arrêter les paffans.

Une autre eft qu'un Efpagnol étant à la portiére , fe voyant faluer de nous , qui étions quelques vingt François, voulut faire de même, & tira fon chapeau alongeant le bras , tant qu'il put, hors du Caroffe , afin d'être mieux vu;

1645.

1645. vu; son grand chapeau fit rencontre d'un gros pot, qui étoit sur une boutique avec plusieurs autres qu'il renversa par terre, & fut cassé en dix mille piéces : je vous laisse à penser si nous nous pumes empêcher de rire, voyant ce Monsieur rougir & rentrer dans son Carosse, de peur d'être vu de la boutique. Ainsi se passa cette Entrée, qui parut fort belle d'autant qu'il faisoit très-mauvais tems; que si c'eût été en beau tems, cela ne valoit pas la peine de voir, hormis les personnes de qualité, qui y pouvoient être; faisant en cela tout le contraire des François, d'autant que Monsieur de Longueville avoit toûjours remis pour avoir beau tems, & ne voulant pas remettre étant au Vendredi de peur d'avoir de la pluye le lendemain; & celui-ci au contraire ayant laissé passer quelques beaux jours, ne voulut pas remettre au lendemain de peur qu'il ne fît beau. Je suis &c.

AUTRE LETTRE

Écrite de Munster sur le même sujet.

Du 10. Juillet 1645.

MONSIEUR,

CElle-ci sera pour vous assurer de la santé de Monsieur, qui est très-parfaite, graces à Dieu, & se porte des mieux, & moi aussi. Je crois que vous savez ce qui s'est passé aux Entrées de Monsieur de Longueville & du Comte de Peñaranda; elles ont été bien dissemblables, car cettui-ci a fait tout le contraire de l'autre, sinon qu'il a voulu demeurer dans la même Maison de Volbet, où l'autre avoit séjourné quelques jours, remettant de jour à autre son Entrée, afin d'avoir beau tems, & que tout marchât en ordre comme il est arrivé : & cettui-ci a séjourné pour choisir le plus méchant, le plus crotté, & le plus sale qu'il eût pu trouver, afin de faire plus paroître son Entrée : & de fait elle étoit assez passable pour le tems qu'il faisoit; & je crois que c'est pour nourrir ce peuple en espérance de voir des merveilles en beau tems, puis qu'en un si mauvais tems, il avoit pour toute Compagnie un Trompette à cheval, quelques vingt à trente tant Estafiers, Valets-de-pied, Cuisiniers, que autres, tant de Peñaranda que des autres Ambassadeurs d'Espagne; car ils y étoient tous & avec tout leur train : puis son Carosse où étoient tous ces Ambassadeurs sans ordre, sinon que je vis Peñaranda au fond du Carosse accompagné de l'Evêque de Bois-le-duc.

Ce Carosse étoit suivi de quelques huit ou dix autres, & de quelques soixante ou quatre vingt Cavaliers de louage, je dis de louage, parceque les chevaux s'en retournérent vitement de peur de payer la nuitée, que cette Entrée se fit sur les six à sept heures, tout le monde ayant été surpris d'icelle qu'on n'espéroit pas devoir de la sorte : car ils avoient fait courir un bruit qu'elle seroit plus belle que celle de son Altesse de Longueville; mais ce jour-là ils

TOM. I.

dirent que ce Comte étoit malade, & de plus qu'il étoit modeste, & qu'il avoit refusé les Bourgeois, quoi qu'il étoit arrêté depuis l'Entrée de son Altesse; qu'ils n'iroient plus au devant de personne.

Ce train confus & crotté à la mode de Westphalie arriva ainsi, & furent descendre chez les Péres Récolets, où les Cloîtres lui servent de sales, & la Chapelle des Religieux de Chambre pour son Excellence.

On nous promet beaucoup que ce train deviendra magnifique, & de fait il léve des gens pour Hallebardiers, Estafiers, & autres, faisant son train à présent.

Je trouve extrêmement ridicule qu'il ait attendu à Munster à faire son train, où le train des autres diminue depuis l'Entrée, hormis France, & qu'il n'a sû trouver de Hallebardiers dans Bruxelles, où il a été assez longtems pour composer une superbe Entrée, comme l'on nous promettoit : mais je crois que ceux de Bruxelles & autres lieux à l'entour ne l'ont pas voulu pour épargner les frais du voyage, étant assuré que s'il s'en trouvoit à Munster, du moins cela lui serviroit d'excuse qu'il n'en trouve point, & qu'il se faut passer de ce qu'on trouve : ce qui arrivera comme je crois. Je finis en vous supliant de m'excuser, si je parle ainsi des gens qui sont venus pour s'accorder avec nous; mais vous saurez que j'ai les oreilles tellement battues de leurs vanteries que je ne sais que faire, sinon m'en décharger sur le papier, n'étant pas à propos d'en faire paroître d'autre sorte.

LES NOMS ET QUALITEZ

DES AMBASSADEURS

ET DEPUTEZ

A MUNSTER

ET A OSNABRUG,

Sur le sujet du Traité de Paix entre l'Empereur, le Roi d'Espagne & leurs Alliez d'une part; & le Roi de France, la Reine de Suéde & leurs Alliez d'autre: l'an 1645. au mois de Juillet.

I. LES AMBASSADEURS ET DE-PUTEZ A MUNSTER.

I.

LE Nonce Fabio Chigi Gentilhomme de Siene, Evêque de Nardo au Royaume de Naples, ci-devant Vicelégat à Ferrare; Médiateur de la part du Pape.

II.

Louïs Contarini Noble Venitien qui a été
Bbb de-

depuis vingt ans Ambaſſadeur devers la République des Provinces-Unies des Païs-Bas, & de ſuite en Angleterre, en France, à Rome & devers l'Empereur des Turcs; Médiateur pour ſe au nom de la République de Veniſe.

III.

Jean-Louïs Comte de Naſſau Plénipotentiaire de l'Empereur eſt de même familie que le Prince d'Orange, & ſon Couſin Germain.

IV.

Iſaac Wolmar auſſi Plénipotentiaire de l'Empereur & du Conſeil privé des Archiducs de Tirol, & Préſident du Conſeil Souverain pour la Juſtice à Enſisheim en Alſace.

V.

Le Duc de Longueville, Comte Souverain de Neufchâtel entre le Comté de Bourgogne, & la Suiſſe & Gouverneur de Normandie, premier Plénipotentiaire de France.

VI.

Claude de Meſmes Comte-d'Avaux, ſecond Plénipotentiaire de France, auparavant Ambaſſadeur à Veniſe, enſuite devers les Rois de Suéde & Pologne, & après à la Conférence de Hambourg.

VII.

Abel Servien Comte de la Roche des Aubiez, troiſiéme Plénipotentiaire de France, premiérement Procureur Général en la Cour de Parlement de Grenoble, & depuis Secretaire d'Etat & Ambaſſadeur devers le Duc de Savoye.
Outre les trois Plénipotentiaires de France, il y a eu encore un Réſident de la part du Roi, qui premiérement a été Monſieur de la Barde, & puis après lui c'eſt Monſieur de la Cour Groulart de Rouen.
Item il y a un Secretaire de l'Ambaſſade, qui eſt Theodore Godefroi Hiſtoriographe du Roi & Conſeiller d'Etat.
Il y a auſſi un autre Secretaire de l'Ambaſſade, qui eſt le Sieur Boulanger Intendant chez Monſieur le Duc de Longueville.

VIII.

Gaſpar de Bracamonte Comte de Peñaranda, premier Plénipotentiaire d'Eſpagne, Caſtilan de Nation, autrefois Préſident du Conſeil des trois Ordres Militaires.

IX.

Joſeph Bargaña natif d'Anvers, Evêque de Bois-le-duc, élû Archevêque de Cambrai, Religieux de l'Ordre de Saint François, ſecond Plénipotentiaire du Roi d'Eſpagne.

Gazettu de Paris 28. Juillet.

D'Anvers le 20. Juillet.

Le Sieur Bergaigne, l'un des Plénipotentiaires du Roi d'Eſpagne pour la Paix, Générale,

eſt ici n'aguere arrivé de Munſter, pour aller à Cambrai prendre poſſeſſion de ſon Archevêché, & puis s'en retourner à Munſter.

X.

Diego de Saavedra Chevalier de l'Ordre de Saint Jaques, troiſiéme Plénipotentiaire d'Eſpagne.

Extrait des Nouvelles de Paris.

On écrit le vingt uniéme d'Avril de Cologne que le quatorziéme dudit mois Dom Diego de Saavedra, ci-devant Plénipotentiaire du Roi d'Eſpagne pour la Paix générale, arriva de Munſter en cette Ville, d'où il partit le lendemain en poſte pour aller à Bruxelles, & delà en Eſpagne trouver Sa Majeſté Catholique, qui le veut envoyer à Rome Ambaſſadeur Ordinaire.

XI.

Antoine Brun quatriéme Plénipotentiaire d'Eſpagne, autrefois Procureur Général en la Cour de Parlement de Dole.

XII.

De Roſenhan Baillif d'Oſtrogothie, Réſident de la part de la Reine de Suéde.

XIII.

De Andrada Ambaſſadeur du Roi de Portugal.

XIV.

Pereira de Caſtro, ſecond Ambaſſadeur du même Roi.
Les derniers jours de Fevrier eſt paſſé par Paris en allant à Munſter le Seigneur Suares d'Abrent Envoyé de Portugal.

XV.

François-Guillaume Evêque d'Oſnabrug, fils de Ferdinand Oncle paternel de l'Electeur de Baviére, Député de l'Electeur de Cologne, & qui a pour adjoints avec pareil Pouvoir le Chancelier & le Prévôt de l'Egliſe de Paderborne, & Arnald de Lansberg Chanoine de Cologne.

XVI.

George-Chriſtophe Baron de Haſtang, premier Député de l'Electeur de Baviére comme Electeur & Duc de Baviére.

XVII.

Jean-Adolphe Creba, ſecond Député du même Electeur.

XVIII.

Philippe Streuf, Député de l'Electeur Palatin & de ſon Conſeil privé.

XIX.

1645.

XIX.

Frédéric de Heiden Gentilhomme du Duché de Cléves, premier Député de l'Electeur de Brandebourg.

XX.

Jean Portman Docteur en Droit, second Député du même Electeur, tous deux ses Conseillers audit Duché.

XXI.

Claude Chabot ou de Chaboud Marquis de Saint Maurice, Chevalier de l'Ordre de l'Annonciade, Ambassadeur du Duc de Savoye, cidevant Ambassadeur Ordinaire en France, & deux fois Extraordinaire en Angleterre.
Il a pour Conseil le Président de Turin Jurisconsulte, nommé Jean-François Bellitia.
Extrait des Lettres de Turin 7. Avril.
Le Sieur Bellitia, Député de Savoye pour la Paix générale, est parti de Munster par ordre de cette Duchesse. *Gazette de Paris 21. Avril Num. 41.*

XXII.

Corneille Gobeius Syndic du Chapitre de Bamberg, Député du Cercle & Province de Franconie.

XXIII.

Muller, second Député dudit Cercle, Conseiller du Marquis de Brandebourg de Culembach.

XXIV.

Crosig, Gentilhomme du Païs d'Anhalt, Député du Landgrave de Hesse-Cassel & Conseiller en son Conseil privé.

XXV.

Jean Vultejus, aussi Député dudit Landgrave & de son Conseil privé.

XXVI.

Heufs, Député de la République de Strasbourg, Sécretaire du Conseil des Treize de ladite République.

G A Z E T T E

*Ou Nouvelles ordinaires de Paris
17. Fevrier.
Lettres de Bâle du 31. Janvier.*

LA Garnison Bavaroise d'Offembourg ayant attaqué contre la foi publique les Ambassadeurs de Mantoue à Munster, leur prirent entr'autres choses quatre chevaux que les Ambassadeurs susdits furent contraints de racheter.
Le vingt-neuviéme de Janvier mil six cens quarante-cinq & suivans étoit à Paris comme Procureur de Charles II. Duc de Mantoue mi-
Tom. I.

neur de vingt-cinq ans, majeur de quinze, sous la Tutelle de Marie de Gonzagues Sa Mére, l'Illustrissime Jurisconsulte Hieronimo Sannazar Comte d'Eralolai Député, Plénipotentiaire de son Altesse de Mantoue pour la Paix à Munster.

LES AMBASSADEURS ET DEPUTEZ A OSNABRUG.

I.

MAximilian Comte de Lamberg premier Ambassadeur de l'Empereur.

II.

Jean Crane Docteur, second Ambassadeur de l'Empereur.

III.

Le Baron Jean Oxenstiern, fils du Chancelier de Suéde, premier Ambassadeur de la Reine de Suéde.

IV.

Jean Adler Salvius, second Ambassadeur de Suéde.
Il y a aussi un Résident de Suéde appellé Rosenhan.

V.

Hugues-Eberhard Cratz Comte de Scharpfeustein Chanoine de Mayence, & premier Député de l'Electeur de Mayence.

VI.

Bremser Sous-doyen de Mayence, second Député dudit Électeur.

VII.

Jean Adam Crebs Docteur, troisiéme Député du même Electeur.

VIII.

Le Comte de Sain & Weitgenstein, premier Député de l'Electeur de Brandebourg.

IX.

Jean-Frédéric de Loeben, second Député de cet Electeur.

X.

Le Docteur Fritz, troisiéme du même Electeur.

XI.

Jacques Lampadius Chancelier, Député des Ducs de Brunswick & Lunebourg, qui sont les Ducs Frédéric & Christian, & non pour le Duc Auguste.

XII.

XII.

Reynard Scheffer, Commiffaire Général de la Guerre, Député du Landgrave de Heffe-Caffel.

XIII.

Jean-Jaques Wolf de Rotenwart, premier Député du Landgrave de Heffe-Darmftad.

XIV.

Jufte Sinold, nommé Schutz, Vice-Chancelier, fecond Député desdits Landgraves de Darmftat.

XV.

Le Docteur Burchard Chancelier, premier Député du Duc de Wirtemberg.

XVI.

Jean-Conrad Vahrenbuler, fecond Député dudit Duc de Wirtenberg.

XVII.

Pour la Duché de Poméranie, Marc Eichftedt à Rotentzlampenau, Député par les Etats du Pais.

XVIII.

Frédéric Runge Docteur Syndic & Bailli, auffi Député par lesdits Etats.
Ces deux s'en font retournez.

XIX.

Le Docteur Abraham Keyfer, Député des Ducs de Meckelbourg.

XX.

Chriftian Werner Crais Sécretaire, Député de l'Adminiftrateur de Magdebourg l'un des fils de l'Electeur de Saxe.

XXI.

Jean Hardmundt de Langelen, Député des Comtes de Naffau-Sarbruc.

XXII.

Marc Ott, Docteur Député de la République de Strasbourg & de celle de Spire, Landau, & Weiffembourg, comme auffi du Rhingrave Jean Cafimir.

XXIII.

Tobias Olhaffen de Schollenbach, Avocat confultant & du privé Confeil de la République de Nuremberg, Député de ladite République, & auffi pour le Cercle de Franconie en général.

XXIV.

Zacharias Stengelin, Docteur & Syndic, Député de la République de Francfort, comme auffi de la Bourgeoifie Evangélique d'Augsbourg, & des Comtes d'Oettinguen.

XXV.

Le Docteur Sebaftien Otto, Député de la République d'Ulm.

XXVI.

David Gloxin, Docteur & Syndic, Député de la République de Lubec, eft à préfent abfent.

XXVII.

Le Docteur Gerhard Koch Sénateur, premier Député de la République de Brême.

XXVIII.

Liborius de Linen fecond Député de la même République de Brême.

XXIX.

Jean-Chriftophe Meurer Docteur & Syndic Député de la République de Hambourg, eft abfent.

XXX.

Joachin Camerarius, premier Député de l'Electeur Palatin.

XXXI.

Jonas Maifterlin, fecond Député dudit Electeur.

XXXII.

Merkelbach, Député du Marquis de Bade-Dourlach.

XXXIII.

Leonard Klein, Agent du Roi de Dannemarck.

LE RESULTAT

DES AMBASSADEURS

DE L'EMPEREUR

Et des Députez des Electeurs de Mayence, Cologne, Baviere, & Brandebourg touchant la Maniere de deliberer pour la Paix avec les Couronnes de France &

1645.

& de Suède : à Lengeric au Comté de Terentbourg entre Munster & Osnabrug.

Le onziéme Juillet 1645.

I.

QUe la Députation de Francfort ne délibére-ra point de la Paix, ains feront les Députez de tous les Princes & Etats de l'Empire en la forme qu'il fe délibére es Dietes Impéria-les, qui feront divifez en trois Chambres, en l'une defquelles feront les Députez des Elec-teurs, en l'autre ceux des Princes Eccléfiafti-ques & Séculiers, des Frélats & des Comtes, & en la troifiéme ceux des Villes Impériales.

II.

Et que l'Empereur convoquera ceux qui font abfens.

III.

Que cette Affemblée ne fera point apellée Journée Impériale, ains une Négociation pour la Paix commune.

IV.

Que jufques à la Déclaration de l'Empereur fur ce que deffus, à ce que le Traité de Paix fi néceffaire ne foit cependant retardé ; les Dé-putez de ladite Députation demeureront pour donner leurs voix felon l'ordre des Cercles ou Provinces d'Allemagne.

V.

Et leur feront adjoints trois defdites Cham-bres.

VI.

Lesdites trois feront le raport ausdits Députez des Etats de l'Empire, & concluront le tout avec les Ambaffadeurs de l'Empereur.

VII.

Les Députez des Electeurs communiqueront aux Députez des Princes & Etats préfens, ce qui fera à délibérer ; & pour cela en confulte-ront enfemble.

VIII.

Lesdits Ambaffadeurs de l'Empereur ont de plus donné affurance qu'il baillera des Saufs-conduits pour les Villes, & autres particuliers relevant médiatement de l'Empire.

IX.

Et encore pour les Députez du Prince de Tranfilvanie.

X.

Et au lieu de la Médiation du Roi de Danne-marck à Ofnabrug pour le Traité de Paix entre l'Empereur & la Reine de Suéde, en attendant

qu'autre chofe s'enfuive, que les Députez des Electeurs de Mayence & de Brandebourg s'en entremettront, non comme Médiateurs, mais feulement pour faire le raport aux Ambaffadeurs de part & d'autre.

1645.

L'AVIS DES

PLENIPOTENTIAIRES

DE L'EMPEREUR

Et des Députez des Electeurs de Mayence, Cologne, Baviere, & Brandebourg fur la forme de dé-libérer pour la Paix : à Lengeric entre Munster & Ofnabrug, le onze Juillet 1645. communiqué aux Députez des autres Prin-ces & États de l'Empire.

I.

POrte qu'ils font de cette opinion que l'Em-pereur admette tous les Députez de tous les Electeurs, Princes & Etats de l'Empire à délibérer de la Paix, qui fe doit traiter avec les Couronnes de France & de Suéde.

II.

Et que la délibération fe faffe à Munfter.

III.

Et qu'il notifie & mande aux abfens de s'y trouver.

IV.

Et qu'à défaut de ce faire ceux qui feront préfens en délibérent conjointement avec les Commiffaires Impériaux, & ce qui fera réfolu être tenu & obfervé ainfi que le Réfultat des Dietes Impériales & Affemblées des Etats Gé-néraux.

V.

Qu'en attendant l'aprobation & confente-ment de Sa Majefté Impériale fur ce que des-fus, cependant les Députez de la Députation de Francfort, tant des Electeurs que des Princes & autres Etats, en délibéreront audit lieu de Munfter, fans attendre l'arrivée des abfens.

VI.

Qu'à ces Députez foient adjoints, pour dé-libérer, deux des Princes Séculiers & deux des Villes Impériales, dont le choix & élection fera toûjours délaiffée ausdits Princes & Etats.

VII.

VII.

Et qu'il sera ainsi continué à cette délibération jusques à ce que les Députez des Etats, absens soient arrivez au même lieu en plus grand nombre.

A quoi s'opposent les Députez des Princes & Etats présens pour deux raisons suivantes, premiérement entendent que ladite Députation de Francfort ne puisse délibérer de la Paix, en attendant, & jusques à ce que l'on ait le consentement de l'Empereur sur ce que dessus; ainsi qu'eux-mêmes, nul excepté, en délibérent présentement tout ainsi que ceux des Electeurs.

Secondement les Plénipotentiaires de la Couronne de Suéde, prétendent que la délibération se fasse en partie à Munster & en partie à Osnabrug, & qu'il y ait un aussi grand nombre de Députez en un lieu qu'à l'autre : en quoi il se trouvera que les uns délibérant en un lieu & les autres en un autre éloigné d'une journée de chemin, les conclusions en seront retardées de beaucoup ; desorte qu'il se propose que si les deux Couronnes ne s'accordent sur ce point, l'Assemblée soit transférée à Cologne.

REMARQUES

Et Annotations sur ce que dessus.

I.

QUe les Députez de Mayence, de Cologne, & de Baviére ont été fort portez du commencement pour soutenir que la Députation de Francfort doit délibérer de la Paix comme cela étant plus avantageux à leur parti ; mais ceux de l'Electeur de Baviére ou de Brandebourg l'ont enfin emporté, après avoir soutenu que les Députez de tous les Princes & Etats de l'Empire, ont pouvoir d'en délibérer à l'exclusion de ladite Députation.

II.

Que la même Députation demeure en possession de délibérer de la Paix, jusques à ce que l'Empereur ait approuvé que tous les Princes & Etats de l'Empire ont pouvoir d'en délibérer à l'exclusion de cette Députation, & aussi jusques à ce que les Princes qui n'ont encore envoyé leurs Députez à Munster & Osnabrug y ayent envoyé.

III.

Il n'est point déclaré en quel lieu soit devers les Ambassadeurs de France, ou bien devers ceux de Suéde, les trois Chambres délibérent, & comme quoi elles se conduiront, s'il se faut trouver tous ensemble au même lieu.

IV.

L'Empereur, outre ce que dessus, entend toûjours que le Roi de Dannemark soit Médiateur de la Paix, entre lui & la Reine de Suéde; & n'est que par souffrance, & en attendant qu'elle soit conclue en Dannemarck & en Suéde, qu'il consent que les Députez des Electeurs de Mayence & de Brandebourg s'en entremet-

tent, ce qui ne sera peut-être si facilement accordé par le Conseil de la Couronne de Suéde.

MEMOIRE

De l'ordre qui se doit observer aux Assemblées de Députation de l'Empire.

CEs Assemblées ont été instituées l'an mil cinq cens cinquante cinq ; elles étoient premiérement composées seulement des Députez, savoir en l'année 1555.

Des Electeurs

De Mayence,
De Tréves,
De Cologne,
Du Comte Palatin,
Du Duc de Saxe,
Du Marquis de Brandebourg.

Comme aussi des Deputez

De l'Archiduc d'Autriche,
De l'Evêque de Wurtzbourg,
De l'Evêque de Munster,
Du Duc de Baviére,
De l'Abbé de Wingarthen,
Du Comte de Furstemberg qui représente les Prélats, & les Comtes, & Barons.

Et de plus des Députez des Villes de Cologne & Nuremberg.

L'on ajouta en l'année mil cinq cens septante,

Le Duc de Juliers,
Le Landgrave de Hesse,
L'Evêque de Constance,
Le Roi d'Espagne & comme Comte de Bourgogne & comme Seigneur des Païs-Bas,
Le Duc de Brunswick,
Le Duc de Pomeranie.

Pour délibérer avec les Commissaires de l'Empereur en cas de troubles & inconvéniens extraordinaires dans l'Allemagne.

Elles sont convoquées par l'Electeur de Mayence, comme Chancelier d'Allemagne, de l'avis & au nom de l'Empereur, & sont distinguées en deux Chambres pour délibérer : en l'une sont les Députez des Electeurs ; & en l'autre ceux des Princes Ecclésiastiques & séculiers, & pareillement les Députez de tous les autres Etats.

Les voix sont comptées selon le nombre des Electeurs, Princes & Etats, & non suivant le nombre des Députez; & l'avis d'une Chambre est compté à l'égal de l'autre : de forte que pour conclure quelque chose de certain il est nécessaire que ces deux Chambres soient d'accord.

Il y a aussi quelques personnes qui tiennent que l'avis des Commissaires de l'Empereur doit valoir autant & par la moitié comme celui desdites deux Chambres ensemble.

A la derniére Assemblée de Députation à Francfort depuis l'an mil six cens quarante-deux, il y avoit, c'est à savoir:

Deux Commissaires de l'Empereur,
Quatre Députez de l'Electeur de Mayence,
Cinq de l'Electeur de Cologne,
Deux de l'Electeur de Baviére,
Un de l'Electeur de Saxe,
Trois pour l'Archiduc d'Autriche,
Un pour le Cercle ou Province de Bourgogne envoyé par le Roi d'Espagne,

Deux

1645.

Deux pour l'Evêque de Wurtzbourg,
Deux pour l'Evêque de Munfter,
Un pour l'Evêque de Conftance,
Un pour les Ducs de Brunswick & de Lunebourg,
Trois pour les Landgraves de Heffe & de Darmftad,
Un de l'Abbé de Wingarthen,
Un du Comté de Furftemberg,
Un de la Ville de Cologne,
Deux de la Ville de Nuremberg:
Et par ainfi trente-deux Commiffaires ou Députez.

D'où il eft facile de juger que la plûpart de cette Députation fera plûtôt pour l'Empereur que pour la France.

P R E U V E

Des Députations que deffus & à quoi elles doivent aboutir.

LE Réfultat de la Diete Impériale d'Augsbourg l'an mil cinq cens cinquante-cinq, & l'Ordonnance pour la Chambre Impériale en la même Diete & autres An. part. 2. art. 17. au

1645.

Recueil intitulé *Reichftad Orduung* imprimé à Francfort l'an 1621. fol. 406. 464.
Le Livre *Jus Camerale Denaifii* en l'article *Deputati Ordinum.*
Sinold, Confeiller du Landgrave de Heffe-Darmftad,au Livre de *Statu Rei Romana* imprimé à Marpurg l'an 1640. Difp. 8. nu. 1. Difp. 16. nu. 16.
Jaques Lampadius,du Confeil privé des Ducs de Brunswick & Lunebourg, *de Republica Romano-Germanica.* cap. 8.
Hiftoire des dernières Guerres d'Allemagne appellée *Theatrum Europæum.*
Il eft certain que ces Journées de Députation n'ont point de pouvoir des Etats Généraux de l'Empire, de délibérer de la Paix avec les Couronnes étrangéres, ceux qui font envoyez à ces Journées n'étant que Commiffaires dont l'autorité eft limitée en ce qui eft d'apaifer les troubles du dedans & non les Guerres avec les Princes étrangers : & quand elles auroient un tel pouvoir les Couronnes de France & de Suéde ont jufte caufe de récufer les Députez de l'Empereur, qui eft l'Archiduc d'Autriche, & auffi ceux du Roi d'Efpagne,comme Prince des Païs-Bas, & pareillement ceux les Electeurs de Baviére, Cologne, & Mayence & d'autres qui font parties adverfes, ou trop intéreffées, & par conféquent qui ne donneront jamais leur Confeil en ce qui fera jufte & raifonnable.

S C H R E I B E N

Der - zu Oſnabruck verſammleten Staende an die zu Munſter ſich befindliche Reichs-Staende / wegen des modi deliberandi de dato Oſnabruck den 13. Auguſti ſt. V. 1645.

Hoch - Ehrwurdige / Hoch - und wolgeborne / Hoch-Edele / Geſtrenge / Edele / Erenveſte / Gros-Achtbare und Hoch-gelehrte.
Denenſelben ſeind unſere befliſſene und freundwillige Dienſte jederzeit bereit Zuvoren / Genaedige / Gros-gunſtige / Hoch-geehrte Herrn;

Aus Euer Gnaden / und unſerer Hoch-geehrter H. V. Uns wol eingelangtem Schreiben vom 13. huius Zt. V: fo wol des Fueſtlichen Marggräflich-Culembachiſchen Geſanten Herrn Johan Muſlers mundlicher und ausfuhrlicher Relation haben wir mit mehrern verſtanden/ Was geſtalt Eur Gnaden und die V. V. durch gemeine. und ſaembliche zuſammenſetzung dieſe vorgenommene Friedens-handlung zum gebluenſchten end hinaus Zufuehren gantz geneigt / und erbietig / darbenebenſt aber bez dißmahl gerne ſachen / daß wir uns ſaemblich auf etliche wenige tage unberlaenget hinuber nach Munſter begeben moechten / damit alſo uber dem modo deliberandi / und deffenthalben in dem Hochloblichen Churfurſtlichen / und theils der Furſten und Staend Collegniß gefalſenen concluſis man ſich in gegenwart eines getwiſſen beſtaendigten
Auftrags

L E T T R E

Des Etats affemblés à Ofnabrug aux Etats de l'Empire affemblés à Munfter, concernant la forme des deliberations. En date du 13. Août 1645. vieux Stile.

MESSIEURS,

NOus avons apris par la Lettre que nous avons reçu de V. Ex. datée du 13. de ce mois, V. S. auffi bien que par le raport circonftancié que nous a fait de bouche Mr. Jean Muller, Envoyé de Culembach, que vous étiez entiérement réfolus & prêts à former une Affemblée generale, pour porter au but où nous afpirons tous, les négociations que l'on a entamées pour la Paix, & que vous fouhaitteriez pour cette fois, que nous nous rendiffions tous inceffamment à Munfter, afin de prendre enfemble une réfolution fixe fur la forme qu'on doit tenir dans les déliberations, & fur les conclufions prifes à cet égard dans le Collège de Mrs. les Electeurs, & dans celui des Princes & Etats de l'Empire, comme les Envoyez de Mrs. les Electeurs l'ont trouvé à propos après en avoir conféré avec Mrs. les Plenipotentiaires de S.

M. Im-

1645.

Auftrags entschliessen koente / allermassen von denen H. H. Churfürstlichen Gesandten / nach dessentwegen mit der Römisch-kepserlichen Mapestaet H. H. Plenipotentiariis gepflogenen Conferenze solches gut und rathsam befunden worden. Wir erfreuen uns zuvörderst hoechlich ab Verspuehrung Euer Gnaden und unser Hoch-geehrten Herren zu rechter einigkept gerichteten gantz loeblichen intention / send allerdings der gleichmaessigen meinung / dass ein bestaendiger erfreulicher fried auf den grund gutes vertrauens / und zusammensetzung muesse erbauet werden / und wollen unsers ortes an demjenigen so hierzu dienlich niemahls einigen mangel noch versaumnus verspuehren / sondern vielmehr dergleichen hoechstnoethige ersprießliche Eintracht zu befoerderen / und dieses schlecht-wichtige Friedens-werck / mit gesambter hand zu heben uns zum aeussersten fleisses angelegen sepn lassen. In solchem Vorsatz und betrachtung / haben wir den am 24. Julii alhier beliebten modum deliberandi der gestalt disponiret und eingerichtet / damit die Reichs-Collegia zwar ratione loci separirt / aber nicht getrennet / sondern in alle wege gantz und beysammen moechten erhalten werden / haben auch bey uns ohnzweifentlich verhoffet / Euer Gnaden und unsere Hochgeehrte H. H. wuerden zu gewinnung der zeit und das liebe Vatterland mit sölcher huelfe aus gegenwaertigem verderben zu retten solchen modum ihnen nicht haben missfallen lassen / insonderbahrer erwegung / dass selbiger dem Reichs-Herkommen (indemdie drep Collegia in ihrem stand und verrichtung verbleiben) so wol dem Praeliminar-Schluß und jungsten Reichs-abschiede (weilen die deliberationes, an beiden orten zu Munster und Osnabruck gefuehret werden) allerdings gemaeß / demselben auch so wol der Römisch-kepserlichen Mapestaet Gevollmaechtigte H. H. Gesandte / nicht zu contradiciren, sondern ehist denen Reichs-Staenden anheim zu geben / als der fremboden Cronen H. H. Plenipotentiarii (vergleichen bep einigem andern modo, wie der auch zu ersinnen nicht zu-hoffen) damit gantz einig zu sepn sich vernehmen lassen. Es bestehet auch das Hochloebliche Churfuerstliche Collegium allbereit in diesem brauch / gestalt auf solche weise jungst zu Lengerich dero Collegialschluß gemachet worden. Die frepe Reichs-Staedte wollen sich eines mittels der Convocation, so gantz keine hinderniß noch Aufenthalt geben wird / vergleichen / und wie dep Fürstlichen Collegii vernehmen gleicher gestalt leichtlich zu gelangen; also dass durch uns keine difficultaet ubrig ist / als dass Euer Gnaden und unsere Hochgeehrte H. H. angeregten unsern schluß noch nicht in Berathschlagung nehmen und sich darueber erklaeren wollen. Weilen dann indessen und jeglichen tag des verzugs viel Christen-Blut vergossen / und das geliebte Vatterland Teutscher Nation jaemmerlich geaengstiget und in hoechstes verderben gestuertzt wird / zu dessen abwendung und moeglichst schleuniger befoerderung der Friedens-mittel gegen Euer Gnaden und die H. H. wir an offenhertziger vertraulichkeit nichts ermangeln zu lassen uns schuldig erachten; so moegen in solchem vorsatz denenselben wir hiermit nicht verhalten / was massen wir gewisse gruendliche nachricht haben / dass beide auswaertige Cronen keinen modum deliberandi, mit der immer namen oder gestalt haben mag / dadurch die Reichs-Staende von denen in dem Praeliminar schluß bestimmeten plaetzen Osnabrugg und Munster / entweder an dereneinem allein / oder auch auch an einem dritten / Ohrt gezogen wuerden / zulassen / sondern demselben sich aeußerst opponiren, und wohl die Tractaten gantz aufstossen und zerschlagen werden / dannenhero auch wir (als die nicht zu einiger Offension Anlaß zu geben / sondern vielmehr die gemuether zu lindern und der Einigkeit und freundschafft naeher zu bringen instruirt und befehlicht)

zu

1645.

M. Imperiale. Nous commençons, par vous marquer la joye extraordinaire que nous ressentons de vous voir dans des dispositions aussi favorables que celles que vous témoignez pour l'union commune. Nous souhaittons avec la même ardeur que l'on fasse bientôt une Paix heureuse & durable, dont la confiance & la bonne intelligence soient le fondement, & de notre côté nous ne négligerons jamais rien de tout ce qui pourra y contribuer : au contraire nous nous donnerons tous les soins possibles, pour avancer une harmonie si necessaire & si avantageuse, & achever de concert un ouvrage aussi important que celui de la Paix. C'est dans cette vue & dans cette consideration que nous avons pris un tel arrangement dans la résolution formée ici le 24 Juillet, que les Colleges de l'Empire seront à la vérité separés à l'égard du lieu de leurs Conférences, mais non pas divisés, & qu'ils tiendront leurs Assemblées tous à la fois & en même tems. Nous nous sommes flatez que, pour gagner du tems, & sauver plus promptement notre chére Patrie de la ruine dont elle est menacée presentement, vous approuveriez cette forme de deliberation, & sur tout lorsque vous considereriez qu'elle est entierement conforme aux Loix fondamentales de l'Empire, puisque les trois Colleges continuent à faire leurs fonctions, mais aussi au Traité Preliminaire, les deliberations se prenant également dans les deux Villes, savoir à Munster & à Osnabrug; joint à cela que Mrs. les Plenipotentiaires de S. M. Imperiale, & Mrs. les Plenipotentiaires des Puissances étrangeres, ne voulant point contrecarrer, mais plutôt seconder les Etats de l'Empire, ont temoigné en être contens, & cela d'autant plus qu'il n'y a pas lieu d'espérer qu'on puisse trouver d'autres arrangemens. Le College des Electeurs observe cette coutume, & ce fut de cette maniere qu'il procéda dans ses deliberations à la derniere Assemblée tenue à Lengerich. Les Villes Libres Impériales consentent en quelque sorte de donner les mains à cette Convocation, s'il n'y a point d'obstacle qui en empêche la réussite, & nous autres, Membres du College des Princes, nous espérons de même pouvoir facilement y parvenir. Ainsi il ne reste plus absolument aucune difficulté, sinon qu'il plaise à V. Ex. de mettre en deliberation la résolution que nous avons prise, & de s'expliquer là-dessus. Mais comme chaque jour que l'on differe coute l'effusion de beaucoup de sang Chrétien, & que dans l'état déplorable où se trouve l'Allemagne notre chere Patrie, cela ne peut que causer sa ruine entiere, nous croyons qu'il est de notre devoir d'agir envers vous avec toute la confiance possible, pour ne manquer en rien à tout ce qui peut détourner ces malheurs, & pour hâter par toutes les voyes praticables la conclusion de la Paix. C'est en consequence de cela que nous ne pouvons vous celer que nous sommes informés de très-bonne part, que les deux Puissances étrangeres non seulement ne consentiront dans aucune autre sorte de deliberation, quelque nom & quelque forme qu'elle puisse avoir, dès qu'elle tendra à transporter l'Assemblée des Etats hors des deux Places spécifiées dans le Traité Preliminaire, soit pour l'établir dans une de ces deux Villes, soit pour la former dans une troisième Place; mais qu'elles s'y opposeront de toutes leurs forces, ce qui détruira & aneantira entierement tous les Traités. Ainsi, comme nous avons ordre, non de chercher la moindre occasion d'offenser personne, mais plutôt de porter les esprits à la douceur, & de leur inspirer l'union

&c

1645.

1645.

zu einem solchen modo uns keines weges verstehen/ noch die deliberationes von den Tractaten und dazu erneuerten beyden Ohrten absondern koennten noch werden.

Da nun E. Gn. und unsere Hochgeehrte H. H. (wie wir von dem Herrn Marggraevlich-Culembachischen Gesandten absonderlich vernommen) auf dergleichen modum/ dadurch die Collegia in einem Ohrt zusammen zuziehen ihr absehen gerichtet haben/ so wuerde die an uns begehrte Reyse und hinueberkunfft / auffgewendete unkosten und erfolgende Conferenz umsonst und vergebens/ auch die zeit verlohren seyn/ unter welcher viel Blutvergiessen erfolgen/und unserm geliebten Vaterland viel unglueck und Betruebnuß (daran wir mit goettlicher verlihung uns nicht auf eine stunde ursach zu seyn verhoffen) entstehen und begegnen koente.

Die weil aber gleichwohl in dem uebrigen wir von einigem Mittel und weg / dadurch die heylsame/ von so lieter zeit hero verlangte Friedens-Tractaten schleunig hoemen befoerdert werden/ uns zu wenden nicht gemeinet / so stellen Euer Gnaden und unserer Hochgeehrten H. H. belibung wir anheim/ ob sie zu Verhuetung fernern Verzugs der allein hiedurch auffgehaltenen Friedens-Tractaten / ueber mehr beruehren unsern schluß sich mit uns vereinigen / oder aber was dieselbe dabey zu erinnern/ uns ohne einige Saeumnuß schrifftlich zuerkennen geben wollen.

Dabenebenst ganz Dienst-und freundlich bittend/ daß Euer Gnaden und die H. H. (wie von uns auch dieses Ohrts geschehen wird) die Kayserliche Gevolmaechtigte zu Munster anwesende H. H. Gesandten inständigen fleißes ersuchen wollen/ daß doch J. J. Exc. Exc. mit der Replic auf der fremden Cronen Schrifft/ dieselben nunmehro ohne fernere verlaengerung herauß zu laffen belieben moegen.

Wir seind des erbietens/ wann jetzt beruehrte nachrichtung erfolget/ nicht allein deßhalben und wegen des modii re-et conferendi, nach erfolgter der Kayserlichen H. H. Plenipotentiarien Replica und hierueber ergangenen deliberationibus unserm denenselben vormahls uebergebenen Bedenken uns gemaeß zu bezeigen/ sondern auch in allen dem jenigen / so hier naechst bey den Friedens-Tractaten vorlauffen wird/ der gestalt zu erklaeren und zu erweisen/ damit das hoechste Verlangen so wir tragen/ einen auffrichtigen erspzießlichen Frieden auf rechtem grund zu erbauen / und unser geliebtes Vaterland in ruhigen Wolstand ehest zusehen/ in der that erscheinen und von jedermaenniglich erkannt werde.

Welches also Euer Gnaden und unsern Hochgeehrten H. H. wir hier mit zu vermelden nicht unterlaffen wollen. Erwarten darauf dero verhoffte gute Erklaerung mit verlangen / und verbleiben denenselben mit zu angenehmer Dienst-bezeigung nach vermoegen stets willig und gefliessen. Datum Osnabrug den 13. Aug. st. v. Anno 1645.

Euer Gnaden und deter Herren.

Dienstbeflißene des Heiligen Roem. Reichs Fuersten und Staende zu Osnabrug anwesende Raethe/ Pottschaffter und Gesandter.

An der Fuersten und Staend zu Munster anwesende zu den General Friedens-Tractaten abgeordnete Gesandten.

& la bonne intelligence, nous ne donnerons point du tout les mains à un pareil changement & nous ne tiendrons, ni ne pouvons tenir nos Conferences que conformément aux Traités, & dans ces deux places fixées pour cela.

C'est pourquoi dès que vous avez dessein d'établir une forme de deliberation, par laquelle les Colleges se trouveroient rassemblés dans un même endroit, comme nous en avons été informés par Mr. l'Envoyé de Culembach, vous nous permettrez de vous dire que ce seroit inutilement que nous nous rendrions à Munster, comme vous le souhaitez. Ce seroit la depense & des conferences perdues, aussi bien que du tems, dont la perte couteroit beaucoup de sáng, & causeroit à notre chere Patrie bien des malheurs, auxquels, par la grace de Dieu, nous ne voudrions pas avoir donné la moindre occasion.

Au reste comme nous n'avons aucune envie de nous écarter des voyes & des moyens les plus propres à procurer au plûtôt la conclusion des Traités de Paix qu'on desire avec tant d'ardeur & depuis si longtems, nous vous prions de vouloir bien donner les mains à la resolution dont nous venons de parler, afin de ne plus retarder la conclusion des Traités qui ne sont arrêtés que par là, ou du moins de nous faire savoir, par écrit, le plûtôt qu'il sera possible, quelles sont vos résolutions à cet égard.

Nous vous suplions en même tems très-instamment de vouloir bien vous donner tous les mouvemens necessaires comme nous l'avons fait de notre côté, pour engager Mrs. les Plenipotentiaires de l'Empereur présens à Munster, à répondre sans un plus long retardement à la Lettre des Cours Etrangeres.

Lorsque vous nous aurez accordé l'information que nous demandons,& que Mrs. les Plenipotentiaires de l'Empereur auront fait la réponse dont nous venons de parler, & de nous auront déliberé là-dessus , nous promettons qu'à l'égard de cette information & de la forme des deliberations non seulement nous nous conformerons aux résolutions que nous avons prises, & dont nous leur avons ci-devant fait part, mais aussi que dans le cours des negociations, nous nous comporterons avec tant de bonne foi & d'ouverture, que tout le monde sera instruit & persuadé du désir ardent que nous avons d'établir sur de bons fondemens une Paix sincere & avantageuse, & de voir notre chere Patrie jouir du repos dont elle a un si grand besoin.

Nous n'avons pas voulu manquer de vous informer de tout cela , & nous attendons avec impatience, la resolution que nous esperons de vous sur ce sujet. Au reste nous sommes avec tout le zele possible,

De vos Excellences,

Les très-humbles & très-obeissans Serviteurs,

LES ENVOYES ET PLENIPOTEN-
TIAIRES des Princes & Etats du Saint
Empire Romain assemblés à Osnabrug.

Fait à Osnabrug le 13. Août 1645.

Aux Envoyés des Princes & Etats assemblés à Munster pour la Paix générale.

PROTOCOLLUM

Was in dieser Sache zwischen denen Kepserlichen und etlicher Fuersten und Staende Gesandten vorgegangen den 19. 21. und 24. Augusti 1645.

Sabbathi 19. Aug. 1645.

VIsitavimus Legatos Electoris Brandenburgici, iisque repræsentavimus, was massen wir vom Chur-Maintzischen Adjuncto / Doctore Krebsen / berichtet werden / daß die Herren Churfuersten mit vorgehabter Conferentz / und Einladung der Staende nacher Munster nicht getraueten fort zu kommen / sondern selbiger D. Krebs unterrichteter Sachen wieder zurueck zu reisen gemeinet sepe. Weilen dann einmahl die Noth erfordere / daß die Staende moegen zusammen gebracht / ueber den modum consultandi vergliechen / und die hochnoethige Consultationes bep dieser Handlung befoerdert werden / und dann bep der zwischen den Kepserlichen und Churfuerstischen Gesandten zu Munster darueber gehaltenen Conferentz fuer gut angesehen worden / daß aufin fall die Churfuersten das Werck bep den uebigen Staenden nicht wuerden heben koennen / wir die Kepserliche Abgesandte die hand anschlagen moegten / so erinnern wir uns unserer schuldigkeit / und wollen ungern was / so zu befoerderung dieses wercks durch uns gerichtet werden moegte / unterlassen oder verabsaeumen; waeren derohalben gemeint uns ins Mittel zu schlagen und zu versuchen / ob etwan die Staende zu beliebung einer Conferentz in loco aliquo intermedio moechten zu bewegen sepn; haetzens den D. D. Chur-Brandenburgischen zu ihrer wissenschafft vorhero anzeigen wollen / der gaentzlichen zuberficht / daß sie ihnen solche unsere wohlmeinende intention nit allein nit missfallen lassen / sondern dieselbe auch nach wol-bermoegen bep den Staenden / wo sich also fueglich gelegenheit darzu begeben moechte / secundiren heissen.

Brandenburgische bedancken sich wegen anzeigens / mit vermelden / daß sie es zwar gerne vernehmen / daß wir uns mit diesem werck zu beladen gemeinet / wuenschen dabep einen guten ausschlag / damit die Staend moegen vergliechen werden / und nit aneinander gerathen und etwa ueber wenig Monat mit den blossen Degen gegen einander stehen / versicherten uns aber / daß bep vorhabender Conferentz; kein ander modus consultandi wuerde beliebet oder angenommen werden / als allhie zwischen den Staenden albereits beschlossen; da auch die Staende schon ein anders eingehen moechten / so wuerden doch die Schweden und Frantzosen solches nicht zugeben: man muesse nicht gedencken / daß man der zeit koenne Conclusa machen wie man wolle / sondern muesse dabep denen Auswaertigen Potentaten oder deren Abgesandten Meinung nach gegangen werden / und heissen der Staende Resolutiones nit / wann sie die auswaertige Cronen nit wollen zur execution kommen lassen. Sie vermeinten / daß auch das Werck vorhero mit den Schwedischen wohl muesse ueberleget werden ehe dann man zu vergleichen Conferentz in loco intermedio wuerde kommen koennen / dann dieselbe leichtlich in die gedancken gerathen doerff-

ten /

PROTOCOLLE

De ce qui s'est passé sur cette affaire entre les Envoyés de l'Empereur & ceux de quelques Princes & Etats de l'Empire les 19. 21. & 24. Août 1645.

Du Samedi 19. Août 1645.

NOus nous sommes rendus auprès des Envoyés de l'Electeur de Brandebourg & nous leur avons representé que nous avons été informés par Mr. Krebs, Adjoint de l'Electeur de Mayence, que les Electeurs ne comptoient pas pouvoir réüssir à l'égard de la Conference & de la Convocation des Etats que l'on avoit dessein de faire à Munster, & que Mr. Krebs étoit même dans la disposition de s'en retourner sans avoir terminé cette affaire; que, comme la nécessité demandoit que les Etats s'assemblassent pour conferer sur la forme dés deliberations, & que ces Conferences si necessaires sur cette affaire pussent réüssir, & que d'ailleurs les Envoyés de l'Empereur & des Electeurs, avoient jugé, dans une Conference tenue sur ce sujet à Munster, qu'il étoit à propos que nous autres Envoyés de l'Empereur prétassions la main à cette affaire, en cas que les Electeurs ne pussent pas la terminer avec les autres Etats, nous ne voulions point manquer à notre devoir, ni negliger la moindre chose de tout ce qui pouvoir avancer cet ouvrage; que nous avions donc pris le parti de nous en mêler & de tenter si l'on ne pourroit point engager les Etats à trouver bon que l'on tînt une conference dans un lieu qui servît d'entremise; & qu'ainsi nous avions jugé à propos de leur communiquer cet expedient à eux-mêmes, dans l'entiere confiance que non seulement ils ne desaprouveroient pas nos bonnes intentions, mais même qu'ils nous appuyeroient en cela auprès des Etats, partout où l'occasion s'en présenteroit.

Les Envoyés de Brandebourg nous ont remercié de cette declaration, & nous ont repondu qu'ils voyoient avec plaisir que nous fussions chargés de cette affaire; qu'ils souhaittoient que nous réüssissions, afin que les Etats pussent être d'accord & ne point se brouiller davantage, pour être obligés peut-être au bout de quelques mois de disputer les uns contre les autres les armes à la main. Ils nous ont assuré en même tems qu'avec la Conference en question ils n'en aprouveroient aucune autre que celle qui avoit été resolue ici par les Etats; d'autant plus que quand même les Etats en accepteroient une autre, les François & les Suedois n'y donneroient point les mains; qu'on ne devoit pas s'imaginer que dans les conjonctures présentes on pût prendre des résolutions telles que l'on voudroit, mais qu'il falloit que les Puissances étrangeres ou leurs Envoyés les aprouvassent; & que les résolutions des Etats ne serviroient de rien si les Cours étrangeres ne vouloient pas qu'on les exécutât; qu'ils croyoient qu'on devoit conferer sur cette affaire avec les Plénipotentiaires de Suede, avant que l'on pût parvenir à former une Conference dans un lieu d'entremise, par-

ce

ten/ gestalt diese Conferenz auf was anders/ nemlich/ um die Staend von hier nacher Dortmund oder andre Oerther: woruber zwischen Ihrer Majestaet Abgesandten zu Munster und etlich anwesenden Staenden alda schon Unterredung gepflogen seyn solle) abzuziehen/ und sie die Schweden alhie bloss stehen zu lassen/ angesehen seye. Wozu es aber die Franzosen und Schweden nicht wurden kommen lassen/ weilen der Praeliminar-Vergleich von keinen andern Oerthern als Munster und Osnabruck redete. Daruber wollen sie auch an beyden Oerthern die Reichs-Collegia haben/ und ob zwar der Herr d'Avaux sich juengsthin verlauten lassen/ dass es denen Franzosen nicht zu wiedern seyn wurde/ wann auch die Reichs-Staende voellig und hiebevor nacher Osnabruck verlegt werden solten/ so habe doch dagegen Mr. Servien sich deutlich gegen die Schwedische vernehmen lassen/ dass die Cron Franckreich solches in Ewigkeit nicht zu geben/ sondern eben so wohl bey dem Ministerischen Content als die Schwedische allhier die Reichs-Collegia haben wolten.

So empfinde es auch der Oxenstiern gar hoch/ dass der Chur-Maintzische Abgesandte/ Graf Kratz/ von hier nacher Munster transferiret worden/ sie Schweden deuteten solches zu ihrer Verschimpfung aus/ weilen Chur-Maintz/ nach Ausweiss des Praeliminar-Schluss/ hiehero und nit nach Munster deputiret worden/ also auch dessen Principal Gesandter hier und nit zu Munster seyn musste/ und mache dergleichen aenderung bey den Schwedischen/so ohne das von Natur argwoehnig/ bald nachdencken/ darum muesste man mit diesen Leuthen behutsam umgehen und zu keinem argwohn ursach geben. Quoad locum, wo die Conferenz anzustellen/ muesste man auf Munster nit gedencken/ dann die Schweden so wenig als die Staende solches eingehen wuerden/ der locus intermedius seye raum genug darzu.

Worauf wir erwehnet/ dass man der zeit de materia ipsa noch nit zu reden haette/ sondern nur die zusammenkunfft zu befoerdern. Ob nun dieser oder ein ander modus consultandi wurde beliebet werden; solches wuerde die Conferenz geben; einmahl muesste man deswegen bey einander tretten und sich eines gewissen vergleichen/ und koente die sache in solcher confusion worin sie sich all noch befindet/ (wann man anderst die Friedens-Tractaten zum stand zu bringen gedencke) laenger nicht gelassen werden. Quo in loco solches geschehe/ gelte uns gleich/ wolten darin den Staenden folgen. Bey den Schweden davon vorhero zu erinnern/ oder bey denselben das werck zu unterlegen/ hielten wir sowohl disreputirlich/ als unnoethig; stehe einer jeden parthey sich mit den seinigen zu unterreden frey/ und sey sonderlich zu dem Ende der locus intermedius in dem Praeliminar-Vergleich ausgedingt worden. Von Translation der Reichs-Staende nacher Dortmund oder andere Oerther seye uns von unserm Collegio nichts uebergeschrieben worden/ hielten dergleichen discurs ohne fundament zu seyn.

Lunae den 21. Augusti.

Seind die Fuerstliche Sachsen-Altenburgisch- und Weymarische/ Marggraf-Culmbach-Braunschweig-Luneburgische/der Fraenckischen
Tom. I.   Grafen/

ce que ces Ministres pourroient facilement s'imaginer que cette Conference ne tendroit à autre chose qu'à transporter l'Assemblée des Etats d'ici à Dortmund ou en d'autres endroits (comme les Envoyés de S. M. Imperiale, & ceux de quelques Etats ici presens en avoient déja parlé dans une Conference qu'ils avoient tenue à Munster) & à laisser ici les Plenipotentiaires de Suede; ce qui étoit une chose à laquelle les François & les Suédois ne consentiroient point, parceque le Traité Préliminaire ne faisoit mention d'aucun autre endroit que de Munster & d'Osnabrug, & que c'étoit en conséquence de cela qu'ils vouloient que les Conferences se tinssent dans ces deux Villes, & que quoique Mr. d'Avaux eût fait entendre depuis peu que la France ne s'opoferoit point à ce qu'on fît une Assemblée generale de tous les Etats à Osnabrug, Mr. Servien avoit déclaré expressément aux Ministres de Suéde que la Couronne de France ne le souffriroit jamais, & que de même que la Suéde vouloit que les Conferences se tinssent ici, elle entendoit aussi qu'elles se tinssent à Munster.

Que Mr. Oxenstiern trouvoit fort étrange qu'on eût fait passer d'ici à Munster le Comte Cratz, Envoyé de l'Electeur de Mayence, & que les Suédois regardoient cela comme un affront qu'on leur faisoit, parceque suivant la teneur du Traité Préliminaire c'étoit ici & non point à Munster qu'il avoit été Deputé, & que son premier Envoyé ne devoit point resider à Munster mais ici; qu'il falloit avoir égard au plutôt à ces plaintes des Suédois, & que ces gens-là étant naturellement défians, il falloit agir envers eux avec beaucoup de circonspection, & ne leur donner aucun soupçon; qu'à l'égard du lieu où l'on pouvoit tenir les Conferences, il ne falloit point penser à Munster, parce que les Suédois ni les Etats n'y consentiroient point, & que le lieu d'entremise étoit suffisant pour cela.

Nous avons répondu là-dessus qu'on n'avoit point le tems de conferer sur le fonds de l'affaire, mais seulement de prendre des arrangemens pour cette Assemblée; que la Conference decideroit si on devoit aprouver cette forme de deliberation ou en regler une autre; qu'ainsi il falloit bien s'assembler du moins une fois pour prendre sur ce sujet une résolution constante; que pour peu qu'on dûst dans l'intention de maintenir & d'executer les Traités de Paix les affaires ne pourroient pas rester plus longtems dans la confusion où elles se trouvoient; que quelque lieu que l'on choisît pour cet effet, cela étoit égal pour nous, & que nous étions disposés à nous conformer à cet égard à ce que feroient les Etats; que pour ce qui étoit de conferer auparavant là-dessus avec les Suédois, & de leur remettre la décision de cette affaire, c'étoit une chose qui nous paroissoit peu glorieuse & même inutile; qu'il étoit libre à chaque Parti de conferer avec les siens, & que c'étoit pour cela sur tout qu'on avoit fait mention du lieu d'entremise dans le Traité Préliminaire; qu'à l'égard de la translation des Etats de l'Empire à Dortmund ou en d'autres endroits, nous n'avions reçu aucunes instructions de nos colleges à ce sujet, & que les discours qu'on faisoit là-dessus étoient sans fondement.

Du Lundi 21. Août.

Ayant engagé les Envoyés des Princes de Saxe-Altembourg, & de Saxe-Weimar, du Margrave de Culmbach, du Duc de Brunswick-Lu-

Grafen/ auch der Staedte Nuerrnberg und Lue-
beck Abgesandte zu uns erfordert/ denen wir
vorgehalten wie folget.

Inseratur der Vortrag. Vide supra.

Bemeldte Gesandte haben sich der Eroeffnung
halber bedanckt/ wolten mit denen antwesenden
Fuersten und Staenden darauß communiciren/
und uns deren antwort und Erklaerung fuerder-
lichst zuruech bringen.

Jovis. 14. Augusti.

Bringen vorbesagter Fuersten- und Staende
Gesandte antwortt und Erklaerung auf obbe-
sagten unsern vortrag/ deß hauptsaechlichen Inn-
halts wieder zuruech : daß sie nit unterlassen
haetten mit denen alhier antwesenden Gesandten/
wegen vorgeschlagener Zusammenkunfft der
saemtlichen Staende an einem dritten oder Mit-
tel-Orth der Nothdurfft nach zu unterreden:
wuerde aber davon gehalten/ daß selbe zusammenkunfft der Friedens-handlung mehr verhin-
derlich alß fuerdersam seyn/ auch etwa von denen
Auswaertigen Cronen uebel auffgenommen werden doerffte/ gleichsam man Consilia vorhabe/
so dem Praeliminar-Schluß zu wider liessen/
weilen die Cronen zu keinem andern modo consultandi sich verstehen wolten alß vermittelst der
Reichs-Collegien an beyden Orthen/ massen Mr.
Servient noch juengsthin wider deß Mr. d'Aux
bestehene Veranlassung deutlich davo gewarnet
haette/ daß die Cron Franckreich die Verlegung
der Reichs-Collegien an einem andern Orth mit
nachgeben wuerde. Weilen dann ein solcher modus consultandi von denen alhie antwesenden
Gesandten seye vorgeschlagen worden/ der sich
mit der Auswaertigen Cronen Abgesandten meinung allerdings vergleiche; so sehen sie nit/ wor-
zu ein fernere Zusammenkunfft noethig sey/ wolten sich vielmehr versehen/ der Muensterische Con-
vent werde selbigem modum, alß welcher in effectu immutabiliß sey/ belieben wollen/ gestalt wie
dan auch von den Gesandten ersucht worden/ be-
meldten Muensterischen darueber zu sprechen/ damit sie Ihnen einen solchen modum nit wolten zu
wider seyn lassen/ haetten auch zu solchem Ende
den Fuerstl. Culembachischen nochmahlen ersuchet/
solche ihre Erklaerung denen Fuerstlichen zu
Muenster Schrifft und muendlich zu hinterbringen.
Und weilen an befoerderung dieser Tractaten so
viel gelegen/ so liessen uns auch die antwesende
Staende ersuchen/ unsere beantwortung/ wie
wir vermeinten/ daß die Schwedische propo-
sitionen zu beantworten seyn/ Ihnen zukommen
zu lassen/ damit sie dieselbe berahtschlagen moegen.

Wir haben neben gebuehrender dancksagung
fuer die uebernommene bemuehung/ daß unser
juengstes anbringen von denen Gesandten uebe-
bracht/ und darueber unterredung gepflogen wor-
den/ hauptsaechlich geantwortet/ daß wir ver-
hofft gehabt/ nachdem gleichwohl hierbey beyde
Conventus interessirt/ es auch die Nothdurfft er-
fordern wolte/ so wohl circa modum consultandi,
alß re- und correferendi/ sich eines gewissen zu
vergleichen/ es wuerden Ihnen die alhie antwesende Gesandte dergleichen zusammenkunfft nit
haben missfallen lassen/ zumahlen sie so beweglich
und instaendig von den Muensterischen/ wie auch
von uns darum ersucht worden/ und wuerden
bey solcher zusammenkunfft eben selbige rationes
und motiven so jetzo bey uns circa modum consultandi der laenge nach außgefuehret worden/
haben koennen repraesentirt und vorgebracht/
auch

---

nebourg, des Comtes de Franconie & des Villes
de Nuremberg & de Lubeck, à venir conferer
avec nous, nous leur avons représenté ce qui suit.

Inseratur Propositio.

Lesdits Envoyés nous ont remerciés de notre
Declaration, & nous ont répondu qu'ils vouloient auparavant conferer là-dessus avec les
Princes & Etats ici présens, & qu'ils nous feroient savoir au plutôt leur reponse & leur intention sur ce sujet.

Du Jeudi 14. Août.

C'est aujourd'hui que lesdits Envoyés des Princes & Etats ont aporté leur reponse sur le
projet dont il est parlé ci-dessus. Elle contenoit en substance, qu'ils n'avoient pas manqué
de conferer avec les Envoyés ici présens de
la Convocation que l'on vouloit faire de tous
les Etats en un troisiéme lieu, ou lieu d'entremise, pour se conformer à la necessité qui demandoit cet expedient; mais qu'on avoit jugé que
cette Assemblée aporteroit plus d'obstacle que
d'utilité aux negociations de la Paix, & qu'il
pourroit bien même arriver que les Puissances
Etrangeres la prendroient en mauvaise part &
s'en formaliseroient autant que si l'on prenoit
des mesures effectivement contraires au Traité
Préliminaire; parceque ces Puissances ne donneroient les mains à aucune autre forme de déliberation, qu'à celle par laquelle on fixoit l'Assemblée des Colleges de l'Empire dans les deux
Villes, puisque Mr. Servien avoit déclaré formellement sur l'ouverture que Mr. d'Avaux en
avoit donné dernierement, que la France ne
permettroit point qu'on convoquât les Etats
dans un même endroit; que comme cette forme de déliberation, qui avoit déja été proposée par
les Envoyés ici présens, avoit été rejettée par
les Envoyez des deux Couronnes étrangeres, ils ne
voyoient point de quelle utilité seroit une Assemblée nouvelle; qu'ils avoient plutôt lieu d'esperer, que les Etats assemblés à Munster aprouveroient cette forme de deliberation, comme
étant en effet immuable; qu'ils nous exhortoient
de proposer cela aux Etats de Munster & de
les engager à l'aprouver; qu'ils avoient, pour
le même effet, prié eux-mêmes l'Envoyé de
Culmbach de faire part de leur dite résolution
& par écrit & de bouche aux Etats assemblés à Munster & que puisque l'exécution des
Traités étoit une chose si importante, ils nous
prioient aussi de leur communiquer notre réponse là-dessus, comme effectivement nous
jugions que la proposition des Suédois en méritoit une; & cela afin qu'ils pussent la mettre
en deliberation.

Après avoir remercié, comme nous le devions, lesdits Envoyés de la peine qu'ils avoient
prise de communiquer aux autres notre proposition, & de tenir là-dessus des Conferences,
nous leur avons répondu en substance, que nous
avions espéré, que lesdits Envoyés ici présens,
étant interessés aux deux Convocations, & la
necessité exigeant aussi qu'on prit une resolution
sur la forme qu'on devoit tenir soit dans les deliberations, soit dans ce qu'il y auroit à raporter & à communiquer de part & d'autre aux
differens Etats, n'auroient point désaprouvé une
pareille Conference, sur tout après en avoir été
sollicités si ardemment par les Etats assemblés à
Munster & par nous-mêmes; d'autant plus qu'ils
auroient pu alleguer dans cette Conference les
mêmes raisons & les mêmes motifs qu'ils al-
le-

auch solche beschunfft von niemand uebel außge-
deutet werden/ weilen in dem Præliminar-Ver-
gleich zu solchem Ende der, locus intermedius aus-
gebingt worden/ werde sich auch das werck ohne
muendeliche unterredung/ es werde dieselbe so
lange außgestellt als sie wolle/ schwehrlich ein-
richten lassen; dahero wir nochmahlen der hoff-
nung lebten/ die Staende werden auf solch ihrer
meinung nit beharren/ sondern sich darin aendern
und endlich die zusammenkunfft belieben wollen.
Wir wuerden immittelst nit unterlassen/ ueber
diese an uns beschehene Erinnerung und begehren/
so wohl wegen der antwort auf die gegentheilige
proposition/ als auch der Staende meinung circa
modum consultandi mit unsern Herren Collegiis
zu Munster zu communiciren/ und giengen unsere
gedancken dahin/ die consultationes zu befoerderen
und alle Obstacula woduch dieselbe verhindert
mo3den/ aus dem weg zu raumen/ daher wir
die zusammenkunfft/ als vermittelst welcher alle
sachen in eine gute Ordnung gebracht werden
koenten/ immerfort fuer noethig erachten. Die
semb aber auf ihrer meinung bestanden/ daß sich
so wenig die Staende als die Außwaertige Cronen hierin aendern wollen/ und habe unter andern der Braunschweig-Lueneburgische/ erinnert/
es liesse sich alhier nicht von rationibus reden/ die
Schweden giengen mit dem degen hindurch/
wuerden Ihnen nicht einreden lassen.

leguoient présentement au sujet de la forme des
deliberations, & que ladite Conference n'étoit
désaprouvée de personne, parceque c'étoit pour
cet effet qu'on avoit fait mention d'un lieu d'entremise dans le Traité Préliminaire; & qu'enfin sans une Conference de bouche cette affaire
dureroit si longtems, qu'il n'y avoit pas lieu
d'esperer qu'elle pût se terminer facilement:
qu'au reste nous nous fiations toûjours que les
Etats ne persisteroient pas dans cette résolution,
mais qu'ils changeroient d'avis, & donneroient enfin les mains à cette Assemblée; qu'en
attendant nous ne manquerions pas de conferer
avec les Colleges présens à Munster, comme
ils le souhaittoient de nous, pour savoir leur
réponse sur la proposition en question, & leur
intention au sujet de la forme des deliberations;
que tous nos soins & nos désirs ne tendoient
qu'à avancer les negociations, & à lever tous
les obstacles qui les retardoient; que c'étoit en
conséquence de cela que nous regardions toujours cette Assemblée comme necessaire & comme le seul moyen de mettre toutes choses en
ordre. Cependant ils font toûjours demeurés
fermes dans leur sentiment, sçavoir que ni les
Etats, ni les Cours étrangeres ne changeroient
point de résolution à cet égard, & l'Envoyé de
Brunswick-Lunebourg, entr'autres, nous re-
presenta qu'il ne s'agissoit point ici de raisonner,
& qu'on ne parviendroit point à persuader les
Suédois, qui n'agissoient dans toutes les affaires
qu'à force ouverte & l'épée à la main.

P R E M I E R
T R A I T E' D E P A I X
E N T R E L'E M P E R E U R
F E R D I N A N D T R O I S I E M E
E T R A G O T S K I
P R I N C E D E T R A N S I L V A N I E,

Au mois d'Août 1645.

S O M M A I R E
D u d i t T r a i t e'.

I. *Les Etats de Hongrie, les Villes libres, & les Bourgs & gens de Guerre feront conservez au libre exercice de leur Religion.*

II. *Les Paysans feront conservez au libre exercice de leur Religion, & ceux qui ont été contraints de changer y pourront retourner.*

III. *Les Ministres & Prêcheurs ne pourront être chassez de leurs Paroisses.*

IV. *Qu'il soit remédié aux Griefs touchant la Religion & nommément quant à l'occupation des Temples, en une Diette du Royaume & tenue des*

Etats

1645.

Etats Généraux soit par une amiable composition entre les Parties ou par l'autorité de l'Empereur ; Les revenus des Cures parochiales leur seront conservez , les Temples & Eglises occupez ès dernières Guerres avec violence seront rendus tant aux Catholiques qu'aux Protestans , les Griefs pour la Religion qui surviendront à l'avenir entre les Catholiques & les Evangéliques vuidez en toutes les Dietes du Royaume.

V. *Ce que dessus sera confirmé en la prochaine Diette du Royaume & sera observé comme les Edits d'icelui.*

VI. *Les transgresseurs des Edits pour la Religion seront punis par l'Empereur.*

VII. *Il sera pourvû aux prochains Etats de Hongrie à tout ce qui concerne la liberté, Droits, & privilèges de ceux du Royaume , de distribuer les grands Offices & Seigneuries du Royaume sans distinction de Religion.*

VIII. *L'Assemblée des Etats du Royaume sera convoquée dans trois mois & on y laissera la liberté à ceux ausquels il apartient d'y opiner.*

IX. *Il y aura une amnistie & oubli du passé, & chacun sera restitué en ses biens & héritages.*

X. *L'Empereur par sa ratification promet de saintement observer & faire observer tous & un chacun les points contenus en ce Traité & recevra par le moyen d'icelui ledit Prince de Transilvanie en sa bonne amitié envers & contre tous.*

XI. *Le Prince de Transilvanie retirera ses gens de Guerre du Royaume de Hongrie, & assistera ceux qui ont eté ci-devant ses Alliez, ami d'amis, & ennemi d'ennemis de l'Empereur.*

1645.

Ce Traité ne se trouve point signé dans la Copie, & possible ne l'est pas dans l'Original, néanmoins le second Traité entre l'Empereur & ledit Prince de Transilvanie le confirme : d'autant que ce n'est pas seulement un Traité de Paix, mais de Confédération.

NOs Ferdinandus tertius Romanorum Imperator semper Augustus ac Germaniæ, Hungariæ, Bohemiæ, Dalmatiæ, Croatiæ, Sclavoniæque Rex, Archidux Austriæ, Dux Burgundiæ, Brabantiæ, Stiriæ, Carinthiæ, Carniolæ, Marchio Moraviæ, Comes Habsburgi, Tirolis, & Goritiæ &c. Memoriæ commendamus tenore præsentium significantes quibus expedit universis , quod cum superioribus proximè elapsis temporibus certi motus intestini & hostilitates in Regno nostro Hungaria exortæ fuissent , exindeque Pax & tranquillitas Regnique quies perturbata extitisset , nos paterna & benigna affectione moti ejusmodi suscitatos tumultus ut Christiani sanguinis effusioni parceretur , sublatisque in Regno quibusvis dissidiis indigenæ quiete & tranquillitate perfruerentur , placidioribus potius Transactionis mediis , quam armorum vi, sopitos compositosque esse cupientes, ad postulata & prætentiones Illustrissimi Principis Georgii Ragotzkii Principis Transilvaniæ , quarundam partium Regni Hungariæ Domini & Siculorum Comitis, ac eidem adhærentium Hungarorum; nos clementer declaravimus : quarum etiam benignarum Concessionum nostrarum series, quemadmodum tam in Tractatu Trinaviensi quàm etiam ultimatè medio ablegati ad præfatum Transilvaniæ Principem fidelis nostri egregii Joannis Toros , alias Cameræ nostræ Hungariæ Consiliarii , conventum est in hunc qui sequitur modum.

I.

Quantum ad negotium Religionis attinet Articulo primo anni millesimi sexcentesimi octavi ante Coronationem edito , & Diplomatum Regiorum conditione statutâ , aliisque subsequentibus superioribus

NOus Ferdinand troisième , Empereur des Romains, toûjours Auguste, Roi de Germanie , Hongrie, Boheme, Dalmatie, Croatie, & Sclavonie, Archiduc d'Autriche , Duc de Bourgogne , de Brabant , de Stirie, de Carinthie , & de Carniole, Marquis de Moravie, Comte d'Habsbourg , de Tirol & de Goritz &c. sçavoir faisons par ces présentes à tous présens & à venir auxquels il importe , que dans ces derniers tems il s'est élevé dans notre Royaume de Hongrie des séditions suivies d'Hostilitez qui ont troublé la Paix & la tranquilité dudit Royaume; touché d'une affection véritablement paternelle & desirant d'apaiser ces tumultes en épargnant le sang Chrétien , nous avons mieux aimé, pour étouser les dissensions dans ce Royaume & rétablir la tranquilité, avoir recours aux voyes pacifiques de la Négociation qu'à la force des armes ; c'est pourquoi nous avons écouté favorablement les demandes , & les prétentions du très-Illustre Prince George Ragotski Prince de Transilvanie Seigneur d'une partie de la Hongrie, & Comte des Sicules, & des Hongrois ses adhérans : & la teneur de nos favorables Concessions stipulées tant dans le Traité de Tirnau qu'en dernier lieu par le moyen de notre féal Jean Toros Conseiller de notre Cour de Hongrie & notre Envoyé auprès du fusdit illustrissime Prince George Ragotzki, Prince de Transilvanie, est telle qu'il s'ensûit.

I.

Pour ce qui regarde la Religion , il a été arrêté & conclu, nonobstant quelques empêchemens, que laissant dans toute leur vigueur l'Article premier publié en 1608. avant le Couronnement, la condition des Diplomes Royaux
&

1645.

rioribus Regni Statutis in vigore relictis, diversisque hactenus impedimentis & interpretationibus declaratum est & conclusum est quod omnes Status & Ordines Regni ipsæque liberæ Civitates nec non Oppida privilegiata & Milites Hungarici in confiniis Regni liberum habeant ubique suæ Religionis exercitium, cum libero Templorum, Campanarum, & sepulturarum usu, nec quisquam in libero suæ Religionis exercitio a quoquam quovis modo ac quovis sub prætextu turbetur ac impediatur.

1645.

& les autres Statuts du Royaume faits depuis ce tems là, tous les Etats du Royaume, les Villes libres, les Villes privilégiées & les Soldats Hongrois fur les frontières du Royaume auront en tous lieux le libre exercice de leur Religion, avec l'usage libre des Temples, cloches, & cimetières; & personne ne pourra être troublé ou empêché par qui que ce soit dans le libre exercice de sa Religion.

II.

De non impediendis sive turbandis rusticis in sua Confessione declaratum est & conclusum ut illi quoque propter bonum & tranquillitatem Regni sive sint villani in quocumque Dominorum terrestrium & Fisci bonis juxta vigorem præscripti Articuli & conditionis, in libero suæ Religionis exercitio ac usu modoque, ut supra, simili, a sua Majestate Regia vel ejusdem Ministris aut Dominis suis terrestribus quovis modo aut quovis sub prætextu non turbentur aut impediantur : hactenus autem impediti, coacti, & turbati liberum Religionis ipsorum usum reassumere, exercere, & continuare permittantur; neque ad alias Religioni ipsorum contrarias Ceremonias peragendas compellantur.

II.

Sur ce qu'on ne doit point troubler les paisans dans leur Religion, il a été déclaré & stipulé que pour le bien & la tranquillité du Royaume les paysans, soit qu'ils habitent les frontières, les Bourgs ou la Campagne, dans les biens des Seigneurs ou dans ceux du Domaine, ne seront troublez dans l'exercice libre de la Religion en vertu de l'Article & de la condition sus-mentionnez ni par Sa Majesté Royale ni par ses Officiers, ni par leurs Seigneurs en aucune manière ni sous aucun prétexte; & ceux qui jusqu'à présent auront été contraints ou empêchez pourront rentrer dans le libre exercice & dans la pratique de leur Religion, sans qu'on puisse les contraindre à pratiquer aucunes autres cérémonies contraires à leur Religion.

III.

Concordatum est etiam inter nos ut impostterum ab eorumdem Oppidanorum & Villanorum Parochiis Ecclesiæ Pastores sive Concionatores per quoscumque amoveri & exturbari neutiquam possint; qui autem hactenus amoti fuissent, liceat ipsis reducere aut alios loco ipsorum substituere.

III.

Il a encore été arrêté entre nous qu'il ne sera point permis de chasser ou faire sortir à l'avenir des paroisses des Citoyens ou des Paysans les Pasteurs ou Prédicateurs, & s'il y en a eu de chassez, il leur sera permis de les faire revenir ou d'en nommer d'autres à leur place.

IV.

Quæstiones vero circa Gravamina, negotium Religionis & occupationes Templorum concernentes tam quæ anno millesimo sexcentesimo trigesimo octavo suæ Majestati exhibita sunt, quam post subsecuta in futura primitus celebranda Diæta propter Regni tranquillitatem unionemque animorum ut vel amicabili Dominorum Regnicolarum compositione sopiantur, vel auctoritate suæ Majestatis finaliter complanentur, cum satisfactione Evangelicorum, pro quibus usus Templorum determinabitur, proventus Parochiarum quoque ad eosdem pertineant, nec ultra occupationes Templorum fiant; ea autem Templa quæ hoc disturbiorum tempore violenter utrinque occupata fuerunt, statim post permutationem Diplomatum prædictis Evangelicis restituantur pro ut etiam Catholicis. Gravamina autem futuris quoque temporibus in eodem negotio Religionis emergentia tam Catholicorum quam Evangelicæ Confessionis hominum, quam etiam alia gravamina Regnicolarum, tam Evangelicorum quam Catholicorum, secundum septemdecim conditiones, Sua Majestas singulis Diætis plenarie complanabit absque Evangelicorum injuria.

IV.

Pour rétablir la tranquilité & l'union dans les Esprits, on terminera dans la première Diette du Royaume, ou par l'accord amiable des Seigneurs, ou par l'autorité de Sa Majesté, tous les Griefs de Religion & les plaintes qui concernent l'invasion des Temples, tant ceux qui ont été représentez à Sa Majesté en 1638. que ceux qui les ont suivis; le tout à la satisfaction des Evangéliques pour lesquels on déterminera l'usage des Eglises & les Revenus qui leur appartiennent : de manière qu'à l'avenir on n'entreprenne plus de s'emparer des Temples; bien entendu que les choses dont on s'est emparé de part & d'autre de vive force, pendant les troubles, feront restituées aux Evangéliques & aux Catholiques aussitôt après l'échange des Ratifications. Quant aux Griefs qui pourroient naître à l'avenir dans ce qui regarde la Religion tant entre les Catholiques qu'entre les Evangéliques; en un mot tous les Griefs des habitans, tant Evangéliques que Catholiques, feront terminez entièrement à chaque Diette par Sa Majesté, sans faire tort aux Evangéliques.

V.

Accordatum quoque est ut & sua Majestas contra Transgressores Statutorum etiam in negotio Religionis in futura Diæta vel Articulum octavum Decreti sexti Uladislai Regis renovandum & observandum curabit, vel etiam condignam pœnam cum certo executore statuere dignabitur.

VI. Promissa

V.

On est aussi convenu que Sa Majesté fera renouveller & observer dans la première Diette l'Article VIII. du sixième Décret du Roi Ladislas contre les Transgresseurs des Edits, particulièrement sur le fait de la Religion, & qu'il daignera ordonner contr'eux une certaine peine, de l'exécution de laquelle certain Tribunal sera chargé.

VI. Il

VI.

Promissa autem omnia pro uberiori Declaratione statutorum, tollendisque ulterioribus Regnicolarum dissensionibus, ut in primitus celebranda Diæta confirmentur publicisque Regni Statutis inserantur, conclusum est.

VI.

Il a été arrêté que tout ce qui a été promis ci-dessus sera confirmé dans la première Diette qui se tiendra & par les Etats du Royaume, afin que les Etats en ayent une plus entière connoissance & que l'on étouse par ce moyen toutes les dissensions entre les habitans.

VII.

Cætera sub hac Pacificatione utrinque agitata & tractata, ut pote Sedis spiritualis statut, Patrum Jesuitarum personalis a Regno abstinentia, Decreti Andreæ secundi per Ludovicum primum facta confirmatio, de arrendationibus Decimarum Articuli 61. anni 1598. renovatio, & cum effectu observatio, de non abalienationibus bonorum aviticorum per Ecclesiasticos sive Seculares factis vel fiendis, de personarum ad Diætam convocari solitarum discretione, atque vocum in eâdem Diætâ collectione & suffragiorum examine, de Militis extranei juxta Articulum 24. anni 1625 è Regno eductione; similiter de non eductione Militum Hungarorum de Confiniis Regni, de distributionibus bonorum & officiorum Regni, majorum & minorum, sine discretione Religionis; de administratione juris & communis justitiæ, nec non ommium Tractatuum ratione Hungariæ cum Turcis vel aliis quibusvis vicinis Nationibus per Nativos Hungaros sæcularis institutione, ac etiam aliis omnibus libertates Patriæ atque defensionem & conservationem Regni & Regnicolarum concernentibus negotiis, ut primis statim Comitiis aliquid certi de iis statuatur, vel jam Statuta ibidem de facto effectuentur, simili modo conclusum est.

VII.

On est aussi convenu qu'à la premiére Diette on fera des réglemens nouveaux, & des ordonnances pour l'éxécution des anciens Statuts, touchant le Spirituel des Eglises, l'expulsion des Jésuites, le Decret d'André II. confirmé par Louis I. le renouvellement des Loix comprises dans l'Art. 61. de l'an 1598. sur les Décimes, & les moyens de les observer exactement, les defenses déja faites ou celles qu'il conviendra de faire aux Ecclesiastiques & aux Séculiers d'aliéner leurs biens de famille, la qualité des personnes qui doivent avoir séance aux Diettes, la manière de recueillir les voix & d'examiner les sufrages, le renvoi des troupes étrangéres, conformément à l'Art. 24. de l'an 1625. le privilége des Soldats de la Nation de ne pouvoir être employez hors du Royaume, la distribution des Dignitez & des Charges superieures & subalternes sans avoir égard à la Religion que professeront ceux qui devront y être nommez, l'exécution des Loix du Païs & l'administration de la Justice, les motifs de tous les Traitez, & le droit qu'a la Nation Hongroise d'en faire avec les Turcs & les autres Nations voisines, enfin tout ce qui concerne les libertez & priviléges du Païs, la défense & la conservation du Royaume & de ses habitans.

VIII.

Eandem autem generalem Regni Diætam ut sua Sacratissima Cæsarea & Regia Majestas intra spatium trimestre a die finiti præsentis Tractatus, & commutationis Diplomatum, sedatis tumultibus cum Principe Transsylvaniæ clementer promulgare, ac sine ulteriori dilatione seu rejectione ita celebrare facere dignabitur, ut omnibus ad Diætam Regni juxta Articulum quintum anni 1608 post Coronationem editum, vocari solitis tute ibidem comparendi & agendi potestas, cum solita & antiqua libertate Diæta fiat, in qua etiam cæteri articuli bonum Regni concernentes hactenus ineffectuati, juxta Articulum septuagesimum secundum anni 1638. realiter effectuentur & observentur.

VIII.

Sa Majesté Royale & Impériale aura la bonté de publier & faire assembler la Diette Générale dans trois mois, sans aucun délai, à compter du jour de la signature du présent Traité & de l'échange des Instrumens qui en seront dressez & qui mettront fin aux démélez avec le Prince de Transsilvanie : il sera permis à tous ceux, qui ont droit d'assister à la Diette du Royaume, suivant l'Article premier de l'année 1608. après le Couronnement, d'y comparoître avec la liberté ordinaire. On y mettra réellement en exécution suivant l'Article soixante-douziéme de 1638. tous les Articles qui concernent le bien du Royaume, & qui jusqu'à présent n'ont pas été exécutez.

IX.

Amnistiam generalem omnibus & singulis Regnicolis Majestas Sacratissima juxta formam Amnistiæ prioris Pacificationis Viennensis concedere dignabitur, ita ut etiam bona universa & jura possessoribus sub his disturbierum temporibus per Suam Majestatem vel Dominum Palatinum Regni & alios quibuscumque donata, collata, & inscripta, vel quoscumque fideles Suæ Majestatis quovis modo occupata, & adempta prioribus possessoribus, vel eorundem hæredibus, statim & de facto remittantur & restituantur, simpliciter etiam ex parte Regnicolarum supplicantium eddantur, & super hujusmodi amnistia peculiari Diploma sacra Sua Majestas clementer concedere dignabitur.

IX.

Sa Majesté aura la bonté d'accorder une Amnistie générale à tous & chacun des habitans du Royaume, conformément à l'Amnistie de la précédente Pacification de Vienne. Tous les biens, & les droits de possession accordez, donnez & enregistrez en faveur de quelque autre, soit pendant ces troubles, par Sa Majesté, par le Palatin du Royaume ou par quelqu'autre, ceux qui ont été pris ou ôtez de quelque manière que ce soit à ceux qui étoient restez fidéles à Sa Majesté, seront rendus & restituez sur le champ & de fait à leurs anciens possesseurs ou à leurs héritiers ; les habitans du Royaume qui demandent l'Amnistie feront la même restitution; & Sa Majesté aura la bonté d'accorder un Diplome particulier touchant cette Amnistie.

Re-

1645. 1645.

Ratification par l'Empereur.

Nos itaque supra scriptas universas & singulas Concessiones & Articulos, ac omnia & singula in iis contenta, pro ut iidem tractati & conclusi sunt, atque hisce nostris Litteris de verbo ad verbum acceptamus, approbamus & ratificamus, inserti, assecurantes præfatos Principem Transilvaniæ eique adhærentes ac etiam universos & singulos Status & Ordines incliti nostri Regni Hungariæ in verbo nostro Regio & bona fide Christiana, quod eos omnes & singulos articulos in omnibus eorum punctis & clausulis tam nos ipsi sancté & inviolabiliter observabimus, quam etiam per omnes alios nostros Subditos quorum interest vel interverit, cujuscumque status & conditionis sint, observari faciemus : ad quod observandum etiam Successores nostros legitimos similiter Hungariæ Reges obligatos esse volumus; Diplomaque nostrum Regium superinde primo quoque tempore ubi Commissarii dicti Principis huc in Aulam nostram venerint, edemus ; novos Tractatus & Quæstiones nec in publicis nec in privatis instituemus aut proponemus, Legatosque ejusdem Principis digno favore excipiemus, eautoque Diplomate quantocius ad illum remittemus. Ita tamen ut & ipse Princeps unà cum copiis suis universis ex hoc Regno nostro Hungariæ & Provinciis nostris hæreditariis, statim permutatis assecuratoriis, in Transilvaniam & ad minus in Comitatus illos per nos ipsi concessos recessurus sit, neque ullo prætextu ex suis aut filii sui copiis vel etiam quorumvis Officialium Militiæ, subsidium & auxilium Suecis vel apud hactenus Confæderatos suos relicturus. Harum nostrarum &c.*

Nous ratifions, confirmons, & acceptons par ces présentes de mot à mot toutes & chacune des Concessions & Articles susdits, toutes & chacune des choses qui y sont contenues en la manière que lesdits Articles ont été traitez & conclus: Promettant au Prince de Transilvanie, à ses adhérans, & à tous & un chacun des Etats de notre Royaume de Hongrie, parole de Roi & de bonne foi, que nous observerons sincérement & inviolablement tous & chacun de leurs points & clauses; & que nous les ferons observer de même par tous & chacun de nos Sujets ausquels il importe ou importera, de quelque état ou condition qu'ils soient; & nous voulons que nos Successeurs légitimes Rois de Hongrie soient obligez & tenus de les observer; & nous en publierons notre Diplome Royal aussitôt que les Commissaires du susdit Prince se feront rendus à notre Cour : nous ne proposerons & ne ferons en public ni en particulier aucun autre nouveau, Traité, & nous recevrons favorablement les Ambassadeurs du même Prince que nous lui renvoyerons aussitôt que le Diplome sera publié. Mais le Prince se retirera, aussitôt après l'échange des ratifications, avec toutes ses troupes, tant hors de notre Royaume de Hongrie, que de nos Païs Héréditaires, dans la Transilvanie ou du moins dans les Comtez que nous lui avons cédez, sans que sous aucun prétexte il puisse laisser aucune de ses troupes ou de celles de son fils ni mêmes de ses Officiers au service ou pour le secours des Suédois ou de quelques autres qui auront été ses Alliez, jusqu'à présent. En foi de quoi &c.

Au mois de Juin précédent de la même année les Ambassadeurs de France ont demandé des Saufconduits pour les Ambassadeurs de ce Prince en l'Assemblée de Munster.

SECOND
TRAITÉ DE PAIX
ENTRE
L'EMPEREUR FERDINAND
ET GEORGE RAGOTSKI
PRINCE DE TRANSILVANIE,

Par lequel ledit Prince renonce à toutes les Confédérations & Intelligences avec les Couronnes de France & de Suéde contre l'Empereur.

Au mois d'Août 1645.

COPIA

Assecurationis Suæ Majestatis quoad privata Principis Transilvaniæ postulata. Augusto 1645.

Nos Ferdinandus tertius &c. Memoriæ commendamus &c. quod cum superioribus proxime

COPIE

De la Promesse de Sa Majesté par raport aux demandes particulières du Prince de Transilvanie. En Août 1645.

Nous Ferdinand troisiéme &c. savoir faisons &c. que dans ces derniers tems il s'est élevé

TOM. I. D d d

*me elapfis temporibus certi motus intefini & hoftili-
tates in Regno nostro Hungariæ exorti fuiffent,
exindeque pax & tranquilitas Regnique quiet
perturbata extitiffet, nos paternâ & benignâ affectione moti ejusmodi fuscitatos tumultus ut Christiani sanguinis effusioni parceretur & fublatis qui-
bufvis diffidiis Indigenæ quiete & tranquillitate
perfruerentur, placidioribus potius Transactionis
mediis quam armorum vi fopitos & compositos effe
cupientes, certos Tractatus cum Illustriffimo Georgio Ragotski Transfilvaniæ Principi quarumdam partium Hungariæ Regni Domino & Siculorum Comite instituueramus, in quibus etiam nonnullæ
ejusdèm prætentiones ac postulata accommodata ex-
titiffent; ad consequendam porro publicam Pacem
& desideratiffimam Regno tranquillitatem osten-
dendamque uberiorem erga eundem Principem benignitatem, nos ad ipfius postulata quam libentiff-
fime declarantes, ad infra_fcriptam Pacis & mutuæ reconciliationis concordiam, conditiones & oblationes medio ablegati fidelis nempe egregii Joannis Torot, alias Cameræ nostræ Hungariæ Confiliarii ultimate deventum est, quæ in hunc fequun-
tur modum.*

vé dans notre Royaume de Hongrie des Séditions suivies d'Hostilitez qui ont troublé la
Paix & la tranquilité dudit Royaume; touchez
d'une affection véritablement paternelle & defi-
rant d'apaiser ces tumultes en épargnant le fang
Chrétien, nous avons mieux aimé, pour étouffer
les diffensions dans ce Royaume & rétablir la
tranquilité, avoir recours aux voyes pacifiques
de la Négociation qu'à la force des armes: c'est
pourquoi nous avons dreffé les Articles d'un
Traité avec le très-Illustre George Ragotzki,
Prince de Transilvanie, Seigneur d'une partie
de la Hongrie & Comte des Sicules; lesquels
Articles contiennent les prétentions & demandes
dudit Prince pour rétablir la tranquilité publique & la Paix fi defirée dans notre Royaume;
& pour témoigner au fusdit Prince toute notre
bienveillance, nous nous fommes déclarez,
ainfi qu'il fuit, fur fes demandes de la manière
qu'il a été arrêté & conclu en dernier lieu avec
notre féel Jean Toros Confeiller de notre Cour
de Hongrie & notre Envoyé.

I.

*Totalis Arx Tokay in Comitatu Zemplonienf e-
xiftens, una cum Oppido Tarkal cum omnibus bonis ad eam pertinentibus Domino Principi & Prin-
cipiffæ conjugi ejusdem dilectiffimæ hæredibusque
ipforum ad sexum virilem conferatur jure perpetuo,
ad fœmineum vero sexum in trecentis millibus florenorum cum liberâ difpofitione eorum : pro qua
quidem Arce & bonis prædictus Dominus Princeps
Joanni Humannay intra anni fpatium centum millia florenorum deponet; de refiduis autem ducentis
millibus Sua Majestas Cæfarea contentabit Joannem Humannay & Stephanum Khaki, ad ædificium porro Arcis ejufdem Tokay quinquaginta millibus florenorum augeat Sua Majestas fummam
trecentorum millium florenorum.*

I.

Que la Fortereffe de Tokai fituée dans le
Comté de Zemplon avec la Ville de Tarkal &
leurs dépendances pafferont au Prince, à la
Princeffe fon époufe, & à leurs héritiers & descendans mâles à perpétuité; & l'on affignera
trois cens mille florins aux femmes avec la
liberté d'en difpofer : & en échange de la ceffion ci-deffus, le Prince comptera à Jean Humannay dans l'efpace d'un an la fomme de cent
mille florins; mais Sa Majefté Impériale payera
à Jean Humannay & Etienne Khaki les deux
cens mille florins reftans pour leur entière
fatisfaction, & Sa Majefté augmentera de cinquante mille florins la fomme de trente mille
deftinée pour la conftruction de cette Fortereffe.

II.

*Arcem quoque totalem Regeez in Comitatu
Abanuuarienfi habitam una cum bonis ad eandem pertinentibus prælibato Domino Principi &
conforti fuæ dilectiffimæ, Heredibufque ipforum
ad virilem fexum jure perpetuo conferet S. Majestas Cæfarea: ad sexum vero fæmineum in
ducentis fexaginta millibus florenorum cum liberâ
difpofitione eorum: pro qua quidem Arce & bonis
prædictus Dominus Princeps centum & fexaginta
millia florenorum intra fpatium unius anni deponet, in eo valore computandos aureos & taleros,
pro ut in fuperiore Hungaria est curfus monetæ.
Super his duabus Arcibus & bonis ad eafdem fpectantibus expedietur Donatio, cum illis conditionibus, cum quibus postulabit Dominus Princeps ad
virilem fexum perpetuo jure juxta illius difpofitionem; poft eorum vero defectum, fi Princeps à
fexu fœmineo redimere voluerit, utriufque Arcis
fummam teneatur fimul & femel deponere, de hac
quoque fummâ liberam difpofitionem habebit : in
bonis autem Tokay omnis generis Decimas cum No-
nis Principi affignat S. Majestas, uti fuerunt Tokay & Tarkal cum reliquis bonis apud Principem
quondam Gabrielem Bethleem; Regeez autem pro
ut fuit apud Dominum Palatinum, in ea parte
ad eundem modum Domino Principi dantur. Porro quia Domini Stephanus Khaky & Joannes
Humannay pro pecuniæ exemerunt multas vineas
ac commoditates & Hæreditates in bonis Toka-
yenfibus; ita ut, antequam creditores contententur*

II.

Elle cédera au Prince & fa à très chére époufe
toute la Fortereffe de Regeez dans le Comté
d'Abanuivar avec fes apartenances, pour paffer
à perpétuité à leurs defcendans mâles: mais pour
les femelles on affignera la fomme de deux cens
foixante mille florins avec la liberté d'en difpofer : cette ceffion faite à condition que le Prince payera dans l'efpace d'un an cent foixante
mille florins, donnant pour cette valeur des
Ducats ou des Taleres fuivant le cours de la
monoye dans la haute Hongrie. On fera expédier l'Acte de donation de ces deux Fortereffes
& des biens qui en dépendent, aux conditions
propofées qu'elles pafferont à perpétuité aux defcendans mâles du Prince; & au défaut de la
ligne mafculine, fi le Prince veut racheter des
Héritiers, il dépofera les fommes ci-deffus fpé-
cifiées, dont cependant il pourra difpofer à fa
volonté. Toutes les dixmes des biens de Tokay lui font affignées de la même manière qu'en
a joui le Prince Gabriel Bethleem; il aura auffi
la propriété de Regeez comme la poffedoit le
Palatin. Les Srs. Etienne Khaky & Jean Humannay ont vendu des exemptions à plufieurs
vignes, terres & Héritages dans les dépendances de Tokay, enforte qu'il eft jufte que les

de talibus vineis Decimas reddere non tenentur, justum est ut talibus satisfiat, ita ut ex summâ quam Princeps Domino Humannay depositurus est, eos qui legitimas Litteras exemptionales produxerint, contentare possit; & similiter in bonis Regeez, si talia ignewiantur. Comitatus Huttmar & Zabliz valeant possidere filii dicti Domini Principis, vitâ ipsorum durante, prout idem Princeps inter illos dispositurus est, & post obitum, quandiu ex posteris ipsorum Principes Transsilvaniæ futuri sunt, possint Arcem Huttmar unà cum bonis, cedentes autem oppidum Huttmar, possidere. Negotium autem Arcis Reygnye in Comitatu Unghensi extructæ, complanetur finaliter in primis Regni Comitiis; &, si consors Domini Principis in ea bonum jus habuerit, eidem restituatur; vinea quoque Hett Roleu dicta, in Territorio Tokayensi sua, penes præfatum Principem & Heredes ipsius manebit, pro quâ quinque millia florenorum idem Princeps deponet; & reliquas vineas allodiales cum proventibus, prout Princeps Gabriel Bethleem contra Tokayum possedit, excipiendo nihilominus Trigesimam, ut pote Regni proventum, post decessum ipsius Domini Principis.

III.

Totalis Arx Echett in Comitatu Huttmariensi existens cum bonis ad eandem spectantibus pertinentiisque Nagibania & Folsiu per defectum D. D. Comitum Stephani & Petri Bethleem, statim & de facto absque ulteriore dilatione ad manus Domini Principis vel haeredum, & posteritatum ejusdem utriusque sexus universe assignabitur, imo non deroget Reversalibus eorumdem Dominorum Comitum a Sacra Cæsarea Majestate datis, si medio tempore mutuo inter se convenientes, in signum successionis aliquam portionem ex dictis bonis vel hæreditatibus ipsi Domino Principi vel ipsius hæredibus dare voluerint; & hæc donatio super Echett expediatur cum solita clausula, salvo jure alieno.

IV.

Septem Comitatus, vitâ ejusdem Domini Principis durante, pro ut defunctâ Suâ Majestas Cæsarea Principi quondam Bethleem in anno millesimo sexcentesimo vigesimo secundo contulerat, cum omnibus proventibus ita possidere valeat Princeps, pro ut quondam dictus Princeps Bethleem possedit. Bona ad Huttmar pertinentia, quæ apud alios jure pigneratitio habeantur, liberum erit redimere; & usque ad summam quibus voluerit obligare. Donationes quoque ejusdem Domini Principis super Arcibus Patack & Murback supra summam capitalem super ejusdem bonis inscriptam, viginti quinque millium florenorum concedit Domino Principi Sua Majestas; quæ quidem ædificia revidebuntur singulis annis per certos homines a Sua Majestate ad id deputandos ac

esti-

---

créanciers soient satisfaits, avant qu'il soit rien payé des Dixmes dues pour ces biens, & pour cela le Prince retiendra sur la somme qu'il doit remettre aud. Sr. Humannay, celles qui seront nécessaires pour rembourser les porteurs des Lettres d'exemption; la même chose se pratiquera par raport à Régeez. Les fils du Prince pourront posséder durant leur vie les Comtez de Huttmar & de Zabliz, en la maniére que le Prince en disposera en leur faveur, & après leur mort, leurs descendans tant qu'il y en aura de Souverains de Transilvanie pourront, en cédant la Ville de Huttmar, conserver la citadelle avec ses dépendances. On terminera dans la premiére Diette du Royaume l'affaire de la Fortereſſe de Reygnye construite dans le Comté d'Ungwar; & si l'on reconnoît le droit de la Princeſſe, on lui en fera restitution; la vigne apellée Hett Roleu dans le Territoire de Tokay restera au Prince & à ses Héritiers, à condition qu'il déposera cinq-mille florins; il aura encore les vignes allodiales avec leur produit, de la maniére que le Prince Gabriel Bethléem les a poſſédées aux environs de Tokat, excepté néanmoins la trentiéme, qui sera comprise dans le Domaine du Royaume après son décès.

III.

Toute la Fortereſſe d'Echett dans le Comté de Huttmar, avec ses dépendances & celles de Nagibania & Folsiu seront devoluës en leur entier de droit & sans délai au Prince, ou à ses héritiers & Succeſſeurs de l'un ou l'autre sexe, après la mort de Meſſieurs les Comtes Etienne & Pierre Bethléem; sans déroger aux Réverſales données ausdits Seigneurs Comtes par Sa Majesté Impériale, si dans cet intervale les Seigneurs susdits s'accordent entr'eux, en-forte qu'en avancement de cette succeſſion, ces Comtes trouvent à propos de céder au Prince quelque partie desdits biens & héritages. On expédiera l'acte de cette donation d'Echett avec la clause ordinaire *Sauf le droit d'autrui.*

IV.

Le Prince poſſédera sa vie durant les sept Comtes, de la même maniére que feu Sa Majesté Impériale de glorieuse mémoire les avoit donnez au Prince Bethléem en 1622. & de même que ledit Prince les a poſſédées avec leurs dépendances. Il sera libre au Prince de retirer les biens de la dépendance de Huttmar que d'autres poſſédent à titre d'engagement, & de les engager à ceux qu'il jugera à propos. Sa Majesté Impériale augmente la somme capitale qu'il a accordée au Prince sur les Citadelles de Patack & de Murback, de vingt cinq-mille florins; & elle nommera tous les ans des Commiſſaires pour faire la visite desdites fortifications,

1645. *æstimabuntur, testimonialesque desuper Litteræ per eosdem Domino Principi assignabuntur. Quod autem hactenus per Dominum Principem ædificatum est, cum & illud quoque juxta contentum in Donatione prædefunctæ Cæsareæ Majestatis adhuc æstimatum non fuerit, mittentur & ad hoc certi Suæ Majestatis homines qui super hujusmodi æstimatione Domino Principi testimoniales Litteras dare debebunt : possit similiter ad viginti quinque millia florenorum ædificium facere ; curabit Suæ Majestas quingentos centenarios cupri ex fodinis Novizoliensibus jam statim ad rationem Domini Principis assignandos. Omnes Officiales & servi dicti Domini Principis qui sub Ditione Suæ Majestatis commorantur, teneantur rationes suas absque ulteriori dilatione verificare ; quod si nollent effectuare, possit tam in personas ipsorum animadvertere quam ad bonorum occupationem procedere ubicumque in Ditione Suæ Majestatis : hujusmodi autem Officiales dandis rationibus obstricti a nullà Parte recipiantur, imo utrinque extradantur, neque utrinque conducantur : hoc autem ita intelligendum ac inferendum est, quod si aliqui ex iis dandis rationibus essent obnoxii, illi autem qui essent incola Ditionis Suæ Majestatis, bonaque haberent, ibi nollent juxta Reversales suas comparere, Dominus Princeps requiret Majestatem suam desuper ut Suæ Majestas faciat compelli vigore Reversalium cum assignatione personæ ipsorum, tum etiam satisfactionem dignetur impendi curare. Tempore necessitatis, si Dominus Princeps & posteri ejusdem propter sincerum erga Christianitatem affectum & inclinationem, factamque cum Suæ Majestate Pacem, turbarentur, in tali casu Suæ Majestas tempestivè cum competenti iis auxilio aderit.*

tions, & en faire l'estimation, dont ils délivreront des Certificats. Et d'autant que les bâtimens que le Prince a fait construire, sur les terres comprises dans les Concessions de feu Sa Majesté Impériale, n'ont pas encore été prisées, Sa Majesté regnante envoyera des personnes pour en faire l'évaluation, & en donner leurs Certificats : il est permis au Prince d'y faire un bâtiment qui pourra monter à vingt cinq-mille florins ; Sa Majesté Impériale lui fera livrer au plûtôt pour son compte cinq cens quintaux de cuivre des mines de Novizole. Tous les Officiers & Domestiques du Prince qui résideront dans les terres de Sa Majesté, seront obligez de liquider leurs comptes sans délai, & s'ils le refusent, qu'il sera permis au Prince d'intenter action tant sur leurs Personnes que sur leurs biens en quelques lieux qu'ils soient dans les terres de Sa Majesté ; & lesdits Officiers tenus de rendre compte, ne seront protégez de part ni d'autre, au contraire ils seront livrez aux Parties intéressées : ce qu'il faut entendre de cette manière, à savoir que si quelques Officiers comptables étant habitans des terres de Sa Majesté & y ayant leurs biens, ne vouloient pas comparoître en vertu de leurs Reversales, le Prince requerera Sa Majesté de les faire poursuivre, en les faisant assigner personnellement, & Sa Majesté aura la bonté de les obliger à donner satisfaction. Si le Prince ou ses descendans, se trouvoient inquiétez à cause de leur sincére affection pour la Chrétienté, & particuliérement au sujet de cette Paix, Sa Majesté leur donnera de promts & puissans secours.

1645.

V.

In Amnistia specificè Dominus Gaspar Illiesschazy una cum liberis suis, Dominus Simon Balassa, & Orphani Andreæ quondam Balassa inferantur. Et cum Francisco Balassa, tam Simoni quam etiam Andreæ quondam Balassa, & illius pupillis multa damna intulerit, sua Majestas curabit hoc in proximis Regni Comitiis ex æquitatis dictamine computari.

V.

On comprendra particuliérement dans l'Amnistie Monsieur Gaspar Illieschazy avec ses enfans, Monsieur Simon Balassa & les Orphelins d'André Balassa. Et d'autant que François Balassa a causé de grands domages ausdits Simon & André Balassa & aux Pupilles du dernier, Sa Majesté aura soin qu'il y soit pourvû dans la premiére Diéte, ainsi que la justice le demandera.

VI.

In Negotio occupationis bonorum Orphanorum Domini Pauli quondam Ragotzii Fratris charissimi, Domini Principis, quod si ob id aliquid erga eumdem Principem in futurum prætendi posset, tam Princeps ipse, quam hæredes & Successores illius, ab impetitione Suæ Majestatis & Successorum ejus immunes semper sint & expediti, idque perpetuæ oblivioni tradatur.

VI.

Par raport à l'invasion des biens des Orphelins de feu Paul Ragotzki frére du Prince, si l'on formoit dans la suite quelque prétention contre le Prince il sera lui & ses héritiers à couvert de toutes recherches de la part de Sa Majesté, & de ses Successeurs ; & tout ce qui s'est passé à ce sujet sera oublié pour toujours.

VII.

VII.

VII.

Damna quoque ab utroque exercitu in hisce motibus perpessa , in Amnistiam transeant : servi fugitivi utrinque extradentur , imo neque recipiantur , captivi dimittantur : statim idipsum & Princeps confestim facturus.

Nos itaque præscripta universa prout ex utraque parte tractata & conclusa hisce litteris nostris de verbo ad verbum inserta essent ratificamus , confirmamus , acceptamusque ; asseturantes præfatum Principem , in verbo nostro Regio & fide Christianâ , quod omnes & singulos Articulos in omnibus eorum punctis tam nos ipsi sanctè & inviolabiliter observabimus , quam per alios omnes quorum interest vel intererit , observari faciemus : ad quod observandum etiam Successores nostros legitimos Hungariæ Reges obligatos esse volumus , dummodo oblationi etiam ex parte Principis nobis factæ per omnia satisfiat : harum nostrarum manus nostræ subscriptione , Sigilloque nostri impressione munitarum vigore & testimonio Litterarum mediante. Datum in Civitate nostra Viennæ die octava mensis Augusti , anno Domini millesimo sexcentesimo quadragesimo quinto , Regnorum nostrorum Romani nono , Hungariæ vigesimo , Bohemiæ vero decimo octavo.

FERDINANDUS.

(Locus Sigilli.)

VII.

Les dommages causez & soufferts de part & d'autre seront compris dans l'Amnistie : les Domestiques deserteurs ne seront point protégez, mais seront livrez ; on mettra les prisonniers en liberté : & le Prince exécutera incessamment toutes ces conventions.

Nous ratifions , confirmons & acceptons tous & chacun des Articles & leur contenu ainsi qu'ils sont arrêtez & conclus, & inférez mot à mot dans ces présentes ; promettant audit Prince parole de Roi & en bonne foi que nous observerons fidélement , & inviolablement tous & chacun desdits Articles en tous leurs points , & que nous les ferons observer de même par tous ceux à qui il importe ou importera , entendant que nos légitimes Successeurs Rois de Hongrie soient tenus de les observer, à condition que le Prince les exécutera de son côté : en foi de quoi nous avons signé ces présentes de notre main & y avons fait apposer notre sceau. Fait en notre Ville de Vienne le huitiéme d'Août de l'an 1645. le neuviéme de notre Empire, de notre Regne de Hongrie le vingtiéme, & de celui de Bohême le dix-huitiéme.

FERDINAND.

(L. S.)

C O P I A

Assecurationis Principis Transilvaniæ.

GEorgius Ragotski &c. Memoriæ commendamus &c. quod cum superioribus proxime elapsis temporibus certi quidam motus & hostilitates in Regno Hungariæ inter suam Sacram Cæsaream & Regiam Majestatem Ferdinandum tertium Electum Romanorum Imperatorem semper Augustum &c. & nos exorta fuerint , exindeque Pax & Tranquillitas Regni perturbata exstitisset , nos nihil prius ac magis in votis habemus quam funestissimas bellorum tempestates , sanguinis Christiani effusionem , miserique ac innoxii Populi clades ac ruinam , extremaque diuturnioris belli pericula prævertere ; zelosoque erga hanc charissimam nostram Patriam amore & affectione Christianâ permoti , ejusmodi suscitatos tumultus , placidioribus potius Transactionis mediis , quam armorum vi sopitos esse cupientes , ad postulata suæ Cæsareæ Majestatis nos prompto unanimi devenimus ; quorum quidem postulatorum sua Majestatis series , quemadmodum tam in Tractatu Tyrnaviensi quam etiam ultimate medio Ablegati Suæ Majestatis Plenipotentiarii generosi Domini Joannis Toros alias Camera Hun-

C O P I E

De la promesse du Prince de Transilvanie.

GEorge Ragotski &c. savoir faisons &c. que certains troubles suivis d'hostilitez se sont élevez dans ces derniers tems dans le Royaume de Hongrie , entre Sa Sacrée Majesté Royale & Impériale Ferdinand troisiéme élu Empereur des Romains toûjours Auguste &c. & nous ; ensorte que la Paix & la tranquilité dudit Royaume en ont été troublées : mais comme nous ne désirons rien davantage que d'arrêter les funestes calamitez de la Guerre, l'effusion du sang Chrétien , les maux & la ruine de ce peuple malheureux & innocent , enfin les plus grands dangers ausquels nous sommes exposez, touché d'un véritable zéle & d'une tendre affection pour notre chére Patrie , nous n'aspirons qu'à terminer ces troubles plûtôt par la voye pacifique de la Négociation , que par la force des armes : c'est pourquoi nous nous sommes d'abord déclaré sur les propositions que Sa Majesté Impériale nous a faites , & la teneur desdites propositions stipulées tant dans le Traité de Tirnau, qu'en dernier lieu par le moyen du sieur Jean Toros Plénipotentiaire délégué de Sa Ma-

Hungariæ Confiliarii, conventum eft, in hunc fequitur modum.

Majefté Impériale Confeiller de la Cour de Hongrie, eft telle qu'il s'enfuit.

I.

Quod nos omnibus Confæderationibus & correfpondentiis quæ hactenus inter nos, Gallos, Suecos, aliofque Confæderatos interceffifent, quæ vel in minimo initæ cum Sua Majeftate Pacis, conclufionibus & Diplomatum continentiis contrariarentur, ftatim & de facto renunciando, nullam deinceps cum illis habituri fumus Confæderationem & correfpondentiam, tam nos quam Succeffores noftri, effectuandis omnibus & fingulis juxta conditiones & oblationes ex parte quoque fua Majeftatis ejufdemque Succefforum : quin & Subditos quoque fua Majeftatis, quos hactenus per præfentes motus in obligatione habuiffemus, eos ab illâ obligatione liberamus, qui in Ditione fuæ Majeftatis permanfuri funt, pro ut etiam vigore iftius Tractatûs liberi pronuntiari debent.

I.

Que nous renonçons dès à préfent & de fait à toutes Confédérations, & Intelligences que nous avons eues jufqu'à préfent avec les François & les Suédois & autres Alliez, & qui pourroient être contraires aux conditions de cette Paix avec Sa Majefté, ou au contenu de fes Diplomes ; nous n'aurons à l'avenir aucune confédération ou correfpondance avec eux, non plus que nos Succeffeurs, à condition que Sa Majefté & fes Succeffeurs obferveront de leur côté tout le contenu de ce Traité : Nous délivrerons du ferment de fidélité les Sujets de Sa Majefté qui nous l'avoient prêté pendant ces troubles, & il leur fera permis de refter dans les Etats de Sa Majefté, d'autant que par la préfente Paix ils doivent être remis dans leur premier état.

II.

Quod conclufâ, per Dei gratiam, hac defideratâ Pace, abfque mora ullâ univerfas noftras prout & filiorum noftrorum, aliorumque noftrorum Officialium copias in Tranfilvaniam, aut ad minus in Comitatus nobis conceffos, fub bonâ & feverâ difciplinâ, in quantum fieri poterit, reducemus; neque ullum ex illis apud Gallos, Suecos, aut alios nobis Confæderatos, ullo fub pretextu, relinquemus: permutatis porro utrinque affecurationibus confeftim movebimur & difcedemus.

II.

Auffitôt que cette Paix fi defirée fera conclue, par la grace de Dieu, nous renverrons fans aucun délai dans la Tranfilvanie, ou du moins dans les Comtez qui nous font cédez toutes nos troupes, celles des Princes nos enfans, & de nos autres Officiers, leur faifant obferver une bonne & févère difcipline autant que nous pourrons, & nous n'en laifferons aucunes fous quelque prétexte que ce foit ni aux François, ni aux Suédois, ni à aucun autre de nos Confédérez & auffitôt après l'échange des Promeffes réciproques nous décamperons & nous nous retirerons.

III.

Quod univerfa bona quæ in manibus noftris per præfentem Tractatum non relinquerentur, ea tùm fuâ Majeftati cùm Montanis & liberis Civitatibus, quàm etiam aliis eorum poffefforibus legitimis tam in Hungariâ quàm in Tranfilvaniâ, exceptis iis quæ per defectum fpectabilis ac magnifici quondam Sigifmundi Præpofitarii in Ditione Tranfilvaniæ ad fifcum redierunt, ftatim & de facto reftituemus, Tormenta item & munitiones ex Lyptonizwar, Gyarmatt, & Puttnok ablatas, exceptis illis Domini Humannay, cujus tormenta cum ex parte rupta, ex parte verò diftracta funt, loco eorum centum centenarios ex cupro five ære à Sua Majeftate nobis in Camera Novizolienfi collatos concedimus : cum Regeez fpectantibus tormentis, quæ videlicet per Dominum Comitem Palatinum iftuc comportata funt, per nos reftitutis; vice verfâ ex Caftellis Herenez, Bettnye, & Ofdgyan ablata reftituantur.

Pulvis tormentarius, globi, plumbum, funiculi, Mofchetti, quæ omnia partim dirupta partim confumpta funt, inter munitionem non computentur; fignanter etiam bona Stephani Khaki & confortis ipfius in Tranfilvaniâ, ita tamen ut eo jure poffideant, quo ante

III.

Nous reftituerons d'abord & de fait tous les biens qui ne nous feront point laiffez par le préfent Traité, tant à Sa Majefté qu'aux Villes des Montagnes, aux Villes libres & à tous autres leurs légitimes Poffeffeurs tant dans la Hongrie que dans la Tranfilvanie, à l'exception de ceux qui par la mort de très-honorable & magnifique Seigneur Sigifmond Gouverneur en Tranfilvanie font dévolus au fifc. Nous rendrons auffi les canons & munitions enlevez de Lyptonizwar, Gyarmatt, & Puttnok, excepté ceux de Humannai qui ont été en partie rompus en partie perdus, & à la place defquels nous donnerons cent quintaux de cuivre ou de métal que Sa Majefté doit nous fournir des Mines de Novizole : & d'autant que nous avons reftitué ceux de Regéez que l'on a enlevez des châteaux de Herenez, Bettnye, & Ofdgyan.

On ne comptera point parmi les munitions, la poudre, les boulets, le plomb, la mèche ni les Moufquets, parceque toutes ces chofes ont été ou rompuës ou confuméës ; on ne comprendra point non plus entre les chofes qui doivent être reftituées les biens d'Etienne Khaky & de fon époufe dans la Tranfilvanie, & ils en jouiront de la même manière qu'ils les ont poffé-
fedez

1645. ante moderni belli motum possederunt ; idem quoque ex parte Suæ Majestatis fiat.

IV.

Cum restitutione bonorum etiam litteralia Instrumenta quorumcumque sub hisce disturbiis occupata & detenta, illis ad quos pertinent, libenter restitui faciemus; quæ videlicet de jure nos vel hæredes & posteritas nostra utriusque sexus, signanter vero quæ illustrissimi Georgii Ragotskii junioris Principis Transilvaniæ consortemque ejus dilectissimam Sophiam Battori non concernerent.

V.

Quod in rebus ac negotiis Regni non aliter nos immiscebimus, quam unum Commembrum Regni.

VI.

Præter duos captivos, ut pote Franciscum Megyeri & Joannem Konak, reliquos omnes gratis dimittemus; ex parte quoque Suæ Majestatis fiat.

VII.

Excepto cupro nobis à Suâ Majestate in Camerâ Novizoliensi collato, reliquos omnes proventus in Montanis Civitatibus, à die vigesimâ octavâ Mensis Aprilis anni præsentis, provenientes, pro culturâ fodinarum intactos relinquemus; vicissim autem præfata quoque Sacra Cæsarea Majestas.

Nos itaque præscripta universa pro ut tractata & præsentibus litteris nostris essent inserta, per omnia acceptamus, approbamus & ratificamus, assecurantes Sacram Cæsaream Majestatem, in verbo nostro Principali, & bonâ fide Christianâ, quod omnes eorum postulatorum Articulos & singula in iisdem contenta tam nos ipsi sanctè & inviolabiliter observabimus, quam etiam per alios Subditos nostros, quorum interest vel intererit, cujuscumque status & conditionis fuerint, observari faciemus; ad quod observandum Successores etiam nostros legitimos videlicet Transilvaniæ Principes, obligatos esse volumus : dummodo oblationi etiam ex parte Sacræ Majestatis nobis, adhærentibusque nostris, & Statibus Regni Hungariæ factæ per omnia satisfiat &c. Pro quorum quidem universorum ac singulorum majori & firmiori robore, quantocius fieri poterit, nostros speciales Commissarios ad suam Majestatem Cæsaream cum Diplomate nostro principali ablegabimus, super assecuratione tamen hac præsentes etiam Litteras nostras sigillo & Chirographo nostro munitas extrahendas esse volumus. Datum &c.

G. RAGOTSKI PRINCEPS
TRANSILVANIÆ.

(Locus Sigilli.)

RES-

---

sédez avant les derniers troubles. Sa Majesté 1645. fera la même chose de son côté.

IV.

Nous ferons rendre avec les biens toutes les Chartes & papiers de ceux qui ont été envahis pendant ces troubles, aux personnes à qui ils apartiennent, à l'exception de ceux qui concernent de droit nous, nos héritiers, & Successeurs de l'un & de l'autre sexe, & en particulier le très-illustre George Ragotski le jeune, Prince de Transilvanie, & Madame Sophie Battori son Epouse.

V.

Nous ne nous mêlerons des affaires du Royaume de Hongrie que comme l'un des Membres de l'Etat.

VI.

Nous mettrons en liberté, sans exiger de rançon, tous les Prisonniers, à l'exception de François Megyer & Jean Konak. Sa Majesté fera la même chose.

VII.

A l'exception du cuivre que Sa Majesté doit nous livrer à Novizole, nous ne toucherons en aucune manière aux revenus des Villes des Montagnes provenant des mines, à compter du vingt-huitiéme Avril de la présente année. Sa Majesté en fera autant de son côté.

Nous acceptons, approuvons, & ratifions en tout toutes les susdites demandes de Sa Majesté, ainsi qu'elles sont stipulées & inférées ici dans nos présentes, promettant à Sa Sacrée Majesté Impériale, parole de Prince & en bonne foi, que nous observerons religieusement, & inviolablement tous les Articles desdites demandes & leur contenu, & que nous les ferons observer de même par nos Sujets à qui il importe ou importera de quelque rang ou condition qu'ils soient; entendant que nos légitimes Successeurs, Princes de Transilvanie soient tenus de les observer de même : à condition que Sa Majesté satisfasse de son côté aux conditions dont elle est convenue avec nous, nos adhérans, & les Etats du Royaume de Hongrie. Et pour confirmer & donner plus de force à tout ce qui a été conclu & arrêté, nous envoyerons vers Sa Majesté, le plutôt qu'il nous sera possible nos Commissaires chargez de notre Diplome authentique & pour rendre ferme la promesse cidessus, nous avons délivré ces présentes signées de notre main & scellées de notre sceau.

G. RAGOTSKI PRINCE DE
TRANSILVANIE.

(L. S.)

RE-

RESPONSIO

Cæsaris ad propositionem Gallicam, exhibita 15. Septembris anno 1645. Monasterii Westphalo-rum.

CUm absolutis jam pridem Præliminaribus sive Plenipotentiis inter Plenipotentes Cæsareos & Gallos sub finem anni proximè præteriti conventum fuisset, ut ad quartum Decembris utraque Pars propositiones suas circa media Pacis ad manus Dominorum Mediatorum traderet ; idque ad indictum diem memorati Plenipotentiarii Cæsarei re ipsâ præstitissent, nihil magis expectabant, desiderabantque, quam ut dicti Plenipotentiarii Christianissimi Regis Galliæ è suâ parte idem facerent. Verùm cùm iisdem Plenipotentiariis Regiis, demum ad xj. Junii proximè præterlapsi (quæ Sacro-Sanctæ Trinitatis erat sacra) Articulos xviij. Tractatus Pacis generalis firmæ & durabilis proponere placuerit, reservatâ sibi nihilominus potestate addendi aut explicandi se ampliùs super iisdem pro ut necessarium judicaverint. Plenipotentiarii Cæsarei ad manifestandum constans & perpetuum Sacræ Cæsareæ Majestatis in Pacem studium, quodque in se mora nulla sit quin quam primum cum omnibus ac singulis Electoribus, Principibus, ac Statibus Imperii, tum universim toti Reipublicæ restituatur, conseque is quem Majestas sua Imperialis unicè intendit quietæ ac securæ Dignitatis & incolumitatis status ; super dictis Articulis, factâ priùs Electorum, Principum, aliorumque Statuum Imperii præsentibus Legatis communicatione, ad hunc modum se se declarant, reservatâ tamen sibi simili addendi vel ulterius se explicandi potestate.

Ad primum.

Placet ut Bellum & omnes hostilitates inter Sacram Cæsaream Majestatem & Sacrum Romanum Imperium, ejusdemque Electores, Principes, ac Status, Regem Hispaniæ Catholicum, Domum Austriacam, Carolum Ducem Lotharingiæ ejusque fratrem & Liberos, omnes ipsorum Fœderatos & adhærentes ex unâ parte, & Regem Franciæ Christianissimum, Reginam Sueciæ, omnes ipsorum Fœderatos & adhærentes ex altera, statim cessent ; & ad hunc finem eo citiùs assequendum sanguinique Christiano parcendum de armistitio brevi & ex æquo conveniatur ; ita tamen ut de Transactione ipsius Pacis simul procedatur, neve ex eo mora Pacis Tractatui injiciatur.

Ad secundum.

Placet item ut inter dictas utrasque Partes earum-

REPONSE

De l'Empereur aux propositions des François, delivrée le 15. Septembre 1645. à Munster en Westphalie.

APrès avoir mis fin aux Préliminaires, ou fait l'échange des Pleins-Pouvoirs, les Plénipotentiaires Impériaux & François convinrent sur la fin de l'année derniére que les deux Parties delivreroient le 4. Decembre, leurs propositions sur les moyens de faire la Paix pour être remises entre les mains des Médiateurs. Les Plénipotentiaires de l'Empereur exécutérent le même jour ce dont on étoit convenu, & attendoient que ceux de France fissent la même chose ; mais ils différent à présenter dix-huit Articles jusqu'au xi. de Juin dernier jour de la Fête de la très-Sainte Trinité ; se réservant néanmoins le pouvoir d'ajouter & de s'expliquer sur ces Articles autant qu'il sera nécessaire. Les Plénipotentiaires de Sa Majesté Impériale pour faire voir que l'Empereur a toujours été constamment disposé à la Paix, & qu'il n'a pas tenu à lui qu'elle n'ait été rétabli entre tous & chacun des Electeurs, Princes, & Etats de l'Empire & dans toute la République, & que leur dignité & leur sureté n'ayent été mises dans un état de tranquilité solide ; ils se déclarent de la manière suivante sur lesdits Articles, après en avoir communiqué aux Ministres présens des Electeurs, Princes, & Etats de l'Empire, se réservant le même pouvoir d'ajouter ou de s'expliquer plus amplement.

Sur l'Art. I.

On consent que la Guerre & toutes les Hostilitez cessent d'abord entre Sa Majesté Impériale, l'Empire Romain, ses Electeurs, Princes, & Etats, le Roi d'Espagne, la Maison d'Autriche, Charles Duc de Lorraine, son frére & ses Enfans, leurs Alliez & adhérans d'une part, & le Roi de France très-Chrétien, la Reine de Suéde, leurs Alliez & adhérans d'autre part ; & qu'à cet effet & pour épargner le sang humain on convienne au plutôt & de bonne foi d'une suspension d'armes, mais de manière qu'elle n'empêche pas qu'on ne travaille à la conclusion de la Paix.

Sur l'Art. II.

On consent qu'il y ait une ferme & durable Paix

1645. *earumque Fœderatos & adherentes sit firma & durabilis Pax & sincera Amicitia.*

Ad tertium.

Cum hic articulus supponat Pacem restauratam, & ad majorem ejus confirmationem pertineat, porro autem Plenipotentiarii Gallici articulo XII. infra declarent placere sibi quidem ut assecurationi Pacis provideatur, in specie autem, quomodo ea assecuratio sit, nihil proponant; respondent Plenipotentiarii ut ordine ad hunc cum ventum fuerit, & Domini Plenipotentiarii Regis Galliæ circa specialia prælibata assecurationis se se explicarint, se quoque quæ ad hunc articulum & securitatem Pacis pertinent ex sua parte libenter collaturos, neque modum aliquem assecurationis mutuæ qui par & æquus erit recusaturos esse. Quod si jam nunc citra dilationem in rem ipsam ingrediendum & categorice ad hoc petitum respondendum sit, declarant Majestatis suæ Plenipotentiarii id postulatum ejusmodi esse, quod neque suprema ejus inter Christiani Orbis Reges ac Principes dignitas, ac universalis Ecclesiæ Advocati munus, neque debita Vassallo protectionis obligatio, neque propinqui sanguinis ac naturæ jura, vel gratitudinis demum ob tot tamque illustria Imperatori & Imperio totique Orbi Christianissimo in diversis occasionibus præstita, gratuita officia permittant; ac proinde confidunt Dominos Plenipotentiarios Regis Christianissimi eidem minime, neque aliud quam quod a seipso Rex Christianissimus ipsorum Dominus imperari pateretur, flagitaturos, sed eam potius de integritate Imperatoris fiduciam conservaturos esse, quod ipsa retro intra justi & æqui limites se contentura, neque cartæ injusta se se immixtura sit. Quod si autem præter opinionem huic quidem assecurationi acquiescerent adversarii, proximum esset in hunc reciproca assecurationis modum venire, qui tametsi ex parte Majestatis Cæsareæ non, usque quaque parte, quippe cum ex capitibus proxime superiori paragrapho delibatis elucescat quanto magis Majestatis suæ & Sacri Imperii erga Regem Catholicum quam Regis Christianissimi erga quemvis Fœderatorum sit obligatio, admitti tamen posset, ad demonstrandam magis bonæ mentis & intentionis sinceritatem, quam in his actionibus Majestas sua Cæsarea habet: videlicet placet ut pro majori consecuratione dictæ Pacis & Amicitiæ, postquam ea cum Imperatore, Sacro Imperio ejusque Ordinibus, Rege Hispaniarum Catholico, & Domo Austriaca, eorumque Confœderatis & adhærentibus restaurata fuerit, Majestas Sacra Imperialis neque directe neque indirecte bellis & controversiis quæ inter Hispaniam & Galliam nasci possent se se immiscere neque assistere, sub quocumque pretextu, Inimicis duarum Coronarum debeat, Salvis tamen Juribus tam Imperatori & Imperio quam ejusdem Ordinibus & Statibus ipsæque Regi Catholico ex Imperii Legibus ac Constitutionibus, ac

Tom. I.   *signan-*

Sur l'Art. III.

Comme cet article supose la Paix déja faite, & qu'il ne tend qu'à l'affermir, que les Plénipotentiaires de France déclarent plus bas dans l'Art. XII. qu'il est à propos de travailler à la garentie du Traité, sans spécifier quelle doit être cette garentie; les Plénipotentiaires répondent que lorsqu'on en sera venu à cet article, & que Messieurs les Plénipotentiaires de France se seront expliquez sur le genre de cette garentie, ils contribueront volontiers de leur côté tout ce qui dépendra d'eux à cet article, & pour la sureté de cette Paix, & ne refuseront aucune garentie équitable & convenable. Que si l'on veut dès à présent entrer en matière sur cette affaire, & s'il faut répondre catégoriquement à cette demande, les Plénipotentiaires de Sa Majesté Impériale répondent que cette proposition est telle que le rang que Sa Majesté tient parmi les Têtes Couronnées de la Chrétienté, sa dignité d'Avocat de l'Eglise, l'obligation de protéger ses Vassaux, les droits du sang, de la nature & même de la reconnoissance pour tant de grands services rendus à l'Empereur, à l'Empire & à toute la Chrétienté ne lui permettent pas d'y consentir; & ils se persuadent que Messieurs les Plénipotentiaires de Sa Majesté très-Chrétienne n'exigeront pas de Sa Majesté Impériale, ce que Sa Majesté très-Chrétienne leur Maître ne souffriroit pas qu'on exigeât de lui; & qu'ils auront une assez bonne opinion de l'intégrité de Sa Majesté Impériale, pour croire qu'elle ne passera jamais les bornes de l'équité & ne prendra jamais part à quelqu'injuste querelle. Si, contre toute espérance, le parti oposé ne se contente pas de cette garentie, il sera toujours tems d'en venir à une garentie mutuelle, & quoiqu'on ne puisse l'admettre de la part de Sa Majesté Impériale, puisque pour les raisons alléguées dans le Paragraphe précédent, il paroit combien les obligations de l'Empereur & de l'Empire envers le Roi Catholique l'emportent sur celles que le Roi de France a à ses Alliez; où pourroit l'admettre de quelque part que ce soit, pour faire voir d'autant plus la sincérité des bonnes intentions de Sa Majesté dans la conjoncture présente: ainsi on consent que pour plus grande sureté de ladite Paix, lorsqu'elle sera rétablie avec l'Empereur, tous les Ordres de l'Empire, le Roi Catholique d'Espagne & la Maison d'Autriche, leurs Alliez & adhérans, Sa Majesté Impériale ne se mêlera jamais directement ni indirectement des différends & des Guerres, qui pourroient survenir entre l'Espagne & la France, ni n'assistera, sous quelque prétexte que ce soit, les Ennemis des deux Couronnes, sauf néanmoins les droits de l'Empereur, des Ordres & Etats de l'Empire, & du Roi Catholique fondez sur les Loix & Constitutions de l'Empire, & sur tout

sur

Eee

1645.

signanter ex Transactione Burgundica ab Imperio confirmata , competentibus autem aliis quibuscunque Tractatibus præcedentibus , non obstantibus quibus , quantum huc pertinet , expressè derogatum sit : sicuti vicissim Corona Gallia neque directè neque indirectè bellis & controversiis quæ inter Majestatem Sacram Imperialem & Sacrum Romanum Imperium ac Coronam Suecia nasci possent , se se immiscere , neque assistere , sub quocunque prætextu inimicis Imperatoris , & Imperii , vel Regis Catholici , debeat , nonobstantibus quibuscunque Tractatibus præcedentibus , quibus , quantum huc pertinet , per præsentem Tractatum similiter expressè derogatum sit.

Ad quartum.

Placet quod omnia in præsentibus motibus facta oblivioni tradantur , atque quod una alterave Parte in futurum ulla postulatio possit institui , sub quocunque prætextu. Et sicuti in hunc finem in Comitiis Ratisbonensibus anno 1641. talis Amnistia jam est conclusa, & in Imperio publicata; ita placet ut per hos Tractatus Pacis eadem perpetua & generalis Amnistia denuò & quidem reciprocè sanciatur, sine ullâ limitatione, vel exceptione Negotiorum vel personarum, præter quam de quibus in sequentibus Articulis aliter declarabitur.

Ad quintum.

Placet quod in vim dictæ Amnistiæ generalis citraque derogationem ipsi ac potius ad majorem cautelam & securitatem, omnes Præfecti, Officiales, Milites, omnesque alii qui tam bello quam aliter quomodocumque uni alterive Parti ac nominatim Domui Lotharingiæ & Hassiaca-Cassellanæ servierunt, restituentur & conservabuntur in omnibus suis bonis, honoribus, & dignitatibus citra turbationem quæ ipsis in posterum sub quocumque prætextu ex iis quæ pendente bello gesta fuerint, vel aliter ex causâ & occasione hujus Belli inferri posset.

Ad sextum.

Placet quod in consequentiam & juxta contenta supradictæ Amnistiæ omnia ultro citroque restaurabuntur , & restituentur in eundem statum qui erat ante initium præsentium motuum inter Cæsarem & Regem Christianissimum exortorum ; idque nonobstantibus rebus judicatis, Transactionibus, Aliisque actibus præteritis , exceptis tamen iis quæ in proxime præteritis Comitiis Imperii Ratisbonensibus anno 1641. ibidemque publicata Amnistia inventa & conclusa sunt.

Ad septimum, octavum, & nonum.

Respondent Cæsarei Legati quidquid in his articulis continetur , jura Suæ Majestatis & Statuum Imperii concernere , quarum rerum causâ

1645.

sur la Transaction de Bourgogne confirmée par l'Empire nonobstant tous autres Traitez précédens quelconques ausquels il est expressément dérogé autant qu'ils ont raport au présent: comme de son côté la Couronne de France ne se mêlera ni directement ni indirectement des Guerres , & démélez qui pourroient survenir entre Sa Majesté Impériale , le Saint Empire Romain , & la Couronne de Suéde , & n'assistera pas les Ennemis de l'Empereur , de l'Empire , ou du Roi Catholique sous quelque prétexte que ce soit, nonobstant tous Traitez précédens quelconques auxquels il est expressément dérogé par le présent Traité autant qu'ils ont raport au présent.

Sur l'Art. IV.

On consent que tout ce qui s'est fait pendant les présens troubles soit entiérement oublié; & que ci-après ni l'une ni l'autre des Parties ne pourra faire aucune demande à cette occasion, sous quelque prétexte que ce soit. Et comme on a déja arrêté une pareille Amnistie à cet effet dans la Diéte de Ratisbonne en 1641. laquelle a aussi été publiée dans l'Empire; l'on consent que l'on stipule de nouveau par ce Traité de Paix qu'elle sera réciproquement perpétuelle & générale , sans aucune limitation ou exception de choses ou de personnes, excepté celles qui seront déclarées dans les articles suivans.

Sur l'Art. V.

On consent qu'en vertu de ladite Amnistie générale sans y déroger & pour plus grande sûreté, que tous les Généraux, Officiers, Soldats & tous autres qui auront servi tant dans la Guerre qu'autrement l'une ou l'autre des Parties & particuliérement la Maison de Lorraine , & celle de Hesse-Cassel , soient rétablis & conservez dans tous leurs biens, honneurs, & dignitez, sans qu'on puisse les inquieter à l'avenir, sous quelque prétexte que ce soit,pour cause de ce qui s'est passé pendant cette Guerre ou à l'occasion de ladite Guerre.

Sur l'Art. VI.

On consent qu'en conséquence & suivant le contenu de ladite Amnistie, toutes choses seront remises & rétablies dans le même état où elles étoient avant le commencement des présens troubles entre l'Empereur & le Roi très-Chrétien ; & ce, nonobstant tous jugemens, Transactions, & autres Actes passez, excepté néanmoins ceux qui ont été conclus dans la derniére Diette de Ratisbonne en 1641. & depuis l'Amnistie qui y a été publiée.

Sur les Art. VII. VIII. & IX.

Les Plénipotentiaires Impériaux répondent que le contenu de ces articles concerne les droits de Sa Majesté Impériale , & des Etats de l'Empire,

1645.

causâ vel ratione, ipsis cum Coronis exteris neque Communio aliqua intercedat, neque Bellum susceptum vel gestum hactenus fuerit. Quod si super iisdem Majestati suæ cum quibusdam Statibus Imperii dissentionis vel diffidii aliquid intercesserit, id jam pridem compositum sublatumque esse, nec esse ex iisdem præter unicam Landgraviam Hassiæ quæ hodie quacumque de causâ Majestati suæ bellum faciat, quæ tamen Landgravia hactenus ideo solùm in armis perseverat, quod sibi a Fœdere Gallico recedere non esse integrum dicat, donec Pax Universalis cum Coronis fiat : atque idcirco non videre Plenipotentiarios Cæsareos quo titulo vel fundamento Corona Franciæ a Majestate suâ aliquid prætendat. Esse in manibus Constitutiones Imperiales, ipsam auream Bullam, ex quibus quid cuique juris competat in electione Regis Romanorum & Imperatorum promovendi, aliisque publicis deliberationibus ac negotiis observandum sit, clare constet ; his Majestatem ex suâ parte inhærere, neque intendere contra earum præscripta quemquam easdem protegere & manutenere : quod si, durantibus his tam difficilibus variisque ac diuturnis belli motibus, contra vel præter eorum placita quidpiam contigerit, id magis ipsiusmet belli & temporum injuriæ & calamitatibus (a quibus credibile est nec Coronam Franciæ aut Sueciæ, Status ac Subditos per omnia exemptos immunesque fuisse) quàm intentioni Majestatis suæ Imperialis esse adscribendum. Quarum rerum querelæ simul cum Pace ipsâ restaurata cessaturæ sint, si circa ipsas Constitutiones ac Leges Imperii mutandum, emendandum, interpretandum, declarandum aliquid fuerit, id tum ex earumdem Constitutionum tenore, tum ex pretentione Dominorum Plenipotentiariorum Christianissimi Galliæ Regis his ipsis articulis comprehensa non alio quàm ad plena Comitia pertinere. Et potest quidem hoc responsum solidissimis nixum rationibus sufficere ad repellendam circa hanc materiam omnem ulteriorem instantiam Dominorum Plenipotentiariorum Galliæ : ne quis tamen existimet Majestati Cæsareæ grave esse assentiri iis quæ Legibus Imperialibus sint consentanea.

Ad septimum.

Respondent Plenipotentiarii Cæsarei placere quod omnes Principes & Status Sacri Imperii stabiliantur in antiquis suis juribus, prærogativis, libertatibus & privilegiis, absque quod in iis sub quocumque prætextu contra jus & justitiam turbari possint ; & consequenter sine difficultate gaudeant jure suffragii sibi competente in omnibus deliberationibus super negotiis Imperii ; pariter ubi de concludendâ Pace, denunciando Bello, resolvendis contributionibus, delectibus & hospitationibus Militum, imponendis præsidiis, extruendis novis fortificationibus in locis intra Ditionem sive Statum dictorum Principum sitis, concludendis Fœderibus, ferendis novis Legibus, aut interpretandis antiquis, & aliis negotiis ejusdem naturæ agetur, quæ in posterum aliter tractari & decidi non poterunt, quàm in Comitiis generalibus Statuum Imperii; quæ ad Imperatorem & Collegium Electorale solùm pertinent, & salvis eorumdem juribus & præeminentiis omniaque intelligendo juxta morem ab antiquo in Imperio receptum.

l'Empire, n'a rien de commun avec les Couronnes étrangéres, & n'est aucunement mêlé dans les causes de cette Guerre. Que si Sa Majesté Impériale a eu à cet égard quelques démêlez avec quelques Etats de l'Empire, ils ont été terminez, & il ne reste plus que la Landgrave de Hesse qui fasse la Guerre à l'Empereur, & qui ne persiste à rester armée que parce qu'elle ne peut renoncer, dit-elle, à l'Alliance qu'elle a avec la France, jusqu'à ce que la Paix soit faite avec les Couronnes : ainsi lesdits Plénipotentiaires ne voyent pas quelle raison peut autoriser la Couronne de France, à exiger quelque chose à cet égard de Sa Majesté Impériale. On a les Constitutions Impériales & la Bulle d'Or qui établissent le droit de chacun dans l'Election du Roi des Romains, qui ensuite est elevé à l'Empire ; & ce qui se pratique dans les délibérations & dans les affaires publiques; Sa Majesté Impériale s'y conforme exactement & ne soufrira pas que l'on fasse rien contre ce qu'elles prescrivent ; enfin elle les protége & les maintient : si pendant ces tems dificiles, pendant les troubles de cette Guerre, il s'est fait quelque chose qui soit contraire à leur contenu, il faut plutôt s'en prendre aux malheurs des tems & de la Guerre, dont il n'est pas possible que les Couronnes de France & de Suéde, leurs Etats & leurs Sujets ayent été entièrement exemts, que d'en rejetter la faute sur aucune mauvaise intention de Sa Majesté Impériale. Ces plaintes ne manqueront pas de cesser aussitôt que la Paix sera rétablie, & s'il y a quelque chose à changer, corriger, interpréter, ou déclarer dans les Constitutions & Loix de l'Empire, c'est l'affaire de la Diéte entiére & d'elle seule conformément auxdites Constitutions & selon que le pretendent Messieurs les Plénipotentiaires de France dans les mêmes articles. Cette réponse que l'on peut apuyer de bonnes raisons, sufit pour arrêter toutes les instances que pourroient encore faire Messieurs les Plénipotentiaires de France sur ce sujet : jamais Sa Majesté Impériale ne sera dificulté de consentir à ce qui sera conforme aux Loix de l'Empire.

Sur l'Art. VII.

Les Plénipotentiaires Impériaux consentent que tous les Princes & Etats de l'Empire soient confirmez dans leurs anciens droits, prérogatives, libertez, & privilèges quelconques, sans qu'ils puissent jamais y être troublez contre le droit & la justice sous quelque prétexte que ce soit ; & que par conséquent ils jouïssent sans aucun obstacle du droit de sufrage qui leur appartient dans toutes les déliberations où il s'agit des affaires de l'Empire ; pareillement lorsqu'il s'agit de conclure la Paix, de déclarer la Guerre, de consentir à des contributions, à des levées & à des logemens de gens de guerre, de mettre des Garnisons, de construire de nouvelles fortifications dans des lieux au dedans ou au dehors des terres desdits Princes & Etats, de conclure des Alliances, de faire de nouvelles Loix, d'interpréter les anciennes, & d'autres affaires de cette nature, qui à l'avenir ne pourront être traitées & décidées que dans la Dietce Générale des Etats de l'Empire, celles qui sont seulement du ressort de l'Empereur & du Collége Electoral seront aussi traitées, sauf leurs droits & prééminences; le tout bien entendu selon l'usage établi dans l'Empire.

Ad octavum.

Placet quod omnes dicti Principes & Status generatim & specialim manutenebuntur in omnibus aliis juribus Superioritatis ipsis competentibus, & specialiter in jure faciendi Fœdera tam inter se quam cum vicinis Principibus pro conservatione & securitate sua, modo tamen ea Fœdera non sint contra Imperatorem & Imperium & Pacem ejus publicam, fiantque per omnia juramento quo quis Imperatori & Imperio obstrictus est.

Ad nonum.

Placet quod omnes laudabiles Consuetudines dicti Sacri Imperii, Constitutiones, & Leges fundamentales ejusdem & specialiter contenta Bullæ aureæ, citra contraventionem per quemcumque sub quocumque prætextu faciendam, & ante omnia in eo quod electionem Imperatoris spectat religiose observabuntur, in qua forma per dictam Bullam auream & alias Constitutiones, Declarationes, & Capitulationes in hac materia præscripta inviolabiliter custodientur. Reliqua quæ sunt in propositione Gallicana huic articulo adjecta de non eligendo Rege Romanorum pendente vita Imperatoris, magis adversantur Legibus Imperii & libertati Electorum necnon aureæ Bullæ & Capitulationibus Cæsareis, quam quod eisdem sint consentanea, prout procul dubio ipsimet Electores per eam qua pollent in hoc auctoritatem, cum opus fuerit, melius declarabunt.

Ad decimum.

Placet ut captivi ex una & altera parte sine pretio in libertatem reponantur. Cæterum non cognoscunt Legati Cæsarei alium Regem Portugalliæ quam Regem Catholicum, ad quem negotium de liberando Eduardo Bragantino remittunt.

Ad undecimum.

Placet ut commercia tam aqua quam terra, tam in toto Imperio quam in Gallia restabilantur in eadem forma & libertate qua ante præsentes motus erant, & quod omnia peagia, exactiones, & impositiones pendente Bello ex occasione ejusdem sine legitima auctoritate introducta revocentur & aboleantur.

Ad duodecimum.

Placet quod sufficienter provideatur securitati Tractatus in præsentia faciendi; ita ut eidem imposterum nequeat impune contraveniri.

Ad decimum tertium.

Dicunt Plenipotentiarii Cæsarei Suam Majestatem ad ullam satisfactionem Coronæ Franciæ non teneri, quin potius e contrario justissimam causam propositioni Majestatis nomine factæ postulatæque restitutioni cum omni causa insistendi, habere, pro ut eidem hic Legati Cæsarei insistunt, & condiguam desuper responsionem expectant.

Ad

On consent que tous lesdits Princes & Etats soient maintenus en général, & en particulier dans tous leurs autres droits de Souveraineté, & en particulier dans celui de faire des Alliances tant entre eux qu'avec les Princes voisins pour leur sûreté & leur conservation ; pourvû néanmoins que ces Alliances ne soient pas contre l'Empereur, l'Empire & la tranquilité publique, & qu'elles ne soient en rien contraires au serment qui les lie à l'Empereur & à l'Empire.

Sur l'Art. IX.

On consent que toutes les louables Coutumes de l'Empire, ses Constitutions & Loix fondamentales, sur tout le contenu de la Bulle d'Or, soient observées sans aucune contravention de la part de qui que ce soit, & sous quelque prétexte que ce puisse être, & avant toutes choses en ce qui regarde l'Election de l'Empereur qui se fera exactement dans la forme prescrite par ladite Bulle d'Or & les autres Constitutions, Déclarations, & Capitulations. Ce qui est ajouté à cet article dans la proposition des François, de ne pas élire un Roi des Romains pendant la vie de l'Empereur est encore plus contraire que conforme aux Loix de l'Empire, à la liberté des Electeurs, à la Bulle d'Or, & aux Capitulations Impériales; comme le déclareront sans doute encore mieux les Electeurs, selon le droit qu'ils ont en ceci, lorsqu'il sera nécessaire.

Sur l'Art. X.

On consent que les prisonniers de part & d'autre soient remis en liberté sans rançon. Du reste les Plénipotentiaires Impériaux ne connoissent d'autre Roi de Portugal que le Roi Catholique, auquel ils renvoyent ce qui regarde la liberté d'Edouard de Bragance.

Sur l'Art. XI.

On consent que le Commerce par eau & par terre soit rétabli tant dans l'Empire qu'avec la France, dans la même forme & avec la même liberté qu'il étoit avant les présens troubles, & que l'on révoque & abolisse tous les péages, exactions & impositions introduites sans une autorité légitime pendant ladite Guerre & à son occasion.

Sur l'Art. XII.

On consent que l'on pourvoye suffisamment à la sûreté du Traité à faire; ensorte qu'à l'avenir on ne puisse y contrevenir impunément.

Sur l'Art. XIII.

Les Plénipotentiaires Impériaux soutiennent que l'Empereur n'est obligé à aucune réparation envers la Couronne de France, bien loin de là, qu'ils ont une juste raison d'insister sur la proposition faite au nom de Sa Majesté Impériale & sur la restitution demandée, ainsi qu'ils y insistent effectivement ici, attendant à cet égard une réponse catégorique.

Sur

Ad decimum quartum.

Declarant multò minus se videre ex quo fundamento Corona Franciæ satisfactionem pro Fæderatis suis ac nominatim pro Landgravia Hessiæ prætendat; fuisse jam pridem cum hac in conditiones certas conventum, quas Majestas sua etiamnum ratas habeat : Cæterum placere ut utriusque partis Fæderati & adhærentes hac Pace comprehendantur, quorum nomina ut cuivis quem admittere velit positive statuere liceat, reddenda sint.

Ad decimum quintum.

Placet denique ut omnium belligerantium Partium in Imperio militia totaliter exauctoretur, retento ex iis & in suos Status traducto eo tantum numero quem quæque Pars pro securitate sua necessarium judicaverit.

Ad decimum sextum.

Majestas sua jure & ante omnia postulat sibi & Fæderatis & adhærentibus suis & nominatim Carolo Duci Lotharingiæ totique ejus Domui occupata a Corona Franciæ intra certum terminum restitui.

Ad decimum septimum.

Placet ut in hac Pacificatione ex parte duarum Coronarum Franciæ & Sueciæ Reges, Principes, ac Status ante conclusionem hujus Tractatus nominandi comprehendantur; sicuti vicissim Majestas sua Cæsarea ex sua parte quos comprehensos velit, nominabit.

Ad decimum octavum.

Placet ut hæc Pacis conventio, postquam ea conclusa, subscripta & sigillata fuerit, simul eodem tempore tam Osnabrugæ quam Monasterii inter Partes commutetur; ac deinceps ab illo momento firma & rata sit, omniaque conclusa mox executioni demandentur. Porro autem confirmationes ejusdem tam ab Imperatore ac Imperii Statibus quam Regibus sive Regnis eorumque Ordinibus ac Statibus loco ac tempore determinandis & juxta formulas utrinque concipiendas, tradantur.

Sur l'Art. XIV.

Ils déclarent qu'ils voyent encore moins sur quel fondement la Couronne de France prétend quelque satisfaction pour ses Alliez & en particulier pour la Landgrave de Hesse-Cassel; on est déja convenu avec elle de quelques conditions auxquelles Sa Majesté Impériale se tient : au reste on consent que les Alliez & adhérans de part & d'autre soient compris dans cette Paix, & chacun déclarera positivement ceux qu'il souhaite être admis.

Sur l'Art. XV.

On consent que les troupes de tous ceux qui sont en Guerre dans l'Empire soient licenciées, chacun n'en retenant qu'autant qu'il en a besoin pour la sureté de ses Etats, où il les fera passer.

Sur l'Art. XVI.

Sa Majesté Impériale demande avec droit & avant toutes choses que l'on rende dans un certain tems tout ce qui a été enlevé à ses Alliez & adhérans, & en particulier tout ce que la France a pris sur le Duc Charles de Lorraine & sur sa Maison.

Sur l'Art. XVII.

On consent que les Couronnes de France & de Suéde nomment avant la conclusion de cette Paix les Rois, Princes & Etats qui doivent être compris de leur part dans le Traité; comme Sa Majesté Impériale nommera de sa part ceux qu'elle voudra y être compris.

Sur l'Art. XVIII.

On consent qu'après que ce Traité de Paix sera conclu, l'Instrument en soit signé & scelé, & échangé en même tems à Osnabrug & à Munster entre les Parties, & que de cet instant il soit censé ferme & confirmé : ensorte que tout ce qui aura été conclu, soit exécuté. Les ratifications tant de la part de l'Empereur & des Etats de l'Empire, que de la part des Rois, Royaumes, Diétes & Etats seront échangées dans le lieu, le tems & la forme dont on conviendra.

DISCOURS

CONTRE

L'ELECTEUR DE BAVIERE;

A ce que

L'ALSACE ET BRISAC

NE SOIENT DELAISSEZ AU

ROI DE FRANCE.

L'an 1645.

I. *Il accuse ledit Electeur d'être principalement cause que la Guerre est prolongée en Allemagne.*

II. *De n'avoir assisté au besoin le feu Empereur & celui à présent regnant, ains les avoir abandonnez.*

III. *Et aussi de ses intelligences avec la Couronne de France.*

RATIONES	RAISONS
Cur domui Bavariæ non consultum sit ut Alsatia & Brisacum Gallis cedant.	*Pour lesquelles la Maison de Baviere ne peut consentir que l'Alsace & Brisac restent à la France.*

PRimo ipsa rei nemini non evidens iniquitas reclamat; cum innoxiis pupillis eripiatur patrimonium suum, eo fine ut Domus Bavarica Bello parta retineat : ut dum hæc de lucro certa esse vult, illinc de damno vitando certetur. Inspiciatur Belli Germanici origo, a familia Wittelspachica non Habspurgica moti, & a Protestantibus qui gravamina sua, in quibus speciatim Domui Bavaricæ Donaverdensem executionem & Coloniensem successionem impingebant, non nisi armis expediri volebant, promoti.

Fuerit sane primus quidem Belli finis Domus Austriaca, secundarius fuit Bavarica, postea omnium Catholicorum oppresso, id quod ipse Dux Bavariæ Litteris suis nunc typo vulgatis testatur; illiusque adeo visu periculi jam dudum ille antea Ligæ se Catholicæ authorem, post ducem præbuit, brevi inde Bellum ipsum erupit, in quo Bavarus ita se gessit, ut Fœderis Catholici Copias contra Unionistas duceret, deinde Pacificatione Ulmensi cum iisdem decideret, expresso pacto ne Palatinum extra Bohemiæ fines offenderet. Juvit itaque Cæsarem, sed non nisi amplissimis promissis & nominatim pollicita Electoralis Dignitatis & Palatini patrimonialium Regionum mercede conductus: quod an ei per Pacificationem Ulmensem Leges liceret, Protestantes negant, cum sine hujusmodi aucto-

L'Injustice même de la chose que chacun voit assez, s'y opose; puisque c'est ôter leur bien à d'innocens pupilles, afin que la Maison de Baviere conserve les acquisitions qu'elle a faites pendant la Guerre : elle tâche de s'assurer ce qu'elle a gagné, & de l'autre côté elle tâche de se mettre à couvert de la perte. Voyons quelle est l'origine de la Guerre d'Allemagne; on ne la trouvera point dans la famille d'Habspurg, mais dans celle de Wittelspach, & de la part des Protestans qui vouloient obtenir par la voye des armes le redressement de leurs Griefs, du nombre desquels étoit le reproche qu'ils faisoient à la Maison de Baviere de l'exécution de Donavert & de la succession de Cologne.

Soit; la Maison d'Autriche est la premiére fin de la Guerre, mais celle de Baviere est la seconde, & ensuite la persécution de tous les Catholiques; ce que le Duc de Baviere même prouve dans ses Lettres que l'on a imprimées; à la vue du danger, lui qui étoit déja l'auteur de la Ligue Catholique en devint le Chef, peu de tems après il se chargea de la Guerre même, dans laquelle il se conduisit alors de manière qu'il employa les troupes de la Ligue Catholique contre les Unionistes, ensuite il s'accorda avec eux par la Pacification d'Ulm, à condition qu'il n'attaqueroit le Palatin que hors de la Bohème. C'est ainsi qu'il secourut l'Empereur, mais après qu'on lui eut promis de grandes récompenses, sur tout la Dignité Electorale & le Palatinat : les Protestans soutiennent que les conditions de la Pacification d'Ulm ne l'autorisoient

pas

auctoramento & juratæ Cæsari subjectionis Religione & Legibus Imperii quibus quilibet Status alteri injuste offenso suppetias ferre tenetur; denique ipsa necessitate suadente, cum non nisi salvo Cæsare salvus esse posset, Cæsari opitulari debuisset. Victoria Pragensis jus belli asseruit, &, Palatino ex Bohemia profugo, omnia in eum Statum re ibant quo erant ante Belli initia, & poterant honesta Pace controversiæ finiri cum Protestantibus, nisi Belli sumptus reflagitante Bavaro, Cæsar ex coactus esset superiorem Palatinatum invadendum relinquere, mox ipsam Palatinam Dignitatem in eundem transferre. Hæc illa fuit omnium subsequentium inde Bellorum alea & hujus exitii in quod præcipites ivimus causa præcipua, cum Protestantes quamvis perpetuis cladibus domiti Domum tamen Palatinam extorrem Imperio pati non possent, ejusque restituendæ gratia externa arma inveherent: nam Bellum Danicum hinc ortum esse nemo negat. Suecici etiam Belli causa posset aliqua ex parte in Edicti Ecclesiastici publicationem inveniri, sed ubi vera & genuina Belli Germanici causa hæserit, docuit Conventus Ratisbonensis anno 1630. peractus; cum res ibi locorum essent ut Cæsar cum Protestantibus honestissimam Pacem inire posset, aut, si suis consiliis sine interpellatione uti potuisset, Statuum dicto obedientiæ quietem victricibus armis protegere: sed Paci cum Protestantibus intercessit Bavarus nolens Palatinatu cedere nisi sibi alunde a Cæsare, cui interea persuaserat ut se tredecim millionum debitorem constitueret, & nominatim concessa superiori Austria satisfaceret; utque ejus rei sibi patronum aliquem pararet & vindicem, occulta cum Gallo serere consilia & clandestine se Fœderibus illigare cœpit, Gallicæ gratiæ colligendæ studio Mantuanum Bellum cœpit, Cæsarem victorem æquis cum victo conditionibus componere, mox Walstenium (cujus fortuna ac rerum gestarum ad eum diem neminem pænitebat) exauctorare, & Fœderis Catholici quod, jam dudum abolita Protestantium unione, & ipsum aboleri æquum erat, idque ut fieret Protestantes magnopere contendebant, perpetuationem admittere: prorogati ergo Belli Germanici fatum, ut & excitati non penes Habspurgican, sed Wittelspachicam familiam quæras licet. Dum enim Ratisbonæ hæc Cæsari extorquentur, Gallis interea metu armorum à Cæsare soluti, expertisque omnia à Cæsare, suffragante Bavaro impetrari posse, vacuum liberumque fuit Suecum in Germaniæ, nihil tum nisi rerum mutationem spirantis, viscera armatum inducere, novumque ad veteres & gravissimum Imperio hostem excitare: at Bavarus harum rerum aut inscius aut incuriosus, eo solo triumphare quod summa rei militaris ad Tillium Clientem suum rediisset, Gallorum fraudem nescire; Sueci vires contemnere, & intempestivæ parcimoniæ studio lectissimum Fœderis Catholici & victorem militem non persoluto stipendio dimittere; qui uno inde agmine ad Suecum concessit, gratulante

pas en cela; puisque sans un engagement de cette nature, il étoit obligé de secourir l'Empereur par son serment de fidélité, par sa Religion, & par les Loix de l'Empire, qui obligent tous les États à secourir celui qui est injustement attaqué : enfin la nécessité même l'y engageoit, car son salut dépendant de celui de l'Empereur, il devoit le secourir. La journée de Prague assura le droit de la Guerre, & le Palatin s'étant retiré, toutes choses pouvoient être remises dans l'état où elles étoient avant le commencement de la Guerre, & cette querelle auroit été terminée par une Paix avantageuse qu'on auroit conclue avec les Protestans, si pour satisfaire le Duc de Bavière qui demandoit avec instance d'être remboursé des frais de la Guerre, l'Empereur n'eût été obligé de le laisser s'emparer du haut Palatinat, & de faire passer à sa branche la Dignité de l'Électeur Palatin. Voilà la source des discordes suivantes; voilà la cause de la ruine où nous allons être précipitez, puisque les Protestans, malgré les pertes qu'ils ont soufertes ne voulurent point soufrir que la Maison Palatine restât bannie de l'Empire, & implorèrent les armes étrangères pour la rétablir: car il n'y a personne qui ignore que c'est là la cause de la Guerre de Dannemark. On pourroit de même trouver en quelque manière la cause de la Guerre de Suède dans la publication de l'Édit Ecclésiastique; mais la Convention de Ratisbonne de l'année 1630. a fait assez voir où étoit la source de la Guerre d'Allemagne; puisque les choses étoient dans une situation que l'Empereur pouvoit faire une Paix très-honorable avec les Protestans, ou s'il eût exécuté ses desseins sans opposition, il eût apuyé de ses armes victorieuses la tranquilité des États qui auroient obéi: mais le Bavarois s'oposa à la Paix, ne voulant point sortir du Palatinat, à moins que l'Empereur, à qui il avoit persuadé de se déclarer son débiteur de treize millions, ne lui cédât pour équivalent la haute Autriche; & afin d'avoir quelqu'un qui l'apuyât dans ses prétentions, il eut des correspondances particulières avec la France, avec laquelle il fit des Alliances secrettes, & pour s'assurer sa protection, il commença la Guerre de Mantoue, il voulut faire la Paix entre l'Empereur vainqueur & le vaincu à des conditions égales, ensuite il fit ôter le commandement à Walstein dont les belles actions répondoient à son bonheur, enfin il consentit à la continuation de la Ligue Catholique, qu'on auroit dû abolir depuis que les Protestans avoient rompu la leur, ce qu'ils demandoient avec instance : il n'est pas la famille d'Habsbourg, c'est celle de Wittelspach, qu'il faut rendre responsable non seulement des causes, mais encore de la continuation de cette Guerre. Pendant qu'on extorquoit ces choses de l'Empereur à Ratisbonne, les François, qui ne craignoient plus ses armes, & qui se voyoient au point de tout obtenir de lui, avec le secours du Bavarois, se virent les Maîtres d'introduire les Suédois dans le sein de l'Allemagne, qui ne respiroit alors que nouveauté & changement, & d'ajouter ainsi ce nouvel & redoutable Ennemi à ceux que l'Empire avoit déja: le Bavarois qui ignoroit ces choses, ou n'y faisoit pas attention, triomphoit de ce que Tilly, son favori, étoit chargé du commandement de l'armée, il ignoroit la tromperie des François & méprisoit les forces des Suédois, enfin par une épargne à contre-tems; il fut cause que l'armée victorieuse des Catholiques se débanda parcequ'on ne la payoit pas, & fut prendre parti dans celle des Suédois, qui se félicitoient de

lante illo sibi, quod Bavari hostis sui beneficio jam esset ut nulla aperti prælii alea detrectanda ipsi foret. Atque hæc eo tempore agebantur cum quidquid est in Germania Protestantium Lipsiæ convenisset, ibique adventantis Sueti fiducia exagitaretur, ut quam iniquissimæ Cæsari & Catholicis Pacis conditiones extorquerentur, à quibus si quis credebat Electoralem Dignitatem exceptam ac præterito Palatino, Bavaro perpetuatum iri nimis is simplicis oportet ut fuerit ingenii : ecce autem insperatâ Lipsensi clade fortuna Catholicorum uno omnino impetu concidit, Bavariæque mens quæ ante cladem erat confidentissima, post eandem factâ abjectissima, ut nihil jam nisi de Bavaria conservanda cogitaret. Itaque licet Tillus collectis cæsi exercitus reliquiis & adjuncto Lotharingio copiisque Cæsaris ex Italia adventantibus, ita vires suas refecisset ut Sueco victori par esset & prope Wurtzburgum egregiam habuisset occasionem paris ei referendæ cladis, quod Rex ipse fassus est nunquam se in majori discrimine fuisse, cum ipse exiguis cum copiis instructissimum hostem tam prope confedisset, coegit tamen Tillium Bavarus, omissâ omni alia cura, omisso Lotharingo quem interea Galli Provincia sua omni exuerunt, citatum agmen ad Bavariæ fines convertere : quâ in profectione fugæ simili testatissima res est exercitui illi à quo plenis turmis se milites subducebant, & maximâ parte ad hostem transibant, plus vivium decessisse, quam si duplicatam justo prælio cladem accepisset. Culpam si nullam hic agnoscit suam Bavarus, & illa in fortunæ eventum rejicienda est, quo colore excusabitur quod mox inscio Cæsare, insciis Catholici Fæderis sociis, tum cum maxime Mindelhemii de bello communi gerendo consultarent, Gallis suasoribus neutralitatem illam (quam ut cæterarum actionum suarum vincam ipse Dux execrari etiamnum dicitur) ambit nulla communis patria, nulla Imperii sed sola sui ipsius conservandi cura. Sed castigavit scilicet fortuna ipsa imprudentiam consilii, & Suecus Bavariæ illatus coegit penatibus propriis profugum ad Sacram anchoram, ad Cæsarem & Walstenium profugere, à quo sublevatus, non nihil tamen & denuo dejectus, cum Ratisbonna, eorum culpa qui, ut sumptibus parcerent, loci præsidium imminuerant, amittitur : brevi tamen opitulante toto exercitu Cæsareo Urbis illius victor res suas adeo rursus stabilire potuit, ut extincto Walstenio Militaris Imperii pars maxima ad eum rediret, & separatum jam habere inciperet exercitum, Bavaricarum Imperii copiarum nomine insignem; quo ille nunc instructus suo arbitratu hinc fert Leges, inde derogat, & de alienis pacifcitur. Nordlingensi victoria res Imperii revivifere poterant, si pari, ac Suecus, ardore usi fuissemus eventu rerum, sed Bavaricus Miles nondum maturo Hybernorum tempore Hyberna petere occupans destituit in cursu rerum Cæsarearum militem; unaque optimas rerum gerendarum occasiones insecuta est Pax Pragensis, in qua quanto studio Cæsar egerit ut salva Bavaro Electoralis Dignitas & res partæ essent, nec ille quidem ipsemet ne-
ga-

de ce que le Bavarois, son Ennemi, le mettoit en état de ne pas refuser le combat. Voilà ce qui se passoit pendant que tout ce qu'il y avoit de plus illustre parmi les Protestans s'étoit assemblé à Leipsik où l'arrivée du Suédois leur fit espérer d'obliger bientôt l'Empereur & les Catholiques, à faire la Paix à des conditions désavantageuses pour eux, & il faudroit être bien simple pour croire qu'abandonnant le Palatin, ils eussent laissé la Dignité Electorale au Bavarois : la fatale journée de Leipsik renversa tout d'un coup la bonne fortune des Catholiques, & le Bavarois auparavant si fier perdit tout courage, & ne pensa plus qu'à couvrir ses propres Etats. Néanmoins Tilly rétablit ses forces en ramassant les restes de son armée défaite, qu'il joignit à celle du Duc de Lorraine, & aux troupes de l'Empereur, qui venoient d'Italie, de sorte qu'il étoit égal aux Suédois vainqueurs, & qu'il eut une belle occasion de prendre sa revanche auprès de Wurtzbourg; en effet le Roi de Suéde avoua depuis qu'il n'avoit jamais été dans un plus grand danger, puisqu'avec une poignée de monde il se trouvoit campé à la portée d'un ennemi qui avoit toutes ses forces réünies; mais le Bavarois, sans s'embarasser de rien autre chose, obligea Tilly, à abandonner le Duc de Lorraine, que les François dépouillérent de ses Etats, & à s'avancer en diligence vers les frontiéres de la Baviére : dans cette marche, très-semblable à une fuite, les Soldats désertoient par troupes & se rendoient à l'armée de l'Ennemi, ce qui affoiblit cette armée une fois plus que si elle eût perdu une bataille. Si le Bavarois ne veut pas reconnoître qu'il y a en cela de sa faute, & s'il dit qu'il faut s'en prendre au hazard; comment pourra-t-il se laver d'avoir consenti, à la persuasion de la France, à une neutralité, qu'il deteste à présent comme la cause de tous les travers dans lesquels il a donné depuis, & cela à l'insçu de l'Empereur, à l'insçu des Membres de la Ligue Catholique, & dans le tems qu'ils délibéroient à Mindelheim pour faire la Guerre, de concert, enfin sans se soucier de la cause commune & des intérêts de l'Empire & ne pensant qu'à sa seule conservation. Mais la fortune est pour ainsi dire vénue au secours de son imprudence, car le Suédois entré dans la Baviére l'obligea à abandonner son propre Païs & à s'appuyer sur l'ancre sacrée, en un mot à recourir à l'Empereur & à Walstein qui vint à son secours, mais qui ne put empêcher qu'on ne le chassât une seconde fois après avoir perdu Ratisbonne par la faute de ceux qui, pour épargner, en avoient diminué la Garnison : mais peu de tems après il reprit cette Ville & rétablit si bien ses affaires, qu'après la mort de Walstein, il se vit à la tête de la plus grande partie des forces de l'Empire, & eut une armée à part, qui s'est signalée sous le nom de l'armée de Baviére; c'est à la tête de cette armée qu'il donnoit d'un côté des Loix, qu'il en cassoit de l'autre & qu'il régloit à sa fantaisie les intérêts des autres. La victoire de Nordlingen auroit pu rétablir les affaires de l'Empire, si nous avions sû profiter des événemens avec la même ardeur que le Suédois, mais dans le tems le plus propre à recueillir le fruit de ce succès, les Bavarois abandonnerent l'armée Impériale, pour gagner leurs quartiers d'hiver, quoique la saison ne fût pas alors assez avancée pour finir la campagne; & la Paix de Prague suivit de près ces contre-tems; le Duc ne niera pas que l'Empereur ne fît alors tout ce qui dépendit de lui pour lui conserver la Dignité Electorale & toutes ses
con-

gabit : tanti tamen apud eum non fuit ut postea eligendo Imperii Successori gratuitum suffragium ignoratus præstaret. Decessit Ferdinandus II. relictis florentissimis Copiis quibus cum Milite Bavarico junctis Gallasseus Bauerium ad Maris Baltici oras redegit, spesque erat ibi locorum bellum constiturum, sed questus est Gallasseus copiis Bavaricis ad coercendos Hessos revocatis optima exercitus parte se nudatum destitui. Eodem anno cum Verdensis alter copiarum Bavaricarum Præfectus Weymariensem Rhenum transgressum feliciter rejecisset, miravi subiit cur non Rheno & ipse superato hyberna æque trans fluvium ac cis illum quæsierit, auctusque iisti animorum habitus subsequentium annorum successu : nam ut in medio relinquatur Brisacum nec servari potuerit, si serio eam in rem allaboratum fuisset, extincto improvisa morte Weymario quin Bavari, si confestim Rhenum transjecissent, magnarum rerum occasionem in manibus habuissent, pauci admodum sunt qui dubitent; sed cur nec illo nec sequentibus annis Bavari unquam sibi quicquam trans Rhenum negotii esse voluerint, id vero multum & sinistri rumoris & suspicacis silentii præbuit : cæmque nunc tantopere persuasum esse vident Pacem a Gallis non nisi Alsatia & Brisaco concessis haberi posse, ambigere subit an non ab illis qui aliena jactura, licet in eâdem navi sint, sua conservari satagunt, ultro Gallis hæ conditiones sunt oblatæ.

Certum est Gallos non sincerè cum Domo Bavarica amicitiæ jus quærere, sed id dumtaxat ut ea lactata & ad suas rationes tantisper, dum Domum Austriacam evertant, adjuncta, mox, cum ejus voti compotes erunt, eam quoque subruant, solumque id ei beneficium præstent, quod Polyphemus Ulyssi promisit, ut eam omnium extremam devorent. In suu latantur Galli, cùm tot ad eos Litteras, tot Legationes, nuperque ipse Bavaricæ conscientiæ inspector commeavit, cum Osnabrugensem alia ex parte etiam Tullensem, & Verdunensem Episcopatus somniantem vident, eum qui sine suffragio populi Ædilitatem gerit & inconsultis trium Circulorum Franconici, Bavarici, & Suevici Statibus, eosdem Galliæ protectioni aut neutralitati sistit, in quam ut Catholici consentiant, id tamen nunquam facturi sunt Protestantes. Urbes præsertim liberæ gaudent sibi ultrò in manus dari facultatem ulciscendi eas quantum intendunt : cum ex intervallo respuerunt Bavari, eis clades intulerunt Galli, præcipuè cum tam candidè quæ sua in Bavarum mens sit, cum sæpe aliàs, tum nuper sine ambage demonstrarunt, nullam scilicet aliam à Bavaro pacificationem admissuros, nisi præcipuis Bavariæ Arcibus sibi traditis, & uno filiorum dato obside : Quam mentem reliquis curis defuncti Domoque Austriaca iis ordinem redacta, quin contra familiam Bavaricam Amphiarao etiam non vivo vel mox sub terras condito, ipsi sint demonstraturi; dubitet ille licet qui adeo studiis Pacis indormiscit ut ne Galli quidem cantum exaudiat. Omnes Germaniæ Principes pares esse Galliæ nolunt Galli, aut si quid infra

conquêtes : ce qui fit néanmoins si peu d'impression sur lui que peu de tems après, il se fit prier pour donner son suffrage à celui qu'il faloit élever à l'Empire. Ferdinand II. mourut & laissa les troupes de l'Empire dans un état florissant ; Gallas les ayant jointes à l'armée Bavaroise poussa Bannier jusques sur les côtes de la mer Baltique, & il pouvoit se flater de mettre fin à la guerre dans ces contrées, mais les troupes Bavaroises ayant été rapellées pour s'oposer aux Hessois, Gallas se plaignit qu'on lui avoit ôté la meilleure partie de son armée. La même année de Wert, autre Général de l'armée Bavaroise, ayant repoussé heureusement Weymar, qui avoit passé le Rhin, on fut étonné qu'il ne passât pas le Rhin à son tour pour aller prendre ses quartiers d'hiver aussi bien au delà qu'en deça du Rhin, & qu'il ne profitât pas des avantages des années suivantes : car sans examiner si l'on n'eût pas sauvé Brisac, si l'on avoit voulu s'en faire une affaire capitale, Weymar étant mort assez subitement, si les Bavarois ne devoient-ils point passer le Rhin, &. n'auroient-ils pas trouvé mille occasions favorables d'exécuter des choses importantes ? Mais pourquoi les Bavarois n'ont-ils jamais voulu rien entreprendre au delà du Rhin ? Leur conduite a donné lieu à de fâcheux bruits, & à un silence soupçonneux, & à présent que l'on voit qu'il n'y a point de Paix à espérer de la France qu'en lui laissant Brisac & l'Alsace, on doute avec raison si, étant dans le même vaisseau, ils n'ont pas mieux aimé conserver leur bien aux dépens de celui des autres, & qu'ils n'ayent d'eux-mêmes offert ces conditions aux François.

Il est certain que la France n'a pas recherché sincérement l'amitié de la Maison de Bavière; elle n'a eu en vûe que de s'en servir pour ses propres fins & pour renverser la Maison d'Autriche; & quand elle en sera venu à bout, elle l'attaquera elle-même & tout au plus la traitera comme Polyphême traitoit Ulysse, c'est-à-dire qu'elle la dévorera la derniére. Quel charme pour les François de recevoir tant de Lettres, tant d'Ambassades de la part du Duc de Bavière, dont le Confesseur même leur a été dépêché? Quel plaisir pour eux de le voir se promettre en songe les Evêchez d'Osnabrug, de Toul & de Verdun, & de se moquer de lui lorsque sans aucun suffrage du Peuple il s'en établit l'Edile, met sous la protection de la France les Etats des trois Cercles de Franconie, de Bavière & de Suabe sans les consulter, & tente d'établir une neutralité à laquelle les Protestans n'acquiesceront jamais, quand les Catholiques y donneroient leur consentement. Les Villes libres sur tout se réjouissent d'avoir enfin trouvé l'occasion de se vanger comme elles le souhaitent; mais lorsqu'au bout d'un peu de tems les Bavarois rentrérent en eux-mêmes, les François commencérent à leur porter des coups, & alors ils firent bien voir dans aucun détour quelles étoient leurs dispositions envers le Bavarois, lorsqu'ils déclarérent qu'ils ne traiteroient pas avec lui qu'il ne leur livrât ses principales Forteresses, & l'un de ses fils pour ôtage : il n'y a que ceux qui se laissent bercer du desir de la Paix jusqu'à ne pas entendre le chant du Coq qui pourront douter que la France délivrée de tous soins & après avoir mis la Maison d'Autriche à la raison n'agisse ainsi contre la Maison de Bavière aussitôt que l'Amphiaraüs qu'elle redoute sera mort & englouti dans les entrailles de la terre. Les François ne veulent pas que tous les Princes d'Allemagne aillent de pair avec

infra pares est , consulatur Domus Lotharingica affinitate junctâ, quam, ut jam longo annorum nexu olim Burgundicam Britannicamque familiam, opprimere conantur : ita sine dubio voti compotes erunt , si possessâ Alsaciâ hinc a Germaniâ illinc a Galliâ premere poterunt : melioremque conditionem quam Lotharingus a Gallis expectare debeant Bavari , tempus quod quidem solum non captari videtur , docebit ; confestim atque confectâ Pace Bavaricus inermis erit , despicient Galli quem suarum virium terminum esse velint ; nec unquam ipsis justus color deerit Fœderis a Bavaris vel repetendi vel suo arbitratu interpretandi atque adeo immutandi.

Protestantes in Germaniâ & vindices eorum Sueci quem habitum animorum præstabunt , si revulsâ a corpore Imperii (cui integro non decurtato inhiant) Alsaciam , Bavarus ipsis sufferendus sit aut Palatinatus aut Austriæ superioris Domus. Et Gallica insuper Clientela tumidus aut enim statim se in litume opponent Paceque à Gallo emptâ neutiquam illum frui sinent , aut tantisper dissimulabunt , dum eadem Domni Bavaricæ quæ Austriacæ fuerunt fata , appetant.

Quod si naturæ concedere legi contingat Serenissimum Bavariæ Electorem ætate quâ est provectissimâ , Bavaria vel inermis erit vel destituta ejus regimine qui tanta cum prudentia hactenus & armis tutando moderatus est : conquerentur hinc populi Tirolenses pennis suis deplumati & sua vel restitui vel resarcire sibi æquum putabunt ; fortassit erit aliquando de tutela contentio ; fratrisque filios ejus iniquæ suæ fortunæ pænitere incipiret ; repetundarum judicium Bavaris Commissariis intentabunt Suevici , Bavarici & Franconici Circuli Status , erogatarumque contributionum rationes exigent : tum vero quid agent Galli ? Si ut mollissime res gerantur ad eos ibitur , ut arbitrium & auctoritatem controversiis interponant , dijudicabunt scilicet litem eo eventu ut victi victoresque simul pereant.

At enim providebunt Bavari ut semper armati instructique sint & vi propulsandæ & fraudi vitandæ injuriæque prohibendæ : sed suisne id propriis opibus obtinebunt , an vicinorum ut adhuc expensis ? Atqui præ se ferunt Bavari ad Pacem cum Gallo componendam urgeri se maxime Subditorum suorum querelis , qui tot tantorumque tributorum militarium oneri pares se esse ferendo negant , hi sane perpetuo militi alendo multò minus assentient ; si onus hoc in Suevos & Francones solos inclinare volent : at neque illi bello sopito belli mala nolentes ferent , & si aliter se explicare non possint , Bavaricæ servituti Gallicam servitutem præferent , malentque jamdudum potentiori quam nuper sibi pari subesse.

Cum superioribus annis Palatinus Bohemiæ Regnum invasisset , rogatur socer ejus Rex Angliæ ut in possessione adventitii Regni Generum defenderet , negavit eum a se morem introduci debere

---

la France ; s'il peut y avoir un rang au dessous de l'égal , c'est ce qu'il faut demander à la Maison de Lorraine leur alliée , qu'ils tâchent d'oprimer depuis plusieurs années , comme ils ont oprimé celles de Bourgogne & de Bretagne ; & ils en viendront à bout dès que possédant l'Alsace ils pourront l'attaquer du côté de l'Allemagne & du côté de la France : le tems qui est le seul qu'on ne peut corrompre , nous aprendra si la Baviere doit attendre des François un meilleur sort que la Lorraine ; la Paix ne sera pas plûtôt faite & le Bavarois desarmé que le François marquera jusqu'où il voudra porter ses forces , & il trouvera toûjours quelque prétexte de rompre son Alliance avec le Bavarois ou de l'interpréter & de la changer à sa fantaisie.

Que penseront les Protestans d'Allemagne & les Suédois leurs protecteurs , si après que les François auront démembré l'Alsace du Corps de l'Empire , qu'ils voudroient dévorer tout entier , ils se voyent dans la nécessité de secourir le Bavarois ou le Palatin ou même la haute Autriche. Quelque fier qu'il soit de la protection de la France , ou ils le traverseront & ne le laisseront pas jouir de cette Paix inutilement achetée des François ; ou dissimulant pour un tems ils attendront que la Maison de Baviére éprouve le même sort que celle d'Autriche aura.

S'il arrive que le Sérénissime Electeur de Baviére qui est dans un âge fort avancé , vienne à mourir , la Baviere restera sans armes ou du moins sans le gouvernement de celui qui l'a défendue par ses armes , & qui l'a si prudemment gouvernée jusqu'à présent : alors ceux du Tirol se souvenant des plumes qu'on leur a arrachées , les redemanderont ou se croiront en droit de les reprendre ; peut-être y aura-t-il des disputes pour la tutelle ; & les fils du frère du défunt feront connoître combien peu ils sont contens de leur sort ; les Etats des Cercles de Suabe , de Baviere & de Franconie intenteront un procès en matiére de concussion aux Commissaires Bavarois , & leur demanderont compte des contributions qu'ils ont reçues : que feront les François dans cette conjoncture ? Si l'on a recours à eux , si l'on implore leur autorité & leur arbitrage , ils termineront le procès de maniére que le sort des vaincus & des vainqueurs sera également deplorable.

Mais , dira-t-on , les Bavarois auront soin d'être toûjours en armes & prêts à repousser la force , à se mettre à couvert de la fraude & de l'injustice : mais pourront-ils en venir à bout avec leurs propres forces , ou aux dépens de leurs voisins comme à présent ? La Cour de Baviére dit que les plaintes de ses Sujets l'obligent à faire la Paix avec la France , qu'ils refusent de fournir davantage aux dépenses de la guerre ; ainsi ils refuseront encore plus de nourrir ces Soldats qu'on tiendroit toûjours sur pied ; & si l'on veut en charger ceux de la Suabe & de la Franconie , y consentiront-ils lorsque la Guerre sera finie , eux qui ne veulent pas suporter cette dépense à présent ? Enforte que s'ils ne peuvent trouver d'autre moyen de se délivrer de la servitude de la Baviere qu'en pliant le col sous celle de la France , ils aimeront mieux se soumettre à un plus puissant qu'à celui qui leur étoit égal il n'y a que deux jours.

Lorsqu'en dernier lieu l'Electeur Palatin se fut emparé du Royaume de Bohême , il demanda du secours à son Beau-Pére le Roi d'Angleterre pour le maintenir dans la possession de cette Couronne , mais ce Roi déclara qu'il n'autorise-

1645.

bere ut aliena regna invadentibus auxilio fit;nam idem exemplum posse in se & in suos recidere : si Bavari æquum non censent ut Tirolensium pupillorum bonis Gallo addictis Pacem redimant, videantnequod juris nunc in alium Statum , sedente tempore eodem & ipsis utendum sit. Dicent Bavari cum tot undique hostibus & ipso Turca ingruente nec Domui Austriacæ nec Bavaricæ medium ullum belli sustinendi superfit;extrema necessitas urgeat Pacis quocunque modo acceptandæ, Galli vero eam nisi concessa Alsacia facere ullo modo velint, fieri aliter non posse quin in eam concessionem consentiendum sit. Respondetur, si humano calculo res exigantur, verum id quidem esse; sed si æquitas, si justitia consulatur, & res Deo non hominibus permittatur , superesse viam ex hujusmodi angustiis emergendi: sed ante necesse est ut Bavari conscientiam propriam hoc piaculo absolvant, & quod sibi fieri nolint , innocentissimis pupillis ut fiat non procurent ; cum Domino placuerint viæ hominis , Inimicos quoque ejus convertet ad Pacem (ajunt Sacræ Litteræ) Si Bavarus abdicato propriæ utilitatis respectu in commune patriæ bonum sensus suos intendat , & si pax jactura aliqua redimenda sit , in eandem jacturam & ipse aliquid de suo concedere velit , ut scilicet damni lucrique partes æqua portione inter omnes quorum interest Pacem fieri, dividantur; nemo dubitat quin Deus aut faciliores ad æquam Pacem Gallos sit facturus, aut pertinaciam eorum condignis pœnis castigaturus.

riseroit jamais, en prêtant du secours, ceux qui vouloient se rendre Maîtres du trône d'autrui, parce qu'on pourroit quelque jour imiter cet exemple contre lui ou contre les siens : si les Bavarois ne croient pas qu'il soit juste d'acheter la Paix aux dépens des biens des mineurs du Tirol , ne voyent-ils pas qu'ils doivent suivre la même justice dont ils veulent qu'on use envers un autre Etat. Les Bavarois diront qu'ayant tant d'ennemis sur les bras & même le Turc, qui mettent les Maisons d'Autriche & de Bavière hors d'état de soutenir tant de guerres à la fois, & qui les réduisent à la nécessité d'accepter la Paix à quelque condition que ce soit; & que les François ne voulant pas la faire si l'on ne leur cede l'Alsace, il faut absolument consentir à cette cession. On répond à cela que si l'on ne consulte que l'intérêt , cela est vrai , mais que si l'on a égard à la justice, & si l'on remet à la Providence divine la conduite de cette affaire , on ne doit point desespérer d'avoir des moyens de sortir de cet embarras: mais il faut avant tout que les Bavarois déchargent leur conscience de ce forfait,& qu'ils ne fassent pas à d'innocens orphelins ce qu'ils ne voudroient pas qu'on leur fît ; quand les voyes de l'homme seront agréables à Dieu , il tournera le cœur de ses Ennemis vers la Paix, disent les Livres sacrez. Si le Bavarois préférant le bien commun à ses intérêts particuliers, & qu'il faille acheter la Paix aux dépens de quelque perte, il sacrifiera quelque chose du sien , ensorte que le gain & la perte soient également partagez entre ceux qui ont intérêt à la conclusion de la Paix : alors Dieu disposera sans doute les François à faire une Paix équitable, ou il punira leur opiniâtreté comme elle le méritera.

1645.

E X T R A I T

Des Considérations sur les Contre-propositions ou résolutions pour la Paix, qui ont été délivrées par les Ambassadeurs de l'Empereur.

Le 25. Septembre 1645.

LEsdites Considérations mises par écrit en Allemand audit an au mois de Novembre pour & au nom de l'Assemblée d'Osnabrug : où se voyent les causes du retardement pour la Paix en Allemagne & avec les Couronnes de France & de Suède.

Depuis l'on y a joint des Additions & Explications, & quelque tems après fait un Extrait qui a été présenté en l'Assemblée de Munster, & est en Allemand & en Latin.

Il y est omis ce qui concerne l'intérêt desdires Couronnes , & aussi le retranchement de l'autorité & pouvoir de l'Empereur & des Electeurs de l'Empire.

I.

Il est dit que les Ambassadeurs de l'Empereur ont demandé l'avis à l'Assemblée d'Osnabrug sur leurs Contre-propositions.

II.

Que l'Empereur doit accorder des Sauf-conduits pour les Députez de tous les Etats médiats de l'Empire, sans aucune limitation, selon que les Ambassadeurs de Suède l'ont demandé.

III.

Que si le Traité de Skombek n'a pas été exécuté, les Princes de l'Empire n'y sont pas obligez : ce qui regarde les offres faites à la Couronne de Suède de quelque portion de la Poméranie , se peut augmenter.

IV.

Que les Ambassadeurs de l'Empereur & des Rois proposent au plûtôt les Articles qu'ils veulent ajouter aux précédentes propositions pour la Paix.

V.

Les maux que l'Allemagne a soufferts depuis les troubles.

VI.

Le Traité d'Union entre les Evangéliques à Leipsick l'an 1631.

VII.

Que les Couronnes étrangéres n'ont point pris les armes contre l'Empire; mais pour la défense des oprimez, comme il aparoît de leurs Manifestes.

VIII.

Les Etats de l'Empire ne se peuvent déclarer ennemis desdites Couronnes.

IX.

Qu'au Traité de Paix d'Allemagne, l'on ne doit mêler les affaires de Portugal, de Catalogne, de Navarre, d'Italie, & des Pais-Bas; parceque ce ne seroit qu'allonger & embrouiller le Traité.

X.

Il faut remédier dans le Traité de Paix, à ce qui a été entrepris depuis l'an mil six cens dix-huit.

XI.

Les Etats de l'Empire trouvent bon que le Duc de Lorraine soit compris au Traité de Paix; sauf à entendre les raisons & déclarations sur cela de la part du Roi de France, qui posséde la plupart des Pays de ce Duc.

XII.

Que le Traité de Paix soit aussi aprouvé par la Noblesse libre de l'Empire.

XIII.

Que l'Allemagne ni l'Empire ne se doivent mêler des Guerres, qui surviendront entre les Couronnes de France & d'Espagne, ni aussi de celle qui dure encore entr'elles.

XIV.

Que l'Empereur ne se réserve pas le pouvoir d'assister le Roi d'Espagne pour la conservation des Pais-Bas contre la France, & du Comté de Bourgogne, nonobstant la Transaction faite en l'an mil cinq cens quarante-huit, par l'Empereur Charles-quint avec les Etats d'Allemagne, pour l'assistance desdites Provinces.

XV.

Que l'Amnistie universelle, sans aucune restriction, soit publiée au plutôt, pour ce qui s'est passé depuis l'an mil six cens dix-huit.

XVI.

Qu'il ne sera fait restitution des meubles, pour l'impossibilité qu'il y a de ce faire.

XVII.

L'on aura égard aux transactions & confiscations contre les Evangéliques, pour les biens Ecclésiastiques ou Séculiers, depuis l'an mil six cens dix-huit; nommément pour le regard du Duc de Wirtemberg, du Marquis de Bade, & de la Ville d'Augsbourg & autres.

XVIII.

Il sera fait juste satisfaction, en ce Traité, au Roi de Bohême & à la Maison Electorale Palatine.

XIX.

Il ne sera point touché à l'état Politique du Royaume de Bohême.

XX.

Que les Edits de Pacification pour la Réligion soient entretenus aux Etats de Bohême, Silesie, & Moravie; ce qui s'entend aussi tacitement de la Maison d'Autriche.

XXI.

Que la Justice soit reformée.

XXII.

Du Conseil Aulique de l'Empereur & de son Conseil privé & les abus & violences contre les Evangéliques.

XXIII.

De la Chambre Impériale de Spire & les abus & longueurs.

XXIV.

Le Conseil pour la Justice à Rotweil en Suabe; & Haguenau, & les abus.

XXV.

Qu'il y ait un Conseil souverain pour la Justice, pour les Cercles de la Haute & Basse Saxe & de Westphalie.

Un autre pour les Etats de Franconie & de Suabe.

Le Conseil Aulique de l'Empereur pour l'Autriche & la Baviere.

La Chambre Impériale de Spire pour les Cercles de la haute Province du Rhin, de la Province Electorale du Rhin, & du Cercle de Bourgogne: pour abréger les longueurs de la Justice & éviter les frais à venir plaider de si loin.

Que les Conseils de Justice à Rotweil en Suabe, & à Haguenau soient cassez.

XXVI.

Qu'en cas d'égalité de voix, l'on ait recours aux Diettes Impériales.

XXVII. Que

XXVII.

Que nul Etat de l'Empire ne soit proscrit & mis au Ban, qu'en une Diette Impériale, & avec connoissance de cause; & pour les autres Etats en particulier, qu'ils soient jugez par leurs Juges ordinaires.

XXVIII.

Que l'Empereur puisse nommer les Présidens èsdits Conseils, prendre la connoissance des Fiefs Royaux, & des cas de Paix enfrainte; & que nulles causes ne soient évoquées au Conseil Aulique de l'Empereur, & moins en celui de Conscience.

XXIX.

Que lesdits quatre Conseils de Justice ayent le même pouvoir que les dix Parlemens de France, sans casser leurs jugemens; & de même que les autres Conseils Souverains pour la Justice en Espagne, Italie, & autre part.

XXX.

Des révisions des Procès, des visitations des Cours Souveraines de justice.

XXXI.

Que ceux qui sont endommagez par les Guerres, ayent quelque délai pour payer leur dettes.

XXXII.

Pour ce qui est de l'élection du Roi des Romains, les Etats de l'Empire s'en raportent au contenu de la Bulle d'or; & néanmoins ils tiendront la main, que l'Empire ne soit Héréditaire, & que la liberté d'élire soit toûjours conservée aux Electeurs.

Il est jugé à propos que les Etats de l'Empire, ensemble ou par forme de Cercles, donnent aussi leurs avis sur ladite élection.

XXXIII.

Que les Loix & Ordonnances de l'Empire ne soient faites qu'en une Diette Impériale & Assemblée des Etats Généraux, ni aussi les déclarations sur icelles.

XXXIV.

Que l'Empereur n'entreprenne aucune Guerre; ne traite de Confédération & Alliance avec les Princes étrangers; ne mette aucunes tailles & impôts; n'accorde aucuns logemens ou Passages de Gens de guerre; ne bâtisse aucune Forteresse ès Païs des Princes & Etats; ni ne mette aucunes garnisons dans leurs Forteresses: Si ce n'est du consentement libre des Diettes Impériales & de tous les Princes & Etats de l'Empire.

XXXV.

Qu'au plutôt il retire ses Garnisons qu'il y a.

XXXVI.

Que les Forteresses de Philisbourg, dans l'Evêché de Spire; de Peterbourg, dans celui d'Osnabrug, & de Benfeld, dans l'Evêché de Strasbourg, soient au plutôt démolies.

XXXVII.

Les Etats de l'Empire n'entendent toucher à la Souveraineté qui apartient à l'Empereur ni aux Droits qui apartiennent aux Electeurs selon la Bulle d'or.

XXXVIII.

Qu'il n'est loisible aux Princes & Etats de l'Empire de faire aucune Confédération contre l'Empereur & l'Empire.

XXXIX.

Les Couronnes étrangéres ne sont disposées de poser les armes, qu'elles ne soient assurées que l'Edit de Pacification pour la Religion fait à Passau l'an mil cinq cens cinquante-deux, & celui de l'an mil cinq cens cinquante-cinq, feront entretenus.

XL.

Que les Archevêques, Evêques, Prélats & Chanoines qui changeront de Religion, & feront profession de la Confession d'Augsbourg, ne doivent pour cela perdre leurs Bénéfices Ecclésiastiques, ni leur séance & voix délibérative ès Diettes & autres Assemblées; & bien plus, que ausdits Bénéfices, advenant vacation, ceux de ladite Confession y puissent être admis.

XLI.

Que les Princes & Etats de la Confession d'Augsbourg, même les Villes Impériales, & la Noblesse libre peuvent dans leur Territoire ordonner de l'exercice de leur Religion & disposer des biens Ecclesiastiques.

XLII.

Les Villes Impériales, où l'exercice des deux Religions est, comme à Aix-la-Chapelle & à Augsbourg.

XLIII.

Que l'exercice de Religion ne doit être refusé aux Evangéliques par leurs Seigneurs Catholiques.

XLIV.

Les Revenus des Monastéres situez aux territoires des Princes Protestans à prendre ès Païs des Princes Catholiques.

XLV.

Le Pape veut exercer sa jurisdiction & user de son Autorité ès Evêchez tenus par les Evangéliques.

XLVI. Que

XLVI.

Que l'Edit de l'Empereur Ferdinand second en l'an mil six cens vingt-neuf contre les Evangéliques, tant pour l'exercice de la Religion que pour les biens Ecclésiastiques, est nul de toute nullité, pour plusieurs raisons ; que ledit Empereur étoit partie contraire , & lesdits Evangéliques n'ont été ouïs.

XLVII.

Les Evangéliques desirent vivre en bonne Paix avec les Catholiques leurs compatriotes, nonobstant la diversité de Religion, en attendant qu'ils se réünissent à eux à même fin.

XLVIII.

Que d'ordinaire de trois ans en trois ans, il se tienne des Diettes Impériales pour remédier aux abus; & plus souvent, s'il est moyen ou besoin, & que tous les Etats y soient apellez.

XLIX.

Que la Matricule de l'Empire soit renouvellée, c'est-à-dire que la taxe immodérée sur quelques Etats de l'Empire, en ce qui est de contributions, soit réduite à la raison.

L.

Que les Etats de l'Empire ne soient molestez par des logemens de gens de guerre, & par des extorsions; & qu'il soit loisible ausdits Etats de s'y opposer à main forte.

LI.

Qu'aux journées de Députation & de Cercles, la pluralité des voix des Catholiques ne l'emporte sur les Evangéliques, soit ès affaires de la Religion, des contributions, ou autrement.

LII.

Que non seulement aux Assemblées Electorales lorsqu'il est question d'élire un Roi des Romains, mais aussi aux autres Assemblées Collégiales il puisse être délibéré sur ce qui regarde le bon Gouvernement de l'Empire; & néanmoins en telle sorte qu'en ces Assemblées les Electeurs ne s'attribuent à eux seuls le Droit de Paix, de Guerre, de Confédération, de Tailles, de prescription, au préjudice des autres Etats.

LIII.

Qu'aux journées ordinaires de Députation, les Deputez des Electeurs délibérent en même lieu avec les Députez des autres Princes & Etats & ne s'en séparent.

LIV.

Des titres d'honneur que les Electeurs veulent leur être attribuez.

LV.

Du Directoire ès Conseils , au préjudice des Villes Impériales.

Que les Directeurs & Présidens des Conseils ne veulent donner copie des avis différens.

LVII.

Que la voix décisive, ès Diettes Impériales, doit être considérée de même que celle des autres Princes & Etats ; & que tous leurs Priviléges, Droits Royaux, Accords, Louables Coutumes, Statuts, & biens propres, leur soient confirmez en ce présent Traité de Paix.

LVIII.

Qu'aux journées de Députation des Etats de l'Empire, les Députez des Etats Evangéliques s'y trouvent en nombre égal des Catholiques.

Que lesdites Journées de Députation ne s'attribuent ce qui n'apartient qu'aux Diettes Impériales; & ce qui aura été conclu, ne soit diféré pour l'exécution.

Que la Ville de Donawert soit remise en ses premieres franchises , tant pour ce qui est des choses Ecclésiastiques que Politiques.

LIX.

Que les Gens-de-guerre & Officiers Séculiers, qui ont servi en parti contraire, soient restituez en leurs biens; & les possesseurs ne soient tenus aux intérêts & dépens, mais seulement aux fruits perçus, sauf à attendre la Déclaration sur ce que dessus, des Ambassadeurs de Suéde & aussi de ceux de France, pour ce qui regarde les gens du Duc de Lorraine.

LX.

Les Etats de l'Empire n'ont que faire de s'entremettre de la délivrance d'Edouard Prince de Portugal, sauf aux Couronnes de France & de Suéde de s'entremettre pour ledit Prince envers l'Empereur, à ce que par son intercession le Roi d'Espagne le remette en liberté.

LXI.

Pour ce qui est de la satisfaction aux deux Couronnes, à leurs Gens-de-Guerre, & à leurs Contéderez, il faut savoir ce qu'elles demandent, & ce sur quoi elles entendent se recompenser; & lorsque les Ambassadeurs desdites Couronnes se feront déclarez là-dessus les Députez des Etats de l'Empire en donneront leur avis.

LXII.

De la démolition des Forteresses , & de la restitution du Canon aux Propriétaires : de ce que la France doit restituer au Duc de Lorraine, l'on attend la déclaration spécialement des Ambassadeurs de France.

LXIII.

Que les Gens-de-guerre soient licenciez ; que l'Empereur, dans toutes ses Forteresses, n'entretiendra plus grand nombre de gens en Garnison que celui qui sera nécessaire.

LXIV.

Qu'il soit permis aux Gens-de-guerre Allemans

1645.

mans de servir les Princes étrangers pourvû que ce ne soit contre l'Empire, & selon qu'il a été ordonné en l'an mil cinq cens soixante-dix.

LXV.

Pour ce qui est de la liberté, l'on s'attend à ce qui en sera déclaré par les Ambassadeurs de Suéde : que les Péages & Impôts, mis de nouveau sur les Marchandises, seront abolis.

LXVI.

Pour ce qui est des Impôts, qui dorénavant seront introduits, que ce ne soit pas sans l'avis des Etats Généraux & de ceux qui y sont intéressez ; que les Electeurs seuls, & ceux qui dépendent d'eux ; ne soient exemts de payer les Péages & Impôts.

LXVII.

Que ceux qui doivent être compris au Traité de Paix soient au plutôt nommez.

LXVIII.

Qu'en cas de différend, après le Traité de Paix, il en soit traité par voye amiable, & qu'il soit convenu des moyens comme quoi cela se fera.

LXIX.

Que le Traité de Paix soit souscrit par les Députez des deux Religions, & qu'il en soit fait onze Originaux ; un pour l'Empereur ; deux pour les Couronnes de France & de Suéde ; deux pour les Médiateurs de la Paix ; & six pour les trois Colléges : que la publication s'en fasse à Munster & à Osnabrug, comme aux lieux du Traité.

LXX.

Que l'Amnistie & suspension d'armes ne soit rejettée, pourvû qu'il soit convenu du logement & entretien des Gens-de-guerre : surquoi il faut attendre la résolution des deux Couronnes.

De Munster 29 Septembre 1645.

PAr la réponse, que les Impériaux ont faite aux propositions des Plénipotentiaires de France & de Suéde, ils demandent

I.

Une cessation d'armes.

II.

Qu'une Paix durable & perpetuelle se fasse entre les Parties, les Alliez & Confédérez.

III

Que les Plénipotentiaires de France & de Suéde s'expliquent plus amplement sur le point de la sentence qu'ils demandent ; qu'ils espérent que le Roi aura assez bonne opinion de l'intégrité de l'Empereur, pour n'en demander

autre assurance que sa parole, laquelle il donnera de ne se point mêler directement ni indirectement des différends qui pourroient ci-après arriver entre les Couronnes de France & d'Espagne, pourvû que le Roi en fasse de même.

IV.

Consentent à une Amnistie générale sans aucune exception, sinon pour les personnes ci-après dénommées.

V.

Qu'en vertu de cette Amnistie tous les Officiers, tels qu'ils seront, seront rétablis dans leurs biens.

VI.

Consentent que tout soit remis en l'état qu'il étoit au commencement des Guerres entre l'Empereur & le Roi, à la réserve de ce qui en a été excepté en la Diette de Ratisbonne, en l'an mil six cens quarante & un.

VII.

Que les Prisonniers de part & d'autre soient relâchez sans rançon.

VIII.

Le rétablissement du Commerce.

IX.

Consentent que l'on pourvoye à la sureté de l'exécution du Traité de Paix.

X.

Que tant s'en faut que l'Empereur prétende donner aucune satisfaction au Roi qu'au contraire il en demande.

XI.

Consentent au licenciement des Troupes.

XII.

Que tous les Alliez & Confédérez seront aussi compris.

XIII.

Demandent la restitution de tout ce que le Roi a pris en Allemagne, & particuliérement celle du Duc de Lorraine.

XIV.

Et qu'enfin le Traité soit signé, confirmé, & exécuté.

Les noms & qualitez des Ambassadeurs & Deputez envoyez à Munster & à Osnabrug pour le Traité de la Paix générale entre l'Empereur & le Roi d'Espagne &

1645.

1645.

& leurs Alliez d'une part ; & le Roi de France, la Reine de Suéde & leurs Alliez d'autre, au mois de Septembre 1645.

PREMIEREMENT

AMBASSADEURS ET DEPUTEZ A MUNSTER.

MEDIATEURS.

I. LE PAPE & pour lui.

Le Nonce nommé Fabio Chigi, Gentilhomme de la Ville de Sienne.

Il est Evêque de Nardo, qu'on dit en Latin *Neritonensis* : il a été ci-devant Vice-Légat à Ferrare. Il est Commissaire du Pape Innocent X. pour traiter de la Paix, en son nom avec la République de Venise : il est Inquisiteur Général à Malthe : il est de présent Nonce avec pouvoir de Légat à Latere à Cologne, pour les Provinces sur la Riviere du Rhin & autres de la basse Allemagne : il est aussi, outre les Charges que dessus, Nonce Extraordinaire & Médiateur de la part de sa Sainteté pour ladite Paix.

NOTA, *qu'il a depuis été fait Cardinal par ledit Innocent X. l'an mil six cens cinquante & un sur la fin de ladite année, & fut Pape en 1655. après Innocent X. sous le nom d'Alexandre VII.*

II. LA REPUBLIQUE DE VENISE.

LOUIS CONTARINI, Gentilhomme Venitien, qui a été depuis vingt-cinq ans Ambassadeur en Hollande,

Ambassadeur en Angleterre,
Ambassadeur en France,
Ambassadeur à Rome,
Ambassadeur à Constantinople;& est aujourd'hui Médiateur au nom de la République & Seigneurie de Venise.

AMBASSADEURS DE L'EMPEREUR.

I. JEAN-LOUIS COMTE DE NASSAU Seigneur de Belstein.

Il est Conseiller au Conseil de l'Empereur Ferdinand III. Gentilhomme de sa Chambre, & son Ambassadeur Plénipotentiaire en cette Assemblée.

Il est de même famille que le Prince d'Orange; ledit Prince étant fils du frère aîné & ledit Comte du Puiné.

Ledit FERDINAND Empereur a succédé, en l'an 1637. en la dignité Impériale, à son Pére l'Empereur Ferdinand second : il est né l'an 1608. il a épousé la Princesse Marie, Sœur de Philippe quatriéme, Roi d'Espagne, & de la Reine Anne Régente de France : il a deux fils, l'un desquels se nomme Ferdinand, & est né l'an 1638.

Depuis ladite Princesse Marie est morte, il s'est remarié à la fille du Comte de Tirol, & celle-ci encore morte, il a épousé une Princesse de la Maison de Mantoue, Sœur du Duc.

L'Archiduc LEOPOLD-GUILLAUME, frére du même Empereur Ferdinand Troisiéme, naquit l'an mil six cens seize : il est Evêque de Strasbourg,

De Passau,
D'Halberstad,
D'Olmutz en Moravie.

Il est Grand-Maître de l'Ordre Teutonique.

Il est Administrateur des Abbayes de Murbach en Alsace;

De Luders ou Leures devers le Comté de Bourgogne, & encore de celle de Hirchsfels au Païs de Hesse.

II. ISAAC WOLMAR Docteur, & second Plénipotentiaire de l'Empereur : il est Conseiller au Conseil Privé de l'Archiduchesse de Tirol & d'Inspruck; Président de la Chambre des Comptes : il a été premiérement Président du Conseil souverain à Ensisheim en Alsace & d'autres Seigneuries : il fut Député par l'Archiduc d'Autriche à la Diete de Ratisbonne, en l'an mil six cens quarante & un, & en l'an mil six cens quarante-deux, à la journée de la Députation de Francfort.

AMBASSADEURS DE FRANCE.

I. HENRI D'ORLEANS Duc de Longueville & d'Estouteville : il est Prince & Comte Souverain de Neuchâtel, entre le Comté de Bourgogne & la Suisse; Comte de Dunois, de Tancarville, de Saint Pol devers le Comté d'Artois; Gouverneur de Normandie; & premier Plénipotentiaire de France : il a été souvent Général des armées du Roi.

II. CLAUDE DE MESMES Comte d'AVAUX & second Plénipotentiaire de France.

Il a été Ambassadeur à Venise, vers la Reine de Suéde, vers le Roi de Pologne, & après en la Conférence de Hambourg.

III. ABEL SERVIEN, Comte de la Roche des Aubiers.

Il est Conseiller du Roi en tous ses Conseils, & troisiéme Plénipotentiaire de France : il a été Procureur Général en la Cour de Parlement en Dauphiné, Sécretaire d'Etat, & Ambassadeur vers le Duc de Savoye.

Le Roi de France à présent regnant se nomme LOUIS XIV. il est né en l'an mil six cens trente-huit : il a un frére unique le Duc d'Anjou : ils sont fils du Roi Louis XIII. décédé l'an mil six cens quarante-trois, qui étoit fils du Roi Henri IV.

AMBASSADEURS D'ESPAGNE.

I. GASPAR DE BRACAMONTE Comte de Peñaranda : Il est Plénipotentiaire de Philippe IV. Roi d'Espagne, qui regne dès l'année mil six cens vingt & un; Chevalier de l'Ordre d'Alcantara; Commandeur de l'Ordre de Calatrava; Gentilhomme de la Chambre du Roi, & de ses Conseils, de la Chambre des Comptes & Finances, & de la Justice; & Ambassadeur Extraordinaire vers l'Empereur.

Ledit Roi PHILIPPE est né en 1605. & est troisiéme fils de Philippe deux, fils de l'Empereur Charles-cinq, qui étoit frére aîné de Ferdinand second. Il a eu un fils & une fille de sa femme, Sœur du Roi Louis treiziéme : le fils est mort & se nommoit Philippe, qui étoit né l'an mil six cens vingt-huit, & la fille naquit

1645.

naquit en l'année 1638. sa femme étant morte il a épousé la Fille de l'Empereur Ferdinand trois, laquelle est acouchée d'une fille.

II. JOSEPH BARGANGNA OU BER- GANI natif d'Anvers: il est Evêque de Bois-le- Duc; élu Archevêque de Cambrai; Religieux Ré- colet de l'Ordre de Saint François; & second Plénipotentiaire du Roi d'Espagne.

III. DIEGO DE SAAVEDRA FAXARDO: il est Chevalier de l'Ordre de Saint Jaques, du Conseil Souverain des Indes; & troisiéme Plé- nipotentiaire d'Espagne : il a été Député pour le Cercle de Bourgogne à la Diette Impériale à Ratisbonne, l'an mil six cens quarante & un.

IV. ANTOINE BRUN : Il est Procureur Général en la Cour de Parlement de Dole; du Conseil Souverain de Flandre ; & quatriéme Plénipotentiaire d'Espagne : il a été Député au- dit Cercle à la même Diette, en l'an mil six cens quarante-deux, à la journée de Députation de Francfort.

AMBASSADEURS DE POR- TUGAL.

I. FRANCOIS D'ANDRADA DE LEI- TAON : il est du Conseil privé de Jean quatrié- me, qui a été reconnu pour Roi de Portugal, dès l'an mil six cens quarante par le Roi de Fran- ce, pour être issu d'un fils du Roi Emanuel, & le Roi d'Espagne seulement d'une fille, & outre cela étranger de naissance.

Ledit Andrada a été premiérement son Am- bassadeur vers le Roi d'Angleterre, & la Répu- blique des Provinces-Unies des Païs-Bas en Hol- lande; il est à présent son Plénipotentiaire en la- ditte Assemblée de Paix.

II. LOUIS-PIERRE DE CASTRO : Il est aussi Conseiller au Conseil privé dudit Roi de Portugal ; Chanoine de Conimbre ; du Conseil de l'Inquisition; de celui de Conscience; de celui de la Croisade ; & il a été Ambassadeur Extraordinaire en France, & il est Plénipoten- tiaire dudit Roi de Portugal en cette Assemblée.

Ledit Roi de Portugal outre ce qu'il tient en Espagne, domine de plus :

En Afrique.
A Tanger.
A Mazagan.
A Mozambique.
Aux Iles du Capvert.
Aux Iles de Tercere.
Aux Iles des Açores.
En l'Ile de Madere.
Et en Asie.
Et à Goa.
Et à Diu.
Et à Cochin.
Et en l'Ile de Ceilan.
Et en l'Amérique, savoir au Bresil.

AMBASSADEUR DE SUEDE.

SCHERINGS DE ROSENHAN, Gouver- neur d'Ostrogothie : il est Résident de la part de Christine Reine de Suéde, fille du Roi Gustave A- dolphe, surnommé le Grand : il est employé à cette Charge suivant le Traité de Confédération & Alliance, entre le Roi Louis treize & ladit- te Reine Christine fait à Hambourg le sixiéme Mars mil six cens quarante & un, au même lieu le trentiéme Juin, qui porte ce qui s'ensuit: *Agantur Coloniæ res Regis Christianissimi, Ham- burgi autem vel Lubecæ res Regni Sueciæ , & utroque loco communium per Germaniam Confæde- ratorum : interfit tamen Tractatui Coloniensi Agens Suecicus , Hamburgensi Gallicus; utrque tam sine potestate agendi cum hoste communi , quam sine voto , sed cum sessione ut audiant & referant ad Plénipotentiarios quisque suos , & sicuti opus erit , præsentes maneant , nihil autem illis insciis aut inconsultis utrobique agatur.*

,, Les affaires qui concernent le Roi très- ,, Chrétien se traiteront à Cologne , & celles ,, de Suéde à Hambourg ou à Lubeck , & dans ,, les deux endroits celles des Alliez communs ,, qui sont en Allemagne : il y aura néanmoins ,, un Agent de Suéde à Cologne , & un de ,, France à Hambourg ; l'un & l'autre sans pou- ,, voir de traiter avec l'ennemi commun & ,, sans suffrage, mais simplement avec droit de ,, séance, afin d'entendre & faire ensuite ra- ,, port chacun à ses Plénipotentiaires ; ils seront ,, présens au besoin , & l'on ne fera rien dans ,, l'un ou l'autre endroit à leur insçu.

AMBASSADEURS DE COLOGNE.

FRANÇOIS - GUILLAUME Evêque d'Osnabrug, de Verden , & de Minden : il est Cousin Germain de Maximilian , Electeur de Bavière, & de Ferdinand Electeur de Cologne, & fils du Duc Ferdinand leur oncle du côté de leur Pére ; il est Député dudit Electeur de Colo- gne & des autres Electeurs : il peut seul trai- ter & conclure de Paix au nom du même E- lecteur , & n'a pas laissé d'avoir pour conseil

THIERRI-ADOLPHE DE REK, Pré- vôt de l'Eglise Cathédrale de Paderborn & Cha- noine de celle de Munster : il est Conseiller au Conseil privé dudit Electeur de Coiogne; Con- seiller de l'Evêché de Paderborn : il a été Dé- puté, en l'an mil six cens quarante & un, en la Diette de Ratisbonne : il a aussi été en la journée de Députation de Francfort , l'an mil six cens quarante-deux. A ce Rek sont adjoints deux autres , c'est à savoir

ARNOUL DE LANDSBERG : il est Chanoine de l'Eglise de Cologne, Doyen de Saint Martin de Minden, Prévôt d'Overkirken, & Conseiller au Conseil privé dudit Electeur de Cologne.

PIERRE BUCHIMAN, Docteur, est l'autre adjoint dudit Rek : il est du Conseil privé du même Electeur, Chancelier de l'Evê- ché de Paderborn , & a été Député à la Dier- te de Ratisbonne , & en la journée de la Dé- putation de Francfort l'an 1642.

Dénombrement des Evêchez & au- tres Benefices Ecclesiastiques, que tient l'Electeur de Cologne.

L'Evêché de Munster.
L'Evêché de Paderborn.
L'Evêché de Liége.
L'Evêché d'Hildesheim.
L'Abbaye de Stablo.
La Prévoté de Berchtolsgaden.
L'Administration de.....

AMBASSADEURS DE BRANDEBOURG.

I. FREDERIC DE HEYDEN Gentilhom- me du Duché de Cléves : il est premier Dé- puté de Frédéric-Guillaume Electeur de Bran- debourg.

1645.

Ledit Electeur & Marquis de Brandebourg est Duc en Pruſſe, qui eſt à dire du Païs de Pruſſe, où eſt la Ville de Konigsberg apellée en Latin *Regiomons*; & par accord, poſſeſſeur du Duché de Clèves & du Comté de la Mark, qu'il prétend lui apartenir auſſi bien que les Duchez de Juliers & de Berg, par préférence ſur le Palatin de Neubourg, d'autant que ledit Electeur vient de la Sœur aînée & ledit Palatin de la puinée.

II. JEAN PORTMAN, Docteur en Droit, ſecond Député du même Electeur.

Ledit Frédéric & ledit Portman ſont Conſeillers du même Electeur, leſquels ſont auſſi Députez pour les autres Electeurs.

AMBASSADEURS DE BAVIERE.

I. GEORGE-CHRISTOPHE Baron de Haiſland : il eſt Grand-Maître héréditaire, c'eſt-à-dire Maître d'hôtel de la haute & baſſe Bavière; Député de Maximilian Electeur & Duc de Bavière ; Chambellan & Conſeiller dudit Duc : il a été Député à la Diette de Ratisbonne, en l'année mil ſix cens quarante & un.

Ledit Electeur eſt né l'an mil cinq cens ſeptante-cinq : il a de la Sœur de l'Empereur Ferdinand troiſième, un fils qui ſe nomme Ferdinand-Marie-Maximilian-Wolfgang.

Ses Frères ſont Ferdinand Electeur de Cologne né en l'an 1577.

Et Albert, qui eſt né l'an mil cinq cens ſeptante-huit, & qui a de ſa femme fille du Landgrave de Leuchtemberg,

Maximilian-Henri né l'an 1621. il eſt Coadjuteur de l'Archevêché de Cologne,

De l'Evêché d'Hildesheim,

De l'Evêché de Freiſingen,

De l'Evêché de Liége,

De la Prévôté de Berchtolsgaden.

Et un ſecond fils nommé Albert-Sigismond né l'an 1628.

II. JEAN-ADOLPHE CREBS : il eſt Docteur en Droit, & ſecond Député dudit Electeur;

Il a été Député à la Diette Impériale de Ratisbonne, l'an mil ſix cens quarante & un, pour & au nom de Guillaume Marquis de Baden.

DE L'ELECTEUR PALATIN.

PHILIPPE STREUF : Il eſt Député de Charles-Louïs, Electeur Palatin, & de ſon Conſeil privé ; il a été ci-devant du Conſeil privé du Comte Palatin des Deux-Ponts ; il eſt Baili de Neuchâtel devers Spire ; il a été employé aux Traitez de Confédération & Alliance entre le Roi Louïs Treize, & les Princes & Etats Proteſtans des Cercles de Franconie, de Suabe & de la haute Province du Rhin, qui ont été conclus à Francfort ſur le Mein, l'an mil ſix cens trente-trois, & à Paris, l'an mil ſix cens trente-quatre, le premier de Novembre.

Ledit Electeur Palatin eſt né l'an mil ſix cens dix-huit, & a quatre frères, à ſavoir Robert né l'an mil ſix cens dix-neuf; Maurice né l'an 1621. Edouard né l'an 1624. & Philippe qui naquit l'an mil ſix cens vingt-ſept : ils viennent, ainſi que le Comte Palatin; & ledit Maximilian Electeur de Bavière (qui tient le haut Palatinat,) de Louïs Duc

de Bavière, qui fut élu Empereur, décéda l'an mil trois cens quarante-ſept, & étoit frère puiné dudit Rodolphe.

Ledit Charles-Louïs, Electeur Palatin, & ſes frères, ſont fils de Frédéric cinquiéme Electeur Palatin élu Roi de Bohême, l'an mil ſix cens dix-neuf, & pour cela privé de la Dignité Electorale & de ſes Seigneuries, en l'an mil ſix cens vingt-trois, par l'Empereur Ferdinand ſecond, qui les a transférées à d'autres: Sa Mére étoit fille de Jaques & Sœur de Charles Rois de la Grande Bretagne.

DE L'EMPEREUR COMME ARCHIDUC D'AUTRICHE.

GEORGE-ULRICH Comte de Wolckenſtein, Baron de Kodenck.

Il eſt Ecuyer ordinaire de l'Ecurie ; Ecuyer-Tranchant du Comte de Tirol ; Conſeiller au Conſeil privé de l'Empereur ; & ſon Député à cauſe de l'Archiduché d'Autriche, & des Duchez de Stirie, Carinthie & Carniole; auparavant employé à la journée de la Députation de Francfort l'an 1642.

DU ROI D'ESPAGNE *comme Prince des Païs-Bas & Comte de Bourgogne.*

PIERRE DE WEIMES, Préſident au Conſeil de la Juſtice du Duché de Luxembourg : il a été Député du Roi d'Eſpagne en l'Aſſemblée de Ratisbonne l'an mil ſix cens quarante & un : il eſt à préſent Député à l'Aſſemblée de Munſter à cauſe du Cercle de Bourgogne, qui eſt à dire pour les Duchez

De Brabant,

De Luxembourg,

De Limbourg,

De Gueldres;

Pour les Comtez de Bourgogne,

De Hainault,

De Flandres,

D'Artois,

De Namur;

Et autres Seigneuries des Païs-Bas érigées en Cercle & l'une des dix Provinces d'Allemagne, par l'Empereur Maximilian premier en l'an mil cinq cens douze, & auſſi par l'Empereur Charles cinq, par tranſaction faite en l'an mil cinq cens quarante-huit à Augsbourg avec les Etats de l'Empire: leſdites Seigneuries ſont parvenues à la Maiſon d'Autriche par le Mariage de Marie, fille & Héritière de Charles dernier Duc de Bourgogne, avec l'Empereur Maximilian premier; & pour cela on les qualifie du Titre de Cercle de Bourgogne.

Les Dix Cercles d'Allemagne ſont,

La Franconie,

La Bavière,

La haute Province du Rhin, dont la Ville de Strasbourg eſt la Capitale,

La Weſtphalie,

La haute & Baſſe Saxe,

L'Autriche,

Le Cercle de Bourgogne,

Le Cercle Electoral du Rhin, qui comprend

L'Electorat de Mayence,

L'Electorat de Tréves,

L'Electorat de Cologne,

L'E-

1645.

L'Electorat du Palatinat.

Ils ont été inftituez pour, plus promtement qu'aux Diettes Impériales , ou Affemblées des États Généraux d'Allemagne , pouvoir apaifer les troubles & Guerres qui furviennent à ces Cercles, foit au dedans ou au dehors; & outre cela faire exécuter les Ordonnances & Edits de l'Empire.

Du Tirol.

Jean-Guillaume Gal , autrefois Conful à Seleftad , depuis Confeiller à Infpruk, & Député de l'Archiduc Ferdinand-Charles, qui eft né l'an mil fix cens vingt fix, & qui a un frére nommé Sigifmond-François , & deux Sœurs : ils font fils de l'Archiduc Léopold , frére de l'Empereur Ferdinand fecond, & de Claude ci-devant Régente & Adminiftratrice du Païs, fille de Ferdinand premier du nom , Grand-Duc de Tofcane, iffue de Charles II. Duc de Lorraine , & de Claude fille du Roi de France Henri fecond.

Ledit Archiduc Ferdinand-Charles eft Comte de Tirol & de Ferrette, & Landgrave d'Alface, outre ce qu'il tient en Suabe: La France a plufieurs Garnifons en une partie de fes Seigneuries , nommément à Brifac , Rhinfeld , Tane, & Béford.

Du Duc de Savoye.

Claude Chabot Marquis de Saint Maurice, Chevalier de l'Ordre de l'Annonciade: il eft Ambaffadeur de Charles-Emanuel Duc de Savoye : il a été ci-devant Ambaffadeur Ordinaire en France , & deux fois Extraordinaire en Angleterre; il a pour Confeil le Préfident de Turin , Jurifconfulte , nommé Jean-François Belletia.

Ledit Duc Charles-Emanuel eft fous la Régence & tutelle de la Reine fa Mére Sœur de Louis XIII. il eft fils du Duc Victor-Amédée, fils du Duc Charles-Emanuel , fils du Duc Philippe-Emanuel: le Roi d'Efpagne occupe fur ledit Duc mineur Verceil & autres Fortereffes: le Roi de France a Garnifon dans quelques autres Places, favoir

Dans la Citadelle de Turin,
La Fortereffe de Sufe,
La Fortereffe de Chivas,
La Fortereffe de Vérue,

Et autres du Piémont & du Montferrat, ainfi qu'il eft convenu par le Traité de Valence, l'an mil fix cens quarante-cinq le troifiéme Avril , & autres jours précédens, fans prétendre aucun rembourfement pour la confervation & fortification defdites Places.

Du Cercle de Franconie.

I. Cornelius Gobelius : il eft Licencié en Droit,
Il eft Syndic du Chapitre de Bamberg,
Il eft Gardien de la Prévôté,
Il eft Député des Evêques & du Maître de l'Ordre Teutonique du Cercle de Franconie:
Il a été Confeiller de François de Haffels Evêque de Bamberg & de Wurtzbourg;
Il a auffi été fon Député à la Diette de Ratisbonne, l'an mil fix cens quarante & un.

II. Jean Muller fecond Député dudit Cercle pour les Princes feculiers ; il eft Confeiller
Tom. I.

de Chriftian , Marquis de Brandebourg-Culmbach.

De la Landgrave de Hesse-Cassel.

I. Adolphe-Guillaume Crosig, Gentilhomme du Païs d'Anhalt & Député de Guillaume fixiéme , Landgrave de Heffe-Caffel; il eft Confeiller en fon Confeil privé.

Ce Landgrave eft âgé de feize ans & fera Majeur à l'âge de dix-huit : Sa Seigneurie s'étend non feulement dans le Païs de Heffe, où il a Garnifon à Caffel & à Ziegensheim ; mais de plus dans la Weftphalie, où il tient & poffède,
Lipftad ,
Coesfeld ,
Borken ,
Borckelo ,
Bockolt:
Dans l'Archevêché de Cologne il eft Maître
de Nuirz ,
de Lyn ,
de Kempen:
Et encore dans le Comté d'Embden , de Stikhaufen & de quatre autres Places.

Il eft fils du Landgrave Guillaume cinquiéme, décédé l'an mil fix cens trente-fept, & d'Amelie Elizabeth , fille d'un Comte de Hanaw , & d'une des filles de Guillaume Prince d'Orange; elle eft fa tutrice & Adminiftratrice de tous fes Etats.

Ledit Guillaume cinquiéme étoit fils du Landgrave Maurice, fils du Landgrave Guillaume, fils du Landgrave Philippe , renommé du tems du l'Empereur Charles-quint pour avoir été fon prifonnier par la Flandre & l'Allemagne , avec le Duc de Saxe.

La Maifon de Heffe vient des premiers Ducs de Brabant qui étoient auparavant Comtes de Louvain.

II. Jean Vultejus auffi Député dudit Landgrave & de fon Confeil privé.

Du Comte d'Egmond.

Pellerin Carlini Gentilhomme de l'Ombrie fous la Seigneurie de Pape : il eft Abbé de Sainte Marie audit Païs; Commandeur à Heidelberg ; & Député du Comte d'Egmond qui s'intitule Duc de Gueldres.

De la Republique de Strasbourg.

Ernest Heust , Député de la République de Strasbourg : il eft Sécretaire du Confeil des Treize de ladite République de Strasbourg.

De la Republique de Colmar.

Jean-Philippe Cheider Sécretaire & Député de la République de Colmar, & de quelques autres voifines.

DENOMBREMENT

Des Ambaſſadeurs & Députez à Oſnabrug au mois de Septembre 1645.

DE L'EMPEREUR.

I. JEAN-MAXIMILIAN, Comte de Lamberg, du Païs d'Autriche : il eſt Baron d'Orteneg, premier Ambaſſadeur de l'Empereur, Gentilhomme de Sa Chambre, & Conſeiller en ſon Conſeil privé.

II. HENRI CRANE natif du Duché de Weſtphalie, qui eſt du Temporel de l'Archevêché de Cologne : il eſt Docteur en Droit, ſecond Ambaſſadeur de l'Empereur, Conſeiller en ſon Conſeil privé &c.

DE LA REINE DE SUEDE.

I. JEAN OXENSTIERN AXELSOHN, qui eſt à dire, Jean Oxenſtiern fils d'Axel, Chancelier de Suéde, Baron de Kymithe & Sieur de Fiholm : il eſt premier Ambaſſadeur de la Reine de Suéde, qui domine non ſeulement en Suéde, mais
En Finlande,
En Livonie,
En la Poméranie,
En l'Ingrie;
Et tient pluſieurs Villes & Fortereſſes,
En Meckelbourg,
En Weſtphalie,
En Miſnie,
En la Thuringe,
En Sileſie,
En Moravie,
En l'Autriche,
En Alſace.

II. JEAN ADLER SALVIUS Sieur de Adlesbourg : il eſt ſecond Ambaſſadeur de Suéde, Conſeiller du Conſeil privé de la Reine, & Chancelier en ſa Chancelerie de la Cour.

DU ROI DE FRANCE.

CLAUDE DE SALLES Baron de Rorté étoit ci-devant Réſident de France; à ſon défaut le Sieur de la Barde qui a été premier Commis de Monſieur de Chavigni Secretaire d'Etat pour les affaires étrangéres : il doit arriver en bref, & cette charge finie il exercera celle de l'Ambaſſade en Suiſſe.

DU ROI DE DANNEMARK.

Le Secretaire LEONARD KLEIN Agent du Roi de Dannemark.

DE L'ELECTEUR DE MAYENCE.

I. HUGUES-EVERHARD KRATZ, Comte de Scharp-Feinſtein, Thum, *Cuſtos* de Mayence, c'eſt-à-dire Tréſorier & Garde des Vaſes & Ornemens de l'Egliſe : il eſt auſſi *Corbiſchoff* ou Archidiacre de l'Egliſe de Trêves, Prévôt de l'Egliſe de Wormes & de celle de Saint Barthelemi de Francfort, Conſeiller de

l'Empereur, & premier Député de l'Electeur de Mayence : il a été en la Diette de Ratisbonne, en l'année 1641.

II. MR. PREMSER Vicedom de Mayence ou Lieutenant au temporel de l'Archevêque en la Ville & au territoire de Mayence : il eſt ſecond Député dudit Electeur.

III. JEAN-ADAM KREBZ Docteur, Conſeiller de l'Empereur, du Conſeil privé dudit Electeur, & Juge ſeculier à Mayence : il a été Député en la Diette de Ratisbonne l'an mil ſix cens quarante & un.

Ces Députez ont auſſi la commiſſion de la part des autres Electeurs.

DE L'ELECTEUR DE BRANDEBOURG.

I. JEAN COMTE DE SAYN ET DE WITGENSTEIN, premier Député de l'Electeur de Brandebourg.

II. JEAN-FREDERIC DE LOEVEN, ſecond Député de cet Electeur, & Conſeiller en ſon Conſeil privé : il a été ſemblablement Député à la Diette de Ratisbonne l'an mil ſix cens quarante & un; il eſt Gouverneur du Duché de Croſſen dans la Sileſie.

III. PIERRE FREITZ, Docteur en Droit: il eſt Préſident au Conſiſtoire de Berlin pour les cauſes Eccléſiaſtiques, & troiſiéme Député dudit Electeur & auſſi de ſon Conſeil privé: il a été ſemblablement Député à la Diette de Ratisbonne, en mil ſix cens quarante & un.

DE L'ELECTEUR PALATIN.

I. JOACHIM CAMERARIUS, premier Député de l'Electeur Palatin, & fils du Sieur Camerarius premiérement Conſeiller au Conſeil privé de l'Electeur Palatin, élu Roi de Bohéme : il a depuis été Ambaſſadeur de la Reine de Suéde dans la République des Provinces-Unies des Païs-Bas, c'eſt à ſavoir Camerarius le Pére.

II. JEAN MEISTERLIN, ſecond Député dudit Electeur & Conſeiller de Louis-Philippe, Comte Palatin, Duc de Simmeren, Oncle paternel dudit Electeur.

DE L'ADMINISTRATEUR DE MAGDEBOURG.

I. CURTEIN-SIEDEL, Gentilhomme de Miſnie, premier Député de l'Adminiſtrateur de l'Archevêché de Magdebourg, qui eſt un des quatre fils de Jean-George, Electeur de Saxe : il eſt Conſeiller au Conſeil privé dudit Adminiſtrateur, & Gouverneur de Libichenstein.

II. JEAN CRULL, Docteur, Syndic du Chapitre de Magdebourg, ſecond Député du même Adminiſtrateur.

III. CHRISTIAN VERNER CRAIS, Sécrétaire dudit Chapitre & troiſiéme Député dudit Adminiſtrateur.

DE L'EVEQUE DE CONSTANCE.

GEORGE KOEBERLIN, Docteur en Droit, Conſeiller de l'Evêque de Conſtance, & ſon Député en particulier, auſſi des Princes Eccléſiaſtiques & des Prélats de Suabe : il a été

été Député à la Diette de Ratisbonne, l'an mil six cens quarante & un, & à la journée de la Députation de Francfort l'an 1642.

Du Duc de Saxe-Altenbourg.

I. WOLFF-CONRARD DE DÖNISHIERN, Sieur de Penitz.

II. N. CARPZOVIUS, Docteur Député de Frédéric-Guillaume Duc de Saxe, qui a les Seigneuries d'Altembourg & de Coburg.

Des Ducs de Weymar.

GEORGE NEHER, Député de Guillaume & d'Ernest Ducs de Saxe, fréres du feu Duc Bernard; Conseiller desdits Ducs, qui sont Seigneurs de Weymar & de Eisenach.

Ces Ducs d'Altenbourg & de Weymar sont issus de Jean-Frédéric, Electeur de Saxe, qui fut privé de l'Electorat & de ses Seigneuries par l'Empereur Charles cinq, & est décédé l'an mil cinq cens cinquante quatre : & l'Electeur de Saxe à présent regnant vient d'un puiné de la Maison.

Des Ducs de Brunswic et de Lunebourg.

JAQUES LAMPADIUS, Docteur, Vice-Chancelier au Conseil privé, Député de Frédéric Duc de Brunswick & de Lunebourg, & de son Neveu Christian-Louis. Ces Ducs tiennent, outre le Duché de Lunebourg, ceux

De Grubenhagen,

De Calenberg;

Les Comtez de Hoya,

De Diepholtz,

De Rheinstein.

Le Duc Auguste, Cousin Germain dudit Frédéric, a pour sa part la Seigneurie de Wolfenbutel proche de la Ville de Brunswick.

Ces Ducs de Brunswick & de Lunebourg descendent de Henri le Lion Duc de Saxe & de Bavière, qui en fut privé l'an mil cent quatre-vingts par l'Empereur Frédéric premier; & enfin une partie dudit Duché de Saxe fut restituée audit fils dudit Henri, en l'an mil deux cens trente-cinq par l'Empereur Frédéric second, à la charge qu'il renonceroit au reste.

Du Landgrave de Hesse-Cassel.

RENARD SCHEFFER, Commissaire Général des Guerres, Député du Landgrave de Hesse-Cassel.

Du Landgrave de Hesse-Darmstad.

I. JEAN-JAQUES WOLFF DE TODTENWART, Conseiller & premier Député de George Landgrave de Hesse-Darmstad, Seigneur de Marpurg, & de son Conseil privé: Il a été Député à la Diette de Ratisbonne, l'an mil six cens quarante & un; & semblablement à la journée de la Députation de Francfort, l'an mil six cens quarante-deux : il retourne en bref à Ratisbonne, de laquelle Ville il est Avocat; Il sera Envoyé en son lieu N. Dietrik Conseiller dudit Landgrave.

II. JUSTE SINOLD, nommé Schutz: il est Professeur & Vice-Chancelier de Marpurg; Conseiller & second Député du même Landgrave : il a aussi été employé à la Diette de Ratisbonne, l'an mil six cens quarante & un.

Du Duc de Wirtemberg.

I. ANDRE' DE BURCHAUD, Docteur, Vice-Chancelier, Député de Bernard Duc de Wirtemberg : il a été Député à la Diette de Ratisbonne, l'an mil six cens quarante & un.

II. JEAN-CONRARD VAHRENBULER, second Député dudit Duc de Wirtemberg, & de son Conseil privé.

Ces deux sont aussi Députez pour les Princes Séculiers, & Comtes & Villes Impériales du Cercle de Suabe.

Ledit Duc de Wirtemberg se plaint d'avoir été spolié de plus de la moitié de ses Seigneuries, que la Maison d'Autriche s'est attribuée, ou a donnée à l'Electeur de Brandebourg ou autres.

Du Marquis de Baden-Dourlach.

JEAN-GEORGE DE MERKELBACH Député de Frédéric Marquis de Baden-Dourlach, Gentilhomme de sa Chambre.

Du Duché de Poméranie.

I. MARC DE EISCHSTELD DE BOTENK LAMPENAW, Conseiller à Stetin, Député pour les Etats de Poméranie.

II. FREDERIC RONGE, Docteur, Syndic, & Bailli, aussi Député pour lesdits Etats.

Ils s'en sont retournez, sauf à revenir dans quelque tems, ou d'envoyer d'autres en leur lieu, au nom de l'Electeur de Brandebourg, comme soutenant que ledit Duché lui apartient, pour raison de ce il a eu déja deux Députez à la Diette de Ratisbonne, l'an mil six cens quarante & un, l'un à cause de la Seigneurie de Stetin, & l'autre à cause de celle de Volgast; & à la dernière Assemblée à Osnabrug, l'an mil six cens quarante-cinq, les douziéme & treiziéme Aout selon le vieux stile.

Des Ducs de Meckelbourg.

ABRAHAM KEYLER, Docteur, Conseiller au Conseil privé, & Député d'Adolphe-Frédéric Duc de Meckelbourg, Tuteur du Duc Gustave son Neveu.

Des Princes d'Anhalt.

MARTIN MILAGIUS, Docteur & Chancelier d'Anhalt, & auparavant Député à la Diette Impériale de Ratisbonne, l'an mil six cens quarante & un.

Des Comtes de Sarbruk.

JEAN HARMUTH DE LANGELEN

Mai-

Maître d'Hôtel & Conseiller ; & JEAN-A-DAM SCHRAN , Députez des Comtes de Naffau-Sarbruk , pour la reftitution des Comtez de Sarbruk & de Sawerden, ufurpez par le Duc de Lorraine ; & encore à caufe des Terres & Seigneuries occupées par l'Electeur de Mayence, le Landgrave de Heffe-Darmftad & autres.

Ces Comtes font iffus du frére ainé & le Prince d'Orange du puiné.

Outre lesdits Députez de Sarbruk , il y a le Docteur SCHWEITSER , Député de Jean Comte de Witgenftein.

Il y en doit venir d'autres au nom des Comtes de Weteravie avec N. Geiffel , Docteur, Conseiller du Comte de Hanaw & Juftcheidfeld, Sécrétaire du Comte de Naffau-Dillenbourg.

DES VILLES IMPERIALES: DE STRASBOURG.

MARC-OTTO Docteur , Député de la République de Strasbourg & par même moyen de celles
De Spire ,
De Landaw ,
De Haguenau ,
De Weiffembourg ,
Comme auffi du Rhingrave Jean-Cafimir.

DE NUREMBERG.

TOBIAS OELHAFFEN DE SCHELLENBACH, Avocat Confultant, & du Confeil privé de la République de Nuremberg : il eft Député de ladite République & pour les autres Villes Impériales
De Rottembourg ,
De Schweinfurt ,
De Weinsheim ,
De Weiffembourg ;
Comme encore pour les Comtes & Barons du Cercle de Franconie & pour la Ville Impériale de Ratisbonne : il a été Député à la Diette Impériale dudit Ratisbonne l'an 1641.

DE FRANCFORT.

ZACHARIAS STENGELIN , Docteur & Syndic , Député de la République de Francfort fur le Mein , comme auffi de la Bourgeoifie Evangélique d'Augsbourg & du Comté d'Oettingen : il a été Député , en l'an mil fix cens quarante & un , à la Diette de Ratisbonne, tant pour ladite Ville que celles de Fridberg , Welhar , & Gelhnhaufen.

D'ULM.

SEBASTIEN OTTO , Docteur , Député de la République d'Ulm.

DES VILLES ANSEATIQUES: DE LUBEK.

DAVID GLEXIN , Docteur & Syndic , Député de la Ville de Lubek , qui eft une Ville Impériale & la première Anféatique des Villes Maritimes qui fe font confédérées depuis plus de trois cens ans pour la liberté du Commerce , principalement fur les Mers Baltique & Germanique autrement dites Orientale & Septentrionale , en Allemand *Ooftzee* & *Nord-*

zee ; & encore fur les Rivières d'Elbe , du Weser , de l'Oder, & de la Viftule.

DE BREME.

I. GERARD ROCH , Docteur , Conseiller, & premier Député de la République de Brême.

II. LIBERIUS DE LIRIEN , second Député de la même République.

DE HAMBOURG.

JEAN-CHRISTOPHE MEURER , Docteur & Syndic, Député de la République de Hambourg.

Lesdits Députez de ces trois Villes Anféatiques , qui le font pour les autres , ont charge de tenir la main ,

I. A ce que lesdites Villes foient comprifes au Traité de la Paix Générale d'Allemagne :

II. Qu'elles foient reftituées en l'état qu'elles étoient par ci-devant , tant pour la Religion que ès chofes féculiéres :

III. Qu'elles jouïffent librement du Commerce tant par mer que par terre :

IV. Et que les Impôts mis de nouveau , avec les défenfes qui limitent leur Commerce & l'empêchent , foient entièrement abolis , comme s'ils n'avoient jamais été.

Les noms & qualitez des Plénipotentiaires de la République des Provinces-Unies des Païs-Bas , qui font nommez pour venir à Munfter , à celle fin d'affifter à l'Affemblée de la Paix Générale.

GUELDRE.

I. BERTHOLD DE GENDT , Sieur de Loenen , Bailli de Bommel , Député de la Province de Gueldre à l'Affemblée des Etats Généraux , qui eft le Souverain Confeil d'Etat de cette République.

HOLLANDE.

II. JEAN DE MATENESSE , Sieur de Mateneffe & Rivière , Conseiller de la part de la Nobleffe de la Province de Hollande , & auffi de celle de Weftfrife , qui eft à dire de la Frife Occidentale ou Hollande Septentrionale , où font les Villes de Horn , & Enkhuyfen &c.

III. ADRIAN PAUW , Chevalier Sieur de Hemftedt , Maître en la Chambre des Comptes & du Domaine de Hollande & de Weftfrife ; qui a été Ambaffadeur en France , en Angleterre , & en Dannemarck , & auffi devers les Princes d'Allemagne & les Villes Anféaques , ès années mil fix cens trente cinq , mil fix cens trente fix , & mil fix cens trente fept ; Ambaffadeur Extraordinaire en France , & en même tems Confeiller-Penfionnaire de Hollande & Weftfrife.

ZELANDE.

IV. JEAN DE KNUIT , Chevalier , Sieur de Wofmeer , représentant la Nobleffe du Comté de Zélande , Confeiller Ordinaire du Prince
d'O-

d'Orange, Député de la Province de Zélande en l'Assemblée des Etats Généraux.

FRISE.

V. FRANÇOIS DE DONIA, Député de la Province de Frise à l'Assemblée des Etats Généraux.

UTRECHT.

VI. GOTHARD DE RHEEDE, Sieur de Nederhorst, Député de la Province d'Utrecht à l'Assemblée des Etats Généraux.

OVERYSSEL.

VII. GUILLAUME RIPPERDA, Sieur de Boxbergen, Député de la Province d'Overyssel, à l'Assemblée des Etats Généraux.

GRONINGUE.

VIII. ADRIAN CLANDT, Député de la Province & Ville de Groningue & des Ommelandes en la même Assemblée.

Les furetez que les Couronnes de France & de Suéde demandent à l'Empereur, pour l'exécution & entretenement du Traité de Paix, qui est à faire avec lui, ensemble la justification de ces Demandes.
Extrait pour la plupart de ce qui s'est observé ès Traitez précédens, en cas semblables.

I.

QUe l'Empereur rétablisse les Etats & Princes de l'Empire en leurs Seigneuries & Droits, comme ils étoient en l'an mil six cens dix-huit.

II.

Et de même les Particuliers, qui ont été privez de leurs biens, en haine d'avoir été du parti & au service des deux Couronnes, nonobstant les confiscations & tous changemens faits au contraire.

III.

Qu'il n'endommage au futur les Alliez & amis de ces Couronnes, qui seront compris au Traité.

IV.

Et soit loisible aux Electeurs, Princes & Etats de l'Empire de se confédérer & allier, pour leur conservation & sûreté, avec les Princes étrangers.

V.

Que tous lesdits Princes & Etats délibèrent de la Paix avec l'Empereur.

VI.

Et pareillement de la Guerre, des Alliances, & Confédérations, qu'il voudra pour lors faire; item des Contributions, des levées de Gens-de-Guerre, des Garnisons, & des nouvelles Fortifications.

VII.

Et encore lorsqu'il sera question de mettre au Ban de l'Empire, & priver de leurs Seigneuries, les Princes & Etats d'icelui; encore que les Electeurs se soient attribué le droit de délibération à eux seuls privativement sur les autres Princes & Etats de l'Empire, par les Capitulations Impériales & conditions, sous lesquelles ils ont élu les Empereurs.

VIII.

Et de plus que tous les Etats de l'Empire approuvent & ratifient le Traité de Paix qu'il fera avec lesdites Couronnes.

IX.

Que la France & la Suéde puissent retenir des Places fortes & Seigneuries de l'Allemagne, tant pour leur sûreté que celle de leurs Alliez, & aussi en considération des frais de la Guerre.

X.

Qu'il ne pourra jamais mettre des Garnisons ès Forteresses qui seront rendues par lesdites Couronnes.

XI.

Que si ledit Traité n'est observé, ains enfraint par lui, les Etats de l'Empire soient obligez aussitôt de prendre les armes, pour le contraindre à réparer le tout.

XII.

Qu'il ne puisse finalement, sous quelque prétexte que ce soit, donner assistance aux Ennemis des deux Couronnes, nonobstant tous les Traitez précédens, ausquels pour ce regard il sera expressément dérogé; nommément qu'il ne se pourra mêler directement ou indirectement des Guerres ou différends qui pourront naître entre la France & l'Espagne.

Que le Traité de Paix soit ratifié par les Etats de l'Empire, de l'onzième Juin 1645.

DE la proposition pour la Paix par les Plénipotentiaires de France & ceux de l'Empereur à Munster l'onzième Juin 1645. Art. 18. *Le Traité étant signé & scellé de part & d'autre, tant à Munster qu'à Osnabrug, l'échange en sera fait en même tems, & les Ratifications tant des Rois Alliez que de l'Empereur & des Etats de l'Empire, seront délivrées au lieu & dans le tems qui sera convenu.*

La

1645.

La Proposition pour la Paix par les Plénipotentiaires de Suéde à ceux de l'Empereur à Osnabrug, l'onziéme jour de Juin l'an mil six cens quarante cinq, Art. 18.

In horum omnium & singulorum fidem majusque robur, Instrumenta Pacis manibus & Sigillis utriusque Partis Legatorum munita statim hic mutuò extradantur; eorum Ratihabitiones a Regibus Suecia Galliæque & eorum Fœderatis tum ab Imperatore & Ordinibus Imperii, ut moris est, signata commutentur.

,, En foi de quoi & pour y donner plus de
,, force, les Instrumens de Paix seront signez
,, & scellez par les Ambassadeurs des deux
,, Partis, & aussitôt échangez ici; & l'on
,, fera l'échange des Ratifications ainsi que
,, de coutume signées par les Rois de Sué-
,, de & de France & par leurs Alliez d'une
,, part: & de l'autre par l'Empereur & par les
,, Etats de l'Empire.

Justification de ce que dessus.

Par le Traité de Paix & de Confédération fait à Trente, l'an mil cinq cens un, entre Maximilian Roi des Romains & le Roi Louis Douziéme, il est convenu que le Roi des Romains fera son pouvoir à ce que les Princes & Etats de l'Empire aprouvent ce Traité.

Si l'Empereur contrevient au Traité de Paix, les Etats de l'Empire l'y pourront contraindre.

LA proposition pour la Paix par les Plénipotentiaires de Suéde à Osnabrug l'an mil six cens quarante cinq, l'onziéme Juin, Art. 17.

Quod si post Pacem hanc initam contigerit ulli Partium, ea quæ in supradictis articulis promissa sunt, non servari; teneantur Reges Regnaque Sueciæ & Galliæ, atque universi Status Imperii, junctis cum parte læsa consiliis viribusque, arma sumere, sone mora & tergiversatione, ad repellendam injuriam; statim atque post mensem ex quo fuerint ab injuriam passo mouiti.

,, S'il arrivoit, après la Paix faite, l'on
,, ne tint pas à l'une des Parties ce qui lui a été
,, promis ci-dessus, les Rois de Suéde & de
,, France & tous les Etats de l'Empire s'obli-
,, gent d'assister la Partie lezée de leurs con-
,, seils & de leurs forces, & de prendre les ar-
,, mes sans aucun délai pour repousser l'insulte,
,, au plus un mois après en avoir été requis par
,, celui qui sera lezé.

Justification de ce que dessus.

Par le Traité entre le Roi Louïs douze & Maximilian Roi des Romains, pour le Mariage de Charles Duc de Luxembourg, depuis cinquiéme du nom Empereur, avec Claude fille dudit Roi Louïs, à Blois l'an mil cinq cens quatre; & encore par celui de Paix & de Confédération entre le même Roi & Philippe de Castille, à Blois l'an mil cinq cens quatre, ratifié par ledit Roi des Romains à Haguenau, l'an mil cinq cens cinq, il est convenu que les Princes de l'Empire seront Conservateurs de ces deux Traitez, pour assister le Prince qui les observera contre celui qui ne les voudra observer.

Il y a à considérer sur ce que dessus, que les Plénipotentiaires de l'Empereur ont charge d'o-

bliger le Roi aux mêmes conditions, au lieu qu'aux Traitez depuis l'an mil cinq cens quarante-quatre, des Empereurs & des Rois d'Espagne & d'Angleterre avec nos Rois, ils se sont contentez qu'ils fussent tous publiez & enregistrez par les Cours des Parlemens de France, & la Chambre des Comptes de Paris.

1645.

Que le Roi traitant de Paix avec l'Empereur, peut légitimement stipuler que les Princes & Etats d'Allémagne ses Alliez soient rétablis en leurs Seigneuries & Droits, sans avoir aucun égard à ce qui s'est observé au Traité de Madrid, en l'an mil cinq cens vingt-six: pour raison du Royaume de Navarre.

IL est vrai que par le Traité de Madrid il n'est fait mention, au commencement, qu'en termes généraux des Alliez, & que sur la fin ils sont spécifiez, à ce qu'à l'avenir ils ne fussent molestez & spoliez de leurs Seigneuries, particuliérement les Princes & Etats d'Allémagne ausquels l'Empereur Charles cinq & le Roi François premier les vouloient ôter, sans parler aucunement de restituer ceux qui par le passé en avoient été privez; mais la raison est: qu'il ne se trouve point que ces Princes & Etats fussent lors spoliez de leurs Seigneuries & Droits, comme plusieurs Princes & Etats d'Allémagne le sont à présent; ainsi c'eût été en vain stipuler qu'ils eussent été restituez.

Que par les Traitez de Paix il est convenu du rétablissement des Alliez & des Sujets, qui, en haine d'avoir servi en parti contraire, ont été privez de leurs biens.

LE Roi a d'autant sujet de faire instance pour la restitution entiére de tous les Princes & Etats d'Allémagne ses Alliez, compris ès Traitez de Paix avec les Empereurs & les Rois d'Espagne, que, pour leur ruine, la Maison d'Autriche deviendra & devient trop puissante, au préjudice de la France, en acquérant un Pleinpouvoir & autorité sur les Allemans; que ces Princes & Etats ainsi spoliez ont, pour légitimement s'allier avec nos Rois; qu'en haine d'avoir été du parti de France & de Suéde, ils ont été si maltraitez; & que d'ordinaire ès Traitez de Paix il a été convenu de la restitution des Alliez que l'on ne peut abandonner, ainsi qu'il se voit entr'autres par le Traité de Câteau-en-Cambresis, l'an mil cinq cens cinquante neuf, par lequel Philippe second Roi d'Espagne a stipulé que le Roi Henri second rendroit au Duc de Savoye son Allié, Prince de l'Empire, ce qu'il tenoit conquis des Etats de Savoye & de Piémont: & auparavant, par le Traité de Paix entre le Roi Louïs douze & Maximilian Roi des Romains, de part & d'autre à Blois l'an mil cinq cens quatre, il fut convenu que ledit Maximilien pardonneroit au Duc de Montferrat & de Mantoue & aux Seigneuries de Floren-

tence, de Luques, & de Sienne les fautes qu'ils a-
voient commifes contre lui, à caufe qu'ils avoient
été du parti dudit Roi Louis, pour raifon dequoi
leurs fiefs pourroient être confifquez; & par ainfi
qu'il ne prétendroit rien que pour la Souveraineté qu'il avoit fur eux, à caufe de l'Empire: ne
fervant de rien d'alléguer l'exemple dudit Traité de Madrid, par lequel le Roi François premier promet d'abandonner fon Allié le Roi de
Navarre, & de faire fes efforts à ce qu'il quit-
tât à l'Empereur Charles cinq & à fes Succeffeurs, Rois de Caftille, fes droits à ces Royaumes; car cela fut extorqué, ledit Roi François
fe trouvant lors détenu captif en Efpagne; &
comme honteux & inique, il y a été dérogé
par les Traitez fuivans, nommément par celui
de Vervins en l'an mil cinq cens nonante-huit,
qui réferve à nos Rois leur droit fur ce Royaume.

*Que le Roi ne doit être obligé de
faire approuver par les Etats de
France, le Traité de Paix qu'il
fera avec l'Empereur, bien
que l'Empereur Charles cinq ait
ftipulé, par le Traité de Cambrai,
l'an mil cinq cens vingt-neuf,
que le Roi François premier le
feroit aprouver par les Etats de
chaque Province.*

ET quant au Traité de Cambrai, l'on ne
peut dénier qu'il fut ftipulé que le Roi
François premier le feroit aprouver par les Etats
particuliers de chaque Province & Gouvernement de France; mais ce que l'Empereur en
fit, étoit pource qu'il crut que cela lui pouvoit
fervir de plus grande affurance, étant queftion
d'aliéner les droits de la Couronne & de renoncer aux droits de la Souveraineté, jurifdiction,
& féodalité fur les Comtez de Flandres & d'Artois, & à la propriété des Villes & Seigneuries de
Tournai, Lille, Douai & autres : l'Empereur
aujourd'hui regnant ne pouvant en aucune façon demander le femblable, puifqu'il ne tient
quoi que ce foit de conquis fur le Royaume de
France depuis ces dernieres guerres.

*Que les Princes & Etats de l'Em-
pire ont droit de faire des Confédérations avec les Princes étrangers pour leur confervation & fureté.*

LA Propofition pour la Paix par les Ambaffadeurs de France à Munfter l'onzieme Juin
mil fix cens quarante cinq, Art. 8.
*Que tous lefdits Princes & Etats en général
& en particulier feront maintenus dans tous leurs
autres droits de Souveraineté qui leur apartiennent, & fpecialement dans celui de faire des Confédérations tant entr'eux qu'avec les Princes voifins, pour leur confervation & fureté.*
Placet (Imperatori) quod omnes dicti Principes & Status generatim & speciatim manuten-
buntur in omnibus aliis juribus Superioritatis ipsis
competentibus & specialiter in jure faciendi Fæde-
TOM. I.

ra tam inter fe quam cum vicinis Principibus
pro confervatione & fecuritate fuâ, modo tamen
ea Fædera non fint contra Imperatorem & Imperium & Pacem ejufdem publicam, fiantque falvo
per omnia juramento quo quifque Imperatori &
Imperio obftrictus eft.
" L'Empereur confent que tous lefdits Princes
" & Etats, tant en général qu'en particulier,
" foient maintenus dans tous leurs autres droits
" de Souveraineté qui leur apartiennent & par-
" ticulierement dans le droit de faire des Alliances
" non feulement entr'eux, mais auffi avec les
" Princes voifins pour leur confervation & fu-
" reté; pourvû néanmoins que ces Alliances ne
" foient pas contre l'Empereur ou l'Empire, &
" la tranquilité publique; enfin que ce foit fans
" violer le ferment que chacun fait à l'Empe-
" reur & à l'Empire. 22. Octobre 1645.
La propofition pour la Paix par les Ambaffadeurs de Suède à Ofnabrug l'onzieme jour du
mois de Juin 1645. Art. 6.
Sicut autem dicti Statibus cætera omnia ipfis
de jure competentia Regalia perpetuo illibata manebunt, ita & jus faciendi cum exteris Fædera
pro fua cujufque confervatione & fecuritate fingulis perpetuo liberum fit; modo tamen ea fædera
non fint contra Imperatorem & Imperium, &
Pacem ejufdem publicam, fiantque falvo per omnia
juramento, quo quis Imperatori & Imperio obftrictus eft.
" Lefdits Etats conferveront à perpetuité &
" en leur entier toutes les autres Regales qui
" leur apartiennent, comme le droit de faire
" des Alliances avec les Etrangers pour leur con-
" fervation & fureté particuliere : pourvû néan-
" moins que ces Alliances ne foient pas contre
" l'Empereur & l'Empire & contre la tranquilité
" publique, & de maniére qu'on ne viole point
" le ferment fait à l'Empereur & à l'Empire.

*Le Denombrement des Seigneuries,
Villes & Places fortes que la
Reine de Suède poffède en Alle-
magne au mois d'Octobre 1645.*

LE DUCHÉ DE POMERANIE fur la
Mer Baltique entre les Duchez de Pruffe & de
Meckelbourg & le Marquifat de Brandebourg;
où font les Villes & Fortereffes qui enfuivent,
c'eft à favoir :
Stetin,
Gartz fur la Riviére d'Oder,
Wolgaft,
Gripfwald,
Stralfund,
Colberg,
Stolp fur la Mer Baltique :
Avec les Etats de Rugie, d'Ufedom, & de
Wollin.

AU DUCHÉ DE MECKEL-
BOURG.

Wifmar auffi fur la Mer Baltique,
Warnemond à l'embouchure de la Riviére de
Roftok,
Et Domitz fur la Riviére d'Elbe entre La-
wenbourg & Havelsberg.

EN WESTPHALIE.

Les Villes Epifcopales de Minden, d'Ofnabrug, de Nieubourg, entre Bremen & Min-
Hhh den,

den, qui apartient aux Ducs de Brunfwick & de Lunebourg. Stade & Boxtehude, en l'Archevêché de Bremen.

EN BASSE SAXE.

La Ville Epifcopale de Halberftad entre Magdebourg & Hildesheim.

EN MISNIE.

La Ville de Leipſick.

EN THURINGE.

Erfort,
Mulhaufen,
Northaufen.

EN SILESIE,

Grofglogaw,
Trachemberg,
Schweidnitz,
Oppelen,

EN MORAVIE.

Olmutz Ville Epifcopale,
Iglaw,
Znaim,
Et Neuftat.

EN L'ARCHIDUCHE' D'AUS- TRICHE.

Creimbs,
Stein.
Cormeinbourg.

EN ALSACE.

Benfeld, entre Strasbourg & Colmar.
La même Couronne s'eft accrue depuis quelque tems,
AU DUCHE' DE LIVONIE où font les Villes
De Riga,
De Revel,
De Hapfel,
De Fellin,
De Derpt,
De Narva.
AU PAYS D'INGRIE où font les Villes & Forterefles
D'Ivanogorod,
De Caporia,
De Nottebourg & autres.
Elle tient par le dernier Traité de Paix qu'elle a fait avec la Couronne de Dannemarck, l'Iſle de Gotland, en la mer Baltique, vis à vis de l'Oftrogothie; & celle d'Oefel, devers la Livonie;& encore le Pais d'Hallandt, joignant la Weftrogothie, au deffous du Sund ou Détroit de Dannemarck.

Le Denombrement des Forterefles que tient le Landgrave de Hefle-Caffel.

CAffel & Ziegenheim au Landgraviat de Heffe.

EN WESTPHALIE.

Lipftat,
Coesfelt,
Borken,
Borkelo,
Ottenftein.

AU COMTE' D'EMBDEN.

Stickhaufen & quatre autres Places.

DANS L'ARCHEVECHE' DE COLOGNE.

Nuys fur le Rhin.
Lyn.
Kempen.

ET AU DUCHE' DE JUILLIERS.

Bredebent.

Le Nombre des Villes & Fortereſſes en Allemagne où la République des Provinces Unies des Païs-Bas tient des Garniſons.

AU DUCHE' DE CLEVES ET DANS L'ARCHEVECHE' DE COLOGNE.

Wefel,
Emerick,
Rees,
Orfoy,
Gennep,
Rimberg.

AU COMTE' D'EMBDEN.

La Ville d'Embden,
La Fortereffe de Leer.
Cette République eft compofée des trois quarts du Duché de Gueldres,
Du Comté de Hollande,
Du Comté de Zeelande,
Des Seigneuries de la Frife propre,
D'Utrecht,
D'Overiffel,
De Groningue:
Elle a conquis plufieurs Villes & Places au Duché de Brabant & au Comté de Flandres, fur le Roi d'Efpagne, & plufieurs Seigneuries & Places fortes en Amérique, en Afie, & en Afrique, entre autres,
Le tiers du Brefil,
Les Iles Moluques,
De Banda,
Et d'Amboine.

Le Dénombrement des Villes & Forterefles que tient le Roi de France dans l'Allemagne.

MAyence, Ville Archiepifcopale,
Spire, Ville Epifcopale.

AU

Au Bas Palatinat.

Oppenheim,
Altzheim,
Bacharach,
Kirosberg,
Germersheim,
Odernheim,
Neustat,
Les Villes Impériales
De Landaw,
De Weissembourg,
De Haguenau,
De Scheleltat,
De Colmar.

Dans l'Eveche' de Stras-
bourg.

Saverne,
Molczheim,
Dachenstein.

Dans l'Eveche' de
Bale.

Brondrut, autrement dit Porentru.
Outre les Garnisons qu'il y a à Montbelliard
& à Ericourt, que des Princes puinez de la
Maison de Wirtemberg ont mis sous sa garde
& protection.
Avec cela il tient de Conquête Philisbourg
dans l'Evêché de Spire : & sur les Archiducs
d'Autriche, Comtes de Tirol, qui sont leur
demeure à Inspruck,
Brisac entre Strasbourg & Bâle,
Befort & Tane au Comté de Ferrette, entre
Bâle & Schafhouze,
Rhinfeld,
Lauffenburg,
Seckingen,
Waldshut.

Et sur le Duc de Lor-
raine.

Nanci,
Marsal,
Moyenvic,
Dun,
Stenai,
Jametz,
Clermont en Argonne, & plusieurs autres
Places.

*Les Conquêtes de la France sur le
Roi d'Espagne ès Païs-Bas, au
Comté de Bourgogne, & Cata-
logne.*

Elle a conquis au Comte' de Flan-
dre,
Gravelines,
Mardik,
Bourbourg,
Watten,
Linke,
Cassel,
Merville,
Armentiéres.
Tom. I.

Au Comte' d'Artois.

Arras,
Bapaume,
Hesdin,
Bethune,
Lilers.

Au Comte' de Hainaut.

Landrechies,
Walcourt au Comté de Namur, entre la
Ville de Landrechies & la Ville de Namur.

Au Duche' de Luxem-
bourg.

Thionville sur la Mozelle, entre la Ville de
Metz & la Ville de Trêves, Damvilliers proche de Jametz.

Au Comte' de Bour-
gogne.

Saint Amour & autres Places.

En Catalogne.

Toute la Catalogne, nommément les Forte-
resses
De Perpignan,
De Salces,
De Collioure,
De Rozes :
Ne restant plus dans ce pays au Roi d'Espa-
gne que les Places
De Tarragonne,
De Tortose,
De Lerida,
D'Alfachs :
A quoi l'on peut ajouter la Garnison qu'elle
a à Monaco ou Mourgues, entre la Ville de
Marseille & Gennes, & de plus celles qu'elle a
A Turin,
A Casal,
A Veruë & autres Places du Piémont & du
Montferrat, qui lui facilitent l'Entrée au Du-
ché de Milan, qui est au Roi d'Espagne : &
finalement l'acquisition de la Ville & Forteresse
de Pignerol.
Ce qu'étant joint à la perte du Royaume de
Portugal, dont dépendent plusieurs Païs &
Places fortes en Amérique, en Asie & en
Afrique, diminue & affoiblit sans doute de
beaucoup la Monarchie d'Espagne.

Du Portugal.

La Couronne de Portugal tient en Espagne
les Royaumes de Portugal & des Algarbes,
où sont les Villes
De Lisbonne,
D'Evora,
De Braga,
De Coimbre,
De Porto & autres de conséquence.
En Afrique ledit Roi domine à Tanger ou
Tangis, & à Mazagan, à Sophala, à Mozam-
bique, & quantité d'autres soit deça ou delà le
Cap de Bonne Espérance, excepté à Ceuta que
le Roi d'Espagne retient jusques à présent.
Le même Roi de Portugal possède outre ce-
la les îles du Cap Vert, des Açores ou Ter-
cere, de Madere, &c.

RESPONSIO CÆSAREA

A Legatis Cæsareæ Majeſtatis
Oſnabrugæ 22. Octob. ejus-
dem anni 1645. Legatis Coronæ
Sueciæ tradita. Ad PROPO-
SITIONES Tractatus Pacis ge-
neralis a Legatis Coronæ Sueciæ
Oſnabrugæ ipſa S. S. Trinitatis
Dominica hoc anno 1645 edi-
tas.

*PRo faciliori intellectu cuilibet Reſponſioni Cæ-
ſareæ ex originali præfixa eſt propoſitio Suecica.*

Propoſitiones Suecicæ.

*Quemadmodum ſacra Regia Majeſtas Sueciæ
ab initio præſentium Germaniæ motuum, quantum
Litteris, Nuntiis & Legationibus unquam fieri
potuit, id unice cavit ne periculoſo hoc Bello corri-
peretur ; ita poſtquam vitare omnino non potuit
quin pro neceſſaria ſuæ ſecuritatis Libertatiſque
publicæ defenſione, arma caperet, hunc ſemper
bello ſcopum præfixit, idque jam à quindecim annis quæſivit ſollicitè ut Tractatu moreque Regibus
ſolemni, non modo cum Sereniſſimo Imperatore
quamprimum decorè tranſigeret, ſed & Imperator ipſe ſinceriori cum Ordinibus Imperii confiden-
tiâ, ipſîque inter ſe Ordines indiſſolubili concordiæ
vinculo redimerentur. Cum enim ſua & finitimorum mala ab Imperii malis oriri animadverteret, haud difficulter prævidebat illa rite curari
non poſſe, niſi his ſublatis ; adeoque utriſque ſimul
ſanandis neceſſaria fore tum exterorum tum ipſorum Ordinum Imperii concurſum, ſuffragia, co-
operationem : hoc fine Fœdus fecit cum Rege Chriſtianiſſimo pluriſque dictorum Procerum ; hac intentione tot animos inter præparatoria laboravit,
ut omnes quorum intereſt debitâ ſecuritate muniti
admitterentur, eoque tot annorum bella ſuſtinere
coactus fuit, non ſine multâ temporis, ſumptuum,
laboris, adeoque, quod maximè dolendum eſt,
Chriſtiani ſanguinis jacturâ. Cujus culpâ nihil attinet hoc loco repetere, quo non tam ad conten-
dendum, quam omnibus amicis æquiſque viis ac
rationibus ad conciliandum animos acceſſimus :
ſufficit ex ante actis Orbi univerſo de Regiorum
armorum juſtitiâ abundè conſtare, quæ tamen
& ipſâ luculentius oſtendi poteſt requirentibus oc-
caſionum momentis : & ſaltem juſta etiamnum
querela dignum eſt, quod cum tot annorum ſudore
ac ſanguine opus fuerat antequam debitè obtineri
poterant Salvi-conductus, jam demum poſtquam
non modo dictis Statibus citra diſtinctionem inter
mediatos & immediatos, ſed & generatim pro
uni-*

REPONSE

*De l'Empereur aux Propoſitions du
Traité de la Paix générale faites
à Oſnabrug par les Ambaſſadeurs
de la Couronne de Suéde, le Dimanche de la Trinité 1645. delivrée auxdits Ambaſſadeurs par
ceux de Sa Majeſté Imperiale, à
Oſnabrug le 22. Octobre de la
même année 1645.*

AFin que chacun puiſſe plus aiſément comprendre ce dont il s'agit, on a mis chacune
des Propoſitions de la Suéde avant la Réponſe
de l'Empereur.

Propoſitions de la Suéde.

Lorſque les troubles préſens commencérent
en Allemagne, Sa Majeſté le Roi de Suéde
fit tout ce qu'il put, en écrivant, en dépêchant
des exprès, en envoyant même des Ambaſſadeurs, pour s'exemter d'être mêlé dans cette
funeſte Guerre ; mais enfin obligé de prendre les
armes pour la ſureté & pour la défenſe de la
liberté publique, il n'eut d'autre but dans cette
Guerre, & il n'a recherché avec ſoin depuis
quinze ans que de faire non ſeulement un Traité
honorable avec l'Empereur de la maniére la
plus ſolemnelle, & ainſi qu'il eſt en uſage entre les Souverains, mais en même tems de rétablir la confiance mutuelle entre l'Empereur &
les Etats de l'Empire & d'unir entr'eux ces
mêmes Etats par le lien indiſſoluble d'une étroite union. Car ayant trouvé par expérience
que les maux de l'Empire étoient la cauſe de
ceux auſquels il étoit expoſé auſſi bien que les
autres Etats voiſins, il prévit aiſément que l'on
ne pouvoit guérir les derniers ſans avoir coupé
racine aux autres, & qu'ainſi pour en venir à
bout, il étoit néceſſaire que les Etats étrangers
y concouruſſent avec cause de l'Empire, de
leurs ſuffrages & de leurs travaux : c'eſt pourquoi Sa Majeſté fit alliance avec le Roi très-
Chrétien & avec pluſieurs deſdits Princes : &
depuis pluſieurs années Sa Majeſté ne travaille
qu'à obtenir que ceux qui y ſont intéreſſez,
ſoient admis avec toute ſorte de ſureté à traiter
de la Paix ; & c'eſt pour cela que Sa Majeſté a
été contrainte de faire la guerre depuis tant
d'années, Guerre qui a coûté tant de tems, tant
de peines & ce qui eſt le plus déplorable, tant
de ſang humain. S'il n'eſt pas néceſſaire d'examiner ici qui en eſt la cauſe, il ne s'agit pas de
diſputer ; nous ne ſommes ici que pour trouver
les moyens équitables & amiables de réconci-
lier les eſprits : & il ſuſit que le paſſé ait inſtruit
tout l'Univers de la juſtice des armes Royales ;
& l'on pourroit encore, dans l'occaſion, la
mettre dans tout ſon jour ; mais à préſent on ne
peut s'empêcher de ſe plaindre qu'après n'avoir
pu obtenir les Saufconduits qu'aux dépens de tant
de ſang & de peines, & après tant d'années de
Guerre, & après les avoir obtenus ſignez de la
main & du Sceau de l'Empereur, non ſeulement pour leſdits Etats ſans diſtinction de médiats ou d'immédiats, mais même généralement
pour

univerfis & fingulis Regnorum Adhærentibus, qui non funt Status Imperii, Cæfarea manu figilloque obtenti funt, Imperatoria Regiaque fides, publica Pacta & Diplomata ita exponantur, ac fi nemo eorum fecuritate gaudere debeat præter folos Imperii Status immediatos, contra expreffiffima Salvorum-conductuum verba. Hoc modo nobifcum agi cernentibus, merito quidem cautio debiget effe non ordine præpoftero contraque omnem Tractatuum naturam & indolem ad principale negotium tranfiremus, nifi Præliminaribus rite adimpletis: verum tamen quoniam anxiè maturandum fuadent non folum ipfius rei neceffitas, fed etiam afflictæ Chriftianitatis fufpiritis comitata præfentium unanimiæ Statuum vota precefque, ut anxies videant tum quantum eorum fententiæ deferamus, tum quo ftudio promovendæ Pacis feratur facra Regia Majeftas Sueciæ; re totâ cum Legatis Gallicis diligenter communicatâ, confiliis mutuis jacienda ftatuimus fequentia fundamenta, fed ea Lege ut etiamnum ante replicam, refiduis Præliminarium defideriis debite fatisfiat. Quod igitur felix fauftumque jubeat effe Deus, quia Cæfareis Dominis Legatis haud inconveniens vifum eft ut pro materia tractanda reaffumantur, qui ante novennium a Regni Sueciæ Cancellario & Electore Saxoniæ delineati funt Articuli, hic eos præfenti rerum ftatui faltem propius accommodatot, feu Media pro fupradicto fcopo obtinendo rationi & æquitati maxime confentanea ponimus; falvo tamen nobis cæterifque quorum intereft Fœderatis, adhærentibus noftris, commutandi; addendi, demendi, explicandique, quidquid ulterius pro communi Pace reftaurandâ firmandâque neceffarium vifum fuerit.

Refponfio Cæfareanorum.

Qua intentione vel ftudio Corona Sueciæ arma in Imperium intulerit Plenipotentiarii Cæfarei fupervacaneum exiftimant inquirere, cum de Sacræ Cæfareæ Majeftatis, ejufdemque Patris pientiffimi defuncti innocentiâ toti Chriftiano Orbi fatis conftet, atque hic Conventus non ad difceptandum de juftitia Belli, fed ad ejufdem compofitionem amicabilem fit inftitutus; nec per dictam Cæfa-ream Majeftatem unquam fteterit quominus illud citius componeretur, pro ut ipfa & parens ejus auguftiffimus innatâ ipfis manfuetudine inducti femper maluerunt bella mediis pacatis quam armatis finiri. Non vident etiam Plenipotentiarii Cæfarei quam Corona Sueciæ ex eo conquerendi caufam habeat, quod non in omnes pro ejufdem Fœderatis petitos Salvos-conductus Sacra Cæfarea Majeftas quantocius confenferit; minus autem quod conceffos pro Statibus Imperii non ad alios quam eidem immediatè fubjectos extendi voluerit: nam ut taceatur quod in hos Tractatus a principio non aliter quam ut inter folas Partes principales, ageretur abfque mentione tot Fœderatorum convenerit, & eventus doceat Conceffionem tam profufam Salvorum-conductuum huic rei promovendæ minimè profuiffe nec prodeffe, fanè ex Litterâ Conventionis Præliminaris & ipforum Salvorum-conductuum, pro ut afferitur, haud oftendi poteft eos etiam pro iis datos effe qui non funt Status, adeoque contra eorundem expreffiffima verba ali-

ter

pour tous & chacun des Adhérans des Royaume qui ne font pas Etats de l'Empire, aujourd'hui on interpréte la foi Impériale & Royale, les Pactes & Diplomes publiez de manière, qu'on donne à entendre qu'il n'y a que les Etats immédiats de l'Empire, qui puiffent jouir de la fureté de ces Sauf-conduits, contre les termes exprès desdits Sauf-conduits. Puifqu'on agit ainfi avec nous, ne devons-nous pas nous tenir fur nos gardes, ne rien faire avec trop de précipitation, & ne pas traiter au principal, contre ce qu'on a coutume de pratiquer dans les Traitez, fans avoir auparavant réglé les Préliminaires? Néanmoins comme l'état préfent des chofes, les foupirs de la Chrétienté, & les vœux unanimes des Etats demandent inftamment que nous ne diférions plus, pour faire voir combien nous déférons à leurs inftances, & avec quelle ardeur Sa Majefté le Roi de Suéde defire de rétablir la Paix; après avoir confulté avec les Ambaffadeurs de France, nous avons dreffé le projet fuivant qui peut fervir de baze au Traité, mais à cette condition qu'avant d'entrer en matière, on fatisfaffe au refte des Préliminaires. Dieu veuille donner un heureux fuccès à cette démarche! & puifque Meffieurs les Plénipotentiaires de l'Empereur ont trouvé à propos qu'on reprît pour fervir de Canevas à ce Traité, les articles que le Chancelier de Suéde & l'Electeur de Saxe, avoient dreffez il y a neuf ans paffez, nous nous en fommes fervis ici, après les avoir approprïez à l'état préfent des chofes, comme des moyens convenables & raifonnables pour parvenir au but que nous nous propofons, fauf néanmoins que nous, & les autres qui y ont intérêt & nos Alliez pourront changer, ajouter, retrancher, expliquer ce qui paroîtra néceffaire pour le rétabliffement & l'affermiffement de la Paix.

Réponfe des Impériaux.

Les Plénipotentiaires de Sa Majefté Impériale jugent qu'il eft inutile d'examiner ici par quel motif Sa Majefté le Roi de Suéde a porté fes armes dans l'Empire, puifque toute la Chrétienté eft convaincue de l'innocence de Sa Majefté Impériale & de celle de fon Pere de pieufe mémoire, outre que l'on eft affemblé ici non pour difputer de la juftice de la Guerre, mais la terminer à l'amiable: il n'a tenu ni à Sa Majefté Impériale ni à fon Augufte Père qu'elle n'ait été terminée il y a longtems, puifque, naturellement pacifiques, ils ont toûjours mieux aimé terminer les Guerres par les voyes de la douceur que par celles des armes. Les Plénipotentiaires Impériaux ne voyent point quelle raifon la Couronne de Suéde peut avoir de fe plaindre que Sa Majefté Impériale n'ait pas accordé fur le champ les Sauf-conduits demandez pour fes Alliez, & encore moins qu'après les avoir accordez pour les Etats de l'Empire, elle ne veuille pas confentir qu'on les étende à ceux qui ne font pas immédiatement Sujets de l'Empire; car fans dire que l'on étoit convenu dès le commencement de n'admettre dans ces Traitez, que les Parties principales, fans faire mention de cette multitude d'Alliez, & que l'expérience fait bien voir qu'en accordant tant de Sauf-conduits, on n'a rien avancé, & l'on n'avance rien, il fufit de remarquer qu'on ne pourra faire voir ni par le texte de la Convention Préliminaire, ni par celui des Sauf-Conduits, comme on voudroit l'infinuer, qu'on les a accordez pour ceux qui ne font pas Etats de l'Empire, & qu'on tâche de leur donner u-

ne

1645.

ter exponi. Proſtant publicæ confeſſiones utriuſ-que Partis ab anno milleſimo ſexcenteſimo quadrageſimo tertio uſque ad finem fere milleſimi ſexcenteſimi quadrageſimi quarti Tractatum Præliminarem, undequaquumque ritè impletum eſſe, factamque hinc indè omnium Salvorum-conductuum, cæterorumque Inſtrumentorum commutationem; nihilque aliud quam Congreſſum utriuſque Partis Legatorum ad tractandum principale negotium ſupereſſe : quæ cum ita ſe habeant, Legati Cæſarei Salvos-conductus pro mediatis concedere non tenentur.

Quod ſi vero Domini Legati Regii Coronæ Suecia certum aliquem ac tolerabilem numerum pro quibus tales deſiderent ſemel pro ſemper ediderint, reque cum Dominis Electoribus, Principibus, ac Statibus Imperii communicatâ, id citra præjudicium Sacræ Cæſareæ Majeſtatis & illorum omnium fieri poſſe, & ad promovendum negotium Pacis pertinere viſum fuerit ; ad conteſtandam tanto magis, Sacræ Cæſareæ Majeſtatis propenſiſſimam in promotionem Tractatuum voluntatem Plenipotentiarii Cæſarei etiam in hoc nihil in ſe deſiderari paſſuri ſunt, ita tamen ut interim in Tractatione Pacis procedatur, neve ex eo mora ulla Tractatui injiciatur, & reſervata ſibi etiam ſuper Articulis à Dominis Legatis Suecicis propoſiti (tametſi illi Tractatui Schombechiano admodum ſint differentes) ſimili addendi, minuendi, & explicandi ſe ulterius poteſtate, factâque prius Electorum, Principum, aliorumque Statuum Imperii præſentibus Legatis communicatione, placet ut Tractatus hic inchoetur & concludatur.

In nomine Sacroſanctæ & Individuæ Trinitatis.

Propoſitio I.

Bellum quod inter Reges, Regnaque Sueciæ & Galliæ eorumque Fœderatos & Adhærentes ex una, tum Imperatorem Romanum & Domum Auſtriacam eorumque Socios & aſſiſtentes exteros & Germanos ab altera parte, ſat acriter hactenus geſtum eſt, cum omnibus priorum diſſidiorum reliquiis ab initio motuum Bohemiæ vigore præſentis Tranſactionis ita componatur ac ſopiatur, ut nec ejus nec ullius alterius rei cauſa vel prætextu alter alteri poſthac quicquam hoſtilitatis aut inimicitiæ, moleſtiæ vel impedimenti quoad perſonas, Statum aut ſecuritatem, per ſe vel per alios, clam vel palam, directè vel indirectè, ſpecie juris aut via facti, in Imperio aut uſpiam extra illud (nonobſtantibus ullis prioribus Factis) inferat aut inferri patiatur, ſed omnes & ſingulæ hinc indè hactenus tam ante Bellum quàm in Bello, verbis, ſcriptis, aut factis illatæ injuriæ abſque omni perſonarum rerumve reſpectu ita penitus aboleantur, ut quidquid eo nomine alter adverſus alterum prætendere potuiſſet, perpetua ſit oblivione ſepultum.

Io

1645.

ne interprétation contraire à leur texte. Les Parties ont avoué publiquement depuis l'an 1643. juſques preſque à la fin de l'an 1644. que de part & d'autre le Traité Préliminaire a été accompli, que l'on a fait l'échange mutuel des Sauf-conduits & des autres Inſtrumens, & qu'il ne reſte plus qu'à tenir le Congrès des Ambaſſadeurs des Parties, pour traiter l'affaire au Principal ; ainſi les Ambaſſadeurs de Sa Majeſté Imperiale ne ſont pas obligez de donner des Sauf-conduits pour les Etats mediats.

Si néanmoins Meſſieurs les Ambaſſadeurs de Suéde vouloient une fois pour toutes donner la liſte d'un certain nombre raiſonnable, pour leſquels ils ſouhaitent des Sauf-conduits, on pourroit conſulter les Electeurs, les Princes & Etats de l'Empire pour ſavoir ſi l'on peut les accorder ſans préjudice pour Sa Majeſté Impériale & pour eux, & qu'il paroiſſe que par ce moyen l'on avancera le grand ouvrage de la Paix : & les Plénipotentiaires Impériaux feront à cet égard tout ce qui dépendra d'eux pour donner de nouvelles preuves du deſir très-ſincére qu'a Sa Majeſté Impériale de conclure ce Traité ; ſans néanmoins que cela empêche qu'on ne commence les Négociations & ſans que cela retarde en rien le Traité ; de plus ils ſe réſervent de pouvoir diminuer, ajouter & s'expliquer par raport aux Articles propoſez par Meſſieurs les Ambaſſadeurs de Suéde, quoiqu'ils ſoient différens du Traité de Schombeck; & ils trouvent à propos que l'on commence & termine ici le Traité dès qu'ils en auront communiqué avec les Ambaſſadeurs des Electeurs, Princes & Etats de l'Empire ici préſens.

Au nom de la très-ſainte & indiviſible Trinité.

Propoſition I.

La Guerre, que l'on a faite avec vigueur juſqu'à préſent entre les Rois & Royaumes de Suéde & de France, leurs Alliez, & Adhérans d'une part, & l'Empereur Romain, la Maiſon d'Autriche, leurs Alliez & ceux qui leur ont donné du ſecours, tant Allemans qu'étrangers d'autre part, ſera terminée entièrement & finira en vertu de la préſente Tranſaction, & en même tems tous les démélez qui ſont reſtez depuis le commencement des troubles de la Bohéme, enſorte qu'à l'avenir on s'abſtiendra entièrement de part & d'autre de toute hoſtilité, inimitié, leſion ou violence ſans permettre qu'on en exerce aucune contre les perſonnes, leur Etat, ou leur ſureté, par ſoi-même ou par d'autres, directement ou indirectement, ouvertement ou tacitement, ſous aparence de droit ou par voye de fait, ſous prétexte ou à cauſe de la préſente Guerre ou de tout autre motif quelconque, dans l'Empire ou ailleurs hors de l'Empire, nonobſtant les Conventions précédentes; & toutes les offenſes & injures faites & reçues de part & d'autre juſqu'à préſent tant avant que pendant la Guerre, par paroles, écrits, ou actions, reſteront abolies ſans aucune diſtinction des perſonnes ou des choſes, enſorte que tout ce que les uns auroient pu prétendre des autres à cet égard reſtera enſeveli dans un éternel oubli :

Au

In nomine Sacrosanctæ & Individuæ Trinitatis.

Responsio.

Placet ut Bellum quod inter Sacram Cæsaream Majestatem & Sacrum Romanum Imperium, ejusdem Electores, Principes, ac Status Imperii, Regem Hispaniarum Catholicum & Domum Austriacam ex unâ, & Sereniſſimos Reges Regnaque Suecia & Gallia & omnes ipsorum Fæderatos & Adhærentes, ex altera partibus, ab anno milleſimo ſexcenteſimo trigeſimo huc uſque ſat acriter geſtum eſt, cum omnibus priorum diſſidiorum reliquiis, vigore præſentis Transactionis ita componatur ac ſopiatur ut nec ejus nec ullius alterius rei cauſa vel prætextu ex hoc Bello alter alteri poſthac quidquam hoſtilitatis aut inimicitiæ, moleſtiæ vel impedimenti quoad perſonas, Statum, aut ſecuritatem, per ſe vel per alios, clam aut palam, directè vel indirectè, ſpecie juris aut viâ facti, in Imperio aut uſpiam extra illud (nonobſtantibus ullis prioribus Pactis in contrarium facientibus) inferat aut inferri patiatur; ſed omnes & ſingulæ hinc inde hactenus occaſione hujus Belli verbis, ſcriptis, aut factis, injuriæ illatæ abſque omni perſonarum rerumve reſpectu ita penitus aboleantur, ut quidquid eo nomine alter adverſus alterum prætendere potuiſſet, perpetua ſit oblivione ſepultum.

Propoſitio II.

Viciſſim Pax Chriſtiana, univerſalis, perpetua inter dictos Sereniſſimos Reges Regnaque Suecia & Gallia eorumque Fæderatos Imperii Status, & Adhærentes, nec non Sereniſſimum Imperatorem ejus hæredes & Succeſſores, Domum Auſtriacam, dictosque Socios & aſſiſtentes, Regem Hiſpaniarum, Electores, Principes & Civitates, ita mutuo renovetur ac ſtabiliatur, adeoque ſincere ſerioque impoſterum ſervetur & colatur, ut omni ex parte & cum univerſo Imperio Romano amicitia firma, fida vicinitas, & ſecura ſtudiorum Pacis cultura revireſcant & refloreſcant.

Responsio.

Viciſſim Pax Chriſtiana, univerſalis, perpetua inter dictos Sacram Cæſaream Majeſtatem & Sacrum Romanum Imperium, omnes ejusdem Electores, Principes, ac Status, Regem Hiſpaniarum Catholicum, & Domum Auſtriacam, omnes ipſorum Fæderatos & Adhærentes, & Reges Regnaque Suecia & Gallia & omnes Ipſorum Fæderatos & Adhærentes, eorumque Reſpublicas, & Succeſſores & hæredes, mutuo renovetur & ſtabiliatur, adeoque ſincere, ſerioque impoſterum ſervetur, ut omni ex parte & cum Romano univerſo Imperio amicitia firma, fida vicinitas, & ſecura ſtudiorum Pacis cultura revireſcant ac floreſcant.

Propoſitio III.

Quia vero externum & inteſtinum bellum eo nexu inter ſe cohærent ut neutrum pro rite com-
poſito

Au nom de la très-Sainte & indivisible Trinité.

Réponse.

On conſent que la Guerre que l'on a faite avec vigueur depuis l'an 1630. juſqu'à préſent entre Sa Sacrée Majeſté Impériale, l'Empire Romain, ſes Electeurs, Princes, & Etats, le Roi Catholique d'Eſpagne & la Maiſon d'Autriche d'une part, & les Rois de Suéde & de France leurs Alliez & Adhérans d'autre part, ſoit terminée & finiſſe en vertu de la préſente Tranſaction, & en même tems tous les démêlez qui ſont reſtez depuis le commencement des troubles de la Bohême; enſorte qu'à l'avenir on s'abſtiendra entiérement de part & d'autre de toute hoſtilité, inimitié, lézion, ou violence, ſans permettre qu'on en exerce aucune contre les perſonnes, leur Etat, ou leur ſureté, par ſoi-même ou par d'autres, directement ou indirectement, ouvertement ou tacitement, ſous aparence de droit ou par voye de fait, ſous prétexte & à cauſe de la préſente Guerre ou de tout autre motif quelconque, dans l'Empire ou ailleurs hors de l'Empire, nonobſtant les Conventions précédentes à ce contraires; & toutes les offenſes & injures faites & reçues de part & d'autre juſqu'à préſent à l'occaſion de ladite Guerre, par paroles, écrits, ou actions, reſteront abolies ſans aucune diſtinction des perſonnes ou des choſes, enſorte que tout ce que les uns auroient pu prétendre des autres à cet égard, reſtera enſeveli dans un oubli éternel.

Propoſition II.

Il y aura une Paix Chrétienne, univerſelle, & perpétuelle, renouvellée & rétablie entre leſdits Sérénisſimes Rois & Royaumes de Suéde & de France leurs Alliez, Etats de l'Empire leurs Adhérans, ſes héritiers & Succeſſeurs, la Maiſon d'Autriche, ſes Alliez & Auxiliaires le Roi d'Eſpagne, les Electeurs, Princes & Villes, & cette Paix ſera obſervée entr'eux ſi religieuſement & ſincerement, que vivant de part & d'autre comme bons voiſins, il y ait avec tout l'Empire Romain une vraye & ſincère amitié qui ſera cultivée & augmentée de jour en jour.

Réponse.

Il y aura une Paix Chrétienne, univerſelle & perpétuelle renouvellée & rétablie entre Sa Sacrée Majeſté Impériale, l'Empire Romain, tous ſes Electeurs, Princes & Etats, le Roi Catholique d'Eſpagne, la Maiſon d'Autriche, tous leurs Confédérez & Adhérans d'une part, & les Rois & Royaumes de Suéde & de France, tous leurs Alliez & Adhérans, leurs Républiques, Succeſſeurs & héritiers d'autre part: & cette Paix ſera obſervée entr'eux ſi religieuſement & ſincérement que vivant de part & d'autre comme bons voiſins, il y ait avec tout l'Empire Romain une vraye & ſincère amitié qui ſera cultivée & augmentée de jour en jour.

Propoſition III.

Comme la Guerre du dehors a une ſi étroite liaiſon avec celle du dedans, que ni l'une ni
l'au-

1645. *posito haberi possit, nisi utriusque causæ tollantur, externæ vero causæ ab internis ita fluant ut istæ tolli nequeant nisi his sublatis, ideo necessum est ut ante omnia à Serenissimo Imperatore Romano per universalem & illimitatam Amnistiam universi & singuli Status tam mediate quam immediate Imperio subjecti, in primis qui cum Regibus Sueciæ Galliæve quacumque necessitudine juncti fuerunt aut etiamnum sunt, Electores, Principes, Comites, Barones, Civitates, Liberaque Imperii Nobilitas, inter alios Regnum Bohemiæ cum annexis, Domus Palatina, Wittembergica, Badensis, Augusta Vindelicorum, tam quoad Ditiones & bona, quam quoad Dignitates, Libertates & Jura restituantur plenarie in eum statum in sacris & profanis, in quo ante exortos anno millesimo sexcentesimo decimo octavo Imperii motus prosperrime floruere, nonobstantibus sed annullatis quibuscumque interim per proscriptiones, confiscationes, res judicatas, vel generales aut particulares Transactiones, præcipue Pragensem, aliove quocumque modo factis in contrarium mutationibus.*

l'autre ne peut être terminée sans en ôter les causes; & les extérieures dépendant tellement des intérieures que l'on ne peut ôter les unes sans ôter les autres, il est nécessaire qu'avant toutes choses le Sérénissime Empereur accorde une pleine & générale Amnistie, à tous & chacun des Etats médiatement ou immédiatement Sujets de l'Empire, particuliérement à ceux qui ont eu, ou ont encore quelque liaison avec les Rois de Suéde & de France, aux Electeurs, Princes, Comtes, Barons, Villes & Noblesse libre de l'Empire, entr'autres au Royaume de Bohême & aux Provinces annexes, à la Maison Palatine, à celles de Wirtemberg, de Bade & à la Ville d'Augsbourg, tant pour leurs Etats & leurs biens que pour leurs Dignitez, Libertez & Droits, dans lesquels ils seront entiérement rétablis dans le même état, tant pour le spirituel que pour le temporel, dans lequel ils florissoient heureusement avant les troubles commencez en 1618. nonobstant tous changemens à ce contraires faits de quelque manière que ce soit, depuis ce tems-là par proscriptions, confiscations, sentences générales ou particuliéres, Transactions, & particuliérement celle de Prague, qui toutes seront cassées & annullées.

1645.

Responsio.

Juxta universalem, illimitatam, & in Comitiis Ratisbonensibus 1641. conclusam & publicatam Amnistiam universi, & singuli Status tam mediate quam immediate Imperio subjecti qui cum Regibus & Regni Sueciæ, & Galliæ quacumque necessitudine etiamnum junctis Principes, Comites, Barones, Civitates, Liberaque Imperii Nobilitas, tam quoad Ditiones & bona, quam quoad Dignitates, Libertates, & Jura restituantur plenarie in eum statum in sacris & in profanis, in quo ante hoc bellum inter Imperium Romanum & Coronam Sueciæ exortum floruere; nonobstantibus sed annullatis quibuscumque interim per proscriptiones, confiscationes, res judicatas, generales aut particulares Transactiones, aliove quocumque modo factis in contrarium mutationibus, præterquam de quibus proximo Recessu Imperii anno 1641. Ratisbonæ aliter statutum fuit, à cessata suspensione effectus Amnistiæ ibidem sancita.

Réponse.

Selon l'Amnistie générale & illimitée, conclue & publiée dans la Diette de Ratisbonne en 1641. tous & chacun des Etats médiatement ou immédiatement Sujets de l'Empire, qui ont quelque liaison avec les Rois de Suéde & de France, les Princes, Comtes, Barons, Villes, Noblesse Libre de l'Empire sont entiérement rétablis tant par raport à leurs Etats & à leurs biens qu'à leurs Dignitez, Libertez, & Droits dans le même état pour le spirituel & pour le temporel, dans lequel ils florissoient heureusement avant le commencement de la Guerre entre l'Empire Romain & la Couronne de Suéde, nonobstant les changemens à ce contraires faits de quelque manière que ce soit depuis ce tems là par proscriptions, confiscations, sentences, Transactions générales ou particuliéres, qui seront toutes cassées & annullées, à l'exception de celles dont il a été ordonné autrement par le dernier Recès de l'Empire à Ratisbonne en 1641. depuis que la suspension de l'effet de l'Amnistie a cessé.

Propositio IV.

Restitutorum in sua quisque Status juriumque possessione ita firmetur ac stabiliatur, ut nullus imposterum facto inde dejici possit vel debeat; quod si vero quem jure conveniri vel expediri necesse fuerit, ejusmodi ineatur justitiæ ratio per omnia ut ea in posterum absque omni personarum rerumve respectu unicuique juxta fundamentales Imperii Leges & Constitutiones, præcipue Pacem Religionis, qua etiam Reformati comprehenduntur, eoque omnium supra infraque de Evangelicis dictorum pari cum iisdem jure participes, æquabiliter administretur.

Proposition IV.

Ce rétablissement de chacun dans la possession de ses Etats, & de ses Droits sera si ferme & si solide qu'ils ne pourront à l'avenir en être dépouilez en aucune manière ni par qui que ce soit : que si l'on est obligé d'agir en justice pour en contre quelqu'un, ce sera en toutes choses de telle sorte que la justice soit rendue également à chacun sans aucun égard des personnes ou des choses, & selon les Loix & Constitutions fondamentales de l'Empire, sur tout conformément à la Paix de Religion dans laquelle sont aussi compris les Réformez, enforte que tout ce qui a été dit ci-dessus ou sera dit ci-après des Evangéliques est censé également dit d'eux.

Responsio.

Restitutorum in sua quisque Status Juriumque possessione ita firmetur ac stabiliatur ut nullius &

Réponse.

Ce retablissement de chacun dans la possession de ses Etats & de ses Droits sera si ferme &

in-

ii

1645.

inposterum facto inde dejici possit vel debeat; quod si vero quem jure conveniri vel expediri necesse fuerit, ejusmodi tueatur justitiæ ratio per omnia ut ea inposterum absque omni personarum rerumve respectu unicuique juxta fundamentales Imperii Leges & Constitutiones præcipue Pacem Religionis æqualiter administretur; quantum vero ad alios qui se Reformatos vocant, Sacra Cæsarea Majestas non adversatur quominus illius & hujus Pacis beneficio, si ipsi velint & quantum velint, frui possint.

si solide qu'ils ne pourront à l'avenir en être dépouillez en aucune manière ni par qui que ce soit : que si l'on est obligé d'agir en justice pour ou contre quelqu'un, ce sera en toutes choses de telle sorte que la justice soit rendue également à chacun sans aucun égard des personnes ou des choses, & selon les Loix & Constitutions fondamentales de l'Empire, sur tout conformément à la Paix de Religion; & quant à ceux qui se nomment Réformez, Sa Majesté Impériale ne s'opose pas à ce qu'ils jouïssent, s'ils le veulent & autant qu'ils le voudront du bénéfice de la Paix de Religion & de celle-ci.

1645.

Ad Art. V. VI. & VII.

Quidquid in his Articulis continetur jura Suæ Majestatis & Statuum Imperii inter se, adeoque Leges fundamentales, & statum ipsum Imperii concernit, quarum rerum causa vel ratione Imperii cum Coronis exteris neque Bellum susceptum vel gestum hactenus fuit: quod si super iisdem Majestas suæ cum quibusdam Statibus Imperii dissentionis vel dissidii aliquid intercesserit, id jam pridem penitus compositum sublatum est, non supereit ex illis præter unicam Landgraviam Hassiæ quæ hodie quavis de causa contra Majestatem Suam stet, quæ tamen Landgravia non aliam ob rem in armis perseverat, quam quod sibi a Fœdere Suecico recedere, donec Pax cum Coronis coaluerit, non esse integrum dicat; atque idcirco non-vident Plenipotentiarii Cæsarei quo titulo vel fundamento Corona Sueciæ quoad hæc a Majestate sua aliquid prætendat. Sunt in manibus Constitutiones Imperiales ipsaque aurea Bulla, ex quibus quid cuique juris competat, quidque in electione Regis Romanorum in Imperatorem promovendi, aliisque publicis deliberationibus ac negotiis observandum sit, clare constet: his Majestas sua firmiter insistit, neque contra earumdem præscripta, quemque Electorum, Principum, vel Statuum gravare, sed potius juxta easdem omnes & singulos protegere & manutenere intendit. Quod si, durantibus his tam difficilibus variisque ac diuturnis belli motibus, contra vel præter earumdem placita quippiam contigerit, id magis ipsismet Belli & temporum injuriæ & calamitatibus (a quibus credibile est ne Coronæ quidem Sueciæ aut Galliæ Status ac Subditos per omnia exemptos immunesve fuisse) quam intentioni Majestatis suæ imputandum; sed hæ infractiones, illarum causa deficiente, cessaturæ sunt. Si circa ipsas Constitutiones & Leges Imperii mutandum, emendandum, interpretandum, declarandumve aliquid fuerit, & cum ex eorumdem Constitutionum tenore tum prætentione Dominorum Plenipotentiariorum Suecicorum his ipsis articulis comprehensa non alio quam ad plura Comitia Imperialia pertinet. Et potest quidem hoc responsum, solidissimis rationibus nixum, sufficere ad repellendam circa hanc materiam omnem ulteriorem instantiam Dominorum Plenipotentiariorum Sueciæ: neque tamen quis existimet Majestati Cæsareæ grave esse assentiri iis quæ Legibus Imperialibus sunt consentanea.

Aux Art. V. VI. & VII.

Tout ce que ces Articles contiennent, concerne les droits de Sa Majesté Impériale, & des Etats de l'Empire, & par conséquent les Loix fondamentales & l'état même de l'Empire, par raport auxquels il n'y a eu aucune Guerre jusqu'à présent en faveur de l'Empire avec les Couronnes étrangéres : que si Sa Majesté a eu à cet égard quelques démêlez avec quelques Etats de l'Empire, ils ont été déja accommodez, & il ne reste à présent que la Landgrave de Hesse qui soit en Guerre contre Sa Majesté, encore ladite Landgrave ne continue-t-elle à être en armes, que parcequ'elle ne peut quitter, dit-elle, l'Alliance de la Suéde, que la Paix ne soit faite avec les Couronnes; c'est pourquoi les Plénipotentiaires Impériaux ne voyent pas par quelle raison ni sur quel fondement la Couronne de Suéde voudroit exiger quelque chose de Sa Majesté Impériale à cet égard. N'a-t-on pas les Constitutions Impériales & la Bulle d'Or, où l'on voit clairement quel est le droit d'un chacun, & ce qui doit s'observer dans l'Election du Roi des Romains destiné à l'Empire, & dans les autres affaires & délibérations publiques ? à quoi Sa Majesté les observe religieusement, & bien loin de rien faire contre ce qui y est prescrit, au préjudice des Electeurs, Princes & Etats de l'Empire, elle met tous les soins à les protéger & maintenir tous & chacun d'eux conformément ausdites Constitutions: Que s'il s'est fait quelque chose qui leur soit contraire ou au delà de ce qui y est prescrit, pendant les longues, dificiles & diférentes agitations de cette Guerre, il faut moins s'en prendre à l'intention de Sa Majesté Impériale qu'aux malheurs des tems, dont il est à croire que les Sujets de la Suéde & de France n'ont pas été entiérement exemts; mais ces contraventions cesseront dès que la cause cessera. S'il s'agit de changer, corriger, interpréter, déclarer quelque chose par raport auxdites Constitutions de l'Empire, ce sont les affaires des Diettes de l'Empire suivant le contenu desdites Constitutions & ainsi que l'avancent même les Plénipotentiaires de Suéde dans lesdits Articles. Cette réponse qu'il seroit aisé de fortifier de plusieurs raisons très-solides sufit pour réfuter toutes les instances que pourroient faire dans la suite les Plénipotentiaires de Suéde sur le même sujet: il n'y a personne qui pense que Sa Majesté Impériale ait de la peine à donner les mains à tout ce qui est conforme aux Loix de l'Empire.

Propositio V.

Ut autem omnis in futurum internis externisque motibus causa præcidatur, hæc potissimum requiruntur; ut si Rex Romanorum eligendus
Tom. I. *sit,*

Proposition V.

Pour ôter tout sujet de trouble au dehors & au dedans, il seroit à propos que l'on n'élise un Roi des Romains que lorsque l'Empire sera va-
Iii cant;

fit, non eligatur nisi vacante Imperio ; si nova Leges ferendæ veteresve interpretandæ fuerint, si Bellum, bellicive apparatus, si Pax aut Fœdera facienda, si publica Ordinibus tributa imponenda, si aliquis Imperii Status dignitate bonisve exuendus videatur, nihil horum aut quicquam simile posthac unquam fiat vel admittatur, nisi cum Comitiali liberoque omnium Imperii Ordinum suffragio & consensu.

Responsio.

Responsum dederant Plenipotentiarii Cæsarei ad quintum articulum, placere si novæ in Imperio Leges ferendæ, veteresque interpretandæ fuerint, si bellum Bellicive apparatus, si Pax aut Fœdera facienda, si publica Ordinibus tributa imponenda, nihil horum aut simile quicquam posthac unquam fiat vel admittatur, nisi cum Comitiali liberoque omnium Ordinum suffragio & consensu; salvis tamen iis quæ ad Imperatorem & Collegium Electorale solum pertinent, & salvis eorumdem juribus & præeminentiis ; omniaque intelligendo juxta morem ab antiquo in Imperio receptum. Reliqua quæ sunt in propositione huic Articulo adjuncta de non eligendo Rege Romanorum nisi vacante Imperio, magis adversantur juribus Imperii & libertati Electorum nec non aureæ Bullæ & Capitulationibus Cæsareis, quam quod iisdem sint consentanea; pro ut hoc procul dubio ipsimet Electores pro ea qua pollent in hoc auctoritate, cum opus fuerit, melius declarabunt. Quod si etiam aliquis Status, dignitate, bonisque exuendus videatur, contra illum aliter non est procedendum, quam secundum Imperii Constitutiones, & Capitulationes Cæsareas.

Propositio VI.

Sicut autem dictis Statibus cætera omnia de jure competentia Regalia perpetuo illibata manebunt : ita & jus faciendi cum exteris Fœdera pro sua cujusque conservatione & securitate singulis perpetuo liberum esto.

Responsio.

Placet ut, sicut dictis Statibus cætera omnia ipsis de jure competentia Regalia perpetuo illibata maneant, ita & jus faciendi cum exteris Fœdera pro sua cujusque conservatione & securitate singulis perpetuo liberum sit ; modo tamen ea fœdera non sint contra Imperatorem & Imperium & Pacem ejusdem publicam, fiantque salvo per omnia juramento quo quis Imperatori & Imperio obstrictus est.

Propositio VII.

Et ut perfectior sit Ordinum inter se concordia, quæcumque hactenus inter Evangelicos & Catholicos mota sunt controversiæ, ea commu-

---

cant; que s'il faut faire de nouvelles Loix ou interpréter les anciennes, s'il faut faire la Guerre ou des préparatifs de Guerre, s'il faut faire la Paix ou des Alliances, s'il faut exiger quelque contribution des Cercles, s'il faut dépouiller quelque Etat de l'Empire de sa dignité ou de ses biens, on ne fasse à l'avenir aucune de ces choses ou rien de semblable qu'avec un consentement libre, & les suffrages de tous les Ordres de l'Empire donnez dans la Diette.

Réponse.

Les Plénipotentiaires Impériaux avoient déja répondu à l'Article V. qu'ils consentoient, s'il falloit faire de nouvelles Loix dans l'Empire ou interpréter les anciennes, s'il falloit faire la Guerre ou des préparatifs de Guerre, s'il falloit faire la Paix ou quelqu'Alliance, s'il falloit exiger des contributions des Cercles, que l'on ne fît à l'avenir aucune de ces choses ou rien de semblable, & qu'on ne les aprouvât qu'avec un consentement libre & les suffrages de tous les Ordres de l'Empire donnez dans la Diette, sauf les choses qui regardent seulement l'Empereur & le Collége Electoral & leurs droits & Prééminences; & entendant toutes choses selon l'usage établi de tout tems dans l'Empire. Quant aux autres choses dont il est parlé dans cet Article comme de n'élire un Roi des Romains, que lorsque l'Empire seroit vacant, elles sont plutôt contraires que conformes aux droits de l'Empire, à la liberté des Electeurs, à la Bulle d'Or, & aux Capitulations Impériales ; comme les Electeurs en vertu de leur autorité à cet égard, le feront sans doute connoître lorsqu'il en sera besoin. Que s'il s'agit de dépouiller de ses biens & de sa dignité quelque Etat de l'Empire, on ne procédera contre lui que conformément aux Constitutions de l'Empire & aux Capitulations Impériales.

Proposition VI.

Les susdits Etats resteront à perpétuité en possession des Regales qui leur apartiennent : & il leur sera libre de contracter Alliance avec des étrangers pour leur conservation & leur sureté particuliére.

Réponse.

On consent que, comme lesdits Etats conserveront dans leur entier toutes les autres Regales qui leur apartiennent, il leur soit aussi libre de contracter des Alliances avec des étrangers pour leur conservation & leur sureté particuliére ; pourvû néanmoins que ces Alliances ne soient pas contre l'Empereur, l'Empire ou la Paix publique de l'un & de l'autre, & qu'elles se fassent sans déroger au serment prêté à l'Empereur & à l'Empire.

Proposition VII.

Et afin de rétablir une meilleure concorde entre les Ordres de l'Empire, on terminera entierement par ce Traité-ci, sans plus de délai
&

munibus utriusque Partis consiliis, operaque simul cum hoc Tractatu absque ulteriori ad alios dilatione, æquis & Christianis, ita penitus solideque componantur, ut non duntaxat de vero certoque intellectu dictæ Pacis Religiosæ nullum amplius superfit dubium, sed & cetera Ecclesiastica & Politica gravaminaque dictos Proceres tamdiu ab invicem distraxerunt, funditus extirpentur, nullo Bellorum semine relicto; quin imo si quæ imposterum de ejusmodi rebus dubia inter eos oriantur, ea quoque, ut omnis evitetur occasio turbarum, nonnisi amicabili compositione ex æquo bonoque communi expediantur.

& sans recourir à d'autres Traitez, les différends qui ont été jusqu'à présent entre les Evangéliques & les Catholiques; & les deux partis y contribueront de leurs bons & équitables avis, ensorte que dans la suite il n'y ait plus de doute sur le véritable sens de la Paix de Religion, & que les Griefs tant Ecclésiastiques que Politiques, qui ont si longtems divisé lesdits Etats, soient entiérement redressez, qu'il n'en soit plus parlé, & qu'il ne reste de ce côté-là aucune semence de Guerre; & si, contre toute attente, il arrivoit encore quelque dispute sur ce sujet, elle sera terminée à l'amiable pour éviter toute occasion de troubles.

Responsio.

Placet ut quæcumque hactenus inter Catholicos & Augustana Confessioni addictos ac Protestantes de Pace Religionis & bonis Ecclesiasticis motæ sunt controversiæ, ea communibus utriusque Partis Consiliis operaque simul cum hoc Tractatu absque ulteriori ad alios (si Electoribus, Principibus, & Statibus ita visum fuerit) dilatione, amice, æquis & Christianis modis, ita penitus solideque componantur, ut non duntaxat de vero certoque intellectu dictæ Pacis Religiosæ nullum amplius superfit dubium, sed & cetera Ecclesiastica & Politica Gravamina quæ dictos Proceres & Status tamdiu ab invicem distraxerunt, funditus extirpentur, nullo Bellorum semine relicto: quin imo, si quæ imposterum de ejusmodi rebus dubia inter eos oriantur, ea quoque, ut omnis evitetur occasio turbarum, amicabili compositione ex æquo bonoque communi expediantur.

Réponse.

On convient que tous les démêlez qui ont été jusqu'à présent entre les Catholiques, & ceux de la Confession d'Augsbourg & les Protestans par raport à la Paix de Religion & aux biens Ecclésiastiques, soient entiérement terminez par ce Traité, sans plus de délai & sans recourir à d'autres Traitez, (si les Electeurs, les Princes & les Etats le souhaitent ainsi) les deux partis y contribuant de leurs bons & équitables avis; ensorte que dans la suite il ne reste plus aucun doute sur le véritable sens de la Paix de Religion, & que les Griefs tant Ecclésiastiques que Politiques, qui ont si longtems divisé lesdits Etats, soient entiérement redressez, qu'il n'en soit plus parlé, & qu'il ne reste plus de ce côté-là aucune semence de Guerre: & si, contre toute attente, il arrivoit encore quelque dispute sur ce sujet, qu'elle soit terminée à l'amiable pour éviter toute occasion de troubles.

Propositio VIII.

Ad universalem quoque pertinet Amnistiam, ut omnes & singuli tam bellici Officiales Militesque, quam Consiliarii & Ministri togati, Civiles, & Ecclesiastici, sive ex hereditariis Imperatoris, sive aliis exteris aut Imperii Provinciis oriundi, quocumque nomine aut conditione censeantur, qui Regibus Regnisque Sueciæ vel Galliæ eo modo adhæserunt, a summo ad infimum, ab infimo ad summum, absque ullo discrimine vel exceptione, cum Uxoribus, Liberis, hæredibus, Successoribus, & servitoribus quoad personas & bona in eum vitæ, famæ, honoris, conscientiæ libertatis, jurium, ac privilegiorum statum, quo ante dictos motus gavisi sunt aut jure gaudere potuerunt, postliminio restituantur; nec eorum personis aut bonis hujusmodi 27. annorum militiæ causa ullam creetur præjudicium, ullave actio vel accusatio intentetur, multo minus ulla pœna damnumve sub quocumque prætextu irrogetur.

Proposition VIII.

En vertu de l'Amnistie universelle tous & chacun des Officiers & Soldats, Conseillers & Ministres de Robe, Laïques & Ecclésiastiques, originaires des Païs héréditaires de l'Empereur, ou de quelques autres Provinces de l'Empire ou du dehors, de quelque rang ou condition qu'ils soient, qui ont été en cette qualité dans le parti des Rois & Royaumes de Suéde & de France, depuis le premier jusqu'au dernier, & depuis le dernier jusqu'au premier, sans aucune distinction ou exception, leurs femmes, enfans, héritiers, Successeurs, & serviteurs seront rétablis, quant à leurs personnes & à leurs biens dans le même état de vie, de réputation, d'honneur, de liberté de conscience, de droits, & de priviléges où ils ont été ou pu être avant les troubles; & il ne leur sera fait aucun tort en leurs biens ou en leurs personnes à cause qu'ils ont servi lesdites Puissances depuis 27. ans, on n'intentera contr'eux aucune action ou accusation, encore moins les condamnera-t-on à quelque peine ou dommage sous quelque prétexte que ce soit.

Responsio.

Placet ut juxta supradictum Articulum tertium jamque promulgatam Amnistiam etiam om-

Réponse.

On consent qu'en conséquence de l'Article III. & de l'Amnistie déja publiée, tous & chacun

1645. *omnes & singuli tam bellici Officiales Militesque, quam Consiliarii & Ministri Togati, Civiles, & Ecclesiastici, sub quocumque nomine aut conditione censeantur, qui uni alterive Parti, eorumque Fœderatis & Adhærentibus toga vel sago militaverunt, a summo ad infimum, ab infimo ad summum, absque ullo discrimine vel exceptione, cum uxoribus, liberis, hæredibus, Successoribus, & servitoribus, quoad personas & bona in eum vita, fama, honoris, conscientia libertatis, jurium, ac privilegiorum statum, quo ante dictos motus gavisi sunt, aut jure gaudere potuerunt, utrinque restituantur; nec eorum personis aut bonis hujus militia causa ullum creetur prejudicium, ullave actio vel accusatio intentetur, multo minus ulla pœna damnumve sub quocumque pratextu irrogetur.*

1645. cun des Officiers & Soldats, Conseillers & Ministres de Robe tant civils, qu'Ecclésiastiques de quelque rang ou condition qu'ils soient, qui ont servi dans la Robe ou dans l'épée l'un ou l'autre des partis & leurs Alliez & adhérans, depuis le premier jusqu'au dernier, & depuis le dernier jusqu'au premier, sans aucune distinction ou exception, leurs femmes, Enfans, héritiers, Successeurs, & serviteurs soient rétablis de part & d'autre quant à leurs personnes & à leurs biens, dans le même état de vie, de réputation, d'honneur, de liberté de conscience, de Droits, & de priviléges où ils ont été, ou pû être avant les troubles, & qu'on ne leur fasse aucun tort en leurs personnes ou en leurs biens, à cause de leurs services pendant la Guerre; de plus qu'on n'intente contr'eux aucune action ou accusation, encore moins qu'on les condamne à quelque peine ou dommage sous quelque prétexte que ce soit.

Propositio IX.

Omnes & singuli utriusque partis captivi citra discrimen sagi vel toga (interque eos Serenissimi Regis Portugalliæ frater Princeps Eduardus) intra mensem a dato absque lytro dimittantur. Quod si quis ante hos Tractatus sub lytri sponsione dimissus fuerit, is, lytro nondum soluto, illud solvere adhuc tenatur: qui vero post initos hos Tractatus lytrum quidem promisit, nondum tamen dimissus est, is vigore paragraphi primi absque lytro dimittatur: sive autem lytrum promissum fuerit sive non, omnes indistincte captivi custodia sumptus solvere teneantur.

Proposition IX.

Tous & chacun des prisonniers de part & d'autre sans distinction d'épée ou de Robe, particuliérement le Prince Edouard frére du Sérénissime Roi de Portugal, seront mis en liberté dans un mois à compter du jour de la date des présentes, sans payer aucune rançon. S'il s'en trouve qui ayent été renvoyez avant la conclusion de ce Traité sous promesse de payer leur rançon, & qui ne l'ayent pas payée, ils seront obligez d'y satisfaire: mais ceux qui après ce Traité auroient promis quelque rançon & ne seroient pas encore en liberté, y seront mis en vertu du premier Paragraphe, sans payer cette rançon: enfin tous les prisonniers sans distinction seront renvoyez, & soit qu'ils ayent promis rançon ou non, ils seront obligez de payer les frais de leur prison.

Responsio.

Placet ut omnes & singuli utriusque partis captivi citra discrimen sagi vel toga intra Mensem a dato absque lytro liberi dimittantur: quod si quis ante hos Tractatus sub lytri sponsione dimissus fuerit, is lytro nondum soluto, illud solvere adhuc teneatur; qui vero post initos hos Tractatus lytrum quidem promisit, nondum tamen dimissus est, is vigore Paragraphi primi absque lytro dimittatur: sive autem lytrum promissum fuerit, sive non, omnes indistincte captivi custodia sumptus solvere teneantur. Ceterum non agnoscunt Legati Cesarei alium Regem Portugalliæ quam Regem Catholicum, ad quem negotium de liberando Eduardo Bragantino remittunt.

Réponse.

On consent que tous & chacun des prisonniers des deux partis soit d'épée ou de Robe, sans distinction, soient mis en liberté sans rançon, dans un mois à compter du jour de la date des présentes: s'il s'en trouve qui ayent été renvoyez avant la conclusion de ce Traité, sous promesse de payer leur rançon, & qui ne l'ayent pas payée, ils seront obligez d'y satisfaire; mais ceux qui après ce Traité auroient promis quelque rançon & ne seroient pas encore en liberté, y seront mis en vertu du premier Paragraphe, sans payer cette rançon: enfin tous les prisonniers sans distinction seront renvoyez, & soit qu'ils ayent promis rançon ou non, ils seront obligez de payer les frais de leur prison. Au reste les Ambassadeurs Impériaux ne reconnoissent d'autre Roi de Portugal que sa Majesté Catholique, à laquelle ils renvoyent l'Article qui concerne la liberté d'Edouard de Bragance.

Propositio X.

Satisfactio Regibus Regnisque debita ita fiat, ut pro præteritis præstentur indemnia, & Confœderatis suis in futurum secura.

Proposition X.

On donnera aux Rois & à leurs Royaumes la satisfaction qui leur est due de telle forte qu'on indemnise le passé, & qu'on donne des sûretez à leurs Alliez pour l'avenir.

Propositio XI.

Eorum Officialibus & Militiæ solvantur ex æquo & bono justæ suæ prætentiones absque onere dictorum Regnorum.

Propositio XII.

Eodem modo Regnorum Fæderatis qui cum iisdem in armis sunt, cumprimis illustrissimis Landgraviæ Hassiæ & Principi Transilvaniæ eorumque Militiæ, ex æquo & bono satisfiat.

Responsio.

Plenipotentiarii Cæsarei respondent Sacram Cæsaream Majestatem Regibus Regnisque ad ullam satisfactionem non teneri, quin potius eam a Regina, Regnoque Sueciæ justam postulandi causam habere, pro ut illam suæ Majestati, si præter opinionem hic Tractatus Pacis non perficiatur, expressè reservant; ac tametsi quidem a Tractatu Schombechiano quoad hoc punctum causam recidendi habeant sufficientem, eo quod Regina Regnumque Sueciæ id quod illi tum temporis ex mero Pacis studio oblatum fuit, non acceptarit, imo deinceps Bello contra suam Majestatem & sacrum Romanum Imperium, Regnaque & Provincias Hæreditarias continuato iisdem qua ferro qua flamma majorem vastitatem intulerit; majoribusque damnis & expensis causam dederit: si tamen Electoribus, Principibus, ac Statibus Imperii, quorum maxime interest, dicto Tractatui Schombekiano in hoc quoque puncto placeat inhærere, Plenipotentiarii Cæsarei nihil refragaturi sunt. Cum Landgravia Hassiæ in certas conditiones jam pridem conventum est, has adhuc sua Majestas ratas habet: Princeps Transilvaniæ non pertinet ad Status Imperii Sueciæ Confæderatos & Adhærentes per Germaniam.

Propositio XIII.

His ratis præstitisque loca ab utrimque occupata cum tormentis bellicis & eorum annexis aliisque ibi repertis mobilibus suis quæque prioribus legitimis Dominis reddantur; reddita vero sive maritima sive limitanea mediterranea fuerint ab ulterioribus utriusque Partis præsidiis perpetuo posthac libera sunto.

Responsio.

Placet ut Pace hac conclusa & publicata loca ab utraque parte occupata cum tormentis bellicis & eorum annexis aliisque ibidem repertis mobilibus suis quæque prioribus legitimis Dominis intra terminum duorum mensum a publicatione Pacis reddantur: reddita vero sive Maritima & limitanea mediterranea fuerint ab ulterioribus omnibus octafione hujus belli introductis præsidiis utriusque Partis perpetuo posthac sint libera.

Propositio XIV.

Denique omnium belligerantium Partium in Imperio

Proposition XI.

On payera à leurs Officiers & à leurs Soldats leurs justes prétentions sans que lesdits Royaumes en soient chargez.

Proposition XII.

On donnera satisfaction de la même manière aux Alliez des Couronnes qui sont avec elles en armes, sur tout aux Illustrissimes le Landgrave de Hesse & le Prince de Transilvanie, & à leurs troupes.

Réponse.

Les Plénipotentiaires Impériaux repondent que Sa Majesté Impériale n'est en aucune manière obligée de donner quelque satisfaction aux Rois & à leurs Royaumes; bien loin delà qu'elle auroit droit de l'exiger de la Reine & du Royaume de Suéde, droit qu'ils réservent à Sa Majesté Impériale au cas que contre toute attente ce Traité-ci ne se conclue pas; & quoiqu'ils ayent assez de raisons de déroger quant à ce point au Traité de Schombeck, puisque la Reine & le Royaume de Suéde n'ont pas accepté alors ce qu'on leur offroit par l'unique desir de la Paix, ensorte que continuant la Guerre contre Sa Majesté & contre l'Empire Romain, les Royaumes & Provinces Héréditaires, ils y ont porté le fer & le feu, & y ont causé plus de dommage & plus de perte que par le passé: au reste si les Electeurs, Princes, & Etats de l'Empire qui y font le plus intéressez jugent à propos de s'en tenir sur cet Article au Traité de Schombeck, les Plénipotentiaires Impériaux ne s'y opposeront pas. On est déja convenu avec la Landgrave de Hesse de quelques conditions, que Sa Majesté Impériale ratifie à présent: quant au Prince de Transilvanie, il n'a aucune relation avec les Etats de l'Empire Alliez & Adhérans à la Suéde dans l'Allemagne.

Proposition XIII.

Après que ces conditions auront été acceptées & exécutées, on rendra à leurs legitimes Maîtres les Places dont on s'est emparé de part & d'autre avec leurs Canons, ce qui en dépend & tous les meubles qui y ont été trouvez, & à l'avenir les Places rendues, soit qu'elles soient maritimes ou frontiéres méditerranées, seront à perpétuité exemtes de recevoir Garnison de l'un ou de l'autre parti.

Réponse.

On consent qu'après que cette Paix aura été conclue & publiée, les Places dont on s'est emparé de part & d'autre seront rendues, dans l'espace de deux mois à compter de la publication de la Paix, à leurs légitimes Maîtres avec les canons, tout ce qui en dépend & les meubles qu'on y aura trouvez: & que les Places rendues soit maritimes ou frontiéres méditerranées seront à jamais exemtes des garnisons qu'on y avoit introduites à l'occasion de la présente Guerre.

Proposition XIV.

Toutes les troupes des Parties qui font en guerre dans

1645.

perio militia totaliter exauctoretur; Sueciæ Nationis militie, & quantum e Germanis pro se retinere voluerit serenissima Regina Sueciæ, in suos Status translato.

Responsio.

Placet denique ut omnium belligerantium Partium in Imperio militia totaliter exauctoretur, retento ex iis qui volent, in suos Status traducto tantum numero quem quæque Pars pro sua securitate necessarium judicaverit.

Propositio XV.

Tandem ut studia Pacis vicissim reflorescant, quæ ante annum millesimum sexcentesimum decimum octavum inter omnes Partes viguere commercia, cum omnibus inde dependentibus inviolabili pristinæ libertatis cursu terra marique modis omnibus asserantur, remotis, quæ interim irrepserunt, impedimentis, prout in progressu Tractatus latius exponetur.

Responsio.

Placet ut quæ ante hæc Bella inter omnes Partes viguere commercia, cum omnibus inde dependentibus inviolabili pristinæ libertatis cursui, terra marique modis omnibus asserantur, remotis interim, quæ irrepserunt, impedimentis : & cum Plenipotentiarii Suecici ulteriorem sibi de his expositionem reservent, Plenipotentiarii Cæsarei eam fieri desiderant, declaraturi se tum super eadem prout ratio & res requiret.

Propositio XVI.

Hac Pacificatione ex parte Regum Regnorumque Sueciæ & Galliæ comprehendantur qui voluerint Principes & Reges ante conclusionem Tractatus nominandi.

Responsio.

Placet ut in hac Pacificatione ex parte Regum Regnorumque Sueciæ & Galliæ comprehendantur qui voluerint Reges & Principes ante conclusionem Tractatus nominandi, sicut vicissim ex parte Majestatis Cæsareæ comprehendentur qui voluerint ab eadem nominandi.

Propositio XVII.

Quod si post Pacem hanc initam contigerit ulli Partium vel Fœderatorum & Adhærentium ea, quæ in supra dictis articulis promissa sunt, non servari nec ea res intra spatium jam conveniendum possit amicabiliter componi, vel juris disceptatione terminari (quæ tamen via, ne statim ad arma concurratur & ut Christiano sanguini parcatur, ante omnia tentari & de modo ejus jam tractari & concludi debet) teneantur tam una quam altera Pars atque utriusque Partis Fœderati & Adhærentes junctis cum Parte læsa consiliis viribusque arma, sine mora aut tergiversatione ad repellendam injuriam, statim atque post dictum spatium conventum & res non transactam vel decisam,

---

1645.

dans l'Empire seront licenciées : & l'on transportera dans les Etats de la Sereniffime Reine de Suéde tous les Soldats Suedois & les Soldats Allemans qu'elle voudra retenir à son service.

Réponse.

On consent que toutes les troupes des Parties qui sont en Guerre dans l'Empire soient licenciées; chaque Partie retenant cependant & faisant passer dans ses Etats tel nombre qu'elle jugera lui être nécessaire pour sa sureté.

Proposition XV.

Enfin pour faire revivre les Arts en usage pendant la Paix, on rétablira la sureté du Commerce telle qu'elle a été entre les Parties avant l'année mil six cens dix-huit avec toutes ses dépendances en rétablissant en toute maniére la libre communication par mer & par terre , & en abolissant les obstacles qui se sont introduits, ainsi que l'on en conviendra plus particuliérement dans le cours de ce Traité.

Réponse.

On consent que l'on rétablisse entre toutes les Parties la sureté du Commerce avec toutes ses dépendances, en rétablissant en toute maniére la libre communication par mer & par terre, & en abolissant les obstacles qui se sont introduits : d'autant que les Plénipotentiaires Suédois se réservent de s'expliquer sur cela plus au long, les Plénipotentiaires Impériaux souhaitent qu'ils s'expliquent & alors ils s'expliqueront eux-mêmes autant qu'il leur paroîtra juste & raisonnable.

Proposition XVI.

Les Princes & Rois qui le souhaiteront seront compris dans cette Pacification de la part des Rois & Royaumes de Suéde & de France, en les nommant avant la conclusion du Traité.

Réponse.

On consent que les Princes & Rois qui le souhaiteront soient compris dans cette Pacification de la part des Rois de Suéde & de France en les nommant avant la conclusion du Traité; comme ceux qui le souhaiteront, y seront aussi compris de la part de Sa Majesté Impériale qui les nommera avant la conclusion du Traité.

Proposition XVII.

S'il arrivoit après la conclusion de cette Paix que l'une des Parties, ses Alliez ou Adhérans n'observât pas ce qui est contenu dans les articles susdits , & qu'on ne pût terminer cet incident dans le tems dont on conviendra, soit à l'amiable soit par les voyes de droit, (qui seroient les meilleures, afin qu'on ne courût pas d'abord aux armes, & qu'on épargnât le sang Chrétien, ensorte qu'il seroit à propos de régler comment on s'y comporteroit) alors l'une & l'autre Partie, leurs Alliez & Adhérans seront obligez d'assister la Partie lezée de leurs conseils & de leurs forces, de prendre les armes sans délai pour la défendre de toute insulte, lors qu'après le terme

1645. *decifam. , fuerint ab injuriam paffo admoniti.*

me fixé la chofe n'ayant point été terminée, ils 1645. en feront requis par celui qui aura été lezé.

Propofitio XVIII.

In horum omnium & fingulorum fidem majuf-que vobur Inftrumenta Pacis manibus & figillis utriufque Partis Legatorum munita ftatim hic mu-tuo extradantur , eorum ratihabitiones a Regi-bus Sueciæ Galliæque & eorum Fæderatis , tum ab Imperatore & Ordinibus Imperii , ut movis eft, fignatæ intra...... Menfes a dato....... com-mutentur : has denique commutatas publicatio & executio Pacis excipiant & fequantur.

Propofition XVIII.

En foi de tout ce que deffus & pour y donner d'autant plus de force, on délivrera ici mutuel-lement au plutôt les Inftrumens de la Paix fignez de la main & fcelez des armes des Ambaffadeurs des Parties,& felon la coutume les Ratifications de la part des Rois de Suéde & de France & de leurs Alliez, & de la part de l'Empereur & de l'Empire feront échangées...... mois après la...... & auffitôt après l'échange des Ra-tifications l'on publiera & l'on exécutera la Paix.

Refponfio.

In horum omnium & fingulorum fidem majuf-que robur , Inftrumenta Pacis manibus & figillis utriufque Partis Legatorum firmata ftatim hic mutuo extradantur , atque ex illo momento Pax firma & rata fit , & arma ceffent , atque inte-rim ad hunc finem citius affequendum parcendum-que Sanguini Chriftiano de brevi ac æquo armif-titio conveniatur , ita tamen ut in Tractatione ipfius Pacis fimul procedatur : neve ex eo mora ulla Pacis Tractatui injiciatur , eorum vero con-firmationes tam ab Imperatore ac Imperii Stati-bus quam Regibus Regnifque Sueciæ ac Galliæ, eorum denique Ordinibus & Statibus , ut moris eft, juxta formulas concipiendas fignatæ intra duos menfes a dato hujus commutentur : has denique commutatas publicatio & executio Pacis excipiat & fequatur.

His ita declaratis fi Corona Sueciæ acquieverit, & ea quæ illi incumbunt debite præftiterit, non dubitant Plenipotentiarii Cæfarei quin Pax utri-que Parti honorifica, firma , ac perpetua coalitu-ra fit , & omnia ea commoda exinde proventura, quæ Domini Legati Suecici Imperatori & Imperio, totique Orbi Chriftiano augurantur. Ofnabrugæ 16. Octob. 1645.

Réponfe.

En foi de tout ce que deffus & pour y don-ner d'autant plus de force on délivrera ici mu-tuellement au plutôt les inftrumens de la Paix fignez de la main & fcelez des armes des Am-baffadeurs des Parties; dès ce moment-là la Paix fera cenfée conclue & arrêtée , les hoftilitez cefferont , & pour parvenir d'autant plutôt à ce but & épargner le fang Chrétien, on con-viendra d'une courte Tréve qui n'empêchera pas qu'on ne travaille à la conclufion de la Paix: l'échange des ratifications tant de la part de l'Empereur & de l'Empire , que de celle des Rois & Couronnes de Suéde & de France fouffignez , fuivant la coutume & felon le for-mulaire qui en fera dreffé feront échangées deux mois après la date des préfentes , & auffi-tôt après l'échange defdites ratifications l'on pu-bliera & l'on exécutera la Paix.

Si la Couronne de Suéde acquiefce à ce qui eft déclaré ici , & fi elle exécute fidélement fes obligations , les Plénipotentiaires Impériaux ne doutent pas qu'il n'y ait bientôt entre les deux Partis une bonne, ferme , honorable & perpe-tuelle Paix , & qu'il n'en réfulte tous les avan-tages que Meffieurs les Ambaffadeurs de Suéde augurent devoir arriver à l'Empereur, à l'Em-pire, & à toute la Chrétienté. A Ofnabrug le 16. Octobre 1645.

Senfus conditionum a Sueciæ Pleni-potentiariis propofitarum.

I.

CEffet bellum unà cum omnibus reliquiis & fo-mitibus inde a turbis Bohemicis exortis.

II.

Sit perfecta amicitia & Pax Chriftiana inter Im-perium & Regnum Sueciæ , quæ inviolabiliter ab occafione omni turbandi & abrumpendi fervetur.

III.

Ut omnia reftituantur in priftinum Statum , omnefque fomites belli tollantur.

IV. *In*

Sens des conditions propofées par les Plénipotentiaires de Suéde.

I.

QUe la Guerre ceffe avec tous les reftes de femences de troubles qui étoient des fui-tes de ceux de la Bohême.

II.

Qu'il y ait une fincére amitié & Paix Chré-tienne entre l'Empire & le Royaume de Suéde qui foit obfervée religieufement fans que l'on donne aucune occafion de la troubler ou de la rompre.

III.

Que toutes chofes foient remifes en leur pre-mier état , & que l'on éloigne toutes les occa-fions de guerre.

IV. Qu'en

IV.

Iu specie Regnum Bohemiæ, Domus Palatina, Wirtembergica, Badensis, Civitas Augustana restituantur, tam quoad ditiones & bona, quam dignitates & jura tam in Ecclesiasticis quam Politicis, in eum statum in quo ante hoc Bellum floruerunt, & in specie annum 1618. nec attendatur etiam si proscriptiones contra intentatæ fuerint, aut quæ in rem judicatam transierint.

Qu'en particulier le Royaume de Bohême, la Maison Palatine, celle de Wirtemberg, celle de Bade, & la Ville d'Augsbourg soient rétablies tant par raport à leurs Etats & leurs biens, qu'à leurs dignitez & à leurs droits dans les choses Ecclesiastiques & Politiques, dans le même état, où elles étoient heureusement avant cette Guerre, spécialement en 1618. sans s'arrêter aux proscriptions à ce contraires ni aux Sentences rendués.

V.

Ut omnia conserventur in eo statu, observetur justitia æquabilis & Pax Religionis tam Protestantibus inter quos & Reformati comprehenduntur, quam Catholicis.

Afin que toutes choses soient conservées dans cet état, que l'on rende la Justice impartialement, & que l'on observe la Paix de Religion tant à l'égard des Protestans, y compris les Réformez qu'à l'égard des Catholiques.

VI.

Si quid controversiæ exoritur, tollatur per compositionem amicam.

S'il survient quelque differend, qu'on le termine à l'amiable.

VII.

Potestas ferendi & interpretandi leges ad Comitia pertineat, nulla proscriptio extra illa ac sine Statibus decernatur, nullæ collectæ amplius absque illis instituantur, ad omnia Status admittantur cum jure suffragii, absque illis nec Bellum nec Pax constituatur, aut Fœdera fiant.

Que la puissance d'interpréter les Loix soit reservée à la Diette de l'Empire, que l'on ne décréte aucune proscription sans son consentement, qu'on ne fasse aucune collecte sans l'avoir consultée, que la Diette donne son sufrage en toutes choses, & qu'on ne fasse ni Guerre ni Paix ni Alliances sans elle.

VIII.

Statibus liceat ad securitatem sui & Imperii Fœdera inire.

Qu'il soit permis aux Etats de l'Empire de faire des Alliances particuliéres pour leur sureté & celle de l'Empire.

IX.

Non eligatur Rex Romanorum, nisi vacante Imperio.

Qu'on n'élise point de Roi des Romains que lorsque l'Empire sera vacant.

X.

Eorum qui cum sacra Regia Majestate Sueciæ arma sociarunt, in specie Landgravii Hassæ & Ragotzii, specialis horum ratio habeatur.

Que l'on ait égard à ceux qui ont joint leurs armes avec Sa Majesté Suédoise, spécialement au Landgrave de Hesse & au Prince Ragotski.

XI.

Amnistia generalis & illimitata eorum quæ acciderunt.

Que l'on accorde une amnistie générale & illimitée par raport à tout ce qui s'est passé.

XII.

Captivi dimittantur, præcipuè Eduardus frater Regis Portugalliæ.

Que l'on mette les prisonniers en liberté, particuliérement Edouard frére du Roi de Portugal.

XIII.

Ministri qui Coronæ Sueciæ sive sago, sive toga servierunt, etiam qui sunt ex terris Hæreditariis Imperatoris cum omnibus suis restituantur, & extra periculum sint.

Qu'on rétablisse dans tous leurs biens ceux qui ont secouru la Couronne de Suéde soit dans l'épée ou dans la Robe, même ceux qui pourroient être des païs Héréditaires de l'Empereur, & qu'ils ne soient nullement inquiettez.

XIV. *Ut*

XIV. Que

XIV.

*Ut commercia libera fint, Telonia nova & one-
ra tollantur.*

XV.

*Satisfactio detur Coronis ita ut pro præteritis
præstentur indemnia & securitas in futurum.*

XV.

*Officialibus & militiæ certa pecuniæ summa nu-
meretur iisque satisfiat.*

XVII.

*Comprehendantur in hoc tractatu postea nomi-
nandi.*

Civitatum Imperialium Hanseatica-
rum Monita in puncto com-
merciorum.

IN commerciorum utpote medii ad Provinciarum
desolatarum, hominumque intestini Belli tempore penitus exhaustorum restaurationem & incrementum, vicinitatisque in vigore suo conservandæ
vinculum haud impedito liberoque cursu, non modo sacri Romani Imperii Germanicæ Nationis eique adpertinentium membrorum summi infimique
ordinis, sed etiam finitimorum Regnorum,
maximum versare interesse, præter infallibilem
experientiam, ex eo quoque manifeste comprehenditur, quod Civitatum Imperialium & Hanseaticarum utpote quas primo & directo concernunt
informationes, qua ratione nempe commercium pene
collapsum restabiliri atque in pristinum vigorem
reduci queat, laudatissime sit relictum & com-
missum. Sicuti vero earumdem Civitatum Legati
insignem in eo sollicitudinem gratis devotisque animis agnoscunt, meritoque sibi curæ habent ut officio suo hac in parte satisfaciant, ita hoc ipso optima sane intentione in animum revocandum putant, quod commercia absque libertate dictarum
Civitatum, nec non securitate viarum, terra,
marique, ipsorum denique Commerciorum immu-
nitate, utpote in quibus omnibus illorum quasi
anima, vita, & incrementum situm est, haud
subsistere possint, sed, instar apum fumo fugata-
rum, ad extera omnibus haud obnoxia loca, ad
internum dedecus & damnum profligata divertan-
tur. Si itaque illa pariterque omnia inde proma-
nantia commoda reduci & conservari, simulque
motus in contrarium eventum metuendi præcaveri
debeant, tum sicuti per se Christianum justum &
æquum est, ita inevitabilis exigit necessitas I. ut
omnium & singularum Civitatum Imperialium &
Hanseaticarum, sive hæ sint mediatæ, sive immedia-
tæ, jura tam intra quam extra Imperium, in Ecclesiasticis acquisita & hactenus exercita, earum-
demque libertas sarta tecta conserventur, belli
vero tempore de statu suo dejectæ præfatis aliisve
modis gravatæ in eum statum quo anno 1618.
fuerunt in omnibus & per omnia (reservatis tamen
quantum ad mediatas Civitates attinet, cujuslibet
in prædictum usque tempus competenti Superiorita-
te,

TOM. I.

XIV.

Que le commerce soit libre, & qu'on abolisse les nouveaux impôts & péages.

XV.

Que l'on donne satisfaction à la Couronne de
Suéde, c'est à dire qu'on l'indemnise du passé
& qu'on lui donne des sûretez pour l'avenir.

XVI.

Que l'on compte une certaine somme d'argent aux Officiers & aux troupes pour les satisfaire.

XVII.

Que ceux que l'on nommera ci-après soient
compris dans ce Traité.

Avis des Villes Impériales Anséati-
ques sur l'Article du Commerce.

L'Expérience, qui ne nous trompe jamais, a
fait assez connoître quel intérêt non seulement l'Empire, la Nation Allemande & tous
ses Membres de quelque ordre qu'ils soient, mais
encore les Rois voisins ont au rétablissement du
cours libre du Commerce qui est un moyen
de réparer les malheurs & la misére où cette
Guerre intestine a exposé les Provinces & leurs
habitans & de rétablir l'union entre les Voisins
dans toute son ancienne vigueur: c'est pourquoi on a jugé à propos de consulter les Villes
Impériales & Anséatiques, du ressort desquelles
est cette affaire, sur le moyen de rétablir le Né-
goce tombé & de lui rendre son ancienne vigueur. Les Ambassadeurs desdites Villes remarquent avec plaisir, avec quelle attention on
prend cette affaire à cœur & se font un devoir avec raison de satisfaire de leur côté à leurs
obligations à cet égard; c'est pourquoi ils
croyent qu'il est bon de faire d'abord remarquer
que le Commerce ne peut subsister sans la liberté desdites Villes; la sûreté des chemins par terre & par mer, & la franchise du commerce,
qui autrement, ainsi que des abeilles que la fumée disperse, abandonnant la patrie, à sa honte & à son grand dommage, iroit s'établir chez
les étrangers dans des endroits où il ne seroit
pas exposé aux charges & aux impôts. Ainsi si
d'un côté on peut réacquerir & conserver ces
avantages & ce qui en dépend, & prendre des
précautions pour éloigner tout ce qui pourroit y
être contraire, d'un autre côté il est juste, raisonnable, Chrétien, & absolument nécessaire I.
de conserver toutes & chacune des Villes Anséatiques Impériales, médiates ou immédiates, dans
l'Empire ou hors de l'Empire, dans la paisible &
ferme possession de leur liberté & de leurs droits
acquis tant dans les choses Politiques qu'Ecclésiastiques & dont elles ont joui jusqu'à présent; &
que celles qui pendant la guerre ont été privées
de leur liberté & accablées de garnisons ou de
quelqu'autre manière, soient rétablies en tout
& par tout dans l'état où elles étoient en 1618.
(Sauf, par raport aux Villes Médiates, la Souveraineté appartenant à chacune d'elles, jusqu'à

Kkk

te, aliove jure quibus hoc ipso derogatum) resti-
tuantur, Præsidia absque omni damno deducantur,
demolitio autem vel retentio fortificationum duran-
te bello extructarum , Civitatum ipsarum ita mu-
nitarum arbitrio committatur; ac ita Civitates in
his aliisque eas concernantibus, construendis in eum
finem sperata Pacis tabulis explicitè includantur,
ejusque omni meliori modo participes reddantur.

Secundo, ut quoque omnia tam in Imperio quam
in vicinis Regnis, Terris, & Provinciis adquisita
privilegia, nec non illa & prædictas Impe-
riales Hanseaticasque Civitates interve ipsorum
Status & Civitates invicem & promovendo com-
mercio composita Pacta salutaria, Conventiones,
Transactiones, Ordinationes, & Statuta, unâ cum
eorum vigore in diversis locis extructis & erectis
Contoriis sive domibus mercatoriis, mediante hac
generali Pacificatione, omni meliori modo stabi-
liantur confirmenturque.

Tertio. E contrario omnia quæ ad impedimen-
tum Commerciorum, commeatus præclusionem ,
viarum publicarum, violentam depulsionem vecto-
rum, navigantium, vel euntium, aliisque pluri-
bus modis in Civitatum Imperialium vel Hanse-
aticarum præjudicium ab anno 1618 (ratione vero
casuum & gravaminum jam ante in judicio contra-
dictorio pendentium suo cuique jure salvo) tam in
navigalibus aquis, fluminibus, portubus & ostiis
in & extra Imperium; ita quæ tam etiam in
vicinis Regnis, Provinciis, & Ditionibus, quam
viis publicis instituta, introducta, & attentata
sunt, uti ia ipsum factum est impositione novorum
& auctione veterum vectigalium, translatione &
multiplicatione antiquorum ad exsolutiones telo-
nii destinatorum locorum, introductione licentia-
rum, recognitionum, discretionum, mediorum
bellicorum, pedagiorum, necessitate appellandi,
vel præter morem vel laxandi vel dimittendi mer-
ces profitendi, detentione navium & mercium,
aliisque similibus gravaminibus sub quocumque no-
mine sive de facto & occasione belli sive mediauti-
bus citra tamen consensum quorum interest impe-
tratis concessionibus, vel aliis quocumque titulo
aut prætextu introductis aut tentatis; quorum
numero etiam illæ in Rheno de novo introductæ
& aucta exactiones stapularia, nullatenus vero
ea quæ pro fluminum & viarum, semitarum,
Pontiumque utili & necessaria conservatione &
reparatione ubivis locorum imposita , &
in præsens realiter recepta , multo minus quæ
in Civitatibus partim certis privilegiis & pactis;
partim longo usu & observantia sunt introducta,
& diuturno hoc belli tempore vel aliâ necessitate
publicâ ita exigente principaliter & directô Cives,
Incolas & Subditos dumtaxat concernentia onera,
vel consumptionum media, aliaque id genus im-
positiones, quæ cum præfatis directô contra pere-
grinos & in mercibus impositis telonii & oneribus
confundi & comparari non debent, intelliguntur;
similiter erectione novorum fortalitiorum, telo-
niorum, machinarum fluminibus vel ripis impo-
sitarum, clausularum, repagulorum, collocatione
navium bellicarum, aliisque mediis coactivis; non
minus etiam abusu Bullæ Brabantinæ, aliis re-
presaliis, arrestis, eoque nomine decretis, commis-
sionibus, inquisitionibus aliisque contra Civitates
in Camera Imperiali emanatis processibus execu-
tionis, nec non in & extra Imperium; præsertim
vero

---

ce tems-là & tout autre droit , auxquels on ne prétend pas déroger) que , sans leur causer aucun dommage, l'on en fasse sortir les Garnisons, & qu'il soit libre auxdites Villes de faire démolir ou de conserver les fortifications construites pendant la Guerre, enfin que lesdites Villes soient comprises à cet égard, & pour tout ce qui les concerne dans le Traité de Paix que l'on doit conclure à cet effet, ensorte qu'elles y ayent part autant que faire se pourra.

II. Qu'au moyen de cette Paix générale les priviléges acquis tant dans l'Empire que dans les Royaumes, Terres, & Provinces voisines , les Accords salutaires faits entre lesdites Villes Anséatiques & leurs Etats & Villes pour l'encouragement du Commerce , les Conventions , Transactions, Ordonnances & Statuts, soient rétablis & confirmez dans toute leur vigueur & de la manière la plus authentique, & en même tems les Comptoirs ou Magazins érigez & construits dans plusieurs endroits.

III. Que l'on abolisse tout ce qui peut causer quelque empêchement au Commerce, de fermer l'entrée aux vivres , de faire violence sur les routes publiques aux Chartiers , Bateliers , & Voyageurs , ce qui a été pratiqué en plusieurs manieres au desavantage des Villes Anséatiques & Impériales depuis 1618. (Sauf le droit d'un chacun dans les cas & griefs pendans dès avant ce tems-là en jugement contradictoire) tant sur les eaux navigables, sur les fleuves, dans les ports & bouches des fleuves que dans les routes publiques dans & hors l'Empire; & dans les Etats, Terres , & Provinces voisines; ce qui s'est fait en établissant de nouveaux droits & en augmentant les anciens , en transférant & multipliant les lieux destinez à lever ces droits , en introduisant les permissions , connoissemens , discrétions, rétortions & autres, en obligeant les vaisseaux à aborder & ensuite à décharger contre la coutume, ou les renvoyant après avoir déclaré leurs marchandises, en retenant souvent les vaisseaux & leurs charges, & par tels autres moyens semblables qui sont autant de griefs fondez sur des concessions obtenues soit de fait & à l'occasion de la Guerre, soit du sçu mais sans le consentement des intéressez , & introduits sous quelque autre nom ou titre que ce soit ; de ce nombre sont aussi les nouvelles exactions introduites par raport aux étapes le long du Rhin, du nombre desquelles on ne met pas les péages utiles & nécessaires établis pour l'entretien & la reparation des fleuves, des chemins & des Ponts, & réellement approuvez, ni les autres droits qui ont été établis dans les Villes, en partie en vertu de priviléges ;consans ou acquis, en partie introduits par un long usage ou par la nécessité de cette longue guerre, qui concernent particuliérement & directement les Citoyens, Habitans & Sujets desdites Villes & qui ne sont autre chose que des impôts sur les consomptions & autres de ce genre qu'on ne doit pas confondre avec les charges & impositions dont il est parlé ci-dessus & qui concernent directement les étrangers & les marchandises; & du nombre desquelles sont encore les constructions de nouveaux Forts pour servir de Comptoirs, pour recevoir les droits, les machines mises pour le même effet sur le bord des fleuves, les écluses, les barrières , les vaisseaux de guerre , enfin tant d'autres moiens violens; comme aussi l'abus que l'on fait de la Bulle de Brabant, les autres Lettres de represailles, les commissions & recherches établies sous ce prétexte , & les exécutions émanées de la Chambre Impériale contre les Villes dans & hors l'Empire; sur tout

les

vero in Hispaniis Regnis & Provinciis, navibus, & mercibus, per aliquod tempus in dictis immoderatis impositionibus, nec non coactione earundem & angariis, similiter detentione pecuniarum, rerum, & redituum ad Germanos pertinentium, quoquo illa nomine appellentur, quocumque titulo aut prætextu usurpentur, una cum Gabriele & Royan aliorumve Hispanicorum Ministrorum vel Substitutorum novo contra Civitates Hansæ Teutonica usurpato certificationum modo, vi futuræ Pacificationis, imo etiam in insperatum Pacis non sequentis eventum totaliter aboleantur, nec non absque ullo summæ cujusque domus respectu ubique locorum removeantur; non minus etiam aucta Passarum mercedes ad tolerabilem modum & æquitatem redigantur, Magistrorum Postæ etiam in Civitatibus contra earum jura & privilegium prætensæ exemptiones ab oneribus civilibus penitus cassentur & tollantur: quoad Tabellarios equites ut omnia in priori statu & observantia absque innovatione permaneant, pariter ut viæ & flumina ab omni deprædatione, rapina & piratica libera & tuta præstentur, neque cuiquam maves vel milites conductitii invito obtrudantur.

Quarto, ut præter telonia ante annum 1618 permissa jam ante plus nimio communicata nulla amplius aqua vel terra instituantur; vel non aliter quam cum totius Imperii, præsertim vero Statuum aut Civitatum quarum maxime interest consensu, nulla omnino concedantur & tolerentur.

Econtra vero vectigalia ad certum tempus concessa vel indulta post lapsum termini ex hoc cessent, omnia in pristinum statum restituantur, inque exactione veterum vectigalium modus ab antiquo receptus, vigore cujus in Electoralibus ad Rhenum vectigalium locis pro conservandis in eo navigationibus tertia semper pars remitti consuevit, reducatur, & in priorem formam reponatur, non minus etiam ubi loca solvendi telonii de uno flumine in aliud sunt translata, in exactione debiti telonarii secundum antiquam prioris loci observantiam ratio ineatur, neque etiam aliorum navium aut mercium respectu quam quæ per priores fluvios deducendæ fuissent, quicquam exigatur.

Collegia denique monopolica, partitæ illicitæque Conventiones quantum contra Imperii Constitutiones, Ordinationes Politicas, & jus commune ab anno 1618 introducta, in totum annulentur & tollantur; opificia vero & manufactura in Civitatibus sine ullo impedimento exercenda permitantur: adeoque commercia tam mari & in fluminibus quam terra in priorem statum & securitatem restituantur, in eoque conserventur.

Atque hæc est omnium Civitatum Imperialium & Hanseaticarum unanimis in puncto Commerciorum sententia & declaratio, circa quam tamen præsentium Civitatum Imperialium Catholicarum, Coloniensis videlicet, Aquis-Granensis, & Augustaræ Legati hicque aliarum quarumdam nomine quoad punctum primum maxime quoad clausulam in Ecclesiasticis appositam eatenus distrepant, quatenus in puncto amnistiæ & Religionis hactenus illorum emisso voto repugnat.

(Reservata, si opus videbitur,
ulteriori declaratione.)

Gravamina Evangelicorum

Quam male & contra Transactionem Passaviensem anno millesimo quingentesimo quinquagesimo

Tom. I.

---

les impôts insupportables que l'on a mis depuis quelque tems dans les Royaumes & Provinces d'Espagne sur les vaisseaux & sur les Marchandises, les violences qu'on exerce en les faisant payer, en retenant l'argent & les effets qui appartiennent aux Allemans sous quelque prétexte que ce puisse être : aussi l'entreprise de Gabriel de Royan & des autres Ministres Espagnols & sieurs Subftituts contre les Villes de l'Anse Teutonique, en exigeant de nouveaux certificats, & pareilles innovations feront toutes abolies en quelque lieu qu'elles soient établies, sans égard pour qui que ce soit, en vertu de la future Pacification, & suposé même que contre toute atente la Paix ne se fasse pas. Qu'en même tems on réduise à un juste prix les Postes qui ont été portées à l'excès, que l'on ôte dans les Villes l'exemption des charges publiques aux Maîtres des Postes que l'on prétendue contre les droits & privilèges desdites Villes, & que par raport aux messagers on laisse les choses sans innovation dans l'égalité où elles étoient ci-devant : enfin qu'on ne commette aucun brigandage sur les fleuves & dans les chemins publics, & qu'on ne contraigne personne à prendre des Soldats ou des barques de louage.

IV. Qu'on n'établisse aucun peage par terre ou par eau au delà de ceux accordez avant l'an 1618 & qui ne sont que trop multipliez, & qu'on n'en accorde ou soufre aucun qu'avec le consentement de tout l'Empire & sur tout des Etats & Villes qui y sont intéressez.

Que tous les impôts tolérez ou accordez pour un tems cessent aussitôt que ce terme sera échu, & que l'on rétablisse toutes choses dans leur ancien état : que l'on rétablisse la manière de lever les anciens droits en vertu de laquelle on a coutume d'en céder un tiers dans les places Electorales le long du Rhin pour l'entretien de la navigation; si les lieux où on payoit les droits ont été transférez d'une rivière sur l'autre, que l'on y observe une manière de les lever proportionelle à celle de l'ancien lieu, & qu'on n'exige rien des autres navires & marchandises que ce qu'on exigeoit de celles qui passoient sur les autres Rivières.

Qu'on abolisse entiérement les Monopoles, & les Conventions en partis & illicites, en ce qu'elles sont contraires aux Constitutions de l'Empire, aux Ordonnances politiques, & au droit commun, ayant été introduits depuis l'an 1618, mais on permettra sans empêchement la continuation des fabriques & manufactures dans les Villes. De cette manière le Commerce sur mer, sur les fleuves & sur terre sera rétabli dans son premier état & jouira de son ancienne sureté dans laquelle il sera conservé.

Voilà quel est le sentiment & la déclaration unanime des Villes Impériales & Anséatiques sur l'Article du Commerce, sur laquelle néanmoins les Envoyez des Villes Impériales Catholiques comme Cologne, Aix-la-Chapelle, Augsbourg, pour elles & au nom de quelques autres ne sont pas de même avis quant au premier Article par raport à la clause qui concerne les choses Ecclésiastiques d'autant qu'elle est contraire à leur vote au sujet de l'Amnistie & de la Religion.

(Sauf une declaration ultérieure
s'il en est besoin.)

Griefs des Evangéliques.

LEs Griefs ci-joints suffisent pour démontrer combien on en a mal usé avec les Evangéliques & contre le Traité de Passau conclu en

Kkk 2 mille

1645.

mo initam item anno millesimo quingentesimo quinquagesimo quinto secutam Pacem Religionis, imo contra alias omnes Imperii Constitutiones cum Evangelicis hactenus altum sit, ex subjectis quadamtenus intelligere est, quæ non alio fine proponuntur quam ut diffidentia turbarum ac malorum in Imperio scaturigo, Pacisque monstrentur obstacula, quibus non remotis, Imperii tranquillitas non speranda, neque præsumendum laudatissimæ Coronas in quiete Imperii securitatem suam collocantes arma posituras esse.

Et quidem Catholicorum assertio, si quis Archiepiscopus, Episcopus, Prælatus, aut quivis alius Clericus ad Confessionem Augustanam transeat, eum hoc ipso Archiepiscopatum, Episcopatum, Prælaturam, ac Beneficium omne quod habuit, perdere; etiam si Capitulum consentiat, & vel ipsum Religionem mutaverit, vel sciens & prudens Evangelicæ Religioni addictum elegerit : in hanc rem censura Papali ubique juramentis ac Statutis fortioribus cautum est, factumque, ne Archiepiscopis, Episcopis, Prælativæ aliis Evangelicis Regalia tribuerentur, sed ut pro inhabilibus habiti a sessione ac voto in Dietis Imperii excluderentur; sed vero, littera Pacis Religionis clare adversatur, qua expressum est ne quis Imperii Status propter Augustanam Confessionem aliquo pacto gravetur, contemnatur, aut a dicta Confessione discedere cogatur, sed cum tali Religione Ditiones, Subditos, Dignitates, ac jura sua, tuto ac in Pace cuivis possidere liceat.

Eadem regula jam ante anno millesimo quingentesimo quadragesimo primo, item cum sublatione omnium contrariorum anno millesimo quingentesimo quadragesimo quarto, nec minus Passaviensi Transactione anno millesimo quingentesimo quinquagesimo secundo posita est; nec anno millesimo quingentesimo quinquagesimo quinto primo concepti Pacis Collegium Electorale mutationem hac in re desideravit, neque vero jure desiderare potuit; sed superiores Tractatus supplendi convenientemque paritatem statuendi causa coitum esset, Evangelicis magno Religionis suæ detrimento a dicta regula & jure quæsito discedere, sibi ipsis & fidei consortibus aditum ad Ecclesiasticas Dignitates præcludere, cumque perpetua ignominia & vulnere conscientia propriam Religionem condemnare, eamque causa amittendi Dominia & Dignitatis renuntiare.

Ad hæc cum tempore illo constitutæ Pacis, Ecclesiastici quidam ad verbum Status verbum seculare adjici peterent, id, contradicentibus Evangelicis & ad superiores Constitutiones provocantibus obtentum non est; prout hæc & alia anno millesimo quingentesimo octuagesimo tertio a Ghebardo Archiepiscopo Coloniensi, cum is propter Augustanam Confessionem receptam jussu Papæ in dedecus Imperatoris & Imperii Archiepiscopatu & Electorali Dignitate moveretur, simulque ab Electoribus veteribus Palatino, Saxonia, & Brandeburgico

cum

mille cinq cens cinquante deux, & la Paix de Religion qui suivit en mil cinq cens cinquante cinq, enfin contre toutes les Constitutions de l'Empire : on ne les raporte ici que pour faire voir la source de la défiance, des troubles, & des maux qui regnent dans l'Empire, & en même tems les obstacles qui s'opposent à la Paix & qui font tels que ce n'est qu'en les levant qu'on peut espérer de rétablir la tranquilité dans l'Empire & d'engager les Couronnes, qui font consister leur sûreté dans le repos de l'Empire, à mettre bas les armes.

Les Catholiques prétendent que si quelque Archevêque, Evêque, Prélat, ou tout autre Clerc embrasse la Confession d'Augsbourg, il perd par cela même son Archevêché, son Evêché, sa Prélature, son Bénéfice, quand bien même il auroit fait cette démarche du consentement du Chapitre, ou que le Chapitre lui-même eût changé de Religion, ou que de son plein gré il eût élu une personne de la Religion Evangélique : on a pris sur cela de fortes précautions confirmées par des censures du Pape, fermens & autres décrets, & l'on a empêché que l'on n'accordât les Régales aux Archevêques, Evêques, & autres Prélats Evangéliques, jusques là même qu'ils ont été exclus de leur séance & de leur sufrage dans les Diettes de l'Empire; ce qui est entiérement contraire à la Lettre de la Paix de Religion, qui dit expressément que l'on n'inquiétera ou méprisera personne à cause de la Confession d'Augsbourg, qu'on ne contraindra personne à l'abandonner, & qu'il sera permis à un chacun de posséder sûrement & paisiblement ses Terres, ses Sujets, ses Dignitez & ses droits dans ladite Religion.

On a établi la même règle dès avant l'an mil cinq cens quarante & un, en mil cinq cens quarante quatre on a aboli tout ce qui y étoit contraire, aussi bien qu'en mil cinq cens cinquante deux dans le Traité de Passau; lorsqu'en mil cinq cens cinquante cinq, on dressa le projet de la Paix, le Collége Electoral ne demanda aucun changement à cet égard; & il ne pouvoit l'exiger avec droit, puisqu'on ne s'étoit assemblé que pour amplifier les Traitez précédens, & établir une parité convenable, que les Evangéliques renonçassent pour eux & leurs confrères à ladite régle & à leur droit aquis, au grand dommage de leur Religion, se fermassent ainsi l'accès aux Dignitez Ecclésiastiques, & condamnassent honteusement & malgré les remords de leur conscience leur propre Religion dans la crainte de perdre leurs Etats & leurs Dignitez.

Outre cela, lorsqu'on traita de cette Paix, quelques Ecclésiastiques demandérent qu'on ajoûtât le mot seculier à celui d'Etat, mais les Evangéliques s'y opposant & en apelant aux anciennes Constitutions, ils n'obtinrent pas ce qu'ils demandoient; c'est ce que Gebhard Archevêque de Cologne, qui, à la honte de l'Empereur & de l'Empire, fut dépouillé de son Archevêché & de sa Dignité Electorale par ordre du Pape, parcequ'il avoit embrassé la Confession d'Augsbourg, allegua entr'autres choses conjointement avec les anciens Electeurs Palatin, de Saxe & de Brandebourg, avec une telle

1645.

1645.

cum illa veritatis evidentia opposita sunt, ut Catholici, teste Thuano, respondere nequiverint, sed scopulum istum taciti præternavigaverint.

Excipiunt Catholici.

Paragrapho und nach dem *&c. Plane illud cautum esse, id quod reservatum Ecclesiasticum volunt.*

Respondetur.

Paragraphum illum non obligare Evangelicos nec vim Legis unquam habuisse, tum quod everteret id quod paulo ante statutum fuerat, his verbis, ullusve Imperii Status propter Augustanam Confessionem gravetur &c. tum quod diserte testetur Status hac de re consentire non potuisse. Quod si autem consensum conventumque non est, patet dispositionem seu unius Partis, cui quidem aut voluntas aut potestas defuit, nullius valoris esse.

Non obstat quod dictus Paragraphus Concessionis in der Vorstellung *Regi Ferdinando factâ mentionem continet, neque enim id verbum* Leste Littera *quicquam aliud quam Regis Ferdinandi a fratre Cæsare acceptam potestatem significat, cujus hic effectus minime erat ut invitis Statibus legem præscribere posset: sane hoc dictum a Statibus non posse se ipsius Majestati præscribere quid ex potestate a Cæsarea Majestate concessa faciendum ipsi esset nec ne; attamen eodem scripto disertis verbis simul testati sunt, se se neutiquam in reservatum istud consensum suum præbere posse: & cum tandem factum insertionis se prohibere haud posse viderent, saltem mitigari verba petierunt, quo ipso haud magis consensisse videbuntur, quam si quis ab adversario postulat ut a contumeliosis verbis in libello contra se exhibitis abstineat.*

Subscriptio Constitutionis &c. nam ea ad supra scripta se manifeste refert, in quibus utique hoc continetur, quod de dicto reservato non fuerit conventum; porro & ipse Cæsar Ferdinandus primus die decima septima Februarii anno millesimo quingentesimo quinquagesimo septimo promisit se contradictionis factæ memorem ac testem fore, neque minus Cæsar Maximilianus secundus anno millesimo quingentesimo sexagesimo sexto in resolutione quâdam Cæsaris caput hoc controversum dixit, & in Dei nomine ad alios Tractatus pro obtinendâ de illo unâ cum cæteris Religionis articulis Christiana concordia rejiciendum.

Quanquam, uti ex superioribus claret, Evangelici certum esse statuant minimeque controversum, neminem Statuum si Ecclesiasticus ille sit, sive Secularis, propter Augustanam Confessionem gravari aut lædi oportere.

Secundum hæc Evangelici Status reservatum illud missum fieri, juramenta ac Statuta convenienter mutari, dejectos a Dignitatibus ac Beneficiis restitui Canonicos Evangelicos, ubi ante-

1645.

telle évidence que les Catholiques, au témoignage de de Thou, ne pouvant y répondre, passèrent sur cet article sans mot dire.

Les Catholiques répondent.

Que l'on y a pourvu par le Paragraphe und nach dem. ce qui est selon eux une réservation Ecclésiastique.

On répond.

Que ce Paragraphe n'oblige pas les Evangéliques, & qu'il n'a jamais eu force de loi, tant en ce qu'il détruisoit ce qui venoit d'être statué, savoir *qu'aucun Etat de l'Empire ne soit inquiété à cause de la Confession d'Augsbourg* &c. que parce qu'il y est dit expressément que les Etats n'ont pu y consentir. Que si l'on n'en est pas convenu, si on n'y a pas consenti, il est évident que la disposition d'une des Parties qui n'a eu ni la volonté ni le pouvoir, n'est absolument d'aucune valeur.

Nonobstant que ledit Paragraphe fait mention de la concession in der Vorstellung faite au Roi Ferdinand car le mot *Leste Littera* ne signifie autre chose que l'autorité que le Roi Ferdinand avoit reçue de l'Empereur son frère, dont l'effet n'étoit pas de prescrire quelque loi aux Etats malgré eux: & les Etats ne pouvoient, comme ils l'avouérent, prescrire à Sa Majesté ce qu'elle avoit à faire en conséquence de l'autorité qu'elle avoit reçue de l'Empereur; cependant ils protestérent bien clairement dans cet écrit qu'ils ne pouvoient donner leur consentement à cette réservation: & voyant enfin qu'ils ne pouvoient en empêcher l'insertion, ils demandérent qu'au moins on en modérât les termes: ce n'est pas plus convenir que lorsque quelqu'un prie son adversaire de s'abstenir des termes offensans qu'il a répandus contre lui dans quelque libelle.

La Signature de la Constitution &c. se raporte manifestement aux écrits susmentionnez, où il est dit que l'on n'étoit pas convenu de ladite réservation: & Ferdinand premier étant Empereur promit le 17. Fevrier 1557. qu'il se ressouviendroit & rendroit témoignage de cette opposition, & l'Empereur Maximilien second a dit dans une résolution de l'année 1566. que cet article avoit été disputé, mais que pour obtenir la Paix de la Chrétienté & en même tems les autres articles de Religion, il faloit au nom de Dieu renvoyer celui-là à d'autres Traitez.

Quoique, comme il paroît par ce qui a été raporté ci-dessus, les Evangéliques tiennent pour certain & indisputable qu'on ne doit inquiéter ou molester personne à cause de la Confession d'Augsbourg soit Ecclésiastique ou Séculier.

En conséquence de cela les Etats Evangéliques demandent que l'on n'ait aucun égard à cette réservation, que l'on change les sermens & Statuts, que les Chanoines Evangéliques qui ont

Kkk 3

1645.

antehac fuerint motique sint post modum eligi ac admitti, Archiepiscopos & Prælatos Evangelicos, cum primum sedes unde tales olim deturbati fuerunt, vacaverint, substitui postulant.

De bonis Ecclesiasticis mediatis sitis in Statuum Evangelicorum territoriis litem faciunt Catholici, eque Superiorum potestate ac jurisdictione adeoque jure reformandi eximere satagunt.

Contra.

I. *Litteram Pacis Religiosa §. unð ꝟarmit solcher Fꝛide &c. ubi Statuum Augustana Confessionis jura & ordinationes per universa ipsorum territoria de præterito & futuro diserte stabiliuntur.*

II. *Reservationem Statuum jam olim anno millesimo quingentesimo vigesimo sexto factam in Ditionibus suis ita rem omnem ordinandi & constituendi ut Deo & Cæsari rationem reddere possent.*

III. *Declarationem Cæsaris Caroli quinti super eâ re Statibus Augustanæ Confessionis, scientibus & consentientibus Catholicis datam anno millesimo quingentesimo quadragesimo primo.*

IV. *Constitutionem de anno millesimo quingentesimo quadragesimo quarto quâ non minus Evangelicis Cænobiis, & Fundationibus quam Catholicis ratione pensionum ac redituum provisum; quæ omnia utique tempore plenius constituta Pacis anno millesimo quingentesimo quinquagesimo quinto in suo statu integra permansere, neque Status Evangelici juri illo suo pristino renunciarunt.*

Responsio.

I.

Quæ ab adversa parte allegantur ex Pacis Religiosa Constitutione § ꝟargegen &c. § Die weil auch &c. § ꝟarmit &c. unðt § Als auch &c. quibus cautum existimant ut ea mediata Ecclesiastica quæ ante Passaviensem, Transactionem vel tempus constitutæ Pacis Religiosa reformationem ac mutationem passa sint, Statibus Evangelicis relinquantur, cætera in quibus Catholici illo adhuc tempore fuerint, isto suo Statu deinceps gaudere debeant, idemque conforme esse Constitutioni de anno millesimo quingentesimo quadragesimo quarto asserit Edictum Ferdinandi secundi de anno millesimo sexcentesimo vigesimo nono sane desumpti sunt Paragraphi dicti ex memorata Constitutione anni millesimi quingentesimi quadragesimi quarti; at hæc & non alia eorum est sententia, non tantum Statibus immediatis Ecclesiasticis sed & mediatis Clericis ac Religiosis qui Religionis causa in alia loca concesserint, eos reditus permanere debere, in quorum perceptionis possessione tempore dictæ Transactionis aut Pacis fuerint.

II.

1645.

ont été chassez de leurs Bénéfices & de leurs Dignitez, puissent y être de nouveau élus & admis, & que lorsque les siéges, d'où l'on a chassé des Archevêques & Prélats Evangeliques viendront à vaquer, on en élise d'autres pour les remplir.

Quant aux Catholiques, ils disputent touchant les biens Ecclesiastiques médiats, qui sont situez dans les terres des Etats Evangeliques, & tâchent de les soustraire à la puissance & à la jurisdiction de leurs Souverains & les priver ainsi du droit de réforme.

On objecte.

I. La Lettre de la Paix de Religion §. unð ꝟarmit solcher Fꝛide &c. où sont clairement établis les droits & réglemens des Etats de la Confession d'Augsbourg dans tous leurs territoires pour le passé & l'avenir.

II. La réservation que les Etats se sont faite dès l'an 1526. de régler & ordonner toutes choses dans leurs Domaines de manière qu'ils pussent en rendre toujours compte à Dieu & à l'Empereur.

III. La declaration que Charles-quint fit sur ce sujet aux Etats de la Confession d'Augsbourg, du su & de l'aveu des Catholiques en l'an 1541.

IV. La Constitution de l'année 1544. par laquelle on a réglé ce qui concernoit les Cloîtres, & les Fondations tant au nom des Evangéliques que des Catholiques; toutes ces choses sont restées dans leur entier lorsqu'on mit la derniére main à la Paix en 1555. & les Etats Evangéliques n'ont renoncé à aucun de leurs Droits.

Réponse.

I.

Ce que la partie adverse allégue de la Constitution de la Paix Evangélique § ꝟargegen &c. § Die weil auch &c. § ꝟarmit &c. unðt § Als auch &c. où ils croyent qu'il a été réglé que les biens Ecclesiastiques médiats qui avant la Transaction de Passau ou le tems de la conclusion de la Paix de Religion, ont été sujets à la réforme & aux changemens, resteroient aux Evangéliques, & que les autres qui jusques là avoient dépendu des Catholiques resteroient dans le même état, & que l'Edit de Ferdinand second de l'an 1629. declare que cela est conforme à la Constitution de l'an 1544. il est vrai que lesdits Paragraphes ont été pris de la Constitution de l'an 1544. mais leur sens est que non seulement les Etats Ecclésiastiques immédiats, mais même les médiats, Clercs & Religieux, qui se seront retirez ailleurs pour cause de Religion, conserveront la jouissance des revenus qu'ils possédoient au tems de ladite Transaction & de la Paix.

(I.

II.

Hanc genuinam dictorum locorum sententiam esse testatur Caroli quinti Cæsaris Instructio Commissariis ipsius Majestatis anno millesimo quingentesimo quinquagesimo · quinto §. Und wiewohl &c. hæc magis æstimanda quod Cæsarea Majestas ad humillimam permissionem Statuum utriusque Religionis datam Constitutionem anni millesimi quingentesimi quadragesimi quarti per suos formari feterit.

· *Hinc a Dominis Cameralibus hoc axioma receptum cujus est Regio, ejus est de Regione dispositio; ac propterea iidem hactenus quæstionem Evangelicis super mediatorum bonorum post Passaviensem Transactionem facta reformatione motam ad Comitia remittere quam decidere maluerunt, Catholicis tamen ab Aula mandata, Commissiones, executiones, propterea ex voto impetrantibus.*

Relinquenda igitur, si Pax fieri debeat, Statibus Evangelicis omnibus & singulis in specie & Civitatibus Imperii (quippe quæ jura Superioritatis in suo tam extra quam intra mœnia non minus ac cæteri Status possident) sua in territoriis propriis disponendi, ordinandi, reformandique auctoritas, salvo tamen eo quod Pace Religionis circa Civitates in quibus utraque Religio tempore illo viguit cautum est: Libera Imperii Nobilitati circa Subditos ipsorum idem jus competit; Cæterum ubi diversorum Statuum aliorumve immediatorum Magistratuum Subditi mixtim habitant, ac jus Universale Territorii (quod quidem præsertim ad effectum juris reformandi ex uni vel alteri singulariter competente simplici, & mero jure gladii vel criminali jurisdictione nequaquam deducitur) partium aut saltem in dubio est, is maneat Status Religionis qui vi proprii juris pactorumve anno millesimo sexcentesimo decimo octavo aut ante fuit, nec minus mediatis Statibus ac Civitatibus jus Religionis quod quoquo modo rite obtinuerunt, salvum sit.

Porro ubi ab anno millesimo sexcentesimo decimo octavo & , ante id tempus a Catholicis in ea parte peccatum est, id ubique emendetur, erepta & occupata restituantur.

III.

Non tantum Constitutione Pacis Religiosa sed & postquam scrupulos injicere cœpissent Catholici, secuta Declaratione Regis Ferdinandi quam, re tota in arbitrium Majestatis ejus collata, die vigesima Septembris anno millesimo quingentesimo quinquagesimo quinto Statibus Evangelicis dedit, prospectum est Subditis Evangelicis Statuum Catholicorum, ut nempe & hi securitate gauderent & liberum Religionis suæ exercitium retinerent.

Huic Regiæ Declarationi anno millesimo quingentesimo septuagesimo quinto tempore Electionis Rudolphi secundi pia memoria originali-
ter

II.

L'Instruction donnée par l'Empereur Charles-quint à ses Commissaires en 1555. §. Und wiewohl &c. prouve que c'est là le véritable sens des endroits alleguez; & elle est ici d'autant plus de poids que l'Empereur n'ordonna aux siens de dresser la Constitution de l'an 1544. qu'après en avoir eu l'agrément des Etats des deux Religions.

Delà vient l'axiome reçu par les Conseillers de la Chambre, *que chacun est maître dans ses terres*; c'est pourquoi ils ont toûjours mieux aimé renvoyer à la Diette que de décider eux-mêmes toutes les disputes que les Evangéliques ont euës touchant les biens médiats depuis la reformation faite en vertu de la Transaction de Passau, cependant les Catholiques n'ont pas laissé d'obtenir de la Cour sur ce sujet des Mandemens, des Commissions, & des executions à leur gré.

Ainsi, si la Paix se fait, il faut laisser à tous & chacun des Etats Ecclésiastiques & aux Villes de l'Empire (puisqu'elles ont le droit de Souveraineté dans leur territoire aussi bien dehors leurs murs que dedans) l'autorité de disposer, ordonner, & réformer dans leur territoire, sauf ce qui a été réglé par la Paix de Religion à l'égard des Villes où les deux Religions étoient suivies en ce tems-là. Le même droit appartient à la Noblesse libre de l'Empire à l'égard de ses Sujets; mais quant à ceux qui seront Sujets de diferens Etats ou d'autres Magistrats immédiats, ensorte que le droit universel de Territoire (qui par raport à l'exercice du droit de réformer ne peut apartenir qu'à l'un ou à l'autre, & ne peut être fondé sur le seul droit du Glaive ou sur la jurisdiction Criminelle) sera divisé ou du moins douteux, qu'alors l'Etat de Religion reste tel qu'il a été établi par le droit propre ou des Conventions de 1618. ou même avant : néanmoins que les Etats médiats & les Villes conservent le droit de Religion en quelque manière qu'ils l'ayent obtenu.

Que l'on cotrige tout ce que les Catholiques peuvent avoir fait au contraire depuis l'an 1618. & qu'on restituë ce dont ils se sont emparés.

III.

On a pourvu à ce que les Sujets Evangeliques des Etats Catholiques fussent en sûreté, & joüissent du libre exercice de leur Religion, non seulement par la Constitution de la Paix de Religion, mais même, après que les Catholiques leur eurent donné quelques soupçons, par la Déclaration que le Roi Ferdinand donna aux Evangéliques le 27. Septembre 1555. après qu'on l'eut choisi pour être arbitre de cette affaire.

Lorsqu'à l'élection de Rodolfe second de pieuse Mémoire en 1575. on produisit l'original de cette Déclaration Royale, les Electeurs Eccl-

ter producta Electores Ecclesiastici nihil habuerunt quod opponerent, nisi ignorantiam (qua tamen contra notoria Comitiorum acta & rei evidentiam allegari non debuerat) & quod in ipsa Pacis Constitutione omnis contraria Declaratio prohibita esset, cum tamen hæc Declaratio neque Pacis Constitutionis contrarietur neque ad instantiam Partis unius, altera vel non conscia vel invita (qualis declaratio dumtaxat prohibenda censenda) sed sciente & rem in arbitrium Regiæ Majestatis conferente parte processisset.

Quomodo vero &, quam enormiter in Subditos Evangelicos à Statibus Romanæ Religionis sævitum sit, dici vix potest.

Ereptum illis passim Religionis suæ (quod multis magno constiterat) exercitium, sublata facultas vel in vicinia audiendi Verbi divini reliquique cultus, vel etiam copulationis matrimonialis causa eundi, Domi nedum concionum Evangelicam audiendi, utendive sacramentis, sed imo librum suæ Religionis legendi vel canticum in Dei honorem canendi.

In hâc gravissimè inquisitum & animadversum est, & gravius quidem quàm in multa atrocia facinora; probrum fuit Evangelicis fides ipsorum, & testimonio dicendo seu infames repulsi, investiturarum de Feudis renovationes negatæ nisi præstito prius Religionis juramento, verbi divini Ministrorum filii quasi ex illegitimo coitu nati à dignitatibus exclusi, nisi prius cum insigni parentum injuria legitimationis documentum obtinuissent, testimonia Nativitatis ac didascici opificii negata; imo eo usque processit alicubi odium ut ne sepultura quidem digni, quasi in reatu pessimi sceleris mortui fuissent, judicati sint; & quæ alia hujusmodi memorari possent omnia cogendi apostasiam causa inducta: si quis jure migrandi jus voluerit, primum quota migrationis consueta, **Die Nachsteur,** *solvenda fuit, tum venditioni bonorum terminus dictus, quo lapso bonorum possessio excidit nec rursus admissus est; quo factum ut vilissimo pretio bona sua plerique divendere necesse habuerint, quod ipsum pretium sæpenumero defectu justitiæ vix obtentum; nonnulla pretia quæsito prætextu plane publicata; Parentibus migraturis quandoque liberi negati, multis ipsa migratione interdictum, denique carcere & aliis gravioribus postulatis multi fidem Romanam profiteri ac horrendis formulis constantiam in illam promittere coacti sunt: nonnulli quoque Statuum Catholicorum tam atrocia non tantum in proprio sed & in alieno, quod jure pignoris aut simili detinerent, statuere non dubitarunt.*

Ab hisce omnibus ut posthac abstineant Catholici, publicum Religionis Evangelicæ exercitium nusquam prohibeant, ac jure Civitatis, Feudis, Muneribus, & Dignitatibus, Religionis Evangelicæ causa neminem arceant, ut pignoris vel etiam meri aut mixti quod forte in

---

clésiastiques n'eurent rien à y oposer que leur ignorance, (qu'ils ne pouvoient alléguer raisonnablement contre l'évidence & les actes notoires de la Diette,) ils objectèrent aussi que dans la Constitution même de la Paix il étoit défendu de faire aucune Déclaration contraire, mais cette Déclaration n'est pas contraire à la Constitution de la Paix, & n'a pas été faite à la sollicitation d'une des Parties à l'insçu de l'autre ou malgré elle (& les Déclarations de ce genre sont défendues) mais par sa connoissance, puisqu'elle même concouroit à remettre la chose à la décision de Sa Majesté Royale.

On ne peut exprimer les excès & les violences que les Etats Catholiques ont exercez sur leurs Sujets Evangéliques.

On leur a ôté en plusieurs endroits l'exercice de leur Religion, qui leur avoit tant coûté, on leur a ôté la liberté d'aller chez leurs voisins pour entendre la prédication de la Parole de Dieu, assister au service, ou se marier, même d'entendre une prédication dans leurs maisons & d'y recevoir les Sacremens, enfin de lire aucun livre de leur Religion ou de chanter quelque Cantique à la gloire de Dieu.

On en a fait des recherches exactes & l'on a puni ceux que l'on a trouvez coupables, avec plus de sévérité qu'on ne punit les crimes les plus odieux; la foi des Evangéliques a été pour eux une note d'infamie, & on les a recusez comme infames lorsqu'ils étoient appellez en témoignage, on leur a refusé le renouvellement des Investitures de leurs Fiefs, s'ils ne faisoient le serment de Religion; & comme si les fils des Ministres de l'Evangile étoient nez d'un commerce illégitime, on les a exclus des charges, à moins que, à la honte de leurs Parens ils n'obtinssent des Lettres de légitimation; on a refusé les attestations de naissance & d'aprentissage, & en quelques lieux on a porté la haine jusqu'à les juger indignes de la sépulture, comme s'ils étoient morts convaincus de quelque crime énorme: que dire de plus? Il n'y a rien qu'on n'ait mis en œuvre pour les faire apostasier: si quelques uns vouloient se servir du droit de passer dans un autre Etat, on leur faisoit payer le droit de délogement ordinaire **Die Nachsteur,** ensuite on leur assignoit un terme pour vendre leurs biens, & lorsqu'il étoit échu, ils étoient privez de la possession de ces biens, & on ne vouloit plus les recevoir, d'où il est arrivé que plusieurs ont été obligez de vendre leurs biens pour presque rien, après quoi par un déni de justice, ils ont eu bien de la peine à s'en faire payer, on a même quelquefois confisqué ce prix de leurs biens sous de faux prétextes; & lorsque les parens étoient prêts à partir, on leur a refusé leurs Enfans: on en a empêché plusieurs de changer de demeure; enfin plusieurs pour se mettre à couvert des peines les plus rudes ont embrassé la Foi Romaine, & ont été contraints de jurer par des sermens afreux qu'ils y persisteroient: il y a même des Etats Catholiques qui n'ont pas fait dificulté d'exercer ces violences, non seulement chez eux, mais même dans les terres d'autrui, qu'ils tenoient en gage ou autrement.

Ainsi qu'à l'avenir les Catholiques s'abstiennent de pareilles violences, qu'ils ne mettent aucun empêchement à l'exercice public de la Religion Evangélique, qu'ils ne privent personne du droit de Bourgeoisie, de ses Fiefs, Charges & Dignitez à cause de la Religion Evangélique, qu'ils n'exercent par le droit de ré-

in alieno obtinent Imperii reformare ceffent, nemini propter Religionem Evangelicam mi-grandi neceffitatem imponant, denique Subditis fuis Evangelicis injufte extorta & adempta reftituant. Contendatur nominatim Domini Augufti Palatini filios in illum ftatum Eccle-fiafticorum & Politicorum quo inde ab. anno milleffimo fexcenteffimo decimo quinto ufque ad annum milleffimo fexcenteffimum vigeffimum feptimum fuerunt, reftitui defideratur.

réforme dans les Païs d'autrui qu'ils tiennent en gage, fimplement ou en commun, qu'ils ne chaffent perfonne à caufe de la Religion Evangélique, enfin qu'ils rendent à leurs Sujets Evangéliques tout ce qu'ils leur ont pris de force & injuftement. On demande particuliérement que l'on rétabliffe les Enfans du Prince Palatin Auguste dans les biens Ecclefiaftiques, & politiques qu'ils ont poffedez depuis l'an 1615. jufqu'en 1627.

IV.

Articulus Pacis Religiofa de penfionibus, deci-mis, & reditibus qua Evangelicis, Ptocho-dochiis, Minifteriis, Scholis, & fimilibus piis Fundationibus ex fundis Catholicorum deben-tur, fimpliciter paffim ab iis violatus (teftan-tibus id Auguftanorum Biberacenffum & alio-rum Evangelicorum querimoniis) emendatio-nem pofcit.

IV.

Que l'on corrige l'article de la Paix de Réligion touchant les penfions, décimes, & revenus qui font dus aux Hôpitaux, Miniftres, Ecoles, & autres Fondations pieufes des Evangéliques fur les biens fonds des Catholiques, qui ont violé cet Article, comme il paroit par les plaintes de ceux de Biberac de la Confeffion d'Augsbourg, & des autres Evangéliques.

V.

Jurifdictio Ecclefiaftica Catholicorum omni-aque jura Papalia, interque hac Pontificum cum Imperatoribus Concordata, ne quid Paci obeffent quoad Evangelicos quiefcere juffa, multifariam nihilominus a Catholicis in Evan-gelicos ufurpata funt, hac inter Evangelicos omnino quoad loca, perfonas, aut res ceffare par eft.

V.

On étoit convenu pour le bien de la Paix que les Evangéliques ne feroient pas fujets à la jurisdiction Ecclefiaftique des Catholiques, non plus qu'aux Droits du Pape, entr'autres aux Concordats paffez entre les Empereurs & les Souverains Pontifes; cependant on les a exer-cez contre les Evangéliques de plufieurs maniè-res, il eft jufte qu'on s'en abftienne à l'égard des Evangéliques par raport à leurs perfonnes, terres, & biens.

VI.

Praeterea queruntur Status Evangelici de perverfa interpretatione Pacis Religiofa, quam Francifci Burghardi de Anatomia delin-quentium & aliorum virulenta & pacifraga Scripta abunde fuppeditant; veluti quod non perpetua fit illa Pax, fed res temporalis; quod extorta tolerantia fit, illos non obftringens ab contra eam proteftati fint; quod quoad Luthe-ranos ftrictiffime accipienda; quod in Cefaris ac Statuum poteftate non fit de bonis Ecclefiaf-ticis, licet Feuda fint Imperii, difponere, quippe extra hominum commercium pofita; quodque adeo Evangelici nullis poffeffionum commodis nullifque prefcriptionibus gaudere poffint; quod item tempore introducti Interim obtenta poffeffio pro vera cenfenda & Religiofis profectura, fi forte poft Paffavienfem Tracta-tionem quifquam Ordinis alicujus Catholici in Cænobiis reformatis toleratus fundamentis fuf-ceptam cognitionem & executionem filere ne-queat.

Teftatur id apprime Edictum Cefaris Ferdi-nandi fecundi anno milleffimo fexcenteffimo vigeffimo nono contra Evangelicos de certis Capi-tibus, refervata fcilicet decifione ceterorum in alia tempora, fed conftitutis talibus Princi-piis, ut prafacile effet judicare quanam de illis futura fententia promulgatum; miffifque per univerfum Imperium Commiffariis, celeri, nullifque demonftrationibus contrariis, procu-rationibus, petitionibus, remoranda, exe-

VI.

Outre cela les Etats Evangéliques fe plaignent de la faufte interprétation que l'on donne à la Paix de Réligion, & que l'on trouve dans les Ecrits envenimez & feditieux de François Burghardi *de Anatomiâ delinquentium*, & dans d'autres; comme fi ce n'étoit pas une Paix per-pétuelle, mais un fimple Traité à tems; com-me fi la tolérance avoit été exorquée & n'obli-geoit pas ceux qui ont protefté contre; com-me fi elle n'étoit aplicable qu'aux feuls Luthé-riens; comme fi l'Empereur ni les autres Etats n'avoient pu difpofer des biens Ecclefiaftiques, quoique Fiefs de l'Empire, parcequ'ils ne dé-pendent plus de l'autorité temporelle; comme fi les Evangéliques ne pouvoient jouïr ni des droits de la poffeffion ni de ceux de prefcrip-tion; comme fi l'on devoit regarder comme conftante la poffeffion aquife au tems de l'*In-terim*, au profit des Religieux, fi quelqu'un de quelque Ordre Catholique ayant été foufert de-puis la Tranfaction de Paffau dans quelques Cloîtres réformez ne peut paffer fous filence la connoiffance qui en eft prife avec fondement & l'exécution ordonnée enfuite.

C'eft ce que prouve affez l'Edit de l'Empe-reur Ferdinand fécond de l'an mil fix censving-neuf publié contre les Evangéliques touchant certains Articles, réfervant la décifion des autres à un autre tems, mais établiffant certains prin-cipes, tels qu'il étoit aifé de juger comment ils feroient alors décidez; on envoya des Commis-faires dans l'Empire à qui on donna ordre de n'avoir égard à aucunes remontrances ou de-man-

1645. *cutioni mandatum : atque hinc tot annorum lacrymæ.*

Ediktum illud a Cæsarea quidem Majestate Edictum apellatur & Declaratio; Clerus Catholicus vocat Edictalem Sententiam; cæterum, ut Declaratio non obligat, quia Declaratio unius Partis in Constitutione Pacis diserte prohibita vim legis habere nequit, quia ad Legem universalem & Pragmaticam Sanctionem in Imperio conficiendam Statuum requiritur consensus.

Sententia vel judicati auctoritas destituitur, quia ut Evangelici unquam debite auditi & cætera paria essent, Cæsar qui tulit, Advocatum se profitetur Sedis Romanæ, & ipse Pars est, pro ut utique Ferdinandus primus tempore Pacis condita se Partem agnovit & voluti Pars cum cæteris Catholicis se aliquoties conjunxit; ideoque Judex esse nequit.

Hæc & alia plenius deduci possent ac additamenta plurium gravaminum extendi, quæ tamen ad proximam amicam Transactionem servantur; interim confidunt Evangelici non inhæsuros amplius Catholicos extremis in ulteriorem Patriæ communi ruinam, sed Christiano amicoque Tractatu ita cum ipsis conventuros, ut scopus in proœmio Pacis Religiosæ memoratus obtineri, & usque ad perfectionem in fidei concordiam quam suo tempore Deus concedere dignabitur, quiete & secure una vivere & habitare possint ejusdem Reipublicæ Membra.

Atque in hoc singulariter cavendum, ne Franciscani & alii similes Pacem hanc, prout consueverunt, eludere, ejusque auctoritate se eximere audeant.

VII.

Urgentur hactenus a Catholicis majora vota in omnibus causis promiscue, cum tamen, licet in cæteris non immerito illud obtineant, in causis mera Religionis ubi status unius atque alterius Religionis manifeste partes invicem faciunt, & vero ratione humana & naturali æquitati summe adversum, planeque absurdissimum Partem unam Parti alteri legem præscribere, ac sententiam dicere, contributiones item, omniaque in quibus ut singuli considerantur Status & pluralitate votorum fas non est concludi.

VIII.

In Deputatione Imperii ordinaria Evangelicorum Statuum numerum augeri & Catholicis, parem fieri postulatur; nec minus Deputatis illis sollicite inculcandum censetur ne limites in Constitutionibus sibi præscriptos quoquo modo transeant, vel earum rerum tractandaqum sibi potestatem arrogent, quæ ad Comitia Universalia cunctosque Imperii Status pertinent; denique in omnibus quoque extraordinariis Deputationibus paritas utriusque Religionis personarum observetur.

IX.

mandes qui pussent en retarder l'exécution: dela des maux qui ont duré tant d'années. 1645.

L'Empereur a donné à cet Edit le nom d'Edit & de Déclaration; le Clergé Catholique le nomme une Sentence Edictale; mais si c'est une Déclaration, elle n'est pas obligatoire, puisqu'une Déclaration ne peut avoir forme de Loi ayant été défendu à chacune des Parties par la Constitution de Paix, de donner des Déclarations; outre que pour rendre une Loi universelle dans l'Empire, une Pragmatique Sanction, il faut le consentement des Etats.

Si c'est une Sentence ou un Jugement, elle n'a pas de force, parce que jamais l'on n'a oui les défenses des Evangéliques, & que l'Empereur qui l'a rendue, fait profession d'être l'Avocat du Siége de Rome, & qu'il est Partie; c'est ainsi que Ferdinand premier se reconnut Partie dans le tems qu'on traita de la Paix, & qu'en cette qualité il se joignit quelquefois aux Catholiques : ainsi il ne peut être Juge.

On pourroit déduire ces choses & plusieurs autres plus au long en raportant encore plusieurs Griefs que l'on réserve pour la Pacification prochaine; au reste les Evangéliques espérent que les Catholiques cesseront de donner dans ces extrêmitez qui ne peuvent que causer la ruine totale de la Patrie, & qu'ils s'accorderont si bien avec eux dans un bon Traité de Paix, & d'amitié que l'on viendra enfin à bout de ce que l'on s'est proposé dans le Préliminaire de la Paix de Religion, & que les Membres de la même République pourront vivre & demeurer tranquilement & surement ensemble jusqu'à ce qu'il plaise à Dieu de les réunir en une seule foi.

Sur tout on doit pourvoir à ce que les Franciscains & autres semblables n'ayent pas la hardiesse d'éluder cette Paix, ou de se soustraire à son autorité, comme ils ont coûtume.

VII.

Les Catholiques veulent ce qu'on apelle *majora vota* dans toutes les causes indifféremment, & quoiqu'ils l'obtiennent avec droit dans les autres causes, cependant dans les causes purement de Religion, où les Etats de l'une & de l'autre Religion sont proprement parties, il est très-absurde & contraire à toute raison & à toute équité naturelle que l'une des Parties soufre que l'autre lui fasse la loi, lui prononce sa sentence, regle ses contributions & toutes les choses dans lesquelles on ne devroit pas conclure à la pluralité des voix, mais des Etats.

VIII.

On demande que dans les Députations ordinaires de l'Empire, on augmente le nombre des Evangéliques & qu'on l'égale à celui des Catholiques; que l'on insinue avec soin à ces Députez qu'ils n'outrepassent pas les bornes qui leur sont prescrites dans les Constitutions, & qu'ils ne s'arrogent pas la puissance de transiger sur des choses qui dépendent de la Diette & de tout le Corps de l'Empire; enfin qu'on observe aussi la parité des personnes des deux Religions dans toutes les Députations extraordinaires.

IX.

IX.

Cum Donauertam properis mandatis eorumque celeri executione omnibus privilegiis ac libertate in Ecclesiasticis & Politicis exutam rursus a Cæsare Rudolpho secundo beatæ memoriæ anno millesimo sexcentesimo nono plenam restitutionem eidem pure promissam constet, Sacram Majestatem humillime rogandam censent Status, ut promissionem Domini antecessoris tandem impleat, Civitatemque pristino statui in sacris & prophanis reddere, inque illo deinceps clementissime conservare dignetur.

IX.

D'autant que l'Empereur Rodolfe second de bien-heureuse mémoire avoit promis en 1609. à la Ville de Donawert, que l'on a dépouillée de sa liberté & de ses privilèges tant dans les choses Politiques qu'Ecclésiastiques, en vertu de mandemens précipitez & exécutez avec trop de promtitude, qu'elle y seroit entièrement rétablie; les Etats sont d'avis qu'il faut très-humblement prier Sa Majesté Impériale d'exécuter la promesse de son prédécesseur, & de rétablir cette Ville dans l'état où elle étoit tant pour les choses sacrées que pour les profanes, & de l'y conserver ensuite.

X.

Denique sicut absque justitia fundamento nulla consistit Respublica, adeo ut, remota illa, Regna fiant latrocinia, & propter injustitiam Regna de Gente in Gentem transferantur, ita neglectum tot & toties a multis annis intra & extra Imperii Diætas ab Evangelicis potissimum Statibus repetitarum querelarum super laborante justitia, præcipuam sublatæ inter caput & membra ac intra ipsa membra inductæ discordiæ, præsentiumque malorum causam extitisse dubitandum non est.

Quibus malis si remedium afferri debeat summe necessarium utique est æquabilem in Imperio justitiam instaurari, non proniorem in unam Religionem quam in alteram; quæque illam hactenus excludant vel impediant, removeri. Ista autem sunt, nimia jurisdictio & exorbitantia Consilii seu judicii Imperialis Aulici, quod personis Catholicis constans, causas promiscue omnes Religionis, Status quandoque, etiam in Camera pendentes ad se pertraxit; processibus ac mandatis sine clausula præmaturis ac temerariis ad instantiam quorumvis etiam privatorum in præjudicium primæ instantiæ, appellationis, ac revisionis, datis Commissionibus propriis, sæpe partialibus Commissariorum relationibus Status oppressit; Statibus Evangelicis præsertim Civitatibus Imperialibus executiones injunxit; Statuum nonnullos absque prævia causæ cognitione & non auditos dignitatibus ac ditionibus exuit; multisque aliis modis in necem Evangelicorum ita processit hactenus, ut, nisi hoc tempore remedium afferatur, verendum illis sit ne & Pace constitutâ odio Religionis sub specie justitiæ tantum damni, quantum bello publico perpessi sunt, subire cogantur.

Defectus alii imprimis tarda justitiæ administratio in Judicio Camerali, unde lites illic fere sunt immortales, & vix in Partium liberis aut nepotibus conclusionem obtinent: exemplum evidens est in causa Domini Comitis de Witgenstein contra Dominum Electorem Treverensem.

Cujus rei causa est neque in litigantibus eorumque Advocatis & Procuratoribus, neque in Dominis, judicibus, & Assessoribus, minus in prudentissimis Legum Sanctionibus, formâ-

ТОМ. I.

X.

Enfin comme aucune République ne peut subsister si elle n'est fondée sur la justice, en sorte que les Etats d'où elle est bannie deviennent de purs brigandages, & passent d'une domination à une autre; de même on ne peut douter que la négligence de remédier aux plaintes que les Evangéliques sur tout ont faites pendant & depuis plusieurs années par raport au défaut de bonne justice, ne soit la cause de ce qu'on n'en trouve plus entre le Chef & les Membres, des discordes qui regnent entre les Membres, & enfin des maux ausquels nous sommes présentement exposez.

Pour remédier à ces maux, il faudroit établir une justice égale dans l'Empire qui ne penchât pas plus vers une Religion que vers l'autre, & pour cet effet abolir ce qui y est à présent contraire, c'est-à-dire l'exorbitante jurisdiction du Conseil Aulique, qui n'étant composé que de Catholiques évoque souvent les causes de Religion & d'Etat indifféremment, quoique pendantes à la Chambre de Justice, accordant des Mandemens téméraires, vagues & prématurez à l'instance de qui que ce soit, même des particuliers, & au préjudice de la première instance, de l'apel & de la révision, & opprimant ainsi les Etats par des Commissions précipitées & sur des relations souvent partiales des Commissaires, il a ordonné des exécutions dans des Etats Evangéliques & sur tout contre des Villes Impériales, il a dépouillé quelques Etats de leurs dignitez & de leurs terres, sans avoir pris connoissance de la cause & sans les avoir entendus; enfin il a travaillé jusqu'à présent en tant de manières à la ruine des Evangéliques, que si l'on n'y remédie à présent il est à craindre qu'après que la Paix aura été faite, ils ne soient exposez à autant d'injustice qu'en tems de Guerre, en haine de leur Religion & souvent sous un prétexte de Justice.

Un autre défaut est la lenteur avec laquelle la Chambre administre la Justice; les procès y deviennent immortels, les fils & petits-fils y voyent à peine la conclusion des procès commencez par leurs Péres: la cause du Comte de Witgenstein contre l'Electeur de Trêves en est une preuve sensible.

Les Parties litigantes, leurs Avocats ou Procureurs, Messieurs les Juges & leurs Assesseurs, ni les Loix qui sont très-prudentes, non plus que la manière de procéder n'en sont pas

1645.

mâque & modo procedendi per se, sed præcipue in immensâ causarum multitudine, quarum partim ad conclusionem usque, partim & haud perductarum ad multa millia ac in tantum excrevit, ut earum expeditioni Domini Assessores pleno Collegio, toto seculo non suffecturi, nedum aliæ in dies accedentes post alias, finem rite adepturæ sint.

Querelæ Statuum super Judicio Rotweillensi, Judicio Provinciali Suevico, & Præfecturâ Haguenensi notiores, quam ut hic repeti debeant.

In remedium horum proponunt Evangelici Status sequentia.

I.

Loco duorum Universalium Imperii Dicasteriorum Aulici & Cameræ Spirensis quatuor sint deinceps pari dignitate, potestate, ac jurisdictione, ordinationi Cameræ ejusque Correctoribus, item revisionibus obnoxia, nec præventionem, nec avocationem, nec inhibitionem inter se admittentia; nempe Aulicum pro Circulis Austriaco & Bavarico, Spirense pro utroque Circulo Rhenano & Burgundico, tertium pro utroque Saxonico & Westphalico, quartum pro Franconico & Suevico: hæc duo posteriora commodo alicujus Circulorum attribuenda loco eligenda.

II.

Judicium Rotweillense, Suevicum & Haguenense ex causis indigitatis plane tollantur, & cæterorum Statuum privilegiis in qualitate primæ instantiæ, ut & Appellationis consulatur.

III

Quodlibet dictorum Dicasteriorum sexdecim vel duodecim pro Circulorum conditione constet viris Germanis ex Circulis sibi attributis & ab eorundem Statibus præsentatis, juramento ad Cæsaream Capitulationem, leges Imperii Fundamentales, Circulorum etiam, & similes Ordinationes; nec minus ad præsentis Pacificationis futura conclusa, præstito devinctis; iidemque ut & cæteri justitiæ Ministri ex utraque Religione pari numero deligantur; neque causa aliqua inter Evangelicum & Catholicum versans nisi a Consiliariis, Assessoribus, vel Commissariis utriusque Religionis pari numero decidatur, vel tractetur. Evangelici æquali cum Catholicis jure de Republica juribus participent, sintque maximi, minimi, summi, infimi, æqualia Membra unius Imperii: ipsa igitur æquitas & naturæ Principia exposcunt, ut ad Magistratus seu Reipublicæ munera Evangelici æque ac Catholici pari jure admittantur; æqualitas mutua & reciproca tuetur Civitates, ait Aristoteles Polit. I. items Polit. 2. Amicitia Civitatibus maximum bonum est; sic enim a seditionibus maxime distrahuntur.

IV.

1645.

cause, mais c'est parcequ'il y a une prodigieuse quantité de causes qui montent à plusieurs milliers & que les Assesseurs ne pourroient terminer, quand même pendant un siécle ils ne quitteroient point le Tribunal; il en vient tous les jours de nouvelles qui ne peuvent être décidées qu'après les autres.

Les plaintes des Etats par raport au Jugement de Rotweil, au Jugement Provincial de Suabe, & à la Préfecture de Haguenau sont trop connues pour en faire ici mention.

Les Etats Evangéliques proposent ce qui suit pour remédier à ces Griefs.

I.

QU'au lieu des deux Conseils, l'Aulique & celui de la Chambre de Spire, on en établisse quatre égaux en dignité, en puissance & en jurisdiction, & soumis aux ordres de la Chambre, à ses Correcteurs, & aux révisions, qui n'admettent entre eux ni prévention, ni évocation, ni inhibition; le Conseil Aulique seroit alors pour les Cercles d'Autriche & de Baviére, celui de Spire pour ceux du Rhin & de Bourgogne, le troisiéme pour ceux de Saxe & de Westphalie, & le quatriéme pour ceux de Franconie & de Suabe: on choisiroit les lieux de la Résidence de ces deux derniers pour la commodité des Cercles de leurs dependances.

II.

Que l'on retranche des causes nommées le Jugement de Rotweil, de Suabe & de Haguenau, & qu'on rétablisse les autres Etats dans leur privilège de premiére instance & d'Appel.

III.

Que chacun des Conseils susdits soient composez de seize ou douze personnes, Allemans de naissance, selon qu'il conviendra aux Cercles, lesquels seront présentez par les Cercles de la dependance de chaque Conseil & prêteront le serment sur la Capitulation Impériale, les Loix Fondamentales de l'Empire & sur les Ordonnances des Cercles & autres semblables, & sur les futurs articles de la présente Pacification, qu'ils seront tenus d'observer: ils seront comme tous les autres Ministres de la Justice mi-partis des deux Religions, & lorsqu'il y aura quelque cause entre un Evangélique & un Catholique, elle ne sera jugée que par un nombre égal de Conseillers, Assesseurs, ou Commissaires des deux Religions. Que les Evangéliques participent également avec les Catholiques aux Droits de la République, & que les grands & les petits, les Supérieurs & les Inférieurs soient Membres égaux de l'Empire: l'équité & les principes de la Nature veulent que les Evangéliques soient élevez également avec les Catholiques aux Charges de la République: l'égalité réciproque & mutuelle, dit Aristote Polit. I., fait la sureté de l'Etat: au liv. 2. des Polit. L'Amitié est le grand bien d'une République, elle la met à couvert des séditions.

IV.

IV.

Quatuor eadem Dicasteria suorum quoque Circulorum sumptibus sustententur.

V.

Res paritate votorum utriusque Religionis Assessorum dubia relicta, ad Comitia Imperii universalia ex natura Constitutionum in vim Contractus inter sacram Cæsaream Majestatem & Status compositarum, terminanda remittantur.

VI.

Causæ duorum præsentium Dicasteriorum indecisæ pro domicilio cujusque rei in quatuor hæc Judicia distribuantur, adhibeanturque ea omnia quæ ad celerrimè quaslibet expediendas pertinere videbuntur.

VII.

Nemo Statuum posthac aliter quam in Comitiis universalibus prævia legitima causæ cognitione, (ut qui teste experientia facilè consequuntur, maximi in Imperio motus ac tumultus declinentur,) proscribi vel de facto quippiam contra personam ipsius, dignitatem, ditiones, subditos, tentari statuive possit ; nemo item contra hactenus usurpata privilegia, contraque jus & æquum in Religione & conscientia, dignitate, bonis, quemquam lædere aut violare.

VIII.

Subditi cujusque Status qui ipsi Status Imperii non sunt, ordinariis suis Judicibus omnino subjecti maneant.

IX.

Citationes, Mandata, Decreta, Commissiones, nomine & auctoritate Sacræ Cæsareæ Majestatis ejusdemque sigillo munita in quolibet dictorum quatuor Tribunalium fiant ac dentur: Salva item sit Sacræ Cæsareæ Majestati præsidium (qui in singulis bini sint & pro minuendo sumptu locum Judicis Cameralis simul impleant) ex utraque Religione præsentatio ; Salva suprema jurisdictio, potestati Regia & præeminentia, præsertim in nullis reservatis casibus feudorum Regalium, Salvus item concursus ejusdem in causa facta Pacis; dum tamen propter gravitatem duorum illorum postremo dictorum casuum, quippe qui totius Imperii quietem & salutem, apprime concernunt, Sacra Cæsarea Majestas humillimè rogetur, ut placeat sibi inter Assessores judicii Imperialis Aulici esse perpetuo ex singulis Circulis virum Circuli jurium ac Status probè peritum.

X.

Causa ad Judicium Aulicum delata neque ante neque post sententiam ad Consilium interius, minus ad Consilium quod vocant conscientiæ trahatur, omninoque illis judicii Aulici jura intacta sint.

XI. Con-

IV.

Ces quatre Conseils seront entretenus chacun aux dépens des Cercles de sa dépendance.

V.

Les causes qui resteroient indécises à cause de l'égalité des voix des Assesseurs des deux Religions, seront renvoyées à la Diette de l'Empire selon la nature des Constitutions, dressées en vertu du Contrat entre l'Empereur & les Etats.

VI.

Que les causes pendantes par devant les deux Conseils présens, soient distribuées entre les quatre nouveaux selon le domicile des Parties, & que l'on mette en usage tout ce qui pourra contribuer à les terminer promtement.

VII.

Qu'à l'avenir on ne puisse proscrire aucun des Etats, ni attenter ou statuer rien de fait, contre leurs personnes, leurs Dignitez, leurs biens, ou leurs Sujets que dans la Diette de l'Empire, & après une légitime connoissance de cause ; puisque par ce moyen on évitera les grands troubles qui peuvent en naître dans l'Empire, ainsi que l'expérience l'a fait voir : personne ne pourra inquiéter ou ofenser qui que ce soit contre les privilèges obténus, & contre le droit & la justice dans sa Religion, sa conscience, sa Dignité, & ses biens.

VIII.

Que les Sujets de chaque Etat, qui ne sont pas Etats de l'Empire, restent entièrement sujets à leurs Juges ordinaires.

IX.

Que l'on expédie dans ces quatre Conseils les Citations, les Mandemens, les Decrets, & les Commissions au nom & sous l'autorité de Sa Majesté Impériale dont le sceau y sera apposé : sauf la présentation des Présidens, des deux Religions réservée à Sa Majesté Impériale, il y en aura deux dans chaque Conseil & pour diminuer les frais, ils seront en même tems Juges de la Chambre ; sauf la suprême jurisdiction, la puissance & la prééminence Royale, sur tout dans les cas reservez & connus des Fiefs Royaux ; sauf aussi le concours de la même puissance dans l'affaire de la Paix ; & vû l'importance de ces deux derniers cas qui concernent le repos & le salut de l'Empire, Sa Majesté Impériale sera instamment priée de mettre toujours parmi les Assesseurs du Conseil Aulique Impérial un homme de chaque Cercle qui ait une parfaite connoissance des Droits & des Etats dudit Cercle.

X.

Qu'aucune cause portée au jugement Aulique ne soit évoquée avant ou après la Sentence au Conseil intérieur, encore moins au Conseil de conscience, & que ces Conseils n'empiétent en aucune manière sur les Droits du jugement Aulique.

Lll 3   XI. Que

XI.

Considerationes Dominorum Deputatorum ordinariorum Francofurti nuper congregatorum , item Dominorum Cameralium in puncto justitiæ, in primis reformandi, ad proxima Comitia referantur: ibidemque simul hoc agatur ut magno Imperii malo hactenus intermissæ visitationes remotis obstaculis pristino statui restituantur : denique pro Statibus ac Subditis per Belli tot annorum sævitiam superiorum temporum extreme obrutis, ibidem remedium aptum quæratur.

Salvis ulterioribus , omninoque potestate addendi, mutandi, detrahendi.

R E P L I C A

Dominorum Legatorum Suecicorum in puncto Concessionis Salvorum-conductuum.

POstquam illustrissimis Dominis Legatis Cæsareis placuerit ad propositionem Suecicæ Legationis hisce de rebus scriptam respondere , optarent Legati Suecici nullum in Præliminaribus obicem sibi positum fuisse , quominus & ipsi statim ad replicam procedere possent : quæ vero principalis negotii fundamenta 5. Junii ea lege posita fuere , ut ante replicam residui Præliminarium desideriis ad amussim satisfieret ; id autem non modo nondum positum sit , sed & pluribus præjudiciis adauctum , jure meritoque jam nunc eorum omnium remedia exposcunt : nisi enim ista minora rite adimplerentur , quid , facta pace, de majorum observatione sperandum erit ? Cardo autem quæstionis in eo versatur , Utrum alii quam immediati Status Imperii ad hunc Conventum Salvis Conductibus a Cæsarea Legatione muniendi. Sed quidem Cæsarei Domini Legati hactenus strenue negarunt , & adhuc in dicti sui responsi prooimio negant , imprimis ex eo fundamento quod Cæsarea Majestas non in immes pro immediatis petitos Salvos-conductus quantocius consenserit , multo minus pro mediatis & non Statibus : deinde quod in hoc Tractatu a principio non aliter quam inter solas Partes principales ut agretur absque mentione tot Fæderatorum convenerit ; eventum insuper docere concessionem tam profusam huic rei promovendæ minime profuisse nec prodesse : imo contra expressissima verba Conventionis Præliminaris & Salvorum-conductuum esse , ut pro non Statibus intelligantur : publicæ denique utriusque Partis concessiones ab anno 1643 ad finem fere anni 1644. extare, quod Tractatus Præliminaris undequaque tunc rite completus esset, nec quicquam amplius superfuisse nisi ut Tractatus principalis inchoaretur &c. proinde se ad Salvos-conductus pro mediatis concedendos non teneri. Quod si tamen certus ac tolerabilis eorum numerus semel pro semper de-

XI.

Que l'on propose à la première Diette générale les Considérations de Messieurs les Députez extraordinaires assemblez en dernier lieu à Francfort, celles de Messieurs les Conseillers de la Chambre par raport à la justice, & sur tout ce qui concerne le droit de Réforme : que l'on y travaille aussi à rétablir les visites qui ont été interrompues au préjudice de l'Empire, en levant les obstacles qui s'y rencontrent : enfin que l'on cherche les moyens de remédier aux malheurs des Etats & des Sujets ruinez par la fureur de cette longue Guerre.

Sauf les propositions ultérieures & le pouvoir d'ajouter, changer, & retrancher de celles-ci ce qui sera jugé convenable.

R E P L I Q U E

De Messieurs les Ambassadeurs de Suède par raport à la concession des Sauf-conduits.

PUisque les très-illustres Ambassadeurs de l'Empereur ont jugé à propos de répondre à la proposition de l'Ambassade de Suède sur les affaires présentes, les Ambassadeurs Suédois souhaiteroient qu'on ne les eût pas traversez dans les Préliminaires ; ce qui les a empêché de répliquer sur le champ. On avoit posé pour baze de l'affaire principale le 5. Juin qu'avant de répliquer on satisferoit entièrement au reste des Préliminaires, mais bien loin qu'on ait exécuté cette condition, il est survenu de nouveaux griefs ausquels on a droit de demander que l'on remédie avant toutes choses : car si l'on ne satisfait pas à ces bagatelles, que peut-on espérer de l'exécution des plus importantes affaires après la conclusion de la Paix ? Le nœud de la difficulté est à présent de savoir si d'autres que les Etats immédiats de l'Empire doivent être munis de Saufs-conduits particuliers de l'Ambassade Imperiale. Jusqu'à présent les Ambassadeurs Impériaux ont tenu pour la négative, & ils y persistent encore dans le préjudé de leur réponse, particuliérement sur ce fondement que Sa Majesté Impériale n'a pu consentir à accorder sous les Sauf-conduits demandez pour les Etats Immédiats , & par conséquent encore moins pour les médiats & qui ne sont pas Etats de l'Empire : ensuite parce que l'on est convenu dès le commencement que dans ce Traité on ne recevroit que les principales Parties ; mais que l'expérience avoit fait voir que ce grand nombre de Saufs-conduits ne pouvoit avancer la conclusion des affaires : enfin que le texte & la lettre de la Convention préliminaire & des Saufs-conduits ne permettoient pas qu'on entendît qu'ils sont pour ceux qui ne sont pas Etats ; qu'il y avoit des concessions des deux Parties depuis l'année 1643 jusqu'à la fin de l'an 1644. que le Traité Préliminaire avoit été exécuté de part & d'autre, & qu'il ne restoit à commencer à traiter du principal &c. d'où ils concluent qu'ils ne sont pas obligez de donner des Saufs-conduits pour les Etats Médiats. Que si néanmoins on en proposoit un certain nombre raisonnable une fois pour toutes, on pourroit les accorder, pourvû

defignetur , idque ex fententia Statuum Imperii citra Cæfareæ Majeftatis eorumque præjudicium fieri poffe , & ad promovendum Pacis negotium pertinere videatur , in fe nihil defiderari paffuros.

Ad hæc Legati Suecici refpondent ex parte quidem haud ingratam fibi effe hanc ultimam clau- fulam , quod in fe nihil defiderari deberè profiteantur Domini Cæfarei Legati ; quia vero ad cer- tum eam numerum adftringunt , idque non tam ex debito quam gratis fe facere innuunt , remque femel manifefte decifam novis judiciis fubmittere velle videntur , id autem admittere nequeunt Le- gati Suecici : inprimis itaque dicunt tantum a- beffe ut abfque Fæderatorum mentione in hofce Tractatus conventum fuerit , etiam notorium fit quod Regna Fæderata ab initio Præliminaris Trac- tatus conftanter inftiterint , ut omnes quorum in- tereft nemine exclufo , debita fecuritate muniti ad hunc Conventum admittantur ; id enim priori- bus Congreffibus omiffum præcipuam fuiffe caufam cur a viginti feptem annis Pax quidem aliquoties facta nulla tamen ftabilis effecta fit , exclufis à Tractatu Pacis præfidium e novo Bello femper quærentibus. Ne igitur in eundem lapidem impin- geretur , omnes quorum intereft neceffario admit- tendos effe : intereft autem non tantum Immedia- torum fed etiam Mediatorum Statuum , immo om- nium Membrorum , Principum , Comitum , Baro- num , Nobilium , aliorumque , ut , fi id cupiant , libere admittantur : Cum enim eorum plurimi temporum injuria graviter læfi fint , nemo abfen- tium intereffe tam noverit aut peregerit exacte , quam ipfimet præfentes : ut igitur Salvis-conduc- tibus nuniantur , jure poftulat fingulorum fecuri- tas.

*Verum quidem eft quod non ftatim confenferit in hæc poftulata Cæfarea Majeftas , hæc enim gra- viffima fuit caufa feptennis præparatoriorum moræ , ad conftantem tamen Regnorum inftantiam tan- dem confenfiffe multa quidem documenta funt ; potiffimum vero imprimis clariffima verba ipfius Cæfarei Salvi-conductus , qui folus eft effeque debet lex & norma hujus controverfiæ decidendæ ; de- inde fenfus ipfe dictorum verborum prout ea acce- perunt & interpretati funt cum Suecis , tum Rex Mediator adeoque Imperator ipfe ; verba fic fo- nant : Imperatorem Romanorum ad inftan- tiam Sereniffimæ Reginæ Sueciæ , etiam Re- gis Chriftianiffimi confenfiffe ut univerfi ac finguli fuæ Serenitatis Fæderati Status & ad- hærentes per Germaniam fecure Ofnabrugam & Monafterium veniant & mittant; quibus ver- bis , cum nulla fiat diftinctio inter Mediatos & Immediatos Status , utrique fane intelliguntur. Quod fi vero nomen Status ad folos Immediatos reftringatur , ea caufa tam Mediati quam non Sta- tus Adhærentium nomine comprehenduntur : neque enim vox , Adhærentes , ponitur hic ad- jective quemadmodum vellent Domini Legati Cæfarei ut fenfus fit Adhærentes Status , fed fubftantivè Status & Adhærentes : ut omnes Adhærentes , feu , ut vulgo dici folet , Intereffentes intelligantur , atque hoc fenfu optimi fuorum ver- borum interpretes qui primo Inftrumentum concepe- runt , non Imperiales fed Regnorum Minif tri ab initio hanc vocem intellexerunt , cum Status Im- mediatos (quibus proxime jus Fæderum competit)
Fæde-*

pourvû que ce fût avec le confentement des Etats de l'Empire , & fauf le préjudice de Sa Majefté Impériale & le leur & qu'ils contribue- roient de tout leur pouvoir à tout ce qui pour- roit avancer la conclufion de la Paix.

Les Ambaffadeurs de Suéde répondent à ce- la , qu'ils ont vû avec beaucoup de plaifir cette derniére claufe où les Ambaffadeurs Impériaux promettent de contribuer de tout leur pouvoir à l'œuvre de la Paix ; mais comme ils limitent les Sauf-conduits à un certain nombre & qu'ils infinuent qu'ils ne les accorderoient que par grace & non parce qu'ils y font obligez , il femble qu'ils veulent remettre en queftion une chofe qui a déja été décidée , c'eft ce que les Ambaf- fadeurs de Suéde ne peuvent leur paffer : ainfi ils répondent que bien loin qu'on fût convenu de ne faire aucune mention des Alliez dans ces Traitez , il eft de notoriété que dès le com- mencement du Traité Préliminaire on a conf- tamment fupofé que tous ceux qui y avoient in- térêt , feroient admis à ce Congrès avec la fu- retez néceffaires ; & c'eft parceque cela ne s'eft pas fait dans les premiers Congrès que la Paix fouvent conclue depuis vingt-fept ans n'a pû être ftable & durable , les Etats qui cherchoient leur falut dans une nouvelle Guerre en ayant été alors exclus. Pour ne pas tomber dans le même défaut , il eft néceffaire qu'on admette tous ceux qui font intéreffez ; or non feulement les Etats immédiats , mais même les médiats y font également intéreffez , jufqu'aux moindres Membres , les Princes , les Comtes , les Barons , les Nobles &c. qui doivent être admis s'ils le defirent ; & comme il y en a plufieurs parmi eux qui dans la conjoncture des chofes ont été confidérablement lefez , ils ne pourroient traiter de leurs intérêts étant abfens auffi facilement que s'ils étoient préfens : ainfi la fureté de cha- cun d'eux veut qu'ils foient munis de bons Sauf- conduits.

Il eft vrai que Sa Majefté Impériale a fait quelque difficulté de confentir d'abord à ceci , ce qui a été caufe que les préparatifs ont duré près de fept ans , mais enfin voyant que les Rois Alliez le vouloient ainfi elle y confentit , & on en a plufieurs bonnes preuves , mais fur tout les expreffions très-claires du Sauf- conduit même de l'Empereur qui eft & doit être feul la régle fur laquelle on doit décider cette queftion ; & enfuite le fens de ces expref- fions tel que l'ont entendu les Suédois , le Roi Médiateur & l'Empereur même ; voici ces pa- roles : l'Empereur des Romains a confenti à la follicitation de la Sereniffime Reine de Suéde & du Roi très-Chrétien que tous & chacun des Etats Alliez & Adhérans de fa Sereté viennent & envoyent fûrement à travers de l'Allemagne à Ofnabrug & à Munfter. Ces termes ne met- tent aucune diftinction entre Etats Médiats & Immédiats ; ainfi ils les comprennent également. Que fi l'on dit que le mot Etats ne renferme que les feuls Immédiats , on répondra que ceux qui ne font pas Etats & les Médiats feront compris dans le mot d'Adhérans : en effet le mot Adhérans n'eft pas pris ici adjectivement , comme le voudroient foutenir Mrs. les Am- baffadeurs Impériaux pour l'expliquer les E- tats Adhérans ; mais Adhérans eft un fub- ftantif autant que Etats ; & pour prouver que par Adhérans on entend la même chofe qu'In- tereffez , il ne faut ici confulter non les Minif- tres Impériaux , mais ceux des Rois , qui font fenfez les interprétes naturels des termes dont ils fe font fervis ; puifque ce font eux qui ont les premiers dreffé ces Inftrumens ; or ils ont
nom-

Fœderatos cæterosve omnes tam Mediatos quam non Status Adhærentes vocarent, id evidenter oftendunt meæ, (Salvii) litteræ quibus anno 1638 die 29. Septembris a Sereniſſimi Regis Damiæ Cancellario petebantur ut ea vox, Adhærentes, quam in miſſo ad me Glukſtadio Salviconductus Inſtrumento per incuriam forte omiferat, Diplomati viciſſim inſereretur ; hac additâ ratione, ſi quidem alii Coronæ adhærentes non Status tam epus habent Salvis-Conductibus quam Status.

Has Litterat cum hoc fenſu Sereniſſimus Rex Damiæ ſtatim ſequenti die primo Octobris ſuis inclufas ad Cæfaream Majeſtatem miſit, neceſſitatem his verbis commendans , ſacram Cæfaream Majeſtatem expreſſorum illorum verborum Adhærentes & Veniant appoſitione de univerſo Chriſtiano nomine optime merituram ; juxta hoc quoque Regium conſilſus & requiſitionem Sereniſſimus Imperator ipſe Inſtrumentum renovatum die 17. Novembris Regi remiſit,prout omnes hæ Litteræ inter Acta publica extantes formalibus id verbis oſtendunt : ex quibus omnibus manifeſtiſſime patet non alium poſſe fenſum voci Adhærentes affingi,quam qui a Suecicis Legatis propugnatur ; eamque veram eſſe cauſam cur ab anno 1643 Plenipotentiarii Regnorum paſſim publice profeſſi ſunt Præliminaria rite fuiſſe adimpleta , quod non potuerint ſibi imaginari in re tam manifeſta aliquid captioſe latuiſſe uſque dum circa finem anni præteriti (cum pro Argentina & Stralſundio id deſiderantibus peculiares Salvos-conductus poſtularent) hæc imperata interpretatio iis objiceretur : neque enim adhuc videant cur his fenſus, ſive Cæfareus conſenſus aut conceſſio, tam profuſa videri poſſint, binæ tantum vel ad ſummum tres Civitates mediatæ hactenus ejusmodi Salvos-conductus petiere, non ut ſacræ Cæfareæ Majeſtati vel ſuis immediate ſuperioribus præjudicio forent , cum Suecicii aſſertæ Suecicæque Adhærentes nullum jam alium immediate ſuperiorem agnoſcunt ; nec ut feſſionem & votum in Imperii Comitiis captarent , norunt id ſibi non competere ; ſed ut intereſſe, jura ac privilegia ſua eo propius promptiuſve hic obſervarent. Plane autem comprehendere nequeunt quod dicatur iſta conceſſio non profuiſſe vel prodeſſe promovendæ Paci, cum ſibi ſemper hactenus perſuaſerint abſque Ordinum præſentia & ſuffragio non poſſe de jure ullam Pacem concludi,quod ipſi etiam Legati Cæfarei tam in proœmio quam Articulo quinto ſui Reſponſi aliquoties innuunt : veriſimile eſt ut Pacem magis impedire quam promovere velint. Ut autem certo jam numero fixe hos ſive illos ſemel vel ſemper deſignent , ad id nullo ſe jure obligari putant Suecici Legati, revisſime præjudicio vocat res large & indeſinite conceſſas definiti numeri circumſcriptione arctare : quod cum ita ſit ac Cæfarea Majeſtas in ſuo pro univerſis Immediatis & non Statibus conceſſo generali Salvo-conductu expreſſe velit jubeatque ut fui Com-

---

nommé Alliez , les Etats Immédiats comme étant ceux qui ont le premier droit à l'Alliance, & ils ont donné le nom d'Adherans aux autres tant Médiats que non-Etats : c'eſt ce qui paroît évidemment par la Lettre de Mr. Salvius , par laquelle il demandoit, le 29. Septembre 1638. au Chancelier du Sérénſſime Roi de Dannemarck que l'on inſerât de part & d'autre dans le Diplome le mot *Adhéran* qui avoit été obmis par négligence dans le Sauf-conduit qui lui avoit été envoyé de Gluckſtadt, ajoutant pour raiſon que les non-Etats adhérans de la Couronne avoient autant beſoin de Paſſeports que les Etats.

Le Sérénſſime Roi de Dannemarck envoya dès le lendemain 1. Octobre cette Lettre avec ce raiſonnement à Sa Majeſté Impériale , lui exprimant en ces termes la néceſſité d'y adhérer , que Sa Majeſté Impériale avoit une occaſion de bien mériter de toute la Chrétienté en conſentant ſeulement qu'on employât les mot *Adhérans* & *Viennent* : le Sérénſſime Empereur ſe rendit au Conſeil & à la prière du Roi, redemanda l'Inſtrument des Saufs-conduits, & le renvoya avec ces additions au Roi le 17. Novembre ; on peut voir ces termes formels dans cette Lettre qui eſt entre les Actes publics: il s'enſuit delà qu'on ne peut donner au mot *Adhérans* d'autre ſens que celui que lui donnent les Ambaſſadeurs de Suéde, & que c'eſt là la véritable cauſe pour laquelle les Plénipotentiaires des Couronnes ont déclaré publiquement depuis l'année 1643. que les Préliminaires avoient été exécutez , ne pouvant s'imaginer qu'il y ait quelque choſe d'équivoque dans ce qui leur paroiſſoit ſi clair , juſqu'à ce que vers la fin de l'année dernière on leur objecta cette interprétation à laquelle ils ne s'atendoient pas, lorſqu'ils demandèrent des Saufs-conduits, pour ceux de Stralſundt & de Strasbourg : outre cela ils ne voyent pas que ce ſoit donner une étendue prodigieuſe à ce ſens , ou à ce conſentement de l'Empereur , puiſqu'il n'y a que deux ou trois Villes Médiates tout au plus qui juſqu'à préſent ayent demandé de ces Saufs-conduits , non au préjudice de Sa Majeſté Impériale ou de leurs Supérieurs immédiats,puiſque engagées avec Suédois & Adhérans à la Suéde , ils ne reconnoiſſent aucun autre Supérieur immédiatement , ce n'eſt pas pour demander d'avoir voix dans la Diette de l'Empire, puiſqu'elles ſavent que cela ne leur apartient point ; mais c'eſt parcequ'il eſt de leur intérêt d'être préſentes pour y veiller à leurs droits & à leurs privilèges. Ils ne peuvent comprendre ce que l'on entend lorſqu'on dit que cette conceſſion n'a pas avancé & n'avance pas la Paix, puiſque l'on a toûjours été perſuadé que l'on ne pouvoit légitimement conclure une bonne Paix ſans la préſence & les ſufrages de la Diette , ce dont les Ambaſſadeurs Impériaux ſont tombez d'accord,tant dans le prélude que dans l'Article cinquième de leur réponſe , & il eſt vraiſemblable que dans la ſituation où eſt la Diette elle concourera à la Paix plutôt que de la traverſer. Quant à ce grief de déſigner un certain nombre des uns ou des autres , les Ambaſſadeurs de Suéde ne s'y croyent pas obligez , ordinairement on a quelque préjudice en vue lorſqu'on cherche à reſtraindre à un certain nombre les choſes qui avoient été accordées indéfiniment & ſans reſtriction : puiſqu'il eſt ainſi & que Sa Majeſté Impériale a déclaré expreſſément dans ſon Sauf-conduit général accordé à tous les Etats Immédiats & non Etats qu'elle vouloit

1645.

Commifforii, fi ita poftulatum fuerit fingulis eorum, fingulos ejusmodi Salvos-conductus in optima forma dent & disfribuant; optima quoque ratione poftulat Legatis Suecica ne Imperatoria hæc verba fint fine effectu , Cæfareæ Majeftatis candor non patitur ut fua promiffa æquivocis aliifque fophifticis interpretationibus dehoneftentur. Nec decet, tactorum Principum Legatos, dum principalium noftrorum bella componere fatagimus , grammaticale inter nos bellum fufcitare , fidem publicam fibi fincere fervatum iri promittentes, reciprocum fe præftituros bona fide pollicentur Legati Sueciæ, qua de re quamprimum certius refponfum habuerint, principale negotium five morâ aggredientur , teftaturi reipfa quantopere folidam Pacem promovere defiderent. Ofnabrugæ die ¹⁴⁄₂₄ Octobris 1645.

loit & ordonnoit à fes Commiffaires de donner des Saufs-conduits dans la même forme à chacun d'eux qui en demanderoient, les Ambaffadeurs de Suéde font en droit de demander l'exécution de la parole de Sa Majefté Impériale dont la candeur ne permet pas , que l'on foupçonne fes promeffes d'être équivoques & fophiftiques. Et il ne convient point à des Ambaffadeurs de grands Princes qui travaillent à terminer les querelles de leurs Principaux , de fe faire une guerre de Grammairiens , & les Ambaffadeurs Suédois fe promettant que l'on gardera à leur égard la foi publique, promettent de faire la même chofe de leur côté, & que dès qu'ils auront fur ceci une réponfe certaine; ils entameront les affaires au principal , & prouveront par des effets combien ils defirent avec ardeur de conclure une bonne & folide Paix. A Ofnabrug le ¹⁴⁄₂₄ Octobre 1645.

1645.

JOH. OXENSTIERN AXELSON,

JEAN OXENSTIERN AXELSON;

JOAN. ADLER SALVIUS.

JEAN ADLER SALVIUS.

DISCOURS

Si les Deputez de la LANDGRAVE DE HESSE doivent être admis à la Conférence pour la Paix aux lieux ordonnez.

Du Mois d'Octobre 1645.

Controvertitur inter Sacræ Cæfareæ Majeftatis & Regis Chriftianiffimi Plénipotentiarios, an Dominæ Landgraviæ Haffo-Caffellanæ Deputati cum reliquis, qui nomine Electorum , Principum , ac Statuum Imperii in locis Congreffuum de Pace comparent , ad confultationes juffu Imperatoris de Pacificatione inftitutas, admitti debeant.

Prædicti Domini Gallici Plenipotentiarii id omnino fieri debere contendunt argumentis fequentibus.

I.

Conftare enim ajunt Landgravium Haffo-Caffellanum, cujus vices tutela nomine gerit dicta Landgravia,effe Principem Imperii, etiam antiquitus in Diætis Imperialibus Seffionem & locum obtinuiffe citra controverfiam.

II.

Non effe ulla Imperatoris Sententia perduellionis condemnatum aut profcriptum , bannove Imperiali implicatum.

LEs Plénipotentiaires de Sa Majefté Impériale & ceux du Roi très-Chrétien difputent pour favoir fi l'on doit admettre les Deputez de Madame la Landgrave de Heffe-Caffel avec les autres Députez qui comparoiffent aux lieux des Conferences de la part des Electeurs, Princes, & Etats de l'Empire, pour y délibérer par ordre de l'Empereur fur les affaires, de la Paix.

Les fufdits Plénipotentiaires de France foutiennent l'affirmative par les raifons fuivantes.

I.

Que certainement le Landgrave de Heffe-Caffel , que la Landgrave repréfente en qualité de Tutrice, eft Prince de l'Empire, & qui a eu féance de tout tems dans les Diettes de l'Empire, ce qu'on ne lui a jamais difputé.

II.

Qu'il n'a été condamné par aucune Sentence de l'Empereur pour fait de révolte, qu'il n'a été ni profcript, ni mis au ban de l'Empire.

TOM. I.

III. *Arma*

Mmm

III. Qu'il

III.

Arma non ferre contra Imperatorem aut Imperium, sed tantum contra Principem Austriacum.

Qu'il ne porte les armes ni contre l'Empereur ni contre l'Empire, mais seulement contre un Prince d'Autriche.

IV.

Finem & intentionem ipsius non esse ad destruendum Imperium, sed ad libertatem Imperii conservandam, ne jugo Austriaco supprimatur.

Qu'il n'a ni l'envie ni l'intention de renverser l'Empire, mais seulement de conserver la liberté de l'Empire, & le soustraire au joug des Autrichiens.

V.

Si non admitterentur isti Deputati, videretur Landgravia & cum ipsâ unà ipsius Confoederati injusti Belli condemnari, idque præter juris ordinem causa nondum cognita.

Que si l'on n'admettoit pas ces Députez, il sembleroit que l'on voudroit convaincre par là la Landgrave & ses Alliez d'avoir fait une Guerre injuste, & cela contre les Loix de l'équité & sans l'avoir écoutée.

VI.

Contraveniretur Conventioni præliminari Hamburgicæ, quâ ejus admissio ad hosce Congressus disertè causa suit : item Recessui Ratisbonensi anno millesimo sexcentesimo quadragesimo primo, ubi omnibus Ordinibus Principibusque Congressum frequentare & illuc venire concessum.

Que ce seroit contrevenir à la Convention Préliminaire de Hambourg, par laquelle on a expressément stipulé qu'elle seroit admise à cette Assemblée-ci : ce seroit encore contrevenir au Recès de Ratisbonne de l'an 1641. par lequel on permet à tous les Etats & Princes de l'Empire de se trouver & d'assister au Congrès.

VII.

Confessione Plenipotentiariorum Cæsaris qui Osnabrugis agunt constare, Suam Majestatem omnibus Ordinibus Imperii concessisse, ut suam suffragii his Congressibus adesse, suamque sententiam de Pace dicere possint.

Que de l'aveu des Plénipotentiaires de l'Empereur qui sont à Osnabrug, Sa Majesté Impériale a consenti que tous les Etats de l'Empire pussent donner leurs suffrages dans ces Assemblées & dire leurs avis sur la Paix.

VIII.

Osnabrugis jam in quasi possessione sedendi & votandi in Consilio Principum esse, ergo nec Monasterii excludendos, cum ii qui Principum & Statuum nomine utrobique agunt unum idemque Collegium constituant.

Qu'il étoit déjà à Osnabrug comme dans la possession de prendre séance & de voter dans le Collége des Princes, & qu'ainsi on ne pouvoit l'en exclure à Munster, puisque ceux qui agissent dans les deux endroits au nom des Princes & des Etats ne forment qu'un seul Collége.

IX.

Conventum hunc esse extraordinarium quo omnes quorum quavis ratione interesse posset ad votum & suffragium de Pace ferendum admittendi sint, cum belli calamitas omnes ex æquo spectet, nec hic ad specialia Comitiorum solitorum Imperii respiciendum.

Que c'est ici une Assemblée extraordinaire où tous ceux qui ont quelques intérêts doivent être admis à donner leurs voix & leurs suffrages touchant la Paix, d'autant que chacun est également exposé aux maux de la guerre, & qu'ici l'on ne doit pas se régler sur les usages particuliers des Diettes ordinaires de l'Empire.

X.

Item fuisse observatum in Tractatione Passaviensi quâ etiam illi qui adhuc bellum cum Cæsare abs se gerebant, ad illam consultationem cum jure voti & suffragii fuerint admissi.

Que l'on a observé la même chose dans le Congrès de Passau, où ceux qui faisoient actuellement la guerre à l'Empereur, furent admis avec droit de vote & de suffrage.

XI.

Videri excludi Dominam Landgraviam, ejusve Deputatos eâ potissimum causâ quod Gallorum Fœderata sit, idque ad injuriam Regis Christianissimi, contemptumque Coronæ Galliarum tendere, atque adeo ferri nullâ ratione posse.

Qu'il paroîtroit qu'on n'en exclût Madame la Landgrave ou ses Deputez que parce qu'elle est alliée avec la France, ce qui seroit faire une insulte au Roi très-Chrétien, & iroit au mépris de sa Couronne, ce qui seroit insuportable.

XII. Non

XII. Qu'on

XII.

Non esse excludendam ob damna huic vel illi Statui illata, cùm de Pace isti Conventus sint instituti; alioquin finem altercationum fore nullum.

XII.

Qu'on ne peut l'en exclure à cause des dommages qu'elle a causez à quelques Etats; puisque le but de cette Assemblée est de faire la Paix: autrement les dissentions ne finiroient jamais.

XIII.

Verendum esse ut Landgravia ob talem contemptum suos avocet, quo facto forte ex Gallicis Plenipotentiariis causam datum iri de ambitu cogitationem suscipere.

XIII.

Enfin il seroit à craindre que la Landgrave se voyant ainsi méprisée ne rapellât ses Députez, & que les Plénipotentiaires de France n'en prissent occasion de faire de nouvelles brigues.

SEQUUNTUR

Rationes & argumenta Cæsarianorum super præcedentibus quibus isti nituntur.

REPONSES

Des Impériaux aux Raisonnemens precedens.

Plenipotentiarii Cæsarei contra cum majori parte Electorum Principum vel reliquorum Statuum Imperii negant rebus sic stantibus fieri ulla ratione posse ut dictæ Dominæ Landgraviæ Deputati, sicut nec alii quos similis culpa manet ad institutas inter Imperii Ordines de Pace Consultationes admittantur, nisi ante omnia cum Cæsare in gratiam redierint eique debitam obedientiam præstiterint, moti fundamentis infra scriptis.

Les Plénipotentiaires de l'Empereur soutiennent au contraire, avec la plupart des Electeurs, Princes, & Etats de l'Empire, que les choses étant dans la situation où elles sont, on ne peut admettre aux délibérations pour la Paix, qui se feront entre les Membres de l'Empire, ni les Deputez de Madame la Landgrave ni ceux d'aucun autre qui se trouveroit dans la même faute, à moins qu'ils n'ayent auparavant fait leur Paix avec l'Empereur & qu'ils ne lui ayent rendu l'obéïssance qu'ils lui doivent; pour les raisons suivantes.

I.

Certum est Dominam Landgraviam non minus ac prædefunctum suum Maritum Dominum Landgravium Guillelmum, inter eos qui Imperatori Rebelles & perduelles sunt, jure merito haberi, quod juramentum fidelitatis Cæsari præstitum non servarint, sed ipsius Majestati bellum apertum intulerint, ac publicè Imperii hostibus arma sua sociaverint : juramentum autem fidelitatis Principum Hassiæ Georgii Darmstadiensis & Guillelmi Cassellani anno millesimo sexcentesimo vigesimo octavo vigesima secunda Januarii Pragæ Bohemorum Ferdinando Cæsari tale præstiterunt.

Vigore Procuratorii nostri, tactis corporaliter sacrosanctis Evangeliis promittimus & juramus in animam nostrorum Principum, eosdem prose reddit nunc per nos humiliter accepti, nunc & deinceps Sacræ Cæsareæ Suæ Majestati Sacroque Romano Imperio fideles, amicos, obedientes, & servientes fore, nec etiam ullo unquam tempore scienter ejusmodi consiliis interesse debere aut velle, quibus aliquid contra Suæ Majestatis personam, honorem, dignitatem & statum tractabitur, aut proponetur, nedum illis assentiri aut mandata suscipere nullâ prorsus ratione, modo aut viâ : quin è contra tenebuntur & debebunt Cæsaris & Imperii honorem, utilitatem & commoduis considerare & promovere pro omnibus viribus & possibilitate; & si quid intelligerent tractari, machinari aut proponi contra Cæsaris personam aut contra Imperium, hæc dicti Principes debunt &

I.

Il est constant que Madame la Landgrave doit être censée, ainsi que le feu Landgrave Guillaume son mari, au nombre de ceux qui sont déclarez rebelles à l'Empereur, parce qu'ils n'ont pas gardé le serment de fidelité qu'ils lui ont fait, & même qu'ils lui ont fait une guerre déclarée & qu'ils ont joint leurs armes à celles des Ennemis de l'Empire : or voici le serment de fidelité que les Princes de Hesse George de Darmstadt & Guillaume de Cassel ont prêté le vingt deuxieme Janvier de l'an mil six cens vingt-huit, dans Prague, à l'Empereur Ferdinand.

En vertu de nos Pouvoirs & mettant la main sur les saints Evangiles nous promettons & jurons sur l'ame de nos Princes qu'approuvant humblement le serment que nous allons faire, ils sont & seront fideles, amis, obeïssans, & Vassaux de Sa Sacrée Majesté Impériale & du Saint Empire Romain, & que jamais ils ne doivent & ne voudront assister de leur propre mouvement à aucune Assemblée, où l'on traitât ou proposât quelque chose contre la personne, l'honneur, la dignité, & l'état de Sa Majesté Impériale, qu'ils n'y donneront leur consentement en aucune manière, & qu'ils n'en recevront point les mandemens: bien loin delà ils seront tenus & devront considérer & avancer de toutes leurs forces & pouvoir l'honneur, l'avantage, & l'intérêt de l'Empereur & de l'Empire; & s'ils savent qu'il se traite, machine, ou propose quelque chose contre la personne de l'Empereur ou contre l'Empire, lesdits Princes seront obligés & con-

1645.

& volunt avertere, cavere, atque de his Suam Majeſtatem abſque omni mora certiorem facere; itidem omnia & ſingula quæ quivis Cæſari & Imperio devotus Princeps præſtare tenetur, ſine dolo & fraude : ita dictos noſtros Principes adjuvet Deus & ſacroſancta Evangelia.

Hoc juramentum cum poſtea moderno Imperatori in hodiernum uſque diem præſtare recuſatum fuerit, Sole clarius evadit crimen perduellionis pertinaciſſimè continuari; perduelles autem & rebelles ejuſmodi Conſiliis (quibus de rebus ad Cæſarem pertinentibus per devotos & obedientes Imperii Status tractatur) intervenire ab omni ratione alienum eſt, cum primâ & potiſſimâ Senatoris Imperialis qualitate deſtituantur, fidelitate ſcilicet.

II.

Cum hactenus experientia ipſa docuerit à Coronis Hoſtilibus nihil calamitatis bellicæ omiſſum, quo Cæſaris & devotorum ipſi Statuum dignitatem, jura & ditiones deſtruere poſſent, atque cum his in omnibus hujuſmodi executionibus Domina Landgravia arma & conſilia ſua ſociaverit, tum & ipſo Fœderis tenore commodum & utilitatem Coronarum in perniciem Cæſaris promovere teneatur; palam eſt illam nullâ ratione in ejuſmodi Conſilium Statuum, ubi de auctoritate Cæſaris & Imperii conſervandâ & de repellendis hoſtium machinationibus tractatur, admitti poſſe aut debere.

III.

Uſus perpetuus etiam apud Pedaneos Judices eſt ut ſi quis Aſſeſſorum uni vel alteri Parti litigantium, ob inimicitias manifeſtè exercitas ſuſpectus videatur,removeri à Conſilio Judicis & Aſſeſſoratu ſuo debet; quanto magis obtinere debet, ubi de ſummâ Cæſaris reverentiâ per rebellionem contemptâ agitur.

IV.

Quod quiſque juris in alium ſtatuit eodem ipſum quoque adverſùm ſe uti debere ratio dictat humana in ipſâ Lege naturali fundata : at vero ſi unus alterve Princeps Gallorum Regi rebellaret, & Rex cum ſuis Regni Statibus de compenſandâ iſta rebellione conſilium iniret, nemo ex Gallis Regi fidelibus cenſebit hujuſmodi Rebelles inter reliquos Regni Senatores ad ſententiam dicendam admitti debere.

V.

Non credunt Cæſariani Plenipotentiarios tam impudentes fore ut poſtulare audeant ipſos quoque ad Conſilia Statuum, pro dicendâ ſententia admitti; at cum Domina Landgravia ad commodum utilitatemque illorum promovendum ex Fœdere teneatur,idem eſt, ſi ipſa admittitur, quam ſi Galli in Conſilio federent, cum illa omnia ad nutum iſtorum peragere & conſulere obligata ſit; ſicut igitur per ſe ab hujuſmodi congregatione jure prohiben-

---

1645.

ſentent à le détourner & prévenir, & d'en avertir ſans délai Sa Majeſté Impériale. En un mot de faire de bonne foi & ſans fraude, tout ce qu'eſt obligé de faire tout Prince devoué à l'Empereur & à l'Empire. Ainſi Dieu & les Saints Evangiles aident noſdits Princes.

Comme on a refuſé juſqu'à préſent de prêter ce ſerment à l'Empereur régnant, il eſt évident que l'on perſiſte conſtamment dans la Rebellion : or eſt-il raiſonnable qu'on admette des rebelles dans une Aſſemblée, où des Princes devoyez à l'Empire doivent traiter de choſes qui concernent l'Empereur, puiſqu'ils n'ont pas la principale & la première qualité d'un Senateur, ſavoir la fidelité?

II.

L'Experience ne nous a-t-elle pas fait voir juſqu'aujourd'hui que les Couronnes Ennemies n'ont laiſſé paſſer aucune occaſion d'expoſer à tous les maux de la Guerre, & de détruire autant qu'ils ont pu la majeſté, les droits, & les Etats de l'Empereur & des Princes qui lui ſont unis? Les armes de la Landgrave ont ſuivi leurs mouvemens dans toutes ces occaſions; & par ſon Alliance avec elles, elle eſt obligée de procurer l'avantage des Couronnes au préjudice de l'Empereur : n'eſt-il pas clair comme le jour après cela qu'on ne peut ni ne doit en aucune maniere l'admettre dans une Aſſemblée d'Etats, où l'on ne doit traiter que des moyens de conſerver l'autorité Impériale & de renverſer les deſſeins des Ennemis?

III.

C'eſt un uſage conſtant même dans les Cours de Juſtice ordinaires, que lorſqu'un des Conſeillers eſt ſuſpect à l'une des Parties litigantes, à cauſe de quelque démêlé qu'elle aura eu avec lui, elle peut le récuſer, & alors il ne peut prendre ſéance dans cette affaire parmi les autres Conſeillers : à combien plus forte raiſon cet uſage doit-il avoir lieu dans une occaſion où il s'agit du reſpect dû à l'Empereur, violé par la révolte.

IV.

La raiſon humaine fondée ſur la Loi naturelle veut que chacun ſe traite ſoi-même comme il traite un autre. Or ſi quelque Prince François ſe révoltoit contre le Roi & que le Roi vouluſt délibérer avec les Etats de ſon Royaume ſur les moyens d'apaiſer la Revolte, y auroit-il aucun des Princes de France fideles au Roi qui jugeât qu'on dût admettre les Rebelles à dire leur avis avec les autres Conſeillers d'Etat?

V.

Les Impériaux ne peuvent croire que les Plenipotentiaires pouſſent la témérité juſqu'à exiger d'être eux-mêmes admis dans les Aſſemblées des Etats de l'Empire pour y dire leur ſentiment. Mais puiſque Madame la Landgrave eſt obligée par ſon Traité d'Alliance de procurer tous leurs avantages, l'admettre n'eſt-ce pas donner Séance aux François dans l'Aſſemblée, puiſqu'elle eſt obligée de ne rien faire que ſous leur direction & par leur avis? Or comme ils ſont naturellement exclus de ces Aſſem-

bentur , ita etiam Domina Landgravia quæ in hac parte ipsorum vices ageret.

VI.

Certum est , nec ipsi Galli negáre audebunt , reverentiam Cæsareæ Majestati ab omnibus Christiani Orbis Principibus deberi ; ergo nihil debent postulare quod directè hujusmodi reverentiæ Suæ Majestati debitæ contrarium esset. Esset autem cum summo Cæsaris contemptu, summâque injuriâ conjunctum cogere ipsum velle ut Statum perduellem ad sententiam de rerum summâ dicendam , quasi ante oculos suos admitteret ; nemo sanæ mentis est qui id negare ausit.

VII.

Domina Landgravia, magna Propositionis Gallicæ pars est , ergo minus postulare potest se ad Consilia Statuum admitti quam ipsimet Galli quibus hic in rem suam Senatores esse ratio non permittit.

VIII.

Ipsi Plenipotentiarii Gallici in suâ ad Principes Imperii epistolâ , quartâ Septembris anno superiore perscriptâ , his verbis profitentur minimè contendere Reges & Principes Fœderatos ut Imperatoriæ potestatis legitima decora in dubium revocentur , aut violentur ; pertinere autem ad legitimum Imperatoris decus ut nemo ex Ordinibus ad legitima sua Consilia admittatur , nisi qui in gratiâ ipsius sit , ideoque cui crimen Rebellionis objici nequeat ; omnium Regnorum & Principatuum, Rerumque publicarum disciplina testatur ; eâdem Epistolâ testantur habere se in mandatis ut Procerum Ordinumque Imperii non solùm consilio, quanquam hoc maximè , verum etiam judicio quoque utantur , nihilque insciis ipsorum Legatis de rebus Germaniæ aut deliberent aut statuant.

Etsi vero dici posset nihil hæc talia prorsus ad Gallos pertinere , tamen ut transeat hujusmodi protestatio , cum jam intelligant maximam Ordinum partem cùm Cæsaris Plenipotentiariis statuisse Dominam Landgraviam admitti non debere , suamet propriâ contestationi contravenire censendi omnino fuerint , si porro ejus admissionem urgere pergant ; atque hoc quidem magis quod Domina Landgravia non in præsenti dumtaxat Conventu , sed in prioribus etiam publicis Imperii Comitiis Ratisbonæ , publico Decreto à sessione & voto suspensa fuerit.

His ita positis , non obstant argumenta à Dominis Plenipotentiariis Gallicis in contrarium adducta ; respondetur enim

Ad primum Articulum.

Esse Landgravios Hassiæ Principes Imperii sessionemque & votum habere in Diætis generalibus nemo negat, sed nimirùm, cæteris partibus paribus, si satluns id quod fideles Imperii facere solent & debent ; qui enim Legibus Imperii contraveniunt , se seque inobedientes Cæsari præstant, seipsos hoc jure privant; ita enim loquitur Constitutio Pacis publicæ , ut is qui eam Pacem turbaverit, ipso jure & facto dignitatibus & privilegiis suis privatus esse intelligi debeat.

Ad

---

semblées il s'ensuit que Madame la Landgrave qui y joueroit leur Role , n'y peut être admise.

VI.

Il est certain, & les François ne pourront le nier , que tous les Princes Chrétiens doivent du respect à Sa Majesté Impériale ; ainsi ils ne doivent rien exiger qui soit contraire à ce respect. Or peut-on rien faire de plus insultant & de plus méprisant, par raport à l'Empereur, que d'exiger qu'il admette pour ainsi dire en sa présence un Etat rebelle à donner son avis sur les affaires les plus importantes ? où est l'homme de bon sens qui ne conçoive ceci ?

VII.

Madame la Landgrave fait la partie essentielle des propositions de la France , ainsi elle doit demander moins que les François encore , d'être admise aux Assemblées des Etats de l'Empire , dans lesquelles la raison ne permet pas qu'ils soient Conseillers dans leur propre cause.

VIII.

Les Plenipotentiaires de France protestent dans la Lettre qu'ils ont écrite aux Princes de l'Empire le quatrieme de Septembre de l'année derniére, que les Rois & Princes Alliez ne pretendent en aucune maniere que l'on revoque en doute le respect legitimement dû à la Puissance Imperiale. Or il est de l'honneur de l'Empereur qu'aucun des Membres de l'Empire ne soit admis aux Assemblées de l'Empire qu'ils ne soient bien avec lui & qu'on ne puisse leur reprocher aucun crime de Rebellion, c'est l'usage de tous les Etats & de toutes les Republiques. Les Plenipotentiaires de France avancent dans la même Lettre , qu'ils ont ordre de ne rien faire, sans le conseil & l'avis des Membres de l'Empire, & de ne deliberer ou prendre aucune resolution à l'insçu de leurs Envoyez sur des choses qui concernent l'Empire.

On pourroit dire que cela ne regarde aucunement les François, cependant il faut que cette protestation ait lieu puisqu'ils n'ignorent pas que la plus grande partie des Etats convient avec les Plenipotentiaires Impériaux que l'on ne doit pas admettre Madame la Landgrave, & l'on pourroit dire qu'ils contreviennent eux-mêmes à leur déclaration en pressant davantage son admission , d'autant plus que Madame la Landgrave a été privée de la séance & du suffrage non seulement dans cette Assemblée-ci , mais même dans les autres Diettes de l'Empire à Ratisbonne, & cela par un Decret public.

Ceci, posé les raisonnemens contraires des Ambassadeurs de France se trouvent absolument invalidez, & l'on répond

Au premier Article.

Que personne ne nie que les Landgraves de Hesse soient Princes de l'Empire & qu'ils ayent séance & voix dans les Diettes generales, mais c'est autant qu'ils font ce què de fideles Membres de l'Empire doivent & ont coutume de faire; car ceux qui contreviennent aux Loix de l'Empire & qui désobéissent à l'Empereur, se privent, eux-mêmes de ce droit, car c'est ainsi que s'exprime le Traité de la Paix publique , que celui qui aura troublé la Paix soit censé privé de droit & de fait de ses dignitez & Privileges.

Ad secundum Articulum.

Nihil obstat non esse proscriptam , nam ut dictum, Lex pro homine loquitur, Recessusque ex speciali Pacis Pragensis adjecto constat Landgravium Guilielmum inter exceptos numerari ; idem ex Actis Diætæ Ratisbonensis, ut supra, Domine Landgravia jus sedendi inter Principes negatum publico Decreto.

Ad tertium Articulum.

Objectio hæc suamet facilitate corruit ; quid enim dicerent Galli si quis rebellans Regi diceret se non contra Regem sed contra Principem Borbonium arma ferre , Domum istam Borboniam nimis potentem in Gallia esse, reliquos ab ea opprimi , depauperari , bonis imo & vitâ exui , spoliari , eam igitur oportere humiliari , ad cancellos æquilibrii cum cæteris Galliarum Principibus reduci ? Nunquid obtenderent qualitatem Regiam & Borboniam in unâ Regis personâ concurrere, neutram oppugnari posse , quin simul & altera lædatur ; prætextum hunc esse rebellioni quæsitum , admitti non debere , alioqui Regibus nec vitam nec incolumitatem constare posse ? Deinde Domus Austriaca cum Domo Hassiacâ nullam habet controversiam , adeo ut ipsa Domina Landgravia cum Hispanis pro Domo Austriacâ in Belgio militantibus jam pluribus annis, flagrante alibi bello , Neutralitatem coluerit : quod si Cæsarem ut Regem Bohemiæ considerare libet, jam ex aureâ Bullâ clarum est etiam hoc intuitu à crimine perduellionis & læsæ Majestatis immunem Dominam Landgraviam esse non posse , ideoque jure merito ab ejusmodi Consiliis , ubi inter Status Imperii de jure Regis Bohemiæ agitur, repelli.

Si arma contra Cæsarem non gerit, quare annis 1639. 1641. 1643. cum Domino Electore Moguntino tanquam Cæsaris Commissario , de reconciliatione & pacificatione egit ? Quare in projecto tum quidem conceptæ Pacificationis ipsamet potuit se cum Cæsare consentientibus Imperii Statibus in hanc Commissionem Moguntino datam tractare ? Quare promittit se & filium imposterùm Sacram Cæsaream Majestatem ut suum & à Deo datum Imperatorem & supremum Caput revereri, honorare , fidelitatem & obedientiam illi debitam semper præstare , Constitutionibus Imperii & Circularibus conclusis, uti cæteri obedientes Imperii Principes faciunt , morem gerere ? Cur toto Tractatus decursu & in dicto projecto nunquam quærelarum suarum contra Domum Austriacam ullam omnino mentionem fecit ? Cur omisit se cum Cæsare tanquam Principe Austriaco & non tanquam cum Imperatore transigere ? Cur articulum ejus projecti sextum diserte ita componi jussit quod gratiam a Cæsare humiliter petierit & obtinuerit ?

Au second Article.

On ne peut pas alleguer qu'elle n'a pas été mise au Ban de l'Empire ; car, comme on a dit déja, la Loi décide la question, outre que par le Recès de la Paix de Prague il paroit expressement que le Landgrave Guillaume y est mis au nombre de ceux qui sont exceptez ; & de plus, comme on l'a déja remarqué, la Diette de Ratisbonne a refusé à la Landgrave par un Decret public le droit de prendre séance avec les Princes.

A l'Article troisiéme.

Cette objection tombe d'elle-même ; en effet que diroient les François , si quelqu'un prenant les armes contre le Roi alleguoit que ce n'étoit pas au Roi , mais au Prince de Bourbon qu'il en vouloit , que la Maison de Bourbon étoit trop puissante en France, qu'elle opprimoit les autres, les reduisoit à la mendicité , leur ôtoit la vie & les biens, qu'il falloit l'humilier & la réduire à l'égal des autres Princes de France ? Ne diroient-ils pas que la Dignité de Roi & le nom de Bourbon étoient réunis en la personne du Roi , & qu'on ne pouvoit attaquer l'une sans offenser l'autre , que c'étoit un prétexte à la Revolte qu'on ne devoit point admettre, puisqu'autrement la vie des Rois ne seroit point en sureté. Mais après tout la Maison d'Autriche n'a aucun démêlé particulier avec celle de Hesse , de sorte même que Madame la Landgrave a observé la neutralité pendant plusieurs années avec les Espagnols, qui combattoient dans les Païs-Bas pour la Maison d'Autriche, pendant que la Guerre étoit allumée d'un autre côté : si l'on veut même ne considérer l'Empereur que comme Roi de Bohême , il est certain, suivant la Bulle d'Or, qu'à cet égard Madame la Landgrave est encore coupable de Rebellion & de Leze-Majesté; ainsi c'est avec droit qu'on l'exclut des Assemblées où l'on doit traiter entre les Etats de l'Empire des Droits du Roi de Bohême.

Si ce n'est pas contre l'Empereur qu'elle porte les armes , pourquoi a-t-elle traité en 1639. 1641. & 1643. de sa Paix & de sa réconciliation avec l'Electeur de Mayence en qualité de Commissaire de l'Empereur ? Pourquoi declare-t-elle dans le projet de cette Pacification qui fut dressé alors , qu'elle traite avec l'Empereur par le canal de cette Commission donnée à l'Electeur de Mayence avec le consentement des Etats de l'Empire ? Pourquoi promet-elle qu'elle & son fils respecteront & honoreront à l'avenir , Sa Majesté Impériale comme leur Empereur établi de Dieu même , & comme Chef de l'Empire , & qu'en cette qualité ils lui seront toujours fideles & obéissans, & qu'ils obéiront , ainsi que les autres Princes de l'Empire obéissans , à toutes les Constitutions de l'Empire & aux Conclusions des Cercles ? Pourquoi pendant tout le cours de cette Négociation , & dans le projet susdit n'a-t-elle fait aucune mention de la moindre plainte contre la Maison d'Autriche ? Pourquoi n'a-t-elle pas dit qu'elle traitoit avec l'Empereur, non comme Empereur , mais comme Prince de la Maison d'Autriche ? Pourquoi dit-elle dans l'article sixiéme du projet qu'elle a humblement demandé grace à l'Empereur & l'a obtenue.

Si

Si arma contra Imperatorem non fert, quare Commissionem Moguntino per Cæsarem datam acceptare ipsa noluit, nisi etiam cum Ordinum Imperii publico assensu confirmatam ? Certe si negotium ipsi cum solo Cæsare, non etiam cum Statibus reliquis fuit, causam petendi Statuum consensum non habuit ullam, nec refert quod medio statu reliquit Episcopum Herbipolensem, Ducesque Brunsvicenses, nam id suo respectu & sui tantum commodi causa facit, cum interea,

Electores { *ipsum Moguntinum,*
Coloniensem,
Trevirensem;

Episcopos { *Monasteriensem,*
Osnabrugensem,
Leodicensem,
Juliacensem,
Montensem,
Darmstadiensem.

Provincias { *Frisiam,*
Ribbergensem,
Westervaldensem,
Westphaliam,

aliosque Comites & Status Imperii ferro, igne, flammâ, crudelissime prosequatur; atque hoc ipso tempore quo se ad Consilia Ordinum admitti postulat, incendiis, rapinis, deprædationibus & violentis exactionibus omnia depopulari pergat.

Ad quartum Articulum.

Nihil juvat protestatio facta e contrario: modus iste statum Imperii redintegrandi, Legibus & Constitutionibus proditus non est. Si qua exhorbitantia quibus Statuum Imperii publicum labefieri contingat enascantur, remedium non à Rebellione sed à publicis Imperii Comitiis peti, Leges & Constitutiones jubent.

Et vero si libertatem, belli causam prætendit, ex responsionibus Cæsaris cognoscere potest, Cæsaream Majestatem eam Statibus libertatem ratam esse velle, quam Leges Imperii fundamentales adstruunt.

Sed ut (quod res est) semel dicatur, causa Domino Landgravio rebellandi potius privata quam publica fuit; etenim sententiam Cæsaris Ferdinandi secundi, anno millesimo vigesimo tertio die prima Aprilis Ratisbonæ in Consessu aliquot Electorum & Principum Imperii, contra se & in favorem Domini Landgravii Georgii Darmstadiensis super ditione Marpurgensi latam, conqueri non poterat: nec etiam Transactionem desuper juramento factam servare volebat; itaque quærendus fuit in publicum prætextus. A reintegrando autem Imperii statu publico ita se alienum re ipsâ demonstravit, ut non sit veritus à Rege Gustavo Adolpho Sueco Paderbornensem Episcopatum, à Carolo magno propemodum ante annos 900. fundatum, in Feudum masculinum recipere, eâ conditione ut deficiente suâ stirpe ad Coronam Suecia recideret : extant hac de re publica Tabula.

Ad

Si ce n'est pas contre l'Empereur qu'elle porte les armes, pourquoi n'a-t-elle pas voulu admettre la Commission donnée par l'Empereur à l'Electeur de Mayence, qu'elle n'ait été aprouvée publiquement par tous les Membres de l'Empire ? Certes si elle n'avoit de démêlé qu'avec l'Empereur & que les autres Etats n'y fussent pas interessez, elle n'avoit aucune raison d'exiger le consentement des autres Etats; car il ne suffit pas de dire qu'elle n'a eu aucune brouillerie avec l'Evêque de Wirtzbourg, ni avec les Ducs de Brunswick, puisqu'elle ne les a épargnés que pour son propre intérêt; pendant qu'elle a poursuivi avec le fer & le feu, de la manière la plus cruelle,

Les Electeurs { de Mayence,
de Cologne,
de Trèves;

Les Evêques { de Munster,
d'Osnabrug,
de Liege;

Les Païs { de Julliers,
de Berg,
de Darmstadt;
d'Oostfrise,
de Rithberg,
de Westerwald,
de Westphalie,

& les autres Comtes & Etats de l'Empire; & que dans le tems même qu'elle demande à être admise dans leur Assemblée, elle continue à y faire le dégât & à y mettre tout à feu & à sang.

A l'Article quatrième.

Il importe peu qu'on proteste le contraire; les Constitutions ni les Loix de l'Empire n'admettent pas cette manière, de rétablir l'ordre dans l'Empire. S'il arrive que quelques excès menacent l'état public de l'Empire, il faut y chercher un remède dans les Diètes publiques de l'Empire : voilà l'ordre prescrit par les Loix & par les Constitutions.

En vain la Landgrave prétexte la liberté publique; puisqu'il paroît par la réponse de Sa Majesté Impériale qu'elle veut qu'il ne soit rien fait contre la liberté des Etats, telle qu'elle est établie par les Loix fondamentales de l'Empire.

Mais il faut l'avouer, Monsieur le Landgrave a eu une raison moins publique que particuliere de prendre les armes. En effet il ne pouvoit se plaindre d'un côté de la sentence que l'Empereur Ferdinand second rendit contre lui le premier Avril de l'an mil six cens vingt-trois à Ratisbonne dans l'Assemblée de quelques Electeurs & Princes de l'Empire, en faveur du Landgrave George de Darmstadt touchant le Territoire de Marpurg; mais d'un autre côté il ne vouloit pas observer la Transaction passée à ce sujet; ainsi il falloit trouver un prétexte aux yeux du public. Mais il s'est montré en effet si éloigné des voyes de rétablir la tranquillité de l'Empire, qu'il n'a point fait dificulté de recevoir de Gustave Adolphe Roi de Suède l'Evêché de Paderborn, fondé il y a près de 900. ans par Charlemagne, comme un Fief masculin, à condition que sa Postérité venant à manquer, il retourneroit à la Couronne de Suède : la Convention qui en fut faite est publique.

A

Ad quintum Articulum.

Si Domina Landgravia putat se per exclusionem injusti belli condemnari, sequitur, si admitteretur, eo ipso per Cæsarem & Status ipsius rebellionem approbari, quam approbationem ut effugiant non minus interest Cæsaris & Statuum, ac ipsa Landgravia putat sua referre ne condemnata videatur; quo in conflictu æquum est majorem haberi rationem Cæsaris & Statuum utpote digniorum, juxta regulam moralem, cede majori.

Ad Articulum sextum.

In Conventione Præliminari actum quidem ut utriusque Partis Fœderati & Adhærentes per Imperium, qui Statuum nomine censentur, liberam ad loca Congressuum commeandi, cumque iisdem res suas tractandi facultatem habere debeant, ideoque Domini Plenipotentiarii Gallici in sua Plenipotentiâ clausulam istam insertam habuere, quod conjunctim cum suis Fœderatis ex unâ parte contrariâ tractare debeant, quæ verba certe re ipsâ omnes hujusmodi Fœderatos suos in reliquis quæ cùm Cæsare stant, sejungunt & separatos esse debere ostendunt.

Quod autem tales cum Gallis conjuncti Status ad Consultationes inter Status Cæsari devotos de Pace ineundâ admitti debeant, nec ullius quidem litterulæ apice cautum reperitur, nec etiam in componendâ ista Conventione de tali Paradoxo cogitatum unquam fuit.

Cum igitur tales Conventiones stricti juris sint & ad ea quæ nec dicta nec cogitata sunt extendi ullo modo possint nec debeant, satis inciviliter agunt Domini Plenipotentiarii Gallici quod prædictam Conventionem ad istum tam absurdum sensum detorquere conantur, Cæsar pro parte suâ satisfecit illi; Dominæ Landgravia Salvum-conductum huc conveniendi suasque res, ut lubet, vel separatim vel cum interventu Gallorum tractandi integre permisit, nihil præterea à Suâ Majestate postulari potest.

Nihil etiam juvatur Domina Landgravia Recessu Ratisbonensi; nam Cæsar tantum ibi de iis Statibus loquitur qui Suæ Majestati devoti & obedientes erant; quod satis patet cum ipsa à Consessu cum reliquis fuerit amota; deinde non ea fuerat mens Cæsari ut ea Conventio seu admissio in Conventum degenerare deberet Imperialem, adeoque per suffragia Ordinum Tractatus procederent.

Ad Articulum septimum.

Cæsaris Plenipotentiarii Osnabrugis nihil aliud contestati sunt quam omnes ad sessionem & suffragia admitti, quibus id de jure competit; sed satis est jam ostensum Domina Land-

---

A l'Article cinquiéme.

Si Madame la Landgrave s'imagine qu'en l'excluant, c'est l'accuser d'avoir fait une Guerre injuste, il s'ensuit qu'en l'admettant l'Empereur & les Etats aprouveroient sa revolte, & l'Empereur & les Etats n'ont pas moins d'intérêt de ne point paroître aprouver sa conduite, que Madame la Landgrave croit en avoir de ne point paroître avoir été condamnée : dans cette oposition d'intérêts il est juste que ce soit l'Empereur & les Etats qui l'emportent, comme ceux qui le méritent le plus, suivant la Regle de la morale, *il faut céder au plus grand.*

A l'Article sixiéme.

On a stipulé dans la Convention Préliminaire, que les Alliez & Adhérans des deux Partis dans l'Empire & qui sont compris sous le nom d'Etats, auroient une entière liberté de se rendre au lieu du Congrès & d'y traiter de leurs intérêts avec lesdits Etats : c'est pourquoi Messieurs les Plénipotentiaires de France, ont eu soin d'insérer cette clause dans leurs Pleinpouvoirs, qu'ils traiteroient conjointement avec leurs Alliez de parti oposé; or il est certain que ces termes separent ces Alliez en toutes autres choses de ceux qui sont dans le parti de l'Empereur, & font voir qu'on doit les considérer comme separez.

Quoiqu'il en soit, on ne trouvera pas une seule lettre qui puisse prouver que ces Etats joints avec les François, doivent être admis dans les délibérations que les Etats du parti de l'Empereur font pour parvenir à la Paix, & lorsqu'on dressa cette Convention, un pareil Paradoxe n'est venu dans l'esprit de qui que ce soit.

Or ces sortes de Conventions doivent être prises dans le sens le plus précis, & on ne peut les étendre aux choses qui n'ont été ni dites ni pensées : ainsi Messieurs les Plénipotentiaires de France ont assez mauvaise grace de donner ce sens recherché & absurde à cette Convention à laquelle l'Empereur a satisfait en ce qui le concerne, puisqu'il a accordé un Sauf-conduit à Madame la Landgrave, à laquelle il est libre de se rendre ici & d'y traiter de ses intérêts comme elle voudra ou séparement ou conjointement avec la France : on ne peut rien exiger au delà de Sa Majesté Impériale.

Madame la Landgrave ne peut tirer aucun avantage du Recès de Ratisbonne, car l'Empereur n'y parle que des Etats qui étoient devouez & obéïssans à Sa Majesté Impériale, ce qui paroît assez en ce que Madame la Landgrave y est expressément exclue de l'Assemblée avec les autres : outre que l'intention de Sa Majesté Impériale n'étoit pas que cette Convention ou admission dégénérât en Diette Impériale, enforte que les Traitez se fissent par les suffrages des Etats de l'Empire.

A l'Article septiéme.

Les Plénipotentiaires de l'Empereur à Osnabrug, n'ont avancé autre chose sinon qu'on devoit admettre à prendre séance & à donner leurs sufrages tous ceux qui y avoient droit; mais on a assez fait voir que dans la situation pre-

Landgraviæ hoc juris pro præsenti statu competere non posse, & vulgata est Juris regula, in omni generali concessione ea videri excepta, quæ quis verisimiliter in specie rogatus, non fuisset concessurus.

Ad Articulum octavum.

Neganda est consequentia, non enim sequitur : aliqui ex Statibus admiserunt Dominam Landgraviam, ergo omnes eam tenentur admittere : imo contra in Imperio obtinuit, ut quod à majori parte Decretum etiam à minori observandum veniat, nihil igitur prodest illa quasi sessio seu possessio.

Ad nonum Articulum.

Nihil refert sive ordinarius sive extraordinarius sit Conventus; semper enim obstant Domina Landgravia argumenta hactenus deducta : quidquid tamen sit, certum est Status eo modo eoque jure hic convenire, quo in Comitiis generalibus Imperii, Edicto Cæsaris convenire solent, ideoque postulasse à Suâ Majestate, ne quis futuro tempore objicere posset, Conventum hunc legitimum non fuisse, ut publico Edicto omnes Imperii Ordines moneat, quod vel ipsi venire vel suos Procuratores mittere velint.

Præterea Decretum jam ab his qui utrovis loco præsentes sunt, quod omnia juxta receptum in reliquis Imperii Comitiis modum peragi & concludi, atque hoc modo peracta & conclusa pro Pragmaticis Imperii Sanctionibus haberi & conservari debeant; ergo nulla hic est nisi circa subjectam materiam à cæteris solemnibus Comitiis differentia.

Ad decimum Articulum.

Errant vehementer Domini Plenipotentiarii Gallici, allegando Transactionem Passaviensem; nam ibi primò plenus Ordinum Imperii Conventus non fuit.

Secundò non fuerunt observati soliti inter Imperii Ordines consultandi modi.

Tertiò tractatum fuit inter Regem Romanorum Ferdinandum, nomine Cæsaris, Statusque Imperii Catholicos ex unâ, & Electorem Mauritium Saxoniæ Statusque Protestantes ex alterâ parte. Quarum utraque Pars alterius Partis postulata separatim cum suis expendit ; ideoque textus dicit post diuturnas scripto & voce factas concertationes tandem esse conventum &c.

Quartò præcipua earum rerum Tractatio, quæ Religionem & publicum universi Imperii statum concernebant, ad Publica Imperii Comitia proximè per Cæsarem indicenda rejecta est.

Quæ omnia aliter se in præsenti casu habent; sed enimvero quia Plenipotentiarii hanc Con-

Tom. I.   *ven-*

---

présente des choses Madame la Landgrave ne pouvoit prétendre ce droit, enfin qui ne fait la Régle du Droit, que dans toute concession générale, on en considére toujours comme exceptées les choses que vraisemblablement on n'auroit pas accordées, si on les avoit demandées en particulier.

A l'Article huitième.

On nie la conséquence que l'on tire de ce principe : car de ce que quelques Etats ont admis Madame la Landgrave, il ne s'ensuit pas que tous soient obligez de l'admettre ; le contraire même est en usage dans l'Empire, où le plus petit nombre est obligé d'observer ce qui a été résolu par le plus grand ; ainsi on ne peut rien conclure de cette prétendue séance ou possession.

A l'Article neuvième.

Il importe peu que l'Assemblée soit ordinaire ou extraordinaire ; puisque quelle qu'elle soit, les raisonnemens susmentionnez sont toujours contraires à Madame la Landgrave : quoiqu'il en soit, les Etats sont assemblez ici de la même manière que dans les Diettes générales ; ils ont coutume d'être convoquez par une Déclaration de l'Empereur, c'est pourquoi l'on a prié Sa Majesté Impériale d'inviter par une Déclaration publique tous les ordres de l'Empire à se rendre ici eux-mêmes ou par leurs Députez, afin qu'à l'avenir on ne vienne pas dire que cette Assemblée n'étoit pas légitime.

Ceux qui sont présens dans les deux Villes ont arrêté qu'on y régleroit, & concluroit tout de la même manière qu'il se pratique dans les Diettes Impériales, & que tout ce qui auroit été réglé & conclu de cette manière seroit considéré, & observé comme Pragmatique Sanction de l'Empire; ainsi cette Assemblée ne diffère des autres Diettes solemnelles que par les choses qui y sont traitées.

A l'Article dixième.

Messieurs les Plénipotentiaires de France se trompent fort lorsqu'ils alleguent la Transaction de Passaw ; car prémierement ce ne fut pas une Assemblée générale des Etats de l'Empire.

Secondement, on n'y observa pas la manière usitée de délibérer dans les Diettes de l'Empire.

Troisièmement on traita à Passaw entre le Roi des Romains Ferdinand, au nom de l'Empereur, & les Etats Catholiques d'une part, & l'Electeur de Saxe Maurice & les Etats Protestans d'autre part. Chaque parti ajusta séparément ses demandes avec ses Adhérans ; c'est pourquoi le texte porte qu'après avoir concerté pendant plusieurs jours de vive voix & par écrit, on étoit enfin convenu &c.

Quatrièmement, on y renvoya à la première Diette Impériale convoquée par l'Empereur, la conclusion des choses qui concernoient la Religion & l'Etat de l'Empire.

Il n'en est pas de même à présent ; mais puisque les Plénipotentiaires de France ont allégué

N n n   cette

ventionem pro se, quamvis imperitè, allegant; æquo animo pati debent ut etiam contra ipsos allegatur; dicunt enim ibidem porro quod istum articulum de postulatis Galliarum Regis attinet, cum is media quædam & conditiones proponat quarum aliquæ publicas Ordinum Imperii, alia vero privatas ipsius prætentiones concernant: de prioribus nihil cum ipso agendum superesse potest quia ejusmodi res quæ communem Imperii & Germanicæ Nationis statum & tranquillitatem respiciunt, ad solius Imperatoris, Regisque Romani, Electorum, item & Principum cæterorumque Statuum Imperii cognitionem, non vero ullos alios pertinent ad Status. Igitur persuasum habeant eandem etiam Cæsaris & Ordinum mentem esse.

Ad Articulum undecimum.

Æquitati minimè consentaneum esse ipsimet norunt Plenipotentiarii, quod Cæsar ob respectum honoris alicui conservandi, suo se proprio spoliare & ad ima subsellia dimitti debeat; Constitutione Imperii publica anno millesimo quadringentesimo nonagesimo quinto erectâ, & subsequentibus Imperii Recessibus sæpius confirmatâ prohibitum, non solùm Statibus sed & ipsi Cæsari, absque publico Ordinum consensu, cum exteris Fædera quæ in damnum Imperii tendere possent contrahere. Cum igitur Domina Landgravia in hanc peccaverit, pænam sustinere æquo debet animo.

Ad duodecimum Articulum.

Ex hoc sequitur quidem Tractationem Pacis cum oblivione injuriarum faciendam, id quod minimè negatur; sed propterea non evincitur quod, ante reconciliationem, in Consilium eorum Statuum, qui tantopere læsi sunt, admitti ullo modo debeat.

Ad decimum tertium Articulum.

Discedendi aut revocandi Legatos suos causam Domina Landgravia prorsus habet nullam, cum Cæsariani sæpius declaraverint se sufficientem cum ipsâ tractandi potestatem habere: quod si discedant re infectâ atque adeo non tentatâ, Deo committendum est.

Intereà verò Cæsari non deerit animus suam prosequendi justitiam, totique Orbi Christiano testatum faciendi quam injustis postulatis extrahere Pacis Negotium, tum ipsa tum ejus fautores conentur.

Quæ cum ita se habeant, hoc superesse potest ut videlicet cuivis cuiuis rerum æstimatori facillimum est dijudicare, Cæsaris Plenipotentiarios in præsentem admissionem consentire nec ullum eâ de re cor temperamentum subire omnino posse.

cette convention en leur faveur, quoique mal à propos, ils ne trouveront pas mauvais qu'on l'allégue aussi contre eux; ils pretendent qu'elle est aplicable à l'article des demandes du Roi de France, dans lequel il propose quelques moyens & quelques conditions dont les unes concernent les prétentions publiques de quelques Etats de l'Empire, & les autres les prétentions particuliéres. Quant aux premiéres, ce ne sont point ses affaires puisqu'elles regardent uniquement l'état & la tranquilité de l'Empire & de l'Allemagne, & qu'il n'y a que l'Empereur, le Roi des Romains, les Electeurs, les Princes & autres Etats de l'Empire qui puissent en prendre connoissance & non quelqu'autre Etat que ce soit. Ainsi ils doivent être persuadez, que l'Empereur & les Etats pensent de même à cet égard.

A l'Article onziéme.

Messieurs les Plénipotentiaires reconnoîtront sans doute qu'il n'est pas juste que l'Empereur, pour conserver l'honneur d'un autre sacrifie le sien propre & le respect qui lui est dû. Or il a été fait une Constitution de l'Empire en l'an mil quatre cens nonante-cinq, qui a été confirmée depuis par plusieurs Recès de l'Empire, & qui défend non seulement aux Etats de l'Empire, mais à l'Empereur même, de faire, sans le consentement public de la Diette, aucune Alliance préjudiciable à l'Empire, avec quelque puissance étrangére que ce pût être. Madame la Landgrave a péché contre cette Constitution, il est juste qu'elle en porte la peine.

A l'Article douziéme.

Il s'ensuit, sans doute, qu'en faisant la Paix on doit stipuler un oubli général de tout le passé, on en convient; mais il ne s'ensuit pas aussi delà qu'il faille admettre Madame la Landgrave, avant sa réconciliation, dans l'Assemblée de ceux qu'elle a si grievement offensez.

A l'Article treiziéme.

Madame la Landgrave n'a aucune raison de se retirer ou de rapeller ses Envoyez, puisque les Ministres Impériaux ont souvent déclaré qu'ils étoient suffisamment autorisez à traiter avec elle; ensorte que si ses Envoyez se retirent sans avoir rien terminé, ni même commencé, c'est à Dieu à qui ils en rendront compte.

L'Empereur ne manquera pas de vigueur pour se faire justice, & il prendra toute la Chrétienté à témoin de l'injustice des demandes de cette Princesse, qui par ce moyen concourt avec ses Alliez, à prolonger la conclusion de la Paix.

Les choses étant ainsi, il ne reste plus qu'à laisser juger tout homme équitable si les Plénipotentiaux de l'Empereur peuvent prêter l'oreille à quelque tempérament sur ce sujet, ou consentir à l'admission que l'on demande.

ANNOTATIONS

Sur les Points du Discours contre le Duc de Baviere en
Novembre 1645.

Premierement sur le premier est traité :

DE la prise de Donawert.
Que l'Electeur de Baviere fut Chef de la Ligue Catholique.
Le Traité d'Ulm.
Que l'Empereur transfére le haut Palatinat & la Dignité Electorale au Duc de Baviere.
Guerre d'Allemagne du Roi de Dannemark.
L'Assemblée de Ratisbonne l'an mil six cens trente.
La Bataille de Leipsig.
L'occasion se perd proche de Wirtzbourg d'attaquer le Roi de Suéde.
L'Electeur de Baviere entend à la Neutralité.
Ratisbonne prise & reprise.
Mort de Walstein.
L'Electeur de Baviere ne poursuit le fait de la Victoire de Nordlingue, d'où s'ensuit, le Traité de Prague, où le fils de l'Empereur est fait Roi des Romains.
Bannier chassé devers la Mer Baltique par Gallas.
Jean de Wert.
L'Electeur de Baviere ne veut pas que ses gens de Guerre passent le Rhin ; Brisac.
Que l'Electeur de Baviere favorise les François pour l'occupation de l'Alsace & de Brisac.

Au second Point est fait mention :

Que les François après avoir ruiné l'Empereur en veulent faire de même à l'Electeur de Baviere.
De l'Evêque d'Osnabrug.
L'Electeur de Baviere offre de mettre sous la protection de France, les Cercles de Franconie, Baviere & Suabe.
Les conditions proposées par les François à l'Electeur de Baviere, par un Jesuite, pour être sous leur protection.
Le Duc de Lorraine ; & que la France entreprendra quelque jour contre l'Electeur de Baviere de même que contre lui.

Est fait mention au troisiéme.

Que les Suédois s'opposeront à la Grandeur de l'Electeur de Baviere.

Le quatriéme ne traite autre chose sinon

Des malheurs & contradictions qui peuvent arriver aux enfans de l'Electeur de Baviere, après sa mort.

Tom. I.

Au cinquiéme est fait mention.

Que l'Electeur de Baviere consent de traiter de Paix avec la France, sous prétexte que ses Sujets se voyent dans l'impuissance de contribuer davantage aux frais de la Guerre.

Au sixiéme & dernier est parlé :

Que le Roi d'Angleterre ne voulut prêter main forte à son Gendre l'Electeur Palatin, lorsqu'il alla s'emparer du Royaume de Boheme, qui ne lui appartenoit pas, & pourquoi.
Que le Duc de Baviere doit empêcher les François d'envahir les biens des Mineurs de la Maison de Tirol, ses Voisins, pour ce que c'est contre le droit & raison.
Autres inconveniens qui arriveroient à son prejudice.
Qu'enfin l'Electeur de Baviere devroit quitter quelque portion du Palatinat, en faveur de la Paix & du rétablissement d'Allemagne. A Munster 1645.

LETTRE

DU MARQUIS DE

CASTEL-RODRIGO

A la République des

PROVINCES-UNIES

DES

PAIS-BAS,

Sur le sujet du Traité de Paix
avec le Roi d'Espagne.

Le deuziéme jour du mois de Décembre 1645.

MESSIEURS,

COmme il y a déja si longtems qu'il se traite à Munster, en l'Assemblée qui s'y tient,

Nnn 2   pour

pour arriver à une Paix Générale, & qu'à cet effet s'y trouvent les Ministres que le Roi mon Maître, y a envoyez, après qu'il en a eu de sa part, avec le même dessein, en la Ville de Cologne, qui y ont séjourné des années, ainsi qu'il est notoire; considérant les embarras, qui journellement se rencontrent en ladite Assemblée, empêchant non seulement de venir à la conclusion de ladite Paix, mais que l'on n'ait encore pu entamer la matière, au grand intérêt & dommage de toute la Chrétienté, & particuliérement de toutes ces Provinces du Païs-Bas, où il est arrivé encore tous les jours, de part & d'autre, l'effusion qui se voit; c'est pourquoi, sachant combien le Roi mon Maître a toujours désiré & désire encore un si grand bien, hors que les Ennemis publient le contraire; afin que l'on connoisse la vérité de sa bonne intention, il m'a semblé être de mon devoir de vous représenter combien facilement l'on pourroit faire cesser de si grands maux, en envoyant d'ici à la Haye des personnes qui traitent avec vous du moyen de couper broche à ces délais, ou de venir à une sure Paix ou Trêve, dont sans doute resultera celle de toute la Chrétienté. A quoi si vous êtes contens d'entendre, en m'envoyant des Passeports, je vous envoyerai incontinent des personnes naturelles de ce Païs, & qui vous soient agréables, avec Pleinpouvoir & autorité de traiter & conclure avec vous, en continuation des communications précédentes, à telles conditions, que vous aurez sujet de les juger raisonnables. En espérant que vous embrasserez volontiers ce moyen, qui est si conforme à la bonne volonté, qu'en autres occasions vous avez montré avoir au repos de toutes ces Provinces, qui est la vraye fin pourquoi se fait la Guerre, je ne ferai cette plus longue, en demeurant, Messieurs,

Votre très-humble Serviteur
LE MARQUIS DE CASTEL-RODRIGO.

De Bruxelles le 2. Décembre 1645.

La Suscription *A Messieurs Messieurs les Etats Généraux des Provinces - Unies des Païs-Bas.*

━━━━━━━━━━━━━━━━━━━━━

LETTRE

D'UN PARTICULIER

Etant à Munster;

Ecrite à un de ses amis à Paris l'entretenant des nouvelles qui s'y passent.

Du 6. Décembre 1645.

MONSIEUR,

JE ne saurois vous décrire en quel état je me trouve, ne recevant aucune Lettre de vous;

je ne sais à qui je m'en dois prendre, car vous savez que je vous ai écrit deux fois, depuis que Monsieur de Longueville est ici, & même je vous ai envoyé le petit Cahier que j'avois continué, auquel est l'entrée de Monsieur de Longueville, que je crois être sans faute, hormis les fausses d'écriture & la brieveté que j'y ai apportée. Je suis bien assuré que cette-ci vous sera renduë surement, car ce jeune homme a un extrême désir de vous servir & de vous offrir son service : c'est le fils d'un Chirurgien qui est venu ici deux fois, pour accoucher Madame. Ils s'en retournent ensemble; il doit demeurer quelque tems à Paris pour étudier en l'Ecole de Médecine; c'est un jeune homme qui est très-bonnête, & bien né, & qui désire fort d'avoir l'honneur de votre connoissance. Monsieur se porte bien, Dieu merci, il a eu son mal de jambe qu'il eut à la Haye, je crois que nous pourrons vous aller voir cet été.

Trautmansdorff ayant envoyé un Carosse à six Chevaux chez nos Messieurs, pour avertir qu'il étoit arrivé, Messieurs le furent visiter le 2. du courant avec les neuf Carosses, mais sans Suisses ni Gardes : il fut voir fon Altesse lundi quatriéme : c'est un homme qui est très-grand, très-laid, un nez retroussé, les yeux enfoncez, & paroît fort sévere, avec une méchante perruque sur les yeux; mais on dit qu'il est fort doux dans l'entretien; il peut avoir quelques soixante ans; il a plusieurs Comtes, Marquis, & Barons avec lui; mais on ne les a pas encore vus en ordre &c. Voici ses Titres & qualitez.

MAXIMILIEN Comte de Trautmansdorff & de Weinsperg, Baron de Gleikenberg, Neustat sur l'Oder, Negaw, Burgaw & Thosenbach, Seigneur de Theinits &c. Chevalier de l'Ordre de la Toison d'Or, Conseiller au Conseil privé de l'Empereur, fon Chambellan, fon Grand-Maître d'hôtel, Capitaine du Château de la Ville de Crats, & fon Ambassadeur Plénipotentiaire au Traité de Paix Générale à Munster & Osnabrug.

Il est loué pour son grand jugement en ce qui est des délibérations, sa vigueur de parler, la poursuite sérieuse aux affaires qu'il entreprend, pour y mettre une fin, & sa constance pour l'entretenement des résolutions & Traitez, de quoi l'on est demeuré d'accord.

Nos Ambassadeurs espérent plus que jamais une conclusion de Paix ou de Trêve, & l'on conviendra de remettre les affaires d'Allemagne à une Diette Imperiale, qui sera un grand abrégé. Vous croirez s'il vous plaît &c.

REPONSE

De la Republique des Païs-Bas, le neuvième du mois de Décembre mil six cens quarante-cinq.

A Monsieur le Marquis de Castel-Rodrigo.

MONSIEUR,

NOus avons vu la proposition écrite dans votre Lettre renduë par ce porteur, que vous nous faites de la part du Roi d'Espagne, touchant l'envoi des personnes naturelles du Païs-

Païs-Bas, pour traiter ici d'une ferme & fure Paix ou Trêve fous des conditions raifonnables. Nous en louons & eftimons votre bonne volonté & inclination, au regard de l'affaire au principal, & nous y correfpondons de bien bon cœur, afin que toutes les Provinces du Païs-Bas puiffent être mifes en repos avec le trafic & profperité : mais d'autant que la Ville de Munfter a été élûe d'un commun concert & confentement de tous les intéreffez, pour y traiter d'un repos général; il convient que les Miniftres du Roi votre Maître s'y trouvent avec effet, avec Pleinpouvoir & autorité, pour en faire des ouvertures ulterieures à nos Ambaffadeurs qui font fur leur départ vers ce lieu, avec Pouvoir fuffifant pour y entendre à la Négociation & conclufion d'un repos dans la Chrétienté; vous affurant qu'ils font pleinement inftruits de nos bonnes intentions fur ce fujet, & fingulièrement de couper broche à tous les embarras, délais, ou autres empêchemens, qui pourroient retarder ou accrocher une fi bonne œuvre. Sur ce nous nous fignerons, Monfieur,

Vos très-humbles à vous faire fervice,
Les Etats Generaux des Provinces-Unies.

Par Ordonnance d'iceux.

A la Haye ce neuviéme Décembre 1645.

EXTRAIT

Des propofitions faites par les Etats de l'Empire en leur Confeil tenu à Ofnabrug fur le fujet de la Paix Générale.

I.

LEs Couronnes étrangéres ne font point la Guerre contre l'Empire Romain, mais feulement contre l'Empereur & fes Adhérans, & par conféquent les Etats de l'Empire ne font point ennemis defdites Couronnes.

II.

L'oubli des injures paffées fe doit étendre jufques à l'année 1618.

III.

Sa Majefté Impériale ne fe doit point mêler de la Guerre du Roi d'Efpagne contre la France & le Portugal.

IV.

L'oubli des injures doit être réciproque vû que Sa Majefté Impériale en a fait auffi bien que les autres.

V.

Les Traitez entre les Catholiques & les Protestans doivent être révoquez, comme auffi ceux d'entre les Proteftans particuliérement en ce qui concerne tant les affaires Eccléfiaftiques & Séculieres que les Déclarations de prefcriptions, Privations de biens, Sentences, exécutions, Griefs des Etats, & Comté de Weteravie.

VI.

La reftitution & le rétabliffement de la Boheme doivent être preffez par les Couronnes: & le Palatinat ne doit être divifé en tant de parties.

VII.

On expofera dans l'Affemblée toutes les charges, oppreffions, & foules tant anciennes que nouvelles fouffertes tant par les Eccléfiaftiques que Séculiers.

VIII.

Il faut propofer les moyens d'ériger deux Chambres, l'une en Saxe l'autre dans la Franconie ou dans la Suabe en chacune defquelles il y aura feize Affeffeurs, dont la moitié feront Proteftans; la troifiéme demeurera à Spire au lieu de la quatriéme qui eft la Reichfchofrath ou Confeil de l'Empire, & les Chambres de Rotweil, de Haguenaw, & de Suabe, qu'ils appellent Landsgbericht & Vogteighericht, feront fupprimées.

IX.

La Déclaration d'un banniffement hors des Etats appartient à la connoiffance des Etats en une Journée Impériale.

X.

L'Election d'un Empereur Romain appartient aux Princes Electeurs.

XI.

Il ne doit point commencer de Guerre que du fçu & confentement des Etats.

XII.

Il ne faut point bâtir de Forterffes dans le Païs des Etats fans leur confentement.

XIII.

Il faut démolir Phillipsbourg, Benfeld, Pelesbourg, & Ofnabrug.

XIV.

Il faut s'accommoder aux defirs particuliers de Sa Majefté Impériale.

XV.

Les Officiers ne payeront point de Tailles, d'Impôts, & Tribut ni autres Charges.

XVI.

On délivrera les Prifonniers.

XVII.

Il faut intercéder pour la liberté du Prince de Bragance auprès de Sa Majefté Impériale.

XVIII.

XVIII.

Les Couronnes expliqueront leurs intentions avec les circonstances du tems & des personnes.

XIX.

Il faut procurer à un chacun la restitution de ce qui lui est dû.

XX.

L'affaire de la Lorraine consiste en la Déclaration des François.

XXI.

Après qu'on aura résolu du licenciement des armées, il faut voir quel nombre de gens un chacun se reservera.

XXII.

Il sera permis aux autres de s'aller habituer dedans ou dehors l'Empire.

XXIII.

Le Trafic & le Commerce seront remis en leur premier état.

XXIV.

Il faut lever les nouveaux Péages & impôts & l'augmentation des vieux dans l'Allemagne.

XXV.

Nommer ceux qui doivent jouïr de la Paix.

XXVI.

En cas qu'il se commette quelque chose contre la Paix, il sera pacifié & appaisé à l'amiable.

XXVII.

Enfin la Trève ou suspension d'armes sera remise au bon jugement des Couronnes pour des considérations particuliéres.
Donné à Osnabrug le 10 Décembre 1645.

Griefs des Etats de l'Empire, nommément des Protestans.

EXTRAIT

Du Mémoire des Députez de la Confession d'Ausbourg à Osnabrug présenté aux Députez des Etats de l'Empire à Munster & aussi aux Ambassadeurs de l'Empereur, de France & de Suéde au Mois de Decembre 1645.

I.

Que les Evangéliques qui changeront de Religion & feront profession de la Confession d'Augsbourg ne doivent pour cela perdre leurs Evêchez & autres Bénéfices Ecclésiastiques; & que ceux de ladite soient admis aux Canonicats ainsi que ci-devant.

II.

Que les Etats Evangéliques, nommément les Villes Impériales & la Noblesse libre, puissent disposer des Bénéfices Ecclésiastiques situez dans leur Territoire, & que les Villes & Etats dépendans des Princes Catholiques soient conservez à l'exercice de ladite Confession d'Augsbourg, comme ils en jouïssoient en l'an mil six cens dix-huit.

III.

Que les Etats Catholiques permettent dans leurs Territoires l'exercice public de la Religion à ceux de la Confession d'Augsbourg; grandes plaintes des violences exercées contre ceux de ladite Confession d'Augsbourg, ce qui s'entend de la Stirie, de la Carinthie, Carniole, & de l'Autriche, & que les fils d'Auguste Comte Palatin soient rétablis en l'état qu'ils étoient l'an mil six cens dix-huit.

IV.

Qu'il soit pourvû aux revenus Ecclésiastiques au Territoire des Catholiques qui appartiennent aux Hôpitaux & Colleges de la Seigneurie des Protestans.

V.

Que la Jurisdiction Ecclésiastique des Catholiques contre les Protestans cesse, & nommément le Concordat entre l'Empereur Frédéric Troisiéme, & le Pape Nicolas, en vertu duquel les Papes ont quelques mois pour nommer aux Bénéfices Ecclésiastiques.

VI.

Que l'Edit de l'Empereur Ferdinand II. en l'an mil six cens dix neuf contre ceux de la Confession d'Ausbourg ne soit point consideré & qu'il soit permis d'écrire contre les Edits de Pacifications de la Religion.

VII.

Que l'on n'ait égard à la pluralité des voix ès différends pour la Religion ni aussi pour ce qui est des Contributions ausquelles on voudra assujettir les Protestans.

VIII.

Qu'aux Députations ordinaires le nombre des Députez des Etats Evangéliques soit égal à celui des Catholiques; que ces Députations ne s'attribuent le pouvoir qui appartient aux Diettes Impériales & à tous les Etats de l'Empire; & qu'aux Députations extraordinaires le nombre soit égal tant d'une Religion que d'autre.

IX. Que

IX.

Que la Ville de Donawert foit remife en l'état pour la Religion & les chofes féculiéres ainfi qu'elle étoit ci-devant.

X.

Que la Juſtice foit adminiſtrée également aux Proteſtans comme aux Catholiques.

XI.

Des excès du Confeil Aulique de l'Empereur & les violences exercées par ce Confeil contre ceux de la Confeſſion d'Ausbourg.

XII.

La longueur pour rendre la Juſtice par la Chambre Impériale de Spire comme il appert entre autres du procès du Comte de Witgenátein contre l'Electeur de Trêves.

XIII.

Les Plaintes contre la Chambre de Juſtice à Rotweil & contre celle de Sueve & de Haguenaw : les remédes.

XIV.

Qu'au lieu du Confeil Aulique de l'Empereur & de la Chambre Impériale de Spire il y ait quatre Cours Souveraines pour la Juſtice, à ſavoir le Confeil Aulique pour le regard des Cercles & Provinces d'Autriche & Baviere, la Cour de Spire pour les deux Cercles du Rhin & le Cercle de Bourgogne, la Cour de Saxe pour la haute & baſſe Saxe, la Weſtphalie, & celle de Franconie pour la Franconie & la Suéve.

XV.

Que les Cours pour la Juſtice à Rotweil, de Sueve, & Haguenaw foient abolies.

XVI.

Que leſdites quatre Cours Souveraines foient compoſées de ſeize ou douze Juges qui feront le ſerment d'entretenir la Capitulation Impériale aux conditions ſous leſquelles l'Empereur a été élu & de plus le Traité de Paix qui ſe doit faire; ils feront preſentez par les Etats du Cercle & feront les deux Religions en nombre égal.

XVII.

Les Cercles entretiendront à leurs depens leſdites Cours ſouveraines ; & en cas de parité de voix des Aſſeſſeurs des deux Religions, l'affaire ſera envoyée à la connoiſſance d'une Diette Impériale.

XVIII.

Que nul des Etats de l'Empire ne foit mis au Ban & proſcrit qu'avec connoiſſance de cauſe & en une Diette Impériale ; & nul ne foit offenſé en ce qui eſt de la Religion & de la conſcience.

XIX.

Les Sujets des Etats de l'Empire demeureront ſous la juriſdiction ordinaire.

XX.

Les Ajournemens & Commiſſions deſdites Cours feront faits ſous le nom de l'Empereur.

XXI.

Il y aura deux Préſidens en chacune Cour Souveraine pour la Juſtice qui feront de l'une & l'autre Religion & feront preſentez par l'Empereur.

XXII.

La Juriſdiction pour les Fiefs Royaux & la Paix enfrainte réſervée à l'Empereur.

XXIII.

Que les Aſſeſſeurs au Confeil Aulique foient élus de chaque Cercle.

XXIV.

Que les Cauſes du Confeil Aulique ne foient renvoyées devant ou après le jugement au Confeil étroit de l'Empereur ni au Confeil de Conſcience.

XXV.

Que les Conſidérations des Députez de Francfort derniérement aſſemblez & ceux de la Chambre Impériale de Spire en ce qui regarde la Juſtice foient renvoyées en la prochaine Diette Impériale.

XXVI.

Qu'il foit ordonné en ladite Diette des Viſitations deſdites Chambres.

XXVII.

Et finalement qu'il foit pourvu de reméde convenable aux Etats de l'Empire & à leurs Sujets qui ſe trouvent extrêmement endettez à cauſe des Guerres paſſées.

Sauf encore à tout ce que deſſus d'y ajouter, changer ou diminuer.

DISCOURS

Faisant à la Négociation de Munster présenté par un Danois à Sa Majesté Danoise.

Cujusdam Ministri fidelis ad Regem suum super hodierno publicarum rerum Germaniæ, sive Europæ statu, Relatio & Consultatio : anno Domini 1645.

EX peculiaribus uniuscujusque loci relationibus, quas in Majestatis Vestræ manus secretioribus à me notis conscriptas venisse existimo, ipsa, ni fallor, satis intellexit me nulli curis, sumptibus & periculis pepercisse, ut mandatis suis satisfacerem. Nunc vero conscissa hujusmodi membra cum ad corporis formam necesse sit coalescere, ut uno intuitu illorum compages & anima, quæ hic, ut in corpore humano tota est in toto & tota in singulis partibus, tam Majestati Vestræ quam intimo suo consilio innotescat. Idcirco hic per contrariam anacephalæosim unaquæque suis distincta sedibus reponentur.

Im ipsis primùm Majestatis vestræ Regnis non tam per me quam per nobilioris notæ speculatores quos adumbratis nominibus & causis undequaque disseminaveram statim percepi, Snecorum, Gallorum & Batavorum studiis & artibus nonnullorum animos attentatos, aliorum inflexos & quorumdam temeratos, sed jam erroris sui conscios, & pænitentes cognita veritatis luce, cui plurimas tenebras Majestatis Vestræ invidi offuderant; insusurrabant enim eam secretà propensione in Imperatoris & Poloni res ac affectus descendisse, unde Danicis Statibus & Populis circa quietem & Religionem, tum antiqua Gentis privilegia, periculi multum imminerent; Majestatem Vestram Regi Angliæ, contra Parlamentarios insensissimos Papisarum hostes, auxilia subministrasse; Hamburgum, stationem iisdem Danicis Populis amicam & vicinam, iisdemque Papisis multùm adversam, armatâ manu lacessisse; insolitis ad mare Balthicum vectigalibus Confœderatorum odia provocasse, Pacis denique generalis Præliminaria nullatenus Galliæ & Sueciæ postulatis accommodasse. Hæc & similia suggerebant, quibus tantam quantam modo videmus Subditorum Majestatis Vestræ devastationem, operirent.

Lustratâ Patriâ, contuli me ad Civitates Hanseaticas & Comitatum Oldemburgensem, ubi triplicis illius funiculi Gallo Batavoque & Sueciæ laqueos jam extensos reperi, & per speciosam neutralitatis larvam ignes suppositos cineri dolosò fucum dilure statim conatus sum; proposito naturæ exemplo quæ docet eorum quos ipsamet Cœlo & Solo conjunxit inexpugnabilem fore societatem, si sibimet constent; secus verò, si patiantur inter se, quocumque prætextu, ejusdem societatis vincula luxari; nonnullas equidem ex multis præstigias solvi.

Relation de la situation présente des affaires de l'Allemagne & de l'Europe faite pour un fidèle Ministre au Roi son Maître en 1645.

JE suis persuadé que votre Majesté aura suffisamment reconnu, par les relations particulieres, que je lui ai envoyées écrites en chifres, que je n'ai épargné ni peine ni dépense, & que je me suis exposé à tous les dangers, pour exécuter ponctuellement ses ordres. Il s'agit présentement de réunir ces membres détachez pour en former un corps, afin que votre Majesté & son Conseil privé en voyent d'un coup d'œil toutes les liaisons & l'ame qui ici comme dans le corps humain est toute dans le tout & toute dans chaque partie : c'est pourquoi je vais dans une recapitulation remettre toutes choses en leur place.

J'ai trouvé d'abord dans les Etats de votre Majesté, non tant par moi-même que par des espions d'un rang distingué que j'avois dispersez de côté & d'autre sous des noms & pour des raisons suposées, que les artifices des Suédois, des François & des Hollandois avoient ébranlé quelques-uns de vos Sujets, que d'autres étoient restez inflexibles, & que quelques-uns avoient entierement donné dans leurs pieges, mais qu'aiant reconnu leur erreur, ils s'en repentoient à la vûë du flambeau de la verité que les envieux de Votre Majesté couvroient de ténébres; en effet ils faisoient courir le bruit que Votre Majesté panchoit secretement vers les interêts de l'Empereur & du Roi de Pologne, ce qui menaçoit d'un danger éminent le Dannemarck, & la tranquillité, la Religion & les privileges de ses peuples; que votre Majesté avoit donné du secours au Roi d'Angleterre contre les Parlementaires qui sont les Ennemis déclarez des Papistes; que vous aviez insulté à main armée la Ville de Hambourg, si fidele aux Danois & si ennemie des Papistes; que vous aviez irrité les Alliez, en imposant des droits extraordinaires dans la mer Baltique; enfin que vous n'aviez pas ajuté les Préliminaires de la Paix générale sur les demandes des François & des Suédois. Voilà les bruits qu'ils repandoient, & qui selon eux devoient être la cause des maux extrêmes où sont exposez les Sujets de Votre Majesté.

Après avoir parcouru ma Patrie, je suis passé dans les Villes Anséatiques & dans le Comté d'Oldembourg, où j'ai trouvé que les piéges de la Triple Alliance des François, des Hollandois & des Suédois s'étendoient de tous côtez; je me suis couvert du masque de la neutralité, à la faveur duquel j'ai tâché d'éteindre les étincelles cachées sous la cendre; en leur proposant l'exemple de la Nature même, qui nous enseigne que l'union de ceux qu'elle réunit du Ciel sur la Terre sera inébranlable tant qu'ils seront d'accord, mais qu'ils éprouvent les plus grands malheurs de la discorde aussitôt qu'ils souffrent que sous quelque prétexte que ce soit les nœuds de leur union se délient. J'ai conjuré ainsi quelques-uns des prestiges qui

solvi; quibus inclusa in hac Majestatis Vestræ aggregatione omnium divinorum, humanorumque jurium violatio tegebatur: sed quamvis suum veritati decus restituerint, ad hoc tamen tantum evaluit ut majores deinceps blandientium hostium technæ & insidiæ vitarentur, non vero ut apertâ vi & conjunctis cum Majestate viribus reprimerentur.

Hinc ad Brunsuicenses Dynastas profectus sum, quos Suecicæ ambitionis pertæsos, Majestatis Vestræ studiosos & amantes, sed Galliæ pollicitationibus aliquantulum captos animadverti, cujus videlicet patrocinio sibi persuadeant ad quasvis conditiones Imperatorem in Pacis generalis Tractatibus adducturos; posthabito nuperrimæ reconciliationis tenore, in cujus spei fundamentis agnovi quamplurima futurarum in Imperio dissentionum semina, subtili manu & sub splendidis amicitiæ velis fraudulenter projecta fuisse, quæ operâ & industriâ conductorum magno pretio hominum penes eosdem Principes & alios in dies magis magisque excolebantur, adeo ut sanguinis impetus qui sponte ad vindictam illatæ in Majestatem Vestram injuriæ efferuescebat, Gallorum respectu, qui res Suecorum ut suas agunt, aliquatenus intepesceret. Hanc optimarum alioqui in Brunsuicensibus Dynastis intentionum remoram amovere non dubitavi tam validis argumentis, ut Germani illi Principes ad Germanos affectus, repudiatis exterorum suggestionibus, ante discessum meum rediisse videntur.

Penetravi posteà ad Aulam Electoris Brandeburgici, quem variis agitatum consiliis, & ex rerum eventu multa metiri cupientem observavi. A quibusdam Secretioris sui Consilii, quos dudum amicissimos habueram, confidenter petii utrùm adhuc potiundi Regni Suecicæ, per ostentatum Reginæ matrimonium, cogitationibus inescaretur, responderunt apud callentes directionis Suecia jam ab hujusmodi viminibus viscum decidisse, & penitus elicuatum, cum satis constet Oxenstierna factionis, incremento eam sensim alluvionem augeri, quâ fundi superficies & natura mutetur, tandemque Monarchia in Anarchiam desinat, Anglis & Batavis huic voto palam, Gallis vero clam aspirantibus, quo tutius de Regno per stipendiarios illius Proceres disponere queant; non attenta primi exempli consequentia penes ipsammet Galliam, durante præsertim Regis minoritate, adeo omnibus turbinibus impervia sua lilia esse arbitrantur. Obstupui ad hujus attentati recitationem, magisque adhuc ubi adivi ipsummet Electorem illius jam non amplius ignarum, cum se hinc amitam & consobrinam dotalitiis hæreditariisque juribus exui cognosceret, hærere tamen dubium in tuendis Majestatis vestræ partibus, contra hujusmodi non modo famæ suæ ludificatores, sed ditionum suarum usurpatores, & familiæ suæ violentos undequaque spoliatores; cui admirationi meæ nihil penitus opposuerunt, præter metum de potentiâ Gallo-Suecicâ conceptum, quam multi per totam Germaniam coempti buccinatores mirificè prædicabant. Addiderunt novis unicæ Aurelianensis Ducis filiæ nuptiis, unde eundem Electorem magno Gallorum artificio lactari: objeci ergo nihil inde Serenitati Suæ extraordinarii effulgere, Supremo enim Principi alterius Prin-

qui dans cette union avec Votre Majesté couvroient la violation de tous les droits divins & humains; mais quoiqu'ils ayent rendu homage à la vérité, tout son pouvoir s'est borné à leur faire éviter les piéges les plus grossiers de leurs Ennemis adulateurs, mais il a eté impossible de les engager à joindre leurs forces à celles de Votre Majesté pour les repousser vigoureusement.

Je suis passé de là chez les Princes de Brunswick que j'ai trouvé autant affectionnez à Votre Majesté qu'irritez de l'ambition des Suédois; cependant un peu épris des promesses de la France & se promettant d'obliger l'Empereur, avec la protection de cette Couronne à accepter toutes les conditions de Paix qu'on voudra lui imposer : ils semblent avoir oublié leur reconciliation encore toute recente, & j'ai remarqué dans les raisons de cette espérance la source des dissentions qui menacent l'Allemagne, source entretenue sous les dehors éblouïssans de l'amitié par une main habile qui fait avec adresse la rendre de plus en plus précieuse à ces Princes & à d'autres; ensorte que j'ai vu l'ardeur avec laquelle on vouloit vanger l'insulte faite à Votre Majesté, se ralentir par respect pour les François qui menagent les intérêts des Suédois en même tems que les leurs. J'ai fait ce que j'ai pu pour arracher cette remore qui arrêtoit tout d'un coup l'effet des bonnes intentions de la Maison de Brunswick, & j'ai mis en œuvre tant de bonnes raisons que j'ai cru entrevoir à mon départ que ces Princes reprencient des sentimens favorables à l'Allemagne, & qu'ils cessoient d'écouter les suggestions des Etrangers.

Je me suis rendu de là à la Cour de l'Electeur de Brandebourg; je l'ai trouvé dans l'incertitude & qui attendoit l'événement pour prendre son parti : je m'informai de quelques-uns de ses Conseillers privez, qui sont de mes amis, s'il se nourrissoit encore de l'espérance de posséder la Couronne de Suéde en épousant la Reine : ils me répondirent que ceux qui connoissoient la conduite des Suédois ne se laisseroient pas prendre à cet apas, d'autant plus qu'on étoit certain que les choses changeroient de face à proportion que la faction d'Oxenstiern prendroit le dessus, en sorte qu'on ne desespéroit point de voir cette Monarchie changée en Anarchie, ce que les Anglois & les Hollandois souhaitoient sans même s'en cacher, & la France d'une manière un peu plus dissimulée, afin de disposer de ce Royaume à leur gré par le moyen des Grands qui sont leurs pensionnaires, sans que la France fasse attention aux conséquences de ce premier exemple, sur tout pendant la minorité du Roi; tant ces peuples se persuadent que les loix lui sont à couvert de toute révolution. J'avouë que j'ai été étonné au récit de cet attentat; sur tout lorsque j'apris que l'Electeur même ne l'ignoroit pas & que quoiqu'il vît sa tante & sa cousine exposées à perdre leurs douaires & leurs héritages, il balançoit encore s'il prendroit le parti de Votre Majesté contre ceux qui attaquent son honneur, usurpent ses Etats, & pillent impitoyablement sa famille : ils n'eurent rien à opposer à l'étonnement où j'étois que la crainte que l'on avoit de la puissance des Suédois que des panégyristes bien payez ne manquoient point de faire sonner bien haut dans toute l'Allemagne. Ils ajoutérent que les François leurroient à présent l'Electeur de l'espérance de lui faire avoir la fille unique du Duc d'Orléans : je répondis que ce n'étoit pas un honneur fort extraordinaire pour un Prince Souverain d'épouser la Sujette d'un autre Prin-

Principis Subditam nubere, Gallam Germano, Papisticam Evangelico , parùm utile videri cum ex tantis hujusmodi luminarium oppositionibus ut Solis & Lunæ sit Eclipsis metuenda : quibusdam risum mea movit objectio , quibusdam cachinnum , quam Borbonici Sanguinis exaltatione , promissæ dotis exageratione , & arctissimâ Papistarum Gallorum cum Evangelicis Germanicis concordiâ refutarunt. Quoad generis splendorem non potui concedere Hugoni Capeti descendentes Ethiconis Principis Welphorum , cujus filiam Ludovicus Imperator Lotharii filius in uxorem duxerat Successoribus esse præferendos ; circa dotis promissæ amplificationem monui seriò ut valorem tam intrinsecum quam extrinsecum nummorum Gallicorum inquirerent, quot occulta quædam nescio an virtus an malignitas per itinerum intervalla plerumque minuere aut adulterare solent, concordiam cum nostræ Religionis fratribus non impugnari , sed uniformem esse minimè concessi , seu res , seu personas , seu tempora spectemus ; pro quorum omnium varietate Gallicæ Religionis & amicitiæ usus & appellatio variantur, opponendo aliquando Evangelicos Papistis , tum Papistas Evangelicis , rursus iisdem Evangelicis Evangelicos , iisdem Papistis Papistas , tum utrisque Othomannos & quod magis industriosum est , componendo vice versâ Evangelicos cum Papistis & Papistas cum Evangelicis , cum quibusdam ex utroque grege Mahometanos ut etiamnum ex dispositionibus præsentis belli Hungarici satis apparuit.

Deindè intra paucos dies ad Aulam Saxonicam appuli , ubi Serenissimum Electorem intrepidè & candidè in omnibus procedere illicò mihi constitit ; nec opus fuit magno circuitu aut multâ præparatione ut mentem ejus invaderem , ultrò enim venienti occurrit , in has continuo voces erumpens , Deo , Cæsari, Patriæ fidem & vitam domus , oppressis vero amicii opem legitimam , in quos hodiè Sueci eorumque asseclæ ruptis belli commerciis , imo ipsius Christianismi legibus contra Christianum re & nomine Principem qualis est Daniæ Rex immaniter pugnant , aliis imponant quantum volent aut quantum poterunt nunquam à me quocumque modo extorquebunt , ut libertatis Germanicæ assertores & vindices eos reputem , qui membratim illam vel captivitati vel internecioni tradunt , quia more vulpium ingressi sunt , ut lupos voracissimos præberent , huic & illi auxiliatrices manus porrigendo quas indifferenter tam Evangelicorum quam Papistarum exuviis onerarunt , supercidit ignis , & nos vidimus lucem ; atque utinam citius antequam claustra Baltici maris occupassent , Confœderatorum suorum præcipuas Ditiones retinuissent , omnemque fere pecuniam & supellectilem eorum , in quorum auxilium se venisse simulabant , in Sueciam transtulissent , imo personas ipsas præcipuorum Imperii Principum , tanquam vilissima mancipia , tyrannicè conculcassent.

Expertus loquor nec modo penes defunctum Gustavum Regem , sed ipsum etiam Oxenstirnam qui , suæ meæque conditionis immemor , inter Aulicos suos me recensere non erubescebat , eâdem hodiè temeritate in prædictum Daniæ Regem , sine in-

& que je ne voyois aucun avantage dans l'Alliance d'une Françoise avec un Alleman , d'une Papiste avec un Protestant ; & qu'au contraire il étoit à craindre que l'opposition de ces luminaires ne causât quelque éclipse telle que celle du Soleil & de la Lune : ma comparaison en fit sourire quelques-uns & fit rire les autres à gorge déployée : ils tâchérent de la réfuter en faisant l'éloge de la Maison de Bourbon , en exagerant la dot de cette Princesse , & l'union qui étoit entre les Papistes de France & les Protestans d'Allemagne. Je ne pus leur accorder , quant à l'extraction , que les descendans de Hugues Capet pussent l'emporter sur les Successeurs d'Etichon Prince des Guelphes dont la fille épousa l'Empereur Louis fils de Lothaire : pour ce qui est de la dot qu'on m'exageroit , je les avertis serieusement d'examiner soigneusement la valeur extrinséque & intrinséque des Pistoles de France , parce qu'une vertu ou une malignité cachée avoit coutume de les diminuer ou alterer terriblement sur la route ; je ne m'oposai point à la concorde des Papistes avec ceux de notre Religion, mais je soutins qu'elle ne me paroissoit guere uniforme soir que l'on considere les tems , les choses , ou les Personnes qui sont ordinairement cause d'une variation perpétuelle dans l'usage & dans le nom de la Religion & de l'amitié parmi les François , qui quelquefois oposent les Protestans aux Papistes , puis les Papistes aux Protestans , ensuite les Protestans aux Protestans & les Papistes aux Papistes , & après cela les Ottomans aux uns & aux autres ; & ensuite ils ont l'adresse d'accorder les Protestans avec les Papistes, les Papistes avec les Protestans & les Mahometans avec les uns & les autres , ainsi qu'on l'a vû dans la derniére guerre de Hongrie.

J'ai pris quelques jours après la route de la Saxe , où j'ai trouvé l'Electeur agissant toûjours en toutes choses avec la même vigueur & la même candeur. Je n'eus besoin ni de beaucoup de discours ni de beaucoup d'adresse pour connoître ses sentimens. Il me prévint en ces termes, donnons fidelement notre vie pour Dieu, pour l'Empereur , & pour la Patrie , & un secours légitime à tous nos amis oprimez par les Suédois & par leurs Adherans qui violent toutes les Loix de la Guerre & celles du Christianisme en attaquant comme ils font un Roi Chrétien de nom & d'effet tel que le Roi de Dannemarck ; qu'ils en fassent accroire aux autres autant qu'ils voudront ou autant qu'ils pourront , ils ne me feront jamais regarder comme les vengeurs de la Liberté Germanique ceux qui la réduisent peu à peu dans l'esclavage ou dans un état encore pire , qui après s'être introduits en renards se conduisent en loups afamez , qui en prêtant indifferemment les mains pour secourir tout le monde les remplissent indifferemment des depouilles des Protestans comme de celles des Papistes : le feu a cessé & nous avons vû la lumiére, plût au Ciel que c'ait été plûtôt & avant qu'ils se fussent emparé des clefs de la Mer Baltique, qu'ils se fussent saisis des Etats de leurs Alliez, qu'ils eussent emporté en Suéde l'argent & les meubles de ceux au secours desquels ils feignoient de venir , & qu'ils eussent traité comme de vils esclaves les Princes mêmes les plus considérables de l'Empire.

J'en parle , disoit-il , avec connoissance de cause, & je sai ce que j'ai souffert non seulement du feu Roi Gustave, mais d'Oxenstiern même qui oubliant qui il étoit & qui je suis,n'avoit pas honte de me mettre au nombre de ses Courtisans ; ils agissent de même aujourd'hui avec
le

indictione & titulo contumeliosè invehuntur; suf-
ficiet enim nefariis quibuscumque illorum cupidita-
tibus non ad nutum obtemperasse , ut lesæ Ma-
jestatis reas ipsasmet Regum Majestates censeant
& damnent. Hac Electoris Saxonici à Suecis alie-
natione , tam luculento penes me testimonio confir-
matâ , non opus fuit ut illius Consiliarios tanquam
rivulos adirem cum ad scaturiginem pleno longo-
que haustu jam sitim extinxissem; sed tamen ne
minori quam par esset verecundiâ , penes ipsummet
suum de Gallorum Confœderationibus & intentis
judicium perquirerem , quod unum mihi supererat
investigandum , satius duxi à nonnullis Proceri-
bus suis expiscari quod pari quâ antea facilitate
assecutus sum : ad solum enim, Gallorum nomen
Electori nauseam moveri assecurarunt , nec sine
causâ cum paternis vestigiis filium aberrare & eum
à Pragensi Pacis constanti observatione averti
posse variis modis sed perperam huc usque autu-
massent , juvenis illius Principis optimâ indole pro-
positas omnes ad hanc domesticam divisionem ille-
cebras superante , quas Richelianæ Doctrinæ ex
asse hæres Mazarinus, ipsius Populi Saxonici com-
positis ad tranquillitatem votis illimibat , quam
quietem à Gallicâ Suecicâque amicitiâ consequen-
dam suggerebat , non vero sub Austriacæ Gentis
cadente potestate & antiquo in Lutheranos odio.
Tunc quidam de illo Austriacorum occasu , simul-
que in Lutheranos odio censerent percunctatus
sum , subridentes responderunt tot Cæsarum do-
mum absque convellentium exitio convelli non pos-
se (ut credebat Tacitus de Republica Romana)
nec Regem Hispaniæ bellatorem esse unius anni ,
quin sibi meritò poeticum illud arrogaret:

Major sum quam cui possit Fortuna nocere,

Multaque ut eripiat, multo mihi plura relin-
quet.

Quod quotidianâ experientiâ ipsâque rerum na-
turâ comprobatur, cum nuperrimus adhuc Indicæ
Classis adventus plus illi pecuniarum contulerit quam
decennales Gallici Suecicique Regni contributiones
suppeditare queant ; licet jam ad Subditorum ossa
& medullas, pellibus & carne consumptis, pene-
trarint. Secundam vero interrogationis meæ par-
tem de Austriacorum in Lutheranos odio difficilio-
ris indaginis videri , cum Religionem Papisticam
in suis Statibus solam patiantur ; sed , quidquid
sit , comparatione cum Gallis factâ , minus adhuc
illis quam Austriacis fidendum, cum Calvinista ,
Lutheranis quamvis recentiores , suas in Gallia
sedes invenerint, quas nunquam Lutherani inve-
nire potuerunt ; & licet obtinuissent , nedum
securitatis præcauto hinc eis superesset apud hanc
Gentem, quæ ut Pardus nunquam exuet varie-
tates suas, quatenus ipsimet Calvinista dicato A-
postolis dies obliterarent, illum D. Bartholomæi
rubris caracteribus possent adnotare , superioribus-
que annis , non sine maximâ suorum internecione
sibi eas urbes eripi viderunt, quas tandem ejus-
dem securitatis obsides ipsis Henricus quartus tradi-
derat : & licet nullatenus in Religionem Calvi-
nisticam tunc Richelius sæviret, maluerisque ea-
rum urbium mœnia , quam Calvinistarum templa
diru.

---

le Roi de Dannemarck sans raison & sans lui a-
voir auparavant déclaré la guerre : il suffit de
ne pas obéir à leurs criminelles volontez, aussi-
tôt ils vous déclarent, les Rois mêmes, coupables de Leze-Majesté. Après une preuve si
sensible de l'indignation de l'Electeur contre les
Suédois, je n'eus pas besoin de consulter ses
Conseillers; il n'est pas necessaire d'aller chercher les ruisseaux quand on peut éteindre sa
soif à la source même; cependant de crainte de
paroître perdre le respect en m'informant de lui-
même touchant ce qu'il pensoit des Alliances avec
la France, ce qui étoit la seule chose qui me restoit à savoir, je jugeai à propos de m'adresser
à quelques Seigneurs de la Cour, & je réüssis
avec la même facilité qu'auparavant : ils m'assurerent que l'Electeur ne pouvoit seulement entendre prononcer le nom des François, & avec
raison, puisqu'ils croyoient le fils capable de
condamner la conduite de son père & de violer le Traité de Prague ; mais leurs intrigues
ont été inutiles, puisque ce jeune Prince a eu
le courage de résister à toutes les tentations qu'a
fait le Cardinal Mazarin, digne héritier des maximes de Richelieu ; pour le faire entrer dans
cette division intestine, en lui promettant le rétablissement de la tranquilité dans la Saxe ; ce
qu'il ne pouvoit espérer, disoit-il, que de son
Alliance avec la France & la Suéde, & jamais
de la puissance rabatuë de la Maison d'Autriche
ni de sa haine contre les Lutheriens. Je leur
demandai ce qu'ils pensoient de cette prétenduë
décadence de la Maison d'Autriche & de sa
haine contre les Luthériens, ils me répondirent
en souriant que la Puissance de cette Maison ne
pouvoit tomber sans écraser par sa chute ceux
qui voudroient la renverser, ainsi que Tacite le
disoit de la Republique Romaine : que le Roi
d'Espagne n'étoit pas un Prince qu'une Campagne pût épuiser, & qu'il pouvoit s'appliquer cette pensée; *Je suis au dessus des coups de la fortu-*
ne & quoiqu'elle me puisse ôter elle m'en laissera
toûjours beaucoup.

Ce qui est fondé sur l'expérience même &
sur la nature des choses, puisque la dernière
Flotte des Indes lui a plus aporté d'argent que
n'en peuvent fournir les taxes & les impositions
en Suéde & en France pendant dix ans, quand
même après leur avoir enlevé la chair & la peau
on leur rongeroit les os & sucëroit jusqu'à la
moële. Mais il étoit plus dificile, disoient-ils,
de repondre à la seconde partie de ma question
qui concerne la haine des Autrichiens contre
les Lutheriens, puisqu'ils ne souffrent que le
Papisme dans leurs Etats : mais que, quoiqu'il
en soit, dès qu'on les comparera avec les François, il faudra avouer qu'on peut mieux se fier
aux premiers qu'à ceux-ci, puisque les Calvinistes, quoique plus nouveaux que les Lutheriens,
s'étoient établis parmi eux, ce que les Lutheriens n'avoient jamais pu faire, & quand ils
l'auroient pû, ils n'auroient point été en sûreté
au milieu d'une Nation semblable au Léopard
qui ne quitte jamais ses tâches; & que les Calvinistes en avoient fait l'expérience ; & que
quoiqu'ils effaçassent du Calendrier les fêtes
des Apôtres, ils y écriroient toûjours en lettres rouges le jour de St. Bartholemi; qu'ils s'é-
toient vû encore tout nouvellement arracher ces
Villes, que Henri IV. leur avoit données pour
gages de leur sûreté après avoir vû perir de le
fer une bonne partie des leurs; qu'à la verité Richelieu n'attaqua point alors la Religion Calviniste & qu'il aima mieux ruiner les remparts
de leurs Villes que leurs temples ; mais qu'à
pré-

dixere, nudos tamen omnibus omnium temporum injuriis Calvinistas exposuit. Deinde promissi tenaces esse Austriacos nemo potest infitiari, sic Augustæ, Ratisbonæ, Lindavii, aliisque Imperii locis Cæsareis armis recuperatis, fratres nostros pari quâ antea fiduciâ & tranquillitate nunc viventes intuemur: nec unquam audivimus quempiam sanguinis Austriaci Principem fœdus cum Mahumetanis pepigisse, ut Galli fecerunt; & nihilo secius cum videamus Urbanum octavum, Principem tenacissimè Gallorum partibus inhærentem, quidquid illi se nobiscum admodum convenire & simul cum Calvinistis, nec non cum Turcis & Transilvanis, secundum rei necessitatem, clamitent, imo glorientur; confusi manemus & obstupefacti in tantâ humorum complicatione, nec possumus de illis determinatè judicare; nam, ut dicit Apostolus, nunquid fons ex eodem foramine emanat dulcem & amaram aquam: atqui hujusmodi simulationibus & sinuositatibus admodum repugnat Electoris nostri candor ingenuus & uniformis sinceritas, cujus nempe cor & labia eodem penitus pulsu moventur.

De Suecis vero quid possumus conjicere, cum nostrâ alias operâ nunquam usi fuerint, nisi ut omni cladium genere nos postea vehementius afficerent; & cum jam in Danicos populos eodem ambitionis & crudelitatis æstu rapiantur; hicne est Religionis vel Usurpationis Zelus, præcipuè pendentibus Pacis generalis Tractatibus, cujus Mediatorem armis submovendo, conséquitur, ut ipsa media removere voluerint; cum nihil tamen aliud Galli in ore habeant præter Pacem: sed hæc protestatio actis contraria de jure non admittitur, dicentes, Pax, Pax & non erat Pax, ut loquitur Propheta.

Cum ultro, ex prædictis omnibus, mihi ex Aulâ Saxoniæ inclinationibus constitisset, rectâ ad Diætam Francofurtensem iter meum statui, ubi eodem ferè tempore, quo Majestatis Vestræ Littera ad hunc percelebrem Conventum conscripta, perveni; cuncti Electores, uno Brandeburgico excepto, multùm approbarunt, & potior etiam numerus in Collegio Principum, ad Majestatis Vestræ sententiam accessit, quam illæso Imperio nullatenus offendi posse conclusum est; idcirco illam eosdem penitus hostes ac Imperium tam publicos quam secretos, eandemque simul invasionis formam experiri.

Opportunò etiam ad ipsorum Majestatis Vestræ hostium confusionem evulgatus ibi fuit libellus, qui proditoriam illorum in Alsatiam & in Zelandiam irruptionem, omni Christiano Orbi manifestabat; & quamvis iste iterum Succorum alter Stokolmii datus decimo sexto Januarii statim è regione spargeretur, non modo non repressit, sed auxit conceptam de armorum suorum injustitia opinionem; ex contrariorum naturâ, quæ invicem opposita magis elucescunt: comparatione enim factâ Sophismatum & cavillationum quibus Sueci utebantur & cum nudâ facti veritate & singulari

Trac-

---

présent dépouillez qu'ils étoient, ils se voyoient exposez à toutes les injures qu'on voudra leur faire. De plus, ajouterent-ils, personne ne peut nier que les Autrichiens ne soient religieux observateurs de leur parole, & nous voyons nos Fréres jouir de la même tranquilité qu'auparavant dans les Villes d'Augsbourg, de Ratisbonne, de Lindau & dans d'autres lieux de l'Empire conquis par les armes de l'Empereur: jamais on n'a ouï dire qu'un Prince d'Autriche ait fait Alliance avec l'infidéle Otoman, c'est ce que la France a fait; néanmoins nous voyons Urbain VIII. constamment attaché au Parti de la France quoiqu'elle se glorifie de son Alliance avec nous, avec les Calvinistes, & même, s'il le faut, avec les Turcs & les Transilvains; c'est là où notre raison se perd, & nous ne savons que juger de cette complication d'idées oposées, car l'Apôtre dit, qu'une fontaine ne peut donner du même tuyau de l'eau douce & de l'eau amére: la candeur naturelle & la sincérité uniforme de notre Electeur ne peut s'accommoder de ces souplesses & de ces detours; le même mobile donne le mouvement à son cœur & à ses lévres.

Que dirons-nous des Suédois? Jamais ils ne se sont servis de notre secours qu'ils ne nous aient ensuite accablez de toutes sortes de miséres, ils agissent à présent avec les Danois avec la même ambition & la même cruauté; est-ce Zéle de Religion ou Usurpation, sur tout dans un tems où l'on travaille à la Paix générale? Et en portant les armes dans les Etats du Médiateur, n'est-ce pas rejeter les moyens de parvenir à la Paix dans le tems que les François n'ont que la Paix dans la bouche; mais en Droit on n'admet pas une protestation que les actions démentent, ils crient Paix, Paix, & il n'y avoit point de Paix, dit le Prophete.

Instruit de cette maniére des intentions & des sentimens de la Cour de Saxe, je me suis rendu à la Diette de Francfort; où je suis arrivé en même tems que la Lettre que Votre Majesté a écrite à cette Auguste Assemblée: tous les Electeurs, à l'exception de celui de Brandebourg, l'aprouvérent; le plus grand nombre dans le Collège des Princes fut de l'avis de Votre Majesté, & il fut conclu qu'on ne pouvoit attaquer Votre Majesté sans s'en prendre à l'Empire même, & que pour cette raison Votre Majesté avoit les mêmes Ennemis publics & secrets, & se trouvoit exposée à une invasion toute semblable.

On publia alors fort à propos, à la honte des Ennemis de Votre Majesté, une brochure qui decouvroit à toute la Chrétienté par quelle trahison ils s'étoient jettés dans l'Alsace & dans la Zelande: les Suédois publiérent en même tems à Stokholm un Manifeste daté du 16. Janvier qui fut aussitôt répandu de tous côtez, mais qui bien loin d'éfacer, augmenta l'opinion où l'on étoit de l'injustice de leurs armes; c'est l'effet ordinaire des contraires qui lorsqu'ils sont opposez s'éclairent l'un l'autre: en effet à peine en eut-on fait la comparaison qu'on reconnut les Sophismes des Suédois, & que ceux qui ne cherchent que la vérité la découvrirent bientôt

Tractatus designatione, quam Majestas Vestra exponebat, judicarunt ejusdem veritatis Sectatores eam inter ejusmodi nebulas fortius affulgere. Tunc quoque alia duo ejusdem generis Manifesta, (ut vocant) unum Transsilvani, decimo septimo Februarii, & aliud Imperatoris, vigesimo tertio ejusdem Mensis prodierunt: primum recentiori calculo barbariem & Mahometismum re verbisque reddens damnabatur, aliud vero notorii juris & apertæ veritatis plenum plerisque arridebat.

Pro coronide cum (ut Satirici verbis utar,)

Anxia præcipiti veniffet Epiftola pennâ,

per Plenipotentiarios Gallicos Monafterii degentes, ad Diætam Francofurtenfem tranfmiffa quâ fingulis & univerfis Imperii Membris tam inter se bellandi quam in caput fuum rebellandi fomites, per infignes hujufmodi Pacis Caducceatores fubminiftrabantur, magnam apud ipfiufmet Galliæ ftudiofos admirationem, & apud alios indignationem excitavit. Dicebant illi multò fubtilius Salvium Legatum Suecicum & ex Hamburgo & Ofnabrugâ tormentarium hunc pulverem per fubterraneos cuniculos bene compactum omnique fubducto aere antea fubdidiffe, fed cum nudo & patenter nimis ignem Galli admovissent, in folum fragorem & fumum totam machinam & machinationem inaniter abituram ; imo forfan eluctatione moliminis figillatim in hac Epiftola obfervabant præcipue quod diceretur Gallo auctore & patrono debere Imperii Principes obniti Cæfari, & de Patria fua libertate fub tanti Regis clypeo tuto contendere. Quibus perlectis, tu quis es, inquiebant, qui judicas fervum alienum, qui mittis falcem in meffem noftram, qui inclitam Germanicam Nationem ad tuum Tribunal fiftis, qui Comitia Imperialia in jus vocas, penes quæ aliàs citati Reges Franciæ comparuerunt, ut ab objectis criminibus refponderent ? Quomodo aliquando ipfe Rex Galliæ non allocuturus eft, cum duo illius Deputati audeant tanquam Majorum fuorum Prætorio eâ verborum licentiâ Sacri Imperii Romani Ordines aggredi, quam vix ulli unquam Cæfarum ufurparunt ? Quo jure, quo exemplo, quo more nos illi ejufdem Imperii Conftitutiones docent, & Bullæ aureæ vel ignorantiam vel inobfervantiam in nobis arguunt, cùm de Statutis & ritibus Gallicis minimè perquiramus ? Dicebant hodiernum Imperatorem & parentem fuum Ferdinandum fecundum Romanorum libertatem ac poteftatem feu Electoralis Collegii feu omnium Imperii Ordinum non integram modo confervaffe, fed quam plurimum amplificaffe, nullam Gallis offenfionis anfam fed multùm gratitudinis præbuiffe, non recufatis folum omni tempore auxiliis, quâ defuncti Regis frater aliique Gallici Proceres petebant, ut se contra tyrannicam Richelii violentiam tutarentur, fed prohibitâ etiam facultate propriis fumptibus in Germania copias

col-

tôt dans l'expofition fimple du fait & la defignation des Traitez de la part de Votre Majefté. Il parut alors deux autres Manifeftes, l'un du Prince de Tranfilvanie du 17. Fevrier, l'autre de l'Empereur du 23. du même mois : le premier reffentoit, & pour les chofes & pour les termes, la Barbarie & le Mahometifme, & fut d'abord condamné; pour l'autre, il trouva des Aprobateurs, parceque'on y trouva & plus de droit & plus de vérité.

Alors, pour me fervir des termes du Poëte fatirique *arriva à tire d'aile une Lettre très chagrine*, écrite à la Diéte de Francfort par les Plénipotentiaires de France qui étoient à Munfter, & par laquelle ces fameux Ambaffadeurs de Paix foufioient la divifion entre les Membres de l'Empire, & la revolte contre leur Chef; elle excita l'étonnement des partifans de la France & l'indignation des autres. Salvius Ambaffadeur de Suéde, difoient ceux-là, a creufé & rempli cette mine par des conduits fouterrains depuis Hambourg & Ofnabrug, mais les François y mettent le feu trop à découvert & feront caufe que tout cet ouvrage fe diffipera en fumée ; & en examinant les chofes avec un peu plus de foin ils fe trouverent qu'on faifoit entendre dans cette Lettre que les Princes de l'Empire devoient s'opofer à l'Empereur fous la protection de la France, & combatre fous l'Egide de ce puiffant Roi pour la liberté de l'Allemagne. A ces mots, lui s'écrierent, qui es-tu qui juges le ferviteur étranger, qui mets la faux dans notre moiffon, qui cites à ton Tribunal l'illuftre Nation Germanique, qui apelles en juftice la Diette de l'Empire devant laquelle les Rois de France citez ont comparu autrefois pour repondre aux accufations intentées contr'eux? Que ne feroit point un jour le Roi de France puifque deux de fes Miniftres ofent parler avec cette infolence aux Etats du faint Empire Romain jufques dans leur Sanctuaire, ce qu'aucun des Empereurs n'a jamais fait ? De quel droit, à l'exemple de qui, par quelle autorité viennent-ils nous inftruire des Conftitutions de l'Empire & nous accufer ou d'ignorer ou de ne pas obferver la Bulle d'Or, puifque nous ne nous informons nullement ni des coutumes ni des ufages de la France ? Ils ajoutoient que l'Empereur regnant & fon Père Ferdinand II. avoient non feulement confervé, mais même augmenté la liberté & la puiffance des Electeurs & de tous les Ordres de l'Empire, & que bien loin d'avoir donné occafion aux François de l'infulter, ils avoient mérité leur reconnoiffance non feulement en refifant conftamment au frère du Roi & aux Princes de France, les fecours qu'ils demandoient pour fe mettre à couvert de la tyrannie de Richelieu, mais même en ne leur accordant pas la liberté de lever des Troupes en Allemagne à leurs dépens:

1645.

colligendi; quæ cum ante Suecici in Germaniam transitus succeffiffent, pro rependendis tanti beneficii gratiis, Corona Gallica ad publicam Germanorum lanienam Septentrionalem illum Principem advocavit.

Omnes Pacis occasiones eosdem Ferdinandos tam avide amplexatos fuiffe, ut illius intuitu & pro immenso quo flagrabant Christianæ & Germaniæ præcipue quietis desiderio, non pauca multoties de sua Dignitate remiserint, & multa in Austriacum nomen, in Cæsaream Domum, in Imperatoriam potestatem, ejusdem Pacis affequenda contemplatione dissimulent.

Innumera esse & in omnium oculis posita sua clementiæ exempla, nulla severitatis, multa in ipsosmet rebelles collatorum beneficiorum : unde stupendum prorsus esse quod non pudeat Gallos columbinam Austriacorum mansuetudinem crudelitatis, accipitriciam vero suam feritatem tot Magnatum cruore maculatam, tot innocentium victimis fœdatam, tot exterorum Principum exuviis sustentatam, humanitatis insigniis adornare.

Ad cujus veritatis probationem Mariæ Mediceæ Reginæ Matris luctuosum exilium, mendicitas luctuosior, & mors luctuosissima proponebatur, Aurelianensis Ducis repetita à Regno expulsiones, Principis Palatini detentio, Casimiri Poloniæ Regis fratris incarceratio, Guisiorum Ducum, Elbovii, Vindocini, Belfortii, Valetani, Buillonii, ejectiones violentæ & spoliationes aliorumque multorum, carnificina Episcoporum, quamplurimarum fœminarum illustrium deportationes; tum subdebantur oculis usurpationes à Gallis in Imperium factæ antique & recentes, producebantur Confœderationes recentissimæ illorum cum Suecis, Transilvanis, Batavis in Imperii excidium, & Daniæ nostræ interitum : conceptæ exhibebantur Litteræ ipsius Legati Gallici Domini de la Haye Constantinopoli ad Portam commorantis, tum Georgii Ragotxii, quibus nefanda prorsùs mysteria revelabantur; horresco referens videlicet Tartarorum cum Transilvanis ad profligandam Hungariam conjunctiones, Turcarum ad Stiriam & Carinthiam invadendam dispositiones Gallicis nummis apud magnum Viserium procuratæ; ut dum hæc Mahumetanorum colluvies Christiano sanguine saginaretur, tutius Sueci Majestatem vestram, suis Daniæ Norvegiæque Regnis exuerent.

Francofurto ad Landgravium Darmstadiensem perveni, qui non egebat stimulis ut intimos de præsenti rerum statu sensus promeret, continuò enim suam aliorumque Imperii Principum cæcitatem deplorabat, qui anno superiore ab uno Konigsmarkio mille & ducentorum Equitum Præfecto passi essent se ingentibus tributis opprimi; quorum si vel quartam partem in his deprædationibus cohibendis impendissent, illico temeritatis suæ pœnas erat ille luiturus.

Querebatur præterea quod nec Religionis reverentia nec Landgraviæ Caffellensis consanguineæ suæ interceffio (si non simulata fuerat) effi-

---

pens : ce qui est arrivé avant l'entrée des Suédois en Allemagne ; ainsi on peut dire que pour toute reconnoissance la Couronne de France a apellé ce Prince du Nord pour déchirer l'Empire.

Les mêmes Ferdinands, Empereurs, ont embrassé avec tant d'ardeur toutes les occasions de faire la Paix, que dans cette vûe & pour satisfaire au desir qu'ils avoient de rétablir la tranquilité dans la Chrétienté ils ont souvent sacrifié de leur propre Dignité; & à présent dans la même vûe d'obtenir la Paix l'Empereur ne s'arrête point à une infinité de choses contraires au nom Autrichien, à la famille & à la puissance Impériale.

Les exemples de sa clemence sont sans nombre, on n'en a aucun de sa severité, & ceux même qui se sont revoltez contre lui sont accablez de ses bienfaits; c'est pourquoi il est étonnant d'entendre les François qui n'ont pas honte de traiter de cruauté l'humanité de la Maison d'Autriche, pendant qu'ils veulent faire passer pour humanité leur ferocité toute couverte encore du sang des Grands, & de celui de tant d'innocentes victimes, & des depouilles de tant de Princes étrangers.

Il n'est pas besoin de chercher longtems pour trouver des preuves de cette verité; la triste exil de Marie de Medicis Mere du Roi, la disette honteuse où elle a été reduite, enfin sa mort encore plus triste s'offrent d'abord à l'esprit; le Duc d'Orléans si souvent exilé, la prison du Prince Palatin, celle du frere de Casimir Roi de Pologne, l'exil des Ducs de Guise, d'Elbeuf, de Vendome, de Beaufort, de la Valete, & de Bouillon, tant d'autres depouillez de leurs biens, des Evêques mis à mort, des Femmes illustres arrachées à leurs familles; que dira-t-on des usurpations anciennes & recentes des François sur l'Empire, & de leurs Alliances avec les Suédois, les Transilvains & les Hollandois dans la seule vûe de ruiner l'Empire & le Dannemarck? N'a-t-on pas les Lettres de Monsieur de la Haye Ambassadeur de France à Constantinople & celles de George Ragotski, qui découvrent des mystéres exécrables; j'en fremis au seul souvenir, l'union des Tartares avec les Transilvains pour ravager la Hongrie, les projets des Turcs pour s'emparer de la Stirie & de la Carinthie, engagez à cela par les sommes immenses que la France a fournies au Grand Visir; afin que pendant que les Barbares Musulmans se raffasieront du sang Chrétien, les Suédois pussent avec plus de sureté depouiller Votre Majesté de ses Royaumes de Dannemarck & de Norwege.

De Francfort j'allai trouver le Landgrave de Hesse-Darmstadt : il n'étoit pas besoin d'éguillons pour lui faire sentir tout le malheur de l'état présent des choses; il déploroit son aveuglement & celui des autres Princes de l'Empire qui s'étoient vûs mettre sous contribution l'année derniére par un Konigsmarck qui n'étoit à la tête que de douze cens hommes; & qu'on auroit pu punir de sa témérité si l'on avoit employé à réprimer ses brigandages seulement la quatriéme partie de ce qu'on fut contraint de lui payer.

Il se plaignoit sur tout que ni les liens de la même Religion, ni l'intercession de la Landgrave de Hesse-Caffel sa parente (au cas qu'elle n'ait pas été feinte) ne purent engager cet avide

1645.

1645. efficere potuerunt ut insignis ille vastator tantillum de aviditate sua remitteret.

Petebam enim quo fato tantæ potentiæ Princeps in suimet ruinam, in externæ vero imbecillitatis reparationem conspirasset : apposite reposuit meæ interrogationi responsum etiam sub fati vocabulo inseruisse, cum tam immanis & insolita seu divisio seu consternatio inter tot Imperii Principes à communi rerum casu nimis aberraret. Quid de Majestatis Vestræ cum Suecis contentionibus censeret, nihil moratus est eorum perfidiam, ambitionem & insolentiam magnis criminationibus oneras ; satisque ostendit haud dubitare quod illam ab initio Galli promovissent, & etiam hodie pro variis artibus ac sumptibus alere, qualiter se à Casselliensi quodam confidente accepisse profitebatur.

Tantò citius me hinc Casseliam contuli, quod hæc postrema verba desiderium excitassent hujusmodi secretum ulterius penetrandi : ibi videre non modo sed alloqui licuit illam ætatis nostræ heroinam & viraginem quam Cleliam aut Pentasileam nominarem si innupta mansisset, quamvis illi conveniat illud Salomonis de Virginitate venter ejus sicut acervus tritici vallatus Liliis, sed alio sensu, cum Gallorum ope & pecuniis dicatur sustentari, & liliatis opibus ipsa quotannis convivetur. Talem reperi qualem mihi multi depinxerant, ingeniosam, animosam, verùm Calvinissimam, hoc est non minus à Lutheranis quam Papisticis abhorrentem, & instar antiquorum Oraculorum, in suis responsis velut bilinguem & consultù ambiguam, adeo ut quid ab ejus propensione Majestas Vestra vel sperare vel timere debeat vix elici possit : mox enim in Majestatis Vestræ laudes, & antiquam Daniæ Domus cum Hassianâ amicitiam ac necessitudinem descendebat, mox Suecia & Gallia vigentes, de alienato ab iis Majestatis Vestræ animo ante susceptum bellum suspiciones agitabat, mox vicinarum Coronarum dissensiones composito ad mœrorem vultu dolebat, tum in procurandâ eorum pacificatione quantumcumque suam operam & industriam offerebat. Non putavi non debere opponere simulationes simulationibus, sed magis è re & mente Majestatis Vestræ fore, si Hermaphroditum illud ingenium ad unam vel aut aliam spectem redintere conatus ero. Missis itaque præfationibus, illico privata sua rationis præcipua momenta attigi, probando eam demium tuam esse potentiam quæ conatibus suis modum poneret, sat superque in se suamque posteritatem negotii traxisse, continuato à tot annis contra Cæsarem bello, & Domestico Philippi Landgravii prædecessoris sui exemplo moneri debere, nullatenus convenire ut quâcumque viâ quidpiam in Majestatem Vestram moliretur, cujus amicitia jactandum nullis sufficientibus aliundè præmiis nec Batavi nec Sueci nec Galli compensaturi sint : scire Majestatem Vestram Konigsmarkum illius copias præstolari, quarum conjunctione Episcopatum Bremensem esset invasurus. Pollicita est se

hinc

---

de partisan à le traiter avec un peu moins de cruauté. **1645.**

Je lui demandai par quelle fatalité un Prince aussi puissant que lui avoit pu ourdir lui-même sa propre ruine & contribuer à fortifier une puissance étrangere : il me répondit que j'avois raison de donner à sa conduite le nom de fatalité, puisqu'on ne pouvoit nommer autrement l'effroyable consternation qui regnoit parmi tant de Princes de l'Empire, & qui avoit quelque chose qui ressentoit le prodige. Lorsque je le priai de me dire ce qu'il pensoit des demêlez de Votre Majesté avec les Suédois ; il exagera la perfidie, l'ambition & l'insolence de ces derniers, & il me fit connoître qu'il étoit persuadé que c'étoient les François qui les avoient mis aux prises avec Votre Majesté, & que c'étoient eux qui continuoient à fournir à leur entretien, ce qu'il savoit, disoit-il, d'un confident de la Landgrave de Cassel.

Je le quitai avec d'autant plus de précipitation pour me rendre à Cassel, que ces dernieres paroles me donnoient envie de pénétrer ce secret : là il me fut permis non seulement de voir cette Heroine de notre Siecle, mais même de lui parler : je la traiterois volontiers de la Clelie ou de la Pentesilée de nos jours si elle n'eût pas été mariée, quoiqu'on puisse lui apliquer ce que Salomon dit de la Virginité, *son ventre est comme un monceau de bled entouré de Lys,* mais dans un autre sens, puisqu'on dit qu'elle tire sa subsistance de la France, & qu'elle ne s'entretient que des richesses des Lys. Je l'ai trouvée telle qu'on me l'avoit depeinte, spirituelle & courageuse mais très - Calviniste ; c'est-à-dire portant autant de haine au Lutheranisme qu'au Papisme, & semblable aux anciens Oracles dont les réponses renfermoient toujours un double sens, ensorte qu'il ne m'a point été possible de tirer d'elle ce que Votre Majesté pouvoit attendre de la bonne volonté qu'elle faisoit paroître : tantôt elle s'étendoit sur les louanges de Votre Majesté & sur l'ancienne amitié qui a toujours été entre la Maison de Dannemarck & celle de Hesse ; tantôt elle me parloit des soupçons que les Suédois & les François avoient eus, dès avant le commencement de la Guerre, que Votre Majesté avoit dans des intérêts contraires aux leurs ; tantôt avec un air triste déploroit les divisions qui regnoient entre deux Couronnes voisines, & promettoit enfin d'employer son peu de crédit à les pacifier. J'ai cru que je pouvois oposer la feinte à la feinte, mais qu'il étoit de l'intérêt de Votre Majesté que j'essayasse de fixer d'un côté ou d'autre cet esprit incertain. Ainsi sans beaucoup de détours, je la pris d'abord par ses propres intérêts, je lui dis que Votre Majesté étoit assez puissante pour s'oposer à ses entreprises, qu'elle s'étoit fait assez d'affaires & à sa posterité en continuant la Guerre depuis tant d'années contre l'Empereur, que l'exemple Domestique du Landgrave Philippe son Prédécesseur devoit l'avertir qu'il n'étoit point de son intérêt de former aucune entreprise contre Votre Majesté, puisque toutes les faveurs des Hollandois, des Suédois & des François ne pouvoient contrebalancer la perte qu'elle faisoit en perdant l'amitié de Votre Majesté ; que Votre Majesté étoit avertie que Konigsmarck n'atendoit que ses troupes pour, après la jonction, faire une invasion dans l'Evêché de Brême. Elle promit

qu'elle

1645. *huic expeditioni minimè suffragaturam; verùm si quasdam Imperii partes Konigsmarkius aggredi vellet, quæ à Majestatis Vestræ jurisdictione dependerent, ex vi pactorum non posse, hoc casu, hujusmodi conjunctionem recusare, dum de communi hoste ineundo ageretur, qui talis erat, antequam Sueci in Majestatem Vestram irruerent. Hoc responso justæ Majestatis Vestræ petitioni non satisfieri demonstravi, præcisè concludendo ab hoc ipso quodvis diversionis genus quod Sueci Hassorum manu contra adventantes Imperatoris pro Majestate Vestrâ suppetias intentarent, posse quidem Hassos solos in Imperio, proprio Marte, quæ hactenus præstitissent, illæsa Majestate Vestrâ prosequi; non verò junctis cum Suecis viribus; ex quâ unione nondum auditâ apertissimæ in Daniam offensiones derivarentur : & cum se Consilio suo hac de re communicaturam retulisset, conticui ; tum secreto retuli cum nonnullis, probis probatisque Ministris, quibus parum arridet tanta, quanta hactenus visa est, pertinacia in hoc Germaniæ angulo, ex quo reliquæ partes dulcissimæ Patriæ perpetuis exterorum depopulationibus traduntur : dicebantque multum vereri ne Æsopus non regnaret, si conferret se Phædro, nam ajebat Poeta,*

Metiri sua Regna decet vivisque fateri.

Sed expressè objeci (ut aliquid adhuc exprimerem) quod non hanc terram absque bello aureus Gallia imber permearet, & ad luxuriantem segetem fœcundaret seges ; respondit unus, radicem non habet, & est sicut fœnum tectorum, quod priusquam evellatur, exaruit, de quo non implevit manum suam qui metit, nec sinum qui manipulos colligit. Saltem unus aut alter hujusmodi Thesauris ditatur; nec pinguescit Populus, cujus salus suprema lex esto : tum Galli eximii sunt Fœneratores, qui sortis usuras immensas exigunt, quod ipsimet Sueci non ignorant. Quæ igitur, inquam, per Gallos Suecis durior imposita fuerit conditio? Hæc ipsa, inquit, Daniam aggrediendi : tum petii quomodo constaret : & statim porrexit Tractatus super hâc aggressione initos Hagæ Comitis, inter Plenipotentiarios Gallicos, Residentem Sueciæ, & Ordinum Batavorum Deputatos. Quid verò ex post facto censerent Sueci percunctatus sum : ille ait, in Gallos tacitè frendent ; &, datâ occasione, puto quod ab iis facilè diverterent, ut satis Oxenstiernus filio suo Osnabrugæ commoranti nuper insinuavit, Epistolâ datâ Stokholmii primo Decembris stilo veteri anni 1643. quæ jam per vulgi ora & manus traducitur : sed mos tempori necessitatique gerendus, ut prudenter significabat idem, & universos ferè Hassos sentire asseruit; quos ab Imperii gremio, tanquam a centro naturali tamdiu separatos, Galli tenent : quod ad Batavos verò, tantùm Angliæ propriæque Potestati fidere, ut Gallicum instrumentum non vereantur ; & nondum eos pænitere de inopina-

iis

qu'elle ne consentiroit pas à cette entreprise, 1645. mais que si Konigsmarck vouloit attaquer quelques Païs de l'Empire dépendant de Votre Majesté, elle ne pouvoit, suivant les Traitez, refuser en ce cas-là de joindre ses troupes aux siennes, puisqu'il s'agissoit d'attaquer l'Ennemi commun, qui étoit tel avant l'irruption des Suédois dans les Etats de Votre Majesté. Je lui remontrai que cette réponse ne satisfaisoit pas à l'attente de Votre Majesté, & concluant même de ce qu'elle me disoit que quelque diversion que les Suédois voulussent faire par le moyen des Hessois, pour empêcher les secours que l'Empereur envoyeroit à Votre Majesté, les Hessois pouvoient seuls se conduire en Allemagne comme ils avoient fait jusqu'à présent sans offenser Votre Majesté, & non pas se joindre aux Suédois, puisqu'il n'y avoit que cette jonction qui pût justement offenser Votre Majesté : elle me répondit qu'elle en délibéreroit avec son Conseil, ce qui m'imposa silence : je conférai depuis secretement avec quelques uns des plus gens de bien d'entre ses Ministres, qui desaprouvent fort l'extrême acharnement que l'on remarque dans ce coin de l'Allemagne, d'où l'on déchire par les courses des étrangers, que l'on facilite, les entrailles de cette chére Patrie : si Esope, disoient-ils , se comparoit à Phédre, il est à craindre qu'il ne l'emportât pas, car comme dit le Poëte, *on doit connoître ses forces & en convenir avec les autres.*

Mais je répondis, afin de dire aussi quelque chose, que sans la Guerre, la France ne feroit pas tomber une pluye d'or sur cette terre, & ne rendroit pas la moisson si feconde ; mais un de ces Messieurs répondit que cette moisson n'avoit point de racine, & ressembloit à *l'herbe des toits qui séche avant d'être arrachée & dont celui qui moissonne ne remplit pas sa main, ni celui qui rassemble les gerbes, son sein.* Les cofres de quelques Particuliers s'en ressentent, mais le Peuple n'en tire aucun profit ; cependant son bien doit être la première loi : de plus les François sont de fins usuriers, ils se font payer de terribles intérêts, les Suédois en pourroient être des témoins irréprochables. Mais, interrompis-je, quelle condition si dure les François ont-ils donc imposé aux Suédois? Celle, dit-il, d'attaquer le Dannemarck : je lui demandai quelle preuve il en avoit : aussitôt il me montra les Traitez qui en avoient été conclus à la Haye entre les Plénipotentiaires de France, le Résident de Suéde & les Députez des Etats Généraux. Mais, dis-je, qu'en pensent à present les Suédois ? Ils en murmurent tout bas, dit-il ; & si l'occasion s'en présentoit, je crois qu'ils quitteroient aisément leur parti, du moins Oxenstiern l'a-t-il assez fait entendre dans une Lettre écrite de Stokholm le 1 Décembre V. St. 1643. à son fils qui est à Osnabrug, & qui est entre les mains du Public : mais souvent on est obligé d'obéir au tems, comme le même me le témoigna, en m'assurant que presque tous les Hessois pensoient comme lui, & qu'ils se voyoient avec peine arrachez par les François du sein de l'Empire où ils ont coutume d'être unis comme à leur centre naturel : quant aux Hollandois qu'ils se fioient tant à leurs forces & à celles des Anglois, qu'ils ne redoutoient pas les finesses de la France, & ne se repentoient pas encore des succès inopi- nez

1645.

tis belli Denici succeſſibus, quibus in Succo-
rum favorem mutandis pretextu Legationis ope-
ram ſint præſtituri, ſi animadvertant non in-
caſſum tandem Legationem ceſſuram ; ſi vero
nec prece, nec pretio, nec vi flectere poſſint
Majeſtatis Veſtra validos impetus, ſpeciem neu-
tralitatis inter utramque Coronam exhibituros :

——— Ad utrumque parati,
Seu verſare dolos, ſeu certæ incumbere
morti.

Illam Legationem armigeram vocantes, quæ
tam ferrum quam oliva præferuntur, nec mi-
nus Belli quam Pacis inſignia & apparatus in
Majeſtatis Veſtræ Regna invehuntur.

His auditis & accepta Landgravinæ reſo-
lutione, quâ declaravit ſe minime copias ſuas
in præjudicium Majeſtatis Veſtra Suecia con-
juncturam ; dubitabam an in Hollandiam me
conferrem, cum Majeſtas Veſtra jam dudum
ibi haberet Reſidentem ordinarium, qui ne-
gotia ex profeſſo curaret ; ſed ubi audivi Ham-
burgum verſus reditum maturare, ſtatim via
me commiſi ; & vix appuleram, & lacera
naves, crebriſque Majeſtatis Veſtra fulminibus
percuſſa, Amſtelodamum ſe receperunt, ab
hac ut tempeſtate reficerentur. Nonnulli ad
hunc aſpectum exultabant ; quidam dolebant ;
& alii ſtupebant, qui nondum antiquos Patria
mores & Belgicum candorem exuerant, Sue-
cicos in Majeſtatem Veſtram inſultus, & ſub-
ſidia quibus ex parte Ordinum fovebantur ;
quidquid in nos contrarium velint efficere,
damnabant ; ſed qui Gallico genio aſſueve-
rant, quocumque modo Reipublica Batavica
fines extendendos ſentiebant, & hujus exten-
ſionis optimam occaſionem in Majeſtatis Veſtra
depreſſione naſcituram exiſtimabant, cum Sta-
tus ſui partes opima ex tacitis conventionibus
Hollandis accreſcere debeant, alia vero Suecis,
ſecundum locorum conſternationem ſen conter-
minationem, & omnes in Reipublica formam
redigi ; quod Danicis populis non invitum fore
arbitrabantur, idemque omnino contingere de-
bere in Anglia non dubitabant ; adeo ut tres
illa Reſpublica, Anglica, Hollandica, Sueci-
ca, excuſſo Superiorum Principum jugo, &
inter ſe arctiſſimis vinculis conjuncta, univerſo
mari jura poſitura eſſent, nec Hiſpanos tan-
tum, ſed Luſitanos etiam, tam in Indiis quam
in propriis penatibus profligaturæ. Qua, dixi,
ex ſocietatis beneficio portio Gallis accedet ? Ar-
teſia, Hannonia, Luxemburgum, Braban-
tium, Namurcum, tum magna ex Auſtriaca
Gentis ſubverſione oblectatio ac ſecuritas, reſ-
ponderunt rurſus : ſubjeci, ſi in tantam mo-
lem Gallica poteſtas ſurgat, quis eam, defi-
cientibus Auſtriacis, impoſterum frœnabit ?
Se ipſa, addiderunt : jamque videmus quod
futura iſtæ acquiſitiones Aurelianenſi Duci ce-
dere debeant.

Hac Amſtelodami audiebam : ſed Haga-
Comitis multa alia myſteria ſubintellexi ; nem-
pe Gueldriam, & partem Flandriæ, Aurelíaco

TOM. I.   Prin-

nez de la Guerre de Dannemarck, puiſqu'ils é-
toient tout prêts à tâcher, à la faveur d'une
Ambaſſade, de faire tourner la Fortune du côté des Suédois, pour peu qu'ils prévoyent
qu'elle ne ſera pas inutile ; mais s'ils ne peuvent
réduire les puiſſans efforts de Votre Majeſté ni
par les priéres, ni à force d'argent ni par la force, ils prendront le parti de jouer le role de
Médiateurs entre les deux Couronnes : tant ils
ſont capables de jouer des Roles oppoſez & d'employer la ruſe ou de ſe livrer à une mort certaine : ils appellent cela une Ambaſſade armée,
puiſqu'elle porte l'Epée & l'Olive, & qu'elle
paroît dans les Etats de Votre Majeſté autant
avec les étendars de Bellonne qu'avec les apa-
reils de la Paix.

Après avoir ouï toutes ces choſes & reçu la
réponſe de la Landgrave, qui me déclara qu'elle ne permettroit pas que ſes troupes ſe joigniſ-
ſent à celles des Suédois au préjudice de Votre
Majeſté, je balançai ſi je prendrois la route de
Hollande d'autant que Votre Majeſté y avoit un
Réſident, qui y veilloit aux intérêts de Votre
Majeſté ; mais ayant apris qu'il étoit en chemin
pour ſe rendre à Hambourg, je partis en diligence : j'étois à peine arrivé que je vis pluſieurs
vaiſſeaux en très-mauvais état & que les foudres
de Votre Majeſté avoient mis en piéces, qui
ſe retiroient du côté d'Amſterdam pour s'y rac-
commoder. Je vis des gens à qui ce ſpectacle
cauſoit beaucoup de joye, d'autres en paroiſſoient chagrins, d'autres qui ont retenu les
mœurs anciennes de leur Patrie & cette ſincérité qui leur eſt naturelle, étoient étonnez des
entrepriſes des Suédois contre Votre Majeſté
& des ſubſides que la République leur payoit,
en un mot ils blâmoient tout ce qu'ils vouloient
entreprendre contre nous : mais ceux qui
étoient dans les idées de la France, croyoient
qu'il falloit étendre les bornes de la République
de quelque maniére que ce fût, & qu'on ne
pouvoit avoir une plus belle occaſion que de
profiter des debris de Votre Couronne, puiſque, ſuivant les conventions ſecrétes, les Hollandois devoient profiter des parties de vos Etats
les plus importantes, & les Suédois des autres
ſuivant la ſituation des Païs qui ſeroient conquis, & qui devoient tous être reduits en République ; ce qu'ils croyoient ne devoir point
déplaire aux Danois : ils ſe flatoient que la
même choſe arriveroit en Angleterre & que ces
trois Républiques, l'Angloiſe, la Hollandoiſe &
la Suédoiſe, étroitement unies après avoir ſe-
coué le joug de leurs Princes légitimes, donneroient la loi à toutes les Mers ; & qu'elles re-
duiroient bientôt non ſeulement les Eſpagnols,
mais même les Portugais tant aux Indes que
dans leurs Etats en Europe. Mais, interrompis-
je, quelle part la France aura-t-elle dans tout
cela ? L'Artois, le Hainaut, le Luxembourg,
le Brabant, le Namurois, dirent-ils, qui ſeront les heureux gages de la ruine totale des
Autrichiens & de notre ſûreté : mais, repli-
quai-je, quand la France ſera devenue ſi puiſſante, qui pourra s'opoſer à ſes entrepriſes, dès
que la Maiſon d'Autriche n'en pourra plus ?
Elle-même, repondirent-ils, car il eſt viſible
que toutes ces acquiſitions deviendront le partage du Duc d'Orléans.

Voilà ce que j'ouïs dire à Amſterdam : mais
arrivé à la Haye je découvris bien d'autres
myſtéres ; ſavoir que l'on deſtinoit, par une
convention très-ſécréte, dans laquelle les Fran-

P p p   çois

1645.

1645.

Principi suifque descendentibus reservari, ex contractu omnium secretissimo, quo Galli ipsismet Ordinibus imposuerunt, hacque de causa nuper ad ignobilem quemdam pagum Haga proximum Deputatos quosdam Gallicos advolasse, ubi super pellem Leonis nondum capti, hujusmodi sortes miserunt, & portionem sunt meditati.

Occurrit ibidem mihi præ cæteris Deputatus Lusitanicus, qui brevi Monasterium Westphalorum, petentibus Gallis, profecturus erat, ni fallor, satis invitus : jam enim Gallicas artes audit, & odit ; de quibus sermonem injiciens; Tanta est, inquit, Gentis illius præsumptio, ut pro fungis & carduis reliquos mortalium habeat ; nihil non fuerat Lusitanis pollicita, si non modo ab Hispanis deficerent, sed eos etiam aggrederentur, his præstitis, jam Galli, qui me hic suo arbitrio tandiu detinuerunt, ad Congressus Pacis vocant ; ut mea præsentia iis dissolvendis, si opus fuerit, quidpiam conferre possit : quando videlicet eorum intentionibus Hispani in totum satisfacere noluerint, omnibusque conditionibus acquiescere ; quarum una est, tam nos quam Carthalannos esse deserendos, modo Hispani Roussillonensem Comitatum ipsismet Gallis concedant, qui nobis non aliter quam vestibus utuntur, quas secundum aeris mutationes induunt aut exuunt ; mox e famulatio suo, & ita negotiorum suorum oportunitas tulerit, nos haberi volunt, mox insperatæ Legationis pompam assurgere si nostræ promissiones depressionis Hispanorum animos non satis flectant. Cum ita de Gallis fuisset loquutus, exploravi quid de Batavis censeret, citò porrexit mihi exemplar cujusdam Scripti, quod ipsismet Ordinibus tradiderat, ex quo ultro apparet qua eos in existimatione habeat, ut Majestas Vestra illud perlegendo judicare poterit, & tam recenti ac aperto aliorum periculorum exemplo fœliciter sibi consulere : si enim Batavi Confœderatos suos Lusitanos ipso statim Confœderationis initio toto mari pulsant, & cladibus afficiunt, si ex Indiis disturbant & ejiciunt, si Commerciis non parcunt, quin, eorum pretextu, clades & ruinas iisdem Lusitanis intentant ; quid non Majestati Vestra ab antiqua illorum æmulatione, dicam odio, timendum?

Hinc Consultationis, quam a me Vestra Majestas exigit, initium dicam : satis enim facti enarratum, ut ab eo jus oriatur verum; cum multa successerint ab eo tempore quo peregrinari desii, & adhuc quotidie succedant, quæ relationibus meis inseri non poterunt, in ipso Consultationis contextu attingam & discutiam, veritatem magis quam ornatum quærens, paucis aggredior & absolvo.

Nemini magis quam Majestati Vestra constat injustissimo eam à Suecis bello fuisse provocatam.

Gallos non modo in hanc provocationem consensisse, sed etiam eam studiis omnibus promovisse.

De Pacificatione nihil penitus ab eis propositum

çois en avoient imposé aux Etats, la Gueldre & une Partie de la Flandre au Duc d'Orléans & à ses descendans, & que pour cette raison des Envoyez de France étoient venus en hâte dans un méchant village près de la Haye, où ils avoient fait les parts & tiré au sort la peau de ce lion qui n'est pas encore pris.

Je vis particuliérement l'Ambassadeur de Portugal, qui devoit se rendre bientôt à Munster, assez malgré lui à ce qui me parut, mais à la priére des François : car il connoît déja les artifices de cette Nation, & il les deteste. Il m'en parla en ces termes : L'orgueil de cette Nation est tel, me dit-il, qu'elle regarde les autres peuples comme de viles Plantes : il n'y a rien qu'elle n'ait promis aux Portugais non seulement s'ils se revoltoient contre les Espagnols, mais même s'ils les attaquoient ; nous avons fait tout ce qu'ils ont demandé & après m'avoir tenu ici si longtems, enfin Messieurs les François m'appellent au Congrès, afin que ma présence à le rompre s'il est nécessaire ; d'autant que les Espagnols ne veulent pas se rendre à leurs volontez, & à toutes les conditions qu'ils proposent, dont l'une est de nous abandonner & les Catalans, pourvu que les Espagnols cédent à la France le seul Comté de Roussillon : ils se servent de nous comme d'habits que l'on change suivant les saisons; tantôt il faut que nous les suivions comme si nous étions leurs Domestiques, si la situation de leurs affaires le veut ainsi, tantôt ils nous font étaler la pompe d'une Ambassade, si les promesses qu'ils font de nous abaisser ne peuvent réduire les Espagnols à faire ce qu'ils veulent. Après l'avoir entendu parler des François sur ce ton, je lui demandai ce qu'il pensoit des Hollandois; il me présenta d'abord un exemplaire d'un Ecrit qu'il avoit présenté aux Etats Généraux, & qui fait assez voir quel cas il faisoit d'eux; Votre Majesté pourra juger en le lisant par l'exemple récent du malheur des autres, combien elle doit être sur ses gardes; en effet, si les Hollandois chassent de la mer, accablent de pertes, & dépouillent de leurs Etats dans les Indes les Portugais leurs Alliez, dès le commencement même de leur Alliance, dont on si peu d'égard pour le commerce, que sous ce prétexte ils exposent les Portugais à des pertes infinies, que ne doit pas craindre Votre Majesté de leur haine enracinée & de l'envie qu'ils vous portent?

Je commencerai ici l'Avis que Votre Majesté exige de moi : j'ai assez rapporté du fait pour établir le Droit; comme depuis la fin de ma course plusieurs choses ont heureusement réussi que je n'ai pu insérer dans ma relation, j'en dirai quelque chose dans le corps de cet Avis, & m'arrêtant moins aux ornemens de l'éloquence qu'à la vérité, je commence en peu de mots, pour achever bientôt mon discours.

Personne ne sait mieux que Votre Majesté qu'elle a été très-injustement attaquée par les Suédois.

Non seulement les François ont consenti à cette déclaration de Guerre, mais ils l'ont pressée de toutes leurs forces.

Ils n'ont fait aucune proposition de Paix que lors-

1645.

tum niſi poſt devaſtatas Majeſtatis Veſtræ Provincias & Suecorum furorem Danicis armis contra eorum ſpem & vota repreſſum.

Batavos in eandem irruptionem ſubſcripſiſſe tum Suecis ſe contra Majeſtatem Veſtram bellicos apparatus ſubminiſtraſſe & claſſem in ſuis Statibus inſtruxiſſe vel ſaltem inſtrui paſſos fuiſſe.

Imperatorem omnem opem & operam illico Majeſtati Veſtræ obtuliſſe etiam cum gravi rerum ſuarum diſpendio, poſthabita Olmutii recuperatione & ipſius Ragotzkii repreſſione, ut e Majeſtatis Veſtræ Provinciis hoſtem vel pelleret vel, ut contigit, cum propria jactura revocaret.

Eodem tempore quo improviſo hujuſmodi bello Dania peteretur, tentatam etiam Hungariam à Tranſylvanis, Poloniam à Tartaris, & Conſtantinopoli facta cum Magno Viſerio à Legato Gallico conditiones Stiriam & Carinthiam invadendi.

Nihil non egiſſe Suecos & Gallos ut Oſnabrugæ, præteritâ Majeſtate Veſtrâ, Tractatus Pacis procederent, alios Mediatores proponendo quos Cæſariani continuo rejecerunt, conſtanter aſſerentes ſe nihil penitus abſque Majeſtatis Veſtræ conſenſu præſtituros, cujus ſolius contemplatione nullum periculi genus tam in Pacis quam in Belli negotio detrectarunt, diſpoſitis quæ nec negari nec diſſimulari poſſunt; cum nihil Majeſtas Veſtra, in tanto dignitatis & fama veſtigio collocata, obſcuri edere poſſit, credo ve ipſâ eam quam in omnium animis ſiæ generoſitatis opinionem & expectationem concitavit, ſuſtinere debere; alioquin multum inter ſe Scripta ſua & Acta diſcreparent, quod Majeſtatis Veſtræ ætas & conditio nequaquam admittere poſſe videntur. Si enim Galli agerent cum juvene aliquo aut rudi Principe qui nondum in rebus politicis aut militaribus Tirocinii rudimenta habuiſſet, poſuiſſent forſan optimum deceptionis fundamentum, quod in ſuâ interpoſitionis oſtentatione conſtituunt aliquantulum occultare; ſed cum adeo ipſis totiuſque Orbi Majeſtatis Veſtræ perſpicacitas innotuerit, miror quod apud veterem hanc & vulgatam editionem ſeu cantionem, quâ jam tot Primcipibus illuſerunt, iterum inſudulentur, tantoque magis obſtupeſco quod ſymphoniam hanc commiſerint Domino de la Thuillerie, qui ex Triumviratu erat, penes quem Suecica in Daniam invaſio decreta fuit; artificem commendat opus, quem inſtar Achillis, Majeſtatem vero Veſtram inſtar Telephi delineant, qui ab eâdem manu à quâ vulnus acceperat ſalutem expectavit. Sed hic Livii dictum verè convenit, nullum eſſe acerbius infirmitatis genus quam quod pejora morbis remedia deſiderat, ut hic omnino aut nullibi uſquam ſuccederet, ſi Gallorum Batavorumque arbitrio Pacis & Belli leges inter Majeſtatem Veſtram & Suecos ſtarent; ſic enim illis liceret arcum intendere aut laxare ut rurſus datâ

TOM. I. oc-

lorſque les Provinces de Votre Majeſté ont été ravagées; abandonnant le recouvrement d'Olmutz, & la pourſuite de Ragotzki; il ne penſa qu'à chaſſer l'ennemi de vos Provinces ou à l'attirer à ſa ſuite, même à ſon préjudice, comme il eſt arrivé.

Les Hollandois ont conſenti à cette invaſion; ils ont contribué à l'armement des Suédois contre Votre Majeſté, & ils ont armé ou fouſent qu'on armât leur Flotte dans leur République.

L'Empereur eſt d'abord accouru au ſecours de Votre Majeſté, au préjudice de ſes propres intérêts; abandonnant le recouvrement d'Olmutz, & la pourſuite de Ragotzki; il ne penſa qu'à chaſſer l'ennemi de vos Provinces ou à l'attirer à ſa ſuite, même à ſon préjudice, comme il eſt arrivé.

Dans le tems que le Dannemarck ſe vit tout d'un coup expoſé à cette Guerre imprévue, les Tranſilvains attaquérent la Hongrie, les Tattares entrérent dans la Pologne, & l'Ambaſſadeur de France formoit à Conſtantinople avec le grand Viſir le projet d'envahir la Stirie & la Carinthie.

Les Suédois & les François firent tout ce qu'ils purent à Oſnabrug, pour faire conclure la Paix ſans y comprendre Votre Majeſté, juſqu'à propoſer d'autres Médiateurs que les Impériaux rejettérent, en proteſtant conſtamment qu'ils ne tranſigeroient ſur rien ſans le conſentement de Votre Majeſté, en conſidération de laquelle il n'y a point de dangers auxquels ils ne s'expoſent ſoit dans la Paix ſoit dans la Guerre, après avoir fait des diſpoſitions qu'on ne peut ni nier ni diſſimuler; en effet, puiſque l'éclat du nom & de la puiſſance de Votre Majeſté, ne lui permettent pas de faire rien qui ſoit au deſſous d'elle, je ſuis perſuadé qu'elle doit répondre à l'attente & à l'opinion qu'on a conçue de ſa generoſité, autrement ſes actions ne s'accorderoient pas avec ſes écrits, ce qui ne peut arriver dans un Prince de votre âge & de votre capacité. Si les François avoient afaire avec quelque jeune Roi qui n'eût pas encore donné des preuves illuſtres de ſa capacité dans la Guerre comme dans la Politique, ils auroient pu peut-être déguiſer l'eſpérance qu'ils ont de vous tromper ſous les dehors d'une Médiation offerte; mais ils connoiſſent avec toute la terre quelle eſt la pénétration de Votre Majeſté; ainſi je ſuis étonné qu'ils aient encore recours à cette ruſe uſée qu'ils ont ſi ſouvent employée auprès d'autres Princes: mais je ſuis ſur tout étonné qu'ils y aient employé Monſieur de la Thuillerie, lui qui étoit du Triumvirat qui a formé le projet de faire une irruption dans le Dannemarck: à l'œuvre on connoît l'ouvrier, ils en font un Achille dont Votre Majeſté eſt le Téléphe qui doit être guéri par la main même dont il a reçu la bleſſure. On peut apliquer ici la penſée de Tite-Live, qu'il n'y a point de maladie plus deſeſpérée que celle à laquelle il faut apliquer des remèdes pires que le mal; c'eſt ce qui arriveroit à préſent ſi la Paix ou la Guerre entre Votre Majeſté & les Suédois dépendoit abſolument des François & des Hollandois; car ils feroient les maîtres de bander ou de lâcher l'arc à leur volonté, de manière

Ppp 2

occasione fortius sagittas emitterent; sic ad libitum possent, nunc aggressionis signum integris viribus dare, nunc attritis receptui cavere: sic cùm Majestate Vestrâ tanquam cum pictâ statuâ Catadromi congredi fas esset, in quam hastas impunè contorqueant eanque modo in hanc, modo in illam partem ludicrè & impunè vertant.

Qui Majestati persuasum volunt hujus privatæ cum Sueciâ Pacis Tractatum, hoc imprimis argumento, ut audivi, utuntur; non parum molestum esse omnibus nostris Evangelicis, ejusdem Religionis Coronas inter se committi à suis fratribus; Majestatem Vestram veluti alienam in Austriacorum partes, quibus Romana Ecclesia adeo cordi est, transiisse; cujus etsi Galli se primogenitos nuncupent, alias tamen etiam Religionis amicùm deponunt ut Catholicorum hostes, imo Christianorum datâ occasione acriter tueantur, Batavi vero Puritanos, Gomareos, Arminios, aliosque id genus simul & semel complectuntur.

Cui primæ objectioni respondetur, non istud esse Religiosum velum sed Piraticum, quo videlicet Sueci nihil aliud præter usurpationem possessionum, quæ ad Majestatem Vestram omni jure pertinent, & Subditorum suorum stragem sibi proposuerunt; ipsos aggressores esse & fures nocturnos, qui insidiosè in tenebris per fenestras in Majestatis Vestræ domum intrarunt, & illicò omni crudelitatis genere in eos Populos sævierunt, quos pridiè ut amicos amplexabantur; & idcircò si quid inde Religionis causa pateretur, ipsis solis esse imputandum, qui etiam à Lutheri dogmatibus quotidiè desciscunt, se variis hinc inde Religionis coloribus implicantes & aptantes, qualiter faciunt etiam Galli & Batavi, qui dum sic plures Religiones fovent, nullam retinent: unde hujusmodi objectio, quæ nostræ Religionis prætextum obtendit, nullum habet fundamentum in re, nec circa subjectam materiam versatur; quippe videmus ipsummet Lutheranæ Religionis in Germania caput, Ducem Saxonicum, injustis Suecorum cupiditatibus adversissimum, Cæsaris verò juribus addictissimum. Nec obstat quod Austriaca Domus vix aliam præter Papisticam Religionem in Statibus suis admittat, quam enim hac in parte constantiam & uniformitatem palam ostendit, in aliis etiam rebus conservaturam facilè persuadet; & sic nihil subdolè agens, nec pro rerum vicissitudinibus, nullum prorsus de suâ in servandis Pactis & Confœderationibus æque sincerâ fide & Religione dubium relinquat, unicuique quod suum est contribuens, & nullatenus humana jura cum divinis confundendo.

Secundum argumentum consistit non in enarrandis modo Gallorum prosperitatibus, sed ita attollendis quasi mare & venti ipsis obedirent, & fines Orbis terrarum in manibus eorum posuissent. Jam, inquiunt, per omnes Europæ partes hæc potentia diffunditur: in Germania,

Brisacum,
Philisburgum,
Moguntiam,
Vormatiam,
Spiram,
Selestadum,

Rhin-

---

niére qu'ils pussent lancer sûrement le trait à la première occasion favorable; ainsi ils resteroient infailliblement les maîtres d'attaquer, lorsqu'ils suroient toutes leurs forces rassemblées, ou de sonner la retraite lorsqu'ils se sentiroient trop foibles: alors on agiroit avec Votre Majesté comme avec les animaux postiches des lieux d'exercices ausquels on porte impunément des coups de lance & qu'on renverse qui deça qui delà comme on veut.

Ceux qui veulent persuader à Votre Majesté de donner les mains à ce Traité de Paix particuliére avec la Suéde, vous allèguent, dit-on, ces raisons-ci: que les Evangeliques voyent avec douleur deux Couronnes de la même Religion aux prises entr'elles; & qu'on accuse Votre Majesté d'agir contre les intérêts de cette Religion en prenant ceux de la Maison d'Autriche, qui a l'Eglise Romaine tant à cœur: il est vrai, dit-on, que les Rois de France s'en disent les fils ainez, mais souvent on les a vus, sans égard pour la Religion, prendre les intérêts des Ennemis des Catholiques, & même de ceux du Christianisme; quant aux Hollandois on fait qu'ils protégent également & Puritains & Gomaristes, & Arminiens, en un mot toutes les Sectes.

Je repons à la premiére objection que c'est moins un zèle de Religion, qu'une inclination de Pirates, qui porte les Suédois à usurper des Provinces qui appartiennent de droit à Votre Majesté & à ruiner & désoler ses Sujets: ils sont les agresseurs, & semblables aux voleurs de nuit, on peut dire qu'ils sont entrez pendant les ténébres & par les fenêtres dans la Maison de Votre Majesté, où ils ont traité avec une cruauté barbare ces mêmes Peuples qu'ils avoient embrassez la veille comme leurs amis: si donc la Religion y est intéressée, c'est à eux qu'il faut s'en prendre, eux qui tous les jours s'éloignent des dogmes de Luther en prenant qui deça qui delà les livrées de quelques autres Sectes; ils ressemblent aux François & aux Hollandois qui en tolérant toutes les Religions n'en ont aucune: d'où je conclus que cette objection, qui se couvre du prétexte de la Religion n'est point fondée sur la chose même, & ne touche point la matiére en question; en effet ne voyons-nous pas le Chef même de la Religion Lutherienne dans l'Allemagne, le Duc de Saxe qui condamne hautement les injustes procédez des Suédois & qui prend parti pour l'Empereur? Qu'on ne dise pas que la Maison d'Autriche ne souffre que le Papisme dans ses Etats, c'est une marque qu'elle conservera dans les autres choses la même constance & la même uniformité qu'elle fait voir dans celle-là, & comme elle n'agit ni frauduleusement ni suivant le cours des choses, on ne peut douter ni de la sincérité ni de la fidélité avec laquelle elle observe les Traitez qu'elle fait avec ses Alliez rendant à chacun ce qui lui appartient & ne confondant jamais le sacré avec le profane.

Le second argument sert moins à faire une énumération qu'une amplification hyperbolique des succès des François; ne diroit-on pas que la mer & les vents sont soumis à leurs Loix, & qu'ils les ont déja rendus Maîtres des bornes de l'Univers entier? Leur puissance, s'écrie-t-on, s'étend d'un bout à l'autre de l'Europe: ils se sont rendus Maîtres en Alemagne,

de Brisac,
de Philisbourg,
de Mayence,
de Vorms,
de Spire,
de Selestadt,

De

Rhinfeldiam :
Comitatum Montis Bellicadri & Episcopatum
Basileensem occupat :
  In Belgio,
  Atrebates,
  Hesdinum,
  Gravelingam,
  Theonisvillam :
  Totam Lotharingiam :
  Partem Montisferrati & Sabaudiæ Ditionis,
  Pinarolum,
  Susam,
  Taurinum :
Nec non ad Ligusticum mare Urbem & Arcem
Monaco

Qua mysteriosa & magnifica recentium usurpa-
tionum dinumeratione, Majestati Vestræ metum
incutere se posse existimaunt, ut si Galliæ postula-
tis repugnet, formidabilem ejus in se potentiam sit
provocatura ; & vice versa si se illius manuduc-
tione regi patiatur, duraturam & perutilem tan-
tæ Coronæ amicitiam nactura.

Ego vero hujusmodi inania vel irritamenta vel
terriculamenta contrarium omnino in Majestatis
Vestræ animo effectum producectura minime dubita-
vi, quippe nec spe nec metu sed sola ratione duci
consuevit.

Verùm missis magnanimitatis partibus, ad eas
prudentiæ politicæ veniamus & rem propiùs acu tan-
gamus.

Ab eadem enumeratione Galliarum usurpatio-
num, videlicet Majestas Vestra, nequidem ipsos
affines, consanguineos, amicos, & Confœderatos
Regis Galliæ, à suis aucupiis immunes fuisse, quin
ad illius vimina plumas etiam reliquisse ut Sabau-
dum, Mantuanum, Episcopum Basileensem & Co-
mitem Montis-Bellicardi recordatur : præterea
nihil unquam in Gallos Archiducem Leopoldum
Austriacum molitum esse, cujus tamen viduam &
filios pupillos, nihil tale suspicantes magna bono-
rum suorum portione, tam inhumaniter quam frau-
dulenter spoliarunt ; his experimentis potestas &
amicitia Gallica penes suos sectatores comprobatur,
& si benè novi Majestatis Vestræ genium, hinc,
quantum ab utraque emolumenti expectare possit,
satis intelliget.

Addo præterea plus soliditatis quam solidatis
in tanta potentiæ opinione & constitutione reperiri ;
tumet Gallia, fateor, sed hydropico more dum
internis colliquescentibus externa & extrema
turgescunt, sic vitalibus illius Regni partibus
sensim consumptis, visceribus & intestinis
arescentibus, à centro ad circumferentiam contra
Naturæ ordinem revocantur, hoc est
iisdem spiritibus, eodem calore, eadem substan-
tiâ, quibus meditullium Galliæ vigere deberet, mo-
dò recens acquisitæ & supra memoratæ accessiones
sustentantur ; adeo ut illius etiam Regni sagacio-
res iisdem mediis illud servent, quibus videtur
intra paucos annos ruiturum, ut præsentiunt, pu-
riorem nobilioremque sanguinem ritu barbarico &
quasi ruptis aggeribus derivant, ut ea loca inter-
cipiant, quibus eminùs conservandis ingens homi-
num & pecuniarum consumptio desideratur : inte-
rim novos quotidie & undequaque hostes sibi
Gallia conciliat, dum humani diviniuque juris ex-
pers sine discrimine in obvium quemlibet pro im-
moderati ambitus libidine furit, nihil non sibi li-
cere putans ab eo tempore, quo Richelerius, quem
spiritum procellarum suimet nuncupant, ad illius

Regni

De Rheinfeld :
Du Comté de Montbelliard & de l'Evêché de
Bàle :
  Dans les Païs-Bas ,
  d'Arras ,
  de Hedin ,
  de Gravelines ,
  de Thionville :
  de toute la Lorraine :
  d'une partie du Monferrat & de la Savoye,
  de Pignerol ,
  de Suse ,
  de Turin :
  & de la Ville & Citadelle de Monaco sur les
  côtes de la mer de Genes.

Ils s'imaginent que cette magnifique & mys-
térieuse énumération de tant de nouvelles usurpations effrayeront Votre Majesté , & lui feront craindre d'attirer sur elle la formidable puissance de la France , en refusant de se soumetre
à ses inspirations ; au lieu que si elle veut bien
se laisser conduire par cette Couronne , elle
gagnera son utile & durable bienveillance.

Je ne doute pas que ces piéges, ou, pour
mieux dire, ces épouvantails ne fassent un effet
tout contraire sur l'esprit de Votre Majesté ,
qui est accoutumée à se rendre à la raison seule, mais jamais à l'espérance ou à la crainte.

Mais laissons là la magnanimité, pour ne consulter que la prudence politique ; & examinons
les choses à fonds.

Cette longue énumération des usurpations de
la France fait connoître à Votre Majesté que
ni les parens, ni les amis, ni les Alliez du Roi
de France ne sont à l'abri de ses piéges & qu'ils
ont tous laissé quelques-unes de leurs plumes
dans ses filets, vous en avez pour témoins le
Savoyard, le Mantouan, l'Evêque de Bâle, &
le Comte de Montbelliard. Qu'a jamais entrepris l'Archiduc Leopold contre la France ? Cependant cette Couronne n'a-t-elle pas dépouillé
sa Veuve & ses orphelins de la plus grande partie de leurs biens dans le tems qu'ils s'y attendoient le moins : voilà les avantages qu'on retire
de la puissance & de l'amitié de la France lorsqu'on s'y attache ; & si je connois bien l'humeur
de Votre Majesté, je ne doute pas qu'elle ne
prévoye bien ce qu'elle en devroit attendre.

Ajoutons qu'il y a plus de sottise que de solidité dans l'opinion que l'on se fait de cette grande puissance : la France, je l'avoue, paroît dans
un bon état, mais il en est d'elle comme des
hydropiques, dont les parties externes enflent à
proportion que les internes se fondent ; les esprits vitaux se consument, les entrailles se sé-
chent, les alimens, contre l'ordre de la nature,
sont portez du centre à la circonference, c'est-
à-dire, qu'on fait servir à la conservation des nouvelles acquisitions, les esprits, la chaleur, la
substance qui servoient à nourrir le cœur de la
France ; ensorte qu'on peut dire que les trop
fins politiques de ce Royaume le conservent
par les mêmes moyens qui doivent le renverser
dans quelques années, comme ils le prevoyent
bien, puisqu'ils en tirent le meilleur & le plus
pur sang, qu'ils employent à la conservation de
ces lieux qu'on ne peut garder de si loin sans
des dépenses énormes en hommes & en argent:
La France néanmoins se fait tous les jours de
nouveaux Ennemis de tous côtez, elle passe sur
tout ce qu'on nomme droits divins & humains,
& se jette sur le premier qui choque son ambition, comme si tout lui étoit permis, depuis
qu'elle a commencé à être gouvernée par Richelieu que les siens même nommoient un vent impetueux : le Peuple languit & gemit sous son

Suc-

1645. *Regni gubernacula conscendit ; sub cujus Successore Prædecessoris sui vestigiis insistente populus languet & luget, Regium Patrimonium extinguitur, Regni Proceres incarcerantur, nobiles contra originis privilegia mulctantur, & Comitia Generalia supprimuntur ; Ecclesiasticus Ordo deprimitur, & Parlamenta opprimuntur, inauditis contributionum speciebus & formis continuo pullulantibus, unde appositè de isto Mazarino quidam loquens illud Virgilii usurpabat.*

Hic alienus oves custos bis mulget in hora.

Ex quâ continuâ Phlebotomiæ vexatione tandem corpus exinaniri necesse est, & reverà si quodam fortunæ recursu Regni Gallici penetralia hostiliter invaderentur, brevi de internâ illius debilitate constaret ; signaque lethalia ubertim & confestim apparerent, cùm nec amplius Populus vellet nec posset contributiones suppeditare, in quibus solis consistit ærarium Gallicum, & belli moles ; præsertim durante Regis minoritate & externi Ministri supremâ directione, qui duo scopuli tantum Gallicæ prosperitatis cursum multum sunt retardaturi.

Germanorum animos, qui nondum Gallicam perfidiam & crudelitatem noverant, jam omninò exacerbarunt violata deditionum conditiones, in iis Rheni partibus, quas miseri & incauti Cives pepigerant, qui jam immane jugum illud exosi mitissima Principum suorum sceptra ardentibus votis repetunt & reminiscuntur, reliquisque Germaniæ Populis exemplum præbent totis viribus nefariis hujusmodi usurpationibus occurrendi, & arma potius quam fraudulenta pacta experiendi. Et cum Majestas Vestra in albo etiam ejusdem Imperii recenseatur ad ejusque gremium admittatur, non gloriosum modo & justum sed tutum & commodum ipsi erit in ejusdem Imperii conservationem contra Galliam cùm cæteris Principibus conspirare ; tantum abest ut in ejusdem præjudicium Gallorum amicitiam ambire debeat, aut illorum potentiam separatim reformidare, quam conjunctim, tot cum vicinis, amicis & affinibus propulsare tenetur ; & præter obligationis civilis vinculum ex eâ parte, quâ Majestas Vestra, Princepsque filius suus sunt Imperii Principes, notum est etiam aliundè in eâdem navi jactari & iisdem ventis quibus reliqua Imperii Membra, quin imo aliquanto fortius ; si enim Sueci, quæ in Imperio obtinent, retineant, vel plura consequantur Gallorum ope, nihil amplius eorum attentatis imposterum Majestati Vestræ supererit, cui terrâ & mari continuò incumbent, unde ultrò suppetebat materia & ansa irrumpendi in Suecos, quando ipsi præmaturo desiderio Majestatis Vestræ Status absorbendi, in eam irruperunt.

Denique etiam si hæc superstitio locum haberet, quod Galli Batavique apertè Suecorum

Successeur qui marche sur ses traces, les Domaines du Roi périssent, les Grands sont mis en prison, les Nobles sont chàtiez contre les priviléges de leur naissance & les Etats Généraux sont entierement suprimez. On meprise l'Ordre Ecclesiastique, on oprime les Parlemens, & l'on ne voit tous les jours que de nouveaux impôts inouis jusqu'à présent : c'est ce qui a fait fort justement apliquer à Mazarin le vers de Virgile qui dit que *Le berger étranger trait les Brebis deux fois par heure.*

Cette saignée perpétuelle doit affoiblir tertiblement le corps ; & s'il arrivoit que par quelque revers de fortune les Ennemis pénétrassent dans le sein de la France, on verroit bientôt jusqu'où va sa foiblesse intérieure, & elle ne seroit pas longtems sans donner des signes d'une mortelle agonie ; en effet le Peuple ne voudroit & ne pourroit plus fournir aux taxes qui sont l'unique fonds du Trésor Royal qui doit fournir à toutes les depenses de la Guerre sur tout pendant la minorité du Roi & le Ministre d'un étranger, deux écueils qui doivent arrêter le cours des prospéritez de la France.

Les conditions dures que l'on a imposées sur le Rhin aux Villes qui se sont soumises, ont irrité les Allemans qui ne connoissoient pas encore la perfidie & la cruauté des François ; ils en détestent le joug insupportable & aspirent après l'heureux moment qui les remettra sous la douce domination de leurs Princes ; c'est un bel exemple pour le reste des Peuples de l'Allemagne, qui leur aprend avec quelle vigueur ils doivent s'oposer à ces injustes usurpations & qu'il leur vaut mieux éprouver le sort des armes que de consentir à des Capitulations frauduleuses. Votre Majesté a rang parmi les Princes de l'Empire, elle est admise à ses Diettes, ainsi non seulement il lui sera glorieux, mais même la justice veut qu'elle s'unisse aux autres Princes pour la conservation de l'Empire contre les entreprises de la France ; & bien loin qu'elle dût rechercher l'amitié de cette Couronne à leur préjudice ou s'exposer seule à succomber sous sa puissance, elle est obligée d'unir ses forces à tant d'Alliez & d'amis ses voisins pour en arrêter les progrès : Votre Majesté est, ainsi que le Prince son fils, dans cette obligation par raport à l'Empire, parcequ'elle en est Membre, mais outre cela il est évident que votre sort dépend de celui de l'Empire, le même orage qui le feroit périr vous submergeroit, peut-être même plutôt ; car si les Suédois conservent ce qu'ils possédent dans l'Empire, & y font de nouvelles aquisitions avec le secours de la France, Votre Majesté ne possédera pas un pouce de terre qui ne soit exposé à leurs attentats, puisqu'ils vous investiront par mer & par terre ; vous aviez occasion & sujet d'attaquer les Suédois, & ce sont eux qui dans la vûe d'engloutir vos Etats les ont attaquez les premiers.

Suposons que ce qu'on publie soit véritable & que les François & les Hollandois secoureroient

1645. *rum in Majeſtatem Veſtram conatus promovere deberent , quando legem ab iis accipere recuſaret , & judicio , quod laturi eſſent in favorem eorum , nollet acquieſcere ; quid tum , niſi quod è latibulis expulſi minùs damni palàm inferent , quam haktenus clam intulerunt : nihil mutabitur niſi forma nocendi & , ni fallor , cum magno Majeſtatis Veſtra emolumento qua ſibi longè melius ab apertis quam occultis precavere poterit; quid enim tum facilius quam in eos ceterorum Europa Principum auxilia ſibi demereri , qui tyrannicum hunc agendi modum haud dubiè deteſtabuntur , quo interpoſitorum officium non captant modo ſed uſurpant , ut in alienas poſſeſſiones tutiùs graſſentur , & ubi mox tacitè patuere doli , ut apertè irruant.*

An non animadvertit Majeſtas Veſtra ferociori impetu Suecos & majori quam haktenus crudelitate in Danos ſæviſſe, ex quo Galli & Batavi, cùm tantâ quam circumducant ſuſurronum & ſuggillatorum catervâ ad Aulam Majeſtatis Veſtra admiſſi fuere, quorum unus & alter huic & illi alienatum ab ipſorum quiete Majeſtatis Veſtra animum pravâ calliditate pradicando, vicinos multis illecebris tum etiam iniquiſſimis rumoribus ab eâ ſegregando.

An non etiam obſervat Majeſtas Veſtra ab eodem tempore , quo hujuſmodi præſtigiatores nihil non agunt ut in ejus Aulâ omnia involvant, proſperitatem armorum Majeſtatis Veſtra jam aliquantulum decidiſſe, ex quibus preludiis qui futuri ſint ulteriores ſucceſſui ſatis indicatur ; in quâ haud aliter Galli ſe gerunt quam in Pacis generalis, Tractatibus, cujus conventum in ſeminarium conflandarum ſeditionum , machinationum , & diſſentionem converterunt ; ex quo videlicet in Cæſaris famam & dignitatem publicis Scriptis, ut ſuperius retuli, debacchabantur , & Imperii Principes ac Civitates ad apertas rebelliones provocant, ex quo etiam emittunt tam in Majeſtatem Veſtram quam in Auſtriacam Domum per varias Europe partes Ablegatos, qui in ſcholâ & ſub manu Pacis Caduceatorum , Monaſterii adoleverunt , ſemina (quemadmodum Triptolemus olim) frugum ſpargunt , unus ad Moſcoviam , ad Polonum alter, tertius ad Tranſilvanum, quartus ad Turcam convolavit , ut duos illos priores Principes à Majeſtate Veſtrâ , quantum poterunt , divertant & alios duos poſtremos rurſus in Regnum Hungaricum & Neapolitanum fortiter impellant ; ſic ad Templum almæ Pacis confugientes ut praſidium flagitiis quærant , & Domum orationis ſpeluncam Latronum facientes , non ſine magno tam celebris Catus dehoneſtamento. Si Majeſtas Veſtra Pacem cupiat , campum habet apertum unâ cum ſuis amicis & Confœderatis in generali Tractatu (ubi ſemitis ſuis aderit publicum lumen)

roient ouvertement les Suédois contre Votre Majeſté, ſi elle refuſoit de ſe ſoumettre à la loi qu'ils lui preſcriroient & au jugement qu'ils porteroient en faveur de vos Ennemis , qu'en arriveroit-il? Sortis de leurs embuſcades ils feront ouvertement moins de mal qu'ils n'en ont fait en cachette , ils changeront ſeulement la manière de vous nuire , à votre avantage même , ſi je ne me trompe, puiſque vous pourrez mieux être en garde contre vos Ennemis déclarez que contre ceux qui reſteroient cachez, & que vraiſemblablement vous aurez pour vous tous les autres Princes de l'Europe , qui déteſteront cette conduite tyrannique de ſe rendre Médiateur pour , à la faveur de la Médiation , envahir plus ſûrement les Etats des autres dès que leur fourbe eſt decouverte.

Votre Majeſté s'eſt ſans doute aperçu que les Suédois n'ont attaqué le Dannemarck avec plus de fureur & de cruauté que ci-devant, que lorſque les François & les Hollandois ont été reçus à Votre Cour avec cette troupe de gens qu'ils employent par tout à repandre de faux bruits & des calomnies, & qui s'efforcent à faire croire adroitement aux autres que Votre Majeſté eſt ennemie de leur tranquilité ; de cette manière ils détachent de vos intérêts, la plûpart de vos voiſins qui donnent dans ce piège & qui croyent ces bruits impertinens.

Votre Majeſté ne s'aperçoit-elle donc pas que depuis que ces enchanteurs font tous leurs efforts dans ſa Cour pour ſe rendre Maîtres de tous les eſprits, ſes armes n'ont pas le même bonheur? qu'elle juge par ces préludes quelle en ſera la ſuite; les François ſe conduiſent à cet égard comme ils ont fait par raport aux Traitez de la Paix Générale, ne s'étant ſervi du Congrès que pour ſemer de tous côtez la diviſion , la diſſention & le trouble, pour ſe déchainer dans des Ecrits publics contre l'honneur & la dignité Impériale , pour envoyer dans tous les coins de l'Europe contre Votre Majeſté, comme contre la Maiſon d'Autriche , des Emiſſaires élevez & inſtruits dans l'école des Plénipotentiaires à Munſter; l'un eſt paſſé en Moſcovie, l'autre en Pologne, le troiſiéme en Tranſilvanie & un quatriéme juſqu'à la Porte : leur but eſt de faire prendre parti contre Votre Majeſté, au Czar & au Roi de Pologne, & d'engager les deux autres à ſe jetter de nouveau ſur la Hongrie & ſur le Royaume de Naples : c'eſt ainſi qu'ils cherchent un azile pour leurs crimes dans le Temple de la Paix, & qu'ils font une caverne de Brigands de la Maiſon de Prière, à la honte de ce célébre Congrès. Si Votre Majeſté ſouhaite la Paix, le champ lui eſt ouvert, elle peut avoir part avec ſes amis & ſes Confédérez au Traité pour la Paix Générale, là elle
pourra

lumen) *& regià viâ pro folità generofitate gradietur.*

Sueci in fuo contra Majeftatem Veftram publico Libello feu Manifefto, pro gravi offenfione ipfi imputant, quod peculiarem alias Pacificationis Tractatum, absque Gallorum interventione illis propofuiffet, quâ propofitione inviolabilem focietatis, quam cum Gallis iniverant, religionem lædi querebantur.

Quod Majeftati Veftræ hâc in parte affinxerunt, hoc ipfum eorum Sociis meritò poteft imputari, quod jam eodem inftanti, quo Monafterii exclamant fe à Sueciis, Haffis, Bataviis aliisque omnibus fuis Confœderatis effe infeparabiles, nihil nifi conjunctim cum illis vel agitare vel concludere, vel Galliam denique potius ab hereditatis patrimonio quam ab indivifibilitate difceffuram, aliundè tamen Majeftatem Veftram à Cæfare divellere omninò conantur, & hujus feparationis modum ac formam interpofitorum titulo follicitare non erubefcunt.

Tum eodem utique tempore penes Cæfareos omnem movent lapidem, ut absque Majeftate Veftrâ ad Pacis conditiones cum Sueciis defcendant, quas, hujus feparationis contemplatione, faciliores pollicentur; fed non fe fic ludibrio haberi Cæfar permittit, non fic inimicorum confiliis fe regi patitur, non fic promifforum penes Majeftatem Veftram immemor, qua utique fatis recordabitur diverfam effe Principum fortem à privatis, quibus nempe præcipua rerum ad famam dirigenda, quæ hic non præfidiis fuis nudata procedit, fed fecuritate & utilitate Regnorum Majeftatis Veftræ comitata, quibus longè majora funt, cum Cæfarianis & Hifpanis quam cum Gallis commercia, nec quisquam, nifi fatuus, poterit ufquam dubitare citius Gallos & Suecos à Germaniâ quam Auftriacos expellendos, hoc eft exteros & ufurpatores quam indigenas & legitimos Principes: diffolvet enim Dominus colligationes impietatis: uno verbo experta eft Majeftas Veftra Gallorum & Suecorum fraudes, Cæfaris verò fidem inconcuffam, quæ fides, ut pudicitia, femel violata redire nefcit, fic

Nullà eft reparabilis arte.

Cur igitur fidelem deferet ut illos infidos fequeretur, fi præter benè agendi intimam fatisfactionem & laudem publicam, amici aut inimici ex utilitate Reipublicæ funt eligendi, fi Principes in focietatem vocandi qui honefti fint artibus imbuti, rejiciendi vero qui fallaciis maculati quæ antiqua fundamenta boni publici penitus evertent, fi Majeftas Veftra in tam apertas hoftium fuorum infidias devenerit qui tantum callidaci ftudent quemadmodum Magi Pharaonis qui aquas equidem turbare fciunt & in fanguinem mutare, fed rurfus clarificare nequeunt, fic

pourra marcher en fureté à la faveur du flambeau public qui l'éclaircra.

Les Suédois font un crime à Votre Majefté dans le Manifefte qu'ils ont publié contre elle, de ce qu'elle leur a propofé un Traité de Paix particuliere & fans l'intervention des François, & ils fe plaignent que cette propofition attaque la fidélité inviolable de leur Alliance avec la France.

On peut rejetter fur leurs Alliez ce qu'ils débitent à cette occafion contre Votre Majefté, puifque dans le tems qu'ils s'écrient à Munfter qu'ils font unis infeparablement aux Suédois, aux Heffois, aux Hollandois, & à leurs autres Alliez, qu'ils n'entreprennent & ne concluent rien qu'avec eux, en un mot que la Couronne de France renonceroit plutôt à fes Etats Héreditaires qu'à leur union indiffoluble, elle fait ce qu'elle peut pour engager Votre Majefté à quiter le parti de l'Empereur, & n'a pas honte de fe couvrir du voile de la Médiation pour jouer un fi indigne rôle.

Cette Couronne fait en même tems le même perfonnage auprès de l'Empereur, qu'elle tâche d'engager à faire fa Paix avec la Suéde fans Votre Majefté, en lui faifant entendre qu'à cette condition Sa Majefté Impériale en obtiendra de plus favorables: mais on ne fe joue pas ainfi de l'Empereur, qui ne fuit pas fi facilement les impreffions de fes Ennemis; il fait quelles promeffes il a faites à Votre Majefté, il fait combien la condition des Princes eft différente de celles des particuliers, & que l'honneur doit être la régle de toutes leurs actions; il ne s'agit pas ici feulement de l'honneur, il y va en même tems de la fureté & de l'avantage de vos Etats qui ont une correfpondance plus étroite avec les Impériaux & les Efpagnols qu'avec les François, & il faudroit avoir perdu l'efprit pour balancer à chaffer de l'Allemagne les François & les Suédois preferablement aux Autrichiens; c'eft-à-dire des étrangers, & des ufurpateurs plutôt que les naturels du Païs & les légitimes Princes: *le Seigneur detruira les affociations de l'impieté.* En un mot Votre Majefté s'eft vue expofée aux fourberies & aux artifices des François & des Suédois, au lieu qu'elle a éprouvé la fidélité inébranlable de l'Empereur: cette vertu reffemble à la virginité qui dès qu'elle a difparu ne revient plus; & *l'art quel qu'il foit ne peut la rétablir.*

Pour quelle raifon quitteriez-vous un Allié fidèle pour des Ennemis qui ne favent pas garder leur foi, fi outre la fatisfaction que l'on reffent à faire le bien & la gloire qu'on acquiert, il y va de l'intérêt public de choifir fes amis ou fes Ennemis; fi l'on ne doit faire des Alliances qu'avec des Princes qui ont de bons principes, & éviter celles de ceux qui font accoutumez à employer les fourberies capables feules de renverfer les fondemens du bien public; fi ce feroit expofer Votre Majefté à tomber dans les piéges de fes Ennemis qui ne font adroits que comme les Magiciens de Pharaon, qui favoient troubler l'eau & la changer en fang, mais qui ne pouvoient enfuite la clarifier, tout de même ils nous jetteroient dans une

sic illi bellum in nos movere sed nullatenus compescere.

Dicant alii quidquid voluerint & meam hanc sententiam, quæ ad decus & securitatem Daniæ vergit, nec non ad Majestatis Vestræ perennem gloriam, partialitatis insimulent, fidelitatis tamen meæ in tâ ferendâ præmium, conscientia primùm mea, tum posteritas. Vaticinium hoc nostrum comprobatur, non adeo Trojanis Danaos & dona ferentes quam Gallos Danis Pacem præferentes timendos fuisse; & sic nihil aliud nisi quod instat, agendum, hujusmodi interpositores, quamprimùm fieri poterit, & Majestatis Vestræ aulâ & Statibus amovendo; & arma armis non oblique ac molliter, sed constanter & sine intermissione restituendo; alioquin id Majestati Vestræ quod contra aquam & adverso flumine remigantibus succedet, qui unico fluctu eo referuntur undè magnâ contentione navigare cœperant. Concludo cum Sapientis oraculo, qui apprehendit umbram ei sequitur; sic qui attendit ad visa mendacia, qualia sunt Gallorum & Batavorum. In hac Pacificationis instantiâ Deus Majestatem Vestram illuminet & incolumem sibi, Patriæ, totique Christianitati diutissime servet.

une Guerre dont ils ne pourroient nous retirer.

Que les autres disent tout ce qu'ils voudront, qu'ils accusent de partialité cet avis dans lequel je n'ai en vue que l'honneur & la sûreté du Danemarck & la gloire immortelle de Votre Majesté, ma conscience & la postérité rendront témoignage à ma fidélité. Nous pouvons nous apliquer cette pensée d'un ancien, les Troyens doivent craindre jusqu'aux presens des Grecs; mais les Danois ne doivent pas moins être sur leurs gardes à l'égard des François qui leur proposent la Paix : il n'y a qu'un parti à prendre, c'est d'éloigner & de la Cour & des Etats de Votre Majesté, le plutôt qu'on pourra, ces espèces de Médiateurs, & d'opoſer les armes aux armes avec fermeté & sans interruption; autrement il arrivera à Votre Majesté ce qui arrive à ceux qui veulent nager contre le courant de l'eau qui les reporte sans efforts à l'endroit d'où ils sont venus avec bien de la peine. Je suis par cet Oracle du Sage, celui qui s'arrête à l'ombre, l'ombre le suit, il en arrivera autant à celui qui s'arrête aux vuës trompeuses des François & des Hollandois. Je laisse à Dieu de répandre ses lumières sur Votre Majesté dans ces tems où l'on parle de Paix, & qu'il la conserve longtems pour le bien de la Patrie, & de toute la Chrétienté.

F I N.